茅盾文学奖
获奖作品全集

这边风景

上卷

王蒙——

著

人民文学出版社

图书在版编目（CIP）数据

这边风景：全2卷/王蒙著. —北京：人民文学出版社，2018（2024.12重印）
（茅盾文学奖获奖作品全集）
ISBN 978-7-02-012673-6

I. ①这… II. ①王… III. ①长篇小说—中国—当代 IV. ①I247.5

中国版本图书馆 CIP 数据核字（2018）第 048945 号

选题策划　杨　柳
责任编辑　薛子俊
装帧设计　刘　远
责任印制　张　娜

出版发行　人民文学出版社
社　　址　北京市朝内大街 166 号
邮政编码　100705

印　　刷　三河市鑫金马印装有限公司
经　　销　全国新华书店等

字　　数　700 千字
开　　本　890 毫米×1290 毫米　1/32
印　　张　30.125　插页 4
印　　数　49001—54000
版　　次　2019 年 4 月北京第 1 版
印　　次　2024 年 12 月第 14 次印刷

书　　号　978-7-02-012673-6
定　　价　85.00 元（全二册）

如有印装质量问题,请与本社图书销售中心调换。电话:010-65233595

出版说明

一九八一年三月十四日,病中的中国作家协会主席茅盾致信作协书记处:"亲爱的同志们,为了繁荣长篇小说的创作,我将我的稿费二十五万元捐献给作协,作为设立一个长篇小说文艺奖金的基金,以奖励每年最优秀的长篇小说。我自知病将不起,我衷心地祝愿我国社会主义文学事业繁荣昌盛!"

茅盾文学奖遂成为中国当代文学的最高奖项,自一九八二年起,基本为四年一届。获奖作品反映了一九七七年以后长篇小说创作发展的轨迹和取得的成就,是卷帙浩繁的当代长篇小说文库中的翘楚之作,在读者中产生了广泛的、持续的影响。

人民文学出版社曾于一九九八年起出版"茅盾文学奖获奖书系",先后收入本社出版的获奖作品。二〇〇四年,在读者、作者、作者亲属和有关出版社的建议、推动与大力支持下,我们编辑出版了"茅盾文学奖获奖作品全集",并一直努力保持全集的完整性,使其成为读者心目中"茅奖"获奖作品的权威版本。现在,我们又推出不同装帧的"茅盾文学奖获奖作品全集",以满足广大读者和图书爱好者阅读、收藏的需求。

获茅盾文学奖殊荣的长篇小说层出不穷,"茅盾文学奖获奖作品全集"的规模也将不断扩大。感谢获奖作者、作者亲属和有关出版社,让我们共同努力,为当代长篇小说创作和出版做出自己的贡献,为广大读者提供更多的优秀作品。

人民文学出版社编辑部

谨以此书
纪念我的初恋情人
我的终身伴侣
与我共同经历了这一切的一切
并一再鼓励我写下了此作的
永远的崔瑞芳吾爱

序言

　　我找到了，我发现了：那个过往的岁月，过往的王蒙，过往的乡村和朋友。黑洞当中亮起了一盏光影错落的奇灯。

　　虽然不无从众的嘶喊，本质上仍然是那亲切得令人落泪的生活，是三十岁、三十五岁、四十岁那黄金的年华，是琐细得切肤的百姓的日子，是美丽得令人痴迷的土地，是活泼的热腾腾的男女，是被雨雨风风拨动了的琴弦，还有虽九死而未悔的当年好梦。

　　也曾有过狂暴与粗糙、愚傻与荒唐……你仍然能发现作者以怎样的善良与纯真来引领与涂抹那或有的敌意，以怎样的阳光与花朵来装点那或有的缺失。那至少是心灵感受与记载的真实，是艺术与文学的映照与渴求，是戴着镣铐的天籁激情之舞。

抬望眼,仰天长啸……四(三)十功名尘与土,八千里路云和月。莫等闲白了少年头,空悲切!

——1974 年开始写作本书

慨当以慷,忧思难忘。何以解忧,唯有文章(杜康)。

——1978 年写罢文稿

往事正(不)堪回首月明中。

——2012 年重读并校订之

狼狈中,仍然有不减的挚爱,有熊熊的烈火。我们相信过也相信着。我们想念我们的相信。只不过是真实,只不过是人生,只不过是爱情。在想念和相信中我们长进。也有天真与傻气盎然的仍旧的青春,却没有空白……

在年满七十八岁的时候我突然明白:我与你们一样,有过真实的激动人心的青年、壮年,我们的中国有过实在的二十世纪六十年代与七十年代。

目　录

上　卷

────────────

* 本书章回标题为陕西诗人王锋所拟,遵作者嘱列于书首。(编注)

下　卷

主 要 人 物

赛里木　　　县委书记。

米吉提　　　食品公司采购员。

伊力哈穆　　跃进公社爱国大队七生产队队长,当过工人,后还乡生产。本书核心人物。

乌尔汗　　　伊萨木冬之妻。

泰外库　　　七生产队马车夫。

里希提　　　爱国大队大队长,后任书记。

米琪儿婉　　伊力哈穆之妻。名字意为慈爱。

波拉提江　　伊萨木冬与乌尔汗的儿子。

伊萨木冬　　七生产队保管员。

库图库扎尔　爱国大队书记,后任大队长。

穆　萨　　　曾任七生产队队长。

雪林姑丽　　原为泰外库的妻子,离异后嫁给艾拜杜拉。名字意为丁香花。

巧帕汗　　　伊力哈穆的外祖母。名字意为启明星。

斯拉木　　　七生产队护林员。

伊塔汗　　　阿卜都热合曼之妻。

热依穆　　　爱国大队七生产队队长,后为副队长。

再娜甫　　　热依穆之妻。

吐尔逊贝薇　再娜甫之女。大队团支部书记。

麦素木　　　　原为县某单位科长。一九六二年事件中出走未果，后在爱国大队务农。

古海丽巴侬　　麦素木之妻，乌兹别克族。

尼牙孜泡克　　七生产队农民。泡克是绰号，大粪之意。

阿卜都热合曼　七生产队管委会委员。

艾拜杜拉　　　七生产队民兵队长。伊力哈穆之弟。

包廷贵　　　　新迁入七生产队的农民，汉族。

杨　辉　　　　县农技站驻公社技术员，汉族。

老　王　　　　爱国大队四生产队农民，汉族。

廖尼卡　　　　爱国大队水磨管理员，俄罗斯族。

玛丽汗　　　　恶霸地主马木提遗孀。

木拉托夫　　　原伊犁州干部，后以苏侨协会"专员"名义活动。

马尔科夫　　　廖尼卡之父，俄罗斯族，后选择了苏联国籍回国。

阿西穆　　　　中农，库图库扎尔的哥哥。

赵志恒　　　　跃进公社党委书记。

艾　山　　　　跃进公社社长。

塔列甫　　　　跃进公社公安特派员。

伊明江　　　　阿西穆之子，共青团员。

帕夏汗　　　　库图库扎尔之妻。

郝玉兰　　　　自称是包廷贵的妻子，真实身份不详。

库尔班　　　　名为库图库扎尔的养子，实为童工。

依卜拉欣　　　旧时代此地的另一名地主，现在四队。

狄丽娜尔　　　廖尼卡之妻。

亚　森　　　　木匠，宗教宣礼员。狄丽娜尔之父。

达吾提　　　　铁匠，大队支部委员。

穆　明　　　　大队水利委员，支部委员。

萨妮尔　　　　大队妇女委员，支部委员。

买买提　　　　地主依卜拉欣的侄子。

巴伊巴拉提　　哈萨克族牧主。

哈　兹　　　　巴伊巴拉提的祖父。

苏里坦　　　　大地主，依卜拉欣之父。

马文平　　　　教名努海子，回族，中农。穆萨的岳父，已故。

爱弥拉克孜　　阿西穆之女，幼年时失去了一只手。后为医生。

尼莎汗　　　　阿西穆之妻，爱弥拉克孜之母。

乌甫尔　　　　四生产队队长。绰号翻翻子。

莱依拉　　　　乌甫尔之妻，塔塔尔族。名字意为百合花。

莱希曼　　　　莱依拉之母，已故。

马玉琴　　　　穆萨之妻，回族。

马玉凤　　　　马玉琴的小妹妹，回族。

赖提甫　　　　曾化名萨塔尔，是伊犁敌对势力的一个神秘与危险的人物。

哈丽妲　　　　阿卜都热合曼的女儿，上海某大学毕业生，一九六二年事件中出走。

扎克尔江　　　公社通信员。

萨尔汗　　　　泰外库之母，曾受玛丽汗的迫害。

乌拉孜　　　　爱国大队牧业队牧民。

阿里木江　　　公社邮电所模范投递员。

惹扎特　　　　库尔班的生身父亲。

如兹汗　　　　库尔班之母，已故。

陈潭秋　　　盛世才时期应邀到新疆工作的中共党员,后被
　　　　　　杀害。

毛泽民　　　盛世才时期应邀到新疆工作的中共党员,后被
　　　　　　杀害。毛泽东之弟。

林基路　　　盛世才时期应邀到新疆工作的中共党员,后被
　　　　　　杀害。曾任库车县县长。

谢赫斯拉木　和田的一位高层宗教人士。

扎依提　　　公社拖拉机站站长,年轻时与乌尔汗跳过双
　　　　　　人舞。

艾　里　　　县邮局模范投递员,原籍阿图什。

玉赛因　　　跃进公社社长。

帕提姑丽　　公社妇联主任。

尹中信　　　驻跃进公社四清工作队队长,汉族。

章　洋　　　四清工作队队员,汉族。

阿巴斯　　　麦素木之父,已死。

亚力买买提　暗藏的敌人。

基利利　　　驻跃进公社四清工作队副队长。

塔　西　　　阿卜都热合曼的孙子。

萨坎特　　　四清工作队队员,哈萨克族。

何　顺　　　四清工作队队员,锡伯族。

玛依娜尔　　四清工作队队员。

别修尔　　　四清工作组组长。

这边风景

上卷

第一章　伊力哈穆　赛里木萍水通名姓
　　　　　　波拉提江　乌尔汗风尘失骨肉

"是的，快了，再有几个小时就到了。您是第一次到我们伊犁来吗？啊，太棒了！真是个美好的地方！我到过上海——了不起的高楼大厦，不过，人太多了。从白天到黑夜，从黑夜到白天，大街、小巷，川流不息的人群使你头晕目眩。我到过广州（和您一样，我也是采购员），珠江边的阳光是多么灿烂！可在那儿，谁见过漫无边际的、耀眼的飞雪？分不清四季的一年，过起来有多么单调！哈哈……您笑了，您大概笑话我是坐井观天，也可能的。我想告诉您，我到过东北的三棵树，也到过海南的三亚，到过炼钢中心也到过停泊船舶的码头……一句话，哪里也比不上我们小小的伊犁，如果说祖国的边疆是一个金子的指环，那么，我们的伊犁便是镶在指环上的一颗绿宝石！"

"我早就闻名了，伊犁是个好地方。"

"对呀，正是这样。那些关内的汉族同志是怎么想象我们的新疆的？荒凉的戈壁滩，干旱的沙漠，峻峭的冰山，阿勒泰的奇寒中男人要带着木棍小便，边尿边敲；吐鲁番的酷热中县长要泡在水缸里办公……不错，让人们随便议论新疆去吧。但我们伊犁不是这样。如果坐飞机，看起来就更明显，一过门楼山口，进入伊犁范围，到处是郁郁葱葱的一片碧绿！高山上是云杉密林，丘陵上覆盖着肥美的牧草，河谷地区，到处是纵横的阡陌，是庄稼，是果园，是花坛，白杨高耸入云，葡萄架遮住了整个的庭院……是这样吧？"

"啊……是的……"

这是一九六二年五月初,在一辆长途客运汽车上。汽车正沿着傍山依水的山间河谷公路盘旋而下。公路两旁都是山坡,山坡上矗立着无数四季常青的云杉,显示一种庄严沉静的墨绿色。时而在峭壁的顶端,一股清澈的雪水,伸延倾泻下来,到山谷汇入永远奔腾不已的急流,击打着怪石,冲刷着积年的落叶,扬起朵朵银花,旋转跳跃而去。

这是从乌鲁木齐出发以来的第三天,也是旅行的最后一天。历来都是如此,头一天还没有摆脱上路的匆忙慌乱,记忆还流连在始发的城市,旅客们彼此也还生疏。第二天不免有些疲劳,路旁的景物相形之下又显得荒凉而且陌生,旅行似乎正在使你远离热闹与繁荣,接近坚硬与寒冷。而第三天,旅客们相互熟悉了,又都怀着一种即将到达目的地的兴奋愉快的心情,你进入了绿洲,进入了房屋、店铺、人家、水、林木、牲畜与更多的声响。热烈的交流此起彼伏,笑声和话声交响在一起。现在,正在不无夸张地讲述伊犁的美妙的是一个蓄着美丽的黑胡须的中年维吾尔人,过了二台以后,他摘下了蓝华达呢制帽,换上了一顶用细毡子做的、略近船形的、镶着黑丝带子的讲究的帽子,他穿着一身漆黑的条绒衣裤,腰上系着一条黑绸子做的褡包,说起话来眉飞色舞。他的谈话对手和他并排坐在一起,是一个年龄稍大一点,鬓角有些花白,脸上总是带着一种谦逊的笑容的干部。那位黑胡须阿哥觉得自己一个人滔滔不绝地讲下去或许有些失礼,所以,他有时回转过身来,征求一下坐在他后面的一个体格健壮,中等身材,在浓黑的眉毛、突出的眉骨下面长着一双深邃的,甚至相当秀气的大眼睛的年纪轻一些的维吾尔男子的意见。他说上一段,便回头问道:"是这样吧?"得到的总是肯定的回答。于是,他放心满意地继续叙述下去。

"为什么伊犁这么好呢？因为伊犁有丰富的水源。哈什河灌溉着三县一市的土地。特克斯河、巩乃斯河也是取之不尽，用之不竭。这三条河流汇成了汹涌澎湃的伊犁河，伊犁河既提供了哺养我们的土地和人们的乳汁，又是排除盐碱、疏浚洪水的天然通道。在伊犁，到处还有四季恒温恒量的泉水。我去过吐鲁番，噢，请吐鲁番人原谅我！我们浇麦地跑掉的水也不比他们大渠里的水少！土地肥沃，气候温和，您看看伊犁树木的叶子是多么黑绿黑绿的！有人施肥吗？不，没有人施肥。真是个插上手杖也能够发芽长叶的地方！这可不是传说：在伊犁，许多供电工人就碰到过这样的麻烦，您扛来了电线杆子，您把木杆子入土的那一端注上了炽热的沥青，然后，您把它埋到了地里，过了两个月，一场雨后，我的天啊！它活了，伊犁的泥土，伊犁的空气，伊犁的水赋予它以生命，电线杆子伸出了枝条，这是多么有趣的事情！"

黑胡子阿哥说得得意起来，半闭上眼睛，哼哼起一支富有伊犁地方特色的，既开阔悠扬又萦回缠绕、难解难分的民歌。接着，未开口自己先笑起来：

"我们单位有个汉族小伙儿，苏州医学院毕业的。他刚到伊犁，要到西公园去逛逛，我先告给他路，他不好好听，出去转了半天没有找到公园。原来，照他的经验，他以为哪里树多哪里就是公园，他走啊，走啊，到处都有那么多的树。结果，他迷路了。哈哈……其实，整个伊宁市，就是一个大公园……看！我们到了什么地方了？您闻见了没有？"

他叫了起来，用手指着车窗外的正在向后飞驰的一簇一簇的果树，随着车辆的下坡行驶，针叶树渐渐稀少了，现在山间两旁，是成片的野果林，正是开花的季节，枝头的花朵，像一块一块铺展开的雪白的丝绢，阵阵沁人心肺的芳香，不时袭入车内，令人清爽愉悦。

那个鬓角花白的干部用力吸了口气,赞叹地说:"真多啊!这都是……"

"这里就是著名的果子沟,汽车在野果林里要走一个多小时。到处都是野苹果,生吃不太好,但是可以熬果酱,可以酿酒。有时候,落满地面的野苹果堆积得很厚,它们自动地发酵了,变成酒和糖了,鸟儿们、獾、黄羊、麋鹿一直到刺猬,吃多了这些含酒含糖的果子,它们醉了,它们走在路上一溜歪斜,摇摇晃晃,哈哈哈哈。有一次这里来了一头阿尤,也就是哈熊(棕熊),吃多了醉苹果,它走在山沟里,弯腰、伸腿、挥掌、全身乱颤,啊,那是跳舞……哈熊跳起舞来,这是只有伊犁才看得见的节目……

"再往下面,就有真正的果园了,现在伊犁的农民,家家都有奶牛,家家都有果园。您知道伊犁的夏柠檬苹果吗?个儿不大,绿中带着黄,柄下有一块深褐色的晕斑,它有多么香啊!有一次,我提着一兜苹果,在乡间的土路上行走,一下子招来了那么多蜜蜂围着我的网兜飞,吓得我狂奔起来……哈哈哈……是吧?兄弟。"黑胡子阿哥转身问道。

"啊,是的,当然。您把我们伊犁的好处说得很好听,很动人……"

"再说伊犁的蜂蜜……"黑胡子继续讲述。

"不,先不说蜂蜜吧。"坐在后面的浓眉毛的"老弟"扬了一下手,打断了他的话,"我是说,年年岁岁。我们讲伊犁的白杨、苹果、酥油、蜂蜜……是不是已经讲得够多了,已经讲得太多了呢?"

"您这是什么意思呢?"黑胡子眨一眨眼睛。

年长的干部注意地转过了头,打量了浓眉大眼的"老弟"一眼。

汽车里又有几个人被他们的谈话吸引了,把视线投了过来。

"没有什么，""老弟"低了一下头，一瞬间似乎有点不好意思，然后，他有些激动地开始说起来，"从小我就听人们讲伊犁的得天独厚的气候、环境和物产。虽然那个时候，白杨和苹果，蜂蜜和奶油并不见得人人都能够享用。哪里没有穷人呢？但是，即使是这样吧，伊犁人谈起自己的家乡来总是充满着骄傲。现在呢，我们说得就更带劲了。伊犁人走到哪里都要描绘家乡的白杨和苹果。少说一点，不行吗？"

"您是说，我们伊犁人爱吹嘘自己的家乡吗？哈哈，很可能的。"黑胡子笑了起来，"在谈论乡土的时候，我们伊犁人从来不懂得谦虚……"

"那是自然。自己的母亲最慈祥，自己的家乡最可心。拿我来说吧，我是阿图什人，到伊犁地区定居已经四十年了，然而我还是想念阿图什的无花果。如果有人给我一片阿图什的无花果干，我宁愿用一百只伊犁的苹果换它！"一个白须飘拂的老人说。

又一阵哄笑声。黑胡子不满地低头嘟囔说："这么说，你为啥不回南疆去？"

大眼睛"老弟"嘴动了一下，本想再说点什么，又把话咽了回去。

"我没有到过伊犁，"年长些的干部说，"但是我知道，我相信，伊犁是个好地方，是个光荣的地方，是个引人注目的地方。近来，伊犁的情况怎么样？"他问"老弟"。

"我也有好久没有回去了。听说了一点。"

"您是……"

"我是一个农民。当了三年工人，现在回公社，继续当我的农民。"

年长些的干部模样的人点了点头，说："我叫赛里木，从南疆调到你们伊犁来工作了。往后,还请你们多帮助呢!"他看了一眼黑胡子。黑胡子高兴起来,说:"我叫米吉提,您到食品公司一问米吉提采购员,没有不知道的。"

"我叫伊力哈穆,家在跃进公社爱国大队第七生产队。"

于是,三个萍水相逢的朋友,通了名姓,继续闲谈起来。

汽车过绥定①了。伊力哈穆仿佛听到了自己的心跳,他目不转睛地注视着车窗外的一草一木,像久别了的儿子寻望着自己的母亲。三年前离开这里的时候新植下的小树苗,现在已经洒下了大片的绿荫。在原来只有几座错落的小土屋的高低不平的村舍里,出现了崭新的大队办公室、学校和粮仓。远远向南望去,时而被丘冈遮住,时而又出现在眼底的隐约可见的玉带一样的伊犁河,正升腾着春日的氤氲。摩托车队斜对面的大水磨,仍然是轰响着那不分昼夜从不停止的声响。再过去,有一个居民的院落,伊力哈穆还记得,三年前离开伊犁的时候,这家正对着院门的精心修砌的方正光泽的炉灶曾经引起过他的兴趣,现在他想看一看,炉灶是否还在那里;可惜,院门关闭着……三年前,二十七岁的伊力哈穆,不顾自己年龄已经偏大,根据公社党委的安排,作为新招收的青年工人的带队者,离开伊犁,到乌鲁木齐一个机床厂学习镗工。他决心做一个产业工人,为祖国的工业化贡献自己的热汗和心血。但是,不管是在集体宿舍还是在俱乐部的晚会上,一闲下来,他就想起伊犁:一九五八年大兵团作战平整的土地,这两年可获得了满意的收成?里希提书记一直张罗着的大队农机站,可买到了"东方红"牌拖拉机?甚至在乌鲁木齐他也订了一份《伊犁日报》。不但看来自故乡

---

① 当时的绥定县,一九六五年更名为水定县,一九六六年撤销此县建制并入霍城县,霍城县驻地由霍尔果斯镇迁至水定镇。

的革命和生产的喜讯，而且也不放过每天的天气预报。为一场适时的春雨欣慰，为一场早来的霜冻忧心。如今，说是全国遇到了百年不遇的大灾害，粮食成了全国人民面临的最大问题。在党的充实农业第一线的号召下。他回来了，他又看到了伊犁河边碧绿的田野，他又闻到了伊犁河谷的清香湿润的空气。家乡的话语也是分外亲切的，在霍城停车时向乘客兜售葵花子的孩子，不说每公斤六毛五分，而说是六十五分①……萨拉姆，伊犁！萨拉姆，乡亲们！

　　在一阵标志着客运汽车到站的铜铃声中，汽车拐了几个弯停下了。米吉提采购员到了目的地以后，顾不上新结识的旅伴儿，兴冲冲、急匆匆下车离去。伊力哈穆与赛里木道了再见，便爬到车顶行李架上，帮大家取行李。越是妇女和老人，行李就越大越重。伊力哈穆吃力地拎起一个个行李包，再走到扶梯上，一一交到主人手里。最后，只剩下伊力哈穆自己的简单的行李卷了，旅客们也差不多已经走光了。伊力哈穆将行李抛到地上，准备下车的时候，忽然听到了一声凄厉的、令人毛发倒竖的惨叫。

　　伊力哈穆不由得停住了脚。站在车顶上，周围的一切看得清清楚楚。本来，在取行李的时候，伊力哈穆已经隐隐觉到伊宁市的景象有点异样。长途客运汽车站边，原本是指定的农贸市场，郊区农民可以在这里出卖一些瓜果、蛋禽、莫合烟②之类的农副产品，历来这里都是熙熙攘攘、簇簇拥拥的，今天，却杳无人迹。当某一辆长途客车到达的时候，客运站四周历来会聚集着一些拉脚的毛驴车争相招揽顾客，今天却一辆也没有。还有，伊犁的居民大多习惯了把窗子开到临街的一面，白天，透过精美的挑花窗帘可以欣赏繁

---

① 伊犁人计算钱币时一般用分和元两个单位。
② 在俄苏小说中称为"马合烟"。

华的街道和过往的行人,晚上,才把安装在窗外的木窗扇严严关住;今天,才下午三点多钟,大部分木窗扇却关得严严实实。这都是令人疑惑的兆头,虽然伊力哈穆一时还没有反应过来。

"出了事了?"伊力哈穆心里一沉。于是,他顺着声音望去,只见一群人——其中大半是刚下车的旅客——围拢着一个披头散发的妇女,惨叫的声音,就发自那里。

伊力哈穆夹着行李走出了客运站,向人群走去,只听见一声又一声的号哭。"怎么了? 这是怎么了?"伊力哈穆问,没有人回答。有几个人叹着气,摇着头,离去了,伊力哈穆往前凑了凑,这才看见那个痛不欲生的妇女,发辫散开,头巾耷拉在身后,浑身尘土,泪水划在脸上变成横一道竖一行的泥污。她正抓着胸脯,抖颤着身躯,呼天抢地地号哭:

"让我死了吧! 让真主惩罚我! 让魔鬼整治我! 这是多么可怕的灾祸! 我的乖孩子,我的生命的生命,我的可怜的!"妇女捶胸顿足,又狠狠地打自己的嘴巴。人们拉也拉不住。

泪水、尘垢和痛苦使妇女的脸变了相。伊力哈穆急切中分辨不出这个人的面容。但是他觉得很面熟。"难道是她?"伊力哈穆冲到了那个妇女面前,"乌尔汗姐! 乌尔汗大嫂! 是您吗? 您这是怎么了?"

乌尔汗没有任何反应。她哭着,叫着,抓着自己的头发,撕着自己的衣衫,她又要打自己,伊力哈穆死命拽住她的手。她哽咽了,说不出一句话,突然,一头栽倒。

伊力哈穆一把扶住了她,然后轻轻地帮她坐在地上,靠在自己的行李上。他问周围已经不多的人:"到底发生了什么事情?"

"发生了什么事情? 您不知道吗?"一个戴着羊皮圆帽的老人回答,"她是从霍城的清水河子返回来的乘客……她丢了儿子。那里,也有的孩子丢了父母;昨天这儿还有一个狗崽子,他上车要跑,他的老妈妈拉着他不让他走,他竟然一脚把老妈妈给踹倒在地上!不像话哟!"

"为什么？为什么会这样？"

戴羊皮圆帽的老人向伊力哈穆翻了翻眼,对他的问题感到奇怪。这时,正好一辆小汽车风驰电掣地从街心驶过,老人迷惑地指着伏尔加牌小车说道:

"说是因为他们哪!"

透过扬起的团团烟尘,伊力哈穆看到了苏联领事馆的标志。

伊力哈穆明白了。

伊力哈穆是有思想准备的。在工厂,他已经多次听到了传达报告,上边说赫鲁晓夫上台以后变成了修正主义,说是他在苏共二十大上大骂了斯大林。当时还是新党员的伊力哈穆听了别别扭扭,好像是吃了不洁的食物。一九五九年,在纪念列宁诞辰九十周年的活动中,伊力哈穆似懂非懂地学习了三个有关文件,一个是《列宁主义万岁》,一个是《在列宁主义的旗帜下奋勇前进》,还有一篇叫什么,他想不起来了。距离伟大的祖国中国与他的故乡伊犁只有几十公里的、过去说是非常伟大甚至更加伟大和先进的、无敌的苏联,现在与中国掰了,他不免触目惊心。今年以来,家乡的里希提书记和他的妻子米琪儿婉也通过信件报道了正酝酿在伊犁、塔城地区人们头上的黑云恶雨。五月初,伊力哈穆离厂前夕获得了在塔城一些地方人心浮动,说是有国内外敌人诱骗裹胁边民外逃的消息。在他这次动身前夕,厂党委第一、二把手和他谈了整整三个多小时。党委书记说:

"与其说是回家,不如说你是出发到硝烟弥漫的火线上去。斗争是激烈、复杂、曲折的。伊犁人民正面临着严重的考验。艰巨的斗争正在等待着你。我们的先人曾经为了不让侵略者的魔掌攫取可爱的伊犁而奋战。我们的父兄曾经为了不让国民党反动派蹂躏美丽的伊犁而流血。现在，轮到你，伊力哈穆同志，为保卫和建设那神圣的土地而献身了！祝你胜利！我们全厂、全新疆和全国的工人弟兄们都在注视着你！"

书记讲得高屋建瓴，大气磅礴，伊力哈穆是五体投地，深受教育，但他仍然不无迷惑，书记讲得太像《人民日报》社论了，他还没有那个一接触社论就联系得上家乡的实际的水平与思维习惯。而只要一提到家乡伊犁，他马上想到的是绿洲，是果园，是奶牛，是花头巾，是唱歌，是伊犁大曲，是土造啤酒，是俄式四轮马车狄西罗，是小伙子们的放肆的狂笑，是夏牧场上的哈萨克牧民帐篷和他们酿制的酸马奶……他想象不出伊犁是如何变成了国内外政治角斗的前沿杀场，到处是明枪暗箭、火并死掐、硝烟四起、不共戴天……

是的，他全然没有料到，当他这一次重又踏上家乡的亲爱的土地的时候，在不知第几百次高谈阔论了伊犁的得天独厚的奶油与蜂蜜之后，紧接着迎接他的竟是稀少的行人、萧条的市面、紧闭的门窗、惶恐的目光，还有乌尔汗的那撕肝裂胆的惨叫！人们不是都说，伊犁人是最乐观、最少忧虑的吗？不是说，伊犁人哪怕只剩下两个馕饼，也还要拿出一个当作手鼓敲打着起舞吗？解放十多年了，人们都相信自己的生活越来越幸福，越来越繁荣，如果有什么困难麻烦，也只不过是暂时的插曲，转眼间一切都会是美妙无比。在解放路的街心，不是总有穿着彩色的连衣裙、系着争鲜斗妍的各色头巾的姑娘们挽着手臂，唱着歌儿行进吗？在西沙河子的林荫道上，不是总有摇响着脖子上的铜铃、甩动着耳边的红缨的四套马拉动的俄罗斯式四轮马车，载着刚刚喝完喜酒的欢歌笑闹的人群欢天喜地、风驰电掣而过吗？这个一年四季，室内室外，到处是鲜花和绿茵,到处是瓜果的甘美、油肉的丰腴、酪奶的白嫩、醇酒的酣畅的地方到底遇到了什么灾祸?

乌尔汗渐渐睁开了眼睛,僵硬地弯曲着的手臂无力地垂了下来。她茫然看了伊力哈穆一眼,若有所思。一滴浑浊的、大大的泪珠,停留在她的眼角上。

"乌尔汗大嫂,告诉我,您怎么了?"

"早晨,没有把孩子交给我……上车的时候……波拉提江……丢了。"乌尔汗用微弱的声音好不容易才答了这么几句。

戴羊皮圆帽的老人走过来,向伊力哈穆介绍说:"早上,去霍城清水河子边界的班车,都是些要到那边去的家伙,秩序混乱极了。车开了,有一个五六岁的男孩哇哇哭叫着'妈妈! 妈妈!'后来不知道被谁抱走了。这大概就是她的儿子波拉提江吧?那时候光顾上车,不管孩子,现在又回来找来了,到哪里找去!"

"乌尔汗大嫂! 您——您也想到'那边'去?"伊力哈穆不由自主地倒退了一步,似乎有一股寒气袭来,他盯着乌尔汗,目光里流露着惊疑、困惑,也许还有痛楚。

长久的沉默,乌尔汗闭上了眼睛。终于,她又睁开了眼,吃力地,坚决地说:

"杀了我吧! 枪毙了我吧! 抓起我来,鞭挞我吧! 但是,我不到'那边'去,不去,哪里也不去!"

"对呀! 到哪里去? 离开故乡,离开自己出生和长大的地方!唉……愚蠢的可怜的人哪!"老人摇着头,叹着气,自言自语地走掉了。

知道现在不是谈话的时候,再多问也没有用。伊力哈穆安排乌尔汗躺靠在行李上休息,他转身向解放路派出所走去。派出所离这里不远,是当年三区革命领导人阿合买提江先生居住过的地

14

方。宽敞的走廊,满院的树荫,雕花的实木门窗给人一种安详适意的印象。伊力哈穆进去,到了值班室,一个穿着白色民警服装的锡伯族女同志在那里值勤。

"请问,有没有人捡到一个小孩子送到派出所来?"

"什么样的?"

"男孩儿,将近六岁。他叫波拉提江。"

"您的孩子吗?"女民警严厉地瞥了伊力哈穆一眼。

"不,我刚从外地回来……"伊力哈穆叙述了经过。

"请等一等。"女民警把抽屉关好,走出值班室。伊力哈穆也自觉地抽身准备退出,女民警含笑说:"请坐,坐在这儿等吧,我问一问就回来。"女民警到各组各室问了一圈,皱着眉转回来告诉伊力哈穆:"糟糕,没有人见。请把您的地址和姓名留下,有什么消息我们再通知您。您应该批评、教育孩子的母亲,她不能这样粗心呀!"

"是的,麻烦您,再见。"

"不麻烦,再见。"

这个锡伯族女民警是这样从容镇定,和蔼有礼,使被刚下车后的意外情景搞得激动不安的伊力哈穆的心头为之一亮。他好像看到了一块在山洪的冲击下不为所动的小小的石子,晶莹透亮,沉稳有定,映射着太阳的光辉。"不,我们的阵脚绝不会被一股小小的旋风刮乱。"从派出所走出来的时候,伊力哈穆似乎踏实了些,步子也沉着了些,脸上浮着一丝不易觉察的微笑。

然而,仍然是麻烦。从伊宁市到跃进公社,还有十三公里的距离。下午班车的时间,已经耽搁过去了。乌尔汗像一个重病号。伊力哈穆一手夹着行李一手扶着乌尔汗,什么时候能走到家呢?正当伊力哈穆和乌尔汗在街头为难的时候,一辆新式马车——被维吾尔农民干脆唤作"胶皮轱辘"①的,随着赶车人的吆喝和刹闸的刺耳的吱嘎声停在了他们的身旁。

"伊力哈穆哥,是您吗?"

赶车的小伙子从车辕上跳了下来。他身躯健壮,四肢粗大。与高大的身量相比,他的头和脸也许显得略小了些,但是由于他的丰密的自然卷曲的头发和满脸的青色的胡子茬的弥补,他的外形仍然是匀称且健美。

"泰外库兄弟,你好!"伊力哈穆喜出望外地认了出来。

泰外库披着皮大衣,戴着硬壳帽②,眉毛高高挑起,眼神里流露着过多的精力和多变的热情,还有一种满不在乎的天真、大大咧咧和骄傲。他习惯地眯着左眼,用右眼打量人,然后紧紧地再次拉了一下皮缰绳,约束住了急躁地刨着蹄子的辕马,把鞭子从右手倒到左手,腾出右手来与伊力哈穆热情相握问好。

"听米琪儿婉姐说,您快回来了,我们天天盼望着。刚到吗?太好了,上车吧。"

"先把她扶上去吧。"伊力哈穆指一指乌尔汗。

泰外库这才注意到乌尔汗的存在,深深皱起了眉头。"怎么?她在这里?"

"一下车就碰见了她。"

"让她上车?"泰外库很迟疑。

"你这是怎么了? 你看她这个样儿,难道让她自己走回去?"

"随便。上!"

---

① 过去,此地农村多使用木轮车,对于橡胶轮胎并不多见,各族百姓干脆俗称使用橡胶轮胎的车为"胶皮轱辘"。

② 南疆维吾尔人多戴本民族传统花帽,北疆则受苏联影响,有相当多的男性戴可遮阳的硬壳帽,女性则用头巾代替花帽。

三个人都上了车,伶俐的马匹不等吆唤就迈动了步子。

"你不愿意社员搭你的车?"伊力哈穆不解地、责备地问。

泰外库回头看了一眼乌尔汗:乌尔汗像死人一样地闭着眼睛。从来没有叹过气的泰外库叹了一口气,从牙缝里挤着话说:

"库图库扎尔书记宣布了,伊萨木冬和乌尔汗夫妇是盗窃犯,是两个脑袋的贼,是叛国分子。"

乌尔汗没有任何反应。

"库图库扎尔——书记?里希提呢?"

"里希提哥现在是大队长,他们俩调换了。"

"为什么?"

"我哪里知道?啾!"泰外库驱赶着马。

"你这是从哪里来?怎么拉空车?"

"我在跑副业,给食品公司拉运输呢。刚卸完货。"

"跑运输?现在苞谷都种上了,怎么还跑副业?"

"我哪里知道,穆萨队长的安排。"

"穆萨当队长了?"

"嗯嗯。队里的变化多着呢,你住下来就知道了。你,不走了吧?"

"不走。这是什么?"车一晃,伊力哈穆歪到了身旁的麻袋上,碰到了麻袋里圆咕隆咚的一样东西。

"谁知道?大概是羊油之类的。食品公司一个人叫我捎给穆萨队长的。"

伊力哈穆没有言语。过了一会儿,他才问:

"你的日子过得怎么样?雪林姑丽可好?"

"我……我哪里知道?"一片愁云,遮住了泰外库的精壮的面容,亮闪闪的眼睛,也一下子暗淡了下来。

"嘀！嘀！啾！阿囊①……"他突然大喝起来,用常对牲口使用的语言斥骂着牲口。

受了惊的马匹,提起四蹄,迈开大步,猛然奔跑起来。

小说人语：

永远的家乡,永远的心里的天堂。灾难降临到天堂,这是小说学,也是真切的纪念:我们曾经是多么的紧张……

"我哪里知道?"这是这里的一句口头禅,它反映了处境,也反映了选择,反映了无奈,也反映了随遇而安;没有权利也没有责任,没有获得信息的渠道也没有参与的可能与冲动……我——哪——里——知——道?

---

① 维吾尔语骂人的话。

第二章 抡砍土镘　回乡知人事有代谢
　　　　丢存库麦　入夜闻大队竟戒严

在伊力哈穆家的木栅栏门口，八十岁的巧帕汗嘤嘤哭泣。维吾尔族的风习就是这样：妇女们乃至男子们和久别的（有时候也不是那么久）亲人相会的时候，总要尽情地痛哭一场。相逢的欢欣，别离的悲苦，对于未能够在一起度过的、从此逝去了的岁月的饱含着酸、甜、苦、辣各种味道的回忆与惋惜，还有对于真主的感恩——当然是真主的恩典才能使阔别的亲人能在有生之年获得重逢的好运……都表达在哭声里。也许，老人想起了自己惨死在旧社会的小女儿——伊力哈穆的母亲？也许，她想起伊力哈穆的不幸的童年和自己抚孤成人的艰辛？也许，这个性格坚强的老人，在分离的时刻她抑制住了自己的内心激动和一腔泪水，在分居两地的日子从不叫一声苦，而只是在重新与最亲近的亲人相见的时候才打开了情感的闸门？也许，她只是为伊力哈穆的平安健康归来，为自己如此高龄又一次与亲人相聚而高兴，高兴得喜泪横流？也许在过往的年代，生离死别乃是常事，不足为奇，也没有那么多眼泪为之流淌，倒是久别重逢是人生难遇的奇迹，令人无法控制自己的情感？

哭声惊动了庭院。须发皆白的斯拉木老汉走过来了。正在打馕，满手都是白粉的伊塔汗老太婆也走过来了。面色红润的再娜甫在女儿吐尔逊贝薇的陪同下走过来了。她们都肃然注视着这古老而庄严的场面。伊塔汗用围裙擦着眼睛，再娜甫用手指抹着眼角。伊塔汗喃喃自语："回来了，回来了，只要是平安，我们就能相见。"伊力哈穆的两眼含着热泪，在这个简单的欢迎"仪式"里，他也深深地被感动了，他感到了本民族的源远流长的热情而质朴的灵魂，他感到了故乡的族人父老的爱抚、期待和祝福。他的心与伊犁河的滔滔流水，与新疆杨的挺拔躯干，与历经沧桑的老一辈贫下中农，紧紧地，紧紧地联结在一起。

妻子米琪儿婉靠着室内的柱子。这个哪怕是在发怒的时候脸上的两个深深的酒窝里也总是浮现着笑意的米琪儿婉，这个在送伊力哈穆上路的时候用日常的平静的声调叮嘱他"好好干！做毛主席的一个好党员！"的米琪儿婉，只是在听到了巧帕汗的哭声的时候，她才悄悄擦了下眼睛。伊力哈穆的脚步声离近了，她连忙抑制住自己。随着巧帕汗的兴冲冲的叫喊——当然这时，眼泪与离别都已经远远地抛在大门外的渠水里了，伊力哈穆风尘仆仆，却也是精神奕奕地走了进来。依然是那方正的面额，分明的轮廓，进门的时候那熟悉的将头一低的姿势；米琪儿婉低声向丈夫问好，然后，像家里来了客人，她急急忙忙地抱柴火，去烧茶，去摆桌子和铺餐单。她的表情和动作洋溢着那样多的快乐，尽管她放缓了脚步又低下了头，仍然遮掩不住。她提起铜壶给伊力哈穆洗手洗脸，又摆出了大馕和小馕，茯茶和方糖。伊力哈穆吹着滚烫的热茶上的茶叶梗，还没有来得及喝一口，伊塔汗进来了，从裙子里拿出了两个刚刚出炉的金红色的酥油馕。伊塔汗刚出门，吐尔逊贝薇端着一碟子米肠子走了进来："妈妈让我端来的。"伊力哈穆叫住了转身要走的吐尔逊贝薇，询问她队里的情况和团支部的工作。吐尔逊贝薇说："您先休息吧。要讲的话还多着呢，您来得正是时候……"斯拉木老汉的小孙子端着一大盘散发着甜香气味的抓饭歪戴着帽子走了进来，他撂下抓饭，话也不说就走了。乡亲们的深情厚意，是无需言语注释的啊。

家乡的饭食琳琅满目,伊力哈穆先从土炉①里烤出来的馕饼吃起。家乡的事情千头万绪,伊力哈穆先从里希提书记的行止问起。

"里希提书记在吗?"

"不,他到山上的牧业队去了。"

"听说他不当书记了?"

"不是的②,里希提现在不是书记了。"

"怎么回事?"

"谁知道?去年冬天,县里有一位麦素木科长在这里搞整社,让里希提书记检查他大跃进中的缺点和错误。开了好几个晚上的会,让大家提意见,还让里希提书记站起来,站了一个晚上。尼牙孜泡克③、穆萨他们卖弄了许多空话,我们都不爱听。我们想发言反驳尼牙孜、穆萨他们的意见,又不叫我们说。最后给里希提书记总结了几条错误,什么强迫命令啦,浮夸啦,一平二调啦,最后宣布与库图库扎尔调换了工作。"

"强迫命令、浮夸、一平二调?这些,都是库图库扎尔做的,当时里希提就反对的。"

"谁知道?里希提书记自己倒是也检查了大队工作的这些方面的缺点。"

"嗯,"伊力哈穆停顿了一下,虽说是在家里,他总不能一进门就发表一通意见。他又问,"穆萨当队长了?"

"还没到家,你就知道了?"米琪儿婉的眉毛一挑,看了丈夫一

---

① 一般汉译馕坑,因发音为吐努尔,作者称之为土炉,以兼顾发音与含义。
② 维语习惯,是按照答句本身的字意,而不是按照提问人的问法来使用肯定或否定语气词,这一点与世界多种语种相同,与汉语不同。
③ 泡克的意思是粪便,从这个绰号,不难想象到这个人的名声。

眼，"你走以后，热依穆哥当队长。但是，自从库图库扎尔担任书记以后，热依穆就提出来不干了。今年二月，库图库扎尔主持队上的社员开了大会，他说：'你们的热依穆队长躺倒了，怎么办？选谁当队长？'有提阿卜都热合曼的，他说太老了。有提艾拜杜拉的，他说太小了。会开到半夜，库图库扎尔提出要穆萨当队长，有的社员不同意，穆萨表了个态，顺着舌头淌蜜汁——说的都是漂亮话。库图库扎尔宣布说：'再没有反对意见了吧？那好吧，今后穆萨当队长，热依穆当副队长。'队长就这样定了，社员也没有举手。"

"哦。"伊力哈穆点点头，"那伊萨木冬是怎么回事？"

"伊萨木冬的事你也知道了？"米琪儿婉惊奇地睁大了眼睛。

"肮脏的东西！"吃过菜，往墙上一靠，闭着眼睛打盹的外祖母听到了伊萨木冬这个名字，气愤地骂道。

"到底是怎么回事？"

"你不休息了吗？喂，伊力哈穆，刚回来你就问个不停啊。"米琪儿婉略带埋怨地说，"再说，我该给羊去添草了，还有鸡。话，以后再说吧，你允许吗？"

"等一等，"伊力哈穆拉住了正要起身的妻子，"瞧，我这一回来你就侍候起来没个完，我这儿一动不动，又吃又喝，还要怎么休息呢？羊和鸡的事我去办。回来，你给我好好讲一讲伊萨木冬的事。"

伊力哈穆喂了奶山羊，关了鸡舍，顺手捡了两个鸡蛋。尽管是如此细琐的小事，伊力哈穆仍然干得很起劲，因为这些事对于他是这样新鲜而又这样熟悉。干了这些事，他的农民的灵魂重新回到他的伊犁人的躯壳，他的身心当真又回到自己的家园自己的房舍。一块又一块石头落地了，他觉得分外踏实。他甚至不大相信，三天前他还在乌鲁木齐的工厂里。也许他根本没有离开过这小小的果园和院落吧？一切都清洁整齐，井然有序，那平光如镜、见棱见角的灶台，那闪光的铜壶、铝壶和搪瓷锅，那整齐地悬挂着和立放着的面罗、扁担、铁锹、砍土镘和扫帚，那架在木板上、盖着薄木盖的水桶和瓦罐，以及南瓜和向日葵的幼苗，叶片上水珠未干的盆花……处处都表现着主人的能干和勤劳。谢谢你呀，巧帕汗外祖母！谢谢你呀，米琪儿婉，我的友人和伴侣！

一只大花猫从墙头上跳下来，溜到伊力哈穆的身边，喵喵叫个不住。"你还认识我么，匹什卡克①？"伊力哈穆伸手抚摸着猫的小小的圆头。这是隔壁阿卜都热合曼家养的猫，这个猫也常常到伊力哈穆家来捕捉老鼠，正像它的主人在各方面都与伊力哈穆互通有无互相帮助一样。伊力哈穆怀着一种似乎刚刚喝完一杯浓酒的温煦的心情，正要推门进屋，却看到泰外库在院门外正在向他招手。大个子站在那里，低矮的院墙只不过遮住他的半张脸。

"请进！请屋里坐！"伊力哈穆赶紧走过去，拉开门。

"不，"泰外库摆摆手，"问你两句话我马上回庄子，再晚了就戒严了。"

"什么？戒严？"这个名词伊力哈穆早已遗忘了，他不解地问。

"大队的规定，九点钟以后不准任何人外出……以后再说这些吧。"说完，泰外库坐在院门旁的土台上，土台是为了夏季乘凉而修的，对于骑马的人来说，也能够提供上下乘骑的便利。伊力哈穆也只得坐到了泰外库的身边。

"你回来干什么来了？"

"你不是知道了吗？上头说是为了要大办农业，以农业为基础，城市职工精简，我自个儿要求回来和你们一起抢砍土镘，咱们

_____
① 匹什卡克，猫的名字，匹什，犹如汉语中的"咪咪"，卡克则是宠物化称谓。

夺取丰收高产呀。"

"我不是说这个，我是问，乌鲁木齐有什么情况吗?"

"什么情况? 情况就那样呀。全国的灾荒严重，比较起来，咱们新疆就算是好的了。这不，甘肃的孤儿院吃不饱饭，现在迁到咱们伊犁来了。我们在乌鲁木齐，天天开会，说是什么来着:气可鼓，不可泄。还要批判批判，美帝、苏修、各国反动派、地富反坏右地方民族主义民族分裂主义都要批判，这样大家干劲就十足啦!"

"我不是说这个，"泰外库摇了摇头，"我是说，你看到，听到什么了吗?"泰外库停了停，问道，"是不是有许多汉族人来到了新疆?"

"这是什么意思?"

"是这样，有人说，关内遭了大灾，有许多灾民都到新疆来了。"

"有是有一点吧。听说咱们公社也有从青海、宁夏、甘肃、四川，最远的是河南来的，叫做盲目来的'盲流'吧?"伊力哈穆警惕地瞭了泰外库一眼。

"城里和乡下，饭馆和商店里，都有人说，还说是，这部分汉族人很不好，其中还有吃人的……"

"胡说! 这是谁造的谣言?"

"我也不信。可也不完全是谣言，伊力哈穆大哥，你不知道，咱们大队新来了一家汉族社员，老包，我们都管他叫包廷贵①，就是高勒皮鞋，他们可太坏了，刚来没几天就偷兵团基建工地的木头。他们就住在庄子，住在我家的对面。他们养猪，这也随便，可他老是把猪放出来，喝大渠里的水，给他提意见他就骂人，骂的话太难听。现在，庄子的老人都不喝那条渠里的水了，他们跑到两公里以外的

---

① 此词来自俄语的维吾尔化读音。

闸口上面挑水去。"

"这样么？高勒皮鞋我不认识，我也不知道他的事。这么说他不大好。他坏，那就是他坏罢了，他也代表不了汉族，你说是不是？泰外库兄弟你可别听那些信口开河的话。公社的技术员杨辉还在吧？她不是汉族人吗？还有赵书记，还有公社化时来的工作组长老罗同志，还有四队的老王，土生土长的汉族，和我们一样的好人哪……"

"他们都是好人，没说的。"泰外库信服地点着头。

"解放以来不断地有汉族人来新疆：有工人，有解放军，有干部，有支边青年，也有大学毕业生。这有什么不好？他们帮助我们。我们也帮助他们。来几个汉族人也不是坏事呀……"伊力哈穆恳切而又有点遗憾地说。

"不，我什么也没有听信，"泰外库分辩着，"我也讨厌这些乱七八糟的恶言恶语。我问问你，心里就踏实了，你也放心吧，没事。好，我走了，今天，我要回庄子换换衣服，天热了，明天，还要跑伊宁市。"

伊力哈穆还想多叮嘱他两句，一时又不知从何说起。泰外库走了。

口齿清楚，说话有条有理的米琪儿婉，无论怎样努力，也无法把伊萨木冬的事情讲清楚。因为她自己也没弄清楚。她告诉伊力哈穆，生产队保管员伊萨木冬，在上月月底勾结坏人打开了位于庄子的新盖的粮库，偷走了两吨多小麦。这是一个史无前例的大盗窃案。而且就在小麦丢掉的同时，伊萨木冬也失踪了。据说他已经跑到"那边"去了。三天以后，他的老婆乌尔汗和儿子波拉提江也不见了。

伊力哈穆把在伊宁市客运站前遇到乌尔汗的事情说了一下。米琪儿婉惊奇地问："什么？她回来了？她敢回来？"伊力哈穆同样惊奇地反问："她怎么了？难道她也偷了麦子？你不了解乌尔汗吗？"

"那就不知道了。库图库扎尔书记在社员会上宣布，他们两口子都是罪犯。"米琪儿婉继续叙述，盗窃案一发生，库图库扎尔就宣布了每晚九点以后戒严的规定，这使得各种密兮密兮的话①一下子多了起来。又过了一天，在磨坊看水磨的俄罗斯族的廖尼卡被县公安部门拘留，过了五天，他被释放了出来。廖尼卡对人讲他是无罪的。但库图库扎尔说："说他偷了粮食，没有证据。说没有偷吧，照样也证据不足。放，就放了，抓，就抓。"围绕这个盗窃案产生了各种传言，有人说盗贼就在本队，有人说盗贼已经跑到了苏联，再查也白查，有人说地主老婆子玛丽汗肯定捣了鬼，还有人说艾拜杜拉有责任，因为那天民兵值班的是他，还有人说到泰外库，说到里希提，说到要搜查各家各户……这样的传言一多就搞得人心惶惶。"

米琪儿婉忧愁地问："这是怎么了？怪吓人的呀……"她喟然叹息。

天已经大黑下来了，她擦好了煤油灯罩，点着了灯。她说："解放这么多年了，从来没有见过这样的事情。减租反霸、土改、统购统销、合作化、大跃进、公社化……我们的日子就像学生上学，一年级、二年级、三年级，一年比一年高。世道一年比一年太平，生产和生活一年比一年提高……一九六〇年以来，我们国家出现了灾荒。但是咱们伊犁，灾情并不十分严重。今春以来，各方面情况大

---

① 犹言"流言蜚语"。

大好转……却偏偏发生了这样的事,这究竟是怎么了啊?"

"伊力哈穆江!"一声拉长了调的、清亮的叫喊打断了米琪儿婉的话,伊力哈穆马上起身去迎接,当然,这是阿卜都热合曼,生产队管理委员会的委员。他六十多岁,身材矮小,花白的胡须微微撅起。随在他身后的是热依穆副队长,他是土改时期入党的老党员、老干部,温厚持重,寡言少语,还不到四十五岁,看上去却十分老成。再后面就是艾拜杜拉了,说起来,他还是伊力哈穆的亲戚呢——维吾尔族不像汉族那样区分血统关系:什么"堂""表""侄""甥",细致周全——简单一点说,艾拜杜拉就是伊力哈穆的弟弟。他虽然长着和泰外库一样的大个儿,举止却显得文静和略带羞怯。他是原来的团支部书记,大跃进时期入党的新党员和现在的民兵排长。这几个人,是伊力哈穆最亲密的战友和同志,也是这个生产队的骨干。看到他们,伊力哈穆的精神为之一振。他们满面笑容地相互热烈地问好,又握手,又摸脸,又捋胡子,热合曼虽然又增加了额头的皱纹,但仍然红光满面,像外皮洒了牛奶的、刚出炉的窝窝馕①。他走起路来一跳一跳,说起话来又急又快,嗓门又大,似乎是这几个人当中最年轻的一个。艾拜杜拉显得大多了,成熟多了。伊力哈穆还没有忘记五八年深翻地的时候,公社书记给艾拜杜拉戴红花的情景:艾拜杜拉翻地的时候像猛虎,戴花的时候却像绵羊。现在,从他的变深沉的目光和爱思索的表情上,可以看出他的头脑正像他的体力一样得到了发展。热依穆的脊背微微有些驼了,他有些胆小怕事,当了多年干部却很少敢于独立负责,说话又有些"大舌头",尽管这样吧,他的丰富的阅历、周到的思虑和谦虚的态度,仍然是被人们信赖、被生产队所器重的。在我们国家的广

---

① 类似一种所谓以色列面包"倍勾"的馕品。

大农村里，有无数个这样的最基层的干部和积极分子，他们很平凡，有些人也不免还有一些缺点和不足，但他们是一些热心、勤恳、实际、清醒而且坚定可靠的人。他们经常为集体而操劳，没明没夜、无暑无寒，而他们对生活从来没有过分的奢求，更没想过给自己捞一把。他们根据客观事物的规律，自己的经验和群众的利益、群众的情绪，往往能够作出比较正确的判断而很少受花言巧语、"一阵风"的迷惑，正是他们，构成了我们党的各项事业的支柱，构成了社会主义农村的基石。

"嗳，伊力哈穆老弟，你来得正是时候哇，咱们队出了大事情！"自然是热合曼先开了头，"从三月份就刮起了一阵黑风，破坏民族团结和分裂祖国统一的谣言传到了这里。我们建议在社员会上批驳和追查这些谣言，队长不管。于是，我们就挨家挨户去宣传：一定要热爱毛主席、热爱党、忠于祖国，绝不能忘本。就这样，我们的生产队一直是很安定的，出勤率高，春播完成得也快。劳动当中地头休息的时候聚在一起汇报交流——这还是你当队长的时候从五八年坚持下来的制度。社员们盖房的盖房，刷墙的刷墙；大队供销门市部的石灰，属我们队买得多。还有买奶牛的、擀毡子的，总而言之，都在心情稳定地过日子。谁知道，四月三十号夜间，发生了大盗窃案！一下子偷走了两吨多小麦，大车来装上走的！"

"事情还得从木拉托夫谈起，热合曼老哥！"艾拜杜拉轻轻地提醒他。

"木拉托夫？"伊力哈穆问。他从来没有听说过这个名字。

"对，"热合曼点点头，"从哪里呢，谁知道，来了这么个木拉托夫。有人说他原来是州上的一个干部，后来选择了苏联国籍退了职，还是苏侨协会的什么专员。细高个儿，脖子又细又长，脸粉红粉红的，大耳朵，耳轮向前，戴眼镜，大家都说他长得像鹅。他四月初来到这里,住在庄子上廖尼卡家里。不久,廖尼卡的爸爸马尔科夫就'回国'走了,木拉托夫却仍然住在这里,有时候在廖尼卡家,有时候去伊萨木冬家,有时候在地主婆玛丽汗家,有时候不知道他躲在哪个老鼠洞里。艾拜杜拉,还是你说吧,你和他打过一回交道呢!"

"有一天深夜他从玛丽汗家里出来,我拦住了他。"艾拜杜拉接下去说,"我说:'木拉托夫先生,你到我们乡下来要干什么?'他说他受苏侨协会的指派来了解侨民的生活情况。我告诉他,这里除了廖尼卡一家,都是中国生中国长的中国公民。就是廖尼卡本人,也出生在中国,确认了中国国籍,与中国人结了婚。说来说去,可以当作侨民对待的只有马尔科夫一人。'现在马尔科夫已经走了,这里还有您的什么事情呢?'我又追问他深更半夜跑到地主分子的房子来搞什么名堂,他被我问得张口结舌,答不上来,却说什么苏联是一个强大的国家,有坦克和火箭……"

"你说了什么呢?"伊力哈穆注意地问。

"我说:'你别忘了,你脚底下踩着的是中华人民共和国的土地。'"

"好!"伊力哈穆不由得喝起彩来。

"好什么?"艾拜杜拉气愤起来,"第二天我往大队汇报,库图库扎尔反倒责备我不该干涉苏侨协会的合法活动,说什么这是外交问题,用不着我们管,还让我在党内作检讨……我不写检讨,后来他也没再提。"

"哼。"伊力哈穆皱了皱眉。

"所以说,事情还得从库图库扎尔说起。"一直静听着的热依穆这时插了一句。这句话马上引起了伊力哈穆的重视,他问:

"你说说,库图库扎尔是怎么回事?"

"是怎么回事我也说不上。不好说啊。"热依穆摇摇头。

"就说丢了粮食吧，"热合曼老汉说，"他来了一个全大队晚间戒严！这究竟是要干什么？难道社员晚上出门就会偷麦子不成？这一下可了不得了，闹了个人人自危，阿西穆阿洪的房子刚刚刷了一半，他不刷了，好像不知道什么时候地就会陷下去。有的人甚至连打馕都畏畏缩缩，有的干脆改吃蒸馍馍和烙饼……"

"为什么？"

"有人传出话来，说是要查谁家粮食多，粮多就有偷麦子的嫌疑。还有人说要看谁家打的馕多，干粮准备得多就有准备外逃的意思。今天我那老太婆伊塔汗为打馕的事拿不定主意来问我，让我骂了一顿……哎，伊力哈穆江兄弟，看看伊犁人的眼睛吧，他们有点惊了，连见面握手的时候都心不在焉，东张西望。俗话说：'马惊了，跑一道山梁就能缓过劲来，人惊了，就不知道会跑到哪个天涯海角！'解放这么多年了，怎么会出现这样的事情？"

沉默了一会儿，三个人几乎是同声说道：

"这究竟是怎么了？"

三个人担忧地、信赖地望着伊力哈穆。

从一下车，伊力哈穆一再自问和问别人的不正是这个问题吗？他能够回答吗？他怎么回答呢？

但是有一条是清楚的：他不能够不回答。

……上级说过：一九六二年，在我国历史上，是极不平凡的一年。是同国内外阶级敌人进行复杂、尖锐、艰苦卓绝的斗争的一年。一九六二年的伊犁，更是充满了恶风险浪，国内和国外，朋友和敌人，正确路线和错误路线，天灾和人为的因素交织在一起，斗争特别激烈，营垒尚未分明。一九六二年，说是苏修在我国新疆伊犁—塔城地区进行了骇人听闻的大规模的活动，欺骗和裹胁我边民六万余人外逃。在这段时间有多少各族共产党员、共青团员、贫下中农和正直的公民在思索,在纳闷,在焦急地互相询问:"这到底是怎么了?我们该怎么办?"后人阅读历史的时候,也将不断地提出这个问题,进行探讨,得到答案,从中汲取国内和国际阶级斗争的宝贵的经验教训。但是,现在,刚刚下汽车的,只有三十岁的维吾尔族党员、工人—农民伊力哈穆,他当然不可能像史家那样去充分地汇集资料,周密地进行分析和评价。然而,生活、斗争、族人、战友以及敌人都在催促他作出回答,哪怕是初步的、直感的却必须是正确的回答;而且刻不容缓!

一声尖厉的哨音打破了人们的沉思。"这是预报。再有十分钟大队戒严开始。我们该走了!"

"等等,"伊力哈穆抬起了手,他起身打开了自己的行李包,从最里面拿出一个不太大的镜框,他用袖子擦拭了一下其实并无灰尘的玻璃。"你们请看!"

"毛主席!"众人都站了起来。米琪儿婉扶着巧帕汗也凑了过来,同声欢呼。镜框里镶着的是毛主席和维吾尔族老贫农库尔班吐鲁木握手的照片。

库尔班吐鲁木是于田的一个老农,说是他几次意欲骑毛驴到北京看望毛主席,后来他两次到京并得到毛主席的接见,有一张著名的新闻图片,记录的是毛主席与他握手。

"这是谁?"伊力哈穆指着库尔班吐鲁木问。

"库尔班吐鲁木。"艾拜杜拉回答。

"库尔班吐鲁木,是不是前年到咱们家来过的那个客人?我认识他,我给他做过油塔子吃。他见到了毛主席?"巧帕汗老太太流出了泪水。显然,她认错了人。

不过,这是不需要纠正的,人们谁不以为,那双紧紧握住主席的巨手的双手正是自己所熟悉的或者干脆就是自己的手呢？"这就是我们大家，"伊力哈穆点着头，微笑着说，"毛主席的手和我们维吾尔农民的手紧紧地握在一起。毛主席关心着我们，照料着我们。看，主席是多么高兴，笑得是多么慈祥。在极端复杂的情况下，我们的毛主席挑起了马克思、列宁曾经担过的世界无产阶级革命事业的担子。所以，国际国内的阶级敌人，对毛主席又怕又恨。领导说，目前在伊犁发生的事情，说明那些披着马列主义外衣自称是我们的朋友的人，正在撕下自己的假面具，利用我们内部的一些败类，向毛主席的革命路线疯狂挑战，向我们伟大的社会主义祖国猖狂进攻。但是，乌鸦的翅膀总不会遮住太阳的光辉，毛主席的手握着我们的手，我们一定能胜利，胜利一定属于我们！"

小说人语：

　　二〇〇九年，当小说人重新来到他劳动居住过八年的伊犁州伊宁市巴彦岱乡的时候，认出小说人的老农抱着小说人号啕大哭，同行的多少人为之洒泪动容。为相逢而痛哭，三十余年前这部小说里已经动情地写到了。

　　阶级斗争的命名、反修斗争的命名也许需要或者不妨调整，纠结的记忆仍然豪迈而又酸楚。问君能有几多愁，恰似伊犁河水向西流！俱往矣，至今仍是刻骨铭心！

第三章　必有家贼　塔列甫分析盗麦案
或非坏人　赵志恒否决捕人议

　　树多的地方鸟多，花多的地方蜂多，草多的地方牛羊多，水多的地方粮食多。在伊犁河谷地区，慷慨的大自然的恩泽就是这样地被及万物，伊犁就是这样一个树多鸟多花多蜂多草多牛羊多水多粮多的地方。何况是在春天；春天的破晓时分，正是百鸟争鸣的时刻。布谷鸟热烈地呼唤着对方——维吾尔族有一个美丽的传说，他们用一对被迫分离了的情人的名字——再娜甫与喀咕克——来称呼这种鸟的雌鸟和雄鸟。小麻雀活泼地寻找着伴侣，一会儿从苹果枝头扑棱扑棱飞到桃树顶上，一会儿又从茶棚檐头飞到羊圈里边，吱吱喳喳地与山羊抢食。野鸽的叫声低哑而温存，像发自一个饱谙风月而又长久感情荒芜了的女子。黄鹂的鸣啭清脆而又圆融，好像吹响了一个灌了一半水的哨子，哨音舒卷自如地滴溜滴溜在天空打旋。就是在房子里，筑巢在伊力哈穆的住室的房梁上的一对燕子夫妻，也不等天亮就叽叽喳喳辩论个不住，春天的风让它们急于表现与释放自己。巧帕汗老太太喜欢燕子，她相信，房室被燕子选中做巢，乃是这一家人心地善良的证明。为了便利燕子的出入，安装房门的时候老人硬是让木匠在门的上方开了一个缺口。

　　伊犁的庄稼人，哪一个不曾在春天的黎明被美妙的鸟鸣催醒？鸟声意味着大地的生机，意味着万物的欣欣向荣，提醒着农事的繁忙，传达着生活的欢快而急促的节奏。伊力哈穆就在这"四面鸟歌"声中一骨碌爬了起来。他舀起满满一葫芦瓢水，走到廊檐下，用这春晨的有些刺脸的冷水痛痛快快地漱着口，洗着脸、脖子和手臂。他起劲地、出声地洗漱着，激励着、召唤着自己身上的无限精力。

伊力哈穆一连喝了三大碗奶茶，喝得脸红了、出汗了，血脉流通，精神舒畅。之后，他带上党的组织关系和其他手续到公社去。

公社党委和管委会的办公地点，就设置在原来恶霸地主马木提大肚子的大院。减租反霸的时候，马木提被处决了。前面提到的地主婆玛丽汗就是马木提的小老婆。解放初期，这里是第十一区人民政府，现在的公社党委书记赵志恒那时是副区长，直到如今，有些叫惯了口的农家仍然称呼赵书记是赵区长。公社正在动工基建，到处堆放着木材、砖石和灰砂，调整经济的六十年代初期，这种景象是很叫伊力哈穆欣喜的。伊力哈穆从一九五一年担任公社团委的委员，一九五八年又当了一年生产队长，和公社的同志都十分熟悉。一进公社院子，就是无止无休地握手和问好。维吾尔是一个非常讲究礼貌的民族，只要当天没见过面就要互相施礼和问候，哪怕是挂紧急的长途电话，也要先问哪怕只是一声好，何况伊力哈穆许久没有到这方来了。找有关人员办理了手续以后，伊力哈穆推开赵志恒书记办公室的门。坐在赵志恒对面的还有一个人，这就是下车以来伊力哈穆已经多次听人提到过的库图库扎尔。

库图库扎尔今年四十二岁，近来开始有些发胖，动作随之略显得有些笨重。然而他的面孔仍然是漂亮的，蓄在上唇的、连成一线的黑亮黑亮的小胡子很有风采。他穿着一身崭新的灰干部服，上衣袋里插着自来水笔，显示出身份与一般农民的不同，他用响亮然而又混杂着一种近似假嗓的刺耳的声音向伊力哈穆问好。握手的时候也是像城市的知识分子那样紧紧一握，一摇，松开。然后，他摊开左手,做了一个相当优美的姿势示意伊力哈穆可以坐下。

是不是过一会儿再来?伊力哈穆刚有些犹豫,赵志恒便看出来了,说:"坐下一齐谈吧,都是你们大队的事情。"

库图库扎尔瞭了伊力哈穆一眼,爽朗地说:"听说是你把那个娘儿们扶回来的?你可是个大好人!她丢了儿子?这才是胡大的惩罚,活该!"他皱起了眉头,转而用一种深思和庄重的神态盯视着赵志恒,"现在,我们大队的关键任务就是破这个盗窃案,这个问题不解决,社员就不能安心过日子,谣言就不能消除,形势就不能稳住。目前,偷麦子的主犯伊萨木冬的老婆乌尔汗又流窜回来了,我建议,或者由上级公安部门把她逮捕审讯,再不然,由大队组织批斗,并由民兵监视起来。"他回身又同伊力哈穆开了个小小的玩笑,"兄弟,你大概不会给她报信的吧?"

伊力哈穆专注地望着赵志恒,对于库图库扎尔的嘲弄,似乎根本没有听见。

赵志恒思索着,眼角的鱼尾纹透露出一种老练和精明。黝黑的面孔,褪色的蓝制服,一双厚底解放鞋,显现出风里来雨里去的农村干部的特征。他用不十分准确却是流畅的维吾尔语说道:"逮捕或者批斗乌尔汗吗?根据是什么呢?"

"乌尔汗是伊萨木冬的老婆,对于她丈夫的行为,不可能一无所知。而且,她本人已经有叛国逃苏的行为,突然又回转来了,这也很可疑。"

"你说呢?"赵志恒问伊力哈穆。

"我刚回来,还不了解情况。"

"对乌尔汗你也不了解吗?"

"乌尔汗么,"伊力哈穆顿了一下,说,"乌尔汗出身很苦,土改那阵是积极分子,抗美援朝的时候她报名要当志愿军,她还到县里参加过宣传演出。结婚以后，她被家务缠住了，伊萨木冬又不让她参加集体生产和政治活动。我的感觉是，她本质上不是坏人。再说伊萨木冬，虽说是交了一批狐朋狗友，本质上也还比较单纯的呀……"

赵志恒哦了一声，他没有想到伊力哈穆的话是这样明朗。在这个动乱的时刻，许多人都学会了模棱两可、含含糊糊、非驴非马、亦是亦非地表态。表态的关键不在于你说得对还是不对，真还是不真，表态的关键是不要负任何责任，不要留任何把柄，不要给个人找任何麻烦，不要蹚污水。特别是这样的失之毫厘，差之千里的牵扯到是非功过的事宜上，在一个有点混乱的时刻，人们说起话来，不是总听到"也可能吧""很难说""说不定""不会吧？不过，也有看不透啊……"之类的回答吗？谁敢这个时候为别人说好话啊！

库图库扎尔更是意外，他这次倒是并无恶意地脱口问道：

"你断定乌尔汗与她男人是无罪的？"

"我只能说，依过往的印象，我没有看出他们是坏人来。我还认为，不论情况多么复杂，斗争多么尖锐，我们应该遵照毛主席的指示，不漏过一个坏人也不冤枉一个好人。您的意见呢？"伊力哈穆反问。

"啊，当然。"库图库扎尔答。

赵志恒点点头，表示了对伊力哈穆的话的赞许，并以一种向自己提问的口吻说：

"把乌尔汗抓起来？根据什么？交群众批斗？批什么斗什么呢？她要到'那边'去吗？我们认为，包括已经去了的人的多数，仍然并不见得就成了咱们的敌人，我们反对修正主义，可并不是反对苏联人苏联公民。再说乌尔汗自己又回来了嘛，不管什么情况，总是不走了嘛。她知道她的丈夫的某些活动吗？可能知道，也可能不完全知道。可能知道得很多,也可能知道得不那么多。这要靠做细致的思想工作,靠思想教育来解决。如果随意批斗,就会混淆性质不同的两种矛盾,造成逼、供、信,无助于这个案子的侦破。更严重的是,这会影响一些动摇、观望的人,使他们混乱的思想更加混乱。而且不要忘记,伊萨木冬本人,在这个盗窃事件中,到底起了什么作用,扮演了什么角色,并没有真正弄清楚。你们有什么根据断言伊萨木冬就是主犯呢?"

"这个……当然是他……"

"想当然是不行的。要调查研究。"赵志恒转向伊力哈穆说道,"你来得好啊,正赶上一场大的搏斗。我们当前的中心任务,便是反对和战胜对我国的颠覆和破坏活动。他们利用当前粮食生产上、人民生活上碰到的一些问题,和国内的阶级敌人搅到一起,企图破坏民族团结,分裂祖国的统一。他们把新疆特别是伊犁—塔城地区作为活动的重点,这从历史上看,叫做事出有因,绝非偶然的。我们呢,就要坚定明确地进行热爱党、热爱祖国、维护团结和统一的教育。进行反对国内敌对势力的教育。进行维护民族团结的教育。要顶住这股恶风,而这当中,关键在于正确地区分和处理两种不同性质的矛盾。我们是马克思主义者,什么时候都是相信群众、依靠群众、争取群众的大多数的;不团结住大多数,就不可能战胜敌人。同样,不打击敌人,也就无法团结和教育人民群众。库图库扎尔同志,你们大队的敌情怎么样?四类分子有些什么活动?"

"他们……他们倒没有什么。"

"没有什么吗?我们倒听到了一些呢。"

"对,我回去抓一抓,一定要……"库图库扎尔用手向下一压,做了一个严厉的手势。

赵志恒笑了。他对伊力哈穆说："伊力哈穆同志，昨天听说您回来了……"

"您昨天就听说了吗？"

"夜间到你们大队去，听值班民兵说的。刚才我们和艾山社长碰了头，我们的意见，你先列席大队的支委会，协助大队和生产队的工作。当前，突击抓一下反颠覆斗争。等一会儿，你到塔列甫同志那里去一下，他还有话要对你说。看，你的意见？还有库图库扎尔同志，你的意见呢？"

"那好，那好。"库图库扎尔站起来准备告辞。

"有个事，社员反映了意见：你们是不是搞了个什么戒严？"赵志恒问。

"是这样的，在丢了麦子以后，为了防止发生类似的事件，并且考虑到现在社员的思想情况很复杂，我们要求社员在晚上九点钟以后不要出来……"

"这样合适吗？"赵志恒的态度严肃起来，语气却仍然是平和的，"不请示上级，不通过公安部门就宣布什么戒严？会有些什么影响呢？请你们支委会研究一下，取消这个规定并向群众作解释。"

"啊，啊……对，我们一定按公社的指示办。"

"中午到我那儿喝茶去吧，咱们谈谈。"走出赵志恒的办公室的时候，库图库扎尔向伊力哈穆发出邀请。

"好。"伊力哈穆抚胸施礼回答。

瘦削、眼窝深陷、目光犀利的公社公安特派员塔列甫正在接电话，电话是从距离公社甚远，骑马要走两天才能到达的牧业大队打来的。伊犁是一个民族杂居的地方，许多人——特别是干部都会好几种语言。当伊力哈穆进屋的时候,塔列甫正在用哈萨克语与牧业大队的哈族领导干部说话。"什么?宰杀牧畜……不允许……要说服教育,要打击坏人,提高警惕……什么?苏侨协会的人到了山上,他们要给种牛和骒马发侨民证吗?让他们滚蛋!告诉他们,我国政府已经严正指出,任意发展苏侨协会会员,滥发侨民证,是违反国际惯例的非法行为。对于已发的侨民证,我们要一一审查,未经审查确认的持有侨民证的人的侨民身份概不承认。如果他们不结束这种非法行为,我们将采取必要的措施来保护我国的权益和人民的安宁……对,我和老赵马上就去。"

塔列甫搔着有些落发的头顶,向伊力哈穆介绍了七生产队反革命盗窃案的始末:

四月三十日晚间,刮起了少有的大风,风力有七八级。飞沙走石,天昏地暗,深夜,风尤其大了。艾拜杜拉那一晚在庄子值勤,夜两点左右(他们没有表,时间是估计,下同)尼牙孜气急败坏地跑来叫他,说是半公里以外离阿西穆家不远处主渠跑水,堵不上了。艾拜杜拉跟着尼牙孜跑了过去,只见库图库扎尔正独自和泥水搏斗。库图库扎尔叫艾拜杜拉去前一年的老打麦场上拖麦草和秫秸来堵水,艾拜杜拉去了。等回来,水跑得更大了,三个人奋战了将近一个小时,才堵住。这时,风也渐渐停下来,艾拜杜拉拖着疲倦的步子走回庄子,来到粮食库房前面。我的天呀,房门大开,挂锁已不见了。进去一看,小麦和麻袋都丢了很多——事后检查,共丢失小麦两千四百余公斤,麻袋三十五条——艾拜杜拉马上出来喊人。在从库房到通往伊宁市的一条土路中间,发现了廖尼卡,被人击中头部,倒在地上昏迷不醒。艾拜杜拉叫醒了庄子上的几乎全部社员,由阿西穆的儿子、共青团员伊明江守护现场,艾拜杜拉骑上一匹马飞跑到生产队和大队部,并立即报告了公社。塔列甫、库图库扎尔、里希提、穆萨、热依穆、阿西穆先后赶到了现场。廖尼卡已经苏醒，他说，半夜他听到了某种响动，廖尼卡家离库房最近，披衣走了出来，隐约看见一辆胶轮马车停在库房门口，有两三个黑影正往车上扛麻袋，他走过去想看清究竟，结果从背后挨了一下子，昏倒在地，不省人事。

　　塔列甫他们检查了现场，没有发现撬锁、砸门的痕迹。粮堆边有两盏马灯点得亮亮的，没有来得及吹灭。看大车的辙印，是沿着伊犁河边的土路向伊宁市方向驶去的。塔列甫立即往沿路必经的新生活大队挂了电话，经过了解，那里的民兵在四点左右发现一辆马车拉着干苜蓿经过。苜蓿装得并不高，但马拉得很吃力。民兵上前询问了一下，赶车人拿出了证明信，信上写着是爱国大队卖给伊宁市红五月运输联社的饲草，证明信上盖着大队的公章，并有里希提的签名。对于为什么夜间拉运，赶车人的回答是：本来准备当晚拉回，因为今晚起了大风才拖延了下来。民兵见无甚可疑之处，便放过了他们。据事后回忆，民兵们说，这辆胶轮大车与泰外库素常赶的那辆车有些相像。

　　在塔列甫给新生活大队打电话的时候，里希提等来到了库房保管员伊萨木冬家里，只有乌尔汗和孩子在。据乌尔汗说，伊萨木冬是当晚十点多钟已经睡下后被人叫走的，走后再没有回来。谁叫的？乌尔汗说没有见人也没有听清口音。乌尔汗神色惊慌，对于问她的话大多回答："不知道""不记得""没看见""没听清"。而且一直流泪不止。次日，在公社，塔列甫正式传讯了一次乌尔汗。也没有问出什么结果。

　　鉴于：1. 廖尼卡家离粮库最近，他是当时唯一出现在现场的人；2. 廖尼卡的父亲马尔科夫一贯表现孤僻、冷淡，与人民公社与社会政治生活格格不入，他已赴苏，苏侨协会的木拉托夫又曾住在他们家;3.更重要的是,大队支部汇报,获悉廖尼卡家地板下面的暗穴中,藏匿了相当数量的小麦。县公安局拘留了廖尼卡,经多次审讯。廖尼卡矢口否认与三十日晚间的盗窃案有任何牵连。廖尼卡重申,他选择了中国国籍,不打算跟随他父亲出走,愿意履行中国公民的一切义务,并要求保障其应有的公民权利。至于家中藏匿的粮食(公安部门搜查,廖尼卡家地板下面藏有小麦四百余公斤),廖尼卡说还是他父亲留下的,有买自黑市的,有看水磨的时候贪污克扣的,还有从夏收时没收净的地里拾回来的。廖尼卡在县公安局提供了一个情况,那就是他敢断定,当天夜间在库房门口停着的那辆马车,正是泰外库赶的那辆本生产队的"胶皮轱辘"。县公安局根据以上情况,认为判定廖尼卡参与盗窃证据不足,于拘留审查五天以后宣布无罪释放。

现在,泰外库也有重大嫌疑,特别是,通过七生产队的记工员与饲养员已经了解到,恰恰四月三十日晚泰外库没有把马车赶回来,自称是住在伊宁市旅店了。尤其蹊跷的是,经调查,四月三十日一天,泰外库没有给他跑运输的单位——食品公司拉运货物,在泰外库向生产队缴纳赶车的副业收入的时候,竟然比单据存根多出来了一天的钱,对于这一天的钱的来源,泰外库的说明极其含混。

塔列甫准备,等到去食品公司外调情况的书面材料整理出来之后,正式传讯泰外库。

看到伊力哈穆的怀疑神色,塔列甫说:"当然,泰外库的出身、历史、品格大家都是知道的,但该人缺乏政治头脑,容易上当,又爱喝酒和乱交朋友,最近赶着车行走四方听到了不少流言蜚语,大队支部汇报,泰外库有情绪异常的表现,因此,不能排除泰外库的嫌疑。"

　　至于木拉托夫的活动，显然与此事有关，但木拉托夫确已走掉了，这一情况，也已向上级反映。

　　"总之，"塔列甫最后说，"这个案子目前还没有什么头绪。目前，唯一有希望的是通过泰外库的大车追出赶车、装车、偷麦子的人来。需要注意的是，这有可能不是一个普通的偷盗事件，而是敌人对我的颠覆和国内阶级敌人叛国通敌活动的一部分。作案者有来自伊宁市或别的什么地方的坏蛋，但他们所以能如此大胆、顺利地进行活动，是因为有'家贼'配合。伊萨木冬似乎是家贼之一喽，只有他有仓库的钥匙，但是仅仅一个伊萨木冬，不大可能办这么大的事，究竟还有些什么人参与了这个罪恶勾当，这是我们应该弄清楚的。"

　　"大渠跑水是怎么回事？您了解吗？"伊力哈穆问。

　　"我问了一下，库图库扎尔书记说，那一段渠道是一九五八年延伸修起的，水面比地面高。他本来就不赞成那样修渠，那样做太危险。详细情况你再问问他吧，他也是当事人嘛。还有艾拜杜拉喽，他在值勤的时候擅自离开岗位，这是失职了。但在我们农村，救渠如救火，他奋不顾身去救渠，反而成了罪过了吗？小伙子最初心情很沉重——这些情况，你回去了解比我更方便。毛主席说的啦，公安工作要走群众路线，专业人员办案要与群众破案相结合，希望我们配合起来。现在，事情多呀，我们力量有限，这不是嘛，一半天还要上山，山上的事更是不敢含糊，那儿的生产是和喘气的活物打交道，任何差池，都会带来无可挽回的严重后果。"

　　"我再问您一下，您掌握玛丽汗的什么情况不？"

　　"三月份，据反映玛丽汗有点翘尾巴。从四月下半月说是她就病了，经常是卧床不起。"

"好,"伊力哈穆站了起来,"如果有什么情况,我再来找您。"

小说人语:

谁能不爱伊犁?谁能不爱伊犁河边的春夏秋冬?谁能不爱伊犁的鸟鸣与万种生命?谁能不爱与生命为伍的善良与欢欣?谁又能干净地摆脱那斗争年代的斗争的辛苦与累累伤痕……还有不斗争的晦暗、憋闷与冤屈!

这是"文革"后期的作品,并无大智大勇大出息的小说(不是大说)人,在拼命靠拢"文革"思维以求"政治正确"的同时,怨怼的锋芒仍然指向极左!其用心亦良苦矣。

第四章　臧否厨艺　包廷贵龇牙掏肉丝
冒充外族　麦素木领证变侨民

库图库扎尔最近才搬的家,搬到了大队部对过的、按照建立新的居民点的规划第一批盖起来的一套住宅里。院门新涂了一层紫褐色的油漆,还安上了两个门环。门插得紧紧的,伊力哈穆敲了两下又喊了一声,传来了一只小狗的乱吠。一个衣衫单薄、挽着裤腿、满腿都是湿泥巴的瘦瘦的男孩子开了门,他没有回答伊力哈穆的问话,甚至连看也没有看伊力哈穆一眼,就又跳到一个泥坑里,用赤脚蹬踩着和泥。崭新的、宽敞的廊檐下出现了库图库扎尔,他大叫大笑地把伊力哈穆迎进了房间。

"请里屋坐!请里屋里坐!"库图库扎尔打开了屋的门。

"不用了。"伊力哈穆躬身道谢,一面走上了外室的炕头,盘腿坐下。第一眼便看见了窗台上一个精致的鸟笼子。鸟笼子里面有一只白头顶、黑羽毛的小鸟。

"瞧,我成了女人了!"库图库扎尔指着灶边小板上正在切着的羊肉、洋葱、土豆和小碗里泡着的西红柿干和辣椒干,原来,他正准备菜。

"您的烹调手艺是有名的嘛。帕夏汗姐不在家吗?"

"你大姐到庄子劳动去了。"

"她身体还好吧?"伊力哈穆想起了库图库扎尔的老婆帕夏汗一年到头病恹恹的样子。

"不好又怎么样?这个时候干部家属更应该带头出工啊。唉,没有办法!"库图库扎尔指一指自己的额角,"社员们这里的麻达①多得很!出勤率太低,出了工也不好好干。"

库图库扎尔用一个形似大匕首的维吾尔族惯用的切刀切完菜,把滚开了的茶壶拉开,拨了一下灶里的煤块,抖掉灰以后,火烧得更旺了。然后,他拿起揩布,擦拭着铁锅,准备炒菜。

"还早嘛。"伊力哈穆说。

"什么早哇晚的?我们农村从来不管钟点,饿了就吃,有了就喝,来了客人就做饭!"

库图库扎尔拿起一个可以装三公斤油的大瓶子,咕嘟咕嘟倒出了油。"干什么事也离不开油啊,"库图库扎尔手里拿着铁勺,一面等油出烟一面发议论说,"人们叫魔鬼用沙子做饭,魔鬼说:'拿油来!'这就是说,只要有油,用沙子也可以做出佳肴。在我们的生活和工作当中,还有另外一种油,那就是话语。聪明的、美好的、动听的言谈,能使各个环节顺当地运转,我说得对吗,兄弟?"

伊力哈穆笑了。"太棒了!您说得可真好。"他夸赞说。

油热了,库图库扎尔嗞拉嗞拉地炒着菜,室内充满了菜籽油和羊肉的香味。库图库扎尔继续说:

"里希提哥吃亏就吃在这一条。他办事,像是干炒干煸,就是不肯放油,却硬是要炒菜。前年年底,县里的麦素木科长领着几个人到咱们大队来整社。整社,就是整社嘛,这是上边的政策,年年都要搞的嘛,我们当干部的,那就检讨检讨呗,官僚主义喽,计划不周喽,抓得不紧喽。哪一年不得检讨两次?社员同志们,乡亲们!"库图库扎尔学着做检讨的腔调,"'我们的水平很低;我们的缺点不少,我们很惭愧,我们好像掉到了泥坑里,请大家帮助,把我们从泥

---

① 即麻烦。

坑里拉出来。'就是这样,这不齐了吗？里希提他不,他总是搅死理,钻牛角尖,什么这个可以检讨那个不能检讨啦,什么批判这个但是不能否定那个啦,结果惹得麦素木科长很不高兴……"

"里希提哥这样做不对吗？"伊力哈穆不以为然地说,"毛主席也说共产党最讲认真。里希提是个好同志……"

"当然是好同志!"库图库扎尔正色道,"我和他是十几年的老搭档啦!其实,我也愿意他当第一把手,我当第二把手。大事,有他呢,我抓抓基建呀,副业呀,往大渠派工派料呀,有多省心!可这回,书记的担子压在了我的头上。可还有人以为是我想当一把手,把里希提搞下去。"

"这是什么话!白卡尔①!"

"您不这样看吗？好兄弟!可会有人这样看的。你还不知道,咱们缠头②的脾气就是差劲,眼睛小,不能容人,你当了书记,他看见你就生气……哈哈……不好办呀,方才在公社你见到了吧？不搞戒严吧,丢了粮食大家都有嫌疑!"

"都有嫌疑？怀疑所有的人吗？为什么？"

"那天夜里刮起了大风,越是刮风下雨的日子干部越是操心啊!我骑着马在庄子检查,在我哥哥阿西穆家门前,我的天,大渠冲开了那么大一条口子。再看看浇水的尼牙孜,守着马灯睡得像一个死人,我把他叫醒,叫他找人来一起堵水,谁知道他找了正在值班的艾拜杜拉……被那些王八蛋乘虚而入,偷走了粮食。这不是,我、尼牙孜、艾拜杜拉都担了嫌疑。这还不算,还有人怀疑里希提……"

---

① 犹言"无内容、无意义"。
② 这是过去的一个老说法,指历史上部分维吾尔人要用"色来"把头缠起来,维吾尔人自称时带有玩笑之意。

"怀疑里希提？"

"你还不知道吗？"库图库扎尔放低了声音，"塔列甫特派员没有向你说吗？盗贼们赶车走的时候，拿着里希提签字的证明信。还有人说乌甫尔有问题！"

"哪个乌甫尔？"

"还有哪个乌甫尔，四队队长乌甫尔翻翻子①呗！"

"他怎么了？"

"大队丢了粮食他就躺倒不干了。听说，他也领了苏侨证，他的岳父从鞑靼自治共和国的首都喀山给他来了信……我的天，我也完全搅糊涂了，这样的时刻，你能相信谁呢？苏联是中国人民的最好的朋友，现在可又臭啦，臭得不行啦，你想得到吗！而我们的社员，我们的邻居，我们的哥们儿，今天是中国人，明天变成了外国侨民……"库图库扎尔拼命摇着头，叹着气。

"能把怀疑的面铺得这么广吗？"伊力哈穆问。

"说的是呢！这样怀疑起来谁受得了！不行干脆咱们大队干部包了算了，就算我们偷的，我们分摊一下，把丢了的小麦赔出来。"

"这，能行？"伊力哈穆摸不着头脑地问。

"当然不行，要查清楚！要真赃实据，揪出坏分子来。可又上哪儿查去呢？坏分子已经跑到'那边'去了。"

"您上午不是还说过要抓乌尔汗吗？"

"当然要抓，不抓她抓谁？难道能放过她？啊呀……"库图库扎尔嗅见一股焦烟的气味，连忙打开了锅盖，"糟糕，菜炒焦了，他娘的……"

----

① 原意指会翻转飞翔的家鸽，此处犹言"杠头"，指固执己见，常与人争执者。

　　库图库扎尔就是这样的不可捉摸。他一会儿正经八百，一会儿吊儿郎当；一会儿四平八稳，一会儿亲热随意。有时候他在会上批评一个人，怒气冲冲，铁面无私，但事后那个人一去找他分辩，他却是嘻嘻哈哈，不是拍你肩膀就是捅你胳肢窝。不过，下次再有什么机会说不定又把你教训一顿。伊力哈穆和库图库扎尔打交道也不是一年半载了，总是摸不着他的底。听他说话吧，就像摆迷魂阵，又有马列主义，又有可兰经，还有各种谚语和故事、各种经验和诀窍，滔滔不绝；你分不清哪些是认真说的，哪些是开玩笑，哪些是故意说反话。有时候他对你也蛮热情，而且对你诉一诉苦，说一些"私房"话，向你进一些"忠言"，态度诚恳，充满善意。有时候他又突然在人多的场合向你挑衅，开一个半真半假的分量很重的玩笑，使你下不来台。譬如，他可以在公众场合突然对你说："波朗或者波昆①同志：要注意一些呢！最近群众对你的反映很大，说你和人家有夫之妇乱搞男女关系哩！"如果你不在意，他便会又说，"你做的那些事我们已经掌握了，如果再隐瞒下去就不好喽……"如果你狼狈了，你尴尬了，或者你气恼了，准备反驳了……他会眼珠子一转做一个鬼脸，仰天大笑起来，笑得又咳嗽又流眼泪，然后转过脸去顾左右而言他……

　　在对库图库扎尔的印象中，始终有一个阴影，有一个伊力哈穆想摆脱也摆脱不了的回忆，那是童年的一件小事，太小的事……小事毕竟是小事。今天，从公社出来，伊力哈穆想着到底要不要应邀到库图库扎尔家喝午茶的时候，他说服自己，不能因为过去的一件小事而对另一个党员同志——大队的主要领导人抱成见；何况眼前正是斗争的严重关头，他有什么道理对支部书记抱一种疏远甚

────────────

①　犹言"张三李四"。

至警戒的态度呢？这样，他坐到了库图库扎尔的餐单旁边。但是，一听到库图库扎尔的说话，他的恶感便不由得涌起。尽管他告诫自己，不能用感情代替党的原则，但是内心里总有一个声音："狡猾的狐狸、欺骗的能手、口是心非的家伙！"

馕、茶、菜都摆好了。这时，传来一阵咕咕嘎嘎的笑声，随着笑声，门推开了，进来一对汉族男女。

"书记亚克西吗？"两个人同时说。

男的五十多岁，瘦高挑儿，微驼，颜上有一块伤疤，戴着一副老式的黑边圆花镜。女的已经满脸褶子，衣着相当整洁，进门以后，才摘掉那个大大的口罩。

"这是包廷贵，咱们大队的新社员，老师傅。"库图库扎尔介绍说。

"这是我老婆。"包廷贵指一指那个女人。

"我叫郝玉兰。"女人大大方方地说。

伊力哈穆已经站了起来，让着座，这两个人毫不客气地坐到了上首。

"伊力哈穆，你们七队的老队长。"库图库扎尔又用汉语把伊力哈穆介绍给那两个人，"他刚从乌鲁木齐回来。伊力哈穆同志可不像我，他是个原则性很强的人。以后你们有什么事要多请示伊力哈穆队长喽，要不然，他可会收拾人呢，哈哈……"

"请伊队长今后多照顾，多帮助。"两个人听了库图库扎尔的介绍，连忙换上一副谦卑的笑容，并重新和伊力哈穆握了手。

"老包他们住在庄子，白天要到大队这边干活，中午回不去，有时候就到我这儿喝喝茶，要注意民族团结嘛。有些人议论，说我库图库扎尔的心老是向着汉族人，我不管那一套……"

包廷贵似乎多少听懂了一点库图库扎尔的话，他伸着大拇指说："书记是这个样子的领导！"

伊力哈穆想起了泰外库说过的"高靭皮鞋"。刚才来这里的路上，他已经看到了包廷贵的"企业"。大队加工厂新竖了一个牌子，牌子上写着：修理汽车，修水箱，热补轮胎，电焊气焊，一应俱全。牌子上还歪歪斜斜地画着一辆载重汽车和两个车轮。他看了包廷贵一眼，原来包廷贵夫妇也在注意地观察着他。他微微一笑：

"您们①是从哪里来的？"

"老包是四川人。"库图库扎尔代答道。

"我从十六岁学徒修汽车，已经干了三十多年。一九六〇年我们那里灾情严重，生活困难，我来到伊宁市投奔一个亲戚，没有户口，找不上工作。我搞了一个毛驴车，到煤矿去捡一点碎煤，拉到巴扎上卖钱过日子。我有手艺，有工具，有氧气瓶，有生胶，就是派不上用场，后来听说咱们大队想搞个加工厂，经人介绍，来到这里当了社员，修车的收入，全部上缴……"

"老包来了半年，已经缴了七百多块钱。"库图库扎尔帮腔说。

"挣七百块钱有什么了不起？七千块钱，七万块钱也是可以到手的。自然，钱不钱是小事情，我只求用上自己的手艺，为人民效劳。"

库图库扎尔点点头，说："俗话说，世界对于手艺人来说是宽广的。我记得汉族人民也有差不多的说法。好好地干吧，我们不会亏待你。老包，我打算派两个年轻人跟你学徒呢。"

"不行，不行。"包廷贵连连摆手，"我就是有这个毛病，和徒弟关系搞不好，如今年岁大了，脾气又坏，可没有那个精神带徒弟。"

"只您一个人，忙得过来吗？刚才我路过加工厂，看到您挂的

---

① 维吾尔人日常交流惯用尊称，"您们"为维吾尔文直译。

牌子。咱们大队目前还没有电啊,您怎么搞电焊呢?"伊力哈穆试探着问。

"哈哈……焊接是转手活,有这样的活,我接过来,找别的地方去做,收手续费……"

"别的地方? 什么地方呢?"

"那地方就多了。"包廷贵避不正面回答。

"老包的门路多得很,郝玉兰又是医生,这是两位有能力的人呢!"库图库扎尔好像忽然想起了什么,他推开门,叫道,"库尔班,我的孩子,喝茶来吧。"

过了好一会儿,那个赤脚和泥的男孩子走了进来。他低着头,羞怯地跪坐在下首,拿起一个碗,慢慢地把馕掰成碎块,放在碗里。

"你还没见过吧,这是我的儿子。"库图库扎尔指着孩子说。

儿子? 伊力哈穆一怔。谁不知道库图库扎尔只有一个女儿,还是帕夏汗带过来的。女儿已经老大不小,五年前嫁到昭苏去了。

"帕夏汗弟弟的孩子,去年给了我们。从南疆带来的。"库图库扎尔低声说明。

库尔班往自己的碗里舀上了一瓢茶,筷子也不用,低头喝茶。

"你多大了?"伊力哈穆问。

库尔班一声不响。

"十二了。"库图库扎尔代为回答。

"吃菜吧。"伊力哈穆拿起一双筷子,递给库尔班。库尔班仍然一声不响,也不接筷子。

包廷贵和郝玉兰却根本无视库尔班的存在。他们俩不但在大口大口地吃菜,而且用筷子把菜扒拉过来又扒拉过去,已经快要把肉挑光了。

"不成人的,像个哑巴。"库图库扎尔替库尔班接过了筷子,"让你吃菜,听见了没有?"

库尔班仍然没吃。

"随他去吧,年轻人吃多了肉容易上火。"

"书记的菜炒得不好吃,"包廷贵龇着牙,正用手掏塞在牙缝里的肉丝,他评论说,"羊肉哪能这样做?不放酱油,不放葱、蒜、姜、花椒、料酒,活活地膻死人!"

"傻瓜!照他那个办法去做,哪里还有肉的味道!"库图库扎尔向伊力哈穆挤挤眼,用维语骂了一句,又笑嘻嘻地对包廷贵说:

"好!好!下次吃饭请玉兰来掌勺。"

这顿饭吃得不痛快。库尔班的拘谨,包廷贵的鄙陋和库图库扎尔的油滑给吃食里增添了一些讨厌的、难以下咽和消化的异物。好像馕上落了灰土、肉里混入了橡皮和奶茶碗里掉进了苍蝇。喝完最后一口茶,伊力哈穆用手捂了一下碗,表示已经吃够,他后退了一步,靠在墙上发呆。

"瞌睡了吗?"库图库扎尔连忙搬下了褥子和枕头,放到伊力哈穆腰后,"就在这儿睡一会儿吧。"

"我不睡,待一会儿,我打算到庄子去。"

说着伊力哈穆站了起来,往户外走。

"去庄子?去庄子干啥去?"库图库扎尔紧紧追问着。

"劳动。"

"你昨天晚上才回来嘛!三天之内,你还算客人嘛。晚上等帕夏汗回来,让她给你做拉条子吃。"

"谢谢,不必了。我也想看看社员大家……"

"不,你不能走,你不要走……再说,这个,下午我还想找支委们来开个会呢。赵书记说了,你要列席的。"

"晚上再开,行不行?正是农忙季节啊。"

两个人正在互相说服的时候,小花狗突然又汪汪汪地乱吠了起来。不等吩咐,库尔班起身去开院门,然后,摇摇晃晃,深一脚浅一脚地进来一个穿着一身灰褐色的、不清洁的西服,打着一条米黄色的有破洞的领带,须发微黄,面孔扁平的人。

"麦素木科长!"库图库扎尔惊喜地叫道。

"'科长'云云,已经一去不复返矣,"麦素木用手在脸前一拂,"我是苏联侨民麦斯莫夫。"他自我介绍道。

在一九六二年的伊犁,什么怪事没有发生过?中国共产党的党员,县人委的科长麦素木同志,一夜之间变成了外国人麦斯莫夫先生。

库图库扎尔的脸色变了,伊力哈穆斜着眼冷冷地看着他。包廷贵悄悄地向郝玉兰使了一个眼色,悄悄地退出去了。

"你、你说什么?"库图库扎尔的声音有些发抖。

"我现在是苏联侨民麦斯莫夫。我其实是鞑靼——塔塔尔人。我不是维吾尔人。我的故乡在那边,在喀山……"

"你……来干什么?"库图库扎尔问。

"哎哎哎,这也是见到客人该问的话吗?你们维吾尔人就是这样待客的吗?我还是你们的老上级呢,亲爱的库图库扎尔老弟!"麦素木的嘴里散发着酒气,好像跳着舞步似的走近来想用手勾住库图库扎尔的脖子,库图库扎尔躲避着。"管他是县人委科长麦素木也罢,苏联侨民、俄罗斯加盟共和国的鞑靼自治共和国麦斯莫夫同志也罢,我是你们的朋友、亲戚和兄弟。明后天,我就要回国了,今天到这里和老友们告别,这是一种文明、礼节,也是穆斯林的风俗习惯,再见了,愿你们对我满意……"

库图库扎尔看一看麦素木,麦素木正作着一种彬彬有礼的告别的架势。他又看一看伊力哈穆,伊力哈穆不动声色。库图库扎尔转了转眼珠，努力稳住阵脚，对"麦斯莫夫"说：

"如果您是为了礼貌前来告别的，自然，我也将有礼貌地请您进里屋去坐。但是，我要提醒您，您已经看见的，我正在和泥盖房：这可以确定无误地告诉您，我是中国人，我将永远在中国生活，如果您进行煽惑……"

"废话！多么粗野！"麦素木在空中挥了挥手。

"那么，请！"库图库扎尔拉开了里屋的门。

"请！"麦素木做手势要伊力哈穆先进去。

这个摇身一变，忘掉了祖宗的家伙究竟要干什么？他究竟需要什么？这是值得看一看的。伊力哈穆这样想着，微微一笑，缓步走进内室。

"您是……"麦素木问。

"伊力哈穆。您听到过的……"库图库扎尔代为回答。

"对，伊力哈穆，对，很好。奥琴哈勒绍！"麦素木用拙劣的俄语说着"很好"，"我听到过的，去年我到这里来工作，听到过好多人说起您。"麦素木伸过手去，伊力哈穆没有理睬他。

"是不是因为我取得了苏维埃社会主义共和国联盟的国籍，你们对我就抱敌对态度呢？这是不好的，这是要不得的，共产党人是国际主义者，而且，苏中两国是友好的。再说，世界上没有几个民族像鞑靼与维吾尔这样相亲近。"

"您是苏联人？"伊力哈穆突然厉声问道，他的严厉的目光，正面盯视着麦素木。

麦素木不由得低下了头，他说："我……是的。"

"您是鞑靼人？"

"我……是的。"麦素木坚持着。

"请您用塔塔尔语说一下：'我是苏联人，不是中国人。'"

"我……我……您这是什么意思！"

麦素木伸出两只手，好像要抵挡伊力哈穆的袭击。

"哼！"伊力哈穆轻蔑地一笑。

"我去搞一点菜来。"库图库扎尔说着要走。

"不，您不要走。"麦素木对于留下他单独和伊力哈穆在一起感到无比恐惧，"如果有酒，请您按照待客的礼节给我倒一杯吧。"接着，他转向伊力哈穆，"随您怎么看吧，我来告别是为了友谊。"

"和谁讲友谊？和一个真正的中国的南瓜①，一个冒牌的苏联朋友讲友谊、讲国际主义，这不是逗乐子吗？这不成了演活报剧了吗？"

库图库扎尔拿出酒瓶，给麦素木斟了一杯酒，递给他，告诫他说："作为主人，我再次要求您在我的房子里，不要再说告别这个题目以外的话。"

"好，好！为了健康！祝我一路平安！请记住：一个伟大的国家永远关怀着新疆的维吾尔人。"

伊力哈穆陡然哈哈大笑，使刚刚举杯欲饮的麦素木吓了一跳。伊力哈穆指着麦素木笑道："哎，朋友，伙计，您这是说什么哪？您别装腔作势好不好？您这到底是要干啥？走，就走吧。您是谁？您这是打算代表谁来说话？您喝多了？我们可没有喝。"

"多么不文明的喀什噶尔人②，"麦素木把酒杯又放到了毡子上，故作镇静地说，"对对，我代表不了苏联，代表列宁的伟大国家说话的是尼基塔·谢尔盖……"说着，他又拿起了酒杯。

伊力哈穆大笑起来："你说赫鲁晓夫吗？您见过他了……去他

---

① 犹言"傻瓜"。
② 苏联中亚地区的某些人常将维吾尔人称作喀什噶尔人。

的吧。"

"您敢说……您是……"麦素木再也吃不住劲了，他的手抖颤着，酒从酒杯里溅了出来。

"我是伊力哈穆，毛主席领导下的中国共产党党员。"

听到了毛主席的名字，麦素木的酒杯落到了地上，酒洒到了毡子上，变成了滚动着的一粒粒水珠。

"你们这些可怜的萨尔提①，你们这些野蛮的喀什噶尔人！无知的缠头！你们没有小汽车！你们没有民族自尊心！看看你们有多么贫穷……"

"请你离开我的家！出去！从此，我再也不认识你！"库图库扎尔喝道。

麦素木站起来，伊力哈穆向前走上一步，面对面地对他说道："你也有资格谈论民族自尊心？你现在连说话都想尽力学一点俄罗斯的味道，还学不像！你那个塔塔尔语还没有我说得好，却一心想冒充鞑靼人，你这是出什么洋相啊！看看你这身打扮！还有你新起的名字，麦素木啊麦素木，哪里来的'莫夫'！至于其他同志，他们在过去由于环境等原因，给自己的名字加上了斯拉夫式的词尾，那另当别论。可你呢，你是临时伪装，别走，听我把话说完！你这个连自己是维吾尔人都不愿意承认的逗人笑的小丑，居然谈什么民族自尊心！从你的发音、长相……我可以断定你根本不是什么塔塔尔人！你敢再用塔塔尔语说一遍我是塔塔尔人吗？你在中国生活了这么多年，吃了中国的茶和盐才长大的，你在中国有无数的亲友……我们维吾尔族人民，只有在毛主席领导下的中国才获得了尊严和地位，开始了光明幸福的新生活！如果你确实具有

---

① 萨尔提，原意为商人，后成为维吾尔人的一个绰号，含有贬义。

苏联国籍,当然可以回国,我们也可以接受你的告别。如果你想去,而苏联那边也打算接受你,那也是你自己的事情。但是,您别再演戏、别再出洋相了行不行? 唉,麦素木兄长啊……"

麦素木面红耳赤,嘟嘟囔囔地向外退去,库图库扎尔也大声喝道:

"滚出去,无耻之徒!"

"等一等!"伊力哈穆上前一步,走到了麦素木的前面,"您还谈什么国际主义、苏中友好呢。好,希望你到了那边能跟旁人友好。可是如果您那么喜欢装腔作势,即使到了那边,也要被那里的老百姓厌恶! 总有一天,你会得到应有的惩罚……"

麦素木两眼发直,突然,他跑到院子里,像一只吃了过多的咸鱼的猫一样,不停地翻肠倒肚地呕吐起来,然后一个踉跄,他夺门就跑,好像有谁在后面追逐他一样。

小说人语:

有戏、有哏、有板眼。咣咣咣材——材……令人想起鸠山与李玉和的对话来。久违了,那些威武雄壮的锣鼓点、急急风。长存矣,人的形形色色、碰碰撞撞、仪姿万方、丑态百样!

中国这边称之为塔塔尔,俄罗斯那边的俄语表述则被中国人译为鞑靼,首府是喀山,它与莫斯科、彼得堡并列为俄罗斯三座文化历史名城。鞑靼人从族裔上说与中国的塔塔尔相同,但那边更多的人是使用俄语的。有许多著名人物在喀山待过:普希金、托尔斯泰、高尔基、列宁、夏里亚平(男低音歌唱家)……新疆的民族分布丰富多彩,闹热红火,趣味盎然。

第五章　误信传言　套驴车老王当逋客
　　　　　漏锄小草　挨臭骂小狄成泪人

在明媚的温暖的春阳照耀下,伊力哈穆大步行走在通向庄子的道路上。

七生产队大部分社员是住在大队部这一面的,这里,有正式的国家公路通往伊宁市。但是,七队的农田并不在这里。七队的地,四分之三在伊犁河沿岸,四分之一在北面的雀儿沟。在离国家公路四公里左右的伊犁河沿岸,有七队的一个小庄子,这还是解放前大地主马木提修的。所谓庄子,与汉语"村庄"的含义有所不同,它平常并不住多少人,为的是在农忙期间,在农田附近有一个喂养牲畜、放置农具、车辆,以及临时堆放食粮、种子、牧草之类的地方。或者在农事特别紧张的时候,也可以临时住一些人。过去,这里的农民选择住处的时候更多地考虑的是生活而不是生产,即他们首先考虑的是交通、商业、聚居与进城的方便,自然向公路这边靠拢,而与农田的位置并不完全一致。这样,七队社员上工,到伊犁河沿,要走四公里,到雀儿沟,要走五公里。他们是靠庄子的存在来方便下地劳动的人。为了改变这种状况,从一九五九年起,以里希提书记为首的大队党支部做出了规划,决定七队人员应该逐步向伊犁河边庄子方向迁移。要陆续在庄子一带修建住宅(他们更喜欢用的词叫"居民点")、仓库、队部办公室、学校、医疗站和供销门市部。大队的计划是,用若干年的时间,把七队整个迁过去。因此,当七队原在国家公路近边的粮库因年久失修需要重建的时候,当时的队长伊力哈穆就决定将新的库房修在庄子。解放以来,庄子那边也陆续盖了一些房子,住了一些人,像库图库扎尔的哥哥中农阿西穆、赶大车的泰外库、失踪的前生产队保管员伊萨木冬、看水磨的俄罗斯人廖尼卡,以及新社员包廷贵、地主婆子玛丽汗等都住在那里,但更大多数社员还不在庄子居住。盗窃犯确定偷七队的粮库,看来是很了解情况、很有算计的。这些坏人,利用了七队粮库偏处一隅,而没有位于稠密的住宅群中这一特殊情况。

通往庄子的大路,也是一九五八年大跃进的年代,里希提组织大兵团作战修的,连同栽种路旁林带总共用了三天。大路向西拐通四队,向东拐通七队庄子,向南笔直地通过二队,延伸下去和沿伊犁河通伊宁市的一条土便道相连接(就是盗贼们的大车走过的那条僻静的土路)。

从库图库扎尔的家出来,扛着砍土镘走在这条已经走过许多遍,但远远没有走够就离开了的大路上,伊力哈穆觉得胸怀宽阔,心情舒畅。五月的正午的太阳,照耀得到处都明亮耀眼,温热炙人。路旁各有六行栽植齐整的杨树,已经长大成林。丰满的枝叶,随风作响,在路上摇曳着缭乱的阴影,散发出一种类似梨儿的甜香。林带一侧,大渠里缓缓流淌着清水。春汛季节过去了,渠水变得洁净而又深沉,只有在经过几个水泥跌水的地方,骤然泻下,击打石底,旋涡翻滚,银花如雾。再把视线放远一点,一望无际的大块条田,乌黑碧绿的冬小麦随风舒适地摇摆着身躯,变幻着表面的形状和色泽。油菜的金花正在盛开,每一朵小黄花就像一滴水,汇集起来成为一片汪洋,招引着蜂蝶。玉米苗还很矮小,为了来日的惊人的长势,它们正在不动声色地深深地、深深地向泥土的深处扎根。只有瓜地还是光秃秃的,只看得见 M 形的高埂。其实,过不上两个月,那里就会成为遍地藤蔓,结满长长的哈密瓜与圆圆的西瓜的最诱人的地方。阳光、水、风和土地，在人民公社的勤劳的双手的调动指引下，正在进行那万古长青的伟大而神奇的合成，提供着社会生产和人民生活的无限财富。

"故乡是美好的。"伊力哈穆自己对自己说。他有一个习惯，常常在走路的时候自言自语；平常，他总有说不完的话要告诉别人，又有听不完的话要别人告诉自己。但是，有些时候他也有些话是想自己讲给自己听的，独自走路的时候，便是这样自思自言的好机会。"我们有耕种不完的辽阔土地，我们有浇灌不尽的丰富水源，"他仰头看了看有着在晶莹的蓝天衬托下的灿烂的雪冠的天山群峰，"甚至这里的阳光也比别处充足，从来少有那种连绵的阴雨天。这里的物产富饶，木材、煤炭、皮毛……有哪一样人民生活的必需品是伊犁没有的呢？我们完全可以挖掘出更多得多的财富。然而，在旧社会，这一切都被压抑着、糟践着、破坏着，我们的故乡是一个充满了动乱、仇恨、灾祸和贫穷的地方。外来侵略者的十年入侵、屠杀和破坏，国际帝国主义豢养的泛土耳其主义分子、阿古柏、伊犁苏丹和乌斯曼匪帮，从宁夏打过来的马仲英部的烧杀抢掠的骑兵和那次动乱以后大流行的瘟疫，对少数民族人民进行令人发指的蹂躏的蒋介石国民党和本民族的虎狼蛇蝎一样的乡约、伯克、龙官；皮鞭、朵末①、绳索……在这肥沃的土地和温暖的太阳下面，老百姓并没有过过一天舒心的日子。伊犁的儿女也曾拿起刀枪，在一九四四年，和塔城阿勒泰地区人民一起举行了反对蒋介石国民党的英勇起义，但是，他们的牺牲和斗争，并没能擦干故乡的妻儿脸上的泪水，人民仍然处于严酷的封建制度的桎梏之下。直到一九四九年底，毛主席派来的解放大军到来之后，才实现了世世代

---

① 朵末，是地主巴依打人的一种凶器，用皮张包着沙子制成。

代的人民的心愿,掌握了自己的命运,涤荡了污泥浊水,开始了亘古未有的新生活。生活在前进,看,这农田的长垄!从五八年以来,机耕种植是怎么被推广了啊!而解放以前,人们左手托着帽子,帽子里放着种子,右手一把一把地漫撒。遇到大片土地,甚至是骑马撒布的。看,地边的这块木牌,上面写着'种子田,陕西134'。过去,我们知道什么叫良种吗?现在人民都懂得了,土种是老鼠,良种才是真正的大象。看,这路旁的电线杆子,这也是我离家的时候所没有的,先把有线广播拉到庄子,将来呢?安装在这些木杆上的将是高压输电线。我们正在把伊犁建成真正的乐园。然而,党用马列主义、毛泽东思想教育我们,不能把善良单纯的愿望当作现实,当我们端起香甜的饭碗的时候,却有人恶狠狠地向我们的饭碗里扔沙土。他们不允许我们踏踏实实地种瓜、栽菜。他们总想制造一种混乱的局面,好浑水摸鱼,乱中得利。所以,我们哪怕在睡觉的时候也必须睁大眼睛。我们必须一手拿枪一手拿砍土镘,为了开发和改造土地,首先要保卫住这可爱的国土。国外还有虎狼,国内也还有麦斯莫夫……”

“站住!回去!你这是怎么了?你苶①掉了吗?你要干什么?”一阵清脆而响亮的喊叫声打破了伊力哈穆的自言自语。他定睛一看,面前二十几步远,在通往四队的岔路口,停着一辆毛驴车,一个汉族姑娘拽住了缰绳,正在叫喊。

这是杨辉,全公社没有人不认识的县农技站驻公社技术员。五年来,她骑着一辆破旧的自行车走遍了公社的每一块土地,用她那四川方言味道的自学的维语到处讲解着、争吵着,有时甚至是恳求着来推广她那一套又一套的科学种田的措施。科学种田,谈何

---

① 方言,傻。

容易？开始，一些粗暴的人毫不掩饰地贬低和嘲弄她的建议，而一些和善的长者，表面上接受她的那套科学，甚至当面按她的要求做一点样子，但等她一回转身就偏偏照老样子，偏偏不按她的要求办。有时候，她辛勤数月的劳动成果被毁于一旦，譬如，千辛万苦精选出来的麦种却被一个根本不相信选种的必要性的社员无意之中弄混杂了，为了这，她曾经发火，哭鼻子，但是，随着时间的推移，她日益受到领导和群众的信赖。公社和大队的干部、老农称她作"我们的技术员女儿"，就连阿卜都热合曼这样的著名的老农，也常常为一些耕作上的问题主动找她研讨请教。

伊力哈穆好奇地走了过去。身材瘦小，戴着眼镜，像维族姑娘那样地系着头巾的杨辉这时正是满脸通红。站在她对面，嗫嗫嚅嚅，不知所措，差不多靠在驴车上的是四队的汉族社员老王。

杨辉顾不得向伊力哈穆周到地问好，她指着驴车说道："看，他要干什么？"

伊力哈穆向驴车望去，驴车上堆满了包袱、箱子、条筐，还有水缸、茶缸、铁炉子和炕席。什物上面，坐着老王的一对孪生儿子，两个儿子的眼珠东张张、西望望，不知道发生了什么事情。

"你要搬家吗？"伊力哈穆问。

"不，不是，"老王结结巴巴，扯一扯衣角，又拉一拉蓝布帽，"我到孩子他姥爷家去走走，他妈已经去了。"

"走亲戚，带这么多东西？"伊力哈穆更迷惑了。

"哪里是走亲戚？"杨辉不顾老王的狼狈的求告的眼色，直言揭露说，"这不是发疯吗！他居然也要躲一躲……"

"躲什么？"伊力哈穆仍然不明白。

"当然是躲维吾尔人。他怕维吾尔人害他。"

"不是，不是的，我一两天就回来。"老王负疚地、没有信心地说。

原来是这样！在这一瞬间，伊力哈穆所受到的刺激，超过了他回家以来所看到、听到的一切。他的心情的难过，超过了在伊宁市客运站门前扶着晕倒了的乌尔汗的时候。老王啊，这是老王！诚实的、友善的老王！和自己以及千百个维吾尔族、哈萨克族、锡伯族、塔塔尔族的受苦人共患过难，携手走过了漫长的道路的老王！今天，六十年代的今天，在社会主义的今天，居然认为维吾尔人会伤害他，会对他做出什么事情。居然在并没有发生什么大变故的时候就丧失了对兄弟的维吾尔人的信任！看，他的眼神是怎样的惊惶和不安！该死的民族偏见和隔阂：难道你比几十年的同甘共苦，比十几年的党的教育更强有力些？难道仅仅因为民族的区别，血汗凝成的友谊却经不住些微风吹草动的考验？

伊力哈穆呆呆地注视着老王，与其说他是在责备，不如说他的目光里流露着忧伤。

这种情绪杨辉多少也觉察到了。这个活泼而爽快的姑娘，放低了声音告诉伊力哈穆："别处也有这样的情形，但那多半是从关内新来的盲流人员，他们没有觉悟，他们不了解兄弟民族的人民。可这是老王啊！"她严肃地问道，"老王！你难道也听信了那些卑鄙恶毒的挑拨……"

"那个……这个……"老王不知说什么好。

是的，杨辉的最后一句话提醒了伊力哈穆，一定有敌人的挑拨。不能仅仅从表面上，什么维族呀、汉族呀来看待这些现象。解开这些复杂的、意想不到的、恼人的现象之谜的钥匙，是毛主席教导的："民族问题，说到底是一个阶级问题。"就是说，民族隔阂，这本来就是反动阶级为了分而治之而培育制造出来的毒瘤和溃疡。伊力哈穆拉起了老王的一只手。

"至少，你应该和里希提哥商量商量。"

听到里希提的名字，老王的眼泪几乎流了出来。

伊力哈穆继续说："老王哥，你一定听信了哪个人的恶言恶语。俗话说，善言可以劈山，恶言可以劈头。坏人最害怕的是我们各族人民的团结，他们总是在各族人民当中散布怀疑和恐惧的种子。怀疑本身就是魔鬼！而恐惧会使人被自己的影子吓个魂不附体！你难道忘记了给依卜拉欣地主扛活的日子！把我从马木提大肚子的马架子①上救下来的，不也有你吗？而里希提哥，又是在怎样困难的情况下保护了你！即使在旧社会，国民党、马木提和依卜拉欣，也没有能够把我们分开啊！何况现在，有毛主席他老人家！当然，维吾尔族里仍然有坏人、敌人，他们歧视、污辱和仇恨其他民族……"

"汉族当中，也有这样的坏蛋啊！"杨辉插嘴说。

"但是，这样的人，太少数了，"伊力哈穆断然说，"他们是我们整个中华民族的公敌！如今的天下不是他们的！我们可不能听这些胡说八道！"

老王僵在那里了。伊力哈穆示意让杨辉放开驴缰绳。他拉着杨辉闪开了身，平静地说："你去走亲戚吗？去吧！家里有什么需要照管的吗？早一点回来……"

老王看看伊力哈穆，又看看杨辉，嘴唇动了动。这时，早就等得不耐烦了的驴子，迈动了蹄子，吱吱嘎嘎地拉动驴车，走开了。

杨辉整理了一下衣襟，看着渐渐远去了的驴车，苦笑了一下，摇了摇头，转身对伊力哈穆说："这么说，您回来了，这个时候？"

伊力哈穆点点头："您一切都好？工作，身体？四川的亲人

---

① 指给马钉蹄铁时拴马的架子。

都好？"

"都好。"杨辉笑了，还是那个老样子，她笑的时候憨厚地微微露出一点上牙花子。即使是未婚的姑娘吧，三年过去了，日月流转，风霜交替，时间也在她的脸上留下了一点点又一点点痕迹。"她大概还没有结婚吧？"伊力哈穆关切地很想问问，又不好意思。于是他问道：

"您到哪儿去？"

"到四队，看看他们的稻秧田。"

"晚上到我家去吧。"伊力哈穆邀请着。

"晚上么，"杨辉又笑了，"从四队我还要赶到团结大队，今年，他们学习关内的经验，搞了粮豆间作……"

"团结大队？那还有十公里！您的自行车呢？"

"阿依木克孜骑走了。"

伊力哈穆不知道阿依木克孜是谁，当然，这是个维吾尔族姑娘。但他知道，没有自行车，从这里去团结大队是很困难的。他说："那您赶不及了，到了那儿天就快黑了……"

"我晚上不回公社了，就住在那边。明天，我还要到雪松台去。再见，伊力哈穆哥，等回来，我要和您好好谈一谈。"

杨辉转身走了，她走得很急，走路的样子好像一跳一跳似的；她仿照维族式样系在头上的淡蓝色头巾，也在随着步子一扬一扬。她的身后，被踏起了一缕尘土。一会儿是阳光，一会儿是树荫，在她的渐渐小去的背影上交错变幻……在这个动乱的日子里，这个身材瘦小的、二十七八岁还没有结婚的四川姑娘，照样坚守着自己的岗位，忠实地履行着自己的职责，为了边疆的兄弟民族的人民，无私地贡献着自己的一切。她不知疲倦，更不知被历史上的反动派造成的民族隔阂，她将步行十多公里到团结大队，她将和她无限爱惜、也是对她无限信赖的维吾尔贫下中农在一块餐单边吃饭，在一盏油灯边研究生产，在一块毡子上入梦。汉族同志常喜欢说，烈火炼真金，在当前的斗争的烈火中，杨辉的那颗赤诚的闪闪发光的心，不正是金子一样的吗？有这样的人、这样的心，我们还怕任何风浪吗？这样的心，正是民族团结的基石，那些妄想动摇和分离我们的团结的丑类，不是一定会碰得头破血流吗？他多么想追上去，向杨辉说一些热烈的、知心的话。然而，那是用不着的……望着杨辉渐渐隐没的背影，伊力哈穆自己也不知道，他落下了一滴滚烫的眼泪。

伊力哈穆微笑着，含着眼泪向前走去。过了一会儿，他听到了身后的一阵阵喊叫声。回头一看，远远地，老王的驴车已经掉转了头，正在往回飞跑，老王的双手拢成喇叭形，正在向他呼喊。两个儿子也在抖动小手，咿咿呜呜地叫着。他听不清他们在喊叫什么，但是，他已经明白了，他也大幅度地挥着手，示意让他们快点拐到去四队的路上去，现在最重要的是，让老王的驴车快快追上杨辉，追上那个比谁都亲近的技术员姑娘。

热依穆副队长的女儿，大队团支部书记，体态健康、皮肤白皙的吐尔逊贝薇正领着一组妇女给玉米地锄草。干这个活，不仅需要体力，更主要的是细心，动作熟练，反应迅速，一砍土镘下去，不仅要除净草（绝不能是只剃头而留下根），而且要松土、间苗。维吾尔族的万能工具砍土镘，把铁锨的形状——铲送的作用，镐头的重量和锐利——刨挖的作用与锄头、钉耙的角度——与地面平行三者结合于一体。就用这个砍土镘，可以挖土方，可以平地，也可以锄草。锄玉米，正是妇女们大显身手的时机，往年，吐尔逊贝薇她们，总要向男社员提出挑战，她们唱着、笑着、叫着把许多男社员落在了后边。她和她的女伴们总是能评上最高一级的工分。但是今天,她的劲为什么没有鼓起来?尽管伊力哈穆的到来(他正在水渠的另一边和男社员一起锄地呢)令人高兴,然而,她的心情仍然是困惑的。

……谁注意过小姑娘们的友谊?她们形影不离,梳一样的头发,戴一样的头饰,穿一样的靴鞋。甚至她们当中如果有一个人有某种习惯动作——譬如挤一挤左眼吧,不久,朋友们就都会挤起左眼来。她们在一起眉飞色舞地说啊,说啊,没完没了地说啊,她们的谈话对于最亲爱的生身母亲也是保密的。在小学时候,我们的吐尔逊贝薇、雪林姑丽和狄丽娜尔便是这样的友伴。她们在一起做功课,在一起踢毽子,在一起编织和挑花。如果老师斥责了她们当中的一个,其余两个也会跟着脸红。如果少先队表扬了她们当中的一个,其余的两个也会跟着得意。有主意、有魄力,一拳可以把挑衅的男孩子打翻在地的吐尔逊贝薇,沉静温顺,从来不敢独立做出决定的雪林姑丽,还有那热情、泼辣、带几分调皮的狄丽娜尔,就是这样摩肩促膝地度过了她们的童年和少年时期。晴天一声霹雳,五九年雪林姑丽的继父和继母竟然做主把她嫁给了泰外库,那时,她才十七岁,是虚报了岁数领的结婚证,三个姑娘的眼泪流在一起。从此,雪林姑丽离开了她们,像受了霜的禾苗,她脸上的玫瑰色日复一日地消退着。但是,当她下地劳动的时候,她仍然寻找着她俩,用全副身心谛听着她们的歌声——吐尔逊贝薇的百灵鸟一样的高音和狄丽娜尔的温暖浑厚的女低音。那时候,雪林姑丽的脸上又会浮现出称心的笑意,干起活来也增加了精神气力。田间休息的时候,三个女伴仍然搂在一起。

吐尔逊贝薇和狄丽娜尔曾经一起商议,决心二十五岁以前谁也不结婚。吐尔逊贝薇是说到做到的,但是,半年以前又出现了一桩轰动一时的新闻：狄丽娜尔和俄罗斯人、棕红头发的廖尼卡结了婚。先不说这两个不同民族的青年的婚事引起了什么风波……反正这三个曾经朝夕厮守的女伴各自走上了不同的生活道路。吐尔逊贝薇得到的"三好青年""三八红旗手""水利尖兵"……的奖状已经挂满了墙壁。她的照片曾经登载在去年五四青年节的《伊犁日报》上。雪林姑丽像场上经年的麦草一样地憔悴而枯黄，她的美丽的、长睫毛的圆眼睛里没有丝毫光泽，她的孩子气的面庞上看不出什么表情。而狄丽娜尔，完全沉浸在新婚的幸福里。当人们走过水磨坊边俄罗斯人的精致的小房子时，常常听到狄丽娜尔伴着廖尼卡的手风琴唱起伊犁民歌《黑眼睛》和俄罗斯民歌《山楂树》。小两口可能以为，他们将在每天黄昏，用这温柔的情歌去迎接伊犁河面上升起的第一颗星星，直到天长地久，白头偕老。谁又料想得到一声巨大的不和谐音打破了手风琴与男女声的一切和声，风暴吹得他们像落叶一样地漫天旋转。不速之客木拉托夫的到来和消失，公公马尔科夫的出走，廖尼卡的被捕与被释……怎样的耻辱落在了这个骄傲的、任性的姑娘头上，狄丽娜尔的眼睛哭肿了，她不肯见任何人。再回到严厉的父亲、四队的木匠亚森宣礼员①的身边？娘家的两扇门已经紧紧地关闭了……

今天，吐尔逊贝薇死说活说好不容易才把狄丽娜尔拉到玉米地里。狄丽娜尔两眼发呆，心不在焉，她锄过的田垄不是留下草就是砍伤苗，或者留下夹生的硬地，害得吐尔逊贝薇不时过来替她找补、扫尾。雪林姑丽呢，咳嗽着额头上出着虚汗。"要不，你回去歇歇吧。"妇女们说。雪林姑丽摇一摇头。难办的是，你和她说十句话，有九句她是用摇头或者点头回答，另一句说不定连头颈也没有

①　宣礼员，即穆安津，又名麦僧，在清真寺屋顶召唤礼拜的人。

任何表示。当女伴们的境况是这样的时候,吐尔逊贝薇又如何去唱歌、欢笑、闹嚷呢?

各有各的心事。往日,妇女们集体干活的地方本来像喧闹的市场,今天,却冷冷清清,只听得见砍土镘搂土的"嚓嚓"响。吐尔逊贝薇把全身精神集中在砍土镘上,她不但负责着自己的两垄,而且照料着、帮助着狄丽娜尔和雪林姑丽。锄吧,快快地锄吧,让砍土镘不但锄掉地里的杂草,而且把心灵上的杂草也剔除干净吧。

"这是谁干的活儿?"突然的一声大喝,使吐尔逊贝薇吃了一惊。她抬起头来,看见一匹高头大马。骑在马上的,是队长穆萨。虽然还没到盛夏,穆萨已经穿起了俄式乳黄色的崭新的套头绸子衬衫。领边和袖口,绣着花边。他的左袖,挽到了齐肩,露出了快要撸到肘部的手表。穆萨歪戴着帽子,脸上密麻麻的小麻子上挂着汗珠,两撇黑胡子捋得尖尖的向上翘起。他翻身下马,把缰绳往鞍鞒上一摔,右手理着胡须,迈着沉重的大步向田间走来。他走到狄丽娜尔的身后,指着锄漏了的小草问道:"这是你的事情吧?"

狄丽娜尔没有作声。

穆萨从鼻子里哼了一下,脸上显示威吓的表情。他大喝道:"全都到这里来,全体社员集合!"

人们抬头看了他一眼,大部分低下头继续干活。穆萨又喊了好几遍,才零零散散地聚拢了一些人。隔渠的男社员也慢慢地走了过来,跟在女社员后面。

"这是人办的事情吗?"穆萨弯腰从地上拾起两棵小苗,举在头上要大家看,然后,指着狄丽娜尔骂道,"你是吃馕长大的还是吃屎长大的?你以为公社社员馕馍吃起来那么现成,那么便宜?你以为工分是好挣的吗?你们在给谁干活?从前,给地主要是这么干,早就给赶跑了。你们以为队长不在就可以胡里麻汤地干吗?我在呢,你们在打什么主意,在转什么念头?想走吗?别做梦了,走到哪里也没有现成的热包子!谁想走,就走吧,中国人有的是,不少你们几个。不走,就好好地给我干,干不好,就不要嫌我说出难听的话来!"

说到这里,他眼皮一抬,瞭见了靠后站在一边的伊力哈穆,他先是一怔,然后哈哈大笑起来。他旁若无人地走了过去,伸出手来把伊力哈穆的手轻轻一拍,"您来了吗?好兄弟。这才好呢。帮助我管管这些社员吧,他们的思想问题总是多得很!你看见了吧,他们是怎么干活的?你再看看,他们都用白眼珠看着我,对我不满意,肚子里在骂我呢!"他转脸向大家喊道,"不满就不满吧,骂就骂吧,也行。我当一天队长,你们就得听我的。等到我垮了台,随你们割下我下身的蛋子炒着吃。我没有文化,不会用报上的词儿说话,我要有文化就早不当这个小队长了,兄弟姐妹们,那时候我就会弄他个县长或者州长当当,也有你们的面子!总而言之,一句话,我现在是队长,你们是社员,我是你们的掌柜的,都得好好地给我干!没别的说的!秋收的时候,我让你们每个工分达到两块二毛!至少是两块!只要听我的,一个工两块二,这就是我的计划,这就是我的安排,这就是穆萨队长的好领导!走吧,都干活去!"

社员们有的摇头,有的叹气,有的暗笑,更多的人却熟知穆萨吹牛放炮的脾性,不予置理。穆萨走到白马近边,拉住缰绳,左脚认镫准备上马。伊力哈穆走了过来,平静地说:

"忙着走啥?和大家一起干一会儿吧,有什么问题和大家一起商议,不好吗?"

穆萨陡然变色,左脚从马镫里撤了回来,叫道:"我当不成那种在地里抢砍土镘的队长!我没有时间!几百口子人,几千亩地,需要我操心指挥的事情还少吗?伊力哈穆兄弟,我和你不同,你是党员,我可是党外人士,什么来着? 我就是李鼎铭先生! 你不能那样要求我,我也没有你那个觉悟! 其实我一个人能干多少,指挥好了比什么都强! 让我当队长,我就骑着马检查工作。有意见,秋后提吧,到那个时候,可以撤我的职,可以批,可以斗,可以割下我的耳朵用盐腌起来下酒!"

哇里哇啦地喊了一通之后,穆萨一骗腿儿,上了马,缰绳一抖,马跑开了,穆萨骑在马上,斜斜歪歪,活像就要掉下来。一阵风,送来了他用维汉两种语言混合着唱的小曲:

> 姐姐好啊,妹妹好?
> 哪个中意哪个好。
> 西瓜甜呢,甜瓜甜?
> 哪个可口哪个甜?①

穆萨走了,狄丽娜尔哭成了个泪人儿。吐尔逊贝薇跑到了伊力哈穆身边:"伊力哈穆大哥,收工以后找狄丽娜尔谈一谈吧,她要毁了,她的事情可怎么办呢? 她的事情我实在解决不了。我代表团支部请求您,关心一下我们的女青年!"

得到了伊力哈穆的肯定的答复以后,吐尔逊贝薇又跑到狄丽娜尔的身边:"好姐妹,别哭了,伊力哈穆哥已经答应了,收工以后他要到你们家去,他还要找廖尼卡谈谈呢。他会帮助你的,他会给你指出一条道路的。你放心了吧,对吗?"

狄丽娜尔呜咽着,半信半疑地望着吐尔逊贝薇。

小说人语:

谁注意过小姑娘们——西北地区更喜欢用的词是丫头——的

---

① 此曲的旋律传到关内,名《沙里蘸巴咳唉唉》,原为妓院小调。

友谊？她们形影不离，梳一样的头发，戴一样的头饰，穿一样的靴鞋……呜呼，心细如发，发现了新大陆上的一株小草……天假王手，怎么像个女孩儿写的！

精彩的杨辉技术员提倡推广粮食作物与豆科作物的间作，因为豆科作物的根瘤菌能增加土地的肥力。本小说里，多有应时应景的却也是事出有因的政治宣扬与实实在在的日常生活的间作。政治的宣扬难免没有明日黄花的怅惜，生活实感则用它的活泼泼的生命挽救了一部尘封四十年的小说。理论、主张、条条框框是灰色的，生活之树常绿，生活万岁！

第六章　父走何妨　磨坊者坚拒眼镜蛇
　　　　情深当庆　伊队长补唱祝福歌

　　哎,伊力哈穆队长,哎,伊力哈穆大哥。我怎么也没想到,你到我的家来,你还肯到我的家来。我知道你回来了,在磨坊里,什么消息都能听得到的。我想,你也许能见我的?不,我想你不会来的,在这样的时刻,谁会愿意跑到伊犁河边来看望一个刚刚被拘留的俄罗斯人?有些人到现在不敢和我说话,不敢和我握手。但是我想,你会来的,你不是普通人,你是共产党员,你是共产主义者。共产主义者是要解放全人类的,这就是说,你们的心里装着整个的世界,装着整个的国家。在伟大的中国有个新疆,在新疆有个伊犁,伊犁河边就有我这么一个孤零零的俄罗斯族人,所以,你也会管我的事的,你也该管我的事的,是吗?

　　不,您先别说,您等我把满腹的话讲完。我是孤零零的。有一个时期,那时,那些仇视列宁和斯大林、仇视布尔什维克党和苏维埃国家、流浪在世界各个角落的白俄是孤零零的。现在,他们兴高采烈地"回国"去了,我却孤零零地留在这里。

　　先从我的父亲说起吧,马尔科夫,今年六十三岁。十月革命的时候,他十八岁。他和我的爷爷从海参崴跑到了朝鲜,又从朝鲜跑到了中国的东北,在哈尔滨和长春流浪,还到过青岛和上海。我的爷爷是什么人?是旧俄的贵族,是沙皇的军官、密探,还是屠杀远东的非俄罗斯民族人民的刽子手?我不知道,我没见过我的爷爷,我父亲也从来不说他。但是我知道,我的父亲怀着对列宁和斯大林的刻骨的仇恨。一看到红五星，父亲的癫痫病就会发作；而且我们家不许用月牙形的镰刀，因为共产党的党旗上有这样的标志。三十多年前，我的姐姐死在上海，我的父亲被一个中国商人所雇用，随着骆驼队走了半年来到新疆伊犁。我是出生在伊犁的，生我以后，母亲因为产后受风而死去，是一些善心的中国妇人的乳汁贴补了我，使我没有因为丧母而死。也许，正是中国妈妈的乳汁，形成了我的某些性格。当然，您不信这个，这样说是不科学的，但是，我永远忘不掉这一点。

　　三十多年来，我的父亲（后来还有我）在伊犁什么事没有干过？我们养蜂，我们抓鱼，我们养荷兰纯种奶牛，我们酿造格瓦斯，在这里它与啤渥①混同起来了，伊犁人都将俄罗斯式的格瓦斯称作啤酒。我们烤长黑列巴②和圆列巴，我们造水磨和看磨坊，我们粉刷房屋——在伊犁，俄罗斯女人刷房子是出了名的。但是有一条，所有我们这些白俄和白俄的后代，一不在工厂做工，二不在农村种地，为什么是这样呢？可能有多方面的因素，但是，我知道一条原因，那就是我们随时准备离开，我们并没有准备定居。

　　我父亲在伊犁生活了三十多年，三十年来他生活得像一个等候换车的旅客，伊犁对于他只是个大候车室。从我记事的时候，一阵子他说要去澳大利亚，澳大利亚有我的一个什么表姐；一会儿又说到阿根廷，阿根廷有我的一个什么舅舅。还有去加拿大，去美国，去比利时的各种说法，反正就是不去苏联。后来呢，过了一阵子，表姐来信了，他们全家正在失业，靠救济金生活，劝我们不要去。又过了一阵子，阿根廷来信了，可能是说移民当局不批准。大

---

① 即啤酒。
② 面包。

概还有各式各样的信,比如说是正在进行第二次世界大战,战争中的入境很可能被怀疑为一方的间谍……总之,他哪儿也没有去成。

最可怕的是,有一阵子说是苏联宣布了,欢迎十月革命中流亡到各地的俄国人回苏联去,说什么绝对不追究他们的父辈与他们在外面的政治表现……许多我这样的家庭回去了,回去不久就失踪了。噢,我知道,您不相信,没有关系,真的也罢,假的也罢,我祝福全世界一切角落的俄罗斯人。

噢,伊力哈穆哥,你不知道我多么羡慕你们!你们——维吾尔人、哈萨克人、锡伯人、东干人①和汉人,你们不会理解这种把自己当作陌生人的,随时准备离去的"候车室生活"会把人变成什么样的怪物!你们活着、奔跑着、忙碌着……有时候顺心、高兴,有时候难受、悲哀,因为在你们的近旁,有自己的亲人,自己的朋友,自己的土地,自己的森林、河流和天空……一句话,有自己的祖国。你们的哭和笑、爱和恨都是有所为的,绝不仅仅为了自己一个人。如果一个人周围的一切,对于他都是毫不相干的、无所谓的,那时他将怎样过日子!他吃了一口是甜的,这又有什么意思呢?他告诉谁这是甜的呢?谁又和他分享这个"甜"呢?他吃了一口是苦的,除了他自己的胃,又有谁知道他的这个"苦"!我们活着,仅仅和我们的胃在一起,我们忙着,仅仅是为了侍候我们的那个胃。我们不再是人,而只是一个蠕动着的胃。我的父亲在伊犁生活了这么多年,他从来没有说过哪一个人好,对于一个毫不相干的人,怎么会有什么"好"呢?他也从来没有说过哪个人坏,同样,对于一个毫不相干的人,又哪里有什么坏呢?我们总不会议论银河系里的哪一颗星好一些或者哪一颗星差一些吧?我们至多知道哪一颗星对于

① 回族。

我们亮一些,而另一颗星可以用来辨别方向。我的父亲也只知道从哪一个人身上可以用哪一种方法多赚一点钱,而另一个人,却得用另一种方法来赚钱。赚钱的目的,也只不过是为了胃罢了。在伊犁,白俄商贩的名声是不怎么好的,因为他不和也不需要和任何人讲信用和情面。您也知道伊宁市西大桥边卖莫合烟与杏皮子①的俄罗斯小贩吧?他是全伊犁州啬皮②的符号。

但是我不同于我的父亲。伊力哈穆哥,你是知道的。我出生在这里,从小,我吃的就是这块土地上打出来的粮食。我熟悉伊犁河的水,夏天,我敢越过湍急的流水游到察布查尔③对岸再游回转。我熟悉伊犁的风,我知道什么样的风带来阴雨和寒冷,什么样的风带来温热和晴明,我还知道什么样的风吹过麦子就会黄熟,蒙派斯苹果就该收摘。我的维吾尔语比俄语说得好,我的汉语也马马虎虎。我不但用维语交际,而且用维语想事情。我看到 5 的时候先想到的是"拜西"④,之后才会想起"别丫唧"⑤……

最主要的是,我爱这里的人民,这里的一切。小时候,我看着银花盛开的苹果树,一两个小时都不舍离去。每听到维吾尔人的歌声,那从载负着重压的心灵深处迸发出来的千回百转的歌声,我就泪流满面。我和你们一齐过麦西来甫⑥,出席婚礼,祝贺婴儿的出世。我亲眼看见正是在毛主席派来的解放军到来之后,在清除了国民党、霍加、巴依伯克之后,在实行了减租反霸、土改、互助合作、人民公社化以后,我们这里才真正变得一天比一天更光明、更

---

① 杏干。
② 即吝啬。
③ 锡伯族自治县。
④ 维吾尔语五。
⑤ 俄语五。
⑥ 娱乐盛会。

美好。当你们唱"把天下的水都变成墨,把天下的树木都变成笔……也写不完毛主席的恩情"的时候,我也屡屡应和……而且,我爱上了狄丽娜尔……

你们维吾尔人的谚语说:"夸奖自己是头号傻瓜,夸奖自己的老婆是二号苕料子。"好吧,我本来就傻哟。我还是要说说狄丽娜尔。在伊犁河边,谁没有听到过狄丽娜尔唱歌?她唱起来的时候,燕子都不再高飞,羊儿都停止了吃草。全世界再也找不到长着她那样的长眉毛和圆眼睛的姑娘。我早就注意到她了,但是,事情是从那天去伊宁市开始的。去年春天,青杏子像豆粒儿那么大的时候,那天我去伊宁市办事,我骑着自行车在公路上飞驰,突然,背后一颤,一个姑娘跳到我的自行车的货架子上,事先连个招呼都没有打。那就是她,她时而用一只手扶一下我的后背,一会儿撒开手,让我老是担心她会掉下去。于是,我心花怒放,车蹬得飞快,我记得车一直紧跟着一辆解放牌大汽车飞跑。到了伊宁市,背后突然又是一震,等我回过头来,她已经消失在西沙河子的白杨林里。真是精灵一样的姑娘!

……为了她,我一夜又一夜地拉着手风琴。为了她,我挖掉了年年可以获利的伊犁特产紫皮大蒜,在房前种了那么多鲜红的玫瑰。有一天她和她的女伴们中午休息的时候到伊犁河岸去玩,我也追了过去,当着她的面,我突然一个猛子扎到流势十分凶猛的伊犁河里,她吓得大叫起来。一分钟以后,我冒出来了,手里抓着一条活蹦乱跳的大鲤鱼……您知道她的父亲吧?四队有名的木匠,刻板的宣礼员亚森,当他知道他的女儿和我在一起的时候气成了什么样子,我委托旁人向他解释,耶稣基督和穆罕默德等于是亲戚,我早早就割了包皮,我从小又不吃猪肉……但是,对于我的请求,他的回答是把狄丽娜尔关在房子里。狄丽娜尔终于跑了出来,跑到我这里。我举行了加入伊斯兰教的仪式。根据中华人民共和国婚姻法，公社发给了我们结婚证。里希提书记和其他一些头面人物也找亚森大伯做了思想工作，但是亚森大伯仍然不准狄丽娜尔回家，也仍然有一些老顽固对我们侧目而视。为了我，狄丽娜尔她……

啊，这些说得太多了，还是回到正题上来吧。忽然，出现了一个灾星，一个戴眼镜的毒蛇，一个两条腿的狼——木拉托夫。四月初，他来到了我们家，和父亲谈苏共"二十大"的路线，谈"人和人是同志、朋友和兄弟"，谈"全民党"和"全民国家"。他和我父亲悄悄地谈了许多许多。父亲的腰杆挺起来了，眉毛挑起来了，嗓门也变大了。几十年来，父亲好像一条晒干了的咸鱼，木拉托夫的到来好像把咸鱼泡到了温水中，它膨胀了、灵活了，虽然仍是没有活鱼的灵魂。我的父亲告诉我：

"准备好，回国去。"

我问："回什么国？"

他答："苏联。"

我今年二十六岁了，这二十六个年头里，他差不多说遍了世界上所有国家的名字，但是从来没有提过苏联，甚至没有说起过"俄国"，没有提到过俄罗斯或者乌克兰，他的所谓回国，使我大吃一惊。您知道，我长年看水磨，很少参加政治学习。赫鲁晓夫大骂斯大林，我也是听磨面的顾客说的。但是，我的并不愚笨的头脑却可以判定一个情况，那就是说，如果苏联成了我的父亲的"国"，就不怎么像我的国。父亲心灵的冷酷正和我的心的软弱一样登峰造极。再说，我从来没有想过，也不能想象离开中国，离开伊宁市的金顶寺和伊犁河岸的马兰花，更不要说离开伊犁河谷的乡亲们。至于我的妻子，她对祖国的忠诚就像十五的月亮一样圆满无缺，清澈照人。她在我们的新房里贴上了从《人民画报》上剪下来的天安门广场的图片,这大概是父亲如此厌恶自己的儿媳妇的主要原因。半年来,他没有理睬过狄丽娜尔,狄丽娜尔也不与他讲话。所以,我毫不犹豫地对父亲说:

"不去!"

"什么?"他火了。

"到苏联去干什么? 苏联那里有我的什么? 我生在中国,长在中国,我是中国人……"

"狗崽子!"他骂起来,而且扬言要杀掉我。我呢,也攥紧了拳头,瞪大了眼睛。后来,他一个人走了。

以后是四月三十日的大风之夜,那天白天,地主婆子玛丽汗对我讲了一些讨厌的话。夜里,我翻来覆去睡不着。忽然,风声之中我听到一种响动,我推开门,走了出去,响声是从库房那边传来的。我向那边走去,结果挨了一棒子。

县公安局把我抓了去,我想:完了! 还是玛丽汗说得对。我在县上蹲了五天,这五天的拘留生活,是我上的最珍贵的一课。公安局的同志严肃认真、实事求是,耐心地向我讲解政策,我亲身体会到,中国共产党办事是这样公正、合理、实实在在。我家里藏着小麦,本来我认为这是个有口难辩的说不清的问题。当我说明了情况并且提出了可作旁证的人的名单以后,县公安局痛痛快快把我释放了。临走的时候,他们和我握了手,教育我做一个好公民、好社员,并且说希望我协助把这个案件搞清楚。要我协助政府破案,这是上级第一次给我提出一项政治性的任务,这使我第一次意识到除了磨面和抓鱼以外我还有别的事情需要做,因为,我是中国的一个有权利也有义务的公民。我是兴高采烈地从县上回来的……

但是,狄丽娜尔不理我了,她的眼睛哭肿了,她不听我的解释。

她一个人搬到我那间小小的放工具和杂物的贮藏室里，睡在地上。我想，她这样做也是应该的。我没有主动向组织揭发我父亲贪污和私藏粮食的事情；我没有积极汇报木拉托夫的活动，我理应受到国家和人民——包括狄丽娜尔的处罚。

还有什么问题吗？

是的，我看得清清楚楚，没有眼花。那架马车就是队里的，泰外库拉洪赶的那辆，我也不知道这是怎么回事。

木拉托夫过去我们不认识。他不会说俄语。他在这里活动了十几天，到处跑，这个……我说不上他都到过什么地方。

玛丽汗吗？这个……在磨坊里，她对我说："你为什么还不走，将来，你会后悔的。"她还说了许多歪曲中国的对外政策和挑拨民族关系的话。

我现在想什么吗？狄丽娜尔怀孕已经三个月了，不能让她这样苦下去，要不……你们和亚森大伯说说，让她回去。如果，我使她感到羞耻……

廖尼卡哭了。这个虽然重视友谊往来，却从不参加社会生活，不介入政治事件的看磨坊者，这个聪敏的快乐的利己的但也是克制的俄罗斯青年呜呜地哭起来了。伊力哈穆沉默着。怎么办？相信还是不相信？

一种经验世故提示他，在这种场合，最好说："你们的这些我都听到了。我不大了解情况，你的问题我可以反映一下，研究研究。安心工作吧，不要胡思乱想……"冠冕堂皇，不痛不痒。但是，他不惯于这样待人和说话。

那么，廖尼卡到底是个怎样的人？参与盗窃的嫌疑吗？公安部门已经进行了审查并作出了结论。库图库扎尔说，没有证据证明他参与了犯罪，但也没有证据证明他没有犯罪。能不能这样论证一个人的犯罪嫌疑呢？如果按照这种论证方法，是不是每一个人都要为了证明自己无罪而首先提出证据呢？是不是人人都是被告，都是嫌疑犯呢？

但他是俄罗斯人……这又怎么样呢？

会不会日后又揭露出他的新问题来呢？库图库扎尔说："先放出来，以后需要抓起来再抓，这还不容易。"这又是什么意思？是不是每个人都应该做好被"抓起来"的准备，也就是说，我们的政权要做好随时把人"抓起来"的前期工作呢？不假定廖尼卡是罪犯，又如何谈得上"抓起来"呢？如果因为害怕日后廖尼卡或有可能暴露什么问题就先期加以怀疑、排斥和打击，这难道是公正的吗？

最主要的是，对廖尼卡这个人，我了解不了解？群众了解不了解？他方才讲的话，和他二十多年来的表现符合不符合？

要相信和依靠群众和大多数，要加强敌情观念，提高革命警惕性。这二者是一致的还是相互割裂的呢？如果因为要提高警惕就要怀疑一切人，结果，只能使真正的极少数的阶级敌人混杂在人群中，使阶级斗争的一个个回合，变成一笔笔糊涂账……

伊力哈穆站立起来，廖尼卡以为他一言不发就要走了，他的脸上显出失望的表情。但伊力哈穆只是推开门，喊了一声："狄丽娜尔妹妹！"

从那间小小的贮藏室里，狄丽娜尔迟疑地走了出来。伊力哈穆让她进了屋坐下，她艰难地坐下了。

"你们结婚的时候，我不在，现在，补着来祝贺吧，正像俗话说的，好话（好事）是永远不嫌晚的……"

两个人呆望着他，好像听不懂他的话。

"为什么不祝贺呢？"他说，"你们生活得和睦，你们生活在太阳的光辉底下，生长在祖国的富饶美丽的土地上。忠于祖国的人从来不怕任何风云变幻。狄丽娜尔，为什么不倒茶来？廖尼卡，拿你的手风琴，让我们一起唱几个歌儿……"

……终于，手风琴拉响了。从小声的、试探性的单音渐渐变成了热情饱满的长声。从伊力哈穆一个人的轻轻的哼哼，渐渐变成了两个人三个人的合唱。

生命渐渐地回到了狄丽娜尔的眼睛里。热情，渐渐回到了廖尼卡身上。歌声越来越有力量……

"廖尼卡和狄丽娜尔，祝你们幸福！"临别的时候，伊利哈穆拉住他俩的手，"祝你们即将来到人间的孩子幸福！但是，躲在小屋子里唱《黑眼睛》和《山楂树》的幸福是渺小的。如果时代的风雨冲毁了这种脆弱的幸福，这丝毫也不值得惋惜。为了我们这一代和子孙后代的真正的幸福，我们面前的斗争还很艰巨。让我们并肩战斗吧！"

"我？并肩战斗？"廖尼卡问。

"当然。俄罗斯族，也是我们多民族的伟大祖国的一个组成部分，再见，廖尼卡，你今天看磨坊是夜班吗？"

"然而，您真的相信他了吗？党能够相信他吗？"狄丽娜尔怀疑地问。

伊利哈穆笑了，他说："只要你们相信自己。只要事实上你们无愧于人，又怕什么！"

伊利哈穆走了几步，廖尼卡追了上来，他说："谢谢你。"

"不必的。"

"我，还有两件事要告诉你，"廖尼卡口吃地说，"今天下午，玛丽汗趁狄丽娜尔不在的时候到我家来了。她估计我这里是好人不来的地方，所以她就大胆地来了。她说，伊力哈穆回来了，因为乌鲁木齐和全国各地的工厂大批倒闭……"

"她怎么这么快就知道我回来了？她不是卧病在家吗？"

"这我就不知道了。她说，没有苏联援助，中国的经济就会破产。她还说，我的处境很危险，狄丽娜尔也再不会被信任了，要想尽一切办法到那边去，最好把亚森大伯一家带走……"

"这个老妖婆！你谈的这个情况很重要。如果我们批斗玛丽汗，你敢不敢当场揭发？"

"……我从来没有在大会上发过言。"

"那就学着讲一回吧，好不好？嗯，这是第一件事，还有第二件呢？"

"这个……其实也没有什么，"廖尼卡的口气突然吞吞吐吐起来，"这个这个，就是说，那个木拉托夫也去过玛丽汗的家，详细情况，我就不知道了。"

"就是这个吗？"

"就是这个。"

看来，这第二件事，廖尼卡又不想谈了。廖尼卡不是声称自己的脑袋并不是愚笨吗？他的一些事情，办糟就糟在这个"并不愚笨"上。过急了，反倒达不到目的。刚才如果不提大会上发言的事，或许他不至于又把第二件事咽了回去。他伊力哈穆毕竟是阔别三年，刚刚回来呀，他的斗志昂扬，是不是太过分了，会不会其效果是适得其反呢？啊，他生活在一个何等斗志昂扬的时代！

"那好吧。"伊力哈穆走了。在路过乌尔汗家门的时候，他看见库图库扎尔的老婆，胖胖的帕夏汗正从乌尔汗家出来。

"帕夏汗大姐！您去看望乌尔汗姐了吗？"

"啊，这个，我去借一件东西，顺便……"善于言辞的帕夏汗不知为什么话说得断断续续。

"乌尔汗姐的情况怎么样？"

"还好……啊，不太好……"

伊利哈穆看了帕夏汗一眼。晚上还要开会，他来不及去探视一下乌尔汗了。

小说人语：

即使大是大非上紧跟反修大计也罢，写起俄罗斯族人来仍然那样多情和美丽。而且，小说人在伊犁乡村，也有过这样的骑着骑着自行车，突然蹿上来一个维吾尔大女孩的经验。啊，那突然的一跳，那叽叽咯咯的喧哗，那大笑后的突然无迹……请问，谁能摧毁生活？谁能摧毁青春？谁能摧毁爱、信赖和友谊？谁能摧毁美丽的、勇敢的、热烈的中国新疆各族男男女女？

第七章 碰碎酥糖　遇坏邻库图库扎尔
　　　　挖出老枪　斗牧主巴依巴拉提

许多的"为什么?"

为什么里希提书记和库图库扎尔的工作调了个个儿?为什么热依穆不肯当队长而穆萨却能公然地、肆无忌惮地吹胡子瞪眼?为什么那个去年来蹲点整里希提的麦素木科长一夜之间变成了苏联侨民?为什么廖尼卡被捕了、释放了,但是仍然有人不愿承认他的无罪?为什么玛丽汗要到他那里活动?为什么廖尼卡的"第二件事"欲言又止?为什么帕夏汗从乌尔汗家走出时神情是那么慌乱?为什么库图库扎尔在公社赵志恒书记面前表示对乌尔汗疾恶如仇而帕夏汗又去看望乌尔汗?为什么泰外库的车出现在四月三十日的夜晚?为什么恰恰在那个时刻大渠跑了水?伊萨木冬到底是谁叫走的?他现在在哪里?为什么老王要出走而泰外库也在不安?为什么泰外库深恶痛绝的"高靿皮鞋"夫妇却与库图库扎尔那样融洽无间……

在大队支部的支委会上,伊力哈穆一再想着这些事情,到家还不过一昼夜,他也还没有计划地开展工作,但是,众多的问号他的头脑里已经装不下了。

爱国大队党支部有五个支委。除了库图库扎尔和里希提以外,还有达吾提、穆明和萨妮尔。达吾提是铁匠,几十年和铁打交道,他的肤色是青灰的,他的身上总有一股铁屑的味道。他的引人注目的筋肉强健的臂膀也像是铁打的。穆明是大队的水利委员,须发斑白，精神矍铄。萨妮尔是九队的妇女队长，大队的妇女主任，心直口快，嗓音嘶哑。今晚里希提不在，但有伊力哈穆列席，仍然是五个人。在大队支部的办公室里，库图库扎尔坐在唯一的一把靠背椅子上主持会议，他面前的办公桌上摆着一盏马灯，由于光线是从下向上照射的，他的脸显得严厉，甚至有些阴森。伊力哈穆、达吾提、穆明三个人坐在一条长板凳上。萨妮尔不习惯于坐在高处，她拿了块废木板，垫着盘腿坐在地上，显得比别人矮许多。主持会议的库图库扎尔正作着长篇大论的发言。他首先对伊力哈穆的还乡和参加大队的工作表示欢迎。接着，传达了公社党委对于解除"戒严"的意见。

其实，他中午已经通知下去而且众人已经知道了。现在在支委会上传达，不过是走形式罢了。

然后，他谈起了当前的工作，不要听信谣言，要加强政治学习，要坚持地头读报；要抓好冬麦和玉米的田间管理，要追化肥。于是，他谈起了今年化肥的分配数字，目前某些思想保守的人对使用化肥的怀疑态度。要浇水，对于夜班浇水的人，要给予适当的补助（油、肉和面粉）。要干这么多工作，但是当前一些生产队出勤率不高，还有些队的社员是下地晚而收工早，主要思想问题是有人想"走"，一个人"走"就影响了全家，一家波动了就影响了一片。所以，要加强学习，要教育，要订《新疆日报》和《伊犁日报》，订报就要交钱，而几乎所有的生产队都缺乏现金。于是又说到了最近银行召集的一次会议的精神，关于今年农贷的发放和上一年农贷的偿还。对于无故缺勤的社员，要发出警告，如果再不上工，就停发口粮！当然，这只是说一说……

伊力哈穆一边听着库图库扎尔的发言，一边想着那些个为什么。越想越觉得错综复杂，于是一向不吸烟的伊力哈穆伸手把达吾提吸了一半的莫合烟卷接了过来,吸了两口。他渐渐发现,杂乱无章的许多个"为什么"当中也有一个交叉点,有一个中心。那就是,多数"为什么"都和一个人有关,这个人不是别人,正是现在正侃侃而谈的现任大队支部书记库图库扎尔。

……是遥远的往事了,那时候,伊力哈穆的妈妈还活着。六岁那年,宰牲节那一天,妈妈把熬了许多个夜晚亲手绣起的小花帽戴在了孩子的头上。他戴上新花帽,穿着破粗布衫,趿拉着硬冷如铁的生皮窝子①走到了村头。有的孩子在玩碰鸡蛋,他没有鸡蛋;有的孩子把冰刀绑在鞋上就在大路的冰雪上滑行,他也没有冰刀。新花帽,这就是他节日的唯一的喜悦了。他无趣地继续往前走,看到了老桑树下围拢着一群孩子。他好奇地凑了过去,原来是邻居小伙子、十八九岁的库图库扎尔在卖酥糖。酥糖是库图库扎尔自造的——用麦芽糖、羊油、面粉熬制而成。熬糖的时候,还让伊力哈穆帮他搬过柴火呢。酥糖切成整整齐齐的小方块儿,放在铺在地上的布单子上。库图库扎尔歪戴着一个硬壳帽子,穿着一身不合身的旧西服,打着一个肮脏的领带,正在探着脖子吆喝叫卖,糖块一丝一丝的,在阳光下晶晶闪亮。伊力哈穆摸了一下上衣,本来就没有衣兜,腰上也没有褡包,他是一文莫名的呀。于是,他后退准备离开这个白白地让自己咽口水的地方,但是,还没等他退后,忽然脖子上一阵火烫刺痛——是一个巴依的儿子把抽剩下的烟屁股扔到了他领子里。他本能地向前一闪身,脚尖碰碎了一块糖。正在起劲地吆喝着的年轻小贩一把抓住了伊力哈穆的脖领子,认出了是自己的小邻居以后,他放开了手微微一笑,俯身把碎糖拾到手里,递向伊力哈穆,说:

---

① 即靴子。

"你吃了吧！"

小小的伊力哈穆把手放在背后，不肯接。库图库扎尔拉过他的手，把碎糖放在他手里，鼓励地说：

"吃吧！有什么可怕的？"

伊力哈穆看看糖，又看看四周，再看看邻居大哥。库图库扎尔和善地向他点着头。他慢慢地把糖放在了嘴里，道了个谢，刚一转身，又被库图库扎尔抓住了肩膀。

"钱在哪里？我的小兄弟！你可真好笑，吃了糖道一声谢就走了吗？有多痛快！难道我是待客吗？噢喂！"

伊力哈穆慌了，他说："可是我没有钱呀！是您让我吃的。"

"不让你吃让谁吃，"库图库扎尔瞪起了眼睛，"是你把糖踩坏了的！踩坏了的糖还怎么卖给别人？这个损失难道由我自己来承担吗？这么着吧，我少收你一分钱……"

"大哥！你知道，我一分钱也没有……"

"没有钱到我这儿来干什么？买卖买卖，花钱买，收钱卖，亲娘老子来了吃糖也得给钱。这么样吧，你回家拿四个鸡蛋来……"

"我们家没有鸡……"

"别想赖！"库图库扎尔一把把伊力哈穆拉了过去。那个扔烟屁股的巴依的小崽子兴奋地喊了起来："打！打！打穷小子！"伊力哈穆挣扎着，库图库扎尔一抬手，伊力哈穆以为要挨打，结果，库图库扎尔揭起他的小花帽，掖到了怀里。

"拿钱来，要不，帽子顶账！"

伊力哈穆露出了光头，周围是孩子们的笑声。露出头来，这是非常丢人的，正像其他民族认为戴着帽子进人家的室内去是一种无礼的行为一样，维吾尔人认为，在做客的时候或者在公众场合露出头发或头皮，是对人对己的极大羞辱。

……许多的岁月过去了，库图库扎尔后来也当了马木提大肚子的长工。解放以后，成了积极分子、党员、干部。对于这么一件小事的记忆又能说明什么呢？

库图库扎尔的绰号叫做"鸭子"，维吾尔人在这里是取鸭子入水而不沾水的特点，这样的绰号是指那种做事不留痕迹的人，这当然不是个好绰号，然而，绰号毕竟只是绰号罢了。

中午，在"麦斯莫夫"面前，库图库扎尔不是立场坚定、态度鲜明的吗？不错，他正在盖房，这说明他决无动摇，这是令人信服的。

伊力哈穆收拢了注意力。库图库扎尔在支委会上口若悬河、滔滔不绝，现在正讲基建问题，一直说到大队要不要修建一个篮球场，大队办公室的屋顶今夏一定要增上一层泥防雨……终于，他结束了，他说：

"我的意见简单说来就是这些，总之，我们必须努力工作，不但要努力工作，而且要特别特别地努力工作，要鼓足干劲，要干劲十足，要好好地干……大家谈谈吧，你们有什么意见？伊力哈穆，你刚回来，感觉会敏锐些。达吾提，你在大队加工场，紧靠着路边，会看到许多情况的。穆明哥，你年岁最大，又整天骑着驴跑遍了每一条渠，你发现了些什么问题？夜班渠水按那个标准补助行不行？萨妮尔，你是妇女，半个世界（半边天）……"他一个一个地点了一遍。

萨妮尔听得疲倦了，她出声地打了一个哈欠，赶紧拉下头巾角捂住了嘴。

达吾提抬头望了望大家，咳嗽了一声，他问："书记，我们今天开支委会要干什么？"

达吾提的一句问话，打破了被库图库扎尔方才的东拉西扯造成的疲惫气氛。"研究工作嘛！"库图库扎尔答，同时警惕了起来。

"研究什么工作？研究给大队办公室的房顶子上泥吗？上就好了。这个事儿，在支委会上已经谈过许多次了。"

"是吗？"库图库扎尔笑了起来，"可能吧，我们是农村干部，我们没有文化，我们不会把工作一条一条地列在小本子上。我们想到哪儿就说到哪儿，没有做好，就老得说，要不，就会忘掉……"

"我是说，老这样开会不解决什么问题。"达吾提并没有被他的笑声所软化，他坚持着。

"那你说怎么开？"库图库扎尔绷起了脸。

"开会研究工作，最好有一个中心，一件一件地说，一件一件地研究。"穆明和解地说。

"好的，你们说吧，什么是中心，先研究什么。"

"我说，现在最主要的是要打击歪风邪气。"达吾提说，"现在影响着咱们各项工作开展的，是歪风邪气。歪风，有从外面刮来的，有从别处刮来的，也有咱们这儿的坏人自己在那里刮……"

"是的，"穆明把话茬接了过去，"目前咱们大队，思想动摇、想走的是极少数，可以说是绝无仅有。但是，有相当一部分社员思想不安稳。七队丢麦子的事，没有查个水落石出。我们这个大队，在公路边，离伊宁市又近，消息传得快，反应灵敏。好些人不明白，到底发生了什么事情，今后会怎么样，他们害怕了……"

"他们究竟是怕什么？"伊力哈穆插嘴问。

"谁知道怕什么？"穆明把双手一摊，"害怕是一种急性传染病。有一次我去伊宁市红旗百货大楼买东西，不知是哪一个小娃娃恶作剧，他喊了一声'我的妈呀'噔噔噔就往外跑，紧接着有两个人呼噜呼噜也往外跑，马上全部顾客都乱起来，最后才知道，什么事都没有。"说得大家都笑了。

"如果只是害怕，也好办，问题是有那么一小部分人不害怕，他们反而高兴,似乎我们这里发生了一点什么混乱,给了他们以可乘之机。似乎共产党说话已经不灵了,管不了他们了,至少是顾不上他们了。他们要趁乱捞一把,趁火打劫,浑水摸鱼……"达吾提说。

"谁? 是谁在趁火打劫,浑水摸鱼?"库图库扎尔立即追问道。

"反正有这样的人。"

"有这样的人,就要把他揪出来!"库图库扎尔厉声说。

"包廷贵夫妇就是这样的人!"达吾提面色发红了,"一个高鞡皮鞋,一个长虫①……"

"这样叫汉族同志的名字很不好!"库图库扎尔打断他。

"反正自从他们来到加工厂,就没干过正经事! 搞的全是邪门歪道。今天下午人家驾驶员找了来,他给人家修车,换了人家的零件……"

"安装的时候搞错了的,他已经给换了过来。"库图库扎尔小声告诉伊力哈穆,"你谈你的……"又向达吾提一挥手。

"郝玉兰给人看病,胡要钱,还跟人家要鸡蛋、要清油、要木头。再说,他们的猪老喝渠里的水,庄子上的社员反映可大了! 泰外库说,要再见到他的猪放出来,就打死它!"

"什么话!"库图库扎尔拍了一下桌子,"这个时候打死汉族社员的猪,什么意思? 反动情绪! 没有脑子!"

库图库扎尔的骤然动怒和扣出大帽子,使大家霎时间面面相觑。

库图库扎尔露出笑脸,向伊力哈穆和萨妮尔示意说:"你们也谈谈嘛! 不要光坐着听嘛!"

伊力哈穆听得出,他的话里还有另一种含意,那就是达吾提和

---

① 包廷贵妻名郝玉兰,"玉兰"与维语"蛇"的发音相谐。

穆明说得太多了，该收一收了，同时，他们俩开始的牵扯到包廷贵夫妇的话题该就此打住了。

但是达吾提并没有被吓回去，他想了想，说："我认为教育汉族社员注意尊重少数民族的风俗习惯并不是什么反动情绪。"

"那就打死人家的猪？"

"谁打死了？"

"为什么说要打死？"

"那只是气话。"

"气话便能那样说吗？"两个人接近吵起来了。

穆明说："大队领导找包廷贵谈谈还是可以的嘛。告诉他，猪是可以养的，但要圈起来，这又不是什么坏话啊……"

"啧，穆明哥！您考虑问题也太简单了！现在是什么时候！你是维族，我是维族……"库图库扎尔一一指了一下，"这一类的话由我们去说，会有什么后果呢？过上两年，人家会怎么分析呢？谁对包廷贵有意见，就请他去公社找赵书记去吧……"

"这么点事也去找公社书记？"穆明不同意地反问。

"这样看问题，合适吗？"伊力哈穆再也捺不住了，他缓缓地，然而是有分量地说，"我们是中国共产党跃进公社爱国大队支部的成员，并不是什么维吾尔族支部的成员。怎么能够那样提出问题呢？"

库图库扎尔转过头来，不悦地眯了一下眼。很快，他眼珠转了转，让步地说：

"算了算了，好的好的，你们的意见理论上是正确的。我负责和老包谈谈吧。这又有啥意思呢！这是个个别问题嘛，没有什么代表性嘛！唉，达吾提兄弟，你批评我主持会议没有抓住中心，我看你也是鸡毛蒜皮哇里哇啦，比我还要抓不住中心呢！哈哈哈……萨妮尔,还是你谈谈吧,妇女们有些什么问题,嗯?"

"我先说说男人的事,"萨妮尔的话逗得大家一笑,"我们队的事情到底怎么办?乌甫尔哥撂挑子不干了。队里的工作乱七八糟……"

"怎么回事?"伊力哈穆问。

"我不是和你说过了吗?乌甫尔的岳父在苏联,来了信,要他们全家去苏联,听说已经领了苏侨证……"库图库扎尔说。

"领了苏侨证?"伊力哈穆眼睛瞪了老大,"这不可能!谁不知道乌甫尔哥……"

"你先别这么说!"库图库扎尔警告地指了指伊力哈穆,"什么这不可能那不可能,这年月什么不可能!你能相信谁去!你没看见县里的麦素木科长都变成了苏联侨民!"

麦素木变成侨民的消息使其他三个支委吃了一惊,交头接耳议论起来。

"麦素木这个人我不了解,但是乌甫尔……您没有问问他是怎么回事吗?"

"我……没怎么问。如果他没有这事,为什么撂挑子不干?如果有这事,他就不归我这个书记管喽!我们大队、公社都管不了喽!另一国的人喽……听塔列甫同志说,就是有一些情况呢……唉,有什么办法?算啦,这个问题不要谈了,谈也解决不了,萨妮尔,跟你们的副队长再讲一下,让他把队上的工作抓起来!妇女工作方面没什么问题吗?"

"这两天,女社员出工的情况也不太好,还有人说,按照维吾尔人的规矩,女人本来就应该待在家里……"

"是这样,落后意识还多得很哩。到南疆喀什一带,至今还有女人戴着面纱怕旁人看到自己的面孔呢!其实,越是戴面纱的女人越是……唉,你们哪里知道,她们在面纱后面想些什么?哈

哈……"库图库扎尔总算找到了一个有兴趣的话题,他眉飞色舞地想发挥一番。伊力哈穆打断他的兴致向萨妮尔问道:

"那话是谁说的?"

"我查问出来了,"萨妮尔挪动了一下身体,放大了声音,"不是别人,正是玛丽汗说这样的话!"

"真浑蛋! 等她病好了,我告诉民兵去敲打敲打她!"库图库扎尔皱起了眉。

"看来,玛丽汗活动得很厉害。"伊力哈穆讲述了一下廖尼卡向他反映的情况。

"廖尼卡谈的情况,算数吗?"库图库扎尔冷冷地说。

"情况看来是可靠的,"穆明说,"四队的地主分子依卜拉欣也蠢蠢欲动。他的侄子买买提突然回来了,活动很诡秘,据了解,买买提也到过玛丽汗家里。还有一些身份不明的生人,在依卜拉欣家出出入入……"

"敌情是严重的,阶级敌人似乎也嗅到了国际国内的某种味道,他们的头脑正在发昏。所以,光让民兵去敲打,这是不够的,我考虑能不能在全大队范围内发动群众批判打击阶级敌人的破坏活动,打击歪风邪气,而更重要的是,耐心地向广大群众做细致的思想工作……"伊力哈穆说。

"就是应该这样。"达吾提和萨妮尔赞同地说。

"这个意见很——好!"库图库扎尔打了个大哈欠,"我们要开个大会,敲打敲打这几个地主。"他又打了个哈欠,叹气说,"我们的会开得太长了,今后要改进。主要责任由我负。刚才说什么? 啊,对,批批地主。现在形势比较复杂,什么时候搞,怎么搞,开多大范围的会,这要请示公社。对这两个地主的活动情况,要整一份详尽的材料报上去,这件事是不是请伊力哈穆同志抓一抓。就这样吧,哦,还有什么?"

伊力哈穆思索着,达吾提站起来活动了一下四肢,走到窗前,坐到了窗台上,他信目望去,突然发现了什么,他叫道:"里希提书记回来了!"

伊力哈穆赶紧奔过去,从窗口望去,夜色中从小渐大,出现了一个瘦削、稳健的身影。他披着光板皮大衣,戴着皮帽子,手里拿着个沉甸甸的马褡子①。这正是伊力哈穆昼思夜想的里希提。

人们迎了出去,从里希提那与初夏季节很不协调的打扮上,人们似乎感到了高山牧场的气息。显然,里希提刚刚下山,他只来得及把马安置起来。

里希提和伊力哈穆长时间地、热烈地互相问候着。伊力哈穆一口一个书记,这使库图库扎尔听起来很不舒服。尽管这里的农民有称呼别人已经卸去了的职务的习惯,但总不能当着现任书记的面叫另一个人作书记,何况,伊力哈穆已不是一般农民。库图库扎尔大声嗯了一声,向旁人做手势道:

"算了,时间也不早了,支委会就开到这里吧。"又专门向萨妮尔关照道,"你可以回去喽! 女同志嘛,家务事多。"

"不,我还没有吃到里希提书记带来的奶疙瘩②呢!"萨妮尔也叫起书记来了,而且口气是那样亲昵。

"奶疙瘩,当然是有的,从草场回来的人,怎么能没有酸酪干呢! 但是,先等一等,请你们看一样东西……"说着,里希提把马褡子打开,拿出一件东西,"咚"地扔到了桌子上。

"枪!"众人一齐惊叫起来。

---

① 马褡子,是一种装物用的口袋,本来是搭在马背或驴背上的,有时也可搭在人肩上。
② 即酸酪干。

一把锈迹斑斑的老式的盒子枪，发出一种绿霉、机油和铁锈混合的气味。伊力哈穆把枪拿到马灯近处，隐隐认出几个俄文字母。

"山上的斗争很激烈，"里希提介绍说，"牧主巴伊巴拉提疯狂地进行反动宣传，煽动叛国外逃，并且企图带走我们的大批牲畜。我们组织了对他的斗争，并且挖出了他的这把枪。"里希提说到这里，剧烈地咳嗽起来。

"您的气管炎……"伊力哈穆关切地问。

"好了。没事儿。"里希提继续说，"这枪是八十年前老沙皇侵占伊犁时，沙皇的一个军官送给巴伊巴拉提的祖父哈兹的。枪一直传到了巴伊巴拉提的手里。牧区民主改革的时候，巴伊巴拉提抗拒不缴，偷偷把枪埋在一棵松的山石下面。最近，巴伊巴拉提把枪起了出来，以为时机到了……看吧，老沙皇的阴魂还没有散……是不是有那么一些人，在继续着老沙皇的事业，从而唤起了哈兹牧主的子孙的一种什么希望呢？"

"这些国家大事，我们搞不清的。还是谈谈牧业队的情况吧。"库图库扎尔冷淡地说。

"我们组织了对巴伊巴拉提的斗争，结合进行了回忆对比，忆苦思甜。"里希提的风尘仆仆的脸上放射着一种兴奋的光芒，"哈萨克牧民们情绪高涨，对敌人非常仇恨，斗争会上，如果不是我们严格掌握，巴伊巴拉提非被牧民们活活打死不可！现在谣言已经被粉碎了，牧民们的眼睛擦亮了，大家决心保卫社会主义的新生活，保卫我们祖国的神圣领土。目前，正是接羔，剪羊毛，牧业生产最紧张的季节，男女老少，不分白天黑夜，都在那儿苦干呢，山上还冷，刚出世的小羔，他们就在帐篷里照管，可热闹啦，大家决心用羊羔的最高成活率和羊毛的最高产量来回答国内外阶级敌人的挑衅……"里希提拿出了两把酪干，"看，今年的酸酪干也特别香甜！"

"多拿几个,给你孩子带点!"里希提对萨妮尔说。

"忙你的事去吧。"库图库扎尔说。萨妮尔走了。库图库扎尔又对穆明说,"现在正是小麦拔节的时候,有些人夜班浇水睡大觉,地浇得干一块湿一块的,好像秃子头。你还是去检查一下吧!"

穆明点点头说"对",然后也走了出去。

"你也忙去吧。"库图库扎尔把目光投向达吾提。

"我不忙,我还想和里希提书记谈谈呢。"达吾提的话里有一股子倔劲。

"好吧,里希提大队长,你辛苦了。"库图库扎尔转向里希提,"还是先休息一下吧,工作的事以后再谈,你看,人家上山回来,总是要吃胖一些的,可你,更瘦了。"

"这说明,我原来还是比较胖的喽!"里希提笑了。

"我觉得里希提同志在山上开展工作的办法很好,我们山下,也应该这样抓……"伊力哈穆说。

"对嘛,这个问题是不是明后天再研究一下? 里希提大队长是不是准备一下,系统地介绍一下在牧业队开展工作的经验……好吧,我还有点事。你们也不要忘记里希提同志身体不大好,够疲乏的了。"库图库扎尔说完,不等别人应答,回身走掉了。

"你们在开支委会吗? 研究了些什么问题?"里希提问。

"研究什么? 研究什么也是没有用。"达吾提愤愤地说,"咱们的支委会到底是干什么的? 摆样子的吗? 扯闲篇的吗? 库图库扎尔想谈什么就谈什么,不想谈什么就谈不成什么。他想干什么就干什么,不想干什么就绝对不干什么。支委研究啦,作决议啦,全都没用!"

"是这样的吗?"伊力哈穆问。

"当然是这样。今年春天关于大队加工场支委会是怎么决定的! 可库图库扎尔书记照样把包廷贵收了进来。一会儿戒严,一会又解除戒严，什么时候支委会研究过？他想怎么干就怎么干。我敢预言，像今天说的对敌斗争问题又让你准备材料，又说去请示公社，其实，全是空话，说完就完的，他绝不会再过问的。还有什么让里希提大队长介绍经验，也是随口一说，根本不算数。总之，他不高兴做的事，你支委会是研究不成的，研究了也是不会做出决定的，决定了也是不会执行的。我看，支委会不需要这么一间开会的房子，支委会这个牌子就挂在库图库扎尔的脖子上就行了。"

"有意见你应该当面提嘛。"伊力哈穆说。

达吾提用舌头打了一个响，表示否定的意思，他站了起来："提不成的！我们这位书记，谁也没办法给他提意见。你说话是直的，他说话转圈，你绕不过他。不管你说什么，他很少说不同意或者反对，'好的好的'，"达吾提学着库图库扎尔的腔调，"好了半天还是一场空！"达吾提摇摇头，也走了。

"到我家去吧，咱们好好谈一谈。"里希提静了一会儿，提议说。

小说人语：

吃过酥糖的童年是多么甘甜！因为酥糖而饱受侮辱与折磨的童年是多么郁闷！

会议是一种带有集体主义特色的文化生活。说是共产党喜欢开会，这至少培养了许多人的口才。会议起着某种干部训练班的作用。农民干部的会议常常像家常闲话。从效率的观点看，会议开法还大有改善的必要与可能。但毕竟是一种交流，是一种温暖，是那个年代的一乐！小说人知道，有许多退二线的干部十分怀念由他主持会议的风光与热闹。

整理归纳，你不敢也未能摆脱其时的主流意识形态，记忆与形象化再现则离不开永远生气贯注的生活、世界与感受。

第八章　死马罚人　里希提挨鞭又砍指
　　　　纵火害命　苏里坦积恶终伏法

　　里希提和库图库扎尔,是多年共事的老搭档了。打从一解放,他们就在一起,互为一二把手,共同工作。减租反霸土改的时候,库图库扎尔是村长,里希提是农会主任,建立党支部的时候,出现了一些对库图库扎尔的老婆帕夏汗和地主婆子玛丽汗的关系的议论,后来,第一把手——党支部书记成了里希提。一九五五年,搞合作社的时候,说是里希提犯了什么"冒进"之类的错误,库图库扎尔又当了第一把手。不久,全国、全新疆掀起了农业合作化的高潮,这个区成立的第一个高级社——爱国农业生产合作社的主任却是里希提。后来又调换过两次,不是整社的时候发现这个人似乎有什么缺点就是整党的时候提出那个人有什么不够。但是没有疑问的是,在爱国大队范围内,没有哪两个人比他们更有威信也更有经验。一般群众也不大用心记住何年何月因了什么原因两个人的职务又有了调换,反正大家知道:一、里希提担任第一把手的时间更长。二、里希提更是公认的第一把手。三、如果今年里希提不当第一把手了,明年就还会调回来。四、不论领导和群众说了什么,不论流年对于库图库扎尔是否吉利,库图库扎尔的老马识途、驾轻就熟、俯仰盈缩,全天候不败纪录同样是无与伦比。

　　所以,即使是一九六二年的现在,多数社员或称里希提作书记,或称之为队长;而同时也称库图库扎尔是书记或者干脆仍然称库图库扎尔是大队长——看来到了这两个人身上,书记与大队长职衔完全相通无差异。

没有人比他们俩共事的时间更长，也没有人比他们俩更不同。譬如说，库图库扎尔胖而里希提瘦；库图库扎尔鼻子是圆的，眼窝浅，而里希提鼻子高耸，眼窝深；库图库扎尔上唇蓄着美丽的黑胡子，而里希提下巴上留着短须；库图库扎尔嗓音尖厉，而里希提说话有些嘶哑。库图库扎尔讲究衣饰，喜欢出风头，喜欢在大会上表决心、报喜、领头喊口号，讲话的时候常常运用一些谚语、俏皮话，有时候还常常把成套的汉语语词加上维语词尾组织在他的话语里（譬如吃饭不说塔马柯耶依力而说乞潘——吃饭力克柯勒米孜），因而收到某种幽默的效果；而里希提朴质无华，不爱出头露面，说话总是有一是一，有二是二，不绕弯子，不耍花腔。库图库扎尔善于交际，无论年纪、民族、文化、身份他都能和对方找到共同的语言，都能和对方拉着手，靠着肩，捅着肋骨而谈笑风生；里希提却有些严肃，和你谈话的时候不是批评你便是作自我批评。还有呢，库图库扎尔在会议上往往是精明强悍、态度强硬、得理不让人的样子，而会后呢，往往又是一副嘻嘻哈哈无可无不可的神气；而里希提会前会上会后都是一副模样。人们大都觉得里希提为人、办事更可靠，但是也有人宁可选择库图库扎尔，他们说，和里希提在一起的时候，似乎多少感到有些压力。

里希提的严厉不是偶然的。他今年五十多岁了，从小，他就给这里远近驰名的大地主苏里坦放马。四队的地主依卜拉欣便是苏里坦的儿子。在他十五岁那年的夏天，苏里坦上山去高山夏牧场避暑，带上里希提给照管马匹。有一次苏里坦去一个牧主家做客。吃饱了羊肉，灌足了马奶酒以后突然赌兴大发，而赌具不在身边。苏里坦有自己的特制的赌具，放在一个银盒子里，羊髀石都是精选出来、灌过铅的。他从不拿别人的髀石赌博，他相信只有自己的赌具能带来好运。

于是,苏里坦下令里希提骑马去十五公里以外的另一个帐篷去给他取赌具。那时,太阳还没有下山,苏里坦指着树影为记,说是当树影移到他指定的某个地方时,必须把羊髀石取回,否则,将用最严厉的手段"处罚"里希提。里希提策马狂奔,一溜烟似的奔驰在山路上。赌具取回来了,里希提提前完成了任务:树影还没有移到指定地点,但是马当场累死了。苏里坦大发雷霆,责问里希提为什么不爱惜马匹,为什么不执行他的命令,为什么不等树影移到指定地点便过早地赶了回来。凶恶的苏里坦下令把里希提绑在那棵作为时间标志的松树上,用皮鞭抽打里希提,说是要里希提为他的坐骑抵命。骚乱引起了哈萨克牧民们的注意,人越聚越多,许多人为里希提"讲情",对苏里坦不满。牧主被人群吓坏了,赶紧示意苏里坦放开了里希提,狼一样残暴的苏里坦虽然未能杀害里希提,却砍下了里希提左手的小指,说是这样才能给里希提以一个应有的教训。疼昏了的里希提在苏醒以后,深夜,摸进了苏里坦的帐篷,割掉了苏里坦的右耳朵。里希提翻过了一座大山,隐藏在几个贫苦的哈萨克牧人的帐篷里。半年以后,苏里坦终于侦得了里希提的踪迹。里希提被捕了,坐了三年监狱,出狱后他不敢回苏里坦乡约控制的家乡,就下煤窑当了矿工。

直到解放以后,里希提回来了,带着妻子和一个出生不久的小儿子,减租反霸的时候,里希提控诉了苏里坦的罪行,用他那缺了小指的左手狠狠打了苏里坦一个耳光。一天夜里,里希提正在熟睡,苏里坦带着他的儿子依卜拉欣放火点燃了里希提家的房子,里希提冲了过去,一脚踢飞了苏里坦手中的匕首。他当场擒获了苏里坦和依卜拉欣,他们受到了人民的制裁,苏里坦被枪决了,依卜拉欣被判八年徒刑,但是里希提的小儿子因为火伤严重抢救无效死去了。成百上千的人给里希提的小儿子送葬，当时的新党员里希提在他儿子的葬礼上打破了某些陈规习俗，引起了许多议论，甚至被某些老人看作是一件骇人听闻的事情。他们用异样的眼光望着里希提，似乎里希提头上很快会长出两只角。里希提却用同样的勇敢、坚定、热情和地主阶级斗争，以同样的公正、无私和勤勉为公众办事，里希提还是维吾尔的里希提，人们渐渐忘记了这件事情。里希提请减租反霸工作队的一个汉族干部为他的儿子画了一张遗像，那个汉族同志并不是画家，也有些人说画得不太像，但是，里希提把它钉在了墙上。

里希提的妻子死得很悲惨。这个瘦小的、衰弱而沉默的女人据说原来就有些神经不大好，儿子被烧死以后她两眼发直，语无伦次。工作队建议里希提把妻子送到精神病院，里希提不肯，每天，他亲自照料精神分裂症状越来越明显的可怜的妻子。一年以后，妻子死于肺炎。这时候突然传出来一种说法，说里希提的妻子本是汉族人。儿子的丧礼不合宗教规矩的事也重新被提了出来。按照习惯，非穆斯林是不能埋葬在穆斯林的坟地里的。一些老人推选了狄丽娜尔的爸爸亚森宣礼员，库图库扎尔的哥哥阿西穆和穆萨的岳父马文平做代表和里希提谈判这个事情。如果死者确是汉人而里希提又仍然不准备在她的葬礼上举行宗教仪式的话，乡间的老人们也就完全不可接受将她的遗体葬在穆斯林的墓地。三个上了年纪的人来到了里希提家里，里希提家中的不幸的气氛，妻子的遗体和儿子的遗像使他们谁也张不开口，三个人虽然守旧，却都是善良的人，也是深知里希提的人，尽管里希提的某些做法使他们变色、战栗；他们还是尊敬和喜爱这个人的——他们分担了不幸的里希提的沉重的悲哀，表示了沉痛的哀悼，而这次是里希提主动提出,要请他们村附近的一位德高望重的塔塔尔族依麻穆①为亡故的妻子诵经。一切问题迎刃而解。

十余年来,里希提担任这个村、这个农业合作社、后来是这个公社的这个大队的领导,人们习惯了他的带领,提起爱国大队,就会想起里希提,提起里希提,就会想到爱国大队。但是,一九六〇年以来,他得了慢性支气管炎,一到冬天就更加严重,甚至达到喘不上气、说不出话、睡不成觉的程度。他开始不安地自问,也许他不适于担任大队的主要领导了?从他个人来说,他并不感到多么忧郁,如果他还剩下一只眼睛能看,他将为党而注视;如果他还剩下一只耳朵能听,他将为党而谛听。反正,只要生命还在他的身躯之内,他就是里希提,党的里希提,贫下中农的里希提,大队的里希提。但是,大队呢?由库图库扎尔掌舵?他感到十分不安。

多年的共事,里希提深深感到库图库扎尔是个虚伪而自私的人。有一年春节,附近的驻军邀请这个大队的干部去联欢、聚餐。库图库扎尔在这种场合是十分活跃的,敬酒、祝酒,发表了许多天花乱坠的赞美词,但是刚一离开部队驻地,库图库扎尔乘着酒意对里希提说:"什么玩意儿!一群葫芦头!等了一下午不过几盘子菜,早知是这样的饭食我就不来。"当时里希提气愤得几乎想抓住他的脖领子。要知道,他们不是下饭馆,这顿晚餐的东道主是中国人民解放军啊!人家确实是全力招待,不过有些烹调不太合乎少数民族的口味罢了。

还有一次,县委一个干部来了解情况,这个干部问到一系列数字,从上一年的和这一年的总产、单产、人均产量,一直问到社员的家庭副业收入,问到鸭蛋、鸡蛋和苹果。里希提打算向这位年轻的

① 即经师。

同志解释一下，目前的农村，还没有这样精确的统计。但是库图库扎尔对答如流，连眼皮也不眨一下。有些数字是互相矛盾的，例如增产的百分比就与产量不符，经县里的同志指出以后库图库扎尔毫不在乎地信口又是一个数字。等人家走了，里希提问库图库扎尔是怎么回事，库图库扎尔轻蔑地一笑："他记到本儿上回去最多汇报上一次也就完了，谁还再记得起来？反正不管他问什么，你不要打'等儿'①，哪怕一秒钟，答得越快他就越信，最后还得称赞你情况掌握得细。"

　　一九五八年大跃进的时候，库图库扎尔提出整个夏天大队全体社员要把行李搬到地头、吃在地头、睡在地头。里希提和许多干部都怀疑这样做的必要性和可能性，有些队的住房与农田相距并不远，而且还有老人、妇女、小孩，还有刮风下雨各种特殊情况。但是库图库扎尔特别坚决，说是他已经在公社的大会上提出了这一条作为挑战条件，把别的大队比下去了。社员们思想也不大通，但还是响应大队长的号召搬到了地里。库图库扎尔是第一天就把自己的行李也同样拉到地里的，但是，从这一天起，一到晚上他不是到公社去开会就是汇总统计数字，总之，一个月的时间他一次也没有在地头睡过觉，一个月以后，他的行李卷装在马车上拉了回来，完成了他的"带头"的使命。而一般社员一个月来露宿地头碰到了不少困难。直到去年冬天，麦素木主持社员会议给里希提提意见的时候，仍然有人提到这个问题。作为大队支部书记的里希提也一再承担责任，检讨自己没有安排好群众生活，没有讲求实效而是搞了形式主义，这也是浮夸风的一种表现。这样检讨，里希提丝毫不觉得冤枉，但是令人震惊的是库图库扎尔居然也振振有词地来

────────────

①　方言，意为不要迟疑。

提意见,把这件事情算成里希提的账,什么关怀群众实际困难不够啦,什么不切实际啦,说起来居然一点也不脸红。

这些事说起来也没有啥了不起。向上级党委正式反映一下对大队长的看法?里希提觉得事实并不充分,也得不出个什么结论来。最多是个个性问题、态度问题。从总的方面、大的方面来说,解放十多年,库图库扎尔毕竟是跟着走过来的。哪件事他没参加过?哪次运动中他落后到底过?有些事开始时他消极——例如合作化,但后来,他也是积极分子之一。这说明,不能否定库图库扎尔。给库图库扎尔个别提点意见或者在党的会议上提出批评?里希提做过几次,库图库扎尔或是微微一笑,或是连连点头,或是把脸一拉,把头转过去,再无任何效果。

只是,里希提与库图库扎尔在感情上是日益疏远了,而这种疏远的关系倒像是使库图库扎尔十分满意。半年来,库图库扎尔担任书记以后,对里希提就是采取一种敬而远之的态度。今天让你上山检查牧业队的工作,明天请你去县上出席会议,后天派你处理庄子上的一个民事纠纷,总之能支开就支开,等支不开的时候库图库扎尔就自己躲开。当库图库扎尔到某个队检查工作的时候,如果发现里希提已经在那儿,他就绕开向别的队走去;如果库图库扎尔先到了某个队,而且里希提也来了,库图库扎尔就会突然拍一下自己的前额:"我的天,一件大事险些忘记了……"然后,他匆匆离去。

怎么办呢?里希提翻来覆去地思索着。偏偏在这个斗争十分复杂的一九六二年,里希提又不当书记了。眼下里希提就有许多对于大队工作的想法,因为他不再是第一把手硬是无法付诸实施。这使他处于一个为难的状况中,他对大队是负着责任的,他的责任感日益增强却又无法顺利地推进工作,这使他感到沉重……就在这样的时刻,伊力哈穆回来了。

上弦月落下去了,天色稍稍一暗,星光却显得逐渐灿烂。晚春的清风吹拂着面孔,送来了农村特有的混合在一起的庄稼、野草和树叶的香气。在里希提家的茶棚里,他和伊力哈穆已经谈了很久。茶棚,维吾尔语称作夏日茶室,这是一间缺一面墙的房子。伊犁人是非常重视新鲜空气的,几乎从一化冻直到结冰,包括还有些清冷或者开始清冷的时刻,他们就是在这间打开了的房子里吃饭、喝茶、闲坐。只有晚上睡觉的时候或者来了比较生疏的客人的时候,他们才进室内。他们生活方式的一条原则是:尽可能多地待在户外,呼吸新鲜空气,同时这也有利于保持室内的清洁。对于呼吸新鲜空气,维吾尔语的说法有些粗犷,却更加生动。他们说:"夏天,多吃些干净空气才好。"这里还要补充一句,尽管维吾尔语对于一年四季的概念是完备而清晰的,但是人们宁愿更概括地把一年分成两个大季节,那就是冰封雪冻的冬天和绿树红花的夏天。

他们就这样坐在茶棚里畅谈,沐浴在星光和清风里。几次伊力哈穆站起来说:"您该休息了,我走了。"但是又坐下来继续谈了下去。里希提也几次表示:"你该回家了吧? 不要让米琪儿婉过久地等你。"但是,他们的谈话又进行下去了,直到头一遍鸡叫。

伊力哈穆差不多把他下车以后的见闻、感想一件不漏地告诉了里希提。他说:"偷麦子的事情我还是抓不着头绪,最有嫌疑的木拉托夫和伊萨木冬偏偏已经不在了,抓不着了。还有谁插了手?廖尼卡吗? 我看不是。泰外库吗? 也不像,我了解泰外库就像了解我自己一样。乌尔汗? 我也说过了自己的看法。如果这个也不像,那个也不像,我又能协助塔列甫特派员什么呢? 我这算不算是一种麻痹思想呢?"

里希提哼嗯了一下说:"我觉得有人在有意地东拉西扯,似乎

是扯得人越多越好……两吨麦子,这是第一层损失。搞得人人自
危,怕事多疑,这是第二层损失。大家都觉得事情不妙,灾祸不远,
人心惶惶,这是比丢麦子更大的损失。再说,拉扯的人多了,真正
的罪犯就容易混在当中溜掉,所以,我认为为了揪出坏人,我们第
一步首先应该排除一些人的嫌疑,这样,既能稳定群众的思想情
绪,又能使真正的罪犯孤立起来。"

伊力哈穆点着头,里希提的意见和他的想法是一致的。但是,
他原来想得没有这样清楚、这样自觉。里希提的话语给他自己的
思想赋予了明晰的轮廓,他怎么能不高兴继续谈下去呢?

当伊力哈穆谈到老王赶着驴车打算出走和乌甫尔队长不干工
作了的时候,里希提非常动心,他说:"明天我就到四队去。一定要
打击阶级敌人的造谣破坏。一定要把思想工作做到每一家每一
户,公社党委不是指示我们当前的中心任务是反颠覆吗,我们就要
从这两方面完成我们的任务。"

说到麦斯莫夫的丑态,里希提并没有感到惊奇,他说:"我料到
他会这样的,他是一个利欲熏心的'官迷',一个投机取巧的骗子。"
伊力哈穆问:"去年冬天他来蹲点的时候,为什么把您的工作调换
了?"里希提看了伊力哈穆一眼,挥手说:"这个问题今天不谈。"伊
力哈穆也意识到这个问话有些不妥,他的脸红了一下。

谈到穆萨的时候,里希提笑了一下,又叹了一口气:"靠他自己
他是不会走正道的,和他,我们还有打不完的交道。"

他们就是这样地交谈着,那么和谐,那么亲切,既像交谈,又像
自思自语,既像对着镜子,又像对着天空与大地,星月与流水。伊
力哈穆在交谈中寻找着智慧和阅历的光泽。里希提则觉得自己增
加了一双敏锐的眼睛和无穷的精力。

里希提把伊力哈穆送了出去。在门口,伊力哈穆仍然舍不得

走,他们抬着头,隔着树梢,久久地望着满天的星星。

里希提说:"多好看的天空,你知道,小时候我给苏里坦放马,常常露宿在山头。有一天,在一场暴风雨之后,夜晚我躺在山坡上睡着了,忽然,一睁眼,四下里都是星星,有的星星那样亮、那样近,好像水珠一样滴滴答答将要落到我的身上,我觉得只要伸伸手,就可以把那么多星星摘下来。那时候我劝慰自己,耐心一点吧,只要我再长高那么一寸,只要我的胳臂再长长那么一点,就能够把幸福的星光抓到自己的手里,我们穷苦的维吾尔人的生活就会变得光明起来……在那个夜晚,星星离我是多么近啊! 然而,压在我们身上的仍然是无边的黑暗……终于,幸福的星光照亮了我们伊犁的每一间土房,幸福的鸟儿栖留在我们每个劳动者的额头上。但是……"里希提用手指了一下雾气蒙蒙的天边,"却有人想重新把我们投入黑暗。我们还睡不好觉,我们还得斗啊斗啊斗啊……斗得好艰难,好辛苦! 领导说:国际和国内的敌人联合在一起向我们猖狂进攻,说不定还有更大的风浪。这并不完全是坏事情,经过一场暴风雨以后,许多积存的污垢被冲刷掉,天空就会更加干净,群星就会更加明亮。休息么? 当然……明天还有许多的事情,你也好好睡一觉吧,你请——再见,平安!"

小说人语:

有的星星那样亮、那样近,好像水珠一样滴滴答答将要落到我的身上,我觉得只要伸伸手,就可以把它们摘下……星空和百姓如此贴近,它属于农牧民,虽然他们没有读过或者写过多少描绘星空的诗文。

那新疆的半露天的夏日茶室的星夜畅谈,那人际的与天人的友谊,那有神论与自然—宇宙—唯物论的一体与融合,让小说人永

108

远地礼拜你、感恩你、希望你!

腥风血雨的阶级斗争的存在是一个事实,某种程度的阶级合作与关系调理也是事实。不同的时间地点条件下,不同的意识形态各有侧重还是一个事实。能够做到倾听生活的呼声,而不是执着于特定的基本教义——原教旨,人类就会活得舒服一些了。

第九章　唯畏惧论　阿西穆怜女劝退学
作玫瑰赠　尼莎汗谢人帮刷墙

　　阿西穆所受到的长辈教导的精髓,乃是顺从。长辈们标榜的正是:我们是恭顺的子民。为了顺从或者恭顺,首先得使人有所敬畏。长辈们总是教人敬畏,而最使人敬畏恐惧的莫过于死亡,因为显然,任何活着的人都不会对"死"有什么亲身的体验,或者是准确的预见或者是避开的途径。乡村里年长的、被尊称为阿科萨卡勒①的长者,常常告诫后辈们每天要拿出一段时间,每天要有几次来想一想死亡,想一想自己的终结和世界的末日,人人要有这样的终极关注。有了终极挂念终极敬畏也就有了警觉和自律,有了崇拜和祈求,有了郑重和虔诚,有了坚定和规范,有了依傍和归宿。而没有这些,你最好的情况下是一粒流沙,随风飘荡,无处可栖,更大的可能是你堕入魔鬼的炼狱,无恶不作,无罪不有,无苦不受。比如说走路吧,如果你无所敬畏,左脚迈错了就会落入安排好了的地狱,而如果右脚迈错了就会陷进挖就的陷坑。

　　五十四岁的中农阿西穆,就是这种敬畏和自律精神的化身。他是库图库扎尔的亲哥哥,这一点甚至说来难以置信,因为他和他的弟弟的差别比绵羊和公驴的差别还要多。他从小就渗透了长辈们教导的那么多训诫和规矩,长大以后更是把自律和顺从当作至高无上的美德。他总是自觉地在自己和家人身上唤起、培养、扩大

---

①　银须长髯。

和加深这种神圣的敬畏心理。战战兢兢,如临深渊如履薄冰,这种状态也全然符合汉族人所景仰的孔夫子的教导,但是他的战战兢兢更富有终极眷顾的形而上的色彩,而孔孟的教诲考虑得更多的是社会与人际伦理。按照阿西穆接受的说法,甚至当你吃晚饭端起一碗馄饨的时候也应该是战战兢兢的,因为,伴随着那一碗馄饨,出现在你面前的会有各式各样的危险:热馄饨可能烫坏你的口腔和喉咙;咀嚼的时候牙齿可能咬伤自己的舌头;手一抬,碗就可能摔到地上;咽下去以后如果消化不好也可能引起致命的肠胃病……能够平安地踏实地吃下一碗馄饨,这要多少恩宠,多少德行,多少辛劳,多少幸运!

解放以前,也许阿西穆老哥的诚惶诚恐并没有给他太多的帮助,灾难一桩一桩地降临在这个可怜的大好人头上。他的住房本来是在公路那一面,靠着马木提大肚子的果园的,由于马木提要扩大自己的果园,找借口把他赶了出来,这样,他才在庄子这边、但离庄子还有一公里距离的地方盖起了一座孤零零的庭院,目的是尽量避开和别人打交道的麻烦。他的大儿子在四十年前有一次赶着大车去伊宁市卖瓜,结果连人带瓜都被国民党军抓走了,从此一去不归,杳无音信,后来听说是丧身在二台的路上。他的女儿爱弥拉克孜,两岁的时候一次蹲在田边玩耍,谁知道出行打猎的马木提大肚子正走过那里,不知道是不是马木提嫌小姑娘挡住了他的路,故意放出了恶犬,反正恶犬咬伤了爱弥拉克孜的右手,右手化脓了。阿西穆怕去医院花钱,他说:"如果不是要命的病,自然会好的。如果到了要命的时刻,医药也是无用的。"结果化脓越来越严重,最后爱弥拉克孜的右手不得不齐腕锯掉。越怕,倒霉的事情就越来,倒霉的事情越多,就越怕。

对于解放以后历次重大的政治斗争,阿西穆也是习惯地投以胆战心惊的一瞥。但是，这历次令阿西穆悚然的斗争，带来的却是正义的伸张、心情的舒畅、精神的复苏和生活的安乐。共产党的学习和讲话，共产党深入到村落、帐篷和家庭，共产党的道理讲得高尚、大胆、雄辩而又滴水不漏。阿西穆动不动在听共产党的宣传讲话的时候屏住了呼吸，闭住了眼睛，心里不断地默念着真主伟大，安拉呼艾克拜尔！

在减租反霸时候的斗争大会上，他不敢往主席台上看，更不肯答应去控诉马木提恶霸对于他家的迫害，但是，控诉会开到最高潮的时候，他忘记了一切，他领着自己的独手的女儿走到台上就哭了起来。在处决马木提那一天，他不但没有感到怕人而且亲手宰了一只羊，全家吃了抓饭。他在理论上仍然坚持着"唯畏惧论"的哲学，但在实际上却渐渐被一种安定、温饱、自满自足的精神状态占了上风。他房子里的瓷器、木器和毡席逐渐增多。他的旧房拆掉了，盖上了三间有着宽大的廊檐，雕花的木窗扇的向阳的房子，他的果园更是整葺一新，兵团农场廉价供应的良种葡萄秧已经布满在房前的巨大的葡萄架上，这给了他不小的物质利益和精神安慰。

阿西穆还爱种花，他的院子种满了各式各样的鲜花，只留下一道狭窄的通路，人们进他的院子，要在花丛中走上十几米才见得到他的房子，他小的时候听一位老人讲过，花本来是天堂里的东西，是天堂的标志，造物主为了慰藉世人和给凡人们透露一点天堂的信息，才赐给了人间以一小部分花朵。

当然，瓷碗、马奶子葡萄和西番莲是很难成为恐惧的由来的。但是，阿西穆的根深蒂固的"哲学"并没有服输，他很快找到了新的不安和恐惧的根源，这首先是因为他的两个孩子。

长女爱弥拉克孜，今年二十岁，在村里上完了七年级以后，她考上市上的卫生学校。当时阿西穆是赞成的，一个独手的女孩子，留在家里又能挣多少工分？学上点医疗技术，将来说不定还能挣上四十块钱的月工资，现在人们都说，女儿比儿子还宝贵，儿子娶了媳妇，家里的事全听媳妇的，而女儿即使出嫁以后，心还向着娘老子。但是一年前，爱弥拉克孜的妈妈尼莎汗生病卧床，这可难坏了老汉，不仅因为他和儿子都不会打馕拉面条，吃不上像样的饭食，而且料理家务也影响他们打更多的草，砍更多的柴，编更多的扫把席子，这就直接影响了收入。所以他那时决定，让爱弥拉克孜回家来搞家务。他的观点又变了，反正女孩子也干不成什么大事，一出嫁就成了人家的人，不如先在家帮上点忙实惠。

谁料到他的决定竟受到在家时从来没有与他顶过嘴的女儿的抵制。爱弥拉克孜说死了也不肯退学。这时阿西穆才认识到问题的严重，女儿在卫生学校靠公费维持生活，这看来减少了家庭的开支，有利可图，但同时也减少了女儿对家庭的依赖。女儿不听他的了，这怎么得了，一想到二十来岁的大姑娘住在伊宁市的学校——从前，这个年龄说不定已经抱上了两三个孩子——阿西穆就不寒而栗。

二儿子伊明江，今年十七岁，这是阿西穆从小最宠惯、最疼爱的娇哥儿。解放前，阿西穆宁可自己打赤脚却请靴匠给伊明江制作了一双小皮靴，每逢吃完羊肉，他都要把手上的油抹在那双小靴上，使孩子的靴子更加耀眼。其实，这双靴子对于四岁的伊明江来说并不舒服，穿上它只不过多摔了几个跤，多挨了几次揍——马木提的儿子就打过他，一边打一边骂："你也配穿这样的皮靴！"

伊明江从小就受到他爸爸的无尽的爱抚和不厌其烦的训导的包围，但是，他也没有成为阿西穆怀中的一只柔顺的猫。他上了学，加入了少先队，渐渐显出了"二心"。对于少先队辅导员讲的革命故事，他显然比对父亲的规矩宣扬和道德训诫的讲话更感兴趣。

而看学校组织的歌舞表演与球赛也显然使他渐渐走上了不同的道路。终于，阿西穆下令他的正在读五年级的儿子退了学，反正又不想当干部，五年读书已经绰绰有余，而继承他的果园、房屋、毛毡、瓷器、奶牛比当什么干部都强。伊明江哭了一场，到队里参加劳动去了。谁想到，团支部的艾拜杜拉与吐尔逊贝薇又找上了伊明江，两年以后，伊明江加入了共青团。一想到吐尔逊贝薇这个胆大的姑娘常常来叫伊明江去开会甚至找伊明江谈话，阿西穆就手脚冰凉喘不上气。

老成持重、为阿西穆所尊敬信赖的热依穆副队长，却偏偏养育了一个从头到脚没有一点符合老辈人标准的女儿，这么一个女孩子却偏偏起名叫"贝薇"①，这简直是颠倒错乱。为了保护自己的儿子，从不与人来往的阿西穆专诚去拜访了一次热依穆江，阿西穆向吐尔逊贝薇的父母提出了三个问题：一、为什么吐尔逊贝薇还不嫁人？二、为什么吐尔逊贝薇有时候把头巾系到了脖子上——露出了头发？三、为什么吐尔逊贝薇在麦场上干活的时候没有穿裙子而是穿的长裤？然后是两点希望：一、加强对吐尔逊贝薇的管教。二、再不要让吐尔逊贝薇和自己的小儿子来往。

热依穆没有说什么，吐尔逊贝薇的妈妈再娜甫却哈哈大笑起来。她说："喂，阿西穆哥，你以为你穿的裤子就符合老传统、老规矩吗？请问一问斯拉木老爷子，以往，喀什噶尔的男人可曾穿过前边开口的裤子？女人呢，过去不但不让露头发，还不让露脸面呢，现在，既然鼻子、眼睛、嘴都露在了外边，露一露头发又有什么要紧，难道头发比嘴更危险？而且吐尔逊贝薇是最讲干净的，她每个星期洗两次头，她可不像尼莎汗姐，满头的虱子捉不完。至于嫁人

---

① 贝薇的原意是"女教士"。

的事,您还是为您的爱弥拉克孜去操心吧!"

阿西穆的拜访毫无结果,而且再娜甫的放肆使他受到了新的刺激,更想不到的是,热依穆也说:"年轻人有年轻人的生活道路。"这太可怕了……

其实,如果说阿西穆就是这样地整天提心吊胆,处在精神崩溃的边缘,这也并不符合事实。人们会问,一个人一生老是这样负担沉重,食不知味,寝不安席,他怎么能活得下来?其实,过分的、长期的、无穷无尽的忧虑和恐惧也会使人适应的,变成一种小心翼翼、循规蹈矩的习惯,达到一种特殊的精神平衡。如果没有这种忧虑和恐惧,阿西穆就感觉不到生命和自我的存在,说不定他反而吃不下饭和睡不成觉,正如同使没有受过训练的人处于失重状态,那将是百倍的难受和恐怖。再说,恐惧忧虑和自慰自足的心理并不是完全互不相容的,有时,它们正像一枚硬币的两面一样结合在一起。例如阿西穆在有意识地为伊明江的命运而恐惧的时候,也未尝不下意识地感到一种欣慰,共青团是个好组织,处处教育青年走正道,伊明江爱劳动,爱帮助别人,不说谎,不吸烟喝酒,从不和年龄相同的小流氓们混在一起。

不过,今年以来发生的事情大大超出了阿西穆的习惯和平衡。他根本不理解发生了什么事情和将要发生什么事情。早年间,他听一些有学问的长者说过,世界是每隔若干年就会出现一批称作哎鸠鸡哞鸠鸡的妖魔鬼怪,搞得天下大乱,尸骨遍野。当年西征扫荡、所向无敌的蒙古人及鞑靼人当中便有这样的哎鸠鸡哞鸠鸡混在其中,灭了一大堆国家部落城市;后来的日本鬼子也是这样的哎鸠鸡哞鸠鸡;那个曾经打到伊犁来的马仲英匪帮多半也是些个哎鸠鸡哞鸠鸡。解放了,十几年来过着安定幸福的生活,再没听到哎鸠鸡哞鸠鸡的作乱,现在为什么又有点人心惶惶的样子?是不是什么地方又出现了哎鸠鸡咩鸠鸡呢？特别是在四月三十日夜晚，他亲眼看见了那件事……他吓得一连三天起不来炕。

第四天起来后第一件事，他到了伊宁市，去卫生学校找女儿，他要把女儿找回来，死也死在一块儿。女儿不在，学校传达室说毕业班都在医院实习。他又到了医院，女儿正在手术室，他没有见着。他又回到绿树掩映的学校，见了人就说，请他们见到爱弥拉克孜时告诉她，家里有急事，叫她火速回家。然后，他筋疲力尽地回到庄子，一进家门，发现老伴正在用石灰水刷墙，墙刷了一半，他下令停了下来。什么样的时候还刷墙，简直是轻佻，简直是猖狂，简直是要跟天命叫板……轻佻猖狂的人总是先遭灾，他模模糊糊地想用停止刷墙的行动在真主、世人和家属面前表现自己的惶恐斛觫，以求免祸消灾。

一天过去了，又一天过去了，一直两个星期了，女儿没有回来。再去找一趟，阿西穆已经没有那个气力。这两个星期之中，阿西穆没有到队里劳动，难道这也是为了表达惶恐之意吗？不一定。还是他认为在即将天塌地陷的时候队里的农活、记工册上的工分已经没有了意义？他也没有往深里想，玛丽汗之流的恶言并没有对他发生影响。抛下自己脚下这块曾经小心翼翼地在其上面劳作和生活了几十年的土地到外国去，这种念头从来没有在他脑子里出现过哪怕是一刹那。阿西穆这个人，即使是去城里买东西，时间呆得一长，太阳一往西边移（其实还在头上老高老高），他就惦记家里。他总是忙不迭地赶着路，等推开门走到花丛之中，看看果树和房屋还都待在原来的地方，牛、羊、驴、老婆孩子也都一进一出地吐着气，反身自顾，四肢囫囫囵囵地回到了家中，他就会千遍万遍地默念着："感谢真主保佑！"并且长长出一口气。那么，他到底为什么不去出工下地呢？他只是感到浑身上下没有一点力气，他大概真的病了。说是病了吧又闲不住,一会儿摸一摸炉灶,一会儿搓一搓驴套绳,一会儿又跳到菜窖里清理一下上一年的冬菜的发了霉的残叶。干上一会儿就又罢手,喘气,头晕,恶心……

前天下午,爱弥拉克孜总算回来了。阿西穆又是哭,又是笑,又是责备,又是爱抚。活像女儿是从哪个刑场上九死一生被特赦回来的。爱弥拉克孜看到父亲的脸色,不放心,便给他号了脉,检查了咽喉和舌苔,试了体温,都没有啥异常,她给了父亲几片酵母片。父亲不听女儿的解释,捧着酵母片更感到自己病情严重。他听老辈人说过,这些白药片都是欧罗巴人造的,而欧罗巴人硬是比口里①人还厉害,甚至比俄罗斯人还厉害。他现在要吃欧罗巴人制作的药片了,你的病能不厉害吗?

阿西穆告诉女儿这次回家以后,再不要到学校去了,等天下太平以后再说。女儿告诉他,城里的职工和居民都正常地劳动、工作、生活着,并没有出什么大不了的事。阿西穆却一再重复着他的格言:“胆小的长存,不怕的完蛋。”

今天早晨,爱弥拉克孜带上几件衣服,又拿了两个小圆馕,准备回学校,这把阿西穆给急坏了。他坚决不准。爱弥拉克孜耐心地给他开导了一上午,他哆嗦着嘴唇说来说去就是一个字:“不!不!”伊明江帮着姐姐说了几句话,最后连一辈子尽管思想上保留着各种不同的想法,言语和行动上却从来没有违拗过他的老伴尼莎汗也说了一句:“让她去吧!不是说就要毕业了吗?毕了业当医生,多好!她一个年轻孩子,如果像你一样整天困在家里,岂不要憋闷死!”

见到有人撑腰,爱弥拉克孜提溜起提包就要走,阿西穆却动手

---

① 即关内。

挡住了门，而且不由自主地失声痛哭起来："在这样的年月，你们却不听我的话了。你们都是好汉子，你们都比我能干！"

尼莎汗心疼可怜的老汉，便转而和女儿商量："要不，你明天再走，行不？"

爱弥拉克孜又急又恼。现在正是毕业实习最紧张的阶段，一上午已经毫无意义地耽搁过去了，再等半天……到明天父亲的一辈子没有改变过的性格就会有什么改变吗？爱弥拉克孜非要立即走不可。尼莎汗一急，也哭了。爱弥拉克孜想起了自己的不幸：缺少一只手，做什么事都不方便，又影响美观，她已经不是一个完整的姑娘……真是罪孽呀！只有在新生活的温暖的光辉照耀下，她才上了学，有了文化，而且即将成为农村所需要的、为人所敬重的医务人员，残而不废，前途光明。但是，糊涂的父亲和软弱的母亲丝毫也不懂得为自己的前途、为自己的一生着想，不断地干扰自己的学业，扯后腿，将来，莫名其妙的啰唆事还多着哩！想到这里，她不禁哭了起来。

伊明江想起了自己的中途辍学，想起了自己在团支部会上的保证：一定要说服父亲安心生产、好好出工，但父亲却是这样的一脑子糊糊，不可理喻。他又气恼父亲，又怜惜母亲，又同情姐姐，又着急自己完不成团支部交给的任务。他也掉下了眼泪。

就在这个狼狈的时刻，伊力哈穆一步走了进来。

伊力哈穆是按照清晨早茶以前，他和七队的队干部、积极分子的碰头会上的分工，在庄子这边田里干了半天活以后，来到阿西穆家的。让伊力哈穆来做阿西穆的工作不是没有道理的，阿西穆尊敬这个比他年轻得多的伊力哈穆，听伊力哈穆的话，原因之一是：伊力哈穆救过他的命。

六年前，一九五六年初，里希提组织的全区第一个高级农业社刚刚成立,伊力哈穆赶着社里的马车去察布查尔煤矿给社员拉日用的煤。在伊犁,察布查尔的煤质量是最好的。当时尚没有入社的单干户阿西穆赶着自己的由单匹辕马驾着的木轮车去察布查尔,在渡口,他们一起上了摆渡。渡船很大,可以同时容纳许多辆汽车、马车和行人。正在横跨的浪花飞卷的河面拴着一根巨大的钢缆,渡船用滑轮连接在钢缆上,利用迅急的流水的强大的冲力,只要把位置、角度摆恰当,不用人撑篙也不用机械动力,利用水流的分解力,就可以使渡船摆到南岸又摆回北岸。伊力哈穆和阿西穆,分别赶着车加入到熙熙攘攘的大车、小车、汽车、自行车、行人的群体中,上了摆渡。不一会儿,越过滚滚轰响的伊犁河的浊流,渡船已经到达了南岸,就在上岸的时候,阿西穆的辕马突然被一辆汽车引擎的突突声所惊吓,猛地向前一蹿。阿西穆怕惊马连同轮车一齐掉下河,连忙抢上一步想迎头把马压住。谁知这不是平地,他没有从一侧抓住缰绳勒住马打转转的回旋余地。结果,阿西穆只顾顶住马却没有顾自己的脚下,马和车停下了,他自己却被挤到了伊犁河里。周围的人都失声大叫起来。当时在一旁的二十三岁、年轻力壮的伊力哈穆,说时迟那时快,把棉衣一脱一头扎到了河里,还没等急流把阿西穆卷走一把就抓住了阿西穆的腰带,从刺骨的滔滔河水中把阿西穆拖了上来。这总共只用了二十几秒钟的时间,但两个人已经被冲下了四五十米,水流是何等的湍急啊!第二天,从来不讲交际应酬的阿西穆让尼莎汗做了餐奶油面片,阿西穆毕恭毕敬地亲自把伊力哈穆请到家来,热情招待了一番,并且拿出了二米半条绒、半块砖茶作礼物,以示谢忱。伊力哈穆没有收条绒和砖茶,足足地吃了两大碗面片,一边吃一边向这位中农宣传合作社的优越性、社会主义的光明前途。这以后不久,阿西穆入了社。

"听说您身体不太好，来看看您。"伊力哈穆先开了口。

"唉，噢……"阿西穆不知道说什么好。伊明江连忙擦干眼泪把伊力哈穆让到上首坐下。伊力哈穆缓缓地从怀里掏出一个馕来，按照惯例，社员们到庄子劳动总是带上干粮，中午分散到庄子的住户家里喝茶的。这使尼莎汗清醒了些，她问候了两句巧帕汗和米琪儿婉的健康便推门出去备茶，却在廊檐下看到一个立着的大麻袋。"这是谁的？"她问。

"是间掉的玉米苗，我把它拾了来，你们拿去喂奶牛吧。"伊力哈穆说。

"给我们的？"尼莎汗惊喜地问道，"您不要吗？你们也需要啊！"

"我们只有一头奶羊，那边拾点草也就够了。"

尼莎汗和伊力哈穆的关于玉米苗的谈话引起了阿西穆的注意，他不由得走了出去。怎么不声不响就把麻袋搁到了这里，岂不让玉米苗白白地晒干瘪吗？已经到了间玉米苗的时候了，他怎么没有想起来呢？谁不知道奶牛最爱吃玉米苗，玉米苗对于奶牛就像包子抓饭对于人一样地美味可口！他抱起麻袋，麻袋装得结实、沉重，他感激地看了伊力哈穆一眼，真是个勤快的好人啊！他走到牛棚里，用手掏着、倒着，玉米苗撒了一地。鲜绿多汁的、发着玉米的香味的玉米苗吸引着奶牛哞哞地走了过来，一口叼起了一大捧，摇着头甩掉沾在其他部位的饲草，满足地咀嚼起来。看到奶牛津津有味地嚼玉米苗的样子，阿西穆不由得也跟着奶牛咀嚼的节奏摇头摆尾，咽起吐沫来。似乎，他的肠胃也增加了蠕动和分泌，他的气也顺畅了些，随之他的满头满脑的糊涂阴云开始散开了一条缝。至少，他已经意识到有下地干活的必要了。

　　就在阿西穆分享着奶牛的喜悦的这一会儿，伊明江悄悄地把他父亲不让姐姐去学校的事告诉给了伊力哈穆。阿西穆回屋来了，他的脸上呈现出了一点血色，他抱歉地看着伊力哈穆，未免过迟了地做手势让道："请坐！请坐！"然后，含含糊糊地回答了伊力哈穆对于自己的健康情况的问候。

　　"您有点不安吧？是不是又怕起哎鸠鸡哞鸠鸡来了？"伊力哈穆和悦地问。

　　"您也说哎鸠鸡哞鸠鸡吗？"阿西穆对伊力哈穆的一语中的深感惊奇。其实，他那一套"学问"对于七队的社员来说是并不陌生的。阿西穆也感到高兴，因为可以和伊力哈穆这样一个有威信的人讨论哎鸠鸡哞鸠鸡的问题，但隐隐又加重了一份疑虑，看，伊力哈穆也承认这个哎鸠鸡哞鸠鸡的存在啦。

　　"其实，哎鸠鸡哞鸠鸡是历来有的。"伊力哈穆忍住笑说起这个滑稽的名词儿。

　　"真的有……"阿西穆变了色，方才被奶牛和玉米苗唤醒的一丝丝喜意顿时又消失了。

　　"什么是哎鸠鸡哞鸠鸡呢？按照老年间的说法，就是那些灾星，那些祸首，那些残害人民、给世界带来大难的妖怪。这样的妖怪难道还少吗？国民党、地主、乡约、乌斯曼匪帮、马仲英匪帮就是这样一批哎鸠鸡哞鸠鸡。侵略中国的日本帝国主义，破坏人民的幸福生活的坏蛋们，也是这样的哎鸠鸡哞鸠鸡。现在，还有一种新式的哎鸠鸡哞鸠鸡，他们在挖咱们的墙脚，打你的主意，'我的是我的，你的也是我的'，这就是哎鸠鸡哞鸠鸡的道理。他们总想把我们这儿搞得乱乱的，他们好趁火打劫，乱中伸手得利。这又有什么奇怪呢……"

　　"您是说这个……"阿西穆稍觉安定了些。

"当然是说现实的斗争。不然,难道从地缝里真能钻出头上长角的魔鬼?有人民的地方就有哎鸠鸡哞鸠鸡,就像有太阳的地方就有阴影。这就叫做阶级敌人、阶级斗争。正因为有阶级敌人、阶级斗争,才有共产党。"

"这么说,老是有敌人、有斗争,世道真的会乱吗?"阿西穆担忧地问。

"乱什么?谁乱?你乱还是我乱?共产党像天山一样坚强、稳定。小麦正在拔节,玉米正在定株,头茬苜蓿也开始收割了,太阳从东方升起,渠水灌入田地,这里有什么乱的呢?当然,唯恐天下不乱的坏人家伙是有的,有些胆小的人、动摇的人、糊涂的人一时有点乱也是可能的。但是,这不要紧。过去,遇到难题,我们常说:'有胡大呢!'这样说着,心里就实在点。胡大的话我们继续说,好啊;但是,人民创造了另一句俗话,遇到什么情况,大家就说:'有组织!'就是说有党呢,有毛主席呢!"

"您说得当然好,可是我总是怕……"

"您怕什么?有什么可怕的?俗话说得好,害怕本身就是魔鬼,本来没有魔鬼,可有人老是怕魔鬼,魔鬼也就缠住了他……"

"对……那个……吃茶吧。"阿西穆正讷讷嗫嗫的时候,尼莎汗端来了茶锅。

擦干了眼泪,重新洗过了脸的爱弥拉克孜从内室走了出来,她说:"爸爸,我走了……"

阿西穆瞪着眼睛,嘴里像含着个煮鸡蛋似的说不出话来。

"让她去吧!上学是好事情!多么好的姑娘!"伊力哈穆轻声向阿西穆说。

阿西穆仍然不言语。伊力哈穆代阿西穆回答爱弥拉克孜道:"去吧,好好学,毕业以后当个好医生!不过,这一阵子你最好还是回来得勤一些,星期天还是回来看看吧,免得父母不放心。好不好?"最后这个"好不好",既是问的女儿,也是问父亲。

爱弥拉克孜点了点头,阿西穆若有若无地嗯了一声。爱弥拉克孜向伊力哈穆投射了一个感激的目光,回转过身,走去了。

吃茶的时候,伊力哈穆故意批评伊明江说:"兄弟,你也太懒了!太松垮了!这是要不得的,看,墙刷了一半就不管了,就像剃头剃了一半,半拉子黑,半拉子白,多难看!"伊明江想分辩,伊力哈穆示意不让他说什么,"吃过饭,把石灰泡上,我帮你刷!"

说起刷墙的事,老两口有些尴尬,伊力哈穆转入了另一个话题:"你们的玫瑰花种得真好啊!我一进你们的院子,就被盛开的玫瑰给迷住了,红的是那么艳丽!粉的是那么鲜嫩!"

"玫瑰花,都开了吗?"

"怎么?您不知道您自己种植的花儿已经开放了?"伊力哈穆一笑。

"自己辛辛苦苦种的花,就在鼻子底下,却看不见……谁知道这几天净在想些什么……"尼莎汗小声咕哝着。

"哦,哦……"阿西穆不好意思地哦了两声,"您喜欢玫瑰花吗?"他没话找话地问。

"当然。我们都喜欢玫瑰,尤其库车人最甚。听热合曼哥说,那里不分男女老少,都喜欢把玫瑰插在头发上,压在帽子边沿下边。那些手里拿着一朵玫瑰来做客的人,也总是更受欢迎的。"

"咱们伊犁的塔兰奇①也不在库车人之下!"伊明江插嘴说,"记得我四年级的时候,我们的一个教语文的男老师,带着一朵大大的

---

① 伊犁维吾尔人的一个支系,原意为蒙古语"种麦者",是清朝时期为加强伊犁边防从南疆喀什一带动员来充实农业人口不足的伊犁的农民。

玫瑰花上了讲台。讲上一会儿课，他就要低头嗅一嗅玫瑰。后来校长来听课，发现了这个情况，听说还给他提了意见，但是他不接受，争了一场也没得出结论……"说完，伊明江大笑起来，伊力哈穆也笑了。阿西穆看看儿子又看看客人，也就笑了。

"等您下工以后，来摘几朵玫瑰，带给巧帕汗大娘和米琪儿婉妹妹……"尼莎汗对伊力哈穆说。

"好，谢谢您。阿西穆哥！"伊力哈穆诚恳地叫了一声，"每当玫瑰花盛开的时候，也正是咱们农村工作最忙的时候啊！一年的收成，就要看现在啊！真正的农民这个时候是不会待在家里的。阿西穆老哥，我看您的病是怕出来的、憋闷出来的。也许，是那个地主婆玛丽汗在您的耳边说了些不三不四的话吧……"

"没有……没……"阿西穆的脸红一阵白一阵。

"伊明江，吃饱了吗？泡石灰去！"伊力哈穆吩咐道，"拿刷子来！"

"不用，不用。我自己来！"尼莎汗不安地和伊力哈穆抢马尾做的墙刷，伊力哈穆不给她："看吧，我比俄罗斯女人刷得还好！"他大笑着。

……伊力哈穆的到来像吹进了一阵和煦的春风。有一些墙角、背阳处所的积雪直到初夏还不融化，它们需要的、它们等待着的就是这股温暖的风。奶牛咯吱、咯吱，有滋有味地嚼着伊力哈穆带来的水灵灵的玉米苗。墙粉刷好了，屋里弥漫着的是一种清洁、明亮、潮湿、欣欣向荣的空气。爱弥拉克孜走了，答应星期六、不过五天之后还回来。伊明江笑得拢不上嘴。在他们刷房的时候，阿西穆悄悄地蹲在玫瑰花丛旁整修他的砍土镘。伊明江把玛丽汗对他父亲讲过的破坏话就他们所知的汇报给了伊力哈穆。伊力哈穆没有急于追问，免得使老汉又惊慌起来，临走的时候，尼莎汗摘下了一朵最大、最红、最美的玫瑰给伊力哈穆,并且一再嘱咐,下工以后再来……

伊力哈穆中午拐到阿西穆家来,除了看望这个"真主的恭顺的子民"(这是阿西穆挂在口头上的自诩)以外,还有一个重要的目的:他要亲自检查一下四月三十日夜跑水的那一段渠道,这一段渠,就在阿西穆的家门口。过去,这儿是一块洼地,渠到了这儿就到了头儿。但是,从这里往南,从阿西穆的果园开始,又是一个缓缓的上坡,一共有四十多亩地,浇不上水,长着些马兰花、苦豆子和野燕麦、刺草。一九五八年大跃进时候,伊力哈穆倡议把大渠延伸了二十多米,开垦了这四十多亩荒地,第一年种瓜,第二年种豌豆,都获得了好收成。但是,洼地这一段渠埂增了老高,憋足了水,才可能流到这四十亩地去。当时就有人提出过异议:主渠的水面如果比地面高很多,万一跑了水不好控制。当时伊力哈穆种植那四十亩地心切,认为事在人为,跑水不是不可避免的。他们修这段渠埂的时候把基建队的夯、碾、碌碡都借了来,培一层土就轧一气砸一气,相当结实。渠两面又修了缓坡,这样即使木轮大车横轧过去,也不会有什么崩塌。几年过去了,这里从来没有出过事故,渠埂上已经长满了青草,草根和草根勾连在一起,渠道就更牢固了。但是这次呢,水冲开了将近两米多的大口子。淤泥一片一片地填在洼地上,经过十几天的日晒,呈现出那种看了令人脊背发麻的龟裂的纹道。除了这两米新堵上的,至今还看得出是一坨子一坨子的泥巴和一团一团的麦草堆积而成的渠坡以外,两端的渠埂完好如故,并没有马蹄蹬坏、马车轧过或者被地老鼠打过洞的痕迹。从阿西穆家走出来,伊力哈穆坐在这一截渠道的对面,观察、考虑了好久。偏偏浇水的那天,浇水的人是远近驰名的尼牙孜泡克。这也算是天赐良机。现在呢，据说，他和几个同伙上山搞自搂采贝母，已经有好多天不在家了。

小说人语：

好人的特点是恐惧与爱恋。越是爱恋就越是害怕自己所爱恋的东西受到损伤与毁坏。越是恐惧，就越感到自己已经和正在拥有的一切脆弱的平安与快乐是多么可贵。

哎鸠鸡哞鸠鸡，就是这个发音也够滑稽的了。牛鬼蛇神，小小妖魔鬼怪，邪恶点缀了好的正常的人的生活，不然，你好我好他她好，你正常我正常他她正常，会不会有点寂寞呢？

我不会忘记爱花恋花，手拈着玫瑰、爱不释手的维吾尔大男人。

按照阿西穆的思路，爱花迷花，这是与天堂的缘分。花儿，是我们从天堂来、到天堂去的通行护照。

第十章　评比会上　翻翻子算账怼穆萨
苜蓿地里　乌甫尔率众打钐镰

　　和煦的春风在田野上回荡，在地头渠边、在路口桥旁、在每一座院落和房屋里，它们融化了最后的冰雪，吹开了一朵朵的玫瑰，催促着庄稼和树木的生长……

　　当伊力哈穆给阿西穆刷墙的时候，同时又有多少党员、团员、干部和积极分子正在按照上级党委的要求细致入微地做着思想工作；他们推开这一家的门，又拉住了那个人的手。他们的微笑，他们的娓娓动听的话语，他们的关切的目光和坚毅镇定的举止驱散了人们心头上或有的阴云，温暖了一颗颗善良却难免粗疏和软弱的心，构成了一道道平凡却也是稳妥的堤防，在恶浪浊水面前，素常一样地存在着、阻挡着。

　　吐尔逊贝薇的工作方法是别具一格的。分工她负责去动员几个无故不上工的妇女。中午，她组织了七八个八九岁的小娃娃，给他们明确了任务，进行了速成训练。然后，她系紧头巾，挽起袖子，挺起胸腔，带上排得整整齐齐的娃娃们，开赴一家又一家。到了那里，她先指挥着孩子们给扫扫地，拾掇拾掇院子。他们的工作对象——那个无故不上工的女主人又是惊奇，又是表示感激，又怕孩子们弄坏了东西，急得哇哇乱叫。这时，孩子们排成队，由领头的孩子朗诵道：

　　"大妈大妈您为什么不下地？不劳动哪儿来的小麦、玉米！"

　　然后大家和道：

"好大妈，亲大妈，我们的勤劳的大妈，请快去上工吧！快去上工吧！快去……"

虽然孩子不算多，喊叫的声音却是震耳欲聋。

遇到工作对象年龄不算太大的时候，他们就把"大妈"换成大姐。吐尔逊贝薇知道，越是这些不爱劳动的妇女，越是讨厌别人过早地称她们作"大娘""老婆子"。遇到孩子们说得不太清楚，吐尔逊贝薇就自己出马重复一遍，而如果孩子们忘了该说什么，吐尔逊贝薇就当着听众（应该说是听者，因为往往只有一个人）的面提词。孩子们一遍又一遍地重复着，直到听者做出了一两天之内尽快地去下地劳动的保证为止。

艾拜杜拉这天中午破例来到了桥头。在通往庄子的路上，跨过沿公路的主渠，修了一座木桥，木桥两边的栏杆，修得宽宽的，好像两排长椅，确实也是为了给人们坐的。新疆农村修桥的时候，总是考虑到桥梁的两方面的职能，即交通上的职能和公共休闲场所方面的职能。有那么一些游手好闲的男青年，最喜欢靠在、坐在桥栏杆上休息。在这里可以晒太阳、吹风、得清凉、"吃空气"、吸烟、听流水声。更主要的是看过往的行人，其中特别是过往的姑娘和年轻媳妇们。他们常常对这些过路的女人评头论足，引起一阵阵哄笑。说实在的，他们绝大多数并不是流氓，他们的笑话也说不上猥亵下流（真正的流氓并不到这里来说笑话），他们不过是有些散漫，缺乏政治觉悟和组织性而又都喜欢卖弄自己的贫嘴呱哒舌而已。

根据早上碰头会的决定，艾拜杜拉一方面是硬着头皮，一方面又是忍住笑来到了这里。他招呼道："伙计们，来吧，我给你们念一段故事！"他掏出了一本小册子，他念得非常之好，抑扬顿挫，又清楚，又流畅，又有感情，在桥上消磨时间的几个小伙子凑了过来。

开始他们有点纳闷,他们不知道艾拜杜拉为什么突然出现在这里,他们怕艾拜杜拉把他们教训甚至骂上一顿,再说论打架他们几个人加在一起也不是艾拜杜拉的对手。及至听到艾拜杜拉念故事,他们松了一口气,却也更好奇了,艾拜杜拉念的是欧阳海舍己救人的事迹。念完了,艾拜杜拉说道:"伙计们,人家是人,我们也是人,看,那才是真正的男子汉,为了人民的利益,不怕流尽最后一滴血。可你们呢? 你们早就超过了偎在妈妈怀里吃奶的年纪了,你们睡觉的时候用不着安放须卖克①,你们吃一顿饭的饭量顶得上半个骆驼,可你们在这儿游荡,你们为什么不下地劳动呢? 我知道了,不用解释了,你们昨天去干过活。农忙的时节,怎么能这样? 哪怕是一匹马,如果是好马,它也渴望着在战场上驰骋,它绝不愿意整天只是在土里打滚和晒太阳啊,你们难道没看见,没听说,修正主义、反动派、地主坏蛋正在破坏咱们的日子,你们的懒散不是帮了坏人的忙了吗? 快把你们浑身的力气,献给公社的土地……"

这个大队最年老的长者是斯拉木。他自己也讲不清自己的年龄,只记得是出生在青杏开始变黄的一个刮大风的日子。巧帕汗外祖母说,在她做姑娘的时候,斯拉木已经开始蓄长须了。他是七队的护林员。从天不亮,他就活动在林带里,中午也不回去。他不但要给树木浇水、松土、涂白,在这个季节,尤其重要的是要注意防止谁的毛驴或者羊只咬啃树皮,五月的树皮,饱含着多少生命的液汁,遇到那种不负责任的主人的讨厌的牲畜,树林就要遭殃! 他一面看着树木,一面也看着行人。他认识这一带所有的人,眼皮一撩他就知道哪个人是为了办事而匆匆地走过而哪个人是散散漫漫地浪荡。他叫住每一个他认为是应该叫住的人,给他们讲不要听信

---

① 婴儿摇床上用来排引小便的木管。

谣言，不要胡思乱想，赶紧到地里去把春季的农事搞好，不要怕修正主义。"修正主义"，这个汉语词老人觉得说起来拗口、费解，他是怎么认真学习也听不明白，加上对于"第二国际""考茨基""社会民主主义"的说法，他就更是如入五里雾中。他想起了一个词：球筒子，其实是来自汉语的"取灯子"或"取灯儿"，是南疆一带流行的用来引火的薄木片，他干脆将修正主义叫做取灯主义，后来说快了同时他极力摸索读音的汉语特点，乃变成毯灯儿主义，"不要怕那边的毯灯儿主义……"他振振有词地宣讲，他引起了一片笑声，他不是不懂不是感受不到这里的汉语发音的妙处，他很得意，他知道自己的反修批修的水平有相当的高度了。

还有达吾提铁匠和萨妮尔妇女主任。还有热依穆副队长和他的妻子再娜甫……人们在活动着、讲解着、劝说着、争论着、批驳着。他们一面顽强地、耐心地进行着宣传鼓动，一面注视着、了解着群众的思想动态和敌人活动的蛛丝马迹。他们的活动，构成了我们强大的人民政权的喉舌与耳目。

但是，历来比哪个积极分子都要更积极一些的阿卜都热合曼老汉到哪里去了？且慢……

在讲到这一天社队骨干们的平凡而意义重大的活动的时候，当然，我们不能忘记里希提。原来地主马木提和他的儿子依卜拉欣的庄园，修得比较大。解放以后又盖了许多房子。公社化以后单独组建了一个队。在老庄子前面，有一株巨大而古老的胡杨树，小小的圆叶子遮住了一大片阳光，夏天在树荫下开会，可以坐下几百人。树枝上挂着一个美国造的炮弹壳，这还是土改那年工作队带来当钟用的。有些不习惯也不喜欢用数序来称呼地名的人（大部分农民觉得用数字命名——一区、二公社、三队等等——太抽象，他们宁愿用一些非正式的但富有特色和直观性的名字——如一株杨、白商店、坑边等等），提起四队来爱说在那棵胡杨树下面或者在那个炮弹壳下面。四队队长、共产党员乌甫尔，绰号叫"翻翻子"。乌甫尔爱抬杠。其实，他未必比旁人抬杠抬得多，抬则必求弄清底里，决不和稀泥、随风倒。再有，他说话又急又快，说话的音调成抛物线轨迹；就是说，他每讲一段话，不管一句也好，十句也好，开始总是声音又低又小，越说嗓门越大调子越高，不知道的人还以为他在吵架，等到这段话快结束的时候就又渐弱，一直到零。他肤色黧黑，不逊于印度人，而他说话的时候又习惯于略斜着眼睛，露出了非常显眼的眼白，粉红色的厚嘴唇飞快地颤抖着和运动着，这又增加了几分爱抬杠的印象。农村的人爱给人起绰号，有的绰号反映本质，有的则只反映现象。翻翻子这个绰号对于乌甫尔，既是事出有因的，又是很不确切的。

因为，对于公社对于党，乌甫尔不仅不是翻翻子，而且像一头老黄牛一样的忠诚、实在、说一不二。正因为如此，他才成了那些油滑世故的狐狸们的翻翻子。一九五六年春天，高级社分派乌甫尔去种旱田。他带上一个年轻人，赶上一辆木轮车，套上马匹，拉上犁铧、麦种和草料就去了。所谓旱田，就是指伊犁河谷北面的山坡田。那里地势相当高，无法引渠灌溉，但是土壤肥沃。农民们每年起春去撒上一些春麦或者胡麻种子，八月份去看看，有收成，就去收割，没下雨，也有颗粒无收赔掉种子的情形，一般来说，总还是有点收获的。赶上夏季多雨的好年成，旱田的麦子更是又多又好，磨出面来面筋含量高，和起面团特别有劲儿，最适合做人们爱吃的拉面条。种旱田虽然带有碰运气性质，反映了我们农业生产力的不发达，但仍然是伊犁粮食耕作的一个有益的补充，是年年都要抓紧的一项工作。那一年乌甫尔上了山，预计五天完成播种任务，结果因为中间遇雨，到了第五天，没有种完。饲草还有，但人吃的干粮却片馕无存。如果回村取食品，来回路上就要走两天，而且完不成任务回村，这样的事情乌甫尔干不出来。于是乌甫尔和那个青年商量："算了吧，干脆咱们不回去了，明天也就不吃他那个饭了。抓紧时间，把旱田种完再回去喂肚子、休息。"那个青年见乌甫尔态度坚决，就同意了，谁知饿着肚子干活确实不是个好受的事儿。扛起麦种来还不等迈步脑门上就冒虚汗，嘴里老有一种酸苦的味儿往上翻，见到这种情形，乌甫尔打发小伙伴回村走了，自己却咬紧牙关坚持干了一整天，直到深夜。第七天的中午，乌甫尔在胜利完成任务以后，喜滋滋地咧着嘴回到了胡杨树边。

　　还有一次，那是一九五八年，拖拉机第一次开到这个大队，新当选为队长的乌甫尔得到通知，下午七点拖拉机将开到胡杨树下给四队夜耕。乌甫尔吃过晚饭来到了炮弹壳下，铁牛首次驾临，这可是个了不起的事情。等了一个小时又一个小时，根本不见影子。队上其他干部要来换他休息，他说他和农机站长讲好了是他亲自等候和迎接；可以让他等拖拉机，却不能让拖拉机来了再去找他。他的金发的塔塔尔族妻子莱依拉来叫他回家，他也不理。有人取笑他心眼太死，他不在乎。他等了八个半小时，直到夜三点半，才听见远方传来的突突的拖拉机声。乌甫尔就是这样一个心地实在、办事认真、不知疲倦、不怕吃苦的人。

　　但是今年春天的一件事，乌甫尔确实给人们留下了"翻翻子"的印象。三月底，大队组织各队队长对备耕工作进行检查评比。从早到晚，大队干部和生产队长们走过了一个又一个生产队，观察了农机具的准备、种子的选择和处理、渠道整修、畜力准备和田地里施用基肥的情况。晚上，在大队部汇总情况，进行评比，决定流动红旗的归属，七队队长穆萨汇报中说，他们给春耕地每亩上了三千斤基肥。这个数字大大超过了其他队的水平。而且实际观察的印象，七队地里的肥料就是显得堆大、量多。其他准备工作的情况，各队大致持平，这样，基肥的数量便成了一个突出的评比条件。有人建议把红旗给七队，库图库扎尔同意，穆萨得意扬扬。乌甫尔的白眼珠一翻一翻，始终没有讲话，别人以为他是为了丢了流动红旗而难过，在此之前的几次评比中，红旗都是落在四队手里的。等到会议即将结束的时候，乌甫尔说了话，他给七队算了一笔细账：该队春耕土地面积七百二十四亩，每亩地基肥三千斤的话共需肥料二百二十万斤；七队积的肥大宗共有四处：伊犁河沿的羊粪、庄子马厩里的马粪、队部前的马牛粪还有从社员各户起出来的杂粪，每一堆肥料各有几米高，底盘的直径多少多少米，即使按最大的量计算，加在一起不超过一百万斤。接着，他计算了七队的运输力量，其中包括参加过运肥的社员个人和人力车辆若干，从哪一天开始到眼下为止，每天最多可以运多少，共计最多能够拉运多少。结论是，七队既没有那么多肥料也不可能把那么多肥料运到地里。由此可见，每亩地三千斤的数字是不可信的。他不同意立即将红旗发给穆萨，他建议次日全面检查一下七队的春耕地，因为白天他们看到的只是路边、庄子前的一部分地。

乌甫尔的发言使全场突然哑住了。里希提马上明白了：乌甫尔的计算和论据是颠扑不破、无可争辩的。里希提很后悔，他也一直感到穆萨的虚夸，但为什么没有像乌甫尔那样算一算细账。

遗憾的是，第一，乌甫尔的言发得太晚了，会议已经作了决定（天啊，乌甫尔怎么能更早地提出这个意见呢？他在肚子里反复验算了两个小时，直到确定以后才说了出来）。第二，乌甫尔的四队，恰恰是原来的红旗保持者。如果七队不应得红旗，显然红旗仍应奖给四队，客观上将会造成乌甫尔为自己争夺红旗的效果；人们将怎样理解乌甫尔发言的动机呢？但是，无论如何，应该反对虚夸，提倡实事求是，支持乌甫尔这种认真、细致的态度。里希提正在考虑表态的时候，穆萨把披在身上的大衣一甩站了起来，咣的一声碰响了椅子。他说：

"我得了红旗，你不服气吗？队长！不服气你追上来嘛，靠算账能把红旗算到手吗？我们是指挥生产的队长，不是拨拉算盘珠的账房先生；我们当队长，靠的是'抓'，"穆萨伸出了他的大手，在空中做着抓挠的动作，然后紧紧地握成一个拳头，"'抓得不紧，等于不抓'，这是毛主席说的。算得再精又有什么用呢？如果您能算出石头来，我还能算出沙子来呢！哎，乌甫尔大哥，哎，乌甫尔队长，您真成了个有意思的可笑的人。我看您不仅应该叫乌甫尔'翻翻子'，而且应该叫乌甫尔'受不了'啦！"

"受不了"这个词，在维吾尔语中是相当有趣的，它有极大的嘲讽意味，称一个人为乞达麻斯①，那就是说那个人心胸狭窄、自私自利而又容易着急生气，同时，"受不了"也是一个人在一场争斗哪怕是一场口角中失败的标志，是为人所鄙视的。然而，它又不是什么辱骂的话。人们总是当面哄笑着讽刺一个人"受不了"，而且这个词还有一种威力，就在于它的不可抗击性，当你被称为"受不了"时，如果你脸红，发火，反驳……将进一步被视作"受不了"的证明。穆萨提到这个词，与会者不由得笑了起来，库图库扎尔更是笑了个前仰后合。

乌甫尔霍地也站了起来，他的眼白可怕地闪着光："是我受不了还是你受不了？走，咱们现在就到地里看看去，看看是谁在说谎！"

穆萨也伸长了脖子："你向我喊叫什么？我是七队队长，我不

---

① 即受不了。

134

是你的孩子娃！"

　　库图库扎尔威严地挥手叫他们坐下，大声说道："这算什么？这种现象很不应当，评比的目的不是为了个人，不是为了抢夺红旗而是为了促进工作，我们长着两只大眼睛，应该多看看别的队的优点，应该有互相学习、互相帮助的高尚风格！乌甫尔同志，您是共产党员，老队长，怎么对评比还没有一个正确的态度？穆萨队长，您也太激动了啊，红旗给你们，已经决定了嘛！"

　　库图库扎尔的话还没有说完，乌甫尔一转身，走到门边，砰地推开门，退场走了。

　　"这这这……"库图库扎尔勃然变色，他敲了一下桌子，脸上显出了从未有过的令人生畏的怒容，大喝道，"什么党员！什么队长！这还了得！岂有此理，能够这样对待领导对待组织吗？一定要解决，要批判，要处理，要采取组织措施！明天支部开会讨论，不行就报公社处理……哼哼，以为这个世界就没有做主的哩……"在一种前所未有的紧张气氛中，库图库扎尔怒冲冲地宣布：

　　"散会！"

　　队员们为乌甫尔捏着一把汗，不知道他将触到什么霉头。里希提感到奇怪，他没有想到乌甫尔会这样任性、轻率、急躁，他也不相信库图库扎尔真的是那样激怒。库图库扎尔的和善和嬉笑是有意做出来的，同样，他的雷霆大怒也是做出来的，有目的的。

　　第二天，里希提找了一个机会对库图库扎尔说："关于乌甫尔的问题我认为……""事情很明显，"库图库扎尔挥一挥手打断了里希提的话，并且懒洋洋地打了个哈欠，好像在说一件无味的、早已淡忘的、遥远的往事，"穆萨就是有点吹牛冒泡。乌甫尔也就是有些不服气。嫉妒啊！退出会场更是不该！我们的工作，也不是没有缺点的。评比嘛，好与差，都是相对的嘛……"他的口气非常缓和、公正，准备给所有参加这次评比的人——包括他自己与里希提每人打三十大板。里希提偏偏想将他一军，说："昨天您提出来要批判，要处理，要报公社……""当然要处理！"库图库扎尔板起了脸，"任其自流那就是失职！"这句话说得比较含糊，没有说具体针对哪个人和哪个事。然后，库图库扎尔低下头找大队会计谈一笔款项的事情去了，把里希提晾在一边。忽然，又抬起头，对里希提说："我会找他们谈的。我会给他们以教育的。"然后又顾左右而言他。看他那个姿态，里希提明白，再说什么他也不会听见的了。

里希提注视着他，慢慢做出了自己的判断。看来，头一天晚上乌甫尔退场以后库图库扎尔的大喊大叫主要是给人看的，借以维护和巩固他在各生产队长面前的威信，增加人们对他的敬畏，这就叫做骂闺女给儿媳妇听。至于此刻，他希望的是一把稀泥抹过去，因为，如果和认真的乌甫尔针锋相对地争下去，其结果只能是将这次评比的结论推翻，而将锈斑抹到库图库扎尔一手扶植起来的穆萨脸上。

事实果然如此。后来，乌甫尔曾经主动找库图库扎尔作检讨，库图库扎尔笑着去拉乌甫尔的手，乌甫尔的手缩到了身后，于是库图库扎尔又把手搭在乌甫尔肩上，使乌甫尔觉得肩上似乎爬着一条滑腻的虫子。库图库扎尔说："您的意见嘛还是对的喽，七队队长的汇报有不准确的地方，我已经批评了他们。四队的工作一直还是好的。但是红旗在你们手里太久了，这就容易滋长骄傲自满的情绪。这回红旗叫七队得去了，你们受到一点刺激，不也是有好处的么！"乌甫尔莫知所答。这也是库图库扎尔的本事，他善于避开分歧的实质和核心，专门在各种枝节上东拉西扯，振振有词，借以声东击西，迂回躲闪，既逃脱了攻击，又把对方引入了迷途。在这样分析问题的时候，他抑制不住那种得意和优越的样子，而且显得宽厚而又雄辩……

这是两个多月以前的事了,现在呢,这位乌甫尔队长面临的情况要严重得多。

还离老远,里希提已经看见了乌甫尔。是在苜蓿地里,乌甫尔带领着几个壮劳力正在打钐镰。早晨的露水还没有完全干,绿中带紫、长着小小的厚叶子的苜蓿发出一种甘甜的香气,这个味道不像青草,而更接近于甘薯。刚刚露出地平线的太阳投下了他们几个人的长长的身影。他们的脚下,已经出现了一片割过的显得整齐和干净了的地面和一小堆一小堆割下来的苜蓿。里希提三步并两步地走到苜蓿地里,叫了一声:"队长!"

乌甫尔缓缓地抬起头来,默默地与里希提握手问好。然后低下头,抓住钐镰,甩动了膀子。

打钐镰,这是农村的一项重活。乌甫尔干起来却不显吃力。他两腿劈开,稳稳站住,不慌不忙,腰向前倾,伸直右臂,左手辅助把握着长长的镰柄,从右到左一挥,随着镰弓带风的嗡嗡作响,"沙"的一声,划过了一道两米多长的弧线,一大片苜蓿被齐齐地割了下来,并在镰弓的带动下茎是茎,梢是梢地排列在一堆。这块地上的苜蓿的被割倒,使眼前多了一片开阔地,乌甫尔随着跨上一步,又摆好原来的姿势,"沙"地又是一下。步子的大小、腰背的倾斜,挥臂的幅度和下镰的宽窄,都是一定的,像体操动作一样地严格准确,像舞蹈动作一样舒展健美。提起打钐镰,乌甫尔是第一流的好手。现在和他在一块地里割苜蓿的几个人,尽管看起来有人动作似乎比他快,有人挥臂似乎比他更用力,有人步子迈得似乎比他大,有人下镰似乎比他吃得宽,但是实际上都赶不上他;他走在前面,趟子宽,苜蓿打得净,地像理发推子推过一样的平整好看,堆子也大而整齐,堆堆都放在一条线上。

　　里希提没有多说话。他走到地边，拿起一把备用的钐镰。在镰柄压过的草丛里，他发现了四个鸟蛋。不知道是哪个粗心的鸟母亲把蛋下在这个人们常来常往的地方。里希提微笑着拿起了玲珑的鸟蛋，本想告诉乌甫尔一下，但乌甫尔正严肃地专心致志地劳动着。于是里希提自己把鸟蛋放到了远处一个僻静防水的草棵子里，然后，他回来，拿起钐镰，用指甲试了试刀刃，把镰柄放在地上，用单腿压住，左手捏住刀尖，伸出右手叫了一声："乌甫尔!"乌甫尔眼一瞟，也不问，就从衣袋里拿出一块小小的椭圆形的扁磨石，一抛，被里希提接住，里希提向磨石啐了一口吐沫，就埋头磨起镰刀来，磨了一会儿，刀刃锋利了，也更亮了，同时乌甫尔也已割到了地头正准备另起一趟从头割。里希提连忙紧了紧镰弓，跟了过去。他紧靠着乌甫尔的趟子挥动了手臂。头两下，力气似乎使得猛了一点，以致带得上身微微晃动了两下，这样，身体重心摇摆，刀下去就不那么平匀了，恢复发力的正确姿势也耽误了时间。不大工夫，里希提已经协调了自己的动作，一切都上了轨道。他也是老农嘛!

　　在劳动中上了轨道，这就如同演员进入了角色，诗人来了激情，他的一切举动，已经不再以个人的主观意志为转移，而是完全献给了伟大的工作，服从于工作的需求。而里希提现在进入的这个"轨道"，是远比演戏或者作诗更伟大更根本也更开阔的一个事业，这个事业就叫做生产，叫做劳动。真正的劳动者从来都是忘我的。按照生产劳动的客观规律的要求，里希提的四肢有节奏地却又是活跃地运动着。他现在只有一个心，一个愿望，一定要调节好自己的动作，不吝惜一分力气，也决不浪费一丝力气，用最准确有力的操作，跟上乌甫尔，更多更快更好地割下苜蓿，出汗了吗? 多么痛快，多么舒服! 汗从额头流到眉毛上，从眉毛上拐到眼角，咸咸的汗水杀得眼角生痛，顾不上去擦。脸上的汗水流到了脖子里，头上的汗水也从耳后往脖子里流,而脊背的汗水已经流到了腰身上……

一个跟在他们后面的年轻的社员,抬头看了并排前进的他俩一眼,自言自语地赞叹道:"真漂亮!"

漂亮,什么叫做漂亮呢?他们根本不会想到自己的姿势漂亮与否。他们忠诚地、满腔热忱而又一丝不苟地劳动着;他们同时又是有经验的、熟练的、有技巧的。所以,他们干得当真漂亮。也许,真正令人惊叹的恰恰在这里吧!忠诚的、热情的和熟练的劳动,也总是最优美的;而懒散、敷衍或者虚张声势的、拙笨的工作总是看起来丑恶可厌。美的范畴有时会和道德的、科学的范畴不可分割,而单纯地去追求美,就可能是得不到美。割苜蓿是这样,干别的又何尝不是如此!

时间不知不觉地过去了一个小时又一个小时。真正的忘我的劳动,忘记了时间。割过的开阔地迅速地扩大着,似乎没有用多大会儿,这块地就割完了,底下的任务是将刚割倒的苜蓿晾晒几日,晒干后把一扑一扑的苜蓿攒成大堆,捆在一起。乌甫尔直起腰来看了里希提一眼。里希提也正笑着看着他。

"休息!"乌甫尔喊了一声。

"别把您累坏了!"乌甫尔不好意思地小声说。他大概刚刚想起,不该让里希提摽着自己干这么长时间的活,本来他早就该叫歇了。

"不要紧,我还棒着呢!"里希提伸出了自己瘦瘦的胳膊。胳膊不伸还好,一伸,乌甫尔看了心酸,也更后悔自己太不照顾人了。他低下了头。

两个人一同向地边走去,坐在渠埂上,漫无目的地抓着青草。里希提说:"嗯,谈谈情况吧,队长。"

"啧！"

乌甫尔用舌头打了一个响①。

"啧什么？"里希提瞪了乌甫尔一眼。

"我……不是队长。"乌甫尔苦笑着。

"这是什么话？"里希提严肃地问。

乌甫尔没有言语。他挽起裤脚，寻找爬到腿上去的蚂蚁。

里希提又追问了一次，乌甫尔长叹一声，说："有多少办法呢？人们不信任我，上边也不相信我，甚至怀疑我不是中国人。我怎么当队长呢？"

"你说什么？"里希提好像被蜇了一下，倏地蹲了起来，一只手抓住了乌甫尔的膝盖。

"您难道没听说？"乌甫尔悲哀地问。

"魔鬼才听到过这种废话！"里希提骂了起来。

"不是废话……我出了事了。"乌甫尔摇摇头。

"你出了什么事？我怎么不知道？我只听说，你撂了挑子……"

"我……唉！"乌甫尔又叹了口气，"谁让我娶了莱依拉！"

"莱依拉？这和莱依拉有什么关系？"

"您真的全不知道？"乌甫尔犹豫着，终于决定把全部情况告诉这个老领导、老朋友。他说，"上月二十一号，那个红脸鬼来到了我的房子……"

"哪个红脸鬼？"

"还有谁？木拉托夫呗。他到我家里的时候，我在地里干活，我老婆按照维吾尔人的礼节接待了他，铺上了餐单，端出了糖茶。

----

① 用舌头啧地打一个响，是伊犁人表示否定之意。

他拿出了一封信,说是莱依拉的生身父亲写来的。"

"生身父亲?"里希提更感到离奇了。

"是的,说是生身父亲,从苏联鞑靼自治共和国的首府喀山写来的。信是写给苏侨协会,要求他们转给我老婆的。信上全是一派胡言……"乌甫尔把话咽了回去。一起割苜蓿的那个青年社员凑了过来,他提醒道:"乌甫尔哥,锄玉米的社员已经收工了……"

乌甫尔抬头看了看,果然,太阳已经到了头上,已经有人在陆续地回家。他把手一挥:

"咱们先把苜蓿捆上好吗?"

小说人语:

截至现在为止,唯一读到的对于钐镰割草的描写见于列夫·托尔斯泰的《安娜·卡列尼娜》。又,这是唯一的一种劳动,其动作略似挥杆打高尔夫球。我国只有在新疆,农民是使用钐镰这种工具的,壮哉新疆!

而到了崭新的世纪,农业机械化的迅猛发展,使得这威武雄强的钐镰也成为稀罕物了。人们会忘记钐镰与砍土镘吗?像忘记人民公社、四清运动、反修防修……

小说人参加过一次以"误读"为主题的国际研讨会。将修正主义误读为"毯灯儿"主义,实在是一绝。北京土话中的"灯儿"与河南话的"毯"含义相同。它表达了反修批修的鲜明态度,它不求甚解,带有取笑的解构性质,它表现了大大的良民品格,它放松了斗争的弦。小说人在他的其他作品里写过维吾尔农民将"斗批改"读成"多普卡"的故事。如果世上绝无令人喷饭的误读,历史将会变得沉重多了。

第十一章　捎六侨证　肖盖提来信笼疑云
　　　　　借三孩事　包廷贵编谎激老王

　　尽管乌甫尔的妻子、塔塔尔族女人莱依拉今年已经四十岁了，村里人仍然习惯地称她作"白媳妇"，白，倒不是皮肤白，而是漂亮的意思。她梳着长长的金色发辫，生着双眼珠碧蓝的眼睛，高高的身量，看起来个子似乎比她丈夫还要高一点。她会唱许多别有风味的、好像鸟鸣悠悠、泉流淙淙一样的塔塔尔族的迷人歌曲。从外表上看，你也许以为她是个娇气的美人吧？不，干起活来她才勤快呢！他们有四个孩子，但是她的家总是拾掇得像细瓷碗一样干净。水壶、水桶、搪瓷锅和暖水瓶，一直到洋铁炉子和烟筒都擦得亮亮的可以当镜子照。她本人也总是那么干净利索，越是干脏活——积肥呀、翻场呀、打药呀什么的，她越是洗刷扫拭得干干净净。农活、家务，丈夫、孩子，衣着、饮食，她都能照顾周到而且游刃有余，她还最好客也善于待客。

　　莱依拉的禀赋来自她的母亲莱希曼。年长的人还记得那个美丽、聪慧、勤劳、泼辣的不幸女人。除了上唇上多一个痣和眼皮稍微肿一点以外，她长得和女儿再没有什么区别。至今斯拉木、巧帕汗这些老人还常常对着莱依拉叫莱希曼的名字。四十年前，蓬首垢面、衣衫褴褛、疲惫不堪的莱希曼出现在这个村，用手掬着泉水喝起来没个够。后来人们才知道，她是因为抗婚跑出来的。一个七十多岁的财主要娶她，她跑了，和一个相好的长工生活在一起。

142

她落到了卡孜①手里，被打了四十鞭，被宣布为背教者。她来的时候肚子里已经怀了孕，就是怀的莱依拉。莱希曼嫁给了这里的一个跛腿的靴子匠。谁知道呢？老人们说，她一直等待着那个相好的长工，有人听到过莱希曼唱过的她自己编的令人肝肠寸断的歌曲。命运并没有给她再见自己情人的机会。直到解放前夕，莱希曼身患重病，眼看不久于人世的时候，她才把女儿和女婿乌甫尔找了来，告诉他们，莱依拉的生身父亲并不是那个已故的跛腿靴子匠，而是精河县塔塔尔族雇农肖盖提。当这个名字说出来的时候，她晕厥了，二十多年，多少好事的长舌妇想从她的嘴里掏出这个秘密来，但是她守口如瓶。说完莱依拉的所出，她去世了。

土改当中，乌甫尔曾经和工作队的同志说起这个事情。热心的土改工作干部发了一封信，要求精河县有关部门帮助查找那个叫作肖盖提的人。回信收到了，说是四十年前有过这么一个人，因为"抢劫"财主的老婆被财主关在土牢里，后来跑掉了，不知去向。莱依拉叹息了一番，也就断了这个念头。本来嘛，这个肖盖提爸爸即使找到了也只是一个素不相识的陌生人。

谁又能料到，一九六二年的四月，在木拉托夫持着的信件中，冒出了这样一个肖盖提！

"木拉托夫给她念了信，并且掏出了六个苏侨证。包括我、老婆和四个孩子，真他娘的一应俱全！"在乌甫尔家中，等候莱依拉的午茶的时候，乌甫尔继续叙述，"我老婆一听这话，惊慌失措，说不出话来。这时候，我回去了……"

"你怎么样？"里希提一笑。

"我请木拉托夫离去。我真想把他骂一通！回家以后，我又骂

① 卡孜，宗教法官。

了莱依拉……”

“骂她干什么？”

“她招的事么，谁让她给那个红脸鬼端糖茶？驴尿也不应该给他！”

“后来呢？”

“我一分钟也没有耽搁，饭也没吃，我拉上队里的一匹马，骑马飞跑到大队，你们都不在。我又直接到了公社，汇报了这些情况，连信带苏侨证我全交给了塔列甫特派员。”

“你做得好呀！这不就完了么，还有什么问题呢？”

“有什么问题？我的妈！”乌甫尔忧郁地说，“谁知道这个事却传开了，唧唧唧唧，多少背后言论！也有人当面问我：‘你们什么时候走呀？’连老王也问过我：‘听说你的老丈人来信了。’难道您倒不知道吗？”

里希提没有回答，截止乌甫尔把苏侨证交到公社之前的情形，他是知道的，赵志恒书记把这个情况告诉了库图库扎尔和他，并说乌甫尔很坚决，表现很好，但太紧张了。赵志恒还说，边境地区某些情况下的国籍选择不一定意味着政治上的叛变投敌，确实有血缘上的原因、遗产处理上的原因或者其他的人间难免的考虑，有所考虑也是正常的。这件事到底来龙去脉如何，恐怕还有待查证，如果当真莱依拉找到了父亲，那不管接受不接受那个苏侨身份，总应该给那边回个信。赵书记说，这事再不要往外传了。但是，这件事还是传开了。这是里希提没有估计到的。

问题在于，整体的气氛那时是多么紧张，赵书记讲得越是平淡轻松，乌甫尔越是觉得自己受到了怀疑和确是变成了异类，他更紧张了。

“您听了这些话，就闹情绪了？”里希提问。

"您哪里知道,这算什么！赶上四月初我闹了回感冒,发烧、流鼻涕,躺了三天。这就又传出话来,说是我也和七队丢麦子的事情有关系,要不为什么七队一出事我就装病躲在家里。人家建议我去医院开个证明,说是免得公社怀疑我。您知道,咱们哪有闹个小毛病上医院开证明的规矩！我一发烧就让莱依拉做醋拌萝卜丝,一天吃三盘子酸萝卜丝,病就好了。我去什么医院?"

"这话是谁说的? 让你去开证明?"里希提打断他的关于萝卜丝的岔出去了的话头。

"人家说也是好意喽。不止一个人告诉我有人在议论我,"乌甫尔没有正面回答,继续说,"更气人的还在后头,听说公社有人考虑我长得这么黑,不一定是维吾尔人,说不定是外来的阿富汗人或者巴基斯坦人血统。说是我最好写个自传,把父亲、祖父和曾祖父的来历写清楚,当然,能往上写得更多更远就更好。还让我表个态,到底是不是中国人。我……我……"乌甫尔气得口吃起来,他大睁着眼睛说,"我哪里会写这种自传,哪里用得着表这种态！我的天,我成了阿富汗人,我老婆成了苏联人,我还当什么队长!"

"谁说的? 这是谁说的? 这是哪一个在挑拨离间? 谁告诉你要写自传,要表态? 谁告诉你公社对你的来历有怀疑? 你怎么信这种话? 你的立场站到哪里去了?"里希提气愤地、连珠炮般地回道。

"不是阶级敌人……"乌甫尔摆摆手。

这时,莱依拉和孩子们进来了,里希提暂时中止了谈话。

喝过茶以后,里希提问莱依拉:"木拉托夫拿来的那封信,你看了吗?"

"我大概扫了一下。"莱依拉答。

"信上有没有肖盖提的签名?"

"有的。"

"有没有你的名字？"

"没有。信上提到我的时候，只说是'我的女儿'。"

"木拉托夫你们过去打过交道吗？"

"没有，从不相识。"两个人同时断然回答。

"这封信有没有可能是假的？你们难道没有想到，有这种可能，有人故意扰乱人心……"

"我想到了，"莱依拉说，"后来我们也一再谈论，说是真的吧，这太突然，即使有这么个肖盖提爸爸，他又从哪里知道我们的情况呢？苏侨证也带来了六个，一个不多，一个不少……说是假的吧，不要说我的身世了，就是肖盖提这个名字，我们也从来不向任何人讲，木拉托夫又哪里伪造得出来！这使我们惊疑万分。"

"我看，这里头有可疑的地方！"考虑了一会儿，里希提肯定地说，"你想，既然信上没有写收信人的名字——事实上即使有这么个肖盖提老爷子也不可能知道你的名字，木拉托夫怎么确定信是给您们家写的，木拉托夫又怎么知道信上说的'我的孩子'指的是您们？甚至于，这个肖盖提怎么能断定莱希曼妈妈怀的孩子是女儿而不是儿子呢？您母亲原籍是精河，她断断续续走了好几天才来到伊犁，那个所谓的肖盖提，又如何知道你们在这一带，甚至知道你们的地址呢？解放已经十几年了，如果他还活着，又多少听到了你们的一些情况，又如何能够不与你们取得任何联系却突然给您们办理起侨民证来？所有这些都说明，这封信说不定是伪造的，这个肖盖提也说不定是伪造的。"

"谁？谁能伪造出这样的信件？他要干什么？"乌甫尔喊道。

"谁？坏人！一个对您们的事知根知底的人！"

"对我们的事知根知底？这能是谁呢？咱们村里的人？咱们

村里没有几个人知道我们的事,哦,会不会是马尔科夫?"

"马尔科夫了解莱依拉的身世吗?"

"您知道,马尔科夫从来不与任何人来往。但是他在伊犁河边居住多年,会不会听到过点传言呢?"

"也……可能吧。让我们再想一想。但是,我首先要问你的是,乌甫尔同志,就是这样一封相当荒唐,至少是让人将信将疑的信,这么一封信,就能把你们搞得惊慌失措甚至于躺倒不干吗?这,简直是缴械投降!"

"我,缴械投降?"乌甫尔的眼睛里涌出了泪水。

"当然是缴械投降,喂,乌甫尔,喂,乌甫尔,您怎么是这样的啊!"里希提不满地摇着头,"您自己说,敌人为什么要捏造这样的信?"

"捣乱……"

"捣什么乱?他们就是要把人们的思想搞乱,把敌与我、是与非、真与假甚至于中国人和非中国人的界限搞乱,乱了,他们以为就可以颠覆我们。乱了,就可以破坏民族团结和分裂祖国统一。而您呢,正是在这样的关头适应着敌人的需要做事。"

"什么?我适应着敌人的需要?"

"什么我老婆是苏联人……不信任我,我不能当队长,"里希提学着乌甫尔刚才的腔调,"简直成了应声虫!"

"我是应声虫?您是想吓死我还是气死我呢!您里希提书记说话也这样冤枉人!"乌甫尔恨恨地砸着自己的胸脯,叫了起来,"书记,您又不是不知道,对于咱们共产党员来说,站对立场有多么重要!重大的政治斗争,国际斗争,阶级斗争,立场错了,咱们就全完了,立场可疑了,您成了政治上的嫌疑犯,您还想怎么活下去呢?别的我都可以忍受,政治立场与政治身份的罪过,我可是受不了啊。"

"……也怨我工作太粗糙了。我怎么不知道后来的这些情况！"里希提转而责备自己。

"怎么能怨您？您已经一个月没到庄子来了。谁不知道您在县上开了会，又上山去牧业队好多天……"

"问题就在这里。我应该关心咱们大队的每个人和每件事，而不是只管哪一项具体任务。"里希提沉重地检讨着自己。他放低了声音，问乌甫尔：

"您头上戴的是什么？"

"是帽子。"

"帽子下面是什么呢？"

"是脑袋啊！"

"您长脑袋是干什么用的？乌甫尔同志！"里希提拉长了声音，"党教育了我们十几年，每天都说，要用阶级斗争的观点武装自己的头脑。可我们头脑里的阶级斗争观点到哪里去了？什么叫做气死、吓死？生气，是肚子的事情①。思考，用阶级斗争的观点分析问题，这才是脑子的事情。"

"阶级斗争的观点？不错。您说得对，那封信是靠不住的，传来传去的谎言也可能是有人故意制造混乱……可为什么公社领导也怀疑我呢？"

"公社领导谁怀疑你了？我怎么不知道？你最近见到哪个公社干部了？"

"哪个也没见。"

"那你怎么知道公社也有人怀疑呢？这究竟是哪个别有用心

---

① 新疆人称生气为"肚子胀"。

的人传出来的呢?"

"不是别有用心的人啊!是……大队长,库图库扎尔书记……说的。"

"库图库扎尔说的?"里希提的目光像闪电般地一扫。

"是的。他说是给我打个招呼让我注意点。还说,不要告诉别人,你们都是大队的领导,我才说的……"

竟然是这样的,尽管里希提对库图库扎尔早有看法,这个情况仍然使里希提心里蓦地一动。他为什么要对乌甫尔讲这样的话呢?现在作结论还太早。他不动声色地说:

"好吧,我可以从有关领导方面再问问这个情况。我还建议,如果你有负担,可以亲自去公社找赵志恒同志,找塔列甫同志谈一谈,都是老同志了嘛,有什么话不能讲清楚。咱们把话说到底,即使莱依拉当真有一个现在定居外国的父亲,这也谈不上是什么罪过呀,更不是您的罪过。咱们自己不是也过于紧张了吗?不过,从我个人来说,根本不相信有这样的说法。您祖祖辈辈居住在伊犁河边,谁不了解?莱依拉也是咱们大队的好社员,记得她还到县上出席过妇代会呢。就算是有个别人对你们有点什么想法,那也只是他自己的事情,你们总没有自己怀疑自己吧?您怎么能这样轻率地把党的任务、群众的委托丢在脑后呢?您不愿意管队上的事情吗?有人愿意管的!修正主义不但想吃掉这个小庄子,还想吃掉整个伊犁、整个新疆呢!依卜拉欣地主,也正在加紧活动,梦想恢复他在这个庄子的大权……就在这个时候,您居然撂挑子,说您是缴械投降,难道有什么冤枉吗?须知刮在您身上的不过是从阴暗角落里发出的一股阴风,不大,一点也不算大,您就站不住脚跟了,那又如何能经得起大风大浪呢?您辜负了党和毛主席的教导,您对不起毛主席,对不起乡亲们啊……"

　　离开乌甫尔家，里希提又匆匆赶到了老王那儿。

　　老王和里希提，这两个民族、脾性和职位都不相同的人，是由来已久的亲密伙伴了。在给苏里坦和依卜拉欣扛活的日子里，里希提哪怕只剩了一块馕，也要掰一半给老王；而老王如果有了一碗酸奶子，也要等里希提回来一起喝。多少个寒冷的夜晚，他们瑟缩在一条破被子下面取暖；多少个炎热的夏日，他们脱光在一条渠道里洗澡。老王放羊，丢了羊，里希提连夜陪他到山坡上寻找；里希提喂马，老王经常熬夜帮他提水、拌料、铡草。国民党匪兵搜捕里希提的时候，老王冒着危险掩护他逃跑；当一小撮维吾尔族上层人物混入三区革命队伍制造民族仇杀的时候，里希提用胸膛保护了老王的安全。老王胆小，土改时候不敢去地主的房子里分果实，里希提亲自给老王把东西送到手；里希提单身，老王多少次打发老婆去帮他洗衣服，拆被子。多少年来，只要里希提来到庄子，他就要到老王家里歇脚；而老王只要去公社或者大队办事，哪怕里希提不在家，他也知道怎么开开里希提的房门，进门以后哪里有茶、哪里有盐巴……当他们在一起的时候，他们考虑过对方是异民族吗？从不。

　　老王是汉族，但是他祖祖辈辈和维吾尔劳动人民生活在一起。老王的父亲，给地主扛木头累伤了内脏，大量吐血而死的时候，邻近的一家汉族富农和一家汉族商人都没有来。是维吾尔族的乡邻中的穷汉遵照当时汉族人的风俗，帮老王给父亲置办了棺材，为死者装殓，挖墓穴，送了葬，埋了土，这从当时宗教的观点来看，本来是不适合的。这件事给老王的印象太深了，他从小就感到不同民族的相同命运的人要比相同民族而不同命运的人亲近得多。解放以来，哪次维吾尔农民的喜庆、祝祷、丧葬或者聚会娱乐的场合没

有老王恪守礼节地坐在那里？他也和维吾尔人一样地伸出双手，
抹脸，念一声"阿门"，不是由于宗教信仰，而是由于对乡邻的习惯
的尊重。甚至在穆斯林的节日：开斋节或者宰牲节的日子，老王家
同样收拾整洁，炸上两盘馓子。因为，远处来的给维吾尔亲友拜节
的客人大部分也是老王的相识，他们往往趁这个机会到老王家来
看望一番。人们说，老王一年要过三次"年"，既过春节又过开斋
节、宰牲节，还有人说，老王家在穆斯林节日时的摆设和待客的食
品，搞得比有些维吾尔人还像维吾尔呢……

但是，就是这个老王，听伊力哈穆说，居然在昨天套起了驴车，
装上了锅碗瓢勺和两个小儿子，企图躲开维吾尔人出走……

民族，什么是民族呢？为什么同样的人要分成一个又一个的
民族呢？过去，里希提想到各个民族的各自的特点和共同的经历
的时候，想到我们的祖国是一个多民族的国家的时候，总是更加感
觉到祖国的伟大，生活的丰富多彩，各民族劳动人民的互相团结、
互相补充和互相促进是一件大好事情。但是今天，他又一次清楚
地看到有那么些心怀叵测的人正在企图利用民族的区分来分裂人
民，企图把统一的中国人民的整体割成一块又一块的血肉！再往
这裂缝上洒下盐。

十四世纪的波斯诗人欧玛尔·海亚姆曾经在自己的柔巴依里
问道：

"既然我们生活在同一个蓝宝石般的苍穹之底，为什么又要分
成穆斯林和异教徒，这有什么意义？"

此刻，当里希提推开老王家的栅栏门的时候，也思索着类似的
问题："在同一杆红旗下面，同一条河边，为什么人们还要区分成不
同的民族呢？"

老王正蹲在院子里栽辣椒苗，里希提的到来使他喜出望外。

他以完全爽朗的神情把里希提让到了屋里，倾其所有端出了烙饼、腌鸡蛋、茉莉花茶和泡菜。里希提声明他刚在乌甫尔家吃过东西，但是老王仍然像其他的新疆农民一样"不讲道理"，管你刚吃过一顿也好，八顿也好，进了我的家就得从头吃起，当里希提不得不拿起一个咸蛋的时候，老王笑了，他主动说起：

"我已经托人捎信去了，叫她回来。今儿晚上你不要走，咱们一起包饺子。"

"你这个家伙，昨天跑什么？"里希提磕着蛋皮，直截了当地问。

"谁都有个一时糊涂嘛。人不可能老是一个样子嘛。"老王有点不好意思地一笑，"人的一天会有二十九种样子的嘛！"

"到底是怎么回事？瞒着我？"里希提追问。

"没什么大事。"老王叹了口气，"我当然不会躲你们。但是，听说有坏人啊！"

"听说什么？坏人难道不是天天都看得见吗？依卜拉欣难道是好人？玛丽汗不是坏人？还有那个木拉托夫，不是坏人？没有坏人，还搞什么阶级斗争？还要共产党干什么？"

"我就是想躲躲这些坏人。"

"坏人是躲得开的吗？你躲到汉族聚居的地方，就没有坏人了吗？蒋介石就是汉族里边的人嘛。"

老王无言以对，他原原本本地叙述起来。

民族感情是个有意思的东西，它经常是潜在的、不明显的，甚至是被否认的。特别是对于像老王这样的祖祖辈辈与兄弟民族的劳动人民生活在一起的人来说，他绝不承认自己和兄弟民族哪怕有一丝一毫的隔阂。和维吾尔人在一起，他更多地感到的是这个民族的优点和长处：豪爽、热情、多礼、爱帮助人。如果你因故耽搁在一个陌生的地方,如果这是个维吾尔人聚居的地方,那么,你放心吧,只要你把自己的情况、困难和所需要的帮助讲清,你一定可以得到所需的一切。他们招待路人就像招待友人。维吾尔人比较注意美化生活,不仅从庭院里的大量植树种花,屋里的摆设有许多装饰性的花纹(窗帘是挑花的,床帷子、餐单、箱子、毡毯上无不有花饰),服装比较美观等方面可以看出来,就是他们打馕包包子也是有花纹图案的。这,同样也受到老王的赞许;同样的经济状况的维吾尔家庭,往往显得比汉族家庭更绚丽多彩。维吾尔人讲究清洁,饭前一定要洗手,严禁随地吐痰、擤鼻涕、放屁……这使老王信服得五体投地,他认为,这无疑应该作为各族人民讲卫生的起码准则共同遵守。当然,这些准则并不是维吾尔人的发明,但是他不能不承认,维吾尔人遵守这些规则要更严格和彻底,对于破坏这些准则的行为的舆论谴责要更加严厉,至于维吾尔人几乎是人人能歌善舞,特别是善舞,更使老王自愧弗如……这是事情的一个方面。

与此同时,事情还有另一个方面,一个人们有意无意常常忽略了的方面。那就是,恰恰在这个多民族杂居的地区,在这个各族劳动人民亲密无间地相处的地方,人们会具备一种相当顽强和敏感的民族自尊与自以为是,稍稍过头一点就会成为民族保守心理以至民族偏见。人们在学习兄弟民族的优点、互相交流、互相影响的同时,往往也力图保持自己民族的特点和传统。夸大这一点,是十分危险的;闭着眼不看这一点,也于事无补。

谁没有过这样的体会呢? 如果远离家乡,或者是周围久久地很少见到一个本民族的成员,这时候,一声乡音、一包土产、偶然传来的一个民间小曲、一碟乡土风味的小菜……就会使你亲切得几乎落泪,而一种乡土之情、民族之情不是就会油然而生吗? 老王也正是这样,在大量吸收维吾尔族的影响的同时,他也十分自然地保

持着汉族农民的生活方式。粮食装在柜里和缸里；长条案上摆着
两个大掸瓶，插着染成彩色的鸡毛掸子；年年秋天都要腌许多菜；
过春节的时候要贴春联，喝酒的时候要就一点小菜、慢慢地咽
下……尽管他非常称道维吾尔人的家庭摆设充满装饰性图案、花
纹的一些用品，但是他自己从不用这些，他的房间里充满着汉族农
民家庭的那种朴素、大方和明快。他欣赏维吾尔人的服装，但是他
并不穿这种服装。在这些方面，他显得比公社党委书记、陕西人赵
志恒还要"顽固"。赵志恒家里挂着维族式的窗帘，常常穿上维族
式的皮靴，甚至赵志恒还为自己新出世的孩子准备了一个维族式
的小摇床。这也是老王不肯接受的。研讨一下这一点是颇为有趣
的。赵志恒毕竟是随着解放军进疆的汉族干部，他再拼命地海绵
般地吸收维吾尔族生活习惯的影响，他也还是个汉族干部。例如，
虽然他也能够流利地说维语了，然而他远不能像老王那样说得够
味儿，他的叙述、推理以至修辞的方式，仍然是汉语式的。对于赵
志恒来说，为了更好地为兄弟民族服务，为真正地按照党的要求扎
根在少数民族地区，摆在他面前的课题仍然是如何进一步学习和
吸收兄弟民族的长处，进一步和兄弟民族社员打成一片。但是老
王不同，他不但经常用维语说话，而且用维语思维，有时说汉话的
时候不知不觉地受到维语的影响；他祖祖辈辈在这里，他接触的人
当中百分之九十是维吾尔和哈萨克；他没有到过关内……总之，他
学习和吸收了很多很多维吾尔等少数民族的东西，他同时要坚持
自己的民族特色。每个人在每个具体情况下，在向其他民族学习
和同时保持本身的民族特点这个问题上，都有自己的分寸感、自己
的限度。体会这一条，是必要的。

　　以上说的这些，是很自然的。但还远远不是事物的本质。因
为，自从社会产生了阶级分化，民族关系便成了阶级关系的一种形

式。一切阶级敌人和机会主义者,在民族问题上往往正是从不同的方面利用民族区分这样一个客观存在来达到自己的目的。

……半年以前,七队庄子上新搬来一家汉族社员——包廷贵和郝玉兰。包廷贵见到老王的时候拱手问安:"掌柜的,日子好吧?"作揖拱手,这种礼节本来已经基本上消亡了,却在这里给了老王以深刻的印象。"掌柜的"这个称呼,也使老王产生了一种说不出的既熟悉又新鲜的感觉。包廷贵主动表示友谊,请老王夫妇带上孩子到他家吃了一顿;火腿腊肉、糟鱼松花,都是老王不常吃的。席间,包廷贵说:"庄子这边没有几家汉族,咱们彼此可得护着点。"老王没深琢磨这话的意思,而是认为理所当然地点头称是。包廷贵新迁来,有些日用家什不全,老王常帮助。遇到包廷贵和维族社员或干部打交道,老王又帮助给翻译话。郝玉兰会看病,有事没事给老王的两个儿子一点小药片吃,老王也是感激。他们两家的关系很快热乎了起来。

在旧社会,老王因为穷困,耗到三十多才结的婚,老婆又因为有病不生育。合作化那年,工作队里有个医生,给老王家里治好了病。到一九五一年,老婆已经三十六了,怀了第一胎,而且一怀就是双胞。生的时候又是难产,若不是当时担任合作社主任的里希提做主把产妇送到伊宁市的医院,后果实在不堪设想,好不容易剖腹取出了孩子——是一对方头大耳的胖小子,真爱煞人。大的起名叫龙,二的起名叫虎,反映了老王对生活在新社会的下一代寄予的无限希望。这两个宝贝疙瘩可是老王心上的肉,人家都说老王的老婆带孩子的时候一夜一夜地照样睡觉,而老王总是听着孩子们的呼吸动静,一会儿给这个盖盖被,一会儿又给那个把屎把尿,到天亮也不得安生。郝玉兰能给这两个孩子治病,这可抓住了老王的心。

从四月份以来，包廷贵一次又一次地来到老王家里，带来了各种骇人听闻的消息。什么苏联和中国"崩"了，印度也跟中国打上了，什么维族人要"暴动"了，已经提出来要"杀回灭汉"了，要把汉族人全赶走……接着又来了一系列具体报道：什么伊宁市一个汉族妇女因为买蒜和一个维族娃娃吵架，最后汉族妇女被一堆维族人给打了一顿，什么汉族人买羊肉的时候维族卖肉的只给骨头，汉族人买馕的时候维族打馕师傅专挑落到火星烧焦了的给……五花八门，无所不有。这一类的话，对于老王来说并不生疏，因为老王经历过国民党反动统治造成的民族仇视，他听过许多这一类的可恶的传说，现在包廷贵说的这些不过是旧社会的某些说法的拙劣翻版。老王也知道，即使在那种社会的那种年月，大多数善良的维吾尔族劳动人民和正派的汉族劳动人民仍然是相处得很好的。所以，最初，老王听了并不以为意，而且还劝包廷贵："甭管那些，少听那些，只要咱们不欺侮他们，他们不欺侮你……"

与此同时，老王也听到庄子上一些社员对"高靿皮鞋"的反映：蛮不讲理，辱骂少数民族，放出猪来喝渠里的水。老王见到包廷贵，便提醒他要注意搞好团结，尊重少数民族的风俗习惯。包廷贵又喊了起来："少挑老子的毛病！老子不怕那一套！谁动我一指头，我还他一巴掌……再不行咱们白刀子进红刀子出，我不怕这些玩意儿！"

他用种种肮脏下流的语言辱骂起少数民族来，骂得老王两眼发直，木在了那里。等包廷贵走了，他觉得胸口发闷。

从此，老王有时想和包廷贵疏远一点；但是，还没等他拉开与包廷贵的距离，就在大前天，出了一件事。

老王的宝贝儿子，孪生弟兄龙和虎在四队和七队两个庄子之间的林带里捉蚱蜢玩耍，七队社员尼牙孜的女儿也在那里玩。后来三个孩子便一起玩逮人的游戏,玩着玩着又争执起来。王龙推了女孩儿一把,女孩儿摔倒在地上哭着不肯爬起来。正赶上女孩儿的妈妈库瓦汗下工从这儿过,看到这种情形就揪住了王龙的耳朵。王龙又吓耳朵又痛,哭了起来,王虎过去想把女孩儿扶起来,库瓦汗不知对王虎的举动是怎么理解的,她放开了王龙给了王虎一个耳刮子。这样三个孩子就哭在了一堆儿,其他过路的社员都责备库瓦汗不该动手打人,有的去分别哄慰三个孩子。就在这时,包廷贵和郝玉兰来了,先把在场的所有的维族社员骂了几句,然后一个抱起龙,一个抱起虎,就往老王家里走,老王不知出了什么事情,但是,一看两个孩子脸上都哭得横一道竖一道,龙的耳朵通红,虎的脸上有五个手指头印子,脸倏地变了颜色。

包廷贵说:"我们不去,你这俩儿子没命了! 洋缸子①们要把他们打死呢! 我们豁着命才把他们从维族人手里抢出来! 他们一边打一边骂,说汉族娃娃都是通古斯、巧施卡②!"(包廷贵至今不会用维语说最简单的"你好""请坐""再见",却迅捷地甚至是"天才"地掌握了维吾尔语的差不多所有的骂人的话。)

老王气得发起抖来。两件绝对不能容忍的事情发生在一起了。第一,他不能容忍任何人动他的宝贝儿子。第二,他不能容忍人家把汉族同猪联系在一起。其实,这一点正是接受了维吾尔人的影响。因为他长期生活在信仰伊斯兰教的少数民族地区,虽然他也间或吃一点猪肉,但是他完全感受得到通古斯、巧施卡这些词儿在维语中所标示的肮脏与丑恶,他听到这两个名词就恶心。老王是非常尊重少数民族的生活习惯的。他家里,专门为穆斯林客

---

① 犹言:女人。
② 维吾尔语,猪。

人预备了炊具、茶具和餐具。他很少吃猪肉，即使吃一次也很隐蔽，无人知晓，而且用另一套碗筷。这倒不是因为有什么不合法，而是他认为应该自觉地回避开这个无关宏旨却又十分敏感的事情。这一点，是人们都知道的，因此，即使是最保守的依麻穆经师或者麦僧宣礼员，他们到他家吃饭就像到任何一个穆斯林家中一样心安理得。也正因为如此，当有人把他这个汉族人和猪联系在一起的时候，他感到彻骨的痛恨。他想，汉族人吃猪肉并不是什么缺陷，正像穆斯林不吃猪肉也决不是缺陷一样。为什么我这样注意，这样尊重你们的生活习惯，你们还要将这样的恶言加在我的孩子身上，甚至于对我的孩子大打出手呢？

第一还用说吗，他绝对不能容忍任何人侮辱与欺负他的孩子。

孩子的娘回来了，见到孩子挨了打也流了眼泪。包廷贵、郝玉兰这一对男女更是火上浇油。他们说："挨几个嘴巴算是捡了便宜，万一打坏了可怎么办？"又说："知人知面不知心，知往知旧不知今，这些人一会儿一变，谁知道他们现在安的什么心？"又说："就算你说得对，一百个维族人里边九十五个都是大好人，那五个搞你一下，你受得了吗？"又说："害人之心不可有，防人之心不可无，这年头谁能信得过谁？"……

当天晚上老王和孩子的妈商议了一夜。偏偏龙儿夜里咳嗽起来，微微发烧。老王天不亮把孩子抱到了郝玉兰那里，郝玉兰说是受了惊吓和内伤。老王再也压抑不住心头的愤怒，跑到大队告库瓦汗等人的状，找库图库扎尔。库图库扎尔说："现在这么多大事情都处理不过来，谁能顾得上你那点鸡毛蒜皮的事？再说，我也没办法。我们这些个缠头脑子里在想些什么我哪里知道？你照顾好你自己吧，我劝你还是小心点，少惹事……"

什么？惹事？是我老王惹了事？！

158

好了,惹不起躲得起。前几天包廷贵还小声告诉老王:"要还是这个局势,我就不待了,回关内去。"老王从大队回了家,马上打发老婆回到住在兵团的娘家打前站,又过了一天,他套起了驴车……

"结果半路上碰见了杨技术员,接着又来了伊力哈穆队长。杨技术员对我喊叫起来,我,我没有话说。我也说不出啥道理来嘛。伊力哈穆队长也说了我两句。我看他很难过,我也很难过。我就想起你来了,没有你,哪里能保得住那两个孩子……"

"没意思的话!哪里能把党和政府的照顾记在我个人的账上!"里希提纠正说。

"党和政府也是靠一个一个的人来办事啊!我还想起龙和虎小的时候,他妈妈奶水不够,我们这个庄子多少个奶孩子的姐妹给他俩贴奶。我这两个孩子还是吃了维吾尔妇女的奶汁才长大的呢。人就怕生气,一生气就什么都不顾了,什么都忘了。我回来了,路上追上了杨技术员。杨同志又对我教育了好些。她说话可直了,她说:'我看那个包廷贵不是什么好东西,你们少和他穷染①!'她把我要走的事在庄子上传出去了,真丢人,昨天晚上好些个社员来看我,亚森宣礼员也来了。他说我:'您怎么小孩子一样地行事?尼牙孜一家子您还不知道,您那么当真干啥?'……你放心吧,里希提哥。问题解决了,没事了,我上午卸的化肥,每次扛一百多公斤……"

"我看问题并没完全解决,事情也不见得就完了。"里希提心想,但没说出来。他问:"那天,骂你孩子是猪的到底是谁?"

"是库瓦汗吧。算了算了,过去的事了,不提了。"

———

① 新疆汉人把纠缠浸润叫作"染",从用词上看此字又似通"粘"。

"嗯，"里希提点点头，又问道，"你那两个儿子呢？"

"就在后园子给我起辣椒苗呢。"

"走，时间不多了，我帮你把辣椒苗栽上。我也想看看孩子们。"里希提提议说。

他们一块儿走了出去，老王叫来了孩子，龙和虎都对"书记伯伯"很熟悉。里希提非常后悔自己忘了带点糖果来。他搜了半天，从口袋里摸出了一支圆珠笔、一个小折刀。他把它们分别送给了两个活泼的孩子。他蹲在地上，一面小心翼翼地帮老王栽菜苗，一边问：

"告诉我，好孩子，那天在那边都有谁打了你们？"

"……"两个孩子同时眨起眼来，好像不知道有这么回事。

"在那边，"里希提用手指了指，"后来包廷贵他们把你们抱回来的那次。"

"没有打我。"王龙口齿伶俐地说，"库瓦汗婶揪了一下我的耳朵。打了我弟一个嘴巴。"

"打的时候她骂什么了？"

"骂该死的，傻子……"

"她骂汉族娃娃都是猪了吗？"

"没有。"

"别人也没有说吗？"

"没有，哪有这样的话。"

里希提看了老王一眼，老王也放下手里的花铲，注意地听着，脸上显出了迷茫的表情。"别人没有骂你们，打你们吗？"里希提继续问。

"别人打我们干什么？他们都说库瓦汗不该打人……"

"你们和库瓦汗的女儿怎么打起来的？"

"谁知道怎么打起来的？我们每天不知道和多少孩子打了又好,好了又打……"

里希提笑了起来。他叫了一声老王：

"老王,听见了吧?"

"听见了。"

"看起来,你上当了。许多话是包廷贵他们编造出来的。真奇怪,你怎么也不问个清楚……"

"我……我只顾了生气,"老王结结巴巴地说,"可包廷贵为什么要说那并没有的事呢?"

"老王,这个问题,正是需要咱们搞清楚的呀。老王,维护自身的民族,这并没有什么不应该。我就不相信一个对自身的民族毫无感情的人会热爱兄弟民族,热爱祖国。但是,看问题决不能停留在民族的区分和关系这个现象上,更要看到阶级关系这个本质啊!"

"阶级关系。"老王呆呆的。

"我再问你一个事,老王。你是不是问过乌甫尔队长是不是要走'那边'?"

"问过,是的。"

"你听谁说的,乌甫尔队长要走?"

"也……也是听包廷贵说的。"

"包廷贵怎么会知道乌甫尔队长的事情。"

"那我就不知道了。"

"不知道就不要相信,这是流言蜚语!告诉你,乌甫尔还是你们的队长!"

好像恰恰为了证实里希提的话似的,传来了敲炮弹壳钟的声音。伴随着钟声,还有乌甫尔那熟悉的拉长声的叫喊：

"上——工——啦——"

"别忘了，晚上来吃饺子。"老王追出去，再次强调。

小说人语：

中国的塔塔尔族最有名的民歌是《在银色的月光下》。已故著名维吾尔诗人，用汉语与维吾尔语双语写作的克里木·霍加的妻子高华丽亚，就是塔塔尔族的金发美女。祝愿他们的灵魂安息。高华丽亚，同样的姓名本书中用的是"古海丽"的译音，意为珍宝。

一九四九年前后的中国社会，中苏边界两边的人民，中外关系的各种变数，到了小小老百姓这里，意味着多少困惑、多少负载、多少悲欢离合。无怪乎世世代代人们的天真渴望无非是"天下太平"四个字。

好人的特点是常常看到别人别处别一方的好；坏人的特点是看着谁都那么坏那么阴险。好人的特点是互相欣赏，坏人的特点是互相憎恶。是的，要像爱护眼睛一样地爱护民族团结，否则，就是罪过！

维吾尔语中的女人名字"莱依拉"是百合花之意，这与英语同。为了了解新疆，我们需要了解中国，也需要了解世界。

第十二章　盗麦前夜　神秘人叫走保管员
　　　　　停车间隙　踉跄女逃回伊宁市

　　并不是所有的冰雪都能同时在一次春风中消融，虽然物理学告诉我们所有的冰块在相同的气压下面有着相同的融点。这里的农民们常常发现，时令已到了七月底，气温已经到了摄氏三十二度，当他们去疏浚一条长久搁置未用的渠道时，在树底下，在渠底深处，在背阴的一面，在众多的树叶、尘土、枯枝和干草下面，还保留着一团污浊的、变了形的冰雪。如果没有农民清污，没有大水的冲洗，这团冰雪谁知道又会冻结到什么时候为止呢？

　　如果你曾经在新疆的大戈壁上旅行，你一定会看到过这样的奇观，一阵凭空而起的旋风，把沙子卷到了几十米高，远远望去，像一道冲天的褐黑烟柱。旋风止息了，沙子又落向了哪里？

　　也许，我们已经见过一次面的、那个在伊宁市客运站近旁号哭欲绝的乌尔汗，此刻的心境，正像这样一粒被突然的龙卷狂风抛卷起来的沙子？本来，在社会主义祖国，在劳动人民已经掌握了自己的命运的时代，如毛主席和共产党的期望与承诺，她应该和绝大多数其他乡亲一样，面对国内外斗争的暴风，坚定沉着，心明眼亮，跟着毛泽东，永远向前进……

　　但是，她还没有这样的可能。那时的哈萨克斯坦，是苏联的一个加盟共和国。中国新疆伊犁哈萨克自治州，从地理上看与苏联的哈萨克斯坦相邻，居民中的一些人，在族裔血缘上与"那边"多有瓜葛。这种情况在中苏友好时什么都好办，一旦两国关系发生了裂痕，让中国这边的各族农民弄清修正主义的危害与危险，弄清中共"九评"反修檄文的含义，弄清中苏两个社会主义大国从亲密盟友到关系极度恶化的道理，应非易事。从这样高远巨大的事件里发生了令乌尔汗家人动荡分离、家破人逃的灾难，更是她的头脑和知识无法理解也无法接受的惊天奇祸。覆盖在她身上的沙石与迷雾、尘土和枯草，太沉重。而上级的教导是反帝反修维护列宁与斯大林的旗帜还有反对"三无三和两全"①，还要使这粒不开窍的流沙汇合到建造和保卫社会主义马克思列宁主义大厦的混凝土里去。怎么样才能提高普通百姓的觉悟呢？这是伊力哈穆自己也想不清楚的呀。再想一想，反修防修的道理，他自己也是说不那么清晰的呀。

难噢。难。生活和工作，为什么一切大好极好的后面是越来越困难了呢？

二十八年前，乌尔汗出生在一个多子女的、贫病交加的农民家庭。她是老大，下面还有一个挨一个的八个弟弟和妹妹。赞美农民的长女吧！从七八岁，她就帮助多病的母亲担负起差不多一半家务。抱着一个弟弟还要牵着一个妹妹，把羊拴在树上还要舀上一葫芦水回家。她把自己的童年献给了弟弟和妹妹，而做父母的又总是为了小一点的孩子而对大女儿进行无尽无休的要求、抱怨和斥骂。"你是最大的……"从这里产生了多少义务、责任和自我牺牲；虽然，你只有七岁。

一九五一年搞土改，分到了一些果实，家里的日子好过了，弟妹们也长大了些。有一个土改工作队的女干部，据说还是部队文

---

① 即没有军队、没有武器、没有战争，和共处、和平竞赛、和平过渡，全民国家、全民党。

工团的演员呢,住到了他们家,把乌尔汗带进了一个新的广阔的天地。乌尔汗开会、学习、唱歌、宣传,经常出入于工作队队部、乡人民政府和农会,还有青年与妇女的各种集会。十五岁的乌尔汗容光焕发了,她这才尝到了人生的乐趣。好像一株久旱逢雨的禾苗,她一下子就发育起来了,出挑得明光耀眼。那时候正是宣传抗美援朝的高潮,乌尔汗还记得工作队女同志教给她们的一个小演唱,歌词的最后两句是:"中朝人民力量大,打败了杜鲁门笑哈哈!"

当唱到杜鲁门的时候,演唱的女孩子们一齐左手叉腰,右手向左下方一挥,伸出食指和中指往地上一指,右脚抬起猛力向下一跺,好像把世上所有的坏人都踩在了脚下。在县俱乐部演出的时候,许多人为这个动作而热烈鼓掌。然后她们表演《迎春舞》。

哎,我们尽情地跳跃在五星红旗下面,

我们快乐地迎接着这美丽的春天。

本名叫做《迎春舞曲》,歌本身就像全身的舞动,舞本身就像激扬高亢、泪如雨下的欢呼。这首歌的曲调出自十二木卡姆,一出现就唱遍了长城内外、大江南北。乌尔汗不但跳得轻盈,而且唱得感人。酣畅中呈现着温柔,单纯里倾吐着深沉,纾解中不无少女的羞涩,欢快中表现了宗教信徒有神论者的匍匐、崇拜、感恩与祈求。它流露的是一九四九年以来的天翻地覆,万方乐奏,百废俱兴,春色满怀。她满脸幸福的泪花,激动得几乎喘不过气来。演出结束以后,县委书记与土改工作队队长上台握住了她那幼小的、粗糙的、发烫的手。

在县里演完歌舞节目,乌尔汗她们坐着铺着厚厚的干草和地毯的六根棍轻便马车回家。过去,她只见过苏里坦、马木提这样的大财主坐这样高贵的马车。马车经过伊宁市的大街,跑得飞快,白杨、房屋、街灯、商铺、行人和明渠的流水迅速地从两旁掠过，马蹄声踢踢踏踏，马脖子上的铜铃叮叮咚咚，女孩子们笑成一团，叽叽咯咯。她完全没有想到，世界能这样完美，生活能这样甘甜，青春能这样迷彩，现实能这样梦幻一样地跳荡。

乌尔汗觉得美满，地主已经打倒，杜鲁门等各种坏人也踩在了脚下，说是中苏朝人民从胜利走向胜利，而美蒋李承晚①一步步灭亡。共产党就是为了消灭坏人才来到这里的，共产党不论与谁人斗争都是必胜无疑。今后的生活，不正像在美不胜收的大街上飞驰的轻便马车吗？前进、笑声、光影、泪花缭乱……

可惜，这种轻松的幸福只不过是昙花一现而已。毛主席说了，小农经济是没有前途的，果然，乌尔汗一家的日子又逐渐窘迫。母亲念叨着："女儿大了，衣服已经遮不住身体。""大了，再不能光着腿，咱们得给她买双长筒袜子。""难道十八岁的姑娘能没有一条花头巾吗？""是的，我们没有，我们没有钱，"父亲叹着气，"可怜的乌尔克孜②！"然后，父母差不多同时说："还是快把女儿嫁出去吧，找个能够给她买得起头巾和长筒袜子的人家。父母没有做到的事情，让她未来的丈夫去做吧，多么惭愧……"

于是，乌尔汗结了婚，丈夫伊萨木冬，比她大十三岁。

伊萨木冬是一个上中农的儿子，前一个妻子患伤寒死了。说实在的，头几年，伊萨木冬对妻子乌尔汗是真不错，头巾、长筒袜子、皮靴、连衣裙一直到耳环和戒指都陆陆续续地买来了；所有的重体力活，农用的活不要说了，就是挑水、砍柴、卸煤伊萨木冬也都包下了。他确实爱上了这个长圆脸、淡眉毛、鼻子尖尖的孩子般胆

---

① 朝鲜战争时的南朝鲜领导人。
② "克孜"一般称未婚少女，"汗"则是称已婚妇女。

怯和驯顺的妻子。

初到伊萨木冬家,乌尔汗常常觉得闲散得难受。地扫了又扫,窗子擦了又擦,碟碗摆了又摆。天黑前一个小时,炉灶上的铁锅里汤就烧开了。乌尔汗站在门口等候伊萨木冬从田里归来。一见伊萨木冬的人影就兴冲冲地跑回屋里,往已经熬干了几次又添了几次水的滚沸的汤锅里下面条。伊萨木冬又不让乌尔汗参加什么学习、会议,"我去就行了,外面的事情你不用管","有我你就能吃好,穿好,不用操心"。他说。乌尔汗每天晚上铺好了被褥等候伊萨木冬回来,有时候等着等着就睡着了,但是,等伊萨木冬回来,在她的身边发出鼾声以后,她常睁着眼望着低矮的屋顶上的苇席和椽子。她自己也不明白,究竟是当前的"舒服"的生活还是往日的艰难劳碌忙活的生活更可珍惜。

没有多久,她参加到那些年龄比她大得多的,家境较好的已婚妇女的行列中去了。换上新衣出席这一家孩子的满四旬①,出席那一家的婚礼。长时间地坐在餐单周围,没完没了地喝茶,没结没完地评论着买买提家媳妇拉的面条常常断掉,赛买提家媳妇蒸包子的时候鼻涕落到馅里。

一年之后她怀了孩子,落地三天死于肺炎。接着又两次怀了孩子都不足月流了产。二十刚过的乌尔汗的眼角上已经明显地刻上了纹路,两腮也有点下垂。直到一九五六年,正是合作化的高潮的时刻,她平安地生下了第四个、也是第一个儿子波拉提江。她中夜自省,觉得是前一段的过多的家长里短的闲话加过分闲散的生活给她招来了击打的鬼眼②,三次怀胎都没有保住。如今,她的心

---

① 相当于汉族的给孩子过满月,在满四十天时进行,称为摇床喜。
② 眼打了,犹言"遭遇了邪祟"。

只在波拉提江身上，不再东家串西家坐。她从早到晚围着儿子转，甚至没有时间梳理和装饰她那柔长的头发。

伊萨木冬加入合作社并没有经过太大的麻烦。虽然按照一般规律，上中农总要在社会主义化的过程中多方作难。他有些文化，用他自己的话来说，他喜欢结交"知识分子"。他从区、乡干部那里听到过许多道理，明白合作化是大势所趋，他必须接受社会主义，他当然不是社会主义的对手。他成了中农当中拥护社会主义道路的代表人物，他被选为高级社管理委员会的委员。他不是正式的社干部，但他常常帮助记工、算账、采购、办事。他注意礼节，讲究情面，凡是托他办事的人不管办得到办不到他决不当面驳回，所以，他也很有人缘。后来，他当了队里的保管员，他的地位和威信又前进了一步，成了队上的掌握实权的头面人物之一。这样的头面人物总是受尊敬的，走到谁家的门口都会受到主人的热情邀请，进了谁家的房门都会被让到首席上座。端上奶茶来，他面前的一碗奶皮子最厚，挑上面条来，他面前的一碗肉块最多。一些年龄比他大的人也讨好地称他作"伊萨木冬哥"。他尝到了当干部的甜头，感到组织起来以后他仍然是富裕优越，高高在上。既然跑一趟供销社，在仓库转一转也可以记上一天的工分，那何必在大日头底下下地呢？既然经常有人请自己去吃抓饭、抓肉，还有喝酒、弹弦子，那又何必非回家吃乌尔汗在看孩子之余草草做成的那几样单调的饭食呢？既然他可以随心所欲地赐给别人一些好处——领粮食的时候挑饱满、干燥、洁净的籽粒，秤打得高一些；卸煤的时候挑块多，末子少的一车；拉麦草的时候装得又高又实等等；那么他又为什么不能视若当然地笑纳别人的奉赠呢？

礼尚往来。伊萨木冬大量地东吃西扰以后，不能不考虑回报。而且，家中高朋满座、酒肉满席、歌弦满耳也是一件非常体面的事情。看，筵席上人们变得多么亲密和毫不吝惜地互相拉拢，互相吹捧！每人拿着一个金盘子恭恭敬敬地抬举旁人的"泡达克"①。伊萨木冬不是小气鬼，他不但要回报，而且要加倍扩大，胜过他人。他下令乌尔汗做十几个客人吃的饭，但实际上来了二十多个人，其中有大队长库图库扎尔，有公社的一个民政干部，还有一个黄胡须、小麻子、矮胖的人，名叫赖提甫，说是州上的干部。乌尔汗不很情愿，却也是顺从而合乎礼仪地完成着待客所需的一切服务。他们喝了许多酒，说笑话、唱歌、翩翩起舞，几乎玩了个通宵。客人们走了以后，伊萨木冬得意地对乌尔汗说："看！这才是男子汉的生活！"

伊萨木冬的胆子越来越大。有人说要给儿子办喜事，要求在定量之外多借几十公斤大米，伊萨木冬慨然应允，有人说是舅舅死了要多打几公斤油，伊萨木冬也不拒绝。仓库里的东西似乎可以由他任意支配。他的"威信"达到了高峰，有几个人整天围着他转。"州上的干部"赖提甫几次提着厚礼来到他家。他的生活也日益挥霍无度，一天没有酒肉聚会，他就抓耳挠腮浑身难受。他有时候彻夜不归，有人说他和不止一个女人关系暧昧。他的身体也渐渐垮了，丰满的两腮凹陷，红润的脸庞失去了血色。这些加上听到的一些风言风语，乌尔汗惶恐了。她找机会劝了丈夫几次，"你如果和恶走在一起，你就会在泥坑里灭顶"，"世界是有人做主的，公社是有人做主的，队里的粮食、财产也是有人做主的，到头来有算账的那一天"，"金钱是手指甲缝里的泥垢，喉咙②是罪恶的根源"，她援引着这样那样的谚语来劝诫丈夫。伊萨木冬一面假充好汉地说什

---

① "泡达克"即汉语的卵子。"举卵子"，犹言"拍马屁"，说得更加不堪。
② 指贪婪。

么"我自有办法"，"今天只管今天的事，明天自有明天的路"，一面
也点点头说以后要注意、谨慎些。有一天晚上，他回家比较早，表
情沉闷，乌尔汗追问了半天，最后才被告诉，里希提书记找伊萨木
冬谈了话，向他提出了严肃的警告。乌尔汗哭了。她抱起小小的
波拉提江，哭着对丈夫说："你已经四十岁了，只有这么一个儿子，
你要为儿子着想，不要让他因为你而一辈子抬不起头来。"伊萨木
冬两眼看着地，黯然无语。从此，伊萨木冬收敛了些。

　　一九六一年底麦素木来这里蹲点的时候，许多社员反映了伊
萨木冬的问题，伊萨木冬紧张得食寝不安。后来呢，事情却不了了
之。批评了他保管不善、制度不严、账目不清，却又批准他在账面
上充掉了上千斤的亏损。麦素木还给社员讲些"道理"，什么说伊
萨木冬贪污查无实据啦，什么分秤大、全秤小，粮食进库的时候有
水汽，越放越干就越轻啦……总之，亏损千余斤也是说得过去的，
平均到每个人口上也不过是亏损了一两斤，你把粮食放在家里也
难免要被老鼠吃掉这么多。伊萨木冬都没想到竟能平安地度过了
整社这一关。后来他告诉乌尔汗："全仗着新任书记库图库扎尔的
保护。"同时他庄严鸣誓，此后奉公守法、一丝不苟，再胡作非为下
去绝没有好下场。乌尔汗的脸上多年来又一次出现了笑容，伊萨
木冬多年来第一次整晚上待在自己的家里，削砍土馒把子，逗耍着
儿子。乌尔汗甚至回忆起他们新婚不久的日子。

　　平静的日子并没有过多久。一天，赖提甫来了，伊萨木冬对他
很冷淡，他却毫不在乎，笑嘻嘻地说："麦素木科长对你很不错吧？
他是我的好朋友。为了你的事我花了不少的力气。友谊嘛！我就
是这样，倾全力帮助别人，却不指望别人对我有什么好处。愿世界
上有更多这样的男子！"然后，他放低了声音，乌尔汗听不清他们的
话了。这一天晚上，伊萨木冬又喝开了酒。第二天，伊萨木冬把家

里新领的一百多斤小麦装进口袋里驮在自行车上。"哪里去?""伊宁市。""干什么?""一个朋友急需一点麦子。""谁? 是不是赖提甫?""啊……不是,根本不是。""你不要又……""不会的,放心吧……"伊萨木冬走了,乌尔汗的心坠到了深渊里。当晚,伊萨木冬没有回来。

伊萨木冬又恢复了那放荡的生活,除了过去的那些特点立即回到了他的身上以外,他的眼神开始散乱起来,口角也有点歪斜。有一次乌尔汗给丈夫洗衣服,从上衣口袋里,发现了几粒黄豆大的黑豆子,她以为是药,就放在了窗台上。伊萨木冬回来的时候,看到窗台上的黑豆子,吓得面无人色。他哆嗦着追问,都有谁看见了这几粒东西,又责备乌尔汗不该"乱放"。乌尔汗这才意识到,丈夫在沉沦的道路上,又迈出了新的严重的甚至是无可挽回的一步:他在吸食大麻叶制造的毒品,这不但是身体上的自杀,而且是违法犯罪。乌尔汗想起了旧社会看到过的那些吸食大麻叶的人从精神癫狂到麻木不仁最后变成废人、活死人的下场,她哭着扑向自己的丈夫,跪倒在丈夫面前:"您不能这样,您不能杀您自己,还有我和孩子……"伊萨木冬皱起了眉,粗暴地推开乌尔汗,乌尔汗拉住他的手臂,他不耐烦地用最无礼的语言辱骂乌尔汗:穷得光了屁股的女人,你凭什么管我……

当时,乌尔汗甚至有意去公社告发,但是又下不了决心,她只是更紧更紧地抱住孩子:就当没有这个丈夫,就当他已经死了吧。她用这个想法来镇静住自己那颗痛苦的、恐惧的心。

然后是一九六二年的黑风,木拉托夫来到她的家,赖提甫来到她的家。伊萨木冬心神不定,如坐针毡。一天晚上,库图库扎尔的老婆帕夏汗突然来了,帕夏汗一进来先进行历史考证,胖胖的、圆凸凸的、说起话来像蚊子一样地哼哼唧唧的帕夏汗说:"喂,呜,啊,咦，我的真主，原来我们是亲戚呢，我早就觉得你是我的亲戚，乌尔汗亲妹妹，噢耶，哇耶……"她的一句话里倒有半句以上是感叹词。原来，头两天她的妹夫来了，经她住在霍城的表妹新婚的丈夫提起，原来那个人的姨妈的女儿的婆婆和乌尔汗的父亲有亲戚关系。有些人物乌尔汗不大记得了，帕夏汗帮助提醒："就是那个左眼底下有个疤瘌，走路的时候一扭一扭的人嘛……""是不是绰号叫做喜鹊的？""对，对，对！不，她是那个绰号叫做喜鹊的女人的堂姐……"经过了差不多一个小时的考据，乌尔汗欣喜地确认，帕夏汗是她的姐姐。这时，帕夏汗用极其严肃神秘的表情，并且省略了一切惊叹之词，告诉他们说，她从丈夫那里无意听到，公社和大队又接到大量关于她丈夫的控告，已经掌握了伊萨木冬贪污受贿、盗窃粮食、违法吸毒的证据，现正整理材料准备将伊萨木冬逮捕法办。帕夏汗说是她冒着很大的危险来给他们报信的，让他们快想办法。帕夏汗走了，伊萨木冬簌簌地发抖。"怎么办？"伊萨木冬问。"快去坦白吧，那是你唯一的路。"乌尔汗抹着泪。"木拉托夫说，让我们走，走到那边就得救了……"伊萨木冬心慌意乱地说。

　"到那边去？那边有我们的什么?!"多年来被压抑着、被消磨着和腐蚀着的贫农女儿乌尔汗再也控制不住自己的感情，她以使自己都吃了一惊的坚决态度呼号了起来，"那边有什么是属于我们的？我们的亲人在哪里？我们的住房，我们的土地，我们烧饭的灶灰和先人的坟墓在哪里？说什么'得救了'，难道终身流亡，把尸骨抛在异国倒是得救了吗？是毛主席解救了我们，没有毛主席，我的父母和兄弟姐妹，早就倒在芨芨草棵里喂了乌鸦。怎么能对毛主席背过脸去？怎么能对共产党、对祖国、对故乡的亲人背过脸去？怎么能把抚育我们长大成人的年老的双亲丢下？伊犁，中国，这就是亲娘啊，即使我偶尔衣衫褴褛，但是在我的脚下有祖国的土地，我就有生活的希望。对生身母亲背过脸去的人,又到哪里去找疼爱他的继母?对生身母亲背过脸去的人,所有的母亲和她的孩子们也一定对他背过脸去!这话你没有听说过吗?"乌尔汗说着,声泪俱下。

"那……我就得蹲监狱了……"伊萨木冬垂头丧气地说。

乌尔汗不言语了。她终于咬紧了牙关,她说:"你坦白去吧,去!去公社把你犯的罪一条一条都说清楚,一点也不要隐瞒。反正,不会枪毙的,该蹲监狱,就蹲监狱吧,你蹲五年,我等你五年,你蹲十年,我等你十年,我可以天天给你送饭!如果真的枪毙了,我就等你终身,把波拉提江长大成人,我告诉他,你的大大并不叫你惭愧,他主动去接受了祖国的审判……"乌尔汗泪下如雨,气哽声咽地说不下去了。

"咱们家的这些东西……"

"这些东西我一件都不要!我明天就搬到驴厩旁那间小屋里。你每拿回一件东西,就好比在我的心窝里扎上一根刺,有毒的刺。够了,我们再也不能这样生活下去了!凭我们自己的,你的,我的,将来还有儿子的双手,我们哪一点会比别人差?你去坦白吧,最多是劳改,劳改也是劳动嘛,比现在的日子还强嘛。你总还有释放的那一天,那时候,波拉提江也大了,咱们三个一起下地劳动,挣上一个馕,咱们掰成三瓣,挣上三个馕,咱们一人一个,咱们仍然有好日子……"

妻子的话深深打动了伊萨木冬的心,他回忆着解放以来自己所经历的一切,他长吁短叹,夜里翻过身来又翻过身去。"我真恨我的那些狐朋狗友……"他说。过了一会儿,他又说,"是啊,我对不起组织,对不起乡亲……更对不起你!"

新的一天开始了,阳光投下了参差的树影,树影间闪烁着明亮的阳光。在早晨，连懒惰的奶牛也发出了一声生机勃勃的吼叫。狗儿们更是此起彼伏，你唤我应，闹个不停。乌尔汗提醒丈夫到公社去，他点了点头，从此，不管付出多大代价，不管有多么难，他们总算摆脱了那梦魇一样的重压，他们将自由地呼吸伊犁河谷的空气。乌尔汗做了一锅芳香的奶茶，伊萨木冬喝完早茶，低着头在火灶边坐了一会儿，然后换了一身衣服，乌尔汗又给他包了一点随身携带的日用品，他冲了出去……

　　他冲了出去，走了几步，又回来了。把包袱放下，他凄然地说："咱们的房子坏了，大门合页脱了臼，炕灶的烟道越来越堵塞……今天不修就没日子了。有一个水桶有点漏水，还有好多该干的事，这些年来我什么也没管。今天我把这些干了吧，明天我走，一走不知何年何月……"乌尔汗怎么能把丈夫推出去！丈夫回来甚至使她觉得是失而复得，尽管是不稳定、不算数的"复得"，也毕竟是又在她身边。伊萨木冬这天一声不吭地修好了门，修好桶，修好了拴牲口的绳子，通畅了火炕烟道和屋顶的烟囱。为这个伊萨木冬除了七窍以外，整个脸都染得黑黑的了，他的这副面具式面孔显得特别可爱。山墙墙脚因为硝碱的泛起而糟烂了，伊萨木冬用铁锹铲掉了烂朽的浮土，又用好黄土和了点泥，把墙脚修补好了。头一年还剩了一些煤渣，伊萨木冬往里加上牛粪和黄土，加水做了一批煤饼，贴在墙上晒干，供乌尔汗日后使用。这种活本来一般地说男人是不干的，今天，伊萨木冬干了，为的是他自觉对不起乌尔汗。一个男人应该让他的女人富裕和荣光，这难道还有什么疑问吗？

　　一天在无言的劳动中度过。尽管是在丈夫自首的前夕，乌尔汗还是产生了一丝希望，她暗中希望由于自己主动坦白，丈夫能得到稍宽大些的处理，能减上几年刑，这就谢天谢地。晚饭吃得很晚，伊萨木冬吃了几口饭，又望上几眼自己一天来做成的家务，他说:"好了,我放心了,明天一早,再见……"

没有等到明天的早晨,就在这夜的十点钟,在伊萨木冬已经摘下帽子准备脱衣入睡的时刻,他被人叫走了。

谁来叫的伊萨木冬,乌尔汗没有看见,但是她听到了声音,本来,她可以判断出那是谁的声音。但是,伊萨木冬没有回来,而后半夜,发生了小麦被盗事件。这事使她吓坏了,她的希望已经化为泡影,丈夫不但不再可能赎回过往的罪过,而且又留下了新的大麻烦;她迷迷糊糊地想象,伊萨木冬可能不是一般的偷窃,而是会被认定为名副其实的什么里通外国呀反革命呀的盗贼。而她便是这个反革命贼人的家属。当夜人们来到她家,询问她话,她一句也说不出。"你丈夫这几天和什么人来往?说过什么话?思想情绪如何?"塔列甫问。乌尔汗闭口不答,最多就是摇摇头。她能说什么呢?说丈夫已经经过了思想斗争,下定了决心,准备坦白交代,重新做人……这怎么会像是真话呢,用不着别人疑惑,就是她乌尔汗也不信!眼前明明摆着的是她丈夫的十倍于以往的新罪行。说她如何如何劝导了丈夫去坦白交代,这又怎么能够像是真实的呢?"是谁把你丈夫叫出去的?"塔列甫又问。乌尔汗又是说不上来,她完全失了声。因为她根据声音判断,她觉得,正是那个把她丈夫叫出去的人,坐在公安特派员的身边,参加对她的审讯……这比天塌地陷、江河倒流还惊人。她既没有勇气也没有把握做出明确的回答。她只有默默地等候噩运落到自己头上。

次日,塔列甫特派员又把她叫到公社,严肃地询问了一次。她老老实实地说出了她知道的丈夫贪污、受贿、腐化、吸毒等各方面的情况,但是对于近日的情况,特别是和此次窃案有关的情形,她一个字也没说。既然她确实并未发现丈夫预谋作案和作案后外逃的任何迹象,她只好一问三不知。因为,她无从揭发丈夫的新罪

行,这已经使她深感惶恐,她又如何能提出相反的事实来呢？如果
她企图证明,她丈夫确实无意作案外逃,这不是只能被看作闭着眼
不看铁的事实而硬要为丈夫狡辩吗？别人不会允许她这样做,她
自己的良心也不让她这样做。她只能承认伊萨木冬是个十恶不赦
的罪人,她也绝不能再为这个罪人开脱。

　　许多天过去了,再没有丈夫的任何消息。公公犯了老病,躺在
炕毡上起不来。她没有去队上参加劳动,队上也没有人找她。她
的娘家已经不在此地。由于她的父亲会打石头,公社化的时候被
石头资源多的六大队要走了,家也搬到六大队,离这里十几公里。
她从没有和父母谈过丈夫的事情,老实巴交的、本分的父母,将经
不住这样的打击。乌尔汗昏天黑地地过了三天。第四天下午,赖
提甫悄悄地来了,说是伊萨木冬正在伊宁市某地等待着她,然后不
容分说地把抱着孩子的乌尔汗安置在加重永久自行车的后货架子
上,赖提甫骑上车就走。稀里糊涂地坐在赖提甫身后的乌尔汗考
虑着见到丈夫以后怎么办。她好像又有了一丝希望,只要见到丈
夫,她就能对他再进行一次最后的劝说,哪怕就算是最后一次哀
求,她要抓上丈夫一起上公安局自首,她知道、她相信丈夫虽然在
堕落的道路上走了很远,但丈夫不是天生的坏蛋,不是里通外国,
也确实没有作案外逃的心思。只要能见到他,事情就有救。

　　赖提甫把乌尔汗带到伊宁市当地居民称做努海图的地方。
对于汉语来说,伊犁伊宁,只差一个字,汉族居民习惯于将去伊宁
市叫做去伊犁。但维吾尔语,伊宁市与伊宁县的"伊宁",称做
"胡尔加",原为古突厥语,是大头羊的意思。市,他们口语多称
作巴扎,即集市的意思。伊宁市西北角西公园一带,现在名为阿
合买提江路等地,被称做"诺威果尔特",有说这是塔塔尔语,是
表示这里聚居着塔塔尔人民;也有说这本是俄语"诺威格拉

得"——新城,被本地人读成维吾尔语、哈萨克语化的诺海果尔特。这边有原来的哈萨克中学即市一中,还有塔塔尔小学即六小。这里有不少不知是俄罗斯还是鞑靼式的甬道—双面房屋—车场—花园式庄院建筑。

大渠旁边柳树林中的一个深深的院落,这种院落一般有一个空场和双扇厚重的大门,大门主要是为了进出马车而使用的,空场则可以停放大牲畜与畜拉车辆。空场的左侧则是高高垫起的一串房屋,它们有一个缩进去很深的经常关闭得紧紧的雕花木门,木门前方是一个门洞,门洞与场门平行。赖提甫带他们进入门洞,用一把大钥匙打开室门,进入一个相当黑暗的、既遮蔽隐藏又保持温度的甬道,过道左右各有三个门,六个门都关得紧紧的。走到过道尽头,与室门遥遥相对的是一个园门。赖提甫推开这个门,走下矮矮的木梯,赖提甫带她进入了一个四面高墙的果园。果园与空场之间,则是一排牲口厩与仓库。对于空场来说,后园是隐藏的、神秘的。进出后园只有这么一个门道。

现在,后园空地上挖了一个临时的大土灶,灶上放着一口大铁锅。赖提甫告诉乌尔汗,天黑以后,伊萨木冬就会来,让她先劈柴烧水,削土豆切肉,做一锅可供三十多个人吃的胡萝卜、土豆炖羊肉。这种菜维语叫做库尔达克,汉族本地居民则称之为胡尔炖[1]。赖提甫走了,这个果园的唯一的出入口——那间过道的后门已被插上了铁销子。果园里有一个满腮黑毛、面目狰狞的跛子,他下巴上和脖子上长的黑毛极密,而头上光秃秃的,好像头发长错了地方。跛子身旁有一只毛色灰白、耷拉着舌头的令人望而生畏的大狗。乌尔汗抚着怦怦的胸口,几乎昏了过去。波拉提江吓得不敢

---

[1] 用胡萝卜和土豆与羊肉炖在一起的一种菜肴,维吾尔语发音是"库尔达克"。

睁眼，两只小手紧抱着妈妈的腿。黑毛跛子投来了一个严厉的目光。乌尔汗挣扎着一边哄着孩子，一边去做赖提甫布置的工作。天黑以后，来了一帮汉子，不过并没有三十多人，而是只有十一二个人，他们在过道右手第二间房子里吃着、喝着、哭着、笑着、骂着、厮打着。乌尔汗想过去看看伊萨木冬来了没有，但是，她无法进屋。从窗子上传出的他们的身影和声音，他们的每一个举动和每一句话语，都像是野蛮的与粗暴的。其中飘出来有几句话，一听就是对妇女的极大污辱。但是，总不能不让见伊萨木冬、波拉提江的爸爸啊！乌尔汗鼓起了勇气走到门口，她伸进头去，既找不到伊萨木冬也找不到赖提甫，但是她看见了木拉托夫。像喝醉了的猴子一样的木拉托夫走了过来："干什么？"他举起拳头向乌尔汗做了一个威吓的姿势。"我找孩子他爸，赖提甫说他在这里。"乌尔汗豁出去了，大胆回答。木拉托夫翻了翻死鱼一样的小眼睛，认出了她，把她叫到了一边，告诉她，由于伊萨木冬处于被搜捕的危险境遇，今夜不能到这里来了。明天清晨，乌尔汗将和丈夫在通往霍城县清水河子边卡的客运汽车上见面，手续已经办妥，车票已经买好，他们夫妻和儿子将作为苏联侨民"回国"，他祝贺他们的"得救"和"幸福生活"的开始。

"我哪里也不去！"乌尔汗低声然而是坚决地说。

"不去也得去，此外，你再也没有别的路。"木拉托夫冷笑着。

"我死也要死在故乡……"乌尔汗放大了声音。

"好吧，好吧，"木拉托夫不耐烦地把她推开，"走吗还是不走，你们明天清晨，在客运站见面的时候再商议吧。"木拉托夫下令黑毛跛子带她和孩子到果园一间放饲草的小屋里睡觉。

"夜里不要随便出来，这个狗是可以咬死人的。"跛子临走的时候，发出了警告。

黎明，天还没大亮，乌尔汗被叫了出来。由跛子送那十几个人和乌尔汗"回国"。到了客运站，没有伊萨木冬的影子，乌尔汗又被告知，为了安全，伊萨木冬已经先期到了绥定县城，明天，他将在通往边境的中途绥定站上车，与妻儿聚齐。人很混乱，乌尔汗不想走。"把孩子给我！""你先上去，然后我再把孩子从车窗里递给你。"跛子边说边把波拉提江抢了过去，波拉提江哭喊着"妈妈"，乌尔汗还想分辩，但已经身不由己，她被夹在十几个兴奋的狂呼乱叫的汉子中间，他们推着、挤着、拉着、架着、掐着她上了车，"我的儿子！"她喊道，但是背后挨了一拳，头发被人一扯，某些她视为私密的部位还受到了更难堪的抠摸。乌尔汗明白了，她上当了，她不但可能见不到丈夫，即使见到丈夫也无法拯救他；而且可能见不到儿子，无法拯救儿子和自己。现在只能先救自己。车开了两个小时，到了绥定车站，根本没有伊萨木冬的踪影。乌尔汗明白了，她上了大当。看看周围，并没有她认识的任何人。看来那些人重视的是送人往那边走，只要从伊宁市开了车，他们就自以为是大功告成。不远处，到了一个加油站，车停了下来，乘客纷纷下车活动，解手。乌尔汗伪装解手，拐到一个旮旯，趁四周无人她跳到一个干涸的渠道里，顺着渠道她连爬带跑，跟跟跄跄，其实，她用不着这样惊慌了，现在，并不会有人追赶她，像是发了疯一样的人们着急的是坐车快走。乌尔汗等了七个多小时，终于等到了返程的长途车，她身上的钱还差一点不够购买返程车票，居然在前所未有的混乱之中上了车，回到了伊宁市。这是伊力哈穆见到她时的情形。

"你回来了？你的情况太糟了。公社党委的意思，准备把你逮捕法办呢！"

"逮捕我吧！快点逮捕吧！应该逮捕！应该审判！应该判刑！让我死吧！"

"快别说这样的话，可怜的妹妹。你还有儿子，你抓到监狱里，孩子怎么办？我们的那个人说了，他一定替你把波拉提江找回来。他说了，那就是说，他能做到……"

"他能找回来？他能找回来？啊？"

"你先别激动。等孩子回来，一看，爸爸跑掉了，如果你再坐了牢，那怎么办呢？"

"我的天啊……"

"你不要怕，不要伤心，有我呢。我是你的姐姐，我们的那个人就是你的哥哥，他会想办法保护你的。那你自己首先得会保护自己。不要绝望，绝望的人别人是无法帮助的。其实按说，你的罪过也不能说是太大，你一个女人，其实就是那么回事，不幸的、可怜的女人；可是，你为什么跑外国呢？为什么跑了一半又回来了呢？这样，你不但是反革命、盗贼、叛国分子的家属，而且你自己……人们将永远指着你的脊梁骨……"

"是赖提甫骗了我！我从来没有想到过要走……"

"快别说什么赖提甫迈提甫，上哪里去找这个赖提甫去？您不是三岁的小孩子，难道赖提甫把你俩捆住了手脚，装到麻袋里，放到了汽车上了吗？你说你没有想走，可你上了汽车……谁还相信你的话……所以说，你自己要稳住，要沉住气，不要乱说，不要东拉西扯。乌尔汗妹妹，你不懂的。这些年来我们家来来往往全是大干部，工作的事情，政府的事情我懂得比你多……"

这就是乌尔汗回家后的第一个来访者……帕夏汗和她谈话的主要内容。

临走的时候，帕夏汗也眼圈红红的："波拉提江，多好的孩子！

圆圆的脸蛋儿,阿帕①! 阿婆! 小嘴叫得多么甜……"

乌尔汗头昏、眼花,四肢软绵绵、轻飘飘地来到了玉米地里,她低着头不看任何人,也不回答任何人的问候。她松土、锄草、间苗,接着间苗、锄草、松土。苗很密、草很杂、土很深,天很热。她干了一上午,中午却吃不下东西。下午她又干了不长的时间,为什么苗、草都显得那么粗大起来,每一棵玉米苗像一棵大树,每一根细草好像一片……黄褐色,一切都是黄褐色的,声音、玉米苗、一切都倏尔离开了她……她昏倒了。

等她醒来的时候,已经在自己的家里。周围有伊力哈穆、再娜甫和狄丽娜尔。伊力哈穆说:"你身体不好,需要休息,这儿又没有人照顾,刚才我和副队长说了,等一下套个车送你回娘家去。"

"不,不,我不去……"

"您怎么了?"

"我要在这里等儿子的消息。"

"儿子有了消息,我们会告诉你的。你还是回娘家去吧。看你自己的意见,如果你愿意到六大队,我们也可以联系一下把你的户口转过去,你就在那边参加劳动吧。"

"不。我不能去。我没有脸。他们没有我这样的女儿。我对不起他们。对不起你们……"

"先不要说这些吧,等你恢复了健康,我们还有的是说话的时间。狄丽娜尔,这样吧,你不是有自行车吗? 你骑车到六大队去一趟,告诉乌尔汗的父母,看她的哪个妹妹能来一趟,帮助照看一下,这样好吗? 乌尔汗姐?"伊力哈穆询问着、吩咐着。

---

① 维吾尔语,妈妈。

乌尔汗默默地表示了同意，狄丽娜尔也点头称是。

头疼得好像有一条蝎子钻到了脑袋里。屋顶在旋转，身体在起伏，好像落在了水面的浪头上。乌尔汗嘴动了动，她想说一句感谢的话，但是嘴一张开，却是夹杂着呻吟的呼唤：

"波拉提江，你在哪儿？"

小说人语：

你永远的小说人的四十个春秋以前的早年写作。你永远的迎春舞曲，那历史的脉搏与生命的旋律。那时代的讴歌与圣洁的美梦。

你对青春的深情怀恋，你对年华的珍爱痛惜，你对流光逝川的嗟叹徘徊，你对乌尔汗的哀怜与顿足中再次响起了"万岁""年轻人""尹薇薇"的调子。

何昔日之芳草兮，今直为此萧艾也？
岂其有他故兮，莫好修之害也！

——屈原《离骚》

你难忘的伊犁西公园附近诺海果尔特的俄式（或鞑靼式）大院！对不起，他把你描写成了魔窟。

这也是对于小说的让步，他这一次认真地把小说写成小说，而不是把小说写成诗、哲学、自白、独白、辞赋与骚……

毕竟留下了神秘的、异域风情的不同画面，历经沧桑，不怕拆迁与重建，城市的记忆永在。

第十三章 此情何堪 亲闺女留言去那边
彼物怎处 好汉子差妹送羊油

　　当伊力哈穆和米琪儿婉各自在收工以后回到家来的时候,巧帕汗外祖母对伊力哈穆说:"那个好汉子来了。"

　　"哪个好汉子?"伊力哈穆没听明白。

　　"就是那个秃子。"

　　"秃子?"

　　"就是那个傻子。"

　　"傻子?"

　　"就是那个骗子。"

　　"骗子?"

　　"我说的就是那个好汉子。"

　　又回到了"好汉子",巧帕汗低下了头,好像对这个问答已经因为说话太多而感到疲倦,可伊力哈穆仍然没有听懂。

　　"这大概是说穆萨。"米琪儿婉向伊力哈穆使了个眼色。她知道外祖母常常忘记了一些人的名字,又常常按自己的意思给一些人起绰号,又常常随时更改这些绰号。"您是说穆萨队长来咱们家了吗?"她大声问。

　　巧帕汗好像睡梦中被人惊动了一下似的,摇晃了一下,不高兴地说:"所谓'队长'是什么意思? 他还能当队长? 我就不知道有这么个队长。那个痞子,猴子,翘胡子!"

　　"我不是早就告诉过您,穆萨当了咱们的队长了嘛!"米琪儿婉忍住笑,解释说。

"告诉过,告诉过,告诉过又怎么着? 我才不告诉你们呢!"巧帕汗毫不通融地、含混不清地嘟囔着。她挪了挪身子,表示要躲开这个话题。老年人不喜欢别人听不清他(她)的话,更不喜欢别人的追问或者反驳。该说的,已经说了,你好好听,好好想,自然能够领会老人的执拗的话里所包含的经验、智慧和见地;别的,还有什么好说的呢!

伊力哈穆也向米琪儿婉使了一个眼色。他们不再惊动老人,悄悄地准备晚饭。

"你要到隔壁一趟,"巧帕汗又发话了,"热合玛那洪①太可怜了,女孩子伤了他的心。"

"对!"伊力哈穆回答,虽然他仍是莫名其妙。

"忘恩负义的年轻人,说是要幸福呢,倒好像我们该着他们,欠着他们! 你小时候可没向我要过幸福这玩意儿。冬天你也没有要过一次皮帽子。你要一角馕,也是在你太饿了,而且家里还有馕的时候;如果家里没有馕了,你虽然饿得咽吐沫,然而你只是坐在墙角用两个小眼睛看着我,你什么也不要……"巧帕汗没头没脑地、感慨地说着,沉浸在回忆里,两眼充满了泪水。然后,她站了起来,走进里屋,从悬挂在房梁的木板上取下一个橙黄色的大馕,笑吟吟地走了出来。米琪儿婉赶紧抬过了小炕桌。巧帕汗捧着馕像捧着一面大手鼓,她把馕端端正正地放在桌子中心,她说:"先喝点茶吧! 再做饭。"伊力哈穆和米琪儿婉顺从地坐了过来。

"现在,我们的家里也有这样的大馕了,这是容易的吗? 馕,是个了不起的东西,神圣的东西。谁也离不开它,永远也不会被人厌

---

① 热合曼阿洪的连读。

烦。我小时候听大人说过馕比什么都崇高，明白吗?"老人问。

"明白。"

老祖母很满意伊力哈穆的简短的回答。她笑了:"所以,你回家来继续种田,这是对的。"

他们正说着话,门开了,进来一个戴着黄方格头巾、穿着墨绿色线呢长裤的回族小姑娘。她叫马玉凤,是穆萨的妻妹。她手里托着一个红布包,显出一种腼腆的样子。米琪儿婉连忙招呼:"快来！请坐到桌子这边来！"

"您请！"马玉凤表示了辞谢,用一种回族女孩子特有的轻柔腔调操着维语。

"穆萨哥请您去呢,伊力哈穆哥。"

伊力哈穆有礼地一笑。

"请您现在就去。"马玉凤慌乱地说。

"好。我过一会儿就去。"

"穆萨哥说,家里没有别人,请您一定去。"

"知道了,我一定去。"

"穆萨哥让把这个给您。"马玉凤打开红布包,里面是一个撑得圆圆实实的羊肚子,羊肚子装的是炼好了的雪白羊油。

穆萨打发妻妹送来了那么多羊油,这使得伊力哈穆他们三个人互相望了一眼,巧帕汗转过脸去。

米琪儿婉说:"谢谢你,好妹妹。羊油我们不要。你们自己用吧。"说着,她把羊油又照原样包了起来。

"你们不要,穆萨哥会骂我的……"不知道是由于害怕还是羞愧,马玉凤脸憋红了,眼泪几乎掉了下来。她第二次又打开红布包,把羊油放在锅台上,用求告的眼光看了米琪儿婉一眼,不等主人再说话,回头走了。

"马玉凤妹妹。"身后传来米琪儿婉的唤声。她走得更快了。

这一肚子羊油给伊力哈穆出了难题，他用目光询问着。巧帕汗哼了一声，躲开了。

"怎么办？"米琪儿婉也不知如何是好，她商量着，"现在再原封给他拿回去？未免太不好看，穆萨会从此和你结下仇。就这样收下吧，送这么多羊油未免也太过分。要不就先收下，明天我去看马玉琴，给她带上一罐子酥油……"

这是一件很简单的事，然而确实是一件难办的事。乡间是经常互相帮助、互通有无的。伊斯兰教更提倡施舍和赠送。然而，赠送的情况和性质各有不同。农民们大多数也比较注意情面，哪怕是打出一炉普普通通的馕，他们也愿意分一些赠给自己的邻舍和朋友。拒受礼物，这就够罕见的了，原物退回，这便是骇人听闻。穆萨毕竟不是四类分子，送羊油的动机又无法进行严格的检查和验证。你很难制定一个标准来判断何者为正常送礼，何者为庸俗送礼，何者为非法行贿啊！但是，制定这样一个标准困难，并不等于这样一个标准是不存在的。不，它是存在的；每个人的心里都有一把尺。

伊力哈穆对米琪儿婉说："你说得倒好，他今天送一肚子羊油来，明天你送一罐子酥油去，瞧咱们两家有多热闹。"

"那……"米琪儿婉的脸微红了一下，她也意识到自己的方案是行不通的。

"不忙，"伊力哈穆说，"等吃过饭以后，我先去看望下热合曼哥，然后，再去找穆萨。"

阿卜都热合曼满脸通红，眼窝下陷，斜靠在专为他放的三个大枕头上，粗重地喘着气。他的样子像一个高热的病人。

伊力哈穆吃了一惊,清晨他们开碰头会的时候,老汉的精神还好着呢。

一见伊力哈穆到来,热合曼就睁大了眼睛。"请来,坐到这儿,"他指一指身旁,从身下拿出了一个信封,命令道,"来,再给我念一遍!"

"这是干什么呀! 不要让人家念了……"

"要念。要让人们知道我们俩的耻辱。念!"

伊力哈穆拿起信封。信封的落款是"塔城新街三十五号哈丽姐",哈丽姐是热合曼的妹妹的女儿,由于婚姻不如意,热合曼的妹妹在生下哈丽姐后不久又改嫁了,把孩子给了热合曼抚养,算是热合曼的最小的女儿。热合曼的妻子伊塔汗生了三个儿子,但他们还是希望抚养个女儿,他们不怕孩子多的麻烦。热合曼常说:"栽株葡萄也要花好多工夫,操上点心,受上点累,一个人长成了,多令人高兴!"哈丽姐这个养女,因为小和聪明,比他们亲生的孩子还受宠爱。这个孩子怎么跑到塔城去了呢? 她的信又与热合曼的情绪有什么关系呢? 伊力哈穆按捺不住心头的惊疑,打开信笺读道:

> 亲爱的热合曼父亲和我的慈祥的母亲伊塔汗,您们的小女儿向您们问安。您们的情况怎么样? 都好吗? 身体健康吗? 家中平安吗? 克里木哥、巴拉提哥、阿依姆嫂、姑丽扎尔嫂,还有艾海提侄子、瓦力斯侄子和坎贝尔侄女都好吗? 我想你们都是很好的,我祝福你们健康和平安。

"把每一个人的名字都说了一遍,倒好像她没有忘记似的……"热合曼阴沉地插嘴道。

伊力哈穆不解地看了老汉一眼,继续读下去。

> 我现在来到塔城,在我的同学艾山江家里,我们已经决定结

婚了。父亲、母亲，希望能得到您们的允许和原谅。艾山江的父母，领到了侨民证。他们准备明天就走了，我打算和他们一块儿走。等您们接到这封信的时候，我们已经在那边了……

伊力哈穆怔住了，他打量了热合曼一眼，热合曼严肃起来，脸上似乎布满了冰霜，面孔显出了从所未有的衰老和憔悴。伊塔汗眼圈红了，她好像受冻了一样地把自己缩成了一团。热合曼做了一个苦恼的手势，叫伊力哈穆继续读。

伊力哈穆小心翼翼地读道：

　　……我年轻，需要幸福和富裕的生活，而我们的国家还很穷……

"等等，再念一遍！"老汉抓住伊力哈穆的手。伊力哈穆感到了他的手在抖。

"他父亲！"伊塔汗惊恐地叫道。

热合曼指着信。

伊力哈穆读道："……我们的国家还很穷……"

"听到这话了吗？伊力哈穆兄弟！"老汉脸上的表情是吓人的，"就像一个孩子责备自己的母亲为什么脸上长了皱纹而手上长了老茧！"老汉咳嗽起来。

"您休息，别生气。"伊力哈穆劝慰着，准备继续读下去，热合曼却打断了他，说："把刚才那一段再读一遍！"

"……还很穷！"

"我们穷吗？"老汉沉重地问道，"可能的，是真的。但是，她怎么不想想，正是我们这些穷苦人省着吃穿，省着花费，让她吃饱穿暖，把她养大，把她打扮好，让她坐上了汽车火车，让她到上海上了大学……二十多岁了！二十多年来，父母养育着她，中国养育着

她,她现在嫌我们穷了……"热合曼大声地说着,任凭眼泪一大滴一大滴地流过面颊,他也不擦。他哽咽着说:

"你再念一遍,我的好兄弟!"

伊力哈穆迟疑起来。

"念吧!念吧!你们都听听啊!大家都听听吧!我们这一代的生活是怎么样的?我们的上一代和下一代的生活又是怎么样的?我们流血、流汗、受苦、斗争,收拾这破碎的土地……正当我们流着汗平整稻田的时候,像哈丽妲这样的小姐开始为了我们没有给她端去装在圆盘子里的现成的抓饭而责备我们了。难道他们有权利向我们索取轻松、安逸和享受吗?我们从上一辈接过来的可不是装着热气腾腾的抓饭的大盘子,而是镣铐、绳索,套在脖子上的夹板。多少人流血牺牲,才换来今天的当家做主的幸福生活。这个该死的哈丽妲小姐,写了那么多亲属的名字,连我的小孙女也没有落下;请问,她为什么不写上我的大儿子,她的大哥艾克拜尔呢?"

艾克拜尔是阿卜都热合曼的大儿子,在一九四四年,他参加三区革命政府领导的民族军,牺牲在与国民党军英勇对阵的玛纳斯前线。

艾克拜尔这个名字的提出,使伊塔汗大哭起来。

"不,她是一个没有良心的人,"热合曼说,"当她假惺惺地提到这些活着的亲属的时候,她忘记了艾克拜尔。她不敢想也不配想那些为了我们这些活着的人们而在革命斗争中牺牲的人。我不知道'那边'的生活怎么样。也许,她到了'那边'能够多吃一块糖球儿?不是有这样的讨厌的家伙吗,他们手里拿着一块糖,去骗一个幼小的孩子,让那个孩子去骂一下父母,然后就可以得到那个糖块。但是,即使是嘴馋的幼小无知的孩子也很少上这样的当。因为他们已经有了尊严和良心。哈丽姐还不如这样的小孩子，她是这样自私和冷酷……"

"老头子，不要说了，不要说了，我们的哈丽姐……"伊塔汗劝阻着。

"我们的哈丽姐，我们有个叫哈丽姐的女儿吗？没有，根本没有。即使养活一只小狗它也会帮着你看家，养一只猫也还为你捉老鼠，但我们的哈丽姐小姐呢？这怨我们自己，这怨我们自己呀，伊塔汗老婆子！咳！谁让我们从小那样娇惯她。她的三个哥哥上过学吗？没有。她上了学。她的三个哥哥哪一天不到地里劳动？她呢，不去。在上海学了一年音乐，回来过暑假的时候，乡亲们想听她唱歌，都来了，挤了一屋子。你看她那个难呀，她那个狡猾、冷酷、高傲的样子！她居然溜掉了，说什么出去一下五分钟就回来给大家唱歌。她出去了五个小时，乡亲们都摇着头走掉了。那时候，我们就应该狠狠地批评她、骂她，应该把这些情况反映给她的学校的领导……再不听，就像小时候那样，应该揪住她的耳朵。咳，老婆子，我们错了，我们没有给国家养育出一个人民的歌手，而是……而是什么呀？她算什么呢？"

"您不要那么气恼，那样伤心，热合曼哥！"伊力哈穆劝慰着。虽然，念了信，听了老汉的话，他自己心里也很不平静。恰恰是热合曼，这个好强的、火暴的、爱社会主义的祖国胜于爱自己的生命的阿卜都热合曼的小女儿，那个具有着百灵鸟一样的嗓子，打扮得花枝招展的哈丽姐，全村第一个到上海求学的大学生，被认为最最幸福的年轻人的哈丽姐，如今，对老人，对乡亲不辞而别了。谁能受得了这种背叛，这种亵渎，这种冷酷？

伊力哈穆说："走，就走吧。这不是你我的愿望所能主宰的事情。她走了，还有一些什么人走了，但是天山没有走，伊犁河没有走,我们没有走!祖国还在这里,人民还在这里,用不着为这样一个轻浮的孩子伤心……"

"我不为她伤心,"热合曼深深地吸了一口气,"我只是憋了一肚子话。临走的时候她为什么不来见我,不来见她的母亲?我不会拦着她的,我不会拉住她的衣角。但是,我要责备她;我要骂她,要让这个人抬不起头来!她走到哪里,让我的谴责和愤怒像影子一样地跟她到哪里。我需要的就是这个,但是,这个狡猾的丫头逃掉了,让我骂谁去?为了这,我气得活不下去!"

"她不敢见您,这样的人都是怯懦的,您看她下面写着,"伊力哈穆拿起信读道,"我知道,您会骂我,我不敢和您告别。但我还是请您,原谅我……"

"不,我不原谅。"热合曼缓缓地,用特别洪亮的声音一字千钧地宣告。他的眼睛凝视着远方。他从枕头下面拿出一张四寸的照片,是哈丽妲在上海照的,原来放在墙上的镜框里的,阿卜都热合曼拿出照片来,看了一眼,缓缓地把照片撕了两半,又撕了四半……没有人阻拦他。伊塔汗和伊力哈穆都静静地注视着他,老汉庄严地、清晰地再次重复说:"不,我不原谅。"

这是阿卜都热合曼的心声,这是老汉内心的裁判。尽管在一九六二年的伊犁—塔城事件中,像哈丽妲这样的人并不止一个,尽管他们当中有种种不同的情况,而其中绝大多数是被起哄被闹腾过去的,尽管我们相信,其中许多人后来并没有做什么不该做的事,他们仍然是我们的亲友、邻居。事实上,在往后的年代中,也有不少的人千难万险地又返回了故国,他们痛哭流涕……人们对他们并没有说什么不中听的话。人民啊,你怎么说人民呢?最聪明的是人民,最犯傻的也是人民,最伟大的是人民,最可怜的也是人民。但是,人民也有坚决的和断然的声音:阿卜都热合曼的"不原谅"这样一个否定式维吾尔动词将永远保持在生活里与空气里,使人清醒,使人难过,也使人长思。

伊力哈穆同情地、理解地点了点头。沉默了一会儿,他说:

"热合曼哥,您能不能把这封信借给吐尔逊贝薇用一下?"

"借给吐尔逊贝薇?"热合曼不明白了。

"是这样的,我想建议给吐尔逊贝薇,让团支部组织青年听听哈丽姐这封信。让青年们讨论讨论。"

阿卜都热合曼看了伊力哈穆一眼。

伊力哈穆解释说:"毛主席教导我们,不但需要正面教员和教材,而且需要反面教员和教材。哈丽姐走了,不说一声再见就抛弃了你们,也抛弃了我们,这本来不是好事,但是青年们会从中受到刺激,受到教育,更加热爱祖国,更好地建设自己的家园。说到底,我们的生活不应该不如那边,不应该让这边的人民有什么理由非得去羡慕那边。这不就成了好事了吗?"

"这……多难看!"伊塔汗听了这个建议,说得很有些难为情。

"热合曼哥,"伊力哈穆一笑,"我还建议,您去参加团支部的这个集会去吧,您可以在那里,当着全大队青年的面,把您心里的话说一说。有话,要告诉人民,告诉青年。"

"兄弟,你的意见真好。如果你早一点来,也许我就不会生这么大的气了。"热合曼略略露出了笑容。

"今天可把老头子气坏了,中午饭都没吃,他像得了瘟病一样地躺着发抖。"伊塔汗证实说。

"生气并不能改变什么。他们走了,我们要活得更好。让他们看一看、想一想吧。我们没有什么要发火的。热合曼哥,我顺便还要问您一个事情呢。"

于是伊力哈穆详细了解了有关四月三十日夜晚大渠跑水的

192

情况。

穆萨在家里等着伊力哈穆，等得有些发急。

宽敞的房室里，一盏大马灯点得明晃晃。马灯是队上的。穆萨当了队长以后，说是夜间要检查工作，就把灯拿到了家里来。穆萨的老婆是回族，他的家庭的布置兼有维吾尔族的绚丽与回族的精致的特色。洁白的、镂花的窗帘、门帘，镶着金木条的箱子和窈窕的铜壶是维族式的；高炕，大方木桌，成套的茶壶茶碗，又显出回族的特点。

这个家，对穆萨是来之不易的。论成分，他是雇农，他给维族、汉族、回族、满族四个民族的地主扛过活。但他从小沾染了不少游民甚至流氓习气。如果不算脸上的麻子，他长得相当漂亮，壮实，有力气，能劳动，脑筋聪敏，口舌灵活，又争强好胜，敢于冒险。少年的时候他给一个老地主干活，地主儿子总是让穆萨陪着他去赴宴、打猎、赌钱、跑马、寻欢作乐。穆萨干了几年，挣了几个钱。地主儿子提出来要和穆萨赌髀石——羊拐，穆萨接受了这个挑战，还有人围观。赌起来，穆萨算计得很精，很老练，赌了一夜，把地主儿子赢了个一塌糊涂。地主儿子在天亮以后只剩了一身内衣，还给穆萨写上了欠账的字据。老地主知道了，假意给了穆萨一间房子抵赌账，穆萨搬进了自己的房子，做着成家立业的好梦。半夜里，地主儿子爬上穆萨的房顶，把烟囱用土坯堵住了。那时是冬天，临睡前炉灶里是要添一些煤炭的。地主想杀人不见血地把穆萨熏死……别人不知道，很可能以为是烟囱自己塌下了一块土坯，使主人中了煤气。大概是穆萨太强壮了，他已经煤气中毒，昏沉沉站立不起来了，但他还是爬到了门口，推开了房门。冷风把他吹醒了，他立时上了房，看到了房顶积雪上的脚印。他顺着脚印追踪到了地主家,如法炮制,以其人之道还治其人之身,堵住了地主的烟囱。但是,他被发现了,他逃之夭夭。在昭苏县另一个大地主家里,由于他干活手疾眼快,又能咋呼,被看中当了工头,但是不久,由于他和老地主的小老婆眉来眼去,又被赶走了……三区革命的时候他参加了民族军,当到排长,又因为抢劫群众财物屡教不改而被撤了职,而且关了五天禁闭。

　　解放后他本来在五大队,土改时还当了农会委员。土改以后,他却不安心务农,为了挣现金,他到了生产建设兵团开发的一个煤矿,一开始,干得不错,当了作业班长,后来又因为酒后下井,违章作业,差点造成了严重事故。领导上批评教育他,他听了不高兴,便又跑回到爱国大队来。爱国大队有一个吝啬鬼,回族中农马文平,教名叫做努海子。努海子已经年老,家中只有四个女儿,没有儿子,深感缺少劳动力之苦,他看到穆萨这个光棍汉爱吹牛,好听人家奉承,有时显得有些傻气,觉得这是一个可以利用的廉价劳动力。努海子常常请穆萨来做客,给上一两顿好吃喝,说上一套吹捧的话语,然后穆萨就帮他砍柴、割草、修房、种菜。穆萨显得也很讲交情,很慷慨,愿尽义务而一不索取报酬、二不吝惜气力。努海子的大女儿马玉琴已经二十大几,但因努海子要彩礼太多一直办不成婚姻,这样就不但耽误了马玉琴的“青春”,而且压住了底下的妹妹嫁不出去。姐妹几个早有怨言。穆萨这时已经年近四十,小胡子一翘还相当风流。他没怎么费力就和马玉琴双方自愿地到了一块儿。后来的事就不好说了,有人说是马文平知道了大女儿和穆萨的事以后气死了,也有人说是马文平病危以后主动把大女儿许配给了穆萨。总之,努海子死了,穆萨和马玉琴结了婚。穆萨差不多继承了马文平的全部家产,穆萨搬进了马文平的三间北房,把老二、老三两个妹妹嫁得远远的,现在只剩下最小的妹妹玉凤还和他们住在一起。

和多数农民相比较,穆萨走过的道路算是比较曲折的,穆萨见过的世面也比较宽阔。他在生活中已经屡经浮沉,很有些独到的体会。他相信命运,因为,如果不是命运,一些事他就无法解释。例如,谁能想得到,他在已经四十来岁的时候,顺手拈来,捡到了一位年轻、娴静又有可观的财产的回族姑娘,一举改变了他的浪荡、孤独、忽上忽下的生活? 在这以前,他追求过、幻想过(也暂时弄到手过)多少维吾尔姑娘、寡妇,不是都成了泡影了吗? 再譬如,在兵团煤矿当了作业班长以后,他很高兴,他千方百计地想升迁,想当个领导干部,他对自己的估计是不低的。结果呢,一个偶然的事件垮了下来,回来以后还经常被看作一个吊儿郎当的、不大正派的、带几分滑稽的人物,谁又想得到在一九六二年初当上了队长? 这只能说是"命"。同时,他更相信他自己,他的才识、他的胆气、他的体力以至容貌,毕竟胜于常人,好运经常属于他,一时的坏运也不怕。

所以,他早就想当干部了。以他的"才"与"胆",怎么能只是抡抡砍土镘呢? 当库图库扎尔当了大队支部书记,热依穆队长无论如何不肯再当队长的时候,他几乎是毛遂自荐式地在各种场合进行了"竞选"活动。库图库扎尔支持了他,他当了队长,他当队长也有几条独到的"原则"或者诀窍:一、能捞一把就要捞一把。当队长就要耍威风、占便宜。一天不下台,一天就捞,下了台就拉倒,反正他也不想当终身队长。二、大错不犯、小错不断。他决不参与任何政治性的非法言行;吃喝玩乐,化公为私之类的事上却从来不含糊。他经常骂骂咧咧,举拳威吓,实际上从当了队长他就注意不能动手打人,打就可能打坏,打坏了就不好交代。他要的是孙子兵法上那个上上策,叫做"不战而胜"。三、拉拢强者,压制弱者。这是他的"组织路线"。他认为，一个队里的强者——指有威信、有影响、能活动、敢说话也会说话的人，不过是那么几个。只要把这几个人拉住了，分享一点油水，那么，多数社员就只能老老实实地俯首听命。四、把队上的工作做好。从前三条来看，穆萨是不是像一条蛇虫一样，准备吸生产队的血来肥自己呢？倒也并非完全如此。穆萨的如意算盘是，既要使生产队为自己服务，喂肥自己，又要使队上的工作不落在后边。例如，他很注意控制工分，提高了一些农活的定额，这样，即使总收入和人口平均收入不增加一分钱也可以提高劳动日的工分值；再如，如前所述，在春季备耕生产中，他得到了红旗。

今晚对伊力哈穆的邀请以至羊油的奉献，便是第三条原则的实施。他知道，伊力哈穆是强者中的强者，他知道他自己在许多方面——政治、文化、上级的信任和群众的拥护上——都赶不上伊力哈穆，他不想和伊力哈穆竞争。但他也认为，自己也有不少长处胜于伊力哈穆，那就是他比伊力哈穆更灵活、更乖觉、更有经验、更会处理各方面的关系。特别是，他比伊力哈穆更懂得利用机会及时行乐，这使他比伊力哈穆更有魅力，他还知道伊力哈穆不可能被他的羊油拉过来，两公斤不行，十公斤也不行。伊力哈穆不可能赞成他的那一套，不可能成为他的追随者。同时，他也认定伊力哈穆不会背后搞鬼，不会对队里的日常生产和组织领导起任何消极作用。所以，根据这些分析，他决定邀请伊力哈穆到家里来，目的是：表示友谊，交流思想感情，开诚布公地进行"谈判"，争取伊力哈穆的"合作"，如果做不到，至少是"中立"。

可你看，半个小时过去了，伊力哈穆没有来，一个小时过去了，伊力哈穆还是没有来。

"玉凤，你刚才是怎么去叫的，见到伊力哈穆了吗？"

"见到了,我说:'穆萨哥请您马上来。'"

"他说什么?"

"我刚才不是说过了嘛,他说对,来。"

"再去一趟,等着他,陪着他一起来。"

"我……"小姑娘有点不太情愿。

"去,快去!"穆萨瞪起了眼睛。

小姑娘刚要走,穆萨又把她叫住了:

"刚才,羊油的事你是怎么说的?"

"我说穆萨哥让我给你们拿来的。"

"他们说什么?"

"他们说不要。我说:'如果你们不要,穆萨哥会骂我的。'"

"谁让你这么说的? 我没教给你么,你要说,伊力哈穆哥刚从外地回来,我们前一段对巧帕汗外祖母照顾得也很差……"

"我不会说这么一大套。等见了面,您自己说吧。"

"你……哼,快去吧。"

马玉凤走了,时间不大又回来了。

"伊力哈穆哥不在。米琪儿婉姐说,他一定会来咱们家的。"

听说伊力哈穆来,穆萨放下了心,但他等着伊力哈穆来吃饭,等得自己饿了,于是,他走到外屋,先端起一碗饭垫补垫补,他正狼吞虎咽地吃着的时候,伊力哈穆来了。

伊力哈穆按照穆斯林的礼节抚胸向穆萨施礼:"哎萨拉姆哎莱依库姆!"

"哎哎哎依……莱依库姆……哎斯……萨拉姆!"穆萨手忙脚乱地站了起来。还礼的时候,饭碗没有放好,从锅台上滚到了地上,一块肉烫到了喉咙,噎住了食道。

两个人进了屋里,分宾主坐了下来。穆萨喊了一声,怀着孕、凸着肚子的马玉琴走进来，摆桌子、铺餐单，端来了小馕，还有库车的杏包仁、吐鲁番的葡萄干、哈密瓜干、本地的雪白的蜂蜜和自制的蜜饯苹果……

"行了行了，今天该不是过年吧？"伊力哈穆推让着。

"兄弟！您什么时候光临，那一天就是'年'！"穆萨说着，为自己热情和美妙的回答而得意地舐一舐胡子。

"这么说，我不成了开斋月份的新月了吗？"伊力哈穆笑着说。

两个人都笑了起来，穆萨觉得这个开头很成功。

"我们需要的不是月亮。我们需要的是人，人们的友谊比月光更美。有您，有我；我们都是手里有点本事的人。我们在世上，理应每天都像过年一样地快乐。"

穆萨不是一个有文化的人，但是他很善于言辞。维吾尔是一个非常推崇语言的价值、喜爱诗、喜爱幽默的民族。即使是文盲，也喜爱诗和诗人。民间传说故事中，常常包含着许多精巧的隐语、譬喻、谐音和笑话。甚至有以言语为业的人。直至今天，伊犁有一个著名的言语大师——被称为幽默家，他因病丧失了劳动能力，但由于他善于适时地编述一些精彩绝伦的笑话、警句而成为各种聚会的上宾，成为喜宴欢聚上的不可或缺的人物，每天都有那么多人来邀请他去做客，以至请他的人要预订和排队。穆萨尽管有些生吞活剥也罢，当伊力哈穆到来以后，他还是不放过任何机会来尽可能用巧妙的语言来表达他的好意。

"只是我们两个人快快乐乐吗？"伊力哈穆含笑问道。

"当然。不……不只是我们。"穆萨有点拙笨地说。

"队长！"伊力哈穆诚挚地叫了一声，"希望你把咱们队的工作做好。让乡亲们在集体富裕的道路上都能过好日子！"

"对，请喝茶！所以，我希望你能帮助我。好兄弟，请你回答我一句话，"穆萨伸出了一个指头，摇动着，强调着，"我直截了当地问您，请您也直截了当地回答。对于我当队长，您愿意帮助吗还是拆台？"

"我帮助。"

"真的喽？"

"全心全意。"伊力哈穆抚胸回答。

"好！好样的！真漂亮！有你的！"穆萨激动起来，他解开领子下的第一个扣子，喊道：

"老婆子，这边来！"

他对马玉琴下令说："把这些零零碎碎的破玩意儿给我拿走。把你那个酒呀肉呀的给我拿来！"

马玉琴完成了他的指令。他咕嘟咕嘟倒了满满一杯酒，高举着杯子，慷慨地说道：

"好兄弟，我要把实话告诉你。你知道，我不是一个像你那样觉悟很高的人，和你比较起来，说我落后，说我老粗，我都可以承认。至于搞好这个队嘛，我那点思想和能力，足够用，而且有余。你回来了，这个'队长'原来是你的，你不在的时候，大家选上了我。我怎么办呢？要不把队长还给你……"

"队长的工作不是一杯酒，不是你我两个人让过来让过去的一件私人财物……"伊力哈穆打断了他的话。

"我知道，对，你听我说，要挑我的毛病那很容易，所以，我干脆把话说明，你要是看不上我，不愿意让我当队长，拆我的台，也就不必麻烦了，从现在起，我就不干这个队长了。如果您没有这个私心，那算我落后，算我不觉悟，请原谅，我相信您从不说谎。"说完，穆萨豪爽地一仰脖，一口把酒吞了下去，然后，他笑嘻嘻地按照维吾尔人喝酒的习惯，在他以主人的身份干了第一杯以后，用同一个杯子倒满酒,左臂弯曲,左手掌摊开在后,五指指向右手,右臂伸直在前右手托拿着酒杯,毕恭毕敬地递到伊力哈穆手里。

"请,请喝!"

"好,我喝。喝下这杯酒以前,我也想问您一个问题。可以吗?"

"您问吧。您尽管问吧。"

"您说的帮助是指什么呢？怎样做才算帮助呢？帮助您干什么呢？"

"帮助就是帮助嘛。帮助我当队长嘛。"

"刚才您说到挑毛病。如果您工作中确有毛病,我们提出意见,提出批评,帮助您改正这些毛病,那算不算帮助呢？"

"那……当然算了……不过……"

"不过什么？"伊力哈穆追问着。

方才穆萨的一番祝酒词,确实是相当厉害。他设了个圈套,那就是先把谁当队长的问题提出来,然后把几个不同的事情混在一起;提意见就是挑毛病,挑毛病就是不帮助、拆台,拆台就是自己想当队长。穆萨的逻辑在于解除伊力哈穆的武装。伊力哈穆听出了其中的奥妙,所以就针锋相对地要一点一点地择清楚。

"……不过,你不要当着众人提。"穆萨有点疲于防守了,"我有什么毛病,你可以个别告诉我。否则,一个人一带头,社员七嘴八舌议论起来,我这个队长就不好当了。"

"那么,您为什么当队长呢？您当队长要干什么呢？"

"大家选了我就当呗,当队长就是为大家办事呗!"

"好得很,您这个队长是大家选的,是为大家办事的,那当然就要接受群众的监督,欢迎群众提意见喽。"

"这么说,您打算带领群众公然和我作对吗？那我也不怕!"穆萨半真半假地把头一歪,把嘴一撇。

"那倒不一定。您做得对,我支持。您做得不对,我也可以按您说的尽量先个别找你反映意见。"伊力哈穆仍然是稳稳地看着他。

"那好吧,请您现在就谈谈对我的意见吧。"穆萨不太高兴地、带几分轻蔑地说,他打算将伊力哈穆一军,又同时摸一摸底。

伊力哈穆相当认真地想了想,他说:"我刚回来,不了解多少情况。今天早上队上的干部碰了一下头,热依穆副队长来找你,你还没有起床……"

"我知道。"

"大家谈的,有这么一些事。要打击坏人的破坏活动,要细致地做思想工作,不能对国内外敌人的反动宣传听之任之。已经是大忙季节了,应该把人力、畜力、车辆集中到农业上来,但是,泰外库还在跑运输,你又批准了尼牙孜他们上山采贝母,还说什么要抽人抓鱼,是不是这些事情再安排得合理一些?生产队长,是不该脱离生产的,这方面,上级的精神早就明确了,你不该只是骑着高头大马到处转。您应该和社员一起劳动,有什么事情在地里和大家商量,特殊必要的时候,当然,你也可以跑跑、转转。你说对吗?再有,会计反映你借支太多,这也不太好。我们并没有多余的钱,你支的多了,别的社员的分配就不能兑现,这就会影响按劳分配的原则的落实。还有关于作风的问题,不要动不动就向社员吹胡子瞪眼……"

穆萨静静地听着伊力哈穆讲,越听越听不下去,几次他想发起来,但是他控制住了自己,他眨眨眼,哈哈大笑起来,竖起了大拇哥:

"好,好!头等的意见!我完全接受!"

　　这使伊力哈穆相当意外，他意识到，穆萨可能是用表面的"完全接受"来封他的嘴，他说："我希望你……"

　　"可以，"穆萨把话抢了过去，"我要参加劳动，减少借支，对社员态度温柔和蔼，把劳动力集中到农业第一线来，不就是这些吗？这有什么难呢？这既不是让公鸡下蛋，又不是让猫儿拉犁，这有什么了不起？这不过是个安排问题、部署问题、方法问题。还有别的意见吗？"

　　"没有什么了。希望你对我也多提意见，我们应该互相帮助。"

　　"很好。我是个老粗，我最大的缺点就是不识字，进过几次识字班，一拿起笔来就头痛。不识字就不识字吧，人怎么能没有缺陷呢？拿我来说吧，我，身体健康，力气大得很，脑筋灵活，办事有办法。老婆年轻，有房子有财产，我已经有了一个女儿，再过几个月，胡大的旨意，也许会有儿子。我现在又是一队之长。如果我再有了文化，我岂不成了十全十美的最幸运的人了吗？那时就会撞上恶眼，就会得癌症，就会长疮，就会短寿……您注意过吗？世界就是这样的，每个人都不可能十全十美，每个人都有他的美中不足。有的人聪明、漂亮、能干、勤劳，就是生活穷苦；有的人生活富裕，一切顺遂，就是老婆不生孩子；有的人又有学问、又富裕、又顺遂、又有五个儿子，可惜本人从小就瞎了一只眼……"

　　"这是迷信。"穆萨的话把伊力哈穆逗笑了。

　　"是不是迷信我不管，反正我信。好了，不说这些了，刚才你说，让我给你也提点意见，是吗？"

　　"是的。"

　　"我正要提，我的头一条意见，我没有文化，请你多给我讲讲报纸上的事，上面有什么文件，有什么新政策、新精神……"

　　"这个意见好，我完全应该这样做。我一定这样做。"伊力哈穆连连点头。

"第二条,老粗有老粗的方法。各人有各人的方法。譬如汉族木匠使刨子的时候是推,而我们的木匠是拉。汉族女人缝衣服的时候,针是从怀里向外抽,而我们的女人用针是从怀外往怀里拉。再譬如,哈萨克人吃奶茶的时候把牛奶兑在各人用的小碗里,而我们的人,把奶皮子兑在大家用的放茶的搪瓷罐子里。"

"这是什么意思?"伊力哈穆确实没有听懂穆萨这一段对于民族生活习俗的考证含义。

"什么意思你自己去想吧,你是聪明人。"穆萨在今晚的谈话里首次得意地一笑。

"你的意见说完了吗?"

"不,我还有最后一条,也是最重要的一条。你离家好多年,生活上有很多困难。我是队长,我理应帮助你。你有什么困难,一定要不折不扣地告诉我,不要不好意思。你答应这一条,你是我的好兄弟;不答应这一条,那就……"

"我答应你这一条。我如果有困难,一定不折不扣地告诉你,绝对不会不好意思。"

"太好了!一句话,有了这一条,我就完全满意!请!"穆萨伸出右手,摊开手掌,向酒杯一指。

伊力哈穆举起酒杯说:"为了你全家的健康!"一饮而尽。他用右手捂住杯口,表示他已经喝够了。

穆萨不理他,把酒杯夺过来,又斟满了,放在自己面前。

"我现在就有个困难呢,说吧,真还有些不好意思……"伊力哈穆微笑着说。

"请说,请说……"穆萨兴奋起来,把脸凑过去,耳朵偏过来,他已经断定,伊力哈穆下面的话只能耳语。

"我的困难就是……"伊力哈穆确实犹豫起来,考虑着说话的方式。这更使穆萨两眼放了光,好像猫看到主人手里拿着一只活老鼠。看来,一进入实质问题,形势就急转直下了,他已准备好,只要伊力哈穆提出一点一滴要求,他就准备五倍十倍地予以满足。从此,这个了不起的、原则性强的共产党员,就会成为他的爪子下的一只死老鼠。他努力压制自己,怕脸上显出过分得意的神色,刺激伊力哈穆的自尊,他低下了头。根据他的经验,他认为最微妙的时刻来到了。

但是,他万万也没有想到,伊力哈穆的困难竟是这样的:

"我的困难就是,我不知道该怎样处理你送给我的羊油。我们不需要羊油。你是干部,我是党员,你送我那么多羊油,这不太好。"

"党员又怎么样?党员就不吃羊油?党员就没长着肚子?"穆萨收住了自己的话,他明白,再花言巧语已经没有意思了。

"党员也有肚子,"伊力哈穆说,"但是党员更有脑子,有心。"

"你……这是什么意思?"

"什么意思你自己想去吧,你是聪明人。"

穆萨的脸立时拉了下来,眉头也结在一起,青筋在太阳穴下跳动。如果换个旁人,也许见他这样子会有些害怕呢。

伊力哈穆慢条斯理地站了起来,轻轻地走了出去,从室外墙上的木橛子上,取下了他事先挂在那里的书包。他走回内室,从书包里取出了羊肚子,放在了墙角一个不显眼的地方。

"你……污辱人,"穆萨用两个手指指着伊力哈穆,声音有些发抖,"不要以为我在高举金托盘抬举你的卵子,我用不着!我无求于你!我也不怕你!"

穆萨的喊叫惊动了马玉琴,她走到门旁,惊疑地探了探头。

"没事,他有点醉了。"伊力哈穆安慰着马玉琴。他从容不迫地又走到餐桌前,盘腿坐了下来。他说:"穆萨哥,请你不要生气!"

"我当然生气!我非生气不可!哪有这样对待朋友的!"穆萨脸上的每一个麻子坑,都涨得通红。

"友谊和羊油,这不是一回事,"伊力哈穆沉静地说,"是你让我有什么困难就讲,不必不好意思的。可你自己,却这样不冷静。你这不成了'乞达麻斯'了吗?我不愿意为了羊油的事而让你生气,但是,我不能为了面子而接受你的羊油。有时候,送一些礼物和接受礼物是友谊的表示,有些时候却恰恰相反,不接受礼物,这才是最大的友谊。革命的友谊,讲原则的友谊。推刨子和拉刨子,是都可以把木头刨得同样光的,然而建立在礼物和建立在原则上的友谊,收到的效果是不会一样的。穆萨哥,你有丰富的社会经验,你完全知道,建筑在礼物上的友谊有多么叫人不好意思,而只有建立在革命原则的基础上,友谊才是纯真和巩固的。你有什么可生气的呢?我不要你的羊油。这样,我们可以更好地相互帮助,做好工作,这难道不更好吗?穆萨哥,正像你自己说的,你身体健康,有力气,有能力,有头脑,有胆量……你可得走正道啊!"

穆萨捏着拳头,喘着气,一贯口若悬河的他现在却说不出一句话来。他想痛骂,发火,但是伊力哈穆的绝无恶意的神情、真诚谦和的态度和入情入理的言语,又使他发作不起来。

"谢谢!谢谢你的关心和款待!谢谢玉琴姐和玉凤妹!有劳你们了!当时间到来的时候,请你们到我家来坐一坐。为即将出世的婴儿,你们做好准备了吗?摇床上的那一套被褥,小垫,做好了吗?让米琪儿婉来帮忙吧……"伊力哈穆说着,站立起来。穆萨毫无表情地僵硬地坐着。伊力哈穆转身走了出去。

伊力哈穆走到外屋去的时候,马玉琴追了出来:"你别走啊!

你还没有坐呢。饭也没有吃嘛，我这儿的面条还没有下锅呢？"

"谢谢，你请！我吃得很饱，坐得很好。玉琴嫂子，请你多劝劝穆萨队长，要勤勤恳恳地为大家办事。要廉洁奉公。要老实正派。不要自吹自擂，任意胡来，那样，既害了集体，也害了自己。"

"是的。"马玉琴低下了头。

伊力哈穆走了。马玉琴走进了里间房子。穆萨仍然呆呆地坐在那里。

"现在下面条吗？"

穆萨不言语。马玉琴又问道：

"现在吃饭吗？"

"伊力哈穆临走的时候对你讲了些什么？"

马玉琴把伊力哈穆的话叙述了一遍。最后，她说："你们在这里说的话，我也听到了一些。我看，人家说的是对的。老人们说，结果多的枝子，总是低着头；真正有本事的人，都是谦虚谨慎的。看你，才当了个队长，天底下都装不下你啦！"

"浑蛋！"穆萨突然恶狠狠地骂道，"咱们走着瞧吧，你伊力哈穆算老几？老子对亲爹的管束也没服过软，你是我大大吗？让你来教训我！"又指着马玉琴说，"你懂什么，你也来说话？你也来教训我？滚你妈的！"他一挥手，酒杯飞到了地上，酒流了一片，酒瓶子摇摇摆摆……

玉凤探了探头，惊奇而又害怕。玉琴捂住了脸，泪水从眼角上沁了出来。

小说人语：

有一种痛苦：你爱，你相信，你忠诚，你赌咒发誓下了死决心，然而你暂时还没有搞得足够好，你只是因了一个最最细小的流俗的缘由——比如说吧，你的人们还没有电冰箱与高跟鞋，竟没有给自己挣下足够的脸面……你不能不痛恨那些为了电冰箱与高跟鞋而从你这里转过了脸去的忤逆儿女……

时过境迁以后，你忽然觉得可以不那么盛怒，你笑了。

观念不同了吗？也许你觉得伊力哈穆有点生硬。庸俗的快乐主义浸润着有所不为的坚决。机会主义完全可能代替信仰主义。关系学变成了首屈一指的考量。此一时也彼一时也，我们曾经十分地倔强过。

第十四章　数面以后　黄胡须说谎借马车
一怒之下　泰外库捡石砸猪崽

伊力哈穆睡得正甜。他仰卧着,发出轻轻的均匀的鼾声,额头挂着一圈细碎的汗珠。生活充实、目标明确的人都是这样的,他们工作的时候从不感到疲劳,睡眠的时候也从不辗转反侧。小小的窗口已经发亮,米琪儿婉醒了,她爱怜地看了伊力哈穆一眼,怕惊动他,便躺在那里不动。又一想,怕自己动作慢了来不及给伊力哈穆准备好茶饭,他一睁眼,就会急急忙忙地投入工作。于是,她蹑手蹑脚地爬了起来,穿好了衣服,动作轻无声息,活像一只灵活的猫。

米琪儿婉来到院子里。在她轻轻地洗锅的时候,听到门外一阵急促的脚步声,跟着是一声并不大、却是很紧张的呼喊。

米琪儿婉一惊,是谁? 这么早! 她开开门,门前站着吐尔逊贝薇。

吐尔逊贝薇的脸上带着年轻人的贪睡的表情,她的头发还没有梳理,靴子也没有来得及穿,光着脚就跑了过来。

"伊力哈穆哥还没有起吧?"

"没。"米琪儿婉指指嘴,示意低声。

吐尔逊贝薇放低了声音,急急忙忙地说:"雪林姑丽来了。泰外库把她打了,脑袋上打了一个洞,流了不少的血……"

"什么?"米琪儿婉吓了一跳。

"现在不会有什么危险吧? 算了,等一会儿……"吐尔逊贝薇要走。

"等等,我把伊力哈穆叫起来。"

"别忙,让他再睡一会儿……"这回是吐尔逊贝薇指一指嘴,拦阻着米琪儿婉。

米琪儿婉推开吐尔逊贝薇的手,向房子走去,她正要拉门的时候,伊力哈穆走出来了。

"怎么回事?"

"泰外库哥喝醉了酒,把雪林姑丽打了。雪林姑丽跑到了我家来,据说泰外库哥情绪很不正常。"

"现在雪林姑丽怎么样?"

"可能问题不大。"

"走,我们去看看。"伊力哈穆提议。三个人一起去了。

雪林姑丽半躺在吐尔逊贝薇的屋里,她面色苍白,衣衫不整,呼吸急促,额角上敷着一块干净布,血渗出了一些。脸上的血迹还没有擦净,衣领上,手上也都有血痕。再娜甫正坐在旁边,用湿毛巾为雪林姑丽轻轻地揩擦。

"咱们家有没有外伤的药?"伊力哈穆问米琪儿婉。

米琪儿婉摇摇头。

"找找斯拉木大哥,热合曼哥,看有没有一点红药水、消炎粉什么的。"

"不用了。现在,血已经不流了。"雪林姑丽费力地睁开了眼。

伊力哈穆做了个手势,米琪儿婉还是找药走了。伊力哈穆凑过身去,问雪林姑丽:

"你现在觉得怎么样?"

"没有什么。"雪林姑丽用微弱的声音回答,"伊力哈穆哥,请您帮助我,我再也不能和他一起过下去了。"她又说。

"泰外库太不像话！"再娜甫说。

"我们一定狠狠地批评他。"伊力哈穆说，"再不改我们要斗争他，处分他……你好好休息。先别想这些，别难过，别生气。"

"不，不是这样的。"雪林姑丽挣扎着坐了起来，吐尔逊贝薇要前去扶她，她示意不必，"他没有打我……"

"没有打？"吐尔逊贝薇和她母亲同声叫了起来。

"他喝醉了，推了我一下，我跌倒了，头撞在了锅沿上……"

"推和打，又有什么两样？"吐尔逊贝薇气愤地说。

"不一样的。这怨我自己。我们本来彼此就都是外人。怨我自己那时候太软弱，不敢违背继父和继母的意旨。"雪林姑丽的圆圆的、长睫毛的孩子气的眼睛里充满着泪水，"但是，伊力哈穆哥，您要管一下他的事，我觉得他的情况很危险……"

"对，你先躺下……"

"不，没事，我没有什么，"一贯寡言少语的、以能够整天不说一句话而闻名的雪林姑丽偏偏现在有许多、许多的话要说，"泰外库昨天深夜才回来，回家的时候他已经醉了，他呕吐着。吐完了却又找出一瓶酒来倒在碗里，还让我给他炒菜。我不肯，他就推了我一下。他醉乎乎地一直在说：'要宰了他！我要宰了他！'他到底要干什么？"

"他在哪里喝的酒？"

"不知道。他从来不和我说什么话，我也不问他。我们的生活就是这样的，三年了，他好像不知道房子里有我这么一个人……我也不认识他……"

"他还说什么其他的了吗？"

"说什么其他的？他还说什么好像有人骗了他。"

这话使伊力哈穆心中一动。米琪儿婉疾步回来了。她找来了消炎药膏和一卷绷带,为雪林姑丽敷抹着伤口,一边涂药,一边叹气。

"没事了,没什么。"雪林姑丽反而安慰着米琪儿婉,"好姐姐。你们知道我有多么痛快吗?今天,我跑到你们这边来了,其实,我很高兴。好久以来,我已经没有这样高兴过了。当我摔破了头以后,我跑出了房子。我只是怕他再给我一下子,我并没有想到要到什么地方去。但是,我越走离庄子越远,不知不觉地,越走离你们越近。于是,我越走越快,我干脆跑了起来。真奇怪,我怎么就没有想过可以到你们这儿来呢?这不是,只要抬起腿,一步一步地向前走,就可以走到吗?这有多么容易!谁能拦住我呢!但是过去,我就不知道我自己有两条腿……离开了他,我是多么高兴啊。胳臂、腿,还有碰破了的头,又都是我自己的了。我知道,你们会说,他是好人。就说是吧,这又和我有什么相干?为什么要我和他在一起?那时候我年纪还小,还不到十八岁,是继母假报的年龄啊……"雪林姑丽哭了起来,出声地、尽情地、不受束缚地哭泣着,又为她自己能这样好好地哭一场而哭着,她迅速地擦着眼泪,脸上显出了笑容,向再娜甫说,"再娜甫妈妈,您们肯收留我吗?我亲爹亲妈早就没有了,继父继母又回了阿图什,我到哪里去呢?能不能让我和吐尔逊贝薇先住在一起。也许热依穆哥不会生气的吧?"她又流下了眼泪。

"你就在我这儿,那还用问吗!"吐尔逊贝薇拉住雪林姑丽的手。

"我的好姑娘!"再娜甫拉住她的另一只手,"你住在我们这儿吧,先消口气。泰外库那里,看我怎么教训他!"

米琪儿婉说:"你也可以到我们那里去,和巧帕汗老人家住在一起。至于泰外库……"

"伊力哈穆哥！"雪林姑丽叫了一声，也算是同时回答大家，"如果您见到泰外库，请您告诉他，过两天同我一起到公社去办理离婚手续。我想，他也会同意的。所有的财物，都是他的。我连一双筷子也不要。"

再娜甫、米琪儿婉和吐尔逊贝薇互相看了看，不知道说什么好。伊力哈穆默默地点了点头，示意让雪林姑丽休息，他退了出来，悄悄告诉米琪儿婉："我现在就去庄子。对于泰外库，我很不放心。"

"茶……"米琪儿婉只说了一个字。

"就在我们这儿喝茶……"再娜甫和吐尔逊贝薇同声挽留。

伊力哈穆道了谢，急急地走了。

哪个赶车的人能数得清自己萍水相逢的朋友？冬季，在煤矿上，当等待着装煤的汽车、大车、驴车排成了一条长龙，你给马匹丢去一捆苜蓿，披着皮大衣，挤到烟气腾腾的火堆旁边，不是马上可以加入到那亲密无间的、热烈的、海阔天空的谈话中去吗？你左边的人拿起了两个刚刚烤熟的土豆，你右边的人打开包袱皮，端出了一个大如锅盖的馕饼，你愿意吃哪一样，不是即刻就可以伸出手去吗？在旅舍里，谁没有和同室的旅客，和开票的女同志和服务员一起说笑漫谈、下棋打扑克呢？在路上，又有谁没有神气活现地"嗯唉"上一声，批准某个素不相识的路人搭你的车呢？他上得车来，还是千恩万谢地、满脸讨好地和你搭讪着，递给你一支好烟……而当你的马匹调皮，把车拉到了烂泥塘里，当你的车因为装得不够均衡打了"天秤"，或者是突然一声巨响一只车轮的内胎放了炮，当该死的梢子马把车拉到了渠沟里的时候，不是也总会有那么一些见义勇为的男子，他们不动声色地走近你的倒霉的车辆，毫不犹豫地用肩膀扛起你的油污而沉重的车身,避免了一场灾祸吗？对于这样的人,连道谢也并不需要,他们帮完了忙,不总是头也不回就扬长而去了吗？

对待这些萍水相逢的友人的态度,是衡量一个人是否具有"男儿气概"的标志。前面已经讲过,在维吾尔男子当中,"受不了"是一种受到鄙夷和嘲弄的恶名,那么,"受不了"的反面,最令人倾心的美德就是这个"男儿气概"。"男儿气概"这个词儿,相近于汉族所讲的"义气",但含义要广泛一些。它包括了义气这个概念所容纳的慷慨大方、讲交情、乐于助人、不顾私利(至于宋江如何利用"义"来害李逵,这是另外的问题。这里所说的义气,是指劳动人民在处理相互关系时候的一种朴素的道德规范)等等这样一些内容,也包括了"义气"这个词儿所没有包含的直爽、大胆、坚忍以及能吃善饮之类这样一些内容。我们的泰外库便是一个公认为最富有男儿气概的人。

车夫便是苦夫,这是维吾尔的谚语。苦是说他们的起五更、睡半夜、饥一顿饱一顿、风雷雨雪寒暑、道路坎坷泥泞和各种险情,还有踽踽独行,常常只与牲畜为伴。越是风险与艰苦孤独,也就越加凸显了与激扬了男儿气概,凄凉而豪迈的马车夫,那正是真正的维吾尔男儿！

……泰外库和他的这位"朋友"相识不过三个多月。二月初,一个寒潮入侵的特冷天气,泰外库赶着煤车经过了伊宁市。西北风吹斜了漫天而降的大雪。泰外库又饿又冷,他是凌晨三点钟套车动身的,就这样在煤矿也还是等了十几个小时。这时,已经是下午五点钟了,天已经擦黑,他已经有二十几个小时没有正正经经地吃一顿饭了。他把车停在兵团农四师绿洲俱乐部旁的一家饭铺门前,系好缰绳,摘下帽子扑打了一下身上的雪,又用力跺了跺脚,抖落靴子上的雪花。他进到人声嘈杂、水汽弥漫的饭铺里。这儿酒、菜的香味和蒸锅水、面汤、莫合烟的气味，还有辛辛苦苦而又没有什么洗浴条件的劳动人们，他们的身体的气味混在一起而扑鼻撞脸。对于经过了十几个小时的寒冷、饥饿、颠簸和疲劳的人来说，饭铺是一个多么温暖诱人的天堂啊！泰外库擦拭着眉毛和胡须上的正在融化着的雪花，走到了女出纳员的工作台前面。

"四个油塔子，一盘过油肉，一个粉汤。"泰外库把钱和粮票递了过去。

女出纳员一边打着算盘、念着数字、整理着发票存根，一边头也不抬地回答说：

"过油肉没有了。粉汤没有了。油塔子也没有了。"

"请给开拉面条四百公分①。"

"没有了。"

"包子，烤包子也行。"

"也没有了。"

"什么也不卖了吗？"泰外库的声音里有几分恼怒。

这位正忙于下班前的结账工作的女出纳师这才抬起头来，她撩了撩头上的碎发，抱歉地、好看地笑了一下。

"就要关门了。现在只剩下馒头和白菜炒豆腐了。"

没办法，泰外库只好买了馒头和他最不喜欢吃的豆腐菜。他还想要二百公分白酒，但是，酒也卖完了。当他从厨房的窗口领出冷馒头和菜，端着两个盘子寻找位子的时候，听到了一声亲热的叫唤：

"到这里来！请到这边来，老弟！"

---

① 新疆度量衡一般用公制，喜用公分来称呼克、厘米等单位。

在靠近火炉的一面桌子上，有一个不相识的却是有点面熟的中年人，他矮矮的、胖墩墩，长着稀疏的小麻子和稀疏的黄胡须。那人面色微红，正带着几分酒意向他招手。

泰外库走了过去。靠近火炉的饭桌，这在冬天是多么地具有吸引力啊。他还没有坐稳，黄胡须伸手让道：

"请吃吧，让我们一起吃吧。"

作为单为一个人叫的饭菜，黄胡须面前的吃食确实是相当丰盛的，不但有泰外库想要但没有能到手的过油肉、粉汤和油塔子，而且有一碗清炖连骨羊肉，还有一盘张着嘴、流着油、皮薄得近乎透明的肥羊肉丁拌洋葱馅的薄皮包子，这还不算呢，桌子上立着一瓶已经喝了三分之一的精装的伊犁大曲。泰外库已经闻见了那迷人的酒香。

招呼不相识的人来一起吃饭，这在维吾尔人来说并不稀罕。泰外库看了那人一眼，认为那人的盛情是真诚的。于是，泰外库未加推让地用筷子搛起了一个包子，包子放到嘴里，似乎立刻就融化了，而且，包子已经等不及咀嚼和吞咽，嘴里一放就自动地、无影无踪地融化、升华、四散，几乎没有等得及钻入嗓子里面去。

一连飞升了五个包子。

"要不要喝一点？"陌生的黄胡须问。

"请给在下倒一杯。"泰外库老老实实地，又是尽量合乎礼仪地回答。

……这就是泰外库初次与他相识的情形。最使泰外库满意的是，在他受到了陌生人的殷勤招待、酒足饭饱、身暖劲足地一同离开饭馆告辞分手的时候，他们甚至互相连名姓也没有问起。看，这才是真正的男儿气概！

后来，他们又有几次在城里会面。黄胡须请泰外库到自己的家里坐了片刻。他们相互作了自我介绍。黄胡须自称名叫萨塔尔，是州上一个基建部门的干部，他手头十分阔绰，家庭陈设却出奇地简单。

四月三十日早晨，当泰外库照例把车赶到伊宁市，准备为食品公司接货的时候，在他的这辆车必经的汉人街路口，他碰到了萨塔尔。萨塔尔说，他是专门到这儿来等泰外库的。萨塔尔说，他的妹子当天晚上在东巴扎举行婚礼，他和几个亲戚是一定要参加的，他们原来订好的一辆马车，临时却变了卦。他正在着急，不参加妹妹的婚礼，那怎么行呢？他问泰外库能不能将车马借给他用一天，第二天早晨的这个时候保证将车交还。他想得很细致，他知道这辆车跑运输的目的是为了给队上增加现金收入，他知道每天拉脚的收入是十五元，他准备交给泰外库二十元，泰外库照样可以完成任务而有余。他建议泰外库当天晚上不必回去了，可以就住在他那里，因为他和妻子家人都要去参加婚礼。他的房子里已经预备好了干粮、奶油和肉菜，泰外库可以像全权的主人一样任意享用，而且，如果有兴致（他做了一个干杯的姿势），"喜喜"——"玻璃瓶子"也是现成的。

没有犹豫，泰外库答应了。二十块钱是不收的。泰外库将掏自己的腰包来顶补队上应得的收入。这不足挂齿。对于萨塔尔的"男儿气概"，他难道能报以"受不了"的斤斤计较吗？至于到萨塔尔那里过夜，他谢辞了，他今天正好帮助食品公司的赶车人修车——他早就答应了的。

有一个小小的疑问在泰外库的脑子里只是一闪：本来，按照常理和习俗，萨塔尔似乎应该邀请他同去参加妹妹的婚姻托依①，岂

---

① 即喜事。

不皆大欢喜？参加婚礼的人，那是多多益善……对他，怎么能只要车不要人呢？这本来会让人感到某种不安的，但是，男子气概是不准对友人疑惑的，疑惑友人，也是乞达麻斯的表现，是不讲交情的表现，何况他报薄皮包子与伊犁大曲之恩心切，哈哈一笑，他把一切都置之度外。

就这样，萨塔尔赶着他的车走了。泰外库到了食品公司，打了招呼，便去找他的一个远房亲戚去了。

第二天，萨塔尔在原地原时间交还了车马，没出任何毛病。车槽子的木板缝里有几粒麦子。"他们贺喜的时候还带着麦子呢，莫非怕新郎新娘的粮食不够吃？"泰外库笑了，他用手指把麦粒抠搂出来，放在掌心上，叫马舔着吃了。回队上以后，他把自己的十五块钱交给了出纳，没和旁人提起这件事。

然后，这件事早已被他忘到七霄①云外，但是头天早晨，他听说塔列甫特派员正在调查他和他的马车在四月三十日晚上的去向，他听说食品公司已经提供材料证明他那一天并没有去拉货。那么，他五月一日上缴出纳的钱，便是来历不明的了。而且，他也听到了，廖尼卡做证，根据他的观察判断，四月三十日夜盗窃犯使用了他的马车。

泰外库这一气非同小可。他根本不相信那个笑嘻嘻的男儿萨塔尔会借他的车去干什么坏事，他认为塔列甫的调查纯属望风扑影、无事生非，那个他本来印象还不错的俄罗斯小伙儿居然想把偷麦子的锈斑抹到他的脸上，这使他甚至想用拳头给他一点教训。难道他这个在旧社会苦大仇深的孤儿还会受到领导和群众的怀疑？他受不住。

---

① 穆斯林认为天有七重。

所以，头一天进城以后他就先照直去了萨塔尔的家。他毫不怀疑，萨塔尔可以提供有力的证据，证明三十日夜间泰外库的车是借给了他去拉参加东巴扎的婚礼的亲友。那么，廖尼卡说看见了他的车才是活见鬼！他泰外库的错误至多不过是组织纪律方面差一些，擅自把车借了出去。然而，这是为了男儿的友谊，这应该是可以原谅的。在进到萨塔尔住的那间坐落在一个大院子的许多人家当中的房子以前，他对萨塔尔仍是充满了信任。怎么能不相信一个和你一样长着一只鼻子、两只眼睛、两只耳朵、左右各一个鼻孔十分对称的人呢？怎么能够不相信一个穿着整齐、谈吐有礼、待人慷慨的伙伴呢？正好，萨塔尔在家，门上没有锁。泰外库不用呼喊就推开了门："哎依萨拉姆……"他没有来得及把穆斯林的问候说完，因为房子里住的是汉族人，一切陈设是汉族式的，一个梳着圆髻的汉族妇女惶惑地看着他。"萨塔尔……没有么？"他问。"什么萨塔尔？不知道。"莫非走错了门了？他退出来，看了看，没有错，他到同院的高台阶的大房子里去了，那里住着一位维吾尔族的老太婆，按照她住房的情况，她像这里的房东。"请问，原来住在这里那间房子里的萨塔尔阿洪搬走了么？""哪儿有个萨塔尔阿洪？哪一个萨塔尔阿洪？"老太婆翻了一翻眼。

"真奇怪，我来过这个房子嘛。就是萨塔尔住在这里的啊。胖胖的、黄胡须……"

"噢，你说的是赖提甫啊，找人，连人家的名字也没说对，不要这样做事，我的孩子！"

"他不是叫萨塔尔吗？"

"你怎么不听老年人的话啊，难道我和你这样的孩子开玩笑不成？他叫赖提甫，我的孩子！他是临时租用，只住了两个月，五月一日搬走的。"

218

"他搬到哪儿去了?"

"怎么了? 他欠您钱财吗?"老太婆注意地看了泰外库一眼。

"不。"

"他搬到哪里去,就到哪里去吧。我们管他做啥? 房租是预付了的。临走的时候。还送给了我一个扫把。以后,再也不会见到他了……"

从老太婆的口气里,已经可以听出萨塔尔(或者叫做赖提甫)的去向了,泰外库心乱了,他问:"他在州上基建部门工作吗?"

"什么州上? 什么基建? 赖提甫对我说,他是一个私人行医的医生,他用洋葱、烟油子和四脚蛇配制了一种治疗湿疹的药水,卖一块钱一瓶。您需要吗? 他还给我留了两瓶……"

从这个院子里出来,泰外库呆了,他感到愤怒、伤心而又迷惑。不过,无可怀疑和无可挽回的是,他已经被人装在谎言和阴谋的口袋里了。"他怎么敢……"找不到人了啊。

傍晚,在伊宁市的饭馆里他喝了许多酒,又买了一瓶子搂在怀里。把车马安置好了以后,在回庄子的路上,他独自坐在渠边的老桑树下,想了好久。越想,他越觉得可怕,他开始明白,一个人如果稀里糊涂地被装了进去,从而失去了自己的头脑,失去了做事的常规和准则,他就变成了一个绝望的倒霉蛋儿。他怎么办呢? 去找塔列甫,承认自己就是隐瞒了萨塔尔借车的事,但又要坚决申明他丝毫不知那车马被派了什么用场,他其实是完全无辜的,这说得通、说得清吗? 按照忆苦思甜大会上的教导,没有党,没有新社会,他泰外库不是早就成了一把枯骨了吗? 但是,他却双手把车马和鞭杆交给了坏人,他帮助了盗贼作案……他拿出酒瓶,用牙齿掀掉了瓶盖,咕咚咕咚又喝了半瓶子,天旋地转,渠道像弯弯曲曲的龙蛇,田野像高低不平的海浪,他深一脚浅一脚地回到家里,他的胸口快要爆裂……他推倒了雪林姑丽……至于雪林姑丽什么时候，怎样跑出去的，他不晓得，他失去了知觉……

一阵令人厌恶的"吭、吭、吭"的声音惊醒了他，他走出房门，一头白白的小猪崽子正在大嚼雪林姑丽新栽的茄子秧，他捡起一块石头，用力向小猪砸去。

小猪惨叫了一声，踉踉跄跄，跑一步又趴在了那里，显然它的一条后腿被砸坏或是砸断了。

就在此时，伊力哈穆进来了，与泰外库问好后，评论他的石块抛掷说："如果真的砸中猪脑袋，那是非把它脑浆子砸出来不可的。"

"伊力哈穆哥……"泰外库拉住了伊力哈穆的手，"来得真是时候啊，您来了，您来了，您来了！"

他们进了屋，泰外库终于把那一晚的马车的事告诉给了伊力哈穆。

"你呀……过去和你谈过多次，你总是不听，不学习，不提高政治觉悟，还自以为是好样的。唉！"伊力哈穆听了，只觉得又急又恨，又可叹又可笑。

泰外库弯着腰，用膝盖支持着两肘，两只手紧抱着低垂的头。

马克思曾经回答他的小女儿，他认为在人们的错误和弱点之中，"轻信"是比较可以原谅的一种。泰外库和伊力哈穆都没有读过这一记载，而且，即使读过他们的心情也不会变得更轻松。

"你今天不套车了吗？"伊力哈穆问。

"不。食品公司的运输拉完了。昨天穆萨队长对我说，让我套上犁铧耕菜地去，我不想去。"

"不想去？耕什么菜地？"

"穆萨的自留地。用队上的犁给他种自留地，我不干。"

伊力哈穆点点头："我看，你最好还是立刻到公社找一下塔列甫特派员，主动把事情的经过说清楚，只要老老实实说话，没有说不清的，你提供的关于萨塔尔——赖提甫的情况也很重要。至于其他问题，咱们以后再说。"

"我现在就去吗？"

还没等伊力哈穆回答，传来了一阵突突突的马达声，像是拖拉机，却又比拖拉机急促而高亢。声音很快地靠近了泰外库的房子，泰外库惊疑地看了一眼伊力哈穆，伊力哈穆推开门，看到了正在从摩托车上下来的公社通信员扎克尔江。

"泰外库哥，塔列甫同志叫你马上到公社去一趟，有些事情要找你谈谈。你搭摩托和我一道走吧。"然后，他告诉伊力哈穆，"正好，您也在这里，路过大队的时候，库图库扎尔书记让我给您捎话，请您立刻到大队部去，说是有急事。"

公社的摩托车停到了家门口，发出着催人的突突声，这使事情带上了不同寻常的紧急色彩。泰外库有些不安地整了整帽子，拉了拉衣襟，伊力哈穆用鼓励的目光看了他一眼。泰外库说："我们走吧。"

三个人一起走了出来。泰外库坐在扎克尔江身后，摩托放了一阵烟气，一溜烟似的驶去了，卷起一股尘土。伊力哈穆随后急急地走去。

他们谁也没注意，在泰外库家的斜对面，在两株沙枣树的后面，透过一面破墙的缺口，正有一双阴郁的眼睛在注视着他们。那里站着一个驼背的、满脸褶子的老太婆，鹰钩鼻子，两腮耷拉，眼泡水肿。她紧紧地盯着远去了的摩托车和步行的伊力哈穆的身影。然后，她四下张望了一下，看到了一个人影，他轻轻从墙后走了出来，加紧脚步，她叫了一声：

"尼扎洪①！"

她跑了过去，指指远去的尘烟："公社把泰外库抓走了。"

"什么？"尼牙孜大吃一惊。

"我亲眼看见的。"她说。

她不是别人，正是马木提大肚子的未亡人玛丽汗。

小说人语：

在伊犁，小说人有一个还不算深交的朋友，他的名字叫做"约尔达西"，汉语含义就是"同志"，这位嗓音极其浑厚饱满、名为"同志"的老师——他是中学老师——在一九五七年的政治运动中落马，从此不再被承认为"同志"了。无奈的是大部分人仍然叫他"同志先生"。然后他赶了几十年的马车。他帮助过小说人从诺海果尔特一中的教工宿舍搬家到三座门二中的宿舍。原新疆社会科学院副院长阿卜都修库尔教授，曾是这位"同志先生"的弟子。

他已经不在了，愿他的在天之灵安息。

在伊犁赶过马车，哪怕是出于政治运动的混淆与错乱，仍然是一种浪漫，一种机缘，一种真正的伊犁好汉的证明。理由之一是，小说人多次在凌晨的伊宁市，听到过不同的赶车人的情歌《黑黑的羊眼睛》高唱。小说人已经写过多次：一声黑眼睛，双泪落君前！

---

① 　即尼牙孜阿洪的连读。称"阿洪"，犹称"老"张、"老"李。

第十五章 死猪无涉 公社带人所问别事
地主有罪 大队开会专批二人

　　库图库扎尔紧皱着双眉,面孔板得严丝合缝,一见伊力哈穆,劈头盖脸就是一串责问。

　　"简直是胡闹,世上哪有这样的道理,你是谁? 你要做什么? 你到底需要什么? 你在起什么作用?"

　　"……"伊力哈穆翻了翻眼睛,一时弄不清他在说什么。

　　"你为什么要袒护泰外库? 为什么支持泰外库打人行凶? 为什么把泰外库赔猪的钱又要了回去? 为什么要助长泰外库的反动情绪? 你在为谁效劳,迎合谁的需要? 你不知道伊犁现在有一股极其危险的情绪吗? 在这个时候打死汉族社员的猪,这是什么性质的问题? 这会造成什么样的影响,什么样的后果? 你的肩膀有多宽多大,你能承担这个事件的政治责任吗?"

　　如果换旁人,听到库图库扎尔这一连串大帽子,看到他那一口把人吞下去的气势,那是非吓蒙不可的。但是伊力哈穆没有那么好对付,他克制着自己的激怒,拉了一把椅子,坐了下来,准备把库图库扎尔的话耐心听到底。

　　看到伊力哈穆默不作声,库图库扎尔觉得自己的当头棒喝已经收到了一定的效果,于是他略转了转语气,但面孔仍然是严峻的。

　　"你毕竟是刚刚回来嘛,怎么能不慎重一些呢? 要好好汲取教训喽。"

“您说完了吗？”伊力哈穆问。

“我看这个事情还是你去办一下吧。”

“我怎么办？”

“去说服泰外库，叫他认错。你在庄子上协助穆萨队长召集个社员会，对泰外库要进行严厉的批判。由泰外库向包廷贵赔礼道歉，赔偿损失。如果他这样做了，可以免予刑事处分。”

“库图库扎尔书记，您到底根据什么提出这样的处理方案呢？情况不是这样的啊！您调查研究一下嘛……”伊力哈穆叙述了事情的始末。

库图库扎尔打断了他的话：“情况我已经了解过了，你不要为泰外库的胡作非为辩护，不要感情用事，更不要搞民族情绪。”

“库图库扎尔书记，您的激动和您的轻率都使我惊奇，”伊力哈穆提高了声音，“请您不要乱扣帽子。是谁搞不正常的民族情绪？正是包廷贵，显然他是故意扩大事态，您不应该偏听偏信包廷贵和郝玉兰的告状，那绝对是不能服人的。”

“既然您是这样的态度，那么……”

“伊力哈穆哥，伊力哈穆哥在这儿吗？”门外传来了一个女子的呼喊。

“我在呢！”伊力哈穆赶忙应声。

门开了，是狄丽娜尔，她满脸通红，上气不接下气地进了屋，分别叫了声：“书记！伊力哈穆大哥！”

“出什么事了？”

“泰外库哥被捕的事在庄子上已经传开了。”

“什么？泰外库被捕？什么时候泰外库被捕了？”伊力哈穆一惊。

“都这样说啊！说是因为泰外库打了包廷贵的猪，被带到摩托

224

车上抓走了,庄子上的社员听了都非常紧张,不知怎么一下子聚了那么多人,连四队、五队也都有人来。他们又喊又叫,说是要到大队来请愿,要求释放泰外库,要求把包廷贵赶出庄子……现在,他们撂下了农活,正往这边来呢。廖尼卡听到了这个情况,叫我骑上他的自行车来给你们报信……"

"简直是造谣生事,胡说八道,哪有这样的事情?谁说泰外库被捕了?"伊力哈穆气愤地问。

"您不必急着表态,"库图库扎尔冷冷地说,"按照泰外库的错误,如果他拒不低头,完全有理由拘捕他,捕不捕,这是上级的事情。"

"您为什么火上浇油!"

"我!"库图库扎尔不顾狄丽娜尔在场,指着伊力哈穆喊起来,"一切后果,都应该由你负责! 你的那种做法,助长了他们的反动气焰……"

"我问你,狄丽娜尔,这些话到底是什么人先传出来的……"不顾库图库扎尔的打岔,伊力哈穆坚持问道。

"在水磨房,是尼牙孜去报告的消息。玛丽汗今天也出了房门,到处谈说着这个事情。还有四队依卜拉欣地主的侄子也来了……"

"玛丽汗他们也跳出来了么,这可太妙了!"

"你在庄子上搞了个乱七八糟,实在是糟透了,还说是'太妙了'呢! 走! 我们赶快拦住他们,你要承担责任,向群众解释清楚……"

"何必拦住呢! 看看到底是些什么人,要干些什么,不好吗?"

"你……"库图库扎尔愤然憋住了一口气,拿起电话机,拼命摇着,拍打着。

"哎，总机！哎哎！要公社党委……什么，讲着话呢？要塔列甫特派员，也占着线？"

库图库扎尔把电话机当的一声摔在桌子上，气急败坏地指着伊力哈穆说：

"你的问题我们以后再解决。我现在马上去公社，一定要刹住歪风，泰外库要从严处理，必要时使用武装民兵，防止出事，这样下去还了得！"

"库图库扎尔同志！"伊力哈穆叫了一声，但是库图库扎尔没有搭理。他头也不回地急急忙忙走掉了。狄丽娜尔睁大了眼睛，愕然看着他们俩。

"狄丽娜尔，你来的时候，他们走到什么地方了？"

"已经到了五队的菜籽地了。"

伊力哈穆点点头，"里希提哥你看到了吗？"他问。

"没有。"

"里希提哥在四队庄子上，你这样，请你马上去四队庄子一趟，把这些情况告诉里希提哥。"

"好的。"

狄丽娜尔走了，伊力哈穆考虑着自己应该怎么办，要不他也去公社，把自己的意见汇报给党委？但那样庄子上来"请愿"的人们就没有人"接待"了。要不他在这里等候"请愿"者？库图库扎尔的火上浇油的做法谁去制止？他正在为难，电话铃响了。

"哎，我是爱国大队，库图库扎尔同志没有在。我吗？我是伊力哈穆。"

电话里传出赵书记的声音："我是公社党委，你们大队包廷贵那头猪是怎么回事？他到公社告状来了……"

"您是赵书记吗？事情是这样的……"伊力哈穆简单叙述了一

下，"现在，有些人造谣惑众，说是公社把泰外库逮捕了，煽动了一些人，正在向大队来，可能想闹点事……"

"闹事？"电话里传出赵书记惊奇的声音。

"是的，玛丽汗和依卜拉欣的侄子都活动起来了，看来，他们想利用包廷贵的胡作非为所引起的不满，制造一个民族纠纷事件……我认为，泰外库是有缺点的，包廷贵则是故意捣蛋，群众对包廷贵不满是有道理的，他们更同情泰外库一些这也是正常的。但是地主分子也插了手，事情很复杂呢，库图库扎尔同志有另外的看法，他已经到公社去了。"

"……这样么？好吧，包廷贵夫妇和泰外库现在都在公社，等库图库扎尔同志来了我们研究一下。他们的造谣和闹事的情况很值得注意，有矛盾暴露出来，是好事。关键在于正确区分和处理两种性质不同的矛盾……对于阶级敌人的破坏活动，要坚决打击，对于人民群众内部的纠纷，要妥善解决……我过一会儿就到你们大队去……"

和赵书记通完话，伊力哈穆觉得踏实了些。他整了整衣装，走出大队部，准备迎接"闹事"的人群。

闹事的人群，走得比伊力哈穆估计的更快一些，伊力哈穆走出大队部没有多远，已经看见了一大群乱哄哄的人。他们激动地喊着、尖叫着、挥动着拳头。人很多，有从庄子上来的，更多的是一路上跟上来观看或者听到叙述和煽动以后参加进去又喊又叫的，总起来，还是喊的人少，看的人多。人群中间，被包围着的是库图库扎尔，显然，他还没有来得及走到公社，半路上就撞见了他们。

"你们要干什么？你们究竟要做什么？"库图库扎尔嘶哑地大叫着。

"把泰外库放出来！"

"让他把养的猪圈起来！"

"把包廷贵交出来！"

"让包廷贵老实一点！"

人们七嘴八舌地叫着。

"你们简直是胡闹，是捣乱破坏！是反革命！泰外库的问题，由政府决定，你们吼叫什么？汉族社员养猪，你们为什么要干涉？你们这是制造争端，挑衅闹事！老老实实都给我回去！下地去！检讨去！你们以为世界没有了主人了吗？你们就不懂得什么叫害怕了吗？你们就不知道什么叫枪杆子、印把子了吗？"库图库扎尔的口气异常强硬。

人群静了一刹那，只听到一个苍老的声音：

"库图库扎尔书记，您把话说到哪里去了？您为什么给我们扣这么大的帽子！我们是人民公社社员，奉公守法，手无寸铁，我们不是反革命！"

这是亚森，狄丽娜尔的父亲。他宽脸大耳，银髯飘拂，声音洪亮，他的职业是木匠，宗教上又担任宣礼员的职务。他的任务是在规定的时刻，每天五次站在清真寺的穹顶上摊开两手分别放在耳后，拉着长声召唤信徒们做祈祷。由于这方面的长期实践，他说起话来也是一种深沉而又响亮的颤音。

"我们不是反革命！"

"少给我们扣帽子！"

人群应和着亚森老人的话语，又喊叫了起来。

在这群人里，亚森是唯一的老人，也是唯一的德高望重的人物。激动中，他仍然是相当合乎礼仪地继续说道：

"库图库扎尔书记，包廷贵在庄子上把人欺侮得够了！我们讨厌包廷贵，并不是反对汉族，更不是反对党和政府。泰外库阿洪拿起一块石头打了他的猪,是因为他放养的猪跑到了泰外库的园子里吃他种的菜。这并没有什么了不得。包廷贵也拿起石头打过旁人的牛、旁人的羊、旁人的鸡鸭,为什么不问青红皂白就把泰外库抓走?难道一个维吾尔族社员和一个汉族社员吵了架,就一定是维吾尔族社员有罪吗?我相信,党的政策并不是这样的!"

"不准欺侮穆斯林!我们不是任人侮辱的牛羊!把高鞡皮鞋和长虫赶跑!"一个在硬壳帽子下面露出女人般的浓密的长发的小伙子,歇斯底里地喊叫着。

"亚森木匠!亚森宣礼员!"库图库扎尔逼近亚森,手指几乎戳到亚森的眼睛上,"您是什么人?请别忘了自己的身份,您是宗教人员,您是宣礼员,您竟敢带头闹事,当众挑拨维吾尔族与伟大的汉民族的关系,您这是现行反革命活动,您要考虑一下后果。"

"……我挑拨什么了?什么后果?"亚森气得说话断断续续,连不成句。

"告诉您!我们有强大的军队,谁敢闹事,就枪毙!"库图库扎尔把手猛地一挥。

"枪毙谁?"亚森颤巍巍地问道。

"乡亲们,要枪毙我们啦!我的妈呀!"尼牙孜带着哭音号叫起来。

"凭什么枪毙我们?我们再也不能忍受了!"长头发的小伙子喊道。

"不准枪毙我们!"

"要枪毙就枪毙高鞡皮鞋!"

"干脆枪毙库图库扎尔算了!"

人群又七嘴八舌地乱喊起来。长发的小伙子趁势喊道:"你!把这个卑鄙的家伙揍一顿!把这个出卖我们的家伙揍一顿!"有些人应和着举拳向库图库扎尔拥去。

差不多同时，从不同的方向冲出了达吾提铁匠和穆萨队长。达吾提走到库图库扎尔跟前，伸开胳臂像一道栏杆一样地保护住库图库扎尔大喊道：

"不准动手！"

穆萨解开了绸子衬衫，露出了毛茸茸的胸脯，大叫道：

"你们吃了狗屎了吗？你们的脖子上支着的究竟是葫芦还是脑袋？你们的嘴刚刚从娘的奶头上拿下来吗？你们这些浑蛋，傻瓜，笨伯，乌龟头子！谁敢动库图库扎尔书记一根汗毛！"

"打！打！打！"长发小伙子、尼牙孜两人喊叫着，人群激动而又混乱，似乎已经忘记了他们前来的本来目的，而是一心要哄闹一场。"闹"本身已经从手段变为目的了。但是，尽管有人喊叫，有人在空中挥拳，却并没有一个人真正动手，一些稍微上了点年纪的人反倒往后退了退。

正在这时，不知是谁把亚森向前一推，亚森扑在了穆萨身上，穆萨用胳臂一扛，亚森又倒在了众人身上。

"他们动手了，他们打了亚森大叔！"长发小伙子发出了一声凄厉的怪叫。人们真的激怒了，推的、搡的、挥拳的，穆萨挨了几下，库图库扎尔从背后挨了一拳，帽子也打掉了，一直态度强硬的库图库扎尔脸吓得煞白。

"不要动手！"伊力哈穆不顾乱飞的拳头冲到了人群当中，混乱中，他也被人推挤着，"亚森大叔！"他又叫道。

"我在这儿哪！"亚森回答道。

他们这一问一答，吸引了人们的注意力。

"您们不是为泰外库的事来的吗？是不是？"

"是的，是的。"亚森连忙回答。

"究竟是谁告诉你们泰外库被抓走呢?"

"我们亲眼看到的。泰外库被抓到摩托车上,拉走了……"

"胡说!"伊力哈穆断然喝道,"我亲自送泰外库上的车,是公社通信员找他去问一点事情。"

"说谎!他在骗我们!"长发小伙子说。

"泰外库的事情,由政府决定,该抓就抓,该放就放,该蹲监狱就蹲监狱,该枪毙就枪毙!你们喊叫什么!"库图库扎尔说道。

"看,他们就是要枪毙泰外库!"尼牙孜说。

"不,"伊力哈穆说,"库图库扎尔书记,您说的情况不对。早晨,我一直和泰外库在一起。公社找泰外库去,是为别的事情,与包廷贵的死猪娃子没有多大关系。刚才,公社党委还来过电话。这一点,我们都很清楚,应该直截了当地告诉乡亲们,泰外库根本没有被捕,你们上当了!"

"对!你们上了那些家伙的当了!"又一个人应声道,原来是里希提,他满头大汗,吃力地指着正在走来的又一群人说。庄子上来了一大批人,乌甫尔、萨妮尔、伊明江、老王和狄丽娜尔,他们押着玛丽汗和依卜拉欣两个地主分子走来了。玛丽汗和依卜拉欣虽然低着头,两眼却放射着少有的凶光。显然,他们受到了这个乱子的很大的鼓舞。

"乡亲们!我们已经查明了情况,制造泰外库被捕的谣言的就是这两个狗地主。当你们受骗撂下农活出来以后,玛丽汗竟然跑到了依卜拉欣那里,他们高高兴兴地说什么'让他们用自己的油去煎自己的肉吧'。但是,他们高兴得太早了,就在他们得意忘形、凶相毕露的时候,革命的人民当场抓住了他们!"里希提对人们介绍说。

"这是怎么回事?"亚森问道。

"不要听他们的！我们与那两个地主有什么关系？他们在骗我们！"长发小伙子说。

"说老实话，"库图库扎尔见形势有了变化，他又恢复了威严和强硬，他说，"泰外库的罪行非常严重！第一，他打死了汉族社员的猪。第二，他行凶打人，侵犯人权，殴打了包廷贵和郝玉兰。他理应受到应有的制裁！你们为什么要包庇罪犯，聚众闹事？刚才还有人……"

长发小伙子跳了起来："听啊！泰外库还要受制裁呢！不要受伊力哈穆和里希提的骗啊！"

"小伙子，到这边来，请问，你是谁，你来干什么？"伊力哈穆向长发小伙子招手道。

"你管不着。"

"你不是我们的社员啊！"

"我是自己人！自己人就要管自己人的事。乡邻们要团结起来！"长发小伙子甚至举起了手臂。

但是，没有人应和，开始，大部分人是一致来为泰外库呼冤的，现在呢，已经分成了好几部分。有人听了伊力哈穆和里希提的说明开始怀疑自己是否受骗贸然前来，有人见到两个地主和更多的人群以后怕事情闹大已经考虑退走，有人想看着事情到底会怎么收场，也有人听了库图库扎尔的话认为泰外库确已被捕，依然感到万分不平……里希提带来的人也纷纷向先来的闹事的群众介绍情况，揭露两个地主分子的破坏活动。

"社员同志们，他是谁？你们认识他吗？亚森大叔，您知道他是谁吗？"伊力哈穆指着长发小伙子问道。

"他……他是依卜拉欣的侄子。"亚森说。

"原来如此！怪不得你居然喊起什么'自己人'团结起来，原来是要我们和依卜拉欣和玛丽汗团结起来。"

"你……你……你不要抓辫子。乡亲们,不要听他的……"长发小伙子色厉内荏地叫着,退缩着想伺机溜掉。

"不要走!"里希提喝了一声,"大家都不要走! 你们不是为泰外库的事情而来吗? 你们不想看看他吗? 看,他已经来了!"

众人随着里希提的手指,向大路方向看去,只见赵志恒、塔列甫,还有两个公社干部带着泰外库和包廷贵正在向这个方向走来。包廷贵似乎不太情愿,他落在最后面,赵志恒回首催促着他。看到这幅景象,所有的人都睁大了眼睛。

没等到赵书记说话,长发小伙子又喊叫起来!"看哪,高勒皮鞋来了,再不能让他欺侮我们了,把包廷贵轰出庄子……"

包廷贵拔腿就跑。

赵志恒叫住了他:"哪儿去?"

"赵书记,他们会打死我的!"包廷贵像哭一样地叫了起来。

"哈哈,他也怕了,打! 打!"尼牙孜喊道。

"你们谁敢打汉族社员!"库图库扎尔紧接着也叫起来。

赵志恒摆了摆手,止住了库图库扎尔,他对大家说:"你们来的人很不少啊,有什么事情,好好谈一谈嘛,不要急嘛……"

大家沉默了,你看着我,我看着你。亚森咳嗽了一下,说道:

"早晨我们已经下地劳动了,忽然听说因为包廷贵的猪死了,他诬赖是泰外库给打死的,结果把泰外库给抓了起来。我们庄子上的社员,早就对包廷贵有意见了,听了这个消息,大家都很不平,你叫我我叫你就一起来啦。"

"什么? 把我抓起来了?"泰外库向大家说道,"这纯粹是无中生有的捏造。公社找我,完全是为的别的事情……"

"是我打发扎克尔江去找的泰外库,那时是早晨刚刚上班的时候，包廷贵夫妇还没有到公社来，我们根本不知道还有个什么猪娃子死掉的事情。"塔列甫补充说。

众人你看看我，我看看你。

"亚森大叔！"伊力哈穆问道，"告诉我们，您到底是听谁说的泰外库被捕？你们旁人呢，又是听谁说的？"

"这个，这个小伙子说的……"亚森指着长发小子。

"我们也是听他说的。"又有几个人说。

泰外库一把揪住了长发小子的衣襟："是你说的吗？"

"我……我也是听人家说的。"长发小子被泰外库的力气吓得发起抖来。

伊力哈穆示意让泰外库放开了他，问道："你又是听谁说的？是不是依卜拉欣叫你这么干的？"

"我……听尼牙孜哥说的。"长发小子低下了头。

"胡说！我根本不认识他……"尼牙孜尖叫着分辩。

"尼牙孜！"库图库扎尔声色俱厉地喊道，"你刚才还说，亲眼看见了……"

"是的，我亲眼目睹了这个什么……"

"你到底看见什么了？"库图库扎尔追问。

"我没……没看见什么……"尼牙孜忽然害怕了。

"你不是说看见摩托车了吗？你是不是以为……"库图库扎尔提醒着。

"让他自己说！"赵志恒止住了库图库扎尔。

"我看见摩托车，还有这个玛丽汗……"尼牙孜支支吾吾地说。他是个唯恐天下不乱的人。一方面，他是"实利派"，为了一分钱，他可以吃屎；一方面，他又有一种为艺术而艺术的兴致，凡是遇到吵嘴、骂架、打捶、告状、离婚、抓奸、跑水、失火、撞车、塌房、牲口受

惊……他就高兴异常。今天,他本来要逗一逗英雄的,现在却陷入
了尴尬的境地,好在他也并不十分悲伤,因为,气势汹汹而出,抱头
鼠窜而归,这对于他早已经不是新的经验了。

比他思想负担更加沉重的是亚森木匠。他是一个自己知道自
己的分量、从而自视要高人一等的宣礼员。他思想古板、语言陈
旧、生活保守而又热心公益。谁家死了人,谁家有了纠纷,谁人要
上路出远门,各类红白喜事总是要先请他,他也总会出现在需要他
帮忙的地方。同时,他又是勤俭本分、循规蹈矩、奉公守法的,他从
来不干什么冒失的事情。但是,今天,他竟成了闹事的带头人,他
心慌意乱,无地自容了。

经过一番追究,终于弄清,是玛丽汗第一个传出泰外库被捕的
谣言的。赵志恒与公社、大队的干部简单交换了一下意见,库图库
扎尔宣布说:

"社员同志们,根据公社党委指示,大队党支部决定,立即召开
批判大会,彻底揭露和批判地主分子玛丽汗和依卜拉欣的破坏活
动。咱们都到大队加工场大院里去!"

反动派总是搬起石头砸自己的脚,今年还不到五十岁,外表却
已经老态龙钟,秃顶、驼背,阴郁而又绝望的玛丽汗,和枯瘦如柴、
从劳改释放以后就得了摇头疯病的不住地晃着脑袋的四十多岁却
是老谋深算的依卜拉欣,一个多月以来,他们一直为开始出现的混
乱局面,特别是各种杂七杂八的谣言所鼓舞,以为他们梦寐以求的
"变天"时刻即将到来。这天早上,包廷贵与泰外库的冲突使玛丽
汗欣喜若狂,她知道,包廷贵的行为已经引起了广大群众的不满,
只要再划上一根火柴就可以呼噜呼噜烧上一阵子。泰外库坐上摩
托车走了,这更使玛丽汗把愿望当成现实。玛丽汗其实是真的有

几分估计泰外库是被捕了，她的反动本性使她必然得到这样的刺激。她知道，猪的问题是一个很小的问题，却又是一个很敏感、很容易动感情、很容易产生矛盾的题目，抓住这样一个题目做文章，真是再妙也没有了。在一种疯狂的兴奋心情中，她跳出来了，依卜拉欣也手舞足蹈了。

……尽管他们被押了来，尽管他们看到了公社、大队干部在场，尽管他们也看到了泰外库安然无恙，他们意识到棋已输了多半局；但是，他们仍然敏感到群众的某种躁动的情绪，他们知道包廷贵仍然是一个祸乱的根苗，所以，他们并没有死心，他们正在会前十分紧张地思考着负隅顽抗的伎俩。

会议是临时决定的。但是，开始时的闹事已经引来了不少群众，里希提又带来了庄子方面三个队的全体社员，再一招呼附近农田的社员，这个大队的社员差不多全体到齐了。不论是好人还是坏人，他们对于这个会都不感到十分突然。他们都已经预感到会出点事，会有一番较量的。就像在闷热的天气，人们会预料到而且会盼望着一场暴雨。赵书记和大队支部委员们正在安排会议的开法，要抓住战机、因势利导，把坏事变成好事，夺取斗争的胜利。他们也都非常兴奋，像战士在发起攻击以前，等候着冲锋号一样。

会议开始了，玛丽汗和依卜拉欣被带到了前面，乌甫尔队长先代表庄子上三个队的群众介绍了两个地主分子活动的情况，然后，责令他们交代自己的罪行。

"我该死！我疯了，我傻了，我看见高勒皮鞋……"

"住口！"库图库扎尔大喝一声，"不许你侮辱汉族社员。"

"让她把话说完。"赵志恒低声说。

玛丽汗哭了起来："唉，噢，是，是包廷贵先生，我看到包廷贵先生的猪乱闯，我心里受不住啊！我看到包廷贵先生欺侮泰外库，去讹诈泰外库,我看到泰外库阿洪被捕⋯⋯"

"你什么时候看到我被捕了?"泰外库愤怒地叫了起来。

"我看到了你上了摩托车,我以为⋯⋯"

"你以为? 你以为什么?"一些社员质问道,"你还没弄清情况就到处煽动吗? 你不知道只准你这个地主规规矩矩,不准乱说乱动吗?"

"我忘了,都是自己人嘛,泰外库的事情,我也挂心⋯⋯"

"你也关心泰外库的事情?"里希提站了起来,他的眼睛里喷着怒火,"你也讲起乡里乡亲的情谊来了么! 你说说,泰外库的父母,那两个乡亲曾经受到你和你的丈夫、大恶霸马木提的怎样的关心吧!"

玛丽汗的脸色变了,她低下了头。泰外库的脸色也变了。

伊力哈穆冲到了玛丽汗的面前,他对大家说:"社员同志们,请看吧,今天,玛丽汗给咱们讲起乡里乡亲的情谊来了,而那位依卜拉欣的侄子,甚至喊起乡亲们团结起来的口号,让我们回想一下依卜拉欣、马木提和苏里坦、玛丽汗对我们的情谊和团结吧⋯⋯泰外库的父亲,只因为路过马木提的庄子时候唱了一句歌,违背了马木提的'礼法',就被抓起来,绑在榆树上⋯⋯我记得,当时亚森大叔也曾经用都是乡里乡亲嘛这样的话去为泰外库的父亲求情,马木提是怎样回答的呢? 亚森大叔,您还记得吗?"

"我⋯⋯记得。"亚森略带惶恐地说。

"他说什么?"

"他说:'这样的乡邻一文不值,这样的乡邻应该喂狗⋯⋯'"

"该死的狗地主!"社员群众呼喊起来。

"泰外库的母亲,"伊力哈穆继续说,"就因为给长工做饭的时候多放了两把蔓菁疙瘩⋯⋯长工们顿顿吃不饱啊! 被这个妖婆玛

丽汗发现了,她像鬼神一样地扑向泰外库的母亲,萨尔汗大婶说:
'都是穆斯林嘛,怎么能让大家饿着肚子干活……' 狗地主婆拿起
火钳就往萨尔汗大婶的头上砸……大家忘了吗?"

"没有忘!"

"这就是他们的情谊!"伊力哈穆继续说,"今天上午,有一些社
员撂下工作来到大队,本来他们只是对包廷贵有意见……包廷贵
的问题,只是他个人的问题,这个问题,我们仍然要解决。但是,玛
丽汗、依卜拉欣他们却是别有用心的,他们不仅制造泰外库被捕的
谣言,还竭力把事情搞成穆斯林与非穆斯林,搞成一个民族与另一
个民族的纷争,他们究竟要干什么? 他们在按照谁的鼓点跳舞,我
们不应该想一想吗?"

"你这个狗东西!"泰外库冲了过来,他忍不住想踢玛丽汗一
脚,被伊力哈穆止住了,"你这个害人精! 还装出一副关心我的样
子! 打从一个月以前,你就跟我说,说什么大批的汉人要来了,将
来维吾尔人要侍候他们……"

"说,你说这话是什么意思?"大家喊道。

"我,"玛丽汗抬起头来,从眼角上左顾右盼,她用细微的声音
说,"我……我从没有这样说过。"

"什么? 你没说过,难道是泰外库编造出来栽到你头上的吗?"

"你不仅是和泰外库阿洪说过,种苞谷那天,你在地头上说了
些什么?"

"你在供销社门口……"

"你在渠边说……"

群众愤怒地把地主婆子的反动宣传一条一条地揭露了出来。
最后,尼牙孜也站了起来,他说:"今天早晨,就是她、这个妖婆告诉
我,说是泰外库被捕了!"

"哇吧,哇吧,您这是说什么呀,我什么时候跟你说什么了……"

尼牙孜跑过去就给了玛丽汗一个耳光,人们拉住了他。

"说!说!"

喊声连成了一片,像狂风怒涛。玛丽汗一阵痉挛,伏倒在地上。

小说人语:

从前这里有一棵巨树,这棵树被认定具有传染病毒的危险,于是将它锯、砍、斫、刨、雕刻、加工,于是它变成了顺手顺足的机凳与小桌,木箱与拐棍,浮雕与画框。毕竟它出笼了,它保留了树木的材料与芳香,它保留了痕迹与流程,它令人唏嘘不已。

然而小说人不需要这样。他对新疆充满信心,他对各民族人民充满信心,他对友谊和爱情充满信心。所以他承认可能的纠结,他空前地将笔触放置到了这样的纠结乃至事件上,他相信过而且仍然相信着,他相信面对真实承认真实就一定有希望。

第十六章 一声妈妈 乌尔汗抱儿飞泪雨
半拉哈吉 麦素木丢职当社员

　　任何不寻常的事件,对于身在其中的人来说,又是没有什么不寻常的,他们只是碰到了无法避免的情况,做了无法不做的事情。伊犁人民,在一九六二年的春天通过了巨大的考验,他们变得更加正常、更加镇定了。地球不慌不忙地旋转,岁月照常无异地更迭,很快,这一切似乎都成了往事;农村,又变得平静了。一眼望去,甚至你感到这里主宰着生活的仍然是"日出而作,日入而息","春耕夏耘,秋收冬藏"的万古不变的节律。

　　这种表面的平静,说明了斗争的深入,也表现了斗争的胜利。一九六二年,话说国内外的一批"英雄好汉"气势汹汹地向我国西北边疆的伊犁—塔城地区的人民扑来,似乎要削平天山、倒流伊犁河水;结果呢,是他们自己碰得头破血流。他们伸出的毒爪——身材细长、脸色粉红的木拉托夫之流也去了鬼知道的地方。我们这个大队的地主分子玛丽汗和依卜拉欣,经过一番小小的较量,又失败了。玛丽汗的驼背似乎又向下弯了几度,头顶又秃了几分。依卜拉欣的最后的两颗牙齿也掉光了,他又不安假牙,他已经变成了一个满口无牙、说话含糊不清、吃饭生吞整咽的半死不活的动物。那个在一昼夜之间,摇身一变成了鞑靼人、"苏联侨民"的麦斯莫夫,并没有走成。苏侨协会非法发给他的侨民证被没收了,经过了一番周折,他又变成了麦素木。不是县人民委员会的科长麦素木而是外逃未遂、狼狈不堪的无业游民麦素木。直到一九六二年冬

240

天,他被安置到跃进公社爱国大队,在库图库扎尔的手下当一名社员。整个冬天,他抬不起头来,脸上的表情像一个正在如厕的痢疾患者。他带着老婆搬了来,老婆叫做古海丽·巴侬,据说她是"真正的"乌兹别克。他的家产仍然优于一般社员。人民是宽大的,对于麦素木这样的人,只要他自己从此奉公守法,仍然可以既往不咎。许多农民仍然宽厚地、略带几分对于读过书、当过干部的人的敬意,称呼他作"麦素木科长"。但是,更多的人却给他起了个新的、饶有嘲讽意味的雅号——半拉子哈吉。哈吉这个称呼,本来是指去麦加朝过觐的人,俄国大文豪托尔斯泰的名著,一般译作《哈泽穆拉特》的,就是描写车臣的一个人物,依新疆的方式应该唤之为"木拉提哈吉"的。这里用在麦素木身上,是指他外走未成,换一个视角,也就是说他差一点就走到外国去了。伊斯兰教要求袖的信徒履行五个义务:念功、拜功、斋功、课功、朝功,朝功即到麦加朝觐天房。哈吉本来是指朝过觐的人,用到麦素木身上,就十分滑稽了。

还有我们见了一面的依卜拉欣的侄子,那个长发小子,他回到自己的单位,又是交代检讨,又是痛哭流涕,又是揭发检举他的叔叔,好吧,把情况讲清楚就行了,他的生活照旧,工作如常,但是,四队的庄子上再也没见到他露面了。

还有些曾经惊慌失措的人。其实,容易慌乱的人也容易平息,常常六神无主的人也常常无所用心。不用说,阿西穆的家业仍在稳步发展,他的坐骑——一头草驴下了小驴驹,现在,当他骑驴来往于庄子与大队供销社之间的时候,灰毛小驹前前后后地跟着他欢蹦乱跳。一九六二年冬天,他的果园里的秋柠檬果获得丰收,他把苹果整整齐齐地下到了菜窖;到了一九六三年初的开斋节前,他以每公斤六角的价格卖给了供销社,赚了不少钱。如果秋季卖,最多只能卖一公斤一角的。他的女儿爱弥拉克孜毕了业，分配到本公社的卫生院，第一年每月工资三十八元四角，爱弥拉克孜把全部工资交给了父亲，这使阿西穆心花怒放，或者按照维语的修辞格式叫做胸膛里装满了盛不下的快乐。当然，阿西穆早已忘掉了春季他曾经命令女儿中途退学，险些功亏一篑。但是，他的弟媳帕夏汗有一次来阿西穆家，提醒他一个未婚的女孩子给人看病有多么不好，帕夏汗描绘了一些画面，例如她可能需要给男子的阴部和肛门上药，这使老汉一闭眼就魂飞天外。

　　但是，七队小麦的被窃一案并没有什么重大的进展，爱国大队党支部的支委会仍然是效率很低。在包廷贵猪娃子死掉的时候，库图库扎尔对伊力哈穆发了那么大的脾气，但此后这件事硬是被搁置在了一边。猪娃子到底是谁打死的？就连这个小事也没有结论，反正包廷贵不敢再闹腾了，泰外库也没有认错、赔钱。敢情有些一时火烧眉毛、看来不立即解决就要出事情的麻达，照旧也可以不予解决，不解决也不会天塌下来。历史的规律就是这样的：旧的矛盾的遗留阻挡不住历史进入新的阶段；而在新的阶段人们解决新的矛盾的时候也必须同时"补课"，解决遗留下来的旧的矛盾。一切动荡都是暂时的，它必然被平稳所代替，而一切平稳里又都孕育着新的动荡。

　　雪林姑丽和泰外库离婚了，她暂时和吐尔逊贝薇住在一起，热情泼辣的再娜甫与老成持重的热依穆都对她不错，关心她，却丝毫不干涉她生活。廖尼卡又活泼起来了，甚至还有些油腔滑调，在磨坊，他和顾客们眉飞色舞地神聊海说，下工后，洗脸的时候从脸上、鼻孔里、耳朵里冲掉那么多的面粉，水汤接下来足可以打一盆糨糊。一九六二年十一月，狄丽娜尔生了一个女儿，狄丽娜尔的妈妈来照顾了月子，以这个外孙女的出世为契机（可能也和那次"闹事"

的教训有关），亚森木匠家的大门终于向狄丽娜尔和外孙女开放了。狄丽娜尔生孩子以后反倒更显年轻了，她又常常和吐尔逊贝薇、雪林姑丽在一起了。虽然，她们各有各的生活道路而往日已不可能再来。但是，这三个童年时代的好友总又有了重温旧梦的欢聚的机会。特别是吐尔逊贝薇于一九六三年春在技术员杨辉的指导下组织了一个诱杀冬菜籽的大敌——地老虎的科学实验小组，吐尔逊贝薇吸收了她俩参加这个自费科学实验小组（因为穆萨队长不肯从队里的经费中给她们报销开支），这以后，她们的亲密友谊获得了新的内容和意义。

与雪林姑丽解除婚约以后，泰外库也好像甩掉了一个负担。他恢复了他那艰苦而自在的赶车人——单身汉的凄凉而又自由潇洒的生活。在那以后，没有人再追问他关于萨塔尔或者叫做赖提甫的事；他牢记着这个教训，不再乱交朋友，有空暇时间他宁愿帮助别人劳动。他成了村里最受欢迎的人之一，如果你需要人帮忙，那么，切上半公斤羊肉，准备好饭，去请泰外库吧。单身汉的时间总是比较富裕的。

泰外库很少回自己的房子。没有人经营，庭园里的果木和蔬菜也都没有长好，这一年，他节衣缩食、汗流如雨才盖起来的房子，对于他原来并不是那么必需的。所以，当大队的小学为了方便七队庄子上社员的子弟就近入学，在庄子上物色一个地点筹办低年级的两个班的分校时，泰外库慨然把房子借给了学校，自己搬到从公路通往庄子的木桥附近的一间废弃的旧理发室。当学校给他送来少量的房屋租金时，他含笑谢绝了。"给孩子们买个皮球玩玩吧。"他说。

就连被一九六二年春季的旋风吹得头晕目眩、家破人散、哀痛欲绝的乌尔汗，她的生活也慢慢回到了虽不开阔却也渐渐单纯和平稳起来的渠道。在玉米地昏倒以后，伊力哈穆让狄丽娜尔跑了一趟叫来了她的妹妹。几天之后，她回了娘家。父母和弟妹并没有人责备她，由于自己的罪孽而招来的不幸，是比任何语言都更严厉的教训。在娘家住了没有几天，帕夏汗却又托人传话给她："波拉提江有消息了，快回来。"乌尔汗连夜步行赶到了爱国大队，赶到了库图库扎尔家里。库图库扎尔深锁着双眉，为难地告诉她，他专门为了这事跑了好几天，托付了他在县上、市上、州上的所有的朋友。好不容易打探出来，她的儿子波拉提江在那一天流落街头，被一个尼勒克县的没有子女的老汉收留带走了。

"我马上到尼勒克去。"乌尔汗哭着、说着、抓着自己的胸口。

"你怎么去？去了找谁？如果收养孩子的人不肯把波拉提江交给你呢？"

"波拉提江认识我，波拉提江认识他的妈妈，波拉提江会找我的，会跟着他自己的妈妈走的。"乌尔汗甚至露出了笑容。她满怀信心地、讨好地向库图库扎尔解释道。

"波拉提江认不认识你，那是次要问题。"库图库扎尔冷冷地、不屑地反驳，"你有手续吗？你有证明吗？尼勒克的各级领导部门，谁认识你？谁能证明你不是个骗子、疯子、人贩子？谁能证明你是一个忠诚可靠的中国公民？是一个热爱社会主义的人民公社社员？谁能证明你不是那边派来的奸细？再说，孩子不是人家从你的手里夺走的，不是从你的房子里偷出来装在麻袋里背走的，是你自己抛掉了他，你还有什么权利去索要孩子呢？"

"我的天啊，"乌尔汗的脸又变成了蜡黄色的了，"库图库扎尔书记！库图库扎尔大哥！帕夏汗姐！我的亲亲哥哥，亲姐姐！"乌尔汗哭着伏在了库图库扎尔的脚下，"请你们可怜可怜我吧，请你们给我想想办法！请你们帮助我，把我的孩子找回来。我一辈子感谢你们;我每天为你们做五次祈祷!我、我愿意永远做你们的奴婢!让我的儿子,让我的父亲、母亲、弟弟、妹妹、亲戚和朋友永生永世都感激和歌颂你们……你们饶恕了我的那一勺肮脏的血①吧。"

"起来起来,让我们再想想主意,"库图库扎尔沉吟着,敲打着自己的前额,"我可以叫大队给你开个介绍信,但是,跨县办事必须有公社以上的公函,公社肯不肯给你开证明呢?依你的情况,你一是叛国盗窃犯的家属,二是外逃未遂的罪人,谁愿意管你的事情呢?"

"我……"乌尔汗抽泣着,深深地低下了头。

"再说,人家收养你的孩子已经快一个月了,吃饭穿衣照顾,哪一件是白给的?你能空着手就把孩子领回来吗?"

乌尔汗一把撸下了自己的耳环,又说:"我把家里的家具和衣服全卖掉,只要……"

"那一点破烂值几个钱!"库图库扎尔把眼一眯,撇了撇嘴。

最后,直到乌尔汗被折磨得一头冷汗,两眼又开始发直的时候,库图库扎尔好不容易才"下了"决心,叹了口气,他说:"有什么法子?我帮忙,一切包在我身上。我给你跑一趟尼勒克,我给你领回来,介绍信呀,钱呀,你都不用管了,一切后果,我承担。不过,你千万不能告诉别人,再也不要找别人,如果传出去我这个书记为反革命家属办事,从此我就再不管你的事情……"

"不,不,我可以发誓!"

库图库扎尔把耳环还给了乌尔汗。乌尔汗费了老大的劲才把它又交到了帕夏汗的手中。临走的时候,帕夏汗嘱咐她说:

———

① 犹言"饶了我的狗命"。

"现在有些人看起来好像挺关心你,其实,那是假的,他们准备从你的嘴里多套一些情况,然后把你送到劳改队。这些事你不懂,我也没法和你细说。我们俩为你费了多少心血,担了多少风险!咱俩是亲戚嘛,咱们俩的血管里流的血来自同一个来源啊!千万不要随便找别人,不要随便说话,不要出差错,不要让波拉提江回来以后再失去自己的母亲。明白吗?"

"明白,明白。"她连口答应,虽然,她并没有听明白。

过了几天,孩子真的领回来了。还是那个大眼睛,翘鼻子的男孩子,虽然稍微疲惫了些,脸上还有一道伤。"叫妈妈!叫妈妈呀!"乌尔汗哭着、笑着,抱着孩子,但是波拉提江没有叫妈妈,他躲避乌尔汗的亲吻。差不多所有庄子上的女人都到了乌尔汗的家里,来看望他们,祝贺他们母子团聚,波拉提江畏缩地躲避着客人,乌尔汗也不回答客人的任何问话,以至于客人们在庆幸他们母子的团聚的同时又怀疑乌尔汗是否变成了哑巴。孩子也不说话,不玩,不笑。只是到了深夜,孩子刚刚睡着,不知道是说梦话还是又醒来了,波拉提江大叫了一声"妈妈"!乌尔汗泪如雨下,赶忙把孩子搂到了自己的怀里。霎时间,五年来的全部记忆——胎里的顽皮的一蹬;出世后的第一声啼哭;第一次吃妈妈咀嚼过后的馕糊糊而弄得满脸面饼糊;长出了门牙;学步、说话、够吃的、自己蹲下尿尿……每个进展所引起的欢呼,所有的这一切都复活了,都连接起来了。

波拉提江是乌尔汗的过去,也是她的现在和未来,千遍万遍地赞美真主吧,更复何求!千遍万遍地赞美库图库扎尔吧,更复何疑!是的,四月三十日那个刮狂风的夜晚,那个伊萨木冬最后出走并从此一去不返的时刻,乌尔汗明明听到了库图库扎尔的声音,库图库扎尔的身上有一些乌尔汗琢磨不透的蛛丝马迹,她曾经有过一些十分模糊的却是可怕的猜疑,但是,现在这一切都被库图库扎尔找来了孩子这一热流冲刷得无影无踪。哪怕库图库扎尔是男巫,是魔鬼,是凶犯,但他是乌尔汗的恩人,是他重新把生命还给乌尔汗的躯体,乌尔汗的有生之日,便是对库图库扎尔的报恩之年。

　　然而伊力哈穆遭到了巨大的不幸。一九六三年的化雪季节,白天化冻,晚上上冻,房檐上挂着一道一道、长长短短的冰溜子。一天晚上,巧帕汗没有吃晚饭。"您有什么不舒服吗?"伊力哈穆问。"不,我舒服着呢。"外祖母回答。夜里,巧帕汗轻轻地叫她的外孙和外孙媳妇。伊力哈穆和米琪儿婉连忙来到了巧帕汗面前。"要不要去请个医生?"一股冷气突然袭到了伊力哈穆的身上,他对米琪儿婉说。"不,我没有病。"巧帕汗搭腔说,"孩子,把灯捻亮一点。"伊力哈穆知道外祖母指的是什么,他连忙打开自己的学习笔记本,把里边夹着的毛主席与于田县老贫农库尔班吐鲁木握手的照片拿了过来,巧帕汗接过了照片,伊力哈穆扶着老人坐了起来,外祖母一遍又一遍地看着,指着库尔班吐鲁木说:"他到咱们家来过。""噢,哦……"伊力哈穆回应着。"我的孩子,"外祖母又说话了,她问,"你没有见过毛主席吗?"她问得是那样炽热,那样急切,使伊力哈穆羞愧得几乎哭了出来,他知道,外祖母是多么希望他回答"见过"啊,他知道在生命的弥留时刻(他知道,这个无法避免的令人战栗的时刻就是近了),她多么希望他能多讲一点自己的领袖和救星的音容笑貌啊……但是,他只能默默地摇一摇头,巧帕汗说:"我生过七个儿女,你母亲是最小的一个……他们都没有了,现在,我只有你这个后代……你会见到毛主席的,我的孩子,你们都会见到的,我的孩子们……"巧帕汗用单数和复数不同的人称词尾重复着,底下的话含糊不清了,她笑了,笑容就这样存留在她的脸上,直到她的头无力地垂了下来。

公社党委书记赵志恒也参加了巧帕汗的葬礼，和维吾尔人一样，他的腰间缠上了白带子。是一个冷天，峭厉的寒风，震颤着的光秃秃的树枝，缓步行进的漫长的送葬行列。"啊，我的亲人，啊，我的慈祥的母亲！"声声无人应答的哭唤……忙碌的人们在这样的时刻也会停下来沉思一下的吧，关于生命的短促和价值，关于人生的意义和责任……

外祖母不在了，但是伊力哈穆总是无法习惯这个不可挽回的事实。他每天下工回来，总觉得巧帕汗正调制好了一碗"波杂"①等待着他们。他碰到一些人和事，总想着告诉外祖母并听听老人有什么独到的见解。这个在最艰难的岁月保持着尊严、乐观，将他抚育成人的巧帕汗外祖母，是永远不会消失的。她讲的那些神妙的故事：木匠造出了一匹会飞的马，铁匠造出了一条渡海的鱼，农夫发现了一只下金蛋的鸡，不仅是他童年的心灵的慰藉，而且至今诱导着他去努力用劳动的双手创造人间的奇迹。她对一些人的独特的、有时似乎是任性的评断，譬如她说库图库扎尔造过假布票，玛丽汗生下了一只蜥蜴……也常常引起伊力哈穆的深思。尤其是她老人家临终含笑的那个美好的愿望，更是深深地埋在伊力哈穆的心里。

一九六二年夏天，新上任的县委书记赛里木在赵志恒的陪同下来到这个大队住了几天。伊力哈穆一见他，不由得怔了："您……不是采购员吗？"问得赵志恒和在场的人谁也摸不着头脑。赛里木同志笑了起来："还记得那个黑胡子米吉提吗？他自己是采购员，就认定我也是采购员，有什么办法？"赛里木就是在长途车上

---

① 糜子米发酵而成的一种饮料。

与伊力哈穆结识的那个年长的同志。他到处看了看,串了串,问了问,"你们搞得不错,应该总结个材料。"临走的时候,他对赵志恒说。

过了两天,县委办公室和县广播站来了两个"笔杆子",都是戴眼镜、长脸的汉族干部。他们一来,就被库图库扎尔接到自己的家里,正是瓜果成熟的季节,库图库扎尔的盘子里的一牙一牙的哈密瓜流着黏黏的甜汁,库图库扎尔的舌头上也淌着甜甜的蜜水。"我顶住了阶级敌人的围攻""我组织了对阶级敌人的斗争""我坚守了大队的岗位""我扭转了混乱的局面",他介绍说。材料写好了,收在县委的工作简报上,库图库扎尔的名字赫然在目。后来,在州上的一个先进集体和先进个人代表会议上,库图库扎尔又按那个简报上的材料作了一个内容丰富、语言生动的发言,还参加了聚餐、照相,在伊犁剧院看了州文工团演出的冬不拉弹唱和《绣花毡》舞蹈。开会回来,库图库扎尔更加神气了,他俨然成了一九六二年事件中的功臣。不是吗?经过一九六二年的动乱,全大队仍然获得了不错的收成。

但是,穆萨的诺言并没有实现,七队的工分值并没有提到每个劳动日两块二或者两块,而是一元六角。但这也算不坏,穆萨仍然常常讲他的诺言,只是把实现诺言的期限向后轻轻地推迟了一年。至于他的那个希望,倒是天从人愿,马玉琴果然为他生了个儿子。婴儿满四十天的时候,穆萨举行了那么盛大的"摇床喜"宴,为了给来客做菜,事先请了八个各族妇女为我们的队长削洋芋。

地球不停地运转,日月飞快地更迭,让我们再简单回顾一下这时间的顺序,以便结束这一九六二年的小小的前奏,把我们的长篇记录推向一九六三,特别是一九六四、一九六五年的本题。

　　一九六二年秋季多雨，场上的以及地头上还没有搬运的玉米都被淋得精湿。四队队长乌甫尔当机立断，下令把掰下的玉米棒子过秤以后分别拉到各户社员的家里，由各户社员负责烘干、脱粒以后再扣除应发的口粮部分统一交回队里，各队也都学着这个做法，避免了粮食的霉烂损失。冬天事少，出门不便，遇到刮大风下大雪的日子，正好在热炕头上放上一镟铁盆的带骨玉米，全家人长幼有序地围坐，每次拿起两个玉米，互相搓挤，其中一个搓光了玉米粒，再拿第三个搓第二个。你说我笑，你问我答，你计划来年的生计，我提及村内的家长里短，炉火温煦，其乐融融。

　　这年的冬天又多雪，人们从房顶子上一次又一次地把雪扫到地上，结果房边的雪堆积得竟比屋顶还高。爱国大队临时组织亚森等几个木匠打了几个雪橇，为被困在伊犁河沿的牧业队的牲畜拉运草料。

　　到了一九六三年的春天，传出了流言，说是将要有特大的山洪，等洪水下来时连伊宁市红旗百货大楼的楼顶也将淹没。人们津津有味地传播着这种说法，却没有人当真采取什么行动；流言归流言，还没到五一节，说也奇怪，那些人人看了都觉得无处打发的积雪就不知不觉地消融了、散发了、渗透了、流走了、升华了、汽化了，到处都干干净净了，红旗大楼仍然无恙地屹立在斯大林街的西端。

　　一九六三年春末又多风，每场风后果园里遍地都是刚刚成形的青绿色的幼果，有一些悲观的"杞人"预言这一年伊犁人将吃不上任何水果，许多园丁也皱起了双眉。但是，五月初的草莓，五月底的樱桃，六月初的黄杏，六月底的蒙派斯苹果，都相继上市。自然界的风雨，和阶级斗争的风雨一样，起着一种选择和淘汰的作用，受得住考验的果实，只会成长得更加丰满。受得住事实检验的消息,存活了下来,而各种胡言乱语,屁随风散,蛋随扯平。风雨使生活更加生动,丰收使对于风雨的回忆甚至变得亲切与可爱起来。而一个又一个吓人消息的破灭,增加了人们茶余酒后的谈资,变成了寒冬长夜的生活润滑剂。回想这两三年,真有的可说,有的可乐,有的可惊可疯可圈可点可感可叹哟!

一九六三年最难忘的还有跃进公社爱国大队旱田的丰收。那一年山坡地上种了大批的春小麦,几个老农驾轻就熟地撒下了一把又一把的种子。风调雨顺,秋后山坡地金光灿灿。收获时节许多青年男女公社社员去到山上,自带干粮,自找水源,冷水泡馕,有的组上山三天硬是收不完更收不净。那一年直到入冬,仍然有不知来自何方的所谓"盲目流入人员"上山捡拾春麦。那一年水田也是大丰收。搞得打场拖拖拉拉,伊宁市面粉厂收购了一批芽麦,市民吃了两个月的芽面,带甜味,粘牙,老百姓怨声载道。但同时也有人赶上了买到的是春麦磨的面粉,春麦里面筋的含量比冬麦大,最适合做拉面条,买上春麦面粉的住户足吃了拉面条。

小说人语:

许多伟人伟思伟力想改变生活,确实也改变了生活。同时生活在改变着伟人伟思伟力,使伟人伟思伟力生活化与世俗化。当你努力把平常日子变为惊天动地的英雄大戏以后,惊天动地的大戏也就变成平淡如常的朝朝暮暮了。大言大志都能燃烧生活,而生活的亘古不变的流程吸收了消化了也平展了释放了大言大志大勇大狠大风大浪……流言归流言,还没到五一节,也怪,那些人人看了都觉得无处打发的积雪就不知不觉地蒸发了……

第十七章 为妻索汤 尼牙孜巨盆盛杂碎
代母出工 库尔班小手捆麦穗

　　麦收即将开始,到处是一种大战前夕的匆忙、热闹、杂乱而又轻松的气氛。伊犁地区的农作物是以小麦为主的,麦收的任务要比秋收重得多。跃进公社爱国大队七队社员大小口三百多人,耕地四千多亩,其中两千五百亩种的都是小麦。另外,还有旱田的春麦数百亩,今年也获得了过得去的收成。从这个数字,我们可以想象得到伊犁地区(北疆其他地区也类似)夏收的可观的规模,是关内其他产麦区所不能比拟的。平均每个劳力有三十多亩麦子要割,这就要二十多天的时间。实际上仅仅地里的收割也要月把时间,因为总还有些强劳力要干别的事情。有一些弱劳力、半劳力完不成每天一亩的定额。另一方面,这里夏收期间降雨的机会和雨量都是很少的,夏收不像内地那样具有龙口夺粮、十万火急的性质。规模大,时间长,是这里夏收的特点。从开镰到入仓完毕往往要两个月左右的时间,少数地多人少工作又有些拖拉的地方,场上打麦的工作可以一直拖到第二年春天,这在内地大概也要当作奇闻的。

　　所以,麦收前总要进行一次大动员,不论是木匠、铁匠、成衣匠、理发匠、看磨坊者、烧制陶土器皿的匠人……在这个月当中,全部要投入夏收。供销社的售货员、卫生站的医生、学校的教师和外贸站鞣毛皮的技工……给他们也都规定了相当高的割麦任务。至于社员当中,更不要说了,瞎子、跛子,至少也还可以泡泡芨芨草打打要子。总之,凡是喘气的、能动的都要为麦收尽一分力。即使最落后的家伙,一般说来这个时候也是不敢逃避的。

今天,依照惯例,一大早七队的社员就向庄子方向集中,将要在庄子举行麦收动员会。会后,每户预发几元零花钱,各户把需要的盐、茶、鞋子、电池、灯油等杂物买下,也算是战斗前后勤准备的一部分;等"仗"打响了再请假去供销门市部买东西,那是不允许的。最后,还有一顿聚餐:农忙食堂已经就绪——调了人,磨了面,砌了灶,架了锅,修了土炉,腾了厨房,而且最诱人的是:已于凌晨宰了牛。

一到庄子,就可以感到这种节日气氛。空气里弥漫着青草、牛粪和柴烟的气味。以乌尔汗为首的几名妇女正在洗牛杂碎,一道小渠里的流水都变成了绿色的了。米琪儿婉在另一侧的大木桶里洗面团,洗出淀粉水来灌到牛肺里:本来拳头那么大小的牛肺灌得五倍地、十倍地、滚瓜溜圆地膨胀起来,不熟悉的人看到它这样胀大会因为怕它"爆炸"惊叫起来的。泰外库在厨房檐下拿着把快刀在卸牛皮,他穿着干净,腰里系着崭新的褡包,略略歪戴着帽子,很有些神气。今天,他是以屠夫的身份来客串食堂的工作的。牛就是他宰的,这使他似乎显得体面了些。人们喜气洋洋地带着几分敬意向他问好。

另一面,热依穆副队长也在客串打馕。热依穆解放前当过苏里坦巴依的专职打馕师傅,一看他揉面剂子时脖子一下一下的有板有眼的起伏,就可以看出他打馕是自幼受过专业训练,因而一切动作的细部也是程式化了的。穆萨的老婆马玉琴给热依穆打下手,柴烟就是从他们初试用的土炉里冒出来的。维吾尔人的主食是馕,馕是烤制的面食。馕加热烤熟的地方本书中译作"土炉",是一个巨型的肚大口小的陶瓮,比一般的瓮矮、肥、大。砌死在地上后，使用时先烧柴加热，后将面剂贴到瓮壁——炉壁上。所谓打馕的"打"，一个是指用手而不是用工具将面剂做成不同的馕形，一个是指用手将面剂密密地整齐地贴到炉壁上。马玉琴的妹妹马玉凤抱着才半岁的姐姐的孩子也在一旁帮忙，虽然柴烟熏得孩子微微有些咳嗽，惹得马玉琴回头看了她两眼，她却没有觉察，热依穆馕师的劳动韵律深深吸引了她的注意。

在庄院中间，人们围绕在一台新购置的马拉收割机前面，这一年，还是第一次准备在麦收中使用马拉机具，大家指手画脚、评头论足地观察着、议论着，或是怀疑或是赞叹，但都觉得新鲜有趣。艾拜杜拉正在收割机边检查、擦拭，拧一拧螺丝、试一试手柄，并时而回答一下社员们提出的问题。这架收割机将由他来掌握，为此他已在公社农机站接受了短期训练。

社员们陆续到齐了，供销社的售货员推了一车货品也随着大家来到了庄子，其中有夏收用具：镰刀、磨石、木叉、扫帚、木锨，也有日用杂货，包括饼干和糖球。售货车的到来又吸引了一批人，其中多数是带孩子的母亲。

会议开始了，穆萨队长开始讲话，而与此同时，打馕、灌肺、卖货、调试收割机等也照旧一应进行。本来，这些乱哄哄的事情似乎与开会是不相容的。但是，此时此地，这一切都汇成了一个有机的整体。不论是四下里历历在目的绿中带黄的一望无际的麦地，不论是穆萨的讲话，不论是镰刀和收割机以及米琪儿婉的面肺子和热依穆的窝窝馕，都是同一个主题，召唤着同一个神圣的劳动。甚至于，在会议当中，当哈萨克青年乌拉孜赶着马匹进了庄子的时候，尽管马嘶人叫很热闹了一阵子，也并没有使人感到对这个动员会有什么妨碍。

这里的规矩是，春耕以后，大部分马匹送上了山，与牧业队的马群合在一起休养生息、长膘添力,麦收快开始了,才从山上赶回来。穆萨在马嘶人叫中照样眉飞色舞地讲着话:"不准不服从领导。"他挥着拳头,带几分威吓的口气。即使威吓也罢,他的讲话仍然汇入到整个欢快喧闹的声响里,像一个乱弹弦子的人在器乐合奏中并没有显出多么不和谐。直到不知道是哪个母亲带来的两个男孩子为争夺一个糖球而拳打脚踢,引起了围观的小友们的高声喝彩,最后孩子们的母亲"该死的!喂狗的!"尖声痛骂起来以后,穆萨才竖起眉毛,猛然大喝一声:

"肃静!

"今年的麦收要突出政治!你们听明白了没有?收麦子要突出政治。收麦子收得好不好是政治,明白了吗?你们到底有没有这个觉悟?气死我啦!"穆萨语出惊人,大家一怔,"主要是三个人,我们必须记住:一个是白求恩,加拿大共产党员;一个是老愚公,中国共产党的老革命;还有一个就是跃进公社爱国大队七生产队队长你大哥我穆萨……"

大家终于听明白了,于是一片哄笑,一致有节奏地高呼:"泡①!泡!泡!"

喧嚣中,队长有几句话却是许多人都听见的,队长反复地强调着:"我们已经向上级作了保证,十天之内割完麦子,做到地净。二十天之内打完入仓,做到场净。我们一定要做到第一个向公社报喜、第一个向粮站售粮……"

这个时间表使伊力哈穆深感诧异。大队支部在研究夏收安排的时候,库图库扎尔也曾经提出过类似的"计划",大多数支委没有同意,大家认为,应该算细账、定措施、定出跃进的却也是切实可行

---

① 维吾尔语,吹牛。

的计划。后来，库图库扎尔去公社开会的时候，据说夸了一通口。
如今，从穆萨的嘴里，又听到了这种胡吹冒泡。

"这个，十天能割完吗？"伊力哈穆对坐在他身边的阿卜都热合
曼问。

热合曼哼了一声。

伊力哈穆掰着手指细细地算着。热合曼说：

"队委会研究的时候我们提过。穆萨队长板起脸来说我们保
守而且是干劲不足，说是提目标的意思就是为鼓劲嘛！鼓鼓劲有
什么不好？但是他自己又说，十天割不完还有十一天嘛，十一天不
完还有十二天嘛……反正提这么个口号，十五天十八天割完也是
好的嘛……"

"什么？十八天？口号？那何必还弄这样的计划？"

热合曼苦笑了。他的笑容的意味是：不是一天两天了，也不是
一个月两个月了，甚至于，不是一年两年了，这种动不动就大鼓劲
接着大延迟的事还少吗？

开完会，发完钱，在进行最后一个项目——在麦收食堂吃第一
顿饭的时候，发生了一场小小的风波。

食堂炊事员乌尔汗和雪林姑丽分别从两个锅里给大家打头蹄
杂碎汤，每人一碗，然后各自再从马玉琴那里领上馕，仨一群俩一
伙，围坐在一起说笑着吃饭。即便说一九五八年到一九六〇年的
食堂办得狼狈得很也罢，丰收期间的田间食堂仍然起了凝聚人心、
促进出工、联系感情、增添热闹的作用。尼牙孜端了一个特大号的
搪瓷盆子，先到了乌尔汗面前，一边递过盆子，一边说："多给盛一
点吧，大妹子！"由于他的盆子太大，盛上额定的两勺显得不太好
看，乌尔汗又给他多添了半勺杂碎一勺汤。中国人——汉族维族
别的族都一样——看重规定和数量，更看重观感。他端走了巨盆

牛杂汤,没有五分钟(不知道他怎么把滚热的杂碎汤吞下去的)他又端起腾空了的盆子混入了雪林姑丽前的另一堆人当中,把盆子递给雪林姑丽,说道:"我的甜甜的好女儿,多给我打一点吧!"

雪林姑丽本来是接过碗就盛,头也不抬一下的(这样可以免去讲私情的嫌疑),尼牙孜的啰唆却引起了她的注意;再一看,盆子还热得烫手而盆子边沿上还挂着油。她不由得问了一句:

"您还没有吃过吗?"

"没有。没有。"尼牙孜连声回答。

"什么叫没有?"一旁的再娜甫哈哈笑着揭了底,"刚刚从乌尔汗那里打了一碗,瞧瞧嘴角上的油吧!"

"这个那个……"尼牙孜狼狈了起来。

"幸亏我们这儿只有两口锅。如果有八口锅……尼扎洪恐怕要吃八碗呢!"再娜甫取笑着。周围的人也笑了起来。

"吃那么多杂碎,您不怕肚子疼吗?"一个人问。

雪林姑丽为难地拿着尼牙孜的盆子。后边的人又递过来一个碗,并且说:"先给没吃过的人打吧!"

雪林姑丽放下了尼牙孜的餐具。尼牙孜涨红了脸去抓雪林姑丽的勺柄,并辩解说:

"我、我这是替库瓦汗打菜。"

"库瓦汗姐不是没有来吗?"雪林姑丽不解地问。

"没有来没有来,为什么没有来? 割麦子的时候她不来行吗? 你们不去叫她? 她不是我们的社员、我的妻子吗?"尼牙孜不知所云地强搅着,又加上一个新的论据,"再说,刚才乌尔汗给我盛的那一碗,全是稀汤子,光知道拍干部和积极分子的马屁,我不是积极分子,就欺负人!"他说着说着还火起来了。

"尼扎洪,为一块牛肝不要那么大喊大叫好不好?"斯拉木老汉告诫着。

"我不是为了牛肝而叫冤，"尼牙孜索性变了脸，摆出了要拼命的架势，"我需要的不是牛肝，是人的心肝！我需要的是公平、公正和公道，我不能受欺负，我是三代贫农……"

悲情中流露着酸辛，尼牙孜甚至流下了一条稀鼻涕，他的带着哭腔的悲声吸引了更多的人，穆萨队长问清事由后下令说："算了，再给他盛一碗吧。"尼牙孜也是穆萨队长重点团结的"有本事"的人之一，虽然他一无所长，但是厚颜、能搅和、能添乱、能让正常人对他嫌烦从而向他让步，成事不足，败事有余，这也是一种土产的"本事"。

可是群众通不过。"这算什么？闹一闹就多打一碗，食堂还怎么办？""我也想再吃一碗，给不给打？"人们七嘴八舌地议论着。

雪林姑丽拿着勺子不知如何是好，包廷贵伸过头来，嘿嘿一笑：

"大师傅！我和我老婆都不吃牛杂碎，两碗全让给尼牙孜大哥了，一碗破杂碎嘛，什么大不了的！"

……就这样，尼牙孜又吃了两份牛杂碎。而且最妙的是，没有多大工夫，库瓦汗也来了，她虽然没有参加动员会，却不肯放过这一碗头蹄杂碎，雪林姑丽为了避免口舌纠纷，只得又给她打了一碗。

最后，雪林姑丽给自己剩下了半碗稀汤。她舀起这半碗汤，往干锅里倒上了一瓢水。她端起半碗乌里乌涂的汤，呷了一口，喘了一口气，深感给大伙儿办事之不易。就在这个时候，艾拜杜拉拿着一个粗瓷碗走了过来，他望了一眼锅底，笑了一下，转身要走，雪林姑丽却意识到了，她问：

"艾拜杜拉哥，您还没有吃饭吧？"

艾拜杜拉回过头来,含糊地应了一声。他的左眉上还有一块未洗净的黑色油斑。雪林姑丽想起,本来她亲眼看到了的,艾拜杜拉拾掇完收割机又去帮助乌拉孜安置马匹;安置完马匹又去帮助食堂背柴火;背完柴火,他又去换正在泡场(为使麦场土地坚实,需要先用水浸泡)的人来吃饭,等到他最后来到的时候,锅已经见了底。

"乌尔汗姐!"雪林姑丽叫了一声。

正在刷锅的乌尔汗回过头来,看到艾拜杜拉,她也明白了。她着急而又抱歉地说:

"糟糕,把您给忘了! 这样吧,雪林姑丽,给艾拜杜拉炒一个爆炒!"

"不用了,不用了!"艾拜杜拉连忙拦住正要起身的雪林姑丽,"有馕就行!"他说着,走到马玉琴那里,领了一个馕。雪林姑丽看得清楚,这个馕是热依穆产品中唯一的一个次品,它从土炉壁上脱落了一下,烧焦了一部分,而且卷了边、沾了灰,不成样子了。因为这个土炉是初次使用,又大,热依穆还没有完全掌握它的性能,否则,本来不会有这样的不合格品,"马……"雪林姑丽不由得叫出了声,刚出了声却又把话咽了回去。

"哇耶!"马玉琴自己却已经发现了,"怎么把这个给了您? 来,我给您换一个……"

"换啥?"艾拜杜拉笑了,先掰下一角放在嘴里。

艾拜杜拉舀了一碗凉水,坐在院墙根的土上,盘着腿,把馕拍打了一下,拂去柴灰,掰碎,缓缓地在凉水里浸泡着,吃着。他的脸上泛着满意的笑容,宽阔有力的下巴随着咀嚼翕动。

"要不,您就着这个吃吧。"雪林姑丽从厨房拿来了两个葱头,递给了艾拜杜拉。

"谢谢。不必麻烦了，请休息去吧。"艾拜杜拉说。他没有动葱头，有滋有味地吃完了泡在凉水里的馕饼，原样拿起葱头，送回到厨房里。也就在这时，伊明江跑过来道：

"艾拜杜拉哥！民兵集合好了，就等你了！"

艾拜杜拉随着伊明江匆匆地去了，雪林姑丽看着他的健壮的背影。

"对不起……"她低声说，她一阵心疼，眼角上沁出了泪花。为什么世界上有那么缺德的家伙，又偏偏有艾拜杜拉这样的好人，结果好人就老是吃亏……

第三天一早，泰外库赶着马车把公路边上居住的社员连人带行李拉到了庄子。人马聚齐，正式开镰。说"正式"，因为几天前，为了腾地轧场，已经提前收割了几块地的麦子，预留给麦场。这次割麦，大体分两个组，大部分强劳力，是镰刀组。他们组合成若干小组，划分地块，计亩割麦。另一个是马拉收割机组，大部分是弱劳力，只管跟随机器捆绑。伊力哈穆是这个组的组长。这是因为，在每个地块，马拉收割机运转以前，先要用镰刀割开一段两米左右的长趟，不然，马就无处下脚。再者，越是弱劳力，就越不好管理，机器又是首次使用。所以，队长让伊力哈穆在这一组割趟子开路，同时负责组织捆麦子。杨辉也搬到了七队庄子参加这一组干活。去年秋天，她起五更睡半夜，种上了上百亩陕西134号高产早熟品种，今天，收割机正是从这一片地开始工作，她要在这里抓一下良种小麦的单收单运、单打单藏。稍一疏忽，还不习惯按照严格的科学要求种田的农民就会把各样小麦混在一起，使杨辉为了推广良种而做的努力付诸东流。

伊力哈穆按照记工员交给他的名单点了一下名，以便分地段站开。奇怪的是,当伊力哈穆读到名单上的"帕夏汗"的时候,应声的不是库图库扎尔的老婆帕夏汗,而是他们的"儿子"库尔班。

"帕夏汗姐没有来吗?"

"妈妈有病。我来替她。"瘦弱的、穿着不合身的大衣服(大概是库图库扎尔穿破了换下来的)的库尔班回答。

"什么? 替她?"伊力哈穆疑惑地问,"你的工分本呢?"

库尔班从口袋里掏出工分本交给了伊力哈穆。工分本封面上写着帕夏汗的名字。伊力哈穆打开工分本,去年十一月以前,基本上是空白。这之后,密密麻麻地记着工分,再到最近,基本上,一天也没有出工。

"哪些是你干的? 哪些是你妈妈的?"

"都是我干的。"库尔班说。

"很久以来帕夏汗就没出过工。""自从他们修好了房子,一直是库尔班替他妈劳动。"其他社员插嘴说。

"那你为什么不给自己领一个工分本呢?"伊力哈穆不解地问。

库尔班低下了头,好像被抓到了什么短处。他的脸红了,嗫嚅着说:"我没有户口。"

"没有户口?"伊力哈穆更奇怪了,"你是库图库扎尔书记的儿子,怎么会没有户口?"

库尔班眼瞅着自己的鞋子,没有答话。

"给库尔班落上户口就对了!"

"包廷贵一来就有户口,为什么库尔班没有?"

社员们你一句我一句,不平地说。

"那好吧。"伊力哈穆不想耽搁过多的时间,他把工分本还给了库尔班。

割麦机运转起来了,它像一个大型的理发推子,锯齿形的割刀交错"剪"过，割——其实是剪下了成片成堆的麦子，旋转的放射形的木棍，把麦子集中成一扑一扑的。一扑，是指一个人扑到麦子上最大限度地抱起来的量。开始，艾拜杜拉没有把握，走一趟就勒住马，从割麦机上跳下来看看。收割的质量还不错，干净，整齐，只是因为地不平整，无法再把割刀调低，所以麦茬子显得比手割的略高了一些。社员们也都称赞这种机具构造简单、成本低、使用方便、效率高。本来，公社农机站是有两架联合收割机的，但是自从人少地多的绿洲、新地两个大队大面积开荒以来，这两台"康拜因"主要是去支援他们去了，很少到爱国大队来。当年在乌鲁木齐做工的时候，伊力哈穆听过手风琴伴奏的俄罗斯民歌《康拜因机能割又能打》，这个歌名叫伊力哈穆感觉亲切。伊犁嘛，过去的俄罗斯族人相当多，他们的民歌风伊力哈穆十分熟悉。如今，七队有了自己的马拉机具，怎么不编一首维吾尔歌曲《马拉收割机方便又好使》呢！他唱道：

马拉收割机用起来有多么好？
人民公社的社员谁也比不了！

在社员们的夸赞声中，艾拜杜拉放了心，加快了运转的速度。不一会儿，大片大片的麦子就撂倒了，满地只有低矮的发白的麦茬与因为低矮柔弱而未被芟除的细弱摇摆的小草，视线一下子就开阔了。人们在四周散开，遥相呼应，围成一个大圈，随着割麦的加快也加紧了捆麦的工作。阿西穆的女儿、公社的新参加工作的医生爱弥拉克孜也在这里捆麦，她虽是独手，却已习惯了劳动，用她独特的办法打捆，并不逊于任何具备双手的人。每个人的地段是划分好了的，捆得快的人并能不时有所休息或帮助别人。等到马四蹄见汗，艾拜杜拉暂时停下机器的时候，捆麦的人也先后完成了自己的任务,陆续到地边休息。维吾尔农民出自对真主赐予的粮食的敬意,同时也怕压散捆好的麦子,对于坐在粮食作物的捆子上休息是很反感的。

太阳已经升得高高的了。金黄的太阳照在金黄的麦秆和麦穗上,空气中充满了炙人的黄光。如果是城里人,遇到这种天气在户外劳动,必定要发出没完没了的抱怨,似乎太阳不应该这样灼热和明亮。一遇到休息,不免又要埋怨田头没有长成几棵树冠庞大、遮荫纳凉的大槐树。农民们却都是兴高采烈地在烈日下干活,在烈日下歇息。这一方面是由于他们早已习惯了风吹日晒、雪打雨浇,一方面也是由于他们珍爱这样的热天。在新疆,一年就有半年是冰雪覆盖的冬天,夏季再没有这烈日的曝晒,小麦如何能够成熟?玉米如何能够生长?瓜果如何能够积累糖分?牛羊又如何得到丰盛的牧草?不仅如此,这里的农民还信奉一种养生之道,没有夏日的令人汗流浃背的炎热,疫病就不能排除,健康就难以保持。新疆人普遍是爱夏天的,他们盼望夏天,赞美夏天,享受夏天。天越热,精神越大,汗越多,心情越舒畅。

然而热还是热。火烤一样的天气使人口干舌燥。就在人们坐下来休息的时候,恰好"炊事员"雪林姑丽给大家挑来了茶。她先舀了一碗给杨辉,表示了特殊的敬意,然后,大家就用一个搪瓷缸子轮番喝了起来。新疆少数民族饮用的茶分三种:一种是湖南出的茯茶,维语称黑茶,是发过酵压制的;一种是江西出的坚硬如石的砖茶,维语称石茶,是没有发过酵的;再有就是哈萨克族喜爱的色浓味香的米星茶。维吾尔人最喜爱的是茯茶,认为它性暖,有益脾胃,即使喝冷的也无伤身体。雪林姑丽挑来专门放在阴凉地方晾冷了的茯茶。大家喝得十分香甜,由于这么多人共用一个缸子,显得似乎更加亲热。

"哦，多么舒服！"再娜甫一口气喝了一碗，她闭上眼，长长出了一口气，喉咙里发出一声满足的呻吟。她又舀了一碗递给狄丽娜尔，"茶叶这东西可真是珍宝！放上那么一点水就变得甜甜①的了。"她的音调和表情里，带有一种天真的、淋漓尽致的快感，人们都笑了。

后来，她收住了笑，像是忽然想起了什么，她问道："我喝了几十年茶了，却不知道茶叶是从哪里来的。真的，它原来是长在什么地方的呢？"

"长在地上的呗！"狄丽娜尔说。

"长在地上的，怎么长的呢？是像麦子一样地撒种和收获吗？是像苜蓿一样地多年生长能够割许多茬吗？还是像贝母一样地野生在山坡上呢？"

大家都把询问的目光投向杨辉。杨辉向众人介绍着故乡的茶山、茶树、采摘和烘烤，讲到西域和内地物产的源远流长的交流，茶、丝绸、瓷器的传播和西瓜、葡萄、核桃的东传。后来，话题又转到了江南的风光和出产。热合曼的老伴，低矮的、见识不多却是心地和善而又多感的伊塔汗拿起了杨辉的一只手，"告诉我，我的女儿，"她说，"您不想家吗？"

"这儿也是我的家啊！"杨辉坦然地说。

"我是说你的故乡。你不是说，那里的四季都像春天，那里的山上都长着树木，那里的池塘里自来长出了鱼虾，池塘边到处是鸭与鹅吗？"

"可我们这儿也不错呀！您看这山，"杨辉指着南面云天中隐约可见的雪峰，"山上有牛羊，松林，草场，药材。您看这土地，"杨

---

① 维吾尔语常用甜来概括各种味觉上的满足。

辉指着眼前的田野,"庄稼长得有多么旺!土地又辽阔……"

"和您老家相比,咱们这里雨水太少,冬天也太长了吧?"狄丽娜尔问。

"雨少咱们浇水啊,新疆的灌溉面积占农田总面积的比例是最大的。再说,雨少阴天少,日照足、温差大,更有利于作物的生长啊!高寒地区有高寒地区的特产:药材、皮毛和林木。说到过冬,我觉得在新疆比在家乡还暖和呢。我们有充足的煤炭,有强有力的取暖设备……"杨辉从来到新疆,就爱上了这里的土地和人民,爱上了这里的生活方式。她知道,新疆需要她这样的技术人员,她这样的总觉得有一腔热血要献给祖国的青年,也需要新疆这样一个辽阔、质朴、正在开发和迅猛发展的地方。她不自觉地养成了一种为新疆辩护的习惯,当旁人发现了新疆的一个缺陷、一个不足、一个落后之处的时候,她立即就要在同样的话题上指出事物的另一面,指出它的长处,它的优越条件,它的特别可爱的地方。现在,她,这个幼年和学生时代生活在江南,父母和兄弟姊妹如今也都在内地的汉族姑娘,正在给土生土长的伊犁维吾尔女孩子狄丽娜尔讲伊犁的优点和远大前途。也许,这是不必要的吧?有哪个伊犁人不爱伊犁、不知道伊犁的好处!

那么,狄丽娜尔说伊犁雨少、冬天长之类的话,也许只是对杨辉的试探和考验吧?不,不是试探,而是关心,本地的农民总是关怀着杨辉,愿意分担一点她思乡的愁苦,可她偏偏从没有诉说过这样的愁苦。伊塔汗听她讲着伊犁,想到她这样一个汉族姑娘远离家乡来到边疆,和她们在一个房间里睡觉,用同一个粗瓷碗饮水,在一块地里干活,伊塔汗觉得心疼而又喜爱得鼻子发起酸来。

伊塔汗突然想起来一句话,她问杨辉:"你说什么来着?虾米?我可是最怕你们吃的那个虾皮,拿过来一看,那么多全是眼睛……"

大家哈哈大笑起来。

妇女们在这里谈天说地。雪林姑丽提起半桶茶水来到正在检修机器和照顾马匹的伊力哈穆与艾拜杜拉跟前，她舀了满满一碗凉茶送了过去。

"请喝吧！"她说。

伊力哈穆接过碗来，道了谢，啜了两口，给了艾拜杜拉。艾拜杜拉笑了。他满脸的汗水和油污，像个黑花脸，反衬着笑中露出的一口整齐光泽的牙齿，显得格外洁白。

他一手持碗，另一手从胸前伸掌前指①，恭敬有礼地把碗还给了雪林姑丽。

割麦机又开始运行了。雪林姑丽提桶离去，眼睛却不时回头看着专心致志（她觉得也是威风凛凛的呢）地坐在机器上操作的艾拜杜拉。

小说人语：

伊犁的夏收，尤其在人民公社期间，很有气势。气势有余而效率不足，这是抓"打大仗"与抓生产颇不相同之处。

气势仍然动人，参加人民公社的夏收仍然有与闻盛况的满足。

小说人诗曰：

　　　蚕豆花开苦豆除，蔷薇初谢马兰疏。

　　　家家列队歌"航海"，户户磨镰迎夏熟。

那时最兴唱《大海航行靠舵手》，那时也是学习《愚公移山》等

---

① 这是维吾尔人授受物品时表示尊敬对方的一种姿势。

的高潮时期。红歌红文章红红火火,文艺与宣传的声势无与伦比。

恩格斯说:少女为了失去爱情而歌唱,商人却不会为失去金钱而歌唱。从另一个角度设想,歌唱能不能有助于重新找回爱情?不敢说。能不能有助于扭亏为盈呢? 大约不能。

文艺毕竟是、也许仅仅是一个记忆、纪念,为那个总是难以扭亏为盈,却毕竟是热火朝天的年代。

而且伟大的年代照旧发生渺小的故事,类似于俚语说的:脸皮薄,吃不着,脸皮厚,吃不够!

第十八章 地头动手 怠工妇撒泼打姑丽
夜半怀人 失眠女踏月坐中宵

"帮我们干一会儿吧!"狄丽娜尔向雪林姑丽招呼。

离开饭时间还早。现在,本来是炊事员们休息的时间,雪林姑丽也羡慕大田里干活的痛快,她留下了。

她和狄丽娜尔并排干着活,另一边是库瓦汗。库瓦汗捆麦子非常潦草,倒是真快,麦子理到一堆,既不用膝盖压紧,又不用要子勒实,只是把要子轻轻一绕就算完事。雪林姑丽看着她的动作有些奇怪,并非很有意识地走了过去,她捆出的麦子形状也与别人的不同,别人的是中间细两端粗的细腰形,她的是蓬蓬松松,一样粗细的筒状。雪林姑丽用手提了一下她捆的麦子,呼噜哗啦,要子就散开了,麦秆纷纷落地。再一看,库瓦汗一路捆过来丢失散落的麦子也太多。她叫了一声:

"库瓦汗姐!"

库瓦汗回过了头。

"您捆的麦子太松了!"库瓦汗又掉过了头。

雪林姑丽以为库瓦汗没有听清,便大声重复说:"库瓦汗姐,您捆的麦子太松了! 漏掉的麦子也太多了呢。"

库瓦汗回转身,三蹦两跳走到她跟前,摊开右手,掌心向上,向雪林姑丽一伸:

"您是谁? 您是新当选的队长吗? 不去干您自己的事,找我的麻烦干啥?"

"我是谁?"雪林姑丽眨一眨眼睛,还没有完全觉察到库瓦汗的怒火,"麦子捆得这样松垮,怎样装车? 怎样拉运? 丢得到处都是,那不是浪费吗?"

"这到底干你什么事?"库瓦汗开始说"你"了。

维吾尔人的礼儿:成人之间相互说话是很少说"你"的,甚至在审讯之中对于犯人,或者夫妻、父子之间,也往往是用"您"来称呼。库瓦汗的这个"你"字的野蛮与敌意伤了雪林姑丽。她说:

"这当然也是我的事,大家的事嘛!"

"哇耶,哇耶!"库瓦汗气急败坏地大叫起来,"从哪里冒出你这么个人物来,我还没见过呢! 你才二十多岁,就想当我们的妈妈吗? 告诉你,我的妈妈早死了! 不好好做饭去,在这儿骚情什么? 想勾引几个小伙子吗……"库瓦汗的恶言像是贮存好了,憋满在水库里的水,随时一打开两片薄嘴唇做的闸门,就哗啦啦倾泻而下。

雪林姑丽脸红了,她颤抖地说:

"看着你的嘴说话①。"

"骂你了,骂你啦。我就是要骂你,怎么样?"库瓦汗的洪水势头更猛了,"不要脸的娘儿们,你凭什么找我的差错? 喂咦喂咦,欺负到我的头上来了,想在我的脖子上挂锅,在我的屁股下面烧火吗②? 你的本事倒不小,这么大本事,娘儿们,你为什么不给泰外库下个孩子……"

库瓦汗的话更加不堪入耳,特别是提到泰外库的话,使雪林姑丽气恼、羞辱,流出了眼泪。

"闭上你的尖嘴!"狄丽娜尔再也忍不住了,她大步走了过来,

---

① 犹言"不要胡说"。
② 犹言"骑脖子拉屎"。

愤然指着库瓦汗斥责道。

"你们勾在一起欺负我吗？不洁的女人！"库瓦汗骂道。这里，"不洁"二字是暗示狄丽娜尔嫁给了非穆斯林的俄罗斯人。

"你老实点！"狄丽娜尔勃然大怒，她向前冲了一步，身体几乎与库瓦汗碰撞在一起。

库瓦汗迅速估量了一下形势。虽说是一比二，但是雪林姑丽柔弱，狄丽娜尔嫩稚，她自信优势在自己这一方面。其次也是由于她自幼养成的、不问情由在一切争吵中决不示弱的习惯。第三，对于库瓦汗这样的女人，一遇到吵架她就兴奋，进入类似发情与竞技的状态，她的口才和体力都活跃起来了，到了这种境界以后，争吵什么已经不是重要的了，重要的是争吵本身，一定要吵下去，要去获得一种"为艺术而艺术"的满足。所以她一边骂着一边伸手向狄丽娜尔脸上抓去，狄丽娜尔一闪，左颊却被库瓦汗的尖利的指甲刮破了，这时库瓦汗按照她多年自我训练的拳路又一头向狄丽娜尔的胸口顶去，狄丽娜尔没有完全闪开，被撞得一个趔趄，几乎摔倒，但是，当她稳住了重心以后，却看准了照着库瓦汗的面部就是一拳，这一拳结结实实地打到了库瓦汗的上唇上，库瓦汗捂着嘴哇哇地大叫起来。她定了定神，见狄丽娜尔不好对付，便从薄弱环节下手，突然一把抓住了雪林姑丽的头发，疼得雪林姑丽也出了声。

人们纷纷向她们这里奔来，艾拜杜拉停下了机子走了过来。再娜甫拉开了库瓦汗，伊塔汗劝慰着雪林姑丽，杨辉拽住了往前冲的狄丽娜尔。雪林姑丽的头发被揪乱了。库瓦汗吐出了从上牙花上流出的血水。狄丽娜尔叙述了这一仗的起因。艾拜杜拉听后亲自去检查了下库瓦汗捆的麦穗，回来皱着眉说：

"库瓦汗姐，您做得太过分了，您捆的捆子就是不合格，雪林姑丽提个意见，不是很好嘛！"

"什么？你也这么说？你看我老了，脸上有皱纹了，就骂起我来了！你看中了这个小寡妇长得俊了吧！"看来，库瓦汗用拳头没有得到的"胜利"，她准备用舌头夺回来。

雪林姑丽用双手捂住了脸，艾拜杜拉的脸也涨红了。

"你是人吗？不是人吗？这样说话！"再娜甫忍不住喝了一声。

"您这样说话不觉得丑陋吗？"杨辉也说话了。

别人也纷纷责备库瓦汗说话不对。库瓦汗这才不情愿地收了口，但是她嘴里仍然嘟嘟哝哝地说着只有自己听得懂的、不说就不足以尽兴的恶毒肮脏的言语，好像决了口的渠水，堵上口子以后，水也还要在原来冲开的口子边打一会儿旋。

"库瓦汗姐，您捆的麦子需要全部返工！"伊力哈穆说。他的脚下，是已经一碰就散了的许多麦子。

"胡大啊……"库瓦汗的怒火万丈的英雄气概一下子变成了无限冤屈的愁苦的面容，"你们都看着我老实……"她哭了起来。

这时，雪林姑丽转过身来，一只手继续捂住脸，另一只手抄起扁担，挑起水桶，走了。

库瓦汗哭得越来越伤心，再娜甫却哈哈笑了起来，她说：

"哎，库瓦汗，哎，真感人。您打架时那么有劲儿，为什么捆的麦子却像没吃饭的人干的活儿呢！"

"库瓦汗姐，用眼泪是捆不紧麦子的。我来帮助你，咱们乖乖地返工去吧！"杨辉挖苦了她一句，又给了她一个台阶。

库瓦汗站在那里进退两难。杨辉已经开始替她返工去了。

"你到底干不干？让杨技术员替你劳动吗？你有脸没有脸？晚上评工分的时候可别怨我们大家？"再娜甫用威胁的口气说。

终于，库瓦汗去了，但她嘴里含糊地发出一种难受而且邪恶的声音。

再娜甫对伊力哈穆说："我早就说过，世界上最难办的就是泼妇。泼妇比蒋介石还难办。蒋介石的兵可以用大炮去消灭，泼妇的嘴呢，用刺刀捅吗？用手榴弹炸吗？老天！"

"我从前听人讲过，"伊塔汗相当诚恳地说，"弄一点驴尿灌到她那样的人的嘴里，她的毛病就可能治好呢。"

人们哄然大笑起来。

傍晚，下了一阵小雨。这阵雨是如此之小，连地皮都没有湿，在庄院的土地上，由于众多的大牲畜的践踏，地表上是一层松软的泥土。雨过之后，浮土上出现了一片均匀的小麻坑，却没有丝毫水迹。但就是这样一场雨也罢，空气显得立刻清凉湿润起来。

雪林姑丽躺在社员们的临时集体宿舍里，门开着，月光正好把清辉洒在雪林姑丽脸上，这使她更加难以入睡。她的身边，睡着狄丽娜尔。本来，狄丽娜尔家住庄子，是无须睡集体宿舍的，但因为这天上午，雪林姑丽受了库瓦汗的污辱，一天都闷闷不乐，狄丽娜尔便不回家，和雪林姑丽盖着一条被子，想与她说说闲话，为她舒舒闷气。谁知她一躺下，没有讲几句话便飘飘然地进入了梦乡。

雪林姑丽却丝毫没有睡意，月光引起了她的许多遐想，据说，每一颗星星都揭示着一个人的命运，她的遭遇，又是和哪一颗无言的小星联结着的呢？小时候，父亲曾经抱着她看月亮，喀什噶尔的艾提尕尔大清真寺穹顶上的月亮，和伊犁河谷上空的月亮，是同一个月亮吗？无际的天空、云、月、星又和地上的生活有什么关系呢？

……今天上午的事，最使她受伤害、最使她愤懑和酸苦的倒不在于库瓦汗如何说她，她本来也没有期待库瓦汗这样的人抚摸她的额头。但是她想不通，她不能明白，为什么库瓦汗会对艾拜杜拉口出不逊，肆意诬陷，譬如一个洁白的瓷碗，难道一定要往上面抹锈斑？譬如一桶洁白的牛奶，难道忍心往上面啐口水？为什么要这样呢？

艾拜杜拉，狮子一样地健壮、绵羊一样地驯良的艾拜杜拉，难道他做过什么不好的事吗？难道他妨碍过库瓦汗吗？许多年前了，还是她小学二年级的时候，艾拜杜拉是她的同班同学。有一天音乐老师请假，出现了一节空堂。不知什么原因，班上爆发了一场男女生之间的混战，男生一方，女生一方，互不相让，乱喊乱骂。有的还站在桌子上挥舞拳头，艾拜杜拉却没有参加"男生阵营"，而是一再劝说男同学不要欺侮女生。一个流里流气的小家伙怪声质问艾拜杜拉道："你为什么和女生一头儿？难道你也是丫头子吗？""丫头子"这个称号引起了一阵哄笑。那个流里流气的小家伙编了几句顺口溜带着男同学念了起来，百般嘲弄艾拜杜拉。艾拜杜拉气急了，抄起一把椅子向那个小家伙砸去，女同学尖叫起来……人并没砸着，但是艾拜杜拉平息了班上的这一场混战。

小学时，由于继母的蛮横和继父的冷淡，雪林姑丽上学只能三天打鱼两天晒网。她的作业不能按时交，考试时成绩又不好。当时的班长艾拜杜拉是怎样着急啊！他一遍又一遍地给自己讲算术题，有时候她自己都对自己的笨拙感到难以容忍，虽然她并没有听懂，但是她表示她懂了，她会了，当艾拜杜拉发现她在不懂装懂的时候，艾拜杜拉竟痛苦地流出了眼泪。

小学毕业以后，他们都回队参加了生产。有一年春天，化雪季节，到处都是没脚的泥泞。公路上有一辆生产建设兵团的汽车熄了火，驾驶员着急地恳求路人帮他推推车。艾拜杜拉那天刚好穿了一件新衣服，他毫不犹豫地跑了过去，车向前挪动了，临到一个大水洼，其他帮助推车的人纷纷闪开了，艾拜杜拉却脚踩着泥水继续用力推着，突然，车发动着了，向前一开，艾拜杜拉失去平衡扑倒在泥水里，汽车后轮的旋转又把大量的泥水溅到了他的头上。他的样子真够狼狈的。然而，他爬起来以后，看着渐渐远去的汽车，脸上显示出的是满意的微笑。

好多好多的小事情，早就被遗忘了的小事情。艾拜杜拉帮助这家社员找回挣断了绳索跑掉了的小牛，艾拜杜拉又帮助那家社员送病人进医院，艾拜杜拉不声不响地帮助堵住了某个队的跑了水的渠道，艾拜杜拉又捡起落在地上的哪怕是一穗小麦，一把菜籽送到了场上……艾拜杜拉并不是新相识，他的这些事情也是早已司空见惯了的。雪林姑丽多少年来看在眼里，忘在脑后，今夜却突然都在记忆里复活起来了，而且具有了新的意义和光彩。

如果所有的社员都像艾拜杜拉那样地对待劳动和集体、对待乡亲和公共财产，人民公社的生活将会变得多么美好啊！但是，偏偏又有库瓦汗那样的人，她不是地主，不是反革命，不是盗匪，但是，他们总是仇恨那些好人。那些好人之所以遭恨，只是因为他们好。谁正派，谁高尚，谁一心为公，他们就要往谁脸上抹黑。好人越是无懈可击，他们就越是眼红，越是怒火中烧，非把黑屎嘎巴儿抹上去不可。甚至当抹黑并不能给他们带来什么好处的时候，他们还是要抹、抹、抹……他们把给好人抹黑抹屎视为自己的人生第一要务，他们活着的目的就是不让好人活得正常。也许，他们感觉到了，好人的存在本身就是对于坏人的莫大威胁。其实，如果没有艾拜杜拉这样的一大批人，公社就没有办法组织，集体生产就没有办法进行，公共财产就没有办法维护。而如果真是这样的话，像尼牙孜、库瓦汗这样的懒惰、奸猾、一无所能的人就非饿死不可。连素日并不是那么关心集体事情的雪林姑丽都看出这一点了，为什么他们自己竟一点也没有觉到？而且相反张口闭口，总似乎是艾拜杜拉损害了他们，生产队和集体损害了他们，欠了他们的债。难道说，由于恶人厚颜而好人自尊，恶人放纵而好人严格，恶人争夺而好人谦逊，所以恶人总要占好人的上风吗？譬如说，吃牛杂碎那一天，尼牙孜吃了三碗而艾拜杜拉一碗也没有。连两头皮牙孜①也送还到厨房里……

两颗葱头引起了她的无限柔情。在这种她自己也莫名其妙的钟爱而又心疼的感情里，她不知为什么想起了她的父亲，这个唯一爱过她也被她爱过的人，在喀什噶尔，他的生身父亲就像艾提尕尔清真寺本身一样高大、威严，长须飘拂，和善文雅，慈祥可亲。他把她放在膝头，搂在怀里，叫着："我的洁白的女儿，我的命。"亲吻的时候胡须弄痒了她的脸……她多么想再看一眼父亲啊……她无论如何努力，也看不清父亲的面孔……啊，假如父亲还活着，假如父亲知道这一切……

辗转反侧……

辗转反侧……

> 在黑暗的夜里我没能入睡，啊，我的哥儿，
> 树上的鸦雀啊为什么乱飞，啊，我的哥儿……
>
> ——喀什民歌《阿娜尔姑丽》

她索性坐了起来，摸索着却没有找到鞋子，她光着脚悄悄溜出了房间，庄院里纵横躺着一些贪图凉快而露宿的社员，她轻轻地踏着月光走到了庄院口，坐在一条泛着明月青光的渠水旁。一渠青光，闪烁着，一会儿伸延，一会儿收缩，一会儿散乱，一会儿粘连。周围的一切也都笼罩在这神秘而柔和的光辉里，好像大地也蒙上了一层薄薄的面纱，显得文静而美丽。在夏夜的无边的静谧中，可以更加清晰地听到多种多样的声响：马、牛在咯吱咯吱地嚼草，从

---

① 即葱头。

遥远的地方传来了两只狗的起劲的吠叫声，夜间驾驶的汽车隆隆地过去了。清风吹动玉米叶子，唰啦唰啦地响。如果静心谛听，还可以听见一种轻微的"咔咔"声。雪林姑丽想起父亲曾经对她讲过，在七月，正是玉米拔节的时节，浇过水以后，玉米猛长，夜静的时候可以听到玉米拔节的声音。莫非这真是那生命的成长壮大的音响吗？

在夏日的夜晚，田野上还弥漫着一种香气，有青草的嫩香，有苜蓿的甜香，有树叶的酒香，有玉米的生香，有小麦的热香，还有小雨以后的土香，凉风把阵阵变化不定的香气吹到雪林姑丽的鼻孔里，简直使人如醉如痴。

光辉、声响和气息，都是亲切的、质朴的、舒展的。雪林姑丽来伊犁十六七年了，怎么好像是第一次发现这夏夜的美丽呢？第一次发现自己与周围的世界是这样靠近，第一次发现生活可以怎样地愉悦人的心灵……

突然，月光之下，一只银灰色的小动物在她面前一溜烟地跑掉了。她吓了一个激灵。

"不怕，那是一只獾。"背后传来狄丽娜尔的声音，她睡眼惺忪地来找雪林姑丽，手里还拿着一件衣服，给雪林姑丽披到了肩上。

"你怎么不睡了？"雪林姑丽问。

"你呢？"狄丽娜尔问。

"我不困。"雪林姑丽说，又解释道，"在食堂工作，一点也不累。就是被灶火烤得难受。现在让凉风吹吹，比睡一觉还解乏呢。"

狄丽娜尔点点头，她用手背捂着口打了个哈欠，看看四周的庄稼，用力吸了几口气，说："多么好！"她带着几分睡意，靠在了雪林姑丽身上，忽然，她笑了起来。

"笑什么？"雪林姑丽问。

"我想起了上午的事,"狄丽娜尔仍然嘿嘿地笑着,"库瓦汗姐①找我动手,算是找错了对手。说实话,连尼牙孜哥一起来我也不怕。如果不是杨技术员拉住我,我非拧住她的耳朵不可。你记得吗?小学时候有个男生老找我麻烦,一天实在把我惹火了,拿起铅笔盒照着他的头就是一敲,就一下,脑袋上起了个核桃大的包,一个星期包都下不去……"

"这有什么好吹牛的?"

"吹牛?吹牛做什么?别看我瘦,我才不怕呢!该还口就还口,该还手就还手,打过来了就打过去,我从来不生气,可你说,你为什么这样老实?"

"是啊!"雪林姑丽吁了一口气,"我比不上你,我羡慕你。你总是做你想要做的事,而我,总是不做,也不敢做我想要做的事……"

"告诉我,你想要做什么呢?"

"……"雪林姑丽无以回答,这也许正说明了她的不幸了吧?自己也说不清到底要做什么呀!

狄丽娜尔也许久没有说话。她枕着雪林姑丽的膝头,望着高天薄云里的渐渐远去的月亮,看着天上,想着人间,愈想愈兴奋起来了,她若有所得地转身坐了起来,撩起了落到脸上的头发,拉住雪林姑丽的手,大睁着眼睛,对着雪林姑丽的耳朵,小声地、却是喷着热气地说:

"告诉我!你觉得艾拜杜拉怎么样?"

雪林姑丽一怔,她翻一翻眼睛,简直不明白这问题的含意。随后,像火烫一样地从狄丽娜尔的手中抽回了自己的手,"您、您这是说什么呀?"她结结巴巴地,用"您"称呼着狄丽娜尔,"您怎么了?

---

① 维吾尔人对年长者称哥、姐,十分严格。包括对自己很厌恶的人,也往往这样称呼。

您怎么能这样说话……"

　　狄丽娜尔十分后悔。她确实太冒失了,她怎么管不住自己的舌头呢,她的父亲亚森木匠,不是多次教育家人吗:"舌头欠了债,脑袋来偿还。"她的那个讨厌的,不听话的舌头呀!

　　她连忙把话题转开,说道:

　　"春天我们除了害虫的那几块油菜地,长得可好呢! 再有几天,就可以收了!"

　　雪林姑丽没有搭腔,她抑制不住自己的激动,艾拜杜拉在她的心目中是这样高大完美,她不能容许任何人随便议论他,更不能把自己和他联系在一起。库瓦汗曾经说过那样的话,狄丽娜尔又说……天啊,为什么这样一个她连想也没有想过、她一想就觉得美好得难以思议的话题,却首先是被库瓦汗那样一个粗野的女人用那种十分庸俗下流的语气说到的呢? 她为艾拜杜拉感到怎样的屈辱啊!

　　"你知道去年五月我家的日子是多么沉重吗? 多亏伊力哈穆哥来到了我们家,后来有一阵子,他可积极了,他老是提到伊力哈穆哥对他的教育,他每天都读报纸,有空闲时间还帮助队里干别的活。可是,从去年秋天以来,他又放松了,我真担心……"

　　雪林姑丽不声不响。狄丽娜尔顿了一下,只管继续讲下去。

　　"他在水磨,工作特殊。开会呀,学习呀,总是没有他的份。又有一些旧意识严重的人千方百计要给他点小便宜,拉拢他,磨面的时候,希望他能'帮帮忙'! 多上几次磨,少出一点麸子,或者当人多排队的时候,能照顾照顾提前给磨一下什么的,最近,又出了个事情真叫我担心……"狄丽娜尔忽然犹豫了,不知是否该说下去。

　　"出了什么事了?"雪林姑丽这才把心收了回来,问道。

　　"你怎么不说了? 我听着呢!"雪林姑丽误以为狄丽娜尔嫌她

没有用心听,就急切地催问起来。

"是这样。前几天穆萨打发人给食堂磨了几千斤麦子,剩下近百斤麸子,本来应该给队上马厩的。穆萨亲自去告诉廖尼卡,马厩用不了了,让他把麸子处理掉,他把麸子卖了十几块钱,没等交给队里的出纳,又让穆萨拿走了说是有点急用。农村的事我们都知道,没有任何手续,这十几块钱还不就入了队长的腰包!我让廖尼卡去找出纳说一声,他偏不去,怕得罪队长……这样下去还得了……可是你千万先别和旁人说这件事!"

狄丽娜尔又后悔了。为了弥补方才舌头的失误,她急急忙忙地说别的话题,结果,又说冒失了,冒失就冒失吧,她本来就是个胸襟坦率的人。

"你和他谈谈吧。"雪林姑丽说。

"谈也没有用。人的思想总是冷一阵子热一阵子的,再说我的父亲,去年他上了两个地主的当,跑到大队去闹事,思想上很受了一些震动。当时我回家去看望他,我们两个人也和好了。他总算原谅和容忍了我自己做主的这个婚姻。可是……我现在最担心的是……"狄丽娜尔放低了声音,比刚才说廖尼卡的事还要严肃得多,"他和麦素木接近起来了。麦素木这个人,我总觉得怪可怕的……"

"为什么?"

"不为什么。反正他不是和我们一样的人。"

"亚森大伯怎么会和他搞到一起去?"

"唉,你不了解我父亲这个人哪。他多少认一些字,但是文化并不高,这么着,他这个人特别喜爱文化,喜爱和崇拜书。他常说,一切新技术、新发明、新措施都是早已经写在书上的。说是圣人留下了许多书,写着汽车怎样造,飞机怎样开,广播怎样安装……然后，知识分子和学者发现了这些书，读懂了书上的这些教导，就造出汽车、飞机、广播喇叭。你说可笑不可笑……"

"你为什么不给他讲讲我们在学校里读过的瓦特发明蒸汽机，史蒂文森发明火车呢……"

"不行，不行，"狄丽娜尔连忙摆手，"他才不听你的呢，你以为只有我爸爸这样认识吗？差不多所有的老人都或多或少地信奉这个。从小长者就是这样讲的嘛……"

"不是的。我看阿卜都热合曼大叔就不是这样，"雪林姑丽不同意地说，"你见过大叔向杨技术员提问题吗？对于新知识、新技术、新名词，他才有兴趣呢！他知道的事，好多我们都不知道呢。"

"当然，热合曼大叔是另一回事。你先听我说，麦素木就是靠他家里摆着的几本布皮精装书吸引了我爸爸。什么宗教啦，历史啦，波斯文和阿拉伯文啦，《小药典》和《布哈拉纪事》啦，我爸可喜欢到麦素木那儿听他喧谎呢！"

"这会怎么样呢？"

"谁知道会怎么样呢？啊，雪林姑丽，你知道我要说什么吗？也许，我说不清楚吧，生活不是一帆风顺的啊。雪林姑丽，你还记得吧？五五年合作化的高潮，号召除四害，老师给我们每个小学生规定了灭蝇任务，每天要消灭一百个苍蝇。我们都很认真，拿着苍蝇拍到处打。后来的一天，我打死了九十九个苍蝇，再也找不着第一百个了，我急得哭了起来，第二天，我向老师报告了，其他同学多数也没完成，老师表扬我们把苍蝇消灭干净了，区上还发给我们一个写着"奖给我区第一个无蝇乡"的奖状呢！真的把苍蝇消灭干净了吗？不，我们消灭了大量苍蝇，但是总还有一些苍蝇存留下来的。这两年灭蝇稍稍放松了一点，苍蝇又逐渐多了起来……你还不明白我的意思吗？不容易啊。你前进一步，稍微一松劲，说不定又退了回来。爱国卫生运动是年年都要搞的,每几年还要大搞一下,才能把除四害的成绩巩固起来。人也要这样,我们早就进入了社会主义社会。我们知道,社会主义,这是人类历史上最先进、最公道的社会制度。但是我们的思想呢?看看我们的周围,看看库瓦汗吧,或者不看别人,就看看自己,就看看我爸爸、廖尼卡和我自己吧……也许,我最大的错误,就是过早地结了婚……"

"你这是说什么呀!廖尼卡不是对你很好吗?"

"廖尼卡对我是很好的,然而,这并不是最主要的。"

"最主要的是什么呢?狄丽娜尔,我知道的,你从小就爱幻想……"

狄丽娜尔没有再说下去,她觉得无法说清自己时或有之的苦恼。从小就爱幻想吗?也许,她又幻想过些什么呢?想着父亲给自己买一件羊绒的大方头巾,不是买来了吗?想着夜莺、圣泉、骏马、王子和公主,不是随着年龄增长,这些传说故事也日益不能打动她的心了吗?想着求学深造,学一门专长,当干部或者工人,月月挣工资,不是在投考中等专业学校没被录取以后,也早就放弃了这样的念头了吗!后来,她常常想着爱情、家庭的幸福,还想过孩子呢;现在,一切都得到了,廖尼卡对她忠实不二,孩子随着"耐、耐"的呼号而挥动着旋转着自己的小手,但是,她仍然时而感到有一种没有实现的愿望,一种潜在的强有力的热情。一九六二年的动荡,使她清醒了,她再也不满足于她和廖尼卡的那狭小的世界;但是,她还没有脚踏实地地把自己的精力和热情投身到集体的事业里。她的这种苦恼,是雪林姑丽难以理解的。

她们又静静地坐了一会儿,一朵薄云飘了过来,又去了,一阵轻风吹了起来,又停了。月光下的树影,已经挪动了地方。夜露打湿了她们的头发和衣衫。

　　"睡去吧。"狄丽娜尔拉着雪林姑丽刚要起身传来了一阵脚步声。

　　"谁?"双方几乎同时问道。

　　是艾拜杜拉,他挎着枪在巡夜。"你们怎么还不睡,累了一天还不休息?"

　　"您呢? 您不也累了一天吗? 您怎么不休息呢?"狄丽娜尔回答说。

　　"可我是民兵啊! 一个小时以后,就该换班了。雪林姑丽,您快去休息吧,食堂的工作要起早呢。"

　　月光下他的身影显得更加高大。后面的话,他是专对雪林姑丽说的,他微微俯下了头。黑影中,雪林姑丽仿佛看到了他的微笑,他的眼珠和牙齿的反光……

　　雪林姑丽和狄丽娜尔站了起来,她们缓缓地走了回去。雪林姑丽听见了艾拜杜拉的渐渐远去了的脚步声。她想回头对艾拜杜拉说一句聪明的、亲切的和礼貌的话,但是,她的语言好像枯竭了,她终于没有找到这样的话语,她回到了宿舍,躺下,悄悄流下了泪。狄丽娜尔不是问她想要做什么? 刚才,她只不过是想对艾拜杜拉说一句好心的、中听的话,可她为什么连这么一句话都不会说、没敢说呢? 甚至她头也没回一下……她伤心地哭了,然后,她十分安详地睡下了。月光已经移到另外的人身上,不然,人们将看到她睡梦中的笑容。

小说人语:

　　永远生动的夏日嘈杂交响乐。永远含情的夏夜温馨小夜曲。

　　在人们纷纷欣赏着恶之花、毒之果,日益用与人为恶取代与人为善、以谩骂取代切磋的时候,毕竟我们还没有完全忘却善的动人,善的力量,善的梦想。如果说它不可多得,如果说它难以持久,如果说它反而得不到信任与理解,那么,它就更可贵。

以善应善,以心对心,以谦卑识谦卑,以真诚纳真诚,你总该为这样的愿望而流下一滴眼泪。

第十九章　你这啥瓜　库书记信口出褒贬
咱有熟人　包廷贵拍胸买汽车

　　第四天,天气特别热,不但没有云,而且没有一丝风。不但树林和庄稼的叶子一动也不动,好像凝结在火焰一样的空气里,而且连鸟和蜜蜂也不胜烘烤而停止了飞翔。不但牛鼻孔和狗舌头上流着涎,而且连鸡也到树荫下呆呆地张开了口,喉咙里发出"呋、呋、咯、咯"的声音,好像一个哮喘病人。

　　这天上午,库图库扎尔到七队庄子割麦,他得到了一个信息,说是有公社和县里的领导干部来参加劳动,所以他一早就赶到了庄子。可直到中午也没见哪个领导干部来,却把他自己累了个半死。按说,庄稼活他并不陌生,他的身体也很不错,必要的时候,他还可以在社员当中起那么一会儿"带头作用"。但是第一,他越来越胖了,干起活来他常常感到气短、心跳、手脚沉重。第二,今天确实是热得特殊。第三,他来干活是为了迎接领导干部,结果却扑了一个空,这未免扫兴。第四,可能他确实有了心脏病。

　　心脏病是不久前才发现的。春天,一次整修渠道,干完了活,心跳得不行,第二天,他就到了伊宁市联合医院。公社卫生院,他是不相信的。给他看病的是一个戴眼镜的哈萨克族女医生,医生拿起听诊器听了听,又试了血压,看了咽喉和舌苔,问了问他吃饭、睡眠、大小便的情况。医生说:"你的心脏正常,可能是有些神经衰弱,放宽心思,休息一下就会好的。"库图库扎尔以一种辩论的热情叙述了心脏的不适之感,他企图说服大夫判断他的心脏有病,为了这,他夸大了病情。医生皱了皱眉,给他开了个休息两天的证明,并开了一些镇静剂。医生的诊断使他很不满,他想,一个哈萨克女人,一个只会揉捏马奶口袋①和烧热萨玛乌尔②的人,哪里会看什么病!药方划价以后,由于药价太低廉,不足一块钱,这也使他十分不满,既然不给开好药,何必去花钱;对于休息证明,他倒是十分重视的,他想,看来就是有病,不过医生没本事检查不出来,否则开证明做什么?于是,他回到家里,把郝玉兰请了来,郝玉兰反复地听了又听,敲了又敲,折腾了半个多钟头,她说,"您的心脏有杂音,一种哑哑的声音,而且一会儿跳得快,一会儿跳得慢。""您的肝脏有些肿大。""您的脾脏位置不对……""总而言之,您太劳累了,操劳过度。"……郝玉兰的诊断是令人满意的,但不一会儿,他又疑惑起来,根据他对包廷贵的了解,他忽然想到,郝玉兰这个医生的可靠性也是同样值得怀疑的。

但是今天,库图库扎尔确信自己的心脏就是出了毛病,不然,为什么中午吃饭都尝不出味来?食堂吃拉面、拌西红柿、青辣椒炒牛肉,他只要了二百公分而且是强压下去的。心一直乱七八糟地跳着,好像一面被生手乱擂的手鼓。

他勉强睡了一觉。醒来,看看太阳,知道还不到下午上工的时间,他悄悄地溜了,想了想,便朝瓜地走去。现在,到处都是热火朝天的麦收,没有他喘息的地方,于是,他想到了瓜地。

七队的瓜地在一个偏僻的边边上,穿过通向伊宁市的土路,又越过一个不知何年何月被大水冲开的豁子,走过一大片向日葵田和青麻地,远远看见了搭在高处供看守瞭望并震慑可能有的偷瓜

---

① 为了酿制带酒味的酸马奶,需要将马奶装入特制的羊皮口袋,并不断揉捏。
② 来自俄语:铜茶炊。

贼娃子用的草棚子和匍匐在地面上的一片绿绿的瓜叶。再近一点，就可以看到 V 与 M 字形的大埂和分辨出那些小而圆的甜瓜叶子和放射形的西瓜叶子了。种瓜最忌连作，一块地种过了，几十年都要避免再在原地种植。每年种瓜以前都要找老人回忆一下，不要误在老瓜地上下了籽。否则，会出现一种寄生的害草和病毒，使瓜上长出硬疤来。所以，今年选到了这个边缘地带，再走下去，就是河岸了。

今年的看瓜人是阿西穆。勤劳的阿西穆在瓜地中间搭了一个供住宿的小窝棚，简单说就是就地挖一个一米五左右深的坑，坑上支起屋顶，再铺上毡子，摆上一些家具，这就是可以住人的临时的地头之家了。窝棚边打上防水的埂堰，就地挖了一个简单的土灶，架上了一口小锅。又在窝棚前种了些葫芦、南瓜，搭起了棚架，现在，藤叶已经爬满，成为给看瓜、吃瓜的人遮荫的一个天然凉棚，同时也给看瓜人提供了蔬菜。为了防备有些顽皮的孩子可能来胡乱偷瓜和糟蹋瓜秧子，他还把家里的黄狗带到了身边，协助他履行看守的责任。狗既然来了，刚刚下了六个小崽的白底黑花的大母猫与它的孩子们趁势同时莅临。三下五除二，阿西穆老人的另一个家的自然、自由、自在的夏日生活就如此方便地开始了。

弟弟库图库扎尔的到来并没有引起阿西穆的什么亲热的反应。他从小和弟弟秉性不同，各走各的路。像对待其他来光顾的农村中的头面人物一样，阿西穆连忙把瓜架下面扫干净，四周泼上水，又从窝棚里拿出一角破毡子铺好，请"书记"坐下，然后谦恭地问道：

"西瓜还是甜瓜？"

"甜瓜。"库图库扎尔简略地回答，又问，"有枕头吗？"

阿西穆这里没有枕头。他拿出了一件旧棉衣，叠好，库图库扎尔接过来,塞在头底下,摊开四肢躺倒,长出了一口气。他欣赏着瓜棚上垂下的一个个青绿色的小葫芦。阳光透过瓜叶在他的脸上戏弄着,有一只蝴蝶绕着他的头转了两圈,飞去了。他觉得轻松起来,很庆幸自己躲开了那个割麦的苦役。他准备在这个安宁、舒适的地方待上一下午。等到太阳行将落山的时候再溜溜达达转到四队去,要赶在临近收工的时候,在地里比画比画,检查检查,督促指示一番,完成这一天的任务。

阿西穆一手捧着一个大奎克其回来了。奎克其①是成熟早的夏瓜中的一个优良品种,个儿大,肉脆,含糖多。阿西穆把瓜放下,拔出刀子,单腿跪下,像宰羊一样地先把瓜的头部(连蒂的一端)割下一片皮,然后再顺着切成形状整齐、大小均匀的牙子。在每牙瓜上,轻轻划上几刀,但不划断,这样,吃的时候,拿起一牙瓜来,顺着划痕印横着一掰,就可以折下小块,入口方便,不致使瓜汁顺着嘴角和下巴流淌,看起来也比较文雅。维吾尔人在饮食上的规矩是比较多的,吃法、摆法、切法都有一定的规矩。他们吃馕、吃馒头的时候决不允许拿起一个整的张口就啃。

库图库扎尔掰下一小块甜瓜,咬了一口皱皱眉说:"怎么发酸!"把手里的一小块瓜远远抛开,又把其余的瓜放下,推到一边。

阿西穆疑惑地看了他一眼,挑瓜,他是有自信的。于是他也掰下一点尝了尝,明明香甜可口。再说,竟然说挑来的瓜酸,这对种瓜人是极严重的污辱,但他没有多话,把这个瓜收拢起来放回窝棚里,准备傍晚用来打发那些馋嘴的孩子。然后,他拿过了另一个半面白、半面乳黄、上面有纵绿纹、两端微裂、发着香气的一眼看去就令人垂涎欲滴的大奎克其,照样一板一眼按部就班地切好放好,请

---

① 哈密瓜。

库图库扎尔享用。

"也不好。今年您的瓜怎么了？浇水太多了吧？"

阿西穆没有回答这个污辱性和挑衅性的问题。种瓜的人靠浇水来催熟增重，一个纯洁的穆斯林怎么能干出这种无耻的勾当？这和卖牛奶掺水一样，死后身体都会变黑，墓穴都会倒塌的。但是，他没言语。如果来吃瓜的是别人，他是宁可忍气再去多抱几个瓜来的；在瓜地吃瓜，就是可以挑肥拣瘦，不合口味的一抛，这是不会受非议的。农村的人嘛，总有这一点"优越性"的。但是，库图库扎尔书记毕竟是他的亲弟弟啊！又是大忙的时刻，还摆出一副老爷架势，使他产生了反感，他阴沉地紧闭着口，毕恭毕敬地绕弟弟的背后走开，拿来一个从外表看远远不如方才那两个瓜的小闷蛋子，往库图库扎尔眼前一搁，也不管切，看也不看库图库扎尔一眼，回头抄起砍土镘到瓜地锄草去了。

库图库扎尔一笑，他知道哥的脾气。他只好自己切开了那个小瓜蛋子，管它甜不甜，吃了两块，颓然躺下，昏昏欲睡。

突然，大黄狗汪汪大叫起来，拼命地想挣脱锁链。这使库图库扎尔和阿西穆都很奇怪，白天，有社员来瓜地，它从来不叫的。库图库扎尔斜起身子，用一只手放在眉毛上遮住阳光，沿路望去，只见出现了一个小小的人影，细高个儿，驼背，走起路来头一探一探的。等认出这是包廷贵以后，他又躺下了。过了一会儿，他听见包廷贵用半通不通的维汉各半的话在问："阿西马洪[①]，书记有没有？"

"有！"阿西穆用手向这边一指。

包廷贵躬身走近前来，看到躺着的库图库扎尔，兴冲冲地说道：

---

① 即阿西穆阿洪。

"书记！您叫我好找，中午我找您一趟，你是在午休。过了会儿再去，又不见了。我一猜你就在这儿……"

"你怎么会一猜就猜到我在这儿？"库图库扎尔心里说，并对他这种说法很不高兴。他冷冷地问：

"有事吗？"

包廷贵先拾起库图库扎尔嫌不好吃剩下的那几牙瓜，狼吞虎咽地大嚼着，瓜汁立即弄了个满脸花。然后，他讨好地、亲热地凑近库图库扎尔，喜滋滋地说：

"来信了。"

"什么信？"库图库扎尔仍然漫不经心。

包廷贵从衣袋里掏出一个牛皮纸的竖式信封，信封下款是红字铅印的单位名称。包廷贵从中掏出了两张信纸，信纸上方也有铅印的红字。这种公用信笺引起了库图库扎尔的重视，他坐了起来。

"我的朋友说，有汽车！让我去一趟……"包廷贵兴奋地说。

事情的起因是这样的。一九六二年冬天，从各生产队抽了一部分积金，集中到大队，想买一部拖拉机，由于没有抓紧时机，等他们把钱凑齐，拖拉机的指标已经分配下去了。这事有一次在与包廷贵闲谈的时候提到了。包廷贵献策说："买拖拉机干什么？买汽车！有了汽车就有了一切！有了摇钱树，聚宝盆，财神爷！车轮一转，人民币就脱拉脱拉①地来了，干什么也不用发愁了……"

"汽车需要国家统一分配，咱们上哪儿要指标去？"库图库扎尔摇摇头。

"我有办法呀！"包廷贵扬扬得意地伸出大拇指在胸前一摇，

---

① 维吾尔语，多。

"买旧的！我有认识人。购买旧车不用指标，而且还便宜。"

"买汽车的事其实我也早想过。没有国家的统一分配，就是买上了听说供给汽油也是一关。"

"一切包在我身上！"

"真的吗？你别吹牛！"

"谁胡吹谁不是人养的。你说句痛快话，你到底买不买？你只要说声买，我马上就写信。"

"买！"库图库扎尔笑着说，但他并没有当真。他从小就知道，他生活在一个好话天花乱坠的地方，他生活在一个吹牛不上税的环境，他生活在一个白日做梦的时代。

几个月过去了，库图库扎尔忘了这回事，但今天，包廷贵拿着公用信封和信笺，追他一直追到瓜地来了。

包廷贵说："我的朋友回信说，他们厂子有一辆美国大道奇，报废了，准备处理，咱们只要能及时赶到，就可能买到手。"

"报废的车要它干什么。"

"哎呀呀我的大书记，你是个又聪明又能干又敢干的挺会算计的人，你是我们大家的大当子①，怎么今天变成了死心眼？说是报废，是说年限超过了，有些重要零件坏了；更换一下，修修，轱辘照样转。修车还用别人吗？放着我呢！只要咱们大队舍得下本，搞好协作关系，保管配齐零件，油漆电镀，给你开一辆崭新锃亮的车回来！这样的好车上哪儿找去？要不是我一心扑在你身上，我才不管这些闲事呢！"说着，包廷贵用手背拍打了一下信纸，"看见了没有？写信的我这个朋友，本身就是管汽车的。不说旁的，光说来信通消息这一点，得知人家多大情，我还不知道怎么着谢人家

---

① 汉族人模仿的不规范的维吾尔语"父亲"。

好呢。"

"你那个朋友能做主把车卖给咱们?"

"没问题。当然,什么事也不是一个人就做得了主的。上下左右,就看关系搞得怎么样了。"

"倒真是个机会!"库图库扎尔点点头。

"越快越好!你要是有意,我明天就走。晚了可就让别人抢了去了!"

"这个事……我跟大队长研究一下。"

"算了算了,不用费那个劲了,艾来白来①,黄花菜都凉了,真奇怪,你是老大,又正好分管着副业一摊子,买汽车的意思也不是你一个人的,还犹豫个啥!我还不是为了您!要不,八抬大轿请我我也不管哪!去年为猪的事,我早就寒了心了。你不留我的话,我抬脚早就走了……守着老婆多舒服!我何必跑那个路、出那个差、受那个罪,外加自己贴钱……"

包廷贵的情文并茂的雄辩终于说服了库图库扎尔。他说:"好吧,你准备着吧,现在就带上钱吗?"

"不用不用,你不用不放心。领上百八十块出差费,再拿上百八十块联络费就行了。等办好了,你们再把钱汇去!"

库图库扎尔点了点头,他说:"这样吧,我再考虑一下,如果没有别的问题,我明天早晨通知你,你后天就走。"

"可以可以,我听您的。去的时候还得带上点清油蜂蜜、苹果、莫合烟喽……"包廷贵突然放低了声音,诡谲地说,"外贸部门我也有朋友呢。听说他们那里最近有一批和田壁毯要处理,我给你捎

---

① 维语,犹言"如此这般""这个呀那个呀",并略含废话连篇、啰里啰唆的贬义。此话常被新疆的汉族人使用。

回来一个吧。你家里样样齐全，就缺一个壁毯了。如果把壁毯再一挂上，嘿嘿，连州长的日子也比不上咱书记的哟。"

包廷贵哈哈大笑。库图库扎尔挥了挥手，表示他没有听见包廷贵的后一半话。

包廷贵走了几步，库图库扎尔又叫住了他。

"老包，说老实话，你到底有多大把握？"

"唉，书记，"包廷贵苦笑了一下，"这可让我说什么好？没有把握，我何必来找您？我可以说有八成把握，有九成把握，有九成九把握，汽车没开回来以前，总不能算是十成满。用你们的话来说，最后还得看胡大的旨意。把握，我有。保票，我不打。汉族人的俗话，舍不得孩子打不着狼。退一万步说，汽车买不来，不过花那么几个钱，再赔上三两样土产。辛苦一趟，跟乌鲁木齐大地方的阔单位联络联络，至少也可以闹一些汽车材料来。在大队修车，好处可不是一个人的啊……"

这话倒也说得过去。只是最后一句太露骨了。库图库扎尔用威严的一声咳嗽止住了这个嘿达依①的唠叨。

包廷贵走后，库图库扎尔思忖了一会儿。办成了，一辆汽车，这可是了不起。

这里，有一个库图库扎尔很爱考虑的问题：他这个大队干部到底有多大？过去，一个百户长，一个乡镇，不过管一百来户，而他，管着上千户；过去，赫赫有名的马木提大肚子不过拥有几十匹好马，如今，他却眼看就拥有一辆汽车；过去，一个乡约至少讨四五个老婆……唉，这话就提不成了。

---

① 即汉族。本是译音，与俄语"中国"、或谓其发音类似"契丹"的说法接近，后辗转相传，或有贬义。

办不成呢？办不成最多赔二百来块钱。这个数目并不大，问题在于在这件事上他可能受到里希提和伊力哈穆他们的掣肘。想到这儿，他微微一笑，魔鬼也不会知道他的底细，精灵也不会斗得过他的智慧。经过近年来的较量，他更满意于自己左右逢源、逢凶化吉的本领。今后的事情，就看那边如何动作了，如果那边只是哇里哇啦不动手，这个局面就要僵持下去。这个僵持对他来说也并不坏，因为，在正常的情况下他将充分利用手中的权力巩固自己的地位，他绝不放过一切眼前利益，他深信一部分维吾尔人特别是伊犁人信奉的一句格言：今天只管今天，何故为明天而忧烦！

再说，一旦有变，他也早有准备，早就施了基肥，撒了种，专等气候适合了开花结果收摘。

但是，讨厌的是伊力啥穆。开始，他认为伊力哈穆不过是个孩子，他想用自己的机敏和热情去拉拢他，和他搞好"团结"。但是，没能行，伊力哈穆是用他自己的头脑来考虑问题的，从不接受他的影响。后来，他也想用对付里希提的方法，把他推开，但是伊力哈穆从不冷淡，动不动就对工作以至对他本人提出意见。冬季，在一次党的生活会议上，伊力哈穆居然指名道姓地向他长篇大论地进攻起来，使他这个鸭子硬是不能摆脱水迹……提意见，为什么共产党兴了这么一条呢？意见、意见，简直是令人头疼的冷风！当年的百户长什么时候允许过提意见……可提了意见又怎么样？大队书记还是我，他能把我奈何！

想到这里，库图库扎尔得意地一笑，身体也似乎爽快了一些。他信步走到正在锄草的阿西穆身边，蹲下，从口袋里摸了半天，抓出一把莫合烟，又从另一个口袋里拿出一角旧报纸，撕下一条纸来，卷好，用口水沾住，点着，吸了两口，亲切地叫了一声：

"哥！"

进瓜地以后，这是第一声富有人情味的呼唤。阿西穆停下了砍土镘，回过头来。

"请到这边来！歇歇……"

"我不累。"

"请过来嘛，我有话说。"

阿西穆把砍土镘立在地埂边，慢慢走了过来，两人一起坐到了地上。

"他妈对您们说了吧？"库图库扎尔问。

阿西穆面部的肌肉动了一下。他显得心情郁闷起来，微微点了点头。

"怎么样？"

阿西穆叹了口气，为难地说："我女儿不愿意！"

"什么？女儿不满意。这是您说的话吗？我的命根子哥！"库图库扎尔激动起来，"这哪里还有咱们老辈的礼法！由着她自己还成！爱弥拉克孜已经二十三了，这么大年纪的女人早该养上三四个孩子了！……我们给您们说的这个男人可是有工作的城里人，一个月能挣六七十块；只要您们答应把爱弥拉克孜给他，您、嫂子还有伊明江，人家至少给您们每一个人做一套新条绒袄、裤，一共三套啊。连布票也不用你们掏！"

"听说他的年龄已经不小……"

"喂喂喂……四十七岁的男人不正是欢蹦乱跳的小伙子吗？您忘了，苏里坦巴依六十岁的时候还娶了一个十六岁的丫头呢……"

"一说到她的婚事，她就哭……"

"哭？"库图库扎尔惊奇地叫了起来，"这么大的丫头，给她找上婆家，恐怕笑还笑不及呢。"他哈哈大笑起来，看到哥哥的不快的脸色他才意识到自己的这种神情对于一个做叔叔的人来说是不适宜的。他收去了笑容,正色说:"哭也是作假罢了……"

阿西穆站了起来,这是不想再和他谈下去的表示。他追了上去,强调说:

"我警告您,爱弥拉克孜的婚事已经是刻不容缓了,否则,要么再不会有任何真正的穆斯林要她——谁能要一个整天接触男人的身体的女医生做老婆?要么,就会出事情。"

阿西穆默默地点了点头。

"你们队长怎么样?"库图库扎尔问。

"好。"

"伊力哈穆在你们队怎么样?"

"好。"

"好什么?"库图库扎尔又喊了起来,"他是一个从里到外都不信胡大的人……"

"您自己呢?"阿西穆回过头来,严厉地抬了抬眼皮。

"我外表不信,实际上信着呢。我右肩上的仙人可以证明①,我没有任何对胡大的不敬。"

"伊力哈穆也是好人,去年若不是他,我都吓出病来啦!"

"哼哼!"库图库扎尔冷笑一声,随口编道,"您知道吗?今年四月,他竟然主张把牧业队自死②的牲畜割下肉来卖给社员!还说什么用不着恪守老规矩。若不是我几乎和他打起架来,您们早吃了不洁的肉了!后来,"库图库扎尔把脸凑到阿西穆耳旁,"为这事我在党里头还受了批评了呢!"

---

① 维吾尔人认为,每人双肩上各有一仙人,左侧记录其恶,右侧记录其善。
② 即非宰杀牲畜,为伊斯兰教所严禁食用。

阿西穆的脸色完全变了，他用手抓住自己的胸口，"胡大呀！"他嗫嚅地叫着，几乎支持不住自己的身体。如果队干部可以任意将非宰杀的牲畜割肉卖给大家，那日子还怎么过！他想起近年来有两次从队里分来的肉血色较重，莫非就是那种不洁的食物……他肠子向上翻，几乎立时呕吐起来。

他们的谈话没有再继续下去。随着说笑声又有两个人走进了瓜地，向这边来了。前面迈着大步、大叫大笑的是穆萨队长，后面紧跟着露出一种俯首帖耳、小心翼翼的样子的则是新社员——老科长——半拉子哈吉麦素木——麦斯莫夫。

"咱们队的瓜地就在这儿！您还没来过？咦，您这个科长！您也太死板了！人嘛，到什么山上唱什么歌，走到哪儿说到哪儿。如今，您的科长摩长①的时代已经结束了，也可能是一去不复返了。没有关系，没啥了不起！有本事把科长捞到手就不心疼把科长丢掉。您看我，当了一回干部，却被人抹（mā）下了三回。唉依唉依唉依，对于男子汉大丈夫，什么事会碰不到呢？您不必有什么不快，让我们一起来种庄稼吧。农民也有农民的趣味，有农民的当法。只要是我当队长，您就不会受到亏待，哈哈……"穆萨边走边说，眉飞色舞。麦素木微微点头，谦卑地笑着。"阿西穆哥！"穆萨叫了一声，却先看了库图库扎尔，"哇耶！是书记哥，您来了吗？"

库图库扎尔对在这里见到他们俩略感到一点狼狈。主要是对麦素木，他一直保持着一种严肃的态度。问题倒不在于半拉子哈吉，而在于他非常不愿意人们会把他的取代里希提担任大队书记和麦素木这个丧家之犬联系起来。麦素木刚分到他的大队，就带着一板子茯茶砖去到他的家，他板起脸来把麦素木批评了一通，让

---

① 犹言"科长什么什么的"。

麦素木把茯茶原封不动地带了回去。他把他拒收麦素木的茯茶的事情在大队支委会上大肆宣扬,使萨妮尔和穆明都对他的"原则性"十分佩服。同时,他借此说明了他和麦素木从没有任何个人友谊或者情面关系。但另一方面,他又通过帕夏汗向麦素木的老婆古海丽哈侬致意:"告诉科长,我们都是有良心、讲友谊的人。"不久,古海丽哈侬带上两块茯茶外加三米花绸去送给了帕夏汗,立即被愉快地接受了,当然,这事是与麦素木和库图库扎尔无关的。库图库扎尔最近决定,夏收过后调麦素木至大队加工场任出纳,这个消息也已经传到了麦素木的耳朵里。麦素木的神情和步履显得自如多了。这个消息也传到了穆萨的耳朵里,穆萨连忙加强了对这位"新社员"的"关怀",包括今天带他到瓜地来吃瓜。然而,库图库扎尔从来没有向麦素木表露过什么,许诺过什么,对待麦素木他仍然是公事公办,端着架子。所以,在热火朝天的麦收关头,在瓜地上不期而遇,使他觉得有些不舒服,这甚至引起了他对穆萨的厌恶:怎么世上会有这样的苕料子?本来穆萨是一根好木材,造不成一个桌面至少还能造一个板凳,可他硬是在你加工制作它的时候发了疯,在你的刨子底下又蹦又出溜,不成材的东西!

看到书记的不自然的样子,麦素木以一种赔小心的口气主动问道:

"听说,您得了心脏病了,是吗?唉,多么不幸!中午,我看您连饭也没吃好。"

真难为麦素木的细心。他的话使库图库扎尔消除了一点窘态。他立刻接下去说:

"不行喽,不行喽,身体垮啦。左心房,右心室,全身都是病哩。太疲倦啦,太疲倦啦。不管吃什么东西,嘴里会是苦的,这不是,连甜瓜也尝不到味道!"

"您操劳过度了,您应该好好休息……"麦素木垂下了眼睛。他及时停住了自己的话,免得说多了显得放肆。但是,他心里暗笑着。

这时,阿西穆走了过来。问道:

"西瓜还是甜瓜?"

穆萨眼一眯,唱起了他最喜爱的小曲:

> 姐姐好哇还是妹妹好?
>
> 哪个可心哪个好。
>
> 西瓜好还是甜瓜好?
>
> 哪个可口哪个甜!

他喊道:"管它西瓜还是甜瓜,只要好吃又漂亮,多给我拿几个来!"

阿西穆摘瓜去了,穆萨对库图库扎尔说:

"您太累了! 看看您的脸色! 人不是机器啊,机器还要上油、保养呢! 您上山吧,到夏牧场去吧,现在山上又凉快,又吃得好。哈萨克帐篷里一住,天天都是酥油、抓肉和马奶子,嘿依,等您下山,保管壮得赛过……"

穆萨本来打算说壮得胜过种公牛,但话到唇边又想起这样说书记未免太粗鲁,又咽了回去,结果,没找到更合适的比喻,实际上,看看库图库扎尔那副胖得连脖子都转动不灵的样子,不是活像一头种公牛吗?

阿西穆先后抱来了三个甜瓜,两个西瓜。穆萨吃瓜吃得非常之快,特别是吃西瓜的时候,三下五除二,好像是喝汤一样,吐噜吐噜,他能够把吞食瓜肉和排除瓜籽的动作结合在一起,与其说他是在吃瓜不如说是在吸瓜吮瓜吞瓜塞瓜灭瓜,他在把瓜肉咽下去的同时把瓜籽从嘴角自动喷射出来，无须乎停下吞咽瓜汁瓜肉来吐籽。这也算是一种绝技，两三分钟就把两个西瓜消灭得无影无踪。他夸奖着阿西穆的瓜种得好，并且一再建议库图库扎尔也吃两块。

"您也吃点西瓜吧！清清火，对您是有好处的。"

库图库扎尔摆摆手，"一点也不想吃。"他声明说。

"我看您这个脾胃，最好是喝一点啤渥。"麦素木说。

啤渥，就是啤酒，伊犁人（包括汉族），都按原文发音称之为啤渥。据说此种啤渥发源于俄罗斯，本地的俄罗斯人有用土法酿造啤渥的习惯，并在伊宁市区维吾尔人中得到了推广。啤渥的制作是先熬麦麸水（有大麦就更好），过滤以后加上啤酒花、砂糖和蜂蜜，灌在瓶子里。瓶口用一枚大橡皮塞塞住，常常还用木板把橡皮塞砸紧，让它完全不透空气，然后放在日光下曝晒，使之增温发酵，根据经验，掌握火候，饮用前用冰块或者冷水冰一下就行了。这种啤渥的味道与关内销售的啤酒不太相似，含有很多的二氧化碳，喝起来很畅快。但因放有蜂蜜、砂糖，比较甜一些，还略带酵母的酸味。许多喝惯了本地土造啤渥的伊犁人，倒不见得多么欣赏那些名牌的瓶装啤酒呢。

其实，在俄罗斯本国将这种饮料称作格瓦斯，为什么到了伊犁这边成了"啤酒"了？待考。

库图库扎尔是非常喜欢喝啤渥的，他还自己试着酿过几次，都没有成功——不是变成了醋就是淡而无味。好在廖尼卡的父亲马尔科夫是酿啤渥的老手，每年暮春，库图库扎尔就预付一些钱给他（不然，这个唯利是图的老家伙是从不讲面子的），然后，整个夏天，马尔科夫负责供应库图库扎尔的饮用。但是，马尔科夫已经走了。库图库扎尔提起他的名字的时候，是很有些怅惘的。

"您想喝啤渥吗？那可太容易了。我们的科长家里就有。"穆萨说。

"您有?"库图库扎尔疑问地看着麦素木。

"是我老婆搞的。"麦素木垂下了头。

"哦。"库图库扎尔将信将疑。

见到库图库扎尔的反应并不热烈,穆萨喊叫起来:"帕①！他家的啤渥真是天下第一,比马尔科夫酿的好多了,清凉、香甜、开胃、有劲儿,那不是啤渥,那简直是高射炮！一打开瓶塞,'砰'的一声,泡沫直打到七层高天至少是房顶上……您喝上一杯,保险每一个毛孔都舒畅！"

"是这样吗?"库图库扎尔感兴趣一些了。

"队长说得太过分了。"麦素木不慌不忙地、自谦地说,"她是乌兹别克人,做啤渥已经有很久的历史了……"

"现在有吗?"库图库扎尔睁大了眼睛。

"有,现成的。"

库图库扎尔的脸上显出了兴奋的表情。

"科长,"穆萨亲切地拍着麦素木的肩膀,"晚饭以后,你骑我的马回一趟家,把啤渥拿来,多拿一些,有多少拿多少！晚上,我们和书记找一个地方小坐一下……肉,我来安排。您的意向如何?我的书记?"

"我……"库图库扎尔转了一下脑筋,他很想在"百忙"中消遣一下,品尝一下被穆萨如此吹嘘的科长夫人的手艺。但是,他又不愿意这样快就和麦素木"小坐"在一起。他冷冷地说:

"我晚上,我怕不一定有时间,我还要……"

麦素木没有等库图库扎尔的话说完,他笑了一笑,对穆萨说:

---

① 维吾尔语表示惊叹的语气词。

"我把啤渥拿来。您二位一起小坐吧。请原谅,晚间我还有些小事,恕不奉陪了。"说完,他似有似无地向穆萨使了一个眼色,站起身来,从葫芦架下踱了出去。

"书记需要清净。"麦素木低声对随他而来的穆萨说,"我走了。晚上啤渥给您送到哪里?"

"这个……"穆萨沉吟起来。

"送到乌尔汗家里怎么样?她家最清净。听说,书记对她有大恩德……"

"可以。"穆萨点头,同时也奇怪麦素木掌握各种隐秘的情况这样细致。见麦素木转身要走,他又按住了他,说:

"等等。你看,咱们今年的瓜还很不错。我想在公路也搭个小棚子,每天拉上一车瓜去卖,您给咱们搞搞这个活计怎么样?"穆萨亲切地拍着麦素木的肩膀。

"我不合适。在公路边摆摊子也太惹人注目。"

麦素木的拒绝和否定使穆萨感到失望和不满,他嘴一撇,腰一叉,歪着头,眯着眼说道:"今年的瓜我就是自己卖定了,看谁敢把我怎么样?"

"我看这样,"麦素木眼珠一转,"与其在公路边招摇,不如就在庄子的土路边,离瓜地又近,不用车,抬把子抬也抬得赢,这里来往的行人和车辆也不算少,而且,在这边卖瓜也省去了不少麻烦,至于卖瓜的人,还是不要找我吧,本来就有些人对我抱特殊的看法。我看,您还是找尼扎洪吧,他干这一行合适。"

"好!好!"穆萨连声称是,"您倒是个好参谋长!"

"可不敢这么说!"麦素木正色道。

"晚上十点,大家睡下以后。就在乌尔汗家里。"穆萨通知跷着二郎腿、斜躺在毡子上的库图库扎尔说。

库图库扎尔嗯了一声，告诫说：

"对待麦素木，还是要严肃一些。"

"我才不怕呢！"穆萨不服地争辩道，"我又不是党员，谁能把我怎么样！"

"哼！"库图库扎尔轻蔑地瞥了穆萨一眼，放下腿，侧转身，闭上了眼睛。

深夜，在乌尔汗家里。

从瓜地回去，穆萨通知乌尔汗说，书记要到她家小坐。他说："书记要吃烤羊肉，你把工具和佐料准备好。"

"烤肉？哪里有鲜羊肉？"

"食堂不是有两只羊吗？我已告诉了泰外库，等下他过来宰一只。"

"牛肉还没吃完呢！"

"已经过了油，用盐腌上了吧？坏不了的。给社员也调剂调剂口味嘛。"

"那……即使宰了羊我也不能把肉往家里拿！"

"为什么不能往家里拿？我又没有让你去偷！"穆萨瞪起两眼，"你给我切一块好肉，有几公斤，记我的账，你把肉拿回来就对了，其他一切用不着你管。有我，有书记呢，你还有什么不放心的？办一点小事也这么啰唆！"

乌尔汗只好点了点头。

现在，在乌尔汗的院子里，专门做烤肉用的狭长的铁匣子已经支架起来，均匀挑选出来的伊犁无烟煤块已经烧得通红。乌尔汗拿起切好的一小块一小块的羊肉，穿在特制的、柄上镂着穆斯林的花纹的铁扦子上，每条扦子上穿着七八块肥鲜的肉块，整整齐齐地并排摆在铁匣子上。乌尔汗拿起一个毛巾,一会儿旋转毛巾生风、把火煽旺,一会儿又分别转动一下铁扦,以使肉块受热均匀。在匣子下部的红火的烘烤之下,羊肉渐渐发出了香味,肥肉融下了滴滴的油珠,油珠滴落在炭火上,发出嗞拉嗞拉的响声,升起了缕缕蓝色的烟雾,油烟又附着在肉块上,使烤肉更加香美。最后,肉块微焦了,就在火上趁着油水未干撒上盐、辣椒粉、胡椒粉和一种叫作孜然①的香料,这种别具风味的新疆烤肉串就成功了。

喝啤渥就烤肉串这是一种讲究,犹如关内之喝白干就松花变蛋。穆萨见烤肉扦子已经拿了上来,便从水桶里拿出了几瓶一直浸泡着的啤渥。开瓶以前,他先预备好了两个大号的瓷碗,然后用手去拔橡皮塞,拔了半天,没有拔下来。穆萨便用牙去咬,库图库扎尔一句"小心点"的话没有落音,只听砰的一声巨响,泡沫从瓶子里一涌老高,穆萨的脸上、鼻子上、眉毛上直到手腕上,已经沾满了白白的啤渥。"快倒! 快倒!"穆萨抹着脸喊道。库图库扎尔连忙用双手举起瓶子,咕嘟咕嘟,刚倒出一点,泡沫涨满了碗,咕嘟咕嘟,又是一碗泡沫,瓶子里的泡沫仍然有增无已,库图库扎尔只好张开嘴,凑近瓶口,把涌出的泡沫吞了下去。

穆萨掏出手绢,擦干了脸和手背,耳根后仍然带着酒渍,开怀大笑,伸着大指夸赞道:

"科长的老婆就是有劲! 赛过一尊大炮!"

库图库扎尔把食指放在嘴唇上,示意穆萨不要高声喧闹。库图库扎尔是很小心的,他把库尔班带了来,让库尔班在乌尔汗门前给他放哨。乌尔汗的外间屋里,阿西穆的老伴尼莎汗已经带着波拉提江睡下了。乌尔汗考虑到夜间来了两个男客不方便,才找尼

---

① 学名"安息茴香"。

莎汗来做伴的。库图库扎尔知道这个女人是不多嘴多舌的，又是自己的嫂子，所以还比较放心。尽管此处没有外人，乌尔汗的房子近处也没有邻居，库图库扎尔还是谨慎地制止了穆萨的笑闹。

终于，泡沫息下了，他把碗里的酒倒满。穆萨端起碗，把一碗啤渥倒到自己的喉咙里，"啊嘿、啊嘿"嗓子眼里发出了舒适的呻吟声，然后，他一气拿起几支铁扦子，在嘴边一抹，一串肉不见了，又一抹，又一串肉消灭了，又一抹，三串肉争先恐后地进了肚。他咂着嘴唇赞道：

"多么甜啊！这才是烤肉！不，这不是烤肉，这是幸福，这是人生，这才叫舒服！我再找两个弹都塔尔①的来吧，吃吃、喝喝、弹弹、唱唱，痛痛快快过这一夜！对于我们真正的伊犁人来说，人生就是嬉游，您知道吗？从生到死，这几十年我们是来干什么的呢？玩！塔马霞儿②，该看的，要看，该吃的，要吃。啤渥不够的话，我找包廷贵这个小子去！他有瓶装白酒！"见库图库扎尔不住地摇头，他问道，"我真不明白，您怕什么？难道您也学那些汉族人吗？银行里存着好几百，炒菜的时候舍不得放油，呸！"

"静一点！"

"静什么？在七队，我就是老大！在大队，您就是国王，怕什么？"

"您是个好人，真正的维吾尔男子！"库图库扎尔咽了两口酒，以一种居高临下的、嘲弄的眼光盯着穆萨，"可惜，您太浅薄，太短见。您不是用头脑，而是用脚后跟来思想的。"

"您瞎说，"穆萨不服地叫了起来，由于是和库图库扎尔个别在

---

① 一种维吾尔族双弦乐器。
② 维吾尔语：行乐。

一起,又借着一碗啤涩的酒力,穆萨今晚对"书记"的态度要比平时大胆得多,"有人骂我是流氓,有人骂我是坏蛋,但是,从五岁到今天,没有一个不佩服我的聪明!谁不知道我穆萨四十只脚①?您大概是说我太咋呼了,是不是?唉,您简直不了解我。喊喊叫叫、吵吵闹闹,这也是一种办法。让有些人把我看成个牛皮大王、半疯半傻的苦料子吧!我的算计,都在肚里呢!真正的厉害人,犄角不长在额头,而是长在肚囊子里!"

"哦?还挺厉害的,您有些什么算计呢?"穆萨关于自己的小小的狡猾的自白,使老奸巨猾的库图库扎尔莞尔一笑,他一边逗弄着穆萨,一边吃着烤肉、喝着啤涩。用假话引着旁人说真话,这是一种有趣的游戏。其实,他何尝不想找两个人来弹弹热瓦甫和都塔尔,但是,毕竟他的眼光要高远得多。

"我吗?"穆萨突然支吾了起来,他也不想把肚里的算计和盘托出。他说,"我也不过是骂骂咧咧、咋咋呼呼罢了,这些个辫子,我是有意亮给大家的,谁爱怎么揪怎么揪,反正没有大辫子!"

"没有大辫子?"库图库扎尔的声音严厉起来,"你当队长一年多,贪污盗窃、挪用公款、假公济私、打骂群众、搞资本主义……这辫子还少吗?只怕人家连脑袋一起给你揪下去呢!"

"谁说的?"穆萨的眉毛挑了起来,脖子上的青筋一跳一跳,"我什么时候盗窃、打人了?"

"好好好!"库图库扎尔笑得前仰后合,"这不是,不打自招了,没盗窃过、贪污过,没打过人、骂过人,其他罪名也是完全符合事实,大队支委会上,已经不止一个人提出你的问题来了!"库图库扎尔没有说名字,但是穆萨马上意识到是伊力哈穆和里希提。

---

① 犹言"诡计多端"。

"他们说了些什么？"他的声音有些发抖。

"说得可多呢！"库图库扎尔把手一扬，"还说什么七队的老大呢，让人家轻轻一拨拉，你这个老大怕要变成老末啦！"

"老末就老末，我也不是没有当过老末！正因为不怕当老末，所以我才放心大胆、愉快舒畅地当老大。不像您那样伤神绞脑，累出了心脏病来！"穆萨反唇相讥。

"你抱这个态度就太好了！我今天要和您谈的就是这个，"库图库扎尔很认真地说，"你知道伊力哈穆回来已经一年多了，他原来是你们队的队长，他的思想觉悟、群众威信、文化、能力都不比你差，干脆说吧，比你强得多！冬天公社党委曾经想调他去担任团委书记，他申诉了意见，说是愿意在生产队里。看来，他还是喜爱这个生产队呢！其实要是我呀，我也不去当那个公社干部，一个团委书记能管得了谁？可一个生产队长呢……我看你就把队长的位子让出来吧？如果你同意，咱们麦收以后就改选……"

库图库扎尔的这一段话，倒不见得全是激将。去冬把伊力哈穆正式补选为党支部委员以后，库图库扎尔觉得他对自己的威胁就更大了，他没有什么具体责任，却又无事不能管，无事不能过问，能不能把他拴到一个生产队上，免得他老是在大队插手呢？这个办法是可以考虑的。

穆萨乒地拍响了桌子："让给他？凭什么让给他？我就知道他想当队长！怪道下地指挥生产的事他也要伸手！有本事让他想办法整我吧，我长着牙也不是专用来微笑的！"

"那就看你们谁本事大了！"库图库扎尔把手一摊。

库图库扎尔的风凉样子激怒了穆萨。穆萨把眼一眯："我考虑，刚才你说的那个给包廷贵准备送礼的土产的事不能办！不要让伊力哈穆抓住辫子！"

穆萨冷不防的这一击使库图库扎尔尴尬了一下,他居然一下子无话可答。恰好乌尔汗端着新烤好的一盘子串羊肉进来了,他连忙借着帮助乌尔汗收拾空扦子,掩饰自己的窘态。

等乌尔汗走了出去,他搓着双手,用一种诚恳多了的语调说道:"喂,我的兄弟! 您怎么分不清好心和恶意、朋友和敌人了? 难怪我要责备您缺乏头脑! 您想拉过缰绳和伊力哈穆并排跑一条路吗? 人家早就跑在前头了,只怕人家的马蹄子扬起的土您都吃不上! 我不过是提醒一下您的处境就是了,难道您还怀疑我的友谊和支援? 伊力哈穆要争这个队长,这也没关系,小而至于一个生产队,大而至于全新疆、全国、全世界,莫不是如此。记住:谁有本事、有势力,谁就当君王、当头儿脑儿;不然您就当奴仆、当下属、当侍候人的听差! 拿新疆来说,清朝,民国杨增新、金树仁、盛世才,东土耳其斯坦,三区革命政府……哪一个政权能长得了? 谁晓得今后的事情是什么样子? 嗨咦,穆萨队长,嗨咦,我的老弟,别看您也长了一脸胡子了,其实,您还是个小娃子呢!"

库图库扎尔的最后几句话是穆萨从来没有听他讲过、自己也从来没有想过的。他的意思难道是……穆萨看看库图库扎尔,他正若无其事地咂着烤肉的滋味,他的目光里流露出一种狠毒和狡狯混合着的神色。穆萨觉得悚然,他俯身说:

"确实,您的智慧是我辈所不能比拟的。今后,请多加提携开导,我是您的人,我听您的。"

穆萨肚子里的算计则是:"我的天! 这个人太危险! 一定要和他逐渐把距离拉开……"

库图库扎尔摆摆手,他竖起了耳朵,院子里传来人声、脚步声。乌尔汗似乎企图阻拦,库尔班怎么没来报信? 来不及去弄清情况了,房门倏地打开了,夏夜的凉风吹了进来。随着凉风进来了一个愤怒的人，这个人站在门口，用炯炯的目光刺射着他们。

这个人不是别人，正是伊力哈穆。

小说人语：

享受夏天，自然不该是坏人的专利。当人与人较劲的时候，人也会与自身较劲。奎克其（哈密瓜名）流淌着的是幸福，卡哇普（串烤肉）发散着的是满足。新疆是我们夏日的天堂。

小说人那个年代曾任红旗公社二大队副大队长，也享受过在瓜地的尊荣与口福——到哪儿说哪儿啊，您哪。

西瓜甜瓜应犹在，只是容颜改。高楼昨夜又南风，山水故园无恙挂牵中。

这里说的容颜不仅是指人，开发发展，现代化电气化信息化，新疆的瓜，无土栽培、雾化培植已经遍及全国，换了人间喽。

第二十章　接生父信　小库始知死讯为假
　　　　　闯烤肉宴　大伊怒斥狡辩皆非

　　在紧张和激动的情绪中,伊力哈穆度过了这个下午。

　　中午,公社邮电所的模范邮递员阿里木江骑马来了庄子。他见到了伊力哈穆,便问:"你们队有个库尔班惹扎特吗?"

　　"我们这里只有库尔班库图库扎尔,没有库尔班惹扎特。"

　　"请您帮我想一想,再问一问好不好?"邮递员有些失望,但还不甘心。他从邮包里拿出一封信,"您看,这封信地址没写清楚,我已经打听了好几个队了。它可能是给谁的呢?"

　　伊力哈穆接过信,信封上写着:

　　　　此信交伊犁跃进公社我的孩子库尔班惹扎特亲收喀什专区岳普湖县洋达克公社三大队二生产队惹扎特库尔班寄。

　　"没有写收信人在哪个县,又没有写大队和生产队。本来要退回去的,我想反正伊犁州只有我们县和尼勒克县有跃进公社,我先在这里全面找一找,找不到再把信转到尼勒克的跃进公社去。"阿里木江擦着汗,说明道。

　　"等等,"伊力哈穆想了起来,"库图库扎尔书记的养子库尔班原籍就是岳普湖,会不会是他的亲生父亲叫惹扎特呢?让我给您问问去。"

　　"我和您一起去。"听到有了线索,阿里木江马上高兴起来。

　　他们去找库尔班。库尔班蜷缩着身体正在一棵老桑树下睡午觉,伊力哈穆把他推醒,问道:"库尔班! 你的生身父亲是叫惹扎特吗?"

库尔班显出一种慌乱的样子,他结结巴巴地说:"什么? 怎么了? 不,不,那个不是的。"

他站了起来,关切地问,"怎么回事? 请您们告诉我,您们为什么要问这个?"

"有一封给库尔班惹扎特的信。"

"信?"库尔班的眼睛睁大了,"从哪里来的?"他的小手也哆嗦起来。

"岳普湖洋达克公社三大队二生产队。"阿里木江已经把寄信人的地址背诵下来了,他又补充说,"写信人叫惹扎特库尔班。"

"啊!"库尔班倒抽了一口气,"我爸爸! 那封信是我的,"他伸出了两只手,像祈祷似的伸向阿里木江,"请把信给我吧!"他哀求着。

"您叫什么名字?"

"库尔班库……不,我叫库尔班惹扎特。"

"您刚才还说不是啊!"

"我刚才,我刚才怎么那么糊涂! 给我看看信吧?"眼泪开始在孩子的眼眶里打转。

阿里木江怀疑地打量着库尔班。伊力哈穆示意叫他把信拿出来。库尔班看到了信,他急急地说:

"我的,正是我的信,我爸爸叫惹扎特库尔班,由于我是他的独子,他又是我爷爷的独子,他用爷爷的名字给我命了名①。我的惹

---

① 维吾尔人的名字可在本名后缀父名,也可不缀。另有些维吾尔人有用上一辈人的名字给下一辈人命名的习惯。

扎特库尔班爸爸不会写字,一定是委托七十多岁的毛拉①惹苏里写的……"

阿里木江与伊力哈穆相视一笑。库尔班的说明是令人满意的。确实,从信封上的书法及基本上不用元音的拼缀特点看来,这封信就是个上了年纪的毛拉写的。

"好吧,信你拿去吧!记住,告诉你的父亲,写信要有收信人的详细地址:省、地、县、公社、大队、生产队都要一一写清。另外,你自己叫什么名字,缀什么父名,无论如何你自己应该清楚,不要含含糊糊。你们一含糊不要紧,可把我们邮递人员整苦了呢!"

阿里木江怀着那种投递了瞎信以后的欣慰心情,轻松地、略嫌唠叨地责备着。

"是的。谢谢您,大哥,谢谢了!"库尔班连连点头。

邮递员走了。库尔班看看周围,把信拆开,扫了一眼,叫住了也正要走开的伊力哈穆。

"伊力哈穆哥,您给我读一下这封信吧。小声点!"

伊力哈穆读道:

> 我的亲爱的生活在远方的伊犁的美丽的绿洲的儿子库尔班你的身体健康吗平安吗我想你的一切都会是好的让我们一千次地感谢真主的保佑吧自从你走后我白天和黑夜都在想念你我等待着你的来信等待着你把生活安排好寄钱来我好一天也不耽搁地动身上路到伊犁去到你的身边我想你的姑父姑母一定会尽力帮助你帮助我们父子俩的因为在你的慈爱的母亲我的忠实的友人和伴侣如兹汗去世以后我再也不想结婚娶妻而只愿意和你我

---

① 伊斯兰宗教学者。

的恭顺善良的孩子共同度过我的余年我每天都在等待着你的消息度日如年又加以最近我的肺病重新发作医生用伦琴①检查了我的肺说是需要打针吃药治疗感谢伟大的公正的光荣的党和我们各族人民的大救星毛主席和通向共产主义的金桥一大二公的人民公社照顾了我的饮食起居和医药但是我并不愿意尽管把救济领下去岂不是害羞丢脸我想我的亲爱的孩子一定能够在伊犁这个富饶美妙的地方就如同在故乡一样地艰苦劳动勤俭度日不偷懒不松懈建设社会主义的伟大国家尽快地给我寄一些钱来并告诉我何时可以动身前往你们那里我所向往的富庶的伊犁并要常常给我写信你写不好也无妨我只需要知道你的平安健康便是安慰故乡现在也很好正在大办农业比学赶帮奋勇前进着父字。

信文没有标点，许多词的拼写中省略了元音，这是相当早年的用阿拉伯字母拼写维吾尔语的习惯。旧式的文体中加入了一些时代新名词，伊力哈穆好不容易才读完了这封信，累出了一头汗。

库尔班听完了，又接过了信，看了又看，他哭了。

"告诉我，这是怎么回事？"伊力哈穆关切地问。

"我怎么办？我怎么办呢？"库尔班自言自语。

"给你的惹扎特爸爸回一封信吧，他惦记着你，想到伊犁来……"

"不要让他来！不要让他来！"库尔班恐惧地摇着头。伊力哈穆不解地望着他。他又来回来去地在信上找着，找着。

"你找什么？"

"信上没有日期。伊力哈穆哥，您看，信上是不是没有日期？"从库尔班的神色看，写信日期是一个关系重大的事情。

---

① 即 X 射线，这里用的是俄语借词。

"没有。信上没写。"伊力哈穆拿过信封,查看着日戳,"从邮票的日戳上看,发信是在十二天以前……"

"这么说,是假的! 不是真的。"

"怎么是假的? 难道父亲又不叫惹扎特了?"

"呵呵。我是说,父亲的来信是真的。父亲没有死。父亲还活着。说父亲死了——那是假的。"

"当然,人死了怎么可能还给你写信?"

"所以,他们二月份告诉我父亲死了,这是假的,是谎言、是欺骗……"

"谁告诉你父亲已经死了?"

"如果我能回到岳普湖! 如果我能回到故乡! 如果我能回到父亲的身边……"库尔班哭出了声,他的身体摇荡着,像一株被大风吹得直立不起来的小树。伊力哈穆扶住了他。

麦收这些天来,伊力哈穆和他已经熟悉多了。晚上睡觉的时候,库尔班没有棉被(他只带了一件四面飞花的旧棉衣),伊力哈穆常常和他盖一条被子。白天空闲的时候,伊力哈穆教他写字,有时还给他念念报。虽然库尔班仍然孤僻和寡言少语,但和伊力哈穆在一起,他的脸上有时也出现了罕见的笑容。几经询问,库尔班终于向伊力哈穆吐露说:

"我的爸爸惹扎特和帕夏汗姑姑是同父异母的姐弟,解放前帕夏汗妈妈①就到了北疆,我们之间没有什么联系。六一年,帕夏汗妈妈为了她在霍城的一个亲弟弟的婚事,带着那个弟弟回到了故乡,从洋达克公社给她的弟弟找了个对象。当时,正赶上我妈妈因病去世不久,我父亲心情很不好,身体也很差,家里生活有不少困

---

① 维吾尔语中这里的姑姑、妈妈是一个词。

难。帕夏汗妈妈给我的爸爸出了个主意，说伊犁如何之好，如何之富，挣钱如何容易。她建议先把我带到伊犁来，挣下钱、盖上房，再把父亲接来。她说她没有儿子，一个女儿已经大了，嫁出去了，家里需要个男孩子。她说她把我带来伊犁，将来我就是我们两家的儿子。两家都会爱我照顾我，我长大以后两家都要照管。帕夏汗妈妈还说了许多动听的话，什么死了母亲的孩子多么可怜。衣服破了没有人补，被子脏了没有人洗，想吃汤面了没有人做，又说如果父亲娶了后母，我的境遇将是她这个当姑姑的所不能忍受的，而父亲不娶后母，孩子陪伴一个老鳏夫过着没娘而且家里再无烧茶做饭的女人的生活，也是她这个当姑姑的人不能接受的。还说困守在家乡将永远为逝者而悲伤，只有远走高飞才能有新的快乐；还说她和库图库扎尔爸爸将如何爱惜我……我父亲问能不能和我一起随她到伊犁来，她说因为伊犁是好地方，想来的人太多，所以报户口不容易。只有我先来，作为他们的养子先报上户口，再把父亲接来，借他和我的关系提出申请才能给他报上户口。父亲拿不定主意，许多乡邻也用传说和神话里的语言来形容伊犁。父亲问我，我当时很想做点什么帮助一下体弱多病的父亲，我也想看看众口一声赞不绝口的伊犁的风光；我同意了，就这样，我来了……可是，今年二月，库图库扎尔爸爸告诉我，接到了岳普湖来的电报，说是父亲已经死了。"

"你看到电报了吗？"

"看到了。"

"电报上怎么写的？"

"电报上写的是'父于一月二十六日病故'。"

"电报是给你的吗？哪里来的？"

"姓名是新文字字母写的，我认不清。哪儿打来的我也不知道。我只知道哭。"

"怎么没有听你讲起?"

"我对谁讲去?我哭了好几天。我要给父亲做乃孜尔,库图库扎尔爸爸说那是老旧的习俗,他不能公开地做。"

"总可以告诉乡亲。死了人,总是要吊唁的。"

"可我没有户口……"

"这和户口有什么关系?"伊力哈穆喊了起来,"那么,你为什么不报户口呢?"

"库图库扎尔爸爸说,上级不会批准,说是还要等待一个时期。后来我说,既然报不上户口,我就回南疆。几天以后,传来了父亲去世的消息,我便无处可去了。"

沉默了一会儿,库尔班说:"不管怎么说,现在我知道了,我的父亲没有死,他活着,这是真的吗?可靠吗?"

"是真的。"

库尔班的悲苦的脸上显出了笑意:"我再也不在伊犁待下去了。哪怕是徒步走路,哪怕是爬行,我也要一步一步回到父亲的身边!"

"为什么走路?你没有钱坐车吗?"

"啊……对。我也可以坐车。您说得对。给我父亲写一封信吧,您帮我写,告诉他,我在这里生活得……很……好。"

伊力哈穆从上衣口袋里的记事本上撕下了一张纸,刚写了两句,库尔班又说:

"不,先不写了。"

"怎么?"伊力哈穆问。

"父亲等着我寄钱去,而我只寄去一张纸,他会失望的。"

"你……没有钱寄吗?"

"爸爸说，我挣的钱他给我存下，将来等我大了给我成家，现在一分钱也不能动……"

"他是这样说的吗?"伊力哈穆的声音嘶哑了。

库尔班不了解伊力哈穆为什么突然激动起来，他问:"伊力哈穆哥，您怎么了?"

"没有什么。"伊力哈穆控制住了自己，低声回答，又说，"如果需要给你父亲寄钱，我这儿有一点……"

"不……我怎么能用您的钱，"库尔班大人一样地用右手抚胸，表示谢意，"我跟库图库扎尔爸爸要去，他会给我。我先寄十块钱去，等收完麦子，我就回家乡。"

"如果你愿意在伊犁生活，户口当然是可以报上的。"伊力哈穆提醒说。

"不用了，我想家了。我家门口有一棵桑树，比这棵大得多，"库尔班深情地抚摸着桑树，"我们全家住在一间大土房子里，墙是用泥抹在树条子编的篱笆上修成的，冬天，羊和鸡和我们住在一起。伊力哈穆哥，您别笑话我们，那里风沙大、水少，条件当然不如伊犁。那里我们也说喝茶，指的是开水，不放茶叶，我们没有钱买茶叶。解放前，我们世代是霍加的奴隶。冬天，我父亲有时就睡在放在土炉上的抬把子上边，上面冻着，下面烤着，他的肺病就是那时候坐下的。可我们那里的农民都是非常好的人，朴实、真诚、爱帮助人，每一家做什么好吃的都要分给邻舍，一家宰羊十家嘴上抹油，谁也不计较钱财……不像伊犁人这么奸酷……"

"伊犁人奸酷吗?"伊力哈穆笑了。

"啊，我说错了。我是说，有少数人太油滑而又刻薄……"

他们的谈话没有再继续下去，上工的钟声响了，社员们从他们身边走过，他们站了起来。

一下午，伊力哈穆想着库尔班的事情。他想起第一次在库图库扎尔的家里见到库尔班的情景，沉默的孩子，满腿的泥……库尔班吃饭的时候是多么拘谨啊，还说他不吃肉呢……库尔班劳动，工分都记在帕夏汗的名下，说是因为他"没有户口"。听艾拜杜拉和吐尔逊贝薇说，当队上和团支部组织活动的时候，库图库扎尔就以库尔班不是这里的人——没有户口为理由，不允许通知他。前天里希提到七队来，伊力哈穆问起这个事情，里希提也说这事太怪，大队分工管民政的秘书要给库尔班登记户口，但库图库扎尔说这孩子暂住一个时期还要回南疆的，不需要报户口。可库图库扎尔又声称库尔班是他的儿子……这些情况是多么可疑呀！把这些情况与今天下午读了的信和库尔班叙述的情况联系起来，便可以得出一个无可怀疑的、却是令人不敢相信的判断。尤其是，这个库图库扎尔伪称库尔班的生身父亲已经死了，还有什么存下钱来成家的话，伊力哈穆是何等的熟悉啊……

难道库图库扎尔果真是这样对待库尔班？

伊力哈穆不由得打了一个冷战。

伊力哈穆的突然到来使库图库扎尔和穆萨一惊，但不到一分钟两个人的脸上就换上了笑容。库图库扎尔略略欠了欠身子，穆萨则俨然以好客的主人的姿态站了起来。

"请过来！您来得正好！这边来，请坐，让我们坐在一起！"

伊力哈穆没有照常规接受或者礼貌地谢绝穆萨的情意。他没有回答穆萨，对库图库扎尔说道：

"库图库扎尔哥，我到处找您，原来您在这里，您好自在啊！"伊力哈穆的口气是前所未有地冷峻。

"请问，您有什么样的事情？"库图库扎尔有礼地、警惕地抬起了上眼皮。

"库尔班的父亲，真正的父亲来信了……"

"哦？是这样吗？"库图库扎尔一震，又故作淡漠地应了一句。

"您为什么告诉库尔班说他的亲生父亲已经死了？"

在这一瞬间，库图库扎尔低下了头。穆萨怔住了。寂静中，伊力哈穆强压怒火的呼吸声显得特别粗重。

穆萨完全摸不着头脑，但他知道是与己无关的事。他坐了下来，伸手拿起了又一串烤肉——不妨看一会儿热闹。

库图库扎尔突然弯起中指用骨节敲了一下桌子，他提高了嗓门："纯粹是胡说八道！比假话还要假！我什么时候说过他的那个父亲死掉了？是不是库尔班向你说了些什么？这是个坏孩子，又馋又懒，不爱学习也不爱劳动，满嘴没有实话……"

"是的，库尔班又馋又懒！您在这里吃肉，他在院门外喝风……"伊力哈穆愤怒地、辛辣地说。

"您可真好笑！莫非是您喝醉了？您半夜跑到乌尔汗的家里，脾气这样大，难道就是为了看不得我吃肉吗？"库图库扎尔不自然地大笑起来。

"不完全为了这个，还因为社员反映，乌尔汗拿了食堂的羊肉。"

"什么什么？他是在说什么呀？穆萨队长，这羊肉是偷的吗？这到底是怎么回事？"

库图库扎尔用一种做作的莫名其妙的神气歪了歪下巴，表示他与肉的事情毫无关系。

穆萨刚刚拿起的烤肉，又落到了桌子上，他捻一捻自己的分向两面的胡子，摇晃着身躯，向伊力哈穆凶恶地看了一眼。

"简直是岂有此理！原来您是来抓贼的。乌尔汗，乌尔汗！"他大声叫着,直到乌尔汗磨磨蹭蹭地走了进来,手足无措地站在门旁。乌尔汗的脸上充满了羞愧和难堪的神情,穆萨却毫不示弱地说了下去:"乌尔汗!伊力哈穆说您是贼呢!他追到您的家里来了!您是不是要把乌尔汗逮起来?告诉您,肉是我的!就是说,我买了这肉,我出钱!我将告诉出纳,记在我的账上。是我让乌尔汗拿来的。乌尔汗,是不是这样?您怎么不说话?嗯,我的伊力哈穆兄弟,请吧,您还有什么指教?"

伊力哈穆没有立即搭腔,他观察着乌尔汗。穆萨以为已经把伊力哈穆压了下去,便转守为攻地冷冷一笑,他说:

"伊力哈穆兄弟,您这是干什么?您为什么老找我的麻烦?去年您刚回来,我就漂漂亮亮地和您谈了,您也漂漂亮亮地答应支持我的工作,在哪里呢?您说的那个支持!去年收麦子的时候,您破坏了要报喜和支援兄弟队的队伍;今年收割的时候,您又打乱了我对劳力的安排。今天下午,我就容忍了您。请问问,我堂堂穆萨对什么人服过输、让过步?刀搁在脖子上,我穆萨都不会眨一眨眼!但是,今天下午我让了您,因为,说实话,老弟!我喜欢您,我看到了您的价值……还因为,我们维吾尔人,虽然男人的后胯上都带着一把匕首,虽然醉后我们也常打架,但是,从本性上,我们是温和驯良的人,我们最心软、讲情面、受不住一句好话……我以为您也会为我的好心而感动的……不承想,您竟然追着我的脚印来到了这里!这未免太不讲交情了……算了吧,一切都会过去的。一个人在一日之内,会有二十九种不同的脾性,也许,您的火性子稍稍降下了一点?请到餐桌近边来吧!请坐!"

伊力哈穆注视着因为发表了这一通有"情"有"理"、有打有拉、口若悬河的演说而现出一种得胜者的样子的穆萨,略略思索了片刻……

　　穆萨提到的两件麦收中的交锋是这样的：

　　去年夏收开始了二十来天以后，大面上的收割已经基本完成了，还剩下土路的另一面、现在的向日葵地和瓜地上有那么四十亩左右长得不太好的小麦。穆萨下令组织了一队人敲锣打鼓、抬着大红喜报要去大队和公社报喜。另外，抽调了十五名壮劳动力，每人一把镰刀，说要去新生活大队"支援"。伊力哈穆当天正在现在的瓜地这里割麦，听说了这个情况急急忙忙跑到庄子找穆萨，穆萨带着报喜和支援的队伍刚刚出发，伊力哈穆追上了大路，追到了拐向四队的岔路口，他气喘吁吁地问道：

　　"你们到哪里去？"

　　"您没瞧见吗？"穆萨指一指锣鼓和喜报。喜报上写着：

　　"……爱国大队提前十一天已于今日上午胜利地、保质保量地完成了全部割麦任务，同时，我们还发扬风格，派出了十五名强劳力自即日起不要代价地支援新生活大队……"

　　"您知道，队长，"伊力哈穆说，"雀儿沟那边有四十亩小麦还没有撂倒；阿西穆大哥房前还有近百亩小麦正在打捆；怎么能说今天上午就完成了呢？看样子，得明天才能完啊。"

　　"完了就是完了，基本上完了嘛……"

　　"基本上完就是基本上完，而'胜利地、保质保量地全部完成'就是另一种讲法了。我们的喜报上只能写'基本上完了！'"

　　"哪有这样写喜报的。"

　　"那就等到明天再去报喜吧。"

　　"那怎么行？今天晚上四队乌甫尔翻翻子就要去报喜了！"

　　"那只能让人家报去。明明没割完，却又要抢第一，不成了弄虚作假了吗！"

"是啊!"报喜队伍中的青年们七嘴八舌地议论起来,"拿着这样的喜报去吹牛,真不好意思。""我们不去了。""我们快去把收尾工作做完吧……"

……报喜的人回了头,穆萨当时是咬牙切齿。

今天下午碰到的事情要简单得多。下午上工一个小时以后,伊力哈穆负责的马拉收割机这一组完成了最大的一块二百亩麦地的收割,按中午穆萨队长给艾拜杜拉下的命令,他们应该到渠道的另一边邻近的一块麦地去。当艾拜杜拉收拾好机器和马的套具准备往那块地迁移的时候,杨辉提出了一个不同的意见,因为即将去的这一块地种植的是一种名为乌克兰无芒4号的小麦,这种品种的麦子的特点是种子壳非常结实,很不易脱落,这固然给打场带来了一些困难,但也大大减少了成熟后抛洒的损失。而在庄院后边的玉米地后面,有一条狭长的近百亩的地块,种的品种是陕西134,陕西134高产早熟抗病,穗头非常饱满,但是一旦成熟,麦粒极易脱落抛洒。杨辉建议,应该抓紧先收这一片陕西134。为了说明自己的意见,杨辉还把伊力哈穆和艾拜杜拉带到地里,让他们亲眼看到了134小麦一碰就簌簌地掉粒的情景。

伊力哈穆到处找穆萨,找不到,于是,他找到热依穆副队长商量了一下,决定接受杨辉的合理意见,把人马机具调到狭长地里。

就在这时候,穆萨来了(他刚从瓜地回来),他怒气冲冲地质问伊力哈穆为什么不按他的命令去做,伊力哈穆作了解释。穆萨仍然不同意,并坚持按他原来的安排干,因为再过一两天公社和大队将来检查夏收进度,那一片无芒4号的小麦近在路边,如果照样长在地里,会给领导一个进展不快的现象。再说无芒4号麦地和已经收完的二百亩紧紧相连,如果一气收完,看起来一望无际,要壮观得多。伊力哈穆劝穆萨要从生产出发,注重实效,不要单纯做样子活。顺便，伊力哈穆还提出建议，应该立即组织车马拉运，以避免车马窝工和小麦散放在地里可能遇到的来自风、雨、鸟、兽的损失。穆萨也不同意伊力哈穆的这个意见，他的计划是全部人力先集中力量割，捆不上都没关系，更不必说拉运打场了。这样，人力集中，割倒就算胜利，他就有可能把去年眼看到手却被伊力哈穆搅掉了的全公社收割速度第一的美名夺到手。在伊力哈穆难以说服穆萨，而穆萨吆喝着大家再转移到无芒4号麦地里去的时候，杨辉来了，矮个子杨辉仰着头看着穆萨和善而又泼辣地说：

"喂，队长！您没有看到陕西134脱落的麦粒吗？怎么能不心疼呢！难道我们收割真的是理发①吗？只是为了整容给人家看？早熟易落的要早收，这不仅是技术要求，也是政治要求，三年自然灾害还没有使我们记住——浪费粮食就是犯罪吗？"

穆萨没有说什么，走了，他不愿意和杨辉争执，而且社员显然是站在伊力哈穆与杨辉一边。

伊力哈穆本来认为这个具体问题已经解决了，没有想到穆萨却耿耿于怀，又提了出来。

伊力哈穆静静地观察着这三个人：羞辱的乌尔汗、气势汹汹而又得意扬扬的穆萨、恶毒的库图库扎尔。他稍稍冷静了些，决定先回答穆萨。他叫了一声"穆萨哥"，微微一笑："您真的以为靠舌头能够攻下城堡吗？请不要陶醉在您自己的花言巧语里！"

穆萨的脸一下子涨红了，伊力哈穆继续说：

"您以为说一声'记在我的账上'能证明您的行动是合法的？乌尔汗姐，是不是任何一个社员都可以凭同样的许诺从厨房拿走

---

① 维吾尔人常以收割比喻理发取笑。

肉呢？而且，穆萨哥，您的账是什么样子，群众心里都有数。从您担任队长以来，仅仅登记在账面上的、您借支的现金已经有多少了？您还说到队上的工作和生产，我们当然支持您领着大家搞社会主义，如果您搞资本主义，如果您弄虚作假搞邪门歪道，我们就有义务帮助您纠正。这就是我对您的最大支持。真奇怪，您过去是雇农，您聪明，有魄力，也有一定的经验，您明明可以做一些于人民有益的事情受到群众的拥护和尊敬，您为什么不走正道呢？您责备我不讲情面，可是您考虑过社员群众的感受吗？就在几个小时前，公社的赵书记来了，他通知说，接到气象预报，今夜可能有暴风雨。可我们的地里，按您的全力割倒的指示，还有一百多亩地的割倒了的麦子没有捆上，风雨一来，会是什么后果……"

"什么？今天夜里有暴风雨？"穆萨紧张起来，他坐不住了。

"别怕！赵书记领着我们夜战，已经捆好了麦子，一部分运到了场上，一部分也已经集中起来堆成了垛。可您呢？身为队长，在这个最紧张的时刻，您躲在这里喝啤酒、吃烤肉，肉还是拿的食堂的。请问，您的所作所为是人民群众的感情能够通得过的吗？"

伊力哈穆看了乌尔汗一眼，决定把话挑开：

"穆萨哥，您这样下去，会走到哪里去呢？您就不想想这间房子的主人——伊萨木冬的下场吗？"

听到长久以来从人们的口上已经消失了的伊萨木冬的名字，乌尔汗颓然坐到了地上，她捂住脸抽泣起来。

"乌尔汗姐！原谅我冒失地夜间来到您的家，原谅我提到了波拉提江的爸爸！我不明白，您在做什么。是您在请客吃饭？是您在侍候贵人？真让人不懂。想一想去年您回来以后，大家是怎样对待您的，领导是怎样对待您的。因为，您是贫农的女儿，您是人民公社的社员。贫农应该有贫农的骨气，社员应该有社员的尊严。

可您……"

库图库扎尔听着伊力哈穆的话，思考着对策。伊力哈穆的话里有一句真的打动了他：就是说到晚饭后赵书记来了，并且领着大家捆麦运麦的一段，使库图库扎尔深感遗憾，他今天到七队的庄子来，本来就是为给领导看的呀！此外的话，越听越觉得受威胁。如果在穆萨讲了那一套以后，伊力哈穆指着鼻子把穆萨——最好再加上乌尔汗——大骂一通，库图库扎尔倒会觉得轻松和有趣的。但是，狡猾的伊力哈穆偏偏用好言好语来规劝他们——真可怕！看来，既不可能把伊力哈穆顶走，又不可能把伊力哈穆逗个暴跳如雷，更不可能使他软化；那么，剩下的唯一明智的办法就是脱身——走掉。虽然，他明知道，还有两瓶子啤渥浸泡在冷水桶里没有拔出橡胶塞子呢。

"算了算了，"他和解地挥一挥手，笨重地准备站起来，"我们三个毕竟都是客人，"他指一指穆萨、伊力哈穆和自己，"伊力哈穆提的意见也很好嘛，值得穆萨注意哩！但是提意见的事，还是放到明天白天，到办公室里进行吧。谢谢乌尔汗的款待，您招待得很好！我们坐得很满意，很快乐，再见，我走了……"

"等一等！"伊力哈穆被库图库扎尔的无耻和狡诈大大地激怒了，"我还有话要对您说，我来找的正是您！我们两个人是共产党员，我们起码应该做一个老实人、正派人。您对库尔班做了些什么，您比我更清楚！不要以为没有第三者可以证明吧！俗话说，墙壁也长着眼睛！党，注视着我们！人民，也注视着我们！总有一天，对我们的一言一行，需要作出负责的解答！"

伊力哈穆重重地说完了最后的一句话，回转身，大步走了出去。

库图库扎尔呆立在那里。过了好一会儿，他的眼睛红了，他气

急败坏地走出房子,走到院门口,用一种使穆萨听了都倒抽一口冷气的声调喝道:

"库尔班!库尔班!过来!"

库尔班没有回答。

离开乌尔汗家以后,伊力哈穆也到处找库尔班,没有找着。

第二天,早饭的时候,他没有见到库尔班。上工的时候,他仍然没有找到库尔班。这使伊力哈穆警觉起来。中午下工以后,他顾不上吃饭,借了狄丽娜尔的自行车,骑车来到大队部对面库图库扎尔的家里。帕夏汗冷冷地接待了他——在这之前,丈夫已经回来过了。帕夏汗说:"您怎么到我这儿找库尔班来了。听说您这几天天天和他在一起哩!我正要找您要人呢,您把库尔班藏到什么地方去了?还是您把他引导到哪里去了?"伊力哈穆顾不上驳斥帕夏汗的挑衅和诬赖,他感到了问题的严重。他去到公社,公社干部全部下到各队夏收,只剩下一个秘书统计数字和出版油印小报。秘书上午接待了帕夏汗的来访,帕夏汗控告伊力哈穆挑拨他们的家庭关系,离间他们的父(母)子感情。提到库尔班"这个可怜的傻孩子"的时候,帕夏汗用她的肥胖如球的小手揩了揩眼睛。她用一种慢性病人的呻吟腔调讲话,使秘书竖起耳朵还听不清楚。但最后,帕夏汗又换了一种叙述什么秘密时的表情强烈而声音低微的方式,她透露说,库尔班的亲生父亲是一个二流子,曾向他们敲诈银钱。库尔班手脚不干净,自从库尔班来到他们家,吃剩下的水煎包会自行失踪而放在条案上的零钱也会不翼而飞。伊力哈穆来后也把有关情况汇报了。因为此事牵扯到大队领导干部,公社秘书觉得棘手,他能够做的只是:一是通知各大队协助寻人。二是将把此事汇报给赵志恒书记。

　　伊力哈穆骑车又去了交通管理站，去了路旁的几个属于生产建设兵团的单位，去了七队的另一处田地——雀儿沟。又去了伊宁市、客运站、货运场……哪里也没有库尔班的影子。伊力哈穆想象不出库尔班能到哪里去。当然，他没有忘记库尔班"一步一步走回南疆"的话……但是，他知道，这样一个孩子，没有钱、没有干粮、没有替换的衣服，无论如何他是走不回南疆的。

　　晚上，他疲乏地返回庄子。他安慰着自己，幻想着等自己回到庄子库尔班已经回来了，很可能，库尔班只是情绪不好一时跑到哪块玉米地里……但是，等他回到庄子，他看到了社员们焦急不安的面容，他的心坠到了无底洞里。

　　夜深了，大家更着急了。库图库扎尔也真的害怕了，他了解库尔班的遭遇和情绪，他害怕库尔班寻了死，如果在某个地方找到了库尔班的尸体，他是无论怎样也不可能把自己洗刷干净的。尽管他已经部署帕夏汗做了舆论准备；尽管他也想了一些对策，主要是赖和推两手；但是他也知道，无论如何他不可能赖干净和推彻底。尽管他和伊力哈穆在这件事情上处于完全敌对的态度中，但在急于找到库尔班这一点上他和伊力哈穆又完全一致。所以，当晚他找伊力哈穆交换了寻找的情况，两个人同时找了一些别的社员帮助，分别到处寻找——也是盲目寻找了一夜。

　　又过了一天，他们知道，库尔班是真的跑掉了。他们俩都忐忑不安。当然，出发点不同。库图库扎尔担心着可能加到自己头上的罪名。伊力哈穆担心的是库尔班的命运。

　　赵志恒书记到庄子上来了一趟——他听到了秘书的汇报。库图库扎尔抢先做了自我批评。第一，他忽视了对孩子的政治思想教育，孩子觉悟不高、毛病很多，使他内疚。第二，他过分地严格要求自己了，他总怕给库尔班报上户口会引起什么不好的反应。因为现在本大队还有一些社员要求给自己的来自灾区的亲友迁来户口,而按上级的批示应该动员他们回家乡艰苦奋斗,战胜困难。所以,他一直没有好意思给库尔班登记户口,这使孩子思想上有负担,生活供应上也产生了一些不便。第三,他过分"教条"地要求库尔班生活上要艰苦朴素,却没有考虑到库尔班并非自己的亲生儿子,可能产生了一些误解以至隔膜。第四,他闪烁其辞地说,对有些人、有些事,他没有给予足够的注意。他告诉赵书记:"我不知道,我们的一些人有挑拨是非的爱好,他们一天到晚盼望着谁家的夫妻吵了嘴,谁家的父子动了手。如果您是单身汉,他也要设法挑动你的左眼越过鼻梁去把右眼吃掉。""您指的是谁?"赵志恒问。"我也说不上具体是哪个人。但是我怀疑——不,我断定在我们队就有这样的人。"库图库扎尔答。

伊力哈穆也把自己知道的情况向赵书记作了汇报。当然,他没有说出自己的判断。因为,他认为,如果正式向组织汇报这个严重的看法他的根据还嫌不足。对同志,一定要抱慎重负责的态度。伊力哈穆检讨说,那天夜里闯进乌尔汗家就是太冒失了,很可能他的行动使库尔班受了惊吓,成为库尔班出走的一个诱因。赵志恒对库图库扎尔在乌尔汗家喝啤渥一节十分注意,因为,他对前一年春天乌尔汗"外逃"返村后库图库扎尔所抱的激烈态度还记忆犹新。

赵志恒临走的时候只说了三点,一个是继续找人;一个是不要为这事影响了生产;一个是可以在党的生活会议上把这个事情谈一谈,让党员同志们分析分析,到底谁有错误? 有些什么错误和教训? 赵志恒还批评了穆萨的"割倒就是胜利"的夏收安排,要求他们立即着手拉、运、打、装车运输、入库。

当时,赵书记只说了这几点。他能说的,也只有这几点。

小说人语：

怎能忘记南疆？那个更加新疆的新疆。南疆的父老保重啊！

无论什么情况什么章程下面，都有两种干部，两种村官：一种人欺上瞒下、损公肥私、虚假敷衍、诡计多端；另一种人真诚实在、廉洁奉公、仗义执言、敢作敢当。过去是这样，现在是这样，将来还是这样。

第二十一章　旧事难忘　恶地主摧残小奴隶
命令才颁　老书记传达新精神

　　赵志恒刚走,穆萨队长就来找伊力哈穆,给伊力哈穆委派了一个临时任务:赶车运送沙石木料柴草到大湟渠龙口闸水。大湟渠,是伊犁最大的一条总干渠,更正确一点,应该说是一条人造河流。渠首在伊犁河的上游哈什河。那里没有固定的水闸,而是利用河道急转弯的地势,根据流量,堵截一部分或全部河水,把水逼进渠道,升高水位,灌溉着两县一市的土地。它是伊犁的美丽、富裕和欢乐的源泉。挺拔的白杨,郁郁葱葱的果园,一望无际的田野,各种人畜工农商百业,都依赖着这生命的乳汁。但同时,解放前这个渠首——俗称龙口,又是个阴森可怕的地方,因为哈什河流量极不稳定,一旦洪水下来,常常把用树梢子、木头、石头、柴草、泥土堆成的临时大坝冲垮,立即,两县一市的大部分渠道就会枯竭。这时,人们就要拼上老命设法再堆一个坝把水截住,每年都要冲垮几次,再堵上几次。有时候连人带材料一起堵到水里,有时候,狠毒而又迷信的龙官把名叫托乎地或吐尔逊①的人推到水里,以为用人祭水,或能够有助于驯服河流。也可以解释为把事情做到牺牲生命的时候,也就起到了最大的动员与催逼作用,人只要一拼命,做不到的事情便硬是做到了。

　　无须说,这里四面荒凉、风餐露宿、饭食无着而劳动又紧急沉

---

① "托乎地"意为"停一停","吐尔逊"意为"站住"。

重了。解放后，渠道做了若干次清理和局部改善，特别是一九五八年加修了一道青年渠，扩大了灌溉面积。但是闸水控水的问题到一九六三年并没有解决，仍是用人工临时堵堆。当然，主管部门对人工、车工、材料按照受益面积作了合理分摊，不再是巴依、龙官逞凶，穷人卖命了；安全措施也日益完善，不再会发生连人带车一起落水的惨剧。但是，由于那里没有足够的生活设施，由于水火无情，由于时间紧迫；去龙口堵水，仍然是一个使一些人发怵的苦差事。

　　穆萨队长突然给伊力哈穆派这个活当然是有用意的；你找我的麻烦我就给你小鞋穿，这是明摆着的。他一面给伊力哈穆交代任务，一面斜着眼瞄着伊力哈穆，并不掩饰自己的用心。

　　伊力哈穆倒是很高兴。哪一个伊犁的农民不和大湟渠血肉相连呢？他早想去一趟，看看哈什母亲河的近况。他爽朗地回答："好，我明天把料备齐，后天一早就动身。"他诚恳地叫了一声队长，说，"希望您把麦收抓紧，和群众同甘共苦。在我们的社会主义国家里，不仅队长，而且包括县长、州长都是人民的勤务员，谁也不能当新社会的乡约、伯克、霸王……"他的话使穆萨脸红一阵，白一阵。他的话甚至使伊力哈穆本人也激动了一回，他的话的分量超出了他的预计，他震动了自己。

　　在大湟渠龙口，伊力哈穆奋战了十多天。尽管生活艰苦、劳动紧张，但是他精神很振作，思想很活跃。在这里，他有机会接触了一些平常不大接触的人和事，获得了新的鼓舞和启示。他看到了大量扛着水平仪、三脚架的水利技术人员正在这里的风沙中奔波劳碌、摇旗吹哨、打桩测量、绘线标号……有一个中年的汉族同志，如果不是听到别人都叫他"工程师"，伊力哈穆从他黝黑的、风尘仆仆的面孔看来，会以为他是哪个建筑工地的瓦工。伊力哈穆还正赶上州上的领导同志前来视察,他们也看望了来自各公社的这些民工,告诉他们,用不了多久,将开始根治这个龙口的大战。伊力哈穆在这里还遇到了来自各县、各公社和生产建设兵团农场的民工。闲谈中,他知道了许多新鲜事情。霍城县的高潮公社,实行粮豆间作、夏季复播、方块耕作,夺得了空前的高产。伊宁市的果农,正把关内苹果的优良品种——黄香蕉、国光和红玉的枝条嫁接在伊犁苹果的砧木上。伊宁县红五月公社去年改造了大面积的碱地,把野猪出没的草塘变成了阡陌纵横的稻田。兵团农场平整土地,改进浇水作业、变漫灌为沟灌——在他们那里,三四个妇女就可以浇一渠水——的经验也使伊力哈穆深受吸引。这些谈话使伊力哈穆感到自己所在的大队和生产队确实是步子迈得太慢了,有多少潜力还没有发挥出来,有多少财富还没有挖掘出来呀。

为什么呢?有那么一些人,他们拖住了要求迅速发展的生产力的后腿。这里面包括敌人、资本主义倾向严重的人,也包括某些身处领导岗位,却不知他们准备把大队和生产队引向何处的人。

在这里,在这个热闹、忙碌而又单纯的"荒野"上,在短暂地离开了他的大队和生产队的情况下,他有机会进行了翻来覆去的思索。他学习党的八届十中全会公报。是的,在社会主义社会还存在阶级、阶级矛盾和阶级斗争;存在着两条道路的斗争;存在着资本主义复辟的危险性。这是千真万确的,从他回伊犁以来,哪一件事上没有斗争,哪一天斗争止息过?就在他动身前往哈什河的前一天,达吾提告诉他包廷贵带着不少的土产(其中大部分是国家统购统销的商品)和现金到乌鲁木齐去了。阿卜都热合曼告诉他尼牙孜已经奉命准备在伊犁河沿的土路旁搭棚卖瓜。热依穆告诉他,库图库扎尔已经下令把麦素木调到大队加工场担任出纳员。廖尼卡也告诉他,是穆萨中饱了卖麸子的钱。他们是在给他送行的时候顺便谈到的；其中有一些事情他还不完全了解究竟意味着什么，但是，就在他的身边，有一股暗流在活动，与这些暗流相比较，各级领导所希望的大公无私、愚公移山、改天换地、学雷锋、学王杰的潮流，说得虽多，实际动作起来是太少太少了——这是确定无疑的。他把这些情况和他的看法讲给里希提了。

事情是复杂的。小麦窃案还没有查清，混在人民当中的敌对势力的代理人还没有揪出来——伊力哈穆深信，没有这样的代理人，小麦就不会被偷走。木拉托夫、伊萨木冬、哈丽妲等人到"那边"去了，他们究竟各自是怎样走掉的？他们的亲属对他们的斥责、怨恨、记忆或者怀念将继续到什么时候，产生一些什么后续效应？麦素木回来了，他谨小慎微、沉默寡言，谁知道他在想些什么，打算做些什么？显然，他正逐步扩展他的活动范围……但是，你又不能不要这样的社员，不能把他推出村外或者使之与旁人隔离开来。玛丽汗和依卜拉欣受到了打击，他们的短命的闹事不堪一击，他们最近状况如何呢？还有那个唯恐天下不乱的包廷贵和尼牙孜，他们到底要干什么？谁知道他们的根底？

为什么搞社会主义是这么难呢？如果说敌人反对社会主义、破坏社会主义，那应该是理所当然的，所以他们要斗争、斗争、还得斗争，但是为什么尼牙孜他们也那样自私，那样一心当社会主义的蛀虫呢？私心，私心，私心，他伊力哈穆觉得这个私心太可怕了……为什么人民公社的生产效率硬是上不去呢？就是因为私心，人们只想给自己劳动，不想给社会主义劳动。让人伤心啊。领导说了，社会主义是天堂，人民公社是金桥，走上人民公社的桥，就能攀升到社会主义的天堂里，农业将实现机械化和自动化，良种和植保将提供千斤粮百斤棉的亩产，农村将实现全面的电气化。城市和乡村，工人和农民，干部与百姓的差别，将会渐渐消失……然而,他看到的感觉到的不是这些美景,而是六十年代的饥荒,是中苏的反目,是内外阶级斗争的全面告急……为什么社会主义的阳关大道,百姓们走起来却像光着脚走在刚刚收割完毕的茬子地上,为什么百姓们走得这样跌跌撞撞、歪歪斜斜、退退缩缩、怪话连篇,甚至于叫苦连天呢?为什么赵书记呀、杨辉呀、赛里木书记呀、阿卜都热合曼呀、里希提呀这么多好人拼死拼活,流血流汗,硬是做不出人们希望的明显成绩呢?

而在所有这些人和事当中,最使人注意、最使人愤怒和苦恼的当然是库图库扎尔了。这一年多来,伊力哈穆觉得自己确是把库图库扎尔的为人看透了。他对党和群众从来没有说过一句实话,他走到哪里就把哪里的水搅浑。他常常是口里说着东,心里想着西,实际做的是南。伊力哈穆越来越不相信他在一九六二年的事件中是坚定地站在社会主义祖国一边的,回顾一下他的所作所为,明明是火上加油、制造混乱,但是,他至今还把自己吹嘘成反修、反民族分裂主义的好汉。尤其是,刚刚发生的有关库尔班的一切,更使伊力哈穆看到了库图库扎尔的残忍、阴险、狡诈、卑鄙的灵魂。一想到这一点,伊力哈穆就气得浑身发抖。似乎是,再多一分钟也不能容忍了。

不,不能急躁。不能感情用事。否则,只能把事情办糟。不是吗?那天晚上他过于激动了。

那天晚上,他本来并没有闯入库图库扎尔的啤酒烤肉串宴的打算。他在跟随赵书记夜战捆绑和抢送麦子之后,又参加了由热依穆副队长主持的队干部和积极分子的碰头会,散会以后,时间已经很晚,绝大部分社员已经睡下了。他四处寻找,不但没有库图库扎尔,连库尔班也不见了。这时雪林姑丽慌慌张张地来找伊力哈穆,她把伊力哈穆找到一边,恐惧地低声说道:

"我刚才看见，乌尔汗姐从食堂拿走了一包东西。"

"什么?"伊力哈穆一惊。

"就在刚才，在社员们躺下以后，我靠在这棵桑树边乘凉。只见乌尔汗鬼鬼祟祟地走到食堂门口，四下里看了一下，打开食堂的门进去了。我很奇怪，晚饭已经开过很久，锅碗已经洗净，灶火已经熄灭，她悄悄地进去干什么? 不一会儿，她出来了，撩着裙子，裙子里放着一包东西，她这样做，真把我吓坏了……"雪林姑丽上气不接下气地说。

"您紧张什么呢?"伊力哈穆一笑，"又没有您的事情。"

"我怕呀! 谁让我看到了呢!"

"您有厨房的钥匙吗?"

"有。"

"走，让我们看看。"

他们进了厨房，点起了灯，经过查看，新宰的羊的肉少了很多。

"好吧，明天再说吧。"伊力哈穆说，他躺到自己的毡子上，却总觉得放心不下。他又站了起来，漫步向乌尔汗家的方向走了几步——其实也并没有想跟踪追去，他只想找找库尔班。但是，离乌尔汗家还有老远，就看到月光下从乌尔汗的院落里升起的蓝紫色的烟雾。这么晚不会打馕了吧? 是做饭? 可烟又不是从烟囱里冒出来的。莫不是失了火? 伊力哈穆奔跑起来，没跑几步，嗅见了一股熟悉的、又香甜又呛嗓子的烤羊肉的气味。伊力哈穆摸不着头脑，他放慢了步子。就在这个时候，他看见了库尔班。

库尔班坐在路边草棵里的一块石头上，月亮投下了他的缩成一小团的影子。他的头低低地伏在膝盖上，一只手无力地垂了下来。他，坐着睡着了。

"库尔班!"伊力哈穆轻轻叫了一声。

　　库尔班一个激灵。他睁开了眼睛,紧张地叫道:"谁?"然后,他认出了,叫了一声,"伊力哈穆哥!"

　　"你怎么在这儿睡了?"

　　"爸爸在这里。说让我在这里等他。还说,不要睡觉,如果有人过来,就赶快跑去告诉他。"

　　"你爸爸在乌尔汗家!"这使伊力哈穆大吃一惊,"还有没有别人?"

　　"穆萨队长哥也在。"

　　"他们在干什么,需要你在这里站岗?"

　　"不知道。"

　　"你没有进去?"

　　"没有让我进去。"

　　"你没有和你爸爸说那个事吗?"

　　"还没来得及。"

　　月夜……油烟……肉香……坐在石头上睡着了的库尔班……这些事是何其相似啊! 伊力哈穆怒火中烧,他再也不能忍耐了。"我要找他谈谈!"他说。"您别去!"库尔班说。伊力哈穆推开了库尔班阻拦的手,他冲了过去,推开了院门,烤肉宴正在进行,乌尔汗的惊愕的脸,他连话也没有说就进了屋……

　　二十年前的往事。

　　伊力哈穆一家给马木提乡约扛长活,父亲喂马,母亲洗衣做饭,孩子放羊。有一天,玛丽汗要洗澡,这个懒惰而又肮脏的女人让伊力哈穆的母亲给她洗。这是何等卑贱的事! 伊力哈穆的母亲强忍住自己的恶心,搓洗着她的肥胖醒醒的躯体,这时,马木提乡约也进来了,他竟然也要脱下衣服让伊力哈穆的母亲同时也给他洗澡。伊力哈穆的母亲拒绝了。乡约夫妇一同像猛兽一样地向母亲扑去，母亲倒在烧得通红的铁炉上，炉子上已经烧开了的一桶水洒在了她的身上。

一天半以后，母亲死于严重的烫伤。不久，父亲又得了肺病。九岁的伊力哈穆挑起了生活的重担，白天给马木提干活，撂下院里的又拿起屋里的，侍候完"主人"又侍候牲口。他只能在夜晚给父亲烧一碗开水算是照顾病人。三年过去了，父亲死又死不了，活又活不成。终于，在一个严寒的冬日的清晨，父亲闭上了他看够了人间苦难的眼睛。穷人没有生的权利，也没有死的权利。父亲的尸体停了快一天了，依麻穆不肯来念经。伊力哈穆连给父亲裹尸的白布都没有，又哪里有礼物和银钱向教士馈赠？伊力哈穆忍住哭泣去找马木提，他说：

"我在您家已经干了四个年头的活，您本来说过每年要给我五个银圆的。"

马木提捋着胡须回答道：

"你既没有父亲，也没有母亲了。你现在就是我的孩子。你的钱需要先放在我这里，将来，我还要替你成家……"

也是七月的一个夜晚，马木提去依卜拉欣家做客。院子里生起烤肉的炉火，煤烟和油烟升向月色皎洁的夜空，地主们在房子里畅饮啤渥、酸马奶，却让十三岁的伊力哈穆照看马木提的马匹。马木提的坐骑是一个白眉心、白蹄的栗色马，为了使他的这匹高贵的马能够自由自在地在草地上吃草而又不致走失或者被盗，马木提既不拴住缰绳也不绊住马的前腿，却是叫伊力哈穆在一旁照看。他特别强调说："不许睡觉！"他举起拳头，表示威吓。伊力哈穆白天已经干了一天活，他坐在路边草棵子中的一块石头上，眼皮干涩而又僵硬。晚上，他没有吃饱饭，羊肉的诱人的油烟香更加强了饥饿的熬煎。马匹的咀嚼声又使人昏昏欲睡。不一会儿,伊力哈穆的头垂到了膝上,就这样,他坐着睡着了。

不知道过了多长时间。忽然,腿上传来一种冰凉滑腻的感觉。他惊醒了。月光中,他清楚地看到一条不大的、青皮带着黑斑的蛇爬在他的腿上,蛇芯子吐出了老长,似乎已经舐到了他的褴褛的裤脚遮不住的皮肤。他大叫一声跳了起来,蛇一溜烟钻入了草丛,栗色马受惊翘起了后腿。伊力哈穆不知哪儿来的那么大力气,他捡起一块大石头双手举着向蛇行的地方用力砸去,蛇被砸死了,石头碰到了马腿。马受惊跃起狂奔,抖鬣长嘶,践踏着庄稼,跨越着沟坎。伊力哈穆气喘吁吁地追赶着马匹,打着呼哨,叫着白眉心马的名字"阿赫哈希卡"。等他好不容易筋疲力尽把"阿赫哈希卡"赶回依卜拉欣的庄院门口的时候,迎接他的是马木提的皮鞭,马木提一鞭子把他打倒在地上……

但是,他又站了起来。马木提收起鞭子,走过来拧住他耳朵。他的脸上是带血的鞭痕,他的耳朵也被拧出了血。他支撑着自己,站稳,再站稳些,他没有喊一声疼,叫一声苦。拧着拧着,被大量的啤渥和酸马奶灌醉了的马木提好像发现了什么,他松开耳朵,又去拧伊力哈穆的脸、肩膀、胳臂、大腿。伊力哈穆仍然一声也没出。马木提忽然哈哈大笑起来,他的笑声比皮鞭的抽打和肉体的摧残更显得阴森可怖。他把伊力哈穆领进了依卜拉欣的庄院,登上了高高的前廊,走进了大厅。大厅里宾客满座,蜡烛通明。客人们正被过多的酒肉歌给搞得疲倦无聊,马木提把伊力哈穆推到大厅的正中,他喊道:

"谁敢和我耍赌?"

"赌什么?"客人们惊奇地问。

"我有一个小奴隶,"马木提说。由于醉酒嘴里好像是含着一个热鸡蛋，他的话音含含糊糊，"他的身体是橡胶皮做的，而不是皮肉长的。不信吗？我和你们赌！你们随便去拧他的身体吧，他不会反抗，不会叫喊，也不会掉眼泪。一句话，他是不知道疼痛的！如果他有一点疼痛难耐的表示，我输给你们一匹马！如果他不叫不哭不疼，那么，就要把你们身上的最贵重的东西拿出来！"

"哇耶！太妙了！""骗人！""哪有这样的事！""您真的给一匹马吗？谁做证？"

马木提的宣告引起了一阵争吵和欢呼。有人响应，有人提疑问，有人自荐当公证人。依卜拉欣作为主人，为了提高客人们的兴致，他摘下了左手无名指上的镶着大钻石的金戒指，他喊道：

"我来赌！就用这个！"

在一种兽性的狂喊声中，依卜拉欣走到了伊力哈穆近旁，他的两只眼睛是血红的，他伸出了多毛的手掌，他一把拧住了伊力哈穆的左腮。

伊力哈穆突然抓住了他的手掌，往右一拉放到了自己的嘴边，他用力去咬……但是，他没有咬着，手缩回去了。

客人们似乎很满意伊力哈穆的这一举动，这使游戏增添了一点惊险，狼嚎般的笑声震耳欲聋地轰响了起来。

就在这笑声中，天旋地转，伊力哈穆昏倒在依卜拉欣巴依的华贵的波斯地毯上……

往昔的岁月里，很可能这并不是伊力哈穆的全部经历中最突出、最重要的事件，但是，这件事给他留下了这样强烈的憎恨，二十年来，他只要一想起就仿佛听到了那怪兽嚎叫般的笑声，他浑身上下就烧起了永无止熄的怒火。剥削者的横行、野蛮、残暴是表现得这样淋漓尽致；而另一面是被剥削者的饥饿、愁苦和屈辱。剥削者的快乐是建立在被剥削者的痛苦上的这个真理，也是在这一次被他认识到的。二十年来,他为当时没有咬断依卜拉欣的多毛的魔手而遗憾,他立志要不惜一切代价、用一切手段(包括用牙齿)斩断这折磨着被剥削被压迫者的躯体和心灵的黑手。

但是为什么,在今天,在解放了的时代,在社会主义的土地上,在光明幸福的人民公社里,他却从库尔班身上看到了虽然是一点点、却分明有些类似的影子?难道人剥削人、人压迫人、人蹂躏人的现象还能改头换面地保持下去,即使只是保持一点点残余吗?难道千千万万受苦人的抗争、千千万万革命烈士的鲜血所换来的、拔除了一切剥削制度的总根子的社会主义社会里,还能允许存在哪怕是极个别的这种现象吗?

不,不能!

因为有毛主席!有党!有人民公社!有人民!

在这样的事情上,他能够不激动吗?

是的,我的激动是合情合理的,伊力哈穆想到,然而,在激动的情绪中往往办不好事情,我警告了库图库扎尔和穆萨。但是,我并没有抓住库图库扎尔的黑手。尽管有关库尔班的事情,库图库扎尔的解释、说辞和自我辩护都是彻头彻尾的虚伪,但是,我还不能提出充分的事实去揭穿他的谎言。我本来应该先和库尔班推心置腹地谈一谈,我本来应该先做好周密的调查研究,我本应该另找机会和乌尔汗,和穆萨也包括和库图库扎尔分别好好地谈一谈,那样,我就能更妥善更有把握地处理这个事情。但是,我没有控制住自己,结果呢,和库图库扎尔、和穆萨形成了僵局,而另一方面,吓坏了乌尔汗,吓跑了库尔班。

乌尔汗,临来哈什河的时候我已经委托米琪儿婉和再娜甫去做做工作。库尔班呢?库尔班怎么办?

还有库尔班的父亲呢,可怜的老惹扎特……

　　临来的前一天，我用库尔班的名义给岳普湖县洋达克公社的惹扎特阿洪写了一封信，寄了二十块钱。钱本来是米琪儿婉给我叫我买小摇床的，她怀孕了。这是我们结婚四年的第一个孩子。我说服了她，我借来了再娜甫姐的旧摇床，涂上了彩漆，和新的一样。这也许可以算做一件好事。但是，那个欺骗、剥削库尔班的黑手并没有被我抓住，更谈不上斩断了，这乃是我最大的失职。

　　如果我向公社党委提出控告呢？

　　可以谈一些情况。但是，公社党委不可能立即作出权威的判决，而我们的周围，我们的乡亲父老，他们原则上是不喜欢反映情况告一个什么人的状的。从我个人来说，我可以观察库图库扎尔个人的品德，作出我的判断，我有权不喜欢、怀疑，甚至厌恶这个人。但是，这不能代替对一个人需要严肃慎重地作出的政治结论，不能代替对一个干部的工作的全面评价。而且，库图库扎尔是我的上级领导，我必须服从大队党支部的领导，我必须尊重他的职权。问题的症结还不在这里，如果换一下地位，如果我是他的上级，如果我是公社党委的第一把手，难道就因为我的怀疑和厌恶便采取组织措施把他从大队支部的领导岗位上赶下去吗？不，不可能这样简单地处事。否则，只能破坏我们党的生活准则、我们国家的生活准则，造成更多的混乱，给敌人打开更多的缺口。

　　当然，我不能在原则问题上退让和妥协，我没有退让、妥协过。一年多来，我和库图库扎尔以及穆萨，作的斗争难道还少吗？去年冬天，在党的组织生活中，我就支部的政治思想工作、支委会的集体领导、大队加工厂的方向、大队和生产队干部参加劳动等问题，提了不少意见。有许多事情解决了，但马上又出现了新的事情。去年秋天割草的时候，我制止了穆萨队长提出的自割自卖的资本主义办法，但是今年，他又去搭棚卖瓜了。在死猪的事情上我不顾库图库扎尔的包庇敲打了包廷贵并使之有所收敛，但他又携带现金和物品去了乌鲁木齐。应该说，我的这些斗争，是远远不够的，其收效也是有限的。许多事都带有头痛医头脚痛医脚的性质，我不可能随时在他们身旁，拽住他们的胡作非为的手和胡言乱语的舌头。

而且我做的这些事，太费劲了，太吃力了，上级说，这样那样是"滑向了资本主义"，而我要做的是"坚持社会主义"，为什么资本主义只需要轻轻一滑，而社会主义，硬是要使出吃奶的力气、咬牙切齿地顶在那里？为什么资本主义就像哈什河顺流而下，社会主义却像是一道难以修好垒结实的大坝，随时有被冲垮的危险呢？

那么，怎么办呢？用个什么办法，把农村的阶级斗争全面地系统地彻底地和深入地抓下去呢？

伊力哈穆拿出了随身携带的毛主席接见库尔班吐鲁木的照片。毛主席！是您在解放初期指引我们推翻地主阶级，争取自由解放。是您在五十年代中期给我们又指出了社会主义的大道。去年，又是您向全党全国人民发出了"千万不要忘记阶级斗争"的伟大号召。现在，您在操劳些什么？您在筹划些什么？您将带领我们进行什么样的新的战斗？您在八届十中全会上完整地提出的党在社会主义时期的基本路线，将武装我们迈出怎样的第一步？

哈什河水，波涛滚滚，激荡轰鸣，似乎有千军万马在奔腾呼啸。

等到伊力哈穆回到队里来的时候，繁忙的"三夏"正进入全面开花的时期。庄子一带的麦子已经收割完毕。妇女和少年转移到了雀儿沟。等雀儿沟的麦子割完以后，旱田春麦的收割又该开始了。年轻的、歪戴着帽子、因为整天和牲口打交道自己也显得有些粗野的小伙子们劈开两腿站在车辕上，赶着十几辆大木轮①的牛车拉运麦捆。这种牛车虽然不太先进，但是行走平稳，特大的高轮（直径有一米五左右）也便于跨沟过岗。那些比较有生产经验的壮劳力，分别在三个场里同时垛、晒、翻、轧、打、扬，金黄色的麦粒已经堆积如山。生产队的财会人员忙着灌袋、过秤、记账、装车、上缴、入库、分发；而廖尼卡掌管的水磨，已经磨出了用新麦子轧成的带着扑鼻芳香的面粉，许多家庭里，已经拉起用新面做成的又白又细的面条了。与此同时，油菜和胡麻的收割拉运，二茬苜蓿的收获，玉米、豌豆、蚕豆的锄草、追肥、浇水，水稻地的拔稗子……也纷纷紧张地进行。杨辉技术员在这里，亲自抓了小麦种子的单收单打单藏，本来，她还坚持要在场上穗选的，因为劳力实在不够，没能进行，这使她好几天情绪不好。她还抓了麦茬地的浇水伏耕——为了增加土地肥力，在收完麦子以后立即浇水深耕。拖拉机的引擎不分昼夜地"突突突"响个不停。另外一些农民技术人员，已经开始准备冬小麦的播种——收拾犁铧、播种机和套具，选种拌种，制定运作和轮作的规划了。按照伊犁的气候特点和巨大的播种面积，一立秋就要从雀儿沟的田地开始种麦，已经没有多少天的间隔了。

　　真是一个繁忙火热的季节！也是一个无比美妙的黄金季节！地里有干不完的活，场上有运不尽的粮食和油料，渠里有流不竭的水，枝头有吃不赢的苹果——金色的蒙派斯、乳白色的芋头果、红色的二秋子，青绿微黄的数不清的西红柿、青椒、黄瓜、茄子和远销关内以至港澳的伊犁大蒜。坛坛罐罐里有喝不够的酸奶、蜂蜜和

---

① 中国古代，西部地区就有所谓高车族群。水利渠沟与卵石泥沼密布的地区，只有大大的高轮车才能有效地行走。

家酿的波杂。饭桌上有摆不下的包子抓饭。孩子们的手上有咬不过来的从自留地里掰下来的青玉米……

连马、牛、羊也是敞开肚皮消受不完这肥沃的青草。还不仅如此呢,参加夏收拉运或者打场的大畜,往往可以随意就地吃粮食;从节约粮食上来说,这确实不好,上级三令五申要给大畜戴笼嘴,但是相当多数的农民不接受,他们把笼嘴挂在马耳朵上,上级干部一来就往马嘴上一推,干部一走就又拉下来,把自由啃麦的权利还给马。维吾尔农民在这一点上确实是天真而又顽固,他们说:"马也是一样嘛,让它们在收获的季节痛快痛快。"结果呢,不要说马马虎虎地吃食消化食的马了,连有四个胃的牛的大便里也排下了大量无法消化的整麦料。可爱的维吾尔农民啊!你们的心肠无疑是可爱的;但是,这种浪费粮食而又无益于饲养的陋规,还是请改了吧。

而在人们的心上和口上的,是唱不完的歌,在这个短暂而又珍贵的夏天,在人们抓紧时间劳动和生活的时刻,丰盛的哪里仅只是物质的粮、油、瓜、果,也不仅只是自然的阳光、雨露、清风,人们的心灵的波流也大大地活泼了、丰富了、热烈了。听吧,浇水的、赶车的、行路的、摘苹果的,男的、女的、老的、少的,白天、黑夜,到处都唱个不停。虽然十三世纪的维吾尔族大诗人纳瓦依曾经说过"忧郁是歌曲的灵魂",虽然还有一些人由于习惯仍然唱着那苍凉的《死后,你把我埋在何方》,更多的人唱的却是自豪和欢乐的调子。歌唱解放了的时代,歌唱公社社员的劳动,歌唱家乡,还有——何必隐瞒呢,歌唱爱情的幸福和酸苦……越到夜间,歌声就越悠扬动人。哪个伊犁人没有这样的体验呢!深夜醒来,听到那从远方传来的不知名的歌者的发自肺腑的深情醉人的歌声,于是你五内俱热,潸然泪下……

　　伊力哈穆回来以后，立即投入了紧张的三夏战斗中。他在场上，负责扬场。这个活儿是没有日与夜、上工与下工之分的，有风就干，没有风休息。这天下午一直没有风，伊力哈穆饱餐了一顿米琪儿婉给他提来的酸奶泡馕以后，摊开四肢，躺在给看场人临时搭的小小窝棚里，美美地睡着了。无论是人们的嘈杂的喊叫，石磙子轧地的轰隆还是劳动中间休息、吃瓜时候的说笑声，都没有影响他的香甜的睡眠。傍晚米琪儿婉又送饭来了，推了半天好不容易才叫醒了他。吃了一碗热腾腾的汤面条，把米琪儿婉打发走以后，伊力哈穆像一个嗜睡的懒汉，他侧转身去又睡下了……他究竟要睡到什么时候呢！

　　忽然，一阵小风，伊力哈穆一跃而起，天已经大黑了，满天的繁星眨着眼。伊力哈穆拿起了五股木杈，先扔了两下，试了试风向和风力，旋即拉开架子，一下紧接一下地扬了起来。风很好，扬场像一种享受。本来混杂了那么多尘土、秸秆、毛刺、碎叶的，扎扎蓬蓬、不像样子的一大堆乱七八糟的脏东西，轻轻一抛，经过风的略一梳理，就变得条理分明、秩序井然、各归其位。星光下，一团又一团的尘土像烟雾一样地伸展着身躯飞向了远方。秸秆飘飘摇摇、纷纷洒洒、温柔地、悄无声息地落在场边。麦粒呢，在夜空中像训练有素的列兵一样，霎时间按大小个排好了队，很守规矩地落在了你给他们指定的地点，等五股杈扬了一大批以后，再换上木锨扬第二遍。"唰"的一声，木锨插进还不太干净的麦堆里，"嚓"的一响，满满的一堆麦子被抛起来了，洒开，像一道金龙一样从木锨头上伸展开，然后像一个狭长的扇面形彗星一样在空中略一停留、亮相，最后像雨点一样"唰"地落到了地上。伊力哈穆随时调整着自己的速度和力量，使"彗星"总是出现在同一个高度、同样的大小、同样的形状，又落在同一个地点，头在头、尾在尾、尖在尖、边在边上。

棕黄色的麦堆像魔术一样地迅速膨胀起来了。伊力哈穆一口气干了四个半小时，轮番放下木权拿起木锨，放下木锨又拿起扫帚，有层有次，一气呵成。场边是碎秸秆堆成的高高的小山，眼前是一大堆饱满纯净的穗头。看着这两堆，特别是那一堆分明的小麦粒，伊力哈穆是何等的快乐呀！连同他的脖子、腿腰和胳臂上的肌肉，也感到一种特殊的惬意和满足。

风停了，伊力哈穆把工具一件一件地码好，慢慢踱到道边的大渠旁。他脱下上衣和长裤，让汗水渐渐蒸发，然后，他下到了渠水里。场上的灰尘和一般尘土是不一样的，里面含有大量的纤维和毛刺，如果不洗净将是很不舒服的。伊力哈穆撩着渠水，痛痛快快地冲刷着已经沾满这种讨厌的灰尘的身体。星光在高空闪烁，渠边杂草在黑夜中显得更加茂密而且高大。寂静中，流水的淙淙声也显得更加悦耳。伊力哈穆舒舒服服地闭上了眼睛。

忽然，从远处传来了一阵歌声。歌声似有似无，终于渐渐地近了。声音有些嘶哑，调子却昂扬而又随意，节奏比一般的伊犁民歌要快得多。是婚礼上的舞曲吗？不，这曲调要更深厚和刚健些。是饮酒时的抒情曲①吗？却要活泼和鲜明些。伊力哈穆从歌声里感到了夏日伊犁的阳光的明媚，田野的宽广和白杨雪松的挺拔。是谁在深夜高歌着向这方走来？声音又是那么熟悉……

伊力哈穆从水渠里上得岸来，用抖搂干净了的衣服擦一擦身上的水滴，再把微潮的衣服披到身上，他走到路上，凝望着渐渐从小变大了的人影，他无论如何也没有想到，唱歌的人是里希提。

----

① 维吾尔人多喜饮酒时唱歌抒发胸臆。

"伊——力哈——穆。"离麦场还有二十多步，里希提停下歌，叫道。

歌声、召唤声和里希提走路的样子，流露着一种罕见的喜悦和活力。这种喜悦和活力立即感染了伊力哈穆，他纵声答道：

"哎！我在这儿哪！"

里希提的最后几步是小跑着过来的。他紧紧地握住伊力哈穆的手。

"是您吗？里希提哥，这么晚！"

"带来了好消息的人是永远不会被认为过晚的。"里希提引用了一句谚语作为回答。

"什么消息？"伊力哈穆抓住里希提的手不放。

"让我们到那边去坐吧。"里希提和伊力哈穆挽着手来到了麦场，他们斜靠着柔软温热的麦秆坐了下来。

"毛主席发指示了！"里希提说，黑夜中，伊力哈穆也看到了他眼睛里的光彩。

"要搞运动了！"

"要搞运动？"

"是的，要开展一场新的斗争。我在公社开了两天会，刚刚开完。毛主席最近对于农村工作批发了一系列文件，作了重要的指示……"里希提说。然后，他恨不得一口气把公社党委扩大会议上传达的文件精神都讲给伊力哈穆听。他说，经过三年自然灾害期间对于国民经济的调整，现在农村的形势是很好的，生产有很大的恢复和发展，人民公社进一步巩固了。但与此同时，农村的阶级斗争又是十分严重的。地、富、反、坏、牛鬼蛇神，采取打进去、拉出来的办法，千方百计地在干部队伍中培植自己的代理人。现在，关内一些地方，已经开始了一个叫做"四清"的新的革命运动，要清工分、清账目、清现金、清仓库①。要派强大的工作队到农村来,还要解决干部参加劳动的问题,组织贫下中农的阶级队伍,重新教育人,要打退阶级敌人的猖狂进攻……他越说越兴奋,他直起了腰,做着手势。他说:

"这几年,我真憋气呀!灾害,外敌趁机卡我们,还有我们工作中的缺点,确实使我们面临着不少的困难。阶级敌人幸灾乐祸,还有些别有用心的人冷嘲热讽、胡作非为,而国外的坏蛋恰恰在这个时候插进了黑手……我早就盼着这一天了,毛主席发号令,我们要把这些已经表演得差不多了的家伙好好收拾一下!"

"您再说一遍,再说一遍毛主席指示的精神啊!"伊力哈穆听得入了神,他如饥似渴地请求着。

"毛主席在北京,但是,他老人家最了解我们的情况,最了解我们的心愿。他老人家指示要开展一个伟大的革命运动。他老人家指出:'阶级斗争,一抓就灵。'他老人家指出:生产斗争、阶级斗争、科学实验,一共是三大革命运动,是我们共产党人反修防修、立于不败之地的保证。马上就要给全体党员传达和组织学习了。县委书记赛里木同志还要到我们大队来。一场和土改、合作化一样的翻天覆地的革命运动就要开始了……请想想看,过去咱们的村庄是什么样子的?巴依们骑着高头大马,耀武扬威;穷人们衣衫褴褛,交叉着双手俯首站立,皮鞭和棍棒在我们头上挥舞。富有的人用各种谎话骗我们心甘情愿地在今生做驯顺的奴隶……没有这一次又一次的革命运动,哪里有翻身、解放和社会主义,哪里有今天?听见毛主席又要领着我们搞运动了,我怎么能不高兴呢?我好像长出了翅膀……您懂了吗?您同意吗?您怎么不说话?"

---

① 后发展为清政治、清经济、清思想、清组织。

伊力哈穆简直是呆在了那里。阶级，阶级斗争，太动人心魄了。解放初期，他们斗倒了地主乡约伯克恶霸，后来他们斗了各种分子。温素尔①：地富反坏右、地方民族主义、民族分裂主义、修正主义、历史反革命、现行反革命、暗藏反革命、阶级异己、右倾机会主义……各种分子多了去啦，都是坏蛋，都是恶人，都是敌人，对他们要狠狠地斗，斗倒了他们鲜红的太阳照遍全球，斗倒了他们汉族同志怎么说来着，打着大雷刮着大风（千钧霹雳开新宇，万里东风扫残云），斗倒了他们咱们就都泡在蜜罐子里啦！

（很长一段时间，新疆的少数民族喜欢将"分子"当作一个专有名词使用，什么名目的分子他们可能闹不太清楚，但是当他们说到某某人变成了"分子"的时候，就是毫无疑义地指出此人犯了错误，走了背运，丢了官职饭碗，至少是陷入尴尬狼狈的境地了。）

毛主席所指示的，不正是他盼望的吗？毛主席所操心的，不正是他为之苦恼的吗？哪个善良的贫下中农不愿意斗倒一切坏蛋扫除一切害人虫全无敌？然后是楼上楼下，电灯电话，香油蘸白糖，羊肉串与包子抓饭，人民公社从此走上步步高升的坦途，公社社员的生活从此走上富裕快乐的福境，他盼望着、他祝愿着、他相信着、他也惦念着啊！对于一个共产党员来说，有什么事能比自己的心思和高瞻远瞩的领导人息息相通，自己的期盼、自己的生死存亡胜败荣辱全部倾注在领导的决策上更令人感到幸福、充实、激动和无比牵挂而又忧心忡忡的呢？太阳的光辉照耀着、温暖着他的心灵……眼泪不知不觉地涌流在他的面颊上。

------

① 维吾尔语，分子。

小说人语：

略略超脱一下现时现场，柳暗花明又一村。

伊犁人民渠——原称大湟渠——的渠首改建工程，早在二十世纪六十年代末期基本完成，后又不断改进，全部电力操纵，符合先进标准，现在已成为伊犁人民的骄傲，成为伊犁一景。一九六五年冬，小说人曾经与社员一起住在地窝子里，与劳其盛。并有诗曰：

窝室阳光暖，北风扫地寒。

蛟龙应俯首，公社志征天！

往事不断地涌现，最最伟大的事变也不能保证绝对的焕然一新与再无陈迹。

伊犁的麦场没齿难忘！最最炽热与足实的地亩就是麦场。最最骄傲与贴心的农活就是扬场。那金色的彩虹与瀑布一样的麦粒啊，我们释放。

第二十二章　连夜出逃　打短工躲过盛世才
　　　　　　虚心体察　扛麻袋融入爱国队

县委书记赛里木来到了跃进公社爱国大队。

《中央关于当前农村工作的若干意见》即"前十条"的下达,使赛里木以为自己对于农村工作的认识达到了一个新的高度。他开始以党在整个社会主义时期的基本路线为武器来分析农村的形势、问题和任务。上级党委已经决定,今年秋后组织强大的工作队,在邻县搞"四清"试点。赛里木已经上报要求参加工作队的工作而把家里的工作交给第二把手。他希望能亲自去摸索一下新的条件下以新的形式开展农村社会主义革命的一些经验。"四清"运动,从上级的部署来说,是分期分批进行的,但是对于每一个人民公社、大队和生产队来说,对于每一个县来说,三大革命运动乃是每日每时都在从事、进行与涌动的现实任务与日常生活,不能等待也不可能有什么间隙。毛主席的在无产阶级专政下继续革命的伟大理论、党中央的文件一经贯彻下来,便会引起巨大的反响,化为千百万群众的行动,以致改变农村的阶级斗争形势与城乡人民的日常生活。现在,离组成工作队还有一些时间,县委研究,几个负责同志分别下去抓一下"前十条"的传达和学习,解决一些必要和可能解决的问题,作为"四清"运动高潮的热身第一步。就这样,他来到了跃进公社。

赛里木是一个头脑清醒、办事稳重、朴质无华的人。他今年三十五岁,看样子要大一些。头发是黑的,胡须却已经花白。那一双大手和要穿特制的大号皮靴的更大的一双脚,显示出一种劳动者的特色。他长着一个很一般的国字脸,貌不惊人,除却他的两只不大的眼睛的逼视,给人以有点凛然的穿透力之感外,脸上的表情并没有什么突出的表现力和感染力。他穿一身蓝布制服,腰上常系着一根腰带或者干脆只有一根绳子,他最怕衣服的下摆一张一扬地碍事。生活在一个只穿蓝与灰两种颜色、平纹、斜纹、咔叽、华达呢,在新疆则加上条绒五种布料服装的时代,增加了人们的质朴与平等感。难怪食品公司的采购员、黑胡子阿哥米吉提一眼断定他也是个总务、行政干部。只有从侧面或者背面细看,人们才会注意到他有一个特别大的后脑勺,在他沉思的时候,这个似乎略略向下坠着的脑勺,显得很有些个分量。

赛里木出生在南疆阿克苏专区库车县,那里以出产巴旦木大杏核和普遍种植、佩戴玫瑰花而著名。质朴的民风,使阿克苏人民获得了"南瓜"的诨号——说他们的头脑像南瓜一样单纯。而这里的妇女,由于基因好而又爱打扮,便获得了"一朵花"的美名与一过中年就要"学坏"的流言。

小时候,赛里木给地主扛活,干一些劈柴、烧水、扫院子、铡草之类的杂事。地主有一个娇生惯养的独子,长到十岁以后开始到县城的一所学校就学,让赛里木伴读侍候。遇到水渠、泥泞或者走累了,由赛里木背上行路。干粮、零食口袋、隔三岔五带给老师的礼物以及防备变天而多带的衣服,由赛里木扛着。上课的时候,赛里木陪着听讲。下课的时候,赛里木陪着玩耍和保护"少爷"不受城里商人、官吏子弟的欺侮。"少爷"对功课毫无兴趣,于是,赛里木的任务又增加了一项:替地主少爷誊写笔记和完成家庭作业。结果,上了四年学,地主少爷甚至还不会缀写自己的名字,而赛里木倒学会了读书和写字。

　　三十年代末期，新疆的土皇帝、"督办"盛世才伪装进步，请了一些共产党员来帮助他执行"六大政策"，装饰门面。中国共产党为了在新疆撒下革命火种和利用新疆的特殊地理位置来开通党的国际交通线路，派遣了陈潭秋、毛泽民、林基路等人士到新疆来。著名的共产党员，年轻而又才华过人的林基路来新疆后先任新疆学院教务长，由于他的革命活动，迅速在文化教育界和青年学生当中出现了抗日救亡、民主进步的新局面，盛世才颇觉忐忑，乃把林基路远遣库车担任县长。这期间，认真地代替地主少爷学习成绩优秀的赛里木担任了库车的小学教员，并且亲耳听过林县长的演讲，知道了毛主席，知道了党，知道了党的抗日统一战线政策和民族政策，开始听到了"革命""社会主义""翻身""光明"这样一些非常富有吸引力的新名词，仿佛看到了新中国的曙光。

　　到四十年代初，盛世才去了一趟苏联，对于苏联完全失望，他乃撕下假面，把林基路和陈潭秋、毛泽民等一起投入监狱，接着，残暴地杀害了他们。一大批受到革命思想熏陶的青年也成了盛世才的特务机构的捕杀对象。搜捕名单上本来有赛里木的名字，由于友人报信，赛里木星夜出走，逃到拜城县的农村靠打短工为生。在这个号称"富裕①"的地方受尽了贫穷和饥寒的折磨。

　　一九四四年，在全国人民革命斗争形势的影响下，又受到了苏联方面的鼓动与策应，伊犁、塔城、阿勒泰三个专区的人民举行了反对蒋介石国民党的武装起义，这个消息迅速传遍了全疆。赛里木决计翻天山、越达坂②、经新源、走伊犁，投奔三区革命政府。对于"三区革命"，毛主席早有明确结论："三区革命是中国新民主主

---

①　"拜"即"巴依"的另一种译法，富裕、财富、富人之意。
②　即山隘。

义革命的一部分。"但是,在联结塔里木盆地和准噶尔盆地的穆扎尔山口,他被国民党兵扣留,从他身上搜出了来自三区的报纸和小册子,他被毒打了一顿,几乎当场被打死。后来,又在刺刀的胁迫下,被迫给国民党的一个运输队拉骆驼,沿着塔克拉玛干大沙漠边缘,挨饥忍渴,走了三个多月,走得两脚鲜血淋漓,到了边远地方的最边远的地区和田。按当时的交通条件和赛里木缠腰的褡包里分文莫名的情况,伊犁的革命运动已成了另一个世界的事情,国民党兵也不再担心他会跑向三区。由于赛里木有文化,被和田的大教长、维语称作谢赫斯拉木的一个头面人物所看中,收下他当了教长的仆役,农忙时在教长的田产中务农,冬季则帮助教穆斯林抄写经文。就这样,一晃就是五年。

和田是个更加荒僻和滞后的地方,尽管有钱人得以享用举国闻名的和田地毯、和田美玉、艾得莱斯丝绸①,但是劳动人民身上只有奴隶的绳索镣铐,并时时处在猖獗流行的黄疸、麻风、性病的魔影之中。这一段生活并没有摧毁赛里木的意志,而是百倍强烈地加深了他对革命,对于新生活新世道的渴望。

一九四九年底,新疆宣告和平解放。解放军的先遣人员来到了和田。当时,国民党军的一些死硬分子勾结反动的上层人物企图趁解放军立脚未稳哗变,杀害先遣工作干部后逃亡国外。此事被赛里木得知,他连夜冒险找到了解放军的工作队,报告了这一消息,采取了防范措施。幸而大部队以无畏的精神,沿着瑞典探险家斯文赫定三次出发、三次都中途折回的阿克梯奥什古路,斜穿大沙漠,进行了惊人的强行军,从阿克苏神速赶到了和田,粉碎了敌人的垂死疯狂反扑。

---

① 一种土法手工织成的丝绸,具有自然而然地随机变易的独特色彩和图案。

　　这之后，赛里木参加解放军，入了党。一九五〇年、一九五一年他一直以解放军干部的身份参加农村减租反霸和土地改革。一九五三年以后，他正式转入地方，担任区长，一九五七年开始任县长。一直到一九六二年，为了加强"反修"前哨阵地伊犁的工作，他和其他一批少数民族干部一起，被调到了北疆。十几年前，他想去伊犁投身革命未能实现，如今，在全新的条件下。他肩负着十倍于当年的历史重担和党的嘱托，他来到伊犁了。

　　伊犁，这是他向往已久的富有革命传统的地方。在这里，他面临着全新的复杂得多的环境。这里的对外交往、民族分布、地缘政治、经济、文化关系错综复杂。这里是"反修"前沿，老沙皇曾经占领伊犁十年。这里，民族成分非常多样，新疆的十三个民族，除去塔吉克以外，维吾尔、汉、哈萨克、回、满、锡伯、蒙古、塔塔尔、柯尔克孜、乌兹别克、达斡尔、俄罗斯都有它们的成员世代居住。这里的生产和文化都比较发达，人们见过世面，说话做事，都比较精明和大胆。这些地方与赛里木已经熟悉了的南疆特别是和田不同，连这里说话的语调和某些词汇，也与和田大相径庭。和田人读"一"是读"毕"，而伊犁人是读"勃尔"。动身来伊犁以前，和田的有些同事和乡亲担心地告诉他，伊犁的工作不好做，伊犁人比较"狡猾""爱吹牛""酷"①。他们说：

　　"您没听过那个歌谣吗？伊犁人都是好汉，穿着西装打战，半夜里跳墙，见着狗就出汗。"

　　他们还说：

　　"看我们和田人有多么纯朴！亘古以来卖杏的妇女都先请顾

---

①　维吾尔语亦喜欢用"酷"一词，指自我保护、算计精到、不吃亏……有汉语中"奸"的意思，但比"奸"好听一些，约是褒贬兼而有之。

客吃杏,吃完之后再请顾客自己数核,按核数付钱。如果她们到伊犁去卖杏,伊犁人还不是吃上一百个杏只给你十五个杏儿的钱,另外八十五个杏核,他们早装到口袋里,准备带回家砸杏仁吃呢!"

"不要相信这些对外乡人的嘲笑,"赛里木回答说,"难道和田人被人家笑话得还少吗?没来和田以前人们就告诉我,这儿生活着的是一些愚顽而执拗的人,说和田人卖一堆鸡蛋一块钱,给一块钱的票子要,而给两张五角的或者十张一角的他就会认为你欺骗了他而和你打起来……"

赛里木说得大家全笑了。

他到了伊犁,他听这里的领导向他讲解了这里的复杂的阶级斗争。他知道了阶级敌人的狡猾、阴险。但是,他更看到了人民的觉悟和成熟。这里毕竟是伊犁,是个比较发达、文明、见过世面的地方。这里的人民毕竟受过长期的国际、国内斗争的考验锻炼。领导指出:值得惊异的不是六二年伊犁发生了一些动乱;从伊犁所处的位置和历史沿革看来,这乃是必然的,不可避免的。值得惊异的是,尽管发生了空前的麻烦,尽管相对来说我国对于这一类事件并没有很多准备,例如,六二年事件时,我们的边界几乎是不设防的,我们的人民仍然是坚决地克服了一时的混乱,立即恢复了各项工作正常轨道。领导强调:天并没有塌下来,伊犁河水也没有倒流,祖国的统一、各族人民的团结经受住了冲击,被冲走的只是一小撮泥沙,团结和统一像天山一样地巍然屹立,牢不可破。

但是,斗争的胜利并不意味着斗争的结束。赛里木懂得在这样一场特殊形式的较量以后打扫战场、清理队伍的重要性和艰巨性。中上层干部正在开三级干部会,有关传达报告指出:已经有几个隐蔽得很深的,在六二年的事件中玩弄两面手法、兴风作浪、策反通敌的高级干部被揪到了光天化日之下。领导指出:事实证明,外部势力所以当时能掀起那么几个可怜的浪头，不小的程度上是由于混在我们内部的一小撮坏人的策应配合。领导说，是敌对势力在我们的队伍里安下了大大小小的钉子，这是我们的心腹隐患。六二年的事情是坏事，但是干坏事的人不可能不留下痕迹，不可能不露出马脚，这就给我们创造了辨踪寻源，拔掉大小钉子的空前有利条件，这实在是天大的好事。

赛里木很自然地考虑到农村，考虑到农村的这一仗应该怎么打法。现在，太好了，毛主席的指示下来了，他完全相信：毛主席的指示来自群众，来自实际；而当群众的利益和愿望，实际生活的客观要求，被革命领袖集中起来，坚持下去以后，将会演出一场场怎样威武雄壮、有声有色的活剧啊！

正像一个熟练的音乐家看到乐谱就听得见管弦交响、鼓乐齐鸣的合奏；像一个建筑师看到蓝图就看得到大厦高楼，作为一个富有实际工作经验的领导干部，赛里木从毛主席的指示和中央文件中，已经感到了千百万群众继续革命、创造历史的有力的步伐。党的号召将像春风一样地吹遍祖国大地，斗争的风雨将把锦绣江山洗濯得更加明媚，打完了这一仗，他们就能专心致志地过好日子喽……而为了达到这一点，需要他做的是长期的、耐心的、细致的和麻烦的工作。

毛主席亲自为"前十条"写下了《人的正确思想是从哪里来的》这一节。毛主席指出，一个正确的认识，往往要经过从物质到精神、从精神到物质的多次反复过程。这一段深深地教育了他。这说明"前十条"是来之不易的，说明"前十条"有着极为丰富的内容，它是我党长期以来的农村工作经验（也还有教训）的总结。对"前十条"的领会和贯彻，也将有一个艰巨的、可能是曲折的过程。

赛里木还体会到，根据主席的"反复过程"说，也就能理解一九五八年到一九六〇年的总路线、大跃进、人民公社三面红旗的磕磕绊绊了。三面红旗伟大恢宏,做起来是需要多次反复的。中国共产党就是这样一个多灾多难、历尽坎坷而又绝不言败的党,从一九二一年建党到现在,有什么党能与她的坚定与苦干相比?从一九二一年到现在为止,在赛里木的心目中,所有的共产党员,都称得上是身经百战、九死一生、枕戈待旦、鸡鸣起舞、如火如荼、宁折不弯,古今中外,你再见不到任何别的组织成员能与他们相比!

为了能较快地和较正确地领会和贯彻毛主席的指示和中央文件的精神,当务之急是要下去,取得第一手资料,解剖麻雀。多年的基层工作经验,使赛里木深知正确地掌握下情是一件十分重要而又十分花力气的事情。他始终不理解,为什么有少数领导干部,他们竟能那样轻易地作判断、发指示。他们浮皮潦草地坐车转了一转,下车看了一看,或者听了几句汇报,问了几个数字,就能长篇大论地指示起来。他们在路边发现了几棵草,马上就批评那里的田间管理工作,其实,大多数田亩里有情况他并不知晓。他们看到生产队文化室里撂着许多书籍,马上就笑嘻嘻地点头称赞这个队的思想政治工作;其实,也许这间文化室平常是锁着门,只是上级来的时候才打开那么三分钟的……还是弄清了情况再发言吧,有几个小时不作指示是不会被低估和不敬的。

赛里木没有带其他的工作人员,没有带汽车和驾驶员;他暂时不希望由于自己的到来而造成什么惊动。虚心体察情况,这是他一刻也不敢忘怀的毛主席的谆谆教诲。你以为在农村判断一个人或者一件事容易吗?试试看?在和田的时候,他所在的县有一位汉族副县长,一九六〇年带着一个翻译下乡,他非常得意地培养了四个积极分子,还说要为他们写什么报告文学呢。这四个积极分子都是相貌端正,口齿清楚,开会时爱发言的。特别是如果碰上副县长主持会议，却又发生了冷场现象，他们立刻会一面自己说着一面启发别人："都谈一谈嘛！随便说嘛！不要顾虑嘛！谈一点是一点嘛……"真是一些可爱的宝贝！他们见到干部就会主动地凑过来，握起手来比别人紧。谈话亲切，介绍情况主动。一见领导脸上就笑成了向阳花。当副县长讲话时他们频频点头和响应，并不断地出声地说着："正确！""好！""正是这样！""就是它！"而且这四个人总是争相请副县长到自己的家中去喝茶吃饭。不用说，饭食做得比别家更可口些，一边端饭一边还要说明：

"副县长来到我们这个穷地方，还不是为了我们大家？我们能干点什么呢？唯一的心愿是：尽管是粗茶淡饭，也希望副县长同志吃饱吃好。多吃一碗吧！我们多吃一碗饭，不过是多挖上几抬把子土，可您呢，多吃一碗饭不知要为革命为人民多做多少大事情啊！"

然后，在副县长的满意的咀嚼声中，他们开始叙述同队的其他人的短处，并适当地提出一些个人的请求，"我欠队上二百块钱，那是因为我有病才欠下的呀……""我儿子要结婚了，跟队上借二百块钱，队长就是不批……"

……后来弄清了，他培养的四位积极分子，一位年老的是过去的牲口贩子，或者叫牲口牙行，极善辞令，很有江湖和生意经验，他最怕的就是下地劳动，最喜爱的就是在会上发言与跟上边来的领导干部谈话，他历来都是"积极分子"，他"积极"的主要目的是不劳动而得到工分补贴或者至少是救济福利。第二位年轻人，原来是专区师范教员，因为和女学生胡搞几乎蹲了监狱，最后被清出了教师队伍。但是他对副县长说，他是因为母亲年老无人照顾才回的乡。第三位中年人说话很好，劳动也不错，来路也没什么问题，然而，他是个惯窃，不但偷鸡偷羊，而且偷过牛和马。第四位是妇女，今年二十三岁,她确实是大方、开放,口上的新名词也多,不过她已经结过五次婚,离过四次婚了……总之,副县长培养的积极分子不怎么符合条件。而另外有许多金子一样的人,只是因为他们开会的时候睡过一次觉(那次的会开得实在是又臭又长),或者是他们见到上级干部的时候脸上显得冷冰冰,或者是他们被那四位"积极分子"背后告了一状……都被副县长忽略了过去。

再说事吧,在农村,有时候一件不大的事也会出现许多种不同的版本,真是莫衷一是。譬如说一个人的性别,这本来是毋庸讨论的,完全可以在其出生的一刹那就由接生婆按照形式逻辑的同一律、矛盾律和排中律做出斩钉截铁、至死不渝的结论来的。但是,也请试试看! 如果你很晚没有结婚,如果你结婚很久没有孩子而且两口子常吵架,如果你结婚不久就离了婚,如果你的配偶作风不好……马上,你的性别就会成为探讨的话题,就会出现各种各样的猜测,甚至编造出各种故事。当然,赛里木知道,随着农村的社会主义改造,特别是人民公社化以后,这种风习已经发生了和正在发生着巨大的变化,人们具有了"公社社员"这一同一的身份,社会主义的集体生产,也正在为树立统一的道德标准和看待问题的方法而创造着条件。但是,几千年的封建统治和分散的小农经济的影响,不是一朝一夕可以消除的,而农村里各种人物在出身、经历、文化、年龄、政治态度、思想品质、秉性作风等等方面的差异,当然要比城市的任何单位大不知多少倍,因而,农村的事情总会是更加众说纷纭一些,取得一致的意见要更缓慢一些,这是很自然的了。

所以,赛里木是抱着急切地求知的心情,抱着当小学生的态度下来的。他给自己规定的目标并不过大,他从来不认为自己是万能的领导者。

在公社,他和赵志恒大致地谈了谈。赵志恒建议他去爱国大队，这是一个不错的大队，那里党员、干部、积极分子中间，有一些很出色的人物，他们夺取了生产和对敌斗争的巨大胜利。这又是一个敏感的大队，地处公路侧旁，苏侨协会的木拉托夫曾经在那里活动，出现了小麦窃案和死猪闹事的事件。那里有一些扑朔迷离的情况。"大队领导班子恐怕也有一些问题，"赵志恒说，"六一年是麦素木在那里抓点，换掉里希提的做法我本来是不同意的，但是麦素木坚持得很厉害，公社领导意见也不完全一致，最后还是换了。"

"现在的领导库图库扎尔是个怎样的人呢？"赛里木问。

"库图库扎尔也是老干部喽。有能力，也有干劲。但是他不太实在，有时候说假话。"赵志恒没有说更多的，他不愿意以自己的不成熟的看法去干扰领导同志亲自去调查分析的思路。

在去庄子的路上，赛里木碰到了前去装粮的、来自乌鲁木齐的拖挂载重汽车，他上了车，直接来到阿卜都热合曼为首的一个麦场。给汽车装麦，这是一个皆大欢喜的事情，驾驶员笑嘻嘻地拿出公社粮站开的三联单，生产队凭单据去粮站结账，计算在缴售任务之内，不用经过粮站的转手，麦子直接由麦场装入卡车，拉到乌鲁木齐的面粉厂。这样做，简化了手续，免去了生产队自己出车马人工装运的麻烦，不仅这么一次装运就抵得上农村多少高轮车和胶轮车的运量，不仅这样的装车可以从运输单位得到优厚的报酬；这样装粮也不仅仅是图一个干净、利索、装卸方便、行走安全、吨数多，能更好地完成吨公里指标的美差；更重要的是，这种做法直接沟通了、密切了农民和国家、农民和工人、农村和城市的关系。在这里，驾驶员和农民的关系不仅仅是运输和装货的关系，驾驶员变成了自治区及乌鲁木齐市的代表，而社员们呢，无比生动地、可以触摸地感到了自己是在支援国家、支援城市和工人阶级。

汽车一停,人们马上兴高采烈地拥了过来,与驾驶员热情握手问候,与赛里木问候。人们以为他是驾驶员的副手或者粮站新调来的会计。然后,立即忙碌起来,似乎都知道汽车的时间的宝贵。有的拿起木锨和扫帚进行装袋前的最后一遍清理,有的在检查麻袋有无破洞和点数,有的在推移粮袋并迅速过磅,有的在扛运和搭放从地面到车厢的跳板,有的在预备纸笔和"啪"的一下甩净了算盘,然后就是张袋、灌袋、过秤、登记、上肩、上车、放下……赛里木话也没有说就扛起了麻袋,没有人注意他。那位能开动如此大型卡车的技术高强的"老"师傅,二十一岁的驾驶员(他现在是场上最受尊敬的能人)都破例来扛起了麻袋,那么,这个陌生的司机助手或者粮站会计,伸过脖子来一袋又一袋地扛起就走,不是理所当然的吗?

每袋小麦一百二十公斤至一百六十公斤,先是脖颈和肩背顶起来,然后走上呼闪呼闪的跳板,进入车厢,撂下,码好。赛里木扛了两次呼吸加深了,面色微红,身上也发起热来,由于用力,他感到一种说不出的舒畅。只是走上跳板的时候,小腿肚子似乎有那么一点别扭,看来,近半年来还是参加劳动少了,值得警惕的一个信号……

"一百三十五!"

"又一个一百三十五!"

"一百四十二公斤半!"

"这个麻袋沉,换个大个子来吧。"

"少废话!往这儿压……"

"一百七十一公斤?"

"什么什么?"记账的人不相信自己的耳朵。

人们喊着,叫着,笑着。像过年一样的快活,像巴扎一样的红火。

一个高个子、白皮肤、眉毛微挑着的姑娘赶着装满油菜籽的牛车——这已经够稀罕的了——来到了场上，也三下五除二卸掉了菜籽，把穿在牛鼻子上的皮绳往牛脖子上一抛，跑过来，排在等候过秤的扛麻袋的人的队列里。

"让我也扛两趟吧！"她说，好像在争取一个幸运的机会。

"这不是女孩子的活！这不是玩的！"有人告诫地说。

但她坚持要扛。她胜利了，不是两趟，而是三趟，她走得很稳；当然，人们是把较小的袋子给她上的肩。

"她是谁？"赛里木问。

"吐尔逊贝薇。副队长的女儿。"旁边的人答。

赛里木把这个名字记到了心里。

人们加快了扛运的速度，但是装灌的工作赶不上，扛麻袋的人在磅秤前面排成了队。赛里木正考虑怎么改进一下的时候，只见从场外摇摇摆摆来了一个身体矮胖，眼圈红肿，戴着一顶油污不堪的破花帽的人。那人走过来，张望了一下，抄起一把木锨，向赛里木招手道："跟我到那边装去！"他把赛里木领到邻近的另一个麦堆旁，大大咧咧地开始往赛里木张着口的麻袋里灌麦子。

他们装了没有几下，只听见一声大喝：

"尼扎洪！您怎么装起那边的麦子来了？"这声音是一个矮个而又活泼、胡须微微向前撅着的老汉发出来的。

"您说啥？"尼牙孜向老汉翻了翻眼睛，"都是麦子噢！"

"是麦子，但不一样。那是雀儿沟的麦子，最多只够二等。难道您不知道吗？"老汉的嗓音是这样洪亮而且高昂，真是金石之音，敲打着赛里木的耳鼓。

"好了好了，掌柜的。"尼牙孜应付着，"这一堆再不装了。"他一

面这样说着,一面继续装着,然后小声对赛里木说:

"我们的场头儿太厉害了!算了,只装这一袋吧,下次回那边去……"

老汉三步并两步,连走带跳地跑了过来,一把从赛里木手里夺去了麻袋,抓起底部反倒过来,"唰……"麦子又倒回麦堆上。他气愤地指责尼牙孜说:

"尼扎洪!您这么晚才来上工,而且一来就把事情搞乱!这麦子是运往乌鲁木齐去的,传票上写的是一等麦子,粮站按一等麦子的价格给我们付款,我们怎么能欺骗国家,用次麦顶好麦呢?"说着,老汉转头对赛里木说:

"同志!您也应该负责任嘛!您跟着汽车前来,总应该验收一下嘛,怎么能够不问质量,装满就扛呢!"

赛里木听了暗暗点头。他抓起了一把麦粒,确实,有许多灌浆不饱满的颗粒,成色比方才那一堆差得多。惭愧啊,又是一个信号!一下来参加劳动,他就感到了自己和农民之间的距离,不要小看这个距离,如果不时时自觉地去发现,去缩小和消除这个距离,就不能算一个密切联系群众,真正代表群众利益的好干部。他正想向老汉作个检讨,只听得又一声招呼:

"赛里木书记,是您吗?"

这是伊力哈穆。他在场的另一端扬麦,听到阿卜都热合曼高声叫喊,才把视线投了过来,发现了县委书记的到来。

当伊力哈穆把县委书记介绍给热合曼老汉的时候,老汉有些不好意思,他的浓眉下的眼睛里露出羞怯的表情,嗫嚅着说:

"我的嗓门太大了!"

"不。为了国家利益您应该大喊大叫,"赛里木拍着热合曼的肩膀,"我完全接受您的批评。我只是想,如果分两组同时装灌,就不会窝工了。"

"好！好！"阿卜都热合曼马上调整了劳力的组织，两处同时装麦。不再有人拿着空麻袋排队了。

"为什么那一堆麦子成色那么差？"过秤的时候，赛里木向老汉发问。

"那是雀儿沟打下的麦子。那里的土地很不平整，水浇不匀，有的地方水小了干脆就浇不上去……平均比庄子的麦地少浇了一遍水。"

"你们没有想办法去平整一下吗？"

阿卜都热合曼用鼻子哼了一声，从磅秤上的麻袋里拣出几片干马粪，他说：

"前年冬天要去平地，赶上麦素木来贯彻劳逸结合，让睡觉，不让干活。去年冬天又要去，队长偏要大家做醋，把生产队办成了醋坊。"

"你们的队长是哪一个？"

"唉！"热合曼把手一摆，含意是"不提他啦"。他觉得自己对初次见面的县委书记絮叨得太多了，他虽然脾气火暴，却不愿意在领导面前发牢骚，他自己也不喜欢那些好抱怨的人。他笑了笑，把麻袋口拧紧，一努劲，提了起来，赛里木连忙伸手接过了麻袋口，塌下腰把麻袋顶了起来。

又用了不大的工夫，汽车装好了。驾驶员爬上去检查了一遍，满意地跳了下来，人们关上了车厢侧板。汽车开动，驾驶员伸出了一只手挥动着和农民们告别。

装车的社员坐下来休息。烟瘾大的人走出麦场远远地蹲在水渠边去吸烟。场内是严禁吸烟的。赛里木本打算再找阿卜都热合曼说说话，老汉却不想多谈了，他正忙着招呼几个骑马的少年去把刚才装车期间一直在闲散地吃着苜蓿的六匹马拉过来,指挥他们套好石磙子以备休息后继续轧场。于是,赛里木缓缓地向另一方踱去。在一个高耸如山的麦草堆的后面,他看见了有三个妇女正蹲在那里清理轧头。一个年岁很大,从白色的大纱巾下面露出了灰白的辫子。一个面色红润,体格健壮。还有一个皮肤黧黑,目光流动,她的神态和花绸头巾、粉红色的丝织连衣裙外面套穿着一件黑绒镂花的坎肩以及耳环上坠着的假宝石,都使人一眼看出她不是普通的农村女社员。她们正在干的清理轧头这个工作,是个琐碎的扫尾活儿,拉来的麦子经过晾晒和碾压,绝大多数都脱了粒,但是总有极小部分麦壳特别坚硬,甚至始终保持着麦穗的完整形状,这就称为轧头。扬场当中使用的扫帚,就是为了对付这种比重并不比麦粒轻、因而风力送不出去的轧头以及土坷垃还有石块的。这部分轧头,只有最后集中起来靠马蹄子踩,靠马蹄上的铁掌来踏破它们的不肯张开的硬壳,以达到脱粒的目的。这当然是一个落后的办法,但是在脱粒机没有普遍使用以前还找不出更好的替代办法。经过马蹄的踩踏以后,由于轧头里混着土坷垃石块,不能再靠抛扬来净化,只好让这些妇女们一人拿着一个箩,把脱了粒的轧头捧在箩里,然后巧妙地一转一旋,利用离心力把麦粒和杂质分开,把滞留在箩底中心的脏东西用手指拣出去。

由于看到这里的两个妇女的年纪显然比自己大许多,赛里木走过她们的身旁的时候恭敬地俯身抚胸行礼,问道:

"你们好!"

"您好吗?"红脸的女人和最老的女人先后回答。

红脸女人问道:"您是哪里的? 刚才,您也一直在扛麻袋啊!"

"我是跟汽车来的。"赛里木含糊地回答。

"那您为什么不随车走呢?"年老的女人慌忙问,她的口气似乎是认为赛里木是个由于粗心大意而误了车的旅客。

"我……是来劳动的。"

"也许，您不是犯了错误下放农村来改造思想的吧？"黑女人抬起了头，眉毛俏皮地一扬，紧紧地盯视着赛里木。

她的说话使赛里木一惊。这倒不完全是因为她的突如其来的问题和令人不安的吞噬性的目光，这还因为她的嗓音低得近似男人，音调却力求娇媚。

"瞧您，"老年女人责备地说，"古海丽巴侬，您老是说这样的不着边际的话！"

"那有什么，"黑女人耸一耸肩，"好男儿的头上，会经历各式各样的事情。再说，如果一个干部犯错误，多半不会像这边厢①这样卖力地扛麻袋的。"

"你们的看法呢？"赛里木问另外那两个女人，她们的话使他发生了兴趣，他走近一步，蹲了下来。

"我们吗？"面色红润的女人说，"您卖力地扛麻袋，这很好。干部参加劳动是个好事情。可惜，有些干部来劳动只是做做样子。"

"怎么个做样子法呢？"

"有的人干上那么一小会儿，看看表，喂呜，到时间了，他还有一个会；他忙得很哩！有的干上一会儿把队长叫到一边，谈话去了，还拿着一管钢笔和一个小本本在记呢。谈完了队长，再谈社员，直到收工前十分钟，他与五个人的个别谈话才告结束。"

说着，她自己笑了起来。赛里木也笑了。

"您不要乱说！哪有这样的干部？"老年女人说。

"这种人也是有的，当然，是少数。"赛里木说。

---

① 指赛里木，维语中常用位置的指示代词称人，表示客气。

"不要那样说干部们吧,再娜甫,"老年女人说,"做做样子也好嘛! 到农村来了,到劳动的地点来了,和许多人谈了话,这不也是好事情吗? ……"

黑女人对这个话题似乎厌倦了,她打断了老年女人的话,说道:

"男人们都在休息了,我们也休息一下吧。"说着她就扔掉了笊,退后几步坐到地上,同时呻吟着:"摇啊簸啊,摇得我头也昏了,腰也酸了,哇依我的头! 哇依我的腰!"

另外两个女人看了她一眼,没有理她,继续干着手底下的活儿。再娜甫哼了一下,说道:

"古海丽巴侬! 您还需要锻炼锻炼呀!"

"算了吧,"古海丽巴侬恶狠狠地说,"我永远不会锻炼成一个劳动模范的。难道我们女人是为了干这些活儿才生到世上的吗?"说完,她扶着腰站了起来,拍打了一下裙子上的土,一扭一扭地走开了。

赛里木捡起了她丢下的笊,学着她们的样子也簸麦子,但显得有些笨手笨脚。再娜甫止住他说:"算了吧,这是女人的活儿!"

"她原来不是农民吧?"赛里木努了努嘴角,指着走开了的古海丽巴侬。

"她是科长的夫人。"

赛里木啊了一声。对麦素木的事情,他是知道的。

"我说同志,"再娜甫见赛里木仍在吃力地簸麦子,再次制止他说,"您放下笊吧,这是女人的活儿。"

"谁规定这是女人的活儿呢?"赛里木问。

"当然是女人的活儿喽! 干这个,一天只给记五分,如果去翻场,一天是八分九分。"老年女人说。

"是不是给你们的工分记得低了呢？"

"哪里低呢？"老年女人觉得赛里木误会了她的意思，遗憾地举起了两只手，"这是个轻活嘛！拿我来说吧，快六十的人了，力气又小，我能干什么呢？播种？不行。耕地？不行。浇水？不行。收割和打扬？都不行。如果不是人民公社，像我这样一个年老的女人，不成了废物了吗？现在，有我的事情做，还给工分。要那么多工分干什么呢？我的肚子是饱的，我的衣服是整的，我的房屋是结实的……"老年女人满意地笑了。

"多么可爱的老妈妈！她们对生活的要求是这样少，却总想着献出自己一点一滴的力量。"赛里木感动地想。"那么您呢？"他转而问再娜甫，"难道您也是因为气力不够才干这个轻活儿的吗？"

"我的气力大得很，"再娜甫骄傲而爽快地回答，"前几天我一直在翻场，每天挣多得多的工分。"

"那您为什么要来这边呢？"

"这也是个要紧的工作啊，难道到了手的粮食还可以糟蹋不成？又不能让老大憨粗的男人来摆弄这个小箩！"再娜甫认为这是理所当然的，她不明白为什么这个陌生的干部要问这个，她看了赛里木一眼。

赛里木点点头。显然，在再娜甫心中，有远远比工分重要的东西。他又转而问年老的女人："如果没有这种适合您的力气的轻活儿呢？那您就只能在家休息了。"

"为什么没有？"老年女人的语气里流露着不满，"那么多地、那么多庄稼、那么多事，总有我干得了的。就是真的没有了，我也要到地里来，拔两根草，捻碎两块土坷垃也是好的。我才不在家呢。在家里，我已经待了五十年！只有在合作化以后，我才知道我不光对老头子、对孩子有用的，我对大家也是有用的，我也是公家的人呢。"

"您说得太好了。那么,您的老头子是谁呢?"

"她是咱们的麦场负责人、队委会委员阿卜都热合曼的老伴——伊塔汗姐。"再娜甫介绍说。

"她男人是副队长热依穆,比我的老头子'官儿'大。"伊塔汗指着再娜甫说,说得两个人都笑了起来。

"可是您是谁呢? 您还没有把名字告诉我们呀!"两个人差不多同时问。

"我叫赛里木。在县上工作。"

"县上?"伊塔汗眨一眨眼。再娜甫却想起了什么,她问:"听说,你们的那个书记也叫赛里木。是吗?"

"也可能的。"赛里木微笑着站了起来,走了。

"倒是个和气的人,挺好说话的。"再娜甫说。

"我看,他不像个犯错误的。"伊塔汗看着赛里木的背影,用心地琢磨着。

赛里木向伊力哈穆扬场的地点走去。在他和女人们闲谈的时候,男人们已经休息完了,他们在热合曼老汉的指挥下,站了一大圈,各拿一把大大的三股木杈,分段翻场轧场。尼牙孜懒洋洋地用木杈挑起一块一块的麦草,有气无力地抖动着。一见赛里木走过来,他就撂下了工作,拿着木杈跑了过来。

"书记!"尼牙孜追上赛里木,叫了一声,赛里木停住了脚步。

"天太热。您到阴凉地去休息会儿吧。"

"阴凉地?"赛里木一笑,"这里哪儿有阴凉地方? 阴凉地方还能打场吗?"

"要不要我带您去瓜地?"

"不！"赛里木简单地回答，抬腿要走，但是尼牙孜用他的单刀直入的语言止住了他。

尼牙孜说："我们那个场头儿，就是刚才训我的那个老汉阿卜都热合曼，您以为他的思想好吗？请您不要上当。那全是假的！"他放低了声音，"他的女儿跑到那边去了，他这个地方，"尼牙孜指一指自己的头，"问题多得很！还有那两个刚才跟您说话的女人，都不是好东西！再娜甫是个疯子，她在家里打自己的男人，我们的窝囊废副队长热依穆，"尼牙孜信口编造着，"她的女儿二十多了不结婚，还能有好事情吗？另外那个老的，她干脆就是个白痴！您不信去问问她，北京在哪里，乌鲁木齐在哪里都不知道。"

"这么说，您对他们都有意见了？"

"嗨，嗨，我的书记！我的意见三天三夜也说不完。就是这样的一些人，他们把我害苦了！食堂开饭的时候，硬是不给我盛牛杂碎。难道我尼牙孜没有给公社出过力气吗？我有话，我的话要对书记说啊！我的老婆也受他们的欺压呀！我是因为有病才迟到了的。我家里已经没有一分钱了，没有钱买盐，没有钱买茶，甚至连磨面的钱都没有了。今天晚上回家，我就得吃白水煮整麦粒儿啦。"

尼牙孜一口气说了这么多，红肿的眼睛里充满了汪汪的泪水。

"您先去劳动吧，您看，马拉着石磙子已经绕过了三圈，您负责的地段的麦子一直没有翻动呢。"赛里木听了他的话感到摸不着头脑，只能按常规给以一般的回答，"您的意见我以后再听，我将在您们大队住一段时间。您的困难，我可以找您们队干部问一问再说。"

"我们的穆萨队长倒也罢了，就怕这些二队长啊！还有那个伊力哈穆，去年冬天他在社员大会上提出让我偿还欠队里的债，让我拿什么还呢？卖老婆还是卖孩子？难道现在是旧社会吗？难道他们是地主吗？难道我们还要受压迫吗？……"

"您先去吧，我们再找个时间谈。"赛里木好不容易才把尼牙孜劝回到劳动的岗位上去。赛里木走到伊力哈穆的身边。他拿起扫帚，帮伊力哈穆清扫麦堆上的渣子。他们配合得很好，一边扬、一边扫、一边归堆、一边清渣，同时，赛里木不慌不忙地时而提出一些问题，闲谈般地问了许多情况。赛里木的到来引起了一个人的极度重视，他极力想借故靠近他们一点，竖起耳朵想办法捕捉住他们交谈中的片言只语，却又怕引起注意。同时，他非常着急，偏偏场上和庄子上既没有库图库扎尔书记，又没有穆萨队长。他紧张地思索着能够做点什么帮助一下队长特别是书记。这个人不是别人，而是经过一番变故后，收敛头角，夹起尾巴，弓腰垂头，低眉顺眼，脸上总是挂着一个谦卑的笑容的假面的前科长，前"苏侨"麦素木先生。

麦素木已经荣任大队加工站的出纳员，从他身上新换的一身比较整洁的华达呢制服和给自己新置办的毛驴车上，略略透露了他的身份的这一初步上升。他是在汽车开走以后，赶着自己的驴车到场上装一些碎麦秸以便喂养奶牛和毛驴的。他一到场上，就听尼牙孜讲到了县委书记到来的消息。这使他本能地感到了一种紧张。现在，随风传来了伊力哈穆的话语中"领导班子""阶级敌人""修正主义""斗争""运动"这样一些刺激神经的字眼……终于，他甚至没有顾得上把分给他的宝贵的充家畜饲料用的碎麦秸踩紧实，没有来得及把车装高装圆，辜负了为了装得更多些而事先在车槽两侧密密麻麻地插上了的两排杨树枝条，他才为自己装了多半车，便急急地吆喝着毛驴离去了。

从庄子到公路的大路上没有什么人。麦素木顾不得爱惜自己花了一百五十块钱，新买到手的这头被卖主标榜为真正库车纯种的叫驴，拿起树条照着驴屁股就是一阵快抽，树条折了，他干脆拳打脚踢，使驴的后腿一跳老高，几乎折翻了车。

幸好，库图库扎尔和穆萨都在呢。他们正在大队部前的美丽的柳荫下聊闲天。麦素木在离他们二十步开外的地方下了驴车，定一定神，缓缓地走了过去，咳嗽了一声。

"有事吗？"库图库扎尔傲慢地问道。

麦素木向书记行礼，一转念，改向穆萨道："队长，赛里木来了。"

"哪个赛里木？"穆萨麻木不仁地问。

"县委书记赛里木同志！"麦素木强调地回答，他从眼角偷看了库图库扎尔一眼，库图库扎尔隐隐约约地似乎眉头微微一皱，此外再无反应。

"怎么样？"穆萨把头一歪，眼睛一斜，露出了很多的眼白。

"不怎么样。"麦素木的声调里流露着一种嘲弄，"您们都不在。伊力哈穆和阿卜都热合曼都在……"他低声补充说。

"他们在就在。"穆萨霍地站了起来，"我不怕！"

库图库扎尔拉了一下穆萨。他从眼角里瞟了一下麦素木，不阴不阳地说："知道了，做您自己的事情去吧！"

"浑蛋！十足的浑蛋！"麦素木心里骂道。但是，他的脸上显出的是一个谄媚的微笑。"是！"他回答道。躬身向后退了几步，转身走掉了。

等麦素木走了以后，穆萨的眉头拧成了一个疙瘩，他问："县委书记来干什么？是不是和您说的那个'四清'有关？"

"谁知道？看您，说起话来哇里哇啦，一提'四清'就慌成这个样子！"库图库扎尔责备地说。

"谁慌了,我只是想估量一下……"穆萨辩解说。

"麦素木来送这个信还是有好处的。我去庄子去看一看。"库图库扎尔考虑了一下,说道,"您最好等一下也去庄子劳动一下。不过我要警告您,"库图库扎尔伸出右手的食指晃了晃,"第一您不要慌张,第二您在麦素木面前要稳重一些。"

库图库扎尔疾步向庄子方向走去。走近七队农田的时候,他看见了一组青年正赶着高轮牛车装运油菜籽,其中,有他的侄子伊明江。库图库扎尔灵机一动,把刚刚装好车,挥鞭欲走的伊明江叫住了:

"我的孩子,你等一等。这一趟车交给我吧。"

"什么?"伊明江没有听懂他的意思。

"你休息一会儿。这趟车我给你赶到场上去。"

"不用,不用。"伊明江误会了他的意思,"我还一点也不累呢。"

"累不累也交给我吧。需要这样做。"库图库扎尔不由分说夺过了鞭子,他没有时间向伊明江解释,赶起牛车,径奔阿卜都热合曼的那个麦场去了。

远远地,库图库扎尔就看见了赛里木正和伊力哈穆一心一意地在扬场。他想了想,假作没有看见县委书记的样子。把车赶到了卸菜籽的一角,对前来帮他卸车的社员故意大声吆喝着。

"轻一点!轻一点!不要忙!这种东西的荚容易裂,一裂种子就炸……"

社员完全听糊涂了,问道:"炸在场上有什么要紧。不裂,我们还得轧呢!"

库图库扎尔搞错了,他把应该在田里收割和搬动的时候强调的注意事项,弄到场上来了。

库图库扎尔卸完了菜籽,脸上沁出了汗珠,面色也红扑扑的,像一直在参加劳动的样子了。然后，他赶着牛车，打着呼哨，故意绕上一圈从赛里木的面前走过。赛里木听到木轮旋转的轧地的声音和车轴的吱吱的摩擦声，抬头望了一下，目光与库图库扎尔相遇了。库图库扎尔显出了喜出望外的神色，他从牛车上跳了下来，与县委书记亲热地握手问好。

"您来了吗，书记？这太好了！您看，公社也没有事先通知一声。"

"有什么好通知的呢？"赛里木带着真诚的不解神情问道。

"这个这个……我们好向您汇报呀！早知道您来，我就该等着您，不去驾这个牛车了。您不知道，油料作物是非常娇嫩的，交给那些小伙子拉运，我总是不放心……那，怎么办，是不是下午把生产队以上的干部召集起来给您汇报？"

"不忙，我要在您们大队待些日子呢。"

"您先不走吗？那可太好了！实在是太好了！请您帮助我们传达中央的文件吧。"

"我就是来和大家一道学习的。"

库图库扎尔又接连说了五六个"太好了"，然后对县委书记的食宿生活做了细致的询问，赛里木谢绝了到库图库扎尔家里住的邀请，说明他的行李还在公社，傍晚准备拿到大队来，睡在大队部的随便哪一个房间就行了。吃饭呢，赛里木准备轮流在各户贫下中农家吃派饭，然后，赛里木问道：

"传达文件的事您们是怎么安排的？"

库图库扎尔其实并没有安排，但是，他以他特有的机敏不假思索地接了下去："从明天晚上起，每天晚上开支部会；先在党内传达，逐步扩大到干部和群众。"然后，他一气呵成地向伊力哈穆喊道：

"伊力哈穆！庄子这边的党员您都通知了吗？"

伊力哈穆不解地看了他一眼。

"怎么？您忘了？"

"我忘了什么呢？"

"开会呀，党支部会，就在明天晚上，昨天我不是告诉了您了吗？"

"我昨天根本就没有见到您。"伊力哈穆冷冷地说，然后低下头继续干活。

"我的天！"库图库扎尔喊了一声，本来，他想当着赛里木的面顺手给伊力哈穆一击，如果是别人的话，他说不定要立即教训人家一番，说人家党性不强、不重视党的会议之类，人家越莫名其妙，他的随口的突然袭击就越不会受到反驳。但是，伊力哈穆的沉静与冷淡使他不敢做得太过分，他宽大为怀地用鼻子一笑，含含糊糊地说：

"反正咱们两个人当中有一个人记错了，算了！那么，我现在正式通知您，明天晚上开支部会，您不会忘掉的？"

"对！"伊力哈穆回答。

库图库扎尔赶车走出去没有几步，又听到了赛里木招呼他停一停的喊声。他狐疑地回过头去。赛里木走过来，没有说别的话，弯下腰把散开了耷拉到牛腿上的缰绳拉起，捋直，系紧。又把牛背上歪在一边承力偏到一侧的小鞍子扶正。库图库扎尔忘了查看套具，搞了个乱七八糟，赛里木的这一举动使库图库扎尔唰地红了脸。

赛里木在爱国大队的第一天就这样度过了。他参加了劳动，看了庄稼和田地，吃了瓜，喝了奶茶。他接触了许多人和许多事，许多的印象交织在他的脑海里。

夜晚，他住在大队党支部办公室，临时拼上几个桌子就算是床。屋里还残留着一些硫酸铵的气味，开春时候，这里临时堆放过化肥。窗子框和屋顶上的席都有些破烂了，特别是顶棚上，有漏雨的痕迹（虽然从一年前库图库扎尔在每次支委研究工作时都要提出给大队部的房顶上草泥的问题，不知为什么，迄今还没有实现）。房屋是简朴的，但是赛里木很欢喜。像鱼儿来到水里，一下来，他觉得自己的生活方式、思想方法以至精神面貌都发生了可喜的变化。他和人民更近了。他头脑里的实际情况和实际问题更多了。他的心情更充实也更自如了。虽然担任县委领导职务也已经五六年了，但是办公室一坐他总觉得六神无主。脸上没有土，身上不出汗，鼻子里闻不见牛粪、青草和柴油的气味，手里握不到厚实的硬茧……这可叫人怎么过下去！

下乡，要下乡，非下乡不可！他像铁片受到磁石的吸引，一接触生产队的生活，他就被那蓬勃的生气、斑斓的色彩、错综的矛盾吸引住了；又像一个好学的人打开了一本还散发着新油墨的香气的大书，有无比丰富、生动、深刻的学问等待着他去开掘钻研；还像一个船长的出海，天高、地阔、水深，有时候风平浪静，有时候风疾浪高，考验着他驾船的本领……是的，当农民们知道他是县委书记以后，都对他很尊敬，很亲切。当然，这并不是因了他有什么了不起，如果没有党，没有新疆的解放，他也只能和世世代代的维吾尔贫雇农一样，终生在死亡线上挣扎，为了一小块馕饼而辗转流离，历尽贫穷和饥饿，在一个偏僻的地方，在几乎是毫无价值的苦难中度过每人只有一次的一生。然而今天呢，连伊塔汗老太婆也骄傲地宣称自己是"公家的人"！人们尊敬县委书记，当然是出于对党的爱戴。党不愧是人民的鼓舞者和组织者，不愧是对社会进行革命性的改造,使之攀登到人类历史的发展阶梯上的高峰的先锋力量……还有比这更伟大、更引人入胜的事业吗?还有比做一个党的干部更光荣、更艰苦的责任吗?

正是在人民当中,他时时体会到差不多是一九五〇年入党宣誓时举起右手以后充满了全身心的庄严的喜悦。只有到人民当中去,才能使他的这种激情和责任感到不褪色。

夜已经深了,赛里木的鼾声越来越深沉和均匀。即使是在甜美的睡梦中吧,如果你走近他的床头,你将不时看到闪耀在他的脸上的这种喜悦的光辉,直到黎明时分,东方红霞的光亮和这种光辉融在了一起。

小说人语:

也许已经淡忘,也许已经时过境迁,也许希望做到的并没有完全兑现,也许这并不能像市场法则一样地解决发展生产力的关键问题;当年的强调参加劳动与联系群众,当年的与百姓打成一片的干部形象仍然令人难忘。不该忘记噢。

历史的魅力在于它的纵深、丰富与距离感。历史的庞杂令人击节长啸。劳动的快乐从每个毛孔中洋溢。你扛过百公斤以上的麻袋吗?时代造就了人。人总会有一种爱的愿望。

第二十三章　机关算尽　乡约哥献鸟犹毙命
　　　　　　　醍醐灌顶　科长哥讨酒始吹牛

　　有关"四清"运动的文件的传达完全出乎库图库扎尔的预料。在公社开了两天会,他仍然不大相信。难道真的又要搞什么运动了? 不,不可能,搞不起来。三年自然灾害刚刚度过,六二年的风浪刚刚平息,他估计,人们惊魂未定,怎么会又搞什么运动? 所谓"四清",说不定只是说一说,讲一讲,告诫一下。他认为,真正要开展一个大的政治运动,至少还得五年。他想着,估量着,心里总好像多了一点事情。

　　谁知道,今天县委书记就来了,而且要在他这个大队待一段时间。

　　不过县委书记只有一个人。而且根据他的初步接触所获得的印象,虽然赛里木对套牛车相当精细,然而这个人却更像一个碌碌之辈。包括晚上他向县委书记汇报大队的全面情况的时候,赛里木并没有讲很多的话,没有严厉的教训,没有精辟的指示,甚至也没有宣布什么计划、步骤和要求。而根据他的理解,寡言的实质只能是藏拙,否则,哪一个领导人在下级面前能不设法表现自己比下级更聪明、更老练、更正确和更有水平,至少是更能滔滔不绝呢?

　　也许,他啥也搞不成,来上一段就走掉的吧?

　　这天傍晚,库图库扎尔拖着疲乏的步子从庄子走回家里的时候(虽说只有多半天吧,库图库扎尔这回倒是实实在在地卖力气劳动了一番),他怀着的就是这种侥幸的自信和微微有些别扭的

378

心绪。

回到家,老婆帕夏汗递给他一封信,说:

"包廷贵的。"

"怎么拆开了?"库图库扎尔扬起眉毛。

"都是汉字,谁看得懂?恰好中午在供销社门口看到了伊明江,我把他叫来,让他给翻译了一下。"

"你、你怎么敢让伊明江去看! 白痴!"

"……所谓白痴是你自己,不让伊明江看,难道让赵书记或者杨技术员给翻吗?"

"你……犟嘴的!"库图库扎尔一面轻轻骂着,一边打开信。果然全是汉字,他看不懂。"嗯,伊明江是怎样说的,矮靿皮鞋写了些什么?"与旁人称包廷贵"高靿皮鞋"相反,库图库扎尔故意称之为矮靿皮鞋。

"瞧哇,你还是得问我!"帕夏汗得意地摆动着下巴,"帮了你的忙你倒埋怨开了! 唉,你! 听伊明江说,包廷贵的话是这样的,他本来已经和乌鲁木齐那边讲好了,忽然,工厂里搞起了运动,叫做在五个方面反对①,反对什么贪污啦、浪费啦,投机倒把啦,也不知道还反对什么……反正共产党要反对的东西可真不少。工厂搞运动了,事情办不成了,他问你该怎么办。噢,还说什么地毯买好了。"

"什么叫地毯? 丝毯!"

"丝毯还是地毯,我哪里知道?"

"很糟糕,婆娘,你干了一件大蠢事,这信不该让伊明江

---

① 指一九六三年开展的城市"五反"运动:反对贪污盗窃、反对投机倒把、反对铺张浪费、反对分散主义、反对官僚主义。

给看……"

"不让伊明江让谁？你说！你说！"

"你可以等我回来，我会找到郝玉兰看了用汉话告诉我。慢慢说，我也能听懂嘛……"

"啊。"帕夏汗愧悔地抽了一口气，喉咙里发出一个类似打嗝的响声。无怪乎俗话说：女人的头发长见识短……

库图库扎尔沉默下来，皱着眉头。城市也在搞运动？一反对就是五样！坐了一会儿，他的视线与窗台上的空鸟笼子一碰，连忙问道：

"咱们的鸟呢？"

"死了。"

"死了？什么时候死的？为什么死的？"库图库扎尔的脸色变了。

"我哪里知道？我又不是掌管生死的胡大。"

"我问你什么时候死的？"库图库扎尔的声音颤抖了。

"谁知道？死就是死了。下午我看到的时候，已经是死鸟了。我把它埋葬了。"

"什么？埋葬了？你怎么敢不问我一声！"

"问你个什么劲？你能叫它起死回生？"

"浑蛋！"库图库扎尔大骂着，抄起一只靴子向帕夏汗打去。帕夏汗一躲，靴子打到锅台的碗上，哗啦，一只碗滚到了地上，当，摔裂了。

库图库扎尔的脸色十分可怕。帕夏汉惊奇地看着他。

库图库扎尔一般说来是并不迷信的。无神论，这是解放以后新的意识形态中唯一对他发生了作用的东西。但是，他摆脱不了这种荒谬的念头。笼中小鸟的死亡,恰恰是死在今天!这给他的心头笼罩了一层阴影。凶兆头……

回顾他的一生,几乎几个关键时刻他的命运的转折都与"鸟"有关系。难道这是偶然的吗?

鸟儿,这是他的生活中一个起着神秘作用的因子。

库图库扎尔的父亲是村镇上的白铁匠,名叫坎加洪。顾名思义,坎加洪应该是他的父亲——库图库扎尔的爷爷的最小的儿子。坎其,是最小一个的意思。但是有一个说法,说坎加(其阿)洪不是爷爷的亲生儿子,而是爷爷与奶奶从诺海果尔特捡回来的一个男孩。从坎加洪的长相上,人们很容易怀疑他是俄商的私生子。坎加洪的外貌是不错的,在他继承了父亲的白铁业以后,出乎意料,他拒绝了许多好心给他说媒的人,娶了一个丑陋的秃子、富农的女儿为妻,先后生下了阿西穆与库图库扎尔。据说,坎加洪娶妻不但没有花一分钱,而且赚得了可观的嫁妆。结婚以后,坎加洪不再用木榔头从早到晚地敲打镀铁皮了,他扩大了他的作坊并且雇了两个伙计……但是,好景不长,一次火灾重新使他一贫如洗。终于,他至死没有离开修造水桶、洗衣盆、火炉和烟囱的祖传行业。

坎加洪性格的两个方面,分别被他的两个儿子继承下来:在库图库扎尔身上是善于交际、取巧骗人、贪婪,在阿西穆身上是劳碌终日、一毛不拔、多疑善怕。据坎加洪的妻子、库图库扎尔与阿西穆的妈妈,那个没有头发的女人说,库图库扎尔一生下就显得比他的哥哥聪明,连哭的声音也更响亮和富于变化。他比阿西穆受到远远多得多的父亲的疼爱,即使他做了什么错事,打碎了爸爸心爱的小茶碗或者弄脏了妈妈新挑补的花边窗帘,责罚却仍然落在哥哥的头上,说是哥哥没有尽到兄长的责任,要不就是哥哥挑动了他

去做有危险的事情。在他八岁那年，他就在父亲的小作坊里跑来跑去，递递工具，扫扫边角料，成了坎加洪疼爱的一个小助手了。

一天，坎加洪外出了。外出以前交代给库图库扎尔，如果俄罗斯人马尔科夫来了，就把那焊好了漏洞的两只水桶交给他，手工费他已经付过了。过了一会儿，蓄着黑胡子的马尔科夫果然来取水桶了。他的肩上停着一只羽毛翠绿，胸脯上有一撮明亮的白绒毛的小鸟。这个鸟非常怪，既没有用链子拴住，也没有绑住翅膀，却乖乖地停在马尔科夫的肩上。库图库扎尔只顾看鸟了，张着嘴发呆。马尔科夫催了几次，库图库扎尔也没有把桶拿给他。

俄罗斯人看出了孩子的兴趣，他自己拿过了水桶，倒放在地上，坐在桶底上。他伸出了左手，轻轻吹了一个口哨，小鸟飞到了他摊开的手掌上，吱吱地叫着，跳着。马尔科夫问："好不好？"

孩子没有回答。俄罗斯人一笑，又问："把这只鸟给你玩，你要不要？"

"要！要！"库图库扎尔连忙回答。

"一张油布贴①！"俄罗斯人脸上的笑容遁去了。

库图库扎尔的脸上显出了懊丧的表情。

"这个是我费了老大工夫训练的。把手伸出来！"

孩子伸出了自己的小手。马尔科夫把鸟放在了小手上。鸟爪子轻轻地搔着孩子的手心。然后，马尔科夫把手一挥，鸟飞回到自己的肩膀上。

俄罗斯人回转身走出了小小的白铁作坊。后来，每当库图库扎尔回忆起来，只能认为是胡大的安排，命运的圈套了。在极端羡慕和想办法获为己有的冲动中，库图库扎尔一眼望见了父亲的棉

---

① 当年新疆使用过的一种印在油布上的钱币。

衣,怀着一种绝望中挣扎一下的心理,他扑向了父亲的衣服……天啊,恰好有一张油布贴。

库图库扎尔追了出去。马尔科夫接过了钱。小鸟被暂时拴在一根木棍上了。

俄罗斯人走了。孩子的心怦怦地跳着。他觉得每一块铁皮都在叮叮当当地作响,都在嘿嘿呵呵地嘲笑,密兮密兮①地传话。他几乎要昏倒在地上。

"哪儿来的鸟?"父亲回来以后问道。

"俄罗斯人给我的。"库图库扎尔回答。

父亲拿起了棉衣。库图库扎尔闭上了眼睛,他已经准备好了挨父亲的木榔头。他知道,一旦发现丢了钱,父亲会把他敲成薄薄的一片的。

偏偏精细的父亲没有检查棉衣口袋,等到一天以后父亲发现了钱的短缺以后,他在父亲嚷叫的时候悄悄地没出一声,他没有受到怀疑。

第一次冒险毫无障碍地成功了。

鸟没有活下来。鸟带来的新经验却深深扎下了根。从此,库图库扎尔学会了对父亲玩弄手腕。他大胆地把收到手的顾客的钱中饱,他编假话向父亲要钱,有时干脆偷家里和作坊里的东西。对于他那么大的孩子,钱其实并没有多大用处,但是他发现,用贪污或者偷来的钱去买一把杏干或者沙枣,吃起来比吃家里的同样的东西要香甜得多,有趣得多。他的这些不法行为几次被发现,几次被打得死去活来。每挨一次打,他就总结、提高一次"贪污盗窃"的技艺,甚至挨打的危险更增加了不法行为的独特的魅力。到十六

---

① 犹言"嘀嘀咕咕"。

岁那年,他的身量和气力已经赶上了父亲。终于,在一次挨打的过程中他进行了反击……结果是他虽然尚未娶妻,却与父亲提前分了家。

从此,在朋友们的帮助下,他开始了他的事业。夏天,去巴扎卖用劣质颜料染成红色或绿色的冰水、土造冰激凌,冬天卖糖瓜和酥糖。他还制造和售卖过那斯①、小孩玩的风筝、陀螺和羊毛毽子。他学会了把揉碎了的骆驼刺掺入莫合烟里,把炒过了的杏树叶掺到茶叶中。他还学会用羊杂油和硝碱制成含水量很高的所谓"肥皂",这种肥皂起初看着很整齐、光泽,像那么一回事,但是等没有经验的乡下人买回去以后几天之内就会干燥、皱缩,最后只剩下原体积的七分之一。他学会了说一些哈萨克语和汉语。遇到由山坡夏牧场骑马下来的哈萨克,他便极力吹嘘奉承,称赞他们的马、马鞍和马鞭,称他们为"巴依哥"。等哈萨克高兴了,他便把商品提高百分之三百的价格推销出去。遇到汉族顾客,他便满口作出"保来回"②"不甜不要钱"之类的保证。开始,他的生活似乎相当顺利,以至于父亲和亲友们也对他刮目相看。在他预备了糖、茶,向父亲赔了不是之后,父子和好如初——只是经济上仍然各自独立。后来,他这个小贩的坑人行骗的恶名渐渐流传出去了,而且这一带又出现了几个这样的小贩,成为他的竞争对手。他的生意渐渐萧条起来。

在这个时候,他碰到了成为他命运的转折因子的第二只小鸟。

当他正因为生计艰难而气闷的时候。一天晚上,他的一个卖"取灯子③"的朋友拉他到诺海果尔特的一个塔塔尔人的家里去做

---

①　一种含有烟草等麻醉品与调料的供含用的特制小丸。
②　即可以退换。
③　一种引火用的桦木片。

客。原来,那里是一个小小的赌场。库图库扎尔尽管性好冒险和取巧,然而他是决心不赌的;他不是一个意志薄弱的人。这家塔塔尔人家里的房梁上挂着一个鸟笼子,里头有一只羽色灰黄、其貌不扬的小鸟,这只小鸟的叫声立即迷住了他。小鸟的叫声清脆、甘甜、婉转,足抵得上一个塔塔尔族女歌手。小鸟的鸣叫也正像塔塔尔族的抒情歌曲一样,旋律简单,音调没有大幅度的升降却又千回百转、变化无穷,充满了松林的清新、山泉的明澈和野花的妩媚。"如果我有这样一只鸟……"他重新感到了那种将某个可贵的东西据为己有的狂热冲动。同时小鸟也引起了他的一些新的设想。塔塔尔人和卖"取灯子"的朋友拉他下水赌羊拐,他始终坚持拒绝。到了后半夜,饮酒和赌博都进入了高潮,不知他得到了一种什么启示和力量,他突然提出挑战,要以自己脚上穿着的九成新的皮靴作注来对塔塔尔人的小鸟赌一盘。塔塔尔人是善赌的老手,库图库扎尔根本不在他的眼里,为了那双等于是双手送到门上的皮靴,不要说一只小鸟,就是一峰骆驼他也不怕押上去的。他带着自负的笑意拿起了羊髀石。

……结果,塔塔尔人输了。

库图库扎尔感谢命运把象征着财富和幸运的小鸟赌给了他。鸟儿的歌声将为他的事业服务。从此,除去严冬,他到什么地方去做贩卖生意的时候总是带着鸟笼子,先搭起一个布棚,再把鸟笼子高高地挂在最显眼的地方。鸟鸣引了不少的顾客。他击败了卖冰水和土冰激凌的所有的对手,鸟叫带来的清爽和快感大大美化了他推销的质量低劣的冷饮冷食。

库图库扎尔有一只神鸟的名声传扬出去,一直传到了马木提乡约的耳朵里。一天下午,乡约的管家来到了库图库扎尔的住家,那时,他刚结婚不久,说是"乡约"想听一听这只鸟儿的叫声。

"想听鸟叫？叫乡约哥自己来好了！"库图库扎尔说。

"乡约哥难道能来到你这个肮脏的住所！"管家说着就要去拿鸟笼子。

"别动！"库图库扎尔眼红了，他推开了管家，拉开了不惜一战的架势。

三天之后，马木提的狗腿子闯到了库图库扎尔刚刚经营起来的小康之家，捣毁了锅灶碗瓢，踩烂了鸟笼子，摔死了小鸟，并声言乡约有言，再不准库图库扎尔招摇撞骗做生意。……库图库扎尔忍气吞声成了马木提乡约的佃农。他咬牙切齿，诅咒这只魔鬼变成的、给他带来了屈辱和毁灭的灾鸟。

一九四九年底，乌鲁木齐的国民党旧政权和部队已经宣布起义，解放大军正在进疆，当时虽然也传过来一些风言风语，但是，库图库扎尔和其他农民一样，还不知道形势变化的确切消息。一天晚上，还是那个管家来了，说是"乡约哥"请库图库扎尔到乡约家里一叙。

库图库扎尔怀着狐疑的心情、左顾右盼地第一次走进了马木提的客室。室内蜡烛通明，墙上挂着和地上铺着的是莎车和库车出产的壁毯和地毯，色彩绚丽刺目。身材高大、面目威严、头缠雪白的色来、身穿漆黑的长袷袢的马木提起身弓腰迎接库图库扎尔的到来，请他坐在摆放端正的三层缎面绣花褥子之上。

然后，库图库扎尔受到了隆重的、系统的、成龙配套的招待：先是甜食、清茶和小得可爱的馕。甜食中包括喀什噶尔的无花果酱，库车的包仁杏干，库尔勒的香梨脯，吐鲁番的葡萄干，鄯善的哈密瓜干和伊犁的蜂蜜。然后是鸽子肉、烤肉串、油焖肉馅饼、酥油馕和奶皮子厚如棉絮的奶茶。第二道是正餐，抓饭盘子上放着薄皮羊肉包子，包子一碰就破，流出来的油汁渗透到亮晶晶、油汪汪的抓饭里。最后又是精致的小瓷碗里的清茶，配合着的则还有杏仁和核桃仁，自制的饼干。不仅食品是头一等的，就连餐具的精美、伺候的周到，以及洗手用的白铜壶和黄铜盆，擦手用的雪白的毛巾，烧水用的镂花大铜茶炊，摆干果的彩色玻璃托盘，直至乡约让客和仆人端盘子的每一个彬彬有礼的姿势，都是库图库扎尔见所未见、闻所未闻的。他几次问"乡约哥"有什么吩咐，需要自己做何种效劳，都没有得到回答。库图库扎尔惊疑、艳羡、赞赏、满足、头晕目眩。

在喝最后一道茶的时候，马木提叫了一声"请"！然后，他颤巍巍地说："亲爱的兄弟！"

"我的耳朵在您那儿！"库图库扎尔立即侧首回答。

马木提说了下去："今天晚上，把您请到舍下，没有别的目的，只是想和您叙叙心里的话。您有四样人间最宝贵的财富，使您比任何巴依、商人、乡约、伯克都更优越。第一，胡大给了您健康的躯体，您有公马一样的气力。第二，胡大给了您聪明的头脑，我再说一遍，我早就看出来了，您有头脑，您的头脑管用，您有海水一样多的智谋。第三，胡大给了您真正的男子汉的良心，您有即使在月夜打着灯笼也难找到的仁慈与善意。第四，也是我最羡慕的，那就是您的年龄，您正拥有着万两黄金也换不来的美妙青春。和您的这四方面的伟大的财富相比，我不过是个行将就木的乞丐……"

"请不要这样说，乡约哥，"库图库扎尔努力运用他多年做买卖的应酬经验，尽力作出恰当和文雅的回答，"我不过是您的小孩子①和奴仆。"

"不，请您不要这样说吧！我已经遵循着上苍指引的道路度过

---

① 犹言"晚辈"。

了我的大半生，该吃的，我吃了；该穿的，我穿了；该花的，我花销了；该见的，我见过了；该去的地方，我去了。如今，我再无他求，当天饷①终结时，我将到彼处去。这一切自有唯一的神——安拉做主，毋庸凡人挂虑，只是……"说到这里，马木提顿了一下，"我最近屡做噩梦，经过请教清真寺的大毛拉和查阅圆梦书籍，启迪我认识到我作为人子中的一员，也难免具有俗人通常会有的那些缺点和弱点。每当我想起自身在生命的途程中有过的那些失误、昏乱和罪过，那些开罪乡邻、触犯亲友的过错之时，我就愧悔莫名、五内俱焚、捶胸顿足、以泪洗面……"说到这里，从他的深陷的两只黄褐色的眼睛里，流下了两行泪水，并且咽气吞声，抽泣起来。

这个景象大大出乎库图库扎尔的预料，他一面连声"请不要烦恼悲伤，请不要悲伤烦恼"地请求着，一面紧张地动员起他那商人的精细头脑，分析着事件、形势和乡约的动机。

马木提呜咽了好一会儿，说："在我的众多的不当和迷误之中，最使我不安、自责和愧疚无地的莫过于当初的一件事：亦即我的手下对您、我的生命般的亲兄弟的冒犯了。近日闲谈中我才获悉，他们竟敢背着我捣毁您的珍爱的鸟笼和鸟儿……我今日正式向您赔罪，恳祈您的宽大为怀的饶恕。老弟，您宽恕吗？"

"那早就是过往的事了，小事一段，何足挂齿，何足挂齿！"库图库扎尔以他客人的身份，诚惶诚恐地回答。

今晚的奇遇，这豪华的房室、口腹的享受和马木提乡约的奇谈怪说本来已使库图库扎尔如醉如痴，他甚至怀疑自己是否在做梦。只是在谈到他的不幸的小鸟的时候，有一瞬间，他看穿了这个道貌岸然的乡约的虚伪和丑恶。谁不知道"乡约哥"的为人！这个阴森

———————

① 犹言"寿命"。

388

可怖的嗜血鬼！他手底下的人命案不下十余条，居然说什么一生
中最大的过失是毁掉了一只小鸟！十足是谎言，阴谋，无耻！他想
反问："您的一生中就没有更大的过错了吗？"他甚至想喊道，"那么
我的侄女爱弥拉克孜的手呢？泰外库勒的父亲呢？伊力哈穆的妈
妈呢……"不过，这个念头一闪即逝。无论如何，马木提是在向他
低声下气地讨饶，马木提几乎要扑倒在他的脚下，妙！这说明，他
已经具备了某种自己还没有预料的、没有感觉到的优势。这使他
感到满意，比刚才入肚的一系列美味都更加令人舒服。那么，究竟
他的优势是什么呢？究竟发生了什么事情，使这个威风凛凛、过去
他不敢仰视的地主、财东、乡约、恶霸居然在他面前像孩童一样地
哭泣呢？

"请您回答我，您宽恕了吗？"

库图库扎尔不敢造次。他小心地说："请不要这样。应该请求
宽恕的是在下我自己，是小可对待您府上的大管家粗鲁失礼。"

"不，不，"马木提把双手放在库图库扎尔的膝盖上，"我要千次
地祈求您的原谅，您告诉我，您原谅了吗？"

"当然，当然……"库图库扎尔只好回答。

"太好了！谢谢！向您施礼！"马木提的情绪立即发生了一百
八十度的大变化。他的胡须抖动，眼光闪烁，而在方才的哭泣中变
得十分丑陋的脸上的纹络也舒展了开来，他大叫道：

"婆娘！"

盛装的玛丽汗应声而出。马木提命令道：

"拿来！"

玛丽汗退走，旋即又进来，双手捧出了一个福建出产的深色漆
盘子，椭圆的漆盘上摆放着给库图库扎尔准备好的礼物：一摞绸
布，四包方糖。旁边还有一个精巧崭新的鸟笼子，笼子里是一只映

射着烛光的浓妆艳抹的红嘴绿毛的小八哥。

这又使库图库扎尔惊呆了。首先，库图库扎尔就知晓，马木提的老婆是不允许任何人看到的，任何一个男人如果在马木提的房院前停留了一分钟，尤其是，如果转目向内张望了那么一下，或者哪怕是在十米之外唱了一句情歌儿，马上就会被认为是有意调戏他的太多的妻室。泰外库勒的父亲就是因为过路时无心哼哼了一句歌而被捆绑在老榆树上的。而今天，却偏偏把玛丽汗叫到了他这个佃农的面前。其次，拿出这么一些东西，他要干什么？

马木提说："亲爱的弟弟！向别人提出请求，这本身便是一种灾难，而如果这个请求被拒绝，便无异被处死。这个道理，您这个聪明的孩子是不会不晓得的。我现在向您请求的并非别个，我只求您收下我这菲薄的礼物。与其说是礼物，毋宁说是赔偿。小鸟是一个印度商人送给我的。它不会唱歌，它不如您的旧友——那个爱煞人的林间歌手；好吧，就用它那嘶哑的鸣声不断地向您表达我的痛苦和歉意吧！"

"曼哈塔——我错了，曼哈塔，曼哈塔……"马木提打了个响指，小八哥便"说"起认错的话来。

这是发音不太清晰不太准确的认错的话，它不像维吾尔人说维吾尔话，也不像汉、回、哈、俄任何一个民族的发音，什么都不像，这更使库图库扎尔感到震动、赞叹、服膺、惊心！

他相信这里有一种超自然的力量，有一种不可违抗的意志，他扑的一下给乡约跪下了。

就这样，库图库扎尔有了他的第三只小鸟，通过它，和马木提建立了某种暧昧的联系。

虽然，自从这次做客以后马木提好久也没有找他，但是，库图库扎尔时时警惕地等待着下一步会发生的事情。他根据他的混迹江湖的阅历,深知任何请客吃饭都要为主人索取十倍的代价,而任何礼物,也无非是为了更大的盈利而投入的小小本钱。库图库扎尔曾经和他的老婆商量:"怪啊!乡约居然向我讨起好来了。谁不知道乡约是一只恶狼,他决不会白给咱们东西的。"

老婆翻翻眼:"怕什么!反正礼物本身并不吃人。我们要有主意,吃了他的照样可以戳他,拿了他的照样可以咬他!"

多么精彩的语言!谁说女人的智慧少?给她两个马队,她将像成吉思汗一样地征服世界……

库图库扎尔心安理得了。马木提俯首屈膝,说明现在他比自己弱。为什么会是这个样子了呢?库图库扎尔想起了近日的传言:"共产党快来了!"共产党是什么?他不知道,但是,即使是从歪曲和敌意的谣言中,他可以断定共产党的到来会引起一番天翻地覆的变化,小鸟、方糖(已经吃了半包)和绸子(还压在箱底)说明这个变化可能对他有利,好啊!有人说共产党不信宗教,坚持人是由猴子变的,还搞什么"流血斗争",那又怕什么呢?只要对他有利,他库图库扎尔可以和魔鬼做朋友。

就在解放军到来的前夕,里希提回来了,带来了有关解放军进疆、在老满城①玛纳斯与三区革命政府的民族军胜利会师,现正继续向西挺进的各种最新消息。穷汉们围绕着里希提,怀着改变世道的巨大希望一遍又一遍地听着他讲述新闻。夜晚,他们摸着黑说话——里希提的房子里既没有灯也没有火,然而,希望的光辉照亮了他们的眼和心。这些人当中,也有库图库扎尔。"马木提最近有什么活动?咱们的家乡怎么样了?"里希提也提出了问题问大家,人们七嘴八舌地回答着,库图库扎尔却默默无言。

---

① 现乌鲁木齐市沙依巴克区新疆农业大学一带。

　　这天晚上，马木提打发人来找库图库扎尔，库图库扎尔去了，本来，他计划对乡约虚与委蛇。"在共产党到来的前夕想收买我？没有那么容易。""我不是为了一块天罡①往泥坑里跳的傻瓜。"他心里说。他甚至鼓起勇气想要正告"乡约哥"："上次您不是说只是'赔偿'吗？那好，我们的账销了，请不要再纠缠我。"但是，马木提家的豪华的陈设、可口的饮食，加上乡约的威仪对他起了一种催眠作用，他一五一十地把里希提的归来，众人的反映报告给了"乡约哥"。

　　从马木提家里走出来，库图库扎尔四下张望，恍惚看到有个人影一闪，这使他心惊肉跳，他当机立断，立即找到了里希提。"马木提乡约企图拉拢我，刚才把我找了去问东问西，艾来白来。看样子，他对解放军的到来十分恐慌……"他"如实"地把马木提的活动汇报给了里希提，只是略去了他自己给马木提报信的情况，当然，也没有提及上一次招待和赠礼。"狗乡约的末日快到了。我们要一条心，和他斗争到底！"里希提握住库图库扎尔的手。

　　"月亮有十五天圆，也有十五天缺。""胡大给了他的子民一个整馕，那么，任何人也不可能把它变成半块。"马木提引用着这些谚语。当库图库扎尔再次被叫到乡约家里，报告了一些新情况以后，马木提握住了库图库扎尔的手。之后，马木提又送来了贵重的礼物。

　　库图库扎尔觉得自己像一个自己与自己下棋的人，一会儿拨动一下红子，一会儿拨动一下黑子。这对于他是一个危险的，却又是大大有利可图的游戏，他为自己的才智和手段而感到骄矜。他的获自经商生涯的投机取巧，左右逢源的本领，竟得到这样高级的

————————

①　即银圆。

发挥,连他自己也不能不惊叹。

但是,等到一九五〇年,减租反霸工作队一进村,燃起了对马木提恶霸的斗争烈火的时候,他害怕了。一方面,他警告马木提,再不要和他"联系",并且威胁说,如果再来找他,他将连同以前的一些事情一并揭发出来,对马木提斗争到底。相反,如果马木提"自觉"一点,他自会在胡大允准的范围内帮助马木提一家。另一方面,他积极地参与了对马木提的斗争。他废寝忘食地参加会议,发言。他当时差不多是全村懂汉话最多的人,工作队长讲话他有时给翻译。由于他善于言辞,虽然每次真正听懂的不过三分之一,翻出来的却有三分之三,甚或三分之四,他成了公认的积极分子之一。

有一次,工作队的干部找他谈话——在他申请入党以后。干部问:"有人反映你和马木提拉拉扯扯。"他的脑门子上沁出冷汗,"是的,情况正是这样。"他表面上镇静自若地说,"我就是为了探听他的虚实才与他敷衍着的,你们汉族的谚语:不入虎穴,焉得虎子!他有什么情况,我全部报告给了里希提哥,您可以调查。"之后,他没有受到进一步追究。再之后,他入了党。

他最终是无法帮助"乡约哥"了,"乡约哥"也不可能再来请求他的帮助。医生能够治病,却不能治死。马木提的罪恶太多了,他患的是多种死症。即使库图库扎尔能帮助他减轻五条大罪,剩下的八条罪状也照样宣告了他的必然灭亡。觉醒了的人民愤怒地向他扑去,恨不得把这个残暴的恶霸地主撕成碎片。人民政府接受了人民群众的要求镇压了马木提,也去掉了库图库扎尔的一块心病。在枪毙马木提的那天晚上,他和全村其他受迫害的贫雇农一样感到由衷的快乐,他把仅有的一个羊羔宰掉了,款待了工作干部和左邻右舍。

然后，他当了村长。在他面前摆着的是另一条比卖冰水辉煌得多的谋利的道路，他决心为共产党卖点力气，好好干一番事业。

工作队刚走了不久，一天他在乡政府办完了公事回家，看见老婆帕夏汗正对着新买的镜子试耳环。那镶着明光晃眼的红宝石的金耳环，使库图库扎尔一惊：

"这是哪儿来的？"

"成熟的桑葚，但会落到有缘分的人的口里。"

"谁的桑葚？说，这是怎么回事？"

帕夏汗的喜乐溢于言表，她使了一个诡秘的眼色，拉紧房门，低声说：

"玛丽汗送的。她刚才给咱们送来了一小袋喂鸟的小米。她走后我才发现，口袋底下放着这个……"

"岂有此理！"库图库扎尔发怒道，"现在怎么还要地主的东西？如果让人知道了，我就完了！快把它给我，我扔还给这个该死的地主。"说着，他就去抓老婆的耳朵。

"不要这样，"帕夏汗的眼睛充了血，她伸手推开了库图库扎尔的手，"我不给！不给！不给！这是女人送给女人的，女人用的东西。和你结婚五年了，你给我买过一副耳环吗？该死的，还要从我耳朵上往下撸呢！"

"这是犯罪！"库图库扎尔急得拧起自己的脸。

"如果这是罪，你把我抓到乡政府去吧！"帕夏汗寸步不让。

一贯和丈夫情投意合，听从丈夫的指挥并时或充当丈夫的谋士的帕夏汗表现出惊人的强硬。她脸色铁青、肌肉僵硬、两眼放着凶光、鼻翼翕动着，是一副与耳环共存亡的样子。

她怎么敢！库图库扎尔呆住了。他看到了耳环与宝石的力量。他懂得这种人间最强大的力量。他想起了自幼听到过的那个金钱足以令人疯狂的故事：一个驯良的理发师竟然企图用剃刀杀害正在理发的国王。后经智者提醒，在新理发室的地下挖掘出了大量黄金，原来是踩在脚下的黄金使得一贯驯顺的理发师突然发狂。后理发师被赦免了。

"蠢货！你会毁了我的！"库图库扎尔颓然骂道。

"算了吧，把您的这些话收起来吧！"帕夏汗反唇相讥，"难道我们是头一次收下地主的礼物吗？……一个已经生了三个没有父亲的孩子的女人，还要充当真正的处女吗？"

……第三天，帕夏汗告诉库图库扎尔说，玛丽汗要求搬到庄子去住，她不愿意生活在众人的眼皮底下。库图库扎尔皱了皱眉。后来，他批准了地主婆的"乔迁"。

从此，由于马木提的毙命而掐断了的那根无形的线，又把库图库扎尔与玛丽汗联结了起来。

随着人民政权的巩固、革命事业的发展与库图库扎尔的职务的升迁，这条无形的线越来越成为他的讨厌的负担。每当进行什么政治运动或者组织党员整顿思想、学习的时候，他就如坐针毡。

一九六一年底，来了个麦素木科长，过去在县里开会的时候，库图库扎尔就知道有这样一个科长，但是彼此没有打过交道。按照他对付上司的经验，他对"科长"殷勤而又谨慎，严肃而又亲热；说话留有余地，表态尽量含糊，但是，麦素木丝毫也不掩饰他的倾向性，不掩饰他对里希提的敌意和对库图库扎尔的亲近。在党支部改造，库图库扎尔取代了里希提的位置担任了第一把手的当天晚上，麦素木到库图库扎尔家里吃饭。库图库扎尔虽然已是心花怒放，但还是竭力控制自己不要显露出轻狂。他只是正常地命令老婆做了拉面条，炒的拌面的菜卤里多放了少许肉。但是，麦素木在吃了一碗面以后主动问道：

"有酒吗？"

库图库扎尔一时不知道怎么回答好，县里的科长主动向他讨要酒喝，这是亲昵的表示吗？是一种荣幸吗？是一种试探吗？是试验他是否一个酒肉之徒吗？也许，他更应该在科长面前为自己树立一个严谨、俭朴、刻苦、滴酒不沾的印象吧？他咕哝着说："不，没有了。"这里，库图库扎尔有他自己的规则；当分辨不清说谎话还是说真话对他更有利的时候，他宁可说谎话。

"找一瓶子来！"麦素木显得兴致极佳。

麦素木用一种鼓励的眼光看着库图库扎尔，库图库扎尔不再怀疑科长要酒的诚意了。他站了起来，脸上的表情像一个健忘的神经衰弱者：

"也许，或者，不然的话……酒有呢？"他笑了，叫道，"婆娘！再炒个菜！"

麦素木喝了两杯以后，扁平的黄脸上泛着不均匀的桃红色，两只聚在一堆、略略向外凸出的眼珠上也好像蒙上了一层泪水，向下钩着的鼻尖上挂着密麻麻的小汗珠。他说：

"嗨，老弟！嗨，书记！我喜欢您，您是个有头脑的人。像您这样的人，在我们的喀什噶尔人当中，特别是在乡下，真是太少、太少了。"科长无限慨叹地继续说，"现在，我要问您个问题。您想过没有，我们的民族的命运是怎样的？我们的昨天、今天是怎样的？明天又将是怎样的？后天呢？"

"我们……"库图库扎尔集中着自己的精明以克服酒精带来的些许晕眩，努力做出"正确"的回答，"我们过去受着封建剥削和民族压迫。我们今天建设着社会主义，明天社会主义更加光辉灿烂……"

"算了吧，"麦素木不耐烦地挥了挥手，"我们没有问您这些。

这些,我们懂得。我问的是,譬如,您对于目前中国和苏联的关系有些什么看法?"

"我……"

"这只鸟在您家已经多久了?"麦素木又问。

"前几天才捉了来。"库图库扎尔回答。(当然,马木提送的那只八哥早就死掉了。)

"很好。"麦素木点点头,向库图库扎尔友善地一笑。他靠窗站着,被放在低处的煤油灯照出了一个巨大的黑影。他说:

"不要顾虑。说实话! 我了解您我了解您的——一切! 您不说吗? 让我慢慢讲给您。我们的民族是一个落后的、愚昧的、没有出息的民族,尤其,它是一个分裂的民族,个个目光短浅、心胸狭隘、妒嫉邻居、损人害己。您大概听到过那个关于捣杆子①的故事吧? 什么? 您没有听过? 好吧,以后等时机到来的时候我讲给您听。我们生活的这个新疆,又是个多事的地方。这里不说,就说近几十年吧,有哪一个政权能稳稳当当地控制新疆达五年以上呢? 没有的。杨增新、金树仁、盛世才,您都知道吧? ……泛土耳其主义者在墨玉的叛乱,马仲英、马虎山、张培元、铁木耳的混战,您知道吗? 您至少应该知道回族暴动……还有外国! 俄罗斯人的势力,英美的势力,德、日的间谍……您知道吧? 那个由霍加·尼牙孜担任总统的东土耳其斯坦伊斯兰共和国就出自伦敦的小摇床;还有日本在阿勒泰的红十字会,还有美国领事送给乌斯曼巴图的手枪……更不要说俄国了! 还有德国,还有叶城的印度人呢。我们的新疆,是列强的赌场,是使世界各强国垂涎三尺的肥肉……您知道蒋介石的老婆宋美龄是怎样引诱小罗斯福的吗? 她邀请罗斯

---

① 新疆人称背后破坏为"捣杆子"。

福大总统的儿子战后到新疆来，注意，不是到上海，也不是到杭州，而是到你我所在的新疆！"麦素木东拉西扯，乱七八糟地说着，遇到记不清的地方也信口开河地一通拉扯，直令库图库扎尔听得津津有味，十分入神。

麦素木走近了库图库扎尔，他弯下腰来，阴影布满了整个房顶，他说：

"后来呢，世道变化了，国民党垮了，霍加、苏丹、将军、督办都被伊犁河水冲了个无影无踪，去到了那个永不返回的地方。德、日呢？败了，英美的势力，也被扫出了新疆。但是，这里仍然有两股最强大的力量：北京的中央政权和我们的邻邦苏联……历史就是这样，强者称王，次一等者称臣，老百姓缴租纳粮。更强者出现以后，就要争夺厮杀，血流得可以推转多少台水磨！然后，更强者吃掉了原来的王，他再称王称帝。若干年后，更更强者又出现了，又是一个扼着另一个的喉管……如此循环往复以至于无穷，永远不会有什么正义、真理、幸福。永远也不会有安宁和太平。可能您要说，解放已经十多年了，共产党的天下不是坐得很稳吗？我们来研究一下，这个稳定的基础是什么。二十世纪以来，不管是哪一个人，想在新疆站住脚，就必须和俄国搞好关系。盛世才是如此，国民政府的张治中将军也不例外。解放以来，我说的那两个大力量是合作的。'嘿啦啦啦啦嘿啦啦啦啦，中苏人民团结紧。打败了美国兵啊……'您没有忘记这个歌儿吧？但是，突然，最最可怕的事情发生了，这最后留存的两只强大的力量分裂了！"麦素木喊了起来，啪的一声敲响了桌子，库图库扎尔被他这突如其来的激动吓得变了颜色。

麦素木垂下了头，慢慢坐了下来，用低低的声音说：

"一九五七年，有一群葫芦脑袋叫喊什么维吾尔族的独立，我也跟着他们几乎喊破了嗓子……真傻！简直是政治上的白痴！是政治上的自杀！但是，我们要多长一点心眼，要看清楚谁更有力量，要灵活，要有远见……独立！我们这一群喀什噶尔人能够独立到哪里去？独立了又能办成什么事？阿古柏的暴政超过了清朝官僚，霍加尼牙孜的不得人心尤胜于云南来的杨增新杨鼎臣、甘肃来的金树仁金德庵，还有辽宁人盛世才盛晋庸！我们需要的不是独立，而是应付事变、借助于强者为自身谋利的艺术，这才是真正的喀什噶尔主义……啊，我……我说到哪里去了呢？莫非我喝醉了酒！我说了些什么呢？库图库扎尔书记同志！"

库图库扎尔身上一阵冷，一阵热；脑袋一阵昏晕，一阵清明。他好像亲耳听到了来自天庭的谕示……最后麦素木称呼的这一声"书记同志"，使他从醍醐灌顶的兴奋中回到了现实，他要让科长知道和尊敬他的"头脑"。他冷冷地说：

"您没有说什么，您什么也没有说。"然后，他放低了声音，"谢谢您的开导，科长哥！"

"科长哥"的这次谈话大大打开了库图库扎尔的眼界，使库图库扎尔这个"有头脑的人"的头脑发生了第二次大飞跃。如果说，"乡约哥"的谈话使他的精巧从生意上发展到了政治上；那么，"科长哥"又使他从国内看到了国际，从眼前看到了历史和未来，看到了把他的精巧运用到国际斗争上的必要性和广阔前景。

麦素木的这次谈话却也埋伏下了新的不安的种子，忧患与智慧真是孪生兄弟。他磨利了他的神经末梢，窥测着、谛听着、嗅着……但是他怎么办呢？要不要伺机辞去这个书记的职衔呢？难办……千里之行，始于足下，事情就从"科长哥"开始，当麦素木回县上以后，他又两次给科长哥送去了清油、活羊、西红柿干和干辣椒……还有玛丽汗呢，可不能忘了她，这个老太婆说不定什么时候能成为他的救命恩人呢，二月份听说玛丽汗得了肝炎的时候，他下令穆萨一次从队上借给她三十块钱去诊治。

果然，果然出了事情，当六二年春天谣言四起，木拉托夫到来，公路上出现了一些正在到"那边"去的男男女女的时候，他是且惧且喜。"北京的中央政权"果真已经控制不住新疆了！且喜他已经有了思想准备，且喜他已有了麦素木这样的恩师，又有了他所累次施恩的乡约哥的遗孀……但是，他毕竟是党员，是书记同志……万一在混乱中他来不及说明真相就被"那边"的人杀死呢？或者有朝一日"那边"丢来了原子弹呢？原子弹可不管你有没有头脑！

那天深夜，一个身材细长、脸皮粉红、耳轮向前挡着风的客人神不知鬼不觉地出现在他的家里。"麦素木科长是我的最亲近的朋友，他曾经向我介绍过您，我知道，您是一个有头脑的人（这个苏侨协会的特派员又是从夸赞库图库扎尔的头脑开始，使库图库扎尔打了一个冷战），他说过，有什么事情可以指望您的协助。"

"是不是需要我多拉一些人走呢？"库图库扎尔问，他抓住木拉托夫，像溺水的人抓住一根稻草，"给我一张苏侨证吧，特派员哥！只要我取得了苏联的国籍，我将公开进行宣传，这个大队，我要拉走三分之一……"

"您完全误会了，"木拉托夫不以为然地摇摇头，用一种洋腔洋调的半生不熟的维吾尔语说，"请问，我们为什么要让人走？为什么？"

"为的是打击这边的政权。动摇这边的民心。增加那边的力量……"

"不，不仅是这些，"木拉托夫改用俄语说，"您再想一想……"

"还有什么呢？"库图库扎尔回答不上了，"我不知道……"最后这个不知道库图库扎尔也是用俄语说的，这是他从马尔科夫那里学会的唯一一句俄语,总算用上了。

"走的目的是为了回来。"

"为什么回来?"库图库扎尔的心兀地一动。

"是的,多则三五年,少则一两年,我们还会回来的。我想塔什干也好阿拉木图也好,那边总要训练他一两个维吾尔师……没有我们的抬轿,中国共产党将不能维持在新疆的政权,尤其是伊犁!等我们回来的时候,这里将是另一番景色了。"

"那样……我更要走!我再也不为他们效力了,我本来就不是他们的人,他们也并不信任我。如果您需要……"库图库扎尔本来想说出玛丽汗的名字,但是,话到唇边,他压了回去。

"少安毋躁!"木拉托夫用手指指着库图库扎尔的脸孔教训说,"我们并不希望您走,不,您不能走。"木拉托夫干脆用命令的口气,"您是这个大队的头面人物,第一把手,您应该紧紧地、紧紧地把大队掌握在您的手里。"木拉托夫做了一个握手成拳的动作,然后把拳头挥舞着说:"等我们回来的时候,您将是我们的先驱,这个大队叫什么名字?爱国?哈哈哈,爱国好得很,问题是爱哪个国……现在,我们需要的是粮食。在伊宁市,苏侨协会有几个活动点,每天都要接待'回国的人'……"

…………

一年过去了,太阳每天从东方升起。伊犁河水滔滔不断。白杨树落尽了旧叶子,又长出新的、更加茂密的新枝条。燕子飞去了,又飞回,广播喇叭里播送着《东方红》《社会主义好》。商店里用的是中国人民银行发行的钱币。人们生孩子、办割礼……又是到处歌声的夏天。

好像什么事情也没发生过。没有苏联领事,没有苏侨协会,没有木拉托夫,没有伊萨木冬,没有一九六二年五月的事件。

三五年甚或是一两年就回来？肯定已经成了空炮。世界上哪个人不吹牛呢？吹着牛还办不成事，不吹牛还怎么办事？不，他们在短期间是不会回来的。维吾尔师的说法也完全是做梦。别了，木拉托夫！然而，他们毕竟是一支极可敬畏的力量。我库图库扎尔为他们出了力，他们将记住我。同时，任何人也抓不住，永远也抓不住我的把柄，我的羽毛比鸭子还要光润……

现在上边大讲什么六二年反颠覆的胜利，什么要进行清理，这回又说农村里要搞四清，这……也是空炮！清什么？谁能把我清理清楚？不管多大的干部：科长处长也罢，所长局长也罢，谁能把农村的事情分辨明晰？农村，仍然是我们这些有头脑的农民的农村。历代的政权，出了衙门大院还能办成什么事情？有些公文、政令，出了乌鲁木齐就变成了卷烟纸。共产党确实厉害，它的管理不仅能达到自治州，而且，能达到县，一直管到公社，但是大队以下呢？他们不可能纤发俱见。

所以，谁的空炮我也不听，谁的吹牛我也不信。除了我自己的利益，我再没别的胡大，谁对我有利，谁就是我的胡大。所以，我无须乎为四清运动的消息而不安？

但是，为什么鸟死了呢？

库图库扎尔自己安慰自己，心里却总觉得膈应得慌。

夜里，他做了一串怪梦，他梦见马木提乡约变成了一只大鸟把他扑倒在地上。他梦见木拉托夫驾着隆隆的坦克。他梦见伊萨木冬抓住他的衣领左右开弓打他的嘴巴，他跑呀，跑呀，想逃开，结果绊倒在地上，地上横着一个死尸，原来是库尔班，脖子上流着鲜血……

"我的妈妈呀！"他发出了一声凄厉的叫唤。

小说人语：

飞翔、鸣啭、羡慕与预卜，神秘所以迷人。飞鸟来自冥冥莽莽。鸟儿是不是主宰着也启示着我们？

有好就有坏，有是就有非，有是非好坏的区分就有斗争，斗争可能被夸大或缩小，斗争可能没有戴上最适合的帽子，斗争可能被迷恋也可能被厌恶与躲避，至少斗争提供了人生的某一面的线索。

第二十四章　无一好人　尼牙孜顺口全抹黑
　　　　　　有些往事　热依穆谈心甚坦白

　　赛里木来到爱国大队已经十几天了。尽管他很稳重，没有开大会作报告，没有召集什么专门的汇报会，没有宣布什么惊人的意图或者计划，没有对看到的一切事情发指示、下命令，他的到来仍然引起了巨大的反响。县委书记来到社员的身边，而且天天和你一起劳动，一起吃饭，一起谈心，毕竟是一件不寻常的事情。

　　党员会开了几次了，后来又扩大了范围，吸收团员、积极分子和一些队干部参加。支部扩大会议的一些情况很快传了出来。各生产队也分别召开了社员大会，由大队领导干部分别宣讲了"十条"的精神。赛里木参加了一些队的会议，有时作一些补充发言。毛主席对当前农村工作的指示像东风一样地吹到了每个队、每块田和每家每户。人们纷纷议论着自己周围的阶级斗争的现象，议论着生产队和大队的领导班子，议论着六二年的事件遗留下来的需要清理的问题。其中，尤其是七队形势发展很快，本来，憋着一肚子火，东风一吹，就汇成了烈焰。阿卜都热合曼、吐尔逊贝薇他们对县委书记抱着急切的希望，希望他能有一番大刀阔斧的措施。他们每天都注意和打听县委书记的行止，甚至感到有些着急了，为什么赛里木竟是这样一个慢条斯理的人。好像是为了回答他们，赛里木一次在七队的会上说：

　　"社员同志们陆续提出了一些意见，这很好，大家等着我拿出办法，但是我并没有什么创造奇迹的妙计。生产队的主人是你们自己,毛主席的指示要靠你们贯彻,办法要靠你们自己想。我们要好好学习,要摆情况、找问题、梳辫子,提出的问题要一一落实、弄清楚,有就是有,没有就是没有,情况明了,问题清了,才能考虑解决的办法,这是共产党做工作的'老一套'的办法,也是需要花时间、费气力的办法,但是除此之外,没有别的办法,没有什么更痛快的捷径。我要向你们学习、找办法、找经验,推广出去。我在这儿,希望能够多多少少支持你们,鼓励你们去动手解决你们队的问题,我不可能代替你们,我包不下来……"

赛里木讲的是老实话,第一,阶级斗争的讲法义正词严,高屋建瓴,激励多端。第二,眼下的阶级斗争不像土改、剿匪,在识别谁是最最危险的敌人方面不无难点,满怀斗志,却硬是不能断定谁是阶级敌人。第三,说到底,中外关系他知之有限,见识有限,判断有限,谈不到自觉地参加与境外反动势力的斗争。第四,运动还没有搞起来,工作队还没有进驻,但他作为县委领导又不能观望坐等闲待着,他到底该怎么办?他也不知道。

在里希提的主持下和赛里木的引导下,七队选出了一个查账小组,由阿卜都热合曼、艾拜杜拉、伊明江和吐尔逊贝薇组成,先由经济问题入手,查清队里存在的问题。

穆萨蔫了。原来这位好汉子很容易像吹胀了的皮球一样挺胸凸肚,也同样容易像霜打的茄子一样垂头丧气,他没有想到事情来得这么快,"四清"的矛头似乎恰恰就是针对他的。真是好景不长!他的声音已不再洪亮,他的为了显示自己戴在小臂上(不是手腕上)的大三针瑞士表而挽起的上海产衬衫袖子已经放了下来,他的两端上翘的黑胡须也开始顺着嘴角向下出溜了。但是,请不要误会,他根本没有真的恐慌起来,他不过是善变罢了。在县委书记身边,他当然明白,再玩飞扬跋扈是不聪明的。他早有部署。正像在那个喝啤渥的夜间他对库图库扎尔所透露的，他有意识地大量暴露自己的一部分缺点——诸如不参加劳动、吹牛骂人、从队上大量借支等，所有这些都是公开的、明显的、把辫子梢递到旁人的手里的——就是为了一旦搞什么运动时立即被揪住，立即交代、检讨、改正，并从而掩盖他的另外一些性质重得多的问题。他历经浮沉，颇有经验，尤其有失算和倒霉的经验。再加上他的性格是乐观的，"过一天算一天"，"在斧子下来以前树墩子得到的照样是休整喘息的机会"，"人生就是嬉游"，这是他信奉并实践了多半生的格言。赛里木来到以后，虽然他大大受到了约束，不能成帮结伙地寻欢作乐，然而每晚他都关紧院门独自饮酒、唱小调。扫兴的是自己的老婆，马玉琴以回族人特有的耐心和固执不停地在穆萨的耳边唠叨着：

"我本来就不愿意你当队长。你既没有文化又不是党员。我们为什么要当干部呢？不当干部也一样地吃拉面和生儿育女。我天天为了你而忧虑、害羞。你觉得你神气吗？你得到的是一分尊敬和一千分笑骂，一分好处却带来了一千分祸害……"

穆萨拍桌子、骂娘、举起拳头来威吓，马玉琴既不躲避也不住口，依旧细声细气地说着，每一句话都是十足的丧气。穆萨哄慰着、解释着、论证着，他说明自己是个有本事的人，完全能胜任队长的工作而有余，即使碰到一点麻烦也一定能够逢凶化吉、化险为夷。但是马玉琴不听，她甚至哭了起来，边哭边说：

"算了吧，你那点本事我知道！在我见到你的时候，你没有房屋，没有财产，夏天脱不下棉袄，冬天穿不上皮靴，睡觉枕的是土坯……"

穆萨跳了起来，他最不能容忍马玉琴提这一段，他扬起了手……但是，儿子哭了。这是他和她的儿子。女儿没有在心上。

但是这是儿子！他四十岁了,还不到三十岁的马玉琴给他生了个儿子。他的一切都是马玉琴给的。他一生中胡乱发生了性关系的有许多女人,那种感觉与牲畜差不太多……没有一个女人像马玉琴这样忠实、痴心……他的手软了。

"有什么办法呢? 有哪个男人能在自己的老婆面前树立威信呢?"他颓然想道。

受到查账组的建立这件事的冲击的不仅是穆萨一家。阿西穆也惶惶不可终日。

"不要去! 不要掺和到查账的事里去! 先请十天病假,我去和里希提说去。查账,这是上边的事情。要不,谁愿意查谁查去! 我们的事情是抢砍土馍和服从领导,你记住:奉公守法,奉公守法,还是奉公守法! 要懂得害怕,不害怕的人一个又一个地完蛋了,留下的只有会害怕的人。好人哪一个不知道害怕? 坏人哪一个不声称自己是啥也不怕? 哪怕上级任命这根不会说话的桩子当队长,我们见了它也要低头行礼!"阿西穆慌慌张张地说。

"爸爸,您不懂……"伊明江试图解释,但是阿西穆不容他说话,阿西穆尖声喊道:

"我不懂,你懂吗? 结果的树枝都是低着头的……低头走你的路,不要管旁人的事!"

"爸爸,生产队是我们自己的……"

"生产队是你自己的? 你把生产队的化肥拉一车来,上到咱们的园子里……"

和这样的父亲能讲什么道理呢? 他已经把姐姐逼走了。而且这样一个白胡须的男人,动不动就哭。父亲掉起眼泪来了……伊明江推开门走了出去,不顾父亲"回来!""回来!"的嘶哑的叫嚷。他住到艾拜杜拉家里,恰巧查账也忙,他借口晚上太疲劳,懒得回庄子，一连三天没有回家。

阿西穆家里"祸"不单行。自从库图库扎尔在瓜地向他谈到爱弥拉克孜的婚事以后，他决计答应帕夏汗说的那一门亲。对方是伊宁市擀毡子的一个工匠，每月能挣八九十块钱，只是，他先天缺一只耳朵。那又如何呢？女儿缺少的是更要紧得多的一只手。少一个耳朵，少听一些乱七八糟的流言，少生气，少惹是非。阿西穆收下了男方的使者送来的砖茶和馕，而且和"使者"讨论了条件：他要求男方给爱弥拉克孜做两套，给自己、老伴和伊明江各做一套斜纹布衣服；给爱弥拉克孜添置两条头巾，其中一条头巾是羊毛制品，外加一双皮靴。当男方的使者略露难色的时候，他掐起手指和人家算，爱弥拉克孜在他家已经二十余年，长这么大，容易的事吗？每天都要吃饭，每年都要做新衣，光袜子不知穿了多少双……

爱弥拉克孜知道以后，断然拒绝。尤其最最可怕、对于阿西穆如同霹雳当头一样的是，女儿没有哭，没有讲述任何理由，没有说自己希望找一个什么样的丈夫，而是干脆宣布：

"你们再也不要管我的事情！我一辈子也不结婚！永远！"

胡大呀，这个世界变成了什么样子啦？老年间，对于这样的违抗父母的孩子应该怎么办呢？用绳子勒死还是用匕首像宰羊一样地宰掉？当然，他阿西穆做不出这样的事，但是他想起了老年间的风俗，想起了自己的结婚……不错，十多年前就有什么妇联干部来宣传过婚姻法，他从来没有把这种新的法律放在心上过。政府的法律是政府的事情，穆斯林的生活有自己的法律。不是让自愿吗？这好办，父母做主，儿女接受，走到公社民政干事面前，说"我们是自愿的"，这不就"自愿"了吗？

几天以后，爱弥拉克孜调到了新生活大队新成立的医务室，搬走了。

现在,儿子也不回来了。

为什么阿西穆要受到这样的打击呢? 是不是因为去年封斋月里他白天无意识地咽下一次口水①?

儿子走了三天,他发了三天呆,眼睛花了耳朵背了,心里想着的一到嘴边就说错,管老伴一会儿叫"我的孩子",一会儿叫"我的女儿",本来要说"给我倒一碗茶",却说成了"我要喝牛奶",难道他已经老糊涂了? 难道胡大已经准备拿走他的灵魂?

第四天,伊明江回来了,和赛里木一起来的。今天,赛里木在他家吃饭,前一天热依穆江已经通知了他,他忘记了告诉老伴,没有买肉,没有打新的馕,砖茶也只剩下一小撮。他和老伴商量怎么样做饭,被赛里木听见了,县委书记制止了他们另想办法的一切打算,和他们一起吃着放了好几天的、因为没有掌握好发酵火候而带有酸味的馕。县委书记还征求他对于生产队的意见,他连忙声明并无任何意见。而征求对于大队的意见,他更是连声表白一切满意,又征求他对于队里种冬麦的安排的意见他不能不说两句了,他说:

"种麦子要讲时间,种早了长叶过多,更容易冻死。种晚了苗弱,影响第二年的产量,可咱们麦地多,拖拉机播种机又有限,从头到尾一种就是两个月,这怎么行呢? 依我说,多套一些犁铧,播种机不够就用牛,再不行就两班倒,歇人歇牲口不歇犁,抢在九月份播完。"

"您的意见很好,您应该多教导他们年轻人。"赛里木指着伊明江说。

临走的时候,赛里木留下粮票和钱,这又使阿西穆惶惶不安起

① 穆斯林在斋月中不得白昼进食、饮水,也不准咽口水。

来,穆斯林哪有这样的规矩呢？怎么能要客人的钱和粮票呢？他面红耳赤,据"理"力争。但是,赛里木告诉他,干部纪律比老年间的规矩更重要得多。

县委书记走了,他留下了新的规矩的标志——粮票和钱放在桌子上。他接受了这个新的规矩。再看看儿子,儿子点起了油灯,打开了笔记本,还拿来了一个算盘。拨拉拨拉,算盘珠打响了。不但查账,而且回到家还在算。他没有说话,这个把队上的工作看得比父亲的旨意更崇高得多的新规矩,他也勉强地接受了。

到各家轮流吃饭,这大大有助于赛里木继续进行从他头一天到来就开始了叫做"摸情况"的工作,这是一个探索、发现和比较、分析的艰苦的和饶有兴味的过程。毛主席所教导的"去粗取精,去伪存真,由此及彼,由表及里",正是指的这个过程。库图库扎尔很殷勤,对他问寒问暖,照顾周到,人是有活力的、管事很多,谈什么都是对答如流,显得很熟悉情况,但是对很多事都没有一个鲜明的观点。你问:"穆萨这个队长怎么样？"他说:"啊,不错,就那个样子。"你问:"就哪个样子？"他说:"咳,农村干部嘛,还不就是那样。"然后和你谈起穆萨哪一年留起了胡子,哪一年又剃掉了。又谈起在农民当中培养一个干部多么不易,有些人劳动很好,为人也很正派,就是不肯当干部……凡是重要的问题,他大都采取模棱两可的回避态度。里希提就比较尖锐和泼辣,他回答赛里木的同一个问题时毫不含糊地说:"穆萨不是个正派人,他当生产队长不合适,从他的经历和思想作风来看,他基本上是个流氓无产者。"他还不避嫌疑地说,"关键在于麦素木六一年冬天前来把事情搞乱了,他散布的是在自然灾害、暂时困难面前的惊慌失措的情绪,热依穆队长受到了打击,结果,扶上了穆萨。"伊力哈穆说话慎重,想得也深。他说:"穆萨到底怎么当的队长呢？这很值得考虑。同样,我也不明白为什么要调换里希提书记与库图库扎尔大队长的工作,看起来是一个简单的调动,实际上却不简单。"

……在赛里木接触到的许多干部和社员当中有一个"怪"人,这就是尼牙孜,他对赛里木的到来,可以说是积极热烈的欢迎的,他找赛里木谈了不少情况,几乎骂遍了他所提到的和赛里木问到的每一个人。"库图库扎尔是一个官僚,光知道吃饱了养膘。""里希提欺压群众,专会整人。""伊力哈穆假仁假义,沽名钓誉。""艾拜杜拉看中了雪林姑丽小媳妇,挖了泰外库勒的墙脚。""泰外库是个醉鬼。""热依穆怕老婆。""伊明江打了他的爸爸。""阿西穆是反革命。"他说。从政治到工作到生活,从大事情到无聊的小节,他顺口给每个人抹黑。"就没有一个好的吗?"赛里木问。"没有,"尼牙孜明确回答,"特别是干部,一个好的也没有,一个真正为人民服务的也没有……"尼牙孜的"汇报情况"已经达到了骂倒一片、说一个臭一个的程度了,赛里木提醒他不要这样,并劝告他好好劳动、提高收入、改善生活。于是,尼牙孜见到人就又开始骂起赛里木来:"根本不解决社员的实际问题,他来干什么来了? 看着我们麦子丰收了,吃面条来了吗?"赛里木听到了这个情况,先随他去吧,他还顾不上去理他。伊力哈穆和阿卜都热合曼已经简单地谈了这个人的品行和可疑的情况,让生产队抓紧对他的教育和管理吧。

还有一个人也引起了赛里木的注意,这就是七队的副队长热依穆。他是唯一的一个在支部会上始终一言未发的党员。但是,他一直聚精会神地参加着会议,倾听着每个人的说话。他的专注的目光、紧闭的嘴巴、严肃的面容以至额头的深深的纹络都显现出一种思索的努力。显然,他不是消极、不是漠不关心,也不是痴呆和缺乏领悟能力。那么,他是怎么一回事呢?

　　头一天晚间的支部会，也牵扯到了热依穆。会上，尽管把双手的手指交叉在一起，两肘优雅地放在办公桌上的库图库扎尔一再强调目前还处于"领会文件精神"的阶段，要先"务虚"，不要急于联系什么具体问题，但是，支部委员、铁匠达吾提还是开了一炮。他也提出包廷贵的问题，神情相当激动，他说：

　　"从包廷贵到咱们大队来，就没干一件好事，没说过一句好话，没起过一点好作用……"

　　库图库扎尔眯着眼睛嘲弄地轻轻一笑，他仿佛是漫不经心般地自言自语："人家前后上缴了两千多块钱……"他的声音很小，只够坐在身旁的少数几个人、其中包括赛里木听得见。

　　可能达吾提也恍惚听到了这话，要不就是赶巧了他正说到这里。他说：

　　"有人说，包廷贵上缴了现金！是这样吗？我从大队加工厂了解了一下，哼哼，包廷贵上缴了一千九百八十四元是不假，但是，你们知道他支出了多少吗？光账面上他的那个什么汽车修理部就支了两千多块钱，另外还有许多变相的花销没有写在账上，譬如说，他常常随随便便到木工房去，要木料，要胶，要油漆。"

　　"这是个别问题，以后再谈吧……"库图库扎尔皱了皱眉。

　　"又说是个别问题！"达吾提反倒提高了嗓门，"这难道不是阶级斗争吗？包廷贵挑拨民族关系，侮辱少数民族，这是小事情吗？而且，恰恰是从包廷贵这个个别问题上看出大队领导的一些情况来。包廷贵拿着大量现金，还有清油、莫合烟、干果去乌鲁木齐了，一去一个月，干什么去了？谁批准的？广大社员都对包廷贵有意见，党员和支委也有意见，但是每次会议上只要有人提出来就被说成是个别问题而撂到一边，不予置理。这究竟是怎么回事？"

库图库扎尔眼睛眨了眨,帕哈①,意见是冲着我来的,因为有赛里木在,气粗起来了! 而且赛里木做着记录。怎么办? 回他两句? 不,反正他没有指名道姓地说自己。达吾提的脾气又倔,整天和铁锤铁砧打交道嘛,还是不要和他纠缠。

"很好,很好,达吾提同志的意见很好。以后日子还长喽,赛里木书记也先不走喽,我们会有机会调查和处理这个问题的。现在,我们要谈的是精神喽,要从理论上搞清楚。社会主义,这是从资本主义到共产主义的过渡,这是社会发展的必然规律,这是马克思主义的学说,我们要记住,我们不要忘记……"

库图库扎尔竭力把讨论转向纯理论方面。他讲了不短的时间,可惜,他素日学习理论太少了,除了几个空洞的帽子翻过来倒过去地重复以外,他找不出更多的词儿来。

库图库扎尔刚一住嘴,紧接着发言的又提出包廷贵的问题来。

"农村开会真没有办法,"库图库扎尔带着几分歉意向赛里木解释道,"他们根本抓不住中心。这个会场简直就像地上漫浇的水,哪儿有缝就往哪儿流,光知道说一些鸡毛蒜皮,您看……"

赛里木却不这样看,他对大家谈的很感兴趣。本来让农民离开实际生活去务虚就是一件困难的事情,大多数农民,不联系实际就无话可说。这也可能反映了他们文化还不够高,理论水平也有限,但至少也同样反映了农民们注重实际,不尚空谈。这不是坏事情,不能要求群众按照划好了的线走路、说话。他最害怕的一件事就是当了个什么胡萝卜头儿,就被隔离、安排、被导演,就只能在划定的范围内见划定的被挑选精选与严格筛选的人物、听划定的与《人民日报》社论毫无分别的话,他自己也只能说与社论全无分别

---

① 维吾尔语叹词,与汉语"呵呵"同。

的话。他单身一个人来到公社大队社员家里，至少，为了能不被隔离，不被孤立，不被导演，不被牵线。

既然人人争说包廷贵的问题，那就说明了这个问题的严重性。所以，他不但没有理睬库图库扎尔关于他县委书记应该运用自己的影响制止会议对于包廷贵的谈论的暗示，相反，他问长问短，想把包廷贵的事情问清楚，等大家说得差不多了以后，他问库图库扎尔：

"是这样的吗？"

这是将了库图库扎尔的军。怎么回答呢？说"是"，他就等于承认了自己的被告地位，担起了责任。说"不是"，只能引起争论的进一步激化。

库图库扎尔不愧是库图库扎尔！他不假思索地，几乎是本能地一转身，向热依穆问道："是这样的吗？"

热依穆一怔，他的脸愤怒地涨红了，结结巴巴地说："我……"

"您是党员队长哩，"库图库扎尔抢先说，"包廷贵是你们队的社员哩，您应该掌握情况哩！"然后，他摇着头，"是啊，包廷贵在大队加工厂工作，有些情况我多少也了解一些。这次去乌鲁木齐是我派的，要采购一批急需的农机配件，还可能买到汽车呢，这个汽车如果买了来……"他描绘起汽车到来后的远景。

"这么说，包廷贵是您打发到乌鲁木齐去的？"在耐心地听完了库图库扎尔的闲扯以后，伊力哈穆问道。

这是一个严重的信号。伊力哈穆面对面地向他进攻了。库图库扎尔不回答，阴沉地紧盯住伊力哈穆。

伊力哈穆没有躲避他的目光。他平静地又问："买汽车的路子就是这样的吗？指望坑蒙拐骗的包廷贵，私自拿上一些农产品，其中还有国家统购统销的一类物资去送礼！"

"您说汽车应该怎么个买法？"库图库扎尔反问。

"按国家计划……"

"按国家计划就没有我们的汽车。包廷贵去了，说不定就能买回来……"

"不，他买不回来的！"谁也没想到，坐在角落里的伊明江插了一句。他的伯父的虚伪与蛮横使他再也不能忍受了。

"您说什么？我的孩子！"库图库扎尔投去了一个凶狠的威胁的目光，伊明江低下了头。

"让伊明江说话！"大家说，但是，伊明江没有说下去。

"库图库扎尔同志！"里希提说，"大家对包廷贵有意见，其实是对大队有意见，为什么您不能诚恳地听一听呢？对我们是有好处的……"

又有几个人搭腔批评库图库扎尔。库图库扎尔只感到奇怪，为什么一下子变成了对他的批评了呢？是赛里木事先安排的？不像，意见都是零碎的。是偶然的？也不像，本来是体会精神嘛，反正时间已经很晚，快该散会了。

在副队长热依穆的家里。

热依穆家就在伊力哈穆的隔壁，但他的院子要比伊力哈穆的大许多，进门以后，首先看见的是一个宽大的，与房檐连接在一起的葡萄架。葡萄还只有黄豆粒那样大，但是密密麻麻，成串地挂在那里，预告着秋天的丰收。在支撑葡萄架的木杆上的最高处，挂着一个剔除干净了的羊头骨，这是用来吓唬喜欢啄食葡萄的飞鸟的。葡萄架下的阴影里，铺着一块毡子，周围扫得干干净净，显然，主人是一个非常爱好清洁的人。因为，当赛里木踏进这个院落的时候，虽然大家都是刚刚下工，而且家里并没有专搞家务的人，但是，院落里找不到农家所难免的草棍、柴梗、牛粪或者灰土。再娜甫和吐尔逊贝薇是赛里木来到的第一天就认识了的，还有羞怯的雪林姑丽也向县委书记问好，为了欢迎县委书记前来，她们把已经很干净的土地扫了又泼水，泼了水又扫。她们把本就是清洁而明亮的前廊的每一个柱子和搭葡萄架的木头又重新清扫了一遍。她们把毡子拿开，抖干净，重新铺上，请客人坐下休息。再娜甫虽然是健谈的和心直口快的，但是，她不像有些妻子那样喜欢介入丈夫的工作并引为骄傲，当赛里木和热依穆坐好以后，她悄悄地退到一边去了。

赛里木直截了当地说明了自己的来意。

"热依穆同志。我想和您谈谈心。我已经了解，您是一个受群众拥护的老党员、老干部。但是，去年年初传出了您躺倒不干的话。这一段，您又从来不在党的会议上发言。这是什么原因呢？一个共产党员，为什么不在党的会议上阐明自己对于各项问题的看法呢？"

热依穆低下了头，没有言语。

赛里木继续说："您有什么为难之处吗？"

热依穆摇摇头。

"您有什么很深、很大的意见，却又不相信党会听取您的意见，解决您的问题，是吗？"

"不是，"热依穆抬起了头，两眼直视着赛里木，他说，"我说不好。我是个不善言辞的人。人们开玩笑叫我'南瓜'，虽然我不是阿克苏人。"

赛里木大笑起来。他说："我是，我是阿克苏——库车人。那又有什么关系呢？"

"那关系大了！"热依穆叹了一口气，他嗫着牙花，虽然他嘴里并没有含着那斯烟。他又说：

"所有的事物都有自己的时刻。苹果不到时候不会落下来。话不到时候不想说出口。但是，您来了，您是县委书记，我应该把肚子里的东西倒给您。我只好把没有成熟的酸果子端给您了，我说吧！"

"请！"赛里木换了一个坐得舒舒服服的姿势，准备长篇大论地听下去。

"我的父亲原本是一个厨师，他的打馕的手艺是四远驰名的。我还记得小时候我们初次搬到这里来的情景，"热依穆开始叙述道，"那是近四十年前，这里还没有什么人家，耕地也很少。到处都是碱洼、骆驼刺、梭梭柴和土岗。有时候，偶尔还有狼或者黄羊出没。父亲由于年老，他想脱离开烘烤了他多半生的土炉和锅灶，回到大自然当中务农。他给马木提乡约送了许多礼物，获准在这里开垦一点荒地，种田为生。就用两只手和一把砍土镘，他在这里创立了家业。春天——那时候这里还没有种冬小麦的习惯，他把麦种放到花帽里，左手托着花帽，边走边用右手撒下麦种。浇上两次水，草比苗长得高得多，我的母亲灰心了，她说这不是个种庄稼的地方。我说的是不是太远了呢？"

"请继续说下去！尽管爱怎么说就怎么说！"赛里木俯首致意。

"我的父亲却说，天下没有不养人的土地。到了收麦子的时候了，父亲辛劳地把七成草和三成麦子拉回了家里。您猜怎么样？麦子的收成仍然过得去，足够我们全家几口人的吃用还有余。我们就这样定居下来了，在这里盖了房子、种了果树、养了牛、羊和鸡。但是，我们没有打院墙，没有院门，就连房门也从来不锁。父亲说，修墙、安门和挂锁，除了阻挡自己，又是阻挡谁呢？也许过路的人走过，进到屋里歇息一会儿，吃点东西。也许有哪一家的小孩子会来到我们栽种的苹果树前够几个苹果吃。这不是大好的事情吗？只有不信胡大的吝啬鬼才需要墙、门和锁。如果为了看护自己的几块馕饼和几个苹果就如临大敌般地修造一个炮台——这就是父亲对院墙的嘲弄的称呼——把自己圈在里面，这是多么可耻啊！这种行为又怎么能与穆斯林的身份相称呢！

"我们也养鸡，这也是很有趣的。父亲弄来了一窝小鸡，他修了一个鸡舍，在地上撒了一些麦粒，然后，他就再也不管了，随便鸡爱怎样生活就怎样生活吧，让鸡也享受一下这个荒地上的自由和舒适吧。鸡长大了，大部分是母鸡，而且下蛋了。蛋下到了每一个角落，草丛里，树底下，土岗子上和房屋跟前。父亲不捡鸡蛋也不让母亲捡蛋。只是当有过路的客人来到我们家里就食，而家里又确实没有肉了的时候，他才允许我们顺手捡几个蛋做菜。有时，一两个月也见不到大母鸡，是不是让黄鼬吃了呢？父亲忧心忡忡。突然，大母鸡出现了，分别带着一群小雏鸡，遇到这种时候，父亲是最高兴的，他会大声呼喊着母亲：'孩子他妈！快来看呀，我们的畜群又扩大了！'……真是美好的日子。

"但是，这样的日子并没有过多久——在我入党的时候，赵区长和我谈话的时候我也曾讲起过这一段生活，我当然懂得，在旧社会，过这种生活是脱离现实的和不可能的。就是在畜群扩大的时候，我们也没有忘记乡约在管着我们，我们每年都送去小麦和羊只。到了第三年，马木提打发人正式来收租子了，来的人索取的是那么多，父亲实在交不起。而且父亲也不服气，这里本来是无主的荒地，来这里以前父亲把打了一辈子馕的积蓄全买了在我们来说是非常贵重的礼物送到了乡约府上，接受了礼物的乡约言明可以在这里自耕自食，而且，我们年年给乡约送礼。但是，乡约的人不听父亲的分说，不但掠走了我们一家的粮食而且牵走了奶牛，抱走了母鸡。父亲气愤难忍,第二天,他换了一身衣服去清真寺向卡孜控告了乡约对他的抢劫。父亲把家里所有的钱献给了卡孜,卡孜答应两天之后和父亲同去乡约家,他说他将主持公道。我还恍恍惚惚记得那一天,父亲清晨起来,说今天要和卡孜一起去找乡约讲理。母亲忽然害怕了,劝他再不要说什么了,和乡约讲理可不是一件好玩的事情。父亲安慰母亲说,有卡孜做主,一切都会得到公正的解决,穆斯林的理想和道德定能战胜乡约的贪婪和强横,公平和正义一定能取得最终的胜利。临走的时候,父亲还摸了摸我的头,亲了亲我的脸。"热依穆的声音嘶哑起来,他说不下去了。

"老人就这样遭到了马木提的毒手了吗?"赛里木问。

热依穆等了好久,叹了一口气,他说:

"不,父亲没有挨打,他直到那天的黑夜,被人挟着回来了,这次说来也怪,乡约并没有把他绑在榆树上鞭打。父亲回来了,变成了另一个人,他的眼睛暗淡无光,他的脸上好像挂着一层冰霜,他的腿脚变得呆板僵硬……而且整整三天,他没有说一句话,不管母亲问他什么,他都不张口,这把我们吓坏了……

"后来,我们才知道,在马木提家里,乡约和卡孜一唱一和狠狠地嘲笑和辱骂了他。他们说,不是乡约而正是父亲违反了尊长白胡子们①的规则和法律,不是乡约而是父亲不敬长上,不守诺言,贪得无厌,诬陷好人,卡孜甚至说是父亲做了与穆斯林的义务背道而驰的坏事。他们引用《古兰经》,证明父亲已经成了叛教者!

"父亲垮了。他一生信奉伊斯兰教所倡导的驯良、施舍、诚实、纯洁、公平和正义,他像小孩子一样地相信圣人所指引的美德与文明的道路。结果呢?

---

① 意即长老们。

"三天以后，父亲才断断续续地说那么一两句话。他变得口齿不清，话语混乱，词不达意……我们离开了自己开垦的荒地，父亲改作依卜拉欣地主的家庭馕师，我也跟着他学习打馕。父亲的手脚越来越不利索，馕也打不好了，不是落在火灰里烧焦就是黏在土壁上揭不下来……我们又被赶了出来……不久，父亲离开了人间。我也受父亲的影响，说话大舌头，吐字不清，干脆说，我也不爱说话，说话，这也是乡约和卡孜的权力，我们有什么可说呢？我们说了又有什么用呢？

"为什么我要说这些往事？"热依穆用手指揩了一下眼角上的一滴泪水，"我是想告诉您，那时候我是多么痛恨地主阶级，但是我毫无办法。直到解放军到来，我的灵魂才回到我的已经气愤得麻木了的身体里……五一年枪决马木提和逮捕依卜拉欣的时候我悄悄宣誓，我要听党的话，为党的事业献出自己的一切。

"但是，底下的事怎么说呢？我怎么向您解释我目前的状况呢？书记！"

热依穆激动起来，他的嘴唇哆哆嗦嗦，喘气也很费力。赛里木劝慰说："您尽管说好了，有什么困难，有什么意见您爱怎么说就怎么说。"

"底下的话不大好说，"热依穆深深地叹了一口气，"我并没有碰到什么灾祸。解放以来，我的生活是比较平稳的。党把我这样一个没有文化、没有能力的窝窝囊囊的人培养成了党员、干部。我也知道，党是无产阶级的先锋队，而党员应该是无产阶级的先进分子啊，我太不够。难道解放以前我们能想象得到摆脱了地主阶级的剥削压迫以后日子将是多么好过吗？在自己土地上种庄稼，发展生产、搞好生活、对国家多作贡献，这样的生活与劳作不是应该比过去容易得多吗？然而，事情并不简单。

"……伊力哈穆走后,我当了生产队的队长,我想,为大家办事,不要偷懒,要起早睡晚多经心,要公正,不要谋私利,不要欺负人,再把农活计划周到,劳力要调动得合理,这不就是一个好队长吗?……事实上,没那么容易,我总是被装在口袋①里。"

"怎么回事呢?"赛里木问。

"譬如说一九五九年底,我刚从地里回到家,库图库扎尔大队长打发人把我找了去。说是库瓦汗哭哭啼啼到大队部来告状,她的丈夫尼牙孜把家里的粮食,其中还有偷的队上的粮食拿到黑市上卖掉了,卖了钱跑到伊宁市去赌博还乱搞女人。库图库扎尔让我把尼牙孜立即找来。'要好好收拾收拾他。'他说。我当时就问,除了库瓦汗的控告以外还掌握什么材料不,他说没有,我建议调查清了再说,不要急着收拾谁。但是他不干,非要我立刻把尼牙孜叫来不可。尼牙孜被我找到了大队部,大队长拍桌子打板凳吼了两个小时,尼牙孜矢口否认有任何这一类的事情,反而检举他的老婆库瓦汗小偷小摸并有对人民公社不满的言论。库图库扎尔把尼牙孜放过了,又叫我去找库瓦汗,我更加反对,他就另派人找来了库瓦汗,又是一通审问、吓唬、责骂,依然没有任何结果。第二天,您猜怎么样,倒好,尼牙孜和库瓦汗两口子和解了,两个人共同去到公社把我和库图库扎尔告了,两个人谁也不承认曾经控告或者检举过对方。公社的民政干事来了解情况,真想不到,库图库扎尔把事情一股脑儿推到了我的头上。他做出一副不甚了解的样子,当着民政干事的面问我:'你说说嘛!是怎么回事?为什么要把尼牙孜叫到大队来?''后来天那么晚了,为什么又把库瓦汗找了来?''……这个这个,当时你怎么说的呢?'……我气得一句话也说不

---

① 犹言"圈套"。

出来。

"在库图库扎尔当了大队第一把手以后，事情就更难了。他好像手拿着一根木棍，不知道什么时候就照着我的肋条骨一戳。在队长会议上，他有时突然话锋一转'七队要注意！''热依穆要注意！'你甚至于不知道他要你注意什么。"

"您为什么不问清楚他要你注意什么呢？"赛里木问。

"问他也不回答！如果有上级干部在场，你更不知道什么时候会受到他的嘲笑、捉弄和突然袭击。我们的工作，如果做好了，那全是他的功劳，你听他在上级面前那扬扬得意的吹嘘和汇报吧！有时候他吹过了头，说溜了嘴，被上级指出来，这时，他立即转身问我：'这是怎么搞的？'似乎一切不实在、不妥当的说法全来自我这里……这样的事情太多了，我反倒不知道举哪件事做例子好，我越来越感觉到，我缺少一个灵活的脑筋、锐利的舌头和迅速反应的神经。我没有办法工作，更没有办法在库图库扎尔当第一把手的时候在他的手下工作。生气还在其次，但是我没能够战胜这种狡猾和卑劣的作风，这使我非常沉重……"

"就是这些事吗？这没啥大不了的啊。"赛里木笑着说。

"没啥大不了，不，不，但是他完全可以影响你，使你心情不舒畅。最后，最重要的，是出了这么一件事。这事，我一直没有对谁讲过，和大队的同志谈谈吧，我怕这是犯自由主义。找公社党委汇报吧，事关重大，要负责任，总不能捕风捉影就跑到领导面前乱说一通。所以一年多来，我一直闷在心里，不管是里希提同志还是伊力哈穆，不管是我的老伴和我的女儿，我都没有说过。今天的情况不同，您是县委领导，您来到这里，您询问我的情绪和思想情况，我理应把一切如实地告诉您。我虽然说不清人家的事情，但是我至少应该把我自己的心思说清，所以，我才和您谈……"

"您的顾虑太多了,这是不必要的。我们只是谈谈天,至于您谈的情况意味着什么,这是需要我来分析判断的,您何必解释这么多呢?"

"对,对,那就好,事情是这样的:去年四月,库图库扎尔来到我们队,要一个浇水排班的名单。这是很罕见的,大队水利委员是穆明哥,库图库扎尔从来没过问过这一类的事。再说,您知道,农村干活哪里有什么名单呀,名单还不就在浇水组长的脑袋里。但是,书记要啊,我就叫写了一个给他。到了四月三十日,就是丢麦子的那一天,他一早又来到了七生产队,还一再叮问当晚是否按原计划由尼牙孜值夜班浇水。后来,他去到庄子查看了浇水的地段,渠道的情况,估计了夜间浇水可能进展到哪些地块。当天夜间,小麦被窃,天色微明的时候,我们赶到了庄子。库图库扎尔又是老手段,当着公安特派员塔列甫同志的面问我,为什么在当前这样一个严重关头,派尼牙孜这样的不尽职、不可靠的人去夜班浇水。这实在使我太奇怪了。这究竟是出于他一旦出了什么漏洞就立刻推卸出去的老习惯呢?还是有什么其他的秘密呢?这个事情实在把我憋坏了,我怎么想也得不到解答,越想越觉得可怕。如果有什么问题,这不是太可怕了吗?如果没有问题,是我凭空来疑惑,不也很可怕吗?"

"所以,您就遇事不说话了,是吗?"

"不说话?我也没有有意地闭住自己的嘴巴,但是,有一些事,我无话可说。库图库扎尔是本地人,当干部和入党都已经多年,但是,我越来越不了解他了,而且,我还得时时警惕,不要落入他的口袋。譬如昨天晚上支部会上大家谈到包廷贵的问题,他却问起我来。包廷贵的事是他一手安排的,虽然在我们队领口粮,但他从一来就是在大队,在库图库扎尔身边。但我又能说什么呢?和他辩论吗？鸡毛蒜皮，不得要领。所以，我确实想回避，在我没弄清楚他的真面目以前，我离他越远越好。这就是我去年不肯当队长的原因。我知道我这样做不符合党对一个党员的要求。但是，我怎么办呢？"

赛里木静静地听着热依穆的话，他还没有完全理解热依穆的心情，没有完全掌握热依穆的性格。但是，他谈到的有关库图库扎尔的情况，联系起赛里木自己的印象，却使人大吃一惊。赛里木深深地皱起了眉头。

同时，赛里木从热依穆的洁净的庭院里，从他叙述的童年生活的一瞥里，他隐约看到了热依穆的性格的一个方面。童年的"美好的日子"的幻灭使热依穆从小就充满了对地主阶级的深仇大恨，但是，这个"美好的日子"曾经存在（哪怕是短暂的，而且当时的情况也未必像事后回忆起来那样美好和富有田园诗的情趣），却也使热依穆有回避矛盾、洁身自好的一些倾向，所以，赛里木说：

"自己单独过好日子是办不到的。过去办不到，现在办不到，将来也办不到，不联合工人阶级和贫下中农，不斗倒阶级敌人，就没有好日子。回避矛盾，您就永远不可能弄清矛盾的各个方面，也就永远解决不了矛盾。您应该少想一点自己，大胆地投身到现实斗争中去，不斗争，那算什么共产党员呢？"

"茶好了，请进屋！"再娜甫走过来，笑容可掬地说。

小说人语：

话语越是宏伟，操作越是困扰。先逗逗趣也好，引蛇出洞？是不是一个玩法？

在斧子下来以前，树墩子照样有喘息的机会。也罢。

最管用的，最需要的，最省事的：闹一个高高在上的标签，然后,豁然开朗,简约快捷。做事、做学问、做小说都如此。

标签可以调整,摩擦其实永存,纠葛牵心动肺,挑战四面八方,生活风风雨雨,蛛丝马迹渐渐凸显。我们的经验是边走边看,且待下回,或者是下回的下一回。

有过,当真有过热依穆的父亲的那种无墙无门无鸡笼无羊圈的自然经济与田园生活,他的房舍与财产向世界开放。二十年前小说人在美国中西部农村,也见过这样的绅士,停车绝对不上锁,认为上锁是对于当地居民的污辱。所以老子问曰:"能婴儿乎?"

第二十五章　转守为攻　众矢之的作困兽斗
防洪抢险　全队社员迎暴雨行

　　要说也快，赛里木来到不久，就发现库图库扎尔迅速地、自然而然地成了众矢之的。在四队庄子上，乌甫尔队长个别向赛里木谈起了一个重大的问题：那就是，在一九六二年的动乱的时刻，库图库扎尔曾向乌甫尔说公社怀疑他的国籍，怀疑他要走"那边"，这曾使乌甫尔大闹情绪以致躺倒不干，只是后来由于里希提同志的教育他才不再听信这些流言，站出来坚持了工作。乌甫尔是个直率的人，在一九六二年的事件过去以后，他终于去公社找塔列甫同志谈了自己心里的疙瘩。塔列甫瞠目结舌，莫名其妙，难道有谁说过哪怕是一个字的怀疑乌甫尔的话吗？……他越想越觉得奇怪。为什么身为支部书记的库图库扎尔说话那么没有原则，而且客观上完全配合了木拉托夫送来的假岳父肖盖特的来信，起着挑拨离间、把水搅浑的作用呢！

　　在那天的支部扩大会议以后，伊明江也找了赛里木。这个眉清目秀、穿着齐整、略嫌瘦弱的小伙子、青年团员，带着几分羞怯对赛里木说，他的伯母帕夏汗曾经拿来了包廷贵的信让他给翻成维语，信上叙述，包廷贵在乌鲁木齐用走后门的手段购买汽车的尝试已告失败，而包廷贵的那个"朋友"——某工厂的管理员，已在城市"五反"运动中被揪了出来。因此，伊明江说："那天的支部扩大会上，伯父不肯说这些实情，他是故意在装糊涂……这封信恐怕别人是不知道的，该不该反映给您呢？这使我思想斗争了好久……但是千万不要让我的父亲知道……"

"谢谢!"赛里木拍着小伙子的肩膀,"请放心,对您的伯父,我们当然是抱同志式的帮助态度。但是,不应该说假话。说假话,对他,对工作都没有好处……"

阿卜都热合曼与艾拜杜拉把他们在七队查账的情况汇报给赛里木。简单地说,穆萨的态度看来很好,凡是账面上的问题,他大包大揽,一概承担,决不推托。他承认自己给自己多加了补助工分,承认大量预支了现金,承认拿了一些公物——例如马厩的马灯——私用。而且,他表示准备陆续退赔并立即开始,他已经把大三针手表撸了下来要交给查账组,查账组由于未经请示,没有收下。对于穆萨的这种态度,多数人认为是真诚的,"穆萨本来就是这么个二杆子①,"他们说,"穆萨的老婆是个好人,马玉琴整天逼着穆萨退赔债务。"另一些和穆萨一家比较熟悉的人补充说。但是,他们查账小组也有一些怀疑,从穆萨的慷慨承当中感到有一种把事情包下来、包起来以防再追究下去的意向。例如穆萨给玛丽汗批了三十块钱"治病",会计明明记得当时穆萨说是根据库图库扎尔书记的命令,但是穆萨现时却坚称完全是他个人的意思,与大队无关。再如此次包廷贵去乌鲁木齐前从七队拿走了许多食用清油和土产,连这样明显是由库图库扎尔安排的事情穆萨也竟然说成又完全是他个人的意思,目的是——这种解释就更可笑——汽车来了以后七队用起来方便一些。"这就产生了一个问题,"阿卜都热合曼与艾拜杜拉说,"穆萨的问题与大队支部书记有什么关系?为什么穆萨要一人承当?为什么库图库扎尔同志不主动承担责任?"

---

① 犹言"二百五"。

　　还有许多其他的反映。包括库尔班的问题，也被提出来了，支部会上伊力哈穆介绍了惹扎特的来信和那天晚上的啤渥烤肉宴。伊力哈穆的态度是这样认真，感情是这样激动，使一贯在任何场合都能谈笑风生、周旋自如的库图库扎尔脸一阵红、一阵白，他的舌头失去了他曾经称是润滑油的语言，变得干涩了。

　　库图库扎尔似乎已经陷入了重围之中。是这样的吗？

　　库图库扎尔究竟是什么问题呢？思想认识的问题吗？工作作风的问题吗？自发势力的影响吗？还是……

　　对，应该找他本人谈一谈，然后，把这些情况汇总起来，带到公社去，和公社有关领导同志一起，必要时召集党委会研究一下。

　　就在赛里木这样掂量着的时候，库图库扎尔自己找上来了。

　　这次库图库扎尔的到来与平常的任何一次都不同，没有挂在脸上的经久不泯的微笑，没有风趣的妙语警句，没有亲切的问寒问暖，也没有那种讨好的甚至是谄媚的侧头弓腰的谈话姿势。库图库扎尔十分严肃，也可以说是怒气冲冲。他开门见山地说：

　　"我想了很久，我必须对党的事业负责。正是党关于阶级斗争的理论武装了我的头脑，使我看清了过去没有看清的现象和问题。"库图库扎尔响亮地咳嗽了一下，瞥了一下赛里木注意的神情，他做了一个有力的手势。

　　"更远了不用说了，"他继续说，"只从伊力哈穆去年从乌鲁木齐回来说起。伊力哈穆到底是什么人呢？他到底要干什么呢？这不能不引起我们的深思。俗话说，和善走在一起会变成善，和恶走在一起会变成恶，考察一个人，首先要考察他经常和什么人在一起。具有象征意义和发人深省的是，我们的这位伊力哈穆恰恰是陪着叛国犯、贪污犯、盗窃犯伊萨木冬的妻子——啊，我还忘了，伊萨木冬还是吸毒犯——伊力哈穆是陪着伊萨木冬的妻子、本人也外逃未遂的乌尔汗一起回到家园的。那么,请问,身为共产党员并且后来担任了支部委员的伊力哈穆同志,与这个两个脑袋的坏女人在一起,对她作了什么斗争呢?不,完全没有斗争。不但没有斗争,而且千方百计地予以袒护,脉脉含情,关怀备至。"

"等一等,"赛里木问道,"您认为乌尔汗是一个怎样的人?"

"我已经说过了,她是长着两个脑袋的坏人。"

"那您为什么前不久还在她家里做客吃烤肉呢?"

"这个情况我以后再向您说明,那天完全是穆萨搞的……但我的关于伊力哈穆的重要的话还没有说完。其次,我们谈一下廖尼卡……"库图库扎尔事先已经绞尽脑汁想了一些为自己堵漏洞的说法,像在乌尔汗家吃烤肉的问题,他已经准备好了对策,所以赛里木的问题虽然使他略有不快,但并没有中断他的气势汹汹、滔滔不绝的雄辩。他说到廖尼卡和伊力哈穆与廖尼卡一家的暧昧的友情,他说到泰外库,以及伊力哈穆对泰外库的纵容。他断言,干脆说,伊力哈穆是死猪闹事的黑后台。他论证说:"没有伊力哈穆撑腰打气,泰外库就不会那样猖狂,泰外库不那样强硬,死猪的事情也就早了结了,根本就冲突不起来,没有泰外库和包廷贵的冲突,也就没有那种危险的反汉情绪和闹事的行动。而这种危险的、反动的、反革命的、分裂祖国统一和适应了现代修正主义的需要的反汉思潮的根子,就是伊力哈穆。"

库图库扎尔越说越愤慨,帽子越扣越大,不但赛里木听后吃了一惊,连库图库扎尔自己听自己讲话也觉得骇人听闻。

本来,从县委书记到来参加支部会议时起,库图库扎尔便有一种被动挨打的感觉。当达吾提在支部会上提出包廷贵的问题和伊力哈穆提出库尔班的问题之后,他更觉得自己有变成被告的危险。

"难道不战而败了吗？"他深锁着双眉思考着摆脱这种尴尬的处境的路子。就在这苦恼的时刻，他接到了一封匿名信。信是夜间从门缝里捅到他家里来的。信上说：

> 勇敢的鹰隼，我们亲爱的兄弟，聪明的、有头脑的库图库扎尔同志，我必须提醒您，有一些宵小之徒很可能利用当前的某些机会向您进行可恶的攻击。因为世界上的任何存在都是有缺陷的，没有缺陷就没有事物，也没有世界，这样，您自然不难成为您的敌人恶言相加的靶子。但是，您完全无须忧虑。因为，斗争的理论本身并不能把谁怎么样怎么样，反对修正主义的宣扬本身并不能把谁怎么样怎么样。他们可以运用阶级斗争的口号，您为什么不能够用呢？您应该争取主动，转守为攻。您是一株根深叶茂的大树，没有什么风能把您连根拔起，不管气候怎样变化，您脚下的地面是不会塌陷的。但是，仅仅凭依您那猴子般的灵活，鸭子般的圆润，狐狸般的机智，兔子般的敏捷和百灵鸟般的啼啭，您仍然无法躲开泼向您的污水。这样的攻击虽然不可能把一棵大树放翻，却是可以敲落树枝上的纷披婆娑的叶子，因而影响这棵大树的壮观和美丽。但是，为什么要等待恶言的袭来呢？能够使您受到攻击的那些空隙，在您的对手身上肯定也是可以寻找到的。我相信，我甚至以为这并不需要特别去寻找，因为以您的智慧、老练和周到的算计，您手里这样的环节肯定是现成的，准备好了的。现在是转守为攻的时候了，即使您也没有足够的把握把对手放翻，至少可以大大减少您被放翻的危险，可以改变您单纯防御的劣势。请记住，事在人为。世上没有任何武器是万能的。也没有任何堡垒是牢不可破的。还没有任何理论说辞只对一边厢的人有利。那么，谁攻得下谁的碉堡，关键在于火力。要有很强的火力，要坚决，要狠，要先发制人，因为人们的习惯是：一般性的指责总

是允许申辩的,而特殊重大的、毁灭性的指责却具有不容讨论的性质。在这里,震慑力量排除了讨论的可能,任何讨论都会使同情者和被指责者共同处于特强火力的摧毁之下。当您握着的是拳头的时候任何人都是敢于还手的;当您握着一把匕首的时候,连周围看热闹的人也会连忙后退;而当您抱起的是一挺重机枪的话,如果您的重机枪不乏子弹,请注意:铜弹、铅弹或是沙弹哪怕是纸弹都同样具有可畏的杀伤力,那时,您就会所向无敌,如入无人之境了。

祝您成功,祝您胜利!

一直关心着您的局外人。

您永远可以指望的最忠实的朋友。

这封信使库图库扎尔心惊肉跳。读完第一遍以后他的第一个反应是立即把信揣到了怀里,不顾帕夏汗的惊疑的眼色他跑到了院子,又跑到院门外四下张望,不管是院外、院内、房外、房内,不管是屋顶、菜窖、羊圈、鸡舍、驴厩,一句话他家的里里外外上上下下的任何角落里都没有任何人迹。他甚至查看了一下家里的牲畜:牛在不慌不忙地舔着鼻孔。鸡在兴致勃勃地点头啄食。驴呢,劈开腿,撒了一泡没完没了的多泡沫的长尿。显然,并没有纳赛尔丁先生①的哪个朋友化装成牲畜钻到他的家里。然后,他走进内室,掏出信来再看了一遍以后立即把信烧掉了。老婆的恶毒的和嫉妒的目光(帕夏汗以为是哪个不要脸的婆娘写来的呢)也没有引起他的注意。

他把信烧掉了,心情恢复如常。现在,他并没有接到过什么信。

---

① 纳赛尔丁先生,即阿凡提,他的一个友人曾化装成驴子去整治一个地主。

谁写的信，这对于他来说是毫无疑义的。他感到愤怒的恰恰就在这里，这么个人怎么敢来指点他，何等地轻率！何等地不自量！何等地胆大包天！他恨不得把写信的人打上一顿。他忽然又后悔起来。本来，不应当把信烧掉的，有了这封信，写信的人的把柄就攥到了他的手里。但这封信同样也会给自己带来麻烦。是的，烧掉了好，压根儿就没有这么一封信。噢，帕夏汗生气了吗？让她生气去吧，甚至把这样的话传给女人们也不错，在她结交的那些女人们中间，风流韵事将不会有损于男子的名誉，而恰恰相反，会增加他的男人的雄风与魅力。

虽然库图库扎尔全身心地憎恶、轻视又惧怕这个写信的人和他采取的写信的方式，但是，信的内容却强烈地打动了他。

库图库扎尔扭转了自己的情绪。他向赛里木主动出击。他大放厥词，把同情和庇护外逃分子、挑动反汉情绪的特大号的帽子戴到了伊力哈穆的头上以后，他又提出了第二个问题，那就是，伊力哈穆与里希提勾结起来，企图把他放翻。从各方面的表现一直说到伊力哈穆甚至不择手段地破坏他的家庭关系，教唆和挑动库尔班向他要钱寻衅，最后又不知把库尔班隐匿到了什么地方。

库图库扎尔的这些话甚至对于他自己来说也像天方夜谭一样是新鲜的、闻所未闻的、富有刺激性和吸引力的。听着他自己说的这些话，他既觉得毛骨悚然又觉得淋漓尽致。他担心自己的信口开河，又佩服自己的勇敢和口才。他越说越快，越说越重，已经是欲罢不能了。

"您认为，库尔班是被伊力哈穆藏起来了吗？"赛里木问。

"是的，当然，毫无疑问。至少客观上是伊力哈穆把他藏了起来。"

"什么叫客观上把人藏了起来呢？"赛里木不懂地问。

"伊力哈穆的挑拨是造成库尔班不见的根源。"

"他怎么挑拨呢?"

"他的挑拨太多了。他曾经对库尔班说:'库图库扎尔不是你的亲爸爸,不会真疼爱你的。让你干活,你要尽量少干一些,帕夏汗做饭如果不合口味,你就和他们哭闹。他们绝不敢打你。'伊力哈穆还说:'从现在起就要向他们要钱,要了钱,我给你存起来,一晃你就是大小伙子了,到时候没有钱办喜事,有谁会管你?'等等等等。"

"您听到这些话了?"赛里木仍然不大相信地问。

"当然听到了!最初,他说了这些话,库尔班回来告诉了我们。后来,他的挑拨奏效了。有许多话库尔班不再告诉我们了,但仍然有许多别的社员听到了这些话,告诉了我们。"库图库扎尔眼不眨心不跳地信口说着,他早从幼年就早已积累下这样的经验了,谎话一经开头,就必须一鼓作气,坚持说到底,不要怕把慌扯得太大,要扯就必须越扯越大,越大就越能使人头晕目眩而最后相信。但是,他也不宜在这个问题上停留过久。他说:

"结果,伊力哈穆反倒在支部会上给我提意见,说什么我虐待了库尔班。他的目的就是要操纵支部会,把当前运动的斗争矛头指向我。这纯粹是不怀好意。县委书记同志,我建议您控制一下、掌握一下会议的方向,不然,我也不得不被迫把上述的那些事情全给他兜出来!到那时候,可就不好收拾了。"他说的最后的话,带着一种露骨的威胁的口气。

"那也好嘛,"赛里木和善地点点头,似乎并没有察觉什么,"把问题提到党的会议上,让大家共同议一议,分析分析,这是正常的做法。这有什么不好收拾的呢……譬如,关于死猪的事,我去年就听您讲过的,县委的简报上也曾经登载过这个事情,您在州上的大会上也讲起过,是吧?"

"是的,是的。"库图库扎尔忙答道。

"那时您的讲法和今天有所不同。您没有提出过伊力哈穆的问题,您们说,死猪闹事的幕后人是地主分子玛丽汗和依卜拉欣。"

"当然,当然有地主分子的捣乱。至于伊力哈穆的问题,我是逐渐认识到的。"

赛里木又随便地问了几个情况,关于乌尔汗儿子的找回,关于穆萨的当选队长,关于包廷贵在乌鲁木齐的活动情况……可以看出,赛里木扎扎实实地、一步一个脚印地积累了不少材料,他根本不是那种一知半解、自以为是、其实很容易被欺蒙的领导人。他提的这些问题都是对库图库扎尔很不利的,好不容易他随机应变应付了过去,自信还没露出太大的破绽。但是,当库图库扎尔离去的时候,尽管县委书记没有否定他、批评他,他刚来时那种进攻的锐气已经大大地减弱了。

"看样子庸庸碌碌,实际上眼尖,心也很厉害,还不大好对付呢。"库图库扎尔悻悻地想,"不行就给他来一个混战,反正没抓住我什么大把柄。"库图库扎尔安慰着自己。

库图库扎尔走了,赛里木一个人在临时充当他的宿舍的支部办公室里踱来踱去。"有意思。"他自言自语地说,"真有意思。"他又说。

作为领导者,见到矛盾暴露出来,他有一种兴奋的感觉。

库图库扎尔突然如此凶猛地告了伊力哈穆一状。说是告状,因为它超出了一般反映情况甚至是揭发问题的范围,完全是一种诉讼的口气,宣判的腔调,揪住不放的恶狠狠的敌意和幸灾乐祸的扬扬自得。比较一下伊力哈穆、里希提、热依穆、乌甫尔他们对库图库扎尔的意见,事情很明显:他们的谈话中充满了苦恼、犹豫、焦急和气愤,表达了他们对于一个担任支部书记的同志的期望和不满。唯其期望极大,所以不满也十分强烈。他们的心情是沉重的,他们的语气是疑问的,他们希望身为县委领导的赛里木帮助他们来分析解决这一问题。

库图库扎尔则完全是另一种态度。他只是想在县委书记跟前把伊力哈穆搞臭。

共产党的哲学是斗争的哲学,党内斗争是不可避免的。但这决不是说斗争本身便是目的,矛盾越激烈越好,斗得越不可开交越好。不,党内的斗争反映着社会的阶级斗争,但它毕竟与社会上的敌我斗争有所不同,它一般表现为思想斗争,应该从团结的愿望出发,达到团结的目的。应该与人为善,应该实事求是。

还有一条。伊力哈穆他们并不掩盖他们对库图库扎尔的意见,不论是会外闲谈还是会上正式谈,不论当着不当着库图库扎尔本人,他们都流露着、述说着这些意见,他们几次试图把这些问题正式在党的会议上提出来,虽然他们谈得还不深、不系统也不全面。倒是库图库扎尔一接触到这些意见就躲躲闪闪,顾左右而言他,把话题引向远方。至于库图库扎尔对伊力哈穆的意见,截至今天以前似乎从来没有表露过。就在这次赛里木来大队以后还问过他,他说:"伊力哈穆嘛,看问题片面,急躁,不够灵活,但也还好呢。不过他太好胜,好表现自己……"他含含混混地说了伊力哈穆一些不好的话,但这些话与方才谈的口径根本不同。就是今天,库图库扎尔的话虽然说得尖锐,但看来他也只限于与赛里木个别交谈,所谓"我要在会上提出来"不过是以此促进赛里木"控制一下会议的方向",换句话说,让人们不要再给他提意见。咄咄逼人的言辞后面是一种防守的态势。

库图库扎尔的话还有一些自相矛盾的地方……总之，他给人以一种不大正派的印象。

"这是一个不大正派的人。"赛里木停住踱步，自言自语出了声。

一阵凉风突然吹进了窗子，吹得桌上的报纸落到了地上，吹得煤油灯的灯焰一晃一晃。赛里木来到了窗前，探头看了看黑沉沉的天空，把窗子关上。由于插销损坏，风一下子又把窗户顶了开来。赛里木只好走出去，在漆黑里摸索着找了一个大土坯，抱回来顶住了窗子。

赛里木捻大了油灯，躺在床上，看了一会儿报纸，然后，吹灭了灯，计算了一下还能在这个大队待多少日子和下一步的做法。风声不断地传来，屋里也弥漫起了尘土。"要闹天气呢。"他想。

刚刚睡下不久，一阵噼里啪啦的雨点又惊醒了他。很快地，变成了哗啦哗啦的倾水声，接着，又传来了稀溜稀溜的流水声。

真是罕见的大雨！不要说赛里木的故乡、南部新疆没有这样大的雨，就是降水较多的伊犁，这样的雨也是少有的。透过窗户缝，已经传进来新鲜强烈的泥水气味。

赛里木翻了一个身，迷迷糊糊又睡去了。过了一会儿，一种稀疏的却又是分明的哒哒哒的声音唤醒了他。

"怎么回事？"他坐了起来，揉了揉眼睛，弄清是房顶漏了。新疆农村的房子大都是平顶厚草泥，这样的屋顶造价低，又便于农民在上面晾晒柴草以至粮、菜，一般地说，也完全可以适应在雪大雨小的新疆遮风避雨、靠吸水而不是靠防水避雨的要求。不过，一遇到特大的暴雨，就要漏水了。

房顶的漏雨使赛里木一阵紧张。他并不是为自己担心，这毕竟是办公室，盖得坚固，房顶上的草泥上得也较厚。但是，在这么

436

大的暴雨里,社员们的家庭会怎么样呢？还有各队的粮库、马厩、工具房、办公室,会不会有什么危险呢？

赛里木连忙穿上衣服,找出了手电筒,推门走了出去,他打算叫一下库图库扎尔,一同到各队看一看。但是,来到雨地里,借着手电筒的亮光,他看见许多人影在活动,在向大队西面的桥头一带聚集,他便跟了过去。

虽然是夏天,但一下雨就急剧地降温,从被窝里刚出来,更觉得寒气袭人,大雨立即打湿了全身,打湿了面颊,顺着脖子流到了身上,而且,雨打得人睁不开眼睛,张不开嘴,喘不过气。同时,雨声遮盖了其他的声音,显得十分紧张。赛里木深一脚浅一脚,噗唧噗唧走到了桥头。只见那里聚了不少的人,有的还牵着马。只听得是里希提的声音。为了不被雨声所压倒,他拼命地大叫：

"骑马的人跟我去庄子!"

"不,庄子还是我去。您在这边吧!"这是伊力哈穆的声音。

"也行。"急迫中里希提不想争执,"那这样吧,你们快去,重点是粮食、马厩、五保户的家,还有谁家房子危险都帮助暂时转移出来。骑马的跟伊力哈穆走,其余的留下!"

马蹄嗒嗒,大雨中伊力哈穆他们走了。

"剩下的人分两拨,各队浇水的人随穆明去各个分水口,防备洪水冲坏渠道,如果上边来的水太大,就打开口子把洪水暂时泄到伊犁河。其余的跟我去各个粮库马厩,各队队干部去检查本队的社员家庭的房屋……"

里希提分配完了,行动了起来。黑暗中没有人发现赛里木。赛里木跟着众人来到各队,他们找了毡子、防水布、草袋子,有的甚至抱来了棉被去苫盖粮仓的屋顶。他们还用圆木和方木加固了仓库的屋架结构。他们点起了一盏一盏的马灯挂在牲畜槽头,明亮中便于观察情况和应付紧急事故。穿过马灯的光照，清楚地看到了一条条、一团团、一片片的雨柱雨栅雨林，这雨好生了得！他们把某些马匹挣松了的缰绳系紧，又把某些系死了的缰绳重新解活，再把散乱的饲草归拢，把料桶盖好。然后，他们又挨家挨户检查了房屋的漏水情况，扶老携幼帮助一些住房老旧的社员暂时转移出来，通知一些房屋坚固宽人的社员点上灯，架起火，打开门，迎接临时的"难民"。他们没有雨衣、没有雨伞，这里的农民本来就没有用雨具的习惯，他们最多是穿上浇水用的胶靴，穿戴上本来是冬季御寒用的棉衣和皮帽子，也有的翻过来穿上羊皮大衣挡雨，雨水顺着一绺绺的羊毛流淌。不管穿什么、戴什么，最后仍然是人人上上下下里里外外都淌着水，雨水和汗水流在了一起。而且，参加这个防雨抢险工作的人都是自愿前来的，没有人通知，没有人下令，也没人登记姓名和记下工分报酬，但是，聚起来的人越来越多，这个队伍越来越大，他们干得越来越欢，管得越来越宽，连女主人都忘记了遮盖的社员家庭的打馕的土炉，他们也帮助给盖上了。有的社员生火找不着干柴急得要命，于是他们帮助寻找，调剂和交流仅有的一些干柴，雨天的干柴，可真比金子还珍贵。

　　这支队伍一直干到了天亮，他们的工作大大超出了里希提原来要求的范围。赛里木在这支队伍中，他穿得最单薄，浑身冰凉，但是他非常高兴，自觉为公和互伸援手的劳动，这真像一把火，烧得他心里热乎乎的。

　　天大亮了，雨势也渐渐小了下来，里希提宣布暂时休息，该吃点东西，换换、烤烤湿衣服，如果雨不停，中午再集合待命。这时候，人们才发现了湿漉漉、笑嘻嘻的赛里木。大家纷纷拉着县委书记：

　　"到我那儿去喝茶！"

"到我那儿去！我箱子里还有一身新衣裤！"

"到我那儿去！干脆喝上杯酒驱寒……"

人们笑了起来，大家的情绪不像冒雨奋战了一夜，倒像刚刚参加了婚礼喜宴。

赛里木还注意到，很可能别人并没有注意天亮以后，穆萨才牵着马说是要去庄子查看。而党员当中，只有一个人压根儿没露面，他就是库图库扎尔。

到了下午，雨基本上停了，分离开了的，破碎了的云块在天空运行。上午还没有丝毫缝隙的阴冷的天空立刻透出了耀眼的阳光。雄鸡兴奋地争相啼鸣，连性格稳重的老牛也禁不住为太阳的别来无恙而哞哞连吼两声。云散开了，正像雨和寒气来得有多么快一样，太阳也同样快地恢复了它那夏日的炽烈的烘烤。

伊力哈穆带领着一批骑马的青年从庄子上返回了。他们浑身泥水，脸色铁青，筋疲力尽。但是，在大队见到里希提和赛里木以后，他们似乎又十分欢快起来。他们七嘴八舌地向领导报告，由于他们和庄子上的社员一道采取的有力措施，人、畜、粮食、房屋都平安无事。他们自豪地说说笑笑。但是，等他们解散离去的时候，疲倦使他们骑在马上竟东倒西歪起来。

伊力哈穆把马交回了马厩。下马以后，他几乎倒在了地上。他咬紧牙关、强忍住疼痛，艰难地走回家去。只是因为泥污，他的惨白的面色才没有被注意。一到家，他就完全支持不住了。等米琪儿婉晚些时候回来时，他躺在毡子上正簌簌地发抖。

"你怎么了？"米琪儿婉惊叫起来。

伊力哈穆没有说话，他指了指自己的右腿。

米琪儿婉过来挽起了他的裤脚。啊，小腿上有一道七八厘米长的破口和一片已经凝固了的，和泥污混合起来了的血迹。

这是在黑夜里，伊力哈穆帮助乌尔汗和她的儿子从有倒塌危险的破房子转移出来的时候，为救援波拉提江而负的伤。当时伊力哈穆与伊明江来到漏雨如注的乌尔汗的家。乌尔汗蜷缩在墙角，搂着孩子，被暴雨吓呆了。伊力哈穆告诉她要立即转移到伊明江——阿西穆的家里去躲避一下。乌尔汗顺从地跟了出来。波拉提江已经五岁多了，但是乌尔汗既不肯领着他走路又不肯把他交给别人。先是自己抱着，走了几步就走不动了。便又改为背着，轻一脚重一脚，气喘吁吁地跟着伊力哈穆走。当走过一个旧砖窑的取土的大坑的时候，她滑了一跤，趴到了地上，孩子从身上甩了下来，顺着坑边向下滚去。乌尔汗尖声叫喊，伊力哈穆当时并没有弄清发生了什么事情，但是乌尔汗的尖叫使他意识到出了事情，便转身奋不顾身地冲了过去。由于大坑的这一边坡度不太陡，孩子边挣扎边下滑，还没有落到坑底。伊力哈穆一个箭步蹿了过去，人跑在坑边，手抓住了波拉提江，波拉提江被抱了上来，伊力哈穆在跪下的时候右腿被一块尖利的石块划了一大道口子。本来，划破得并不算深，如果立即包扎住，是没有多大妨碍的。但是，当时顾不上。雨水、污泥浸泡着、腐蚀着伤口，终于，伤口火辣辣地疼痛起来了。

第二天，伤口真的感染了，肿胀、疼痛，而且伊力哈穆全身发烧。米琪儿婉借了斯拉木老汉的一架驴车把伊力哈穆拉到了公社医院。给上了药，打了青霉素。医生说，如果到当天下午体温仍然不降，需要送到伊宁市住院，可不要变成可怕的丹毒。

正好狄丽娜尔抱着她的孩子来看病，看到了状况相当严重的伊力哈穆，并向米琪儿婉问清了情况。等回到庄子以后，狄丽娜尔把伊力哈穆的病情告给了乌尔汗。

乌尔汗非常不安。自从一九六二年以来,乌尔汗总是躲着伊力哈穆。伊力哈穆是个什么样的人,她当然完全明白,所以她更觉得在伊力哈穆面前,她不但无话可说与无颜说话,而且伊力哈穆的存在本身,就使她难于与儿子相依为命、苟且偷生、浑浑噩噩地活下去。伊力哈穆的存在促使她正视一系列她怎么也不敢正视的问题,破坏她心里的暂时的平衡,这就是伊力哈穆妨碍了她的生活的地方。伊力哈穆几次想与她谈一谈,她都避开了,而且不仅伊力哈穆,连米琪儿婉她也远远地避开。在那个烤串羊肉的夜间,伊力哈穆又来了,如果他当时对她采取怒目横眉、轻蔑训斥的态度,她心里说不定要好过得多……相反,她看出伊力哈穆为她有多么难过。真是一个多么难对付的、可厌可恨的人!当一个人自己已经不再关心自己、不再为自己而忧伤的时候,旁人的关怀是多么的残酷和不必要啊!她惧怕和厌恨伊力哈穆,像一个外科病孩惧怕和厌恨那个拿着镊子与纱布、准备给她清理创面、换药与打针的护士……

偏偏,这次暴雨里又是伊力哈穆为救她的儿子而负了伤……如果没有伊力哈穆,波拉提江硬是会落到没人的泥水里!

在昏黄的灯光旁,乌尔汗呆呆地坐着、想着。

"妈妈,妈妈,您怎么了?"聪明而敏感的波拉提江问。

一年来,儿子长高了,脸也长了些。正是由于乌尔汗把自己的全部心力放到了孩子身上,她才能大体正常地活下去。在家里,她能够目不转睛地一连几个小时地看着儿子,一会儿摸摸头,一会儿捏一捏手,儿子也总是注意地观察着妈妈。他顽强地不准他母亲发呆。只要乌尔汗一出神,就会立即被孩子发现,打乱。乌尔汗的呆怔,总是立即引起波拉提江的痛苦的反应。

"不。没什么,你想吃点什么吗?我买了方糖。"

"不,我不吃。妈妈,您不高兴了,是不是有人骂了您?"

"骂我？为什么？这是从哪儿说起！"

波拉提江看着妈妈，眼睛一闪一闪。他像一个大人一样地低下了头。他说：

"也有人骂我。"

"骂你，谁骂你了？为什么骂你？你做什么坏事了吗？"

"没有。我不做什么不好的事情，但是，他们骂我是坏蛋的儿子，说我的爸爸是坏蛋。"孩子的声音越来越低了。

"什么？这是谁说的？"乌尔汗激动起来，她伸出了手臂但是波拉提江没有让她搂抱。

"妈妈，您告诉我！爸爸在哪里？爸爸是坏蛋吗？"

"不……知……道。"

"他真的是坏蛋啊！"孩子哽咽了。

波拉提江的眼泪使乌尔汗心如刀割。她不知道从哪儿来的勇气，说：

"不，你爸爸不是坏蛋。"

乌尔汗自己也没有想到，她说得这样肯定，也许这只是为了安慰孩子。也许这确是她心里的话！她说：

"你爸爸有许多错误。错误，你懂吗？就像是你打破了茶碗，或者把一大块肉偷偷喂了猫，这都是错误。然而，这不是坏蛋……懂了吗？"

孩子点点头。

"妈妈，妈妈，您怎么了？您哭了？"

"没有，我笑呢。"乌尔汗掩饰着。事实上，她在骗孩子，也在骗自己。波拉提江的爸爸就是坏蛋，这已经是无可挽回的了。但是，这话究竟是谁说的呢？是谁用这样的毒刺，去扎向波拉提江的心？

"这可是谁呢？"乌尔汗想着想着，说出了声。

聪明的孩子马上理解了妈妈的意思。他说:"这是库瓦汗大妈说的。她让我上树给她够苹果,我没管,她就这样骂我了。后来,米琪儿婉姨不让她这样说。"

"这是什么时候的事?"

"好几天了。"

"你没说呀!"

"我怕您听了不高兴。妈妈,您说,库瓦汗大妈好还是米琪儿婉姨好?"

"你说呢?"

"我说,米琪儿婉姨好,库瓦汗大妈不好。伊力哈穆叔叔也好。库图库扎尔伯伯不好。"

孩子像一个大人一样地说着自己的看法。一刹那间,乌尔汗觉得自己身旁的已经不是才几岁的孩子而是非常懂事、非常明白事理和了解自己的一个友人了。她也披露着自己心里的话说:

"是的,伊力哈穆和米琪儿婉是很好的人。为了救你,你伊力哈穆叔叔的腿负伤了。"

"我知道。我知道的。"

"你怎么知道?"乌尔汗诧异地问。

"我知道他受伤了。后来他抱着我的时候,他下巴动了一下。我知道那是痛得很。人痛的时候都是那样的。"过了一会儿,孩子又说,"妈妈,您为什么不带我去看望一下伊力哈穆叔叔去呢?"

"我……是的,应该去。可你……怎么能空着手去呢?"乌尔汗认真地与儿子商议着。

"您不要空着手去。您打几个托尕其①,您再把那一包方糖带

---

① 一种精巧的小馕。

去吧。我不吃，给伊力哈穆叔叔吃。"

孩子的主意有多好！他好像比乌尔汗还要头脑清楚！怎么能不接受孩子的指引，像接受天使的指引呢？

第二天，乌尔汗提着五个精致、整齐、花纹喜人、火候又恰到好处、用牛奶和面打好的、像小孩子的脸蛋一样红润的托尕其，提着一包方糖，再加几个精选出来的苹果，领着波拉提江，去看伊力哈穆。

伊力哈穆的症状已经遍及全身，淋巴结也肿大起来，但是体温却有所降低。公社的医生到他家里来给他打针。乌尔汗走进伊力哈穆的院子的时候米琪儿婉正送医生出来。医生一再嘱咐：

"要注意！如果再发生高烧或者昏迷，一定要立即送到伊宁市的医院去……"

乌尔汗听了，吓了一跳。她悄悄地把礼物放下。伊力哈穆家的条案上已经摆满了来探望他的社员送来的水果、鸡蛋，还有饼干和挂面。乌尔汗本打算进原来巧帕汗外祖母住的内室稍坐一下就退去，并且一再示意米琪儿婉不要给她斟茶。但是，伊力哈穆听到了她们的声音。他轻轻招呼着米琪儿婉。

"有客人吗？"他问。

乌尔汗拼命向米琪儿婉摆手。但是，米琪儿婉如实地回答说：

"是稀客，乌尔汗姐带着儿子来了。"

"是乌尔汗吗？"伊力哈穆提高了声音，"请他们到这边来！"

乌尔汗和波拉提江，跟着米琪儿婉踮着脚走了出去。伊力哈穆费力地睁开了眼。他定睛看了乌尔汗一眼，脸上掠过了一丝笑意。"请坐！"他清晰地说。

"乌尔汗姐给你带来了礼物。"米琪儿婉拿过已经放到条案上的东西，介绍说。

"谢谢。"伊力哈穆又笑了,"把那一包饼干给孩子,对,拿上,聪明的好儿子!"

他问乌尔汗:"您是第一次来我们家吗?"

"是的。我住在庄子上,很少到这边来。"不知为什么,乌尔汗想解释一下。

伊力哈穆闭上了眼,他的额头上微微出着汗。他又睁开了眼,说道:

"不,您不是头一次来。十三年前,您来找过巧帕汗外祖母……钉扣子。"

"钉扣子?"乌尔汗莫名其妙。

"是的,"伊力哈穆说,"那时候您在县上排演节目,准备去县里宣传演出。您外衣的一个扣子丢失了,是老人家帮助您配上、缝好了的,怎么,您不记得了?"

乌尔汗摇摇头。

"米琪儿婉!"伊力哈穆叫着,"你还记得乌尔汗和扎依提跳的莱派尔①吗?"

扎依提,现在是公社拖拉机站站长,当时和乌尔汗搭档跳过舞。这个名字也早已忘却多年了……当时,乌尔汗在他的手鼓的伴奏下、在他的身边旋转的时候,心跳得像一条欢乐的金鱼……

"怎么不记得? 他们也到我们的新生活大队演出过。姑娘们在看了她的舞蹈以后,人人都学着平移自己的脖子。"米琪儿婉伸开两臂,做了一个舞蹈中动脖子的姿势,笑出了声。

"妈妈,您会动脖子吗?"波拉提江问。这回,连病中的伊力哈穆也笑出了声。

---

① 一种维吾尔族双人歌舞。

　　乌尔汗却是真的忘记了。如果他们不提,便是永远也想不起来了。她完全不记得找巧帕汗外祖母缝扣子的事,她听着甚至觉得有点新奇。她从来也没有回想过这一类的事。是不是伊力哈穆由于发烧记糊涂了呢? 也许,她从来也没有进过伊力哈穆的家? 但是,莱派尔,扎依提,宣传演出,去县里和新生活大队,这又分明是有过的、真实的。她记得这些事情,只不过这不像是她自己的经历,却又像是听说的或者看到过的旁人的事情。

　　像一扇久已关闭了的、被铁钉钉死了的窗子,突然被打开了,一线光亮射进了黑黝黝的、气闷的暗室。像一个迷路的人听到了家人的一声遥远的呼唤,亲人亲昵地呼喊着自己久违了的童年小名。她好像看到了令人头晕目眩的光亮,听到了热切地渴望着的却仍然是模糊和遥远的召唤。惊喜、迷惑、亲切、温暖,也还有恐惧和哀伤的寒战一时涌上她的心头,眼泪随着流了出来。

　　“妈妈!”波拉提江搂住了母亲的脖子。

　　“但是,您为什么拿食堂的肉呢?”伊力哈穆突然说,声调是相当严厉的。

　　“我……”乌尔汗啜泣起来。

　　“您不要激动,您靠着这儿坐,”米琪儿婉拉过一个枕头,垫在乌尔汗腰后,又拿起了乌尔汗的一只已经变得十分粗糙了的手,“我们常常说起您,我们始终相信,您不是坏人。我们认为,伊萨木冬的事情也总有一天会弄清楚……”

　　“他……还有什么可说的?”

　　“事情总要弄清楚。”米琪儿婉说,“但是,您不应该拿食堂的肉。您不需要深夜侍候他们。您用不着这样,您这样让我们大家失望。当他告诉我的时候,我也生气了,我当时就要找您去,是这个人①拦住了我……"

"我们好久就想和您谈一谈了，"伊力哈穆接着说。波拉提江这时放开了他的妈妈。他知道，米琪儿婉姨和伊力哈穆叔叔正在和他妈妈说一些非常要紧的好话，他乖乖地坐在一边，瞪大了眼睛看着他们，听着。

"您应该挺起胸来，做一个好社员、好公民。您应该好好教育您的孩子，您的孩子也要长大的，让他毫无愧色地去上学，去戴红领巾，去生活。您自己也并不老，更多的应该是光明的生活还在您的前边……"

"我已经……没有希望了，不要和我说这些好听的话吧。"

"不！我们不允许您沉落下去。您为什么悲观呢？党哪一点对不起您了？人民公社哪一点对不起您了……对，您说了，您从来没有怨恨党和组织，您爱家乡爱咱们的土地和生活吗？爱的，当然。那么，您有前途，有信心。您不会沉没。您并没有掉到泥塘里。您要敢于面对发生过的一切，那并不是胡大的安排，也不是命运的捉弄，也不是您个人的偶然的不幸。不是的，您的伊萨木冬走过的路子，正是社会主义时期的阶级斗争的一种表现，最近毛主席讲了这个问题……伊萨木冬到底是怎么一回事，您到底是怎么一回事，您应该弄清楚，您应该很清楚。您应该讲清楚，向朋友，向大家，也向您的可爱的儿子……"

"我说不清楚。"乌尔汗啜泣着说。

"那又是为了什么呢？您心里藏着什么秘密呢？您老是那样沉重！"

伊力哈穆咳嗽起来。他没有再讲下去，米琪儿婉强制让他休

---

① 指伊力哈穆，维吾尔妇女说到自己的丈夫一般不呼其名。

息了。

　　米琪儿婉再次把乌尔汗让到内室里。乌尔汗哭着向她叙述了许多。在说到伊萨木冬最后一个夜晚被叫走的时候她听到的声音，她提到了库图库扎尔的名字。她无意揭发库图库扎尔，她只不过是在对伊力哈穆夫妇的感激、信赖和被激动起来的情绪下，没有再故意向米琪儿婉隐瞒和欺骗罢了。

　　这是一个事关重大的新线索。一个星期以后，伊力哈穆的伤口还没有完全愈合，谢天谢地，他总算没有得丹毒，公社的青霉素、消炎粉和绷带已经使他康复了。他扶病把这个情况汇报给了赛里木。

小说人语：

　　一个女性，她青春过，她追求过，她生命过，她唱过跳过笑过美丽过活泼过，够了，她永远是美丽和善良的安琪儿，她永远会得到怀想、呼唤、关注和体谅，哪怕时间冲刷掉了一切，她仍然不会被忘记埋没。

　　爱里边包含着太多的记忆。爱包含着痛惜。与爱相比，责备，怨怼，反而有点向前看的味道。

　　该怎样解释呢？伊力哈穆那样地同情、怜惜软弱卑微的乌尔汗。却原来，最最煽情的是陀思妥耶夫斯基的命名：被侮辱与被损害的。

　　咱们都老啦。

第二十六章　做乃孜尔　嘱四皓闻谣帮消解
　　　　　　遣包廷贵　遇五反转赃遭扣留

　　赛里木回了一趟县里。他主持了县委的碰头会,主持了有各个公社负责人参加的部署当年的征购工作和冬麦播种工作的会议,他并且与几个分别在下边抓点的县委各部领导同志交流了工作进展情况,审阅了人民武装部这个年度征兵工作的计划,看了一批文件,有些和农村工作关系较大的他加上了按语要求扩大范围传阅。其中一个晚上,他还应邀出席了县邮局模范邮递员艾里的婚礼。新娘是个上海姑娘,县邮局的电报收发报员。原籍在维吾尔族的历史文化的摇篮——阿图什的艾里,与来自关内最大城市的汉族姑娘结婚,这可是难得的佳话,他怎么能不去出席婚礼并且连喝上三杯酒呢?此外,财政科拟了一个批评镇人委严重违反财经制度的通报,气象站提拔一名副站长的报告,文化馆在国庆前后举行群众业余文艺会演的计划,都一一找上了门来。回县的第三夜,赛里木在他的办公室差不多加班干了一个通宵。第四天一早,他对留在家里主持日常工作的副书记交代了几句之后,毅然摆脱了其他事务,回到跃进公社。

　　伊力哈穆还没有完全痊愈,他的伤口化脓太深了。说是休息喽,其实,来他家的人不断,他又坐不住,总想帮队里干干这,动动那,最后里希提想了个办法,让米琪儿婉把伊力哈穆带到她的娘家实实在在地休息几天。"不离开这个大队,他的伤口就愈合不了!"里希提气愤地说。伊力哈穆笑着接受了这个建议,他陪着米琪儿婉到新生活大队岳父家去了。

里希提一连几天住在了雀儿沟。那里的种冬小麦播种已经全面展开，里希提白天黑夜地跟着播种机和犁铧，检查播种进度和质量，同时，他还制定着冬季在这里搞一场平整土地和整修渠道的会战的计划。

党支部暂时休会。这一休会使库图库扎尔很有些踌躇。哈哈，停下来了，我只动了动两片嘴，就闹不下去了。农村的事情就是这样的，哪个工作不是虎头鼠尾？再拖上几天，秋收就要开始了，然后是过冬的准备工作。新疆一年倒有半年冬天，一到秋后，割草砍柴，存粮贮菜，修房补圈……家家都紧张得要命，谁还记得你开的这些个会？在赛里木回县以后，库图库扎尔干脆怀疑赛里木是否还回来。按他的观点，大官最好少下来。不下来，办公室的沙发上一坐，礼堂里的讲台上一站，小汽车里向后一仰，这才有威风，还莫测高深。可您老非要来我们这个乡村做啥？您来了玉米棒子就能多长籽粒？小麦就可以多分蘖？蛾幼虫就会不吃苹果？奶牛就可以多下犊？全都办不到。那您何必下来受苦？

啊，县委书记的行李还在。行李还在又怎么样？它捆得紧紧的，无言地、无害地蹲在文书柜子上休息，它既不能妨碍他库图库扎尔，又不能保证它的主人一定回来。他库图库扎尔不就常常是派行李代表自己走上田间地头，亲临生产斗争的第一线吗？

紧张烦闷的情绪已经随着八月的燥热一起逝去了。

开始进入九月了。气温急剧地降了下来，新疆的夏天还是相当热的，七、八月份的平均气温与北京一带相差不多，但是，它的秋天来得早，气温下降幅度很大。特别是一早一晚，颇有点凉意，当农民们掬起渠水漱口的时候，也开始感到冷水有点扎牙龈了。

今天是星期五，伊斯兰教的祈祷日——主麻日。吃过早饭，库图库扎尔怀着个把月来没有过的悠闲和轻松心情,缓缓地踱向大队加工厂后面一个杏园附近的破败了的清真寺。说是悠闲,闲中照样有库图库扎尔的远虑,他当然并不满足于斧子下落前树枝上的猴子戏耍式的轻松愉快。

路上行走着大大小小的拉瓜的车,已经进入扯瓜秧和大量贮存西瓜、甜瓜的季节了。赶车的人见到库图库扎尔都嬉笑着高声问好。有些年长多礼的人还跑下来向他行礼。库图库扎尔很满意农民们对他的尊敬,迈起步来也显得更有风度了。他很响地干咳了一下,这声咳嗽具有大人物的威严和气魄。

库图库扎尔走到离旧清真寺二十来米的地方,停留了下来,他等候着穿着老式的民族服装的信徒们做完午课出来。从人们当中,他叫住了亚森宣礼员、斯拉木白胡子、他的哥哥阿西穆和一名看墓地的回族老汉、马玉琴的堂伯父马文常。他对这四个德高望重的老年人谦恭地说:"请到舍下来一下。"

这个时刻在这个地方邀请,以及他的特殊神色,都暗示了邀请的宗教活动的性质,不过由于他是党员,不必公开那么宣扬罢了。

"乃孜尔吗?"亚森从牙缝里挤出了这么一句,库图库扎尔用垂下眼帘表示了肯定的回答。

亚森立即表示从命,斯拉木和马文常也跟随同行。只有阿西穆对他弟弟又要玩弄什么花招是有戒心的,现出了一种犹犹豫豫的样子,只是那三个年纪更大、也比他更有身份的人已经挪动了脚步,他不得不默默地尾随在后边。

乃孜尔和托依,是穆斯林家庭经常举行的两种把世俗生活和宗教仪式结合在一起的活动。托依的意思是喜事,包括结婚、摇床喜和男孩子割包皮的割礼。乃孜尔的含意是祝祷,它的情况比较复杂。除了办丧事要有三次(七天、四旬、周年)乃孜尔以外,远行之前,久病不愈,乃至做了噩梦、有什么烦闷,都可以举行祝祷以禳灾免祸。两者都要做都瓦①,也都要由主人招待吃饭,女客都要送礼。这是一种把宗教的虔诚、民族的精神团结、好客的慷慨、社交的来往应酬与生活的调剂花样糅合起来的活动。有时,周年祭灵的乃孜尔也绝无继续悲哀之意,按宗教的说法,人死是到真主那边去了,一味悲伤乃会成为一种罪过。周年祭奠时主客的关注都在礼仪、口腹与排场上。再加上没有多少宗教色彩的、原生的民族民间的麦西来甫,维吾尔人由家庭主办的集体活动的规模与频率,是远远超过了其他民族的。

库图库扎尔的家里充满了肃穆的气氛,宾主五人直挺挺、端正正地跪坐在内室的毡子上。库图库扎尔低头含胸,两眼下视,用一种诚惶诚恐的声调低声说:

"我的孩子库尔班·库图库扎尔至今仍无消息。有各式各样的恶人在我们背后恶言相加,像锥子一样地刺伤着我的心。我做了一个噩梦……您们懂得,我不便请更多的人……您老四位,是公认的长者,邻里父老的代表……"

都瓦进行得庄严。亚森的洪亮而又柔和的嗓子,用一种特殊的颤音吟诵着《古兰经》上的片段,很有感情,很有感染力。众人应和着,连本意并不在乃孜尔身上的库图库扎尔的鼻子也酸了那么一下。

伊斯兰教已经渗透在维吾尔族的近四百年的历史和人民的生活当中,人们不能无视它的影响、凝聚、吸引、慰安以及动员的力量,尤其是不能无视它对于人民生活的规范作用。其实这种力量并不仅仅是神学的与来自彼岸的,须知在很大程度上,宗教的力量

---

① 即诵经。

在于神性与人间性的结合,它也是由人的、此岸的因素所造成的。例如,《古兰经》的古阿拉伯文的韵脚和诵读者的歌喉,诵读者的面容、胡须、缠头与姿态,例如礼仪与伊斯兰教最最强调的清真——清洁的原则:在伊斯兰教这里,清真是一种核心价值,而不仅仅是卫生的需要。没有这种价值崇拜,没有经文诗的和音乐的魅力,也就没有乃孜尔的感人的力量。

然后依照惯例端来了饭食。库图库扎尔吩咐老婆做了很好的抓饭。白白的肥羊肉下边淡黄色的油浸泡着晶莹的米粒,切得细细的、焖得烂熟了的金红色的胡萝卜丝发出了甜热的香味,抓饭盛在一个讲究的带有彩色浮雕花纹的特别大的瓷盘子里。五个人围跪在盘子旁边,用右手的四个手指撮成一个勺形一舀,在盘边上拍一拍,使它结实一点以免掉饭粒,再用大指捏上一捏,最后在大指的帮助下送到嘴边一抹,最后再依次把手指上的饭粒和余油吸吮干净。

即使在吃饭的时候吧,五个人仍然是严肃的。亚森宣礼员的诵读的升华作用和净化作用仍然控制着整个的气氛,连吃饭这个由口齿舌喉、食道胃肠完成的基于食欲的生理活动,也蒙上了一层不寻常的郑重与膜拜的色彩。

然后是饭后的感恩祈祷。对于有神论者来说,饮食是神的恩赐,进食是对于神的恩宠的承受与沐浴,吃饭既是为了满足肠胃对于营养的需要,更是为了满足神性与人性通过用餐而对接的精神与激情的极高端、极生活化需要。一句话,进食是一个崇拜与感恩的典礼,是一个感激涕零的仪式。比食欲的满足更重要一百倍的是进食所带来的敬慕与狂喜。伟大,恩惠,唯一,完整,终极的信仰表现在生活对这种信仰的全面与全程做证上。生活的每一点一滴都是真主伟大的证明。没有真主,哪儿来的生活、人、抓饭、茶,尤其是世界上最最实在也最最普通，最最伟大也最最神圣的馕？而如果世界上有了人，却没有粮食和木材、棉花和羊只、水和盐、空气和阳光，你想想吧……

按照常规，乃孜尔进行到这里也就结束了，客人们也该退去了，但是库图库扎尔的事情这才刚刚开始。

他拦住了要退走的客人，他说：

"各位兄长！由于您们所知道的原因，我没能经常向列位讨教。当然，我的心仍然是向着您们。敬老，这是咱们维吾尔人的传统美德。我在咱们大队任职已经多年，既是为政府效力，也是为同胞尽心，当然，也会有一些注意不到的疏忽。我们维吾尔人又都有背后言长论短、捣杆子的恶癖。何况对于一个担任领导工作的人，更有一群人对他羡妒忌恨！特别是近日以来，更有一些宵小之徒，极力挑拨我的家庭关系，对我儿子的出走造谣生事，说东道西，唯恐我的脸皮长得白白净净。此外，关于我还有些什么言语，以及应该如何对待，还有，各位对于政府及我本人有些什么话要说，万望不吝赐教。各位兄长！您们都是年高德劭的长者，对于邻里间的舆论，起着掌舵定调的决定性作用，希望多加提携救援啊！"

在主人盛情款待的饭后，总是有一种特别融洽亲热的气氛，何况身为大队第一把手的库图库扎尔态度是那样谦卑，措辞是那样文雅，而且亚森的诵经声余音犹在耳边袅袅。斯拉木首先为库图库扎尔的态度感动了，他直率地说：

"库尔班的事情我也听到了议论，原来我还以为您料理有些失当，今天听了您讲的，我才知道乡亲们可能有所误解，我们自然应该代您解释清楚，消除流言。另外，大家议论过的主要是说您很少参加劳动，有些官架子。当然，大家随便说的，也不一定有多少道理，您既然问起，我才说到的。在下非常惭愧，请海涵。"

库图库扎尔连忙点头称是。

马文常接着说：

"由于鄙人年老多病,整日枯坐,守望墓地,实未听说过什么闲言碎语。偶尔若有所闻,也是左耳朵进右耳朵出。鄙人虽说是一无长处,但从来对乡邻的是是非非不感兴趣。如今既然书记吩咐,那好,如若听闻,我一定代为剖析。把您的善心美意表达出去。"

亚森对上面两个人的话都不太满意,斯拉木居然在这个场合说到什么参加劳动的问题,多么不合时宜! 而马文常的话又太空洞。他说：

"库图库扎尔书记担负着全大队的领导职务,为我们日夜辛劳,出力甚多,那么,身为民众百姓的我们自然应该服从您的指挥,遵守政府的法令,至于流言蜚语,谁个遇不到呢? 请不要挂在心上。说到我自己,只能是诚惶诚恐,去年因为上了地主分子的当,对您无礼,险些酿成大错……"

"哪里哪里。"库图库扎尔摆摆手,"都是我胆子太小……我还不是怕你们太冒失找上麻烦……唉!"

其实,亚森素来对库图库扎尔并没有好感,但是,穆斯林的礼貌比他个人的好恶更强,他是一个不抱成见而且讲究礼节的人,他是在一个讲求礼仪的场合,他自然向库图库扎尔表示了极大的善心和诚意。

只有阿西穆一言不发,他比别人更了解他的弟弟,他不相信弟弟的真诚。他弄不清也不想弄清弟弟今天的举动的用意。他选择了和弟弟完全不同的道路。他不期待弟弟的恩惠,也不认为弟弟会加害于他,当然,他更不会妨碍弟弟的事情。其实,不仅是对弟弟,对所有的"旁人"他大体都是抱着这种与世无争的态度,但是,宗教活动的庄严、饭后的融洽与彬彬有礼的谈吐也同样地感动着他。他虽然不说话，却不住地点着头，不管谁说什么，他都一个劲儿地点头表示赞成。

"哥！您也说说吧。"库图库扎尔偏偏缠着阿西穆。

阿西穆脸红了，低下了头。

"您有什么不放心，不高兴的事吗？"库图库扎尔"启发"道，"孩子们都听话吧？牧业队最近卖的肉成色怎么样？"

阿西穆一下子激动起来，他想诉一下孩子不听话的苦，话说了半句又咽回去了。在这儿说这个多么没意思！但肉的话题却使他想起了那天瓜地上库图库扎尔告给他的那个可怕的消息。他恨恨地说：

"从那一天，我就告诉老婆孩子了。宁可不做饭①，但谁也不准买他牧业队的肉！"

阿西穆的话使另三个老者莫名其妙，亚森在这一类事情上比较敏感，他连忙扶着阿西穆的膝头问：

"怎么了？牧业队的肉有什么问题了？"

"有什么问题？"气愤、恐惧、痛苦使阿西穆话说得结结巴巴，"他们要卖自死的羊肉！"

真像是晴天的一个霹雳，三个老者的脸色都变了。马文常的手哆嗦着，几乎昏倒在那里。亚森眼睛瞪了老大，追问："谁说的？谁说的？"就连思想进步、劳动积极、爱社如家的斯拉木也慌了："难道有这样的事？"他问。但是他知道，老实巴交的阿西穆是从来不会说谎的。

亚森追问着情由。阿西穆却眼看别处，不再说话。

"其实呢，这也没有什么了不起喽，"库图库扎尔用一种缓和的

———

① 一般吃馕喝茶，不算做饭，做饭系指有肉有菜的面条、饺子、包子、抓饭等。

456

口气说，"从唯物主义者看来，谁宰、宰不宰，都是那么回事。"库图库扎尔沉吟了一下，看到自己的这句话收到了在死尸身上踢一脚①的效果以后，把话锋一转，"我当然反对他们卖不洁的肉，别的道理不好讲，至少还要讲卫生嘛，防止传染病嘛，而且总不能骗乡亲们！可是伊力哈穆……"他好像是自觉失言似的，拍了一下自己的脑门子，"算了算了，不要再谈这个事了，传出去影响不好，各位兄长，您们再不要问这个事情……"

四位老者走了。他们走的时候情绪变成了愤怒、疑惑和惶惶不安的了。同时，在不同程度上，也都觉得与库图库扎尔更亲近一些了。

送走了客人之后，库图库扎尔把大盘子里的剩饭归置了一下，冷冷地一笑。接着考虑到下一个准备用剩饭招待的，对他来说也是有用的人——尼牙孜泡克。

从这一天起，围绕着伊力哈穆企图（有的干脆说是已然）把死羊肉卖给社员的各种传言，迅速地散布开来。开始，绝大多数人是不相信甚至嗤之以鼻的，但是，说的人太多了，"或许可能吧？谁知道呢？"渐渐地人们忧虑起来。说法也越来越严重，牵扯的面越来越广，问题越提越深。"当然啦，伊力哈穆是不在乎我们的传统的生活方式的，他是跟里希提走的，里希提，早就不信这些了。里希提的老婆就是汉族，她连菜籽和黑夜两个词儿都辨别不清楚②，语言异己的人心术也是异己的……你们想想，里希提的儿子埋葬的时候，念《古兰经》了吗？"有人说。

---

① 犹言"落井下石，火上浇油"之类。
② 指汉族往往发不准小舌音。

"其实，库图库扎尔虽然懒一点，他还是我们的人。他暗地里还守着我们老年间传下来的规矩礼法。你们看，封斋月他白天从来不上别人家去，自己也不吃饭喝茶。来了客人，特别要是上边来了干部，那他没有办法，不能说我在封斋呀，只好陪着客人吃一点。但是开斋的时候，他比别人晚一天①。可伊力哈穆、里希提不同，他们的心早就变了异类啦……""你们听说了吗？现在伊力哈穆和里希提联合起来要收拾库图库扎尔呢……"

这些话说得最多的是尼牙孜。剩抓饭，好言抚慰和许诺，还有赠送的一双半新套鞋发挥了巨大的威力。他从早到晚逢人就讲伊力哈穆的骇人听闻的"罪行"，在合作供销社门市部，在田间地头，在路旁桥头，在水磨，在吸烟和别人对火的时候，在上茅房的时候，他反复地叙述着、描绘着、发展着、评论着伊力哈穆卖死肉的事件，他绘声绘形、眉飞色舞、口吐白沫、声泪俱下，他像着了疯魔一样地除了通过这件事败坏伊力哈穆的名誉以外把一切别的事都忘了……特别是在水磨坊那一次，他给所有去磨面的相识的和陌生的人们讲述这个事情，他的声音竟然盖过了机器的隆隆声，他叙述的鲜明而又可怖的情节使磨面者发出了阵阵刺耳的尖叫……

就在库图库扎尔招待四位老者的同时，在公社党委书记赵志恒同志的办公室，赛里木、赵志恒、公安特派员塔列甫，以及新近从州党校学习回来的玉赛因社长正在研究库图库扎尔和爱国大队的问题。

"……我同意赛里木同志的看法。"赵志恒说，"现在是时候了，应该解决一下库图库扎尔的问题。看来，他到底在一九六二年是

---

① 如在斋月因故未能坚守封斋，开斋时可延后一天以为弥补。

个什么角色,情况相当复杂。据了解,他本人还是坚定的,一九六二年五月,他正让他的养子库尔班打土坯盖房,这当然不是思想动摇的表现。伊力哈穆也讲过,对于当时冒充苏侨要走的麦素木,他的态度也还鲜明。但是,热依穆和伊力哈穆反映的情况,又很可疑……"

"特别是乌尔汗说的情况,使我听了都吓了一跳。"塔列甫插嘴说,"如果伊萨木冬竟是他叫走的,而他本人又隐瞒不谈,这个事情就严重了。现在,关键是把乌尔汗提供的这个新情况闹清、落实……"

"您别着急,"赵志恒向塔列甫做了一个手势,微微一笑,"最好是找一位女同志去和乌尔汗谈一谈。我早说过,七队的小麦被窃不是一个孤立的事件,随着大队阶级斗争盖子的揭开,群众觉悟的提高和社会主义教育的进展,也终究会搞清楚它的原委。至于库图库扎尔,至少,他是一个不诚实的、喜欢说假话的、有点两面三刀的人。他是一个好逸恶劳、脱离群众、不讲党的原则,而且还有些手脚不大干净的人。库图库扎尔对于伊力哈穆的控告,带有恶意打击甚至诬陷的色彩,因为,我很清楚,在对待乌尔汗、廖尼卡、包廷贵、泰外库这些人的态度上,自相矛盾、言行脱节、前后不一、混淆敌我的不是伊力哈穆而是库图库扎尔自己。一九六二年乌尔汗一回来,他就要组织批斗,但是回过头去,他老婆又跑去与乌尔汗来来往往,他又给找儿子,今年割麦子的时候,他竟深夜跑去吃烤肉,谁知他搞的什么名堂……"

"库图库扎尔一九六二年不会有什么问题吧?那样一说可太玄乎了……"玉赛因社长说。这是一个循规蹈矩,非常注意上下左右的关系,不求有功,但求无过,常常充当息事宁人的角色的"好"社长。他不乱说话,态度谦虚和蔼,不管问起谁来,几乎没有人说他有什么毛病，不管搞什么运动，都是群众意见最少的一个干部。他说了这么一句也没有什么别的意思，因为他确实不相信一个在自己的身边土生土长、工作多年的干部会发生什么意想不到的问题。

"也难说，"赛里木笑了，"现在我们暂时不提一九六二年的问题也好，要慎重，要再好好调查一下。我们先抓必要解决也可能解决的问题，我的意见一个是用整风的精神在党支部会上对库图库扎尔的思想作风、工作态度、群众关系等几方面提些批评意见。再有就是把大队工厂的问题和七队队长的问题解决一下。饭总要一口一口地吃，事总要一件一件地办，在这个过程中，看他的态度，再考虑大队领导班子是不是需要作一些调整……我看，本来库图库扎尔当第一把手就是个特殊情况，是麦素木在这儿搞了鬼。反正党内有正常的民主生活嘛，年终总要总结、改选嘛……你们说呢？"

"好。逐步进行比较好。"赵志恒说。

"组织方面的措施你们党委以后专门研究一下吧。爱国大队的情况有一定的代表性。我看咱们倒可以一起分析分析。"赛里木很有兴味地说，"一个是斗争反映在党内，阵线不那么鲜明；随之而来的另一个问题是有些人接过阶级斗争、反修斗争的口号，甚至调子更高，实际上却是故意在把水搅浑……是不是这样呢？对于社会主义时期的阶级斗争，我们需要一点一滴地去摸索规律，积累经验啊！"

"您讲得很好，"塔列甫若有所悟地说，"偷麦子的案子，我就是没有从整个阶级斗争的全局来考察，确实有点让人把水搅浑了，说起来，有嫌疑的人一大堆，一调查，不是证据不足就是干脆排除了嫌疑，要不就是断了线，总是抓不住主要矛盾……结果，费了不少劲，案子还搁浅在那里……"

"我也没有破案子的妙法,"赛里木说,"让我们一步一步地切实地给爱国大队解决一两个问题吧……事情就从这儿开始好吗?"

"好!"大家异口同声地说。

赛里木按照这个精神继续部署了爱国大队的工作。库图库扎尔没有想到赛里木这样快就回来了,而且在支部会上明确提出,下一段要对照"十条"的精神,联系实际,分析点评支部的工作。尤其使库图库扎尔感到威胁的是赵志恒也来参加了支部会。有些话,他敢于到赛里木面前去胡说八道,却不敢当着赵志恒的面端出来混淆视听。因为,他知道,对某些问题,赵志恒和他库图库扎尔一样地一清二楚。

支部会开始集中给库图库扎尔提意见了。意见越提越多,每一个人提的意见都在另外的人的思想上引起了反射和回声。里希提对库图库扎尔说假话的问题和民主作风的问题诚恳地、详细地提出了批评,他说:

"一个共产党员,起码应该是一个老老实实的人。狡猾取巧,以为别人是可以任意玩弄的傻瓜而唯独自己机灵得不行,早晚是要跌跤的。群众的眼睛是雪亮的,这是实话。谁怎么样,大家看得明明白白,即使开头没看明白,过一段时间也会看明白。库图库扎尔多年来为党做了不少的工作,但是他有这个——请他原谅!——不老实的毛病。改掉吧!这些旧社会遗留下来的作风。"

库图库扎尔没有做任何检查,相反,紧接着里希提的发言他反扑了过去。他直言不讳地提出来,里希提和伊力哈穆勾结起来要了阴谋利用党员学习"十条"的机会整他,原因是他们对他当第一把手不服气。

库图库扎尔的这种态度出乎许多人的意外,激起了强烈的愤慨。批评像雨点一样地落到了库图库扎尔的头上。赵志恒也强压着自己的愤怒，要库图库扎尔列举事实来说明他所谓的"阴谋"。库图库扎尔没有想到他的强硬竟收到了完全相反的效果，于是，他闭住嘴巴，一言不发。

就在会议暂时处于僵局后不久，大队里新发生了一件轰动一时的事情。

凌晨。初秋的早晨太阳出来得已经晚多了，已经五点多钟了，赛里木也醒了片刻了，东方的朝霞刚开始发红。一阵急促的脚步声和叩门声催促赛里木下了地，把挡在门口的板凳挪开，拉开门，一看，是库图库扎尔与尼牙孜，库图库扎尔怒气冲冲，目光里带着挑战和嘲讽，尼牙孜紧张万分，不知是由于秋凉还是由于害怕牙齿在打着战。

"有人要杀我！有人要杀我！"尼牙孜抓住赛里木的衣襟就要匍匐在县委书记的脚下。赛里木拉住了他。"您要保护我，您要保护我啊！"尼牙孜哭着，流着鼻涕，嚷嚷着说。

"怎么了？"赛里木一点也摸不着头脑。

"有人在尼扎洪门前贴了告示，扬言要杀害他。"库图库扎尔严肃地说。

"杀害？谁？谁贴了告示？"赛里木一惊。

"就是伊力哈穆的好朋友，俄罗斯族人廖尼卡！"库图库扎尔把眼睛一斜，冷冷地说。

"现在苏修还没打来，他就要杀我了啊！如果苏修打了来，如果新疆成了俄罗斯人的天下，我可怎么办呀……"尼牙孜又哭了起来，他揉着眼，虽然并没有泪。

"我们去看看。"赛里木戴上帽子，脸也没顾上洗就走了出去。

三个人走到了尼牙孜的家门前，那里已经围拢了几个早起的人，但是，在发现赛里木一行人到来以前，从那里传来的围观的人的反应却丝毫没有任何紧张的征兆,相反,赛里木听到的是一阵一阵的笑声。

"笑什么?"库图库扎尔恶狠狠地喝道。

"别走嘛,"赛里木叫住被库图库扎尔的吆喝所驱逐、准备离去的人,"一起看看吧,你们有什么意见也可以发表嘛。"

人们给赛里木让开了地方。赛里木走过去,先看到尼牙孜家门前的杨树上高高吊着一只死乌鸦,乌鸦的爪子卷曲着,翅膀垂了下来,十分难看,乌鸦下面,杨树干上贴着一张纸头,上面是歪歪斜斜的维文字母。耐心地辨认一下,如果能把拼缀的错误改过来,把漏掉的字母补上,可以看出上面写的是:

> 这只乌鸦,是一个偷儿,又是一个长舌者,一个到处拉稀屎的家伙①。他到处乱嘎嘎,凭空造谣,诬陷好人,屡教不改,民愤极大,特处以死刑,并警告其同类,如果继续为非作歹,信口雌黄,也将遭到可耻的下场。

最后是用俄文署的名——廖尼卡。

说实在的,如果身旁没有他们这两个人,赛里木看后也会笑起来的。

"您看见了吧?书记!这是怎样的污辱呀!竟把死乌鸦挂在我的门前!难道我是一只乌鸦吗……"尼牙孜说。

库图库扎尔嫌他说得不伦不类,把话抢了过去:"这是露骨的企图谋杀,是猖狂的恫吓,现在,尼扎洪的生命安全受到严重的威胁……"

"是的是的,我受到极大的威胁,我请求派民兵给我站岗!我的老婆比我年轻得多,她才三十多岁!我还有五个孩子,最小的才

---

① 指诽谤者。

一岁！我不能死啊……"

"廖尼卡为什么要搞这个呢？您们两个有什么冲突吗？他对您有什么仇恨吗？"赛里木问。

"我们……这个，没有什么，只是那天在水磨坊，我说了伊力哈穆……"

"关键还在伊力哈穆身上。"库图库扎尔强调说。

"噢，那天在水磨坊，您们为了伊力哈穆的什么事情而互相争吵呢？是不是争吵了？"

"这个……我们没有争吵……"

"没有争吵，没有争吵，你们互相抓住衣领，几乎动手打了起来！"一声响亮的插话从背后传来，是热依穆的老伴再娜甫，她说：

"尼扎洪那天在水磨坊说伊力哈穆给社员卖死羊肉，艾来白来，骂了一通，廖尼卡不让他胡说，他们两个人就打了起来。"

"伊力哈穆卖死羊肉？"赛里木问。其实，这个情况他已经有所耳闻了。

"哇呀，最近到处都在说这个事情呢？真不知道是哪个喂狗的死家伙编造出来的下流谣言！"再娜甫愤慨地说。

"好了，好了。"库图库扎尔挥了挥手，"现在的问题是尼扎洪的安全……"

"是的是的，晚上谁来给我站岗呢？"

赛里木默默地把尼牙孜打量了一下，这个红肿的眼皮上粘满了眼屎，包脚布从破皮靴的勒子上奔拉到了地上的人，到底是个什么人，他又要干什么呢？

"你把它拿下来吧，"赛里木指着死乌鸦，对尼牙孜说，"您的安全，我保护。需要的话，我来给您站岗。"然后他转问库图库扎尔，"其余的情况，我们回去研究一下吧。"

晚上,库图库扎尔在支部会上提出了这个问题,他声色俱厉地要求立即对廖尼卡的图谋杀人的罪行采取严厉的措施。他说:

"如果在这个问题上犹豫软弱,那就是包庇阶级敌人,包庇修正主义。"

"那尼牙孜说伊力哈穆卖死羊肉又是怎么回事呢?"赛里木问。

"群众反映嘛!群众的意见嘛!反正风不吹树枝就不会摇,总是或多或少有一些根据的嘛!人人都在说嘛!大家都在讲嘛!又不是尼牙孜的新发明……"

"不,不是尼牙孜发明的,它是您,库图库扎尔同志亲自制造出来的谎话!"

一声冷静的、清晰而有力的声音从门口传来。来的是伊力哈穆,面色红润,在养病期间长得胖一些了的伊力哈穆精神奕奕地出现在会场上了。

会议一时中断了,大家纷纷向伊力哈穆问好。"您什么时候回来的?"人们七嘴八舌地问。

"我早晨就到了庄子。"伊力哈穆说,"我沿着那条土路回来的,甚至在新生活大队我岳父那里我也听到了卖死羊肉的谣言,传得真快呀!我已经一家一家地打听了,调查了,亚森大伯家,阿西穆大伯家,我都去了。原来,这个低级的谣言出自咱们的库图库扎尔同志的口……库图库扎尔同志!对我有什么意见,为什么不摆出来大家一起谈呢?您这算是搞什么呢……"

"哪里有这样的事?"库图库扎尔抵赖着,但是,他的火力已经支持不住了,他看到了群众愤怒的目光,他更看到了公社党委书记和县委书记的愤怒的目光……

"上了那个写匿名信的小子的当了……什么重机枪!当人抓起重机枪的时候,别人却向你架起了榴弹炮!"库图库扎尔悻悻地想。

紧接着，又出现了两件使形势急转直下的事情。这天下午，包廷贵回来了，他愁眉苦脸，垂头丧气，他的背后还跟着两个汉族干部。他既没有回庄子也没有到加工厂，而是在两名干部的陪同下直接到了公社。两个干部掏出了介绍信，他们来自乌鲁木齐的配件材料厂。这个厂有一个材料员，是包廷贵的同乡和密友。在城市"五反"运动中，这个材料员由于贪污腐化，特别严重的是由于非法盗窃和转卖汽车零部件而被揪了出来。包廷贵一直与他来来往往，鬼鬼祟祟，引起了厂方的注意。最近一次包廷贵企图帮助这个材料员转移赃物，被发觉和扣留了。据材料员交代，他曾多次偷出贵重的或市场上畅销及一时缺货的汽车零部件交给包廷贵搞地下汽车修配。材料员还交代，包廷贵的真名叫郜丁和，原来是四川一个运输队的，是因为犯有贪污错误而跑出来的。包廷贵开始时百般抵赖，后来在材料员当面对质下承认了自己有一些不法活动，并交代自己是伊犁跃进公社爱国大队的社员。在包廷贵的物品中，有贵重的和田壁毯，还有一些按指标严格控制供应的生产资料，生胶、合金焊条等，来历不明。为此，这个工厂的保卫科特地派两个人把包廷贵遣送了回来，希望公社弄清包廷贵的身份并协助提供有关包廷贵与材料员狼狈为奸、从事不法活动的事实。

新闻也总是像鸟儿一样地成双成对地飞来，就在包廷贵被送回来的那天，从遥远的南疆岳普湖县洋达克公社来了一封信，信是以公社党委的名义写来的，信上说：

　　我社×大队×生产队社员惹扎特库尔班同志年老多病，生活有一些困难。他的儿子库尔班惹扎特曾随他的姨妈、贵社爱国大队的帕夏汗同志去到伊犁,后库尔班因不堪他的姨父库图库扎尔的虐待而出逃。由于碰到了好心的汽车驾驶员,历经周折,他终于回到了家乡。回家以后才发现,父亲数次接到自贵公社汇来的钱,前后合计共达五十元。汇款人姓名填的是库尔班,但库尔班几个月来一直在路途上当临时工和等适合的便车,根本没有给父亲汇钱。据库尔班的估计,是贵社爱国大队生产队的共产党员伊力哈穆同志汇来的……请向伊力哈穆同志表示深切的谢意,请他以后不必再汇钱来了……我公社对于某些困难户的生活问题照顾得不够周到,惹扎特库尔班父子的遭遇反映了我们工作中的问题,目前正在"四清"运动中检查和纠正这方面的缺点错误,力求今后把工作做得更好……

赵志恒把信给赛里木看了。他们把伊力哈穆找了来,问起冒名汇钱的事。伊力哈穆的脸倏地变红了。一贯不会说假话的伊力哈穆这次却说了假话,他坚持他没有汇过钱。他的坚决使两位书记也疑惑了起来:"也许是别人汇的? 助人为乐正在蔚然成风啊!"他们想。但是,有两点却可以肯定了:一是库图库扎尔确实虐待了库尔班;二是伊力哈穆没有也不可能有过挑拨他们父子关系的行为。

库图库扎尔不得不开始检讨了,他且战且退,阵脚并没有大乱。包廷贵的问题,他着重检查自己的"失察",他说他缺乏阶级斗争的经验,没有过细地检查加工厂的工作。同时,过分地强调了对汉族同志的团结而忽略了思想教育与必要的斗争。总之,一个麻痹,一个官僚主义,一个过分注意团结汉族同志,便是他在这个问题上的全部错误(最后一条显然与其说是"错误"不如说是优点)。库尔班的问题,他也作了与当时在庄子时候区别不多的所谓检讨。

最糟糕、最讨厌、最令人恨得牙龈酸痛的是关于他对伊力哈穆的诬陷，这个话他说不圆讲不清。卖死肉的事情他一赖到底，他说他也是听别人说的，他知道，亚森阿西穆之流是不会当面揭发他的。别的方面，他承认自己有严重的个人主义，个人英雄主义，甚至打击别人抬高自己，他含着泪说：

"我对不起党！对不起同志！我从个人成见出发，说了一些不负责任的话，我的思想太肮脏了，我掉在了泥坑里，请同志们拯救我……"

有人认为库图库扎尔的检讨不像样子。也有很多人基本上满意了，萨妮尔等几个女党员当库图库扎尔声音呜咽的时候她们的心也软了，农村干部嘛，作个检讨也不像知识分子那样头头是道，他服输了，这就对了，那么大的个人，还是领导，低着头说自己思想肮脏，这态度也就可以了。

也有曲折。为了弄清"要害"情节，塔列甫委托公社妇联主任帕提姑丽找乌尔汗谈了一次话。谁想到，乌尔汗又不承认了："没听清，没记得……"她重复地老是说着这几个词，这可真把塔列甫特派员给气坏了。但是他想起了赵书记的提醒，他没有急于给乌尔汗施加什么压力……

秋收大忙季节到了，州上的"四清"工作队集训的时间也近了，赛里木同志将要暂时离开大队一段时间了。临走前，他又参加了几次七队的社员会议，还专门找穆萨队长谈了一次。穆萨的态度看来蛮不错，凡是提出来的意见他都表示接受。同时，他要求辞去队长的职务，理由之一就是他的老婆再也不允许他干下去了。"我当干部就一定会犯错误，我不会像上级文件要求的那样来工作，我只能按我的路子，还是让我抡砍土镘吧，我的力气和技巧还是管用的。"他向赛里木坦白地说。

赛里木走以前公社党委正式研究了这个大队的事情。党委决定：

一、调整大队和七队的领导干部。这放在秋收以后通过正常的民主生活来解决，不包含什么撤职、处分之类的意味。

二、加紧内查外调。除了和小麦窃案有关的人以外，还要查清包廷贵的面目。公社党委给四川某运输队发出了正式调函。同时，还要深入调查玛丽汗和依卜拉欣的破坏活动。

三、继续组织学习，学习"前十条"和毛主席的其他著作。

这年冬天，大队党支部和七队都进行了改选，说来有趣，里希提和库图库扎尔的职务再次进行了互调。而在七队，穆萨下去了，由伊力哈穆接任了队长。

作为调整领导干部的立竿见影的成效是，在雀儿沟进行了大规模的土地平整会战，《伊犁日报》的记者来采访，并且照了相登在报纸上。

小说人语：

为什么有的人在神的面前，无所不敬，无所不畏，无所不善；而在同种的人面前，无所不恶，无所不伪，无所不为！

第二十七章 眼眶忽泪　浇水人怀念老队长
　　　　　　婚礼正乐　肇事牛侵犯嫩麦苗

　　一九六四年十一月十七日下午,跃进公社爱国大队第七生产队的队长伊力哈穆从县里开会回来。

　　虽然有班车,但是他宁愿走路。经过十天的会议生活:报告啦,小组讨论啦,读文件啦,大会发言啦,他渴望在秋日的蓝天和阳光下边,沿着林荫大道、田间的带着作物茬子的小路、河滩和木桥走一走,顺便看一看沿路各个兄弟公社的农事。

　　已经是深秋了。但是,今天的太阳特别好,它不理会肃杀的冬日已经临近,依旧是那样温暖、明亮、饱满。也许,正是因为刚刚经过了连续的阴冷的雨天,所以才更觉得这驱散了清晨薄雾,融化了渠埂上的冰碴的阳光是分外可爱吧?也许,这是今年的最后一个好天了吧?气象台不是又在预报什么“低压槽”“自西向东,多云转阴”了吗?正像过分的幸福会招来不幸一样,在新疆,过分的晴好往往也是“闹天儿”的前奏。然后将是冰封雪冻的、漫长的严冷的冬天。但是无论如何,这夏季①的最后的流连仍然是使人愉快的;伊力哈穆身上发热了,他解开了新穿上不久的棉衣的衣扣,怀着一种满足和依恋的心情,接受着阳光的抚爱,大步走在公路上。

　　路旁的高耸的杨树林差不多已经落光了叶子,虽然时而能够看到几片挂在枝头的生命力特别旺盛的,似乎是前不久才萌发出

---

　　①　参见前文关于一年简化为两季的叙述。

来的翠绿的小新叶的迎风颤动。落了叶的杨树,像一个个刚刚表演了热烈的舞蹈节目,卸下了繁复的头饰与长大的舞台服装的演员,显得更加精悍、纯朴、大方、亭亭玉立。灰白色的树干,和仍然是富有弹性的、疏密合宜的争相伸向高空的枝条,在阳光下像水洗过一样的干净清晰、轮廓分明,它们是舒展的、宁静的和骄傲的。它们好像在和天空谈心:"一夏天,我们没有浪费时光,没有辜负温热,我们长了那么多。现在,为了明年的蓬勃兴旺的新的生长壮大,我们已经准备好了迎接冬天……"哪怕是面临严寒风雪,我们的树木仍然是那样从容和舒展,我们的枝条仍然是那样平静和谦逊,我们的光影仍然是那样错落与随意。

庄稼不见了,青纱帐已经卷起,田地脱下了覆盖终年的由绿变黄的羽衣,敞开它那巨大无边的胸膛,拥抱着这深秋的,或者更正确一点应该说是初冬的太阳。人们的视线可以不受阻碍地看到远方的地平线,看到雪山的越来越大的银冠,看到伊犁河对岸察布查尔的牧羊人点燃的堆堆篝火,团团烟气升腾在晴朗透明的天空中,消散无迹。

在远远的一块田地里,伊力哈穆看到有一辆四轮马车和两辆木轮牛车正在装运苞谷。仍然穿着色彩鲜艳的衣裙的女社员们,七手八脚地从成堆的金黄色的玉米中,抄起一个个棒子扔到车上。随风传来她们热烈的说笑声。另外还有几辆多半是社员私有的驴车,正在摞玉米秸,伊力哈穆仿佛也听到了踩压玉米秸时发出的咔咔声。

"他们秋收的'尾巴'太长了呢。"伊力哈穆不由得想起,五天以前他给家里打电话的时候,热依穆副队长告诉他,他们队里的田地已经收拾干净了,玉米和糜子都拉运到了场上,再有一周到十天就可以脱粒完毕,给生产队的马厩和社员个人做饲料用的玉米秸,也已经拉运和分配光了。现在,队里的车辆已经转入拉运冬季取暖用煤炭……

"你们是先进队,各项工作走在了前面,你们是全县的希望……"发奖大会上县委李副书记讲话的声音又回响在伊力哈穆的耳边。还有什么东西能比得上党的鼓励,能给人这么大的力量,使人振奋、充实、信心百倍呢? 是的,他们的工作是抓得很紧的,例如,秋收的进度,显然就比这个正在拉玉米棒子的队快得多。伊力哈穆微笑着,迈大了步子。然而……

"然而……"下面的事情还没有来得及想下去,伊力哈穆被一块麦田的景象立马吸引住了。就在路旁,是一大片平坦、齐整的麦田,好像被一个巨大的梳子梳理过一样,每一行,每一株小麦,都是那样均匀,高矮相同,疏密一致,色泽鲜明,行垄笔直,几个健壮的汉子正在田里灌封冻前的最后一遍水,大水从容地流淌在平坦的麦田中,闪耀着晚秋的太阳的明朗的光辉,散发着亲切的、唤起人们对于来年的丰收的无限希望的潮湿泥土的芳香。

人们常常把美好的田园比作锦绣。但是,这片一望无边的麦田,它的精致、巨大和活力却是任何织锦和绣花的能工巧匠所模拟不出来的。庄稼人看到了理想的、过去只存在在自己的向往当中的庄稼,他怎么能不激动呢? 伊力哈穆呆住了。

"多么好!"伊力哈穆由衷地赞叹着。他忍不住向浇水的人打招呼,"萨拉姆,你们的麦田真像个样子哪!"

"还能不是这样吗? 我们的目标是,单产超过四百斤!"一个靠地边比较近的、身材高大、面孔黑亮黑亮的浇水人,回头略略打量了伊力哈穆一眼,响亮地、豪放地回答。

"超过四百斤! 今年呢,今年的亩产达到了多少?"伊力哈穆感兴趣地问。

浇水人没有马上回答伊力哈穆的问话,他沉着而又稳健地抡起了砍土镘——伊力哈穆看见砍土镘高高举起时钢片的晃眼的反光。浇水人几下就改好了入水的"口子",然后,他向路边走来,巧妙地跨越和绕过了已经被水浸软了的土地,三蹿两跳来到了伊力哈穆的面前。

两个人像老朋友一样地坐在渠埂上,浇水人递过来烟荷包和裁好了的纸,当伊力哈穆表示感谢并声明自己不会吸烟以后,他饶有兴味地把纸折上一道印,用左手的食指和中指夹住纸条,用右手的三个手指从烟荷包里一捏,沙拉,金黄色的莫合烟粒不多不少地洒在了纸上,然后用口水一粘,点着,满意地吸了一口烟,他不忙回答伊力哈穆关于产量和技术措施的一系列问题,先自问自答道:"为什么我们的麦地搞得好呢?因为我们有一个比金子还宝贵的队长!"

"你们是哪个队?"伊力哈穆问。

"红星二队。"

"红星二队?"伊力哈穆想起大会发言中介绍的红星二队的事迹来了,"你们的队长是不是那个高个子的年轻人!"

"不,"浇水人沉重地摇摇头,"我说的不是他。当然,他也是个上好的小伙子。我说的是我们原来的老队长……他已经没有了。"

浇水人的眼眶里涌出了泪水:"老队长把他的全部的生命和心血献给了我们队的土地。您过去走过这里吗?没有?那您不知道,这里原来是一片碱洼、沼泽、芦苇、杂草,有时候还有浑身是刺的野猪出没……是我们的老队长提出了改造这一片土地的计划,然后带领我们一砍土镘一砍土镘挖掉了杂草和草根,一抬把子一抬把子抬来了防止板结的沙性土。有一个好吃懒做的二流子社员,受了地主的挑拨,嫌这个活儿太苦、收效太慢,拔出匕首来威胁我们的老队长，要他下令从这片沼泽地上撤走，但是，他没有动摇，坚持下来了。从五八年开始，整整干了六年，谁知道，老队长一年前得了肝癌，他还瞒着大家……最后，他让家里人把他抬到这块地里，褥子就铺在渠埂上，他看着小麦播种的情况，询问着，关心着，就在这块地里闭上了他的眼睛……"浇水人呜咽了，夹在手里的莫合烟也忘了吸。

"你们的老队长多大年纪了？"

"其实，他只有四十几岁，但是，我们所有的人都称他作队长哥，连胡须白了的老汉也这样称叫。啊，这才是真正的队长呢！他去世以后，我们才知道，他把一切都献给队里了。他的毡子在马厩里，他总希望饲养员睡得更舒服一点。他的大号煤油灯给了会计，队办公室的灯罩子砸了，他换回去，改造了一下，只点一个秃捻儿。他的三百块钱的存款，交给了队里垫付了农药的货款……甚至他家的铁锁也给了队上用，他出门时只在门环上别一个树杈子……老弟，您知道什么叫队长吗？他是全队的指望，全队的头脑，全队的心。全队的社员，还有上级，都眼巴巴地望着他。干活的时候是不是吃苦在前？分瓜果的时候是不是享福在后？割草的时候是不是先公后私？派活的时候是不是调配得当？社员埋怨、发牢骚的时候能不能受得住？坏人捣蛋的时候是不是制得服？大家，上边、下边，都看着哩！遇到一个好队长，真是社员的福气，是土地的福气，是队里的牲畜和犁铧的福气——我们的麦地怎么能种得不好呢？"

浇水人问道：

"您到哪里去？跃进公社？还有不近的一段路呢。请，到我那儿休息吧。您看见了吗，那边的电线杆子？旁边的白房子就是我的家。走，到我房子里喝碗茶呀什么的吧！"

伊力哈穆深深地为他的热情和爽快所感动了,他站了起来,用右手扶住左胸,屈身行礼说:"谢谢,您请! 我走了,我还得赶路……"

和浇水人的谈话使他激动、羡慕而又不安。队长,他感到了这两个字的千钧重的分量。他还差得远! 刚才想起秋粮的收获进度还有点沾沾自喜呢,他觉得汗流浃背了。

在新生活大队的路边,有一辆四轮马车——这里俗称槽子车的奔驰而来,扬起了团团烟尘,马匹的笼头的红缨穗摇摆颤动,马头上的一串铜铃发出清脆悦耳的丁零声。车上坐满了盛装的青年男女,他们说着,笑着,唱着,弹着热瓦甫和都塔尔。车辆远远赶来,离伊力哈穆还有二十来米,就嚷成了一片:

"伊力哈穆大哥!"

"伊力哈穆队长!"

"嗨,伊力哈穆! 嗨,伊力哈穆阿洪!"

槽子车一下子停了下来。正跑得起劲的白马摇着头,喷着气,烦躁地抖鬃长嘶。伊力哈穆认出了这都是本公社新生活大队的年轻人之后,快步跑过去——和大家握手问好。人们问:"这是从哪里来?"

"我从县里开会回来。"

"我们吗?"七嘴八舌的回答中叫得最响的是坐在车辕上的一个瘦瘦的姑娘,她住家就在米琪儿婉娘家的隔壁,她晃荡着腿,喊道:

"瞧您! 您这是怎么了? 聚餐的时候酒喝多了吗? 把脑袋丢在县里的大干部的会议室里了吗? 这么大的事儿您会忘了? 哎,您这个官僚主义……"

一边说,一边笑。她的话逗得大家都笑了,姑娘们更是咯咯咯笑个不住，本来，生活对于她们是这样地可喜，逗趣，就是她们的性格，她们的天职。何况在这样的时刻呢，一种奇妙的暖人快乐在冲激着她们的心，健壮的白马也被这欢愉的喧嚣声浪所感染了，它斜歪着头，再次嘶鸣起来。

伊力哈穆这才蓦地想起，今天是他的远房兄弟艾拜杜拉举行婚礼的日子。

"对，您说得正确，我就是差点忘记了。"伊力哈穆谦和地笑了。然后，他打趣道：

"我不像你们这些未婚的年轻人：对于旁人的婚事是那么关心，那么有兴趣，耳朵那么长……"

伊力哈穆的话引起了又一阵哄笑，姑娘们嬉戏地嗔骂着他，同时，给他腾出了位子。伊力哈穆一跃上了车。懂人意的白马不等吆喝，立即放开了四蹄，拉动满载欢笑的四轮车，向前奔去。

在颠簸摇荡的四轮车上，伊力哈穆想着艾拜杜拉的婚事，这个瘦瘦的姑娘说他是"官僚主义"，这个帽子是扣对了，他由衷地服气。问题还不在于他一时没有想起这帮人是去参加婚礼的。"官僚"就"官僚"在他事先竟对他们的爱情一无所知。而艾拜杜拉是他的兄弟，是他最亲近的同志，在他的眼睛里，艾拜杜拉的心好像是水晶做的，从来没有保留，没有遮掩。然而，这一次，他的心事却埋得这样深……今年春天，艾拜杜拉到他家帮他修廊檐，然后，他们一起吃了饭。吃罢饭，米琪儿婉还在刷碗，艾拜杜拉叫了一声："哥，姐……"他的脸一下子红了，但他还是清清楚楚地说了下去，"我要成家啦！"

"谁？"米琪儿婉马上微笑着抬起了头，妇女们听到了这样的事情总是特别热情而且喜悦，不等艾拜杜拉说话，她问道，"是不是特克斯县你那个舅舅的小女儿？"

"舅舅的小女儿"他们是见过的,稀疏的黄头发,红扑扑的脸,非常动人的面颊上的酒靥。前不久似乎有人来说合他们的亲事。

"不是。"艾拜杜拉摇着头,连忙否认。

"那是……"米琪儿婉不明白了。

艾拜杜拉用手指了指,表示就在他们的隔壁。

"吐尔逊贝薇!"米琪儿婉惊喜地欢呼。

"不!"艾拜杜拉低下了头。

米琪儿婉的脸上现出了惶惑的表情,小伙子的心上人是谁?她怎么能像一个笨孩子猜谜语那样地瞎猜乱碰呢?她尴尬地、抱歉地看了自己的丈夫一眼。

如果说开始时他也同样有点迷惑,这时,伊力哈穆已经知道是谁了。但是他仍然摆脱不了由于意外而一下子不敢肯定的心情。他们俩是多么地不相像啊。艾拜杜拉又是什么时候学会了甚至向伊力哈穆也隐瞒着心头的秘密呢?这是合适的吗?后果将是美满的吗?这是一时的热情还是业已经过深思熟虑的考验、经过亲人和好友的商量、建议而最后得到了支持和认可的婚姻呢?

米琪儿婉也明白了。虽然她拼命地克制自己,但是,她仍然忍不住小心翼翼地讲出了名字:

"雪林姑丽!"

于是艾拜杜拉抬起了头,他说:"嗯。"他兴奋地、期待地、又是像小孩子一样老实地看一看米琪儿婉,再看一看伊力哈穆。他们也含笑望着他。但是,他需要的是更强烈得多的赞许,他催问道:"哥,姐,你们说话呀,行吗?"

艾拜杜拉的信赖的目光鼓励了米琪儿婉。米琪儿婉本来就是个不会说假话的人,何况对弟弟,她迟疑地问:"好像她比您还大……"

"不，我们同岁。"

"她结过婚……"米琪儿婉没有再说下去。伊力哈穆用目光止住了她，同时，她也看到了她的这话引起了什么反应，艾拜杜拉的目光变得何等冷峻了……

"这难道是她的过错？"艾拜杜拉咬着嘴唇，压低了声音说。他的声音是颤抖的。他的眼角溢出了泪水。

还有比艾拜杜拉本人更有说服力的吗？伊力哈穆夫妇的犹疑和保留刹那间便烟消云散了。他们分享着他的激动和幸福，他们向他祝贺。米琪儿婉的一句话更是彻底扫尽了艾拜杜拉哪怕只是一丝一毫的愠恼，米琪儿婉说：

"我所以那样说，是因为再不能让任何人、任何事去伤害雪林姑丽的心……"

……但是，这件事在伊力哈穆的心目中，似乎仍然包含着那么一粒沙子。他想起了两年多以前的那个天色微茫的清晨，额角上沁着血痕的雪林姑丽，他想起了泰外库。是他支持了雪林姑丽的离婚的要求，并且亲自与泰外库谈了话，是他找大队的文书兼民政干部给他们开了去公社办理手续的介绍信……如今，为什么偏偏是他的弟弟艾拜杜拉娶了雪林姑丽呢？但是，又为什么偏偏不能或者不应该是艾拜杜拉呢？也许，他的这个顾虑是很没意思，完全不必要的吧？

车到村口了，伊力哈穆跳了下来。他家也顾不得回，用冰凉刺骨的渠水洗了个脸，便匆匆地赶到了婚礼上。

婚礼是盛大的，虽然艾拜杜拉和雪林姑丽商量好，十分注意物质上要简朴一些，而且他们一再强调不收贺礼。但是，差不多全村的男女老少，还有许多外队的客人都前来道贺了。在农村，人与人的关系是亲密的。千丝万缕的血缘纽带，同饮一渠水、同耕一块田、同命运共甘苦的乡邻情谊,同时,由于现今农村的条件,生活资料并没有完全商品化,离开生活上的互通有无大多数人都无法过日子,这种条件下所形成的公社社员间的频密来往,使人们对于哪怕是几十公里以外的一桩婚丧嫁娶也不可能无动于衷,何况是对于艾拜杜拉这样一个党员、干部、名声好、品行端正的小伙子和雪林姑丽这样一个善良、温顺,而又经历了许多不幸的女子?再说,在这个丰收之后的深秋季节,他们的婚姻给农村带来了节日般的欢乐,给农民们的日常生活涂上了一抹美妙的金红的彩色。从下午,就有数不清的客人乘车、骑马、骑驴、骑自行车和徒步到来,称得上是规模盛大了。

按照维吾尔人的古老的风习,客人们按照年龄和性别分成了四摊子:

年长的男人在艾拜杜拉的家里,由艾拜杜拉的父亲负责招待。来到这儿的人都像是礼仪的化身,是办喜事也罢,他们端端跪坐,不喧哗,不吵闹,时而用赞美诗一样的文雅而简练的语言表达着尊严的长者对于晚辈的祝贺之情。

年长的妇女在米琪儿婉的家里,米琪儿婉今天以嫂子的身份在再娜甫干练的协助下给客人们倒茶端糖果。这边厢的客人大都有一种评论家的热忱,似乎她们参加婚礼的目的是进行广泛的、善意的却也是相当严格的检查评议。她们是舆论的化身,她们是民间的评议委员会。她们无微不至地评论着新郎和新娘:从他和她的家庭、历史、德、才到经济状况和个人脾性,从他和她的身体、长相、动作特点到衣饰装束举止上的得失。她们还评论着婚礼:从馕和奶茶的质量和色泽、婚礼的办事人员是否称职到来的客人们的数量和举止。今天,除了极少几个贪吃的馋嘴婆因为没有吃上抓饭而失望、而沉默之外,绝大多数女客都对新郎、新娘和婚礼做出了慷慨的赞扬。

　　然后第三摊是女孩子们，姑娘们和年轻的媳妇们，她们聚集在吐尔逊贝薇的房间里。由雪林姑丽的好友吐尔逊贝薇做主人。雪林姑丽在这里低头静坐，像个木偶似的动也不动。哦，怎么是木偶呢？看看她的脸庞吧，她好像换了一个人，娇艳、温存，像一束五月的红丁香①。在这儿，姑娘们欢声笑语，轻歌曼舞。她们快乐，但是远远不像在其他场合那样放肆。这是因为，她们的心都与雪林姑丽相通，她们的心头都有一只小鹿，小鹿悄悄地、剧烈地、扑朔迷离地跳动着。她们分享着雪林姑丽的一切，分享着她的幸福，也分享着她的羞涩与温柔。她们现在是爱情的承载者，每个人心里都充满了爱的记忆、流连和向往，也许还有焦渴，每个人心里都起伏着一股热流。看，我们的"主人"，勇敢而倔强的团支部书记吐尔逊贝薇的眼睛上，不是也闪烁着特别的火星儿吗？我们的汉族同胞，在这一群人里的最年长的姑娘，县农技站驻社技术员杨辉，从她的笑容里，不是也可以发现她的情思和怀念吗？

　　最后，才说到了男青年们。这儿才叫办喜事呢！他们，就是那个"喜"，更正确地说是囍字的化身！手指飞快地拨动着热瓦甫和都塔尔的琴弦，弹琴的人双目不睁，煞有介事，摇头晃脑，完全陶醉在那春风细雨般的旋律里。深情的领唱，欢腾的伴唱，夹杂着一声声"哎依巴拉！""亚夏！"②的感叹和欢呼。脚步轻轻，像鹏鸟展翅一样地伸展着臂膀，人们相互邀请，轮番翩翩起舞。"为了健康！"酒杯在客人们手中传递③。伊力哈穆一到这里，便立即沉浸在年轻

---

①　雪林姑丽，维吾尔语是丁香花的意思。
②　"巴拉"是孩子、哥们儿、伙计之意，"亚夏"这里可译"万岁"，这是维吾尔人听歌时欢呼和应和时常用的词。
③　维吾尔人喝酒，是用一个酒杯轮流喝。干杯前往往要说一句"为了健康""为了友谊"之类的吉祥话。

人的欢乐里了。按他的身份,他本应去参加第一个摊子的礼仪性的聚坐,他已经去过了。按他的年龄,他到这里来也并不勉强。为了不使年轻人因为他这个兄长的到来而拘束,也因为他确实被这场面所感动,他略略打破了常规,接过了酒杯,向宾客们致谢,向艾拜杜拉表示了热烈的祝贺。

当他高举酒杯,一饮而尽,脸上泛出红晕来的时候,传来了急促的脚步声。新上任的保管员、共青团员伊明江跑了进来,顾不得理会待客的让座,他匆匆问道:

"伊力哈穆哥在这里吗?"

伊力哈穆被叫了出去,门外站着阿卜都热合曼,旁边还有一条大黑牛。老汉一见伊力哈穆便喊道。

"这是什么事?尼牙孜泡克又把他的奶牛放到了麦地里,趁着大家都去参加婚礼的时候,把麦苗吃了个够,这是第三次了,看,我把牛抓了来!"

肇事的牛毫不自觉地摆着尾巴,还伸过头去要拱矮个子的老汉,阿卜都热合曼愤愤地照着牛就是一拳。

伊力哈穆伸手拦住了他,说:"走,我们看看去。"

三个人牵着牛来到了被侵犯的麦田。老大一片麦苗,被牛连啃带踩,糟蹋得不成样子。

"这个尼牙孜是个什么人?"阿卜都热合曼气得发抖,"天天装病不出工,光知道跟队上要钱要粮,光知道捣乱!"

"他已经欠队上一百四十多块钱了,可他一说起话来,倒好像队上欠着他……"伊明江插嘴说。

"他完全是有意的。把鸡赶到麦场,把毛驴子拴到人家四队的苜蓿地里。这不是,趁着大家都去参加婚礼,又放出牛来……种这么一块麦子,不知要花多少时间和力气,破坏起来却只要一会儿。

如果咱们队里再有几个尼牙孜,干脆社员就得喝西北风!"热合曼说着说着不由得用粗话骂了起来。

伊力哈穆看着那麦地里的零乱的牛蹄子印,就像牛踩到了他的心上。他想起了路上看到的红星二队的麦田,想起了县上的会议上发出的学大寨的号召,想起了欢乐的婚礼。为什么当人们满怀信心地用忘我的劳动创造自己的新生活的时候,却有那么一些卑劣的宵小之徒,无孔不入地伸出他们自私的黑手,毫无顾惜地去败坏农田,败坏集体的财富,而且败坏着人们的精神和心绪,这是一种为了用一根树枝而不惜点燃一片树林,为了喝一勺水不惜破坏一口井的人,又正确地说,不是人,而是爬虫。这样的爬虫怎么配得上人民公社社员的称号! 这是能够忍受的吗? 伊力哈穆拼命抑制着自己的痛心和愤怒,他问:

"你们说怎么办?"

"扣他的牛,扣他的牛!"一老一少同时说道,"不但要让他赔偿麦地的损失,而且扣下牛抵债!"

伊力哈穆略略沉默。两双眼睛期待地看着他,然后他猛一挥手:

"把牛关到队里的牛栏里去!"

小说人语:

我喜欢收割后的疏朗,严寒前的晴暖,震荡中的爱情,风雨中的温馨与宁静,以及绝非易于实现的善良与威严的大公无私之梦。

难忘伊犁绿洲。难忘深秋晴空。难忘收割后的空旷与清明。难忘行走中的远眺一瞥。难忘盛年乱世的被豪迈的故事。难忘阻挡不了的欢歌曼舞……

茅盾文学奖
获奖作品全集

这边风景

下卷

王蒙———

著

人民文学出版社

这边风景

下 卷

第二十八章　尬饿交加　泰车夫空腹候科长
马穆拼盘　麦素木巧舌动亚森

　　正像在一切事情上消息灵通一样,麦素木"科长"当夜就得知了扣牛的事情。第二天一大早,不顾老婆古海丽巴侬的怀疑和保留,他端起一大碗熬过了的、浮着耀眼的黄油和厚实的奶皮子的牛奶来到了尼牙孜的家。进门的时候,他的满意的笑容马上变成了同情的愁眉苦脸。

　　顺便说一下,伊犁农家饲养的奶牛,是一些土种牛,个头约为丹麦、荷兰良种牛的三分之一或二分之一,牛乳产量约一公斤半至七八公斤,所需饲料也不太多。内地的汉族居民往往无法想象北部新疆农家对于奶牛的饲养,人们往往会认为养奶牛是极为豪华与阔绰的事。知道了这里说的是小小土奶牛,就好理解了。

　　主人尼牙孜刚洗完脸,脸上还带着水珠和没有洗净的眼屎。他光着脚,坐在炕沿上。这个不速之客的到来,使他怔在那里。对于绝大多数人,他有一种习惯的敌意,别人和他打交道,多半是为了欺骗或糟害他,他认为。他戒备地、疑惑地打量着麦素木那黄白扁平的脸,甚至忘了回答这首次造访的客人的问好,没有按常规说一声"请进",甚至脸上连一点起码的笑容都没有做出。女人库瓦汗则是另外一种样子,她没顾看清来客是谁,柴灰迷住了她的眼睛,却一眼盯住了盛奶的碗,她忍住疼痛、透过泪花,立即测量了奶皮子的厚度,判定了牛奶的浓度和含脂率。于是她的每一条皱纹上都堆起了笑意。她一面安拉、胡大、请进、请上坐地叫嚷,一面胡乱收拾尚未叠好的被褥,连拉带扭带捎驱赶起了还没有睡醒的孩子。在她的声音和动作中,洋溢着一种天真和廉价的满足,好像嘴馋的孩子在垃圾堆里捡到了一个糖球;流露着一种讨好的娇媚,如果你闭紧眼睛,说不定会联想到热情的白痴少女。

麦素木放下奶碗,忍住难闻的气味和呛鼻的灰尘,不慌不忙地靠着炕沿边的柱子——那是为了支撑已经有了裂纹的房梁而在不久前撅进去的——坐了下来,有意无意地问道:"还没有喝茶吗?"

"哇耶喂耶,让我们怎么喝茶呀?您看,能这样欺负人吗?把我们可怜人的牛也抓了去了。呀,安拉,呀,胡大,莫非我们是地主?我们又没有钱买牛奶,没有钱,钱哪里有啊!"

尼牙孜制止库瓦汗说:"不要说那么多话!还不快去烧茶,摆桌子,铺饭单!"

"马上,马上。这次茶叶也不好。上月我和供销社的售货员吵了一架。这世上的坏人是多么多啊!从此她就不给我好茶叶,全是碎的,全是梗子……"在客人送来的上好的熟奶所引起的兴奋和喜悦中的库瓦汗,打开了话匣子,但是她看到了丈夫的紧蹙的眉头下的阴沉的目光。尼牙孜不顾客人在场,悄悄地厉声警告说:"少废话!"

"胡大造人的时候,就不该给女人以舌头!女人说这么多话,本身就是灾难!"他严肃地说,并向麦素木严肃地一笑,"请上坐!"

尼牙孜的故作威风的样子,使麦素木暗自发笑,他不言不语坐了"上座"。等到炕桌摆好,饭单铺上,奶茶端来以后,他一面细心地掰着馕,一面啧啧地叹息说:

"看样子,您那条牛,再也不会给您了!"

"什么?"尼牙孜和库瓦汗同时一惊,叫了起来。

"队长的意思,扣下你的牛顶账。"

"真的？"

"难道不是真的？"麦素木从鼻子里轻轻地哼了一声，对尼牙孜竟敢怀疑他的情报的真实性表示了不满。他呷了一口奶茶，眼睛看着别处，冷淡地、呆板地说，"阿卜都热合曼哥逢人便说，您欠队上好几百块钱。您的牛前后五次进了麦地……"

"怎么是好几百块？哪里有五次？"

"一百块也罢，八百块也罢，四次也好，六次也好……反正牛不给了。"

"这不行！"尼牙孜大叫起来，"我不答应！"

"嘿！您不答应！"麦素木伸展了一下眉毛和上唇，用一种成年人逗弄孩子的认真劲儿，做了一个吃惊而又敬佩的样子。

"我和他动刀子！"麦素木的轻佻刺激了尼牙孜，他大叫起来。

麦素木轻蔑地微微一笑，他的眉毛和嘴唇的变化，呈现了一个鬼脸。

"我……"尼牙孜自觉失言，大话总是把人引到死巷子里。他求救的目光不由得向库瓦汗一瞥。

"麦素木大哥，麦素木科长，"不该长舌头的女人库瓦汗的舌头抖动起来，"您说话啊，可怎么办呢？您知道，一天不喝奶茶，我就头昏，睁不开眼，两天不喝，我就四肢酸痛，起不来炕，三天不喝，灵魂就会从我的躯壳里走开，我的头疼得快裂开了……啊赫①，呜赫②……"库瓦汗叹息着、哀求着，眼泪流在了眼角上。

"有什么办法呢？"麦素木同情地点一点头，阴云出现在他的脸孔上，"队长是他！如果穆萨当队长……"

---

① 疼痛感的语气词。
② 疲惫感的语气词。

"穆萨是我的友人,那当然就不用说了,我们俩自幼就像兄弟一样……"尼牙孜抓住了另一个话题,借机吹嘘着。

"自幼?"麦素木的耳朵偏偏很尖,"自幼您不是在南疆吗?"他问,盯视着尼牙孜,目光仿佛在说:"你们的底细,你以为我不知道?"

尼牙孜翻了翻眼,他习惯于说谎,习惯于谎言被戳穿,习惯于在被戳穿的时候装聋作哑脸都不红一下。

但是麦素木宽宏地放过了尼牙孜,他说:"是啊,队长是谁,就像爸爸是谁一样,将决定我们的命运。不同的是,爸爸不归我们选择,而队长是可以选择的。"

"可我们的牛呢?"库瓦汗插嘴说,显然,她对麦素木的抽象的论辩不感兴趣。

"你们的牛当然是不应该扣的。按照政策,只应该对你们进行思想教育,讲道理,说服,至多是口头上批评批评,反正是人民内部矛盾,你们是贫农,打击贫农,便是打击革命。毛主席说的。他扣牛,这是不对的!"

"您瞧!"尼牙孜和库瓦汗同时欣喜地连连点着头。

"可他扣了!让他扣去!我们不要了!快了,我们说话的机会快到了……"

"您这是什么话!"库瓦汗激愤地涨红了脸,已经是一副吵架的架势了,"不让我们要牛了!把您的奶牛给我吗?还是当过科长的人,我已经说过,不喝奶茶……"

"可以啊,明天您就把我们家的奶牛牵到你们家来吧。"麦素木慷慨而又轻松地说。

维吾尔人懂得,过分的慷慨是绝对不能当真的,当然,不慷慨是绝对不允许的。越慷慨就越不可当真。表达慷慨是男子汉的豪迈。相信、依赖与认领慷慨则是不可救药的白痴葫芦头①。

"我一定要把牛要回来，"尼牙孜威风凛凛地说，"伊力哈穆不给，我就去大队告他！我去找库图库扎尔大队长，谁都知道，去年我是怎样地为他说过话！为了这，那个修正主义的廖尼卡威胁我、侮辱我……"

"所以大队长会向着您，替您把牛要回来？"麦素木冷冷地反问道，"看来，您根本不了解我们的大队长！何况现在，他在受排挤、受打击。您去大队，他只能训斥您，收拾您，让您的屁股流汤……"

"这……"尼牙孜承认，麦素木的话是对的。

"请不要这样啊，麦素木哥，您给我们一点智慧吧！"库瓦汗又哀求起来。

想教给你们一点智慧，真比教驴子跳舞还难呢！麦素木心里说。看来，只好退而求其次了。总不能搭上一碗牛奶，却落个挨骂的结果。

"让库瓦汗去找一下帕夏汗吧。"麦素木漫不经心地说。

尼牙孜懂得库瓦汗找帕夏汗的意味，不禁沉吟了一下，摸了摸前额。

"其实呢，您也太不像话，"麦素木忽然话锋一转，"麦田是队里的，奶牛是您个人的，您就光知道个人利益，不顾队里的利益，当干部的哪能不生气？伊力哈穆队长是那么积极，又怎么能宽恕您？要不您就写个检讨书、保证书，那叫什么来着？对，对，就叫低头认罪。说明您是自愿送去奶牛还账。可您的账不是用一条牛可以偿还得清的，最好把驴子也牵上送去。从今以后起早贪黑，积极劳动，队里的一根草、一粒粮也不要往家里拿……说不定您还可以当

---

① 犹言"傻瓜"。

上劳动模范,奖给您两条毛巾,一个搪瓷缸子,上自治州开会吃手抓羊肉……哈哈哈,我要走了。我要喂鸽子去,库瓦汗,听说您捡回不少的糜子米,能不能给我一点点?哎,唉,我的鸽子,咕咕咕,咕咕咕,要吃糜子米……什么?没有了!对,对,对,没有关系,不要紧,找得到的,世上有的东西,人们就能找到,糜子能找到,金子也能找到,葫芦更是到处都是。我走了。听说咱们公社今年是社会主义教育运动的重点,下个月会有一大批工作干部来呢。瞧,您的脸色变了,您怕什么?这次运动主要是整干部的,是伊力哈穆收拾您还是您收拾伊力哈穆,还要走着瞧,可能的,什么都是可能的,当您烦闷的时候,到我那里去坐一坐吧……再见。"

尽管对"科长"充满了反感和怀疑,尼牙孜还是采纳了他的意见。在衡量比较了两包方糖和一头奶牛的价格与得失之后,他派库瓦汗去到帕夏汗那里。

库瓦汗带着方糖去找大队长的夫人帕夏汗,哭哭啼啼地论述了奶牛——牛奶——奶茶——女人的头的公式。用人间一切最恶毒的字眼咒骂了伊力哈穆和阿卜都热合曼。

这一年多来,库图库扎尔的处境有一个含混不清的变化过程。去年夏末,包廷贵和库尔班的事情曾经一度使他非常狼狈。秋后他降成了第二把手,更是令人扫兴。库图库扎尔犯了心脏病,帕夏汗犯了关节痛,夫妻二人双双住进了公社卫生院的病房。一冬天,他们都称病在家。但是自从春起以来,似乎一切又趋向于正常,并没有发生什么不得了的事情。库图库扎尔仍然分管着加工厂和基建队,社员们见了他仍然尊敬地合手屈身问安。更重要的,对扭转库图库扎尔的情绪起了决定作用的是,今年三月公社党委召集一次会议,里希提书记不在就指定让他去参加的。看,他的地位仍然大体保持原状，何况里希提的健康状况日益恶化，他仍然是大队里举足轻重的人物，他的优美的风度、自信的举止、洪亮的嗓音渐渐恢复了。自然，他谨慎了许多。

但是帕夏汗的后遗症没完没结，出院以后，她增加了一个新的习惯——呻吟。无时不在呻吟。随时可以呻吟。睡着觉、吃着饭、说着话、逛着商店，她时不时地发出一声声娇嫩婉转，好像装水不多、开始受热冒出一点气来的茶炊的声音似的呻吟。她的胖胖的身体微微颤抖，她脸上的表情好像刚刚喝下了半瓶苦药水。她的呻吟起着全休的病假证明的作用，她再也不参加生产队的任何劳动或者会议了，哪怕是夏收大忙的时候做做样子。

帕夏汗呻吟着听取库瓦汗的诉说。两包甜甜的方糖和一串恶毒的咒骂提起了她的精神，恢复了她青年时代爱吃甜食、爱受礼物、爱管闲事的某种热情。她不但答应尽力由大队出面替库瓦汗把奶牛要回来（说这话的时候，好像她本人也是大队的领导干部），而且临走的时候送给库瓦汗一碗牛奶、两个烤包子和一串葡萄。

门前互道再见。一个女人说："就这样空着手来到您这儿，我真害羞。"另一个女人说："让您这样空着手走了，我真抱歉。"然后两个人共同叹息："有多少办法呢？我们的景况就是这样。"似乎论心愿，库瓦汗来登门的时候本打算带上几箱子绸缎和首饰，而帕夏汗在送客的时候也很想回赠三匹马和两峰骆驼。"您经常到房子来嘛！我们壶里煮着的茶水，总是为了您这样的客人而沸腾！""您也多多到我那儿去呀，我们家的饭单，总是为了您这样的贵人而铺展。"两个女人都十分感动，满眼含着泪，依依不舍地分手了。

麦素木从尼牙孜家出来，思忖着、筹划着往大队加工厂走去。在农村落户已经两年多了，到加工厂担任出纳员也超过了一年，他总算度过了最难堪、最危险的日子。创口已经愈合,疼痛消散在记忆里。回忆是痛苦的,阿巴斯霍加的爱子、经文学校的幼小的学生、民族军的军官、科长……乌兹别克人麦斯莫夫、听候审查和处理的叛逃未遂者……那间四壁橙红的低矮精致的房子……在他的额头上写着的是怎样的命运呢? 想起来像一个不合逻辑的、光怪陆离的梦。他自己都不能不佩服,他没有垮,他活了下来,经营着、积累着、活动着、进展着,父亲小时候就说过:"他是不平凡的。他将成为一个人物。"他大概属于那种即使埋到坟墓里也还会在地底下折腾一番的人。还说大人物呢,他的珍贵的岁月正在一群愚昧无知的乡巴佬间度过。想一想尼牙孜和库瓦汗吧,这是一对怎样令人反胃的蠢货! 话又说回来了,如果没有蠢人,智者又去玩弄谁、驾驭谁、利用谁去呢?

迎面走来了一个身材高大,腰板挺直的老人。他穿着在伊犁已经基本上被淘汰了的老式的叫作袷袢的长袍,这种袷袢是没有扣子的。只在腰上系着一根绕了好几匝的褡包。老人眉骨高耸,银色的眉毛密长而且弯曲,深邃的、严厉的大眼睛很有神采。虽然脸上布满了细密的皱纹,却呈现出一种不寻常的健康的红润。他的白色的胡须理得齐整而且浑圆,好像刚刚用理发推子剪过,为这副庄严的面孔增加了几分和蔼。他是亚森木匠——宣礼员,他的形象突出地表现着维吾尔老人的郑重、虔诚和古板。

"萨拉姆! 亚森哥。"麦素木抢先一步,用含在胸里的低音,抚胸问好。

"萨拉姆,麦素木阿洪!"亚森还礼。他张口的时候,露出了洁白的、完好无缺的牙齿。这是恪守清教徒的生活方式——不吸烟,不饮酒,不吃一切不洁的、异端的东西——的标志。

按照礼仪,他们相互对工作的顺遂、身体的强健、生活的平安和家人的康泰，一一进行了全面的问候和回答。

"少见啊，亚森哥，您是来做主麻日的午祷的吗？"麦素木说话的声音仍然很低，态度也很拘谨，这样，才能表现出对长者的礼貌。然而，他的口气却十分亲昵。

"不，你们大队要安装木轮车，叫我来帮忙的。"

"是了是了，瞧我给忘了。您来得可真早！现在，铁匠、木匠们还都没来呢，请到我的办公室休息一下吧！"

麦素木的"办公室"就在加工厂大院一进门的地方，狭窄、潮湿、阴暗，由于堆了不少油漆桶、纸箱和木箱，显得更加拥挤。墙上贴满了各种账目、收支明细表，表现了主人的干练和精细。麦素木把算账时坐的一把椅子搬过来请亚森坐下，然后自己谦卑地坐在两个叠在一起的木箱上。

"我到加工厂一年有余，您老的尊贵的步履才首次踏上这块渺小的地面，真是蓬荜生辉，鄙人是三生有幸啊。"

"怎么样？农村的生活习惯了吗？"亚森含笑询问。即使是最刻板的宣礼员，见了麦素木的多礼的举止，听了他的阿谀讨好的话语，也不会不感到愉快的。

"当然了，当然，马克思说过，男子汉对什么都能习惯。毛主席也讲过：'农村是一个广阔的天地。'对于人类来说，粮食是最神圣、最伟大的。先知穆罕默德，当年也当过农民……"

麦素木深知老人的性格。老人虔敬地信仰穆罕默德。老人又竭诚拥护党和人民政府，爱戴和尊崇革命导师。他的谈话把信口胡言的所谓马克思的"说过"、穆罕默德的经历和确确实实的毛主席的教导，与穆斯林的观念掺和在一起，恰像一盘俄罗斯人的纸花和炸洋芋块放在一起的冷拼。他知道，这样做既便于亚森老人吞下他的拼盘，又能格外显出他的高明。他胡诌的那一套，除了从他口里,亚森还能听谁说过？这不就更使老人惊服赞叹,如醍醐灌顶一般吗？

"啊,啊,是的。"老人连连点头。

"农村是好农村,农村的生活是过得惯的,但农村的事情却有好多让人看不惯!"麦素木的舌头轻轻一掉,把话题引入了他挖就的渠道,"就拿今天早晨来说吧,尼扎洪把我找了去,絮絮叨叨诉说了半天,可怜人的牛被扣下了。"

"怎么回事?"

"他的奶牛误入了麦地,伊力哈穆队长要扣下他的牛抵账。"

"嗯。"亚森的反应很冷淡。

"库瓦汗哭了一顿。呜赫,人,是软弱的;生活,是艰难的啊。没有牛,就没有奶,喝不成奶茶,提炼不成奶油,做不上油塔子和奶油面片。还指望着换点零花钱,买点盐、茶叶呢。除了流泪,一个女人还能怎么样!"麦素木悲天悯人地连连叹息着,眼圈也发红了。

"尼扎洪是个没意思的人,没有味道的……"亚森木匠皱了皱眉。他是从不用恶言背后说人的,没意思、没味道,在他的词汇中已经是最沉重的了。

"是的是的,"麦素木连忙应道,"尼牙孜确实是有缺点的,马克思早就说过,宇宙万物,都存在着缺点。存在和缺陷,这是一对孪生的姐妹。您不懂吗? 地球也有缺点,两极寒冷而赤道炎热。这个算盘也有缺点,"他站起来,顺手拿起桌上的算盘,指给亚森看,"瞧,这一档上就少一枚珠子,何况是可怜的人类! 唯其有缺点,才成其为世界,哦,这是哲学……"

亚森粗通文字,他吃力地、马马虎虎地看过一点新书和旧书。他没有学习的机会和足够的阅读能力。他嗅到了书籍和学问的芳香,却毕生努力也没能掌握真正的学问。这样,他就十倍地仰慕书本知识。他喜欢听人们讲述一些玄虚和高深的理论，越听不懂就越爱听。他尊敬阿訇、毛拉、医生、知识分子和干部。作为一个宣礼员，他追求真理，甘当宗教、哲学和文化的仆侍。这就是他接近麦素木的基础。

注意到亚森老人被吸引的、洗耳恭听的样子，麦素木受到了鼓励，他继续讲道：

"何况是农民呢？农民是小生产者，农民每日每时地产生着资本主义。农民是劳动者又是私有者。农民的利益是不能侵犯的。列宁在逝世前，打发走了旁人，留下斯大林，单独对斯大林说过：'农民好比一只小鸟，抓得太松，他就会飞掉。而抓得太紧，他就会被捏死的啊！'"

麦素木用左手做着一抓一放再一抓又一放的动作。

"什么？列宁说过农民是小鸟？"亚森大吃一惊，类似的比喻他早年就听说过，却万万没想到是列宁的名言！

"当然啰，书上写着哩！您认识俄文吗？"

亚森惭愧地摇了摇头。

"汉文呢？"

亚森又从齿缝里说了一个"不"字。

"那就没办法了，我那儿的列宁著作多卷本可惜不是维吾尔文的。没什么，列宁是说了。这个话，是人没有不知道的。尼牙孜不就是这样一只落光了毛的、光秃秃的小鸟儿吗？所以，按照列宁同志的教导，他的牛是不该扣的。伊力哈穆队长做得太过分了。"

亚森点点头，他开始有点信服了。

"按照穆斯林的情谊，就更不能那样做。你官儿再大，可还是维吾尔人呀，怎么能翻脸不认乡亲呢？太恶劣了！您说，库图库扎尔这人如何？"

"库图库扎尔吗？那是个好样的人。"

"您瞧！就像您说的,库图库扎尔是这样的人,"麦素木竖起了大拇指,"可有人专门排挤他。是谁？不用我说。您会明白的。我们有机会,要为他说话呀。听说,下个月社会主义教育工作队就要来了。"

……麦素木把亚森送了出去,正碰上满身满脸全是黑煤,连眉毛、胡须上都沾满了煤末子的泰外库赶着马车拉煤回来。煤块上铺了一小块也已经染黑的毡子,泰外库高高地坐在上面,虽然天不冷,他还是披着污黑的光板皮大衣,似乎星夜出发,凌晨装车时的寒气仍然没有从他的身体上散尽,从头到脚,只有眼白是青白色的,嘴唇是粉红色的,显示出人的生气。

"泰外库拉洪,哪里的煤呀？"

"察布查尔的。"

"怪不得这样好！全是匀溜块儿！"

"有点末子,在下边呢。"

"把这一车给我吧,我付现钱。"

"不行的,这一车是给五保户拉的。"

"好,好！我不过是说着玩儿,为您能拉回这样好的煤而唱赞歌而已。我家的煤还多着哩。老弟,今天您这就算下工了吧？"

"下午还要收拾一下牲口套具。"

"那好那好,您从马号就到我家来吧……"

"您请……"

"什么叫您请？我可是真诚地邀请您！下午五点,完不了？那就六点,我等着您。可一定来,不要不来,好吗？"

麦素木的邀请并没有使泰外库感到惊奇。作为单身汉,他经常受到各家各户的招待，有的是出自对他的照顾或者怜爱，一个大男人去摆弄菜刀案板、锅碗瓢勺有什么意思？有的是有求于他，想利用一下他的较多的时间和劳力。对于麦素木，他既不格外尊敬也不格外轻视。科长、外走未遂、社员，他走过的道路是他自己的事情，自有愿意为他操心的人去操心，干他泰外库屁事？自然，并不是每个农民都能当得上科长，但是一个科长却也不妨当当农民。科长不是喜，外走不是罪，务农不是忧。根据他的一贯的大而化之的待人哲学，下午在马号里收拾完套具时间还早，他帮助饲养员铡了一会儿苜蓿，等到天色擦黑，他带着质朴的善意和旺盛的食欲，准时地来到麦素木的家。

麦素木住在爱国大队和新生活大队交界的地方，面临公路，左面是通往生产建设兵团一个单位的土路，右面是新生活大队一个加工棉絮的小作坊，这个作坊，一年中有半年空着。作坊背后，是一大片新生活大队的菜地。现在，最后一茬大白菜也已经收获完毕，只剩下了依稀可辨的高畦埂子、掘松了的泥土和脱落下来的、颜色变黄了的半湿不干的菜叶子。

这是麦素木的第二个住所了。一九六二年夏，当科长被安排下来的时候，队里腾了一间早先的木工房给他。今年春季，他买下了本属于新生活三队的一个社员的这个院子，盖了两间新房，将原来房主人居住的一间破败的小屋改作贮藏室，另一间改成牛棚，修了新的鸡舍、鸽子房、菜窖，并且重新打了院墙。看到在农村未免太高也太正规了的墙，泰外库想起了当时的一场冲突。那天他正好赶车从这里经过，老远就看见了一群人，听到了喊叫的声音，原来，麦素木打墙的时候，比旧墙基向外扩展了一米，侵占了新生活大队的菜地，阿卜都热合曼制止他，他不听，辩解说："我和新生活三队队长说好了的，用不着你管！"热合曼说："任何人也没有权利侵占集体的耕地！任何人都有权管！"争执不下的时候,伊力哈穆来了,支持了热合曼老汉,批评了麦素木……面色阴沉的麦素木在伊力哈穆到来的时候改变了态度,似乎含含糊糊地还作了几句检讨,忍痛拆掉了已经打了膝盖高的新墙基。

泰外库推开虚掩的院门,迎面是一片历史悠久的杏园,老杏树的深褐色的龟裂的树皮上,令人心疼地挂着许多串透明的树胶。院里空无一人,暮色中,杏树显得身影高大,似乎不仅占满了地面,也占满了天空。于是,泰外库迈步向杏林深处的住房走去。

刚走了两步,他仿佛听到一点动静,凭直觉他知道有一条狗从侧面后方向他奔来。这种不吠的狗是最卑劣的,它们的性格是趁你不备咬上一口就溜。泰外库连忙一转身,果然,是一条尖嘴、眼上带着白点的大黑狗,毛色如缎。刹那间,泰外库甚至替这条狗的外貌的美好与行为的低下之不协调而觉得惋惜,泰外库略一屈身,左腿微弓,右脚向后一挪,准备一旦狗扑上来就飞起一脚。他那巨大的身躯,有准备的、弓满欲发的姿态,和圆睁着的大眼,使这条狗儿受到震慑。它塌下腰身,用前爪狠抓着地面,不敢向前一步,同时高高翘起尾巴,凶恶地汪汪汪大叫起来。泰外库和狗僵持了大约有十秒钟,泰外库猛地向前抢上一步,黑狗吓得一退,却叫得更凶,甚至在原地蹿跳起来。泰外库冷笑一声,转身大步走去,看也没回头看,当然,也还在警惕。

随着狗叫,房门吱的一声推开了,走出了麦素木的妻子、乌兹别克女人古海丽巴侬,她直端端地立在高高的前廊上,既不喝住黑狗,也不招呼来客,只是死死地盯住泰外库。可能因为天色微茫,她没有看清是谁。直到泰外库一条腿已经迈上了廊子,叫了一声"古海丽巴侬姐",她才恍然应声。

和一般乌兹别克血统的人的浑圆笃实的面孔不同,古海丽巴侬长着一副长脸。她高个子，肤色黧黑，身穿一身虽然已经褪了色，却是用讲究的绒面做的紫色连衣裙，更显出了身材的苗条。她眉毛细长，扁扁的大眼睛，鼻准端正面且高耸，她的如水的目光和微微�’起的两片小嘴唇，嘴角的两边纹路，娇媚之中又显示一种成熟甚至清醒。认出了泰外库以后，呆立着的她立刻充满了活力，她尖声细气地回答来客的问好，她总是这样子，初见客人，把声音提高八度，用假嗓表达自己的惊喜。

“请进！请！泰外库拉洪，我的兄弟！”

“麦素木哥在家呀？”

“请吧，请屋里坐！”

等泰外库进屋坐下，再次问起麦素木，她才回答：“不，他还没回来，快了，很快就回来了。”她笑着说，笑容使她的好看的鼻梁打皱嘴�’得像一朵牵牛花，露出了一颗小小的灿灿的金牙。

古海丽巴侬的回答使泰外库吃了一惊。倒不是因为男主人不在，而是因为女主人换了真嗓子——一个鼻音很重的、沙哑的女低音。

泰外库老老实实地坐着，饥肠辘辘。古海丽巴侬正在和面，准备饭。她揣着的面团是如此之小，不够泰外库一个人的。她热情地向泰外库问东问西，泰外库只是简单地回答“是”“不”或者“堂”①。不知为什么，古海丽巴侬的嗓音有一种使人不自在的东西，使泰外库联想到——例如某种软的和粘连的胶汁。

半个小时过去了，十分钟又过去了。天完全黑了。

麦素木仍然没有影子。泰外库觉得十分尴尬，他坐不住了。

古海丽巴侬看出了，问道：“您找他有什么事吗？”

---

① “堂”是伊犁地区人们表示“谁知道呢”的语气词。

"是他……"泰外库没有把"叫我来的"说出,算了吧。他回答:"没事……我走了。"

古海丽巴侬没有挽留,泰外库起身走出了房子。很明显,麦素木根本无意、也绝对没有安排请他吃晚饭,虽然上午他那样千叮万嘱地邀请了他。这也不必愠怒,说了就忘,这对于某些人来说并不稀奇。归根到底,麦素木为什么有义务招待他一顿饭呢?不。那么,就无须费脑筋分析麦素木为什么说话不算数。赶快回到自己的家、按维吾尔语的说法是自己的"房子"去吧。

确实麦素木就是忘了。他的作风是,邀请归邀请,实际归实际。除非拉住人家的胳膊叫人家马上前来,其他的邀请,不过是一种情意,一种礼节,一种美好的语言,一种友谊的姿态。美好的吃食安慰肚子,美好的语言安慰心灵。当你盛情邀请一个人到你家做客的时候,哪一个被邀者的脸上能不露出笑容呢?为什么要吝惜美好的语言呢?美食越吃越少,美言越说越多。

所以,在上午邀请了泰外库以后,他旋即把这事忘在了脑后。他无意说谎。相反,他确实计划请泰外库一坐。但他没准备,也没安排在今天、在此次。下班以后,他到一个靴子匠家里去了,喝了回茶,说了回话,量了回脚,他定做了一双皮靴。之后,他不慌不忙地回家转去。

在院门口碰到了泰外库。他想起了一切。他立即抓住了泰外库,千道歉,万遗憾,大骂该死的四队的会计,说是四队会计缠住了他。最后,把泰外库再次拉进了房子。

一进门他就对古海丽发起脾气:"怎么把客人放走了?"又骂,"怎么做起了汤面条,我不是早就告诉过你了,今晚有贵客驾临吗?"

"你什么时候说的?"古海丽巴侬的眉毛竖起来,无声地说了以上的话。但是，不等看到丈夫的眼色，古海丽巴侬已经恍然大悟，她低下了头，嗫嗫嚅嚅，承担了这一切错误。而且从此，她低头做饭，一句话也不说。在男人面前，她是驯顺安静的淑女。

泰外库漠不注意，他们的问答引不起他的兴趣。饿劲儿已经过去了，对于赶车人，少吃顿饭就和多吃顿饭或者不多不少地每日三顿饭一样地平常。他靠在墙上正在遐想。为什么那匹白马今天出了那么多汗！右轮轴又该膏油了。再有七个小时就是新一天的套车了。明天路过伊宁市的百货店，买个小花铃，拿给伊力哈穆的小女儿玩去吧，顺便取回米琪儿婉给他补的裤子。依他的意思，衣服穿破了一扔就算了，米琪儿婉偏要给他补。还批评他不艰苦朴素……

汤面端了上来，随着又是一套自我批评。幸亏泰外库没有用心听，否则，如果认真地听一听那些沉痛的负疚的语言，真是令人感动得落泪而无法进食的。

面刚刚吃了一碗，在古海丽盛第二碗的时候，麦素木起身到里屋去了。传来了开箱和关箱的声音，再出现的时候，麦素木拿着一瓶白酒和一个酒杯。

泰外库爱喝酒，麦素木是知道的。他得意地迈着跳舞一样的步子，拿着酒瓶在泰外库眼前一晃。泰外库眉毛一挑，嘴角上露出了一丝笑意。麦素木咚的一声把酒瓶放到了饭桌上。按照维吾尔人的饮酒习惯，他先给自己倒了一杯。喝了下去，愁眉苦脸，龇牙咧嘴，不停地哈着气，似乎不胜这酒的苦辣有力。然后，咕嘟咕嘟，他倒了满满欲溢的一杯，递给泰外库。

泰外库头也不抬，三下两下，吸干了第二碗汤面。然后拿起酒杯，轻轻一倾，干干净净，不但没有酒，嘴唇也没有湿，没有吃力地仰脖，没有做作地吞咽，比喝冰水还轻松。

"瞧这？"麦素木接过酒杯，由衷地赞道，"这才叫男子汉！这才叫维吾尔人！这才叫友谊！"

古海丽巴侬捡净了桌子，端上一小盘水果糖和一盘盐腌的青番茄。麦素木给自己倒满以后，轻轻呷了一口，举着杯子，说道：

"仅仅从刚才您饮酒的那一下，再说一遍，仅仅一下，我看到了维吾尔人的骄傲、青春和灵魂！韶光易逝，青春难留……时代变了，现在哪里有几个真正的维吾尔人！但是，我看见了您，能吃、能干、能玩、能受苦、能享福，该念经的时候念经，该跳舞的时候跳舞……"

"我没有好好念经……"泰外库小声说。

"这只不过是个譬喻，是个谚语！您勇敢、坚强、快活，比雄狮还威武，比骏马还有力……"

泰外库不耐烦地挥了挥手，催促道："请喝下去呀！"

"等等，而您又是这样谦虚，像山一样的高大，像水一样的随和，像风一样的疾敏，像火一样的热烈……"

"算了！"泰外库再次制止他。

麦素木把酒杯高高一举："本来，这一杯是轮到我的，但是，为了向您表示我的敬意，请把他接过去，做我的朋友吧，您答应吗？"

泰外库接过了酒杯，他嘴唇动了动，按照礼节，他应该回赠一些美妙动听的话语的，但是，麦素木的过分的夸张和露骨的阿谀，即使在酒瓶子旁边也令人难以消受，他想不出有什么话好答，便默默地又是"一下"，喝完，他皱了皱眉。

"请问，什么叫喝酒呢？我们这样才叫喝酒。汉族人喝酒吃那么多菜，酒水成了洗菜水与调味水。俄罗斯人喝酒，啵，那哪里是喝酒，那是喝药，喝完酒他们就一块水果糖，一口洋葱，一瓣大蒜。最可怕的是俄罗斯人喝罢酒受不了酒精的药味，他们只闻一闻自己的帽子，用他们的多汗的头发气味驱逐掉酒气，这干脆说是没有文明……哈萨克人抱着羊皮口袋喝酸马奶，他们不是喝酒，他们是饮马……”

泰外库示意地将手一挥，他用不着聆听麦素木的族际酒民俗研究。

酒杯来往传递，泰外库的脸色微红，麦素木的面色却更加苍白。在又喝了半杯酒，嚼下了块被科长嘲笑了一个六够的水果糖之后，麦素木说：

“世上谁能比赶车人更伟大？俗话说，车夫就是苦夫。你不分寒暑，没日没夜，忍饥挨渴风餐露宿，尘灰沤烂了你的新衣，煤炭染黑了你的肌肤……而且你冒着多大的危险，行走在断崖深谷之旁、旧桥河滩之上，何况是日夜与不通人性的牲畜为伍……我就亲眼看见过一辆马车从车夫身上轧过……有几个赶车人到老能不折断腰腿，损伤耳目？至少也要丢几个手指！”

“请不要说这些没有边儿的话了。”

“是的，”麦素木误会了泰外库的意思，以为是自己的不吉之言使泰外库惊怵，便说，“我只是说，全队哪一个也赶不上您！您的功劳最大，贡献最多，本事最高，干活最辛苦……当然，赶车也是最高贵、最神气、最自由的职业。哪个过路的人不想搭您的脚？哪个在家的人不想托您捎东西？车马，这就是财富！这就是权力！车夫，这就是旅途上的胡大……”

“我明天去煤矿，给您带一麻袋碎煤好吗？”泰外库赶忙提出一个有现实感的问题，以便从麦素木的滔滔翻滚的奉承浪潮与泡沫中脱身。

“不，不，不，我没有这个意思，我找您来万万不是为了煤，我是为了人。”略一停顿，他又不好意思地一笑，“苏共中央第一书记尼基塔·谢尔盖耶维奇·赫鲁舍切夫①就说过的：'一切为了人！'……这个这个，还有还有，当然，如果您一定给我捎来碎煤，我怎么办呢？难道我要说'不'吗？我们不过是几粒沙子……"

泰外库又沉默了。盯着酒杯的眼睛似乎在催促："该给我斟酒了。"

麦素木偏偏不慌不忙，他叹了口气，放低了声音：

"要派您拉大粪去。"

"什么？"

"队长说的，派您去伊宁市淘厕所，拉运大粪。"

泰外库用舌头打了一个响，表示了否定。

"真的！"麦素木用手指捣着桌面，强调说。

泰外库惶惑了，慢慢地气恼了。伊犁的农村是没有施用人粪尿肥料的习惯的。在他的心目中，没有比大粪更肮脏，更令人厌恶的了。由于厌恶粪尿，他解手的时候很少去厕所，宁可远走几十米，找一个僻静的旷野，难道让他这个堂堂的男子去淘厕所？难道让他精心爱护的车厢里装上人粪尿还有脏纸和蛔虫？难道让他心爱的白马去忍受那种污浊……他断然声称：

"不！"

"不去行吗？队长说的！"麦素木的眼光里包含着揶揄和挑逗。

"队长说了也不去。"泰外库提高了声音。

"当然，冬天还是跑煤矿好，每次给自己留下一块半块的，一年就不用买煤了。"

"我没干过那样的事，我有足够的钱买煤！"

"其实，拉大粪倒也是好事，积肥嘛，汉族农民就是爱用大粪！

① 一般译为赫鲁晓夫，麦素木这里将"晓"发作"舍切"，意欲强调他的俄语发音的精确性。

祖祖辈辈，我们没有用过大粪，照样吃白面馕……可现在什么事都要向汉族学习啊……"

"这和汉族有什么相干，没意思。"泰外库反感地说。他的情绪显然变得焦躁了，他不客气地催促道：

"倒酒！"

"请喝！"麦素木恭顺地把酒拿给了泰外库，"可您为什么把媳妇放走了呢？放下鞭子回到家，四壁像冰一样冷……"

泰外库低下头，看着酒瓶子。

"雪林姑丽越长越漂亮了，真是说太阳太阳比不上，说月亮月亮也不如她……现在，白白落到了队长弟弟的手里！"

"您提雪林姑丽干什么？"泰外库的头更低了。雪林姑丽的成婚，使他感到了一点怅惘。

"我为您心痛啊，可怜人！艾拜杜拉哪一点比得上您？就仗着伊力……"

"麦素木哥，您是叫我来喝酒的，为什么要把那个人的名字拿到嘴边？"

"别生气，别生气，我使您伤心了，我知道，那个美丽的丁香……"

"胡说！"泰外库敲响了桌子，他抬起头，直瞪着麦素木，阴郁的目光里流露着无限的骄傲，"净是些没意思的话。我泰外库是堂堂正正的男子！我一天打过一千二百块土坯，一天割过三亩麦子！媳妇不愿意了，走！随她去！有我什么事情？我既然放走了一个老婆，就有本事娶第二个！如果第二个也受不住我的拳头，还可以离掉娶第三个……"

"瞧这！好！好！"麦素木连声喝彩，并赶紧把自己呷了一口的酒再次"敬"给泰外库。

泰外库一饮而尽:"我脾气不好,但是心地善良! 伊力哈穆对待我像亲兄弟一样。您说那些做什么? 我是公社的好社员,不管走过谁家的门口,人们都邀请我:'进房子来,请进!'我怎么是可怜人? 放下鞭子回到家里,艾买塔洪送来一碗拉面,赛买塔洪送来一盘包子。谁说是四壁冰冷? 您不是请我喝酒吗? 在哪儿? 有酒,请拿来。就这一瓶? 我醉不了。没有酒了? 再见!"

泰外库站立起来,再不听麦素木的喃喃,也不道谢,起身就走。走到门口,他回过头来招呼!

"古海丽巴侬姐! 请看住您家的黑狗,如果它扑上来,只怕受不住我的一脚!"

小说人语:

在新疆农村"劳动锻炼"的时候,小说人多次听到过各族农民传述列宁向斯大林密授天机,以掌控小鸟作政策火候的比喻的故事,显然,这是胡说八道。但此说到底是从哪里出来的呢? 怎么会在新疆至少是北疆流传得这样广?

直到一九九五年,也还听陆文夫文友用同样的鸟儿的比喻讲述党对文艺的领导,讲给中国作协的党组书记。於戏!

被邀请赴宴是人生乐事,被口头邀请而实际全无则是不可思议的奇妙的经验。这是天才,这是世说新语,这是禅机,这是启示录。有就是没有,没有就是有,然后随机应变,弥补于无形,天衣扯了一个大口子,而后无缝。玄而又玄,众妙之门!

第二十九章　爱人好棒　新婚夜倾情谈大寨　妹子准行　实验站招人询姑丽

也是在这个晚上,雪林姑丽一遍又一遍地走到门口,等待着艾拜杜拉的归来。

新婚第一天,他们还在"度假"。下午,艾拜杜拉赶着一辆借来的驴车,说是去庄子的粮库拉一些玉米骨做冬季的引火柴用。本来说一个多小时就回来的,可现在,一下午过去了,天黑了,空气凉了,门口的庭院果菜用小渠里的余水,已经结成了薄冰,仍然没见人影。

雪林姑丽坐在他们的新房里,等得心急,也等得甜蜜。不大的房子,才粉刷的,淡蓝色的墙壁,弥漫着石灰水、檀香皂、新花布上的染料、爆炒羊肉、葱头、辣椒和白菜,以及些微的煤烟混合起来的、可以称作幸福的婚姻所特有的混合的芳香。房子本来是狄丽娜尔帮助收拾的,已经够清洁、美观、整齐的了。但是今天一天雪林姑丽仍然是在反复地推敲着、试验着、调整着。她一会儿踩着凳子爬到高处,把画片挪动一下地方,跳下来看看又恢复到接近原位的地方。一会儿又把安装得好好的,亮得可以照得见人的新购置的镔铁炉子和烟筒拆开,重新摆弄一番。她不停地扫地、擦桌子、刷新锅碗,把一切都搞得光润照人。她像一个总是对自己不满,又总是自我陶醉的艺术家,修改从手段变成了目的本身,她兴奋喜悦而又头晕眼花。

她坐在那里,欣赏着、挑剔着这一切。这一切甚至在幻想中她也不曾正眼相视,如今却这样地如人心意,以至叫人不可思议。难道她真的与艾拜杜拉建立起了天长地久、永不分离的幸福生活？难道她真的有了自己的舒适的、温暖的家？难道那常常向她背过脸去的命运如今对她忽然变得慷慨而又慈祥？这可能是真的？

这是真的。艾拜杜拉马上就会回来了。他带来的不仅是能够发出暖热和光辉的玉米骨,他带来的将是整个世界。他就是雪林姑丽的全体,他就是生活的脉搏、清新的思想、丰富的知识、纯朴的德行和缤纷的见闻。她愿意一小时又一小时地听艾拜杜拉说话,看艾拜杜拉举动,他像一个源源喷涌不息的清泉,总是不断地满足你心灵的焦渴……可是他怎么还没回来呢？

雪林姑丽计划吃拉面。两个小时前她已经和好了面团,醒软,做好了剂子盘了起来,外面涂上一层菜籽油,用温毛巾盖在一个大盘子里。她已经炒好了拌面的菜,加了汤,放在一个小小的带盖的绿色的搪瓷罐里。一个小时以前,坐上了锅,水开了,熬干了,又兑上生水。火衰了,又添了新煤。可他还没回来。

听到了声音,架子车吱哑吱哑,驴蹄子刨着地……虽然她已经出门张望了好几次,此刻,却幸福得站也难站起来。

雪林姑丽帮着卸了车,一同进了屋,这才看见艾拜杜拉一脸的尘土和汗水,崭新的衣服也搞脏了。

"您怎么了？"雪林姑丽问。她没有问"怎么刚回来",快乐使她说不出这种带有质问和不满的语气的话,同时,她仍然说"您"。

"您不知道,好极了！大家的情绪真热烈。伊力哈穆哥给我们讲了好多。雪林姑丽,我们明天就上工吧,一定的！"艾拜杜拉高兴地、杂乱地说。

雪林姑丽温存地点一点头,显然她没有想一想为什么不多休息几天。"您一下午在听伊力哈穆哥说话吗?"她一边问,一边往净壶①里兑着冷水和热水,用自己的手背试了试温度,冷热合适了以后,她给艾拜杜拉倒水,侍候他洗脸。

艾拜杜拉似乎还不太习惯这种服务。他做了一个要接过壶来的伸手的动作,雪林姑丽没有理会。他笨拙地用双手掬着水撩到了脸上、眼睛上、鼻孔里,挖着耳朵里的泥土,他发出了一种舒服而滑稽的哼哼声。他洗了手臂和脖子,用了轻易不用的香皂。然后,接过了白地上印染着两朵鲜艳的牡丹的新毛巾,起劲地擦着脸与脖子上的水珠,把皮肤都擦红了。他一面擦脸,一面说明道:

"我帮着伊明江倒腾粮食了,伊力哈穆哥让清点一下,说是下月社教工作队要来。庄子上可忙活了,我怎么好意思装上玉米骨就走?人家在烟尘里流汗,我打扮得整整齐齐,不干活,像个地主少爷似的,真难为情……"艾拜杜拉笑了,他笑的时候,微微露出一点牙花,显得特别憨厚,"后来,乌尔汗姐来领口粮,这个不幸的女人背得动麻袋吗?我让她干脆多领了几个月的,用驴车给她送了一趟。她非要留下我喝茶,我没答应。路上,正碰上吐尔逊贝薇她们从河沿的老羊圈拉羊粪回来,帮着她们卸了回车,我看羊粪发酵的程度还不够,就用泥土把一堆一堆的羊粪封盖起来……后来也不知还干了些什么,到了这时候了。"

"还说明天上工呢,这不是,您已经上工了么?"雪林姑丽咯咯地笑了起来。

"这不算,"艾拜杜拉轻轻地把嘴一努,下巴一摆,"可是,请原谅,让你久等了。"

"没有,没有等,"雪林姑丽不自觉地说了谎,她连声否认,并且

---

① 洗手洗脸专用的线条曲折的比较高的铜壶。

指着盘子说,"您来得正好。"

雪林姑丽开始做饭。她拉面条是喀什噶尔式的,不像伊犁人
那样做成一截一截的小剂儿,而是几个大剂子,搓好后像盘香一样
地绕成一座螺蛳山。由于醒得时间过长,面已经很软了。她撮起
一端,毫不费力地把面条儿再拉长,密密麻麻地在手腕上绕了许多
圈,一扯,乒乓,在桌上一摔,一甩,干净利落地把面下满了锅。

"真在行!"艾拜杜拉目不转睛地看着雪林姑丽的操作,赞道。

雪林姑丽脸红了,她说:"请坐下休息吧。饭熟了,我会给您盛
的,您站在这儿干吗?"

"也许,我能帮帮忙?"艾拜杜拉说着,拿起一双筷子,把锅里的
面条挑开。

"算了算了,"雪林姑丽连忙把筷子抢了过去。艾拜杜拉无所
事事地,扫兴而且带着愧意地坐到了桌边。

很快,饭好了。雪林姑丽给艾拜杜拉盛了尖尖的一大碗,尽可
能地挑拣着肉,浇上了许多菜,让艾拜杜拉端正地坐在上首,而她
自己,只盛了一小碗,略微拌上点白菜条,侧身坐在一角陪艾拜杜
拉吃饭。

"你吃得怎么这样少?"艾拜杜拉抗议说。

"您吃,您吃。面还有的是。您吃饱了吧?记得吗?去年夏
天,您没喝上杂碎汤……连葱头也送回到食堂里……"

"葱头?也许……我记忆力不好……"艾拜杜拉搔了搔脸,起
劲地吃起来。他边吃边说:

"嗯,雪林姑丽。你今天没有到庄子去,哎依,你不知道伊力哈
穆哥给大家讲得有多好!他说,他到县里参加'先进大会'去了,
受到了表扬,县里还奖励给咱们一副新式步犁。但是,越学习,他
就越觉得咱们差得太远,严格说来,咱们根本就不能算先进。他

说，县委组织他们学习了大寨的经验。你知道大寨在什么地方吗？"

"……"

"你没看报，难道没有听广播吗？家家都安了喇叭呢！"

"大寨在山西，是那个刘胡兰的家乡山西。不是延安所在的陕西。"

"瞧这！说得多么全面，多么准确，你的回答就像地理教科书上讲的一样。我早知道，我的雪林姑丽可不是落后的鼻涕丫头，她思想先进，又有知识……"

雪林姑丽用手捂住了脸，又喜，又羞。

"伊力哈穆哥说，咱们伊犁人从小就爱吹乎，什么我们伊犁的苹果，我们伊犁的酥油和蜂蜜，又是什么伊犁的白杨树和无烟煤，还有什么在新疆首屈一指的天气。不错，我们的自然条件好，可为什么今年春天自治区党代会上评出来的几个农业生产先进单位大多在南疆，在塔克拉玛干沙漠的边缘呢？为什么大寨人能够在陡峭的山坡上开出平整的梯田，亩产过黄河，我们却没有清除田里的那几个小小的碱包，我们做得还那么少呢？为什么？为什么？你想过吗？"

"我？想什么？"雪林姑丽没有理解艾拜杜拉提出的问题。现在提出这个问题实在是够突然的，甚至有点可笑。

"我也没有想过。可伊力哈穆哥想过，"雪林姑丽的茫然并没有影响艾拜杜拉的兴致，他继续讲了下去，"伊力哈穆哥说，他早就对伊犁人自满自足地谈论苹果和白杨感到厌烦了，解放已经十五年，我们应该创造出配得上伟大的社会主义的新时代的新成绩。要有雄心壮志，要克服骄傲自满，故步自封，要克服小农经济带来的目光短浅，自满自足。要向大寨学习……"

艾拜杜拉起劲地讲着大寨的事情。他是那样热烈、真诚、匆忙地讲着,眼睛里闪耀着火花,嘴角一并一并,显示出决心和力量。他前所未有地滔滔不绝。他本来不是多么爱说话的,特别是当单独和雪林姑丽在一起的时候。开头,雪林姑丽担心他由于说话而不能细细地品尝她精心烹饪的食物,却又不忍打断他的话,提醒他应该专心去吃,后来,她也感到高兴,因为艾拜杜拉是这样兴高采烈地、无比信赖地向她打开了自己的宽阔的胸怀。慢慢地,他的话被听进去了,他的心扑在人民公社,扑在集体的事业上……在遥远的山西,有一个叫大寨的大队,那里山多、石头多,日子很艰难。但是,那里的兄弟的汉族农民,以惊人的勇敢和顽强,创造了那样辉煌的业绩。大寨的光辉,照亮了伊犁的维吾尔农民的心,也照亮了他们的前程。艾拜杜拉的话语里,展开了一个巨大的天地,比他们的小房子开阔得多,宏伟得多,也坚实得多。一天来沉醉在自己的小房子里的雪林姑丽,面对这个崇高而且丰富的世界,不禁有些惶惑。她想起方才的懵懂的回答,不觉羞愧了。

"是的,是的。"她含笑连连点着头。尽管雪林姑丽还不知道应该用什么样的话语去响应、补充艾拜杜拉的热情和愿望,但是,她不能无动于衷,不能远远地落在艾拜杜拉的后面。于是,她连声称是。她多么希望艾拜杜拉就在这时能过来抱住她亲吻她呀,如果这时艾拜杜拉过来,不就相当于带上她去了一趟山西大寨了吗?

"我们明天都去上工吧,雪林姑丽。"

"对,对!"她用水一样的目光看着艾拜杜拉,她的嘴唇嚅动了一下,"大寨……"她说,像一声快乐与多情的呻吟。

"还有个事我要和你商量……"艾拜杜拉的说话也有那么一点激情了。

艾拜杜拉的话没有说完。一阵叮铃咣啷的声音打断了他。敲门声，随之而来的是一声急促的呼唤：

"雪林姑丽！"

这熟悉的破旧的自行车的声音，这熟悉的略带滑稽的叫声，这在农村颇不习惯的进屋前的敲门声。惊喜的笑容马上使他们俩容光焕发，他们俩同时赶忙站了起来，同时说道：

"请进来！快来！"

门开了，当然不是别人，是技术员杨辉。她的褪了色的红头巾，套在小棉袄外面的花罩衣和蓝劳动布裤子虽然已经抖干净了，但是，她的眼镜片上蒙着一层厚厚的灰尘，透露着技术员姑娘这一天的辛劳。像平素那样，她熟练地，却是发音不准确地用维语急急地向他们问好。她总是那种急匆匆的样子，多少年过去了，这个公社的人从来没有看见过有一次杨辉踏踏实实地坐在什么地方休息或者从从容容地在什么地方散步。她一边和他们握手，一边迅速地打量了一下房间，称赞说：

"好！漂亮！"她又说，"啊，你们屋里可真热！"

"请到桌子边去坐！"雪林姑丽和艾拜杜拉同声说，在维吾尔语里，这就意味着邀请客人共同进食。

艾拜杜拉让出了上首。杨辉高兴地坐下了。她看了一眼他们正在吃的面条，声明说："请照常吃你们的饭。给我一个馕就行了。"

"为什么？"雪林姑丽不解地问。她指一指长木盆里的、已经煮熟后过过水的又长又细又白又亮的面条，"请看，面条还多着呢，您不喜欢吗？"

在确信她的到来并不会搞得主人只能吃个半饱之后，杨辉同意了吃面，同时，她惊奇地说："噢哟，你们两口人，就做了这么多饭！"

"好饭应该多做一点,总会有好人来和我们一起用饭的。"艾拜杜拉解释说。

"那就谢谢你们了,又吃你们的面,又受你们的夸奖……说实话,从早晨,我好像还没有坐下来吃过什么东西呢。对,在六大队,我吃了两个烤洋芋……"

杨辉吃得又多又快,她边吃边夸赞雪林姑丽的炊事手艺。

"杨辉姐!如果您真的愿意吃我做的饭,以后,您就天天来吧,公社食堂的伙食办得不好。我知道,您是南方人,下次我给你做米饭吃!"

"以后吗?别说我不能天天来,连您,说不定我也不让您做得成饭呢!"杨辉咯咯地笑了起来,她看着雪林姑丽,脸上显出了一种狡猾的揶揄的表情。

"我?"雪林姑丽眨了眨她的睫毛长长的眼睛。

杨辉收起了她的玩笑,和蔼地却也是郑重地说:"我就是为了这事来找你们的。你们知道,六大队附近原来不是有一个兵团的奶牛场吗?现在,那个奶牛场撤销了,把地给了公社。公社党委决定,在那里办一个技术实验站,初步任务是,繁育良种、进行耕作制度改革的试验和改良土壤的试验。我们打算从每个大队抽一两个年轻的、思想好的、有文化的社员去,一方面参加劳动,一方面学习农业科学技术,既是实验站的学员,又是本大队的技术员,分配仍然在本大队。在实验站学习劳动所占的工时,由实验站从自己的收入中拨出误工补贴支付给大队;由大队照常给本人记分。怎么样?您愿意去吗?"

"……"雪林姑丽不知道怎样回答好,她探询地望着艾拜杜拉,"吐尔逊贝薇……"她提出了一个名字。

"我哪能不想到吐尔逊贝薇,"杨辉毫不介意地有话直说,"她是大队的团支部书记，公社团委还要选她当这当那，步步高升……狄丽娜尔吧，她现在有了小孩，这个任务只能是你雪林姑丽啦。"杨辉站了起来，欣赏着雪林姑丽精心摆置的画片，"估计是这样，农忙的时候和真正农闲的时候（实验站要集训的）需要住在那边，其他时候，会是经常回大队，当然也是回家。雪林姑丽，舍得离开您这个漂漂亮亮、暖暖和和的家吗？"她回过头来，看着他们俩，"如果不愿意，也没关系，我不会不高兴的。本来嘛，你们刚结婚，艾拜杜拉不会因为我要把雪林姑丽拉走而生我的气吧？"

"不，不。"艾拜杜拉口吃起来，他用鼓励的目光催促着雪林姑丽，"你快说呀！"

"我行吗？"雪林姑丽红着脸问杨辉道。

"当然行啦！你们的植物保护小组搞得很有成绩，您是个细心、认真、肯钻研的人，搞技术最重要的就是这种一丝不苟的认真劲儿和钻劲儿。如果您同意，我就向大队提名。不同意，也不要勉强……"

"为什么不同意呢？"艾拜杜拉终于忍不住了，"雪林姑丽，你难道不愿意去？不愿意多学点东西，多做点事情？"

"我，当然愿意。"

"好！你们再商量一下吧，明天之内，给我一个回话。我走了。"杨辉含笑告辞。又是叮铃咣啷，推起了她的破旧的男式自行车，走到门外，跨了上去，星光下，矮个子的她为了够脚蹬子而左右摇摆的身影，渐渐消失在黑夜里。

"您怎么不痛痛快快地回答杨辉呢？多么好的机会！你要成为我们的技术员、我们的科学家，为学大寨，建设新农村做出更大的贡献呢！"

"我在等您的话呢！"

"等我的话？你的事情难道要我做主？"

"如果我经常住在实验站,就不能给您做饭了!"

"这是什么话?"艾拜杜拉笑了起来,"难道我没有生着两只手?难道没有你我会挨饿?"

"不过……"雪林姑丽想说,"不过,我愿意给您做饭呢。"她没有说出来。她知道艾拜杜拉是多么真诚,多么急切地希望她去实验站学技术。她转过话题问道,"刚才,您不是说有个事要和我商量吗?"

"是的。伊力哈穆哥说,今年冬田要大搞农田基本建设和施肥。要组织人马去伊宁市淘厕所,拉运人粪尿,我们伊犁人过去没有施用人粪尿的习惯,把许多好肥料白白地浪费了。伊力哈穆哥说,我们不能满足于天生的土地肥沃,还要千方百计地挖掘肥源,增加施肥量……我已经报了名。"

"您?"雪林姑丽意外地说。

"您可不要嫌脏!大粪是脏的,上到地里可就是宝贝!伊力哈穆哥担心有些人不愿意干这个活儿,我说了,我愿意!"艾拜杜拉又补充说,"你放心,我会注意清洁卫生的,活儿脏,人,更要干净!"

"您去吧!您去吧!对生产有利的事,我赞成。可如果那样,我又去了实验站,您从伊宁市拉肥回来,锅灶都是冷的……"

"又是做饭问题!嗨依、嗨依!我的雪林姑丽!我不是早就说过吗,我不是那样的男人,下工以后坐在炕头发怔,等着妻子做饭、端碗、铺床、叠被。我们都是公社的人,谁的事情多,谁就在外面忙去,谁先回来,谁就和面、烧火!明天我给你做饭,你看看我的手艺吧!"

"有人会笑话!"

"应该被笑话的是他们!"艾拜杜拉提高了声音,"他们生活在社会主义的新中国,却一脑子几百年几千年以来的封建毒素! 什么样的恶习!"

雪林姑丽不言语了,她走近火炉旁,用火钳把蒙了灰的红煤抖了抖,炉火马上旺了起来,火焰发出了呼呼的响声。雪林姑丽脱下了黑平绒的棉背心,用几乎听不见的声音问:

"您生气了吗? 艾拜杜拉哥。就是为了这,您昨天不让我给您脱靴子①吗? 我有点别扭呢。"

"哎,哎,"艾拜杜拉笑了,"你知道刘胡兰,又知道大寨,你会写维吾尔新文字,又马上要成为大队的技术人员了,但是,但是怎么说呢? 是迷信吗,你这个小傻子!"

夜,变得静多了。一九六四年冬季首次的雪花,开始在伊犁河谷缓缓地降落。

此后,雪林姑丽与艾拜杜拉小夫妻之间,有一句核心私密的情话。当艾拜杜拉回家很晚,饭后又滔滔不绝地与雪林姑丽大谈大队民兵连的工作与学大寨、蚂蚁啃骨头……一系列美好的指示时,雪林姑丽只消轻轻说一声"大寨……我想大寨……"或者是当艾拜杜拉情致盎然、热火点燃,而雪林姑丽忙于清扫清洗清理清洁"四清"工作的时候,艾拜杜拉就会提醒:"快点过来吧,我要给你说大寨……"

底下的风光,就不再需要语言文字的努力了。庄子说得好:得意而忘言,得鱼而忘筌。如果又得意又得鱼呢? 会不会忘记了整个世界,除了——大寨?

------

① 旧俗,新婚之夜,新娘要给丈夫脱靴。

小说人语：

走向那个巨大的世界，这是长久以来的主题，例如同一个小说人的《夜雨》与《眼睛》。《青春万岁》也曾这样说。说不定这个主题受到了苏联文学的影响，例如话剧《达尼亚》。

经济上不那么成功的体制，却也激起过文学的浪花。而浪花毕竟不受局限。该怎么说呢？该死的经济还是该死的文学抑或经济就是经济，文学就是文学？

然而，重读旧作，小说人却为艾拜杜拉新婚之夜没有让雪林姑丽给他脱靴子以及此节引起的雪林姑丽的别扭之情而感动莫名。笔触伸到了这儿，到了维吾尔好青年男女的新房里，幸福感使小说人热泪盈眶啦……

第三十章　杨辉力争　农技流动展获安排
懒汉狡辩　孕妇诊断书被揭穿

农村的夜是宁静的。牛、羊、鸡、小孩子、鸟雀,这些最活泼的元素,都静止了,除了狗叫,听不到什么其他的声音。农村的夜又是沸腾的。白天,人们不在村里,他们分散开去和大自然打交道,去向地球开战。一到晚上,人们聚拢起来,各种人,各种的向往和愿望,各种的打算和计谋,各种的联络、磋商、冲突、诉讼、友谊、爱情、中伤、仇恨都活跃起来,动作起来,汇聚成翻滚的潮水,激扬起朵朵的浪花。

当麦素木向泰外库敬酒的时候,当雪林姑丽给杨辉端面条的时候,在大队办公室,里希提书记主持的支委扩大会议,正进入了高潮。伊力哈穆讲了在县里开会的感受,讲了大寨,讲了皮山,讲了麦盖提县红旗公社,讲了红星二场。他还讲了本县绿洲公社改造苇滩,五月公社修建电站,天山公社改变耕作制度的事迹。当然,他也讲了他亲眼看到的红星二队的小麦丰产田和那个鞠躬尽瘁的队长。他讲得很多,很热情,而且有些急躁。"我们落后了!""我们差得远!"叙述中一再重复着这样的感叹。"我们必须追上去,说干就干! 在这个漫长的冬季,搞它个热火朝天!"

"我们伊犁人是给惯坏了!"四队队长乌甫尔感叹地说,"不吃苦,不拼命,哪有农村面貌的改变。解放以来,我们生活得挺优裕,这是好事,但是,也滋长了一种自满自足的劲儿。你刚才讲的那个汉族故事怎么说来着? 一个蛤蟆坐在井底下看天……弄不好我们都变成了井底下的青蛙啦……"

一些人笑了起来,更多的人都郑重其事地点着头。

里希提让四队和七队队长讲了一下对冬季以积肥为中心的生产安排。乌甫尔着重讲了一下他们从山坡旱田的几个废弃了的老羊圈里挖掘陈年羊粪的计划,伊力哈穆着重讲了一下从伊宁市拉运人粪尿的设想。然后,会议进入了重点议题。由大队水利委员、支部委员穆明解释主渠改道工程的有关问题。

这个方案并不是新的,早在大跃进的年代,公社党委书记赵志恒,大队支部书记里希提,带着州水利局和县农业局的两个技术人员,就进行了初步的测量、讨论和设计。在那些日子里,赵书记就像一个勘测队员,身穿一身蓝劳动布的制服,头戴鸭舌帽,脚蹬牛皮长靴,奔跑着,观察着,扛三脚架,架水平仪,抡锤子,砸桩子。里希提也好像变成了青年人,三四米宽的渠道,他跳来跳去,像长出了翅膀。他的心灵更是长出了翅膀,多少美好的愿望和设想,变成了夜以继日的忙碌辛苦,变成了一张又一张的蓝图、方案。按照他们的计划,这个大队的流向庄子方面的主渠的北段将要取直,改线,从而提高水位,减少渗漏,腾出一些耕地。而南段,要挖深,取平,减缓坡度,减少冲刷。北南段之间形成一个大的位差,在这里,利用水势可以带动三台水磨和若干轧油机、碾米机和弹花机。这是第一步,也是不算太复杂的一步。第二步,顺着这条主渠溯源而上,垫高渠底再次提高上游的水位,可以在那边形成一个更大的落差,带动水力发电。

经过他们的测量和讨论,这一切是如此明白、简便、合理,就像早该如此,自然该如此,使他们惊奇的,只是为什么没有更早地发现和利用这个摆在他们面前的潜力。但是,当时的县委领导人伙同麦素木科长这些人,正醉心于打破公社界限的大兵团作战。而改造一条渠道,安装几台水磨,过上几年再建设上一个发电量仅为几十千瓦的小水电站,对于他们来说,是太没有气派了。他们把这个公社,这个大队的劳力调来调去,净搞些大而无当的事情。"小小的"工程被搁置了起来。然后是三年自然灾害,这个小小的计划又变成过大的、冒险的、费工太多的和不准上马的了。然后又是六二年的事情。在库图库扎尔掌握大队领导权的时候,更是彻底搁置了工程,六三年,随着里希提、伊力哈穆他们的复职,这件事又被提到了议事日程上。在干部和社员中,组织了更详尽具体的酝酿和讨论,因为这牵扯到所有制的问题,未来的加工设备,只能归大队所有,而要进行这个工程,却需要各生产队出人、出资金、出设备。按照政策,对有关合理分摊和合理补偿的办法也作了细致的研究。然后,六四年春夏,大队组织大石匠进山,采来了做水磨的紫石头,并且已经开始加工。现在,终于在学大寨的东风下,可以把愿望和计划变成实践了。这是多么叫人高兴啊!回顾这个过程,又是叫人想到办一件好事是多么不易啊!里希提就是在这种兴奋而又感慨的心情中,主持着对这件事情的讨论。

伊力哈穆的传达,两个生产队的积肥计划和主渠改线的施工方案,这三个话题像风、火和油三样东西结合在一起,冬季生产和基本建设的烈火烧起来了。生产队长们摩拳擦掌,跃跃欲试,同时又在精细地计算着,衡量着,努力选择着更合理、更有利于集体的办法。

库图库扎尔也在会场上。他穿得很厚,皮领子短大衣,棉裤都已经上了身。他略显苍老,比两年前,也似乎瘦削了一些。经过了一段动荡,现在,他基本上算稳定了下来。收支相较,他总算保住了本儿。他不发一言,静静地旁观。

等到大家说得差不多了,进入具体安排的时候,库图库扎尔咳了一下,懒洋洋地说:"是不是请大家考虑一下,这里还有两个问题。"看看他的话引起了注意,他挪了挪屁股,直起了腰,把声音也放大了些,"如果我们在水利上投入这么多工,那么,无可怀疑,将会降低明年的工分值。我们都是老农民、老干部了。我们都知道,这里的冬天有四个多月,这四个多月的时间里,用老虎一样的力气,只能取得老鼠一样的成绩——还要付出那么多的工分,像扬场的时候从空中撒落下来的碎麦草!"

"这么说,提高工分值的最好方法是躺在炕上睡觉了?"

有一个性急的与会者反驳说,这种无礼的语调刺痛了库图库扎尔,"如果我还是第一把手,你敢这样说话吗?"库图库扎尔心想,从第一把手变为第二把手,处境就会有这么大的区别……咦哈!世上没有比"第一把手"的职务更宝贵的了……他控制着自己,没有流露出这种伤感的情绪,继续说:"再者,大家已经知道,再有个把月,社教工作队就要来了,这么大的工程,我们是不是应该等一等?这是我的意见。"谈到这里,他的眼睛眨了眨,很有点深奥的、高高在上的样子。

"您认为,工作队会不赞成我们改造水渠吗?"

"我没有说不赞成。"

"您认为,现在动工不合适吗?"

"我没有说不合适。"

许多人追问,他含含糊糊,脸上带着说不上是骄傲还是谦虚的笑容。一些人开始反驳他,他们说到了充分利用冬季进行农田基本建设的重要性和迫切性,他们说到了应该发扬只争朝夕的革命精神,敢想敢做,不应该观望等待。也有少数人只是点着头,当大队长讲话的时候,他们点点头,附和说:"是啊,有理。"当别人反驳的时候,他们又点点头,附和说:"是啊,有理。"

这时候传来了敲门声，传来了那个大家都熟悉的、滑稽的音调："可以进来吗？"

所有与会者的脸上都现出了亲切的微笑，门开了，进来了刚刚离开雪林姑丽家的杨辉，这个瘦小的、戴眼镜、长辫子、围着红头巾的汉族姑娘的到来并没有使人们感到惊异，队干部们早就熟知技术员的习惯和作风。

"你们在开会吗？"她吐了一下舌头，"我明天早晨再来吧。"

"请坐，参加我们的会吧。"里希提书记让道。

"不了，我还有事，我明天再来……"

"您有什么事，先说也行。"里希提注视着杨辉，他的脸上表露着一种爱护、欣赏、关心的父亲般的感情。

"那，我只说一句，"杨辉伸出了一个指头，她转头问库图库扎尔，"我们什么时候，在哪里开始？"

"什么开始？开始什么？"库图库扎尔翻了翻眼睛，似乎在责备杨辉说话不清楚，不完整。

"您忘了？"杨辉惊奇地睁大了眼睛，渐渐变成了失望和愤怒，"前天在公社，您不是说立刻就安排吗？"

"啊，不就是那个什么展览吗？我们还没有研究。公社的事情多得很。卫生院找我们要人去受训学习注射防疫针，拖拉机站要培养拖拉机手，学校找我要老贫农去作忆苦思甜的报告，您呢，关心的是您的展览……"

库图库扎尔的漫不经心的轻蔑态度和倒打一耙的埋怨激怒了杨辉，眼泪几乎涌出了她的眼眶，"您怎么能这样说？您认为有哪件事是不必要的找麻烦吗？"

"怎么回事？"一直处于旁听地位的里希提插嘴问。

"同志们，"杨辉把头转向了大家，从大家的目光里看到了信赖、关切和友谊,她一定能够得到支持的。事情是这样的:杨辉准备利用当前秋冬之交的短暂的间歇时间,搞一个流动的农业技术展览。重点是良种、农药和肥料。图表是她自己画的。实物和一些种子是她从县、州、自治区农业科学单位、她的母校要来的,照片大多数是她自己拍摄、自己洗印放大积累起来的,还有从报社和别的单位借来的。全部展览可以装在一辆毛驴车上,为了能使更多的社员看到,引起他们对科学种田的重视,她准备带着这个展览走遍各个大队,越是偏僻的地方越是要去。前两天,她曾专门与库图库扎尔谈了这个计划,她建议在庄子上举行一天这样的展览,库图库扎尔当时满口答应,过后却丢在了一边。

队长们纷纷点着头,称赞这是个好主意。乌甫尔队长立即争取说:"就到我们队去展览吧。我们明天就打扫清理出一间光线明亮、宽宽敞敞的房子来!"

杨辉的脸上显出了欣慰的笑意。她转身对库图库扎尔说:"看来,大家还是欢迎的。事情多有什么办法?一件一件地干就对了。搞社会主义,本来就是个麻烦事情。"她的口气变得严厉了,"问题是有个别人说什么不学农业技术也照样吃拉面,说这种话的人如果不是别有用心也是彻底的愚昧无知。没有汽车轮船人们也照样走路,难道这一样吗?"杨辉巡视了一下四周,似乎为自己说话尖锐而且大大超过了"一句话"的预算而有些不好意思,她信任地、非常可爱而真诚地笑了笑,"再有,我对您有一个意见,工作是革命事业的一部分,办就是办,不办就是不办。过两天,那就是说四十八小时以后开始行动,过一天就是二十四小时,哼哼哈哈,一切应承,一件不办,这不太好。我的意见完了。"

"怎么样?后天早上八点,我们派车去接您吧。我们通知社员轮流去参观……"乌甫尔叮咛说。

"你们同意吗?"杨辉问里希提和库图库扎尔。

"我们同意。而且,我们应该检讨。"里希提说。

"那就这样定了。乌甫尔队长,我知道您是说一不二的。"杨辉高兴了,她的脸上放着光。脚步声。门声。一辆破烂的自行车的挡泥板的咔啦咔啦的响声。车铃。"叮……叮……"渐渐远去了。会场上出现了短暂的沉默。

"看看我们的女儿对待工作的态度吧。"里希提轻轻地说。他说"我们的女儿",都知道是指杨辉,这个公社的成千成百的上了年纪的农民都是这样称呼的。这比杨辉的名字更被人们所熟悉,所了解。

"今天的会开得很好,"里希提吸了一口气,概括说,"伊力哈穆的传达使我们开阔了眼界。四队和七队的积肥计划使大家受到了启发。我们的女儿的到来也是一个推动。那么,水渠的工程干不干? 我赞成干。因为,归根结底,我们只能靠劳动、靠双手去提高工分值,而不是靠休息。即使水利用工多,当年没有收益。影响了一些工分值,那么,每个社员的平均收入也仍然是增加的,他们挣了更多的工分了嘛。至于社教工作队,只要我们的工作是有利于社会主义,有利于人民的,就肯定会支持我们,帮助我们,把这件工作做得更好。"说到这里,他停了停,又看了库图库扎尔一眼,"看来还有些分歧,大家再酝酿酝酿,明天的支委会上,做出最后的决定吧。"

散会以后,库图库扎尔走到伊力哈穆的身边,脸上呈现着一种隐约的嘲笑的神情,大声问道:"伊力哈穆兄弟,这次在县里开会,对于社员的欠账问题,有什么新精神吗?"

库图库扎尔的问题使伊力哈穆莫名其妙,他摇摇头,说:"县里的会没有谈及这个问题。"

526

"县委没有指示可以没收社员的牲畜抵账吗？"

库图库扎尔的问题更加莫名其妙了。有好几个生产队长本来已经准备离去的也停下了步子，好奇地望着他们。

伊力哈穆马上意识到了自己的疏忽。今天天还没亮，他就起床了。然后是一天的奔跑。十几天的离别，就像十几年的离别一样，使他渴望赶快看一看生产队的一切。黄母马的小驹子会吃草了吗？粮食的交售和保管加工工作进行得怎么样了？会计的分配决算方案可得到了队委会的同意？还有饲草的堆积，车辆的修理，铁匠铺新打的一批砍土镘的质量，五保户的节补贴……一个生产队就是一个社会。不管多么高深的学问、多么宏伟的事业、多么精细的分工，最后，条条线索都连贯在这里。当一个生产队的家，有多少事情要过问，要他做主，有多少眼睛在看着他，有多少人在等待着他的回来，好向他提出建议、意见、申诉或者控告呀……确实，他竟忘记了处理尼牙孜的牛，这真不应该。可库图库扎尔这样快，而且用这样不友好的、不诚恳的态度来钻他的空子，也使他感到惊奇。他冷冷地反问道。

"您是说尼牙孜的事情吗？"

库图库扎尔做作地表示不解。

伊力哈穆正面盯视了库图库扎尔，微微一笑。他说："关于极少数社员欠队上账的问题，原则上应该归还。具体做法，分别不同情况，采取不同的方式。如果您关心的只是一般原则，那么，我个人知道的就是这些。"

说完，他轻松地走了出去。

尼牙孜和他的牛的问题在全体社员大会上被提了出来。许多人都发了言，有的激愤严厉，揭露了他的一连串丑事，有的巧妙尖刻，尽情地予以挖苦嘲笑，会场上响起了一阵一阵的笑声。

阿卜都热合曼说："您到底是什么人？您要干什么？您自己说一下。一年来，您只劳动了六十三天，而且，您有两把砍土镘，干私活的时候，用那把大的，出工的时候，用那把小的、磨掉了三分之二的。您这么大个子，拿着那把砍土镘，不难看吗？简直像汉族人掏耳矽的耳挖勺。就这样，您今天从队里领口粮，明天跟队里要煤炭，分瓜、分果、分草、分柴火，您都走在前面，挑挑拣拣、骂骂咧咧，但是您到处诉苦喊冤，倒好像生产队亏待了您，您的良心在哪儿？您真的是一个说谎的、忘恩负义的猫吗？"

再娜甫站了起来，她挥动着双臂，嗓音洪亮地说："喂，尼扎洪，丢人不丢人！去年夏收时候，您一个人要两份杂碎汤，还跟雪林姑丽吵架。今年夏收，您干脆夜间偷偷摸进了厨房，一气吃了那么多过过油的干肉，然后一连三天您跑肚拉稀，捂着肚子直不起腰来……"再娜甫自己首先哈哈大笑起来，"最后您居然还给队长提意见，说是对于您的身体健康照顾不够……"

新任保管员伊明江说："还有一件奇闻，在咱们农村也是自古未有的事，大家知道吗？尼牙孜哥今年九月讹了三十块钱……"大部分人还没听说过，都竖起了耳朵。伊明江介绍说，九月的一个清晨，尼牙孜赶着毛驴去驮草，有一辆大拖挂解放牌汽车在公路上驶过，尼牙孜大摇大摆走在马路中间，任凭驾驶员鸣笛不肯让路，汽车缓缓地挤着驶了过去，车厢板挤了他一下，他一个趔趄趴在了地上。驾驶员是个汉族小伙子，连忙停了车扶他起来，向他道歉，他也表示并未摔伤，驾驶员为了负责留下了自己的姓名、工作单位和车号，说是万一有什么问题可以去找他。小伙子走后，尼牙孜感到有机可乘，竟让库瓦汗赶上毛驴车，把他装在驴车上拉到了汽车的所属单位，言称他腰已摔坏，无钱治疗，人家以为是撞坏了兄弟民族的农民,给他预支了三十元钱的医疗费和营养费,尼牙孜夫妇拿上这三十元钱就进了旧城的薄皮南瓜包子铺……直到一个月后,该单位又派人前来慰问,来到生产队队部,伊明江才知道了这个事。

"可耻!卑鄙!恶劣!"社员们不再笑了,他们一个个又气又羞,他们替尼牙孜脸红,当他们听到那个汉族青年驾驶员为此事在本单位多次检讨还被记了一过以后,他们激动得眼泪都快流出来了,简直是给维吾尔人丢尽了脸!特别是一些上了年纪的老农,他们用粗话骂了起来,有的人还往地上啐着唾沫。

伊力哈穆队长制止了群众的过分的言语和举动,并且让尼牙孜本人谈一谈。尼牙孜当然不会轻易退让,他东拉西扯,结结巴巴地却又是顽强地为自己辩护,但每一句辩词,都被反驳、被新的揭发、被挖苦和哄笑所淹没,意识到自己的孤立无援,他用目光四下寻找麦素木,但科长已经提前离开了会场。他用目光去询问前队长穆萨,穆萨摇着头,耸着肩,叹着气,同样为他的行为感到深深的遗憾。他用目光向包廷贵和郝玉兰求援,这对夫妇躲开他的目光,悄悄地低下了头。继去年夏天买汽车碰壁栽跟头而归之后,去年冬季,对于公社的外调函来了答复,包廷贵原来所在的关内某工厂来函证明,包廷贵年轻时曾任资方代理人,解放后一贯思想落后,表现不好,六〇年因其贪污盗窃行为被批判、记过,他不服处理,私自逃跑到了新疆。该厂还要求这个公社协助追回包廷贵尚未退赔的近千元的赃款。这份外调材料来公社后,里希提和伊力哈穆分别在大队加工厂和七生产队进行了宣读。包廷贵嗫嗫嚅嚅,既承认他过去犯有"一些错误",又说是厂里有人陷害他。大队领导决定摘去了他的修理汽车的牌子,不再对外营业。只准修理本公社和大队的农机具和运输工具。对于郝玉兰的私人行医,也由公社卫生院进行了检查、取缔，现在郝玉兰仍然在秘密行医，但比过去更加隐蔽得多了。至于包廷贵，他也大大地收敛了，不再神气活现，不再与库图库扎尔公开来往，不再与少数民族社员吵架，也不再那样放肆地污辱少数民族了。他们低下了头，表示了事不关己，不打算出头的态度。

尼牙孜发现自己已经陷入了四面楚歌的逆境，于是，他振作精神，打出了自己的最后一张王牌。

那是一张在铅印的汉维两种文字之间，写了不少潦草的汉字，还盖着一枚紫色的、圆圆的图章印记的纸，尼牙孜掸了掸衣角上的土，抖了抖衣袖，他用手抹了抹脸，似乎是干洗了一下，提提精神，他从自己的系在腰上的褡包里取出了这张字纸，高高举起，带着示威的口气说：

"我有重病！这是医生证明，盖有公章！看，写了这么多，是汉族的大夫亲自给我开的，难道你们强迫一个病人去劳动吗？你们对于一个病人就是这样残酷无情吗？你们难道是旧社会的巴依、伯克、乡约、掌柜的吗？"

他想利用某些人对于写着汉字、盖着公章的牌牌子①的敬畏心理达到自己的目的。果然，社员看到牌牌子以后有些惶惑了。尼牙孜以一个胜利者的姿态把牌牌子放回褡包。但是伊力哈穆走了过来，他伸出手。

"把牌牌子给我看看！"

"给您看什么？您又不识汉字。"

"把牌牌子拿给我！"伊力哈穆坚决地重复说。

"用不着……"

---

① 牌牌子，即信件或证明、公函。

"为什么用不着？证明应该交给队上，我们会从各方面给您应有的照顾……"

尼牙孜实在无法推辞，只好颇不情愿地又掏出了牌牌子。

伊力哈穆立即召集了全队所有的"知识分子"，即有高小以上程度的人，他们都学过汉语课，虽然程度不算高。终于，凑出了牌牌子的内容，由汉语学得最好的伊明江边读、边译、边讲解。牌牌子是这样写的：

姓名　哈仙白　性别　女　族别　回　年龄　成
主诉　怀孕七个月，二日前在冰上摔跤，自感腹痛，便频……
诊断　先兆流产
建议　保胎　住院观察

这个"证明"最初使大家瞠目结舌，继而就爆发出了哄堂大笑，有的笑得倒在了别人身上，有的笑得眼泪直流，有的被笑呛噎得咳嗽不住，一边笑，一边几乎是齐声喊了起来。

"哎侬，泡克！哎侬，泡克……"

还有什么办法呢？牌牌子是他在医院里的字纸篓里捡的。他嘴边上还有一些离奇的辩护词——他永远是有词儿的。他想说什么可能是他开了证明去挂号室盖章的时候匆忙中拿错了，以致和一个回族女人的证明掉了包……但是，他看了看周围，他感到了笑声喊声后面的可怕的众怒。他瑟缩了，垂下了头。

伊力哈穆宣布了队委会的意见：一、所有损坏了的集体的庄稼和财产，必须如数赔偿。二、按时出工劳动，否则，队上将不能无限期地将他供养下去。三、牛还给他，但他必须订出偿清债务的计划，并在近日先就力所能及的范围开始归还部分欠账。社员大会一致通过。尼牙孜也表示了完全接受。

这以后，尼牙孜的劳动老实了些。一天晚上，他扛着砍土镘归来，麦素木说："您最近的表现很不错呢，值得表扬。"

尼牙孜把烂眼一翻，"您知道吗？他们归根结蒂还是怕我的，最后，牛还是还给了我，奶茶，咱们又喝上了……"

等尼牙孜走了以后，麦素木恨恨地向地上啐了一口，竖起了外衣的羊皮领子。一阵冬天的北风吹来了，从领口、前襟、袖口、下摆、裤脚各个空隙吹到了他的身上，他感到彻骨冰凉……

小说人语：

算不算有一点悲剧色彩？当你面对许多个尼牙孜，却不能不掂量伊力哈穆们的真实性与纯洁性的时刻？

我们天真过。

人民公社的大队日常工作，小说人有多么熟悉，写来如数家珍。他想起了其时的伊宁县红旗人民公社二大队的"同僚"，尤其是书记、大队长、另一个副大队长、会计、出纳……来。在一个场合，介绍了好几位老同志是"自治区人民政府原主席"以后，主持人介绍到小说人不知道该怎么说，全国政协副主席阿不来提·阿不都热西提接过去说道："生产队长……"

不，他老说得不完全对，小说人曾任官职是副大队长！

第三十一章　塞外真美　老尹感慨城乡巨变
　　　　　　路上胡大　章洋不满司机特权

　　大轿车在乌伊公路上行驶,在油光光的沥青路面上,长途汽车全速前进。厚厚的窗玻璃咯哒咯哒地震响。马达发出轰隆轰隆声,并时而传出一种哒哒哒的类似机枪点射的响声。气压泵一时发出随着踩闸而放气的声音,一时又发出咣咣咣咣抽气和压缩空气的声音。橡胶轮胎沙沙沙地驶过地面。每五十米一个的标着顺序的号数的电线杆和每公里一个的石头里程碑时而从车窗旁飞驰而过。近处的地面向后迅疾飞去,而远处的田野、树林、地平线似乎在随着车缓缓前进,这样,大地在旋转,从左侧车窗望去,顺时针,从右侧车窗望去,是逆时针方向。随着路面的升降,乘客似乎时而被抬起,时而又被抛了下来。新疆地域辽阔、城乡分散,解放前主要靠骑马和骆驼,解放后才修起了四通八达的公路网。汽车,是新疆境内的主要交通工具。只有在全国的少数几个省区,才能像在新疆这样获得一连多少天公路旅行的生活体验。

　　和一般长途旅行的旅客惯常的倦意、无聊、焦躁地盼望目的地的早日到达的神态不同,这个车上的乘客全部是精神抖擞、朝气蓬勃、斗志昂扬的。他们穿着差不多一样的半新黄军大衣,时而你一言我一语地热烈交谈;时而互相啦啦着表演节目、唱戏、唱歌、学口技;时而由一个人打拍子,领着大家齐声引吭高歌。他们的响亮、整齐、快乐的歌声压倒了高速行进的汽车里里外外所发出的一切的声音,改变了玻璃的震动频率。他们是最近才组成的新的战斗集体，他们是来自乌鲁木齐的自治区一级各机关单位的社教干部，要到伊犁农村参加四清运动。

"尹队长，来一个！尹队长，来一个！"叫得最凶的是几个维、哈族的年轻人。尽管他们的声音盖过了一切，有一个维吾尔青年仍然觉得"来一个"这三个字未必能说清他的要求。他又大声用半通不通的汉语喊道：

"尹队长，一个最好的歌子给一下！"

坐在车门边的尹队长——他的名字是尹中信，今年四十二岁，中高身材，方宽脸庞，短而浓的眉毛一点也不肯弯曲，嘴角上的线条显得刚毅而且严厉。但是，他的目光是柔和的，使他严肃中有一种和蔼而宽宏的神采。按照他的职务，机关本来是派了越野小汽车来送他的（有些人非常重视这个小汽车，认为它是地位和权威的象征，是取得尊敬和优待的源泉），但是他谢绝了这样的照顾，宁愿和他的工作队员坐在一起。当然，他也还有一点特殊化，那就是，别人穿的大衣是棉的，而他穿了一件破了又补、补了又破的皮大衣——那是四八年强攻临汾的战役中缴获的战利品，经过了一个后来在朝鲜牺牲了的老战友的手，最后穿到了他的身上。

他不能辜负兄弟民族的青年人的盛情。他唱了一个抗日时期山西老区的民歌：

> 八路军打日本，真厉得儿害唉哟，
> 老百姓慰劳，理应该……

他很生气，简直还有点惊奇和伤心，声带像是旁人的，根本不听他的指挥，自行发出一种拉锯似的声音，而且嗓子里好像堵住了棉花，放不出声音来……他已经很久没有和青年人一起唱歌了……一九三九年，他十七岁的时候，还一度在八路军的文工队里当过演员呢!

谁知道,他的歌却受到了热烈的欢迎。而且不得不在一再的要求下又去启用那副废弛了的歌喉。他唱道:

> 数九那个寒天下大雪,
> 天气那个虽冷心里热……

显然,不可能有什么人听得出尹中信曾经是个会唱歌子的人。他的声音平板、嘶哑,调子和节拍都不那么准确了。但是,不知道是由于他的感情的真挚,是由于那曲调的纯朴,还是由于在短短的、不到一个月的集训期间他所赢得的威信,他的歌声感动了大家。掌声以后好一会儿没有人出声,连汽车的轰鸣和喘息也压低了声响,似乎谁也不愿意打破这两支歌所唤起的庄严而有些激动的情绪。

四面八方聚在一起的战友。漫长的道路。互相啦啦着唱歌。掌声、笑声。深情的眼睛。这使尹中信回忆起开始渐渐地显得遥远起来了的战争年代:行军,又是行军。素不相识的人们被"同志"这个称号联结在一起。邂逅和分手。"哪部分的?""我就是政委。"……上下级亲密无间的关系,担架队。躺在担架上的重伤员也要求停下来听一听"毙、伤、俘敌军××名,全歼××部,一举解放××"的战报……只有在最伟大的革命运动的感召下,为了一个最崇高的目的而从五湖四海走到一起来的战士,才体验过这种明朗深挚的战斗友谊,才懂得行军路上相互啦啦着唱歌的伟大意义。唱在一起、笑在一起的人们,将在战场上冲锋在一起、流血在一起、胜利在一起。

中国是小农经济。中国是一盘散沙。中国是一个专制独裁的无政府主义国家,自顾自而没有什么人对社会对国家对集体负责。

这样哪怕是最原始的集体生活的乐趣，也会给人以面貌一新的鼓舞激励。现在，在乌鲁木齐—伊宁市的长途汽车上，人们享受着战斗的集体生活，也重温了当年的解放军、土改工作队纪律严明、呼风唤雨、翻天覆地的情怀与风采。

全国解放了。毛主席告诉我们，我们熟悉的东西有些快要闲起来了，我们不熟悉的东西正在强迫我们去做。尹中信在中央一个经济部门里工作。他接触了许多新的事物、新的问题，学会了许多新的东西。他夜以继日地忙碌、开会、看文件、读书，他还几次到技术夜大学去听课，几次都因为工作太忙而没能坚持下来。他的生活是充实的，他的时间是紧张的，他对于在星期天工作比在星期天休息更习惯些。然而，环境毕竟是安定多了，而且可以说是舒适多了。当他住在烧液化石油气、烧暖气、带沐浴间和卫生间，上下楼要乘电梯的住房里的时候，他常常怀念农村，老乡家里派饭，背着背包跋山涉水，在风里、雨里、日头晒烤和星光指引下的东奔西走，生活和工作的安稳常常使他怵然自惕，可别变成一个贪图安逸的庸人。革命意志的锋芒可不能在和平生活中磨钝？但是孩子们呢？他们生下来就没有听见过炮声隆隆……

所以，当一九六一年号召到基层和边疆去的时候，尹中信甚至不用回家商量就报了名，他相信他的妻子就像相信自己。党决定把他派到新疆，他由衷地感到高兴。他立刻买下了分省详图，详细研究了新疆的地理位置、行政区划和自然条件。他从图书馆找了许多有关新疆的资料，包括反映新疆斗争生活的小说、电影剧本、民歌集和摄影作品。人们祝贺他展翅远飞，但也有人不解，问他："你为什么那么积极报名呢？"他听了以后直觉反应便是想反问一句："你为什么不积极报名呢？"只是出于礼貌，他笑了笑。还有人说："去新疆，哎哟，那么远！"他回答说："你待在北京觉得新疆远，

536

待在新疆,还觉得北京远呢。"但事后他很后悔,他的回答是不准确的,严格说来是错误的,新疆人并不觉得北京远,他刚刚翻阅过的一首哈萨克族的民歌说,站在草原,我们看见了天安门城楼上的红灯。

于是乎开欢送会,真挚热情的赠言。因为溢美而令人惭愧的鉴定。饯行,干杯,"一路平安""多来信"。汽笛长鸣,机轮铿锵,黄河南北的一望无际的大平原,多轨并行,几乎是直线铺设的京汉铁路。青纱帐,你可仍然跳动着游击队员的心?大大小小的血脉一样的河流。夕阳中安然矗立的烟囱和古塔。夜间经过黄河铁桥时击打在每个旅客的心房上的叮咚声,像一阵清风喜雨。华山在晨雾中。黄土高原的窑洞,怎能不怀念延安?宝天段的无数隧道,坐在车厢里分不清是黑夜还是白天。嘉峪关,长城,我们中华民族的象征。说什么"一出嘉峪关,两眼泪不干",尹中信却只觉得"一见嘉峪关,壮志冲云天"。他肃然起敬。他含笑沉思。他心潮如涌……一望无边的瀚海,似乎和铁路一样漫长的、埋藏着无数宝藏的祁连山。乌鞘岭上的寒风如狼嚎。当年汉武帝的使者是怎样入疆的呢?我们今天是何等的幸福。内地的锦绣田园,塞外的雪山旷野,不都是祖国的躯干吗?河北话、甘肃话、新疆话,不都是祖国的声音吗?从西向东的路,从东向西的路,不是同一条通向社会主义、共产主义的路吗?天上的星星,大气层里的风,地上的河流,不是诉说着同一个对祖国的爱吗?每天清晨,随着车厢喇叭放送着的庄严优美的《东方红》乐曲,一轮红日出现在东方的地平线上。照耀着内地和边疆的,不是同一个红太阳吗?梦魂萦绕的天山雪峰啊,我们终于见到了你!

到了乌鲁木齐,尹中信被分配在一个工交部门担任副职,他要求到县里或者公社去,没有成功。虽然还是领导机关,但他觉得总是接近实际一些了。他有更多的机会去工厂车间和工人宿舍，他听到了更多的铣床的哗哗声，磨床的嗡嗡声和冲床的当啷声。这里的修渠铺路之类的劳动任务很多，这也使他感兴趣。连日常的买菜买粮，拉煤倒垃圾，他也都愿意亲自去做，可以从中看到许多在中央机关未曾与闻的现象和问题。现在呢，在一九六四年即将结束的时候，他穿起了补了破、破了又补，象征着友谊、牺牲和胜利的老羊皮衣，捆起行李卷，和多民族的大都比他年轻的战友坐在一起，向边疆的边疆，祖国的西大门——伊犁挺进。这一年冬天，全国有多少领导人、干部、知识分子、青年学生，打起背包，奔向农村，学习社会主义时期的阶级斗争的最宝贵的一课。就像卢沟桥事变后许多爱国志士在党的领导下纷纷下乡打游击，就像三年解放战争期间许多革命干部、大学的毕业生奔赴各条前线，他们现在正投向无产阶级专政下继续革命的新的战斗。虽然天寒地冻，风雪交加，他的两颊冻得紫红，他的两脚冻得发木，然而热血如沸，红心如火。没有变的是毛主席培育起来的一代革命者的意志和热情，没有变的是一听到军号就跃马持枪冲向前去的战士的神经，没有变的是社会主义、共产主义的崇高理想。然而时代、任务、条件和斗争的形式是大大不同了，何况他去的是少数民族地区。他刚来新疆两年，除了去吐鲁番短期参观以外还没有下乡工作过，听不懂少数民族的语言，更觉得维吾尔文字稀奇古怪，他将怎样完成党交付的光荣艰巨的任务呢？一切需要从头学起。

　　一路上，他不知疲倦地注视着准噶尔盆地南缘的城镇和乡村，烟囱和林带，鱼贯而行的油罐车和偶一闪现的骆驼。他不断提出问题，"这是什么地方？""那是什么？"倾听着旅伴们不住嘴的讲解。这是昌吉，清洁、齐整，自来水塔端端矗立在路边，机场上的直升机的编号历历可数。这是呼图壁，饭馆里坐满了东来西往的旅客，路边上停满了各种型号、颜色和形状的汽车。无线电发射台林立,金属尖顶闪耀着光辉。这是石河子,解放前这里还是荒野,在生产建设兵团的开垦下,出现了重工业和轻工业的许多工厂,楼房,水泥铺的宽阔的中心街道,两旁是列队接受检阅的雄武挺立的白杨。甚至在飞驰而过的汽车上,你也会看到这从戈壁荒原上平地而起的别具一格的城市的兴旺风貌,石河子新城无量!这是什么河?河身怎么这样规整?不,这是玛纳斯灌渠,新疆最大的干渠,流量每秒许多许多立方米。这条岔路通向油城克拉玛依,克拉玛依维语就是黑色的油。那条岔路通向独山子,克拉玛依的石油在那里提炼加工,运往全疆各地。还有一条岔路通向农七师奎屯垦区,就是那里,好像飘在云上的绿树和人烟,那不是海市蜃楼,是劳动创造的新图。上海龙门针织厂迁来了一部分,在这里生产了第一流的背心和秋裤。这儿是乌苏,即使在整个西北地区,这也是一个数得着的富庶繁荣、人烟稠密的大县,又是通向乌鲁木齐、阿勒泰、塔城、博尔塔拉和伊犁的交通要道……什么?墙上写着西湖旅店?您的眼睛真尖,西湖,倒没有别的意思,只是乌苏县的蒙古语名称的谐音,也许这里有杭州人,他们爱乌苏就像爱西子湖?这是精河治沙站,汽车拐弯,游沙堵住了公路,科学工作者正在这里研究着征服沙漠的措施,他们已经用飞机撒播了一批能适应沙漠、能改造沙漠的植被……你好,乘客同志!你好,驾驶员同志!你好,炊事员和服务员同志!车到五台了,这是一个左右皆山的咽喉要地,这里没有其他居民,一切设施和人员全是为驾驶人员和旅客服务的,这里只有旅店、食堂、交通管理和汽车修配点,啊,当然也还有邮局、小卖部、派出所,和为这些交通部门的服务人员的子女准备的学校……尹中信一路上看不完、听不够,同时越看越听越想越觉得奇怪,为什么有些人宁愿一辈子到老死待在糕点匣子似的长方形的办公室里，却不肯下来看一看、走一走……

　　和尹中信并肩坐在一起的叫做章洋。细高个儿，瘦长的脸，宽额头，双眼皮，大眼睛。他的举止言谈，处处表现了对旅行生活的极其熟悉和干练。他有时候用可能的最舒适的姿势睡得很香，甚至打起鼾来。有时候略略一撩眼皮就可以告诉你这里是什么地方，离什么地方已经走了或者还需要走多少公里。有时候，他兴致勃勃，滔滔不绝，谈笑风生。有时候又对周围的一切视而不见、听而不闻，不知道是在深思还是在吝惜精力。他对尹中信说：

　　"你说新鲜不新鲜？这样高的山上，这么大的湖！这就是赛里木海子，全国著名的高山湖泊，这里习惯把湖泊叫做海子，倒也名副其实。因为湖水——海子是咸的。你看看多清亮透底，碧蓝碧蓝，雪山映在里头，水里的影子比真山还干净。可惜，不长鱼虾，连个水草浮萍都没有。啊哈，飞来了几个野鸭子……新疆的风景就是这样，好的地方真好，秃的地方真秃！你喜欢新疆吗？唉，没啥，你们是领导干部，什么时候想走就走了，你们中央认识的人多。先在新疆看看这些新鲜地方吧。我们就不行了，算了吧，泡就在新疆泡他一辈子……"

　　章洋信口说着，亲热，大大咧咧，又不失对待比自己地位高的大人物的礼节分寸。解放前夕，他在内地的一个城市做学生的时候就参加了地下党。一解放，他又参了军，在文工团里当演员，随着部队来到了新疆。由于声音条件差些，后来改做导演。一连几个戏都砸了锅，又改搞创作，而且担任编导组的组长。写过一个独幕剧，在报纸上发表过一篇剧评。他编的剧没有被采用，然而当组长过程中显露了他颇为不错的组织才能。编导组原来不团结，他去不久，抓住了一个典型狠狠收拾了一下，团结了其余所有的人。另外，他给这个组解决文具设备、工作条件和生活福利等问题，都搞得很好。他热情、有口才、肯干、敢干、能跑腿、能吃苦，尤其重要的，他十分注意体察上级的意图，跟得紧，转得快。又注意群众关系，受到了上下左右的好评。后来，他担任了一个文艺表演团体的领导职务，他办事更加干练了。他曾经多次下到各地、州、县，跑遍了从阿勒泰到和田，从喀什噶尔到哈密的广大地区。但从来没有像这次去伊犁这样兴奋。集训期间，他反复学习了上边发的厚厚的一大本的铅印材料叫做"经验"的。这份材料提得高、新、尖锐，具有振聋发聩的刺激力量：什么三分之一农村不在我们手里，什么共产党的大队支部都是国民党的白色两面政权，什么虽然尚未发现该大队支部书记与台湾国民党有组织联系但却不排除有这种联系的可能性，（多么触目惊心！无敌的、泰山压顶般的逻辑！）什么秘密访贫问苦，扎根串联，（又恢复了地下工作的方式！）什么上上下下的强大阻力，（点了省委书记的名！）什么化名下乡，不吃一点荤，什么给大队书记戴上了坏分子帽子，什么抓新生的反革命，（试试，有多厉害！）什么二次重访，春光明媚、气象全新，（余音袅袅，三日不绝！）这些危言耸听的叙述和提法，这些大异于常理的令人吓破胆的分析和结论，以及众多的形容词、副词和感叹词，权威的审判官的面孔，歇斯底里的激情，超级革命的口号，救世主的姿态……这一切都使章洋五体投地，赞叹不已，他震惊，他倾倒，他又稍稍有一点慌乱，竟然完全没有想到农村四清运动的做法的这种火箭式的发展……他回想起过去历次下乡，他感觉到与农村基层干部格格不入，原来，他们是一批控制局面、鱼肉乡里的地头蛇。原来，他们和国民党的保甲长大同小异。而这次他的任务，便是创造奇迹，攻坚破阵，为民申冤，解民倒悬……他怎么能不兴奋呢？汽车上的闲谈和瞌睡，正酝酿着一场惊天动地的大搏斗。

汽车傍依着赛里木湖走了一个多小时，翻过了一个山口，眼前是盘环旋绕的山间公路，一丛丛密密麻麻的黑绿色的树，白雪，白中显得黑亮黑亮的，尚没有完全冻结，在清晨的凛冽中似乎在冒着热气的山水。尹中信他们低头往下看，几乎正在脚下，他们看到了一块比较平坦的地方，好像一个麦场，那里有两排油着蓝色和黄色油漆的林区所特有的木房子，远远看去，木房子像是用笔杆粗细的圆木拼起来的玩具，而场上停留的一辆辆的汽车，就像一个个的甲虫。章洋看到了尹中信在张望木房。问道："怎么样？像不像外国童话中白雪公主找到的那间住着七个小矮子的房子？"

尹中信笑了，这样的童话小时候可能读过，早已经忘得一干二净了……没有几分钟，过去存在在童话里的彩色的山中木房，已经来到了眼前。这是一个普普通通的高山交通食堂。旁边是养路段。乘客们纷纷下车休息、吃饭。他们从凌晨天不亮上车，在牛吼一样的汽车爬坡声中，又冷又饿地已经坐了五个多小时，正赶上从伊宁市对开来的几辆客车也是刚刚到达，东来西往的乘客一时都拥挤到这个小小的食堂里。开票的、付款的、领饭的、找座位的、吃饭的、打开水的、烤火的、吸烟的、寻找碗筷和收拾碗筷的，比肩接踵、吵嚷吆喝，热闹异常。排了一回队，好容易轮到章洋开票了，他说要二百克馒头，一个过油肉片。出纳员告诉他："炒菜卖完了，你吃排骨汤吧。"

"怎么没有了？我刚才还去厨房里看了，正在炒嘛。"

"还有不多的几盘，是给汽车驾驶员预备的。"

"司机能吃我们就不能吃吗？司机是人我们就不是人吗？"

江南口音的、年轻的女出纳员抬起眼睛看了他一眼，觉得难以答复。

尹中信在他身后说："就吃骨头汤吧，骨头汤做得也挺香的……"

章洋一面啃着骨头，一面告诉尹中信："在新疆……"他和老尹说话，往往是用"在新疆"三个字开头的，既表示出他宛如裁判者似的高高站在新疆之上，又表示出在尹中信的面前他是个"老新疆"了，是熟悉地方情况的老手。他说："在新疆这个地方，汽车司机就是路上的胡大！一路上，他们走到哪里都吃好的、住好的。再大的干部，你也没有司机的牌子硬，至于司机和一路上的食堂旅店的工作人员的关系，岂止是四不清，简直是八不清，十六不清，服务人员指望着司机带东西、搭便车，司机指靠着她们少拿钱、吃好饭。你看看咱们这个骨头汤，四毛钱，其实成本最多两角！司机吃的炒肉片，你看看放了多少油，你走到哪里，到处都是四不清，清不了啊……"

尹中信连连喝着汤，顿时觉得肚子里热乎乎的，清水煮的羊肉骨头，没放酱油，也没有那么多调味作料，但是不觉得很膻，却更能吃到羊肉本身的味道。路途之中，冻饿之后吃到这样的羊骨头，真比在北京工作时周末去东安市场的东来顺吃的涮羊肉还觉可口。尹中信想起自作聪明一起从北京调来的一批干部，有些人直到现在见不得羊肉，不但不吃羊肉，而且一提羊肉就显得厌恶、反感，痛苦万状，愁眉不展。他们的表情不亚于信奉伊斯兰教的少数民族提起猪。他们信奉的是一种什么宗教呢？是体质构造的变异吗？是大脑皮质的条件反射吗？他们受过羊的刺激？还是用自己的禁羊反羊来有意无意地表露自己身份的娇贵，说明自己绝非新疆或者西北地区的土著，而是来自关内繁华的大都市呢？他有点怀疑。

章洋的话把他拉回到了现实。他不满意章洋的口气。在这么高的山上办食堂，容易吗？粮、肉、菜、煤炭，都要从山下运来，食堂工作人员呢，长年累月地在枞树和白雪环境中的简陋的木房子里发面、淘米、剥葱、洗肉……接待着这些饿了才来、饱了就走的旅客。就拿那个被章洋问得莫名其妙的、梳短辫子的出纳员姑娘来说吧，听她的口音是苏州一带的人，现在她来到了这里，忠实地坚守在她的岗位上。她和颜悦色，埋头飞快地开票，算账，收钱，找零，不厌倦、不烦闷、不急躁，有什么理由把一些不好的猜想堆到她的身上呢？就算这碗骨头只值两角吧，运费呢！煤火呢？人工呢？税收和利润呢？为什么不能考虑得更公平和全面些？至于汽车驾驶员，他们常常板着面孔是事实，但也要看到他们的辛劳啊！就说昨天在五台吧，乘客们下了车，在旅舍找好了房间，洗脸洗脚，又出门吃过晚饭，但是直到那个时候，驾驶员还躺在汽车下面，枕着冰冻的土地，满身满脸满手的油污，还在检修机件呢。只要不太过分，为什么不可以对驾驶人员的饮食照顾一下呢？为什么要牢骚满腹，骂倒一切呢？

于是，他笑了一下，和解地说："他们也够辛苦的嘛，绝大多数还是好的嘛！"

章洋不由得脸微微一红。

他们坐的这辆车是最后一个离开交通食堂的。霎时间，车去人散，热闹非凡的大房子又变成了寂寥无声的"世"外桃源。尹中信坐在重新开动了的、显得暖多了的汽车里，心头隐隐感到有些沉重。

沉重的心情是被贴在交通食堂墙上的一纸布告引起的。饭后喝开水的时候，他看到了保温罐上方的这张布告——这里叫做露布。露布的内容是关于禁止四不清干部和地富反坏分子窜入城市的，露布说，目前全国农村，正在开展伟大的社会主义教育运动，这是一场四清和四不清的严重较量，是一场尖锐、激烈、你死我活的斗争。现在，有些四不清干部和地富反坏分子，逃避斗争，流窜到城市亲友处。露布强调，任何城市职工，绝不得收留和窝藏四不清干部。露布指出,所有的四不清干部只有老老实实地回到所在公社、大队、生产队,接受审查批判,彻底交代,低头认罪才有出路。

所有这些提法,都是很严肃、很正确,似乎是理应如此的,也是早该习惯下来的。因为在"经验"等一些材料里,已经有这些提法和语言,但是,当尹中信在这个小木屋里,在羊肉和食油的气味之中看到隆重地盖着公安部门的印章的露布上,郑重地把四不清干部与地、富、反、坏归为一类的时候,当看到那种强制性的语言和措施的时候,他仍然是一怔。他想起了刚刚章洋所说的关于到处是四不清、关于食堂人员和驾驶员都不清的话,他觉得怪别扭,学习"经验"的时候,他已经感到一些问题自己理解得还不够,他归结于因为自己长期没有从事农村的工作,认识跟不上形势的发展。是的,从一九五〇年他去湖南新解放区搞土改归来以后,他再没有参加过农村的事情。但是抗日战争、解放战争的年代他是在山沟里度过的。他知道中国的农村培育了、保护了、支持了革命。农村是革命的靠山,革命的源泉,革命的母亲。驻村干部是最可信赖的亲人。即使在斗争最艰难、最残酷的时刻,总是在农村可以找到火炬,找到光明的希望,找到新的驰骋的天地,至少也可以找到安全休整的机会。见到了庄稼地就像见到了自家的热炕,见到了老乡就像见到了亲人,这是他那时的体会。现在,解放已经十五年,他在报上看过了那么多来自农村的鼓舞人心的捷报,怎么农村的情况却变得那么黑暗了?农村干部,就是当年用鲜血和生命捍卫革命,把粮食、车辆、鞋子和子弟献给了革命的、被国民党反动派咬牙切齿、疯狂咒骂的所谓"村干",现在竟呼啦呼啦成了四不清的与地、富、反、坏为伍的家伙?也许是他自己落伍了,跟不上社会主义革命的新形势、新课题?农村里究竟为什么、怎么样发生了这样巨大的令人灰心的变化了呢?四清与四不清的矛盾,怎样理解这个字面上看来相当不确定的新命题？怎样弄清四清、四不清这些省略语的内涵与外延？四不清究竟算一种什么样的政治力量、阶级力量的代表？四不清干部包括哪些人，都是敌我矛盾吗？所有这些急迫地寻求答案的问题，当然不是靠理论分析所能解决的。尹中信只盼望早一点到伊犁，早一点下乡，以便通过亲身的实践，来解决这些使他不得安宁的问题。

尹中信问章洋："怎么样？下午几点可以到？"

"噢，噢，只剩下一百公里了，从这儿下去，就是著名的果子沟。一出果子沟，就是伊犁河谷——美丽的绿洲了，可惜是冬天，再有两三个小时，我们就可以在伊犁饭店——它位于伊宁市两条大街的会合处——下榻了……"

小说人语：

大地与边疆的颂歌响起，仍然动情。

难得小说人在那个年代找到了一个抓手，他可以以批评"形左实右"的"经验"为旗来批"左"。至于"经验"一事的真相与实质，更不要说背景与内幕了，完全无可奉告，更无意旧事重提。这里提到了"经验"，同样是惹不起锅就只能惹笊篱的文人路子。

在如此美妙的祖国河山中，人们寻找的首先不是风景与诗，而是一个对于"阶级敌人"的定义与可以照此缉拿的图形，一面是斗志昂扬，一面是说不清道不明的定义与图形，北京话叫做："谁难受，谁知道。"

第三十二章　麦爸杳然　朝圣地启程失音信
科长惊了　寻奇院推门遇故人

　　跃进公社是这一年冬春进行社会主义教育运动的重点单位之一。工作队即将进点，这一消息的传来，引起了各式各样的反响和期待。麦素木本来事先得到过"老爷子"的指点，并且已经在活动、在准备，但是，随着工作队进点日子的逼近，他越来越不放心，越来越惊恐起来。再就是近来的国际形势。自从那位光头的老爷子①突然下台以来，据说一直在"停止公开论战"，挂了免战牌。这到底是怎么了？如此下去，他们何年何月才能过来？他的忍辱偷生、低三下四的苦日子还得熬到哪个世纪？一想到这些，就像自己的心肝穿到了铁扦子上，放到了火焰上熏烤……

　　星期天，他提着两只雪白的鸽子，去找他的老爷子——亚力迈迈提。

　　三十年前，麦素木的父亲阿巴斯是绥定县著名的富豪。阿巴斯手里掌握着上千斛土地、十五台水磨、两个大果园、一个煤矿、两家商店和许多车辆、房产、牲畜。当地的农民中间传颂着这样的歌谣：

> 渠里的水流到了田里，
>
> 河里的水流到了戈壁，
>
> 人间财富流到了巴依家里，

---

① 指赫鲁晓夫。

漂亮的女子落到阿巴斯手里。

阿巴斯从少年时代过着放荡的生活，喝酒、赌钱、打猎、吸麻烟。他按照穆斯林的规则正式娶过来的老婆有七个，至于"玩一玩"的相好，比他脸上的胡须还多。他因此获得了"公牛"的称号，提起他的名字，从十五岁到五十岁的女性都悚然心悸。但在一九三九年，阿巴斯五十六岁的时候，他忽然生了一场重病，上吐下泻，发烧发冷，一连十四天昏迷不起，脖子下面和肚腹上端凸起了三个比核桃还大的疖，脓血淋漓，疼痛难忍，请来了当时可以请到的各种医师和骗子，灌蛇油，抹蓝矾，喝苦豆子水，周身擦敷鸡蛋黄。最后，来了一位自称是来自和田的巫医，诵经、舞蹈、宰罗鸡①，并且脱光了阿巴斯的衣服用柳条把病人抽打②了一顿。阿巴斯死去活来、活来死去，前后折腾了四个月，总算又从坟墓里转了回来。又过了半年，他恢复了户外活动。

但是，不知道是由于病的痛苦、死的恐怖还是往日长期吸食毒品的刺激，病后的阿巴斯，变成了另一个人。身高力大、老而不衰的流氓、色鬼阿巴斯，如今瞎了一只眼、驼背、头颈紧缩，有事无事地脑袋总是一摆一摇（乡亲们认为，老年性摇头点头症是年轻时吃鸭肉过多的结果，想想鸭子们的头颈习惯性摆动吧），手总是乱颤乱颤。会唱各种淫荡的歌曲、善说各种下流的笑话的阿巴斯，如今变得口齿不清，嘴里好像经常含着一块滚热的洋芋。过往的放荡生活被抛到了七重天外，而自幼就被灌输渗透了的种种戒条和教训，突然变得无比清晰、神圣和强有力。他不再滥吸狂饮，甚至饭也不爱吃。他不但不再歪斜着眼睛看女人，甚至连最钟爱的独生

---

① 宰罗鸡，意思是把病人身上的魔鬼转附在鸡身上再予以宰杀消灭。
② 抽打，意在驱鬼。

子也不再抚摸,他想着的是死、灵魂、《古兰经》、天堂和多灾海①。病后的阿巴斯昼夜想着、说着一件事:到麦加②去,去完成穆斯林最后、最光荣的义务。又过了两年,他终于做好了准备,变卖了三分之二的家产,购买了骆驼、马匹,随身携带了充足的盘缠、细软,雇用了一批仆役,又举行了在绥定历史上空前未有的盛大的乃孜尔。有数百名巴依、乡约、霍加、伯克、卡孜、毛拉、伊玛目参加了他的告别宴会,近自霍城,远自精河、昭苏,都有贵客前来给他送行、祈祷,礼物中仅仅中外各种货币就够装满一条口袋。

然后,他庄严启程。几个月之后,有人说是看见他在南疆叶城。一年后,传说他已假道印度西渡红海。从此,失去了一切消息。只是在老人们的闲谈和叹息中,还偶然出现这样一个公牛——巴依——病人——圣徒的影子。

阿巴斯娶了六个老婆,生了十四个女儿,却没有为他生下一个儿子。直到他四十二岁,娶了第七个老婆——一个十五岁的姑娘,他的这个"岳父"比他小六岁,是个专门给毡子染色、绘制图案的工艺美术匠人。三年以后,麦素木出世。

打十岁,麦素木被送到麦德里斯③。阿巴斯极力培养自己的独子成为一个受人尊敬的毛拉——伊斯兰学者。阿巴斯说:"我在上了年纪的时候得到你这一个可爱的儿子,你一出世,就有我这样一个富有的爸爸,这都是胡大的恩典。人们怕我、奉承我、围着我转圈、诌媚、发抖,但是,并没有人真正尊敬我,因为我的肚子是黑的(胸无点墨)。财富就像小鸟,你不可能永世捏在手心,而略一抬动手指,财富就鸟儿般地飞去个无影无踪。就像羊拐髀石立起来难,

---

① 即地狱。
② 麦加为克尔白——天房——安拉的房屋所在地,前往朝觐,为穆斯林五项义务之一。
③ 学习《古兰经》经文的寄宿学校。

倒下去容易一样,财富的消散比集聚迅速得多方便得多。但是有一种财富是不会消散,不会被偷去、被抢劫的,那就是学问,好好读书去吧,棍子会把你教育成人①。不要忘了,你是大人物阿巴斯的后代。"

　　然而,麦素木终于还是辜负了父亲的期望,辛劳的麦德里斯的生活、日学万理的功课作业,完全不符合麦素木的心思,严酷的体罚的结果是顽童们挖空心思捣乱、作对以致破坏。每天吃棍子的未来的毛拉们,有些个顽劣异常,无事不闹。麦素木在麦德里斯昏天黑地、勉勉强强地度过了一年以后,十一岁的他使出了惊人的手段:装神经病。先是在他回家时候,当着父母半夜假装说梦话,他发出一声声令人毛发倒竖的惨叫,说的话前言不搭后语,围绕着一个怕字,不知道他受了什么样的惊吓。然后他白天也专说莫名其妙的话,做莫名其妙的事,呈现莫名其妙的神态。他骗过了几乎所有的人,有短短几天他自己都迷糊了,不知道是神志正常的他装作神态不正常,还是神态失常的他自以为是装作神志不正常……总之,他中途辍学了。

　　麦素木从小就受到周围的人宠爱和阿谀,从小就意识到自己的优越。他五岁的时候,保姆带着他在苹果园里游玩,他无端地哭了一声,正好父亲从那里经过,一鞭子就把保姆打倒在地上,满头满脸的血。麦素木感到了恐怖,也感到了一种特殊的满足,他笑了。

　　但是,十三岁的时候父亲的朝觐出行,使他的命运发生了急剧的变化。六个"大妈妈"和她们拥有的比自己的母亲还大的十几个姐姐,把剩余的家产瓜分一空——伊斯兰教的法规,女儿也是有继

---

　　① 棍子,维吾尔语把挨打叫作"吃棍子",这里指经文学校的严厉的体罚规则。

承权的。麦素木的母亲只好改嫁给一个靴子匠。靴子匠继父要他学缝补靴鞋。他不甘心。皮革和旧鞋的臭气,他受不了。他缝坏了鞋,糟践了皮子,折断了锥针。继父给了他两记干干脆脆的耳光(这是他从小没有受过的),他一怒之下跑掉了。拜求经文学校同学的家长,给他在国民党的县政府里找了一个文书的职位,那时,他才十六岁。等到一九四四年,他十九岁,伊犁、塔城、阿勒泰三区人民爆发了反对蒋介石国民党的民族民主革命起义,他又摇身一变参加了民族军。由于他是个"知识分子",人又聪明,很快当上了营级军官。四九年新疆和平解放后,人民解放军与民族军胜利会师,民族军成为人民解放军的一个部分。一九五一年,作为解放军的一个军官,他复原了,被安排在一个县里担任科长。

科长的职位使他飘飘然。谁来得早,巴扎就属于谁。他二十四岁当科长,他是个抢先而来的人。最多三十岁,他可以当县长。三十五六岁,他可能当州长。那么,四十岁左右,他将成为省一级的领导干部。这完全可能实现,因为,在这个边远的地方,在勤劳、质朴、憨厚的哈萨克牧人和维吾尔农民中间,他感到自己是羊群里的骆驼。

复员不久后的诸事更是称心如意。老婆叫古海丽巴侬,细高挑儿,黑黑的脸庞,碧蓝的眼珠,目光如水。古海丽巴侬是乌兹别克族。从此,麦素木填履历表的时候,言谈中都干脆把自己也说成是乌兹别克,后来又说成鞑靼-塔塔尔。他内心深处觉得维吾尔人是那样愚蠢、低劣和不开化,只有冒充乌兹别克,更好的则是鞑靼,他的高贵的血统才能与出类拔萃的现状相称。

他有了带宽宽的前廊的房子,有了果园,有了呢子衣服和旱獭皮帽子,老婆的耳环上,也坠上了从伊犁的黑市上买来的准红宝石。许多的客人,包括私商、阿訇和在押罪犯的亲友,提着礼物来

"拜访"他，他的家里经常是杯盘狼藉，宾朋满座。他自幼就种下了出人头地和肆意享乐的愿望，这种根深蒂固的愿望的开始实现，使他膨胀十倍地追求进一步的出人头地和享乐。

欢聚完毕，将众客人送走后，他常常想起少年时代便失去了的父亲。父亲朝觐出行后，没有了音信，但是父亲的威风威仪却渐渐在他身上复活。许多的记忆重现了：豪华的宴会和麦西来甫。仆人提着喀什噶尔彩色镂花铜壶侍候宾客一遍又一遍地洗手[①]。肉汁和酒液在饭桌上流淌。酒杯交相传递，酒瓶东倒西歪。还有通宵达旦的醉汉的舞蹈和野性的猥亵的怪声哄笑。

……古尔邦节宰牛宰羊，大把的铜钱抛撒着"施舍"，吹唢呐的人脸孔憋得像牛肝一样褐紫……夏日的狩猎，驾鹰驱犬，进山。他和阿巴斯爹爹骑着马，奴仆们赤脚奔跑追随，还有赌博的场面呢。屏神吸气，眼珠凸出，羊骨拐一把撒出，这个一声怪叫，那个面如死灰，额头上流下豆大的汗珠……何年何月，麦素木也将得到这样无所顾忌的、痛快淋漓的幸福！

一九五四年，伊犁哈萨克自治州成立了，各县也纷纷召开人民代表大会，正式成立各级人民委员会。麦素木本来十拿九稳要做县长的。一位副州长已经向他打了招呼，许多经常与他来往的友人已经向他祝贺。他就是从周围人注意的、讨好的、靠近的眼神里也可以看出自己提升在即。万万没有想到，在人代会上被提名做县长候选人的却是一个牧工出身的、文化不太多、其貌不扬的公社干部，上级简直是发了疯，代表们简直是发了疯，世界简直是发了疯！他妒恨得发了疯！是副州长欺骗了他，"密友们"欺骗了他，是共产党欺骗了他！口才、文化、资格、魄力、机敏，他麦素木哪一点

---

① 维吾尔人有用手抓食的习惯（尽管他们并不乏餐具），所以宴会上不断洗手。

比不上那个放羊的老粗！县长出门坐越野吉普，而他这个可怜的科长……紧接着，因为挪用公款和受贿，包庇反革命分子……麦素木又受到了批评和警告（就是因为他科里的一个该死的汉族干部告了他的状，捣了他的竿子，他才没当上县长的）。麦素木的梦醒了，觉得自己简直是上了当，全为了一个小小的豌豆粒那么大的官儿，而志满踌躇，竟为了一个婚前就声名狼藉的黑女人而销魂失魄。他所渴望的幸福、满足、快乐，其实一点也没到手，更可怕，更令人发狂的是，恐怕今后永远也到不了手啦。

他变得愤懑不平。他恨一切人，恨县长，恨副州长，恨密友们，也恨古海丽巴侬。他更恨那个告他状的汉族干部。一切灾难就是这些汉族干部带来的，如果他们不带来什么社会主义，如果听凭他和那位牧工比本事，比手段……那人怎么可能是他的对手！

于是，这位羞于承认自己是维吾尔人的先生，渐渐变成了维吾尔民族传统的维护者，成了维吾尔民族的代表。一九五六年和一九五七年，他在一切场合抨击党的民族政策、干部政策和农业合作化政策，用各种恶毒的语言挑拨维吾尔族人民与汉族人民的团结。结果，他又错估了形势，党的领导并没有垮台，而是他自己受了三天批判。

麦素木灰溜溜了。他的黄白扁平的脸上没有一点血色。他虽然眉头深蹙，却见人就显出一种谦卑的微笑。旧日的密友们已不再登门，没有孩子的家庭像坟墓一样沉寂。有一天在收割后的麦田里，他看见一株孤零零的阿克提干①，他流泪了，他想起了自己的命运，孤独，枯萎，即将死亡，然而浑身仍然布满了狠毒的刺……

这天夜晚，一贯怕老婆的他为了一句话不中听把古海丽巴侬

---

① 白刺草。

打了个半死。他步行来到伊宁市,天亮以后,他跑到酒铺买了一公斤酒,一口气喝了下去,将近一半顺着嘴角、下巴、脖子流到了前襟、胸腹以至裤子里。天晕地转的他走到街上,看到迎面过来一个穿干部服的人,他冲上去伸拳要打,自己却咕咚一声像一只空口袋一样地瘫伏在地上,口吐白沫,不省人事了。

麦素木醒来了,蓝色的天花板,猩红色的壁毯,雕花的木窗和木门,挑花的长窗帘。这是什么地方? 他想坐起来,却使不上劲。门响了,麦素木转目一看,浑身血液都冻结了。进来的是一个面目狰狞的跛子,脖子上长满了黑毛,背后跟着一条黑狗。跛子看了他一眼,问道:

"您醒过来了吗?"

他想回答,却出不了声音。

过了一会儿,随着跛子进来一个衣着讲究的年轻人,年轻人唇上刚长出了不多的黄胡须,面带微笑,他叫道:

"您的情况怎样? 麦素木哥。"

他大吃一惊:"您……认识我?"

"也可以说早就认识了。阿克萨卡勒①早就把您的情况告诉了我。"

"老爷子? 哪个老爷子? 老爷子是谁?"

年轻人继续微笑着,不回答他的问题,只是说:"是老爷子把您救到了这里。他让我告诉您,您不该这样。您是维吾尔人的精华和希望。老爷子还让我给您讲一个故事。一个国王指一指自己的脸,又指一指自己的头。许多大臣因为不理解国王的意思而被送上了绞架。一个秃癞子走到了国王面前,国王指自己的脸,秃子指

---

① 维吾尔语,老爷子。

自己的喉咙。国王指自己的头,秃子指吐出来的舌头,于是秃子当了宰相。您听说过吗?您明白吗?"

这个故事麦素木依稀有一点印象,他想了想,说:"是不是说,喉头①使人丢脸,而舌头使人掉头?"

"看,您是多么的明哲,老爷子还让我告诉您,不要灰心,不要失望,来日方长,您会得到照顾和保护的。必要时,您还得牺牲几个您后一个时期的密友……"年轻人不回答麦素木的问话,只管说自己的,"过一会儿,我们一起吃点东西,然后,您休息一会儿,就可以回去了。以后,再也不用到这个地方来,也不用找我们。有什么事,我会去看望您,您不会不欢迎吧?"

"当然欢迎了",麦素木被搅得昏头昏脑,"但是您至少应该告诉我,该怎样称呼您?"

年轻人犹豫了一下,回答道:"我叫赖提甫。"

……麦素木回到了自己的身份。按照赖提甫传达的"老爷子"的指导,他振作起了精神。他用夸张的语言、激烈的态度和过分的热情,用鼻涕、眼泪、长叹检讨了自己的错误。与此同时,他主动地、无情地、深文周纳地解剖分析了他的两个密友。在批判这两个人的时候,"义愤"使他满面通红,声带颤抖。他把自己的一切错误的根源说成是这两个人,似乎他本来是一个纯洁的天使、一个贞洁的处子,一切灾难都生于这两个魔鬼的诱惑。他痛心,他后悔,他捶胸呼号,仇恨的怒火使他几乎晕厥。果然,这一切都奏效了,工作组宣布他是转变得好的典型。那两个家伙受了处分,而麦素木,照旧是党员科长。

半年过去了,一年过去了,又半年过去了,始终没有赖提甫和

---

① 维吾尔语中,把贪污和不正当的消费都称为"吃",因此喉头在这里,象征贪欲。

老爷子的音信。老爷子是谁？他怎么那么了解他又能帮助他？他始终找不出个端倪。也许是对面清真寺里住的那个长者？但那人已经耳目昏聩，口齿不清。也许是县中学的一个德高望重的校长？他试探了几次，校长的每一句话都符合报纸社论的精神。怪事！莫非他是天上的精灵？是立在他左肩上的仙子？是的，前面已经提到：维吾尔人认为，每个人左肩上有一个仙子，专门搜集此人的德行，右肩上也有个仙子，专门搜集过失。怎么对他的事情知道得那样仔细？他甚至有些怀疑自己的神志当时是否正常，抑或是醉后的幻影？他几次到伊宁市想重游那个神奇的院落，他还记得门前有一条大渠，渠边长满低矮的、灌木式的丛柳。大门是紧闭的，门闩已经是斑斑黄锈。大门侧面前是高高的台阶，挡雨的拱形的花檐，窗口的蓝漆小门里是一个暗淡无光的甬道……但是，他没敢，他想起了赖提甫的告诫，更想起了那个满身黑毛的、面色阴沉的跛子和跛子身后的可怕的狗，这里包含着一种麦素木还不了解的不祥的、令人不敢去靠拢的东西。

一九六一年秋，他将去跃进公社搞整社了，临行前一天，一个骑着驴子给人看病的江湖医生前来找他，那人留着撇非常俏皮的小黑胡子，很有野郎中的风度，只是走远以后，他认出来了，大吃一惊，既喜且惧。来的人是赖提甫！

赖提甫把跃进公社的许多事情告诉了他，特别是关于爱国大队的里希提与库图库扎尔，关于泰外库与伊萨木冬……

一九六二年春天，随着外来的颠覆活动，麦素木的久久压抑下去了的幻想又死灰复燃了，他再也不必用虚假的、诙谐的话语去讨好别人了，他再也不用有意识地歪曲自己的形象了。他挺起腰杆，说话粗声粗气，好像世界又掌握在他的手心里。尤其有趣的是，那两个当年因为他的检举而大倒其霉的他的老友，如今和他也尽释

556

旧嫌，走在一起，共同沉浸在分裂、叛逃、改朝换代的歇斯底里中。

就在这一年，他从"苏侨协会"木拉托夫那里弄到的却是苏联俄罗斯加盟共和国鞑靼自治共和国的侨民证，他变成了塔塔尔-鞑靼人，一不做二不休，干脆就当仁不让地当个鞑靼人吧。在他的心目中，鞑靼人似乎比乌兹别克人更富有欧洲人的特色。他似乎更加扬扬自得。

……然而他没有走成。胡大，命运为什么总是对他这样无情！他已经办好了一切手续，买好了汽车票，廉价变卖了家产。他到处告别喝酒，得了急性中毒性痢疾，上吐下泻，二度脱水，如果不是靠一连十二小时葡萄糖和生理食盐水的吊针滴注他早就一命呜呼了。等出了院，政府已经采取了一系列反颠覆反分裂的措施，他的苏联侨民身份经审查纯系捏造，他走不了啦……

这是一次比一九五七年工作组领导的对他的批判更严重的危机。他想跳伊犁河，想解下裤带上吊，想喝老鼠药。

他没有自杀。他找到了五年前被"救"的那个地方。他推开了高台阶上的小门，他走进了昏暗的甬道，他试探地叫了一声"赖提甫阿洪"，出来一个人，他吓呆了，熟悉的面孔，白净脸，几颗麻子，淡淡的眉毛，弯曲而突出的鼻骨，腮边赘疣上的一小撮毛，这人正是五年前负责批判和处理他的工作组负责人，州商业部门一个公司的领导干部亚力买买提！

"我……走错了地方。"麦素木嗫嚅着，退缩着。

"走错了地方，这叫啥话？"亚力买买提笑了，"不认识咱们了？请进！"

麦素木只好坐进了亚力买买提的客厅。他的耳边又响起了当年亚力对他进行批判时的严肃权威的抑扬顿挫的声音。

"您……没有走成？"亚力问。

"我……"麦素木像一个拴了脚爪的鸡，局促不安，不知说什么好。

亚力微微一笑，和善地、关切地说："我本来打算打发人告诉您，最好是不走，可这些日子，太乱了。他们只顾了自己走，竟没有去找您。真不好。您太盲目了。您的样子像一个伤寒病人，这是不适宜的。"

"您要打发谁找我？您说的他是谁？"

"管他是谁呢？我们不必去考虑。说一说您的情况吧。瞧您脸上那副痛苦的样子，像一个正在生产的孕妇……"亚力开了一句玩笑，见麦素木不说话，他又说，"您是维吾尔人的精华和希望。我们不能离开新疆，新疆也不能没有我们。狗离了自家叫也叫不响。可您到底是怎么回事？"又是沉默，亚力继续说，"吞咽使人丢脸，多嘴使人掉头，而盲目的奔跑呢，"他指一指麦素木的腿，"可能带来更大的灾难！"

"您是'老爷子'！"麦素木瞪大了眼睛，叫了起来。

"什么老爷子？"亚力冷淡地把手一挥。

"您是赖提甫所说的阿克萨卡勒！"麦素木继续惊喜地欢呼。

"什么赖提甫？我在问您的处境。"

麦素木介绍了自己的情况，亚力摇摇头。"瞧，您有多蠢！"他说，"您本来应该聪明得多，无须乎跟着一些脖子上架着葫芦的人①乱跑。现在事情不太妙了……但也没有关系。您当过科长，吃过，玩过，花过，现在去农村吸一吸纯净的空气吧，它会使您的头脑更加聪明。您为什么哭开了?! 什么？完了？没有的话，对于半拉子哈吉，他们的政策是很宽的。而且，一切只不过是时间问题。冬

---

① 指没有头脑的人。

558

天,冰雪覆盖着大地,雪下面还有泥土,泥土里面还有冬眠的白虫子……"

在麦素木成了跃进公社爱国大队第七生产队社员之后,他又来找过两次亚力买买提,这间具有蓝色的天花板和雕花的门窗、挂着猩红色的壁毯的小小的房间,主宰了他的心。

这个星期天,亚力买买提半坐半卧地斜靠着墙,嘴里叼着一块被口水湿了的手帕,愁眉苦脸地揉着腮。看见麦素木进来,他吐出手绢,解释说:"我牙疼。"

"两只小鸽子顺便带给您,给您的孩子们玩去吧。"麦素木把鸽子恭敬地捧献过去,又补充说,"您自己知道的,我们成了穷人,拿不来什么像样的东西,真不好意思。"

亚力买买提一笑,又因为牙齿痛而扭曲了脸。他拿起转动着惊恐的小红眼睛的鸽子,抚摸着那洁白柔软的羽毛:"多么漂亮的小东西!"他注视着,哼哼唧唧,"啊,我的心肝,我的生命,我的可怜的……"他把鸽子放在一边,"多可惜! 现在还不是玩鸽子的时候。将来……"

麦素木摇摇头,沉重地叹了一口气。亚力买买提注意地看着他。

"多么遥远的'将来'啊! 我们能不能看见,谁知道?"

"您失去信心了!"

"是的,信心有一点,但也有忧愁。光头老爷子下台了,也不敢论战了。这边又爆了原子弹。都是牛皮……"麦素木含糊地说。

亚力的面孔更加难看了,他握起拳头拼命捶打着带着一撮毛的右腮,好像恨不得把作痛的牙齿敲掉似的。

"听说,社教工作队马上就要进村了。"麦素木用一种可怜的、求助的眼光盯着亚力。

"那好嘛。"亚力的话好像是从鼻子里发出来的。

麦素木的目光更暗淡了，他闷闷地小声说："到处讲的都是阶级斗争、阶级斗争，还有什么三大革命运动……"

"是的，"亚力的态度稍稍郑重了些，他腮上赘疣也不再跳动了，"情况是严重的，整天讲什么千万不要忘记阶级斗争。但是，您有什么怕的呢？真主保佑您。您每天看报吗？"

"我没有订报。"

"为什么不订呢？也许，您会偷东西？"

"什么！不，不……"麦素木一怔。

"您会鞣皮子、擀毡子、编席子、造土炉、搓毛线、染衣服……吗？"

"不，不，您是……"

"别忙。这么说，您是一无所长。您的手里并没有握着任何本事。"看着麦素木那种惶惶然的样子，亚力得意地一笑，"可您还要过最好的生活，要超出一般的人，您凭什么？您依靠什么呢？"

"我有文化，我是干部……"

"这就对了，"亚力点点头，"文化、理论、政策这才是您的手艺。您，我，我们都是政治家。可政治家能像您那样目光短浅、灰心失望吗？能够像您那样不订报纸，不用最新式的提法和口号来武装自己的舌头和牙齿吗？哎咦，科长兄弟，哎咦，麦斯莫夫老爷，难道在乡巴佬中间，您也渐渐变成鼠目寸光的乡巴佬了吗？"亚力买买提停了停，又敲了敲正在跳动的赘疣，使它停息下来，"不错，现在讲阶级斗争，好啊，千万不要忘记，这是说给他们的，也是说给我们的。咱们谁也不能忘记喽。我们生活在一个大话连篇，一个话比一个话更猛更牛的时代，而我们：俄罗斯人、乌兹别克人、鞑靼人、哈萨克人与维吾尔人,我们才是大话的能手。哈萨克的谚语:大话可以通天!大话可以移山!大话可以改变世界,改变你我,改变伊犁河的流向!

"比如说,千万不要忘记阶级斗争,好啊,多么好!但是,谁跟谁斗呢?这可不像打仗的时候两军对垒那么清楚。什么党内党外矛盾的交叉啦,什么四清与四不清的矛盾啦,谁知道会熬成一锅什么样的乌麻什①?我最近读了一些文件,有些话说得吓人呢!把农村干部说得坏成了什么样子!好哇,让他们用自己的油煎自己的肉去吧。您有什么可愁的呢?您不过是一名普普通通的社员,一名群众。您也可以当积极分子嘛。您也可以左右逢源嘛……阶级斗争搞得遍地开花,搞得天翻地覆,搞得人心惶惶,这一定对我们不利吗?这话其实我已经对您说过了,我告诉过您,不要过多地到我这儿来。可您今天来了!"亚力不满地说。

"我放心不下。"麦素木捂着自己的胸口。

"是的,原因就在于,您缺乏信心,这对于一个政治家来说是很危险的。现在我要让您见一个人,他会告诉您您最希望听到的事情……"当麦素木急切地说想知道他将见到什么人的时候,亚力突然把话题一转,问道:"谢谢您的礼物。请问这两只鸽子我可以自由处置吗?"

"当然。"

"也许我应该把鸽子放掉吧?"亚力用疑问包含着嘲弄的眼神刺着麦素木,看来,他完全内行,鸽子一放就会飞返麦素木的家,送出去的礼物又会自行转回,这是养鸽人的秘术。"鸽子应该在天上,鱼儿应该在海底,毛驴应该在胯下,而豺狼——应该在深山密

---

① 乌麻什,玉米面稠粥。

林里。"突然,他用那样迅速的、令人眼花缭乱的动作叭叭两下拧下了白鸽子的头①,鲜血喷涌而出,染红了他的手,滴落在他的裤脚上,被残酷地杀死了的、失去了头的小鸽子仍然蹬着腿,抽搐着。

"等下烧熟了下酒,招待我们的尊贵的客人。"他打了一个呼哨。

从里间屋出来了一个人,头上缠着高高的称作"色来"的白布,大胡须,身穿长长的袷袢,一个大阿訇的样子。

麦素木连忙站了起来,抚胸曲身向阿訇问安。

"大阿訇"没有回答麦素木的行礼,用一个很熟悉的声音问道:"您不认识我?"

"……赖提甫!"麦素木大惊叫道。赖提甫捂住他的嘴。

"您从……那边来?"麦素木哆嗦着,浑身都起了"小米",不知是恐吓,是难受还是高兴。

赖提甫眯起一只眼睛,噘着嘴,微微点了点头。

小说人语:

对敌斗争,一抓就灵。这里说的是通俗小说(即非"大说")学。

小说中的敌手与恶人恶势力,其迷人之处在于:陌生、另类、变数、突破常规、无边际、无拘泥、诡秘、计谋、伪装、阴暗、城府、坚忍、勇狠(或兼怯懦)、毒辣、纵欲、放肆、发泄、冒险、赌徒性格、神秘……自成一个别样的世界。如麦素木的老爹阿巴斯。

所以它满足了读者的窥视、好奇、惊悚、侦破、看透、揭盖子、抖包袱、仇冤、愤懑、报复、警惕、提防、保护、求知、极致、旁观(壁上观)、庆幸(自己的免于灾难,也庆幸比自己更有能力更敢干的人的

---

① 吃鸽子肉时维吾尔人一般不用刀宰而用拧头的方法。

毁灭）以及对某些坏人或仅仅是倒霉蛋大搞狗血喷头……过把瘾的心理需要。

有过这样的情况：小说里的一对仇敌，是一对冤家，是"不是冤家不聚头"，是一对爱疯了的疑似变态情侣，姑妄言之。哪怕是先期做好阶级与政治营垒的定性结论与诊断预后，写起反面人物，小说人仍然有一种难得的快意！

第三十三章　交回鞭子　泰外库拒拉人粪尿
　　　　　　索赔奶牛　尼牙孜搅闹干部会

　　田野覆盖着薄薄的白雪,空中飘浮着淡淡的蓝雾。乡村大路旁,长着银色树干的挺立的白杨,即使是冬季吧,也用那高举的茂密的枝条,发挥着欣欣的生机。树间的几面红旗,在这辽阔素净的大自然的衬托之下,显得格外分明而又热烈。

　　这里是大队水利工地,挖出来的新土堆积成了一座小山,吸引着雪后觅食的麻雀,远远望去,不见被土方遮住了的人影,只见树杈上悬挂着的帽子,装着吃食的口袋。一块又一块的、鞋楦形的、带着铁锨的切削印记的深褐色的泥土,冒着热气,争先恐后地从深坑里欢腾跳跃而出,好像急于从沉睡多年的地底伸直腰身,放眼看一看这光明而新奇的世界。

　　人们聚集在一个阔大的深坑里挖渠修跌水。已经挖了三米多深了。在这样的深处土层完全没有冻结,它新鲜、柔软、温暖,只是带点胶泥的性质,有一些粘连。伊力哈穆把铁锨头磨得锃亮,他叉开腿,屈膝向前一拱,满满地铲起一锨泥土,握住长柄顶端的左手后撤,右手轻轻一按,做好过渡和准备的姿势,然后腰一挺,臂膀一抬,铁锨高高扬起,泥土“沙”的一声飞了出去。他的四肢、腰、背以至脖颈,匀称地配合着用力,他的健壮的肌肉,在这有节奏的劳动中得到了充分的舒展和满足。他的洋溢的干劲和体力,通过长长的木柄和光滑的锨头,正在奉献给家乡的亲爱的土地,献给自己的阶级,献给社会主义。他的土铲得越来越满,动作越来越快。铲土、躬身、扬土、挺直,再铲土……新的渠道,新的农村就是这样出现的。他仿佛看到了渠水汩汩地奔流,听到了磨盘吱吱地运转,浪花翻腾,电灯明亮,一往直前的渠水激荡着、推动着、催促着他,他和他的乡亲们的铁锨挥舞得更迅速了。

吐尔逊贝薇站在他的旁边,白皙的面孔上浮现着红晕,年轻而又灵活,操纵铁锨就像操纵一个得心应手的杠杆。每当扬起一锨土的时候,她总是洒利地斜着一转上身,用一种非常好看的姿势看着抛起的土怎样落下来,然后,放心和满足地又是一锨。她不由自主地暗暗和伊力哈穆竞赛起来,一般的小伙子,往往不是她的对手,现在看来,伊力哈穆也完全是一般水平。一锨、两锨……十一锨……五十六锨,紧紧咬住,绝不落后。但是,为什么她堆起来的土似乎越来越小,而队长的那一堆土却越来越大了呢?原来,同样一锨,她远远没有伊力哈穆铲得那样多、那样满。渐渐地,她气促了,燥热了,她脱下棉衣,忽地扔出去老远,吓得停在新土上觅食的麻雀扑翅乱飞。又过了一阵子,她又脱下了坎肩,随手甩了出去。

"小心着凉!"伊力哈穆制止她,并且替她把扔出去的棉坎肩拿了回来。

"我落后了!"吐尔逊贝薇悻悻地说。

伊力哈穆的另一边是泰外库。他拒绝拉运人粪尿,暂时离开了"车把式"的职位。他身高力大,铁锨在他的手里显得过于小巧。他在铲土的同时已经包含了上抬的动作,而当锨头还没有举起的时候,只消用腕子一抖,已经把土抛了出去,立即,他头也不抬地把铁锨收回了……就这样一气呵成,铁锨沿着椭圆形的轨道运行,好像是他手里的一件玩具。干上一阵子,他便停下来,脸色冷漠地扶着锨柄发呆。

干干停停,停停干干,他堆的土堆仍然属第一,其实,他也并不是没有使力，只是他不喜欢也无须乎显出那么一种气喘吁吁的样子罢了。忽然，吱嘎一声，泰外库的锹柄断了，他拾起那半截断柄，端详着碴口，恨恨地骂了一句。

伊力哈穆走近来，看到这情形，不禁笑了。他不无赞叹地责备说：

"怎么搞了个杨木棒？它怎么经得住您这个好汉的摆弄！去，我家有个现成的青冈木锹把子，拿来装上吧！"

泰外库懊丧地叹了口气，自言自语地说："活该倒霉了呢。"他瞟了一下伊力哈穆，"谢谢，队长哥。我还是上木匠房开票买一个吧。"伊力哈穆还要说话，他已经夹起铁锹头转身走掉了。

泰外库为什么说话这样生疏了？他情绪不好吗？伊力哈穆不由得回想起他"掼鞭子"的情形。队里制定了冬季大搞积肥的计划，并且联系好了去城市淘厕所。这是个移风易俗的事情，受到了绝大多数社员的拥护，他们积极报名参加。而泰外库呢，只一句话："我不去拉大粪。"人们给他讲肥料的作用，讲千方百计夺高产的意义，没用。泰外库要求回队参加劳动。伊力哈穆想，这也好，和大家在一起，也许对他更好一些，免得长年累月总是独来独往地赶车。伊力哈穆接受了泰外库交回的鞭子。派谁去？这个苦活，又累又脏又冻，还带几分危险，需要一个责任心强、体力壮而又心细，还要有些驾驶牲口的经验的人，队委会选中了艾拜杜拉，他同意了。但似乎后来出现了一种流言蜚语，说艾拜杜拉接管了泰外库的一切——老婆、马和车辆，这种该死的无聊的挑拨是不是对泰外库发生了某种影响？作为队长的伊力哈穆是不是本应该预见到这一点而更妥善地处理呢？这位又过起单身生活的大汉过得怎样？他最近关心得太不够了啊。

"伊力哈穆哥！"传来了吐尔逊贝薇的催促的召唤，"您乏了吗？

怎么站着不动？加油啊，看，我铲的土要赶过您去了呢！"

吐尔逊贝薇兴致勃勃，用嘹亮的、发自肺腑的声音唱起了自编的歌曲：

> 太阳照在心上，
> 百灵鸟来到舌头上，
> 红玫瑰开在手上，①
> 社员走在大寨之路上。
>
> 清水流在渠里，
> 心儿放在社里，
> 大寨的姐妹们啊，
> 我们永远在一起。

吐尔逊贝薇并不是公认的歌手，但是今天，劳动的快乐使她唱得非常出色。她的歌声像阳光下的小泉，像草原上的清风，像蓝天里的云雀，高亢，明亮，洗涤着人们的心灵，呼唤着青春的活力。陆陆续续有几个青年应和着唱了起来。唱歌的人越来越多了。有的唱着吐尔逊贝薇刚刚唱过的词，有的唱旁的词，有的唱"来来来"，有的像哈萨克人那样的唱"啊——吼"，各人唱起了发自各人内心的歌曲，所有的内心都向着同一个太阳，所有的歌曲汇合成了整体的欢乐、自豪、刚强的调子，既和谐又嘈杂，生活的旋律本身就是这样。

中午，挖渠的人们各自拿着干粮到阿西穆家里去喝茶，就是垫补垫补，可以节约许多时间，冬天的白昼本来就很短。人们走进阿

---

① "百灵鸟来到舌头上"是说像百灵鸟一样地歌唱；"红玫瑰开在手上"是说用双手创造了各种美丽如花的劳动果实。

西穆的院子的时候，正听到阿西穆的少有的大喊大叫：

"瞧你！长大了，长胖了，再不把我的话往耳朵里装了……不害怕不害怕，尽管这样去吹牛吧，到时候哭都来不及呢！"

房门砰的一声开了，伊明江涨红着脸，噙着眼泪跑了出来，也不回答大家的问询，扭头跑掉了。

这顿茶喝得怪无趣的。阿西穆的老伴病病恹恹，烧出来的茶水淡而无味，却带有一股子掁布的味儿。阿西穆一言不发，斜靠着墙——一个口齿刻薄的社员评论说，他那个样子活像个正在坐月子的产妇。特别是当他一眼看到前来喝茶的还有露出了长头发、穿着长裤子、个子比他还高但还没有结婚的团支部书记吐尔逊贝薇的时候，他面色苍白，颓丧晦气，暗暗发抖。按说，这种类型的中午聚餐是最热闹的，人们交换食品，评议上午各自劳动的优劣，互相谈一些趣闻、笑话，往往是谈笑风生，肠胃和精神都得到同等的抚慰。今天，却因为主人的情绪不好，客人们也是草草充饥之后就起身告辞。临走的时候，阿西穆留下了伊力哈穆叫了一声"队长"，伊力哈穆连忙又坐了下来，俯身说："我的耳朵在您这儿。"

阿西穆结结巴巴、乱七八糟地说了起来。但是他的表情很坚决，似乎生怕一下子不把话说完，下次就再也没有胆量、机会和能力说出这些话来似的。他说："那三棵苹果树，两棵是夏柠檬，一棵是蒙派斯，胡大保佑，它们每年结的果子是我们吃不完的。旁边还有一棵毛桃树，等春天一来，我准备嫁接上大蜜桃。都是我亲手栽种的。我感谢毛主席，感谢党和人民公社。我对生活再无所求。人生百年，终有一死，我们所有的人都要走这条路，或升天堂，或坠多灾海，不到复活和最后审判的日子便不再回转。留下的只有后代。爱弥拉克孜本来不过是个丫头，现在，她已经成了公家的人，再不听她爹妈的话了。队长！伊力哈穆阿洪，我的好兄弟，无论如何,请您开恩把伊明江给我留下吧。他妈病成这个样子,除了伊明江我还能指望谁?"说着,他气吞声咽,失声哭了起来。

伊力哈穆摸不着头脑:"您在说什么呀,阿西穆哥,请别哭,您到底要我做什么?"

"伊明江不能当保管,不能当干部,他得了脑袋疼的病了!"老汉抽噎着。

伊明江得了头痛症? 这是从哪儿说起? 伊力哈穆问道:"伊明江头痛吗? 到医生那里看了没有? 严重吗?"

"是的……不是的……但是……"

"我看他身体不坏嘛。他的工作也很好,社员都拥护他……"

"不行不行……"阿西穆听了这话更紧张了,"再一点点也不能让他干了。"

"为什么?"

"不为什么,他脑袋疼。答应我吧,队长!"

"不说清为什么是不行的。伊明江当保管员,是队委会提名,全体社员通过,大队党支部同意了的。我和你都没有权力不让他干……我们刚才来的时候已经见了,与其说是他脑袋疼,不如说是您脑袋疼。"一贯在老人面前非常注意礼貌和保持态度的谦和的伊力哈穆,坚决地、严肃地说。他感到这里面又出了"鬼",他要把这个"鬼"挖出来。

伊力哈穆的冷峻的态度出乎阿西穆老人的意外,他慌乱地、痛苦地喊道:

"难道你们就眼巴巴地看着他被逼得也去上吊吗? 他才那么小,不像你们……"

阿西穆的话使伊力哈穆蓦然一惊,他也提高了声音:"上什么吊? 被谁逼得上吊?"

　　"难道您还不知道吗？为什么要瞒着我？又要搞什么运动了，农村干部都有四条罪过，绥定县一个什么生产队的会计已经吓得上了吊……"

　　"还有呢？"伊力哈穆问。阿西穆却闭上了嘴，脸上显出了自觉失言的后悔的样子。"这是谁说的？"

　　"没有，没有谁说的……我听一个过路的人说的。"

　　"好一个过路的！"伊力哈穆的眉毛一挑，"把他找来！纯粹是造谣，搞运动搞运动，解放以来，哪一天运动停止过？只有坏人才怕运动，运动就是收拾他们的。还说什么农村的干部都有四条罪过，如果所有的农村干部都不好的话，咱们的人民公社早就完蛋了。不正是这样吗？什么绥定的会计吓得上了吊，更是无中生有的造谣……"

　　"伊力哈穆兄弟！请不要动怒。"老人颤巍巍地抓住伊力哈穆的手，"别的话我不懂，别的事情上我承认自己是个无能无知的草包，至于说到绥定的会计，这是千真万确的，不信您去问一问去吧……您要听我的话！不要让伊明江再当干部了，包括您自己，也要小心些……"

　　阿西穆的态度是这样诚恳，伊力哈穆怔住了。

　　"我虽然年老、怕事、没见识、没文化，我心里也有一本账啊！不要轻视老人的忠告吧，好兄弟，不管怎么说，我已经一大把胡子了，我见过各式各样的事情。您是好人，您的心是金子做的。但是，您要知道，天气有阴有晴，月亮有圆有缺，早上计划吃馄饨，晚上做饭的时候可能改成了乌麻什，原来盼望要一个儿子，结果生下来的也可能是孪生女儿……吃饭也有掉饭粒的时候，他当保管能没有毛病吗？如果来了运动……听我的话吧，再过几年，等胡大取走了我的生命，到时候您们选他当书记我也不管了啊！"阿西穆沉重得说不下去了。

伊力哈穆沉默了一会儿，他站了起来，点点头说："好吧。您的话我可以再考虑一下。有些情况，我再问一问。但是，为了让我相信您的话，您总该也相信我。"

"相信什么？"

"您应该告诉我，这些话到底是从哪里听来的……过路的人是不会和您谈这些的。好话劈山，坏话劈头。您怎么能轻易相信这些未免叫人觉得有些离奇的话呢？"

"是……弟弟告诉我的，可不要对旁人说。"

伊力哈穆心头一动。他又点了点头："无论如何，我们无须乎害怕，可能最近四清工作队就要来了，也叫社会主义教育工作队。搞运动，是为了解决社会主义和资本主义的问题，阶级敌人破坏的问题，特别是阶级敌人混入干部队伍的问题和干部中少数人的蜕化变质的问题，对于这样的运动，我们应该高高兴兴地欢迎。伊明江的事，希望您不要过于勉强他，他需要的不仅是三棵苹果和一棵蜜桃。请放心，我会尽一切力量保护他。"说到这儿，伊力哈穆安稳地笑了一下，"问题不在于有这也有那，又这样又那样。话应该这样说就对了，天偶然阴了，一定还要晴；月亮缺了，一定还要圆；旧社会连乌麻什也喝不饱的穷苦的人们，如今家家包上了馄饨；而新社会的女儿，和儿子一样地顶事！爱弥拉克孜最近没回来吗？见了她，请代我问好。好吧，我该干活去了！"

就在伊力哈穆举腿向外走的时候，库图库扎尔一推门进来了，他一把拉住伊力哈穆的手："我的队长！到处找您，您却坐在这儿扯闲篇！对，对，你们有话。快跟我走吧，马就在门口，里希提书记等着，马上要开个队长的紧急碰头会呢！"

队干部们来齐了，会议开始。和农村会场那种烟气腾腾的环境不同，大家为了照顾犯了气管炎的书记，谁也不吸烟。乌甫尔队长拼命地揉搓着自己的烟荷包，好像这个动作多少可以使他的烟瘾得到一些排遣似的。

里希提熟悉这些忙忙碌碌的队干部们。他们大都是一些身强力壮，精于算计的人。如果凭他们的能力，他们是不愁拿不到第一等的收入，盖起第一等的房屋，过上第一流的生活的。但是，他们已经把全副心力献给了生产队。他们经常蓬头垢面，顾不上理发和整容，他们经常眼睛上布满血丝，双唇干裂，皮靴前端像个蛤蟆似的痴呆地张着嘴。他们经常受到上级和下级、好人和坏人、父母和老婆的夹攻而狼狈不堪……有哪一个上衣兜里插着自来水笔身穿干部服的人没有指责和教训过生产队长呢？有哪一个戴着眼镜惯于转文的人没有写过责备嘲讽辱骂"村干部"的文字呢？当然，在某种场合他们又受到君王般的尊敬和阿谀。有那么一些人交替使用盘子和瓶子、帽子和棍子，千方百计地把队长大队长们引入自己的口袋，使队长们为自己的私利效命。而当这一套不能如愿的时候，又有些人对于队长抱着怎样愚蠢而疯狂的仇恨，他们随时准备一有机会就扑上去把队长撕个粉碎……几个月以后，半年或者一年以后，往往人们又会怀念起那个一度被说成十恶不赦的、业已被砸烂斗垮的队长，人们又慢慢地把这个队长拼合起来，把套包子再次套到他们的肩上，用缰绳再次拴住他们的笼嘴，于是他们撂下手底下的、刚刚修了一半的羊舍，在老婆的埋怨和诅咒的欢送声中，又去主持新一届的队委会去了……

这些队长们啊！他们当中的许多人在田野上、工地上生龙活虎，有着无穷的精力，而一进会议室，一端端地坐到板凳上，就会一把眼泪一个哈欠，没有辛辣如割的莫合烟草的帮助，他们简直连半个小时也坚持不下来……如今,他们却都自觉地不肯吸烟。里希提抱歉地笑了,他宣布了会议的开始,解释了临时召集会议的原因,让库图库扎尔传达。

库图库扎尔两手相握,放在桌面上,用一种严肃而警惕的口气说:

"上午公社党委赵书记找大队干部开了个会,有紧急任务。什么事呢? 一句话:社教工作队要来,就在明天一早。县里来电话了,四清工作队明天进驻咱们公社,这回来的人可真多,全公社有一二百人。自治区的、州上的大干部都有。我不说大家也明白,这不是好玩的事情,这不简单……现在咱们这么多人坐在这里开会,谁知道过两个月还有几个人能到这里来? 又有多少人成了贪污犯、坏人、四类分子? 反正要搞四清,要把咱们这些当干部的人的不清不白的事情全部查清楚……"

"不要吓唬大家吧,"里希提忍不住插了一句嘴,"四清就是清政治、清经济、清思想、清组织。谁如果成了贪污犯或者坏人,那不是搞四清的结果,恐怕恰恰是搞四不清的结果……"

"反正心里没病不怕吃西瓜。"一个队长说。

"好! 到时候您可别找我哭鼻子!"库图库扎尔举起一个食指,威胁地晃了晃,又似是开玩笑地说,"所以,我们对工作队的到来是欢迎,欢迎,热烈欢迎,一千个欢迎! 咱们散会以后,马上就要行动起来,打扫卫生,贴标语,挂横幅,号房子,房前房后,羊圈马号,大街小路,都要把积雪抬走。各队办公室的窗玻璃要擦干净,煤油灯、马灯,都要检查一下子,工作干部来了开会灯不亮这本身就是态度问题! 标语要多写几条,汉文、维文、新文字都要! 写标语的队上给记工分。安排住处,要多准备几家,让人家来了自己挑选! 和各家的妇女也说一声,给娃娃洗脸要洗干净一些,不要让孩子拖着鼻涕在公路上抽陀螺，既妨碍交通，又有碍观瞻……"库图库扎尔说得很细致，很快，显示了一个老干部的胸中的成竹，他甚至想都不用想就滔滔不绝地毫丝不漏地做了布置。"这样吧，明天，咱们全体社员歇一天工，听通知排队去欢迎。"

"渠上也停工吗？"伊力哈穆问。

"这个，还没有和书记研究。看书记的意见。"

"你们说呢？"里希提问队长们。

"渠上的事情正紧，这两天天气正好。"伊力哈穆说。

"上级派来的工作干部嘛，又不是外宾……"乌甫尔说。

库图库扎尔用一种不快的目光盯了乌甫尔一眼。"听你们的，听你们的，各队自己决定吧。自己决定，自己负责。还有……对了，组织民兵把军烈属、五保户屋顶上的雪都要扫掉，听说社教干部一进点先帮五保户家干活，这不是打咱们农村干部的脸吗？还有……没有什么了。"

里希提注意地听着库图库扎尔的传达，觉得平日说话既有气势也有理论和词汇的大队长今天的口气有些不同，他似乎是有意地绕开社教工作队到来的主题，专谈一些鸡毛蒜皮。于是，他克制住难忍的哮喘，补充说：

"赵书记着重讲了正确对待这次运动的问题和掌握阶级斗争的动向……"

"对。对。当然。"库图库扎尔把话接了过去，"要正确对待，不要错误对待。要清清明明掌握动向，不能糊里糊涂不掌握动向。连阶级斗争动向都说不明晰，你算是哪个党的干部！我看咱们绝大多数人，也可以说百分之百是可以正确对待的。当干部也不是一天两天了，什么运动咱们没见过？运动嘛，就是那样子嘛。让检查咱们就检查，提意见咱们就听着。欢迎，热烈欢迎，一千个欢迎；

接受,虚心接受,一千个接受。这就是我们的正确态度,一切听社教工作队的,不管工作队说什么,我们都说'是',不说'不'。还有敌人,明天,地富反坏,管制分子,一律给拉石头去,不许他们露面……"

里希提皱了皱眉。他不喜欢这种油腔滑调。空话越说得夸张,就越显得虚伪。什么百分之百地正确对待,什么一千个欢迎和一千个接受,只能让人觉得庸俗。他说:"赵书记说,这次运动是一场严重的阶级斗争……"

话刚开头,一阵杂乱的脚步声,门砰的一声推开了,进来的是长着一双出奇的短腿,两眼红肿,左眼睑上有个大疤瘌,鼻头红里透青的矮胖的尼牙孜。他立在门口,抚胸,转动身躯,向所有的与会干部行礼,样子活像一个演出结束后谢幕的演员。这时又跑进来一个人,是刚满十九岁的、眉清目秀,然而眉目中流露着烦恼的保管员伊明江。尼牙孜行礼完毕以后,走向前去和书记、大队长握手,又用目光向除去伊力哈穆之外的所有与会者致意。然后,他哭丧着脸,尖声尖气地叫道:"不好了,祸事了,出了麻达了……"一边说,一边啼哭起来,"你们要给我做主!你们要帮我的忙!你们要秉公处理!"他的眼角里当真沁出了泪水。说着说着,他一屁股坐到了地上,开始捶胸打脸,痛不欲生地号叫。

伊明江抢上前一步,说:"尼牙孜哥的牛病了,他既不去请兽医,也不去唤屠夫,他跑到队部大吵大叫,让队上赔他的牛,还非拉着我到大队来解决,我拦也拦不住……"

"尼扎洪,到底是怎么回事?"大家问仍然坐在地上、语无伦次地喊叫着的尼牙孜。

尼牙孜从尼扎洪这个不无敬意的称呼里得到了鼓励,他霍地站了起来,摊开右手向前一甩一甩,他叫喊说:"我的牛要死了!我的唯一的一条奶牛啊！多么好的牛啊，乳房就像山峰，一天可以出十几公斤奶子，奶皮子定得厚，吃草料可又省。我的奶牛从来都是像野马一样的健壮，又像绵羊一样的驯良。可是，自从被伊力哈穆扣起来一次以后，它得了肠胃病，再不好好吃草了，奶也不流了，它还受了惊吓，得了神经病，现在，它已经活不了了啊……"

这时候，黄瘦黄瘦、甩着两条灰白色的辫子、满脸污垢的库瓦汗跑了进来，一进门就冲向她的男人，一手抓住尼牙孜的前襟，张开嘴，露出黄灿灿的铜牙，骂道："你这个窝囊废，你这个葫芦脑袋，你这个用头颅喂狗的傻子，你这个迟钝的笨伯！你连一条牛也不能给家里保住吗？你就任凭伊力哈穆欺负咱们吗？没有奶牛你让我还怎么活下去？"

尼牙孜被库瓦汗骂恼火了。尽管事先安排好了，却不能任凭库瓦汗在大庭广众之下用那么多肮脏的字眼加在自己的头上，他也一手抓住库瓦汗喝道：

"住口！你在骂谁？有这样骂丈夫的穆斯林女人吗？你简直成了叛教者！"

说着，就是一个耳光。若不是被伊明江拉开，这出假戏就会变成一场认真的难解难分的厮打。

伊力哈穆和书记交换了一下目光，他稳稳地离开座位，摇动了电话机。

"哎，接兽医站……兽医站吗？安尼瓦尔在吗？什么？不在？毛拉洪呢？也不在？您是谁？杨辉，您好，我是伊力哈穆，您懂不懂兽医，噢，学过一点，一点就够用了。麻烦您马上来一趟，越快越好。是这样的，我们队的一个社员，就是你知道的那个尼牙孜，他的牛病了，您来给看一看。有关情况以后告诉您，这个牛病情特殊，您一定要快来看一看，好吗？"

"不用来了,不要来!"库瓦汗跑了过来,对着电话筒大叫,"牛已经死了。死是无法医治的。"

"主人说,牛已经死了,"伊力哈穆略一思忖,平静地对话筒说,"那就更需要您来一趟,把死因诊断清楚。还要考虑对病死的牛的消毒和处理,如果它引起其他人畜的疾病该怎么办呢?"

"牛已经死了,您叫兽医来又有什么用?"尼牙孜夫妇质问说。

伊力哈穆回到自己的座位,坐下答道:

"不检查,怎么能断定是队上害得你们的牛生了病,并因而死去了呢?"

"不是生产队!我说的是您!是伊力哈穆队长您自己!是您扣了我的牛,是您召开大会斗争我!是您对我打击报复!书记,大队长,你们一定要公正地解决这个问题!如果你们不解决,咱们就找——社教队去!"

社教队这个名词的突然出现,似乎使大家微微一震。人们转过头来,用一种异样的神情看了尼牙孜一下。这使尼牙孜露出了某种得意的神态,库图库扎尔一声不响,两眼看着伊力哈穆。伊力哈穆脸上显出了一丝轻蔑的笑意。他看着里希提。里希提笑了笑,很礼貌地用手势示意让尼牙孜夫妇坐在靠墙的一条板凳上。

"请坐,让我们把会议结束,然后咱们再谈一谈你们的牛。"说完,里希提看也不看尼牙孜,就像没有发生过这场突然的吵闹,会议室里也不存在这两位不速之客一样,他对大家说,"现在继续开会。社会主义教育运动是一场严重的阶级斗争。各个阶级、各个集团、各种人物都在关心这个运动,都在做准备,都打算在这个运动中表演一番。有些人,还打算在运动中和无产阶级作一番你死我活的较量,解放以来,我们搞过许多运动了,你们说,什么是运动呢?"

　　里希提看了一眼乌甫尔,这位烟瘾很大的队长随口答道:"搞运动嘛,上级派来很多干部,大家学习文件,全都动员起来,揭发坏人坏事,打击歪风邪气,完成党交给的任务。"

　　"是的,运动就是斗争。只有在斗争中取得胜利,才能前进。在减租反霸和土地改革运动中,我们斗倒了地主、巴依,才取得了民主革命的胜利;合作化运动中,我们批判了资本主义倾向,才取得了社会主义改造的胜利。而在每一场斗争中,毛主席都派来了工作队,领导我们,推动我们,帮助我们……"

　　不知为什么,里希提书记的衰弱的、夹杂着哮喘声音的说话,对于尼牙孜夫妇,竟渐渐地变成了一种震慑。什么"阶级斗争""你死我活的较量""揭发坏人坏事""打击歪风邪气",这些本来是概括性的语句,却唤起了尼牙孜一种直接的不祥的预感,他在麦素木的挑动下,和老婆一先一后跑到生产队和大队部来哭闹,既是发泄、纠缠,也是试探、摸底。牛的事情本来早已经过去了,他不想再闹了。虽然丢了人,却又得到了牛,牛回来了就有奶吃,人丢了又有什么要紧? 但是近几天麦素木来给他讲了"形势",什么社教队一进村全体干部就要靠边站。什么××县××公社××大队的会计吓得上了吊,什么凡干部都四不清,凡四不清干部都要管制劳动……麦素木又分析,只要伊力哈穆当队长,尼牙孜就只能天天挨整,日日受气。尼牙孜也从别处打听到了一些风言风语。经过对比分析,证明麦素木的说法基本可靠。他正愁着没有适当的题目和伊力哈穆算老账、吐苦水、出怨气的时候,他又从精打鬼算的包廷贵那里得到了对于牛的安排方法的启示。真是个一箭双雕、只有精灵才想得出的主意。当然,事隔一个多月,忽然又重新提出牛病、牛死是由于队里扣牛造成的,有点缺乏说服力。但是,他积数十年的生活经验,摸到了一个窍门;厚颜坚持的谎言能使善良的人相信绵羊吃了狼,而辗转添加的传闻会把一滴水说成倾盆大雨。关键在于坚持,俗话说,只要坚持,用柳条筐也可以打上水来。他只要和库瓦汗一口咬定是队里害得他失去了奶牛,那么哪怕十个人里有九个半人责备他,也还有半个人支持,至于那九个半人,即使他不闹腾牛的事情也不会向他唱赞美的歌曲。这就叫做闹成了十分利,闹不成也赔不了本。什么都达不到,还可以摸摸伊力哈穆他们的反应,搅他们个心神不宁也是好的。

现在呢,里希提却叫他在一边参加会议,就像他根本不存在似的。说是不存在吧,又大讲什么斗争和胜利,打击歪风和邪气,难道他们要……胜利?尼牙孜不愿意再想下去了,只觉得尴尬、无趣。

里希提的话对于库图库扎尔来说,却近乎老生常谈,工作队来上一万人怎么样?最后还不是走得一个不剩。工作队住上一年怎么样?第二年还是卷起铺盖,"再见,祝您一路平安"!运动开始的时候犹如暴风,运动结束的时候好似细雨……他常常想起五六年整社时的一段经历。当时他站在社员群众面前作检查,他被揭露了许多贪污受贿的事实,老不死的阿卜都热合曼还指着他的鼻子说他是"蜕化变质"……最后呢,他把一切推到了老婆身上,啪啪两个耳光打响了帕夏汗,他揪着帕夏汗的头发找工作队申请领离婚证,原来所谓的受贿都是帕夏汗背着他干的。一场严肃的斗争变成了大队长家庭内部的糊涂账,在党支部会上,对他的贪污问题的查究变成了对他打老婆的封建习气的批评……情况落实不下来,整社工作渐渐到了后期。工作组的同志教育他要好好学习,严格要求自己,安排好家庭生活,注意给帕夏汗以经常的帮助。请看,是帮助啊,他当然帮助啦,工作组走了以后,他托尼牙孜从黑市买了一个新戒指,"帮助"了帕夏汗……

他的心思在尼牙孜和他的牛上。他们葫芦里卖的什么药,他一听就明白了几分。这事他事先毫无所闻,显然,是有人(多半是麦素木)给尼牙孜出了主意。他完全处于壁上观的地位,这是很惬意的。但他也有一点恼火。竟敢不找他商量,不与他打招呼就贸然行动——麦素木越来越可恶了……这时,里希提的几句话传到了他的耳里。

"……这就是说,要揭开咱们大队的阶级斗争盖子。去年的'面上'社教,已经触及了一些问题,现在是翻它个底朝天的时候了。特别要揭开咱们干部队伍中的阶级斗争盖子。有人说搞社教是整干部的,这样说也对也不对。干部掌握着领导权,在社会主义阶段,阶级敌人总是千方百计地寻找干部队伍中的薄弱环节,用糖衣炮弹腐化一个又一个的干部,使某些人打着共产党的旗号为地富反坏办事,为修正主义办事,使一些人打着为人民服务的旗子搞自己的多吃多占……"

这几句话使库图库扎尔一阵不自在。也许是他多疑?他似乎看到里希提在说这些话的时候用目光扫了他一下。他躲避着书记的注视,却看见了尼牙孜的求助的眼神。

伊力哈穆用心地听着里希提的话,也是赵书记的话。他思索着中午在阿西穆家和刚刚在这儿发生的事情。他想着队里各种人物的动态。麦素木显然活动起来了,而且和尼牙孜突然频繁来往起来……还有泰外库的情绪,大队长对他哥哥说的话……所有这一切都不是偶然的。工作队还没有进村,伊力哈穆还不知道运动怎么个具体搞法,但是,他已经感到了这种密云欲雨的气氛。看,尼牙孜已经前来挑战了,他应该怎样应战、怎样出手呢?

库图库扎尔打断了里希提的话,向尼牙孜挥手说:"你们走吧,等一会儿再来,现在是干部们开会,书记正在传达上级党委的重要指示,你们没有长眼睛吗?"

"不,"书记制止了他,"让他们也听听嘛。我还想请他们发表意见呢。我们党关于社会主义时期阶级斗争的理论,我们党的基本路线,从来也不是秘密。即使对于阶级敌人,我们也公开告诉:我们要揭露你们,战胜你们,消灭你们。尼牙孜不是说要找社教队吗?这很好,看来,上上下下,到处都等待着社教队的到来,那么,为什么不请尼牙孜和库瓦汗也听一听相关工作队来到的事情,并且发表发表对四清运动的看法呢?"

剧烈的咳嗽使书记讲不下去了,库瓦汗趁机向尼牙孜使了一个眼色:"我还有五个孩子呢。我不听什么干部会……"转身溜掉了。

小说人语:

旧作《在伊犁》出版于台湾后,有评论曰,小说人对于村干部的同情,透露出来作者是既得利益的一员。那么,您是不是更同情尼牙孜与库瓦汗呢?

阿西穆的说法以现代洋知识分子腔来表述:他侧重于自我的救赎,而不是社会的使命。用庄子的说法,则是一只龟宁可曳尾于涂中,也不选择死后骨头得到被珍藏的荣耀。或者是喻牛辞官,认为拴上政务就是披红戴花去就屠于太庙。历史的风云中从来有热有冷。热的常常红火,风头劲爆,也常常祸福旦夕,或成仁取义,或人言可畏,例如老舍,终于"舍予"。冷的则退尽妄心,无梦邯郸,甘于寂寞,自赏清高,享其天年,例如钱锺书,果然"默存"。人生悖论,谁能厘清?如无悖论,小说何益?小说何以?

第三十四章 为何宰牛 本欲疗疾唯见剥皮
且来较量 原系试探适足惊心

库瓦汗三步并两步地回到家里,进门时忘了低头,额头撞在了门楣上。她哇呀一声捂住了头,才看见泰外库坐在门口的灶边,正等得不耐烦。见库瓦汗回来了,站起来问道:

"现在宰不宰?"

"宰,宰!牛病得不行了,这就要死了,这可叫人怎么好……"正说着,看到了抱着小弟弟的二女儿,啪,就是一巴掌,"怎么嘱咐你的?为什么不给你泰外库叔叔倒茶?小娼妇,不成人的……"二女儿被这突然的起板打得一趔趄,一撒手,小弟弟落到了地上,哇的一声弟弟摔哭了,呜的一声姐姐吓哭了。库瓦汗英勇果敢地猛冲过去,泰外库拦住了她:"我还有事呢,要动手就快!"

"快,快!"库瓦汗更是心急,她不顾额角的疼痛与孩子的哭泣,相当灵活地快步跑进畜圈牵出了老黑牛。这个被说成病得要死的牛,头一探一探的,带着一种老大作风和对一切漠不关心的神气,摇着尾巴,舐着鼻孔,不慌不忙地走了出来,丝毫也没有预感到它的厄运。泰外库虽然看出破绽,却无心过问。他的任务只是屠宰而已。

等牛牵到后园的一角,他挥手叫库瓦汗走开,解下腰上缠着的粗麻绳,熟练地绊住牛腿,轻轻只一拉,黑牛颓然倒在了地上。泰外库赶上前一步,把绳子一紧,单膝跪下,嗖地从靴筒里抽出了亮闪闪的尖刀,唰、唰,刀刃在靴子上蹭了两下,他拉长声音叫道:

"安——拉——艾克——白尔!"这是宰牲畜时要念的一句经文:含义是"真主伟大"!

随着话音一落,泰外库以一种职业的熟练技巧和冷漠表情将利刃放到牛颈上一抹,左手将牛角一扳,噗的一声,带着泡沫的,最初似乎是阳红色的鲜血喷出去几米,老黑牛哞的一声闷吼,粉红色的舌头吐出了老长,牛眼睛倏地瞪了老大,眼球一亮,突出、凝固在原处了……

会议结束,人们散去,里希提招呼伊力哈穆和尼牙孜坐近,并对库图库扎尔说:"咱们一起谈谈尼扎洪的牛的事情吧。"

库图库扎尔推辞说:"你们谈,你们谈!我还得去一下加工厂。我说尼扎洪,牛死了也就算了。牛,总是要死的。不要说牛了,就是你、我,大家麻家,也迟早一死。不要生那么大的气,队长也不要生气了。农村的事嘛,哈哈,唉唉……"就这样,他一面告辞,一面理正帽子,一面息事宁人地说说道道着,走了。

"看来您对伊力哈穆队长有许多意见,可不可以我们一起谈一谈,让他本人也听一听?"里希提问尼牙孜。

"没什么可谈的。"尼牙孜哼了一声,声音里有一些疲劳的调子。今天,并没有出现麦素木所预言的那种干部们惊慌退缩的有利情势,显然,眼下他在这里还捞不到什么便宜,大队长的话也在提醒他,该且战且退了。"我来大队,只问一句,我的牛怎么办?你们管不管?"

"伊力哈穆队长,您在吗?"人还没见,已经传来了杨辉的响亮声音,伊力哈穆连声答应。随着门的推开又是杨辉连珠炮般的责问:

"好一个队长!一个电话把我从五公里以外调了来,您却安安稳稳坐在办公室做官当老爷！"看到了里希提和尼牙孜，她吐了一下舌头，"你们这是搞什么名堂？牛已经宰了让我来治病，让我把五脏六腑再放回原位，把肚皮再缝上吗？"说着，她把医药箱向尼牙孜一推，"早知道，我这里面就不装青霉素和蓖麻油了，应该给你装上两包花椒和姜皮子，好炖牛肉汤嘛！"然后又转身批评伊力哈穆，"您也真够官僚主义的！"

里希提和伊力哈穆一怔，继而同时意识到这里边有鬼，他们不约而同地都把疑惑和不满的目光投向尼牙孜。

杨辉把头巾整一整，眼镜扶一扶，用手当扇子，似乎由于跑路和说话不胜这间房屋的热度似的，然后，丝毫不顾忌尼牙孜在场，她继续说：

"我到了这位尼牙孜哥的家里，库瓦汗姐拦着不让我进门。噢耶，还没见过这样对待客人的呢！大概库瓦汗还记得夏天在场上结下的'仇'吧。夏天在场上，组织妇女选麦种，人家都是一穗一穗地精选，咱们库瓦汗大姐却是不分燕麦荞麦野麦一把一把地抛……正好我去检查，让她全部返工，听说那一天只给她记了一个半分，她在背后把我骂了一通，骂也不行的，骂也得返工。今天拦住，那也是不行的，我告诉她，听你们队长说你们的牛得了紧急重症，是不是口蹄疫？需要立即检查，如果问题大，那就要把你们全家人畜隔离起来，闹不好需要暂时中断伊犁和乌鲁木齐的交通，疫情要立即汇报给县、州、自治区和国务院。苏联、巴基斯坦、阿富汗等接壤的国家也要采取措施。这样，她才勉强让我挤进了院子。我的天，牛已经挂在夏日茶棚的大梁上了，你们那个赶车的大个子——他叫什么来着？正在卸牛皮呢！"

"这到底是怎么回事？"伊力哈穆克制着愤怒，板着面孔问尼牙孜。

"什么怎么回事？又是烟筒又是水果①的,我听不懂她的话。"尼牙孜嘲笑着杨辉的江南腔的维语发音,故意装糊涂。

"问你宰牛是怎么回事,你又有什么不懂的?"里希提十分严厉地问,而且用了成人之间十分罕用的"你"。尼牙孜对杨辉的嘲笑使他激怒了。怎么能这样对待"我们的女儿"！他的喘气声好像一声声狮吼。尼牙孜不由自主地缩了一下脖颈。

"噢,是的,"尼牙孜其实已经准备好了一番话,"牛已经病得不行了,能眼巴巴地看着它死掉吗?宰掉还可以卖几个钱,我们穷得连咸盐都吃不起了……"

"您的牛不能卖也不能吃,要送医院化验,免得人们吃了中毒。"伊力哈穆认真地说。

"什么什么,牛肉有什么可罪谴的?"

"牛的死因不明,牛身上很可能含有大量危害人类的致病毒素。把牛肉交到兽医站去吧!"

"肉没问题!"尼牙孜真的急了,"我用脑袋担保,谁如果吃了肉肚子疼,我负责!"他指手画脚地分辩,唾沫溅到桌子上。

"这么说,您的牛并没有什么了不起的病了?"伊力哈穆冷冷地一笑。

"不,没有,哎,有,有,不是的……"尼牙孜不知怎样回答好了。

"这么说,我走这么远到这里来,究竟是来干什么的呢?到底有我的什么事情呢?如果你们不认为有必要找防疫站来处理尼扎洪的牛,"杨辉站了起来,"我走了。"

"等等,"里希提叫住了她,"尼牙孜还没有缴纳屠宰税,好吧,

---

① 维吾尔语"烟筒"与"牛"发音相近,"水果"与"客人"发音相近,这里,是尼牙孜嘲笑杨辉的维语发音不准确。

让我们的女儿通知税务局一声。"

尼牙孜愤愤然站了起来，碰响了桌子和板凳，谁也不看地说："好吧，咱们走着瞧！"不知是由于气愤还是心疼那个税款，他面色苍白，浑身抖个不住，像打摆子发作。

"先别走，"里希提用手势止住了他，"尼扎洪请您好好想想，您为什么要做这样的人呢？牛的事情您在耍花招，是吗？你们一家八口，如果在旧社会，你们会冻死、饿死。您本来应该热爱社会主义，做一个好社员……"

书记的话并没有产生任何效果。尼牙孜不等里希提说完，回身走了，他的臃肿、愚蠢而固执的后背一颤一颤。

伊力哈穆看着他的背影摇了摇头："我简直不懂，他不是地主、富农，却干着地主富农想干而不敢干的事。他受着社会主义的恩，实际上却仇恨着社会主义。他的心思放在和社会主义和集体作对上，除了捣乱还是捣蛋。哪怕他用心思多养几只白绵羊或者多种点大蒜卖钱，也总算是可以理解的……"伊力哈穆有许多话要说，想和里希提好好谈一谈，但是，他看到了书记的憔悴的面容，他中断了自己的话，转身说：

"书记，您回家休息吧。"

"嗯。"里希提答应着，却没有动弹。他今天说话太多了，胸部像堆满了棉花，咳也咳不出，喘也喘不痛快。伊力哈穆不知道给书记做点什么才好，他说：

"我给您倒一杯热茶来吧。"

里希提的脸上显出了感激的笑容，他摆摆手，小声问："您说，尼牙孜为什么又来闹腾？"

"他闻到了一种什么气味吧？"

"什么气味呢？"

"阿西穆哥也提出来,不让伊明江当保管了。说是搞起社教来,当干部的都要挨整。还说什么是大队长告诉他的,绥定的一个会计,因为害怕批斗,已经吓得上了吊了。"

里希提点点头:"其他队也有类似的情况,关于当前的运动存在着各式各样的说法,其中也包括挨整和上吊……"

"看来有人在造谣破坏,可恨!"

"有人在造谣。"里希提重复着,现出了沉思的表情,眼角上的皱纹似乎更深了。他又轻声说:"但也有些方面,不见得完全是造谣。"

"您说什么?"伊力哈穆茫然了,"不完全是造谣,这么说有些是真的事?为什么?"

里希提边思索着边说:"斗争是复杂的,社会主义教育运动怎么个搞法,我们其实也说不清楚。斗争斗争,肯定会有一场斗争。不斗争会腐化,会变修,一斗争又会搞得紧张,弄不好会乱斗。运动当中会出现一些复杂的情况。我们应该经受得起锻炼。"

伊力哈穆没有听清书记的具体所指。但是他知道"复杂""锻炼"这些字眼的分量,他态度庄严地倾听着。

里希提抬头看了看挂在办公室正墙上的毛主席像,一道光辉焕发了他的病容,他深情地说:

"我们应当相信群众,我们应当相信党。这说起来是多么简单啊?这其实又是多么不简单!我们能做到的吧?不论在任何时候。"

"嗯。"伊力哈穆答应着,他的内心在翻腾,"您休息去吧。"

"对,好。这个……"里希提略略迟疑了一下,问道,"你对大队长,又有些什么意见、看法吗?"

"大队长吗?"伊力哈穆反问道,他说,"事情越来越清楚了……"他毫不含糊地发表了自己的意见。远的不提，就从六二年他从乌鲁木齐回来所看到的库图库扎尔的所作所为，一言一行，究竟是为谁效劳，对谁有利呢？他信任谁，他靠近谁，他疏远谁，反对谁，难道还看不出来吗？他赞成什么，做什么，阻碍什么，不做什么，不也是清楚的吗？他怎样对待革命事业，怎样对待同志，怎样过日子，有一点共产党的味道吗？有一些隐蔽的事情，有一些暧昧的情况，乌尔汗时而说六二年四月三十日晚上把伊萨木冬叫出去的是库图库扎尔，追得急了又说记不清。廖尼卡最后也告诉了伊力哈穆，据他所知，苏侨协会的木拉托夫在六二年四月曾经到库图库扎尔家去过，和库图库扎尔可能不止一次地谈过话。这些情况，他早已汇报给大队与公社党组织了。赵书记曾经与库图库扎尔谈话，启发他谈一谈六二年的情况，库图库扎尔坚决不承认自己有任何问题，不留任何余地。没有办法再谈下去了。乌尔汗和廖尼卡提供的情况由于缺乏旁证而达不到法律上的权威性。在包廷贵的身份最终暴露之后，领导上也曾经试着做些工作，启发他和库图库扎尔谈谈他们的特别亲密的关系。谁也不谈。库图库扎尔这只鸭子自以为得计，似乎他的身上没有任何水珠就不算水禽。但是人民不是傻子。起码可以肯定，库图库扎尔公开地干着有利于修正主义，有利于敌人、坏人，而不利于党的事情。尽管还弄不十分清楚他的这些做法的背后动机。绝对不沾水的鸭子是没有的，不管你的多脂的羽毛上抹了多少油，除非你别下水。绝对不露形迹的事情也是没有的，现象总反映一些本质，哪怕是曲折的或歪曲的反映。库图库扎尔的问题是大队问题的症结所在。这是他日益明确的结论。但是，要解决这个问题，不是几个大队干部的力量所能够达得到的。

"我把希望寄托在社教工作队上，现在是万事俱备，只欠四清，四清的东风一吹,这些伪装的面具纱幕,就可以揭开了。"伊力哈穆说。

"是这样,这个问题由来已久,但只是在六二年暴露得最为充分。社教工作队到来以后,我们要积极主动地去介绍情况,提出这个问题。"里希提说,"麦素木,麦素木最近表现怎么样?"他又问。

"前一段,没有发现什么新的重大问题。只是让人觉得虚伪,他一见人就当面奉承。会上发言那么进步,好像在背社论……可今年春天他打院墙的时候,把墙基挖到人家新生活大队的地里。最近,他似乎活跃了起来,据社员反映,他两次去尼牙孜家,过去,他们从来没有来往过。他还去了亚森家,还有人说,他请泰外库去喝酒……"

"是的,前天我去加工厂,那里有不少人科长长科长短地围着麦素木说话,我一去,都不言语了。"里希提沉吟了一下,又问,"你觉得大队长和麦素木的关系怎么样?"

"到现在为止,还没有看出什么来,不是说麦素木刚安置下来的时候提着两块茯茶去给大队长送礼,大队长没有收而且狠狠地把他教训了一顿吗?"

"是的,这件事到处都知道了。"

"可是社员们议论,麦素木当加工厂的出纳,完全是大队长的力量。而且麦素木盖房,也是靠大队长的帮助。至于大队长家里,终于挂上了丝壁毯,去年指望的是包廷贵,但是这个丝壁毯没能到手,今年呢,据说是古海丽巴侬送去的……"

"是吗?"里希提解了疑惑,满意地说,"你掌握情况还算及时和细致。"

伊力哈穆不好意思地笑了,这谈得上什么及时细致呢?一个村里的人,谁能瞒得过谁的眼睛?只要不是像蒙老瞎似的蒙上自己的眼睛,不是像有些人下河游泳时那样堵上自己的耳朵,和人民群众在一起,许多情况你不想听也得听啊！每个人都长着耳朵口舌,每个人都长着头脑,每个人都在掌握着、分析着、交流着情况。其实,他不知道的事情还多着呢,譬如说,泰外库的情绪……

看着里希提许久没有说话,伊力哈穆坚决地站了起来。"走吧,您回去休息,我布置欢迎的事去了。"

伊力哈穆和里希提一同走了出来。分手后他还没走两步,听见了剧烈的咳嗽声和一声痛苦的呻吟。伊力哈穆回过头,只见里希提抓住一棵树,弯着腰,啐吐着,伊力哈穆奔了过去,一看,不禁叫了一声:"书记您……"

里希提严厉地止住了他,用微弱的声音说:"咋呼什么？气管微血管的事情。"

"我送您去医院。"伊力哈穆手忙脚乱地搀扶着书记,"本来,下雪那天您不该去渠上挖土……"

"做你自己的事情去！我自己会照料自己的。"里希提坚决地用瘦骨嶙峋的手掌推开了伊力哈穆,伸直了腰,挺起胸,抬起了头,沉重而结实地迈动脚步,去了。

这天下午,库图库扎尔从大队部抽身出来,一方面暗暗为尼牙孜的纠缠和挑战而高兴……看到别人吵架、闹纠纷他就痛快,这已经成了从小造就的秉性了。一方面又为他事先不知道消息而不满。他思考所谓病牛事件的来龙去脉,相信没有人充当参谋尼牙孜不敢也不会旧账重提。他判定,这里头肯定有麦素木的牵线。麦素木,当然是他的一个潜在的盟友。麦素木的经验、理论、文化和社会关系,对于他都是有用的。但是,麦素木的半拉子哈吉的名声不好。从去年县委书记赛里木在这里时的那一封匿名信看来,麦素木不但要在这里站住脚跟,不仅可能插手某些事情,而且企图占据比他更高、更重要的地位,甚至想向他挥舞指挥棒。简直是胆大妄为!对于这,库图库扎尔早有估算,他当头一棒,当麦素木给他送来两块砖茶的时候,他板起面孔义正词严地把麦素木教训了一通,而且宣扬得任人皆知。事后麦素木查明了情况,改进了方式,派古海丽巴侬原封把两块砖茶又加上两米绸子悄悄地送到了大队长家里。帕夏汗愉快地接受了,笑容停留在大队长夫人的脸上长达数小时之久。

当然,库图库扎尔对这一馈赠是"不知晓"的,只是当大队加工厂的职位腾出缺来的时候,库图库扎尔千方百计地为麦素木谋到了这个工作。甚至在确定这一任命的时候库图库扎尔还一再提到退回砖茶的事儿,证明他的强硬的原则性,退回砖茶时不讲面子,任命出纳也只管原则。同样,对此麦素木也是"不知道"的,他出任出纳只是为了服从组织的分配。紧接着古海丽巴侬又送去了一套细瓷茶碗,大、中、小三个号每样四个——毕竟是科长夫人,瞧这气度!而大队长又批了一部分"报废"的木料"处理"给麦素木去盖房。

从那次送茶碰壁以后,他们两人的关系是严肃的公事公办的。打交道的时候,库图库扎尔摆着领导别人、教育别人的架子。麦素木打着积极进步、勤恳谨慎的幌子。逐渐地,这引起了库图库扎尔的厌恶。就好像他年轻的时候听到其他市井小贩的天花乱坠的叫卖便极其反感一样。一辈子用假话骗旁人的人最讨厌的就是旁人用假话骗自己。够了,这种做作、虚伪和不自然的关系。他早已经在等待机会,他要狠狠地撕掉麦素木的假面,要让他在自己面前丢丑、发抖、哭泣,要让他交底并且完完全全依赖他库图库扎尔的保护和恩惠,服服帖帖地听他的使唤。使他麦素木任何时候都不能呲毛,更不敢反叛——因为他随时啐一口唾沫就能将他的被保护人淹没。

　　库图库扎尔先到胶轮车修理部、油坊、木工坊和铁工场转了一转，然后，走到了潮湿阴暗的出纳办公室的门口，一推门，里面还扣着，他冷笑了一下，轻轻一敲。麦素木听到了敲门声，他没有理。他把大账本和算盘摆在案头，动也不动，却正在一个小小的本子上记录着，聚精会神，津津有味。砰、砰，敲门声变成了拳击声，他收起小本，摆好大账本，才去开门。一看是库图库扎尔，脸上厌烦的表情立刻换成了讨好的笑意。

　　"大队长，原来是您！您好！"

　　库图库扎尔用有气无力的握手回答了他的问好，不等请，老实不客气地走进室内，一屁股坐在唯一的椅子上，责问说：

　　"我在你的门前等了好几分钟，老百姓大概更进不来了吧？"

　　"请别生气。年终结账，老是被人打搅，没办法，我只好扣上了门。"麦素木恭顺地在一旁垂手而立。

　　库图库扎尔从鼻子哼了一声，指画着吩咐道：

　　"明天，四清工作队就要进点了。你今天晚上加加班，写一些欢迎标语，贴在加工厂内外，听见了吗？"

　　"是的。都写哪些内容呢？"

　　"写哪些内容你还不知道吗？科长！"库图库扎尔的话里分明带着讥讽。

　　"我听大队长的。"麦素木并不示弱。

　　"那也不一定吧？"库图库扎尔从口袋里拿出了装那斯的小葫芦，玩弄着，欣赏着。突然他咚的一声把葫芦重重地往桌面上一敲，紧盯着麦素木问："尼牙孜的事情是怎么搞的？他跑到大队闹了一通。"

　　"什么事？不知道。"麦素木若无其事。

"岂有此理!"库图库扎尔怒冲冲地哼了一声,"难道脖子上架着的不是头颅而是葫芦吗?怎么能现在就去纠缠,我看,一定有人当了尼牙孜的后台。"

麦素木现在明白了大队长的来意,他早已等待着这一天。他正准备去找大队长呢。进行一次小小的较量,眼看这个在他面前道貌岸然不可一世的家伙就要匍匐在他的脚下,变成他掌握中的一名小卒子了……这将是多么有趣!

麦素木听了库图库扎尔的带刺儿话,置若罔闻地找出抹布,一边擦着桌子腿,一边闲扯似的说道:

"刚才,我从达吾提的铁匠炉旁回来,好几个老汉在那里,他们正在议论呢。"

听到达吾提这个名字,库图库扎尔心一动,但他不愿显示自己的关切,便不吭一声地坐在那里。

"达吾提支委说,要把四不清干部揪出来!"

"对嘛,这次运动,要把所有的四不清的干部揪出来。你的账算得清吗?"

麦素木走过来,拉开抽斗,拿出一份表格:"结算情况写在上面了,请大队长过目。"

库图库扎尔轻蔑地把表格一推:"从账面上能看出些什么!""从账面上"几个字,库图库扎尔说得怪声怪气,夸张而且讽刺。

"该记的,都记了。"麦素木毕恭毕敬地说。

"从你这儿我借支过多少钱?"

"从账面上看,"麦素木即刻把这几个字奉还了回去,但发音平淡,"七十四元八角。"

"我两天之内还清。"库图库扎尔决断地说,他不能留下什么缝隙,"虽然钱不多,虽然都是有特殊原因,而且都写了条子,干部借支多了仍然会有不好的影响，提高到原则上说，这样做就可能发展成为多吃多占，成为经济上的不清。经济上的不清如果再加上政治上的不清，那就严重喽！"库图库扎尔像在作报告似的严肃地、成套地说着，他特别强调"政治上"几个字，有意识地去揭麦素木的伤疤。说完，他轮流抬起手指，弹琴似的敲打着自己的膝头。

"就是，就怕政治上有什么见不得人的事！"麦素木脱口而出，说完，转过身去把抹布抖得叭叭直响。

"见不得人"这个短语使库图库扎尔悚然一震，血液冲上了头部，但立即又恢复了清醒，他暗暗安慰自己，"不，这不可能。即使阿拜克霍加①复活了，也不可能知道。"于是他站起来，背着手踱了几步，准备结束这次不成功的试探，用教训的口吻说：

"你的情况和身份，你自己清楚。在这次运动中，你应该很好地接受组织和群众对你的审查和教育。要端正态度。还是算好你自己的账吧。当然，你来农村后的表现，基本上还是好的。今后也要注意，不要翘尾巴，你不会被委屈的。只要自己不去找麻烦，不去写什么昏话连篇的匿名信。我说得如何？"

"好。"麦素木眯上了眼睛。

库图库扎尔想走，却被麦素木拦住了。麦素木拉住了他的衣袖，用一种谦卑而又亲昵的、耳语似的声音说：

"大队长同志，大队长哥。我正想问您一个问题。我过去当过干部，这方面的话语早已经完结了。现在只是一个普普通通的小人物。而您，您在农村担任过、并且仍然担任着领导职务，您的年纪比我大，您的水平比我高，您是我学习的榜样。我要说的是，尼勒克县我有一个亲戚，就说是我的表哥吧，他过去做小买卖，临解

---

① 历史上的著名智者。

放时破产当了长工……请您别急，听我把话说完。后来，他成了积极分子、干部、党员。民主改革的时候，他表面上和地主巴依作斗争，暗地里却又和他们勾勾搭搭。谁知道哪个魔鬼吃了他的脑袋……到了一九六二年，他又是脚踩两只船，明里继续当人民公社的干部，暗里却和苏侨协会的特派员……算了，我说得太啰唆了。总而言之，他有那么一些见不得人的事。请问大队长哥，如果这件事揭露出来，他也许不至于被枪决吧？不，不会的，我想是不会的……"

一霎时，库图库扎尔的两眼发黑，耳朵边嗡的一声响了起来，就像初次抽大麻叶时的强烈反应。他两眼通红，紧紧抓住了麦素木的细长、柔软而又冰凉如同死人的手，像一只发了狂的熊，他几乎要把麦素木撕个粉碎。

麦素木轻轻推开库图库扎尔，走回桌边，收起账本、算盘和表格，拿起一把锁和大队长方才撂在那里的那斯葫芦："我现在买墨汁，削木片去。请把您的那斯葫芦装起来。等您走的时候，可别忘了锁上门。"说完，他扭动身躯，像滑行一样地、无声地、轻轻地溜了出去。

……库图库扎尔来到了街上。他是怎么来到街上的？那正在缓缓地挪动着的是他的腿吗？他晕眩、恶心、软弱，粗重地喘着气。这儿是哪里？是他走了千百次的从加工厂到自己家的熟路吗？哪儿来的这么一个陌生的世界？只有许多压迫人的黑影。那高而长的是树木吗？怎么像一个个加底盖尔①那样的阴森？那大而肿的阴影是一头牛吗？怎么像鸭里麻渥孜②一样狰狞？这是什么声音？

---

① 即巫魔。
② 即妖怪。

是木轮车吱吱吗？怎么像马木提大肚子在说话？这里什么亮光，是临街的窗子透过的油灯吗？怎么像木拉托夫的一眨一眨的眼睛？

他回到了自己的家。没有病也总是靠着枕头呻吟的帕夏汗，看见丈夫的样子，一骨碌爬了起来，惊叫着："我的胡大！你怎么了？脸色像干枯的麦草……"

见不得人的事情。麦素木知道了。恶心……

"把你的热茶倒上一碗！"

麦素木知道了。见不得人的事情。马木提、玛丽汗、木拉托夫、赖提甫，依萨木冬，还有麦素木自己……真可怕！接过茶来了，一喝，烫得满嘴起泡，叮当，茶碗跌到地上，裂了……

进来一个什么？人？女人？萨拉姆来依库姆，对，来依库姆萨拉姆……是库瓦汗，她提着一大块牛肉，向帕夏汗和库图库扎尔施礼，兴冲冲地说：

"我拿来了一点点牛肉，从最肥的部分割下来的。我本来想拿半只来……"

然后库瓦汗的嘴动着，帕夏汗的嘴也动着，不知道她们是在哭还是在笑。她们笑什么？做鬼脸干什么？指他干什么？两个人拉拉扯扯干什么？是打架吗？

终于，库瓦汗走了。她怎么待了那么长时间？她在这儿耽搁了有两小时吧？

"给我倒一杯酒。"库图库扎尔似乎因为库瓦汗的终于走掉而略略轻松了一点，他低声说。

于是帕夏汗展开了找酒的探求。酒是有的，但是帕夏汗怕被不相干的客人发现，把酒瓶掖藏到了自己也记不起的地方，她搬下了箱子,又碰散了被子,她跑到小库房里去,又跑回来。酒终于找到了,库图库扎尔喝了一口。他回忆着刚刚发生的事。身上有些暖了,心在跳,他活着。他想和谁商议商议。没有这样的人。他又喝了一口酒。心跳得更厉害了,他好像听到了沉哑的怦、怦的声音。他必须考虑,必须决定。他活着,就是说,他要吃、要喝、要骗人,要把戏继续演下去。不,麦素木不会告发的,如果他要告发,就不会事先告诉。而且他的心如何,谁还不知?

但是,麦素木是何等危险的人物!他受不了。

又喝了一口酒,开始觉到了嘴里的燎泡疼得刺心。他把酒吐了出来,胳臂疼,腰疼,腿酸。

市场总是属于先来的人!对!无论如何,他得除掉麦素木这个祸害,哪怕和麦素木同归于尽……不,不会同归于尽的,因为巴扎是先到的人的。他现在去找里希提,不,直接去找公社的赵书记,去汇报麦素木的情况。没有足够的材料吗?不要紧,蛛丝马迹,他可以推测引申,发挥,只要一口咬定,就说麦素木图谋不轨……麦素木反过来检举他?不承认,死也不承认,一上来就要讲清,由于两年来自己与麦素木进行了针锋相对的斗争,遭到了这个外逃未遂的地主崽子的刻骨仇恨……他还可以找尼牙孜帮忙。先把麦素木搞倒。从身份、地位、招牌,人们一定会更多地相信他而不相信麦素木,是的,可笑,他怎么一下子吓成了那副样子?

关键在快,在争取主动。他洗了脸,戴上羊皮帽子,告诉帕夏汗:"我有要紧事,去公社一趟。"

他推开院门,不由得向后倒退了一步,浑身的汗毛都竖起来了。

在门口,在新月和雪光的暗淡的青光里,站着一个黑影。

那不是别人,正是麦素木。

小说人语：

　　为什么社会主义教育运动的开始或引起了好人的惊惶与恶人的兴奋？回避斗争会腐化变质。夸张斗争则是闹剧。在历史的大浪中被打到底下的反动阶级的后人，还有咸鱼翻身的可能吗？而水至清则无鱼的文化——集体无意识，使读者难以接受公事公办的照章办事了吧？

　　越是要求全部、干净、彻底地消灭对手，越是感觉到了剥削阶级为夺回失去的天堂而千百倍地疯狂一搏的危险。这样一个思路当然是有道理的，其特点是略显文学了一些、修辞化了一些。

　　无怪乎共产党那么重视文学，吾党的思路的文学性绝对超过其他政治派别。

　　尚阴谋的多半是弱者。所以高贵者最愚蠢，卑贱者最聪明。高贵者的洁癖，使他们处于一时的劣势与长久的光明与慷慨。

第三十五章　不过三年　杨辉姐能维语讲课
　　　　　　定了明天　工作组要集体进村

　　伊力哈穆安排好迎接工作队的事情,已经是掌灯时分了。他走进敞着大门的自家的小院子,绕过门口的砌得方方正正的土炉,踏上矮矮的夏日茶室的土台,他拉开为了严冬保暖而满满严严钉了一块新毡子,连缝都遮住了的门,一团家庭生活的热气向脸上扑来,温暖、润泽、舒适。雪林姑丽正和他的妻子米琪儿婉一起忙活着做饭。"您好!""您好!"亲切的问候,和悦的笑容。灶头的铁锅里,水已经接近沸腾,冒着蒸汽。火炉上的靠在一边的搪瓷壶里,茶水哼着惬意的小曲。条案上,双铃马蹄闹钟上的钟摆"母鸡"随着嘀嗒、嘀嗒的摆声啄食着"小米"。小屋里布满了油灯的光辉。空气里弥漫着砖茶和南瓜的芳香。伊力哈穆的脸上保持着会心的微笑。他首先走向放在房角的小摇床,揭开搭在横梁上的洁净的白纱,快要满十一个月的,已经显得太大的女儿在用彩漆涂得五颜六色的小摇床上正睡得甜熟,脸上掠过了一个幸福的笑意。"她笑着呢!"伊力哈穆欢喜地叫了起来。小女孩子的睡梦中的笑容,具有神秘的魅力,是真正无与伦比的。

　　"别吵!"米琪儿婉嗔怪地制止他。长着浓密的黑发、细长的眉毛,尖下巴,长脸的米琪儿婉,现在略略有些发胖,脸上显出一种骄傲和饶有兴致的表情,她说:"告诉您! 您的女儿今天已经会走路了!"

　　"会走路了?"

"是的，她扶着墙，走了几步。开始，我搀着她，后来，放开了手，她急得喊叫着。然后她扶着墙迈出了第一步，第二步。她兴奋起来了，她自己也没想到，没有我的搀扶她能走了，她干脆跑了起来……多么高兴啊！"米琪儿婉说得眉飞色舞了。

"哎呀，您的女儿可真有本事！"伊力哈穆夸赞说，他们互相说是"您的女儿"，这里边包含着一种文明的含蓄，一种相敬如宾的礼节，也有一种相互逗趣的玩笑。伊力哈穆知道，自从有了这个小女儿时起，每天晚上他回来，米琪儿婉都要向他告捷，向他汇报小女儿的一件件新的进展。有时候这种"喜报"未免失之"浮夸"，还有时前后矛盾，例如头一个星期已经说过女儿会用小勺舀奶茶喝了，后来又说什么女儿会拿小勺子舀水了……但，这仍然让人高兴。他们俩在互相恭维"您的女儿"的时候，总是哈哈地笑个不住。虽说今天有雪林姑丽在场也并不避讳。

如今，雪林姑丽的面色一天比一天红润了，与其说是丁香，不如说更像是阿娜尔姑丽——石榴花了。她的头发天然卷曲，额上和两鬓有许多碎发。她的眉骨凸起，眼梢略略挑起，睫毛又密又长。尽管在她二十二年的生命历程中已经经历了不少坎坷和风雨，然而，她的神情仍然充满着青春的活力，单纯的稚气，说话、做事的时候，她常常把眼睛天真地一眨，好像周围有许多事情还弄不清，有许多现象还在使她感到好奇与趣味似的。

在杨辉的牵引和艾拜杜拉的推动之下，她搬到实验站去已经两个星期了，今天，因为公社这边有事她回来休息了一天。白天，她料理家务。傍晚，米琪儿婉把她找了来一起包南瓜包子。现在，她已经脱掉了紧身的棉衣，穿着浅色的连衣裙，乌黑的坎肩，头戴墨绿色底黄格的头巾，袖子挽到肘部以上，正在把金黄色的切成了小丁的瓜馅儿装入面皮，然后随着手指的灵活的动作，把包子皮捏合,做出麦穗形的花纹。米琪儿婉跪在一旁,拿着一根短短的、中间粗两端细的套桶式的擀面杖,在一面长而窄的木板上,俯身擀着面皮。她的肩头一颤一颤,她的额角沁满了汗珠,又因为头发时不时地从前额落下来挡住眼睛,所以她不断地把头向上甩一甩,这个动作显得既辛苦而又潇洒妩媚。

伊力哈穆习惯地坐近门边的高台,高台上架起一个木板,这是冬天放水桶的地方,两个水桶的旁边,还有一个贮水用陶罐。伊力哈穆一一打开水桶和陶罐的木盖,清水都装得满满的。于是他走出房子,抄起一把斧头,来到库房,那里有两个树墩子,是前一天刨出来的。他计划去劈柴火,走到那里一看才知道,柴已经劈好了,不大不小几乎是一般长短粗细的木柴齐齐整整地码在一起,连劈柴落下的木屑也见不到一粒。他放下斧头,拿起铁锹,走进小小的牲口圈,粪已经起过了,垫上了清洁的新土,奶山羊和它的已经不小的羔儿正在平静地吃草,它们不慌不忙地用舌头舔着、裹着草。他又去看了菜窖、鸡窝、打馕时烧火用的灌木枝条柴垛和饲养用的细麦秸垛,转了一圈,没找着活儿,他简直不知道米琪儿婉是什么时候干的。她带着孩子,白天把孩子寄托在伊塔汗家,她还要参加劳动,还有一天的三顿饭,清洁除垢拾掇摆设打馕洗衣挤奶……他感激,又不安。他又回到房里,屋里炕上炕下,墙壁桌面,也都打扫擦拭得像新靴子的皮面一样光滑明亮。连铁锅烟筒也是一尘不染,像凸面镜子似的从深处反映出煤油灯的白亮的光焰。米琪儿婉好像知道了他的心思,笑着说:

"您想找点事干吗?羊圈旁边麦尾子①下面压着一个抬把子,是队上的。今天吐尔逊贝薇和我搭伙,她非要一气抬两抬把

---

① 麦场上最后一道工序——再次扬场或是过箩后淘汰下来的麦糠,可以作饲料用。

子……把两个抬把子摞在一起抬……活儿倒是多出了，可这个抬把子断了两根条。您把它修上吧……"

伊力哈穆立即找着了抬把子，磕打干净，拿进屋里，找来锤头、钉子、铁丝和老虎钳，编补起来。当他一手撇着把手的木棒，一手用力拽扯着铁丝的时候，方才觉得心里安稳了些。他一边干活，一边问道：

"雪林姑丽，今天你们休息吗？"

"啊，也可以算休息。晚上，州农科所的李所长要在公社作报告，我们都去听。早上，我就回来了。"

伊力哈穆点点头："在实验站过得惯吗？"

"有什么过不惯的？就是每天学习太多。大家都说，还是干活痛快，这个学习呀，实在是费劲……比拉犁和挖井还费劲！"

"光痛快可不行。"伊力哈穆笑了，"你们的老师——杨老师怎样？她讲的课你们听得懂吗？"

"您说杨辉姐吗？她多么好！白天，她给我们讲技术课，补文化课，要不就是带着我们劳动。晚上，我们向她学汉语，她向我们学维语。冬季是以学习为主。现在实验站的学员里，只有我和三大队一个丫头是女的，我们和杨辉姐住在一间房里，她讲完了课，总还要专门问我们俩哪一点懂了，哪一点不懂。只要有一点含糊，她就一遍又一遍地再给我们讲解，有时连我们自己都不好意思了，可是她一点也不烦……"

"三年以前，杨辉刚刚到咱们这儿来的时候，连个亚克西都说不好，"米琪儿婉感叹地插嘴说，"现在已经能用维语上技术课了，她怎么学话学得那么快呢？"

"她是大学生嘛！"雪林姑丽佩服地说。

"问题不在于大学生，"伊力哈穆表示了不同的意见，"医院里

602

的刘医生也是大学生,他到现在不会说一句维吾尔族话,我亲耳听见他说过,'有时间学英语、日语、法语,学维语有什么用?'啊,真让人伤心!杨技术员呢,她的心和我们在一起,你们看不出来吗?她多么爱我们维吾尔人民,不论是长胡子的老人,是坠着耳环的妇女,是躺在摇床上的婴儿,她都是用怎样充满感情的眼光看着啊……有了这样的心,舌头的事情就好办了……"

"我真怕她有一天会离开我们,"米琪儿婉担忧地皱起眉,摆了摆下颏,"听说,她有一个对象是在上海工作的。"

听了这话,雪林姑丽有一点兴奋。她说:"米琪儿婉姐,您知道吗?那天,我和三大队那个丫头到公社杨辉的宿舍去了。她拿出瓜子和葡萄干来招待我们,还给我们看了许多照片。她家是在湖南,就是毛主席老人家的家乡,很远很远的。她家里人可多了,爸爸、妈妈、奶奶,还有兄弟姐妹,嫂子侄子……都有呢,都在关内。还有那个在上海工作的,她说是她的同学的那个人的照片。也戴一副眼镜。唉,这些汉族同志啊,为什么那么喜欢戴眼镜呢,并不好看啊……"

"人家可不是为了漂亮才戴眼镜的。"伊力哈穆说。

"不管为什么吧,我们先不提它。我和好几个丫头不由得一起问杨辉姐:'您一个人离开家、离开亲人、离开同学,跑到我们伊犁来,不觉得孤单吗?'问完,我又后悔了,这不是成心让人难过吗?可是,杨辉姐倒笑了起来,她说:'和你们在一起,难道还会孤单吗?和你们在一起,不就是咱们的伊犁,而不单是你们的伊犁了吗?'当然了,她说得是对的。但我总有点不明白,譬如说让我一个人到湖南或者到上海去,我怎么能安心地待下去呢?"

"那是因为你没有去过湖南和上海。您想起来,真是又遥远,又陌生,如果您去了,和那里的人民熟悉了,也同样会安心的。"对于随和的米琪儿婉来说，似乎什么事情都是好办的。

"可我……"雪林姑丽不想就这个假设和猜想进行什么辩论了，虽然嫂子的话没能使她信服。

伊力哈穆倒觉得这是一个严肃的话题。"谁不爱自己的家庭、故乡和亲友呢？"他说，"然而，当祖国需要的时候，杨辉来了，把她的心血和汗水浇灌到伊犁的土地上，学说维吾尔话，像维吾尔姑娘一样地围着头巾，和我们打成一片。这才值得我们学习呢。我们也应该多多地关心和帮助她才对。"

"就是的呀？"雪林姑丽点点头，"最近我就发现了一个问题。公社和实验站食堂的馕都打得不好，不成样子。也许是因为吃饭的人太多了吧？而杨辉姐最喜欢吃新打的馕啦。米琪儿婉姐，今天来不及了，下次我回来，咱们给杨辉姐打一口袋馕吧，用牛奶和面，拿出咱们的手艺来……"

"那太好了，一定的！"米琪儿婉满面笑容地回答。

说着，笑着，包子包完了。锅里的水早已大开。小女儿醒了，米琪儿婉把她从摇床上解下来，抱起，把尿，喂奶。雪林姑丽打开开水锅，拿起挂在墙上的蒸箅——是一块打了许多小洞的圆镟铁片，抹上羊油，将包子码好，提起蒸箅两端的绳子，轻轻放在锅里，盖好，又用湿布把锅盖和四周的缝隙堵严。弄好了，雪林姑丽拿起棉衣："完成了，我走了。"

"走什么？一起吃嘛！"米琪儿婉和伊力哈穆同时挽留。

"噢，你怕艾拜杜拉回来找不着你吗？他会到这儿来的，你放心……"

于是，雪林姑丽不好意思再推辞了，她留下来，而且继续帮助清理做饭的现场。

半个小时以后，满室已经是诱人的甜美的南瓜香。揭开锅，橙红色的南瓜丁,透过薄得近乎透明的面皮发散着诱人的香味。米琪儿婉先捡出一大盘子放回蒸锅里保温,这是留给艾拜杜拉的。然后三个人——应该说是四个人了,小女儿已经醒来,嗅到了包子的香味,口水已经流出,兴奋地伸手抓着——开始吃饭。

有线广播喇叭开始播音了,响起了《东方红》乐曲,广播员用维、汉两种语言播音预报道:

"跃进公社广播站,现在开始晚间播音,今天晚上的播音,一共有三个内容。首先,由公社党委书记赵志恒同志讲话,然后转播新闻和文艺节目,最后教唱革命歌曲《大海航行靠舵手》。现在,就由赵志恒同志讲话。"

"赵书记要讲话了。"米琪儿婉告诉女儿,似乎女儿也懂得什么叫党委书记,她的乌黑的圆眼珠紧盯着装着广播喇叭的木匣子。

"社员同志们,你们好!"广播里传出了赵书记的熟悉的声音,人们似乎还能看到他那亲切质朴的面孔,"现在报告大家一个好消息:明天,我们盼望已久的社会主义教育工作队,就要到咱们公社来了……"

随着赵书记的讲话,社教工作队即将来到的喜讯像春风一样吹遍了公社的土地,吹到了公社社员的每一家温暖的房舍里,初次听到这个消息的人们都竖起了耳朵,充满了兴趣和期待。已经知道了这件事的人,也为赵书记正式宣布的欢欣鼓舞的声调而再一次感到庄重和激动。尤其是青年们,工作队的即将来临引起了他们的多少憧憬,又勾起了多少记忆!解放以来的历次运动中,来自自治区、州、县上级机关的各族男女干部,曾经给农村带来过多少新的道理、新的斗争和变化、新的鼓舞和推动,穿着朴素却又与农民总是有些不同的,带着自来水笔和笔记本,还有些是戴着眼镜和手表的干部们,那些有觉悟、懂道理、守纪律,态度和蔼,办事公道的干部们，他们讲什么事情都是那样合情合理，头头是道，简直能使木头脑袋开窍，他们又是那样威严认真，打击人民的敌人，决不留情，决不马虎。他们获得了农民的多少尊敬与亲近，不是父母们经常用"你看人家工作队的×××"作为开场白来教育自己的子女吗？不是许多房室的墙壁上悬挂着的镜框里都有工作队的同志的照片，并且主人总是以此为荣吗？不是许多家庭至今还保存着一九五一年原土改工作队队员的来信，或是他们写下的题词吗？现在，新的，规模大大超过以往任何一次运动的工作队，又将到来了。

赵书记的讲话完了。人们议论着，回想着，互相询问着。似乎都有点不满足，都想知道多一点有关工作队的事情，多做一些迎接工作干部的准备工作。就这样，等到伊力哈穆他们吃过饭以后，社员们陆陆续续，三三两两，你找我，我问你，越来越多的人来到了队长的家里。

等艾拜杜拉卸完车，从门上挂着锁子的家找到伊力哈穆这里来的时候，房里已经坐满了人。人们七嘴八舌地问着：

"明天来吗？几点钟到？"

"来多少人，多少男的，多少女的？"

"这么说，今年的肉孜节、春节、古尔邦节他们也会在农村和我们一起过了？"

米琪儿婉拿来了扣在锅里的南瓜包子，又给艾拜杜拉倒了茶。但是，艾拜杜拉没有吃几个，包子就被青年们瓜分光了，好在每个维吾尔人的家庭里馕都是要存贮一些的，他的肚子并没有感到危机。等他吃饱喝够了，伙伴们的喜讯也已经向他报告完毕了，他抹一抹嘴，告诉大家：

"我也给你们带来了好消息呢！"

"什么好消息？"

"明天晚上演电影。"

"你怎么知道的?"

"公社的电影放映员取来了片子,骑着马和我一路同行回来的。"

"什么片子?"

"一个是《英雄儿女》,一个是《夺印》,都是由新疆电影厂配音译制的维吾尔语片子!"

"亚夏!"年轻人欢呼了起来。

"我知道了,"伊明江有些炫耀自己的"分析能力","准是明天晚上开大会欢迎工作队的干部,会后,放映电影。"

"哦哦!你可真聪明!你成了先知,预言家!"

"不信,我们打赌!"

"你说,会后演电影,会前可能不可能跟咱们赛一场排球?"

"工作队可不像你们这些孩子。他们又不是来打球的!"达吾提铁匠被年轻人的七嘴八舌搅得与队长说不成话,他在给青年们泼点凉水。

"那可不一定!你们记得五九年整社时那个马组长吗?他还教给我们篮球上篮呢!"

"我希望多来一些女同志。"一个矮个子的女孩子说,不知为什么,还叹了一口气。

"帮助你们挑花做窗帘吗?"一个刻薄的男青年说。

"帮助我们把妇女工作搞起来,向轻视妇女的封建残余势力作斗争!"吐尔逊贝薇说,用手指着那个说话刻薄的男青年。

"最好来几个解放军。"艾拜杜拉说,"咱们民兵连的射击成绩一直不好。"

"我说孩子们,"达吾提说,"我该说什么呢?我说希望来几个铁匠,帮助我们多打几把砍土镘? 那像话吗? 工作队是来抓阶级斗争的!"

"我们懂! 我们懂!"青年人还不服气,"阶级斗争要抓,生产啦,体育啦,文娱活动啦,青年工作妇女工作啦,都要抓! 土改那年我们的文艺演出队还到县里巡回演出呢,现在的事总没有那么紧急吧? 阶级斗争又怎么样? 谁说的阶级斗争一抓就不能打球了?"

就在人们纷纷表达着自己的心愿,互相辩论,互相补充着的时候,热依穆副队长进来了,他说:"艾拜杜拉、伊明江,你们怎么都在这儿? 纸、墨、木片笔与毛笔都准备好了,快到办公室写标语去吧。"

"干脆把文具拿来在这儿写吧!"伊明江舍不得离开热热闹闹的队长的家,"这里又明亮又暖和,办公室里把人手冻得……"

"在这里写字,还可以在丫头们面前卖弄自己的本事……"那个口齿刻薄的青年说。

"这么说,你娶老婆是靠写字喽?"伊明江反击说。

笑声中,伊明江真去拿文具了,热依穆副队长问被青年人的喧嚣搞得插不上嘴的阿卜都热合曼:"房子的事您考虑得怎么样了? 和伊塔汗商量一下,能不能腾出一间来给工作队的同志们住? 还有做饭的事……"

"那还用问用商量吗?"

"到我们家去! 我们家房子大!"

"为什么不到我们家去? 我妈做饭最讲卫生了,洗几个洋芋就用半桶水……"

队长和副队长解释着关于住房的安排,这时,伊明江拿来了木片、毛笔、红绿纸和墨汁瓶。注意的中心又转到了写标语上,伊明江不太熟练地用毛笔写汉字和新文字的标语。艾拜杜拉写维吾尔老文字的标语。维吾尔老文字是用削薄了的木片蘸着墨汁写,木片是扁的,上粗下薄,保持一定的宽度,写的时候人们拿着粗的一头,木片在纸上移动,但绝不摇摆和旋转,始终和纸维持着"刚体"的一定的角度。维吾尔老文字的笔画是比较圆润的,遇到下行时,写出来比较粗,遇到上行特别是向右上方旋转的时候写出来就非常细,带棱带角,有时候,墨不十分饱了,木片刮下来,别具类似"飞白"的效果,这样的书法有一种特殊的艺术效果,仅仅看写出来的艺术字,人们会十分奇怪,怎么也猜不出它们是用木片写出来的。

现在,姑娘们裁纸,艾拜杜拉和伊明江写。

"瞧,这个弯拐得多么漂亮! 这不是字,简直是花朵!"

"你往前挤什么? 有本事你也写一条去嘛!"

"这儿还缺一点,别漏了!"

阿卜都热合曼坐在墙边,捋着胡须,对热依穆和达吾提说:

"从解放以来,哪一次工作干部没在我家住过? 我都有经验了。如果是汉族同志,先弄清他们是北方人还是南方人,如果是北方人,头一顿饭就给他们包饺子……"

"如果是南方人,就蒸干饭,但是,别忘了不要往干饭里放盐①。"达吾提想得更加细致。

"别忙,别忙! 如果是咱们维吾尔人呢,我头一顿饭给他们做抓饭。"

"如果是壮族呢?"不知谁问了一句。

"什么是壮族? 壮族在什么地方?"老汉有点慌乱了,忙叫着,"伊明江,我的孩子,快给我讲点壮族的事!"

"在我国西南部,有一个广西壮族自治区,"伊明江放下手里的

---

① 维吾尔人吃米饭一般在焖饭时即加上盐。

毛笔,挤开青年们,伸着脖子回答,"但是壮族人喜欢吃什么饭,我们可不知道。"他歪了歪头,表示遗憾。

大家哄笑起来。热依穆说:"如果是哈萨克或者蒙古族,那么热合曼哥家那两头羊肉,恐怕还不够吃呢。"

"没有关系,"达吾提说,"尼牙孜今天刚刚宰了一个肥牛,让他拿出半个子儿招待工作队的同志吧。"

"不行不行,"热合曼连连摆手,"尼牙孜的牛肉怕会发酸呢。心术不正的人种出哈密瓜来都会发苦!"大家笑得更厉害了。接着,老汉好像想起了什么。他说:"尼牙孜今天宰牛了吗?怪不得前几天一个大清早,我看见他套着马车,拉着一车麦尾子去巴扎。我当时很奇怪,他家里又有驴又有牛,难道饲草会有剩余吗?"

热合曼老汉的话引起了伊力哈穆的注意。然而,年轻人的一阵又一阵的哄笑打断了他的思路。他看着这些快活、开朗的年轻人,他们迎接工作队的到来就像迎接节日。原来,他还担心伊明江的情绪受他爸爸的影响呢,看,他不是说说笑笑地正在写"热烈欢迎社会主义教育工作队的同志们"吗?也许,他们还不了解当前的运动是一场多么严重的阶级斗争?这也可能有那么一点,他们将和成年、老年人一起上这阶级斗争的一课。但是,他们的情绪,这种可贵的乐观情绪,决不仅仅是由于天真,他们说笑中也包含着"收拾收拾那些坏人","一人一双眼睛,群众看得最清"这样的一些谈论;他们的开朗和畅快,正是说明了工作队是属于人民的。人们的呼吸脉搏与党派来的工作队是息息相通的。还有阿卜都热合曼他们,难道他们只是在研究饮食?伊力哈穆知道,热合曼从来不搞请客吃饭这一套,他要包饺子、做抓饭、焖不放盐的米饭,只是因为他把尚未见面的工作队干部当作自己的子弟。只有坚信革命事业的每一个重大步骤都将使我们生活得更加美好,更加进步,坚信自己在斗争中失去的只是锁链,而得到的是全世界的工人、贫下中农和一切要革命的人们,才会在严重的斗争面前发出这样的欢笑。让那些躲在阴暗角落里的坏家伙们恐惧、啜泣、丑态毕露去吧,让那些想入非非的蠢驴们玩火去吧。革命的人民将要敲锣打鼓、载歌载舞地迎接工作队的到来。迎接又一次伟大斗争的开始。

标语写完了,有线广播喇叭里开始教唱《大海航行靠舵手》,伊力哈穆说:"别走。我们一起学这个歌。"唱了一遍,吐尔逊贝薇建议说:"年轻人都站起来,大声唱!"又转身问,"米琪儿婉姐,会不会吵着您的小女儿?"

"不要紧,不要紧。让她从摇床里就多听一听革命的歌曲吧!"

> 大海航行靠舵手,
> 万物生长靠太阳……

一九六四年冬,"大海航行"的开阔、嘹亮的歌声在九百六十万平方公里锦绣河山的上空回旋。在这个距离北京、距离天安门和中南海八千多里路、时差两小时四十分钟的祖国最西面的一个小小的农村的一家小小的土房里回旋。歌词已经译成了维吾尔语,与曲谱配伍得十分恰当,年轻人唱得很卖力气。热合曼与达吾提也在努力学着,应和着。伊力哈穆与米琪儿婉先后站到了年轻人当中。热依穆副队长哼哼着,头随着节拍一点一点。小女儿醒了,她睁开眼,转动头,脸上出现了明快的笑容。声音越来越大了,窗玻璃震得嗡嗡作响,灯焰震得一跳一跳,像年轻人的火热的心。

小说人语:

你可还记得这首老旧的伴(集体)舞歌曲:当我们在一起/在一起/在一起/当我们在一起/其快乐无比/你对着我笑嘻嘻/我对着

你笑哈哈……

我们怀旧还因为那时我们更轻信、更自以为幸福、更强烈、更不知艰难、更荒唐、更愚痴、更百姓、更屌丝、更容易发烧、更活跃、更激情、更善良、更爱哭爱笑、更浪漫、更焦头烂额、更容易上当，一句话：那时候我们是多么年轻啊！那时候的中华人民共和国多么年轻……

工作队下乡，无论如何，这是一个本事，一个成功的经验。美国学者费正清博士曾经指出，国民政府的一大问题是他们离开城市中心，就失去了影响能力与掌控能力。历朝历代，能像共产党这样动辄把自己的政治意图贯彻到村村镇镇户户人人那里的，再无先例。

人民这样地欢迎工作队，如果工作队做得不完全符合人民的心愿与生活的规律呢？这又有多么沉重！

第三十六章 惊魂未定 大队长赏脸赴婚庆
广播忽响 半哈吉发狠割电线

　　麦素木右手抚胸,躬身深深地行了个礼。他伸出两手,右手在前,左手在后,手掌摊开,掌心向上,好像一个舞蹈的亮相,又像准备接受一件礼品。他用一种谄媚的、非常柔软而又动情的声音说:

　　"库图库扎尔大队长,库图库扎尔哥,我的生命的灵魂和灵魂的生命,我的比世上万物都更珍贵的朋友,我的尊敬的长者! 我相信您的慷慨大度的胸怀,将不会因为我的不适时的贸然到来而介意。如果您允许的话,我要向您说一句长久以来我想说而没有说的话。说吗不说吗我斟酌着、揣摸着、犹豫着。请问大队长哥,我可以说一说我的希望、我的心愿、我的请求吗? 我可以启齿吗?"

　　即使是微茫的雪光中,也可以看到麦素木说这些话时是怎样的眉飞色舞,他的眉头一抬一抬,他的眼珠一转一转,他的嘴角一撇一撇,他的鼻子一抽一抽。多么的诚恳而热烈!

　　库图库扎尔惊魂未定,一声也吭不出来。

　　麦素木收回两手,双手抓住了自己的胸口,就像要把心挖出来似的,他弓着背,仰着头,脖子一伸一伸地动情地继续说:

　　"请不要说不。我从早就打算敬请大驾光临寒舍斗室。只要小坐十二分钟:一十二分,不过是七百二十秒。友谊的谈喧,不仅是寂寞的、受煎熬的心灵的慰安,也是智慧和学识的源泉。然而,您的地位、您的威严、您的繁忙使鄙人空怀此愿而未敢相告。但是，与其说是明天、后天，不如说是今天，与其说是两个三个小时以后，不如说就是现在。现在，请问，就是现在，此刻此分此秒，您能不能迈起您的高贵的脚步，赏光驾临到鄙人简陋的餐单旁边？"

"什么？我，现在，去您的家？"库图库扎尔被麦素木的长篇致敬词赋搅得昏头昏脑，但是麦素木的声调和姿势使他略略安心了些。接着，他按照习惯和礼貌推辞说："谢谢，您请！"

"何谓谢谢？何说您请？是的，是的，"麦素木连连应声道，"我知道，我知道您的工作非常忙碌，在您的肚子里，装着整个的大队，就是马木提乡约和依卜拉欣伯克也没有管理过如此众多的土地和人口，您是我们的父亲。正因为如此，难道不应该让那些为工作而燃烧，为我们而煳焦的好人轻松一下吗？难道不应该用我们的真诚的、彬彬有礼的款待使您得到片刻的安宁和快乐吗？十二分钟的小坐将不会有些微的妨碍。只要十二分钟也就够了，多一分钟也不需要。但是我们又何必画地为牢，自我催逼，欲行又止，欲说还休呢？请您答应，请说'对'啊，啊，我的哥哥！"麦素木快要哭出来了。

"他到底要干什么？"库图库扎尔想。大队长已经镇定下来了，但是满腹狐疑，觉得难以判断。他支吾说：

"好吧，等一下我就去。"

"情况是这样的，"麦素木垂下手，低下头，像一个做了错事的孩子，他用一种卑怯的、粘连的声调说道，"我们乌兹别克人总是记下自己结婚的时日。今天，是我和古海丽巴侬举行婚礼的时日。今日，是我和古海丽巴侬举行婚礼的第十个周年。没有贵客的饮食，再好也如同干草。但是，我没有发现广请宾客有什么适宜，维吾尔人也并没有纪念婚礼周年的习惯。然而您不同，您是高贵的、文明的、见过世面的人,您是去过 CCCP① 进行官方访问的人,您又是到过北京见过伟大的毛泽东与周恩来的人。您是有头脑的人。如果您不去,可怜的女人将只能向隅而泣,悲伤得使她失去自己……"

什么什么什么?

"我?"

"是的,在这个大队,不,在这个公社、这个县、这个州里,我的妻子只尊敬您。当然,如果您认为还应该多请几个客人的话……"

"不必了。"库图库扎尔做了决定。笑话,他会面对一块餐单这样犹豫不决!这本身就只能使麦素木瞧不起。他理一理袖子、衣扣,尽力放开喉咙说:

"走!"

走在路上的时候,库图库扎尔已经打好了算盘。从麦素木落魄而来,他们一直是心照不宣,互相照应。他给麦素木的好处不算少,麦素木没有理由与他作对。下午的那一场对垒,是他自己挑起来的,没想到这个魔鬼却掌握了他的一些秘密。但是,他也有一张牌还没有打出来,那就是去年赛里木书记在这里时,麦素木写来的那封猖狂、恶毒的匿名信。他把那封信烧了,这是老谋深算的他办的一件大蠢事。然而,烧没烧麦素木是不知道的,有这封信,就足以说明麦素木外逃未遂后并没有老实,没有安分守己,而是到处伸手,居心叵测。只要麦素木胆敢再来讹诈,他就要扬言把信交到公社去。如果不呢?另当别论。现在请他去干什么?吃饭?他有嘴,有肚子。说话?他有耳朵,有脑子。干别的,恕不奉陪。他一定要警惕,慎重,把每一个汗毛孔变为眼睛,把每一根头发变为触

----

① CCCP,俄语"苏联"的缩写。

角,静看麦素木如何动作,静听麦素木如何言语,从中自能找上空子、辫子,变被动为主动。

麦素木紧紧追随着他,低着头、拱着肩、缩着颈,一副下属对上司的赔小心的样子,到家了,他急忙跑向前去。一只脚踏住了冲向前来的黑狗,伸手做出让客的姿势,说了声:

"请!"

随着麦素木的自我紧缩,一时间被压扁了的库图库扎尔似乎又渐渐膨胀起来。他迈步走上台阶,步子越迈越大,穿过做饭与睡觉用的气味混合的外间,走进待客用的宽大的呼吸顺畅的正室。一进正室,他先停在门口,摊开手如捧物状念念有词地小声诵读经文,同时从眼角打量了一下室内的陈设布置。地上寸土不露地铺了三大张棕黑底色、面上印有鲜艳的大红大绿的图案的花毡子。房屋正中央摆着一个低低的圆桌,桌上铺着织花的桌布。桌布上摆着两个高脚橙色玻璃托盘。托盘里摆着方糖、小点心、杏干、沙枣等甜食。桌子的里手,铺着厚厚的天蓝色缎面褥子。这是一副隆重的待客的样子,它使库图库扎尔得到了一点满足。当踏进一间为了招待您、侍候您而专门布置好了的房间的时候,不论是贵人还是恶棍,总会有一些愉快感的吧? 在麦素木的礼让下,库图库扎尔当仁不让地坐到了柔软的蓝缎褥子上边。

"请随意坐。请伸开腿休息。"麦素木说着,又搬来几个大大的白白的鸭绒枕头,高高地垫在库图库扎尔的腰后,然后,他自己正襟跪坐在客人的斜对面。

古海丽巴侬右手提着白铜壶走了进来,这种壶壶身细高,轮廓曲弯,很像一个花瓶,壶嘴也细长弯曲,主要是用来洗手净身的。古海丽巴侬的左手拿着一个铜盆,铜盆上倒扣着一个全身都是筛子孔的锡瓮,是专门为了接洗手、洗脸水用的,有了那个翻放着的锡瓮,洗手水落进去看不到脏水,这也是一种掩饰和遮盖的美学。

　　尽管是冬天,尽管火是在外屋,因而这间正室有点凉,古海丽巴侬穿得可不多。她身上是一件粉色的薄薄的接近透明的绸纱连衣裙,上身穿着一件紫色的、胸前织着两朵小黄菊花的毛线衣,连衣裙下露出了从大腿直到脚面的长袜子,脚上穿的是一双暗红的、半高勒的带拉锁的长靴。她的脸上抹了脂粉,黑“美人”今天变成了白脸黑脖子。她迈着细碎的步子走到库图库扎尔跟前侍候客人洗手。库图库扎尔嗅到一股刺鼻的香气。古海丽用眼睛瞟着宾客,像羞答答的少女似的从齿缝里用蚊子般的声音说了声“亚克西”来回答宾客的周到多礼的问候。然后,她走入外间,端来了一个大大的上面也画着图案的黑漆方盘,方盘上放着两个精致的小瓷碗,每个碗里倒了一碗底的茶水,古海丽巴侬用双手把茶盘高举,库图库扎尔连忙伸手来取,古海丽却轻轻一闪,把茶盘伸向自己的丈夫。茶水也罢,其他食品也罢,先由丈夫取下,再由丈夫献给宾客,不知道是为了表示隆重还是以示男女授受不亲,反正这种多费一套手续的做法,正是一种老式的礼节。

　　麦素木给客人献了茶,又给自己取了一碗,然后用三个手指从玻璃托盘上一下抓起四块方糖,一股脑儿放到库图库扎尔的茶碗里,递上一个小小的铜茶匙,伸手道:“请用茶!”

　　古海丽巴侬退出去了,外间里响起了锅、勺的响声,飘进了生菜籽油的辛辣的芥子气味。

　　库图库扎尔并不谦让。他端起碗来啜了一口,两眼自然忙于四下巡视。墙边摆着的长条桌上,各种物品好像儿童的积木玩具,五颜六色,拥塞堆砌。中间是几本厚皮的精装书,用彩绸带子系起来。显然,这书也只是装饰用的。书上是一个大瓷盘子立靠在墙上,盘底的一朵大牡丹花正对着客人的视线。瓷盘的两边各立放着四枚用过失效的白象牌电池。书的前面是四只带着红色双喜字的玻璃杯,杯口向外,平卧在桌子上,好像是瞄准了客人的四尊大炮炮口,书的两旁,亦即条桌的两端,是用各种各样的空瓶、空罐、空盒堆起来的金字塔装饰"建筑"。其中包括:装擦脸用杏仁蜜的细腰扁瓶,双妹牌雪花膏的硬纸盒,黑褐色的麦精鱼肝油瓶,乐口福麦乳精铁听,金奖香皂的包装纸,马头牌调和漆的锡罐,饭馆里用的胡椒粉瓷罐,不似乒乓球胜似乒乓球的羚翘解毒丸蜡皮……而作为金字塔塔尖的,各是一个盛花露水的细小的瓶子。各种瓶罐的商标,都完整如新地保持了下来,用它们的烫金字、花纹、五颜六色的图案,卖弄着本室主人生活的富裕和文明。

离条案不远,放着一张旧式铁床,墙壁上代替壁毡的位置的是一块黄地、黑色铜钱图案的花布。床上铺着一块绿色毛毡,床头两端各摆着一个大枕头,枕头是把下面的两个角塞进去,而把上面的两个角拔尖,立着放在床上的,看来像两件摆设乃至是两个蹲卧的野兽。床栏上搭着一条崭新的毛哔叽裤子。墙角放着一个扇形的木几,木几上放着一盏大号的红铜制作的煤油灯,油灯的光辉正好照亮了这一角墙壁上面的、分别用图钉按在两边的、排列成花瓣形的一批照片。

……库图库扎尔真想站起来走到近前细细地观看一下这些瓶罐和照片,然而他知道,静坐的客人是更受尊敬的,举动越少,是地位越高的标志。他只好按捺住好奇心端坐在缎面褥子上,他一面喝着甜得烧嘴的茶,一面左顾右盼,一面想,毕竟是当过科长的人喽,尽管听说他六二年图谋赴苏的时候把家产变卖一空,现在又添置得颇具规模了。毕竟是有文化的,见过世面的一家。拿他自己的家来说,就是挣上更多的钱也不会布置摆设。他那个经常无病也呻吟不止的胖老婆帕夏汗,你给她多少钱、多少东西,她也不会把房间布置成个文明人的样子。他一回家,就不免感到自己即将被房间里的多余的吃食和乱堆乱放的衣物所吞噬。比较一下,你不能不服气,他看着昏暗的灯光下的条案上的两座金字塔,感到说不出的陶醉、羡慕而又嫉妒。

麦素木好像看出了他的心思,他伸手在脸边一拂:"这个房子也能算是房子吗? 容身而已。假如早几年我们能够相识……呜呀!"他深深地、遗憾地叹了口气,然后不管对方懂不懂,他用汉语说道:"我们是相见恨晚!"

"没有剩下什么了……"他好像想起了什么,端起了自己的碗壁上有鲜艳的红花图案的小茶碗,"您看这个。"他敲着茶碗底。

库图库扎尔看不见。麦素木端来了煤油灯,茶碗底下是依稀可辨的、残缺不全的几个俄文字母。

"瞧这茶碗,这是塔什干的出品。真正的塔什干货。"麦素木放下茶碗,又站起身来,走到条案边,蹲下,打开一个木箱,拿了一卷绸子,"您看这绸子。您看这颜色,这花,这结实劲儿,套上四头犍牛也拉不断……这是真正阿拉木图的出品。是木拉托夫送给我的……"这位生在中国,生在瓷器和丝绸的发源地的麦素木说,一提起塔什干和阿拉木图,他几乎掉下了口水……

木拉托夫这个名字的提起,使库图库扎尔突然又遭雷击,他的脸色陡地变了。

麦素木却是毫无别意的样子,这时,古海丽巴侬又端着漆木方盘进来了,方盘上放着一瓷盘果冻一样的东西。

"这是'哈尔瓦',是我们乌兹别克人最喜爱的一种甜食,做起来很简单,用面粉、砂糖、羊油就行,我们没有羊油了,用的菜籽油,请尝一尝……其实,我何必饶舌呢,您什么没有吃过? 嘿嘿……"

说完,麦素木又离开了桌子,从床底下摸索了一阵子,拿来一个留声机,转身问道:"您老要不要听一支歌曲?"

歌声慢慢响了起来,是库图库扎尔所熟悉的乌兹别克斯坦的唱片。唱片旧了,唱针又没有换,留声机的机头的云母片嘶哑地颤动着,发出一种沙沙的噪音,一个失真很厉害的尖厉的女声在婉转地唱着。这声音使库图库扎尔回忆起解放前小贩生涯里用婉转的声调吆喝出的对酥糖和冰水的叫卖。一丝软弱的、伤感的情绪开始打动他。

突然,一阵威严的声响打乱了这一切,压倒了这一切。一阵恐怖使库图库扎尔发起抖来,不知道发生了什么事情……几秒钟之后,他才明白,是有线广播喇叭响了,公社广播站开始播音。麦素木跳了起来,站在喇叭下面仓皇不安,像一只烫了脚的小鸡。他试图用棉衣罩住喇叭,但喇叭的声音仍然响亮。他想把电线拉断,结果,一拉,喇叭连同保护扬声器的木匣一同落了下来,电线仍然没有断,喇叭里赵书记正在讲社会主义社会的阶级斗争。麦素木一发狠,掏出小刀割断了线,喇叭不响了,但留声机上的唱片已经放完,机头正在空转,发出一种用锉子锉铁矿石的令人痉挛的声音。麦素木抱歉地向库图库扎尔一笑,重新放唱片。结果,发条又松了,刚唱了一句,就像一个泄了气的轮胎一样渐渐停下来,尖厉的女声渐渐变成了虎啸一样的低音……

怎么回事,仍然有公社赵书记讲话的声音传到屋里来。麦素木生气地到处探寻,这才知道是从新生活大队的高音喇叭中放出来的。这是他无法罩住也无法割断的了……

古海丽巴侬端来了一盘用红青椒和洋葱炒的羊肉片。"我们要不要多多少少地……"麦素木用右手拇指和食指做了一个环形,放到嘴边,一仰脖子。

"不。"库图库扎尔的回答是冷淡的,没有任何余地。

"要不,您是否能允许我自己喝一小杯呢?"麦素木扭捏地说。

"那您自己看着办。"喝酒的提议引起了库图库扎尔的警惕和反感。

麦素木拿来了整瓶的伊犁大曲和一只酒杯,他用牙齿咬开瓶盖,咕嘟咕嘟给自己满满地倒了一杯,略带愧色地看了一眼库图库扎尔,端起酒杯。

"为了健康!"他叫道,喝下了酒,"古海丽巴侬,请到这里来,到这里来呀!"他用一种温柔多情的声音叫着妻子。

古海丽巴侬懒洋洋地蹙着眉走了进来。

"你是怎么了?变成哑人了吗?看啊,大队长哥、我们的老爷子到咱们家来了,他是为了祝贺我们结婚十周年而在百忙千忙之中专门抽时间到这里来的。本来他今晚还要主持一个重要的会议。这是多么大的面子!从前,一个百户长,天底下就装不下了,其实,百户长不过管一百户罢了,大队长管多少户呢?你想想看,这样的客人光临,难道我们梦见过吗?唉,我的女人!你不是白天黑夜都纠缠着我请大队长来做客吗?现在,他来了,你为什么不说话呢?"

"我正做饭呢。"古海丽巴侬垂头低声说。

"做饭?如果胡大有意,这世上我们有的是饭吃。饭食是有的!煮肉是有的!爆炒的香味也是有的!会有很多很多……你难道不知道,如果没有热情而优美的谈吐,任何佳肴也会味同嚼蜡啊!"

"你们在谈话嘛。"

"我们?我们是我们,你是你,难道你不知道,女主人的面孔将决定客人的心绪吗?还不快给你库图库扎尔哥斟酒!"

古海丽巴侬不情愿地挪步走了过来,跪坐下,倒了一杯酒,推给了麦素木。但这回他男人却拒绝接过去。麦素木命令说：

"你自己给大队长哥拿去！"

酒杯摆在了库图库扎尔跟前。麦素木又叫住了起身欲走的古海丽巴侬："去，弹起你的都塔尔，给我们唱一支歌。"

"你疯了吗？"古海丽巴侬轻轻地说。她发出的是女低音的最高调的细嗓儿。

"如果说我疯了，那就是疯了吧！我为我们尊贵的客人，那吸引着我们的心的可信赖的挚友的到来而快乐地发了疯。啊，这是多么快乐的疯狂，多么满足的激情啊，请问：人生能有几次狂？能有此疯复何憾？能有此欢复何求？弹吧，唱吧，不听话我挖下你的眼珠！"

古海丽巴侬怯怯地仰视着麦素木，像一只恐惧的羔羊。然后，她慢慢蹭到床前，取下了都塔尔，慢条斯理地调了调弦。库图库扎尔眼睛睁大了，心跳了。四十多年的生活里，他还没见过丈夫让老婆给客人弹弦唱歌。他的心怦怦作响起来。

古海丽半闭上眼睛，左手上下移动，按着琴弦，右手有力地五指俱用地拂动。在一个长长的前奏之后，古海丽唱道：

　　　我的心儿在燃烧，
　　　像穿在铁扦上的烤肉……

低低的，似男非女的声音使库图库扎尔联想起春天的夜晚被关在房里的母猫的叫声。他完全解除了武装，一杯酒不知不觉就被喝下去了。

　　　自从与你分手，
　　　我便这样消瘦……

又一杯酒传到了库图库扎尔的手里。酒倒到了嘴里，配合着

都塔尔弦的叮咚声和古海丽巴侬的歌儿,麦素木说了一句:

"赖提甫回来了……"

库图库扎尔的头轰的一声。

> 我终夜不眠,
>
> 饮食也难入口……

"请不要忘记木拉托夫的嘱托。"

又是轰的一声。

> 你的眼睛像骆驼羔儿,
>
> 啊,还有你白白的素手……

"为了马木提的在天之灵……"

> 可为什么你不回答呀,
>
> 难道你的心是石头?

"今后,遇事您要多和我商量,我们的命运已经联结在一起。"

> 我的心儿在燃烧,
>
> 像穿在扦子上的烤肉……

于是乎为了友谊干杯,进甜食,歌唱烧焦了的心。为了健康,又是干杯。国际国内形势都将发生变化,狂笑。又结束了一盘番茄牛肉。猫叫,骆驼羔儿一样的眼睛。今后听从麦素木的指挥。"我再也不能喝了。""最后一杯,最后的最后。""古海丽巴侬,到这边来!"又是猫叫和烧煳了的心和肝。饭熟了,是油煎的金黄的羊肉馅饼。又是菜,方块糖。无花果干。又是干杯,似男非女的歌声,金字塔在空中飞旋……

库图库扎尔又惊,又喜,又怕,又甜蜜,又充满希望,又完全绝望,脚踏两只船的左右逢源的日子从此结束了,他已经被捆绑到了颠覆和侵略势力的战车上。他将升入天堂?他将坠入地狱?当他跟跟跄跄地走在回家的路上的时候,他一再问自己,这一切是真实的吗,抑或只不过是一场光怪陆离的梦?

小说人语:

　　当麦素木沉浸在自己的辞令中,噌的一个灵感,他凭空捏造,讲起了并不存在的库图库扎尔访苏与去北京的光辉事迹来,这是语言本身的延伸与飞翔,库图库扎尔甚至爱听这种虚拟的、胡说八道的长空万里。

　　好人是有所不为有所不言、不取的,坏人则是满汉全席。所以好人也有时爱看描写到了坏坏坏人的小说。

第三十七章　新生活里　陈旧思想害人不浅
　　　　　　煤油灯下　先锋战士学习正酣

　　众人陆陆续续告辞，大队党支部委员、铁匠达吾提起身的时候向伊力哈穆招了一下手。伊力哈穆随他走到院子里，达吾提小声说：

　　"方才我到你这儿来的时候，远远看见一个人影站在大队长家门口，后来才看清，是麦素木。大队长出来，和麦素木说了一些话，最后他们一同往新生活大队方向，多半是往麦素木家走去了。"

　　伊力哈穆哦了一声。他想起了下午里希提提出的有关库图库扎尔和麦素木的关系的问题。

　　"我看，到了算总账的时候了，"达吾提激动地说，"这些年，特别是最近两年，我算是把库图库扎尔看透了。咱们大队的病根，就在他身上。现在又多了一个半拉子哈吉，科长麦素木。至于尼牙孜、高鞋皮鞋，不过是几个跳梁小丑。看来，他们的活动很频繁。库图库扎尔并不好对付，你早就看透他了，但是你抓不住他，他反过来还可以抓住你。伊力哈穆兄弟，不敢大意呀！"

　　下弦月已经升上了中天，寒风刺痛了脸庞。伊力哈穆拉了拉棉衣，他说：

　　"您说得很对。明天咱们都早起一点，不等天亮，就去里希提书记家，咱们一起和他合计合计吧，怎么样？"

　　"好的。"达吾提点点头，去了。

　　伊力哈穆回到室内，还有一位客人没有走，他就是伊明江。他拉一拉露出了一绺头发的羊皮"三块瓦"帽子，眨动着眼睛，有些抱歉又有些迟疑地说：

"要不，我今晚就睡在这里吧，可以吗？"

"行，行，天晚了，你家又远。"米琪儿婉首先表示了欢迎，"要不要再吃点菜？"

"谢谢，您请。"伊明江谢绝了。

米琪儿婉打扫干净了木床，铺上专门为留宿的客人准备的被褥。伊力哈穆看了看有着鸡啄米的图案装饰的闹钟，是新疆时间十点。伊明江收拾着已经叠好、原本已经不需要再收拾的标语，不想睡觉。伊力哈穆看出了他欲语又止的样子，便主动说：

"今天中午，你爸爸找我谈了。"

"怎么谈的？"伊明江的目光里显露了烦乱。

"不让你当干部。说是让我们把你留给他。"

伊明江用手摸了摸前额，做了一个表示遗憾和无可奈何的动作。他说："我给你们说说我家里的事吧，话很多，你们听吗？"

"当然。"伊力哈穆点点头。

米琪儿婉见他们先不睡，便扛来一口袋苞米棒子，拿来一个木盆，说了句"明天该上水磨了"。伊力哈穆和伊明江马上自觉地凑了过去，一次次地拿出两个棒子互相摩擦着脱粒，饱满的玉米粒跳跃着落到木盆里，玉米芯整齐地堆在一边。就这样，一边干活，伊明江一边讲述道：

"您看，你们都知道我爸爸是怎样地疼爱我。小时候，他给我做过多少玩具啊！用一块砖磨圆，拿它当小碌碡，我把它套在猫身上做轧场的游戏。用牛皮拧成小皮鞭，我骑在小羊身上，把鞭子耍得炸响。用铁做的小炉子，冬天，我当真在里面点上煤块，生上火，带到外面烤手呢……我常想，我爸爸是世界上最好的人，我长大了该怎样报答他呢？反正我决不做一件他不顺心的事。你们都知道，我爸从来都是小心翼翼的，他生气的时候除了掉眼泪就只会自己打自己。但是，小时候有一次我在驴厩里玩，被驴子碰倒在地上，我躺在地上不起，哇哇地哭了起来。其实我没有摔坏，因为撒娇才不起的。我爸一见，他气成了那个样子，我真害怕，他抄起砍土镘照着驴头就砸，当天晚上驴就死了……瞧我说到哪里去了？"

"老实人的肚里长犄角——越是老实人脾气越大！"伊力哈穆笑了。

"我的爸爸叫我的时候总说什么'我的独苗儿''我的命根子'，就像没有我姐姐似的。听我妈说，生我姐姐的时候，我们家的绵羊正在下羔，我爸问了接生婆，听说生了个丫头，便只顾羊羔，却不肯进屋看女儿……"

"真糟糕！"米琪儿婉摇摇头。

"就是这样，爱弥拉克孜姐姐被马木提的狗咬了，他不及时带着她去医院，最后只好把手割掉了……"

"爱弥拉克孜是个多么好、多么要强的人！"米琪儿婉喟然叹息。

"还是先说我吧，"伊明江继续说，"我在小学，功课是最好的，毕业考试，语文是九十五，数学是一百。但是，我爸不让我上县城或者州上上中学，不让我离开他身边。"说到这儿，伊明江委屈地歪了歪脑袋，沉默了一下，"他倒让我姐上了卫生学校。我爸和我妈说，随她去吧，她就一只手，在家也干不了多少活，再说，早晚也是人家的人……可他现在对让我姐上学也后悔了……"

米琪儿婉和爱弥拉克孜是老相识了，如今，爱弥拉克孜又在米琪儿婉的娘家——新生活大队医疗站工作，所以，一提到爱弥拉克孜，她就忍不住插嘴说：

"说是一只手，可爱弥拉克孜有多么能干啊，比别人的两只手还能做活儿！连拉面都会做。

"她在新生活大队，工作又是那样好，对谁都是和和气气。农村的老婆子不会说自己的病情，你问她哪儿不舒服，她一会儿指指胸儿，一会儿又指指肚子，在大医院里，她们经常受到医生的白眼。可爱弥拉克孜不是这样，她关心每一个病人，她听完每一个病人的诉说，让每一个人都满意。"

伊力哈穆看了妻子一眼，温柔的眼光里包含着一种提醒："你插嘴太多了吧？"

于是，伊明江又拉回了话题："对我可就是另一回事了。我爸爸说，如果我上了很多学，当了干部住在城里，那家里的园子留给哪一个？他常常诉说，园子里有多少蒙派斯，多少阿普尔特①，杏子都是甜核，葡萄有马奶子和黑大粒②。一公斤可以卖好几角钱，当然啦，还种着大蒜和辣椒，种着全伊犁最好的玫瑰，养着奶牛、羊、鸡和两只肥鹅。他最高兴最得意的是，我们的园子周围没有邻居，不用担心旁人的鸡闯入我们的院落啄食蒜苗，也不会为了争水而和邻居吵嘴。小学毕业的时候，爸爸跟我说："你就是上了大学，当了县长，也挣不上这么好的一个园子！"

三个人都笑了起来。伊力哈穆问："你喜欢你们家的园子吗？"

"我越来越恨我爸爸的园子了，它就是我的枷锁、我的牢笼，"伊明江脸红了，他的声音有些发颤，"就是为了这个该死的园子，不许我上中学。我那时还小，不懂得斗争。我看到同学们去上中学的时候，我整整哭了一天，一天没有吃饭，那时候我就想，将来等我

---

① 苹果名称。
② 葡萄名称。

长大了,我就学开拖拉机、推土机,我要把这个园子推平、犁掉……当然,我认为只有上中学才有前途,也不对。后来,在你们的帮助下,在团支部的帮助下,我高高兴兴地回队参加了生产……可是从今年以来,又出了新的麻烦……"

"什么新麻烦?"

"今年夏天,我爸爸开始打土坯,每天早、晚,都拉着我和他一起和泥、挖土。我当了保管员,一早一晚都得守着库房才行,我没有时间去打土坯,爸爸就生气……"

"打那么多土坯,盖新房吗?"

"说是盖起房来给我成家。"伊明江低下了头。

"你才十九岁呀,急什么?"伊力哈穆一笑。

伊明江急忙分辩:"简直讨嫌!我不也是这样说的吗?可是我爸爸已经是全力准备,他已经准备了两根檩子、十几根椽子,做好了四个枕头、两床被子,还买下了什么毛料衣服、茶碗饭碗……"

"跟谁成亲?"

"就是没有这个'谁'!他的思想嘛,有了东西,人是方便的。就这样,他要挖土,我要去收拾农具,他早不愿意我当干部了。正在这个时候,又传来了什么社教运动专整干部,整的哪个会计上了吊的消息,更把他吓坏了。今天中午,他非逼着我马上辞职不可。我说,我是共青团员。他说,管他什么团不团,反正你是阿西穆你爸爸的儿子,把我都气哭了。伊力哈穆哥,米琪儿婉姐,我爸爸的思想为什么是这样啊?他从来很少与旁人争论,他尤其绝不接受任何人说服……"

"那也不一定吧,譬如说六二年……"伊力哈穆含笑提起了六二年刷一半墙的事。

"噢,也可能。反正他没听过我的意见,他对我的疼爱,越来越成为我身上的绳索，我手腕上的镣铐，我前进道上的障碍。我一想起他那个哭丧着的脸，就像咽进一块胶皮……他逼得我姐姐已经没办法回家来了。爱弥拉克孜姐跟我不一样。如果她说了'不'，那么任何人也休想勉强她。前些日子来了一个人，谁知道是帕夏汗大妈的什么亲戚，那人已经四十多岁了，三个孩子，他老婆死了。帕夏汗大妈把他介绍了来，他送给我们家许多东西，什么东方呢啦、伊拉克蜜枣啦之类的。他还答应当我们盖房的时候给我们搞到松木板、玻璃和油漆……我爸一心要姐姐嫁给他。上星期天，我姐回来了，爸一说姐姐就拒绝了，结果我爸爸愤怒地自己把自己打了一顿。我妈哭了起来。爱弥拉克孜姐连已经拌好的面条也没吃，天已经大黑她还是离家走了……为什么，为什么我的爸爸要这样呢？既折磨我们，又折磨他自己。"

三个人都叹了一口气。伊力哈穆说："这些旧思想、旧习惯、旧意识就是这样害人呢。"

米琪儿婉说："阿西穆大伯人是不错的，就是这里，"她指一指头部，"太陈旧了。"

"有些人就专门利用他这种旧思想，我看那些找他说什么社教专整干部的人就是别有用心！你可以把我的这个话告诉他。"伊力哈穆说。

玉米棒子搓完了，米琪儿婉收拾着玉米粒和玉米骨，对伊明江说："不早了，请休息吧！"

伊明江慢慢地站了起来，伸了个懒腰。伊力哈穆用商量和询问的眼光看着伊明江，问道："你真的住在这儿吗？"

"怎么？"米琪儿婉和伊明江都惊奇地看着他。

伊力哈穆也站了起来，他拉着伊明江的手坐在床头，恳切地说："依我看，你还是回家去吧。中午刚吵过，晚上不回去，阿西穆大伯会不放心的。"

"这个……"

"不回去,只能使你们的距离越来越远,你要慢慢地给他讲道理,做些说服工作。"

"我可说服不了他,"伊明江苦笑着直摇头,"他什么都有一套看法,看起来老实,其实最固执,要改变他的思想比在磨盘上钻孔还难呢!"

"也不一定吧?"伊力哈穆不赞同地说,"解放以来,阿西穆伯不是跟着共产党一直走到社会主义来了吗?他勤勉、善于劳动又奉公守法。刚才你说了,就说打土坯吧,也是起早睡晚,利用工余时间。是那个小小的、孤零零的园子遮住了他的眼睛。是咱们维吾尔人的封建落后迷信的一套又一套的旧传统、旧风俗、旧思想害了他,你怎么能一不高兴就不回家了呢?那不等于在旧思想面前打了败仗逃跑了吗?当然,不只是你一个人帮助他。还有党,有公社,有四清工作队,有我们大家,他总会慢慢明白的。我们对于很多事情和很多道理,也不是一下子就弄通的。你说是吗?还是回去吧,夜深了,我送你一程……"

"送什么?最多给我一根防狗的木棒。那就……再见!"伊明江依依不舍地看了看米琪儿婉早就给他铺好的干干净净的被褥,屋子暖暖和和,一钻进去,就会舒舒服服地打起鼾来的。可想起爸爸确实也不放心,人生里的麻烦事何其多啊,到什么时候,能够让所有的孩子和青年都能有个满意的爸爸,再没有人为爸爸而苦恼而叹息呢?

"真不像话,"伊明江走了以后,米琪儿婉对送客回来的伊力哈穆嘟嘟囔囔,她正俯身在摇床上给女儿喂奶,"哪见过轰走客人的主人啊,都半夜了!"

"生活里有许多比礼节更重要的东西。不是这样吗？"伊力哈穆沉思着，微笑着，像是在回答米琪儿婉，又像是在自言自语。

夜深了。米琪儿婉和孩子都已经睡熟。在四周的安静中，各种声响听来更加清晰了。有妻女的均匀而亲近的呼吸声，有钟表的平稳的却又是催促人的嘀嗒响，小羊发出缓慢而诱人的嚼草声。夜行的汽车的轮子如雷鸣一样地轰轰而过，震得房屋和地面都在颤抖，这在白天本来是感觉不到的。即使在这深夜的宁静和日常的细微的声响里，伊力哈穆仍然深切地感到了那永无静止的、强有力的、忙碌而又甜蜜的战斗生活的脉搏。他睁一睁眼睛，给油灯添满煤油，放在了低矮的小方桌上。他拿出并打开了毛主席的书和从里希提书记那里借来的有关社会主义教育的文件，盘腿坐到了桌边。

这是每天最严肃，最激动，最幸福的时刻。多年以来，伊力哈穆养成了这个习惯，经过一天的奔波、劳累、会议、谈话，种种的事务和交道，他利用睡前的这一段宝贵的时间，静下心来细细地领会和咀嚼马克思列宁主义、毛泽东思想的道理，回味着这一天的，或者不限于当天的见闻和经历。他每每从革命导师的教导中，找到了自己的、千百万共产党员和贫下中农的愿望和道路；从本村本队五花八门的、具体的工作和社会现象中，领悟到毛主席的书和中央文件所讲的博大精深的道理。每逢这样的时刻，把脚下的土地和北京连接起来，把小方桌上的煤油灯和中南海的真理的明灯联系起来，把自己的那颗真诚的、火热的心和革命事业的宏图大略连贯起来的时候，他就感到离毛主席是这样近，好像主席来到了这个小屋，就在他的身边。他感到的是这样地迸发出了移山倒海的力量，并且获得了只有掌握了革命真理的人才能具有的光明阔大的心境,充满了只有无产阶级的先锋战士才能有的信念和自豪,而且他,一个普普通通的生活在遥远的边疆的生产队长竟变得这样聪明,这样登高望远,历史、现实和前景,都像阳光照耀下的绿洲一样历历在目。

这是最严肃、最激动、最幸福的事情,是解放以后数亿中国人民每天都要认真做的一件大事,是旧中国和国外从来没有的一件规模最大的盛举,这个盛举的名称就叫做"学习"。通过一天又一天,一次又一次的学习,伊力哈穆获得了从未有过的知识和眼界。生产力与生产关系,剥削与压迫,阶级斗争,革命就是解放生产力。社会主义、共产主义,财富像浪潮一样地涌出,你需要什么就将得到什么。劳动成为最大的光荣和快乐。一大二公,万国一统,万民一家,万众一心。城乡、脑体、工农的差别从此消失。私有财产与阶级、政党与国家从此消失。全世界无产者团结起来。要把人间变成天堂。

…………

阶级斗争、生产斗争和科学实验,是建设社会主义强大国家的三项伟大革命运动,是使共产党人免除官僚主义、避免修正主义和教条主义,永远立于不败之地的确实保证,是使无产阶级能够和广大劳动群众联合起来,实行民主专政的可靠保证。不然的话,让地、富、反、坏、牛鬼蛇神一齐跑了出来,而我们的干部则不闻不问,有许多人甚至敌我不分,互相勾结,被敌人腐蚀侵袭,分化瓦解,拉出去,打进来,许多工人、农民和积极分子也被敌人软硬兼施,照此办理,那就不要很多时间,少则几年、十几年,多则几十年,就不可避免地要出现全国性的反革命复辟,马列主义的党就一定会变成修正主义的党,变成法西斯党,整个中国就要改变颜色了。

　　像震天撼地的雷霆，像洞幽烛微的火炬，像锐不可当的解剖刀，又像点滴滋润的春雨，遍扫大地的劲风。它怎样地照耀着、滋养着、激荡着、满足着共产党员伊力哈穆那对于革命真理永远饥渴、永远追求的心！

　　他反复地阅读着，思索着，联想着许多的人和事，大而至于六二年的五月事件，小而至于尼牙孜的牛、伊明江的家庭纠纷。勤劳智慧，乐观热情，淳朴顽强的维吾尔民族与维吾尔人民，几千年来，被封建迷信、愚昧落后、狭隘自私这些旧社会的负担压成了什么样子，折磨到了何等境地；近百年来，又有多少中国和外国的野心家、阴谋家和冒险家……利用新疆的复杂状况，利用新疆的民族矛盾、阶级矛盾、国内矛盾、国际矛盾来为自己的狼子野心开路！多少男儿求解放争自由的斗争，被亵渎、被利用、被骗取了去！只有在新中国成立以后，在兄弟的汉族人民的亲切帮助之下，历史悠久、色彩绚烂的维吾尔民族和维吾尔人民才彻底改变了自己被奴役、被榨取、被愚弄的悲惨命运，并且正在摆脱着落后的、不文明的状态，进入了飞跃发展的社会主义新时期，亲手创造着社会主义的新生活和新风尚，幸福的鸟儿如今才真正地栖留在维吾尔人的额头！

　　但是，为了使维吾尔族成为真正充分发展的社会主义民族，还需要做许多工作，走许多道路。旧社会的沉重负担，留下了不知多少简直是灾难性的影响。库图库扎尔，不正是这样一种灾难的化身吗？不正是毛主席所说的拉出去打进来的代表吗？伊力哈穆还不知道他是如何被拉出去或打进来的，但是，已经可以肯定，他在为谁效劳。他随手往火炉里添了几个刚刚剥出来的玉米骨，已经疲倦了的煤火立刻燃起熊熊的火焰，发出了呼呼的风声。

　　在烈火的呼呼声中，伊力哈穆大声读道：

　　"千万不要忘记阶级斗争。"

　　"阶级斗争,一抓就灵。"

　　真理是锐利的。真理也是质朴的。毛主席的锐利而质朴的语言,照亮了这间小小的房子。

　　明天,社教工作队的同志们就要到来了。他伊力哈穆,将要在党的领导下开始向阶级敌人开始一个新的决定性的战役。明天开始,将要集中地、系统地、细致深入地揭开这里的阶级斗争盖子,各种谜底都要揭晓,各种阴暗角落里的鬼蜮行径都要拿出来晒太阳,三大革命运动将要全面开展,人民的觉悟将要大大提高,社会主义的农村将要更加繁荣,我们的党将更加伟大、光荣、纯洁和朝气蓬勃。

　　明天啊,新的战斗的、光辉的、大有希望的明天啊!原来,已经是"明天"了。不断啄食的"母鸡",已经把时针早就推过了午夜十二点。伊力哈穆推开门,走到寒冷的夜雾里。弯弯的月牙已经走到了西天,星星警觉地眨着眼。院门前路边的白杨树,一排排高大的身影好像深夜护卫着村庄的哨兵。从遥远的天边,传来了一种隐隐约约的、低沉的虎啸一样的声音,大概是起风了吧?是的,这里的树枝也开始抖颤了。扑棱,扑棱,是窝架上的雄鸡扇动了翅子,它要叫头遍了:

　　"喔——"发出了一声昂扬清亮的啼叫。

小说人语:

　　毛主席在延安的时候提的是生产斗争与阶级斗争两样,到二十世纪六十年代,他提出了加上科学实验的"三大革命运动",这里有含蓄的对于失败的总路线、大跃进、人民公社"三面红旗"的总结,客观上是对于《实践论》上的关于感性认识如何发展到理性认识的一个重要补充。可惜的是,最后还是不无勉强地仅仅落实到阶级斗争上。是的，感性认识是不会因为数量的积累而飞跃成理性认识的，科学实验，是一个由感而理的桥梁，另一个桥梁是严格的逻辑推导与数学计算。当我们回顾那个年代的学习高潮的时候，我们也痛惜我们还太缺乏科学精神与实证精神。以哲学治国与以诗治国一样，还是太一厢情愿啊。

第三十八章　同志将至　热合曼一早刷房屋
　　　　　　灵感忽来　伊塔汗满口说汉语

　　像解放后伊犁地区的其他居民一样,对于阿卜都热合曼,粉刷房屋是他们最喜爱的一项家务劳动了。每年刷两次或者至少一次房屋,这是风俗,是制度,也是享受,是文明和休息。因为他们热爱社会主义的新生活,粉刷过的、洁白的或者多数是淡蓝色的墙壁,更能从中显示出生活的明亮、清洁和美好。也因为他们热情好客,而暗淡的房屋、污浊的环境、肮脏的院落都将是主人的可耻的失礼。所以,当热合曼在头一天晚上把四清工作队的同志即将到来(他毫不怀疑工作同志将在他家下榻)的喜讯告诉了老伴伊塔汗以后,这个低矮的、撅着美丽的花白胡须的老汉和他的虽然满脸纹褶,却依然保持着少女一样的身材的匀称和挺直的老伴,做出的"关于迎接社教工作队的几项决定"中的第一项便是,第二天一早刷房。

　　阿卜都热合曼起了个大早,那时,不过刚能模模糊糊地看到小窗洞外的微光。他喜气洋洋地又是性急地嚷嚷着,叫醒了、催促着还睁不开眼睛的伊塔汗和十三岁的孙子塔西。当伊塔汗在晨曦中挤牛奶和准备茶食,塔西挑水和扫院子的当儿,热合曼已经独自把两间正房和一间耳房里的差不多所有的东西搬运到了室外。茶好了,伊塔汗招呼热合曼吃东西。这时,老汉正兴冲冲地在雪地上抖毡子去尘。维吾尔人的生活方式是室内除了炉灶和灶前烧火的一点地方以外全铺上席子,席子上铺上毡子(有钱人就是地毯了),一切活动包括吃饭、睡觉、谈话都在毡子上进行,毡子起着桌椅板凳和床铺的作用。一般人家虽都有条案和个把单人床,主要是为了放东西用的。有炕桌,可以在炕桌上进食,也可以把放餐食餐具用的布单直接铺在毡子上用饭。做饭也是在毡子上进行的,把一块土造大布制作的苏普尔——擀面单展开铺在毡子上,这块大布便起着面案的作用。揉制馕饼、馒头是在这块苏普尔上。擀面皮也是在这块苏普尔上,只需用一个窄窄的木板做面板,留出擀面杖擀动的一点余地,换轴或者擀好以后,就把面皮在这块苏普尔上张开。做完饭,把苏普尔一包,连同剩余的干面粉、酵面等,全都包在苏普尔里。这么多活动都在毡子上,但是人们在毡子上除去睡眠以外不论搞什么都不脱掉鞋靴,包括招待客人时铺在毡子上的绸缎面子的褥子,客人踩在上面或坐在上面的时候,也是穿着靴鞋的。有些汉族同志不了解这一点,生怕踩脏了人家的毡子褥子,进到维吾尔人家里连忙脱鞋,往往弄巧成拙。其实,维吾尔人对你鞋上的尘沙远远不像对你露出脚袜、散发出某种气味那样反感。

作者常常放下正在发展的情节而搞些民俗学的夹注,艺术的得失自可商榷,但它决非自然主义的琐屑。维吾尔是一个民族,有它独特的生活方式。这种独特性往往主要并不表现为某种奇闻或连篇累牍的谚语,而贯穿于它的全部的、每日每时的生活,是这个民族的历史、地理条件、生产水平的表现,并影响着这个民族的心理和文化。以毡子为例,它反映了当地当时条件下简朴、舒适因而是最合理的生活方式,它保留着汉族古代席地而坐,"割席"绝交的生活某些特点,并与现代的日本与朝鲜的"榻榻米"堪可匹配。维吾尔人的好客也表现在他们的毡子的作用上。做客要坐在毡子上,坐在毡子上也就能够方便地吃饭直至睡觉了。也就是说,做客而不吃饭、不过夜是无法想象能够通过的。客人和主人,男女老幼,大家都睡在一条毡子上,这就不发生床铺不够的问题,以及如此这般艾来白来的联想和启示等等。

现在回到热合曼和他的毡子上来吧。

平时,毡子吸饱了主人和客人靴鞋上的尘土,隔一段时期,靠抖毡子去尘,这当然是一件很不轻松的工作。毡子很大,四米多长,三米宽,当然也很重。热合曼摆出一副搏斗的姿势,他两腿劈开,腰背前倾,两臂伸张,抓住毡子的两个角,用力上下抖动,掀起了羊毛毡子的波浪,霎时间毡子好像也获得了生命,用自己的强劲的振动摇撼着,扯拽着老汉的身躯和臂膀,刺激着,挑逗着老汉使出更大的气力。而随着老汉的加力,毡子在热合曼的心目中变成了传说中的妖龙,它也加倍躁怒地发起威风来,冲腾着,拉扯着,似乎在向人挑战,要把人摔倒,同时还吐出了弥天盖地的,呛人的尘土。老汉来劲儿了,脸红了,他更加勇猛和奋不顾身地展开了同妖龙的搏斗,终于,摸到了妖龙的脾气,手臂的起落渐渐与毡子的振频合拍,妖龙似乎开始认输了、驯服了,按照人的意志而起伏舞动,尘烟也越来越稀薄、消散了。最后,打干净了的毡子,这被制服的妖龙垂头丧气地耷拉在雪上,再服服帖帖地被卷折在热合曼的脚下。热合曼老汉以一种得胜的姿态和庆功的情绪拍打着自己身上、脸上、眉毛和胡须上、帽子上的尘土。这时,他才听见了伊塔汗或许是第十一次的召唤:

"喝茶了!"

小小的方桌摆在因为撤去了毡子而露出了苇席和用牛粪和泥抹得光光的土地上。热合曼坐在里手,塔西坐在对面,伊塔汗靠着炉灶坐在一侧。桌子已经破旧,四角包着铁皮。由于四条腿不在一个平面上,为了放稳还在一条腿下垫了一个木片。桌子是土改时分得的果实,至今阿卜都热合曼舍不得丢掉它。桌面上放着一个比一个手鼓还要大的白面馕,白面馕上放着几块掰开了的,掺和着香甜橙红的南瓜丝的玉米粉馕块。在桌子与锅台上的一个崭新的、乳黄色的搪瓷罐里,飘着油珠和朵朵白云一样的奶皮子的奶茶,正冒出热腾腾的香气。伊塔汗抓起一把盐,放在葫芦瓢里,再把瓢放在茶水里绕着圈搅动着。然后,她拿起三个一色的画有蓝草和樱桃图饰的又大又厚又重的细瓷碗,按照年龄顺序,依次给热合曼和塔西倒茶。热合曼是一家之主,他的茶盛得最满,奶皮子也最多。其次是小孙子。至于她自己,谦逊地放在最后,虽然很可能她喝得最多。这是饮茶、早点,也是这个家庭的例行的提问、讨论、学习和上课的时刻。阿卜都热合曼已经六十有余,但是他旺盛的求知欲,他的对于新鲜事物的兴趣和追求,究根究底地去弄清和掌握这些事物的急迫愿望,确实超过了许多年轻人。由于在旧社会,他没有可能求学,他贮存了、积压了不知多少问题在肚里。而今新社会的日新月异的变化,在无比地打开了他的眼界的同时又提出了那么多新的课题。所以,每次喝茶的时候他都有问不完的问题要提出来请求讲解,寻找答案。如果桌边没有更有学问的人,小孙子塔西便是他的常任教师。从越南的战事到巴拿马运河和美国黑人的斗争,从秋天树叶子为什么变黄到塑料制品的原料,从飞机为什么能在天上飞到世界各洲、各国和各民族的概况,包括时事、政治、天文、地理、哲学、经济,他都要问。五八年州党校一位政治经济学的讲师在这里搞社会调查,在热合曼家吃饭,热合曼提出了那么多关于货币、流通、供求关系的问题,讲师开始只作一些浮皮潦草的、应付差事式的解说,紧接着老汉又提出一些新的疑难,不但说明他完全理解了讲师的解说,而且说明了他考虑问题是如何深刻,他往往一下抓住要害,讲师大为惊叹,当他知道老汉不识字后就更加佩服,回党校后他曾建议党委点名调阿卜都热合曼去理论教员训练班学习,只是因为热合曼确实年岁太大了才没成为事实。

还有一次塔西在饭桌旁说:"今天老师给我们开始讲语法了。""什么叫语法?"热合曼连忙问道。"就是一句话分主语、谓语和宾语。"塔西答。热合曼马上下令塔西在餐桌边给他讲了一节四十五分钟的语法课。"说话还有学问哩,真有意思。"老汉听得津津有味。伊塔汗埋怨茶凉了,埋怨老汉耽误了割草。老汉挥手说:"别唠叨了! 再唠叨,就要拿你当宾语,拿打当谓语了。"

当然,这只是一次语法造句。事实上,四十年来,热合曼最喜欢举拳头,却从来没有向伊塔汗哪怕是戳过一根指头。

这个早晨,伴随着喝茶的课程科目,被阿卜都热合曼规定为:"汉语。"

阿卜都热合曼一面把馕掰碎泡到茶里,一面说道:

"社教工作队的同志就要来了。有几个同志要住在咱们家里,其中,少不了有汉族同志。过去咱们会说的那几句汉话:好吗? 吃饭。坐下。来。谢谢。太不够用了。听见了吗,老婆子? 现在,让塔西再教咱们几句。塔西,当汉族同志初来咱们家,有些拘束,有些害羞,给他端上饭他又不好意思吃的时候,我们应该说些什么呢?"

"应该说不——要——客——气!"

"什么? 包——克——卡?"

"'不、要、客气',"塔西重复着,"就是别拘束,像在自己家一样的意思。"

"很好! 好样的!"老汉满意地称赞着。

于是,一顿茶在"不要客气"的诵读中度过。拿起筷子是"不要客气",端起碗来是"不要客气",甚至咀嚼的时候的口形动作也是

"不要客气"。老汉自己努力念着，并且时时监督着伊塔汗。老汉很快记住了，但是身材灵活、脑筋却略嫌迟慢的伊塔汗却总是说不对。本来，伊塔汗有一个习惯，甚至可以说是嗜好，喝完奶茶后把剩在罐底的叶子和茶梗放在嘴里没完没了地咀嚼，有时要嚼一小时或者更久。既品味着奶茶的余香，又洁净牙齿，还是一种面部和口腔的运动，舒筋活血。但是今天，由于她读得不好，在热合曼愤怒的目光的威逼之下，为了念好"不要客气"，在收拾碗筷以后，她只好硬起心肠，眼巴巴地把那么多可喜诱人的叶子和茶梗倒掉了。

吃饱了，塔西提着书包去上学，伊塔汗口中念念有词地刷碗，老汉提了一篮子生石灰块，咣当乒乓，倒在镔铁制的洗衣盆里。哗啦，一桶水倾倒在上面。噼噼啪啪，石灰块开始爆裂了，炸响了，水上漂起了一朵朵白花，每一朵花上的每一个花瓣，又分别绽开了，分裂成了一朵朵小花。一会儿百花齐放，大花和小花推移着、扩展着、分解着和组合着。噗噜噗噜，灰水沸腾了，冒泡了，传出了一片嘈杂，溅出了浆点了。尽管热合曼是无数次干这个事了，但是他仍然像孩子似的好奇而喜爱地欣赏着这幅火爆兴旺的小小画面，流连不舍。一块块冰冷的石灰块里，竟蕴藏着那么多的热烈和力量。这始终使老汉赞叹倾心。

石灰水平静下来了，变成了白白的乳浆。热合曼用火钳把混在石灰里的不溶的石块拣了出来，又拿来一袋牧羊牌靛蓝染料和一把粗盐，放到灰浆里，灰浆立时呈现出不均匀的蓝黑色，然后，开始用木棒搅拌起来。

伊塔汗已经做好了准备。袖子挽得高高的，头发用白纱布紧紧包起，扎上了围裙，换上了胶鞋。她把灰浆盆搬到了屋里，用长柄的马鬃刷蘸一蘸灰浆，甩一甩多余的水珠，熟练地从门旁开始刷起来。她持刷的角度恰当，用力均匀，速度有定，自上而下，一下子

642

刷到底,刷两次蘸一次浆。热合曼看了看,刷出的墙无懈可击,老太婆的架势驾轻就熟、游刃有余,而又专心致志,根本不理会他的存在。

我这个老太婆刷房子的技巧确实超过了伊宁市那些以刷房而著名的俄罗斯族女人,这不是一件简单的事,不信你试试,刷出来硬是横一道子竖一道子,让人看了头都要炸开。热合曼满意而又惭愧地悄悄退出去了。

他走到院里,开始拍打、扫拭和洗刷家里的什物,这所有的东西:镶着喷了金粉的细木条花饰的精致的木箱,刷了一层蓝油漆的床,黑条桌和两把橘黄色的椅子,以及四季长红的绣球盆花,装粮食用的麻袋,水桶和油桶,茶罐和盐罐,暖水瓶和洗手壶,特别是他们最喜爱的分特大、大、中、小四个号的,每号十二个同种花色的瓷碗,都是他们解放以后,特别是公社化以后添置的。瓷器,是农民最喜爱的东西,不仅具有不同的实用价值,而且具有欣赏和礼宾仪仗的功用。这四十八个瓷碗正是勤劳的主人的幸福生活的标志。这样,每当热合曼摆弄自家现时的这些家当的时候,他都充满了深情和喜悦。看啊,他唱起来了……

门吱的一声推开了,进来的是伊力哈穆。他腰上束着一根绳子,把棉袄扎得紧紧的,手里拿着一把铁锨还有一根长长的木棒。问好以后,他说:

"你们起得好早哟,这么大工程都进行上了。"

"迎接工作队嘛,"热合曼得意地仰着头,"您呢? 您也不是刚刚起床吧?"

"我才走了一趟公社卫生院,"伊力哈穆告诉热合曼说,"里希提书记夜间又咳了两次血,我和达吾提本来要找他商量事情的,一见他那情形,连忙把他送到卫生院。听说他的病情不轻,还要往伊宁市送呢！"

"他只知道为了大伙儿操劳，又不爱护自己……等会儿去看看他。"热合曼叹息着。

"把刨子借我用一下吧，"伊力哈穆拿起了木棒，"我要刨个锨把子。"

热合曼拿过了伊力哈穆的铁锨，看了看说："这把子不是很好吗？"

"不是我用。我给泰外库削一根。他挖土把锨把子折断了。"

"好，来，干脆我给您刨吧。"

于是，热合曼拿来了刨子，伊力哈穆搬来了木匠专用的、一端钉着用米卡材料的木块的大板凳，热合曼接过木棒，在手里掂了一下："真沉呀！"

"这是青冈木。还是春天，我一次从供销社买了五根。您需要吗？"

"队长！您回来两年了，连双皮靴都舍不得买，可买起工具来从来不心疼钱。可有的人，新靴新帽，供销社一卖酒他就不要命地往前挤，可家里连个像样的砍土镘也没有，干活的时候全靠和旁人借工具，这样的人难道能够算农民吗？这样的人难道也可以吃馕吗？"

"您这里指谁呢？"

热合曼没有答话。他气呼呼地平端起木棒，眯着眼端详了一下，放到木凳上，唰，唰，唰，开始拉动了（不是推）刨子，刨子发出一种尖细而又时起时伏的相当婉转的声音，刨花一卷卷曲折飞扬了起来。刨了两下，热合曼拿起刨子，用小锤子敲打着刨刀，调整着进刀的深浅，这才说：

"还有谁？我说的是尼牙孜泡克呗。您没见过他那把砍土镘吗？真该拿出来展览。真不知道他从哪来找来那么一小块烂铁片子。连塔西和伊塔汗用的砍土镘都比他的大得多！"

"您大概不知道，他还有一把大的砍土镘吧？大砍土镘是干私活的时候用的。"

"对了对了，是这样的。真丢人。"

伊力哈穆一笑。"我正要问您呢，昨天晚上您说到看见尼牙孜往伊宁市拉麦尾子，这是什么时候的事？怎么个情形？"

热合曼停止了手里的操作，疑问地看着伊力哈穆。伊力哈穆便把头一天在大队部发生的事情说了一遍。

"这个浑蛋！"热合曼气得满脸通红，声音也提高了许多，"怨这个怨那个，说了归齐还是怨我，错就错在我身上了！"

"怎么是错在您身上？"伊力哈穆没听懂。

"您还不知道吗？十四年前，减租反霸工作队率领着咱们这些受苦人打开了马木提大肚子的仓库。我分到了小麦、稻谷、油菜籽……一天我下地回来，伊塔汗的抓饭已经做得，这是我们俩成家以来第一次在家做这么多的抓饭呀！我一看就急了。'怎么是吃抓饭？''庆贺咱们翻身呀，不好吗？'她还挺会说呢。'抓饭当然好吃。你应该早点告诉我，我去请几个客人来嘛。再好的饭，就我们四个人吃有什么兴味呢！''那你快去请吧，现在也来得及嘛！'什么来得及？我怨叨着，走出家门。我想，谁要在这个时候经过我家的门口，也就是说抓饭该有他的一份——不知道这种请客的方法现在的青年人是不是接受得了。结果呢？道路那边来了一男一女。男人的眼睛又红又肿，身上长着癞疮，毡靴烂得没有了底，脚冻坏了，走路一跛一拐。女人的棉衣只剩了一只袖子是整的，到处都露着棉花，脸上的尘垢都快把鼻子埋起来了。我可没嫌弃他们。都是穷人，都是穆斯林嘛！按照民间故事里讲的，越是这样的人，越有来历，越应该尊敬呢。我当即把胡大安排来的这两位贵客请到了家里，使伊塔汗大为惊奇。当然，我的客人受到了很好的招待，抓饭喂饱了他们的肚子。问起来，他们说是从南疆来的，到这里投奔一个亲戚，结果亲戚搬迁走了，下落不明，他们现在是乞食度日。我给他们讲，现在解放了，穷苦人翻身了，不该再乱跑乞食，应该在一个地方待下来，好好搞生产，他们点头称是，我把他们留了下来。这两个人就是尼牙孜和库瓦汗。"

这一段故事，伊力哈穆是知道的。他还知道阿卜都热合曼后来是怎样竭尽全力帮助这个素昧平生的吃抓饭的客人。尼牙孜没有土地，说是上巴扎上打零工，晚上就住在热合曼家里。他每天早出晚归，经常给热合曼带一些小礼物：小刀、烟荷包、手绢……大多是旧物。开始，热合曼没有理会，后来才发现，这位客人是个"扬楚克契——摸口袋者"。热合曼与尼牙孜进行了一次严肃的谈话，尼牙孜答应从此洗手。热合曼又帮助他调剂了土地，还给他找了一间房子。他们搬了进去，一年以后库瓦汗生下了第一个孩子。但是，尼牙孜对于他的"恩人"的报答却是怒目横眉，视如寇仇，还到处散播，说是他住在热合曼家时曾经"借给"老汉五十元钱至今未收回。热合曼听到后气坏了，找他当众质问，他却厚颜地哈哈大笑，说热合曼怎么会不懂得维吾尔人是多么喜好开玩笑，怎么会这样"受不了"。而一个维吾尔人不会开玩笑，或者是受不了旁人开玩笑，将是如何呆板可厌，将如何难以存活……合作化以来，一个为了捍卫集体利益不受侵犯，一个挖空心思损公肥私，这两个人更成了势不两立的冤家对头。

看到热合曼在真诚地引咎自责，伊力哈穆说："也不能这样说。您当时帮助他还是对的，应该互相帮助啊！"

"帮助谁？一个小偷、无赖、寄生虫吗？说实在的，你们对他的情况调查了没有？我就想象不出来，一个解放前受剥削受苦的人，一个只在公社才能过上安定温饱的生活的人，却对社会主义、对人民公社抱那样的态度！"

伊力哈穆点点头，里希提恢复了大队支部书记的职务以后，他们曾要求公社发函外调过尼牙孜的历史，但没有得到答复。这些情况不好向老汉讲。他说："社会主义教育工作队不是要来了吗？在这次运动中要建立农村的阶级档案，要重新组织阶级队伍，要清政治、清经济、清思想、清组织。包括尼牙孜在内的许多人和许多事都会在这次运动中搞清楚的。您放心吧。可上次拉麦尾子到底是怎么回事呀？"

已经低下头拉刨子的热合曼又抬了一下头。为自己扯开了话题而抱歉地一笑，然后一边刨着木头一边说："大概有四五天了吧？对，那是个星期天，就是爱弥拉克孜和她爸爸怄气的那天……"

"爱弥拉克孜的事您也知道了吗？"

"为什么不知道？那天晚上爱弥拉克孜哭哭啼啼走过我的家门口，我问清了是怎么回事，想留她在我家住一夜，她没有答应。我还想找个时间去劝劝阿西穆阿洪呢。"

"那太好了。"

"好。这个再说。那天早晨，我和平常一样起得很早。天还没大亮，我去渠沟里把泡着的麻秆抱了出来，准备剥麻皮做绳子。正好看见尼牙孜泡克赶着驴车走过来。"

"尼牙孜哪儿来的车？"

"车是麦素木的。"

"车是麦素木的？您看清了吗？"

"那还有错！今年夏天大队加工厂的木匠给他打的架子，是凭大队长的牌牌子锯的柳树，原来说是基建用材料，后来却给麦素木打了车。为这事，社员们还有意见呢。驴是尼牙孜的瘦驴，车是麦素木的新车。车帮上插着树条子，加高边围，麦尾子装得又高又满，真够那条驴受的。我知道他烦我，但是我爱管闲事的脾气是改不了的，我问：'尼扎洪，这么早把麦尾子拉到什么地方去啊？'他支支吾吾说是给伊宁市一个亲戚送去。我当时就觉得奇怪，他伊宁市哪里来的什么亲戚之人？他家里有驴有牛，他又懒，秋天没见他打过多少草，难道还有多余的饲料送人？到春天他用什么喂牲口呢？现在看来就更稀奇了，难道他早就知道他的牛要病了……"

"看来，牛没有什么病吧？"伊力哈穆闷声说。

"牛没有什么病，没有病，"阿卜都热合曼自言自语地重复着、思索着，他恍然大悟，放下了手里的活，愤愤地叫道，"这个浑蛋！原来是这样！还以为别人看不出呢！这种小算盘和鬼把戏又有什么新鲜！还想反咬一口找队里的麻烦呢！让他抡起砍土镘去砍自己的脚吧……"

热合曼把自己的分析告诉了伊力哈穆，伊力哈穆完全同意。

"现在关键是把他的牛的情况弄清楚。谁宰的牛？"热合曼说。

"泰外库……"

"对，找泰外库打听清楚，我们揭露他！"

"不忙，要揭出尼牙孜背后的人。热合曼哥，还有个事，您刚才说到阿西穆哥，我也正想建议您去一趟……"他把伊明江的事说了一下，"您年纪大些，也许说了话他信服一些。"

"信服不信服那就不好说了，"热合曼摇了摇头，"这位老伙计，不声不吭，还真有一点顽固劲儿。让他信服个什么事，是很不容易的。他有一个喜爱的理论，饭吃到肚子里，也还不算吃了饭。"

"怎么讲？"

"您没听他说过吗？三个人一起吃馄饨，第一个人祷告说，盼望胡大恩准我吃下这个馄饨。第二个人撺起一个馄饨说，胡大准不准我也要吃下这个馄饨，结果馄饨烫了嘴，吐到了地上。第三个人不说话，把馄饨咽到了肚里，夸口说，这下子胡大管不了我的馄饨了，结果他肚子里闹蛔虫，把馄饨呕吐了出来……总之，什么事情只有在办完以后才算数，才能相信。这样的话，他能相信谁的话呢？"

"他能相信谁的话吗？他不相信好话，却相信坏话！他听见说一个会计上了吊，他就相信了，不但信了，而且还怕得要命！"

"这是因为，他相信又一个理论，凡是不害怕的人都要受到真主的惩罚，胡大只喜爱那些忠顺的子民……不要和您说这些了吧，我们这些上了年纪的人，从小不知听了多少艾来白来、样模样子的教训、故事、格言、规定……如果你对这一切都信以为真，不敢背离半步，你就变成了个大好人，却也是一个张开了嘴就不敢再闭上的人；你就再也接受不进一丝一毫新东西，只知道胆战心惊、浑浑噩噩……铁锨把子完成了，交给泰外库，让他再找个碗碴子刮它个光溜溜滑溜溜吧……当然，阿西穆阿洪那里我会去的……"

太阳升高了。经过黎明前的一阵大风，天空显得格外明净。冬季的好天气给人的感觉比夏季的雨后似乎还要温暖。伊力哈穆多么想更多地和热合曼老汉谈论一会儿啊，这个老汉对于新思想的吸收和对于旧事物的了解都是同样的多，对于社会主义事业的热忱和对于一切腐朽的、丑恶的东西的憎恶，都是同样的强烈。和这样的人谈话永远是有益处的，不会疲倦的。但是，他必须走了——请读者原谅这种说法的偏激吧：我总觉得农村的生产队长和国家的外交部长，在忙碌的程度上很可能并没有多少差别。看啊，正像他来的时候是小跑着赶来的一样，现在，他道过再见以后，又是小跑着走了，踩着路上的薄冰，发出吱吱的声响。

伊力哈穆走了以后，老汉忽然想起了什么，他跑到屋里。老太婆正在刷最后的棱棱角角，门洞窗洞。几面墙上的灰浆正在陆续干燥，初刷上去的水蓝色变浅了，变鲜了，呈现出比纯白柔和，比天蓝爽目的轻匀怡远的淡蓝——白色，房子里弥漫着石灰水的代表着清洁和爽快的香味。热合曼喊道：

"喂，老婆子，还记得吗？那句话怎么说？"

正在专心致志地刷顶角的伊塔汗被这突如其来的大喝吓得一激灵。

"你说什么呀？吓我一跳！"

"我问你那句话？"

"什么这句话那句话的？别捣乱，我正在刷房，你没有看见吗？"

"什么？正在刷房就不能学汉语了吗？刷房的时候不能学，锄草的时候不能学，做饭打馕挤奶洗衣的时候都不能学，你以为公社管委会正在做计划好把你保送到乌鲁木齐上汉语专修班去吗？"

"斯大！① 你怎么了？"伊塔汗被他纠缠不过。但是确实抱歉的是，那句话早已忘到伊犁河里去了。老太婆急中生智，便略略耍了一个滑头，含含糊糊地说：

"谁不知道？不就是那个什么包拉契克吗？"

"什么？你说什么包了契拉卜？"偏偏这位汉语教师严格认真，一丝不苟，对于弄虚作假的坏学生决不迁就，他气得胡须也哆嗦起来，"你再说一遍，秃骆驼！"他走过去，抓住了那把正在蘸灰浆的刷子。

———————

① 这是表示遗憾、惊叹的一组短语的简称。

"我……忘了。"老太婆只有负疚地承认了。

"我告诉你,是不、要、客、气,看你要是再忘记!"热合曼举起了拳头。

"知道了,知道了!"老太婆连连点头,而且,不知道这时从哪里来的一阵灵感,她满腔信心,满口行云流水,她融会贯通,巧为运用,从必然王国进入了自由王国,她狡猾地、自负地、信心十足甚至是得意扬扬地说:

"老头子,听我的吧!"她骄傲地向老头一瞥,大声说道,"等工作同志来了,我会说:'我吗,你们妈妈。他吗,你们大大。同志吗,我们巴郎①。你们吗,客气没有!'"

鬼知道这个老太婆从哪里学了这么多,还成龙配套呢!难道不比我热合曼强吗?老汉惊异地睁大了眼睛,又羡慕,又嫉妒,又佩服:看来,五十年前,胡大给了我一个多么智慧而又服从调教的好媳妇啊!

小说人语:

远在成为书稿以前,小说人一九七二年试写的就是粉刷居室。道也罢,禅也罢,妄也罢,魔也罢,都在日常生活直至屙屎屙尿之中。

往事依稀,往事依然,往事依依。伊犁八年,我与芳一起粉刷过多少次房屋的内墙啊。大约在春季,那生石灰泡浆的芳香,那刚刷上去水蓝与渐渐变白的过程,那趁机大张旗鼓地清理清扫清洁搬运与淘汰更新、使住家面貌一新的快乐,已经久违了。

况且加上了一道光环:迎接社会主义教育工作队!

---

① 即孩子。

第三十九章　风轻月淡　泰外库雄风惩恶劣
意雅情深　爱弥拉丽质见高洁

　　自从泰外库和雪林姑丽离婚,把自己的房屋供给庄子上的小学班用以后,他一直住在大队的前理发室。这间前理发室,就位于公路与目前正在施工改线的大渠交叉在桥边的一角,没有院落,还没有园子,只是一间孤零零的房子面对着夏季流水奔腾,冬季杳无声息的干渠和汽车、马车、自行车不断,尘土飞扬的大路。这间房子经常是挂着一个锁的,有些外队的、过路的人至今不知道里面已经住上了人。

　　很长时间了,伊力哈穆没有顾上到他这儿来。昨天在水渠工地上,泰外库的情绪使他不安,泰外库是多么需要他的关心和帮助呀!随着走近泰外库的房门,他的心情渐渐由沉重变得沉稳和宽慰了。门上没有锁。房顶的烟囱正冒着浓烟。这么说,这位伙计在家呢。只要在家,哪怕是三言五语也可以做到推心置腹。伊力哈穆有信心地、砰地推开了门。

　　伊力哈穆一怔,在烟气弥漫的房子里,除了泰外库以外,还有一个人,一个女子。

　　一进门伊力哈穆就看见了那蹲在灶前、拨拉着柴火的姑娘的后影了。围在头上的、遮住了整个肩背的、驼色的绒毛大围巾;深灰底色、带着嫩绿色的细方格的粗线呢外衣;耷拉到地上的紫色条绒的连衣裙……泰外库坐在床上,痴呆而又慌乱。他机械地和伊力哈穆握手问好。

火噗的一声烧着了,姑娘站起身来,转过头。伊力哈穆看到了那轮廓分明、肌肉紧凑、颧骨略高、肤色微黑的脸,那深邃的眼睛和好像削出来的端正的、大而有力的鼻子。这是一张舞蹈演员的或者体操运动员的面孔,这也是一张端庄而骄傲的面孔。她就是爱弥拉克孜。

"爱弥拉克孜姑娘①,这是您吗?您在吗?好久不见了啊!"

"伊力哈穆哥,您好,还能不在吗?瞧,我来了噢。我们大队的链霉素用完了。公社卫生院里库存的还多,电话里院长答应调给我们一些。今天,我来取药的,顺便把泰外库借给我用的手电筒还给他。"爱弥拉克孜向伊力哈穆简练地,却又是多余地说明着。

"您没有回家吗?"

"今天怕没有时间了。"爱弥拉克孜的眼睛凄苦地一眨,眼角上显示了细细的鱼尾纹,很快又恢复了她那种独有的既和蔼又冷淡的表情。她向泰外库说:

"您不应该一气添那么多柴。堵住了烟道,还怎么烧得起来呢?那么,它现在烧得正好,再见,泰外库哥,谢谢您借给我的电筒。再见,伊力哈穆哥,时间到来的时候②,请您到我们那儿去玩。"说完,爱弥拉克孜扶一扶头巾,转过身去。说话的时候,她的那只没有手掌的左手一直插在上衣兜里,更显出一种高傲的神情。她走了,一会儿依然可以听到她那轻盈而又麻利的脚步声。

"怎么连一声再见也不说,也不送送你的客人啊!"伊力哈穆提醒着。

泰外库迷惑地看了伊力哈穆一眼,答非所问地说:"这个房子

① 克孜即姑娘之意,但爱弥拉克孜里的克孜,已成为她名字的一部分。
② 在这一段和本书其他地方,有许多对话取自维吾尔语的直译,以便读者更多地了解维吾尔人的语言逻辑、感情和心理。

里的烟太大了,又乱……"

伊力哈穆看了看四周。作为一间单身汉的住房,泰外库料理得还是过得去的。水桶上盖着盖,面粉口袋拧着口,清油和醋瓶子挂在墙上,茶罐和盐罐放在壁橱里。各就各位。只是地好像刚扫了一半,扫把倒在干净和尘垢的分界线上。

伊力哈穆把铁锨把子递给了泰外库:"给。再找个碗碴子刮刮,用起来就顺手了。"

"那好。昨天上午去木匠房开票,还没买上。"泰外库接过了锨把子,放在一边,仍然坐着不动。

"你还没有吃早茶吧?"伊力哈穆问。

"啊,这就,这就。"

伊力哈穆笑了笑,熟悉地从悬挂在房梁上的、放东西的木板上取下一个大搪瓷缸子,从壁橱的茶罐子里抓了一把茶叶放到了缸子里。泰外库这才起身走来,接过缸子。伊力哈穆打开灶上的锅盖,里面的不多的水已经开了。泰外库拿起葫芦瓢从锅里舀起了一瓢水,倒向茶缸里。他心不在焉,倒得太多了,还没有沉下去的茶叶随着水溢到了外面,落到了地上,伊力哈穆喊叫了一声他才停下来,顺手把瓢里的剩水泼到了门旁。

泰外库把缸子放在灶口前,两眼盯着爱弥拉克孜给烧起来的炽热的火。

"你什么时候借给她手电了?"伊力哈穆随口问。

"谁?她吗?是上个星期天。夜晚。路上有两个流氓跟她捣乱。"

"她现在情绪好了吗?"

"情绪?谁的情绪?我哪里知道?"

"真是个出色的姑娘。"

"……"

"昨天,是你给尼牙孜宰的牛吗?"

"没有,什么,是的。库瓦汗叫我去宰的。"

"他的牛有病吗?"

"牛有病?我哪里知道?有我什么事……这还有一些煮熟了的牛肉呢,伊力哈穆哥,您吃不吃?"

"谢谢,你请,我刚吃过东西,你待会儿去劳动吧?"

"劳动?当然了,还能不劳动吗?"泰外库的回答怔怔磕磕,他仍然目不转睛地看着那活泼跳跃的火焰。

看来,不是谈话的时候。也许,是爱弥拉克孜的到来使大个子心慌意乱?也许,这个兴趣多变主意也多变的孤儿又迷住了什么新事业?好吧,让他出一会儿神吧,这并没有什么不好。

"时间不早了,喝了茶快去工地吧,我先走了。"

"一起吃茶……"泰外库显出了抱歉的笑容。

"谢谢。"

伊力哈穆走了。泰外库呆呆地坐在炉灶旁,握着拳头,抵着下巴。缸子里的茶水沸腾了,哼哼着一个柔曼的调子。早晨,他刚收拢起被子,往灶里添上一把柴火,划了一根火柴就扫地。地扫到半截,爱弥拉克孜进来了,多么意外……这个从小他就熟悉的、而后来在他的心目中是高高在上的女医生,突然出现在他的不成样子的、路边的、昏黑、窄小、破旧,没有院子更没有花园的房子——前理发室里。理发室里至今保留着劣质的、涉嫌变质的肥皂水与脏头发的气味。爱弥拉克孜的到来使他感到了从未有过的兴奋和喜悦,然而更多的是惭愧,是自惭形秽,是一连串的失悔。他怎么会没有想到爱弥拉克孜要还他的手电筒呢?他怎么没有把房间整理得更齐整一些,更符合他这个勤劳、能干、精力无穷的人的特点呢?

他怎么偏偏是今天,醒了以后还躺在被窝里遐想,腻腻歪歪硬是不蹦起来呢? 如果早起五分钟,地也会扫完的,房间也会是另一副面貌啊! 他的棉衣上少了两个扣子,他的脸像一个刺猬(他摸了摸那扎人的络腮胡须),而且他竟然没有戴帽子。他连一句"请坐""请喝茶"之类的话都没有说,他显得何等愚笨,痴呆,不文明,不懂礼节,粗鲁。混乱,懒惰……连柴火也不会烧,搞得到处是该死的烟……生活不应该是这样子的啊。一滴眼泪,悄悄地从眼角里爬了出来,淌过他的腮,落到了他握得骨节作响的拳头上。

泰外库忘记了上工,忘记了自己呆坐了多长时间,烧好了的茶也没有喝。忽然,一阵响亮而喧闹的汽车声和欢呼声浪冲进了这个房间,连房顶和地面也被震摇着,晃动着……

九点过五分,社会主义教育工作队的干部们乘的四辆大卡车,开到了跃进公社。

这一天,整个公社沉浸在一种不寻常的忙乱,欢乐的气氛里。当汽车开过的时候,行人停止了脚步,正在赶车的双手收紧了缰绳。抱着小孩子、将着大孩子的妇女和老人走到了门口,他们向被迎面的疾风吹得双颊通红的社教干部们招手、欢呼,拼命想从一晃即过的汽车上认出,记下几个熟悉的或者不熟悉的面孔。连低矮的农家屋顶上的单腿独立着的雄鸡,渠里的冰水上浮游着的鸭子,因为道路扫得空前清洁而找不着一根草棍、无聊地搜寻着的牛犊子,也都发出各自的惊喜的鸣叫。只有麦素木圈养的那条黑狗,恶狠狠地向着汽车队扑去,尽管跑了一段就被汽车拉下了老远,它仍然龇着牙,撅着尾巴,汪汪地吠叫个不住。

公社机关院子里插着许多面迎风招展的红旗和彩旗。"热烈欢迎四清工作队进驻我公社"的标语鲜明耀眼。在此起彼伏的汽车喇叭声、招呼声、掌声、笑声和广播喇叭里正放送着的《大海航行靠舵手》的铜管乐曲声中,车停了,排气管放出了气。人们跑向正在敏捷地从车上跳下来或者笨拙地从车后爬下来的工作队队员们,帮他们从地上拎起他们的行李与提包,说着、笑着,把他们让到火炉烧得通红的温暖的房间里。"冷不冷?""一点也不冷。""您贵姓?""我姓张。""您呢?""我叫买买提。""老张同志辛苦了。""谢谢您,买买提同志。""我给您去打一盆洗脸水。""我自己来。""哎呀,我的毛巾哪里去啦?""这里还有……先用我的……"

人们怀着真诚的欢迎,热情的期待,强烈的好奇和浓厚的兴趣涌向公社,争相看一看这么多首次见面的亲人。有的在门口探一探头,调皮而又羞涩地一笑。走进办公室改成的临时宿舍,用流利的、结结巴巴的、混合的汉语、维语、哈萨克语向工作队队员们问好。忽然,堆在门口的人们让开了,一位老态龙钟的、驼着背的老太婆颤巍巍地走了进来,她的一只手扶着孙女,孙女的身上背着一个口袋。老奶奶一个个地拉着、抚摸着工作队员的手,凑近每一个人的脸,定睛端详着干部们的长相。再用双手摩挲着自己的脸,流下了欢喜的泪水。小孙女打开口袋,把两个青皮密纹、两头尖中间圆的哈密瓜拿了出来。公社干部说,这是全公社年龄最老的长者,已经九十多岁,她经历过老沙皇的占领与屠杀。为了欢迎社教干部,专门坐牛车走了六公里来送瓜的。她说话已经不太清楚,一再重复着要求大家当着她的面吃瓜。公社干部非常均匀地把瓜切成了许多牙儿。全体工作队干部都肃然起敬,个个含着感动的泪花,拿起了一片片甜瓜,深深地咽下了这贯注了维吾尔族贫下中农的情意,伊犁河谷的泥土的芳香,天山雪水的清洌的甜美的液汁……

照例,在紧张的战斗前总会有轻松的间隙。当工作队长尹中信,副队长基利利和公社领导干部碰头研究的时候,其他社教干部便三三五五地走到了街上。"这个公社很富呢。你看,社员们普遍穿得比我们好。""要是春天来就更好看了,你看,到处都是树。""忙什么? 反正春天我们也要在这里过的。""公社书记姓赵吗? 他那个穿戴打扮,满口的维语,叫人还以为他是少数民族同志呢。""哟,我怎么刚来就转了向了,咱们是从那条路来的吗? 怎么雪山跑到这边来了?"这是社教干部们的谈论。"同志,几点了?"因为大部分干部们戴手表,农民,特别是孩子们最爱一见他们就相问时间了。"不远,不远,拐过弯就是供销社门市部。""家来坐嘛,房子里来坐嘛!"这是老乡们与社教干部的问答。一群娃娃围上了社教干部,"给我们照个相吧!""照相? 噢,明白了,我们不是记者。并不是所有的干部下乡都带照相机的。""那就给我们唱一个歌。""你们合唱,我们一人唱一个歌好吗?"

社教干部出现在商店里。售货员和顾客都用亲热的目光注视着他们。"电池吗? 有。""牙膏吗,要什么牌子的?""一共一块八十五分。"收完钱以后,忍不住还要攀谈几句,"你们住在哪里了?""你们的队长是谁?""晚上有电影?"

社教干部出现在邮局里,写着"今天上午,我们已经到达了跃进公社,一切都比意料的还要好得多……"的信件投进了邮箱。"这里往乌鲁木齐寄信,几天可以到?""破季订《红旗》可以吗?"……然后,得到了满意的回答。

中午,在每人吃了一大碗热、辣、釅、香,着着实实的胡尔炖以后,开始忙碌了起来。党、团支委、组长以上干部还嚼着最后一口馕,已经被召集在一起。基利利副队长再一次强调了集训期间已经三令五申的工作纪律和群众纪律。最后订正了分赴各个大队和公社直属各单位的工作组组长、成员的名单,布置了最初几天的工作日程、汇报制度。然后是工作队全体干部会议,公社领导干部与

658

大家见了面，介绍了情况。办事周到的赵志恒书记把事先准备好了的写着公社人口、民族、土地、历年产量、大队与生产队的建制等等内容，并附有公社地图的"跃进公社基本情况"油印材料发给了大家。尹中信的讲话很简短，他说："乡亲们热情地接待我们，因为我们是为贫下中农办事的，是贯彻毛主席的革命路线和政策的，是来抓阶级斗争，抓三大革命运动，搞社会主义的，我们要依靠广大贫下中农、人民群众和革命干部，把运动搞深、搞透、搞彻底，决不辜负党和人民的期望。"

然后又是一系列会议和活动，这时，已经分不出哪里是宿舍，哪里是会议室和办公室。有坐在床上开会的，有趴在床上写材料的，有暂把行李放在办公桌上的。各组负责妇女工作的女干部集合起来，听公社妇联主任给大家介绍有关情况。专业查账人员，碰头学习了刚刚发下的，标着"急、密"字样的几份贪污分子典型案例和清查经验材料。秘书人员，一起确定了出简报的办法。各组的翻译聚在一起，就统一少数民族人名地名的翻译问题交换了意见，否则，特别在牵扯到专案材料时会产生不知多少差错和麻烦。章洋（从乌鲁木齐来的那辆车上的社教干部，一到伊犁就分开了，重新编组，与本地州、县干部编在一起。分到这个公社来的，除了尹中信，从那辆轿车上下来的就只有章洋了）又叫走了一批比较年轻的、能歌善舞的工作队员（大部分是大学新毕业生和党校翻译班、财贸学校会计班的学员），为晚上的联欢进行突击排练。

来了许多看望工作队的人。有附近驻军摩托连的指导员，兵团畜牧场的场长和政委，正在修公路桥的筑路指挥部的总指挥……外贸物资收购站的站长希望工作组下去以后附带做一下发动当地群众出售马、牛、驴、骡、骆驼体毛与尾毛的工作；民政干部要求某个队的干部顺便了解一下某个婚姻案件的情况。医院和交通管理站分别送来了《怎样预防百日咳》和《维护交通安全，遵守交通规则》的宣传画与宣传提纲。四清工作队的威信吸引了那么多的来访者，吸引了那么多关怀、瞩目、要求和希望。尹中信和基利利忙得不可开交。上面千条线，基层一根针。到基层几个小时，他们便开始看到、体会到，我们伟大的社会主义祖国的各个系统、各个部门的各式各样的方针、计划、设想、胆略、任务，是怎样地在基层汇合成了沸腾的、五花八门的、日新月异的生活。古今中外，还有比我们的基层单位更充实，更有吸引力的生活吗？

晚上就更不必说了。从各个队，从山上和河边来了那么多社员。不顾夜晚的寒冷，晚会在学校的操场举行。学校门口停满了四轮车、胶轮车、带斗子的拖拉机、自行车，拴满了马和驴。牧业队的民兵连从几十公里以外的草场，成群结队地骑着剽悍雄武的伊犁马赶来了。操场上坐满了人以后，人们便向房顶、树杈上发展。临时绑在排球架子上的银幕前面没有地方了，晚来的人便坐在银幕的背面，看不见容貌也罢，他们要听一听社教干部的声音，还准备看看银幕背后的左右相反的别具风味的电影。讲话、演节目、放电影，一直到深夜。电影刚开始，下起了雪。雪越下越大，但是谁也没有走。一名公社干部给放映员和放映机打着伞。雪一片一片地下着，穿过放映镜头的光束，映射在银幕上面，像缭乱的花朵，像纷飞的群鸟，又像行云流水，使得一个个画面增加了新鲜的魅力；扑打帽子上、肩背上的雪花的声音，也为电影的音响添加了许多不同的效果。

在我们的跃进公社爱国大队第七生产队，有两家没有去看电影，一个是麦素木，一个是泰外库。

麦素木躺在毡子上。下面垫了三层褥子，脑下枕着四个枕头。

他面色铁青,双眼紧闭,痛苦地呻吟着。从下午,他就叫喊头痛腹痛,晚上,发作得更加严重了。古海丽巴侬斜坐在一旁,用右手揪捏着麦素木的脑门子,脑门子上已经出现了三块青紫色的斑痕。她的左手的大拇指和无名指之间,掐着一颗卷烟。她仰头吸了一口烟,用她那特有的低哑的声音说:

"我给你拌个生萝卜条吃吧,吃了你就会好的。"

"把烟扔掉! 你妈的!"麦素木突然大叫。

古海丽巴侬轻蔑地一笑。她狠狠地吸了一口烟,噗的一下喷到了麦素木的脸上,然后把剩下的半截烟头远远地一抛。她说:

"这么大的脾气哟! 上午还好好的。你也许中了邪了吧?"

麦素木气得嘴角抽搐起来,他想动手打,抬不动手,他想开口骂,骂不出声。是的,今天下午,麦素木的脾气坏极了。早晨,他还带着对夜晚的成功的宴会的扬扬自得的回味,笑嘻嘻地离开了家。库图库扎尔,完全和他设想的一样,飞进了他的鸽笼,亚力买买提的牌就是厉害! 麦素木走在路上也觉得自己体重增加了,步子迈大了,在这里,他的地位又巩固、发展了一步,他的事业,正在开展……他走进了自己的阴暗潮湿的办公室,把门反扣上,掏出了随身携带的小册子,翻过去几页,在库图库扎尔名字下面写道:

"十二月二十四日晚,到我家喝酒吃饭……"

又翻回来,在小本子的最初几页,伊力哈穆的名字下写道:

"十二月二十四日下午,骑马自庄子到大队。晚上,有热依穆、达吾提、阿卜都热合曼、伊明江等到他家。"

然后,翻到小本子的最后,在尼牙孜的名字下记道:

"十二月二十四日下午,由泰外库为他家宰了牛,牛肉按每公斤高于国家牌价二十四分的价格出售。"

写完,他把钢笔插到笔帽里,拧紧,别在胸前,用手指沙沙翻动着小本的纸页,脸上显出了恶毒的笑容。他的眼前,呈现出一幅"胜利"的图画,不管是谁,如果挡住了他的路,如果要冒犯他,如果妨碍他的事业,他就可以从本子上找到许多"材料",加以引申、发挥、分析、添油加醋,转守为攻,置人于死地。他知道,有些普普通通的事情,记下来,到时候自有用处:譬如说,某年某月某日伊力哈穆骑着队里的马从路上走过,这在某些时候,难道不可以用来说明队长高高在上、耀武扬威,几乎和旧社会的地主恶霸一样吗?譬如说,在社教工作队到来的前夕,在他邀请大队长到他家做客的时候,他远远地看到了许多人而且都是干部、积极分子,走进伊力哈穆家的门,把这个情况记下来,不就可以用来论证伊力哈穆召集亲信,制定对付社教工作队的策略吗?包括伊力哈穆×日曾在×××家喝茶一碗,吃馕一角,不但说明了队长经济上的不清,而且可以解释为什么那一天×××得到了头等工分——伊力哈穆徇私舞弊,而×月×日上午十时伊力哈穆曾到供销社门市部买东西,更是他不参加劳动的铁证。麦素木也深深佩服亚力买买提给他讲的那一条道理的高明,不仅要注意对手,而且要注意朋友。因为,往往"朋友"比敌人更危险。在他的科长生涯里,他算是吃尽了"朋友"的苦头!他的那些见不得人的事,都是"朋友"们揭出来的,而他,也是靠对朋友下手才保全了自己。从此他得到了教训,平日要早做准备,以免到时候措手不及。他的心爱的、绝密的小本子,便是他备用的手雷,要它哪一天在哪一个人的头上爆炸,它便会在哪一天在哪一个人的头上爆炸,想到这里,他把小本子高高地向上一抛,万分爱惜地接住,放在口袋里。他把手腕子一甩,似乎什么人在向他喊着"耐、耐、耐、耐……"这是教小女孩打拍子、教小女孩跳舞时的声音,然后人们就要随着这个节拍起舞啦……

　　一阵轰隆轰隆的声音使他吓了一跳。他走到临街的小小的窗口旁,用手抹一抹玻璃上的厚厚的尘土,把脸凑了过去。他看了一辆又一辆的坐满了社教工作干部的汽车,人们在鼓掌、欢呼、招手。一阵莫名的恐惧和妒恨突然袭来,压倒了他,他连忙退回到自己的座位。"砰、砰、砰",一串敲门声,霎时间他竟以为是社教干部派人来传他去受审。他打开门,是铁匠达吾提。达吾提问:"标语呢?"

"啊,啊……"

"大队长说你写了标语,社教干部已经来了,怎么您还没有写?您是怎么了啊?"

不知是听来如此还是事实如此,达吾提的音调里似乎充满了不信任和不满意。

……麦素木早晨以来的好情绪全部被破坏了。他简直不懂,这些个傻瓜们究竟为什么那样欢迎干部的到来?工作队既不施舍银圆,也不招待包子抓饭,愚蠢的"喀什噶尔"人们鼓掌做什么,招手做什么,喊叫做什么?他也不懂,为什么他自己到处讲这是一个机会,等社教队来了咱们好好告伊力哈穆一状,把他整垮,但实际上,他不过隔着尘垢蔽目的玻璃看见了几辆卡车,就使他那么窝心,那么慌张,那么害怕。社教干部的冻得通红的笑脸,在他看来都是那么险恶,那么高深莫测。一下子来了这么多人,这更使麦素木心头乱跳……

这以后,一件接着一件,都是些叫人不痛快的事。他去商店买红墨水,售货员正在给一个陌生的社教干部拿日记本,他叫了两次,售货员没有听见,他感到自己受了莫大的侮辱,他想问那个售货员:"社教干部是你的亲爸爸吗?"走到街上,正碰到一帮娃娃和两个女干部又说又笑,娃娃们用汉语唱"学习雷锋好榜样……"两个女同志拍手叫好,还指点孩子们纠正唱得不准的音,笑声和歌声是那样响亮锐利,活像一根刺从耳朵眼一直扎到麦素木的脑子里,拔不出，丢不掉。中午回家，麦素木开始喊叫头痛。又赶上古海丽巴侬怨叨肉的事。

上午，古海丽巴侬遵照麦素木的指令去尼牙孜家买肉，说是买肉却不带钱，库瓦汗不停地问："您要肉吗？您要吗？"就是不肯把肉拿来，此意甚明，钱！古海丽巴侬只好翻头巾摸袜筒，最后假作丢了钱，并说是先拿走一公斤肉，即刻就送钱来。库瓦汗眼睛看牛肉，如聋似哑，然后翻了古海丽巴侬一眼，这一眼翻得老练坚强如古海丽巴侬者也倒吸了一口冷气。好半天，库瓦汗才狠狠心给割下了一块牛脖子上的烂肉。

古海丽巴侬对丈夫说："你说这个人还是人吗？有人心吗？你没日没夜地为他的事操心，还把那么一大碗定着厚厚的奶皮子的牛奶送到他们家，可上次，连鸽子吃的糜谷穗都不给，这次，又给的是这样的肉！"

古海丽巴侬拿过来一块血花流烂的、令人生厌的牛脖子肉。脑袋里扎着"学习雷锋"的刺的麦素木一见大怒，把肉扔到了门外，大黑狗一蹿扑了过来，古海丽巴侬尖叫着抓着木棒赶了过去。然后是黑女人与黑狗的一场恶战。狗腿被打跛了，肉被吃了一半，剩下的一半加上西红柿干、辣椒和葱头炒了一盘菜。下午，麦素木一想起吃了狗嘴里剩下的烂肉就感到恶心，肚子里活像结了一个死疙瘩，顶在那里，上下不通气。

自然，以上这些毕竟还不是最主要的。傍晚，麦素木肚子一阵绞痛，他跑到加工厂后院的一个简易的厕所，正碰上库图库扎尔也在那里大便。库图库扎尔系裤子的时候向他投来一个会心的、关照的目光，看看周围再没别人，他小声说：

"他们来了。我想了想，光靠尼牙孜这号人是办不成事的，我们还得想办法。"说完，不等正在泻肚的麦素木的反应就走掉了。

　　这一下子可提醒了麦素木。到现在,能够出头露面和伊力哈穆他们闹哄一阵的只有一个尼牙孜泡克,这能行吗?不用说,这个问题麦素木也考虑过,他的希望从来是寄托在无知草民们身上。他认为,群众就是绵羊,有一个头上长角的山羊一领头,自然就能闹哄他一家伙。他寄希望于尼牙孜,因为他能办许多旁人不能办或不肯办的事。此外,包廷贵可以备用,虽然他暂时运气不利。亚森可以备用,但只能小心翼翼地去鼓动,一疏忽,就会适得其反。泰外库?白下了心机……在尼牙孜的烂肉所引起的消化不良开始发作的时候,库图库扎尔的这句话确实令人丧气。他真想提起裤子去追那个鸭子,继而转念,大队长的处境也和自己一样,碍难出面。想来想去,除了尼牙孜泡克,再无能冲上第一线的人。排泄以后,腹肚轻松些了,头部却更加沉重,一回家,他便倒在了毡子上。

　　"啊喝,啊喝……"麦素木惨叫着,叹了口气。

　　"发愁呀,发愁,天天都是发愁,您现在还什么都不是,却拥有这么多的忧愁,设若您是君王,还不因为愁闷而丧生吗?"古海丽巴侬不知是埋怨还是安慰地说。

　　"君王又有什么? 当了君王就可以玩乐啦……如果一切对付,我也可以当君王的……"

　　"哈哈哈……您要当君王!"古海丽巴侬笑得透不过气来了。

　　"看你这个态度!"这种嘲笑使麦素木当真动怒了,他脸孔涨得紫红,"别人不了解,你还不了解吗? 偏偏要在我的伤口上撒盐;也许,我当了君王以后头一件事就是把你送上断头台……"

　　"哼,"古海丽巴侬对这种并非玩笑的玩笑恶狠狠地一"哼","说不定,在你没有当成君王以前我就抢先把你送到断头台上呢。"

　　麦素木的脸色又变得苍白了。

　　为了缓和气氛,古海丽巴侬把手放在男人头上:"你到底愁什么？说不定我有办法。"

麦素木把她的手推开，长叹一声："……社教工作队已经来了。我已经准备好了材料。事情很清楚，我们和伊力哈穆势不两立。不搞掉伊力哈穆，早晚我们都会上断头台。不搞掉伊力哈穆这样的人，木拉托夫还乡的道路上就全是铁蒺藜……我们的一切梦想和希望就会落空。这次运动中我们只有反守为攻，才能取胜，否则就只有束手就擒……但是，谁打头阵呢？光靠尼牙孜怎么行？"

"还有的是人嘛。"古海丽巴侬说。

"还有谁？"

两个人算计起来，算计来算计去都不合适。最后说到了泰外库身上，麦素木骂起来了："什么男人！丢了老婆，又丢了大车，还说人家的好话呢……上次白白请他喝了一瓶子酒……"

古海丽巴侬打断了他的怨言，紧皱眉头严肃地问道："告诉我，你真的认为泰外库对我们很有用吗？"

"当然，论成分、论历史、论自身，他将最能中社教队的意。只要他能站出来反对伊力哈穆，我们就成功了一半！"

"一定吗？"古海丽再次盯住问。

"一定。"

"那我有办法。"古海丽肯定地说。

"你有什么办法？把突他克①给他吗？"麦素木不相信地、下流地说。

"你是驴子！"从表情上很难看出是生气还是高兴了。她放低了声音，宣布了她的方案。

麦素木听着，想着，眼睛开始有神了，身上开始发热了，心脏开

---

① 即下身器官。

始跳动了，人开始坐了起来。再听，再想，眼睛开始放光了，身上开始通畅了，心跳也有力了。这个女人，亏她想得出！他一把把古海丽搂到怀里，赞道：

"你这个魔鬼！你这个狐狸！你像女巫一样的无所不知，无所不能！你这个不生孩子的娼妇！"

在这独特的情诗朗诵声中，古海丽巴侬陶醉地闭上了眼睛。

泰外库暂时住着的这一间简陋的房子，今天显得有些不大一样。

从渠上回来，随便吃了点东西。他交叉着两手，倚放在脑后，半躺半坐，一动也不动。天渐渐黑了，他没有点灯，风雪开始了，呼啸了，寒气从关闭不严的门缝里不断透了进来，学校操场上的盛大的晚会上的音乐声和人声也时而随风传来。然而，泰外库没有感觉到这些，他只是坐着，望着，一动也不动。

朦朦胧胧，他似乎看见了戴着土黄色的大方头巾、穿着紫红色的连衣裙和深灰色线呢外衣的爱弥拉克孜仍然蹲在火灶前。这难道是真的吗？这难道是假的吗？从一大早，到现在，他的房子里充满了的是蹲着的爱弥拉克孜。爱弥拉克孜的挺拔的身躯与修长的独手臂是多么健壮与坚强！爱弥拉克孜的尊严的、好听的、低语一样的说话的声音仿佛仍然在这间小小的房子里回响："您不应该一下子添那么多柴……再见，泰外库哥，谢谢您借给了我手电筒……"

奇怪。然而，这是真的。早晨，爱弥拉克孜来到这个原先做过理发室的、有一股多汗的头发与肥皂香皂的混合气味的房间——他的不像样的住所。早晨，他叠好被子，往灶里放下一捧柴火，点了一根火柴，就扫地。地扫到半截，门响了，进来了爱弥拉克孜……他在这一天，不知是第几十次回想起爱弥拉克孜到来的种种细节了，他已经烂熟得记下了一切，但每次的回想都是一样新鲜、生动、叫人惊奇……他听到了他以为是歌唱的声音，他抬起头，扫把倒到了地上。"您好，泰外库哥。""……""我来了。""……""让我把电筒还给您。""……"

原来世界上有这样好听的说话的声音，这样的低语式的巨响，这样文雅的说话的调子，这样轻柔而又坚定的说话的吐字，这样尊严的说话的神态，原来世界上的人说话时候不是都像他那样瓮声瓮气、大大咧咧、含含糊糊、一溜歪斜、粗鲁鄙陋……

是有一点不好意思？还是由于清晨的寒冷呢？爱弥拉克孜用自己的独手拈了一下头巾的一个角，肩膀抖动了一下。"怎么这么大的烟？"她那么天真地问，就像从来没见过这么大的烟似的。乡村的女儿，她会因了灶烟而惊奇吗？然后爱弥拉克孜把裙子往后一挽，用穿着长丝袜的腿夹住裙子，蹲下，开始拨拉柴火。泰外库想说："不，请您不必管了，我自己来。"爱弥拉克孜穿得崭新齐整，给他烧火，使他于心不忍。但是，他没有说出口……从女医生来到走，他没说出一句话来。

他只是一块木头，他只是一块死肉。他是人吗？

从来到走，不过是几分钟的时间，然而，这间房子永远地留下了爱弥拉克孜的印记，空间里仍然弥漫着爱弥拉克孜的音声，空气里仍然弥漫着爱弥拉克孜的气息。每一件冰凉的、呆板的东西都变活了，会说话了，暖和了。不漂亮的、不可爱的、对于泰外库来说不过是冷淡的暂住一下的房间变得亲切了、牵肠挂肚了。条案上立放着的手电筒挺身做证："我是爱弥拉克孜亲手用过，又亲手拿回的。"灶里的闪烁着微光的余火悠悠絮语："我的温热是爱弥拉克孜姑娘留下的。"上了年纪的、歪斜了的门充满喜悦地歪着头，它在叙述爱弥拉克孜医生怎样把它拉开,又关上。墙壁上的裂纹,也像因为欢喜美丽的爱弥拉克孜的到来而笑开了花。

"谢谢您……"

"您不应该添这么多柴草……"

这间屋子的每一个角落,都发出着爱弥拉克孜的话语的回声,文雅地、微笑地、沉着地;颤抖着、重复着、凝聚着。

谢谢。爱弥拉克孜对他说:谢谢。可又有什么可谢的呢?上星期天,泰外库到伊宁市买了一顶帽子。由于在饭馆吃包子他耽误了最后一趟班车,晚上,他不慌不忙地独自往回走。在坟地附近,他看见两个喝醉了的小伙子拦住了一个姑娘的去路,乱说大笑。姑娘是谁,泰外库没有看见也不想去看。但是,小伙子的行径使他十分讨厌。按照他的习惯,他不反对喝酒,不反对喝醉了唱、叫、躺倒甚至挥拳动武,但是,调戏女性却是穆斯林绝对不能容忍的。他走过去,一声不吭,一手抓住一个人的后脖领,把两个头往中间只轻描淡写地一碰,两个家伙哇哇叫着,抱着头跑掉了。他转身就走,却听到了姑娘的招呼。

"泰外库哥,是您吗?"

"原来是您,"他回过头,"您哪儿去?"

"回医疗站。"

"这么晚……要不要我送您一程?"

"不,不用的。"

就这样,泰外库把新买的电筒借给了爱弥拉克孜。

回家的路上,他一直为自己做了一桩帮助爱弥拉克孜的事情而高兴。

他知道,爱弥拉克孜从来不接受轻视,不接受怜悯,所以也轻易不接受帮忙。十年以前,他十五岁,有一次他去河边割草,正碰见爱弥拉克孜也在那一带割草。爱弥拉克孜已经割了一大捆,等开始捆绑的时候,泰外库走了过来,"我帮您捆上。"他说。意思很明显,他怕姑娘一只手捆草不方便。当时的二年级小学生爱弥拉克孜却突然涨红了脸,厉声喝道:"做你自己的事情去!"小姑娘用一个膝盖压住草,用残废的胳臂把草捋齐,用牙齿咬住要子的一端,腾出好手,抓住要子的另一端,只一拉一绕,用那样敏捷灵巧的动作把草捆得那样结实、那样地道,泰外库在一旁看得眼都花了。从此,爱弥拉克孜在泰外库的心目中是多么可敬啊……泰外库从小就受到重男轻女的风气的影响,他简直就不把女子当作和自己同等的人。然而,爱弥拉克孜给他的印象是完全不同的。其他的姑娘尽管有比谁都健康的两只手,但是,他们一见到泰外库这样的强劳动力,总是要千方百计地把手里的装满了的水桶递给他,总是用撒娇、用哄笑、用各式各样的小小的诡计来依靠男人的帮助以减轻自己的劳动,泰外库怎么能正眼去看她们呢?爱弥拉克孜与她们是怎样的不同啊!

那个星期天晚上,他想着这些,为爱弥拉克孜接受了他的帮助而满心愉快。今夜呢?愉快不见了。抓住脖领子,砰的一声把两个头碰在一起,这有多么粗野……难道爱弥拉克孜不会把他看作和那两个醉鬼一样的人吗?

不,他泰外库不是那样的人。他没有做过下流的、虚伪的、卑鄙的事情,如果说他从小就失去了父母,没有受过双亲的必要的管束和教导,如果说他一九六二年几乎被卷到盗窃案里去,如果说他粗暴、任性、忽冷忽热、没有文化、不是积极分子、不可爱,这并不全是他的过错。"您不应该添那么多柴……"这"不应该"三个字令他泪如雨下……

他的"不应该"的事还多着呢。二十五年来,他做了多少愚蠢的、荒谬的事,酗酒,吵嘴,打人,不像样的、垮掉了的婚姻,蛇蝎一样的、毛驴子一样的朋友……

"您不应该……"他最最渴望的就是告诉他他的不应该。指点我吧,责备我吧,爱弥拉克孜! 如果明天伊犁河水仍然汹涌奔流,如果明天太阳还从东方升起,如果明天他仍然在这个世上、在这间房子里睁开眼睛,他一定再不会喝一滴酒了,他一定再也不说一句粗野的话,再也不和那些坐在桥栏杆上、见了妇女就怪声大笑的年轻人交往……他要把丢掉了的文化学习拾起来,他要看报,他要进步……

泰外库摇摇晃晃地站了起来,他抓起了手电筒,电筒冰凉而又坚硬。不,电筒明明亲热而又温柔。手拿电筒的感觉为什么会这样好? 他蹲到了灶前,蹲到了爱弥拉克孜早晨蹲过的地方。他与爱弥拉克孜一起蹲在那里。慢慢地,他的身上暖了,心暖了,电筒也变得暖手了,他推了一下键钮,一束强光,把小屋照亮。

小说人语:

你聪明的,当然已经读出了小说人对于爱弥拉克孜的在意,它倾注了多少心血、喜爱、怜惜、尊敬、惦念还有祝福! 她是那样美丽而又不幸,尊严而又遗憾,骄傲而又艰难,温雅而又端庄,自信而又无言。她是那样强大而平凡,健壮而伤残。她是小说人码字儿树立的一座石雕。她是永远的与新疆维吾尔农村男女心连着的心。是恩重如山的新疆各族人民、是那个荒唐的也是无比奇妙与美丽的年代、也是小说人个人的黄金年华的纪念!

第四十章　队长找我　别修尔细语述原委
马厩装筐　尼牙孜飞粪援章洋

　　早上,他们去参加劳动。萨坎特和何顺去水渠工地,章洋和玛依娜尔去马厩积肥。参加劳动只是手段,目的在于:培养和发现"根子",准备串联。用扎根串联的方法来揭露和搜集"四不清"的材料,建立"四清"的骨干队伍。这大约是继承了发动农民运动、搞减租反霸、搞土改、发展秘密党员、发展红军的对敌斗争的路子。在掌握了政权以后,继续采取秘密工作、半地下工作的方法,这很不一般,也造成了一些逻辑上与方法上的尴尬。

　　到马厩干活的大都是妇女。少数几个男人扛着砍土镘来了,他们的任务是刨挖地上的被压实了的厚厚的马粪,装到抬把子上,再由妇女两个人一组用抬把子把粪抬出去,堆到路边,掺上土准备发酵。

　　新疆,特别是伊犁,畜力是很雄厚的。以这个生产队来说,就有三十匹耕马,二十多条耕牛。毛驴是社员私养,只作为代步用的生活资料而不用来生产,只是近年才有一些社员受关内来的汉族农民的影响,开始用驴套车。骡子更是绝无仅有,因为按照穆斯林的风习,认为马是干净的合格的而驴是不洁的违规的,他们对马驴交配是反感的。与驴交配过的马是不能食用的。现在,这个马厩里有两个骡驹,这是伊力哈穆担任队长以后的一个勇敢的试验。即使没有驴、骡吧,耕马耕牛,加上种畜、母畜、幼畜,这里还是马欢牛叫,热闹盛大。

　　章洋来到马厩这边，看到了停置着不少休闲的或者待修的胶轮车、四轮车、高轮车的停车场，举目四望，心情很好，两厢是两排长长的饲养室，迎面是一个巨大的饲养棚，夏天，牲畜在这个三面有墙，有屋顶而一面空着的棚子里饲养，而目前，棚下堆放着的是玉米秸、麦尾子、装在麻袋里的玉米粒、麸糠和饲用的粗盐，至于棚顶上，堆得比棚顶本身的高度还要高的是山一样的干苜蓿，从下面仰望，苜蓿似叫人觉得只要走到这个"苜蓿山"上面就可以伸手够到云彩。

　　章洋很欣赏这个马厩的规模和气派，光那一堆架高起来的苜蓿就值得摄影留念。探亲回关内时，真应该带上这样的照片去吹吹牛，当然，它的意义不在于苜蓿堆得又多又高，将使关内的同志叹为观止；而在于它说明了这个生产队的经济实力。而现在，这个实力雄厚的生产队的命运掌握在他章洋的手里了，他一定要做好工作，为民除害，解民倒悬，要使生产队的历史开始新的篇章。这是他的重任，也是他的自豪，当工作把他这样一个瘦瘦的、其貌不扬的人和一个有人有车有马有地有粮有草的生产队联系在一起的时候，他迈的每一步都增加了分量。

　　社员们，特别是女社员们纷纷走过来向他问好，叽叽喳喳，又说又笑，空气十分活跃，女社员们一个个身体健康、营养充足，红光满面。她们一般下身穿着一条紫红色的绒裤，脚上穿着牛皮长靴，靴子上还穿着橡胶制的套鞋，以减轻冬季的雪污对靴子的损害。而绒裤和长靴外面，又套上一个花的或色彩明艳的连衣裙，连衣裙的上身外面，穿着棉衣，棉衣是用缝纫机和棉线轧了一竖道又一竖道的，形状比较紧凑和适合妇女的美好的身材，而不显得臃肿。这样的棉衣我们在苏联影片中常常见到。她们的头上围着五颜六色的头巾或大披肩，系头巾、披肩的方法多种多样，千姿百态。她们的身上大多散发着柴烟和酪奶的气味，因为，她们在各自的家里打交道最多的往往就是锅灶和牛乳。现在，这些女社员们都十分尊敬地看着章洋，那么多双明亮而热情的眼睛在喜悦地、讨好地、好奇地注视着他，这使他感到满足而又有趣，他决心在今天的劳动中身先社员，带头干出个样子来。

玛依娜尔一到马厩，就和吐尔逊贝薇拿起了一个抬把子，两个姑娘谈笑风生、行走如飞。有时还你一声我一嗓，你应我和地唱着歌。吐尔逊贝薇看到章洋弯着腰装抬把子的那副笨拙的样子，便站在他旁边叫道："同志，腰不要弯那么多……"她把章洋的砍土镘拿了过来，做了示范；前手要活一些，后手要拽着点，腰直着点，使砍土镘的钢片下土以后大体保持与地面相平，这样，轻轻一提，才能最大限度地挖起马粪，轻巧地一甩，满满的一砍土镘马粪抛到了抬把子上。而章洋呢，却是一副拼命的架势，腰弯得与地面平行，像抡洋镐一样地用力抡着砍土镘，猛力砍下去，却装不上粪来。见是一个年轻姑娘在指点他，章洋觉得有些窘，他背过身去，不看吐尔逊贝薇，但按照吐尔逊贝薇的示范略略调整了一下自己的姿势，果然效果大有不同，他用的力少了，出活儿却多了。于是，他又想在多装、装满上起点带头作用。每个抬把子放在他脚下，本来已经装得差不多了，但是他不让抬的人走，他要去踩上两脚，再往高里装，直到装不下了，撂上一砍土镘粪，簌簌掉下半砍土镘才罢休。他气喘吁吁地干着，自以为装得多、干得好，挽回了刚才那个笨样子所失去的面子，其实，这样一来，就过分延长了装粪的时间，使抬抬把子的妇女窝了工，前边一个抬把子没装完，后边两个抬把子、四个女社员又来了，她们只好排队等候，而下一次人家干脆不再到他跟前来，另找别的男社员给装粪去了。

章洋开始累得上气不接下气，更可怕的是积压了多半年的已经变得死硬的马粪尿中产生的刺鼻刺目刺脸的瓦斯——毒气。如果是说臭，吃草的马的粪便远远谈不上臭，如果说是臊，你也可能回想一大泡铺满泡沫的马尿未必有多么臊，问题在于时间，不算臭的马粪与不算臊的马尿，还有不知道什么外加的东西，经过反复地压实与再实压，反复地发酵与再变质，它似乎形成了一种氤氲，形成了一种刺激，形成了一种带着潮气、酸气、热气、综合了粪便、酵母、莫名其妙的亚毒药、尘土、烟雾、化学武器的反人类的力量。章洋已经完全陷入了窒息。他奇怪的不是农民们的劳动膂力与吃苦耐劳，他奇异的是为什么农村人的嗅觉神经与呼吸道这样地经得住死呛生毁。

他假装解手离开了一下马厩，总算喘了两口气。后来就轻松多了，再不见两三个抬把子积压在他的脚下。渐渐地，他发觉了是怎么回事，他认为是妇女们嫌他装得多，抬起来怕费力才离开了他，于是他大声喊叫：

"来！到我这儿来！加油啊！不要怕我装得多啊！"

大多数社员没有搭理他，他们在专心地干各自的工作，有一些社员不解地向他转过头来，对他的喊叫莫名其妙，有一个原来在他这里装粪的懂汉语的女社员回转了来，同时用维语回答他道："不是你装得多，是你装得慢慢儿的。"她的话使几个人笑出了声。章洋问玛依娜尔："她说什么？"玛依娜尔也笑了，她说："没说什么……怕你太累了。"章洋更加起劲地、头也不抬地干着，随着呼吸的加紧，吸进去的陈年的马粪尿的味道越来越浓，杀眼睛，呛鼻子，章洋手开始哆嗦起来，腰抻得酸，腿好像也站不稳了。

正在难以支撑的时候，不知从哪里飞来了两团马粪，把他装呀装呀总是装不齐的抬把子装满了。又一个抬把子来了，又有几团马粪飞了过来，很快又满了，其实章洋装了还不到一半，全靠"天"

外飞来的支援。这样接连三个抬把子装满抬走了，章洋直起身来，用衣袖擦了擦额头的汗，长出了一口气，然后，他感激地用眼睛去寻找那个支援了他的人。

那个人也正笑眯眯地看着他。那个人个子不高，相当胖，头上戴着一顶紫红色的小花帽，由于年久、肮脏，帽子已经变成了黑褐色，而且似乎可以拧出油来。圆圆的头，圆圆的脸，细细的两只眼睛有些红肿，眼皮略略外翻，他的脖子很短，也可以说是没有脖子，他的头和上身的连接用几何学的术语来说似乎是一个小圆和一个椭圆的相切。他的旧棉衣没有剩下一个扣子，也没有用绳、带系起，他就是这样穿着棉衣，敞着怀，一边下摆长，一边下摆短。他的棉裤非常肥大，臀部撕了一道很长的口子，用粗粗的针脚缝连在一起，裤脚塞到两只打了补丁的半高靿胶鞋里。这两只胶鞋似乎也并不是"原配"的一双，一只是带后跟的，而另一只是平底。但是，比这些外形和衣着上的特点都突出得多的，给人的印象要强烈得多的却是他的笑容，他那样努力地、坚持无懈地笑着，他的笑容遍布了他的五官和全身，即使动物会笑，那么，猫儿见到了老鼠或者雄鸡见了母鸡也不会笑得这样好、这样感人。这是一种发射性的和富有黏附力的笑，他的头脸微微前探，似乎要把笑容发射出去，用笑容去拥抱对方，用笑容把自己黏附在对方身上。

就这样，章洋认识了尼牙孜。

休息的时候，章洋与尼牙孜合坐在一个翻放着的抬把子上。"您住在哪儿？"尼牙孜问："在阿卜都热合曼家。"章洋答。尼牙孜叹了一口气，哼了一声。他的反应立即引起了章洋的注意，他问："阿卜都热合曼这个人怎么样？""这个人嘛……"尼牙孜眯起了红红的眼睛，思忖着，"说嘛，不要有什么顾虑……"章洋鼓励着。"他是我们队的二队长喽。""什么二队长？""他是队长的一条腿。""什么一条腿?""他的脑袋,"尼牙孜伸出了两个手指,"他的女儿……"他又用手指一指烟气腾腾的西方。"什么?"章洋的眼睛睁大了,有几个社员走了过来,尼牙孜长叹一声,悄悄地离去了。

有文章! 章洋心慌意乱,活儿都干不下去了,他急不可待地盼着下工,盼着与尼牙孜推心置腹地一谈。尼牙孜的吞吞吐吐,尼牙孜的烂眼边,尼牙孜的好像从油锅里捞出来的花帽,尼牙孜的笑容,加上尼牙孜的话里透露出来的极重大、极深邃的消息,使章洋一见倾心,爱慕备至!

总算到了中午,章洋饭也顾不得吃,就带上玛依娜尔去拜访尼牙孜。为了弄清秘密,深谈,不带翻译当然不行。走在路上,玛依娜尔说:"听说,尼牙孜是个二流子呢。""谁说的?"章洋问。"姑娘们说的。"玛依娜尔答。"哪个姑娘说的?"又问。"吐尔逊贝薇。""哪个吐尔逊贝薇?""和我一起抬抬把子的。""他们家是干什么的?""她是热依穆副队长的女儿。"原来如此!

章洋严肃地说:"是不是二流子,还需要我们自己去判断,我们是社教干部,怎么能够跟着队里的干部跑? 我们决不能轻易接受四不清干部对贫下中农的污蔑!"

对于章洋的到来,尼牙孜喜出望外,他笑得更有魅力了。而在他们尚未交谈以前,库瓦汗哭了。她咧着嘴,擦着泪,抽着鼻子,她的肩膀一颤一颤,她的灰白的发辫一甩一摆,她的扭曲了的,老得出奇的面孔深深地打动了章洋的心,他的鼻孔开始发酸了。这时,尼牙孜的面孔也发生了剧烈的变化,他深蹙双眉,他怒火中烧,他痛不欲生。尼牙孜与库瓦汗,夫妻俩你一言我一语,你一把鼻涕我一把泪,你指天我画地,历数了伊力哈穆和阿卜都热合曼等人对他们一家的迫害。在听着这些叙述的时候,章洋一次又一次地感到喉头哽咽,鼻子发酸,眼睛发烫,终于,他落下了同情的眼泪,最后,变成了他也大哭一场。他出生于城市商人家庭，从小不了解农村，如今，他与贫下中农哭在一起，他为自己的阶级感情的深厚，为自己终于完成了立场和感情变化的过程而深觉快慰，他抽泣着向尼牙孜作了许多声泪俱下的保证，什么"想不到你们过着这样暗无天日的生活"，什么"只要我还有一口气，我就一定为你申冤做主"，他十分激动并为自己这样快地激动起来而得意，而更加激动。

下午，章洋改变了计划。他叫玛依娜尔继续去积肥，而他自己，要坐在小房里分析分析情况，思考思考问题。用他自己的习惯的说法，叫做"进行一番艰苦的脑力劳动"。

"也许，社员们以为我上午干累了，下午逃避劳动吧？"不知怎么竟出现了这样一个念头，使人颇有些悻悻。他深深吸了一口气，又确实感觉到不在马厩里喘气实在是舒服畅快。他不知道，其实，农民们是不会这样想的，他们看到过各式各样的前来参加劳动的干部，其中，绝大多数是吃苦耐劳、积极肯干的，他们把这些干部看作自己的亲人。他们也见识过用各式各样的方法离开劳动的人，例如有的人偏偏在干活的时候煞有介事地找人谈话，有的人走来走去，视察远方的地平线……对于后面这少数人，农民们也大都报以宽厚的一笑。

整整一下午，章洋思索问题，既兴奋又紧张，尼牙孜提供的情况触目惊心，事关重大，越是先进队越要找问题。此话委实不假。他拿起一张纸，在上面画了许多黑线，一条线通向外敌，一条线连接着上上下下的基层干部，一条线压迫着、束缚着贫下中农，一条线企图封锁社教干部，如此等等。他又画了许多问号，四面八方的问号和黑线显出一种险恶的气氛。

傍晚，萨坎特和何顺从水渠工地回来了，玛依娜尔也从马厩回来了，体力劳动之后，他们血脉流通、心情舒畅、兴高采烈，章洋顾不上等他们洗脸和准备吃饭,急急忙忙地找他们碰头兜情况。

"哎呀,这个队的伊力哈穆队长的威信可真高。"萨坎特笑着说,"他和大家一起干活,不喊叫也不指手画脚,可社员都听他的。休息时间我和几个社员一起闲谈,对队长他们都赞不绝口。前年,他们的队长叫穆萨,把队里搞了个乱七八糟,一年前,换上了伊力哈穆,一年来,大变了样,这不,成了先进队,县委还给发了奖状呢!"

章洋努了努,又撇了撇嘴,他皱了皱眉,没说什么。转头问何顺道:

"你呢?"

"看来,他们对队干部就是满意的。"不爱说话的何顺简略地回答。

"问题呢? 你们发现了些什么问题? 发现了什么'根子'?"

玛依娜尔偏偏不等问而自己插进嘴来,她说:"今天下午我听到的都是可笑的事。"于是她开始叙述女社员们对尼牙孜的行状的介绍,她叙述了尼牙孜的像耳挖勺一样大小的砍土镘,叙述了尼牙孜的偷吃牛肉和拉肚子,叙述了尼牙孜怎样讹诈一个汽车驾驶员……说得萨坎特和何顺捧腹大笑,说得章洋面色越来越阴沉。

奇怪,他们了解的情况恰恰与章洋了解到的相反! 甚至于可能认为,向他们提供情况的那些人,简直是针对章洋了解到的那些事情进行争辩和反驳。一切都截然对立,看来事情是有点复杂,有些麻烦,有点曲折。看来,他还需要再想一想,思索思索,再多画一些黑线和问号……

"我摸到的情况与你们的有些不同,"他简单地、不那么动感情地说到了尼牙孜反映的一些问题,他说,"到底是怎么回事? 现在作结论还太早,需要我们进一步做工作。不过,我要强调一下,越是先进队问题越多，这是大领导早已经提出过了的。我们应该体会。我们不能光看什么称号啊、奖状啊这些表面现象。其次，你们了解情况看来还很不深入。要深入，只有找人个别谈，背对背地谈。这和搞土改是一样的，全村人聚在一块儿，人们连黄世仁也不敢得罪的。打消顾虑，使他们敢于说实话，就必须个别发动。四不清干部是当权执政的人，到处都有他们的耳目。你们大模大样地找几个人一起闲谈，人们怎么敢大胆揭发矛盾呢？要个别启发、个别工作、个别串联，这也是早已经讲过了的，"他停顿了一下，想了想，渐渐提高了声音，"不过，有一点已经肯定了，"他指一指房东住房的方向，"他不是社员而是干部，他是管委会委员，人称'二队长'，伊力哈穆让我们住到他家来，就是欺骗我们，就是要把我们装到他的口袋里！"他愤慨了，用指关节敲响了放在墙边的一块镔铁板。

　　就在这个时候，阿卜都热合曼推开了他们的门，含笑叫道："饭熟了，我的孩子们！"

　　章洋板着面孔吃饭。席间，热合曼殷勤地问候他们参加劳动的情况，又征求他们对于饭食的意见，章洋如同泥塑木雕，一言不发。萨坎特、何顺、玛依娜尔倒是话很多，说得很热闹。章洋毫无办法，他手底下没有得力的兵将，他这个司令再强也是白搭！

　　晚饭以后，胖乎乎的大队社教工作组组长别修尔来了，别修尔的解放鞋和裤脚上沾满了泥土，显然，他走了不少的路。他问候章洋他们的工作情况和生活情况。章洋漫不经心地粗粗地做了回答。他不太喜欢这个别修尔组长。他那副笑呵呵的样子实在不像个领导，不显精明也不显威严，倒像个弥勒佛，或者像旧社会大饭店负责给顾客推门关门的堂倌。所以章洋从心里就没想认真地向大队工作组长汇报什么情况。

别修尔好像多少意识到了这一点,他微微一笑,向章洋通报了一下各队的工作组的活动情况,然后他说:

"昨天晚上你们这个队的伊力哈穆队长找我去了。"

"找您去了?"章洋警惕起来。

"说是您不听他们汇报,他们便找我汇报去了。"

"想不到一个队长竟然有这么刁恶!"章洋闭紧了嘴,拉长了人中。

"是刁恶吗?"别修尔问,并且谈起了他听到过的赛里木书记对伊力哈穆的介绍。

章洋肚子里哼了一声。简直莫名其妙,堂堂社教组长却对县委书记的几句话那么重视。县委、公社党委、大队支部直到生产队,他们当然是勾连着的嘛!居然还敢把这样的话摆到桌面上!让这些本县的干部来搞社教简直是坏事!

别修尔原原本本地把伊力哈穆向他汇报的第七生产队以及全大队的阶级斗争和生产建设的情况向章洋转述了一遍。虽然从感情上章洋对伊力哈穆更加反感了,但这些情况却大多数是他们闻所未闻的,他一时不好说什么,只得耐着性子听下去。

最后,别修尔说:"我看,你们还是把队长、副队长找来汇报一下吧。无论如何,我们工作组无须乎躲避他们,更无须乎怕他们,他们来谈谈情况,无非是谈得真实、正确或者谈得虚假、歪曲。不论谈得怎么样,都有助于我们发现问题、提出问题和解决问题。就算他们的四不清问题确实存在,而且很严重,我们仍然要接触他们,帮助他们嘛,怎么能什么情况还不了解先把他们推得远远的呢?"

"好吧,明天上午我找他谈谈……"

夜间,章洋又是翻来覆去地睡不着觉。冷风时而从门缝吹到他的额上，叫人睡意全消。这一夜的狗叫也出奇的多，莫非是各家的房顶上都出现了小偷吗？小小的室内，一条毡子上，左面是萨坎特，右面是何顺，中间是章洋，受到他们两个人的鼾声的夹击，就像黄豆瓣受到两扇磨盘的碾压一样。萨坎特的鼾声粗犷，何顺的鼾声细柔。萨坎特的鼾声好像火车头放气，何顺的鼾声好像铜茶炊将欲沸腾而尚未沸腾，萨坎特的鼾声好像发自低音号而何顺的鼾声好像发自曼陀铃……简直是前世造孽！国家怎么会不制定一个法律专门给睡觉打鼾的人办一个训练班、新生院……

天已发亮，章洋闭上了眼睛，他梦见自己在台上表演舞蹈。乐队奏起了音乐，他们像看见了台下的热情的观众，他展臂伸腿准备一显身手，却使不上一点劲，而且，脸上、脖子上、胳膊上和脚上，似乎都粘满了蜘蛛网……

第二天，他头大如斗。吃过早茶好一会儿了，他坐在毡子上发怔。最后，还是何顺提醒了他："不是还要找队长来汇报吗？"

"什么？什么汇报？"章洋的样子似乎是在发傻。

"昨天，您不是和别修尔组长说，要伊力哈穆来汇报吗？"何顺耐心地从头提醒。

"那也好，你去把他叫来。"

何顺去了。过了一会儿又回来了。他说：

"伊力哈穆不在，到伊宁市去了。"

"到伊宁市去了？干什么去？"

"听说去看大队书记里希提的病。"

"到伊宁市去找大队书记？为什么不向我们请假？"章洋瞪起了眼睛。

"啊，啊，"萨坎特好像想起了什么事情，他说，"昨晚上收工时，他是和我说过的。我还以为大队书记里希提就在公社住的医院，也没在意。"他抱歉地说。

"哼!"章洋冷笑着,"大队书记里希提,不早不晚,偏偏咱们来的那一天他住了院。今天,伊力哈穆又急急忙忙去找他串联。前天晚上,他又直接利用赛里木的老关系去与别修尔组长挂钩,名堂很不少呢! 可你们呢,你们就这样不懂事,没有脑筋,不中用!"

章洋的这一番话使玛依娜尔莫名其妙,由于自己不理解,她也无法把它翻成维语。哈萨克青年萨坎特以为这话主要是批评他放走了伊力哈穆,他低着头,心里很难受,他工作兢兢业业,最不愿意让领导指着自己说什么。何顺越来越感到章组长的脾气怪、思路怪,但由于他自己也不知道到底四清运动应该怎么个搞法,所以他只是听着、琢磨着,隐隐觉得不太对劲,却又不想说什么也暂没有什么可说。

……章洋发作了一番以后,拉开旅行包,找出小盒清凉油,在太阳穴上抹了一些含有薄荷冰片、气味强烈的油膏之后,又到尼牙孜家里去了。

小说人语:

这本书里常常用嘲笑乃至丑化的态度写尼牙孜,但也有人反映,读完,没有觉得尼牙孜有多么可憎。

小说学要求搅屎棍的出现,例如《红楼梦》中的赵姨娘,例如连刘姥姥也在对于大观园的展示中起着某种搅屎棍的作用。

小说人想起在政协小组漫谈的时候著名剧作家吴祖光老哥的名言,一次,他说:"说什么要反对资产阶级自由化,在中国,资产阶级哪里敢搞自由化,咱们中国只有无产阶级的自由化,没有资产阶级的自由化。"

此言一出,全场爆棚,东倒西歪,咳嗽流泪,端的盛况:恰如黛玉、探春、凤姐、贾母等听了刘姥姥的酒令："老刘老刘，食量大如牛，吃一个母猪不回头！"

用笑声取代了讨论，用大笑结束了尴尬，用大笑抹掉了可能的不便与纷争，用大笑维了稳也和了谐。

重读到本书第四十章，小说人不知道为什么想起了这一典故。

当然，此一时也彼一时也，现在的涉嫌资产的人士们，阔多啦，体面多啦。

而小小章洋，病在夸张。他其实挺积极。许多人与章洋一样，他们的调查研究不是为了了解情况，而是为了证明已经吹上了天的不容置疑的先验结论。先定调再研究，还能说个啥呢？

第四十一章　真主在上　那天我是去保牛肉
　　　　　　工作当前　这村咱定要揭盖子

　　古希腊的哲人、智者、深深地通晓各种人情世故的机敏的奴隶伊索,曾经论辩过舌头——语言的两重性。他说舌头是世界上最美好的东西,同时又说舌头是世界上最丑恶的东西。这反映了随着原始共产社会的解体、阶级社会的诞生而发生的人类的主观活动,人们的精神、意识、观点一分为二地分化了的状况。我国古代,也有臭名昭著的指鹿为马的故事。随着阶级社会的演变,随着剥削阶级的已经和正在被埋葬,那些剥削阶级的利益的代表者,特别是那些骗子、恶棍、告密者、投机分子、浑水摸鱼者、投其所好者、挑拨离间者、披大旗作老虎皮者,他们的舌头是大大地发展了和腐烂了。赵高与他们相比,不过是小巫。指鹿为马算什么,鹿和马显然有许多共同性。而当代的造谣者、诽谤者、挑拨者却可以指蛆为马,指狗屎为马,而且他们还能,还善于指马为非马!

　　到眼下为止,笔者大部分讲了一些尼牙孜的愚蠢可笑的故事。现在让我们欣赏一下他的舌头吧,而且,应该建议口腔科的医学科研工作者解剖一下这一类说谎者的舌头,并为它们建立专门的档案。对于这一类舌头,一百年以后的人类也是不应该忘记的。

　　当章洋怀着浓厚的疑团和尤其强烈的倾向再次登上尼牙孜的家门以后,对于由于别修尔转述的伊力哈穆反映的情况,也由于工作组的其他成员反映的情况而在章洋的头脑中不情愿地发生的种种疑问,尼牙孜运用自己小巧灵活的舌头一一作了剖析。例如,关于偷吃牛肉的事情，尼牙孜是这样讲的：

"什么？我偷了牛肉？真主在上，怎么能这样冤屈纯洁善良忠顺驯服的人！"他揪住了自己的胸口，"是的，伊力哈穆没有偷过牛肉，阿卜都热合曼也没有偷过牛肉。请问，他们用得着去偷吗？他们可以大模大样地去拿。不仅干肉，还有鲜肉，还有活羊，还有活牛和活骆驼自会送到他们的手里。他们是干部，是积极分子啊！请问，食堂是在谁的手里？就在他们手里。"他伸出了手掌，掌心向上，一伸一摆一屈，逐渐激昂慷慨，"先说说食堂的工作人员吧。从去年起，炊事员一个叫雪林姑丽的，您听说过这个名字吗？雪林姑丽本来是大个子泰外库的老婆。但是伊力哈穆的弟弟艾拜杜拉，老大的岁数却娶不上媳妇。于是，伊力哈穆利用队长的职权，挑拨离间，无事生非，拆散了泰外库的家庭，分离了一对恩爱夫妻。然后，伊力哈穆做主把那个白白的小媳妇雪林姑丽给了他的弟弟艾拜杜拉。这种挖墙脚的事情，就是旧社会的马木提大肚子也没干过！就是这样一个雪林姑丽掌握食堂的肉、菜和粮食。她居然不准我喝牛杂碎汤……这是一个。食堂炊事人员另一个是乌尔汗。乌尔汗是什么人呢？一个两个脑袋的叛国贼，外逃未遂的罪犯。一九六二年，不是别人，正是伊力哈穆把她接了回来。伊力哈穆为什么对这个小寡妇如此照顾，如此喜欢，您自己去想吧！是这样一些娘儿们掌握着食堂，掌握着干肉和鲜肉、活羊和骆驼。这样，所有的肉，连同这些女人身上的肉，不都成了伊力哈穆的了吗？"尼牙孜猥亵地挤了挤眼。他早有经验，大胆的谎言比缩手缩脚的谎言更容易被人所接受，"我怎么办呢？由于我没有给队长送过肉，我不中干部们的心，我受尽了他们的剥削压迫排挤。我是一个社员，食堂同样地扣我的钱粮，可我打菜从来打不来肉，两个娘儿们的勺子也长着邪恶的眼睛，一见了我肉就漏掉了。相反，他们任凭什么

686

时候想吃就吃、想拿就拿,去年,伊力哈穆队长半夜还拿走了一条羊腿。"为了突出伊力哈穆,轻轻一挪,就把库图库扎尔的事情移栽到伊力哈穆的头上了,"不错,那天晚上我一个人进了厨房,"他渐渐严肃和沉重了,"难道我是去偷肉吗?不!我是去保卫牛肉去了!我知道伊力哈穆他们每晚都去拿肉。我藏在厨房,是为了当他们来偷肉时好一把抓住他们。"他一把抓住了章洋,手簌簌地发抖,"结果,伊力哈穆的弟弟,那霸占了人家的妻子、食堂的炊事员雪林姑丽的艾拜杜拉进了厨房,他伸手要偷羊肉,我去抓他,但是他个儿高,力气大,他反而把我拉了出来,并且说是我偷了肉,天啊,苦啊,主啊,他们就是这样,不仅压迫我、排挤我、打击我,而且侮辱我呀!"他呜呜地大哭起来,章洋也拭着泪。他的自认为尚有待培养的阶级感情,就这样生动地现场培育起来了。

章洋和他谈了一个整天。他觉得与尼牙孜的谈话堪称是醍醐灌顶。他益发体会到立场问题的重要,你站对了立场,尼牙孜是阶级弟兄,是被压迫被剥削的正义与人民的化身,包括他的不够清洁不够英俊不够条理不够逻辑,都是对于四不清干部的血泪控诉——一切权益,都被四不清干部占有了,他们上哪里变得清洁英俊文明去?而如果你不注意立场的站法,你就会像别修尔、萨坎特、何顺、玛依娜尔一样,把尼牙孜视作"二流子",而乖乖走进四不清干部伊力哈穆的圈套。

五天以后。

这几天,伊力哈穆又找了章洋几次,始终没有汇报成。给章洋汇报,确实比用柳条筐打水还难。有一次章洋毫无表情地把眼皮一耷拉,似乎是批准了伊力哈穆可以向他汇报了。但是没等伊力哈穆说几句,章洋就打断了他,并且冷冷地反问道:

"你白天也要汇报,晚间也要汇报,你打算汇报的就是这些吗？"

"您等我一点点来说……"

"你的汇报要说明什么呢，说明你正确，你没有四不清的问题，是吗？"

"当然我还有许多做得不够的地方……"

"……你以为，你的问题我们不掌握吗？不要做梦了！"章洋瞪起了眼睛，他想起了有枣没枣先给三竿子的经验，他对伊力哈穆的沉稳与坚定十分反感，"你以为你上边有人就可以滑过去吗？"

"……"伊力哈穆完全不明白这话是什么意思。

"告诉你，社教就是社教，原来的县委、公社党委都管不了社教工作队的事情，你也休想给社教运动定调子！你不要避重就轻！你不要利用赛里木书记的老关系去讨好大队工作组……"章洋非常粗鲁地讲了一大套，他以为蛮横是优越的表现而武断是权威的同义语。只是在把伊力哈穆说得脸发红，额头上沁出了汗珠，鼻翼一动一动，几次要张嘴又不知说什么好以后，章洋才放缓了语气，再次重复了一下"坦白从宽"的勉励之意。

又过了两天。何顺傍晚来通知伊力哈穆："工作组决定，从今天起，队里的生产、派工、分配、学习，一切的一切，一律由工作组掌握。队长要干什么，可以提出建议，未经工作组批准，一律不准行动。"何顺还告诉他，为了集中精力学习和搞运动，决定水渠工程暂停一星期。

伊力哈穆马上提出自己的疑问和异议，但是何顺听完了以后未置可否回身就走了，似乎是，何顺也不打算和他讨论这些问题，甚至伊力哈穆感觉，对于这样的一些措施，何顺也未尝想得通。

伊力哈穆实在非常苦恼。他年龄不算大，但是解放以来的各项政治运动他是参加了的。他迎接过各种工作干部，不同民族、不同性别、不同年龄和不同职务的干部他都能融洽地相处,并从这些工作干部身上学到革命的理论、丰富的经验、干练的方法和各种有用的知识。但是,他没有见过章洋这样的人。问题不在于章洋对伊力哈穆的怀疑,他伊力哈穆可以接受审查,甚至于,为了他各方面的缺点和过失,他愿意接受工作队的批评,接受群众的批判。党的教育使他认识到,在千难万险的阶级斗争中,党有权弄清你是不是美国中央情报局、苏联克格勃、台湾方面的特务,有权弄清你是不是潜伏下来的两面派,是不是处心积虑地等待着变天的阶级异己分子。为了生死攸关的事业的胜负,他可以被冤屈一百次,被怀疑一千次……党说,你要经得起考验! 考验噢!

但事情总应该有一个是非,那些被任何正常的头脑、朴素的理性所能辨别的、丝毫没有什么特别的深奥的是非曲直,总不应该被任意颠倒。现在章洋非常起劲地往尼牙孜家里跑,而对群众呢,神神秘秘、躲躲藏藏;对干部和积极分子呢,冷若冰霜,视若敌仇,这难道不是大大超过了正常的严肃审查的界限了吗? 这难道是能够理解的吗?

其次,爱国大队七队有三百口子人和四千亩地。全大队有差不多两千多人和三万亩地。这副担子他一分钟也不敢忘记,你不管搞什么运动,提什么口号,推广或者否定什么经验,土地一刻也不能荒芜,人民一刻也不能停止他们的劳作和生存。而身为共产党员和生产队长的伊力哈穆,一刻也不能推卸自己对于土地和人民,因而也就是对于党的巨大的责任。现在,他们要直接指挥全队的生产、工作和学习了,他们要干些什么呢?

伊力哈穆去找热依穆副队长,热依穆正在喝晚饭后的清茶。这些上了年纪的人,最喜爱这饭后的清茶了。不管晚饭吃得多么好和多么饱,总还要铺上饭单、放上馕,喝一回清茶(馕在这里不是为充饥而是为了佐茶），这才是真正的享受和休息。伊力哈穆心急火燎地来到副队长家里的时候，副队长夫妇正在津津有味地喝茶。老两口手里各拿着一小角馕，像用茶匙似的捏着馕块把茶水搅一搅，把茶梗挑出来，各自呷了一口，不约而同地"呜喝"一声舒了一口气，随着这声舒气，当天的疲劳消散了，刚吃下的晚饭，也随着饮茶而得了消化、吸收和甜美的回味。

可惜，伊力哈穆却无心在这里品茶，他把何顺的通知原原本本地告诉了热依穆。

热依穆一声不吭，仍然在那里呷着茶味。

"请用茶！请吃馕！"面色红润、身体健壮的再娜甫的情绪也没有受多少影响，她殷勤地礼让着。

"茶当然要喝，可我们也得想想办法啊！工作组的劲和我们拧着使，这可不是什么好事！"

热依穆看了伊力哈穆一眼，很奇怪这个冷静、安详的队长今晚的失常。

是的，伊力哈穆很少有这种慌乱和焦躁的情绪。在天灾面前，在贫困面前，在颠覆面前，在马木提乡约和玛丽汗面前，在尼牙孜和包廷贵面前，他从来没有急躁过。但是，如今面对的是在他千盼万想的、无比尊敬、无比信赖的上级派来的工作干部呀，他该怎么办呢？

"我们有什么办法？"热依穆缓缓地说，"我们只能听他们的。我们不能抬杠。这就好比下雨刮风，要下雨刮风啦，还有什么可说的呢？他们是上级派来的，也好。人家有人家的章程。渠上的事，如果耽误了，放心，他到时候会组织抢时间、抢进度、大跃进的。别着急，慢慢地他们会弄清情况的……"

伊力哈穆对他的回答感到失望。

伊力哈穆又去看了里希提。上次去,他带着小馕、烤包子和保存得很好的、富有糖分的两大串葡萄,他尽量不谈有关队上的工作的事,并因此而找不着可说的话。除了队上的事情,他简直不知道有什么可说的,而不论说什么,里希提也会联想到队上的工作。上次的探病就是这样别别扭扭地进行的。这究竟是什么事啊,如果闹得他与里希提都不敢痛痛快快地说话了。这算是什么事儿啊。

……这次呢,伊力哈穆鼓起了勇气,对于躺在医院里洁白的褥单上,因而显得更加瘦削和苍老的里希提,他只问了两句有关健康的话就谈到了正题。他问:

"我们怎么办呢?"

听完了情况,里希提蓦地坐了起来,他说:"我一两天就出院。"

"您……"伊力哈穆吓了一跳,而且有些后悔。

"我已经好了。好得比好还好了。四清运动开始了,我却一个人住在这里,心里非常着急。这几天,我又回忆了在县上、在公社学习毛主席的指示和中央文件,这次社教运动是一场非常伟大的革命运动,是一场重新教育人、重新组织阶级队伍的伟大的革命斗争,要把阶级敌人的反革命气焰压下去。但是,进行这样一场革命斗争的道路也不是平坦的。土改、合作化、公社化、大跃进,又有哪一个运动的道路是笔直的和平坦的呢?尤其是这个社教,难处在于,你我都不知道敌人在哪里,查账查多吃多占?这本来是很明白的事儿,可现在又牵扯到国内外阶级敌人,同时敌人他不亮出来,你说他是敌人,他也会说你才是敌人,困难就在这里:抓敌人变得像是蒙老瞎一样。农村是我们的农村,工作组是我们的工作组,社教运动是毛主席他老人家的决策。我们要管,我们要说,一次不行谈十次,章组长不听还有别的组长和组员,农村的四清是一定能够搞好的,敌我、是非都要搞他个清清楚楚!"

临别的时候,不管伊力哈穆怎么说,里希提再次重复:

"你要好好地干! 我一两天就出院!"

于是,伊力哈穆决定了,他要坚持工作,坚持斗争,他不犹豫、不气馁、不观望、不等待。

生活对于伊力哈穆的要求是不是太高了呢? 担子对于这个生活在边远地区的、没有很多文化的年纪也不算太大的生产队长来说,是不是过重了呢? 这似乎比和地主巴依、自然灾害、境外豺狼、资本主义势力的斗争还要困难一些。没有章洋,已经够伊力哈穆斗的了啊! 伊力哈穆毕竟只是个农民,他的工作带有尽社会义务的业余的性质,譬如说,在看望里希提的当天夜里,他还要扛着一麻袋小麦到水磨去磨面,而章洋从小接触到的只有端在盘子里的食品或者至少是装在口袋里的面粉。譬如说,明天一早伊力哈穆就要去劳动,他不能比任何社员干得少些,他理应比一般社员干得多些。而章洋可以白天黑夜地根据尼牙孜的舌头的伟大创造进行"艰苦的脑力劳动",制定"突破"伊力哈穆的计划。章洋根据文件提供的某种经验,正在准备组织一次对伊力哈穆的"小突击",借以打掉伊力哈穆的威风。而伊力哈穆只能利用劳动的间隙和工余时间进行活动。还有很重要的一条,伊力哈穆昼夜要为大队的两千人和三万亩地、七队的三百人和四千亩地操心,为人民和土地的今天和明天,为水利、积肥、耕作产量、缴售、分配、社员的痛痒冷暖安危……操心,而章洋是在专心致志地创造一个贯彻殊死斗争经验的典型。还有,章洋可以写材料,材料可以送到公社工作队队部和县工作团团部,而伊力哈穆的活动的时间和空间则不知小多少……

需要他挑起的担子是不是太沉重了呢? 这个问题我们的伊力哈穆是从来没有想过的。见到山,就登上去。见到河,就跨过去,蹚过去或者游过去。没有路,就开路,有路,坚决往前走。三十年来,特别是解放后十五年来的斗争、劳动、生活就是这样造就和锻炼了他的,他不知道什么叫躲避,不知道什么叫退缩,他从来没有考虑过、吝惜过或者怀疑过自己的脊梁骨。

所以,没过几天的一个晚上,伊力哈穆坚决地、毫不含糊地再次去找热依穆。他说:"走,咱们去工作组谈谈意见。他们最近的安排有些不大合适的地方。"

"去吗?不去吗?"热依穆自言自语。

热依穆的自言自语引起了再娜甫的误会。因为,热依穆和他的老伴相亲相爱相敬是堪称模范的。按照通常的惯例,热依穆的自言自语,其实是对老伴以一种礼貌的方式表达某种要求。如果热依穆说:"今天冷不冷呢?不算太冷吧。"这就意味着对再娜甫烧得炉火不够暖的一种婉转的批评。她再娜甫听到这话就该赶紧猛烧炉火。如果热依穆自语:"要不咱们吃点油塔子吧?吃吗?不吃吗?"再娜甫尽管去做就对了。热依穆身上仍然保持着回家接受老婆服侍的这种老习惯,然而他很注意礼貌,从来不用命令的口气对老伴说话。

这次,再娜甫一听到热依穆的自语,便连忙起身,把热依穆的羊皮圆帽和长毛绒领子的黑条绒大衣拿了过来,并且提起大衣,做出等待热依穆来伸胳臂的服务周到的架势,结果,却使热依穆一怔。

于是,在内外"夹攻"下,热依穆随着伊力哈穆进了阿卜都热合曼家的耳房。

当伊力哈穆和热依穆进来的时候,何顺和萨坎特正在一个用三块木板临时搭起的桌子上填写报表。客人们的到来使他们有点慌乱。

"章组长呢？"

"到公社开会去了。"

（其实不是开会，是章洋和别修尔就对伊力哈穆开展小突击的事情意见分歧，他们一起去公社找领导去了。）

"玛依娜尔同志呢？"

"她和团支部一起去布置文化室。"

何顺和萨坎特进点已经十天了，从来没有和队干部们谈过一次天，因为章洋三令五申强调了这样的纪律：不准与队干部握手问好，不准与队干部们说笑寒暄，不准向队干部透露情况……如此这般。他们日常见到队干部，也不得不违背一切习惯和礼节，用力把脖颈扭到一边。但是，他们俩都是在农村（牧区）长大的，他们很容易地与许多社员搞熟悉了，并从而了解这个队的干部的情况，他们知道，接触他们完全不像接触麻风病人一样的危险，农村干部也不可能突然变成了可怕而又神秘的怪物。他们无法理解章洋的那一套苛刻的，简直是奇特的讲究。但是，他们对于这一场伟大革命运动也还没有经验，同时，对于章洋这样的从乌鲁木齐来的戴眼镜的干部，他们有一种敬意，也有一种隔膜。所以，他们没有提出相反的意见，大致仍然遵守着章洋公布的纪律，虽然自己也觉得怪别扭，就是因为这，队长和副队长的到来甚至使他们的脸上出现了红晕。

"萨坎特同志，在这里还习惯吗？比不上山里那么痛快吧？"伊力哈穆问。

"中学和小学我是在县城上的，农村的生活更没有什么不习惯。"萨坎特说。

"可到了夏天呢，到了夏天我都想上山，上夏牧场，到哈萨克牧人的毡房去！"

"那当然了。"萨坎特说,他笑了。

"何顺哥,您说呢?我们这儿比得上察布查尔吗?"

"还差不多,差不多。"

闲谈就这样开始了,拘谨渐渐消失了。

"查账进行了吗?情况怎么样?"伊力哈穆问萨坎特。

"开始了,开始了,会计的账目……"萨坎特突然收住了口。他不便再谈下去。

"据我所知,"伊力哈穆主动介绍说,"账目上有这样几个问题。一个是有一些经济手续执行得很不严格,制度也不够周密。有些地方还是搞良心账那一套。譬如生产收入现金开收据,但是空白收据没有编号。这就产生了一个问题,如果有人收了钱,给出了收据,却没有上账,你到哪里去查呢?去年尼牙孜的老婆曾经管过从各家各户收牛奶往伊宁市食品公司送的事情,结果就发生了问题。她从会计那里要走了一沓子空白收据,却没有如数交回存根,后来我们去食品公司调查,显然她贪污了现款,为这个事,我们换掉了库瓦汗,也批评了会计。"

"对,您说得对,原来您对财务工作也很内行啊!"萨坎特听得很感兴趣。

"对记账我外行,我只是想这个道理。"伊力哈穆高兴地笑了,"再一个问题是欠账的情况。我们近年来工值平均一块五毛钱左右,不算低,又有合作医疗和其他公益设施,本来不应该有欠账户,但是,前两年由于财务制度混乱,有的社员不是凭劳动领钱而是靠和队长搞好关系,靠队长批的条子领钱。结果,出现了四户欠账,他们都超过了四百元。这里边除了一户确有一些困难,但也不应该欠这么多以外,其余三户就没有多少道理。一户是职工家属,丈夫月月寄钱来,她不参加劳动,却从队上领粮、油、肉、菜、瓜、果,用队上的柴草煤炭、木料，长年累月，越欠越多，越多越难还也不想还，越不还越没法办。还有一户是尼牙孜，关于这一户的情况我们以后再谈，他的欠账应该说是一种恶行、一种罪过。再一户就是大队长的老婆帕夏汗，她的户口是六二年末才转到我们队的，前两年逢年过节打上条子就要钱，大队的补助工分是由大队加工厂开支的，大队长到各队参加劳动的所得，又是由各队分担的。这样，他把大队从其他队分得了的现金一律花掉，另外还找我们队要粮要钱。这些问题我们几次下决心解决，又老是解决得不彻底。结果，一边是有些人欠账，另一边是社员劳动了，工分和工钱也都算出来了却领不到报酬，分配不能落实，影响了社员的生产积极性……”

“是这样的吗？”萨坎特略带疑惑地自语。

伊力哈穆听懂了萨坎特的意思，便进一步解释说：

“农村的事情也并不简单，从搞互助组以来，两条道路的斗争从来没有停止过。有些人——当然是少数——千方百计、昼思夜想、挖空心思要多占集体一些便宜而少尽一些义务，有空子他们就钻，如果认为欠账户就是困难户。困难户就一定值得同情，那不一定是对的。而且，这也不符合阶级分析的方法。”

何顺与萨坎特对视了一眼。伊力哈穆的说法与章洋谈的是如此相反。章洋一直强调，扎根串联的时候，要找那些欠账户——困难户，要依靠他们去揭开阶级斗争的盖子。

伊力哈穆并没有意识到他的话打中了什么，他只不过是把自己掌握的情况和自己的看法如实地提供给社教干部罢了。而且，从账目谈起，只是因为萨坎特是负责查账的，这样谈更自然些，他谈话的主题还在全大队的阶级斗争的形势。

他继续说：“还有一个问题，我始终不明白。萨坎特，您从账目中可能也看到了,大队近年从生产队调劳动力、调材料、调现金经营一些林业、加工业和其他副业。拿大队的苗圃来说,地是生产队拨的,树苗是各队交钱买的,栽植管理是各队出劳动力。等树苗长成了,就算大队的了,反过来大队把树苗卖给各生产队,还要收钱。这种做法合理吗?符合六十条吗?"

"这个情况我还不太了解。"萨坎特说。

"你们对大队有些意见吧?"何顺问。

"不,不是整个大队,而是大队搞的某些林业、副业和企业。譬如说,前一段大队提出,把各生产队的裁缝和缝纫机集中到大队去,这究竟有什么意义呢?不过是想抓几个钱罢了。真正为农业服务的农机具修配等等为什么不下力量搞好一点呢?"

逐渐地,谈话更加放得开了。伊力哈穆从大队的副业加工谈开去,一直谈到了六二年的反颠覆斗争,七队的丢粮事件,包廷贵的活动,死猪闹事,一直到六三年库尔班的出走,赛里木书记前来主持传达学习中央文件的状况……听起来似乎是随口闲谈,实际上无不和四清、阶级斗争、三大革命运动这个主题有关。本来沉沉闷闷一言不发的热依穆,也时而插几句话。伊力哈穆的谈话,他的真诚坦白热情的态度,他的清楚的口齿和条理,他叙述的这些错综复杂而又眉目明晰的事情,完全吸引了萨坎特和何顺。如实地叙述情况,如实地听取和掌握情况,按照事物的本来面目来理解事物这本来是普普通通的事情,是具有正常思维的人脑定会能够胜任的事情,恰恰是那些企图把鹿说成马,把一加一说成三的人才往往把事情搞得玄而又玄,昏头昏脑,云遮雾罩。当伊力哈穆介绍这些情况的时候,何顺和萨坎特很快就信服了,原来人为地制造的许多阴影消失了,他们也渐渐发表自己的感想和意见了。说到有趣的地方,几个人争着说,抢着说,笑声和话声混合在一起。

就在这个时候门响了，门开开了。进来的是章洋。

像一阵寒风突然吹进了温暖的房舍，何顺和萨坎特突然不自在起来，到了嘴边的话又咽了回去，他们噤住了，甚至连眼神也不再往伊力哈穆他们身上投望。

章洋耷拉着脸，面色很不好，在公社，他很不愉快。他是带着一脑门子的官司回来的，何况又看见了伊力哈穆与热依穆，他们居然敢趁自己不在的时候前来拉拢其他社教干部！

伊力哈穆觉察到了这一切，但是，他觉得这就更加需要他公开自己的观点了。他说：

"……我还有几个意见想汇报给你们。首先，干渠的改线工程，只能加快，再不能暂停了。今年冬天，到现在为止大的寒潮还没到，现在冻土不过是二十来厘米厚，对施工的妨碍不大。但是，也可能是十天八天以后，也可能是三五天以后，天气就会大变，气温就会急剧下降，施工就会难以进行下去。我们一定要抢这几天，尽量多搞一点，这样明年开春才能完成初步工程。否则，明春搞个一春，不上不下，等到给冬麦浇返青水的时候就会出大问题。所以我不赞成你们暂停渠道工程的安排，希望你们立即改变这个决定。"

章洋真想大喝一声"岂有此理"，拍响桌子，把伊力哈穆轰出去！胆大包天，居然面对面地教训起他们来了！他气得身上发起抖来，但是他控制住了自己，因为他隐隐约约地觉到，这个伊力哈穆的顽强、耐心，说话的逻辑性、进行论战的能力都是不多见的。显然这个队长不是一块好捏的泥巴，靠虚声恫吓是制服不了他的。同时还因为，方才在公社，尹中信和别修尔，一起否定了他对伊力哈穆搞"小突击"的计划。这使他非常恼火，简直是右倾保守，束缚他的手脚。他憋着一肚子气，要干出点实际成绩给他们看看。他虽然坚持己见并且准备自行其是,但是尹队长和别修尔组长的不同意不能不使他略略慎重一点,他极力压制住自己的怒火,而且努力在脸上做了一个比哭还难看的、扭曲了的、傲视一切的笑容,他问伊力哈穆:

"你是来提意见的吗？ 还有什么？ 提吧。"

于是,伊力哈穆又提了关于社教运动的搞法、关于发动和依靠群众的问题、关于分配的问题、关于搞好文化室的工作和防止形式主义的问题等等方面的意见。

章洋越听越觉得无法忍受了,他反复思量,终于发起了一击。他微微一笑,说道:

"好吧,你说的这些,我们今后再谈,"他拉长了声音,一副作总结的腔调,"我现在也要谈一点意见,只谈一点。我们最初到来的时候,一见你就明明白白地告诉过你,我们一定要住在贫下中农社员的家里,但是干部不行,我们不准备住在干部的房子里。这话你听见了吧？"

"当然,是这样的。"

"是什么样？"章洋猛地提高了声调,使自己和别人都为之一震——这是往日的演员生活留下的一点残余的痕迹。这带有话剧台词处理的味道。他喝道:"阿卜都热合曼是不是队委会的生产委员。"

"是的。"

"你说,队委会的委员不是干部是什么？ 你为什么不按我们的要求做？ 为什么欺骗我们？"章洋越说声音越大,越说越急,一副咄咄逼人的样子,萨坎特的脸色都变得苍白了。

"队委会的委员也算干部？"

"当然算……"

"那……那我们这里的贫下中农几乎都是干部了,有记工员、读报员、卫生组长、技术员……好吧,我们可以再向您提供其他的不担任任何队内职务的贫下中农的名单。"

"不用扯这些,"章洋仰起了头,"你为什么把我们骗到这里来住,你自己清楚,我们也清楚。"章洋回头看了萨坎特和何顺一眼!

"明天早晨,我们搬走。"

"搬到哪里去?"伊力哈穆问。

"你再也不用管了。"章洋面有喜色地说,然后,他又转头通知萨坎特和何顺:

"我们搬到尼牙孜家去。"

伊力哈穆当真是目瞪口呆。

小说人语:

章洋与尼牙孜是天生绝配。尼牙孜对伊力哈穆等人的愤怒是真诚的,有理由的:

任何一心做好人的人的行为,都对不同观点的选择者与利益关系不同者构成挑战与施压。尤其是对于不相信善只相信恶者,善者的虚伪与狡猾都达到了令人作呕、逼人发疯的程度。你如果与他有碰撞,如果你对他有约束,他当然会痛恨你。如果你对他提供过帮助,他或她就更加咽不下这一口恶气——我如何能够承认接受过那样的巧伪人的恩惠?他们不知道感恩,他们具有一种仇恩情结、仇恩主义。小说人遭遇过这样的小哥小姐不止各一名。

小说人补充说,由于写作当时的语境,小说人拼命将伊力哈穆往完美里写,这里有生活的依据也有真情也有硬气功式的努力。以至于,突然,重读着重读着,小说人也对伊力哈穆的原则性与不识相性感到有点受不了了。

我们的始祖文化范式毕竟是《易经》,您怎么就不易(变)—易(变)呢?

而章洋的执拗与自我毁灭,是重要的小说—戏剧元素。奥赛罗、项羽、朱由检(崇祯)、李自成、洪秀全等都有这方面的特色性格程序,读之扼腕。中华传统文化中确也包含着这样的自毁潜程序,而在历次改朝换代中,潜程序变成了不可抗拒的显然的"气数"。

章洋的选择绝非偶然,反映了语境:具备了的庞然大物是斗争的理论与激情,组织与发动。尚待寻找认证与确定的是斗争的对象、斗争的性质。我们的斗争存在着修辞化、声势(表演)化,乃走向可塑化、空心化、随机化、阴天打孩子——没事找事化、"人保活化"。这最后一化是旧时艺人的一个说法,认为有两种节目脚本:一种是设计极佳,是"活保人",谁演都能出彩;一种是设计不那么完美,又必须出台上台与受众见面,这就只能靠演出者的天才与时运,才能保证节目取得不坏的效果。

第四十二章　信笺传情　泰外库表白爱弥拉
　　　　　雪地躺尸　尼牙孜背进卫生站

　　伊力哈穆缓缓地走回家里。路上,热依穆说了一句:"其实,不去就对了。"伊力哈穆没有吱声。

　　家里,米琪儿婉正在收拾东西。伊力哈穆一回来,她就揭开灶火上的大锅盖,端出一大碗热气腾腾的馄饨。她说:"雪林姑丽端来的。她今天回来了。"

　　"哦。她在试验站过得怎么样?"

　　"好呢。她很高兴。她带回了羊肉,做了饭,还给咱们端了来。"

　　"你吃吧,我不饿。"

　　"什么叫不饿呢? 这两天忙得供销社没有肉卖,也没给你做什么饭,快吃吧。"

　　"那你……"

　　"我吃了。我吃过了。"

　　当然,伊力哈穆知道这是假话。遇到亲友、邻居送来什么好饭,米琪儿婉总是尝上一口就给他留下,用言语是改变不了她这个"顽固"的习惯的。

　　当伊力哈穆吃起来的时候,米琪儿婉欣慰地笑着说:"泰外库今天又来了。他给爱弥拉克孜写了一封信,让我转交。我打算明天回一趟娘家。"

　　伊力哈穆这才注意到,屋角边是米琪儿婉准备下的走娘家带的东西,红布单里包着大馕、小馕和一角茶叶。他说:"咱们的南瓜长得不错。你带上两个南瓜,再带上一点葵花子去吧。"

"好的,好的。我明天在娘家住一晚上,后天回来。我主要要找一下爱弥拉克孜,受了泰外库的委托,我要尽力去办。"

"这么说,你是去充当使者①了?"伊力哈穆打量了一下妻子。

"什么使者?不。"米琪儿婉对丈夫话中的怀疑的语气有些不高兴,她说,"现在还说不上什么使者不使者。我只是希望他们好。我想这也许是很好的吧?可怜②的爱弥拉克孜!可怜的泰外库!"

"泰外库这个人……"

"泰外库是没有调教好的三岁马,"米琪儿婉不是嬉笑,而是沉重地说,"这回,他可要走正路了。"

"他一定能走正路吗?只因为爱上了一个姑娘?"

"我的天,"米琪儿婉更加不满意了,"您今天是怎么了?您说话怎么像一个……官僚!"米琪儿婉再也不能容忍伊力哈穆的冷静了,急切中她给伊力哈穆扣了一顶不大不小的帽子。

"当然你是对的。去吧,把泰外库的信交给爱弥拉克孜吧。谁又能知道爱弥拉克孜的心呢?也可能吧?"

"……可你为什么不吃净?瞧您,吃得这样少。有什么事吗?"

"没事。我没事。睡吧。看,女儿在动弹,该把一把尿了吧?"

米琪儿婉照料了孩子,添了火,收拾了伊力哈穆吃剩下的饭,她不太放心地不时看一看伊力哈穆。和往常一样,伊力哈穆年轻的脸上现出一种镇静的笑容,但是今晚,他的眼神显得凝重些,表情也有些沉郁,这是瞒不过米琪儿婉的。在伊力哈穆在工作中碰

---

① 维吾尔人的婚姻中委托第三者来往联系,称使者,与汉语的媒人意义不同。
② "可怜"一词在维吾尔语中使用比较广泛,不带贬义。

到什么难题或者不愉快的事情的时候，他就是这个样子的。她希望和丈夫谈一谈，为丈夫分担一些忧虑。而且，她也多少了解了社教工作的一些动态，在铺好被褥以后，她没有睡，却关怀地低声问："有什么事吗？跟我说说啊？"

"不，什么事也没有，你睡吧，我再看一会儿书。"偏偏今天伊力哈穆不想谈。过去，遇到什么事和米琪儿婉扯一扯他的心情就会轻松得多，可今天，在自己没有完全弄清楚，没有绝对的把握的时候，他怎么能向米琪儿婉说章洋的坏话呢？怎么能违背自己的包括在米琪儿婉面前也要维护工作组的威信的义务呢？他什么也没说。

米琪儿婉躺下了，勤劳的人入睡是很快的，过了好久了，她睁开眼，看到丈夫仍在托着腮发怔。

爱弥拉克孜担任新生活大队的医士已经有两年的时间了。六二年夏天，她在卫生学校毕业，分配到本公社的卫生院，后来公社党委决定在新生活大队试点搞合作医疗，建立大队卫生站，她自己申请来到了这里。主要一个原因，她再也无法在家里待下去了。她这样一个年龄的姑娘，再住在父母的身边，在阿西穆眼里，不但多余，而且是耻辱、祸害，从早晨到夜晚，从星期一到星期天，不论是家里还是亲友当中，永远是对她的婚事的关切、好心的帮忙与别有用心的议论。好心也罢，坏心也罢，对于她却全无两样，全是折磨。她刚刚否定了一个前来说亲的人，譬如说来人提起的是一个胖子，一个年龄大的男人，马上又有一个热心的女人前来说合另一个人，一个瘦子，年纪轻的人。这样，根本不允许她有片刻的安宁。她动过心吗？没有，有谁指教过她吗？她受了什么书本的影响吗？不，不是的。然而她从小下定了决心，她早已暗自决定，这一辈子她不打算嫁人。

她永远也忘记不了九岁那次她受到的屈辱。九岁的女孩子，已经可以懂得和记住许多许多的事情。那一天，妈妈让她到帕夏汗婶婶家里去借一个细箩，婶婶和几个成年女人正在喝茶。是没有话题了，是一种什么心理吗？帕夏汗把她叫到了身边，拿起她的残肢给客人们观看，看别人的伤痕像看巴扎上一件新到的商品，这是一种多么可恶和卑劣的习气。当时，帕夏汗说："挺俊的一个丫头，可怎么找婆家呢？有谁要她呢？如果她用这只断臂搂住丈夫的脖子，男人不害怕吗？"喝茶喝得半醉的女人们唏嘘起来，有的抚摸她的残肢，有的凑过来细盯着她的断腕，有的叹息，有的还用裙子角擦了擦眼泪，你一言我一语，有的夸她的眼睛美，有的夸她的头发黑，所有的夸奖都归结为对她的伤残的悲叹，而悲叹之中又流露出从帕夏汗的话语中的某些猥亵意味中得到的某种满足，那个擦眼泪的女人同时也在窃笑，因为她听到了帕夏汗抖搂出来的一句关键的话，她说："唉，那个地方不伤不残也就行了，男人还能要我们的什么呢？"然后笑得爆了棚。

……九岁的爱弥拉克孜拿回细箩的时候面色是铁青的。那天晚上，她病了，她没有吃妈妈用箩过的上等面粉做出的饭食，她的眼直勾勾的，吓得阿西穆增加了三倍晚祷的时间。

这以后，又有多少次她听到自己的父母的议论啊。还在她远未成人的时候，母亲总是为她担忧，她说："她长大了可怎么办呢？"父亲说："总是会有人要的。"什么样的冷酷的话语啊！什么叫"有人要"啊！从前父亲总是在赶巴扎以前和母亲商量，"你看这头山羊十五块钱有人要吗？""这张苇席六块钱有人要吗？"现在，议论的却是她爱弥拉克孜有没有人要啊，难道她爱弥拉克孜也是一头山羊、一张苇席吗？

　　不，她不能忍受这种歧视，不能忍受嘲笑和侮辱，甚至也不能忍受怜悯和照顾，不需要同情和惋惜，从她记事的时候她就缺了一只手，这难道要她自己负责吗？这难道是永生永世不能弥补的缺陷吗？她勤奋、善良、聪明、美丽、自尊。不论家务活还是在队里出工，不论是上学还是工作，她没有落在后边过。为什么帕夏汗那些人，什么都看不见却只看见她那只断腕呢？难道她这个人仅仅是一个承载着残肢的，比别人低一等的躯体吗？她活了二十四年，劳动、读书、学道理、学技术、尊敬人、帮助人，难道所有的这一切又一切的努力仍然补偿不了那并非她自己所造成的缺陷吗？

　　感谢毛主席！千遍万遍地歌颂毛主席吧！只有他带来的温暖和慈祥的新中国，才融化了爱弥拉克孜心头的冰块。只有新生活的光辉和照耀，才给爱弥拉克孜提供了一条光明的大路。只有他的巨手，才揩干了小小的爱弥拉克孜眼角上的泪水。只有在新中国，我们的维吾尔族的农民的女儿，我们的被旧社会的恶狗咬断了手腕的好孩子，我们的被一些封建的、落后的、愚蠢的旧意识旧风俗所折磨所伤害所包围的纯洁无瑕的爱弥拉克孜终于自己写下了自己新的人生篇章，她排除各种干扰以全优的成绩考进了伊犁哈萨克自治州卫生学校，她获得了国家颁发的医士证书，她现在是国家的医务工作者，是农民的朋友和勤务员，是科学、文化和新生活的传播者。

　　她离开了庄子上那个种了不少玫瑰的僻静的院子。她来到新生活大队，她穿上洁白的大褂戴上更加洁白的无檐帽，她的白大褂的衣袋里经常装着听诊器和温度计。她办公桌上放着血压计、压舌板和手电筒，她好像变成了另一个人。她不再是伤残和缺憾的化身，而是病痛和忧患的治疗者和安慰者。她给人查脉搏、查喉咙、查血常规，她给人开处方、打针、谆谆嘱咐服药的方法与普及卫生知识。在新生活大队,人们称她为"医生姑娘"或者"姑娘医生",找她的人是为了寻求她的帮助,她整天考虑的是如何解除旁人的痛苦,这使她感到了生活的意义和自己的力量。她本来就是本地农民的女儿,她很快就和这个大队的社员熟悉了。她知道病人不仅需要片剂、针剂和粉剂,而且更加需要亲切的话语、真诚的安慰和对于健全的生活方式——卫生习惯的指导。她看好了一个病人,她多了一个亲人。虽然,大队卫生站只有一间房子,就在供销社门市部的隔壁,这间房子是门诊室,是药房,也是她的宿舍,她就睡在这个弥漫着酒精和水杨酸的气味的房屋的一角。她常常为了夜间来急诊的病人而不得安眠。但是,她在新生活大队的生活是愉快多了。

这一晚,她刚刚参加完所在队的社教工作组组织的毛主席著作学习。今天学的文章是《反对自由主义》,农民们的学习非常认真、非常热烈、非常实际。大家争着发言,用毛主席的教导对照自己,自我批评,检查自己有哪一条自由主义的表现,并表示今后要改正。这种诚恳、求实的学习态度感动了她。她也在会上发了言,她说,实行合作医疗以后,有一些没有医药常识而又很有一些自私自利的思想的人,看病拿药的时候一看药价低就埋怨、不满,药价越高就越满意,甚至自己提出要求给开价格昂贵的药。四天前大队的会计前来看病,非缠着要开一些贵重的药,她碍于面子,没有坚持原则,给开了,实际上,既浪费了药品又无益于治疗。这是她的自由主义的表现,她要改正,同时也希望那位会计认识自己的不当。她的发言引起了农民的笑声和掌声。社教组的同志在小结当晚的学习的时候还特别提名表扬了她的发言,这使她很高兴。

她高高兴兴地回到了卫生站,坐到桌前,拧开了台灯(新生活大队离伊宁市近,接引了输电线)。在台灯下,她翻看着一本关于中草药的汉语小册子，有许多字需要查字典，所以，她读得很慢，正当她用维语字母给一个新查到的字注音的时候，她听到了叫门声音。

这么晚了，会是谁呢？声音又这么熟悉，同时，她也可以分辨出来，这不是急诊病人和他们的家属的不安的叫门声。她开开门，意外的喜悦使她跳了起来，她大叫道：

"是您吗？米琪儿婉姐姐！怎么也想不到是您来了，我的好姐姐！"

于是，她又是烧茶，又是炒瓜子，又是翻箱倒柜拿出了饼干、杏仁和水果糖，米琪儿婉拦也拦不住。茶好了，瓜子炒熟端上了，饼干和杏仁也已经摆到桌上，递到米琪儿婉手里，双方对于各自的问候回答了一连串"好，好的，好着呢……"之后，开始了并非闲话的闲话。

"您问我们这里的四清工作队吗？他们来了以后各方面都出现了新的面貌。就拿学习毛主席著作来说吧，今天晚上我们学习了《反对自由主义》……"

爱弥拉克孜的话中途打住了，她发现了米琪儿婉的异样的局促不安的神态，她疑问地看着她。

米琪儿婉本来是满腔热情地来充当这个"信使"的，事到临头，她却胆怯起来。姑娘的心，特别是爱弥拉克孜这样一个有主见的大女孩子的心，谁能摸得透呢？她会不会轻视没有文化、没有受过良好教育的泰外库？她会不会因为米琪儿婉带来了泰外库的用歪歪扭扭的字样写就的鲁莽的信而恼怒，而埋怨甚至讨厌她米琪儿婉呢？她没有一点把握。但总不能不说啊，她等到了这样晚才来，就是为了等到一个安静的场合，可以谈心的机会。她硬着头皮说道：

"爱弥拉克孜妹妹,天晚了,您明天还要工作呢。我呢,明天一早也要回去。我、我给你带了一封信来,它、它是一个人给您写的,请不要生气……"米琪儿婉自己脸先红了,她放低了声音,"那个人,非常非常地喜欢您……那个人就叫……"最后说到泰外库这几个字的时候,已经只剩下嘴唇动而听不到声音了。

谁能断定,是爱弥拉克孜首先想到了泰外库还是米琪儿婉的无声的口形动作首先传递了这个人名的信号呢?爱弥拉克孜难道就没有这样一点敏感吗?不,她感觉到了,不是今天,不是米琪儿婉拿出信以后,早在那次她去送还泰外库的手电筒的时候……难道泰外库的形象,泰外库的狼狈生活,泰外库的举止和神情就没有给她留下一点印象吗?那天,泰外库多像一个老实的大孩子。他那样惊异地,又是顺从地、谦逊地、敬仰地望着爱弥拉克孜,使爱弥拉克孜感到有些不好意思。他那么强壮,那么具有无限的精力又那么不会安排自己的生活,简直让爱弥拉克孜为他着急。当然,那只是那一天的事,然后,她就把他忘却了。说是忘却,就是说她把这件事和这个人冻结在、封锁在她的记忆的一个小角落里。其实这个人,这件事已经在她的心灵上占据了一个小小的位置。说是小小的,因为她从来也没有想过,也不敢正视心灵的这个角落,这部分被冻结和封锁了的角落……她早就坚信她这里已经没有这样的角落存在的余地了。

但是,随着米琪儿婉拿出字迹歪斜的信封,这个角落突然膨胀了,嗡的一下子,它变成了一个极大的天地,风在呼啸,浪在翻腾,火在烧,地在转……她呆了。

"请看一看他的信呀,请您看一看啊。"米琪儿婉好像从一个遥远的地方催促着,恳求着。

她的抖颤的手抽出了淡绿色的、带着暗花纹的信笺。多么可笑的泰外库，竟找了一张这样颜色的信纸。泰外库的健壮的身躯、卷曲的头发、强有力的臂膀和精力无穷的目光，从信笺上走了下来，走到她的房里，走到她的身边，出现在她的面前，向她屈身施礼。为什么，那天她去送还电筒，他竟像一个做了错事的孩子一样驯顺、可怜呢？

可怜的大个子，他竟在这么一张酸文假醋的信笺上写得那么傻气、那么笨拙。按照维吾尔青年男子的习惯，信的开头是四句歌唱爱情的民歌。然后他写道："我不是坏人。"这算什么话啊，给公安局写材料吗？她还看见了一句，字体是大大的："我想和你结婚！"这又是什么话啊，难道能够这样首次给一个未婚的女子写信！

结婚！在她年轻的生命里，意味着的是屈辱，是三等外商品的廉价处理，是对旧势力的投降，结婚就是被蹂躏和谋杀！所以她早就决心不结婚。她断定"结婚"这个词儿是她的恶魔——仇敌。

而现在，泰外库写的正是这个词儿，泰外库用他那可以捏碎石头的大手，拿起摔坏了笔帽的钢笔，在淡绿色的暗花信纸上写得歪歪扭扭的这几个维吾尔文字母，给予了她怎样意想不到的冲击。结婚——"我要拿上你"，这种维吾尔式的语言是多么质朴，多么实在，多么火热，又多么缺少必要的雅致、温存与过程啊。爱弥拉克孜双手捂着脸，啜泣起来。她的肩膀一抖一抖，在她的二十多年的生命的路程上，她还从来没有这样深哭过、痛哭过，为她的不幸，为她的青春，为她的命运，她是怎么样哭也不为过。陌生而遥远，又是粗粗粝粝、生生猛猛的幸福的召唤，激活了，又是扫荡了她的根深蒂固的痛苦。天真而勇敢的，应该说是有点傻气的追求，冲决了长久以来严厉地禁锢积压住了的幻梦与悲伤。于是，泪水像冲破了堤坝的春洪，流淌了，流淌了。

爱弥拉克孜的痛哭使米琪儿婉手足无措。她完全不知道该怎么办才好。她说:"原谅我,妹妹,是我不好。我错了……我不是有意的,我只希望你好……别生气,别伤心,我并没有和任何人说过,安拉知道,我绝对不会与别人说你的事儿。你看,你看,别哭了……"米琪儿婉的鼻子也酸了起来,她走近去抚摸爱弥拉克孜的浓密的厚而软的头发,那头发是如此洁净,在这个公社,应该是属她的面庞她的头发干净了。她掏出手绢给爱弥拉克孜擦眼泪,又用被爱弥拉克孜浸湿了的手绢揩一揩自己的眼泪。她俩的眼泪弄湿了同一条手帕。她继续莫知所措地劝慰着:"如果你不愿意,这也没有什么不好办,就当没有这件事好了……告诉我,你在想什么,我知道,这只是个普通的社员,是个赶车人……"

真是奇怪。米琪儿婉在说什么呀? 真是遗憾。哪怕是米琪儿婉。哪怕是这个胜过了自己的亲姐姐的最了解自己,最关心自己,最爱护自己的温柔慈爱的米琪儿婉,竟也完全不了解爱弥拉克孜此时此刻的心境……爱弥拉克孜的痛苦,是用言语可以表达的吗? 又能向谁诉说呢? 她哭得更伤心了。

"咚、咚、咚!"有人砸门。"爱弥拉克孜医生,您睡了吗?"好像是民兵排长的声音。

"医生姑娘,是我们啊,有个受了伤的人!"这是民兵排长的妻子的声音。

爱弥拉克孜立即收住了泪水,略略整理了一下头发,示意让米琪儿婉去开门,她本能地立即清理了诊榻,穿上了从背后系带的白长罩衫。

民兵排长背着一个人走了进来,排长的妻子睡眼惺忪地跟在后面。显然,这个女人已经睡下了,民兵排长怕深夜来叫女医生的门不方便才把她叫起了同来。排长把"伤员"放到了诊床上。这个人满脸血污,一只眼睛肿得像核桃,嘴角上流着血水,棉衣领子被撕了一个稀烂,扣子一个也没有剩下,裤子上全是泥和雪。

爱弥拉克孜又拉开了一盏灯。她打量了一下"伤员",惊呼道:"尼牙孜哥!"

"是尼扎洪,"民兵排长说明道,"我在公路边上的坟地一带发现了他。看样子他被人打了一顿,他躺在雪地里。如果没人发现,还不活活冻死!"

爱弥拉克孜顾不得细听,连忙检查了他的脉搏、血压和瞳孔,听了他的呼吸。松了一口气。她说:"有点脑震荡,没有任何危险。先给他洗一洗脸上的血吧。"她指挥米琪儿婉把暖水瓶里的水倒到一个搪瓷盆里,爱弥拉克孜用药棉蘸湿,轻轻给尼牙孜擦拭血污。同时进行着进一步检查。她说:"打得可不轻。鼻骨折断。一个门牙脱落了。这只眼睛也够呛……"洗干净以后,爱弥拉克孜对伤员做了一般处置,把他的眼睛包扎起来,又在面部的伤口上涂了些防止感染的药剂,用橡皮膏贴上了几块纱布。然后,她洗一洗手说:"不要紧的。要不了多久他就会醒过来的。"

"那怎么办?"民兵排长商量道,"看是不是由我来照顾这个人。医生姑娘,您到我家去休息吧,如果伤员有什么情况,我再去找您。"

"到我家吧。"米琪儿婉说。

只好如此。否则,爱弥拉克孜这一夜可怎么过呢?……爱弥拉克孜嘱咐了几句,留下一点止痛和抗感染的药,便和米琪儿婉走了。临走的时候,她们俩不约而同地往桌子上看了一眼。桌子上本来放着泰外库的信的,现在不见了。米琪儿婉想:"可能爱弥拉克孜把信收藏起来了吧? 当然,是给她的信嘛。也许她还要再'研究研究'这封信?"她没有问。爱弥拉克孜想的是:"可能米琪儿婉又把信收走了吧? 唉,我哭得太厉害了,把米琪儿婉姐姐吓住了……"她更不好意思问。她们走了。

妇女们走掉了,民兵排长伏在桌子上打盹,过了两三个小时,尼牙孜呻吟起来。民兵排长走过来问道:"您这是怎么了,尼扎洪?是谁打了您?"

"给我一碗水,水……"尼牙孜挣扎着要坐起来。

"您先休息,我给您倒去。"排长拿起一个茶缸子,又去拿热水瓶,原来热水瓶的水方才洗伤口时已经用完。"您躺着,我回家给您倒去。"他告诉尼牙孜,走了出去。

民兵排长走了。尼牙孜忍住剧痛坐了起来。他用一只没挨打的眼打量着四周环境,基本上弄清了自己的遭遇和现在是在什么地方。他思索着对策。忽然,他发现了诊榻脚下的一张信笺。出自他到处打探隐私的习惯,他强忍疼痛弯下身去捡起了信,他用一只眼扫了一扫,如获至宝地揣到了怀里。

排长端着一碗热开水回来了,又给尼牙孜吃了爱弥拉克孜留下的镇痛片。排长再次问:"是谁打的你?"

尼牙孜支支吾吾地说:"不,没有人打我。是我自己摔的……"

尼牙孜的话是难以置信的。但是,既然受害者不肯承认是别人加害自己,尼牙孜又不是本队的社员,而且他正在伤痛之中,说话也不方便,又没有什么其他的危险,民兵排长也就不想再深追下去。等到天色微明,开始听到行驶在公路上的各样车辆的声响的时候,尼牙孜下了床,用手把掉了扣子的棉衣大襟紧紧掩住,向排长说他准备搭便车回七队,民兵排长点了点头。就这样,尼牙孜走了。

小说人语:

重压下的、深度冻结的悲哀,反而是恍若没有的,可以被忽略的，可以是"却道天凉好个秋"的。只有当重压开始减弱、当冰冻遭遇暖流、当你获得了自己也不敢相信的希望的消息以后，那时的眼泪才会释放出你刻骨的悲哀来。

我们毕竟有理由相爱。有理由歌唱爱情。有理由摆脱那些肮脏的、变异的、虚假的、装腔作势的命名，回到爱情的最本真最纯洁的层面。

第四十三章 队长下台　贤惠妻子置酒办肉
贵客住家　泡克夫妇索面领油

　　章洋要搬到尼牙孜家去住的消息像一股黑烟一样升起在七生产队的上空,变成了一片阴云,散布到整个大队。

　　这话最先是从尼牙孜自己口里说出来的。在章洋向伊力哈穆宣布将要搬走的第二天一早,也就是米琪儿婉刚回娘家还没有与爱弥拉克孜见面,尼牙孜将要受伤但还没有受伤的这一天的早晨,尼牙孜赶着一辆驴车拉着麦子来到了庄子,他先找到伊明江,用一种命令的口吻说:

　　"赶快给我发一公斤菜籽油,章组长和社教干部要搬到我家去了,为了给他们做好饭,需要先领一点食油,副队长同意了的。"

　　伊明江一时没有相信,他看了一眼尼牙孜。尼牙孜换了一顶崭新的、黑绒面的羊皮帽,换了一身总算洗了一遍的、在他来说是空前清洁的衣服。他的皮靴虽然开了绽,褪了色,但也破天荒擦得锃亮。尼牙孜扬扬得意地拿出了热依穆批的条子,催促道:

　　"快打油……"

　　然后,他上了水磨。对于那个给他送死乌鸦的廖尼卡,他摆出一副不屑一理的神气,眼睛看着别处,下令说:

　　"喂,看水磨的! 先给我磨面! 我没有时间! 我正忙着哩! 章组长和社教干部今天就要搬到我家去了。看,这是保管员刚发给我的菜籽油。快! 我下午还要去伊宁市买点粉条子、凉皮子,给社教干部做饭,这可是公事! 吃饱了饭才能收拾干部们哇,哈哈哈……"

廖尼卡不相信自己的耳朵,但是看看尼牙孜吧,他的外表、他的神气确实是大不相同。莫非这是真的?

在尼牙孜的催促下,没按排队的顺序,先给他磨好了面。尼牙孜赶上驴车,大声唱着小曲:

> 我也要去,我也要走,
> 在这世上,转转悠悠,
> 如果平安,再回家乡,
> 多么神气,多么自由……

廖尼卡坐不住了。他不相信会真有这样的事情。他的眉毛挑了起来,他脖子上的筋凸胀了。他的红头发好像真的烧起了火。他叫起了正在睡觉的本来是安排人家后半夜来值班的另一个看水磨的人,自己骑上自行车向队部方向奔去。路过水渠工地,他找伊力哈穆,没有找见。他又不愿意问旁的人,免得使自己替尼牙孜作义务宣传。他来到大队,大队干部谁都不在,于是,他去大队加工厂打探虚实。

加工厂的院子里坐着不少的人,廖尼卡一眼看见,伊明江也在这里。其中有许多是加工厂的工匠。离人群稍远一点的太阳地里,坐着一个人,那是前队长穆萨!

久违了,好汉子穆萨。读者,你们猜猜,这一段穆萨的情况是怎么样的?他每天长吁短叹,叫苦连天,因了从队长的宝座上被撵了下来而郁郁不乐吗?或者,他在磨牙利齿,记仇结恨,等待时机,准备反扑吗?抑或,他找到了新的出路,去发挥他的能力、口才和勇气,去实现他的野心,譬如说,他是不是在跑黑市,搞投机买卖呢?

不,都不是的。他没有做这些事情。现在我们见到他的时候,他正坐在略离人群的一块木头上,他坐的姿势挺舒展。他的面部略显苍老,样子仍然有些滑稽,但不再盛气凌人,而是平易随和。他的小麻子似乎少了些,麻坑也浅了些。他的黑胡子仍然捋得尖尖的,但翘得不那么厉害了。他穿得比六二年寒酸多了,基本上还是两年前那一套衣帽,洗过一次,自然已经显得陈旧,棉衣的右肩上还打了一个补丁,但也还算整齐。更多的是感到无可奈何的踏实,不当队长的这一年,他的日子过得不错,一切正常。

这不能不归功于他的妻子马玉琴。维吾尔族有个谚语:恶婆娘是人类第一大祸患,我们不妨反其意予以补充,好妻子是头等的福星。好妻子好比救生船,好比定心丸,好比百宝箱,好比是伏天的清风和严冬的炉火。一九六三年夏天,当阿卜都热合曼和伊明江等人的查账组查出了穆萨的大量多吃多占、借支和贪污的事实之后(其实,并没花费多少力气来查,穆萨的吃喝玩乐大部分是大摇大摆地进行的,他并没有搞那种隐蔽的偷鸡摸狗),秋天他就落了选,那时,他确实蔫了几天。尤其是,为了做一个退赔的姿态,他卖掉了那只他曾经戴在手腕上、撸到胳臂肘边的手表,这使他心痛欲碎。也只有在这个时候,他仿佛第一次感到了家庭的温暖和妻子的贤惠。穆萨知道有那么一些女人,她们的势利眼劲儿超过了外人。丈夫行的时候她们招摇卖弄,丈夫倒霉的时候她们怨气冲天,甚至在这种时候丢开丈夫"往前走"。但是马玉琴不是这样的人。她自自然然、和颜悦色地迎接了不再是队长的穆萨,在落选的第二天,她悄悄卖了自己的一副铜镯子,打了酒,买了肉,做了一顿穆萨最爱吃的水煎包子,连醋都并非零打,而是买了整瓶的高级醋。玉琴的态度对穆萨是个不小的安慰。说实在的,马玉琴衷心感谢赛里木、里希提和伊力哈穆他们,他们让穆萨通过改选的正常途径漂漂亮亮下了台。漂亮这个词儿，她说给了穆萨，使穆萨很满意。马玉琴早已感到，穆萨当队长，不仅是七队的晦气，而且也是他们的家庭、他们夫妻的晦气。他一当队长就要神气，一神气就要折腾和发脾气。他今天要办托衣①，明天要办乃孜尔，讲排场，耍威风，弄得家无宁日。他乱吃乱花乱喝，动不动就不在家吃饭，经常对家里的吃食、摆设、马玉琴和马玉凤的举止直到室内温度和空气的调节表示不满，老觉得别人亏待了他这个了不起的队长。马玉琴暗想，即使捉一只猴子来给他戴上帽子，穿上衣裤靴鞋，再强令它盘腿坐在上席，它也未必会像穆萨当了队长以后那样焦躁不安。马玉琴怎么能够不欢迎穆萨从队长的职务上落选下来呢。

穆萨毕竟也历经浮沉。下来了就下来了。穆萨的思路是你大哥②我当过了嘛。你大哥我福气过了嘛。你小子当过吗？你小子福气过吗？你小子有的可供吹嘘冒泡的谈资吗？

啊，他已经踏踏实实地当了一年社员，大部分时间，他劳动得蛮积极。开会发言就更积极。只不过，对于贪污和多吃多占的赃款的退赔，他态度消极，能拖就拖，能赖就赖。

穆萨毕竟也还是穆萨。某些场合，他仍然会眉飞色舞地吹个天花乱坠。有一次和几个青年一起干活儿，草丛里出现了一条青花蛇，穆萨一砍土镘砍断了蛇头。于是，穆萨吹起牛来，说他年轻的时候曾经和一条大蟒搏斗，那条大蟒把他的砍土镘吞到了肚子里，他徒手提住了蛇颈，蛇盘绕在他的身上，他最后把蛇扼死了，光蛇油就炼了两桶……说得听众尤其是女性老中小，又笑又疑，一起在那儿喊："泡！泡！泡！"最后一致认为他是牛皮大王，他也一笑

① 即喜事。
② 犹言"老子"。

了之。说大话是一种快感，说完大话的快感与睡完女人是一样的，不必计较播种的成活率与其他得失后果。他还有许多笑话、怪话，有的话已近下流，好在倒也无伤大局。

四清工作队到来后他有些紧张。库图库扎尔和他谈过两次，意思是让他伺机活动活动，暗示他要想法把伊力哈穆撂倒。穆萨哼哼哈哈，心想："我才不给你抢砍土镘呢！"特别是经过六三年麦收时节那天晚上在乌尔汗家喝啤渥、吃烤肉时的谈话，穆萨看出了库图库扎尔的危险性。他从那时起已经决心与库图库扎尔拉开距离。大大咧咧、吊儿郎当的穆萨其实有自己的界限和分寸感；马马虎虎、吵吵闹闹的穆萨其实有自己的防备心和警惕性。有些话他只是大喊而并不行动，有些话他连说也不说，听了也绝对不随声附和，有些事他是悄悄地做，谁也不说。"我才不跟着库图库扎尔进监狱呢！"他清醒地在心里合计。

但是，他也被章洋要搬到尼牙孜家去的消息所激动了，他也是来到大队打探风声来了。他准备听一听，看一看，而且仅仅是听听看看而已。

在加工厂。麦素木坐在中心，向周围的人正在大发议论。他的脸上隐藏着一种狡猾的笑意。他说：

"你们知道吗？这就叫做：政策！说起政策，是上面……"他用食指向上空神秘地一指，"制定的，那是书上写着的喽。共产党、国民党、耶稣教、伊斯兰教，都有自己的书……"

"这么说，章组长搬到尼牙孜家去，也是按照书上写着的政策办的喽？"伊明江问，有几个人笑了起来。

麦素木听出了伊明江话里的嘲讽意味，但他觉得伊明江不过是个孩子，没有放在眼里，于是，他正色道：

"当然，减租反霸的时候，不就是这样吗？乡约、百户长预备的宽宅大院，工作组硬是不住，专门住穷人的房顶漏天、墙缝漏风的土房子！"

"怎么能够和那个时候相比呢？"伊明江不服地说，"那时候，穷人是受剥削的，富人是剥削人的，工作组当然要到穷人家去住。但是现在呢，尼牙孜是被剥削的吗？不，少说着他也是个不爱劳动的二流子，章组长搬到他家去，实在叫人想不通啊！"

"想不通？你想得通不通有什么关系？"麦素木继续大放厥词，"什么事都等你想通了还得了？"麦素木哈哈大笑，然后他从衣袋里掏出一个笔记本，唰地打开了，指着笔记本说道："马克思说过，制定政策，是上级机关的事情。群众的责任，在于执行。明白吗？"

偏偏伊明江把头凑了过来，"给我看看，您是怎么记的？马克思什么时候说过这样的话？"

廖尼卡忍不住插嘴说："我不信这话。解放以来，不论办什么事，党总是把政策交给大家，什么事都要征求大家的意见，让我们当家做主。我看，您说的马克思的这段话，不一定是真的。"

"大概是您自己编的吧？"伊明江说。

听众哄笑起来。穆萨在一旁笑得最开心。看到像麦素木这样一个当过科长又有文化的人被一个农村青年当场揭露，他觉得有趣。他想，麦素木啊麦素木，你错了，你的那一套"马克思说"，用来吓唬干部、学生大概比较管用，用来吓唬农民算是找错了对象。农民有自己的利益、自己的经验、自己的判断是非的标准，靠援引"某某某说"来吓唬农民往往是无效的。还不如他穆萨，从来都是用农民自己的语言去吹牛放炮……

笑声使麦素木深感狼狈。狼狈中他马上换了一种面具，他狞笑一声，略略探身，用右手的中指和食指向伊明江一指。

"我的好兄弟，您是在这里，是向我说话，这倒是没有什么危险喽。可您刚才说了些什么呢？什么现在和减租反霸的时候不同了，什么那时候穷人受剥削，现在的穷人都是二流子。"（按：伊明江的原话并非如此。）麦素木冷笑了两声，突然眉毛一竖："这就是反动言论！这就是破坏言论！这就是勾结四不清干部，反对工作组，破坏社教运动！"麦素木又用指关节敲了敲自己的笔记本，"现在，四不清干部统治着农村，他们比地主还坏，比乡约伯克还坏！明白吗？老弟！不要再多说的，你刚才那一套话要是放在另一个场合讲，你就要被定成现行反革命！"

大家都怔住了，穆萨也改变了刚才斜靠半坐半躺的姿势，直起了腰身。麦素木的声色俱厉引起了（哪怕是在一瞬间引起了）一阵紧张。这就是扣大帽子的威力。麦素木早就介绍给库图库扎尔过。小一点的帽子总具有保留、讨论、商量的余地，被扣帽子的人可以把帽子摘下来，但是，现行反革命的特大号帽子一扣，严丝合缝，盖住了一切，而且像焊死了一样，不准挪动分毫。伊明江一气，起身离开了这里，廖尼卡跟了出去，背后，传来了麦素木的阵阵笑声。

与此同时，在七生产队的马厩里，人们也在议论着这件事。这里，以阿卜都热合曼为首的四个白胡子老汉，正在修理牲口套具。人们从热合曼这里听到了这个难以置信的消息。热合曼一脸怒容，连回答日常的问候的时候也是紧绷着脸。

最年长的、八十多岁的老汉斯拉木（他本来是护林员，冬闲时候，协助干些杂活），劝慰地说：

"不要生气，热合曼那洪，这个世界上，一切都是可能的，天上有多少星星，地上就有多少种人。有白天就有黑夜，有鲜花就有刺草，有百灵就有乌鸦，有骏马就有秃驴。章组长看中了尼牙孜，这也随他去吧……"

第二个老汉面庞红扑扑、身材高大，他和蔼地说：

"没有关系，热合曼老弟！我们说尼牙孜是狗屎，可有人认为他是玫瑰呢。有什么办法呢？让他把这朵玫瑰花插在耳朵上吧，等弄脏了他的头颈他就会弄清真相的。小孩子们也是这样，你不让他玩火，他总是不行。等他烧了手，哭上一阵之后，就知道什么能玩，什么不好玩了！"

第三个留着浑圆的美丽的白胡须的老汉正拿着榔头敲打着小鞍，他说：

"对于人们来讲，什么最糟糕呢？恼怒最糟糕。从恼怒中长不出一棵有益的青草。举一个例子吧，譬如您养了一头奶牛，一天可以挤到十五公斤的奶。忽然，撞上了恶眼①，牛没有了，奶也就没有了。这当然是一个损失。如果您因而恼怒，您吃不好饭，您睡不好觉，您埋怨老婆，责骂孩子……这就是双倍的损失。没有比恼怒更折磨人，损伤人的。与其恼怒，为什么不平静地坐下来呢？"

"就是这样，"斯拉木补充说，"要忍耐，不要恼怒。忍耐的底下是黄金，而恼怒的底下是灾难。"

"这统统是谬论！统统是错误的！"一直默不作声地干着活的阿卜都热合曼突然叫起来，他激动地挥舞着手臂，眼睛里浮现着泪花，"你们说的这些，统统是旧社会麻痹劳动人民的老一套！我真奇怪，解放这么多年了，你们怎么不学习毛主席著作、毛泽东思想呢？我难道是在为了丢掉了一只奶牛而哭泣吗？我难道在考虑我个人的损失！什么世界就是这样的，什么一切都会好的，到底白天和黑夜，鲜花和刺草，百灵和乌鸦，骏马和毛驴有没有区别呢？能不能把乌鸦当作百灵，把毛驴当作骏马呢？能不能听任刺草把鲜

---

① 维吾尔人认为人畜病灾是由于撞上了"恶眼"所致。

花淹没呢？唉，亲爱的老大哥们，你们在对我进行什么样的说教啊！"

几个老汉面面相觑，没想到热合曼突然爆发起来，当然，认真一谈，他们也为自己的息事宁人的庸人理论而感到有些不好意思。圆胡子老汉咕哝着说："好大的火气！"

热合曼略微降低了声音，但仍然是气呼呼的，他问：

"请问，章组长是什么人？"

"是社教干部。"

"我们是什么人？"

"我们是——什么人？"大家没有听明白他的提问。

"我们是社员嘛。"

"什么社员？什么成分？"

"贫农呗！"

"贫农是什么样的人呢？"

红脸的老汉想了想，他说："是革命的先锋！"

"您瞧！就在这儿呢！您说得多好！"热合曼欢呼道，"这不是，您也学过《湖南农民运动考察报告》哇！章同志是干部，是领导我们的。我们是革命先锋，是革命运动中打头阵的。这么说，我们怎么能眼看着章组长把手往火里伸而不闻不问呢？我们怎么能够不恼怒，不斗争，听其自然呢？"

"唉，兄弟！"斯拉木老人叹了口气，代表其余两个老汉做了回答，"我们只是想安慰安慰你，解劝解劝，结果，说的那个道理不怎么对哩！您说得对，遇到不正确的事情，应该斗争哩，可是，要斗争就必须怒气冲冲地大喊大叫吗？您对我这个八十多岁的人说话，就不能把声音放小一点吗？"

"对！"热合曼也笑了，"我检讨，我态度不好。"说得大家都笑了。

"老了也得学习呢！队上组织学习毛主席著作，为什么不通知我们几个呢？"圆胡子老汉感叹地说。

"我看，干脆咱们几个老汉组织一个学习组吧。就选最年轻的小伙子热合曼老弟担任组长！"斯拉木提议说。

大家又都笑了起来，通过批评和自我批评，增进了新的团结。最后四个老汉商定，利用中午休息时间去公社反映一下对章洋搬到尼牙孜家去住的意见。中午，以"小伙子"阿卜都热合曼为首的四个白胡须的老汉，各骑着一头毛驴，浩浩荡荡地来到了公社。

人人都在议论这个事情。早晨，在生产队的文化室，吐尔逊贝薇和几个姑娘正在利用工前一段时间排练节目，准备参加大队组织的红色歌曲歌咏比赛。玛依娜尔一进来，吐尔逊贝薇连忙跑过去问道："你们的组长要搬到尼牙孜家去住，是这样的吗？"

"好像是这样。"玛依娜尔的回答含含混混，好像做了对不起人的事情被吐尔逊贝薇抓住了似的。

"为什么？尼牙孜的好处在哪里？"

"谁知道？"玛依娜尔把头一歪。

"不知道还行？玛依娜尔！到哪儿去不好啊，偏偏到他那儿去，简直是丢人，你们的组长到底要干什么呀？他的眼睛究竟长在什么地方了？他的耳朵究竟是管什么用的？他整天鬼鬼祟祟，偷偷摸摸，好像一只打算吞吃小鸡的匹什卡克。他走到哪里都是四面张望，好像一只挨了石头揍的狗……"

"吐尔逊贝薇！不要乱说！怎么能用这样的话说社教干部啊！快来唱歌吧！"一个比较年长的姑娘提醒说。

"我才不怕呢，"吐尔逊贝薇笑了起来，"我的话难听，但我的心

724

意是实在的。我希望社教干部不要这样脱离群众。玛依娜尔，请您把我的意见，把我的原话一五一十地汇报给你们的组长，再不，我要直接找他谈呢！"

在供销社的门市部，古海丽巴侬一边扯着花绸一边嘻嘻地笑着告诉柜台前的几个妇女：

"这一回事把热合曼老头子气死了！把伊力哈穆队长也吓坏了……"

"真的吗？"一个女人问。

古海丽巴侬以她特有的近似男人的女低音的嗓子宣布：

"你们不信吗？你们看看去啊。我亲眼看到了，在阿卜都热合曼老汉的门口儿，工作干部正往牛车上装行李呢！"

在阿卜都热合曼家的门口，伊塔汗泪眼汪汪地看着社教干部把行李往牛车上装，她把萨坎特拉到了一边，断断续续地说：

"告诉我呀，我的孩子。你们生气了吗？为什么不高兴了？也许我做的饭不合你们的口味？是不是汤面条里的蔓菁疙瘩放多了？组长他爱吃些什么？我问了多少次，为什么你们不说呢？也许，那间屋子拾掇得不好？本来，我说过把所有的东西都拿到我们房里，偏偏那个老头子说几把高粱须、一张镔铁皮没有关系。要不，我们换一换好不？你们住到我们现在住的这间大一点的房子来吧。也许，我们有什么话说得不对，惹你们生气了？我们没有文化，老头子又是个急脾气呀……"

"老妈妈，不是这样的，不是的。我们谁也没生你们的气……"

"那为什么要走呢？是不是那头难听的毛驴子的叫声搅扰了你们的睡眠？是不是土炉离你们太近，我打馕的时候烟气呛得你们喘不过气来！孩子，把我的话翻译给章组长吧，我不愿意你们走！你们为了我们，离开家里的亲人，离开城市，到我们的农村里来工作，你们吃苦了，我们应该把你们的生活照顾得更好一些。这是我应该做的事情，如果我做得不够，请对我进行批评呀……"

库瓦汗奔东跑西，颠来摆去。跑得头巾垂到了肩头，袜筒秃噜到脚面。她到处叽叽喳喳地，语无伦次地用尖厉刺耳的声音急急地说话。她找生产队的出纳："支给我们十块钱吧，章组长今天搬到了我们家，我总得做一顿好饭啊！"她找热依穆副队长："给我们拉一车苞谷芯子吧，我要给工作干部做饭！"她拿着一个大碗去推邻居家的门："给我们一碗奶皮子吧，可恶的队长夺走了我们的奶牛，可给组长喝什么茶呢？"她来到供销社的牛、羊肉门市部，不肯排队，抢到了前面："宰羊的大哥，给点好的，给点最肥的部分，别给骨头，我是为了给工作干部做饭才来买肉的！"她上气不接下气地逢人便说："工作干部确实是有眼睛啊，爱惜我们这些可怜人啊，章组长和尼扎洪谈了多少次话，谁知道，他说不定打算把尼扎洪培养成干部呢……"

萨坎特对何顺说："老妈妈伤心了，老大爷也生气了。我们这样做好吗？至少应该讲一点礼貌。老人为了照顾我们的生活可真是操够了心，怎么能连一声'谢谢'都不说就装行李呢？"

何顺说："还不知道社员们怎么讲呢！我接触过的人，就没有一个说尼牙孜的好话的。"

萨坎特说："怪就怪在这里，如果上级有规定，队管委会委员也算是干部，算审查对象，不得在他的家里住，我们总还可以找一个好一点的社员，我简直不明白，为什么组长偏偏看中了尼牙孜泡克!"

何顺说:"你的意见是对的,我们的组长有点别扭。他整天在琢磨什么,谁知道?整天板着脸,脸板成这样就算是抓了阶级斗争了?不一定,这不像是阶级斗争,倒像人人都欠了他二十块钱……他是来要账的吗?这样搞下去,简直成问题……我看,我们和玛依娜尔商量商量,一起认真地找组长说一次吧。"

伊力哈穆一夜没睡好,他把米琪儿婉送走以后,想了想,横下了一条心,倒觉得心里踏实一些,趁着社教干部忙于搬家的时候,他不管章洋的"暂停"的命令,召集了尽可能多的劳力去了水渠工地。当人们问起这件怪事的时候,他憨厚地一笑:"到底怎么回事,我也不知道啊!"这是他对社员的各式各样的疑问的唯一的,也是最真实的答复。

那么,让我们探讨一下,章洋是怎样做出的搬到尼牙孜家的决定的。

人们都知道真理的力量。殊不知,谬误也有它的力量,有它独特的魅力。真理之所以为真理,因为而且仅仅因为它如实地反映了客观世界,还对象以本来的面目。而谬误呢,却摆脱了客观实体的羁绊,像摆脱了被牢牢地牵在地面上的线绳的风筝,在一个短时间内,这样的风筝当然能比牵在地上的风筝飞得更高更远。海市蜃楼的奇观比地上的任何城市都更迷人,不结果实的谎花儿往往比打籽的花朵更艳丽,承认一加一等于二的人很可能是庸夫俗子,力图论证一加一等于三的人倒很像是奇才巨擘。特别是对于那些一知半解、浅薄疏狂、华而不实、投机取巧的人来说,朴质无华的真理是太平淡了、太呆板了,而谬误呢,却可以花样翻新,吓你一个大跟头，随心所欲，发现，制定，发挥，变化，奥妙无穷，闻于耳则耳欲聋，视于目则目晕眩。尤其是，当这种谬论染上"左"的油彩，圈上"革命"的光环以后，它的认识上的虚幻的魅力又加上政治上的实用有效的魅力，尤其是它挟带着阶级斗争与无产阶级专政的威力，它变得更加吸引人、震唬人了。

　　所以，章洋这样的人，听到上面印发的"经验"中某些比"左"更"左"的提法，确实是兴奋震颤，如醉如痴。本来出自他的偏见：他对于农村、农民，压根儿都是轻视的。对于农村的基层干部，压根儿就是格格不入的。但是，章洋也曾数次下乡劳动、工作，口头上也曾多次大讲贫下中农的优秀品质，并且浮皮潦草地检查过自己那种对农村农民轻视和格格不入的心理，检查的当时也并非虚伪。但是，某些"经验"给他的那些心理插上了堂皇的旗号，一拍即合，他的头脑里马上出现了我国农村的一幅阴森暗淡的图画。共产党领导的、无产阶级专政的、社会主义的农村的状况被想象成与国民党、地主阶级统治的旧中国的农村差不多，甚至是更坏。把搞社教时了解情况，发动群众说得比土改时还难，不就是这个意思吗？把农村干部说成是地头蛇、座山雕，"熊瞎子打立正一手遮天"，不就是这样的意思吗？把农村的社会主义教育说成有那么多人反对破坏，似乎旧的反革命分子不但没有被消灭被改造，而且一下又增加了那么多"新生反革命"，不就是这个意思吗？章洋完全接受了这些思想，而且，他充满了骄傲和自信，认为别人右倾而他确实是坚定的、跟得上趟的革命的"左"派。

　　章洋就是在这样一种气氛、这样一种思想状况下来到伊犁这个公社的爱国大队和第七生产队的。当时全国正处于新的革命的高潮中。城市在搞"五反"。文艺界，卫生界在搞整风。一些认定不好的电影正在被批判。在革命的高潮中难免鱼龙混杂，泥沙俱下,革命的高潮在唤起章洋的政治热情的同时也引发了他的逐风赶浪心理。他戴着有色眼镜,从第一天就觉得处处蹊跷。伊力哈穆追着他汇报情况,他认为这是四不清干部企图左右他的视听。伊力哈穆感情上对他们很亲切,生活上很照顾,他认为这是四不清干部的糖衣炮弹。伊力哈穆对队里的工作抓得很紧,依旧敢于负责,他认为这是四不清干部抓住权不肯松手。他常常听到社员对伊力哈穆的称道,他认为这是四不清干部严密控制的征兆。伊力哈穆的举止镇静乐观,他认为这是四不清的干部不肯低头,向他挑战。尹中信、基利利、别修尔不同意他的做法,他认为这说明了他们右倾,换句话说,说明了他章洋的难能可贵、出类拔萃的正确性。他决心自行其是,做出成绩,大显身手,给那些右倾的人看看。

至于尼牙孜对于他之所以珍贵,不仅因为尼牙孜是唯一一个对他提出了对伊力哈穆的控告的社员;不仅因为尼牙孜是一个他正在寻找的、为他所需要的被侮辱与被损害的形象。而且更重要的是,越有人保护伊力哈穆,伊力哈穆越是精神奕奕、不摞挑子不浑身筛糠,他就越想给伊力哈穆的追随者热合曼等人一个致命的打击。他搬到尼牙孜家还是皮牙孜家倒是第二位的问题。打击伊力哈穆和他的跟随者,这才是要务。当他宣布自己的决定后,伊力哈穆、热依穆以至何顺、萨坎特等人的吃惊、当他搬家的时候阿卜都热合曼的恼怒与伊塔汗的挂念,都使他感到一种特殊的满足。

他是这样的快乐,以至在搬到尼牙孜家的当天晚上,他破例没有召开碰头会,没有找人谈话,也没有吸着一支又一支的纸烟思考问题。他忽然"偷闲学少年",跑到公社俱乐部打了一晚上乒乓球,他屡屡跳起来起板抽杀,大喊大叫,尽管球不过网或者出界,他仍是兴高采烈。只是已经很晚了。他回到尼牙孜家,库瓦汗惊慌地告诉他尼牙孜下午进城采购一点副食品一直没有回来,这使他立刻疑虑、不安、慌乱起来。

"要出事了！"他想。

小说人语：

　　这部小说很注意它的时间与空间坐标下的"政治正确"性，它注意歌颂毛主席与宣扬千万不要忘记阶级斗争，它注意符合在"文革"中吹上天的"文艺新纪元"种种律条。但写来写去它批判的是极左，是把反农村干部的贪腐阶级斗争化的态势。当然，它找着了一个理由，找着了一个说辞，找着了一个手柄：是毛主席批判了"桃园经验"，还说什么那经验是"形左实右"。形"左"是真相，毕竟有这么一次批"左"了，这就成为小说人创作中免于沉没在声嘶力竭的阶级斗争海啸中的一根稻草。实右是戏法帽子，别以为真的允许批"左"，更不能透露自己已经识破了天机。

　　恰恰是从"社教：二十三条"中，提出了"党内走资本主义道路的当权派"的命题。正是"社教"运动，还没有来得及收尾，一不做，二不休，干脆进入了更加强劲的无产阶级文化大革命。

　　其实这些都属于定义、命名、编码，小说人没有可能另行编码，只能全面适应与接受当时的符码与驱动系统，寻找这种系统中的靠拢真实的生活与人、当然也必会有的靠拢小说学的可能性。

　　那是一个充满想象力但仍然不清不楚的年代。文学本来是允许把想象力发展到极致的。不能自主的被想象却又是太艰难了。

　　假作真时真亦假，无为有处有还无。这是小说学。这又不仅仅是小说学。

第四十四章　快没命了　库瓦汗噃出悲惨景
也太好了　麦素木定下颠倒术

　　尹中信接待了四个白胡子老汉的来访。他们反映的意见引起了四清工作队长的高度重视。

　　他来到这个公社已经半个多月了,安排好了工作队队部的汇报、简报、统计、碰头等等制度以后,他主要抓了离公社最远的牧业大队——清水大队的工作。这个大队有比较严重的问题。供销社在那里建立了一个代销点,派去了一个售货员。这个售货员来历不明,行为不端,而又目无法纪,无所不为。他卖货时对一般社员欺蒙拐骗,克扣斤两,兑水掺假,乱提价格;收购时却又千方百计地挑拣贬损,压价抹零,利用该大队地处一角而社员又难免现金上的困难的情况贪污中饱。另一方面,短短时间,他不知拉了多少干部下水,拉上干部私分畅销商品、转卖贱价收购上来的农副产品,甚至教唆某些干部盗窃集体资财来换取某些商品。他经营的代销点,成了四不清干部的活动基地,除了进行上述这些不法活动外,他们还在这里大吃大喝以致聚赌吸毒,实在是令人触目惊心。

　　那里的工作组一进点就开展了大张旗鼓的宣传动员工作,把党的基本路线,把此次搞四清的意义、方针、政策、办法交给了人民群众。他们编写和表演了许多诗歌、快板、活报剧,编辑了墙报、黑板报、画刊。现在群众已经发动起来了,涌现了许多积极分子,他们不论是宣传、查账、调查情况(更不要说组织生产,落实分配了),

都吸收贫下中农中的积极分子一道去做。那儿有一种非常热烈的革命气氛。

他还跑过几个其他的大队，那几个大队的领导班子比较好。特别是新生活大队，是著名的先进单位。大队支部一贯注意防止地主、资产阶级的腐蚀，严肃处理和纠正干部贪污浪费、多吃多占的现象。特别是在六三年，中央关于农村四清的一系列文件下达以后，他们已经做了不少工作。那里的工作组一方面广泛宣传、发动群众，审查干部中的问题，一方面支持大队支部，把各方面工作推向前进。特别是关于干部参加劳动的问题，关于严格财经制度的问题，关于加强敌情观念和开展对敌斗争的问题，关于用无产阶级思想占领农村业余文化生活的阵地问题，正进行热烈的讨论和制定更有效的措施。同时工作组还正和大队的技术干部一起开始商讨和制定农田基本建设、改进耕作制度和推广提高更新农业技术的长远规划。

尹中信感到，以他为首的四清工作队，像一台扬水机，各个齿轮和部件都在正常地运转。他们正在把日常的农村生活的河流，推动和吸引到自觉地无产阶级专政下继续革命的高度上去。

生活的河水永远奔流。半个多月以来，是什么最使尹中信激动、充实，每每使他感到自己的身上复活了一种节日般的高昂情绪，就像他三十年代参加革命队伍的最初时期一样呢？不正是在于他投身到生活的河流中去了么！除去战争时期，他从来没感到过自己距离土地和人民——这是一切伟大辉煌的革命事业、革命理想的出发点和归宿啊——是这样地近。

而且又是怎样的土地和人民，既熟悉又新鲜，既唤醒了他无数最最珍贵的回忆，又以完全新的经验和知识丰富了他。

尹中信衷心地迷恋,执着地追求的是对于维吾尔人民的更多的了解以及赢得信任和友谊。他读过历史,他知道从汉唐以来西域和内地就建立了多么亲密的关系。清水大队的工作组里有一个老夫子式的人物,是大学里给汉族学生教授维吾尔语的一位讲师。这位讲师给尹中信介绍了许多知识。哪怕仅仅从语言上,也可以看出维吾尔族与汉族的不可分割的联系。越知道这些历史,他就越觉得自己作为一个共产党员,一个毛主席派来的老战士应该为维吾尔人民做更多的事情,应该更多地、毫无隔膜地了解维吾尔人民,应该为民族团结与祖国的统一添砖加瓦,应该做得远远超过我们的祖先,这是历史赋予一切在新疆工作的汉族干部的一种神圣责任。

但是,最大的困难在于语言不通,他不懂维吾尔语,这使他往往觉得愧对维吾尔人民对他的信任和尊重。以他的年纪和地位,他以一种罕见的热情学习维吾尔语。而且他惊喜地发现,维吾尔语是可以慢慢学会的,一旦学会就会一通百通,无往而不利。同时,即使语言不通也罢,即使通过翻译甚至没有翻译通过表情和手势也罢,他仍然在和维吾尔人交流思想和感情,他们的心弦仍然共鸣在一起。他的心就像海绵一样,时时吸收维吾尔人的意见、愿望、生活以至语言。他爱上了这片土地,更爱上了生活在这方的人民。

和维吾尔人接触,最初,你会发现许许多多生活习惯上与汉族大相径庭的地方,例如,维吾尔人做针线都是拇指在下、食指中指在上捏住针,针鼻向外,针尖冲里,当针穿过织物拉线的时候,如果你是用右手,就向怀里、向左后方拉,而如果你是左撇子,是用左手用针,就往右后方拉线,与此同时,也就把拇指转动到了上方。维吾尔人使用刨子也是同样从外往怀里拉。据说俄罗斯木匠也是拉刨子的。维吾尔人写字是自右向左横写①。维吾尔人洗衣服不是把衣服泡在水里，而是不断地舀水向衣服上浇。浇一下，揉一下，把水挤掉，再浇。维吾尔用发酵的面团做食品的时候从来不用碱，他们主要靠精确地掌握发酵的火候来避免食品过酸，同时保留下来了酵母的芳香与营养。维吾尔的主食与菜肴都保持同样的咸度，他们的主食——馕饼、馒头、米饭、花卷等都显得比较咸，而他们的副食——煮肉、炒菜、汤类都显得较淡。如此等等，数不胜数。

　　你进一步就会发现，生活习惯的差异毕竟不是主要的。主要的是他们的十分可爱的随性、热情、乐观、幽默和对美的追求。尽管有着世世代代的封建压迫，尽管每一个老人都有一部血泪史，但是他们始终保持着天真的生趣。他们重视美就像重视实用。他们比较讲究仪表，男人留着漂亮的胡须，而且靴帽都比汉族讲究得多。农民们也尽量戴精致的哪怕是价格较高的帽子，显然不仅仅是为了御寒。女人们都有很好的身材，有漂亮的头巾和花裙，包括老妇人也并不穿灰暗单调的衣服。更不必说他们的花园、庭院、房间的摆饰，他们的能歌善舞，他们的妙趣横生的机智和诙谐了。

　　作为一个独特的民族，这些别具一格的特点确实是很有魅力的，但是同样使尹中信感动的，而且可能是更为感动的是这个民族有许许多多与汉族的共同点，重要得多的共同点。他们的词汇里自来吸收了那么多汉语借词，从桌子、板凳、白菜、辣子到木匠、檩、椽子、矿、大煤、碎煤，从堆（积）、找（零钱）、帮（助）、抠（挖）到道理、笑话、真、假，历代都用了汉语借词，更不要说如今的新名词了。风俗习惯上，像以"地支"纪年，每年用一种动物作标志（属相），吃饭用筷子、算账用算盘，直到近代汉族基本上已经淘汰了但古代汉

---

① 维吾尔新文字已改为自左至右横写。近三十年，停止了新文字的推广工作。

族仍是有的一些习惯,如席地而坐、婚丧嫁娶的某些程序等等,都与汉族相同。尤其重要的是,今天,他们与汉族人民迈着同样的步伐,进行着同样伟大的改造社会、改造自然、改造人的斗争,关心着同样的问题。甚至唱着同样的《大海航行靠舵手》和《学习雷锋好榜样》的歌曲。这些共同的主要的东西是暖人肺腑的,它使人重温远古的历史,怀念共同的道路,畅想美妙的明天,看到、感到兄弟的维吾尔人民与汉族人民怎样自古以来把命运结合在一起。

机器在运转,长河在奔流。工作队员们在奔忙劳碌、在努力学习,并从中感到无限欣慰。

然而,有一个零件不断发出奇特的刺耳的噪音。这个零件的转速与角度古怪得难以捉摸和调整。这个零件就是爱国大队工作组的副组长章洋。

第一天晚上,章洋和别修尔来谈在七队进行"小突击"的计划。尹中信支持别修尔的意见,不同意这个小突击。怎么能对一个共产党员、一个干部不分青红皂白先当作敌人来"突击"一下呢?即使用这种办法能诈出一些问题来,代价也过大——它伤害了好人的心,它破坏了党的实事求是和爱护干部的传统。他说了不少话,看得出来,章洋没有服气。

第二天中午,四个白胡子老汉来了,来的时候怒气冲冲,虽然他们非常注意讲话和举止的礼仪。尹中信留下了他们的姓名,感谢他们前来反映情况。由于尹中信一直还没有腾出手到爱国大队来,不掌握第一手材料,他没有发表具体的意见。他也没有容许自己在根据不足的情况下进行什么分析思考,揣摸估计。在判断是非的时候,没有比凭印象形成先入为主的偏见更有害的了。

第三天早晨,尹中信和翻译来到了爱国大队。在大队办公室,章洋正在和别修尔谈话,一见尹中信,章洋非常严肃、沉重、紧张地走了过来,低声说:"出了事情了!"

"什么事?"章洋的神气使尹中信一惊。

"尼牙孜失踪了! 我们昨天搬到他那里,下午他去伊宁市了,到现在也没回来。"

"会不会有什么事耽搁在伊宁市? 城上他有没有亲友、老乡之类的……"

"不是的,"章洋皱起眉,把下巴往左肩胛上一靠,"他老婆说了,他讲好了当晚早早地回来,我看,说不定,"章洋的脸上充满了严肃、悲愤、痛苦的表情,他握拳握得骨节作响,"尼牙孜同志有可能遇害了。"

"不会的。"别修尔笑了,摇了摇头。

别修尔的笑容激怒了章洋。章洋站了起来,挥动大臂做了一个有力的手势:"您怎么知道不会的? 阶级斗争是无处不有处处有,无时不有时时有,社教工作组的干部住在谁家里,从一开始就是一个严重较量,是一场全力以赴的大搏斗,是一场你死我活的、不可调和的斗争,尼牙孜遭到他们的嫉恨,这是非常可能的……"

"您的意思呢?"别修尔打断了章洋的滔滔不绝的话,"要不要派人去找找尼牙孜,我个人意见,等到今天天黑吧,如果再不见人,我们可以找一找。等见到尼牙孜,再说别的话吧。先分析那么多,脑子累得慌!"

别修尔抬手指了指太阳穴。他的汉话说得慢条斯理,有些音发得不太准确,譬如累得慌,他的语音是"力得夯",这些更增加了他的话的幽默。尹中信禁不住笑出了声。

想不到这个蔫蔫的别修尔说起话来这么厉害! 章洋喘了一口气,坐了下来,仍然�’着嘴。

尹中信刚要说话。哇里哇啦,踢里咕咚,吱扭嘎喳……一阵嘈杂的脚步声、推门声、说话、哭喊,可能还有厮打的声音冲进了大队,门嘡的一下大开了,首先是一个妇女拉着另一个妇女冲了进来。第一个妇女看见了章洋,大叫了一声"组长!"连滚带爬地伏到了章洋脚下,号啕大哭起来。这是库瓦汗。下面一个是被库瓦汗连推带搡,又扭又拽地揪进来的雪林姑丽,雪林姑丽面色惨白,浑身发抖。后面还跟着一些想了解究竟的妇女和老人,以及一些好奇心强的孩子。

"我要死了,让我死吧!这可让我怎么活呢!啊,我的胡大!"库瓦汗哭叫着,用双手抱着自己的头,好像在防御冰雹,"我的孩子,我的孩子一个比一个小啊,这可怎么办呀!"她满脸全是鼻涕和眼泪。

"不要这样。"别修尔走了过来,"有话好好地说,尹队长也在这里嘛!"

听到尹队长三个字,库瓦汗似乎略微清醒了些,章洋给她搬去了一条板凳,库瓦汗摸着板凳腿立起身来,坐了下去。尹中信示意让雪林姑丽坐下,雪林姑丽不坐,她靠在墙上,发着抖。

库瓦汗仍然哭着,她说:"伊力哈穆把尼扎洪打死了!"

这话使别修尔、章洋和尹中信瞪大了眼睛。特别是章洋,他一下子跳了起来,连问:"怎么回事?尼扎洪死了吗?凶手抓起来了没有?"他的心激烈地跳动,面色也变了,他那种既气急败坏又终于不出所料所以堪称大获全胜的样子甚至使库瓦汗也吃了一惊。

"快死了,快没了命了啊!"库瓦汗哭诉着。

章洋向着翻译大叫:"到底是怎么回事?到底是已经死了没有?凶手伊力哈穆在哪儿?"

"不是伊力哈穆啊!也就是伊力哈穆啊!是她的丈夫,"库瓦汗指着靠在墙上的雪林姑丽，"把我的丈夫打得半死不活呀！"

这样的话再经过翻译，有谁能听清楚！章洋向着翻译大叫。翻译也火了，声明"她的话我不会翻"，干脆来了个"罢译"。事实也确实如此，能把女人撒泼的话语即席译过来的翻译，中央民族学院、西北民族学院与新疆大学都还没有培养出来。

……总之，世上无难事。别修尔亲自出马，询问情况并进行翻译。经过围观的妇女们你一言我一语的介绍，这才弄清事情的经过：尼牙孜被打得遍体鳞伤回到了家里，据说是被雪林姑丽的丈夫艾拜杜拉打的。库瓦汗哭闹着来大队告状，路上正碰见雪林姑丽，便向雪林姑丽扑了过去，扭着雪林姑丽来到了大队。

"那和伊力哈穆有什么关系呢？"尹中信问。

"艾拜杜拉是伊力哈穆的弟弟。"章洋代为回答。

"谁不知道艾拜杜拉干什么事都是听他的队长哥哥的？这个娘儿们，"库瓦汗指着雪林姑丽说，"就是伊力哈穆拆散了泰外库的家庭给了艾拜杜拉的，人家是队长呀，想怎么办就怎么办！"库瓦汗紧接着章洋的话补充说。

"那么打人呢？到底是谁动手打的？"别修尔问。

"艾拜杜拉动的手，可是是伊力哈穆的主意，是伊力哈穆让艾拜杜拉打的。"库瓦汗说，她已经不哭了，眼珠转着，准备回答各种盘问。

"你也坐下，"尹中信对仍然簌簌地发着抖的雪林姑丽说，"你说说，到底是怎么回事？她说的是事实吗？"

雪林姑丽仍然是气得满脸煞白，说不出一句话来。

但是章洋再也耐不住了，事情已经到了这一步了，还啰啰唆唆问什么？现在是人命关天的时刻啊！他握着拳，含着泪，走到库瓦汗身边。他带着鼻音，用颤抖的、充满感情的声音说：

"不要哭了,大姐! 有我们在! 有领导和组织! 谁敢行凶殴打积极分子,谁就是现行反革命! 凶手一定会受到严厉的惩罚! 尼牙孜同志的生命财产与安全一定会得到保障! 走,我们现在就到你家去,我们要去看望尼牙孜同志,我们要去慰问尼牙孜大哥!"章洋站起来,不容分说地向尹中信和别修尔说:"咱们去吧。"

章洋属于这样一种人,他们主观自信,惯于使别人服从于自己的意志,他们特别是在激动的时候,在极其自信的时候,认为把自己的意志强加于别人是十分自然的、毋庸置疑的事情。他们从没有和旁人商量,照顾和迁就旁人的习惯。现在章洋激动中说这个话的时候,根本没有想到尹中信和别修尔两人都是他的上级,根本没有想到由他来规定行动是不合适的。

而尹中信又是这样一种领导人,他们只考虑事物本身,而不像某些人那样专门在某某事情是否通过了自己,是否对自己的权力有足够的尊重,谁有权叫谁干什么事,谁应该听谁的等等这些问题上下功夫,他不想也没有计较章洋的僭越言语,他认为,直接看一下被打的尼牙孜问一问情况是必要的。所以他也站起来,别修尔随着也起了身。但尹中信没有忘记对样子十分可怜的雪林姑丽说:

"你走吧,我们了解清楚情况再说。你有什么意见,可以再来找我们。"

库瓦汗和章洋走在前面,稍后一点尹中信、别修尔和翻译走在一起。

"看啊,一个队长,两个组长都到尼扎洪家去了。这是多么大的面子! 多么大的气派!"一直躲在围观的人们后面的古海丽巴侬发表评论说。然后,她补充了一句:"这回,伊力哈穆的日子可就不好过了呢。"

……从尼牙孜家出来,尹中信又和章洋和别修尔谈了很长时间。他强调,对尼牙孜被打的事情要调查落实再处理。他介绍了其他一些大队工作组开展工作的经验,希望章洋他们注意发动群众,依靠群众,倾听群众的呼声。各项工作,要在群众的支持之下,大家动手来做……他虽然谈了很多,但这些话对于章洋是没有起作用的。

现在我们回过头来说一下尼牙孜被艾拜杜拉打了这一说法的由来。

就在这一天清早,麦素木一觉醒来,一面穿衣服,一面哼哼起歌来。等穿好衣服,他向正在拾掇炉火的古海丽巴侬下令说:

"把那只羊腿给我煮上,我要吃肉。"

"现在?"古海丽巴侬怀疑地问。

麦素木点点头,半唱半诵地吟道:

> 如果您还有酒,就不要放下酒杯,
>
> 如果您还有肉,就赶快烧火营炊,
>
> 如果您还有腿,就赶快去找情人,
>
> 要及时行乐哟,以免老来失悔!

"瞧把你乐的!"古海丽巴侬皱了皱鼻子,翻了麦素木一眼,冷笑道。

"事情正像我们所希望的那样发生了! 这样顺利,这样容易,这样快捷! 莫非我们的科长同志的运气又来了吗? 似乎是你只要张开嘴,熟透了的杏子就会自行落到你的口里!"

"不要高兴得太早!"古海丽巴侬告诫说,"昨天到处闹哄哄,说是要提意见呢!"

"提吧,随他去! 这就叫做用他们自己的油,煎他们自己的肉!哈……哈……姓章的真是个好样的! 是个了不起的干部,是个智者、哲人,是正义和智慧的化身……是他妈的一头猪!"

他说得古海丽巴侬也笑了。

"嘿,那件事你办得怎么样了?"麦素木问老婆。

"什么事?"

"泰外库,按你的意思办啊!"

"不是熟透了的杏子自己会掉到口里吗? 还要泰外库做什么?"

"看,这就叫头发长见识短。你以为科长是那么好当的吗? 科长,就有科长的头脑,科长的谋略,科长的计划,一支筷子是挑不起面条来的,只有双管齐下……"

"是这样的吗? 我在试验你呢,看看你懂不懂得我本人的价值。放心吧! 昨天在供销社门口,科长夫人本小姐已经和帕夏汗说了。"

"她反应怎么样?"

"把她笑得,高兴得,爱听得……差点瘫在那里……"

"你们这些人,喂,就和她一个人说的吗?"

"足够了。"

麦素木想了想,赞许地点了点头:"你做得对,看来你从科长身上也找到了一点智慧,当然,主要靠你的天赋。帕夏汗自然会办底下的事情去的,与你古海丽巴侬有什么相干呢?"

在餐单前,麦素木又夸起"姓章的"来了,他给自己倒了一小杯酒,"祝他健康!"他咕哝了一声。他撕下一块肉喂了猫,又拿起两块还带着许多未啃干净的肉的骨头走到了走廊上。

"卡拉图什①！"他叫着大黑狗。

大黑狗摇着尾巴，吐着舌头晃晃摆摆地走了过来，麦素木把骨头高高抛起，大黑狗用后腿站了起来，用前腿准确地接住了骨头。

"好样的！"麦素木又大笑起来。

麦素木正在高高兴兴地与猫狗同乐，大门吱扭一响，仓仓皇皇进来一个人，黑狗凶猛地转身扑了过去，被麦素木喝住。他已看见，来的人是库图库扎尔。

库图库扎尔衣冠不整、眼角下垂、一副心烦意乱的样子和麦素木的情绪对比十分鲜明。他既不握手，也不问安，连招呼也不打就往屋里钻，直至进了内室，他喘吁吁地说：

"让古海丽巴侬妹子出去一会儿。从外面把大门锁上，不要让他们人进来……"

麦素木一听这话，脸色倏变。他甚至一下子想到了赖提甫和"老爷子"，想到了公安局、监狱甚至刑场，他一阵头昏，几乎闭过气去。

"您怎么了？"他向库图库扎尔提问的声调在发抖。

"怎么也不能这么干呀！这个混蛋！这个驴子！这个没有出息的废物，这个装馕的口袋②！白痴！败类！害人精！"库图库扎尔破口大骂，用遍了维吾尔语言中骂人的词儿。

库图库扎尔的一串恶骂唤回了麦素木的惊魂，显然，在迫在眉睫的大的危险面前任何人也不会顾得上骂街。麦素木稳了稳神志，血液又开始从心脏流到全身，从全身流回心脏了。他皱了皱眉：

---

① 卡拉图什，狗名，一般用来称呼黑色略带白斑的狗。
② 犹言"饭桶"。

"我的老爷！别骂了！快告诉我是怎么回事？"他的声调里包含着嘲讽。

库图库扎尔没有计较,他喘着粗气,告诉麦素木说:"尼牙孜这摊狗屎！上午章组长搬了去,下午他就进了城。进城就进城吧,偏偏让人打了个头破血流！"

"什么？什么？"

"幸亏我今天起得早,不然还不知道会发生什么大难！天刚亮我到村口去打水,老远看见尼牙孜泡克一跛一拐地走过来了。看看他那个样,我的天！活像挨了一刀还没咽气的猪！我一看就明白了,马上把他让到我的家里,安拉保佑,没有任何人看见我们。他牙也被打掉了,眼也被打肿了,竟敢就这样回村！他经过您这儿竟没有来找你！"

"没有,我不知道。那么,是谁把他打了呢？"

"还有谁？还不是那些扒手赌棍、狐朋狗友！这倒好,章组长上午刚搬过去,晚上就因为争赌被人家打了个半死,这究竟是打在尼牙孜身上还是打在章组长脸上！如果让伊力哈穆他们知道了……"

"伊力哈穆他们知道了？"麦素木倒吸了一口冷气。

"不,现在还没有任何人知道。该死的东西！"

"您先不忙骂嘛,您讲讲,他到底怎么挨的打？"

"昨天他进城,买了东西,吃了饭馆就逛大街。走到汉人街水磨上,碰见他的一个赌友,谁知道,他们是赌友嘛还是过去在一个掏口袋①的集团里。他们在他这个赌友家里赌起髀石来。尼牙孜泡克赌输了撒赖,假装上厕所翻墙溜掉了。人家发现了,不好在城

---

① 即扒窃。

市的大街上追他，就绕道埋伏在新生活大队那边的坟圈子里，人家当然知道他回去要走这条路，那时天已经黑了，泡克摇摇晃晃还怪得意的呢……人家把他差点没打死！"

"没有人解劝吗？"

"周围一个人也没有，他跪下管人家叫爸爸，人家还是拳打脚踢把他打了个头破血流，魂儿都快揍出来了。"

"这个浑蛋！"麦素木也骂了起来。

"他办不成事却还要坏事！我早就说过不能指望他。最近别修尔把我也抓得很紧，找我谈了两次话，肯定有人向别修尔告了我的状，我本来把希望寄托在尼牙孜身上，胡大保佑，只要他能把章组长抓住，咱们就乱乱地混战一场吧，混战上几个月，运动也就结束了……没想到的是，一天没到，他先现了原形……哎，科长，您怎么了？"

麦素木眉头紧皱，两眼直勾勾向前，直挺挺跪坐在那里，一动也不动。

"我来找您商量个主意，天下没有过不去的河，只要动脑筋，总会想出办法来的。我想，要对尼牙孜的受伤做出一个合理的解释。他现在还躺在我的家里。我出来的时候，也是从外面锁的门。您说呢？你说话啊，科长，啊，您怎么了？"

麦素木仍然是眉头紧皱，两眼直勾勾地前视，直挺挺地跪坐在那里，一动也不动。

库图库扎尔从来没有看到过麦素木的这副神情。麦素木全身的每一个部分，每一个零件，不论脖子、腰身还是眼珠，都是灵活机敏，反应迅速的，都是不停地摇摆着，转动着，运转着的。而如今，却忽然僵在了那里，难道这是癫痫症发作的前兆？库图库扎尔身上一阵冷，只觉得毛发倒竖了。

"好!"麦素木突然用右手的三个指头打了一个响,眼珠也活动了起来,"尼牙孜挨了打了,也太好了,这实在好,这有多么好!"

"您在说什么呀?"麦素木的话更像是精神病的发作了,库图库扎尔畏怯地低声问道。

麦素木得意地轻轻一笑。他说:"只要想办法,用柳条筐也可以打上水来。其实,办法是现成的,"麦素木果断地把手一挥,"是伊力哈穆把尼牙孜打的!"

"什么?"

"伊力哈穆支使艾拜杜拉,把尼牙孜打了!"

"什么? 谁能相信?"

"这是一场政治报复。姓章的全能理解,完全能相信。人们一般愿意相信符合自己的愿望的事情是真的。"

"你怎么知道这符合章组长的愿望?"

"他那么喜欢泡克,那么讨厌伊力哈穆,这还看不出来吗?"

"艾拜杜拉能承认吗?"

"承认,是他的,不承认,也是他打的。"麦素木撇了撇嘴,带笑地说,"昨天,艾拜杜拉从伊宁市拉麦回来,回得特别晚。当时都快十点了,我恰巧碰见了他。他浑身全是泥和水。我问他:'艾拜杜拉江,您这是怎么搞的?'他说是走过新生活大队的时候马被一辆汽车吓惊,马车轮子陷到了渠沟里,周围一个人没有,他费尽了力气,好不容易独自把大车推了出来。听明白了吗? 天黑以后,周围一个人没有,新生活大队,他不是正好把尼牙孜打上一顿吗?"

库图库扎尔没有言语,随机应变,虚虚实实,忽进忽退,又拉又打,这是多年来库图库扎尔处世办事的韬略,它的主要的特点是不露底,变化莫测,时刻准备着钻别人的空子,又时刻准备着转移阵地,躲避遮掩。他好像一个善搞假动作的乒乓球手,在等待对方的球,全身都在灵活地挪移,随时可以改变步法、线路、轻重、旋转,声东击西,长抽短吊,正手反手,横拍竖拍,攻守兼备,但是,他很少采用过像麦素木的这种狠毒的、生硬的、不留退路的颠倒术。毕竟是当过科长的人,气魄比他大多了,与他这个乒乓球运动员相比较,科长更像个拳击家,而且是重量级的。科长的富于想象力的、因而也是冒险的计划使库图库扎尔一时拿不定主意。

"我看就这样吧。最坏的结果也不过是尼牙孜和艾拜杜拉双方各执一词,造成一个悬案。你不要犹豫了。"麦素木俨然是上司作结论的口气。

"好吧。"库图库扎尔接受了。

"问题就在于,尼牙孜能不能说得圆满了。"

"那倒没问题。尼牙孜这个人虽然赖,舌头上却会长出玫瑰花来。而且,我让他说什么他就会怎么说的。"

"那好,我们的柳条筐不但能打上水,而且能打上酒,打上牛奶来! 有姓章的这样的高明的干部,事情并不难办。我建议,您也要找姓章的谈谈,想办法把大队工作组的注意力引到里希提和伊力哈穆身上去,你自然就会得救了。告诉您的老婆,现在不是小气的时候,多吃多占,经济问题完全可以承认一些,您可以卖毡子、卖牛,必要时候卖房子,提前主动退赔,只要站稳了脚跟,只要人员平安,一切都还会到手的。有本事挣得的东西,就不怕把它抛掷出去!"麦素木诚恳、关切地说。

"说得对,您说得很好,您也要多保重,多参加劳动,少说些话。昨天在大队加工场,您就说得多了一些,我后来听到了。和伊明江那样的乳臭未干的孩子,您争个什么!"库图库扎尔也友善地说。

"说得对,您是我真正的朋友和老师!"麦素木感动地说。他们深深浸泡在友谊的温暖里。

库图库扎尔要走的时候忽然想起了一件事,从黑褡包里拿出了一张信笺:"老弟,看看这个,说不定有什么用处,是尼牙孜捡来的。"

"这是什么?"麦素木看了一眼,莫名其妙。

"泰外库给爱弥拉克孜的求爱信。真好笑,傻大个子爱上了那个独手医生姑娘。"

"怎么到了你的手里?"

"尼牙孜捡来的。"

"嗯。看呀,这个尼牙孜还算能办一点事情。请把这封信留给我吧。"

库图库扎尔皱了一下眉,狡猾地一笑。

小说人语:

派工作队到农村,对于推动农村的发展建设、解决农村确实存在的干部贪腐、社会保障、经济社会文化的发展前景等问题完全可能有积极的作用。问题在于我们的政策命名与方针论述不可过于夸张与强势。

小说人喜欢说的老生常谈叫做"生活是创作的源泉"。生活提供了灵感、故事、细节与激情。生活还提供了科学与真理的光辉。咦,生活也存在着解读失真与干脆予以歪曲的可能。生活有多丰富,阴谋和谎言也就有多丰富。而生活对于阴谋与谎言的拆穿也就有多热闹。

不然,世人哪里会读得到那么多津津有味的、把你气得死去活来、再让你感动得涕泪交流的小说故事!

第四十五章　几番相见　小说人礼赞丁香花
一通追问　再娜甫痛骂库瓦汗

　　雪林姑丽回到了自家的小小的屋里。她本来今天要回试验站的。艾拜杜拉起了个大早走了。屋里静悄悄,由于没有人,炉火已经熄掉,但还有余温未曾散尽。她坐在炉边,一阵发呆,不知不觉地落下泪来……

　　雪林姑丽,你丁香花一样的小姑娘,你善良、温和、聪明而又姣好的维吾尔女子。笔者在边疆的辽阔的土地上,第一个见到了的,第一个认下了的,不正是你吗?那是在终年白头的天山脚下,在湛蓝湛蓝的孔雀湖边。湖水里映照着洁白的雪山和墨绿的云杉、蓝天、白云。湖边有几棵发黑的大柳树,许多深绿和嫩绿的枝条正在摆拂。有一行白鹅,在蓝宝石般的湖面上缓缓地浮游。有一团小蠓虫,在湖面上嗡动。这时候,你来了。你穿着一件褴褛的裙衫,赤着细细的小腿和双脚。你圆圆的小脸上充满了快乐和驯良。你的头发梳成了无数条黑亮油光的发辫儿,只有你的帽子是讲究的,我甚至认为这是豪华的。那是用千条金线百条银线,用十颗假宝石和二十颗闪光片装饰而成的精巧绝伦的小花帽。你走到了湖边,你小心翼翼地跪下了一条腿——那时,你的个子还很小,你拿起了带来的那个当你跪下来就和它高低差不多的大葫芦,你抓住绳子,先用葫芦推一推水面,把可能有的浮面的尘灰落叶推开,然后,你一甩,咕嘟咕嘟咕嘟,水灌到葫芦里,气泡留在了水面上。湖水出现了一道又一道的涟漪,一个又一个的同心圆,一行白鹅顺着

748

水旋飞速地游向这里。

笔者当时是初次踏上新疆农村的土地。当时,我扛着一个行李卷,刚下了长途汽车,独自一人。连着走了几天的戈壁滩,突然出现的这一幅美景使我迷惑。虽然,我的心里充满了对祖国边疆和兄弟民族的向往和热情,但是,初次踏上这陌生的土地,举目无"亲",也颇有些忧虑。但是,我看见了你,我问公社党委的所在地,显然,你不懂一个字的汉语,于是笔者挖空心思,打手势,表演,用柳枝在沙地上画图,你终于明白了,做了一个"跟我来"的手势……

于是,你提起了沉重的葫芦,婀娜地走了,把一湖碧蓝的清水留在了后边……

许多年过去了,在伊犁的果园里,笔者又见到了你。那是个很大的果园,苹果、海棠、樱桃、杏、桃,还有几株桑树和核桃,各式各样的果树遮住了天空和地面,树上挂着圆的和扁的,青的和黄的果子,地上铺着层层被风雨和蚁虫催落的小果子。蜜蜂在扇动翅子,鸟在叫,树叶在响,风在吹。你牵着一只雪白的小羊在园子的一个角落。你这时已经是一个窈窕淑静的女孩子。小羊在吃草,你在哭泣。你用手背擦眼泪,给青草洒上了晶莹的、咸味儿的露珠,你的细瘦的小臂颤动着,从显小了的衣袖里裸露了出来。细瘦的胳膊显得那么质朴,那么纯洁,又那么弱小。我终于认出了你。"我们在喀什噶尔见过面啊!"我说。那时小说人已经学会了维吾尔族的语言和文字。我和你说话,我问你问题,你一句也不答复,你只是深深地,更深地埋下了头……只是在小说人离开了果园以后,在果园的高墙外边,我听到了你的歌声,我知道那哀哀的歌声是你的。虽然是在伊犁,然而你唱的是南疆阿图什的调子……

后来有那么多年小说人和你们生活在一起。劳动的和战斗的日子,伟大的和考验的岁月,在怒涛和狂风之中,小说人的微小的身躯,正是从你们身上汲取了巨大的信念和力量。生活在远离沿海大城市的地域的貌似不怎么开化的人民啊,你们是我的老师和亲人。在你们的怀抱里,不论在任何情况下,我坚信世界是光明的,中国是光明的,我们每一个人的前途是光明的。我坚信改造世界,改造中国,改造自己的事业漫长而曲折地继续下去,一定要取得胜利……但是,终于,我不得不暂时离开你们了,我不得不回到自己所属的那个团体、那个圈子里,由于多年来情况不明,由于一己得失的患来患去,笔者的心情是很不轻松的。你们夫妇为笔者饯行,雪林姑丽你为我做了那么多香甜的饭菜。你腰上扎着一条挑花的白色围裙,你头上围着一条白尼龙纱的头巾,系头巾而不是戴花帽。你已经从阿图什人变成了伊犁人。你这时已经是半脱产的公社技术干部,是一个顽皮的儿子和一个美丽的女儿的母亲,你的生活、性格是怎样的不同了啊,只有你的身材,仍然是那样苗条姣好。你的丈夫和我说了许多惜别和鼓励的话,一再劝酒。我呢,由于心情的关系每一样都吃得不多……想起来至今懊悔。临行的时候,你说了这样一句话:

“如果他们用不着你,你就回来吧,我们这里有要你做的事情……”

那么多年了,你们了解我的为人,正像我了解你们。你说的这句话,你用你那天真的和温和的嗓音说的这句话,像一个雷霆一样在我的心头响起! 这真是金石之声,黄钟大吕。这是什么样的褒奖和鼓励! 一点天良,拳拳此心,一腔热血又在全身奔流,我再一次感到改造客观世界、改造主观世界、经风雨、见世面、与工农兵相结合的道路有多么宽广,此生此世,更复何求;谢谢您呀,我的妹妹,谢谢您呀,雪林姑丽……

　　然而,在我们的故事发生的六十年代,雪林姑丽却是完全不设防,完全没有自己的抵御能力的。经过了两天休假,她本来准备一早就赶回试验站去。刚走到路上,库瓦汗就像一只发了疯的母狗一样地向她扑了过来。对于这突如其来的、莫名其妙的侮辱,她竟然毫无还手之力。甚至当尹中信一再问她话的时候,她反而说不出一句话来。

　　雪林姑丽啊丁香花,你当真和丁香花一样地娇羞无言吗?你究竟有什么罪过?为什么幸福总是对你背过脸去?

　　童年……一枚枚大无花果在少女的手心里一拍,带着少女的手香,递给尊贵的客人,这里说的是著名的无花果之乡阿图什。你对于建立了全疆首所维吾尔学校的阿图什市记住了些什么呢?你可还记得庄严肃穆的苏里堂麻扎①?你是否还记得两边像青灰色的峭壁一样的阿图什大峡谷?然后你们全家从阿图什步行来到喀什噶尔,雄伟的艾提尕尔大清真寺,浑圆的、闪光的穹顶……干燥的夏日,炎热的尘烟,火一样的沙子,鸟儿和苍鹰也展不开翅子,到处是维吾尔人的充满了心灵的焦渴的《阿娜尔姑丽》②,一往情深……树荫,与桃子一样巨大的甜杏与表皮光滑的一种称作李光桃的桃子……人们,穿着色黑无扣的大褂——袷袢的、长须飘拂的庄严的男人,严严实实地蒙着面纱的妇女,响彻全城的《古兰经》的祷文的吟诵,从西藏引进的长管低音的唢呐吹响……父亲。你还记得父亲吗?究竟哪些是你自己的记忆?哪些是你的母亲的叙述留下的印象?是的,你始终相信,你认得自己的父亲:高大,强壮,庄严,大而深的眼睛,大而高的鼻子,大而圆的耳朵,大而长的胡

---

① 即陵墓。
② "阿娜尔姑丽"意为石榴花,是女孩子的名字,也是喀什一带最流行的民歌,电影《阿娜尔汗》所用的主题歌即取材于《阿娜尔姑丽》。

须，他是一个做土炉的能工巧匠，从早到晚，他操着胶泥、盐水和羊毛，像女人揉着面团。他又是严肃而虔诚的穆斯林，每天五次乃马孜①。当他跪在房子的一角，向着圣地麦加没完没了地祈祷的时候，小雪林姑丽是多么懂事啊，你也呆呆地立在一旁，从来不出一丝声音，连走路都踮起脚……

为了这，父亲是多么喜欢你啊，他把你放在自己的肩上，放在腿上，给你带来肉厚味甜、包着杏仁的杏干和一捏就碎的薄皮核桃，他用胡须刺痒了你的脸，和你打闹在一起……突然，他死了，是病疫吗？你才三岁半，母亲痛哭惨号，邻居们送来一盆又一盆的粥和饭②。吃不完的粥和饭啊，紧接着的却是饥饿、寒冷和黑暗，从父亲死去再没有灯油点灯。看一看依靠绣花帽为生的母亲的眼睛和手指吧，小小的雪林姑丽有多么难受……街巷里来了一个蓄着一撮小胡子的肉贩子，人们称他为"小胡子阿哥"，他给你们讲述伊犁，广大而肥沃的土地，丰富的水源，温和的气候，即使是乞丐也都骑着马，母亲和"小胡子阿哥"结婚了，还有几个在故乡感到生计艰难的同乡，一起徒步去伊犁……路上的日日夜夜，穿过新源山口时的冰峰——达坂，夜间燃起的篝火，狼嗥狗叫……

整整走了两个多月，你们来到了伊犁，这个亲切而又生疏的地方。男人戴着硬檐帽子，女人围着头巾，而在南疆，男女都是戴小花帽。这里的女孩子不梳那么多小辫子。这里夫妻骑一匹马的时候总是妻在前，夫在后，而南疆是相反。这里爱吃拉面条而南疆爱吃擀面片。这里把西红柿叫做帕米都尔③，而南疆叫做小葫芦。这里的歌声也好像因为土地的辽阔而变得更加舒展、悠扬……然而，

---

① 即祈祷。
② 维吾尔人风俗，遇到喜事或丧事时亲友邻居纷纷送饭食来以示祝贺或慰问。
③ 俄语借词。

752

这里也不是穷人的天堂，对伊犁的中意和赞美并不能掩盖严酷的现实。尽管小胡子继父的职业是屠宰，人们称赞他的妙手能使羸弱的瘦羊的肉变得肥美①。他常常带一些肝、肺杂碎回家来，吃的比在南疆的时候好一些了。但是，生计仍然艰难，一家人仍然常常是到了夏季脱不下棉袄而到了冬天还穿着单衣。

六岁那年，解放军来了，三区革命政府的民族军与解放军会师并改编为解放军第五军，伊犁真的解放了，山山水水沐浴着太阳光辉……后来，你也上了学。家里分到了土地，小胡子继父却不安心种田，他被一个私商拉过去走街串巷贩肉，结果受了骗，赔了钱。两年以后，早衰的母亲死于难产，继父续娶了一个性格乖戾、面貌凶恶的私商的女儿，从此，你便成了一个既有父亲又有母亲，既没有父亲又没有母亲的孩子了……十六岁那年，继母领着你去和泰外库登记结婚，虚报了两岁。"你是十八岁吗？""你愿意嫁给泰外库吗？"乡政府的民政干部问。你一声不吭，一切问题都由继母代答。啊，可怜的雪林姑丽，你像是躺在继母脚下的羔羊……后来，你的继父继母都迁走了。

是谁给了你，一个年轻的维吾尔女子这样沉重的思想负担？你也长着嘴，为什么不敢说话呢？为什么不敢说出自己的愿望、要求、意见，不敢表达自己的爱和恨、快乐和苦恼，不敢掌握自己的命运，不敢对恶势力抗争呢？你总是在怕，怕，冥冥之中，你在怕什么呢？如果当乡政府的干部问你话的时候你回答一声不，如果当库瓦汗张牙舞爪扑上来的时候你脆生生地给她一个嘴巴……多么好！

是谁给了你这个怕字呢？是你那严肃而虔敬的父亲吗？是你

———————
① 维吾尔人认为羊肉的味道与屠宰的手艺与屠宰者的天赋有关。

那终日操劳、无言无语的母亲吗？是喀什噶尔的那个辉煌的圆拱建筑、象征着宗教、圣地、天使和上苍的艾提尕尔清真寺和著名的阿帕尔霍加的墓地①吗？伊斯兰的清规，穆斯林的戒律，古老生活的游戏规则，旧日子的永久的记忆，沉重而又温暖地陶冶着你啊，你洁白的丁香花枝！

这些道理，这些事情你已经慢慢地明白了，你已经懂得许多了，自从六二年春末你从庄子跑到吐尔逊贝薇的家来，你已经成长多了，坚强多了。因为你毕竟是生活在新中国，而且，你还那么年轻。痛苦的往事并没有在你的眼角、鬓角和嘴角刻下什么印记。因为世界上有伊力哈穆哥，米琪儿婉姐，再娜甫妈妈，吐尔逊贝薇。而且，世界上有杨辉姐姐，这个名字对于你像一团火。这个梳短辫子、戴眼镜、骑男式自行车、叽里咕噜说着湖南风味的维吾尔语的汉族姑娘，她认定了一个目标——把青春和科学知识献给边疆的土地和人民，没有任何力量能够阻挡她、干扰她。她从来没有疲倦，她爱维吾尔人民，她爱你，你是知道的。她想尽一切办法让你前进，她吸引你、推动你、拉着你、拽着你、举着你，她教育你、鼓励你、责备你、训斥你，一切都是为了你。

……怎么，你不讲了？爱害羞的雪林姑丽啊，当你独自一人自思自想的时候你也不好意思吗？那标志着新社会的光明、新生活的幸福、新思想的美好的，那标志着你终于走完了你那小小的艰难的路程，掌握了自己的命运的，不正是你的丈夫，你的同志②艾拜杜拉吗？你还不习惯于这样的幸福，因为你太习惯于不幸，习惯于失去幸福，习惯于被忽视和被歪曲，然而，你毕竟当真有了这样的男

---

① 喀什的著名墓地，有圣徒阿帕尔霍加的墓和香妃墓，汉族人一般称之为香妃墓。
② 维吾尔语中的约尔达两一词，兼具汉语"同志"与"伴侣"的含义，夫妻间互称同志，是此词使然，与一九四九后的主流意识形态无关。

人。他像狮子一样强壮,却又那么耐心,那么忠厚,守纪律,讲道理,照顾旁人,温暖着你那受过伤的、冷得有点麻木了的心。新婚和到试验站以后,你已经不是原来那个雪林姑丽了。

难道真的有什么魔鬼在嫉妒你、折磨你吗?在你心满意足,身轻体健,为自己的有意义的、美满的生活而无限自豪的时候……库瓦汗劈胸一把抓住了你。什么样的难听的话她没有说呢?这个女人从哪里获得了这样的天赋。她信口一说,就能把利刃捅到丝毫也没有妨碍她的旁人的心窝上。伤害人,这就是她的本能,她的特长,她的一切活动的核心。她说,伊力哈穆为了给他的弟弟娶亲,拆散了泰外库的家庭,把你给了艾拜杜拉。这话听了能不让人毛骨悚然吗?真是恶言恶语的天才,蝎子尾上的毒汁,可怜的雪林姑丽呀,听到了这样的话,你几乎昏倒在那里。好人约束自己而恶人百无禁忌,这就是恶人最大的"优势"!

你想着这些,往日的和现今的,快乐的和酸苦的事情,你梳理着回忆和思绪,像梳理你那密密的长发。其实,这些已经了然,是非善恶,爱憎去取,毫无含糊的地方。只不过是,你还不习惯,不善于向谎言恶语作面对面的斗争,要作这样的斗争,不仅要认识清楚,而且要有机敏犀利的舌头,压倒"恶"的气概,还需要有相当的锻炼、演习。你今天没有说话,然而你再不是任人左右的弱者了。

你想到这里,你笑了,虽然脸上还有泪痕。咚咚咚咚,好像敲过了一阵手鼓,好像刮过了一阵疾风,你听到了一声洪亮的和一声清晰的,一声拉长了声音的和一声短促的召唤:

"雪林姑……丽。"那叫声把"姑"音提高了频率与分贝,再转了十八个弯。

"雪林姑丽!"

过来了,脚步急促,是再娜甫汗和吐尔逊贝薇母女,再娜甫汗的红光满面的脸孔涨得通红，她的额角上满是汗珠，她挽起了袖子，气喘吁吁。她的鼻翼呼扇呼扇地翕动。吐尔逊贝薇的白皙的脸上似乎蒙上了一层烦乱的蛛网，她拧着眉，很不愉快。

"啊，我可怜的孩子，我的白白的①女儿！"再娜甫像对待小孩子似的伸出她粗壮有力的双臂搂抱了你。她搂得这样紧，使你喘不过气来。然后，她说："我知道了，我给你报了仇，我的孩子，我找到她家的门口，我骂得她缩颈曲身，魂灵出窍。早晨，我本来准备歇一天工，今天要打馕的，听说了那个泼妇怎样欺侮你。你竟没有还口更没有还手。妇女们纷纷找我告状，鼓动我绝不允许库瓦汗横行霸道欺侮老实人。当然，我也真的火了，我到了库瓦汗家的门口，我把她喊了出来，我让她把和你的冲突给我讲一遍，她支支吾吾，嘴里像含着一个刚刚煮熟的鸡蛋。这副卑劣的样子更使我怒火中烧，我骂道：'库瓦汗！你这个卑鄙的说谎者！下流的诬陷旁人的人！你怎么敢欺侮雪林姑丽，欺侮这个最老实最善良的人。你的舌头好像蝎子的尾巴，你的牙齿好像魔鬼的锯子。我，再娜甫今天来找你，就是要割掉你那毒汁四溅的舌头，拔掉你那锯人身腰的三十三颗牙齿！（有一颗牙她自己早掉了。）说什么艾拜杜拉打了你的男人，呸，不要脸的娼妇，你那个尼牙孜泡克也得配！他哪里配挨艾拜杜拉的打？打他，艾拜杜拉还怕脏了自己的手！谁不知道你们一家，烦人害人偷人骗人，你干过一件正经事吗？连你们家屋顶上的烟囱都砌得歪歪扭扭！丑八怪！谁知道你们的泡克在哪里挨了揍？毒蛇出草，人人喊打，你敢再说一遍是艾拜杜拉打了他？走，咱们俩去大队，去公社，不行搭上台，咱们俩上台，让一个个人看着咱们，咱们俩辩论辩论去！'"

---

① 犹言"美丽的"。

"呵呵……我当时还骂了什么来着?当时我说得又多又好又有力量,我说得滔滔不绝。我说每一句话就像往那个母狗身上抽打的一下下鞭子,我每说一句她就打一个寒战,哈哈哈……"

再娜甫汗绘声绘形地表演着她大骂库瓦汗的情景,像一个得胜的将军兴高采烈地作战例报告。她说话像瀑布一样直泻千尺,像百灵鸟唱歌一样地清脆明亮,又像机关枪扫射一样地紧接不断,无坚不摧。听着她的话真叫你舒胸展眉,温肝暖肺。

"妈妈,您别太兴奋了,您是妇女队长,怎么能用破口大骂的办法解决矛盾呢?而且,弄不好,会给爸爸带来不好的影响!"吐尔逊贝薇不以为然地说。

"哼哼,"再娜甫冷笑了一下,"不骂她,眼看着她用最肮脏、最恶毒的话语来侮辱雪林姑丽吗?"

"应当用正当的方式……"

"正当的方式?你打算用什么正当的方式来对付库瓦汗呢?找她个别谈话吗?给她念一篇文件吗?贴一个禁止造谣诬蔑,谁中伤别人就罚二十块钱的露布吗?请人作一次理论辅导报告吗?不,不行的。最好的办法就是啐她的脸,教训她,把她小时候从她老娘怀里吸吮的那些个奶汁,都给她从鼻子眼里挤出来!我也知道骂人不好,我也知道爱惜我的嘴,我也知道文明,礼貌,谦恭和气……但是这个世界并不是完全由讲道理讲事实讲礼法的人组成的,对于恶人,你不能一点没有恶办法。这还需要领导与组织的安排吗?我绝不允许库瓦汗这样的人一次再次地欺侮雪林姑丽,前年麦收时候的事我已经给她记上了账!我轻易不骂人,但是如果哪个坏家伙以为好人是可欺的,我如果骂起人来魔鬼也会退避三舍……"

听到这样的话,谁能不高兴呢?你也笑出了声。

"瞧,我的孩子,你笑了。这就对了。"她又搂住了你,热气喷到你的额头上,"我就是要来看着你,我就是要让你笑,你如果笑了,我就放心了……我闹不明白,为什么好人常常掉泪,而那些毫无心肝的坏蛋却常常怪笑连声……电影上也总是这样的……"

一粒烫人的水滴落到了你的额头上。你惊讶地抬起头,你看到了再娜甫妈妈眼眶里含着那么多火热的眼泪。

"我看这事情还有点不简单呢,"吐尔逊贝薇拉起了你的手,"为什么库瓦汗冷不丁地这样闹一阵子?恰好在这个时候,而且是在社教干部的面前?你也真是,雪林姑丽,你至少应该明明白白地当着尹队长和章组长否认艾拜杜拉打过她男人呀,你怎么一句话也不说?真急人……"

"我……我当时气得手脚冰凉,站都站不稳了。你不知道库瓦汗那个凶样子,像要把我的头发一根一根全揪下来……"

"她敢!"再娜甫妈妈大声说,"唉依,雪林姑丽,我的孩子们,你们千万不要怕他们。究竟是好人怕坏人呢,还是坏人怕好人呢?许多人有一个错误的估计,他们认为好人更怕坏人,因为坏人横行霸道,无所顾忌。他们不要脸皮,不讲道义,敢下毒手……这是一个多么大的误会啊!其实,坏蛋更怕好人。因为如今的世界不是他们的,好人要比坏蛋多得多。坏人的谎话和种种卑劣手段是见不得人的。他们做坏事的时候总是提心吊胆,担心着某一天要被惩罚。好人是猫而坏人是鼠。好人是民警而坏人是小贼。为什么我们要怕坏人呢?我试了多少次了,遇到哪个坏家伙恶狠狠地扑了过来的时候,你就用五倍的狠劲儿迎着他,给他一家伙,结果,他并没有什么了不起。这样的事情,一试就灵,百试不爽!"

再娜甫妈妈开怀畅笑起来,吐尔逊贝薇也微笑了。你呢,你也大笑了。从哭到笑,往往是一个大的飞跃。

雪林姑丽是丁香花的意思。说实话,作者在新疆并没有看到过太多的丁香。石榴花,阿娜尔姑丽;百合花,莱依拉姑丽;花坛诸花,契曼姑丽……维吾尔人用诸花之名表达了他们对于少女的美丽的欣赏,而给作者最深的印象的是丁香——雪林姑丽。

据说马达加斯加、桑给巴尔、印尼、印度、巴基斯坦、斯里兰卡都是丁香的故乡,不知道那里的丁香与中国丁香是不是有什么区别。中国的说法说它是桃金娘科蒲桃属灌木或小乔木。这个说法本身就很怪,它到底是灌木还是乔木呢?灌木好说了,它丛生着,弯曲着又互相依靠着。乔木呢,它即使有明显的茁壮的树干,往往仍然是拧成了麻花,呈现着奇异的体形与线条,其颠倒,其混乱,其不得已,其千奇百怪远远超过了巴塞罗那的雷人建筑家高迪的名作。

我尤其喜欢它的一簇簇的小白花与小紫花,一团一团,一捧一捧,互相连接。古人将它看作愁苦的视觉形象。李商隐诗曰:"芭蕉不展丁香结,同向春风各自愁。"巨大的芭蕉却无法帮助小小的丁香花舒展枝条和心思。正像伟人并不见得能帮助一个个小女子解忧添欢。

祖上来自波斯的五代词人李珣有句:"愁肠岂异丁香结?因离别,故国音书绝。"他把丁香与离愁结合起来,有趣。他说的故国应该就是故乡的意思,从他的中文水准看来,不像是新移民,不至于是想念波斯,说不定是想念西域。而我们的小说里,作为人名的"雪林姑丽"一词,则是维吾尔语中的一个俄语借词丁香——雪林——SIRINA 加维吾尔语花(姑丽)的组合。而在波斯语、希腊语、法语中的花名中,也有对于汉族人相当类似的发音:SELINA,那应该是生长在水中的,俗名"月亮"的花,有点像丁香,开的是四瓣小白花，是草本多年生花卉。还有人说那可能是三角紫叶酢浆草——紫蝴蝶，又名幸运宝石。紫蝴蝶的图片给我此花乃是开放在梦中的感觉。雪林姑丽的性格是丁香无疑。虽然在写此人物时作者尚不知道中国古典诗词将丁香视为愁闷愁苦愁烦的形象。

　　我们可以假设，通过发音，实现了某些花儿的联通与移动。

　　然后第三个姓李的南唐中主李璟的名句是："青鸟不传云外信，丁香空结雨中愁。"它被王国维所高度赞赏，而王国维自己也写过丁香。

　　第四个李姓词人李清照对丁香写得极平实真切，她的写法是："梅蕊重重何俗甚，丁香千结苦粗生。熏透愁人千里梦，却无情。"她写到丁香的单纯与簇拥，她轻视梅花的重叠与俗重，她描写丁香的醉人的香气与平民化、一般化的境遇，而"却无情"三个字更令人回味不已。

　　丁香愁吗？我倒从没有这样的感受，我喜欢的是它的颜色的清雅而又随和，它的形状的简单而又纷纭，它的气味的浓馥而又自然，它的在不止一种语言中的发音也极其美丽，口型很好。近年来我尤其欣赏赞美倾倒于它的枝干的纠结与坚决，柔韧与自由，生长的行云流水般的随意之美。我感动于满树繁花的丁香树干之可曲可折可弯可拧巴可匍匐，表面软弱的灌木与小乔木，完全无善可陈的树干树枝之上，仍然开出了大体量、大面积、如雪如浪涛如瀑布如云雾如渲染的动人心魄的奇香满天，沁人心脾的花朵。为了开花，丁香树干树枝承担了一切忍受了一切无言于一切也付出了一切。它开的花无可比拟。还有它的开花时节：不早不晚正好是春天的花季。就是说，丁香还没有开，春天就是还没有来；丁香开过了，伤春也罢，依恋也罢，春也就去了。

　　问君何事到人间，繁花寻觅是春天。雪林姑丽应难忘，丁香满

760

树香连天。哦,亲爱的雪林姑丽！我的如雪的白丁香与如玉的紫丁香还有波斯的草丁香啊！

小说人语：

我们有一个梦,它的名字叫做人民。

小说人知道现已时过境迁,例如改造主观世界,与工农兵相结合的说法已经不再行时,也许你聪明的还感到了轻蔑——所谓关于"洗脑"的嘲笑与反叛。

不,它不是来自谢洗脑之恩的愚忠,而是来自天良、人情味与革命的旋风。长太息以掩涕兮,哀民生之多艰(屈原)。喑呜则山岳崩颓,叱咤则风云变色。(转引自中华人民共和国国庆十周年时赫鲁晓夫讲话中引用的《代李敬业传檄天下文》中名句。赫氏以此来讲中国人民的奋起,发展了骆宾王原意。)人民,只有人民才是创造历史的动力(毛泽东),在俄罗斯谁能快乐而自由(诗人涅克拉索夫),被侮辱与被损害的(作家陀思妥耶夫斯基),人民最伟大,人民最可爱,人民最可怜(语出一位已退位二线的领导同志)。

没有民粹的激情、献身的大悲与博爱的誓愿,就没有那些历史事件。

没有这些你却成了人五人六,你和人民生活在两个不同的世界里,这是历史的悲哀,这是你聪明的悲哀。这是你最大的危险。您忒悬了,您！

你聪明的,你爱人民吗？你爱新疆的各族人民、维吾尔族人民吗？你爱雪林姑丽们吗？

也罢。

第四十六章　闻乱则喜　聪明人提议五虎将
用人唯臭　茗料子组织小突击

　　在章洋捆起行李，从阿卜都热合曼家搬往尼牙孜的家的时候，伊力哈穆终于横下了一条心，不管章洋他们的意图和做法如何，他该干什么干什么。他继续组织人修渠，好像没有发生什么事情。

　　在这时，在他反感和激怒的时候，横下一条心，不与章洋他们合作，不是一件困难的事情。但是，随着他渐渐冷静下来，他越琢磨越觉得不是滋味儿。

　　解放已经十多年了，十多年来，伊力哈穆已经习惯于爱戴上级派来的每一个领导、每一个工作干部，他们是党的化身，是革命和真理、正义和智慧的代表。他常常像一个少年注视自己的老师和双亲那样，注视这些上级派来的人。他愿意睁着他那黑白分明的大眼睛看着这些人的行事，他像高速摄影机里的敏感的底片，接受到明暗和轮廓的最细致的变化，再从自己的身上反映出来。他愿意竖起耳朵听他们讲话，每一句话都打开一扇思想的窗子，增加一分精神的财富。他钦佩这些人所掌握的、所据以行动的高瞻远瞩、天高地阔的思想，叱咤风云的胆略，以及精确妥帖的政策。和他们在一起，他好像登上了山巅，他好像骑上了飞马，他好像沐浴着春风、阳光和浪涛，他好像举起了照亮四周、照亮路程的威严而又温热的火把。

　　如果他发现自己的思想、感情、行为与上级同志不一致的时候，他立刻给自己敲起警钟。他决不自以为是，决不固执己见，决不挑剔、埋怨上级，相反，他的习惯是：随时修正自己的错误，发现自己的错误是沉重的，修正自己的错误却又是健康的与明朗的；发现错误只能是改正错误的开始，紧接着惭愧自责的当然是信心、欣慰与舒畅。

这次，他同样地准备发现和改正自己的错误，结果，他发现了的，他能够断言的却是不折不扣的章洋的过失。这使他感到的是震惊，是迷乱和痛苦。发现自己的错误，这好像是被人拉了一把，拉到了宽广平直的大道上。发现章洋的错误，好像被推了一下，推到了黑暗与坑坑洼洼之中。他从心眼里盼望最好能认识到是自己错了。他每天都上百次地问自己，是不是归根结底还是自己错了？结果，令人失望的是，他只能断定是章洋在错误的道路上越走越远。他宁愿失去自己个人的面子、威信、地位（如果他的错误严重），也不愿失去对章洋的尊敬与亲近。失去这种尊敬和亲近，好像从他的身上砍下一块肉，好像往他的眼眶里涂上了芥末。

然而，真理与谬误是不可调和的，正如火与冰之难以共存。他不会曲意逢迎，他不懂口是心非，他的面前只有一条路，维护人民的利益，维护是与非的分明，他只能和章洋较量下去，奉陪到底。

在这个时候，发生了库瓦汗告状、尼牙孜被打的事情。

有许多人去慰问雪林姑丽。后来雪林姑丽按计划去了实验站，他们便来慰问回家后才听到这一切的艾拜杜拉。这些人（后来包括艾拜杜拉自己）又都纷纷来慰问伊力哈穆与米琪儿婉，他们知道这个事情的矛头指着的还是伊力哈穆。他们怒骂和嘲笑尼牙孜，他们提醒伊力哈穆，他们也尖锐地表达了对章洋的不满。有人说："章洋的脾气真怪，这样的人实在少见。"有人说："章组长好像一个吸麻烟的人，他看到的、听到的都是他自己想着的东西，他看不见的倒是那些实际存在的东西。"有人不太客气，干脆说："我看章组长是个苕料子——有神经病。"还有一个大胆的青年在问："章组长原来是哪个部门的？干脆咱们联名写一封信，请他回家搂上老婆睡觉去吧，何必在这里瞎搅和？"

伊力哈穆劝告大家不要说得太过分。但是他发现，社员群众在评论章洋的时候，要比他勇敢得多，痛快得多。他又不免苦笑，这么多老百姓骂不绝口，章洋却仍然神气活现，颐指气使。您硬是没辙！

当人们渐渐离去，天时已晚的时候，穆萨来了，而且带着他的妻妹马玉凤。他紧紧地用两手压住棉外衣的前襟，微微驼着背，走路的时候头向前一探一探，像一只鸵鸟似的。一进门先搓搓手，哈哈气，好像很怕冷，这些动作都带有一种收敛甚至抱歉的味道，只是他的脸上呈现着一种微笑，他的眼睛里焕发着一种既是败军之将的无所作为、认命服输，又混合着得意、讨好和兴奋的跃跃欲试的神气的特殊的光彩。他的特色是闻乱则喜，他感觉得到乱的苗头了。

"您身体好？情绪好？工作好？"在一般的见面问候之后他再次重复了这三个问题，表示了不同一般的关切。

"好呀。"伊力哈穆答。

"我来看望看望您，兄弟！您要知道，穆萨不是个小肚鸡肠的人，穆萨不是个势利眼的人，穆萨更不是个落井下石、趁火打劫的人。现在有人说，工作组不喜欢伊力哈穆了，伊力哈穆快当不成队长了，如此这般，滚他妈的蛋！要是这样嘛，您穆萨大哥倒是真应该来看看您，如果您升了官、得了势，对不起，咱们就不来高攀了……对不对？"

伊力哈穆和悦地、未置可否地一笑。

"您穆萨哥是个聪明人，他什么没见过？什么看不出来？"穆萨凑得离伊力哈穆很近,推心置腹地说话,热气差不多喷到了伊力哈穆脸上,"您穆萨哥吃亏就吃亏在这张嘴上了,第一它爱说,想说啥就说啥。第二它爱吃,它爱享受玩乐……他也愿意多与几个美女亲嘴!不能含糊!可您穆萨哥心里明白着呢,什么事,他都有数!您是个好样的人,"穆萨用手指着伊力哈穆,"您干在前头,吃在后头,一心为大家办事。别看您年轻,您还很有门道,不慌不忙,有板有眼,兄弟,您穆萨哥佩服您!"穆萨竖起了大拇哥,拇指几乎碰到了伊力哈穆的鼻子,"但是,您也有毛病,您别生气,听您穆萨哥讲,您太认真,办什么事抠得太死,缺乏灵活性。对这些工作组,对付它几个月就完了,它还能长在这块地上?再说,您手底下需要几员真正的虎将。多了不用,五个就成。"穆萨岔开手指,翻转着手心和手背,"想当年刘备刘皇叔,靠的就是桃园三结义加赵云与马超五虎上将。您不能只有阿卜都热合曼那样的老头、热依穆那样的老实人;说真的,一个队,有五名大将足矣,什么事,一个人说,五个人响应,大家自然跟着走,谁敢调皮,整不住他!算了算了,不说这些,我来不是为说这些个空话的。临来以前娘儿们还嘱咐我:少说废话!可我有话不说,憋在心里比有屎不拉存在肚里还难受。好了,玉凤,你说吧。"

马玉凤脸红了,她这个年龄的女孩子正是最羞涩的时候。她看着他,一只手不断地在毡子上划拉着,断断续续地、用回族女性说维语时的那种特有的轻柔的调子说道:

"我早晨去送牛。我去早了,代牧奶牛的那个牧童还没来。我看那棵杨树上有几个干枝。我想把它撅下来当柴火,我上了树。我爬得挺高。我撅下了树枝。我一回头,我看见路那一面库图库扎尔哥,他往这边看看,他往那边看看,他没看见我,那个时候再也没有别的人。后来从库图库扎尔哥家里出来了尼牙孜哥,尼牙孜哥也是这边看看那边看看，他也没看见我。后来他走了，他一跛一拐的。我看见的就是这个。"她说完了，长出了一口气，手也不划拉了。

马玉凤的断续的叙述使伊力哈穆一震，他几乎喊起来："果然是他！"愤怒、轻蔑一时涌上了心头。但他还是重复地问了一句：

"您看得准吗，玉凤妹？"

"一定的。"马玉凤说，而且抬起了头，她的孩子气的目光里也流露着对伊力哈穆的好意。

"这事我本来不想说，管那个呢！库图库扎尔要说也是我的一个朋友！"穆萨无可奈何地摇了摇头，"可娘儿们非让来告诉你不行！有什么办法，人穷志短，马瘦毛长，丈夫没出息就会让老婆管住，现在是她说了算！我最多是司令，我家里的可是政委！来就来吧，干脆让玉凤自己对您说。库图库扎尔也是个人物！论模范带头，大公无私他当然不如您。论指挥生产他还不如我呢！打钐镰、扶犁铧、拾掇麦场、浇水挖渠、撒种选地，他都不是我的对手，他的本事在这里，"他用食指指一指自己的太阳穴，像一个钻子一样地拧了拧，"他那个心眼儿可真叫多！说实话，您不一定斗得过他。您别生气。可是他有一点……他有一点太'阴'了，我不干那个太邪的事，别看我也不算太正。好了好了。不要给我倒茶了，我马上就走……我可要跟您明说，我带着玉凤来了，我的心，我们全家的心，您知道了就成了。您该怎么办就怎么办，您可别说是我们把尼牙孜从库图库扎尔家出来的事儿告诉您的。我们，包括玉凤，也决不出头露面做证。这话我娘儿们也同意：您穆萨哥现在还图个什么？您穆萨哥敬重您，和您交个朋友……只可惜是没有羊油作礼物啰！兄弟，你也太过了，你就是打我一个嘴巴，也不能把羊油退回去呀，兄弟，你还得学习学习，你还不够成熟啊！"

穆萨笑着与伊力哈穆告了别，小声又咕哝了一句："兄弟，你做得也太绝了！"他终于出了一口气。这回伊力哈穆只是谢了他们。

"真想不到穆萨会来，而且带来这么重要的情况……"送走穆萨回到屋里，伊力哈穆对米琪儿婉说。

"巧帕汗外祖母不是早就说过吗？穆萨是个猴子。一会儿他学着人样儿盘腿坐下，剥花生，吸香烟，一会儿他四脚乱爬，吱吱乱叫，撅起尾巴……"

"不要说得这样刻薄，米琪儿婉，他，总的来说还是得算作一个好人。一个无论是谁也抓不住他的大短处的好人啊！"

"好好坏坏，坏坏好好……"米琪儿婉似乎不太同意伊力哈穆对穆萨的评价。

所以，当次日晚上，章洋突然通知伊力哈穆要在立即召开的社员大会上交代他"破坏四清运动的罪行"的时候，伊力哈穆是有一定的思想准备的。他立即针锋相对地指出，破坏"四清"的不是别人，而是尼牙孜及其后台……

会场设在文化室，点起了煤油灯，照得通明。伊力哈穆竭力控制住被"破坏""罪行"这样一些字眼激起的阵阵不冷静的情绪，他认真地考虑着、准备着，这是工作组进驻以来第一次召开全体大会，他有义务向社员群众检讨自己再次担任队长一年以来工作上的缺点和失误，他也打算谈一谈他自己对当前运动的看法。

但是，他好久没有机会谈，开会之后，章洋立即作了气势汹汹的发言。

"……四不清干部，胆敢实行阶级报复，殴打贫下中农积极分子……"

"四不清干部的家属，竟然胆敢辱骂贫下中农，真是猖狂已极……"

"四不清干部竟然大搞串联,妄图对抗运动,这是一种现行反革命破坏活动……"

"四清与四不清的斗争,是一场你死我活的斗争……"

"……难道我们能够容忍吗?难道我们能够不打下他们的猖狂气焰吗?我们消灭了八百万国民党军,难道还怕他一两个四不清干部吗?"

真是奇怪,他怎么那样不把自己当外人,他怎么会说"我们消灭了八百万国民党军……"是他消灭的?伊力哈穆差点笑出声音来。

他讲的时候两眼一直盯着伊力哈穆,却没有点名。他努力追求一种戏剧性的效果。最后,他突然大声宣布:

"我们说的四不清干部是谁呢?他就是伊力哈穆,伊力哈穆站起来!"

由于呐喊,他的嗓子嘶哑了,这种声嘶力竭的叫喊果然使四个正磨着要吃奶的淘气的孩子安静了一下,有几个社员交换了一下疑问的目光,社员还不理解到底是发生了什么事。

"伊力哈穆站起来!"章洋又厉声喝道。

血冲到了伊力哈穆的脸上,他突然想起二十年前的那个夜晚,在依卜拉欣的家里,马木提乡约要他站在中间,用他的肉体和神经打赌取乐的情景……即使在旧社会,他被剥削,被压榨,被轻视,然而他也没有忍受对他的人格的污辱……只有要求自己严格的人才有最大的自尊,因为他从来无愧于人,他不需要对任何人低声下气……如今,解放已经十五年了,他入党已经十三年了。他是无产阶级先锋队里的一名战士,他是一个依照马列主义、毛泽东思想的伟大理论自觉地改造社会、改造自然的革命者,他是党的主人、国家的主人、人民公社的主人,他是一九六四年度先进生产队的队长。解放以来,特别是入党以来,从来没有一个工作干部、一个领导同志、一个贫下中农这样对他说话……

他受到尊敬和爱护,因为他总是严格要求自己。他完成党的任务从来不掺一点假,不打一点折扣,他从来不允许把今天的工作拖到明天,他从来不允许自己说一句不利于事业的话,做一件不利于人民的事情。他时时征求群众的意见、上级的意见,时时改正自己的过失,同样,能够今天纠正的错误,他决不推到明天。他不能忍受侮辱……

他面对的是自己的党,自己的社员,自己的父老乡亲。他不会、不能、不忍用市侩的态度、应付的态度、玩世不恭的态度来对待。

为什么要声色俱厉地强令他"站起来"呢?显然是因为首先宣布的他的破坏四清的罪状。他破坏了吗?没有。他干了一点不利于四清运动的事了吗?没有。他有一点对四清不满的情绪吗?没有。这样的问题可以提一百个,回答只能是一百个没有。在这方面他白璧无瑕,无可指摘,日月永垂,江河不息,除了爱党的心,他没有别的心,除了拥护四清的意,他没有别的意思。而这位细瘦的、被有的社员比喻为吸食麻烟的病秧子的章洋,却像吆喝一个牲畜一样地在吆喝他。他有什么必要,非得向这种偏执、这种荒谬、这种莫名其妙的神经发作屈服呢?

"伊力哈穆,你到底站起来不站起来?"章洋第三次大叫道。他的眼睛红了,他的声音变了。如果玛依娜尔翻译得好,社员们当能听出这句话的绝望和悲凉的味道。当然,像这种细微的地方不是年轻的玛依娜尔所能传达过来的。但是章洋哭一样的声音仍然震动了会场。会场完全安静了,不仅吃奶的、吃馕的、吃苹果干和什么都不吃的大小孩子们静了下来,而且所有的老汉和老太婆,男人和女人，青年和姑娘都惊愕了，他们看了看章洋，然后所有的目光都落在了伊力哈穆身上。

章洋的声带发出的真声假声混合的嗓音使伊力哈穆哭笑不得，为什么一个堂堂的干部要这样呢？一个苦笑从他的脸上掠过。他抬起了头。他看到社员们投向他的目光，严肃的和亲切的，惊恐的和同情的，愤怒的和悲哀的，所有的目光像探照灯一样交叉在他的心上。他还注意到萨坎特的专注和期待的目光，玛依娜尔的孩子气的惧怕和烦乱的目光（奇怪，何顺没有在），他完全可以断定，萨坎特和玛依娜尔的同情也是在他这一方面。于是他正面对视了章洋的空虚而蛮横的、神经质的目光。那种目光里威吓已经不如绝望更多了。他又轻笑了一下，转过头。他看见在会场后面，在门旁，在煤油灯的亮光照不到的阴影里坐着三个人：里希提、别修尔和尹中信……

他简直想跳跃欢呼！里希提出院了！别修尔组长与尹队长也来了。虽是在暗影里，他似乎看到了他们从容、镇静的形象。当然，他们是后来的，进会场的时候他扫视过四周，没有发现他们。

这几个人在他的头脑里迅速连成了一幅巨大的图画，党组织—工作队。他的心踏实多了。他和党在一起，他想起了公社工作队，想起了从各条战线千辛万苦来到农村的同志们，想起工作队这个整体，这个组织，他感到了尹队长他们也在关切地注视着他，他坚信章洋的做法代表不了工作队，更代表不了四清运动。

但章洋又明明是工作队的干部，是驻爱国大队七队工作组的组长。他为了爱护这个组长，维护这个工作组的威信，不得不和章洋斗争。章洋气急败坏地要他站起来，他就是不站。

事情僵了。僵到了他和章洋难以并存的程度。如果章洋正确，他就是抗拒运动，就是理应踢开的绊脚石。如果他正确，章洋就只能是胡作非为，就只能威信扫地，从此无法再在这个队工作下去。那么，究竟谁正确呢？这一点他在内心里早就做过无数次衡量掂量……这就是说，章洋的垮局已定。除了灰溜溜离开七队以外，他没有别的路了。

但是，这对章洋是不是有点过分了呢？总要给人以改正错误的机会，何况这种错误并不能完全算在他个人的账上。

如果章洋的错误在于夸张、过火、大帽子压人，置人于死地；那么，他就更应该注意分寸，适可而止，与人为善。

沉默了很久，他蓦地站了起来，立得直直的。他觉得全场松了一口气。但同时，他又听到许多女社员"哎斯大依卜拉^①"的叹息。有一个老年妇女的类似哭泣和呻吟的声音，像是胃病的严重发作，这个痛苦的声音是从哪里来的呢？

章洋掏出了手绢，擦了擦额角和手心，他被自己的强硬斗志所感动，他满意于自己的威风与狠辣，原来给旁人扣政治帽子能带来这样大的快感，他过去怎么不知道呢？他宣布："现在请尼牙孜同志发言。"

这就是章洋谋划已久的"小突击"。用一个形象化的说法，又叫做"有枣三竿子，没枣三竿子"。据说，在运动初期只有用这种办法才能打掉四不清干部的气焰（如果对方并非四不清干部呢？）。而且，用这种办法能发动群众！

明白了，有人认为，群众跟的是气势，是嗓门，是帽子，不是真理。

对于这种凡干部皆不清的性恶论和建立在这种人皆有罪的理论上的不分青红皂白的突击，尹中信已经表示了不能同意。当然，

---

① 维吾尔人特别是妇女叹息时爱说的一句表达惋惜的话，有时作"斯大"。

他也无法彻底否定这种做法，因为这根打枣树的竿子并非来自章洋。

在发生尼牙孜被打一事以后，尹中信是这样交代给章洋的："要调查清楚，不要偏听一面之词，如果他的挨打确实带有政治报复的性质，当然要严肃处理。"

章洋抓住了"当然要严肃处理"几个字，而把尹中信提出的前提抛到了九霄云外。于是，他召开了这次"小突击"会议。他还有一种心理，开晚了会被领导制止住，他所欣赏的这种挥竿打枣的活动也就不能在他的治下举行了，那将造成多么大的缺憾。他知道咱们的领导是很强势的，但是他也知道越是强势的领导越忙碌，他们不可能代庖一切，如果你自己坚持，如果你的斗争气势饱满，如果你的呐喊的声音足够响亮，领导完全可能跟着你走，至少是默认你所做的一切，从此你也就成了大拿，成了顶梁柱。不是每个人都当得成列宁、斯大林、晁盖或者宋江，但是你总该以斯维尔德洛夫、日丹诺夫、林冲与武松为榜样。林冲对王伦展开小突击，是他自己的决策。武松血溅鸳鸯楼，也是他姓武的大突击。所以他章洋说开就开，根本不通知领导。章洋这种易于偏执的人的特点是他下要运动群众，上要带动、推动，说明白了就是挟持领导。领导对一个小小的伊力哈穆能说什么，还不是得听你的？领导要说话吗？好的，我给你起草讲稿，您照本宣科还不行吗？

谁知道，宣布开会之时，尹队长和别修尔组长进来了，坐到了后面黑影里。这使章洋皱了皱眉，似乎胳臂上被拴了一条绳子，绳子的一端捏在坐在后排的那两个人手里，使他觉得不能举动自如。但另一方面，他告诫自己更要精神抖擞地把打枣活动开展好。

可惜，尼牙孜结结巴巴，前言不搭后语，一句话重复好几遍，令人生厌。在章洋面前，尼牙孜口若悬河，妙语生花，他不愧是用舌头攻占城堡的好汉。而现在怎么是这么一副窝囊样儿？其实，这也不奇怪，货卖与识家。赏识唤醒着灵感，而怀疑与打量扼杀着才能，这是个人与世界互动的定理。这条规律对于尼牙孜是分外有效的。

"完全是胡说八道！"尼牙孜说完以后，从最后排站起一个人，他大声说。他就是艾拜杜拉。"你说是我打了你，请问，什么时候，什么地点，用什么打的？怎么打的？有什么证人？既然是我打的，你为什么对救了你的新生活大队的民兵排长却说是自己摔的呢？再请问社员同志们，尼牙孜您也说一说，我打过人吗？说谎也总要沾点边儿呀！"

章洋一怔，本来，他已经布置了何顺把艾拜杜拉找到一边去个别谈话的，这个该死的何顺怎么又把他放到了会场上呢？

尼牙孜定了定神，这些问题他倒是事先进行了多次准备，他说："是你打的我。就在前天晚上，天黑以后，可能是九点多，也可能是更早或者更晚，你一鞭子抽倒了我，跳下车来照着我鼻子就是一拳，打得我鼻子出了血，门牙也活动了，我疼得昏了过去，昏了以后你还怎么打我我也就不知道了。那是在新生活大队过来一点那个坟圈子边上，旁边一个人没有，真有人，你还敢打吗？至于新生活大队的民兵排长，他是你的朋友，我敢告诉他是你打的吗？不信问问马厩的饲养员，那天你是不是回来得特别晚？为什么回来得晚，就是因为你打了我？"

"好！"章洋心里暗暗赞道，"像这样还差不多，再像刚才那样窝窝囊囊，可要把人急死！"

尹中信动了一下。他从笔记本上撕下一张纸，拿着那张纸似乎在犹豫。后来，他把纸又夹到了笔记本里。

"我再问问您。"艾拜杜拉问道，"那天我赶的哪辆车？拉的什么东西？套的几匹马？"

"拉肥料嘛，胶皮轱辘车嘛，两三匹马嘛。"尼牙孜顺口回答。

"错了！恰恰那天我没有去拉肥料而是给大队拉的胡麻渣。套的不是胶皮轱辘而是四轮槽子车！"

"天那么晚了我哪里看得清！"

"你要老实一点，"章洋指斥艾拜杜拉说，"到底是你审问他还是他审问你！"

"谁有问题就应该审问谁！"伊力哈穆实在忍不住了，他参加了一句。

"社员同志们，章组长，他是在彻头彻尾地撒谎！"艾拜杜拉有些激动地放大了声音，"我那天回来根本不是九点多，平常，我出车早，下午四点以前就回来了，那天因为出了点事故，耽误了一些时间，天也不过刚黑，时间最多六点，怎么会是九点左右！"

"我又没有表！也可能是六点多吧。"

"不可能，"米琪儿婉忍不住发了言，"新生活大队的民兵排长把你救到医疗站的时候我在场，那时候已经有十点多钟了，你脸上的血还没有凝固呢，再说，你要真是昏倒在雪里四五个小时，恐怕也早冻出毛病来了！"

"我……我……"尼牙孜支吾了。

"还有一个问题。"艾拜杜拉说，"我已经了解到，你是昨天清晨天刚麻麻亮离开新生活大队医疗站的，不到六点钟，路上，你搭的察布查尔奶牛场的便车，也就是说，你六点半左右已经回了村，但是，直到九点你才回的家，这以后才传出来什么挨了我的打的瞎话，这到底是怎么回事？"

"你老老实实讲，你到谁那里去了？是谁给你出的主意栽赃给艾拜杜拉？你以为别人不知道吗？"伊力哈穆问道。

"这个，我这个……"尼牙孜完全支持不住了。再高明的舌头也经不住事实的打击。

会场活跃起来，社员交头接耳地议论。有一个妇女大声呵斥她的孩子："好好坐着，别乱吵！听着点儿！尼牙孜泡克又出洋相了，有意思得很呢！"她的话说得声音太大了，口齿又清晰，惹得全场笑出了声。伊力哈穆、艾拜杜拉也都笑了。

幸亏章洋听不懂民族语言，否则他如何支持得下去？言语不通，大大地便利了章洋我行我素，胡干硬顶。

"我伤还没好，我头昏……"尼牙孜向章洋告饶。

章洋阴沉地站了起来。他先用手势止住了大家的说笑。然后，他用一种非常冷酷的声调向伊力哈穆说话，他汲取方才叫伊力哈穆站起来时险些下不来台的经验教训，他不再高声叫嚷，尽量用一种阴冷的调子来增加自己的话语的分量。他说：

"你也太猖狂了！你应该明确自己的身份！看清形势！你要顽抗到底吗？你至少要想想你的老婆和你的女儿！我们的几百万人民解放军是干什么的？我们的公安局、法院、劳改队是干什么的？你怎么不想想？现在，不准你发言，艾拜杜拉，也不准你发言反扑！你们竟在今天的会上继续打击和迫害尼牙孜同志！你们只有死路一条！"章洋终于没能再控制住自己，他又大叫起来，"现在是自由发言，批判伊力哈穆！"

章洋的声音因为激动而有些颤抖。他提醒伊力哈穆注意自己的身份，他等于已经释放出了自己的撒手锏，他有足够的理由把伊力哈穆彻底压倒了，倒、倒、倒……他又快乐又急躁，他几乎是念念有词了。

没有人出声。

按照扎根串联的办法，根据"根子"尼牙孜的推荐，为了准备当晚的小突击,章洋自己并让何顺和萨坎特分别找了一两个积极分子或培养作积极分子的对象谈了谈,动员他们批判伊力哈穆,他们也都点了头。但是,事到临头,却没有一个人说话。

一方面因为时间太紧迫,一方面也因为章洋有一个估计,他认为只要一公开突击,在会议上一让伊力哈穆站起来,一般规律,总会有几个人一拥而起把"批判"倾泻在他的头上。他没有十分重视会前的发动积极分子的工作,如今,竟真的没有人说话。

他没有慌。停了停,他自己又讲上一段:"这个伊力哈穆的态度……"他开始讲了起来。在农村主持这种无人发言的会他也有经验,遇到这种情形他一面不断地喊着:"谈一谈,随便谈,"一面不停地隔一会儿自己讲上一段,不管前后重复也好,前后矛盾也好,前后毫不相干也好。最后,他仍可以作一个会议的总结:"今天我们的会开得不错,由于时间的关系发言不太普遍……"如此这般,功德圆满,在他运用这套办法来度过会议的后半部分的时候,尹中信站了起来。他尽量悄悄地、不引人注意地向煤油灯走去,走到章洋身边,他递给章洋一张纸。然后,他连忙退了回去。

章洋不快地、懒懒地打开了纸页,他把纸页放到了自己的眼前,看了几个字,他的脸色变了。纸页上是这样写的:

> 老章,今晚新生活大队工作组汇报过了,他们已掌握了你队尼牙孜挨打的详情。所谓队长指使其弟弟打了他云云纯属捏造。容会后再谈。

> 尹　即时

章洋看着这张纸,头一个反应是暴怒和不信。新生活大队从哪儿来插上一杠子!他们从哪里了解尼牙孜挨打的详情?脱离开爱国大队七生产队的阶级斗争大局,你怎么可能查得清尼牙孜的挨打？简直是莫名其妙。伊力哈穆嫉恨尼牙孜取得了我的信任，指使艾拜杜拉打了尼牙孜。事实证明艾拜杜拉那天就是天黑以后才回来的,这样合乎逻辑,堪称四清与反四清斗争的极富典型性的事例,还有什么好商量的？尼牙孜挨打一事难道还有别的说法？难道还可能有别的说法？尹中信怎么这样轻率,这样偏听偏信。听上几句话就当真写这么个条子来,真叫人生气！

继而,他的脑子乱了。如果尼牙孜说的是假的而尹中信写的是真的呢？为什么伊力哈穆、艾拜杜拉他们态度是这样强硬？为什么尼牙孜突然对答如流突然又吞吞吐吐,这样不稳定？为什么他们反而向尼牙孜提出一系列问题,问得尼牙孜狼狈不堪？我的天！如果真是这样将把他章洋置于何地？他仿佛听到了伊力哈穆的胜利的笑声,他仿佛看到了尹中信、别修尔在指责他,何顺他们在指责他,他将怎么有脸再到大队或者公社开社教干部的会议……

就在这个时候,就在章洋头发涨、眼发花、喘气发紧的时刻,从会场的一角缓缓地站起了一个人,他衣着整齐,气度雍容,黑胡须留得颇有风采。他的脸上挂着一种惶惑的、驯良的、带几分傻气的笑容,他半伸半曲地抬了抬手,非常守规矩地问道:"我有几句话要说,可以吗？"

章洋机械地点了点头。他看着这个已经极大地吸引了全场的注意的人,觉得很面熟。他问玛依娜尔:"这是谁?"

"库图库扎尔大队长嘛!"玛依娜尔说。

"我们通知他来开会了吗?"

玛依娜尔耸耸肩。

"自己来的吧,"萨坎特说,"他户口在这个队,他算是这个队的社员嘛。"

章洋点点头。他听着库图库扎尔说话的译文。

"其实，我也没有资格在这个会上说什么，和伊力哈穆老弟一样，我们在这个运动中，是被审查、被批判的对象。但是在这个会上，听了章组长的讲话，我很激动、很受教育，我好像在夜雾中看到了光亮，在风雪中找到了炉火。我心里暖烘烘的。我们这些人，犯了四不清的错误，怎么办呢？执迷不悟，行吗？对抗到底，行吗？消极悲观，徘徊观望，行吗？都不行。都不好。只有虚心检查自己的错误，低头认罪，才是唯一的出路。伊力哈穆是一个不错的同志，他当队长也有一定的成绩，但是，成绩并不能掩盖错误，长处也不能掩盖缺点。正如人们说的，成绩不说跑不了，问题不说不得了。我知道，您不承认自己是四不清干部，您不愿意承认。但是，不承认是不行的。难道在毛主席提出四清以前你就清清的了？您就那么高吗？您就那么纯粹，您就那么了不起？难道是毛主席提错了？随便举一个例子。难道您没有在社员家里吃这吃那？这就是多吃多占。当然，您并没有这样说，您没有说：'我是队长，若不好好招待我就要把你们如何如何……'请问，哪里有这样的葫芦脑袋这样说话呢？但是，社员为什么招待您呢？他们尊敬您，他们希望获得您的好感，因为您是队长。难道您在每家喝的奶茶、吃的拉面都交够了粮票钱票？不，您没有交的，这就是多吃多占，这就是经济上不清。算了，何必要由我说呢？您的事情您自己知道。包括政治上、思想上、组织上……我们应该严格要求自己，虚心检查自己的错误，不要对自己留情，不要怕丢面子，没有批评和自我批评，就没有进步，就会变修。听到批评应该高兴，哪怕只有百分之五正确的批评也是值得欢迎的。这就是我们应该采取的态度，这也是章组长所教育我们的。可是您，伊力哈穆同志，伊力哈穆队长，伊力哈穆兄弟，您为什么要顶牛呢？您为什么把自己摆在一个特殊的地位,不准审查,不准批评呢?不,这是不好的,这是很不好的,这真正是不好的。这才是关键,这才是问题的所在。至于谁打了谁了,尼扎洪如何如何了,这是次要的问题,我们今天开会不是为了帮助尼扎洪,也不是仅仅为了一个打人的事情,打人是不好的,被打的人是疼痛的,今后应该团结起来,共同努力,搞好四清,在章组长和各位干部同志的领导下,学习工作,胜利前进……"

真是一场及时雨!大河挡路的时候搭起了一道小桥,饥肠辘辘的时候落下了一盘抓饭,穷困潦倒的时候捡到了一袋黄金,脓血淋漓的时候贴上了一块老店祖传的狗皮膏药。库图库扎尔的和颜悦色缓解了会议的僵局,库图库扎尔的高谈阔论冲淡了挨打事件的进退维谷,库图库扎尔的低声下气突出了章洋的尊严面子,包括库图库扎尔的空话连篇,啰里啰唆对于此时的章洋来说也是恰恰必要的——为了稳下心来确定对策,他需要一些时间。他内心里油然产生了对这个通情达理的大队长的感激之情。

终于,库图库扎尔讲完了,越讲,就越轻松了,最后,在一种皆大欢喜的调子中,他结束了他的发言。

伊力哈穆要求发言,没有获准。现在还不见好就收,更待何时?于是,章洋总结道:"今天的会开得很好,很成功……会议的成绩和经验主要表现在三个方面:第一,发言很热烈,敞开了思想,展开了争论……第二,中心很明确,围绕着一个端正对运动的态度问题,对伊力哈穆队长进行了必要的帮助……第三,进行了初步揭发……这不过是刚刚开始,今后,这样的会还要开二十次、三十次……"

在他的总结中,三次提到了"那位同志"(库图库扎尔)的发言,一方面表扬和肯定他的模范的态度,一方面暂用库图库扎尔的"务虚性"很强的发言抹夫对于尼牙孜挨打事件的注意。

小说人语：

或曰，有用人唯贤的，有用人唯亲的，没见过用人唯臭的。

然而这当真可能。这不是小说学的虚构，这乃是生活的经验。原因很简单，例如章洋的脱离实际、脱离生活、脱离人民，颟顸乖谬而又好斗成性，他只能抓住几个臭不可闻的尼牙孜跟着他干。

只消看看某个人用了些什么人，就知道他的吉凶后事了。

喝令"站起来"是那个时代的常事，以致甘肃等地出现了一对单词："站会"，指在会上被批斗。"坐会"，指正常与会。能不三思？

动辄给人扣上破坏、胆敢、阶级报复等帽子，语词膨胀造成语词贬值，而恐吓有可能逐渐成为政风。

亲爱的读者，你或你的双亲，可有过那种被蛮横地"突击"的历练？尊严的剥夺、与人为恶的风气、号称发动群体的盲目性与无人负责性，痛心疾首的往事啊……

有一个非常严重的词儿叫做污辱，我们这里曾经太不把污辱当一回事儿了。回过头来，还怎么要求堂堂正正的人格！

第四十七章　通报情况　尹中信肃容批章洋
　　　　　　　分析形势　里希提推心谈斗争

　　散会之后,章洋头一眼看到了坐在墙角的何顺。他走了过去,气呼呼地问道:

　　"怎么搞的?"

　　"什么怎么搞的?"何顺眨一眨眼,浑然无觉。

　　"我不是跟你讲清楚了吗?今晚要找艾拜杜拉谈话,要把他拖住,不要让他到会场来……可你……"

　　"您什么时候这样讲过。您没有讲过啊!"何顺慢条斯理地,似乎是一边考虑着一边说。

　　"我怎么没讲过。我说,他来了会场反而会给尼牙孜施加压力,而且,他和伊力哈穆一唱一和也很不好,我没有说吗?"

　　"您说了,您说他的态度不好,让我端正他的态度。我也和他谈了,他保证要如实把事情告诉大家……后来就没的谈了。我还怕谈话时间过长影响他参加会议……既然会议说的是他的事情,应该让他受教育啊……"

　　"受什么教育……简直是糊里糊涂,真不知道长着个脑袋是干什么的!"

　　其实,这个锡伯人才不糊涂呢。锡伯族,是一个很小的民族,又是一个生产和文化都相当发达的、十分自尊地保持了自己的特点和传统的民族。他们的先人生活在东北,清代从军全体来到了新疆,并在察布查尔、霍城、塔城一带定居下来。在近百年的新疆的风云变幻之中，锡伯族一直是稳定的，和各族人民都团结得很好。在何顺这个年龄不算大的干部身上，同样体现了锡伯人的清醒、机敏而又极其谨慎、耐心，有时甚至更颇有些大智若愚的味道。从来到这个队，他就看出了章洋的别扭劲儿，他看不惯。他试探着和章洋谈了几次，他发现章洋对待他好像大人对待一个鲁钝无知的孩子。他看过几部汉族作家描写少数民族生活的书，他早发现过一条，在某些作者笔下，少数民族（而且不管是东北、西北、西南的少数民族）都具备愚昧和幼稚的特点，比孩子还容易受骗上当，比孩子还容易觉悟奋发，慷慨起来似乎随时准备倾家荡产，顽固起来似乎智力低于黑熊猩猩，迷信起来似乎到处都是咒蛊巫祝，快乐起来似乎到处是求婚接吻，说起话来似乎连篇累牍都是花里胡哨的谚语比喻。他想，他在章洋眼中很可能就是这样一个不开化而又不好理解的人。他不但没有说服章洋的希望，而且没有与章洋认真讨论的可能。他只好接受章洋的一意孤行，同时又力所能及地做一些抵制错误、保护良善的事。于是，今天晚上，在与艾拜杜拉谈话的事情上，他有意地放艾拜杜拉到会场，然后用装糊涂的办法在章洋面前搪塞过去。

好在本来章洋就认为他糊涂，他个头不高，两眼不大又不炯炯，胡子稀疏，面孔声调都较平板，走路说话慢慢腾腾，对外界的反应显得迟慢而且似乎有些淡漠，穿的衣服不新不旧，不长不短，毫无特色。这样一个人，章洋哪里看得出他的智慧和心思？章洋又哪里想得到他的灵魂的深厚的内蕴？把别人都看成糊里糊涂、呆头呆脑的人，事实往往证明，恰恰是他自己才是个十足的呆鸟。

埋怨完了何顺，而且为何顺的不中用颇觉哭笑不得之后，章洋来到了尹中信与别修尔这边，他拿出了尹中信给他写的那个纸页，问道："这是怎么回事？"

尹中信没有马上转过头来,他正和别修尔在说着话。转过头来以后他先看了看会场,提醒章洋说:"把煤油灯熄了吧。"

熄了煤油灯,点起了一盏马灯。尹中信才说:"今天晚上你这是开的什么会?"

"什么会您不是看到了吗?"

"谁同意你搞这种盲目的'小突击'的?"显然,章洋的不礼貌的回答使尹中信也有点火了。

"您说过,要严肃处理尼牙孜挨打的事情。"

"我说先让你调查落实,你调查了吗? 落实了吗?"

"尼牙孜就是挨打了嘛,牙都掉了。"

"谁打的? 新生活大队工作组和伊宁市有关派出所配合作了调查,尼牙孜那天去伊宁市,是因为和他的狐朋狗友赌钱发生纠纷,被人家埋伏着打了。这和伊力哈穆有什么关系?"

"真的? 难道……"章洋的口气里仍然流露着怀疑。

这种口气进一步激恼了尹中信。"事情就是这样,尼牙孜栽赃诬陷,品质太恶劣。这两天我去了庄子和三队四队。看来这个大队的社员对尼牙孜的反映都很不好,相反,他们都讲伊力哈穆的好话。可你呢,却开这么个会说伊力哈穆指使别人殴打尼牙孜……"

"您怎么不早告诉我……"

"我晚上来就是为了把这个情况通报给你。你呢,不调查、不研究、不和群众商量、不请示,已经开了这样一个会,我已经来不及拦阻你,只好看着这里各色人等的情况。老章,我们搞四清,和原来农村的干部关系严肃一些,以致紧张一些,这是正常的、可以理解的,但我们总不能混淆是非、颠倒敌我、横行霸道、为所欲为……什么伊力哈穆站起来,到底站不站起来,这算是干什么? 斗争会吗? 谁批准的? 你这样搞下去,只能败坏工作队的声誉,把农村搞乱，到头来，把毛主席提倡和领导的四清运动搞到邪路上去！"

尹中信停了停，章洋的脸红一阵，白一阵，没有也无法再申辩。前一段，他以为尹中信是一个和和气气的好好先生，他自己也就越来越不检点，有些放肆，没想到，今天批评起他来毫不留情，他失算了。

"三天以后，在公社召开各生产队工作组长以上的社教干部会议，在这个会上，你要作自我批评。等我回去研究一下，工作队部考虑对你今晚的做法要不要通报批评。关于你们整个的工作，别修尔同志负责帮助你们总结一下，坚持正确的，纠正错误的，要听取社员群众和各方面的意见。"尹中信严肃地说。

"小突击"的会一散，伊力哈穆就找着米琪儿婉告诉她："我今夜在里希提书记家。"然后，他跑步去到里希提身边，陪同他一起回了家。

"您怎么事先不告诉我？"伊力哈穆快乐地埋怨着，帮助整理这个由于二十多天主人不在而显得冷落了的屋子。他点上了灯，加旺了火，扫净了地。他们相互闲谈，好长时间谁也不提刚刚开过的会。伊力哈穆只是问候病情，问候住医院的生活，问候伊宁市解放路新落成的大百货门市部。里希提呢，询问生产，询问分配，询问有线广播喇叭和试验站，特别关心地询问我们的技术员女儿杨辉。里希提还强迫伊力哈穆用他从伊宁市买回的肥羊肉炒了一盘菜，又炒了许多葵花子，烧上茯茶。不顾天时已晚，他们吃菜喝茶嗑瓜子，同时海阔天空地说闲话。如果只是从表面上看，你也许以为是两个轻松无事的农民，正在用小吃和闲谈的庸人情趣来消磨这冬日的漫漫长夜。

"我好了……其实早就好了。下午四点多到的家,收拾收拾屋子,我到别修尔组长那里报了一个到,谁也没见,吃过饭到你们这边来,我本来是要找你的,谁知道正在开会,我进门的时候正在大喊大叫地让你站起来……真想不到!"里希提摇摇头,苦笑了。

伊力哈穆没有说话。

"人生病的时候爱胡思乱想。医院的病榻上我曾经想过,我们这一辈子的斗争可真不少,从小就斗争,马不停蹄,一直斗到老。我们和马木提乡约和依卜拉欣巴依斗,和国民党斗,和艾尼巴图①斗,和美帝国主义斗,和富裕中农的资本主义倾向斗,和坏人斗,和苏修斗……谁想得到,四清运动刚刚开始,我们和真正的敌对势力、阶级敌人、贪污分子和蜕化变质分子的斗争还没怎么展开呢,章组长却斗开了你!"

"有什么办法?我也只好和他斗起来。"伊力哈穆笑了,又叹了一口气。

"是的,我知道,我们这一代人一天也不能停止斗争。我们的生活叫做小车不倒尽管推,你斗人家,人家也斗你,有时候会斗得天昏地暗。我们的命运就是这样,处在斗争的旋涡之中,上下四方都要注意观看,左右前后都要细细听,不管从哪个方向打来什么敌人,我们都要迎上去斗,一边斗一边种地收粮;一边斗一边挤奶酿酒;一边斗一边娶妻嫁夫,生儿育女;一边斗一边办喜事,请吃饭,且歌且舞……"

"我们的生活就是这样过来的。今后,我们的生活也是这样。我们即使睡觉的时候,也要睁着一只眼。"

---

① 艾尼巴图,混入三区革命队伍的一个反动地主,打着革命的旗号搞民族分裂,后逃往国外。

　　"是的。我们不能松懈斗志。但是,在我刚进医院病重的那两天,我也曾经想过这样一个问题。如果我真的病治不好闭了眼,我给咱们大队留下点什么呢? 十几年来乡亲们信任我,让我做大队的工作。十几年来我斗倒了、战胜了一个又一个的坏人、一个又一个的阻碍。我们留下了战斗的脚印。然而,这一切又是为了什么呢? 我们得到了什么呢? 斗争本身,似乎并不是目的。按理论的说法,扫清障碍,是为了发展生产,为了改变贫穷和落后,为了根本改变我们的土地、村落和生活,为了富裕和文明。这方面的工作,还远远没有做多少呀! 那时候我想,等我出院以后,我要好好计划一下,要多拿出一点时间抓生产和建设……"

　　伊力哈穆点点头,但是他仍然不能完全理解里希提的心情。他问:

　　"什么叫多拿出点时间搞生产建设呢? 您的意思是少斗一点吗? 那行吗?"

　　"也许现在不行,"里希提深思地说,"这是一种天真的幻想吗? 是一种病态的软弱吗? 也许在十年以后,也许在下一代? 或者是在下一代的下一代? 人和人的斗争会少一些的。人和人还是要团结起来,和睦起来,共同建设社会主义和共产主义。归根结底,我相信斗的结果只能是坏人越来越少,后人将会有更多的时间过和平与致富的更好的日子。您说对吗?"

　　"我没有想过这些,"伊力哈穆坦白地承认,"今天,还是不能吝惜时间和精力来搞阶级斗争啊。搞四清,本来这要斗的就不少。偏偏又出了个章洋,他也是要革命,要斗,而偏偏他要把我看成斗争的对象而把尼牙孜看成革命的前锋……他一乱斗,我们又不得不和他斗,这么一斗,只能越斗争越多,怎么会减少呢?"

　　"是啊,所以,不能像章洋那样乱斗,不能把斗争当作目的,为了斗而斗。要能斗也能不斗,至少不能乱斗。要分清敌我是非。要把三大革命运动结合起来……这里有好多学问呢!"

……冬夜,是安静的,谈话的间歇,只听得见炉火轰轰的蓬勃兴旺的响声,他们的谈话像休息一样地轻松,像飞翔一样地自由,像火焰一样地温暖,而又像开会一样地严肃。是什么时候了?鸡又叫了,狗又咬了,他们吹熄了灯,盖着一条被子,躺了下来,心里想着当前的激烈复杂的斗争,又想着斗争的胜利将要创造的未来。

尹中信的批评使章洋万分恼火。按照他的批评,实际上就从根本上否定了"小突击"的做法,否定了上级下发的"经验"。在一九六五年的年初,在全国城市、政治、经济、文教各条战线掀起阶级斗争的新的高潮的时候,他怎么敢提出这样右倾和保守的意见?这令章洋感到难以理解。

同时,章洋也更加痛恨伊力哈穆了。他感到,使他受批评、丢面子、窝火的根由在于伊力哈穆。在这次小突击中,得胜的是伊力哈穆而败下阵来的是章洋。那么伊力哈穆这条地头蛇说不定该多么猖狂,尾巴还不翘到天上去!他的许多念头、情绪围绕着一个核心问题:难道我就整不倒一个小小的伊力哈穆?他一个农村的生产队长能有什么了不起?他有多少文化,多高的水平?他见过多大的世面,又有多大的势力?难道就是这样一个伊力哈穆却敢不向他低头认罪、诚惶诚恐、束手就范、哆哆嗦嗦、呼爹叫娘、告饶投降吗?他做了一个梦,梦见伊力哈穆穿着一身新衣服,指手画脚,发言演说,还有摄影记者给他照相。真气死人!如果说,开初,章洋对伊力哈穆只是一般的咋呼咋呼,摆摆工作组长的架子,打一打生产队长的威风,并且心怀侥幸地试图用自己的冷淡和粗暴压出伊力哈穆一些"问题",那么现在,在"小突击"失败之后,章洋感到的是对伊力哈穆的刻骨的仇恨。他恨伊力哈穆，因为他如此辛辛苦苦却仍然没有抓住什么材料，没有抓住伊力哈穆要命的地方，伊力哈穆的缺点错误越少，他对伊力哈穆就越恨……他已经把自己摆在与伊力哈穆势不两立的位置。

这里，我们又看到人类精神上可能发生的一种混乱，一种迷误，一种疯狂，也可以说是一种悲剧。人类总是在一定的前提下，为了确定的目的而从事某种活动的。但是，很可能这种活动是这样的丰富多彩、挑战撩拨、曲折惊险，这样的引人入胜同时令人起火发狠，占有了人们的心力以致人们忘记了前提，抛却了目的，为活动而活动，把手段当成了最高原则和最终目的。这样的现象，往大里说有伯恩施坦的"运动就是一切"，有"为艺术而艺术""为科学而科学"。往小里说有守财奴的为积敛金钱而积敛金钱，小市民的为传流言而传流言，以至于还有小偷的为偷而偷。请问怎么样解释生活富裕的人偷窃一点颇不值钱的东西呢？维吾尔人还有一句说法，说是小偷进了房子如果无物可偷，那就要悄悄地把自己的帽子"偷"下来，夹在腋下仓皇逃窜。

现在，我们的亲爱的章洋同志，便进入了这样的精神境界。他不管前提，不问目的，要和伊力哈穆"斗争"，要把伊力哈穆斗倒，这就是他当前全部思想感情、心计行动的轴心。

所以，在"小突击"的次日，当库图库扎尔和悦地微笑着前来找章洋，而且开宗明义，一来便声明"我要向您反映一些伊力哈穆的严重问题"的时候，一反他对农村干部的对立态度，他立即表示欢迎。何况，昨晚的会议上库图库扎尔已经博得了他的好感。库图库扎尔的汇报先有一个大帽子，"我有很多缺点和错误，想起来我很难过，很痛心，我的老婆沾染了资产阶级的好逸恶劳的思想，她又有病，不能出工，做饭又不知道节省，任意从队里借钱，我们家欠生产队很多钱,我们水平又低,我给工作带来了许多重大的、无法弥补的损失,我对不起党……"以及诸如此类,含泪诉说的时候,章洋点了点头,又摆了摆手,他甚至拍了一下库图库扎尔的肩膀。他说:"你能这样严格要求自己,那是很好的。缺点和错误人人都有,但那毕竟是过去的事了,关键看你现在,看你今天,如果你能诚恳地检查自己的错误,又能在检举其他四不清干部特别是要在检举伊力哈穆方面立功,你将很快得到谅解的,你还是好党员、好干部,你照样可以当你的大队长,还可以做更多的工作……关键在于你的态度。"章洋勉慰有加,这样的态度和语言是从来没有拿给伊力哈穆受用过的。

果然,库图库扎尔的态度很好,对于章洋他百般奉承,着意讨好。甚至章洋都察觉了,库图库扎尔在赤裸裸地阿谀他。库图库扎尔说:"我听了您的讲话,讲的水平实在是很高很高。您又有丰富的工作经验,您对农村的实际也很了解,您的眼光十分敏锐,您一眼可以看出我们纠缠多少年还弄不清的问题。您的每一句话都使我提高,使我像上了一堂宝贵的政治课。有您到我们大队来,到七队来,这是我们大队全体社员的幸福,是七生产队全体社员的幸福。尤其,是我个人的幸福……"章洋制止说:"不要说这些了。"但是库图库扎尔从章洋目光的闪烁、眉毛的挑动、嘴角的舒展以至屡屡将头向后一仰的姿势上,他看出章组长是如何受用,于是在章洋的谦虚中,他继续更加夸张地说了下去。对于伊力哈穆,并且联系到里希提,他尖锐泼辣,绝不包庇。他提出大量的材料,无数的事例,许多带有时间、地点、人名的事实;并对此做出一针见血的批判、分析,得出了吓人的结论。

多少天来,章洋处于尼牙孜和库瓦汗的包围之中。他听惯了这夫妇俩的情况汇报,语言粗野,夹杂着恶毒的咒骂和叫苦连天的情感抒发，还有时不时的涌流的眼泪，叙述混乱、夸张、怪诞而又含糊。今天，再听库图库扎尔的汇报，感受是何等的不同啊！库图库扎尔的汇报，用标准的政治术语和名词，进行有条有理有根有据的叙述，有事实，有分析，有逻辑，有说服力……听着听着，他叫来了何顺做记录，同时他自己也打开笔记本，"请你从头再讲一遍。"他说，开始了记录，大队长和泡克的水平岂可同日而语！尼牙孜谈的像一锅乌麻什，库图库扎尔谈的是一盆清水面条。尼牙孜谈得像哗的一声泼出来的懒婆娘的洗脚水，库图库扎尔谈的像装好了瓶、箱的城市牛奶站的牛乳。尼牙孜谈的只能引起章洋的同情，库图库扎尔谈的却提供了结论。尼牙孜谈的是伊力哈穆的一个可恶的却也是模糊的形象，库图库扎尔却是在冷静准确地勾出一幅伊力哈穆的解剖图。库图库扎尔谈的每一条都是极其可贵的子弹，用这些子弹不但可以摞翻伊力哈穆，而且可以在某种程度上摞翻别修尔和尹中信。可以证明他在工作队中是正确的，是最正确的和唯一正确的。

对于某些困难的问题，库图库扎尔也进行了恰到好处的剖析，提供了圆满称心的说明。他说：

"尼牙孜很可能有，不可能没有这样那样的缺点。谈这些，并没有多大意思。为什么章组长一住进尼牙孜家就要大谈尼牙孜的缺点呢？难道换一个皮牙孜（按，皮牙孜原意是洋葱头）就没有缺点吗？显然，问题的实质不在这里。同样，尼牙孜怎样挨的打，这也不是问题的实质或事物的本质。我们不是法院而受害人也并没有起诉，不论怎样说，尼牙孜长期受伊力哈穆的气，他有气，他又惊恐。伊力哈穆手底下有那么几个人，他们不但想打尼牙孜，而且扣留了尼牙孜的牛，使这条牛不幸死去。伊力哈穆在渐渐变成新式的伯克和乡约，尼牙孜在渐渐变成可怜的奴隶，这才是实质和本质。伊力哈穆是赖不掉的!"

说得何等好啊!比百灵鸟的歌声还甜,比玫瑰花的花香还叫人舒服……

听了这样的汇报,章洋感到山回路转,柳暗花明,别有天地,豁然开朗。

临别的时候,应章洋的要求,库图库扎尔推荐了几个人,他特别提出泰外库,伊力哈穆对他有"夺妻之恨""夺车之恨",对四不清干部是"苦大仇深",而本人又是出身好、劳动好、威信高、根子正,是最有前途的积极分子。只是,由于伊力哈穆的长期精神控制,对他还要做艰巨曲折的思想工作。他提出了包廷贵和郝玉兰夫妇,他们在关内可能犯过一些缺点错误,但是他们有文化、有经验,又是"工人阶级",可以让他们"戴罪立功"——揭发伊力哈穆。

告辞的时候,不顾维吾尔人见面时握手、分别时不握手的习惯,章洋久久地紧握着库图库扎尔的手,前后大约持续了有一分钟。

下午,萨坎特跑来请示,库图库扎尔牵着奶牛,抱着花毡前来队部,要求以实物偿还欠生产队的债款。不知应如何处理。章洋想了一下,指示说,要予以劝说教育,没有奶牛影响营养,没有花毡影响寝居,奶牛牵回去,牛奶照喝;花毡抱回去,毡子照铺,同时,对他的"精神"予以充分肯定、表扬。

"对四不清干部就是要有打有拉,大打大拉。绝不能含糊。"当别修尔提出完全不同的看法的时候,他以一种公布某个数学定理的不容置疑的口气说。

一方面,他让何顺整理库图库扎尔的汇报记录。(他当然知道,反正何顺也整理不好的,最后还得由他自己整,但是怎么办呢?

总要给这个愚人找点事情干，既然上级把他也派到工作组的名下。)另一方面，他照库图库扎尔的推荐广泛搜集伊力哈穆的罪行。包廷贵、郝玉兰夫妇"戴罪立功"的态度很积极，特别是他们关于伊力哈穆制造"死猪"事件、妄图挑拨民族团结、分裂祖国、投靠苏修的情况的揭发很有些重型炮弹的意思。但这里面牵扯到泰外库，使章洋觉得麻烦、讨厌。不是泰外库是最有希望的"积极分子"吗？当然，解释总是可以解释通的，在"死猪事件"上，泰外库也是被伊力哈穆利用的喽，如此这般……

　　章洋到泰外库家访问了泰外库。泰外库的样子十分忧郁，当章洋热情洋溢地向他表示同情和慰问的时候，他只是低着头看地，并且不时长吁短叹。问他什么，他似乎心不在焉，根本听不进。他一语不发，只知道摇头。

　　章洋单刀直入，问他是不是伊力哈穆夺走了他的雪林姑丽，把他的妻子给了自己的弟弟。他非常烦闷地、厌恶地说："哪有这样的事？"他一脸的青胡子茬，好像个刺猬，他说话瓮声瓮气。章洋穷追不舍："那雪林姑丽为什么和你离了婚？为什么和你离婚后又和艾拜杜拉结了婚？""你别问这个好不好？"泰外库面色铁青。章洋又问，泰外库干脆抬起屁股走了出去，把章洋一个人甩在简陋、寒碜的理发室里。

小说人语：

　　斗争，还是斗争。

　　斗争发泄着不平。斗争召唤着英雄主义与圣徒心态。斗争激扬着精力与智慧。斗争充实着也挑战着生命。斗争培养着争胜之心与战友情义。至少，斗争能出火并且解闷。

　　要命的是斗争之需要图纸会胜过需要事实的真相。要斗谁了,谁就是青面獠牙。要让谁去斗了,谁就是阶级弟兄。斗争的夸张与盲目性使人茫然,使人遍体鳞伤,更使某些轻薄竖子神经兮兮、眼红肠黑脸绿……

于是人们期待能够出现那终于斗出点眉目来的、太平与正常的日子,而不是越折腾越没完没了,永无头绪……

第四十八章　语惊茶会　帕夏汗抛出种马论
人活一世　老太婆荐食麻雀腰

　　人世间有许多光明的、美好的东西,不幸也有一些可怕的东西。后者有龙卷风、地震、鲨鱼、癌细胞……在这个黑色的行列里还有这么一种:它像尘灰一样地无处不在,无孔不入,像尘灰一样地司空见惯,不被注意,像尘灰一样地被无数善良的人吸进肺里又吐出来,但是,论它的危害,它像麻风病毒一样地毁灭美、健康、幸福,它又像麻风病毒一样地易于传染和蔓延。它是谁? 它在哪里? 它常常扮成无害的模样坐在你的客厅甚至办公室里,它常常穿上时兴的新衣出入饭馆和茶室酒肆,你常常愿意与它结识并很快地把它介绍给你的爱人、亲属和同事,也有时你很讨厌它却也忍不住要把它介绍给你的同伴。它可以下酒,可以佐菜,可以助兴,可以调剂旅途的寂寞,可以填补某些人的心灵的空虚,可以满足又一些人的好奇和自诩,又可以投合某些人的卑劣心理。尊敬的读者,您认出它来了吗? 您准备对它下逐客令了吗?

　　现在回过头来说一下库瓦汗。那天早晨,在她奉命揪着雪林姑丽到大队喊冤,又迎送了三级社教工作的负责干部之后,她梳洗了一下,准备略事休整,同时关紧房门,用另一套语言痛骂起尼牙孜来。就在这个时候,再娜甫来了,骂得她昏天黑地,而这时偏偏工作干部们都到别处去了,她找不到依靠,而她又不敢还再娜甫一句嘴。

　　总算再娜甫与吐尔逊贝薇走了，库瓦汗仍然只有入的气，没有出的气。

　　谁想得到，就在此时，古海丽巴侬打发一个小姑娘来邀请她速去科长家里喝茶。

　　比较起来，维吾尔族的农村妇女比关内的汉族农妇是要轻松得多的。她们一不纳鞋底子、二不推碾子（有水磨），三不喂猪（喂牛，只要有草，当然比喂猪轻松得多），四不腌菜。她们也不伺候公婆姑叔，可能还有其他条件，反正她们有足够的时间经常参加各种婚丧嫁娶、红白喜事的聚餐会，她们也经常举行茶会互相款待，不需要任何理由与日历上的依据。尽管摆出来的可能是人皆有之的两大食品：馕和奶茶，但是这样的聚会仍然是很有趣的。它是一个交流的中心，交流的内容包括感情、情报、小件物资、前微博时代的种种社会评论与奇闻八卦。

　　起起伏伏，高高低低，库瓦汗连忙收拢惊魂，尽可能地打扮了一番，由向雪林姑丽打闹的那副狞恶的样子与被再娜甫痛骂的那副落水狗的样子，转眼变成了一副欢喜慈祥、美不滋儿的模样，兴冲冲地向古海丽巴侬家去了。何况，去古海丽巴侬家，她还是第一次。

　　她到的时候，屋里已经坐满了人。坐在正中间，最上首的是帕夏汗，苍白而浮肿的脸、睁不开的眼睛、娇弱无力的姿态，柔细的呻吟声，显示了她的头一把交椅地位。其余十几个女人，也都是村子里的佼佼者，她们或因丈夫的职务，或因财产，或因年轻时的风流韵事，或因脾气古怪而都小有名气。库瓦汗打量了一下，大体上判断出这是以古海丽巴侬为中心的一个妇女团体，而她，是这一批妇女中年龄最轻、财产最少、孩子最多的一位，是首次被吸收到这个乡村上层社交团体中来。可能是因为"我家住了组长"的缘故，她荣幸地想。

还有一个不同寻常的事情。今天的聚会里有一位汉族妇女参加,她就是枯瘦的郝玉兰。她自称是应邀来给古海丽巴侬看病,赶上的。库瓦汗到来的时候,女人们正纷纷挽起袖口,把自己的肥胖的与细瘦的、洁白的和污秽的手腕伸在郝玉兰的面前,要求她给号脉。郝玉兰知道,在这种场合,当她断定某个人有病的时候,她会受到感谢;当她断定一个人病很大,但是不重(没有危险的时候),她会受到赞美;当她断定一个人完全没有病、从而不必享受什么优待,或当真患有重病、从而前景不妙的时候,她会遭到愤怒的白眼直至切齿的痛恨。她还知道,这里的女人们欢迎被诊断为下列疾病:操劳过度、心脏衰弱、腰肌劳损、消化不良(不能吃粗粮)、神经官能症(不能生气)。而不欢迎被诊断为任何比较确定的疾病,如:结核、溃疡、妇科病……但是,她又知道,如果她投其所好,按照每个人的期待都给以可爱的临床诊断的话,将由于病名和病情的雷同化从另一个方向受到攻击,所以,她要选择个把不怕得罪的对象,给予不中听的诊断,这里还包含着自我宣扬的含意,通过直言不讳的诊断,树立自己的诚信形象,通过直言不讳的医学语言达到杀鸡吓猴的公关效果。

使库瓦汗感到受辱的是,郝玉兰选中了她。在号了她的脉以后,又看了看她的舌苔,然后断定她像一匹母骆驼一样的结实,她既不需要减轻劳务,也不需要照顾饮食,她应该在生产队按时出工。她面红耳赤地申辩、诉苦,郝玉兰却以一副贵族老娘的态度,置若罔闻。

"诊病"之后,奶茶端上来了,一色十几个大碗,煞是好看。喝了一口之后,品茶评论开始了。有的指出近年来湖南茯茶质量不稳定,"我年轻的时候,放这么一点(她用左手的拇指捏起小指,表示只是小指肚那么一点点），就可以熬一大锅，可现在呢，用这么一大块（她蜷起拇指放在手心，其他四指伸直，表示用的茶有四个手指加半个手心那么大），却没有什么颜色。"

维吾尔人形容大小长短与汉族最大的不同在于，汉族人形容大小长短，是用虚的那一部分，如用拇指与食指的距离，或左右两手的距离表示大小长短，而维吾尔人是用实体，如形容大与长，他可以以左手掌切向右肘窝，表示像整个小胳膊一样大，而用拇指捏住小指肚，则表示像半个小指肚一样小。

有的说："我喝一口就知道是什么样的奶。最好的奶是下第一胎的母牛，刚下犊的头两次挤出的奶，奶是橙红色的、浓缩的，全是油。把这样的奶兑到茶里，喝起来才有劲……最糟糕的就是什么荷兰牛、丹麦牛的奶，哗啦哗啦一挤就是一桶，全是水……"

另一个女人则说了一件趣闻：

"你们知道帕郎特汗吗？（这个帕郎特汗是以精明能干，持家待客都有一套，被公认为这里的妇女之首的。）有一次她请了几个客人，她端来一大搪瓷罐奶茶来，她打开盖，用葫芦瓢在搅盐，正在这个时候，她的鼻子尖上流下一段鼻涕，热气一熏，受了冻的鼻子就会是这样的，她躲也躲不及，一股鼻涕全流到了奶茶里。别人都没有看见，但是我看见了。她端上了奶茶，所有的人都喝了。我假托胃病要求她另外给我熬清茶……"

闲谈就这样开始了，而题材一般是那些最美、最强的人物身上的最丑、最弱的部分，从喝茶谈到打馕，她们说起某人新娶的貌美惊人的媳妇，她打了一炉馕，全部贴在土炉的壁上揭不下来，最后用铁铲揭，毁坏了土炉，一炉馕毁了一个土炉。这样的笨蛋长得再漂亮又有什么用？她男人总不能从早到晚一直趴在她身上啊，男人总得吃饭吧？不吃饭你长得再佳丽也没有力气看没有力气趴呀？为什么发生了这样的事情她的男人却没有和她离婚？现在的男人是怎样地软弱无能了啊！"我年轻的时候如果有一个馕揭不下来或是落到火灰里，早被男人揪住头发打一顿嘴巴了……"一个老太婆骄傲地说。

全场笑成了一团。

"那么，你们知道雪林姑丽为什么和泰外库离婚了吗？"

帕夏汗提出了这样一个问题。她的虚弱的脸上突然放出了兴奋、愉悦、挑逗、神秘的光彩。果然，对于这个问题，她有一个独特的答案，从她那个自信的神气上看，她的答案将是今天茶会上打出来的一张王牌。

没有人敢于冒冒失失地自称"知道"，没有人敢于轻视帕夏汗的一贯掌握一切最新隐私的权威地位，所有的女人都静了下来，不再交头接耳，不再左顾右盼，甚至不再掰馕喝茶，所有的眼睛、耳朵和神经，都聚集在帕夏汗身上。

"别看泰外库个儿大，他……"帕夏汗突然妖媚而又诡诈地一笑，她伸出右手食指，弯曲了头两个指关节，像汉族商人表示"九"的那手势，"他是这样的。"她说，咯咯地笑个不住。

咯咯的笑声引起了哧哧的、嘻嘻的、哼哼的、嘿嘿的、呦呦的，各式各样的笑声。

"别胡说……那是个那么壮的小伙子……"有人连嗔带笑。

"壮又怎么样？您亲见过他的那个玩意儿吗？"帕夏汗挤一挤眼。

"难道您就知道吗？您又是从哪里摸出来的情况？"对反驳的反驳，使娘儿们笑得更厉害了。

"米琪儿婉说出来的。雪林姑丽把这个事儿告诉米琪儿婉，米琪儿婉把它说出去了。唉，傻子，你们知道个啥？从外表才看不出来呢。有的又高又大,就是不中用,有的又瘦又小,可是能顶一匹种马……"

话题进入了最精彩的部分了。

"你们还不知道更有趣的事呢。"在这种少有的快乐兴奋的情绪中一直保持着冷静的女主人古海丽巴侬说,"泰外库最近看中了一个姑娘,想把她娶上遮遮丑,好有个门面。"

"谁?"齐声相问。连帕夏汗也怔了。她心里埋怨古海丽巴侬没有把消息告诉得周全,给自己留了一手。就像猫教老虎学艺还要为自己保留一手"上树"的本领一样。

"爱弥拉克孜!"

"什么?"不仅众人闻所未闻,连帕夏汗也瞪起了眼睛,"不可能的!"她说。

古海丽巴侬笑而不争,然后,她走到条案边,拿起几本书,从书下抽出一张信纸来,"这就是泰外库给爱弥拉克孜写的信。"

除去帕夏汗以外,大部分客人文墨方面差一些,于是,女主人为大家阅读了信件。

"岂有此理!这样一个骗牛阉马竟然敢在我的侄女身上打主意!"帕夏汗骂道,那种气愤的样子好像她自己受了奇耻大辱。

"可信怎么到得您手里呢?"一个客人问。

"也是米琪儿婉拿出来的啊!"

"米琪儿婉为什么……"许多客人不理解。

"那我们怎么知道呢?"古海丽巴侬显出一种很慎言的样子。

"那还有什么不清楚的!"库瓦汗很高兴有这样一个机会来显示自己的智力发达,同时也显示自己决不辱没她们这个喝茶串门的团体。她推断说:"伊力哈穆把雪林姑丽从泰外库身边夺来给了他的弟弟,章组长都知道了这个事情!她米琪儿婉能不替她老公说话吗？不管是真是假，她米琪儿婉要公布泰外库的生理缺陷，可怜的人，这样，雪林姑丽打离婚不就大大地有理了吗！"

众位女宾用连连点头表达了对库瓦汗的真知灼见的叹服和理解。

于是，茶会散后几个小时以内，关于米琪儿婉发布了泰外库有生理缺陷的公报的说法传遍了全大队，而且这个说法开始向公社、向新生活大队和牧业大队，向四面八方远远传播。

必须公正地指出，传播这个说法的多数甚至是大多数，这些女人和男人（男人也有！）他们对米琪儿婉或泰外库并非心怀恶意，他们急于告诉别人的目的并非为了损害哪个人，他们的传播基本上是一种超功利主义的、为艺术而艺术的，主要是追求知识性、信息性、娱乐性和趣味性的活动。正像有的人喜欢养金鱼，有的人喜欢集邮，不幸，更多得多的人的业余爱好是传闲话，是有意无意地去中伤那些美好的人和事。而且奇怪的是，人们传闲话的时候毫无禁忌，当过妓女的人照样津津乐道某个女孩子的失贞，十分钟以前还毕恭毕敬到某个人家去借东西的人，十分钟后就可以添油加醋地扩散这个人的丑闻……

泰外库在社教工作队到来的那个晚上，在爱弥拉克孜送还的电筒的亮光照耀之下，他细致地回味了、激动地发现了他对于爱弥拉克孜的爱情，他向伊力哈穆夫妇倾吐了自己的心曲。他想着给可爱的、可怜的、可敬的姑娘写一封信。他用他那粗大的、一把可以捏碎石头的手掌拿起了一管笔帽已经破损的钢笔，写下了一封天真、火热、呆痴、感天动地的求爱的信。他把信交给了米琪儿婉。焦急和期待、愿望和幻想、苦恼和欢乐像海潮一样地冲打着、激荡着这个身高一米八的大孩子。一刻，海潮把他举得那么高，他看到了白云、雪峰、苍鹰、光辉的太阳、明媚的月亮和璀璨的群星轮番升起。一刻,大浪又把他打了下去,周围只有无边无际的、灰茫茫的又咸又苦的泥浆。

他二十六岁,他在人世间经历了二十六个寒暑。奇怪,他怎么像初生的小猫,似乎一直还没有睁开过眼睛?他怎么不知道冬日的伊犁的田野是这样安详?落了叶的树枝也仍然妩媚,铁锨和砍土镘相碰的时候发出的声音多么清脆。公路上的车辆熙熙攘攘。从打馕的土炉里冒出的柴烟特别芬芳。老人都慈祥。青年都健康。儿童都活泼。姑娘都是花朵。她……不,他再不要随便说她的名字,她比什么花都好看。就连泰外库自己吧,他也是头一次注意到自个:高大、强壮、卷曲的头发、肌肉发达的臂膀,正直的、天真的心。他没有爱过,那三年的婚姻像早已被吹散的薄雾,如今他才知道,有这样强、这样真、这样热的、改变着一切的爱情,他爱——爱弥拉克孜,让我含着泪再叫一遍你的名字吧,他要爱她一生一世,直到他变成了白发苍苍的老头儿,直到她变成弯腰驼背的老妇,直到走不动路,说不出话,静静地等待着最后一次沐浴①……

所以,他完全相信爱弥拉克孜将要同样热烈地回答他。他毫不怀疑他已经和爱弥拉克孜、而爱弥拉克孜也已经和他不分不离。她那尊严的人格需要泰外库的敬重和忠诚。她那结实的强健的身体需要泰外库的温热和抚摸。她的学问、顽强、细心正需要泰外库的淳朴、火辣、豪放来相辅相成。难道除了他泰外库,世界上还会有另外一个男人能这样理解爱弥拉克孜、尊敬爱弥拉克孜、小心翼翼地却又是不顾一切地把自己奉献给她吗?一想到有一些混账的呆瓜、轻薄的坏蛋、浑横的白痴看不见她这个人,却只看见她缺少

① 犹言"死亡"。穆斯林死后要立即沐浴,缠以白布安葬。

了一只手的残肢的时候，泰外库恨得全身骨节作响。要我吧，爱弥拉克孜！我是你的护卫，你的奴仆，你的主人。

于是水变得好喝，雪花变得更白又更多，冬天的、吹得眉毛和胡子上都结了冰霜的西北风也变得清爽自在，鸡叫也变得多情，绵羊也变得懂事，鸽子也变得不停地低语自己的幸福。白天和黑夜，劳动的时候、吃饭的时候和睡着了以后，泰外库的身边是一片歌声：天上的飞机和鹰，地上的车、骏马、麋鹿、河水、枞树林、骆驼羔的眼睛①，天山顶上的雪莲和草丛中的红丹花，都在合唱，都在共鸣。

万物、生命、人，你们好！你们准备着为我道喜，给我送礼物吧！就在今年（一九六五年）秋天，在收获了玉米和糜子、蚕豆和豌豆之后，我们结婚。春天，庄子上的小学新校舍就建成了，我回到自己的院落，我要再多盖出一间房。我每天可以干两个人或者三个人的工作，我将要挣很多的劳动日。我要给爱弥拉克孜买一身毛线衣裤，（她有钱，但我绝不让她在婚事上花一分钱，让她把钱给她那可怜的父母吧。）我还要给我的岳父、岳母和兄弟伊明江每人做一套黑条绒或者蓝华达呢新衣服……我要请那么多的客人，预备那么多的酒（当然，我自己一滴也不喝），让方圆一百公里以内的所有已婚和未婚的女子都羡慕得落泪。

所以，当米琪儿婉从娘家——新生活大队回来以后，正是库瓦汗欺负雪林姑丽的时候，泰外库兴冲冲地跑到了米琪儿婉的身边。"回信呢？"他伸出了手。

"不，没有。"米琪儿婉吞吞吐吐，好像在泰外库面前做了什么错事了，"这个……"她不知道应该怎样说，"她哭了……"这话也说

---

① 双关语，哈萨克人常用骆驼羔的眼睛形容最美的姑娘的眼睛。

得没头没脑。

"她哭了？她为什么哭？"泪水哗地涌上了泰外库的眼眶。

"我把您写的信给了她。她看了一下。她不说话。她光哭，她哭得太伤心了。"

"我问您，米琪儿婉姐，她为什么哭啊？"泰外库的语调里已经流露着焦躁。

"我……我弄不清啊，"米琪儿婉更抱歉了，她甚至低下了头，额头上出现了皱纹，双颊的永不消退的笑靥也不见了，"我问了她，她一个字也没有说。"

"她不高兴么？"泰外库的声音颤抖了。

"她……好像不高兴。是不是她不高兴，她不乐意呢，我不知道。"

米琪儿婉的样子像在请求宽恕。泰外库的样子却像在接受判决，完全意想不到的、不合情理的、冷酷无情的判决啊！泰外库的脸色灰白了，像流失了大量的血。他的鼻孔张大了，却没有呼吸。

"您不要急。您不要那么急着让她回答，这不是一句话的事。泰外库兄弟！特别是女孩子，和你们男人不一样的。而且，人家是个知识分子……您不懂……"

"……"

"……过些日子吧。女孩子的心，谁摸得透？也许，她自己也说不清啊，您过些日子，多过些日子亲自去找她谈一谈去吧。"

"……"

"不过，当然，也不是再过些日子就一定行。行，就行。不行，就只好不行。您别把什么事都想得那么顺利。您还年轻，劳动又好，您一定会找上合适的好姑娘的，您别难过啊！"

"除了爱弥拉克孜，我谁也不要找！"泰外库想喊叫，但声音出不来。米琪儿婉的最后一句话是怎样地刺伤了他的心！这简直是对他，也是对爱弥拉克孜的侮辱！他转身走了，不顾米琪儿婉惊愕地叫着他，他总不能在米琪儿婉面前号啕大哭啊。

他低着头往家里跑，一会儿撞着了本年栽下的小树，一会儿又撞上了迈着方步的老牛。风，呼啸着，像刀。天，阴沉着，像铅。雪，飞旋着，像沙。他回到了那间原先的理发室，他趴在毡子上，他哭，他恨，他糊涂，他可怜自己，更怜惜爱弥拉克孜，他不懂为什么只要一句话就会降下的天大的幸福却硬是不来！为什么只要迈一步就能进入的乐园却硬是打不开门！为什么要让鲜红的、炽热的心变成冰块？为什么要让他与她差不多已经到了手的温存、热烈、舒展的幸福化为泡影？这怎么行？这怎么可能？还不如他不写信，还不如他不委托米琪儿婉充当他的信使。还不如他把这美好的愿望，这欢乐的梦深深地埋在心底。

于是一连两三天，他昏昏沉沉，呆呆木木，阴云布满了天空，没有留一条缝，寒风冰结了河流，不再流淌一股水。他不能向任何人诉说自己的委屈和愁苦，如果连米琪儿婉都不理解，他还能告诉哪一个？

何况，队里正在忙，乱乱哄哄，谁知道在忙什么？好像尼牙孜在给伊力哈穆栽赃，无聊的人，"小突击"，阴谋，更阴谋，谎言和谎言的揭穿……他像一滴油，环境像一摊水。他顾不上周围，他不关心周围，他走路的时候低着头，他不想看见谁，他谁也不看。

偏偏过了两天章洋来找他，来调查伊力哈穆，来调查他的垮掉的婚姻，莫名其妙，似乎想往他的伤口上撒盐。他抬起屁股走了，把章洋扔在原来的理发室。

他漫无目的地走在村落里，经过了一个又一个歪歪斜斜的木门，一个又一个土墙连绵的果园，一个又一个柴烟味道的打馕土炉,还有伊犁人喜欢在家门口修筑的供骑马人上马用的土墩。他仍然是什么也没看见。但是,人身上除了长在面部上方的,向前的、左右对称的两只眼睛以外,就再也没有能看得见东西的器官了么?除了连接着视网膜和大脑的视神经以外,就再也没有其他的视神经末梢连到例如后脑勺或者脊背上去连?这确实是一个不妨探讨的问题。因为,低头不看的泰外库,却"看"到了一些东西。

他看到了什么呢?似乎到处都有人在指戳他的脊梁骨,在交头接耳,窃窃私语,有人还做出怪相,发出怪声,声、形、动作,都带有一股邪恶的味儿。尤其是,随风他似乎听到了"爱弥拉克孜……"的声音,这使他身上一热,又一冷。他回忆起来,似乎已经有几天了。他走到哪里,哪里就有人挤眼、努嘴、吐舌头、做鬼脸、悄悄议论。他迷迷糊糊似乎听见有人说:"真的吗?""骗你不行?""他那么大个儿!""个儿大没用!""他一脸的胡子!""胡子归胡子!"……

这些话曾经传到他的耳朵里,他不认为是说他的,这不过是一些莫名其妙的声音的组合,尽管刺激了他的听觉,却没有任何意义,但是后来,多次的重复能够冲破冷淡和轻视组成的屏障,这些声音终于组成了语言信号,触动了他的大脑,触动了他的中枢神经。这使他十分厌恶、烦躁,但他仍然没有去琢磨这些话的含意。

他漫无目的地走到供销社门市部的门口。有一个年纪很大的,面部的皱纹像重叠的蛛网、牙齿也只剩下了最后一两颗的老女人,她叫住了泰外库:

"到我这里来,我的孩子!"

穆斯林是最讲敬老的。泰外库连忙走了过去。

老太婆从头到脚一遍又一遍地打量着泰外库。她问:"孩子,您没有到清真寺去找阿訇看一看吗?"

“什么阿訇？”泰外库莫名其糊涂。

“噢，是的。现在不兴找阿訇了，那你就去城上的大医院吧，找一个从上海来的高明的医生给你瞧一瞧……”

“我没有生病啊，老妈妈。”

“别瞒着我，我的可怜的孩子。再不然，你听我说。伊宁市汉人街联合诊疗所的门口，有一个骑毛驴的医生，他是从和田民丰县尼雅河边来的。他的胡子从下巴一直长到了胸口。他看病是很有名的。听说，他用麻雀的腰子配了一种药，你吃了就会好的……要不然，人活一世，你可怎么办呢？”

对于一个正常的，本身并不存在这方面的麻烦的维吾尔男子来说，难道还有比这个更恶意的胡说八道吗？如果一个人被胡说到这一步，难道不应该给她一个嘴巴吗？你怎么可以平白无故地说他有生理缺陷，侮辱他男性的尊严？如果现在和泰外库说话的不是一个老态龙钟的女人，如果这个老妇的脸上没有蛛网重重般的皱纹，如果她的口腔里再多有几颗牙齿，他非一把把她揪起来扔到十米开外不可，他气愤地看了一眼她的满是褶子的脸和她瘪瘪的嘴，他忍住了那令人头昏眼花的怒火，他往地上狠狠地啐了一口唾沫……

他继续往前走，一想到麻雀的腰子就气得身上哆嗦，他走过大队加工场的时候，又听见了叫喊：

“泰外库拉洪，泰外库兄弟！”

是麦素木，麦素木把他叫进了自己的办公室。“泰外库兄弟，听说您有点什么病，是吗？”

“我有什么病？”泰外库反问，他的脸色本来就是青的，现在更是阴冷了。他的眼睛原来就很大的，现在瞪得滚圆滚圆。麦素木都有点怯了。

806

"就是……那个……也可以说是一种不太好说的病。"麦素木说,并且从眼角不断地窥测着泰外库的神色。

"放屁!谁说的?谁和你这样说的?"泰外库一把抓住了麦素木的脖领子,一拉,麦素木的脚几乎离开了地面,而且,他已经憋得喘不过气来。

"请放开手!请别生气!啊哟,您别勒死我呀!请听我说……"

"说!"

麦素木动了动自己的脖子,又理了理衣领,他说:

"是这样,我从来也没有相信这些话,我也认为,这太卑鄙,太恶毒,太无耻,可是最近,我们队,不,我们大队,不,是全公社都在议论您,都说……您别生气,我可没相信,我认为这是最最靠不住的谎言!是这样,都说您有个什么病,正因为您有缺陷,雪林姑丽才离开了您。我问了几个人,我想知道,是哪个毒蛇在喷溅这样的毒汁,大家都说,是米琪儿婉说出来的!"

"胡说!"

"哼哼,哈哈,如果您认为是胡说,那么,您请吧。"麦素木拿起了算盘。

"这……这到底是怎么回事?"

"是啊,我也不相信,我认为米琪儿婉是个好女人,是贤德的化身。我更认为伊力哈穆同志是好队长,是党员和干部的模范。但是,人们告诉我,除了雪林姑丽,别人能知道您的某些情况吗?不能。雪林姑丽可能对外张扬吗?您对那个女人也是了解的,她在您那里,是一朵娇羞的暂时还没有开放的花。雪林姑丽可能告诉谁呢?只可能告诉米琪儿婉。有谁能用雪林姑丽的名义来造谣呢?只有米琪儿婉。如果不是米琪儿婉而是一个什么旁人的人来中伤您，请问，人们能够相信吗？人们难道不追问他：'你从哪里晓得的'吗？"

"这……"泰外库觉得又是一阵头昏。

"还有，请问，您是不是给一个姑娘写过一封信？"

"怎么样？"泰外库警觉起来。

"您是不是给爱弥拉克孜写的？"

天在旋转，地在旋转。"您怎么知道的？"泰外库急迫地问。

"这里不是说话的地方。您跟我来。"麦素木锁好了抽屉，他自己悄悄地一笑。

麦素木在前面走，泰外库像一个梦游者，像一个接受了催眠的人，除了跟着麦素木，什么也看不见，什么也想不起。

……麦素木和泰外库又坐在麦素木家里屋的小桌旁了。泰外库注视着麦素木，麦素木掀起了毡子的一角，摸摸索索，他拿出了一张纸。

泰外库不相信自己的眼睛。

泰外库的心尖上挨了一刀。

泰外库看到了自己给爱弥拉克孜写的信。这是在那个夜晚，在煤油灯的灯光照耀之下，他笑着，哭着，想着，一笔一画写下的不成样子的却是最虔诚、最纯洁的信，是凝结了他的少年的天真、农民的淳朴、孤儿的坚强和初恋的疯狂的最宝贵的信。他小心地，无限信赖地把信交托给了米琪儿婉，像把自己的生命交托给了她……如今，这信怎么跑到了麦素木手中！

"米琪儿婉拿着这封信到处嘲笑你们，嘲笑你泰外库。又嘲笑她爱弥拉克孜，这封信在咱们村的妇女们手中传来传去，许多人笑出了眼泪，许多人笑岔了气……那天信传到了我的老婆手里，我看到了，把它夺过来藏了起来。现在，请你把它收起来吧……唉！兄弟,你也是,写了信,就自己送去嘛。再不然,花几分钱贴上邮票交给邮局嘛,怎么能随便托付给不可靠的人。您太年轻,太善良了啊,我的好兄弟!"

"怎么会是这样的?怎么会是这样的呢?"泰外库低声自言自语,说了一遍又一遍,他的眼神有点呆滞了。

"唉,兄弟!"麦素木悲天悯人地叹息,"这叫我怎么说?您脑子里缺乏阶级斗争这根弦呀!哪能随便相信人呢?世界上最狡猾、最无情、最毒辣的就是人啊。人和人在一起,还不如狗和狗在一起和睦。俗话说,老实人的犄角是长在肚子里。真是说得不错!越是表面上好的人,就越是坏!说实话,男子汉就是要吃、喝、嫖、赌,吃喝嫖赌的男子汉往往有正直的心肠,洁白的灵魂。防,恰恰是要防那些'大公无私''积极忘我'的正人君子!女人呢,就是要打扮、风流、馋、懒、嫉妒,恰恰是又打扮又风流又馋又懒又嫉妒的女人,她们最真诚,最招男人喜欢。她们像水面上的白鱼,她们并不咬人,而那些一举一动好像贤德的化身的女人,她们却正是芨芨草丛中的蛇……这是我多半辈子的经验啊,兄弟!"

"他们,他们为什么要这样呢?我哪一点对不起他们了?"

麦素木拿来了酒,泰外库推辞不喝。他的头已经像喝过一瓶酒一样地沉重了。

麦素木自己喝了一杯,他说:"这有什么难懂的?你不防着他们,他们可提防着你呢!他们这是抢先下手!你还不知道吗?四清工作组的章组长这次检查咱们队的工作,发现了伊力哈穆的许多问题……对雪林姑丽的婚事,大家反映的意见也很不少……伊力哈穆就抢先下手,让米琪儿婉到处造你的谣。这样还有谁能说是伊力哈穆帮助他的弟弟艾拜杜拉挖了你们的墙脚呢?"

泰外库仍然不肯喝酒,麦素木也不多劝,自己又喝了第二杯。

泰外库在混乱中努力做出最后的判断,他的理智仍然发出了一丝光辉,他费力地想了又想,他问:

"好吧,就算这是米琪儿婉干的……"

"什么叫就算?"麦素木打断了他的话,"您说,不是米琪儿婉,可能是任何旁的人吗? 是我干的? 你把信交给了我了吗? 是谁家的奶牛还是毛驴子还是绵羊读了你的情书?"

"……不,不可能。"

"还不明白吗?"

"对了,是的。只能是米琪儿婉。看吧,好啊。可是,您怎么能断定,这和伊力哈穆哥也有关系呢!"

"别提了,您的伊力哈穆哥! 我问您,您和他们家很熟悉,米琪儿婉哪一件事不和伊力哈穆商量? 哪一件事不听伊力哈穆的?"

又是一刀!

幕布拉上了。严严实实。像漆黑的、伸手不见五指的夜。

"我找他们去!"忽然,泰外库站了起来,推开门就走。

"等一等!"麦素木追去,泰外库已经走远了。

小说人语:

生活呈现着光明与芬芳。生活也流淌着愚蠢与恶劣。"多么野蛮的生活啊",这是契诃夫常写下的一句感人的话!

当美好生活化了,它十倍地令人信服和吟咏。当你觉得这美好与芬芳已经近在咫尺了,当你兴奋起来的时候,也是美好与芬芳最容易遭到不测的时候。而当丑恶生活化了,而不完全是阴谋化、设计化的时候,它百倍地令人窝心和悲凉。

第四十九章　爱溢馕上　好姐妹备待客之物
　　　　　哭倒炉边　大兄弟兴问罪之师

严寒而晴朗的冬日是有它的特别的魅力的。在几天的连阴，在乱吼乱飘的风雪之后。突然，天气放晴了，湛蓝的天空上出现了殊可亲近的太阳，风不吹，雪不扬，大地安逸下来，空中散射着一种蓝紫色的冷晖。麻雀落在地上吱吱地觅食，乌鸦寻觅着热气腾腾的牲畜粪便，连雄鸡看到这样白亮的太阳也振作起了精神，扑棱扑棱，它飞到了低矮的墙头，蹬下许多雪花，扑棱扑棱，它又展翅，又抖毛，然后，酝酿好了情绪，它认真地伸直脖子，引吭高歌，欢呼着严冬的晴日，象征着、预示着的是虽然正在远去、终究会返回的温暖的活力洋溢的饱满的太阳。

没有零下二十度、三十度、四十度的冬天，没有刺骨的热辣，没有那无可替代的清醒与爽快，没有那种恰恰是严寒中才分外得意的自己的保暖武装，没有对于自身的强大的热力的自觉与自信，算得上什么新疆和新疆人！

伊犁人爱自己的家乡，包括爱夏天正午的太阳，夏天是生命的蓬勃，是万物的欢跃。老百姓们都认为在夏天好好劳动，大量出汗是养生保健防病的绝妙法门。他们也爱冬季的大雪。他们认为，越冷就越能够消除病疫，强健筋骨。确实，这种北方的严冷就是能使人精神抖擞，呼吸畅快，食欲旺盛。寒冷和冰雪有一种洗涤作用，从头脑到肝肺，从皮肤到内脏，经过这一冻，似乎更干净得多，纯洁得多。冰凉的空气还有一种激励的作用，它能使懦夫变得勇敢,懒汉变得振作,低垂的头抬将起来。

就是在这样一个天气,早上,所有的窗玻璃上都冻起了厚厚的窗花的时刻,雪林姑丽来找米琪儿婉来了。她冻得满脸通红,两只手也通红,她却没穿棉衣,只是连衣裙外面穿了一件棉背心。她也没穿毡筒,只在长线袜子外穿了一双皮靴。她更不戴什么手套、口罩了。她就这样高高兴兴地跑到了米琪儿婉家,肩上扛着半口袋面粉,她叫道:

"米琪儿婉姐,我来了!"由于冷,她的声音有点打战,但情绪却十分高涨。

"你怎么回来得这么快?"米琪儿婉问,她的意思是这次雪林姑丽去试验站不过才三四天。

"县农技站站长明天要到咱们公社来。听说,他们要总结杨辉姐的工作经验呢。我回来是准备参加座谈会的。我们不是说过好多次了吗,这回,杨辉姐答应了,让我们给她打一些馕,她要招待客人呢!"

"那太好了,我也正要打馕!"米琪儿婉跳跃起来。她们好久以来就想为杨辉做点事情了,如今总算有了个机会。

于是,她们忙活了起来。米琪儿婉去队上请假,雪林姑丽去提牛奶。回来以后米琪儿婉生火,烧水,洗刷木盆,泡酵母,热牛奶;雪林姑丽则穿上一件米琪儿婉已经弃置不用了的破棉袄,爬到土炉旁的台上,去清理柴灰,清扫炉壁,准备柴火。一会儿,木盆洗净了,牛奶也热了。米琪儿婉正要和面,女儿醒了。于是雪林姑丽洗净了手,把袖子提到了臂肘以上,总共将近一袋面粉,全部倒在木盆里,抓了一把盐溶化在热奶里,又兑了一些凉水,再把泡开了的酵母放进温奶水里,用四个手指搅拌着奶水,搅了几圈以后,她把手放在嘴边,用舌头舐了舐指头肚,试试咸度,又加了一点盐,搅匀以后,把面粉拨拉到长圆形的木盆的一端,把奶水缓缓地倒在了另一端。然后她开始一点一点地从中间开始把面和水往一起掺和。等到水不再流动的时候,她攥紧了两个拳头,并在一起,人跪起来,揣起面来;由于头发时而洒落,阻挡视线,过一会儿,她就甩一下头发,样子非常好看。她用力地揣着面,很快脸就绯红了,额头上沁满了汗珠。面也越揣越均匀了,发出的声音渐渐变得清脆起来。

米琪儿婉给孩子喂完奶,就抱孩子到隔壁伊塔汗那里去了,把女儿暂时托付给伊塔汗。她回到家来,雪林姑丽已经把一大盆面和好,她展开做饭用的大粗布,把面团盖住,又用旧棉衣和皮大衣盖在上边,把木盆放在灶边,保持温度。

过了四十多分钟,她们打开大布,检查了一下面团发酵的情况。维吾尔人吃发面从来不放碱,需要的是把握面剂子膨而不酸的时机。看看面团的发酵已经接近于完成,她们便去土炉里点火,土炉最底上放了一些干树叶,将点着了的麦草带着火苗自上口抛入土炉,把树叶引着以后,再从上面加柴火,迅即大火在土炉内轰地燃烧起来,烟气升腾,火光映红了雪林姑丽的脸。等火烧得正常以后,米琪儿婉又跑到屋里,打开木盆,展开大布,开始做馕剂子了。

外面,土炉里的烟火吸引了周围邻舍的妇女,不止一个人隔着门问候!

"今天打馕吗? 米琪儿婉!"

"是的。"雪林姑丽代为回答。

"我借你的土炉打下一炉,行吗?"这是为了省柴火,专门借别人打完馕以后的土炉用的人问的话。在这种有余温的土炉里只需再点燃不多的柴,就够再打一炉馕用的了。

　　"今天打馕吗?"又有人问,"用不用我帮忙?"这是热心助人的志愿兵的相问。

　　米琪儿婉和雪林姑丽忙忙碌碌,出出进进,又兴奋,又快活,左邻右舍的妇女,也纷纷前来搭话,这里出现了一种欢乐的、红火的节日情绪,同时,也出现了一种紧紧张张的战斗气氛。

　　任何一个民族、任何一个家庭都要吃饭。各有用来充饥的最主要、最普通的食品。这种食品在我国北方汉族地区是馒头,在欧洲是面包,而在新疆的维吾尔族人来说是馕。那么,制造这种食品,对于任何一个家庭来说,也应该是最一般、最司空见惯、毫不稀奇、毫不引人注目的事情了。那么,为什么米琪儿婉和雪林姑丽打馕的时候,却显得煞有介事、不同寻常呢? 要弄清这个问题,先要对维吾尔人的馕饼及其制作的特点有一些了解。

　　馕,是维吾尔人的主要食品,其"主要"的程度,超过了馒头之对于北方的汉族人。一般地,维吾尔人的一日三餐,至少有两顿吃馕喝茶,而饭,是专指面条、包子、馄饨、抓饭等几样比较复杂一点的食品,这样的"饭"并不是每天都做的。即使做,一天至多做一顿。

　　还有一点,中国内地,大米与小麦堪称平分秋色,就是说大米在主要食品中的地位并不比小麦面粉低,但是新疆,虽然也有一些品质上佳的大米,产量相当有限,馕的重要性主要性无与伦比。

　　馕,是用小麦粉或玉米粉、高粱粉做成面团,发酵后烤制而成的。其中的白面馕种类很多,从大小和形状可分为:微馕,个头从墨水瓶盖至墨水瓶底,主要是节日待客用。小馕,大小如茶碗或小号饭碗的碗口,有一定厚度,主要是待客或探亲访友时携带作礼物用。大馕,大小从盘子到锅盖那么大,相当薄,烤得里外都变成乳黄色,焦脆耐贮,一般用于喝奶茶时掰碎了泡着吃。商品馕,面和得很软很匀,做成周围一个厚圈、中间一个薄圆饼的形状,大小如茶盘,熟后既酥又软。窝窝馕,样子如面包圈,很厚,中间一个坑,但不透过去,有一种特殊的面粉香味,使人联想起山东的硬面馂馂。椭圆馕,做成牛舌状,一般是特殊的馕,如酥油馕(和面时加酥油)、肉馕(和面时加肉丁)等。

馕的烤制是在土炉中。土炉是用焦泥加羊毛和食盐制作的,其状如瓮,口小肚大。大小不一,农村一般用的个儿较大,以利于用劣质柴草,可以跳进两个人去蹲在里边。在里面点着柴火,等浮火烧过,炉壁吸收了大量的热,把做好了的馕饼贴在炉壁上,盖严口,利用炉壁的热度和柴火的剩余炭火内外夹攻,很快,馕就熟了,其味道要比蒸熟的馒头花卷和烙制的大饼都鲜美得多。

打馕,是一件大事,这首先是因为它是集中搞,数量大,一般的家庭,冬天打一次馕,要吃十天半月,夏天至少也得维持一个星期,这是因为馕饼比较干燥,不论是出门、来客,至少不会使肚子发生恐慌,这是很先进的,大大减轻了妇女日常做饭的负担。到时候烧点奶茶(或清茶,或开水)就可以"开饭"。但另一方面,一次就要和面一二十至三几十公斤,当然这个数量就很可观了。

其次,馕的制作带有一点风险性。火候掌握不好,有时候烧焦,有时候不熟,有时候粘不住炉壁落到火灰里,有时候死粘在炉壁上揭不下来,或者揭下来带上许多土,既毁了土炉又影响食用。一次二三十公斤,打坏了可不得了,不能不特别小心,特别紧张地进行。

还有,打馕能引起这么大的兴趣,不能不联系到维吾尔人生活哲学的某些特点。这个特点就是,第一是重农主义,他们认为馕的地位十分崇高,有人甚至说在家里馕的地位高于一切。第二是唯美主义,他们差不多像追求一切实用价值一样追求各种事物的审美的价值。我们知道做饭也是一种艺术，特别是专门的食品工业，也很注意食品的形状、颜色和包装。但是，很少有别的民族像维吾尔人这样在自己的最一般的干粮上刻花纹的。维吾尔人，种花和种菜一样积极，屋子里到处是装饰性的图案，在四片木板制作的很简单的木箱外面，漆上一层深绿色的油漆之后，要用数倍于一个箱子的工、料和耐心，用喷了金粉或染了黄漆的细木条镶嵌成很细致的图案。他们甚至在每天不知要吃多少次的馕饼上也要雕刻图案！而且设有在馕饼上印刻图案、花纹的各种专门工具。

还有，新疆的夏季偏于干燥与冬季偏于寒冷的气候适宜制作一些耐贮存食品，馕便应运而生了。

所以，打馕，是一件盛举，是过节也是战斗。一家打馕，四邻瞩目，一家馕熟，四邻品尝。共同评论，总结经验，分享打馕成功、大家称赞的胜利的喜悦。

土炉烧好了，院落里弥漫着树叶、树枝和荆蒿的烟香。面也揉好了，米琪儿婉和雪林姑丽都跪在那块做饭用的大布跟前，做馕剂儿。做馕，是从来不用擀面杖的，全靠两只手，捏圆，拉开，然后用十个指尖迅速地在馕面上戳动，把需要弄薄的地方压薄，把应该厚一点的地方留下，最后再用手拉一拉，扶一扶，保持形状的浑圆，然后，略为旋转着轻轻一抛，馕饼便整整齐齐地排好队，码在了大布上。最后，她们用一束鸡的羽毛制成的"馕花印章"，在馕面上很有规划地、又是令人眼花缭乱地噗噗噗噗地一阵戳动，馕面上立刻出现了各式各样的花纹图案，有的如九曲连环，有的如梅花初绽，有的如雪莲盛开……新打好的馕上面，充满了维吾尔农妇的手掌的勤劳、灵巧与温暖的性感。

馕剂儿做完了，按照炉壁的面积，多少个大馕，多少个小馕，大的多大,小的多小,都是有算计的。米琪儿婉眼睛溜了一下,"似乎多了一个小馕。"她说。"到时候再想办法吧。"雪林姑丽回答。雪林姑丽端来了大木盆,她们把生馕一层一层摞放在木盆上。雪林姑丽端着木盆,米琪儿婉端起一碗淡盐水,拿起半碗牛奶,又夹上一只特大的、打馕专用的棉手套,随着雪林姑丽走了出去。

她们走到了土炉边,把木盆、盐水、牛奶和手套放到了土炉旁宽大的平台上。这时,烟气已经消散殆尽,火炭阵阵发亮,原本接近于橘黄色的土炉的内壁已经烧得发白。米琪儿婉走上台去,跪在炉口边,左手端起淡盐水,右手蘸着向发白的炉壁上一甩,嗞啦,水珠一碰炉壁就化成了水汽。这个动作的目的是防止馕熟后粘到炉壁上揭不下来,同时通过观察这种现象和听这种响声判断炉壁的热度。如果水珠一甩上嗞地化成了白烟,声音尖厉短促,说明炉壁太热,发黑。如果"嗞——啦"一声,慢慢地化成水汽,声音低钝,说明炉壁温度不够,根据不同的炉壁温度掌握烤馕的时间长短。打馕前这水珠儿的一甩、一看、一听,是打馕全部技术中最高级微妙的一招,如果没有多次实践,如果不牺牲上一两袋面,是无法学到手的。米琪儿婉在登上平台的一刹那,这个谦和善良的少妇俨然成为一个不苟言笑、说一不二的大匠了。任何匠人,在自己的业务上,都有一种别人难以理解的严厉和庄重的劲儿。甚至可以说是一种带几分呆气的钻牛角尖的劲儿。没有这种严肃,就没有匠心,就没有匠艺,就没有合格的产品。打馕也不例外。米琪儿婉眉头微皱,雪林姑丽立即又端来一碗水,沙、沙,又泼上了半碗,可以了。米琪儿婉右手戴上大手套,看也不看地伸了出去。她的眼睛只管盯着土炉。

雪林姑丽立刻捧起一个大馕,倒转过来背面朝上放到米琪儿婉的手套上。米琪儿婉用左手蘸一下水往馕背上粗粗一抹(为了增加黏力），她伸开右臂，托着馕饼，连头带肩膀半个身子探到了高温红火的火炉里，看准地点，叭，腕子一翻，一张馕贴到了炉壁的底部。直腰，抬头，伸手，接馕，抹水，探身，叭，又是一个。现在进入了打馕最紧张的时刻，也是最艰苦的时刻，好像战斗进入了短兵相接的肉搏。虽然是零下二十度的冬天，为了把头几个馕贴在土炉的底部，一连几次冒着高温烘烤探进半个身子操作，不几下，米琪儿婉已经满脸血红，热汗淋漓，她不时在往生馕的背面抹水的同时往自己的脸上洒着水，对自己的皮肤也在实行强迫降温。冬天如此，夏季如何也就可想而知了。

炉底打了两圈以后，头就不用往里伸了，操作轻松了些。大馕贴完，再贴小馕，把小馕贴到大馕之间的空隙，以充分利用炉壁的面积。最后，果然剩了一个小馕，声称"到时候再说"的雪林姑丽自有办法，她飞快地把一个小馕揪成五段，制成五个微馕，把它们贴到小馕之间形成的更小的空隙里。终于，全部贴好，米琪儿婉这才拿起牛奶，用手指蘸着牛奶甩到馕的表面上，这倒不是为了降温，而是可以使馕熟后表面光泽圆润，异常可爱。这一步再完成以后，米琪儿婉用眼一转，没有发现异常情况，于是盖上炉口，等候馕熟。

这是可以长出一口气的时候了，只剩下最后的一个步骤——收获了。好像一场战斗中敌人的主力已被粉碎，求降表已经送来，战士们休整待命，一声令下就可总体解决，如无变化，其实底下的任务就是接受俘虏和辎重了。但是，战斗并没有彻底结束，警惕仍然不能放松。现在，米琪儿婉和雪林姑丽也是这样，现在，她们像吃茶时的姿势一样，随随便便地跪坐在炉旁平台上。雪林姑丽在顺手收拾杂物，米琪儿婉累得顾不上说话。她仍然警觉地注意着炉内的动静，嗅闻着从炉口缝隙里升上的蒸汽。慢慢地，蒸汽越来越浓了，从炉子里逸出了一股股十分鲜美的、混合着麦芽糖、牛乳、酵母、些微的酒气的味道的烘烤面食的芳香,这种芳香真令人宽肠开胃,舒肝活血,她们俩欣喜地对看了一下,用目光互相鼓励,好像在说:"成功了,没错儿!"

两人的心思都在土炉里,谁也没有注意泰外库是什么时候出现在她们的面前的。

雪林姑丽一抬头,首先发现了。泰外库的目光简直像传说中的土克曼强盗,连雪林姑丽都一阵眼花,误以为自己是看错了人。结婚三年,她还没有见过这个人的这种样子,像受了伤的野兽,痛苦、疯狂,充满仇恨,他眯着左眼,盯着右眼,歪戴着帽子,额头正中出现了一道非常凶恶的竖纹。雪林姑丽"啊"了一声,迅速从土炉旁的平台上溜了下来,回避到屋里去了。

"是您吗?泰外库兄弟。来吃新馕吧。怎么不说话呀?"米琪儿婉说,她的体力和精力都消耗在打馕上了,她没有仔细地端详,另外,她早已知道这几天泰外库情绪不好,她对泰外库的神态完全没有深究,也没有感觉出有多么反常。

"米琪儿婉汗,"泰外库喘息着说。他忽然只叫一般的表示亲敬的附加称呼"汗",却不叫惯常所用的、显得更亲热些的"姐"。米琪儿婉一怔。

"我的信呢?"泰外库问。

"什么信啊?"

"您自己知道!"泰外库的口气里已经充满了敌意了。

米琪儿婉仍然没怎么在意,她了解泰外库,知道他是个任性、暴躁、常常不服调教的野马,她知道他的性子不定,时冷时热,忽好忽坏。她说:

"噢,您说的那封信吗?我不是早就告诉您了嘛,我已经把它交给了爱弥拉克孜啦。"

　　泰外库发起抖来，像一个打摆子的病人，他哆嗦着从腰里掏出了一张纸，"这是什么？"

　　米琪儿婉接过信来一看，大吃一惊，她翻了翻眼，"是爱弥拉克孜返还给您的吗？"

　　"呸！"泰外库爆发了，他啐了一口，"原来您是这样地骗我！我拿您当作我的亲姐姐，我拿伊力哈穆当作我的亲哥哥。我拿你们俩当作我的亲人、我的家长……谁让我是一个孤儿啊，谁让我从小失去了爸爸和妈妈！您为什么骗我，嘲弄我，用最脏最脏的话来侮辱我，糟践我……"

　　"您在说什么呀？"米琪儿婉的面色苍白了。

　　"您问一问您自己！您自己说一说！我泰外库哪一点对不起你们？哪一点妨碍你们！您为什么要无中生有地造谣！您为什么拿我的信当作闲谈笑料！您为什么要破坏我的幸福！您为什么当面说得好，背后却对我下毒手！"

　　"泰外库兄弟，您怎么了？您吃醉了吗？"米琪儿婉也急了，她跳到了地上。

　　"泰外库哥，"雪林姑丽在屋里越听越震惊，她想起了再娜甫汗给她讲的道理，她鼓足了勇气跑了出来，不顾她的身份有什么不便，她叫了一声，"您有话好好说嘛，您这样乱说，多不好！"

　　"我不好！你们多好！你们朝着我的心窝捅了一刀！我活了二十多年了，我也碰到过各式各样的人。有人哄我，有人骂我，有人欺负我，有人拉拢我却是为了让我给他效力，还有人坑害我，借了我的钱不还，借了我的车去干坏事。所有这一切，我生气，我伤心，但我都受得了。他们是他们，我是我。等我认清了他们的面目，我就不再理他们了。可是您，米琪儿婉，我一直以为您就像您的名字一样慈爱，我最相信您和伊力哈穆队长！我把什么什么全告诉了你们！我再也没想到你们会这样对待我！我再也没想到你们能干出这样龌龊和缺德的事情！在这个世界上，我究竟能相信谁呢？爸爸呀，妈妈，啊，我这个可怜的人！在你们死去以后，就再没有一个人真心疼我、关心我、可怜我吗？……而且，你们这样做败坏了那个姑娘的名誉呀！难道她也妨碍了你们不成！"

泰外库倒在了土炉边的平台上，他大声哭起来。

人们说，弱者的眼泪是令人同情的。而泰外库，虽然他有一米八九的身材，八十多公斤的体重，虽然他外表是强有力的，从精神上，他却是十足的弱者。这样一个外表的强者和内在的弱者的号啕大哭更是令听者心胆俱裂。米琪儿婉又气又难过，她像傻了一样。雪林姑丽的样子也同样的狼狈，她说不上话，又弄不清到底是为了什么与他究竟在干什么。泰外库的哭叫吸引了几个过路者和邻居，他们在一旁围观，既无法询问，又无法劝解，但人人都感到沉重、愁烦。只有一个人，既兴奋喜悦，又因为同情泰外库的遭遇而热泪横流，虽然他还弄不清泰外库到底碰到了什么。这个人就是章洋。

章洋被丢到小屋里以后，他出来到处追寻泰外库。哪里也找不着。谁知，得来全不费工夫……一阵哭声把他引到了这里。

泰外库哭了好久，章洋带上玛依娜尔翻译去进行教育，泰外库也不听，最后，泰外库哭完了，他站起来说：

"背信弃义的人总会受到惩罚！"

他走了，章洋连忙追了出去。

伊塔汗抱着米琪儿婉的女儿站在一边，心软的老太婆又惊吓、又心痛、又难过。忽然，她想起了一件事，脸变了颜色。她把小女儿往米琪儿婉身上一推，撂下孩子，以年轻人的敏捷登上了土炉口，她打开炉口盖，一看，惨叫了一声。

一炉馕，全变成了煳炭，完蛋了！

从章洋那里谈完话，泰外库又来到了麦素木家里。他不用杯子，拿起多半瓶酒咕咚咕咚一气喝到肚子里。麦素木拿来了钢笔、墨水、几张白纸，并且掏出了他最心爱的小笔记本。在麦素木的指导下，泰外库歪七扭八地写了一份控告伊力哈穆的材料，他自己也没有弄清究竟写了些什么，他模模糊糊地知道自己是在复仇，是在惩罚背信弃义的骗子。后来，他完全失去了知觉，在失去知觉的情况下，他按上了手印。

后来，这份控告材料被扔进了大队工作组的检举箱里。

小说人语：

重读到打馕和面，随着面团的均匀与成形，面团撞击木盆的声音变得越来越清脆的时候，万端感慨。小说人在伊宁县（现已划入伊宁市）巴彦岱红旗人民公社二大队一生产队阿卜都热合曼赫里倩姆家里住了六年，他至少注视与倾听过赫里倩姆大姐和面数百次，目睹她自己或与伙伴协同打馕数百次。她是个善良、单纯、外向、不无娇气的女子，她到老都保持着轮廓与身材，她从未下地参加过劳动，一位记者友人来这个农家来见小说人，甚至发表观感说她老人家的风度像是来自巴黎。

吃过她打的多少馕、做过的多少拉面与拌萝卜条啊。一九七一年小说人离开巴彦岱后不久，她患了眼疾，一九七三再去看她的时候她已失明，小说人给大姐喂过食物……四十载倏忽过去，亲爱的赫里倩姆妈妈（维吾尔人称姐称母可以相通）呀，你和面的渐趋清脆的声音永存，你的馕香永存，你对小说人的照料永远被感激，你的在天之灵永被纪念并永远佑护着家乡老幼。

赫里倩姆妈妈千古！

第五十章　章洋读稿　扣帽子老尹成右倾
　　　　　　组长交心　卸包袱穆萨打前锋

在公社队部召集的组长以上社教干部会议上,发生了激烈的争论。

在尹中信主持下,会上介绍了清水大队和新生活大队开展四清工作的一些情况,清水大队,代表干部问题严重的一种类型,新生活大队则代表干部队伍相当好的一种。同时,尹中信提出了爱国大队七队乱搞小突击的问题,对这种做法提出了批评。尹中信是这样说的:

"我们的工作有重大的意义,我们的工作干部受到农民的欢迎和信任。这就更加加重了我们的责任,却没有给我们以颐指气使的资本和权利。解放以来,我们在农村进行了大量的工作,才有了今天的人民公社,才有了今天的渠道、拖拉机、条田和小麦良种,我们来搞四清,是在这一系列工作,在社会主义革命和社会主义建设一系列胜利的基础上进行的。我们不能割断历史,以为我们没有来以前农村的工作一无是处,一切要我们来了以后重新安排。在这个少数民族地区,我们更不能把自己看成救世主、看成天神,而把广大农民包括农村的基层干部看成群氓、看成混沌无知、嗷嗷待哺的孩子。更不要以为只要我们能多讲一点政治名词,能宣读几个文件几篇社论,开会的时候能成本大套地说一通就一定比农民,比农村干部高明多少,或者就能对农村的工作一定有多么了不起的作用。不,不一定的。为了做好工作,首先得了解这里的农村,了解农村阶级斗争、生产和各项工作的客观规律。了解本大队、本生产队的实际情况和特点。了解群众的情绪和要求,我们能做的工作,只能是事物的客观过程所要求我们做,而且事物的发展已经提供了解决的可能的。只能是群众已经认识或者经过教育可以认识,可以做得到的。这样,我们的工作就促进了人民公社的发展过程。这就是我们的任务,不应该做得比这个更少,也不可能比这个更多,弄不好,主观主义,自以为是,瞎指挥,就只能起相反的、消极的作用。

"清水大队和新生活大队的工作,好就好在他们是实事求是的,又是依靠群众的,有什么问题就解决什么问题,有多大问题就解决多大问题。清水大队揭出了一个大贪污集团,这是他们的成绩。新生活大队没有这样的贪污集团,他们着重健全财务制度,改善干群关系,发挥贫下中农的作用,制定农田建设的全面规则,这也很好。而爱国大队七队就搞得不太好。我们的个别同志在那里孤家寡人,脱离群众,用想当然的主观臆断来代替对实际情况的调查研究,实际上是颠倒了敌我和是非,这是值得我们大家引为教训的……"

章洋在来公社参加这个会以前两天,收到了泰外库签名、按手印的对于伊力哈穆的控告,并叫玛依娜尔译成了汉文。于此以前,何顺已经把库图库扎尔对伊力哈穆的揭发谈话记录归纳、整理出来。章洋又亲眼看到了泰外库怒斥米琪儿婉、悲愤痛心的场面。汲取上一次轻举妄动的教训,章洋力求普遍地问了问、听了听社员们对于库图库扎尔和泰外库的反映。对于前一个人,虽然在重用包廷贵的问题上人们略有不满,普遍还是很尊重这个减租反霸以来一直奔奔走走、出头露面的老干部的。至于后一个人,更是众口一词,一致肯定他是个光明正大、勤劳直率的青年。而且,他还有一个好条件，他从来没有当过一天干部，没有管过一件哪怕是记工分之类的事，这才是真正的干干净净、清如山泉的社员。这样一个社员，（而且据了解他曾经是伊力哈穆的好友。）现在写了材料，又对四不清干部的老婆（米琪儿婉）进行了面对面的斗争，这实在是一个极其令人鼓舞的发展。这不能不归功于他组织的那次"小突击"。

这样，回想起来，他组织的那次小突击并没有什么不对。库图库扎尔说得好，尼牙孜被谁打了，这不是问题的实质，他组织的那次会并不是要审理一个小小的殴打案件。在尼牙孜和伊力哈穆的关系上，尼牙孜是受害者而伊力哈穆是加害于人者。尼牙孜的牛的死亡，这不是众所周知的吗？尼牙孜欠了那么多账，这难道不值得同情吗？而且，说实在的，新生活大队提供的关于尼牙孜挨打的情况就一定那么可信吗？章洋不过是不准备花更多的精力纠缠在这样一个具体问题上罢了。

那么，为什么尹中信要批评他呢？翻一翻泰外库的"控告"，看一看库图库扎尔的揭发，想一想尼牙孜的申诉，互相都是吻合的，可以互为旁证。再想一想集训期间反复学习的文件，他更感到自己做得很对。

自己对。谁错呢？尹中信，尹中信太右了，这就是结论。

熬红了两只眼睛，吸了二十五支纸烟，点了三支蜡，章洋自己动笔写了一份厚厚的材料，内容和题目都很长。题目是：《从四不清干部伊力哈穆的猖狂反扑看我公社社教工作队领导思想的右倾》。

章洋到公社开会去了，提包里揣着这三份材料。三份材料使他胸有成竹，但他暂时不告诉任何人。对于他这个锋芒毕露、好表现自己的人来说，他费了好大的劲才压制住自己把这几张王牌打出来的冲动。在尹中信讲话的时候，他沉默不语。在按大队分组讨论的时候，他一言不发。这三份材料不仅是王牌，而且要当炸弹用，要在关键的时刻投掷出来。

在会议的最后一天，从县工作团来了一个宽额头、秃顶的负责同志，他参加了全体会议，并且准备讲话。章洋看准了机会，要求发言。

章洋当着县工作团领导的面，宣读他连夜写就的长篇材料。另外两份材料，包括泰外库写的维语原稿和译稿，他拿起来让大家看了看。"因为时间关系我就不一一念了，"他说，"这里有细致的罪行材料。但是尹队长批评我们，说我们颠倒了是非。不，我们没有颠倒，事情是尹队长包庇四不清干部。上级已经多次指出，在四清中，右倾是主要危险。即使是尼牙孜被人打的问题，我看也还不能说就是尼牙孜诬陷伊力哈穆，退一步说，也是各有各的账，首先是伊力哈穆迫害了尼牙孜才引起尼牙孜的报复。让我们对照文件材料来衡量一下尹队长的讲话吧！"

章洋的发言使与会者吃了一惊。虽然大家不了解七队的一些具体情况，但是，章洋的气势汹汹的样子，他扣到尹中信头上的"右倾""包庇"的大帽子，还是很有些威慑力。人们的目光不由得集中向尹中信。

尹中信在自己的长期的革命经历中碰到过不止一个章洋这样的人，他们一知半解，却自以为唯有自己是最革命的。他曾经引导过好几个这样的青年同志去接触实际，去逐步克服那种主观片面、华而不实的毛病。章洋的不同点在于他不接受任何引导，不接受批评，而且越来越咄咄逼人、反扑过来了。

这是为什么？泰外库的控告是怎么回事？究竟是谁在给他提供炮弹呢？又是什么力量鼓舞着他呢？显然，仅仅从下面，从农民当中找原因是不够的。

在没有弄清泰外库的事情以前，尹中信不想再在会上与章洋纠缠七队的具体问题。他考虑，总结会议的时候再次强调一下调查研究与依靠群众，而把七队的事情暂时摆起来。

但是，就连这个比较和稀泥的想法也没能够实现。因为，县工作团的领导说话了，这位领导讲话的调子是对章洋的极大支持。他有一些似是而非的论点，大意是说，实事求是，依靠群众，当然是对的。但讲这两条要看时机：现在是运动初期，过分强调实事求是就会束缚群众的手脚，过分强调依靠群众就会发现不了真正的积极分子。他肯定说，"小突击"的做法是经上级肯定了的行之有效的经验，凡是农村干部，都应该加以审查考验，共产党员连死都不怕，还怕小突击哪怕是大突击吗？还怕党的考验吗？

……如此这般，会议就这样结束了，尹中信没有再讲话。开惯了每一次都得出明确一致的结论的会议的工作干部们，大都感到茫茫然，惶惶然。

秃顶宽额的县工作团领导同志要去了章洋的材料。三天以后，这份材料摘要刊登在县工作团发行的《四清通讯》上。

尹中信被叫到县上参加团部召集的工作队长以上干部会。在这个会上，尹中信被说成"右倾"的典型，受到了批评。

尹中信的思想越来越沉重了。实事求是和依靠群众，这是毛主席的一贯教导，为什么一强调这两条就成了"右倾"呢？不调查研究，不分清是非敌我，见干部就"突击"一下，这算什么样的"左"呢？这简直是孩子们的游戏，一会儿你演汉奸，一会儿他演国民党特务，大家轮一遍。尹中信有丰富的斗争经验，许多的成功和失败教会了他，一定不要被那种咋咋呼呼、张牙舞爪、言过其实、吹牛放炮、强词夺理、矫情做作、语出惊人、天花乱坠、以气壮势、以势压人的一套货色所唬住。实践证明,往往还是那些平易近人、符合常识、符合人们的正常的思维规律的东西更正确一些。解放战争期间,部队进行三整三查,他那时担任一个团的副政委。下边有一个营,营教导员是一位章洋式的人物,连长相都很相近,说话结巴而又性急。几天之后,他汇报说他们营里搞出来了派遣特务若干、逃亡地主若干、隐瞒历史和成分的阶级异己分子若干……比例数字高得吓人。这位性急而结巴的教导员以此为成绩,大大地卖弄了一番,甚至卖弄得使其他几个营觉得自己营里没搞出统字号人物[①]颇有些脸上无光,低他一头。尹中信却不相信他的汇报,他不相信这种玄而又玄的事情。他带领团政治处的两个干部到那个营作了调查(当时师里有个别领导很欣赏这个营的搞法,已经准备推广那位教导员的经验了),克服了种种阻力,他终于弄清了,那位教导员是用我党所决不允许的"逼供信"的方法来"搞出"那些"成绩"的。再深一步了解,恰恰是那位性急的结巴教导员,历史上有一些遮遮掩掩的事情,唉,越是自己心虚,搞别人就越是急火攻心,偏激得发疯。

　　尹中信深知,我国是一个小资产阶级占优势的国家,小资产阶级汪洋大海一样包围着我们的党、我们的干部队伍。小资产阶级的动摇性、投机性、狂热性往往也反映到我们的队伍里。他见识过不算太少的这样的干部,要什么有什么,上级要先进人物,他主管的部门就净是先进人物。上级要阶级斗争的动向,他主管的部门就净是有动向的阶级敌人。上级刚开会推广某个经验,他就总结出学习这个经验的经验来。上级让他调查某项措施的优越性,他立即可以总结出十五至二十条优越性,还有群众的反映、有俚语方

---

① 指国民党军统、中统的特务。

言、有顺口溜,证明除了敌人人人拥护这项措施。而当上级决定改变或撤除这项做法的时候,他立即毫不脸红地又可以总结出十至十五条发言证明改变或撤销这项做法的必要性,同样有群众反映、有俚语方言、有趣话和顺口溜。而且遗憾的是,至今仍有人视这样的人为宝贝。

在长期的革命斗争中尹中信学会了辨认这些投革命之机的先生们;学会了不让这些招摇过市、嘶声叫卖的"革命家"先生们扰乱自己的思想和工作。但是,这次,他面临的事态要严重得多。一种人们最忌讳、最可怕、最无可挽救的判决,一种好像政治上的麻风病或者血癌一样的"疾病诊断"——右倾,已经降临到了他的头上,而做出这样的诊断的森严的医师,并不是在伊宁市汉人街骑着毛驴逛荡的江湖药贩子,却是有着相当的权威和堂堂的证明执照的正式"大夫",这使尹中信万分抑郁。

究竟是谁"右倾"呢?难道这种把农村看得一片漆黑,不分青红皂白乱"突击"的思潮反而是正确的吗?

一九六四年,正是提倡"带着问题学""立竿见影"的年代。诚实的尹中信也很想这样实践一下。他"带着问题"读了许多革命导师的著作,找不出一个现成的、得以"立竿见影"的答案,不,答案不在哪一句话或者哪一段文字里,答案只有从毛主席的一贯教导中去找。答案只有从他这个共产党员的良心和勇气中去找。

在县委招待所,人们看到尹中信常常一连好长时间出神地看着毛主席的画像。

与此同时,章洋的工作也进入了新阶段。

首先,他立即搬到了泰外库"家"里去住,留下了萨坎特与何顺仍然住在尼牙孜家。他觉得他很聪明,既表达了对苦大仇深的泰外库揭批伊力哈穆的支持与亲近，又多少与群众反映不好的尼牙孜拉开了一点点距离。他的政治手法是多么细腻、多么艺术啊。

自从章洋住进来，泰外库就觉得没有了自己待的地方。如果是夏天，泰外库很可能就风餐露宿，再不回他的那间住了一个与他绝无共同语言的章洋的小房子了。可现在又是冬天。他在供销社门市部待上一会儿，天一晚，人家就要关门了。到旁人家串门去吧，从和米琪儿婉嚷嚷完了，他似乎与整个家乡、亲人、村庄包括牛犊与羊羔掰了，他硬是觉得自己抬不起头来，他毫无兴致。回到自己的房子吧，喧宾夺主的章洋正在那里写材料，要不就扫地、烧火、煮开水。泰外库只好缩在靠门的一角，坐在锅台的一边或唯一的一个小板凳上，生活起居上，他完全听章洋的摆布。

章洋确实是很热情，很愿意使自己和这个深受伊力哈穆迫害的、苦大仇深的孤儿建立起亲兄弟般的关系，如果他坚持和这个孤儿同吃、同住，甚至盖同一条被子睡觉，那确实是他的一个资本，是可以夸耀的，是可以引起领导的重视的。但是泰外库没有给以同等的回报，他根本不说话，章洋也不懂维吾尔语，加上泰外库是个单身汉，如果让玛依娜尔总是守在这里充当译员似乎诸多不便。干脆，一切章洋自己动手，连伙食基本上也是章洋执炊，泰外库和他一起吃。泰外库劈柴、买菜买肉、挑水，章洋烧火做饭。章洋这个人对于泰外库虽然是陌生的，他的行为和语言也是泰外库所难于理解的。但总的来说，还是给了泰外库一个城里来的干部的印象。章洋多次向他进行"教育"，鼓励他进一步破除顾虑揭发坏人坏事，泰外库机械地点头称是。

另一方面，章洋接连组织了对伊力哈穆的批斗。在公社的四清干部会议之后，特别是在县里的《四清通讯》上刊登了章洋的"看右倾"的文章之后，章洋感到自己完全占了上风，他逼迫别修尔对他的批斗、处理伊力哈穆的计划不再坚持反对。"我就不相信整不倒一个伊力哈穆",他的这个"信心",渐渐变成了决心,又从决心变作了他的做事的核心,最后变成了已成事实。

吸取上次"小突击"的教训,章洋做了许多工作。他不但找一些人个别谈了话,而且放宽尺度,召集了党、团员会议和贫下中农会议,又召集了一切对伊力哈穆不满的斗争骨干会议。最后一个会议的参加者不但有尼牙孜和库瓦汗,也包括包廷贵和郝玉兰,他更破格邀请了曾任生产队长的穆萨。他想起了列宁的名言:不要拒绝十五分钟的盟友。他还叫人通知了麦素木,但是麦素木称病没有来。

然后,才召开了全体社员大会。在这个会上,章洋传达了县工作团负责人的"指示",却把尹队长的讲话全部封锁起来,然后,他逐字逐句地宣读了《四清通讯》上的他的那一篇大作。

淳朴善良的农民们啊,他们相信党,拥护政府,对党的文件从来说一不二。他们以为,像《四清通讯》这样的上级发下来的铅印成文的东西,就是党的意图、党的声音。对于党,对于大家都承认的解救他们脱离了苦海,给千家万户带来了无限的光明和幸福的伟大的党,难道还有什么信不过的么?如果有怀疑,他们宁愿怀疑自己。他们听着章洋的传达和宣读,他们的头昏了、眼花了,愁云笼罩在他们的脸上、心上,他们惶恐地、紧张地垂下了头。

艾拜杜拉沉默了,打击改变了他的朝气勃勃的面容。"文件"里谈到了"新式恶霸"伊力哈穆,竟然抢夺了一个孤儿、一个苦大仇深的雇农的妻子与赶车鞭子,给了自己的弟弟。这种令人发指的污辱使艾拜杜拉好像挨了一鞭,打得他浑身冒火。同时,他又像被浸泡在冰水里,连血管都在冰结。

阿卜都热合曼蜷缩了,他的身材好像更加矮小。"文件"里提到伊力哈穆破坏四清，竟把工作干部安排在一个"二队长"，一个叛国分子的亲属家里。这显然是指他的哈丽姐，在揭他的最痛最痛的疮疤。疮疤揭下来了，鲜血在流滴……

庄子上的人也被通知参加这个会。廖尼卡也来了，听了"文件"，他好像挨了一颗子弹。"文件"上说，伊力哈穆曾经指使一个有重大犯罪嫌疑，曾被公安部门逮捕（按：是拘留，但如今，硬说是逮捕以加强文章的修辞效果）的修正主义分子，用一只死乌鸦来威胁一个敢于给队长提意见的贫农。上界方七日，世上已千年。在廖尼卡守着水磨转的短短一个月里，队里究竟发生了什么事情呢？他晕眩了。

连豪爽泼辣的再娜甫也被扼住了喉管。"材料"说，"猖狂"的伊力哈穆，指使一个干部家属，"猖狂"地辱骂一个"贫农家属"。素来不吸烟的热依穆在会场上接二连三地卷起了莫合烟，烟吸得他嘴唇麻木，眼泪花花……

材料牵扯了许多社员。伊明江也蔫了，因为"文件"提到了伊力哈穆及其"狗腿子"扣留了尼牙孜的牛。更不要说乌尔汗了，她像一只惊惶的兔子，"材料"里提到伊力哈穆对一个"反革命盗贼的老婆"、一个"投敌未遂"的女人百般包庇，关怀备至，甚至"材料"的词句还包含一些使她作为一个女人无法听下去的暗示。

宣读完毕，根据章洋的部署，打先锋的应该是泰外库。泰外库眼睛塌下去了，二目无光，面孔瘦削，胡须老长，动作僵硬，连脖子都像受风"落枕"。从大骂米琪儿婉的那一天起，他一直像一个接受了催眠的梦游者，他拿着章洋修改过的他的"控告"稿，结结巴巴地念道：

　　　……我揭发，我控诉，伊力哈穆和米琪儿婉，他们欺骗了我，他们不是好人！

他们是新式的恶霸，他们破坏了我的家庭，夺走了我的妻子，又夺走了我的鞭子……

他们挑动我与包廷贵打架，破坏民族团结。

他们迫害尼扎洪。

他们打击穆萨，他们排挤大队的库图库扎尔大队长。

他们……

念到具体揭发的地方，他的声音越来越沙哑，他的口齿越来越含糊，他的"控诉"变成了蚊子哼哼，忽然，他一句话也没说，不念了，走了。

章洋说，由于伊力哈穆的欺骗与迫害，泰外库同志身心受到了严重摧残，以致未能把讲稿读完。他指定了萨坎特，把泰外库没念完的讲稿念了下去。

这次会议的最后，选举出席全公社贫下中农代表会议的代表，章洋提名泰外库，全体通过了。伊力哈穆也举起手表示赞成，但是，章洋说："你没有资格举手。"

没有办法。只好如此。你只能这样。你要学习。你要做事。你要上工。你要站着听大家坐着批判你。你要承担污辱。你要受着。你要对自己说：契达①！你要对自己说：迈哩②！

第二天，全天停止生产继续开会。

头一个发言的是尼牙孜。有两个流里流气的青年，一九六四年因为夏收时不合质量曾被伊力哈穆批评，并且在记工分时没有给他们头等工分，他们为此也发了言，但他们不大会在会上说话，

---

① 维吾尔语，忍耐。

② 维吾尔语，也就这样子啦。

说起话来东一句西一句，说着说着忽然就坐下了。包廷贵和郝玉兰也发了言，他们着重讲了一九六二年的死猪事件，指责伊力哈穆企图制造事端，为苏修效劳。他们的发言是帽子扣得最大，原则拔得最高的，使与会者听了大都觉得心怦怦然。

听着这些发言，有一个人坐立不安，抓耳搔腮，心里痒痒得不行。他就是穆萨。别人发言，他着急，总觉得别人不会说话，口齿不清，叙述混乱，说不到点子上，语言也苍白无力，同时，他代为设想，这一段话如果由他穆萨来说，将会如何痛快淋漓，精彩绝伦，语惊四座。他的老婆马玉琴看出他那种跃跃欲试、不甘寂寞的样子，中午休会期间警告他：

"孩子他大，咱们可再别裹进去瞎搅和，刚过了几天安稳日子。这里头到底是怎么些子事，谁知道？咱们可不能昧良心。您也别以为怎么乱哄一下又能上去当干部，算了吧，上去得越高跌下得越重，咱们的儿子、丫头还小，还都没出过麻疹呢，咱们要敬胡大，守清真的规矩，小心翼翼地过日子……"

"那还用说吗？他娘，你放心，"穆萨捋着胡子，和颜悦色，真像个模范丈夫，对自己的这个年轻的回族媳妇，确实也是满心欢喜，"我不是傻子，我不是小孩子，想煽动我，做梦！现在的事当我看不清？库图库扎尔和麦素木勾结起来，拿咱们这个组长当猴耍呢！我才不给他们说话呢。我有老婆，有儿子，也有女子，还有院子、园子，桃子、杏子、苹果子……我还要什么？明年，我打算把咱们那几棵苹果树全给它砍了，品种不好，再说伊犁苹果又多卖不了几个钱。明年，和兵团园艺场联络联络，我要弄它二三十株桃树苗来，咱们用不了的，给你娘家的亲戚……"

下午，去会场的时候，当有的社员问穆萨"您怎么不发言呀？"的时候，穆萨轻蔑地一笑："我才不管这些闲事儿呢。我早就看穿了。今天你批判我，明天我批判你……反正不能让你闲着，尤其是冬天。上级那是真关心咱们啊，老是给咱们解闷儿。就是这么一回事。我要是想管这些个，前年我何必辞去队长？当个干部值几分钱？抢砍土馒最……"穆萨的话没有说完，因为章组长叫住了他。

章洋把他叫到会场隔壁的办公室，章组长说："穆萨呀，据了解你是个很有威望的人呢。"一句话穆萨的眼睛就瞪起来了，"我们希望你积极参加斗争，当个积极分子呢，上次开会是我坚持通知了你，我对你充满了期待。"穆萨的胡须开始上翘了，"大家都盼着您讲一讲呢，"穆萨开始挽袖子了，只因为是冬天的棉衣，才没有能挽到胳臂肘以上，"你是不是有什么思想顾虑呀？背包袱呀？你的问题我们已经了解了嘛……"

穆萨站了起来，抬起一条腿踩到板凳上："我没有顾虑，我没有包袱。只要组长一句话，我穆萨就能冲上去……"他的牙齿开始龇出来了，他大幅度挥动着手臂。

在下午的会议开始后，穆萨第一个发了言，他揭露，就在最近，在小突击以前，伊力哈穆曾经找他摸底，打探情况，而且向他发泄了对组长的不满，败坏工作干部同志的威信……

呜地一阵风，吹开了他的禁锢的心灵和欲望，本事、威风、冒险、利益，一只只的小鸟在他头上飞翔。乐天知命、随遇而安、俯身赔笑的庸人穆萨，又开始向大吹大擂、野心勃勃、胡作非为的冒险家穆萨转变。越是发言，他就越是高兴，他越尝到了甜头。树立自己的办法莫过于骂别人，在这种场合骂伊力哈穆，真是又安全、又便当、又露脸、又得利。一条云雾之中的登高大路，一条不大牢靠、却很诱人、前些时候被封闭了的大路，还有骏马奔腾的幻影同时展现在了他的面前。他侃侃而谈，抑扬顿挫，神采飞扬，与一小时以前的穆萨判若两人。马玉琴面如土色，悄悄地擦眼泪，她知道，从这个下午开始，穆萨又不会再听她的话了，又一场灾难降临到了她们的家庭上空了。

伊力哈穆静静地、仔细地听着章洋报仇雪恨的号令和宣读，听着一个又一个的发言。他被剥夺了申辩的权利，只许听，不许张口。

他愤怒。世人们都知道强盗的横霸和杀人犯的凶残。还有一种同样横霸、同样凶残的事情，那就是平白无故地陷人于罪，捕风捉影、似是而非、罗织罪状、置人于死地。有这么一些鸟人以此为乐，只要有陷人于罪的机会就宁可放弃自身的头脑包括良心。而且还有阿卜都热合曼、艾拜杜拉、雪林姑丽、再娜甫、廖尼卡和乌尔汗都连带受到了那种恶毒的、肮脏的和轻率的言语的损伤。而尼牙孜、包廷贵之流正在张牙舞爪。他们虽然没有劫掠人们的财产和生命，但是，他们企图掠夺人们的灵魂，掠夺人们的荣誉、尊严、友谊、信任和良心。他们也是强盗，也是杀人犯。

他痛心。他看着泰外库，像看着一个中了毒的或者发作了癫痫症的少年。他感到的与其说是气恼，不如说是焦急和怜悯。那一天，米琪儿婉把一炉馕全部打坏了的那一天，米琪儿婉的样子像是刚刚挨了大头棒，被打得发生了脑震荡。人们可以经受敌人的屠杀、酷刑，可以受住坏人的诬蔑、攻击，可以受得了外人的挑剔、苛责；但是，人们往往难于忍受自己的亲人和好友的哪怕是一点点的不理解。米琪儿婉好像得了重病，伊力哈穆也同样地难过和震惊，同时，伊力哈穆预感到了一个大阴谋。

他思索。这个阴谋究竟是针对谁的？究竟要达到什么目的？谁是操纵这一切的人？他回想起一九六二年春天他回乡以来所发

836

生的一切,他知道一场短兵相接的厮杀已经在所难免,他甚至有点高兴了,因为兴风作浪的鱼儿快要浮出水面了。

他惊奇。为什么这一切配合得那么好?特别是章洋同志为什么配合得这样好?章洋与他无仇无冤。章洋不像是坏人。他用尽了一切力量,采取了一切办法来争取章洋的了解,并给章洋的工作以最诚心的帮助。但是,他没有达到目的。章洋一步一步越来越和他对立,越来越成为尼牙孜和包廷贵、库图库扎尔和麦素木的代理人和工具。他甚至要说,章洋做的事情有利于境外的敌对力量。可是,为什么县里工作团的领导正儿八经地印出了那样的"文件"呢?他没办法想下去了。

他耻笑。当尼牙孜发言的时候,他忽然想起了这位泡克的"诊断证明",他费了好大的劲控制住自己不要笑起场来。尼牙孜的来历是很可疑的。他在南疆究竟干过些什么?外调材料始终没有确切的结果,因为他自报的经历很可能就是完全伪造的。但也有可能,他最主要的问题并不在于历史与家庭出身上。无论如何,从感情上说,这是个站在社会主义的敌对方面的人。穆萨的表演也使他啼笑皆非,头几天他还欣喜地看到穆萨的进步呢!出尔反尔,毫无人格,多么可笑,可怜,又可悲。他一转头,无意中看到了马玉琴的羞得通红的面颊和挂在眼角的泪水。

他也感到温暖和熨帖。尽管章洋宣布不准他和旁人任意交谈,串通一气,也不准旁人去向他通风报信,尽管一个小小章洋就剥夺了他的人身权利,尽管会场上压力重重,没有人和他握手问好,他还是看到了许多社员的亲切的、同情的目光,他看到许多忧愁地低垂着的头,他看到了马玉琴的眼泪。尤其使他感动的,是波拉提江,这个孩子在会议快要开始的时候,在别人不注意的时候,突然塞给他一块烤南瓜。是他的妈妈乌尔汗叫他送来的吗?是聪明懂事的孩子自己送来的吗？同样地暖人心肺。

他一直站着。因为，不准他坐下。他老老实实地站着。清白无辜，满腔热血，一颗诚心。"毛主席，您知道吗？"他在心底问。

"他老人家是知道的。"他回答自己。"他老人家是不知道的，正因为毛主席不知道，才会发生这样的事情。"他又想。想过来想过去，他还稍微能够契达——忍耐下去。

小说人语：

那个年月，这一章竟然痛快淋漓地、沉痛已极地痛批了后来称之为极"左"的无端迫害、阶级斗争扩大化！

极"左"者往往，第一是自己心虚，第二是意在投机，第三是脱离生活脱离常识，第四是潜雄辩癖，他们每天自己与自己在腹中进行潜辩论，每天都获得雄辩金牌，同时每天都感觉到少辩论一句话自身就会崩溃与颜面扫地！最后他们是偏执狂，拉着一副半人半狼的面孔，居然自封、自信、自命为"一直正确"的革命的小领导！

是的，粗暴常常能战胜文雅，凶恶常常能战胜善良，死皮赖脸常常能战胜谦谦君子，装腔作势常常能战胜平易近人，然而至少还有文学，还有人心，还有恩怨情仇的记忆故事，还有"听评书掉泪、替古人担忧"的普通受众。

苏共二十大后，文学作品有一个说法，就是说所谓极"左"的那些做法，"毒化"了生活。呜呼，让我们默哀，让我们纪念与回想那曾经被不同程度地毒化了的、仍然不失健朗的异趣的生活。

穆萨是多么可笑，多么可爱，他有点游戏人生、游戏阶级斗争的潇洒与闹哄劲儿。他做到了维吾尔的谚语：出生以后，除了死亡，都是游戏！

第五十一章　前夫样子　昔野马也今呆熊也
　　　　　　姑娘剪影　那样可爱那样孤独

雪林姑丽是软弱的吗？曾经是的。她温顺，寡言，爱哭，毫无保护。艾拜杜拉为了这曾经劝导过她多少次呀。艾拜杜拉说：

"你还记得么，我们刚上小学的时候，那个被娇惯了的小流氓，他每天欺负我，他把沙土扔到我的书包里，把我推到泥坑里，还管我叫'丫头子'。我一声也不吭，我不愿意和人打架。他以为我是不懂还手的，有一天我正在做功课，他把半瓶墨汁洒在我的作业本上。我跳起来'叭'给他一个嘴巴，他一个跟头倒在了地上，他爬起来抄起了棒子，我夺过了他的棒子，左手又给他一个嘴巴。他两边的脸肿得高高的，扬言要和我动刀子。同学、老师包括后来我的父母都很惊奇，他们从来不知道我会打人，连老师都警告我小心那个小流氓的报复……其实呢，一点事也没有，从此他服气了，见了我俯首帖耳，后来，我还帮助他提高了学习成绩。过了很久以后，他有一次说：'哎，艾拜杜拉，没想到你打人那么厉害！从那一次，到现在我一感冒耳朵就嗡嗡地响呢！'"

"……不记得有这么回事。我只记得有一次男生和女生打架，你抄起了一把椅子……你的样子真可怕，我以为你要砸死一个人的。"

"是的是的，有这么一回。其实我也是为了吓他们，哪里能真的往人头上砸呢！我们有多少办法？就有这样的人，视善良为可欺。我们退让，一次、两次，直到第十次，但是第十一次，我就一定要把他打回去，让他永远耳朵边嗡嗡作响……"

在试验站，杨辉也常常给她讲：

"不要怕困难，不要怕坏人，不要怕旧思想的习惯和流言蜚语。你如果不怕它们，它们就反过来会怕你的……我刚到伊犁工作的时候，也是阻力重重。一抬头，全是维吾尔人，男的留着胡须，女的穿着连衣裙，个子不比我高一头也高半头，说话叽里嘟噜，听不懂。我提出什么技术上的建议，没有人听，还有人拿我开心，说我的坏话……为了这，我不知道哭了多少次。赵志恒书记告诉我，第一要学会跑路，第二要学会说话，第三要学会吃饭睡觉，不管在什么条件下都要能吃能睡，第四要学会吵架，只要是为了生产，为了集体的利益，什么人都敢碰！只要你相信自己正确，你就不要低头，不要畏缩……"

还有再娜甫，还有伊力哈穆和米琪儿婉，这都是雪林姑丽的良师益友，美好的、智慧的语言是能赠予人的最高贵的礼物。他们的话语确实就比黄金更珍贵。然而，还有一个老师，还有一种语言，它比什么都更加强有力，比什么都更能说服人和改变人，它的名字叫做"生活"。

雪林姑丽是好面子的么？生活偏偏一次又一次地无情地往你的脸上抹下锈斑，然后打开聚光灯，让众人观看你的被涂丑了的双颊。雪林姑丽是娴静和内向的么？生活的浪潮却一次又一次地将你抛起又放下；到处都是雷鸣、闪电、风风雨雨，是明的和暗的旋涡和湍流，是纠缠不清的大大小小的结。雪林姑丽是文雅和纤细的么？生活偏偏不仅使你面对了粗犷，而且面对了野蛮，面对了狼虫虎豹——恰恰投枪与木棒就在你的手边。

在打坏了那一炉馕以后，雪林姑丽委屈地向杨辉诉说了事情的始末。"走，我们找大个子去！"杨辉拍响了桌子。怎么能让杨辉为这个分心呢？县农技站站长和报社记者马上要来了，他们要总结杨辉的工作，还要给杨辉照相呢。"您不用管了，我一定设法把事情弄个水落石出。"雪林姑丽说。

"那你先不要回试验站。七队的情况我知道一些，农村的技术工作从来离不开思想政治工作，你们队的几位人物我也都打过交道。他们要干什么呢？你不能回避，也回避不开。他们要在你身上做文章呢。"

于是，雪林姑丽留了下来，她出席对伊力哈穆的批斗会。开始，她简直不敢抬起头。她替直端端地站立在那里的伊力哈穆哥难过，胸口憋闷得透不过气来。她替那些随声附和、信口攻击伊力哈穆的人害羞，她不敢、不愿意看这些人的下贱的嘴巴，正像不敢、不愿意看一个外科病人的化脓的疮口。她万分厌恶那些造谣者和诽谤者，不管他们说得怎样好听，她也不想看他们，因为她从来不看长着红绿须毛的毛毛虫或长着花皮的毒蛇。她低着头来开会，却仔细地听着每一个发言和发言之间的沉默和唏嘘。沉默和唏嘘给了她许多力量，于是，她抬起了头。

她的目光触到了许多社员的目光，他们用目光交换着彼此的忧虑和同情。然后，所有的忧郁的、含泪的眼睛都集中看向伊力哈穆。"如果是我，"雪林姑丽想道，"如果是让我一次又一次地站在大庭广众之下，如果是让我一个小时又一个小时地恭听这些诬蔑不实之词，我将无法忍受下去，我将无法活下去的。"

然而伊力哈穆仍然默默地站在那里，有时，他身子动一下，他抬起手来搔一搔脸颊，他把全身的重心从这条腿移到那条腿，再从那条腿移到这条腿，显然，他有些疲劳，有些烦躁了。但过上一会儿，他又放松了身体，哪怕是无可奈何也罢，他似乎站得并不那么不舒服。伊力哈穆的样子有时候像是听得十分用心，他头微微歪

斜,脖子略略前伸,口稍稍张开,似乎被发言吸引住了。有时候却
又像是在想别的,他的眼睛在看别的影像,他的耳朵在听别的声
响,他的心被吸引到别的事物上。他的脸上偶尔也显露出愤懑和
痛苦,还有嘲讽和怜悯,但更多的是一种平静的思索、一种谦和的
良善。

　　雪林姑丽目不转睛地看着伊力哈穆,从伊力哈穆的姿势和面
孔上她好像体会到了许多。尤其她知道,伊力哈穆并不是为了个
人,而是为了她雪林姑丽、为艾拜杜托、为廖尼卡和狄丽娜尔,为乌
尔汗和波拉提江,特别是为泰外库,为了全体社员,其中也包括那
些正在用粗暴的言语损伤着他的那些人而受过的。想到这里,她
的喉头哽咽了,嗓子里好像点起了一把火,发生了许多辣的、苦的、
割人喉管的烟。就在这个时候,伊力哈穆略一转头看到了她,他们
的目光相遇了,伊力哈穆克制地、却是鼓励地向她一笑,憨厚地露
出了上牙花子,笑的样子像是一个悄悄地做了好事,不追求表扬却
终于被发现和表扬了的孩子。一股清凉的泉水熄灭了她喉头的火
和烟,她整一整头巾,更好地坐在那里。

　　在停止生产开了一天会议以后,宣布第二天改为上午生产、下
午开会。下午大家来开会,不知为什么屋里烟气特别大,一种刺鼻
的、有毒的恶臭使人们无法进文化室。开开门吧,室内温度就会立
即降到零下,有人进了屋里又被烟气臭气熏了出来,站在门口咳
嗽。捅一捅用废油桶改制的铁炉子吧,屋里的烟气更大了。见到
这个情况,伊力哈穆什么没说就走了,过了一会儿,他扛来了一个
梯子,他攀着梯子上到了屋顶上,检查了一下烟囱,由于年久失修,
烟囱堵住了,他脱下了棉衣的一只袖子,伸进一条胳臂去掏烟囱,
他掏出了一团泥土、树叶和煤烟的混合物,胳臂上全是没有充分燃
烧的烟灰末子,他的样子像一个煤矿工人。然后,他下了梯子,抓

842

起几团雪洗了脸和手,这时,文化室的室内温暖和舒服了。他低头
走了进去接受"批判"。在用雪洗完脸站起来的时候,他伸了一个
懒腰,好像十分高兴。雪林姑丽甚至听到了他在小声唱歌,是维吾
尔人最爱唱的帕哈太克里民歌:

> 把天下的树木都变成笔,
> 把江湖和海洋的水都变成墨,
> 把蓝天和大地都变成纸张,
> 也写不完领袖毛主席的恩情。

伊力哈穆的脸上一片光明。光明的脸上带着愁苦。雪林姑丽
的心里一片希望。既然她信仰伟大的真主,她怎么能不相信和她
一样相信真主的乡亲?

但是,雪林姑丽的光明心境被破坏了,因为她看见了泰外库,
她的从前的丈夫。这个高大、强壮、粗野然而绝对正直的男子如今
好像换了一个人,猥琐,萎靡,一脸的晦气和苦相,好像吃多了驱蛔
药片。如果说从前他像一匹野马,现在却只像一头患了重症的呆
熊。雪林姑丽一见到他,直觉得全身的血液都冻结了……昨天晚
上,雪林姑丽给伊力哈穆送去了一点吃的东西,她才不管章洋的禁
止与伊力哈穆来往的禁令呢。米琪儿婉说:

"我打问了好多人,就是有那么一帮子老婆子在胡说八道,在
讲泰外库,而且还说是咱们两个人说出去的……我追问了半天,查
不出来源来,但是,人们说,似乎前几天在古海丽巴侬家里喝茶的
时候听帕夏汗说起……"

"这些下流娼妇!"雪林姑丽第一次骂人了,脸涨得通红。

"这是一个阴谋,"伊力哈穆说,他甚至笑了,"我担心的是泰外
库,他怎么这样容易上当……"

"我担心泰外库……"这话真使雪林姑丽热泪喷涌！

"我们应该去告诉泰外库……可又不方便，章组长住在他家，他不会允许我和他说话的……"

"我去说。"雪林姑丽第一次把一件难办的事揽到了自己的身上。

……终于，这一次她等到了散会，偏偏章洋又把泰外库和尼牙孜、包廷贵和库图库扎尔几个"积极分子"留下了，雪林姑丽在门外等着，她几次轻轻拉开门，透过门缝，看到了泰外库的心不在焉和不耐烦的表情。终于，泰外库向门口走来。

就在文化室的门前，在一个为了每年浸泡麻纤维做套绳而挖的坑边，雪林姑丽挡住了泰外库的去路。

"请等一等！"她命令说。并不顾忌身旁还有人过路。

"您？"高大的泰外库被瘦弱的雪林姑丽吓了一跳，"您好！"

雪林姑丽并不回答他，她的眉毛立起来了，她的目光尤其严厉，她说：

"听着，我告诉您几句话：我从来没有说过您一句不好听的话，米琪儿婉姐更是没有。那些毛驴子的话语，只有毛驴子才传播，毛驴子才相信，您如果还算是个人，您自己去问清楚，并且好好地想一想吧，可伊力哈穆哥到现在担心的仍然是您……呸！您让我感到耻辱！"

雪林姑丽一甩头就走了，迈着大步，迎着寒风。她计划的本来是另一种文明得多的说法，但是愤怒使她第一次啐了别人。她威风凛凛，说了，啐了，骂了，走了，把一头孤零零的呆熊丢在了一边。

泰外库低下了头。从那一天起，他的理智和记忆似乎都丧失了，混乱了。酒醒以后，他模糊地觉到自己做了一些很冒失的事情。"活该，反正不管怎么说，他们把我写的信拿出来取笑，我永远不原谅……"他安慰自己,坚定自己的怨恨,用怨恨填补心灵的不安和空虚。他还记得:自己在一种暴怒、绝望,一种非理性的狂乱之中,在麦素木的指导下好像写了一些什么控告伊力哈穆的东西。不久,章洋找他谈了话,拿出了他亲笔写的和签了名、按了手印的材料。那材料使他自己也怵然失色,譬如说什么伊力哈穆挑拨和制造死猪事件,这明明是昧着良心胡说。他想更正和辩驳,他甚至想抗议,但是他张不开嘴,难道他能说是在醉后、在别人影响下写的吗?那他不是成了个信口雌黄、自打嘴巴的长舌妇了吗?他默认了这一切,他失去了衡量是非和真伪的能力。他好像落在了一片黑暗之中。他想躲开章洋,他从来没有当过积极分子,他更不想当批判伊力哈穆的积极分子。但是章洋没完没了地纠缠着他,又是真心诚意地关心他和接近他,章洋有时候给他烧茶,帮他扫地,使他十分过意不去,章洋要他在会上念本来就是他亲笔写下的"控告",他无法推辞。反正事情已经是这样了,他从小就是孤儿,今后仍然是孤儿,他是戈壁滩上的一粒黄沙,他是盐碱洼地上的一株孤独的芨芨草。他开篇念了几句,念不下去了,但是章洋仍然热情地培养他,向他讲解斗争的意义,讲解伊力哈穆就是当前的马木提乡约,就是最危险的敌人。这些东西的灌输,更使他的头变成了一个装满了垃圾、死死实实、毫无空隙的筐篮——木头疙瘩。他的心似乎变成了冷冷的石块,他的血液也不再通流……就这样过了几天,他像一块木头,默默地参加了几次对伊力哈穆的批判会,在他完全没有想到的情况下,雪林姑丽向他说了一些十分愤激的话。

雪林姑丽说了些什么呢?雪林姑丽说的话对于泰外库像鼓槌敲打在树墩子上,没有能发出一下清亮的反响。

雪林姑丽走了,章洋走了过来,问:

"那是谁?她和你说了些什么?"

“没有谁。”泰外库加快了步子。

他回到家，和章洋一起喝了茶，稍稍休息一会儿，雪林姑丽似乎有两句话仍然在他耳边响。“我没有说过您的坏话，米琪儿婉更没有说过。”这话是什么意思？“伊力哈穆哥现在仍然担心您。”担心？什么是担心？他在问自己。他好像是隔着一道墙听到了邻居说话的声音，他听不清，更看不见隔壁的光辉，但是这声音是告诉他，隔壁有灯光，有人，有生活，自然这一切都不属于他。

“毛驴子！”雪林姑丽还骂“驴子”了吗？这是一根刺，似乎扎透了什么。算了吧，他挥挥手，把透风的小孔又堵住了。

章洋去主持工作组的会议，泰外库一个人躺在毡子上，一动也不动，灯捻在跳动，灯油已经不多了，泰外库也懒得坐起来添油。他干脆闭上眼睛，免得灯捻跳动看着难受。这些天，他懒得出奇，已经五天没有做饭了，每天三顿，都是奶茶就馕。章洋显然不习惯这种吃法，他都瘦了。

他听到了门声，他以为是章洋回来了，眼也没睁，一阵寒风冲向他的全身，奇怪，这个进来的人为什么不关门，这样的冬夜哪有进门不关门之理？他睁开了眼睛，他看到了一个黑影。

这是一个特别高大的女人，她的影子差不多挡住了整个门框，她穿着一件剪绒的短皮大衣，长毛绒领子翻在外面。披肩把头脸围得严严的。下身是一道长裙，露出了有些尖头的家乡的皮靴。……他屏住了气。在不稳定的灯光反照下，他看到了扩大了的爱弥拉克孜的身影。

“您在吗？”身影问。是的，她就是爱弥拉克孜。只因为泰外库躺着自下仰望，才显得身影特别高大。

“是您，爱……”泰外库坐了起来。

爱弥拉克孜不关门。任凭零下三十度的夜风吹进这间简陋的

房屋,她也没有容泰外库叫出她的名字。她说:

"我今天刚刚听到了您所做的一切,您,您,我要来告诉您……"

"请坐,请坐下谈呀……"

"不。我不是来做客的,也不是来看望您的。我来是为了做证,我是来充当证人的。请,您请,请不要关门,我说一两句话就走。米琪儿婉姐姐亲手把您的信交给了我的。后来信怎么传到了外面,我也不知道,但是,这只能由我负责,与米琪儿婉姐无关。我看着您的信,来了一个伤病人,就是尼牙孜,现在他是您最亲密的战友,是您的导师和父亲了吧?我忙着照料他,这中间可能发生过什么事情吗?我没有抓住谁的手,但是,我负责,米琪儿婉姐无辜。我万万也想不到您去诬蔑米琪儿婉姐姐和雪林姑丽,您辱骂她们,听说您现在还成了诽谤伊力哈穆哥的勇猛斗士……您真卑鄙,真肮脏……"爱弥拉克孜的牙齿咯咯地响,她说不下去了。

"爱弥拉克孜,您听我说……"

"不要叫我的名字,"爱弥拉克孜像被火烫了似的叫道,"从此,我不认识您,"她的声音呜咽了,"我难过,只是因为我后悔……看您的信的时候我流了那么多泪,我还以为我碰到了一个真正的男子,一颗纯洁和热烈的心……谁想到您是这样的不可救药的愚蠢。尤其可恶的是,您竟然那样心地卑劣,竟然听任,不是听任,而是和那些毒蛇一起去毁掉那些您本来应该尊敬和珍重的东西……您使我永生永世感到不是您而是我自己可耻、下贱、丢人!"

夜风灌满了小屋,水桶里的水正在冻结。煤油灯捻的光焰最后跳动了一下,熄灭了。在爱弥拉克孜的高大的身影的背后,在树影之间是闪烁的寒星……爱弥拉克孜转身离去。

泰外库屏神静气,任凭刺脸的寒风吹打着他,他没有穿棉衣,人好像快冻僵了，心里却感到了一丝丝暖气。

　　过了好长时间，似乎一切都凝结在那里了，地球已不再转动，时间已不再流逝。泰外库忽然站了起来，他穿上靴子，戴上帽子，却没有穿棉衣，他一件绒衣就跑了出去，向爱弥拉克孜走去的新生活大队那个方向追去，他奔跑着，跨越着，深一脚浅一脚。风越来越大了，把屋顶和树枝上的积雪吹到了他的脸上。他的脸颊反而热一些了。他迈着大步，奔跑着，像一匹好马一样地跳跃着，一溜烟来到了坟地旁边。这就是那一次泰外库为爱弥拉克孜解围，后来把手电筒借给了她的地方。他停了一下脚步，定睛向前看了看。下弦月已经升起，照着左面的荒滩、坟墓和右面的大片农田，照着前面的伸延到远方的大路，现在，荒滩、农田和大路又都隐没在统一的白雪的覆盖之下。白雪青光之中，泰外库看到了一个匆匆移动的小黑影……那就是她。

　　泰外库加快了步子，很快，他已经走近了，离女医生只剩了二三十米远。他已经利用月光看清了爱弥拉克孜的大披肩，看到了她的肩背在走路的时候的摆动，看到了她的有力的腿怎样迈上高坡，又怎样走下了低地，他还看到了下弦月送过来的杨树影，一道又一道地从她的背影上飘摇而过。他多么想追上去，走近她，拉住她的手，和她好好地谈一谈啊。在那一次她送还电筒之后，在伊力哈穆家土炉前的疯狂发作之前，他想了多少话要在下一次会面的时候告诉给她呀：他要向爱弥拉克孜诉说自己的过去和未来，诉说自己的过失和自己的天良，诉说自己的孤独和欢乐，诉说自己的好朋友和坏朋友，自我批评和今后的打算与愿望……他要披肝沥胆、敞开自己的灵魂、倾听爱弥拉克孜的检验、评论和解剖，从此爱弥拉克孜就是他最好最好的友人，哪怕她并不愿意成为他的妻子……

　　今天，他又见到了爱弥拉克孜，爱弥拉克孜又一次来到了他的

848

不成样的房间。他的不成样子的生活……已经完全崩溃了……他能和她谈什么呢？姑娘呜咽了，愤怒了，这是他造成的啊。

他离爱弥拉克孜更近了，再迈几步，他就又可以看着她的骄傲的、轮廓分明有力的脸庞，他就可以哪怕是略微为自己解释那么一两句，或者是请求她的原谅，安慰一下她的心了……然而，他止步了。

"……我不认识您！"

他的耳边又响起了这好听的，却是宣判死刑的声音……他感到，他的身躯已经是彻骨冰凉了。

原来，已经到了离新生活大队医疗站不远的地方，他远远地看到爱弥拉克孜走近了医疗站的门，看到她在摸口袋，掏出钥匙，开锁的爱弥拉克孜走进去了，门砰的一声关得紧紧的，紧接着，电灯亮了，是爱弥拉克孜在拉窗帘，然后窗帘上映出了爱弥拉克孜的剪影，那样可爱，那样娴雅，又是那样孤独……看样子，姑娘在看书吧，但是，没有多久，她的头伏在桌子上，她的肩在一动一动，她又哭了。

"我不是人！我不是人！我不是人！"

泰外库呻吟着，悲痛欲绝，他抱住了一棵路边的小树，才使自己没摔倒在雪地里。

远方又出现了一个黑影，稳定，从容，大步向这边走来。泰外库转过了身，他冻得嘚嘚地发抖，他不想见任何人。

但是那人走到了他的身边，似乎在观察着他。泰外库自然用背背对着那人。

"泰外库！"

正在发抖的泰外库又是一个冷战，是伊力哈穆的声音，他转过了身。他看见了伊力哈穆，穿着山羊皮领子的崭新的黑条绒面棉大衣,他的眉毛上和胡须上,以及帽檐下面全是冰霜,他像一个白发老人了,然而,他的眼睛里跳跃着欢乐的火星,连泰外库都觉得了。

"我从县里来。"他解释说,"您为什么没有穿棉衣?"他拉住了泰外库的手,"我的胡大! 这么冷,您会生病的……"伊力哈穆脱下了自己的短棉大衣,披在了泰外库身上。

泰外库又是一抖。他拿下棉衣往伊力哈穆手里一推,仍然穿着一件绒衣跑回去了,他好像是怕伊力哈穆追上来,跑得飞快。

伊力哈穆皱了皱眉,用手拂了拂脸上的冰霜,他看了看医疗站的房屋,这才恍然泰外库为什么出现在这里。他轻轻摇了摇头,又吐了口气。"会好的,"他自言自语说,"一切都会很好。"他又说。抬起大步,像一个接受检阅的战士,他向着泰外库身影活动的方向走去了。

小说人语:

六十年,已经写了一千五百万字了。

然而这一段,尤其是爱弥拉克孜谴责泰外库这一段,什么时候重读什么时候会把小说人自己激动得热泪盈眶、泪流如注,读一次大哭一次。

因为爱。因为尊严。因为痛心疾首! 痛心疾首! 痛心疾首!

陆文夫兄曾经婉转地说,本小说人首先是诗人。然而,这一回是小说,真正的小说,是戏也是情,是正义也是痛苦,是爱也是顿足,是严丝合缝的情节故事。

终于,小说人找到了自己,在幽默与游刃有余之外,在老练与左右逢源之中,找到了四个字:

痛心疾首!

第五十二章 没受不了 赛里木笑言也站会
太对不起 乌尔汗哭诉被逼供

　　这天下午,伊力哈穆冒"险"去县上走了一趟。他的担忧和困惑是这样深远,他急于找领导同志谈一谈,他坐上班车,心中很不平静,三个多月以前,他在这里出席了先进社队的学大寨动员会,还得了奖。过去,从在这里确定县的建制的一九五二年起,他不知有多少次到这里来开会、学习、出差办事。即使有很紧急的任务也罢,他一坐上通往县镇的班车,就有一种旅行者的心旷神怡之感。我们的生产队长确实是太忙了,他们整天忙着拾掇那几千亩地、几道渠;不论是星期天还是星期五①,不论是古尔邦节还是落下第一次雪的日子②,他们难得有换一换环境的机会。因此,一旦他要到县里去,一旦行走在布满林荫的大路之上,过桥跨渠,绕行河滩,最后经过县城上以卖过油肉和大半斤(二百五十克拉面)而著名的饭馆,经过门市上是二层小楼,背后有一个占地好几亩的大果园的邮电局,经过有五间门脸那么大的百货店,来到县委会的时候,他总是感到特别舒畅、开阔,好像他是一个受到欢迎和招待的客人。但是今天,他的心情是沉重的,他左顾右盼,甚至还有点怕人,他不希望有什么人看见他是到县委去,他怕会受到阻拦、留难。他来到县委门口,甚至心怦怦跳了两下,本来是自己的县委会,如今,却需要

---

① 星期五是穆斯林的祈祷日。
② 维吾尔风俗,有时在一年的初次落雪的日子举行宴会、联欢、朗诵诗等活动。

他用一两分钟来平静下来并鼓起勇气走进去，这使他不能不苦笑了。

他向收发室说明自己是来找县委书记赛里木同志的，收发告诉他，今天全天召开县委扩大会，不接待来访者，在伊力哈穆说明自己来自不算太远的跃进公社以后，收发用电话联系了一下。赛里木在电话里对伊力哈穆说：

"少见啊，队长兄弟！您的日子还好过吧？好，好，等一会儿我们谈一谈，请不要走，请到招待所休息一下……"

于是伊力哈穆被引到了招待所，不安的心情随着赛里木电话里的亲切的声音消除了一些。下午三点多钟，招待所的房间又明亮、又暖和。炉灶在过道里，火墙在房间里，屋里没有煤烟，只有一股新拆洗的被单的肥皂味和永远的莫合烟味儿。屋里摆着三张木床，有一张床上正有一个人睡在那里，那人用帽子遮住自己的脸，打鼾打得很起劲。伊力哈穆悄悄地坐在另一个床上，很后悔自己没有携带什么学习材料来。他发现在挂衣服的架子下面，为了怕衣服蹭上灰，在墙上用图钉钉着两张报纸，他便轻轻走了过去。谁知报纸是横着钉上的，伊力哈穆又不是那种具有倒着认字的能力的学者，他便歪过脖子，用手捋着一个又一个字母轻声读报。虽然是好多天前的报纸了，而且是用这样一种特殊的姿势来阅读，重温国内外的大好形势与各地革命和生产的捷报，仍然使他愉快。直到那个打鼾的客人坐了起来，走了过来。

他伸直了脖子，转过身，笑眯眯地看着陌生的邂逅相遇的人，那人头上戴着一个细毡子做的，系着黑绸子带，有点像个小船、两端翘起的帽子，头发还比较黑，微翘的胡子却差不多全白了，伊力哈穆看着他面熟，却一时想不起在什么地方见过他。那人见了伊力哈穆，眼皮一撩，哈哈笑了起来：

"萨拉姆来依库姆！您不是伊力哈穆吗？"

"哎来诊库姆哎萨拉姆，"伊力哈穆赶紧答礼，"可您是谁呢？"

"哇依小伙子，您把我忘记可不应该啊！您忘了一九六二年咱们一起坐着长途客运汽车从乌鲁木齐到伊犁来了吗？"

"原来是您！"伊力哈穆欢呼起来，他想起了那个健谈和爱唱歌的"黑胡子阿哥"，"您是米吉提采购员，对不对？可才两年多，您的胡子怎么这样快就白了呢？"

米吉提采购员微笑着，用手捋着自己的胡子，似乎为胡子的变白而得意。

"您知道么，那个和您坐在一排，您认为他也是采购员的干部，就是这里的县委书记赛里木同志呢！"

"我当然知道了。我们已经打过不止一次交道了。至于我说他是采购员，"米吉提敲了敲自己的脑门子，"这也没有什么关系吧，您说呢？"

"没有的，没有关系。"伊力哈穆笑着说。

"您刚才问我，胡子为什么白了，让我告诉您，"米吉提的态度有一些严肃了，"俗话说，第一次见面的穆斯林是朋友，再次见面的穆斯林便是亲人。我们已经是第二次见面了。您就是我的亲兄弟，我可以把我的生活告诉您。您还记得么，在那趟汽车上，您制止我大谈酥油蜂蜜的情形么？"

"什么酥油蜂蜜？什么制止？"

"瞧，您这个记忆力，当采购员就不合适。要尽量多地记住人，这样办事才方便。您说过不要一谈伊犁就是苹果、白杨、酥油、蜂蜜，这些话已经说得太多了。您记得吗？"

"噢，可能的。"伊力哈穆不记得他说过这个话，然而，这个话是符合他的思想的，所以他点头承认了。

"对啊,兄弟,这几年,我渐渐明白了您的话。我们的生活里可不光是甜甜的蜂蜜和光溜溜的酥油啊……我老婆有一个兄弟,一九六二年我们到伊犁的时候他正要往那边跑,我们劝呀,拦呀,拦不住,他跑掉了,我的胡子白了三分之一。谁知道去年,他又跑回来了……他在那边受的那个罪呀,就不用提了,离开了故乡和亲人,在那个地方……他老婆得了重病,死了,他的孩子也死了。他一个人越界跑了回来,差点没被打死……唉,人要是犯傻,两头犍牛都拉不回来呀! 我们听了又难过,又害怕,我们怕他受到制裁。那些天,我的胡子白了又一个三分之一。他总算哆哆嗦嗦过了这一关,这不,他今年结了婚了……不用说他了。今年呢,搞四清,搞五反,我当采购员,不瞒您说,兄弟,有些个手续不全,多领补助费之类的事儿,真正的贪污咱是没有,可也要接受审查呀,作检讨呀,提高认识啦什么的,就这样,我的胡须全白啦,哈哈哈……现在呢,我的经济问题也算审查清楚啦,这不是,我找县委联系,是我们的领导要在这儿选址盖一个酒厂……"

"可您的精神还是很好,您的气色也非常健康……"伊力哈穆对于由于自己提起的胡子而使得米吉提采购员讲了一些不愉快的事情感到有些抱歉,他从积极方面鼓励地说。

"那当然了。毕竟我们伊犁是个盛产苹果和蜂蜜的地方啊! 还有那么多奶皮子——鲜奶油……我怎么能不健康呢? 我现在在想,也许再过两年,把敌人的颠覆活动彻底消除掉,把我自己身上的毛病也洗它个干干净净,那时候,说不定我的胡子会重新变黑的吧。您说,不是'白毛女'的头发解放以后就又变黑了吗? 有这么回事吧? 在下也很有希望呢!"

"有希望的!"伊力哈穆边笑边说。

"走,我们一起去饭馆喝两杯去吧!"米吉提采购员盛情邀请,伊力哈穆辞谢以后，他说还要出去办事，与伊力哈穆告别，离去了。

他走以后，伊力哈穆半天半天仍然保持着笑意。虽然他们只是偶然相会，虽然他们的闲谈与伊力哈穆面临的严峻局面毫不相干，虽然米吉提采购员的形象远远算不上先进或者高大，但是，在直挺挺地站立着听了好几天诽谤之后，他不安地来到了县委会的时候，这位和他很有缘分的同乡，这位乐观、质朴、有点世故和狡猾却又不失其赤诚和天真的胡子阿哥的谈话，仍然是令人愉快的。想到你的周围绝大多数都是好人，都是些感情健康、头脑正常、心地善良的人，而丑类和偏执如章洋者只不过是极少数，这叫人觉得自己是站立在坚牢的土地上的，是不会被一阵风吹倒、吹垮的。

伊力哈穆放心多了，他坐上床，半靠在墙上，闭上眼睛就睡着了。其实他睡的时间不长，但他恍惚觉得已经睡了许多小时，有一个声音在催促他："你怎么跑到这里睡觉来了。"于是，他睁开了沉重干涩的眼，这时天色已近黄昏，这间房子是朝西的，橘黄色的日光布满了屋子。他站起身，走到窗前，向窗外望去，只见赛里木披着一个皮大衣正向这里走来。

他开开门去迎接，他见着赛里木，他们紧紧相拉着手许久也不放开，他的眼圈红了，许多话涌上了心头。赛里木的样子也有点憔悴，胡须老长，本来赛里木的皮肤是黝黑的，现在却白了许多。但是赛里木的目光仍然是沉着的，而且今天，眼睛里还有一种满意和自信的神采。还是赛里木先开了口：

"……听说您很有收获呀，站会站了几次？没有受不了吧？男子汉嘛！"

"站会""受不了""男子汉"，这些农民的语言用到县委书记的口里，发出了奇光异彩，简练、质朴、乐观，富有幽默感，没有唉声叹气，没有怨天尤人，单单这几个词儿，已经给了伊力哈穆以登高望远,海阔天空的感觉,他准备说的相当一部分话,已经用不着说了。

"不要紧,"县委书记坐下来,笑着说,"我比你站得还要多……"

"您也站了会?"伊力哈穆很惊奇。

"站了……县委书记嘛,当然是农村四不清干部的黑后台了。要不然,我早就看你们去了。有好处的,当我们站起来的时候,可以听到许多坐会的时候听不到的东西,可以想到许多坐会的时候想不到的事情。"

"可是……这样搞法,运动会搞歪了的,真正的坏人,甚至于是阶级敌人反而会被掩护起来……"

"所以,毛主席要说话哟!"赛里木点着头,怀着深沉的敬爱,缓缓地说。

"毛主席说话了?"伊力哈穆的眼睛睁得大大的,暖流流遍了他的全身,他屏住气,静听着。

"文件刚刚下来,中央文件。您,我,我们大家所关心所忧虑的一切问题,都解决了……"

解决了,解决了! 被颠倒了的,将要重新颠倒过来,被抹黑的,将要恢复自己本来的色泽。那些认定在浑水里已经抓住了大鱼的家伙,到头来将发现不但是两手空空,而且恰恰是自己挂在了鱼钩上。那些矫揉造作、大言吓人而实则对实际工作一窍不通的半吊子、投机商和呆鸟,将要从肥皂泡的顶端摔到地上。而人民的愿望,人民的理智,人民的声音,已经和正在体现出来;同时,在革命导师的教育之下,人民更加成熟了、成长了。生活就是这样,经过否定和否定之否定,正在辩证地、不可阻挡地前进。

伊力哈穆心头充满了阳光,虽然赛里木给他讲的只是一些要点,文件还要留待通过组织系统向全党和全体人民传达。但是,他已经感到了真理的光和热,感到了真理的威严和力量。他想起一九五五年学习毛主席关于农业合作化问题的文章与一九五八年学习毛主席的一封信的情景,只有毛主席说了话,一切才算数。

"走,到家里去吧,"赛里木邀请说,"让我老婆给做抓饭去,庆祝文件的下达……夜晚,你愿意住招待所就住招待所,要不,就住在我那里……"

"谢谢,您请。我这里带着馕呢。我还得赶回去,我跟工作组的一个锡伯族同志请了半天假,如果今晚不回去,章组长说不定要报到公安部门通缉的……"

"没有车喽……"

"会有的,拖拉机、载重卡车、油罐子车或者马车,碰上什么我就搭什么,能搭一段就算一段,搭不到的地方,就靠它了!"他拍了拍自己的大腿,"谢谢您,您给了我最宝贵的礼物,我真的是满载而归了呢。"

伊力哈穆搭上了一辆载重卡车,他站在车厢上面。严冬的夜风像刀子一样地削割着他的脸庞,寒冷像无数条小蛇一样从他的领口、袖口、前襟、裤腿向全身爬遍;然而,烈火在他的胸口燃烧,他快乐而自豪,他感到党的事业正像这辆车一样,虽然时有曲折和颠簸,虽然迎面有凛冽的寒风,然而它正在飞速地前进,胜利地前进,在马达突突声中,在阑珊的灯火之中,在孕育着来年的丰收的白雪覆盖的田野上行进。

快到新生活大队的时候,汽车拐弯了,伊力哈穆下了车,他小跑了几步,活动开冻得发僵了的双脚。他看到了泰外库……

泰外库没有脸面和伊力哈穆说话,他不能忍受伊力哈穆对他的关怀,他逃走了。跑了一段,他又呆呆地立在了树边。风小了,月亮已经升高,雪原映射着柔和的月光,道路和田野,杨树枝干和没有割净的草茎，小桥和渠道，丘陵和房屋，都融合在、统一在月光里了。都瑟缩在、冻结在寒气里了。

伊力哈穆很快赶了上来，他不容分说地再次把自己的棉大衣给泰外库披上，并且用命令的口气说：

"不要推让！这样的天气，任再壮的汉子也会冻出病来的。"

泰外库没有言语，也无语可言。

"走吧。"伊力哈穆换了一个劝解的口吻。

披着棉大衣的泰外库跟着脱了棉大衣的伊力哈穆向前走去。

"您到哪里去了？去找爱弥拉克孜吗，您见着她了吗？"

泰外库点点头又摇摇头。

两个人安静地并排走着，只听得见脚踩着积雪的吱吱声。过了十来分钟，泰外库觉得身上暖一些了，他又把棉大衣披在了伊力哈穆身上，伊力哈穆也没有推辞。

"……唉，"伊力哈穆叹了一口气，好像是自言自语，"我们维吾尔人把'爱人''同志''旅伴'都用一个词儿来表达，这是很有意义的。爱情能使人美好，也能使人发狂。这里，最主要的是要做一个好人，一个有觉悟的人，一个知道自己的志向和道路的人，一个值得人爱和懂得如何爱别人的人……"

泰外库向前跨上一步，站住了，他转过身，大睁着眼睛看着伊力哈穆，眼神里充满了惊疑，他好像在说：

"您，怎么还和我说这些？"

"我告诉您，"伊力哈穆拍了拍泰外库的肩膀，示意他继续向前走，"县委书记告诉我，毛主席、党中央制定了关于社教运动的文件，运动一定会搞好、搞深、搞透的。有些人在搞阴谋，卑鄙而又狡猾，其实，这只能使他们暴露出尾巴……"

"伊力哈穆哥，您不恨我？"泰外库突然打断了伊力哈穆的话，厉声问道。

伊力哈穆摇摇头,笑了笑,又长出了一口气。

泰外库蹲了下来,他像一个孩子一样失声痛哭,哭得那样伤心、那样痛快,他从小没有父母,他很少哭,他没有在亲娘面前大哭的福气,他不懂得怎样痛哭,但是今晚,热泪烫灼着他的冰冷的脸,他呕肠吐肝地哭着,仿佛把二十余年的不幸、冤仇、悔恨和委屈……全部集中在这一次,表达在这一次哭泣里了。

…………

送走了泰外库,伊力哈穆往家走去,远远地,他就看见家门口的土台上,有一个人影,看样子像一个女人。谁这样晚、这样冷还坐在那里呢? 难道是米琪儿婉? 不可能,虽然身材相仿,但身影要瘦得多。越近,就越看出那伛偻着的腰,那双臂抱着肩的寒冷和愁苦的样子,那沉重地低垂向地面的头,使开朗沉着如伊力哈穆者也打了一个寒噤,甚至有点毛骨悚然的感觉。

他放慢了脚步,离着还有二十来步远,他问道:

"谁?"

那人没有反应。伊力哈穆又向前走了几步,稍稍放大一点声音,问道:

"您是谁?"

黑影好像被针扎了一下,全身一震,抬起了头,目光中,伊力哈穆看到了一个面孔非常熟悉的老太婆。

"我,乌尔汗。""老太婆"说。

伊力哈穆定睛看去,才认出确实是乌尔汗来,但是,她的姿势、她的动作、她的额头的皱纹都使伊力哈穆吃一惊,怎么乌尔汗忽然老成了这个样子!

"您怎么坐在这里……"

"我想找你们……我不敢……"乌尔汗的声音是喑哑的。

"请进，请进，"伊力哈穆推开了虚掩着的院门，乌尔汗随着他进了屋子，她的惨白的、好像是得了重病的脸，使米琪儿婉差点没叫出声来。

"伊力哈穆队长，米琪儿婉妹妹，我对不起你们，我对不起你们……"还没有坐稳，乌尔汗就哭诉起来，她呆呆地望着已经睡熟了的米琪儿婉的小女儿，充满悲愤地说。

"今天晚饭以后，章组长叫人通知我，说要找我谈话。我把波拉提江送到狄丽娜尔那里，我就来到了队部，和我谈话的人有章组长、翻译玛依娜尔，旁边稍远一点坐在柜橱旁边的是大队长库图库扎尔哥。"提到这个名字的时候，乌尔汗的脸抽搐了一下。

"章组长一上来就很严厉，说我应该知道自己的身份，知道自己的罪恶，说像我这样一个人，完全是由于四不清干部伊力哈穆的包庇才没有受到应有的制裁……然后说什么？说我这些年又进行了什么大量的破坏活动，让我交代罪行，好像还说要把我消灭干净……我一下子就怔了，一句话也说不出来，他们就又审问我，还说什么如果顽抗到底的话波拉提江也要受到影响，说他爸爸是罪犯，我们再给你戴上现行反革命分子的帽子，你的儿子也要管制起来……这一句话撕裂了我的心，他们真懂得往我心灵的伤口上抹盐呀！我哭着求他们，我承认一九六二年有罪，但是我此后除了看护孩子以外再没有多说过一句话，多做过一件事。这时，他们不再说我是罪犯了，他们只要求我一点：检举您，伊力哈穆队长……"

乌尔汗闭上了眼睛，她好像又听到了那些尖刀一样的语言，休息了一会儿，她继续说：

"……我检举不出来，章组长拍响了桌子，我以为他们要把我抓起来呢，我不知道怎么处置我的孩子……"

"抓人不是那么随随便便的事。"伊力哈穆插嘴道。

"他们说,只要我检举您,我就有光明的前途,连我的孩子也会跟着光明起来。但是我实在不知道应当检举您什么,这个时候,库图库扎尔哥忽然问我:'是你说的吗？ 一九六二年的那天晚上,是我把伊萨木冬从家里叫出去的？''没有,没有。'我说。您知道,这事情我虽然和米琪儿婉妹妹提到过,然而我是不敢公开说的,再说,眼见是实,耳听是虚,叫喊的声音嘛,我并不能完全断定是谁不是谁,我并没有抓住任何人的手。所以,后来公社妇联的帕蒂姑丽来问我的时候,我就没敢承认……

"我回答完没有,章组长冷笑起来。他说,可是伊力哈穆曾经向上级汇报过这个情况,而且,至今有人仍然想给库图库扎尔大队长栽赃,既然乌尔汗没有说过这样的话,那么很明显,这是伊力哈穆的纯粹捏造,是伊力哈穆陷害好人,那很好,你乌尔汗就检举这一条吧,伊力哈穆无中生有,用乌尔汗的名义捏造材料陷害大队长。

"我一听就傻了,我怎能昧着良心这样说呢？明明是我对你们说过的话,明明是我自己胆小了,缩了回去,怎么能反过来说是你们不好呢？我乌尔汗是块没有出息的料,我乌尔汗对不起祖国,对不起人民,对不起父母弟妹,对不起孩子,也对不起你们这些好心人。我乌尔汗不可救药,像一个得了麻风病的病人,白白辜负了医生的好意,弄不好还要把病传染给医生,不是前些天批判您的时候已经把我的名字提出来了吗？然而,三十年来,我没有害过人,我不能害人,我下不去手,我心太软……"乌尔汗咬住了下唇,泪流满面。

"这不是心软,而是正直。"伊力哈穆说。

"……我只好请求他们原谅。我说,我刚才说了假话,我是说过的，我听到那个叫伊萨木冬出去的人的声音像是库图库扎尔哥。

"一句话他们暴跳如雷了，库图库扎尔让我拿出证据，说是要不然就要到公安局和法院去解决。我的天，谁又想和他去公安局呢……"

"该去就去，没什么了不起。"伊力哈穆生气了。

"……章组长想了想，说：'如果你确实说过，那肯定也是伊力哈穆教唆的。那么你就检举伊力哈穆如何教唆你吧！'组长还对我说：'你不要抱幻想……'"说到这里，乌尔汗用惊恐的眼睛看一看伊力哈穆，又看一看米琪儿婉，"他们说，要逮捕您伊力哈穆哥呢。"

伊力哈穆哈哈大笑起来。

乌尔汗仍然充满了悲愁："您别笑了，事情太危险了。自从一九六二年以来，我什么都不想管，什么都不想问，我虽然活着，但是许多方面，我已经死了。我只剩下一丝丝热气，一丝丝活气，我要抚养波拉提江，让他长大成人，让他娶了媳妇，我就可以闭眼。你们那时和我说这说那，就好像针扎在木头上，确实，我也就是一块呆木头罢了，只要能保住我的儿子。让我给社员做饭，我就给社员做饭。让我给队长烤肉，我就给队长烤肉。我已经没有意志，没有判断，我长着眼睛，却什么也看不见。我长着耳朵，却什么也听不着……谁想到就是这样，他们也不允许……

"您知道，库图库扎尔这个人实在是太坏了，太毒了，您知道，米琪儿婉，他问我什么，他问我为什么这么舍不得检举伊力哈穆，问我为什么不嫁人，究竟是等着伊萨木冬打回来呢，还是有什么其他的原因？他的话里的意思是任何一个女人也受不了的，他不许我活着，不给我留活路……"乌尔汗患热病一样地发起抖来，听了她的话，米琪儿婉把她搂到自己的怀里。

乌尔汗挣脱了米琪儿婉的怀抱，她说：

862

"我今天要说的话太多了,我要把三年以来,也许是五年以来没有说的话说给你们,我要把所有的话都说出来。为什么有的人那么好,有的人竟那么坏?库图库扎尔,库图库扎尔,我们家的灾难,难道不是来自他吗?他为什么打发帕夏汗去封我的嘴?他怎么一下子就找回了我的孩子?他为什么一会儿对我阳,一会儿对我阴,一会儿说我是什么敌人、罪犯,背后却又说什么我是他的亲戚、妹妹?他就是怕我说出他来。可我说出来又有什么用呢?晚了,晚了,谁也不相信了⋯⋯"

"我们相信。"伊力哈穆说。

"你们相信又有什么用呢!反正我自己心里明白了,真奇怪,光你们给我讲,我倒不明白,倒是库图库扎尔自己的所说所做,让我明白了一切。没有比鬼迷心窍,糊里糊涂地过日子更痛苦的了,这好比光剩下一个空躯壳,却让人偷去头脑,偷去了心。啊,这真可怕,这好像是被活埋在不见天光的深坑里,你看不见世界,看不见善也看不见恶,你看不见自己。这样的人虽生犹死!现在,我总算看见了一点点,我起码知道你们是好人,库图库扎尔是坏人了!我不憋闷得慌了⋯⋯他们说明天还要审问我,他们要逼着我往您的头上泼脏水,他们什么话都能说得出来。我反正不能昧着良心害人⋯⋯如果我真的受不住了⋯⋯请你们照料我的波拉提江吧⋯⋯"

乌尔汗终于把话说完了。她凄然笑了一下,不夸张,不激动,显出一种前所未有的平静和安详。米琪儿婉喊了起来:

"您这是说什么呀?您在想些什么?"

说完,她又把乌尔汗搂到怀里,她的眼泪落到乌尔汗的头巾上。

"我跟您说,乌尔汗姐,"伊力哈穆严肃地说,"他们那样对待您,是不对的。您不要胡思乱想,胡思乱想是魔鬼的伙伴。我刚从县里回来,我带回来了最好的消息。对于当前农村的四清运动,毛主席说话了,他老人家知道这些事情,他老人家主持制定了中央文件,很快就要给全党全体人民传达了。您说得很对,糊里糊涂是最可怕的,经过这一段,不仅是您,我们大家都看清了是一些什么人在捣鬼,他们是难得的反面教员,他们跑不了了。乌尔汗姐,一切都会好的,一切是个什么样,就是什么样。谎言永远战胜不了真实。波拉提江一定能够长大成人,成为好人,您也可以是人民公社的好社员。"伊力哈穆激动地口吃了,他站起来,拿下挂在墙上的镜框,他把他最爱看的毛主席与于田县老贫农库尔班吐鲁木握手的照片拿给乌尔汗看。他想起了巧帕汗外祖母,她总是把库尔班吐鲁木看作曾经来过家里的一位客人。

乌尔汗并不完全理解伊力哈穆的话。"中央文件""当前的运动""传达给全党",这些字眼儿对于她来说是太陌生了。但是,她知道毛主席。土改那年,他们县里演出宣传抗美援朝的文艺节目的时候,她们举着毛主席的像,那时毛主席戴着八角帽……发下的土地证上,也有毛主席的像。就是在嫁给伊萨木冬以后吧,在开始了那腐蚀人、消磨人的灰色的日子以后,在波拉提江出世、学会了蹬腿、起立、发声之后,她也不知多少次教给儿子学着说"萨拉姆,毛主席"嘛! 但是,这几年,她好像不敢正眼看毛主席的画像了,她好像离开毛主席远了,从那个该死的变故以后,从那个跛子、黑狗、混乱的车站和西去的长途客运汽车上逃回来之后,她总是背着那样沉重的包袱,她不能无愧地无惧地睁开自己的眼睛去面对太阳。阴影遮盖着她的心灵。但是,今夜,短兵相接的斗争把她逼到了绝路,逼到了光明与黑暗的关口。伊力哈穆从县里回来是那样高兴,当真是会有大好的消息,大大的希望的吧,是真的吗? 会不会是空欢喜一场？这么多年了，她常常听到好消息、好话语，她常常相信幸福的鸟儿已经栖落在她的额头……后来却发生了她想不到的事情。乌尔汗是贫农的女儿，积极分子，宣传队员，青春洋溢着光辉，镰刀锤子的党旗和五星红旗……在乌尔汗的这十几年生命里，原来也存在着这么多英勇豪迈，巨大充实的场景，在她这样的小草上，也凝聚着太阳的温暖，在她这粒沙子四周，是蓬勃的生命和广袤的大地。

然而，然而她仍然是没有法子可想。

"您住下吧。"米琪儿婉给她准备睡觉的地方。

"不，我不住，波拉提江还在狄丽娜尔家里等着我……我走了。"

"让米琪儿婉送您。"伊力哈穆说。

米琪儿婉送乌尔汗走了将近一半的路，乌尔汗坚持要米琪儿婉回去。"不然，到了庄子我再送您，这一夜，我们就互相来回地送吧……"乌尔汗甚至有了说笑的兴致。

"我可以住在您家。"

"不要了。伊力哈穆好容易今天高兴一点，陪他说话去吧。您有一个好伴侣，要懂得珍惜和关心他。"乌尔汗以大姐的口吻说，其实，她的年龄与米琪儿婉相差不多。

米琪儿婉完全相信乌尔汗的情绪是正常的了，她的态度又坚决，于是转身回去。

米琪儿婉走后乌尔汗也加快了脚步，几乎是跑着，一方面因为冷，一方面她害怕这寂静的夜晚的旷野会使她刚刚发热了的心冷下来。但是，当她走到庄子前的小渠，走到能看到自己的家的地方，她忽然又发起愁来，说是有了文件了，好人就得救了，真的是这么回事？要是没有文件呢？她乌尔汗能知道些什么？她们又能做点什么？文件？我的天老爷呀，我的看不着也听不明白的文件啊！让真主保佑：多发一些有利于老实巴交的好人、不利于兴风作浪的奸贼的文件吧，多发一点能让人好好地过日子而不是平白无故地折腾人的文件吧。

小说人语：

　　千里搭长棚，没有不散的宴席。虽不重要却是率先出场的米吉提，又出现了。他的胡子变白的三部曲，倒也不恶。而乌尔汗的来访，意味就更深长了：决定性的时刻正在到来。

　　这里提到的中央文件是指一九六五年一月发布的俗称"二十三条"的社教文件。其中矫正了一些原来"前十条""后十条"的"左"的错误提法，但又提出了"走资派"的更"左"的说法。至于谈到的一封信，是一九五九年四月二十九日毛泽东以"给生产队长的一封信"名义发表的，对于大跃进中的某些虚夸提法，意在有所纠正。对这些，小说人没有什么见解可说，小说人只是在特殊的历史条件下，尽最大可能找到了一些"政治正确"的依据，在作品中批判了极"左"。

　　在依靠天才与胆略的人治时代，上心难测，风向常移，或中意而张狂，或拂逆而斜觫，干革命须押宝，做工作如抓彩，欲紧跟而出丑，有疑惑而吃不了兜着走！

第五十三章 突然入心 新文件吹开眼前雾
不能蚀本 老爷子提醒事中人

　　人们往往把毛泽东思想比作天上的太阳,指路的明灯,海船上的罗盘。这些譬喻生动地说明了正确的思想、真理对于人类有多么重要,多么珍贵;人们为了获得一个正确的认识,又往往要经过严重的斗争,付出巨大的代价,走不少的弯路。不要一味地怨恨这些斗争、代价和弯路吧,只有受过谬误的折磨的人才会如此地热爱和接受真理;正像只有受过严冬的考验的百灵鸟,才会那样热情动听地歌唱春光。

　　尹中信捧读着毛主席亲自主持制定的文件一次又一次地流下了热泪。这些日子,特别在县里开会受到批评以后,他心里有许多疙瘩,有的简直是叫人透不过气来的死结。现在,一些结子已经解开了,身躯舒展了。原来,他无法理解为什么有的人在无产阶级专政下的继续革命、社会主义教育运动、抓阶级斗争这样庄重甚至是神圣的旗号下面,却干着颠倒黑白,使亲者痛、仇者快的蠢事。有些事一眼看去简直荒谬绝伦,把空谈说成是革命,把肆无忌惮的诽谤说成是积极进步,把好人说成是四不清的地头蛇,把没有任何理由打倒他们的现实改变成非打倒他们不可的根据,把真正的面目可疑的奸贼视为盟友,把二流子视为骨干,把臆想的图景当作实有的事物,把装腔作势、咋咋呼呼当作领导魄力,把危言耸听、哗众取宠当作高明……短短两个月,搞得天怒人怨,一塌糊涂。而他尹中信,不过是讲了几句平易近人的、完全没有超出常识的道理:关于要分别不同情况，从实际出发，要相信干部和群众的大多数，遇事要和群众商量以及诸如此类的，结果，就被指斥为"右倾"……

　　现在呢，文件下来了，清楚、明快，像一阵清风，吹开了挡在眼前的迷雾。怎么领导说了一些明白的话就当真明白得无以复加了呢？怎么突然就一句一句都说到尹中信的心坎里了呢？怎么忽地一下子大家都不再梦呓了，而怎么有时候硬是说得头晕脑涨，找不着北呢？多年的工作经验和眼前的运动实际告诉尹中信，某种含糊的、不确定的、似是而非的提法，已经和将要造成多少混乱！已经和将要怎样地扩大打击面，伤害好人！用"四不清"三个字几乎囊括了全部农村干部，而在这种堂吉诃德式的"战斗"中，真正的阶级敌人，真正的帝国主义、修正主义的代理人将可以浑水摸鱼，坐收渔利。可惜，解放以来，尽管有许多老革命家不断努力与防范纠正，仍然不知有多少假冒革命、经不起推敲的伪提法在报刊和工作中出现；一惊一炸，此伏彼起，电闪雷鸣，混淆视听！

　　……尹中信看了一上午，中午饭后，他又逐字逐句地仔细阅读，记着笔记，画着红线，时而惊叹，时而点头，时而微笑。他比平常多吸了几支烟，他的呼吸缓慢而又深沉。他完全钻到中央文件里去了。正像某些不学无术的"官儿"不懂得新发展的科学和文化一样，也颇有一些鼠目寸光的庸人不懂得尊重党的文件和指示，他们认为，左右不过是老生常谈罢了。然而，正如音乐家可以从漫游在五条水平线上的无数蛤蟆蝌蚪中听到雄壮威武的交响乐，建筑师可以从平面图、剖面图、俯视图上看到巍然矗立的高楼大厦，数学家可以从数字符号和图形中理解人类的理性和智慧的伟大和奇妙一样，像尹中信这样的领导干部，他们钻研的是另一种学问，是"治国""平天下"的学问，是政治思想工作的学问，是领导的艺术。他们从党的文件和各项规定、从貌似平凡的条文中，他们看到的是城乡数亿人民的心愿,看到的是阶级的事业,是有远见与预见的领导,是社会主义的雄伟步伐;是那种在政治上,政策上失之毫厘就会差之千里的敏锐性和严格性;是改造旧生活、建立新世界的革命实践的全部壮丽和全部艰难;他们还从这些条文上,闻出了阶级斗争、党的路线斗争与思想斗争的硝烟……

晚上,赛里木来了。他是代表县委和县社教工作团来传达和宣讲文件的。吃过晚饭,他拉着尹中信去散步,在这样冷的天气散步,是尹中信没有想到过的。但他还是穿上大衣走了出去,赛里木兴致特别高,给尹中信讲一九六三年他在爱国大队蹲点时的情况,讲那一场大雨,讲包廷贵如何被人从乌鲁木齐押送回来。尹中信也想给他说说这个大队最近的一些情况,却不敢张口,一张嘴,刺人的冷气就会冲到胸腔和肠肚里。经过几株不大的杨树的时候,赛里木像孩子一样地摇了摇树干,扑簌扑簌,积雪落了他和尹中信一头一脸一身,赛里木哈哈大笑起来,他紧了紧扎在棉衣外面的宽皮带,告诉尹中信,两个月来,他被剥夺了参加县委工作的权利,尽管并没有发现他有什么问题,也没有对他进行过什么“批判”,但就是不叫他工作。只是由于“文件”的发布,才开始恢复了县委和他的工作。现在,县委和工作组的领导人,分别到各公社搞“文件”的传达贯彻去了。

在这个公社的全体社教干部会议上,赛里木传达讲解了“文件”。他的讲话很明确也很实际,他讲到县里发行的《四清通讯》上有一些提法是与文件背道而驰的。通过这个讲话,实际上等于给尹中信“平”了“反”。

赛里木和尹中信参加了爱国大队社教干部的学习讨论。社教干部怀着极大的兴趣和对于本村本队的爱心热烈发言。谁也没想到,沉默寡言,表情不丰富的锡伯族干部何顺,竟提了那样尖锐的意见。他说：

"……几个月来，我们神神经经、鬼鬼祟祟，我们是来干革命吗？我们是来偷奶皮子的吗？如果是干革命，为什么不能大大方方地搞？社员说好的，我们偏说坏，社员说坏的，我们偏说好，是我们的脾气特别古怪吗？我就不明白，如果广大农村全部是由比地主还坏的四不清干部统治着的话，哪里来的社会主义事业的胜利呢？哪里来的大好形势呢？前几年敌对力量搞颠覆我们为什么没有垮呢……现在，有了'文件'，我们再不用憋着气、受着罪、糊里糊涂地跟着跑了……我希望上级检查总结一下我们大队特别是我们生产队的工作。"

何顺说话的时候眼睛看着脚尖，一字一字地拉长了声音说话，他的四声也发得比较平板。过去，因为这，章洋觉得他是个白痴，今天，这几句话却使章洋感到自己是在毫无思想准备的情况下被人打了一个耳光。章洋立刻面红耳赤地跳了起来：

"我不同意他的这种意见。他这是对运动的攻击，也是对我个人的攻击，不要以为有了'文件'就可以否定前一段的工作……今天文件这样说，不等于昨天的文件就说得不对，昨天的工作就做得不好……"

"坐下来谈。"主持会议的别修尔提醒章洋。章洋也意识到自己的失态，脸更红了。

"您不要着急嘛。"何顺的眼睛仍然看着自己的脚尖，"对照'文件'检查一下自己的工作，您总应该听听意见啊！"

萨坎特和玛依娜尔的发言虽然简短，但也表示了和何顺的意见大致一样的意思。章洋有点泄气，他反复地看着张贴在会议室里的、赛里木带来的"文件"全文，越看越觉得泄气，动不动一个大文件贴在一面大墙上，墙上有文件，阅读的有农民，文件直接交给老百姓,那么,还要工作队干吗?这么多干部从城里来,受了那么多洋罪,这是图什么呢?像牛一样开始的这个运动,难道将像老鼠一样地结束吗?要这样搞下去还有什么意思?他想。

尹中信和赛里木来到了爱国大队七队,他仍在这里蹲点,用整风的方法来学习"文件",让大家领会中央的指示,联系实际,总结工作。自从县里的《四清通讯》上刊登了章洋的"著名"材料之后,在尹中信受到县工作团的一个负责人的批评之后,七队的事情,已经是在全县都引人注目的了。

一张又一张的,由自治区党委翻印和翻译了的,由赛里木带来,铅印的汉、维两种文字的"文件"张贴在各个公共场所。队部、文化室、马厩、加工厂以至庄子粮库的宽大的廊檐下面,到处都有人看着、读着、想着。不识字的人,就一遍又一遍地求人代念。然后,就在铅印的文件前面,人们争执起来了,谈论起来了,激动起来了,就像当年读《土地法大纲》《农业生产合作社章程》一样。

召开了党员会议、团员会议、贫下中农会议、妇女会议、干部会议和全体社员会议,反复宣传,反复讨论,把政策直接交给人民群众,这是党中央的指示。让那些瞧不起庄稼人的家伙们见鬼去吧!我们的农民,哪怕是最边远如伊犁地区的少数民族的农民,也都是关心政治和富有政治经验的。他们学习这些有实际内容的政策条文(而不是空论),既精明又认真,而且,理解得非常之快。

看看阿卜都热合曼吧。这个满腔热情、像迎接自己的亲生儿子一样地迎接了社教干部的老人,又像家门出了忤逆的儿子一样被当头一棒打得直不起腰来;现在,他的胡须又撅起来了,每一根都长得很长、但整个说来又是短短的眉毛又扬起来了,眼睛里又是充满了火星,声音又是高昂而清亮的了。在会议上,他说:

"这个文件是为我们制定的。是为贫下中农，为勤劳忠实的公社社员制定的。它不为坏人说话。它不打击好人。为什么要让伊力哈穆站起来呢？难道伊力哈穆搞过多吃多占欺压乡亲们吗？……我的天！我还以为马木提乡约又要回来了呢，为什么偏偏来整好人呢？为什么不让人民说话呢？……毛主席他老人家让我们说话了，毛主席老人家了解我们的心……"

在"批斗"伊力哈穆期间，由于看不过、生气而得了一场大病的再娜甫，也赶到了会场，她瘦了一点，但说起话来仍然是声如洪钟，她说：

"这叫什么工作呀？这叫笑话，这叫丢丑！让那个到食堂里去偷牛肉、拿着产妇的诊断书冒充自己的病假证明的尼牙孜泡克去批判伊力哈穆，让那些干过什么事人人都知道的人去攻击我们的好队长，这是我们的耻辱，也是你们的耻辱。"

热依穆远远地向她使眼色，（在会场或别的场合，他们从来不好意思坐在一起。）然而，她说得正高兴，她毫无顾忌地说了下去。

尼牙孜参加了一次会，以后接连几天不露面了。泰外库基本上按时到会，紧闭双唇，不发一言。库图库扎尔去参加加工厂的学习去了。麦素木思忖着对策，判断着形势，对"文件"的突然出现（他认为是突然的和莫名其妙的）感到失望、悲哀和恐怖；但他不相信事情就会完全逆转。至少拉过来了泰外库，这是重大成就，他想。章洋暂不多说话。然而，他根本不服气。难道原来他积极贯彻内地经验，开展运动是错误的吗？难道伊力哈穆那么多问题如今一风吹掉了吗？等等吧，到具体问题上再说……有一个最愚笨也是最聪明的人，最关心也是最冷淡的人，觉得十分尴尬。他就是穆萨。"文件好是好，就是来得晚了一点，"他想，"为什么不早一点下来呢？哪怕只早十五天，我也不至于……"他叹了口气，"除了马玉琴,儿子和女儿,我再也不管任何别的事喽!"

　　星期天,闷闷不乐、六神无主的麦素木提着两斤苹果去伊宁市找老爷子——亚力买买提去了。这是一个阴沉欲雪的天气。市街的柏油路上布满了冰雪,城市的孩子在鞋子上绑上冰刀,就在街上滑来滑去,搞得路面更加光滑。道路=冰场,这种风光只有在伊宁市才欣赏得到。不时有人摔倒,有人大叫,有人大笑。道路两旁本来是渠沟的,现在,由于冰屑积雪的覆盖,和马路面看起来一样平了,外来的人不了解其中的奥妙,有时躲车的时候踩上去,扑哧,积雪没了脚脖子。再靠边,零零星星有几个卖葵花子和莫合烟的人,他们每人都随手带着一个用罐头盒做的小"炉子",里面用煤渣生起火来,这是专门用来烤手的。

　　麦素木走在这个他从小就十分熟悉的街道上,灰云压迫着他的心,举目四望,一切都是寒酸的、没有意思的、不吸引人的。他感到一种彻骨的忧郁。他想起了自己的童年,作为阿巴斯的后代,本应有何等辉煌的前途,他本应有自己的庄园,自己的马匹,自己的六根棍或迪西罗轻便马车,至少还应该讨七个老婆——那才叫人生一世!所有这些,哪里去了呢?他想起了自己的青年时代,民族军的军官、人民政府的科长、共产党员,面前本来有一条飞黄腾达的道路,他本来应该当州长,至少是县长,应该出入坐小吉普车,应该经常坐飞机到乌鲁木齐,到西安和北京出席重要会议,应该有很多人跟随他、羡慕他,每天晚上都有赴不完的宴请,每个箱子里都有放不完的礼品……然而,这一切又都哪里去了呢?他也想着(这是不用专门去想的,因为,这些还活灵活现地在他面前浮动)三年以前,苏侨证,麦斯莫夫,通往霍城边卡的班车,他本来应该到塔什干和阿拉木图,他本来应该依仗自己的经历和聪明去为"那边"效劳，去换取卢布，去组织还乡团，实在不行了还可以去搞黑市买卖和教授古文……这一切，为什么又破灭了呢？他的一生都像小孩子玩积木，用红红绿绿的、好看的、光滑的木头搭成了高楼大厦，搭成了飞机轮船，搭成了牌坊宝塔、名胜古迹，就在差一块小小的三角或者半圆的木块一切都会完成的时候，不知道从哪里来的一只手，一推，哗啦，积木掉到了地上，掉到了老鼠洞，辛苦一场，连影子也没有留下……

甚至于当他已经没有积木，只是用几根枯树枝搭一个小窝棚的时候也是如此，社教队进点了，一切顺遂，这时来了"二十三条"文件！

其实，他倒有点预感。因为一切太顺利了，章洋"同志"简直就像老爷子给他派去的助手。廉价取得的胜利是令人怀疑的；正像廉价处理的商品总使顾客不放心，甚至感到说不定到头来是自己上了当一样。不过，"二十三条"的下达，赛里木和尹中信的到来，形势的急转直下，仍然使他感到难以理解。现在的事情怎么这样怪呀？早上是那样，晚上又是这样了。我们将怎么样活下去呢？

就这样，麦素木垂头丧气地走进了亚力买买提的冰冻雪封的院子。他的模样活像一条为了立功扑向前去，结果咬错了人挨了主人的一顿棍子，之后十分寂寞扫兴地、悄悄地溜回自己的窝巢里去的狗。他按照惯例用拳头敲了一下亚力买买提住的那间房子的、褪了色的雕花木门，并且念了一句经文。

门开了，亚力买买提瘦得颧骨显得更高了。他那副病容使麦素木一惊，麦素木的到来也使他一怔，他非常阴冷而警惕地从头到脚打量了他一下，代替主人迎客的热情和穆斯林问候的是一句粗鲁的问话：

"你来做什么？"

"我来看看您。"

"现在可不是看望的时候。"

"我……有点事。"

"出了什么事吗?"

"倒也没什么。"

亚力买买提没有理他,既不逐客也不请进,只像没有麦素木一般,他自顾自地回到屋里,坐在一把带着圆靠背的、老式的木椅上,麦素木没有计较这些,他跟随着进了屋去。他毕竟不是来做客的呀。

"说吧。"亚力买买提吩咐道。他今天好像是特别不想说话。

麦素木简单地叙述了这一段情况。"可忽然出来了一个'文件',事情正在发生变化呢!"他最后说。

"嗯。"亚力买买提的口气是冷漠的。他掏出一包纸烟,自己先点着一支,叼在嘴唇上,再把烟盒和打火机推给麦素木,他的样子似乎在想别的事情。

麦素木没有吸烟,也没有说话,觉得空气有些压抑。

这样沉默了一会儿,亚力买买提把还剩了大半截的烟扔到了地上,踩灭,他说:

"其实也没有什么。你活动得稍稍冒了一点,"他用手势阻止住麦素木,麦素木嘴一动一动,想为自己辩护,"我知道,你要说是我让你这样做的。一切要适可而止。最重要的是您自己,您自己,这才是最重要的本钱。什么时候也不能蚀了本。我们的事情是长远的,直到……他们打回来。在此以前,我们应该像盐化在水里一样的杳无音迹。逐渐地,极其小心地积蓄力量,发展我们的人;这样,一旦有用得着的时候,我们就是最宝贵的资源……"

"我也是这样想,"麦素木插嘴说,"所以我才想办法帮助库图库扎尔。库图库扎尔确实是一个有用之才。可惜，他露出的破绽已经太多了，四清工作队还没有进点，已经有许多人用眼睛盯着他，准备着收拾他了。谁知道，来了一个章洋组长，加上我们的努力，好不容易才把斗争的矛头转到伊力哈穆身上，可现在，又危险了！"

"让库图库扎尔顶住！"亚力买买提说，"只要他能坚持几个月，最后也只能不了了之。至于你自己，就更要保重了。看来，北京已经调整四清的搞法，这打乱了我们的一些计划，我们要销声匿迹，保存自己。然而，我们是有希望的。我告诉你……"亚力买买提放低了声音，用手一招。麦素木连忙把耳朵凑过来。虽然是在自己的家中，亚力买买提仍然是耳语。他说：

"不要以为共产党能够长久地掌权。美国、苏联、印度、欧洲和日本，到处都是反对毛泽东、共产党的势力。过去咱们的那帮人，已经组织了一支部队。他们时刻都在操练着。您还记得木拉托夫吗？他现在是一个团的团长。再说，从最近的情况看来，共产党远远不是铁板一块。虽然他们现在调整了政策，大张旗鼓地宣传着他们的'文件'，他们的文件也会与文件打架，这里头也有权力斗争。何况还有台湾的蒋先生。哈密专员要尔勃斯现在在台湾呢。中亚这边，还有英国人支持的泛土耳其主义，还有东突厥的集团，还有青海和宁夏的地方武装……未来呢，难免还有新的纠纷、分裂以至于混乱。这样斗下去，他们早晚要不就四面树敌，顾头顾不上尾，要不把自己斗乱乎了完事。我们活动的时机仍会到来。像你们的章组长那样的什么都没有弄清先上来冲锋陷阵的好汉子，还会有很多的！"

亚力买买提的分析使麦素木一阵阵热起来，到这时，他才从烟盒里抽出了一支烟。

900

"但是，你再也不要到这里来了，"亚力买买提的嘴角一撇，现出一种冷酷的、近乎威胁的表情，"有事，我们会找你的。这样对你也更好一些。也可能几个月，也可能两三年，您要自己掌握一切。但是，不论什么情况下，您应该相信，我们存在着，那支部队存在着……"

"为什么？为什么您又不让我来了？赖提甫呢？赖提甫哪里去了？"

"为了安全。明白吗？为了安全。别的，就不要问了。请！"亚力买买提严厉地说，然后，拉开了门。

等麦素木神志恢复正常的时候，已经走在水磨轰鸣的阿衣登街上了。究竟怎么了？是赖提甫出事了吗？还是亚力买买提本人的处境成了问题？太可怕了。唉，谁让他小的时候不认真学习经文呢？做一个依麻穆，用拉长了的、令人感动得落泪的声音诵读《古兰经》，这才是最安全、也是受人尊敬的职业啊。无意之中，麦素木来到了当年的经文学校的旁边，现在，这里是一所普通的全日制小学，校门大开，许多小孩子在奔跑，在呼叫，在嬉闹。一辆汽车从身旁驶了过去。一个女孩子，挑着许多个美丽的小陶罐走过，她是卖熟奶的，熟奶装到一个个土橙色的陶罐里，显得非常可爱。斜对面的楼里传出冬不拉的琴声。有一个母亲用唱歌一样的嗓子转着弯在呼叫自己的女儿。所有的大人和孩子，男人和女人都过得平静和幸福。然而他，麦素木和他的"友人"们，将要战战兢兢、心怀鬼胎勉强度日，活像是几只躲在有猫儿把守洞口的洞里的老鼠。

小说人语：

孟子当年就告诉我们："……出则无敌国外患者，国恒亡。"

至于四十年前的敌不敌的问题，一言难尽，本章的描写，不全是虚构。例如四十年前于新疆就可以听到具有本章亚力买买提倾向的"救国广播电台"的策反节目。

当年的斗争，错综复杂。当年的文件，英勇豪迈、高屋建瓴、浪涛翻滚、精明细密、无微不至而又大义凛然……怎么看怎么对，怎么说怎么强，怎么分析怎么出彩！

该死的经济生活呀，如果不是经济生活这样务实，这样重利，这样不相信激情，我们的思想与文件早已经无敌于天下！

另一种美丽则是装在许多小陶罐里的熟奶，现在这样的生意、这样的风景当然已经消失。

还有小说。最后的纪念。

第五十四章　参加揭盖　泰外库晚上学文件
承认偷信　尼牙孜酒后吐实情

　　自从那一个难忘的夜晚以来，泰外库像石头一样地沉默。他的不负责任的话已经说得太多了，而按照伊斯兰教的法典，对谎言的惩罚应该是割去说谎者的舌头和耳朵。

　　马车重新又交给了他。拉运人粪尿的工作已经告一段落，而民兵连的事情紧张起来了，艾拜杜拉经工作组和队长之手把车交还了他。他现在的任务是为社员拉运取暖用煤。

　　每天早晨天不亮他就起来，套好车。白色的辕马拉着咿咿呀呀的车从沉睡的村庄走过。每当走过麦素木的杏园的时候，他的心都紧缩一下，这个长着黄白扁平的脸孔的狐狸和他的乌兹别克女人又在策划什么新的阴谋吗？他怎么明明早已看出这一点却没有提防呢？为什么他这样听话地钻到人家的口袋里，任凭人家驱赶呢？马车继续往前走，过一道渠沟，过一道小桥，过一道大桥，上坡，走上了公路。天仍然黑着。冬天的星星似乎比夏天还要密集，它们也挤在一起取暖吗？如果取下一颗星星挂在他的车辕上，道路就会亮多了吧！啊，太冷了，他从车上跳下来，跟着马车跑上一大段，让身子暖和一些。

　　他跳回到车子上，轻轻拉了一下套绳，马停下了，马车停在了离新生活大队医疗站不远的地方。一颗大而蓝的启明星正在医疗站上方深紫色的天空上闪光。有时候，隔着大窗扇和窗帘，透出一些微亮，爱弥拉克孜已经起床读书了吧？她的炉子里装的煤好烧好用吗？如果他泰外库能给她卸一车最好最好的察布查尔无烟煤该有多好啊……有时候，木扇窗内一片漆黑，爱弥拉克孜还正在甜甜地睡着吧？你的那个荒唐的、不成器的、使你感到羞辱的崇拜者正在凝望着你呢……你知道吗？你原谅吗？

你是不会原谅的。你是永远不会接受的。泪水已经模糊了泰外库的眼睛。他抖一抖套绳，车又向前走了，两道眼泪在长满短须的腮上冻成了冰霜。

东方的地平线开始发亮了，出现了一抹褐紫，一抹绯红，一抹橙黄。当马车走过伊宁市的时候，城市正沉浸在灰褐色的微明里。沿街的店铺灯火通明，土炉里升腾出团团的烟气，第一炉馕饼马上就要开始烤制了。有几个勤劳的妇女正在清扫门口的积雪，她们听到马头上的铃声，抬起头来注视一下泰外库的车辆。已经有挎着书包的学生上学了。还有一批早起的人是古板严肃的老者，现在正是第一次早课的时候，泰外库时而听到老人赞颂安拉和穆罕默德圣人的谦卑诚挚的祝祷声。

冬天的太阳怯生生地出来了，虽然它很谦虚，却仍然给世界带来普照的光辉。雪白了，天蓝了，几只围绕着热气腾腾的新鲜马粪盘旋的乌鸦也显得更黑了。马车离开了公路，走上通向煤矿的、颠簸的土路，而且时有丘冈和洼地，马连同它拉的车和人，似乎都要被颠酥似的。

到煤矿了，他远远离开那些围着煤火取暖的热情粗犷的赶车人，在丢给马匹一捆苜蓿以后，他也从腰间褡包里掏出一个冻得尽是冰碴儿的馕，掰下一块，放到口里。

一般地说，将近中午的时候，煤就装好，车就往回赶了，现在拉煤已经不像初入冬时那样紧张了，多数家庭已经有了积蓄了嘛。在装好了车，喂饱了马，而自己也吃下了两个带着冰碴儿的馕饼，喝了一茶缸子热水以后,泰外库在煤块上铺上一条破麻袋,自己坐到麻袋上,车就不慌不忙地往回转了。泰外库很少举鞭,很少吆喝,虽然吆喝牲口的语言几乎成了这些天他为自己保持下来的唯一的语言了。有什么可着急的呢?他已经不是那么毛毛躁躁的了。而且他发现,经过艾拜杜拉两个月的调理,似乎马的脾气也变得平和一些了,它们很少像过去那样忽快忽慢、互相挤撞。也有些时候,那匹架辕的白马偷一点懒,在拉粪的时候停下了蹄步,这对于马匹的劳役与生存规则说来,本来是不能允许的——马小便时允许停步,大便时绝不可以;而且,按泰外库过去的看法,拉粪停车,近乎对驭手的冒犯和藐视;但是,现在,泰外库也予以宽容等待了。

冬至过后,天一天比一天长,虽然气温升得很慢,但是,中午的太阳直射到人的脸上、身上,已经有明显的暖意。甚至直接接受阳光照射的冰雪覆盖的街道的表面,有点水汪汪的样子,好像抹了一层油一样地发亮。而且,信目远望,在树尖楼顶上面的蓝天之上,正午时分,已经有家鸽飞翔,已经有最早升上天空的小小的风筝摇摆着身姿。

这是冬天的晴日。严冬孕育着春天。紧连着初春的冬天,为春天的盛开的花朵扫清了地面,去掉了一切不必要的杂草和黄叶,为来年的大地准备了丰厚的乳汁——雪水,这样的冬天不同样也是应该被喜爱和感谢的么?

泰外库坐在码得整整齐齐的煤块上。他蜷曲着穿着肥大的毡靴的双腿,拉紧了无扣的光板皮大衣,竖起了大衣领子。他觉得怪暖了呢。于是,又从原路回去。起伏的土路、公路,繁荣而又幽雅的小城,工厂、驻军、摩托连,车队、油库,大的和小的水磨,冬天,水好像冒着热气。新生活大队,医疗站。桥梁,上坡和下坡。来来往往的车辆,不论是凌晨的黑暗与微明中,还是正午的阳光中的一切,不都是可爱的和值得珍视的吗？然而这一切似乎都在远远地离开他,都在向他关上自己的门。他的马车在狂奔,然而他不知道自己是走向哪里去,他的马车经过了最美的城市和乡村,然而这一切又都抛在了他的身后。这一切都不属于他。因为,现在的事情正好比驾车的马惊了,它愚蠢、疯狂、不听调教;这样的马,不正是他自己;这样的车,不正是他的生活的形象吗？

他成了真正的孤儿了,原因全在于他自己。然而,仍然有一只手在拉着他,在温暖着和指引着他,像这二月的正午的天空上的太阳、白鸽和纸鸢一样地向他报道着春天。这是伊力哈穆的手。一想到伊力哈穆,他就颤抖;一想到伊力哈穆,他就低下了头,却又抬起了头,他直视朝霞和旭日,道路和田野,矿井的煤炭和房舍里的炉火。他还看见了爱弥拉克孜的大大的、美丽的和刚强的眼睛。也许从此爱弥拉克孜再不会正眼看他;也许他在爱弥拉克孜的眼中已经一落千丈,甚至已经被开除了"人籍";也许爱弥拉克孜很快就会嫁人,和那个不知名的令人嫉妒的幸运者生儿育女,居家度日;然而,恰恰是这个时候,在他极度悔恨和极度悲伤的时刻,他好像真的了解了一点爱弥拉克孜,靠近了一点爱弥拉克孜。在他痛心地发现了自己的弱点和不足的时候,他好像离爱弥拉克孜更亲近了。

下午,他根本不休息,在卸了煤、卸了牲口之后,他还在马厩里,不是收拾车和套具,就是帮助饲养员铡草,修理食槽和马灯。晚上,他参加学习"二十三条"文件和揭开七队的阶级斗争盖子的会议。他不发言,但是他听得认真,想得更认真,他一夜一夜地想。为了弥补过去动脑筋太少造成的失误,他费力地动着脑子……

泰外库去找麦素木,他问:"怎么办?"

"什么怎么办?"麦素木装糊涂。

"我们应该怎么样继续揭发批判斗争伊力哈穆呢?"

"唉唉,算了吧,我才不管这些呢。请问,人生需要的是什么呢?按照我们维吾尔男人的说法,人生,这就是塔玛霞儿——嬉戏,玩耍!从生下的第一天,这是塔玛霞儿的开始。在你离开人间的时候,这是你的塔玛霞儿的完结。回顾一个人的生活,他的塔玛霞儿也够美的了呢。我们什么没吃过?我们什么没见过?我们获得了人生的各式各类的消息。现在,我们回到农村来了,我们做一个农民。我们在农村盖了房子,我们有杏树和苹果树,有奶牛和母鸡,有黑狗和白猫。我还有一个乌兹别克老婆。而在梦里,我有成群结队的女人,都是白白的,甜甜的,招人疼爱的。我是大队加工厂的出纳员,我走到哪里都受到人们的尊敬。请问,我们还需要什么呢?算了吧,我再也不管那些个运动不运动的了。"

麦素木的调子是泰外库没有意料到的。看到了他这种惊奇和迷惑,麦素木很满意,然后,他补充说:

"然而,我们也决不允许别人侵犯我们。我们是维吾尔的男人。如果有人抢走我的老婆,我就要和他血战到底。如果有人骂我是阴阳人,我就要割掉他的舌头和屎把子。决不含糊。"

这些字眼儿又使血液往泰外库的脸上冲了,然而这次的血气上扬是想给麦素木一个嘴巴。但他还是控制住了自己。他问:"可我们写的控告呢?我们控告了那么多。效果在哪儿呢?哪一条也说不实在。群众反而对我们不满意。"

"您是说您的控告吗?您是说大家对您有意见吗?"针对刚才泰外库用的主语是复数的"我们",麦素木强调着挨骂的只有一个单数的"您"。"不用管那些。控告就是控告。这是您积极参加运动的表现，是您追求进步的表现，是对工作组的最大支持，即使控告的材料不太落实，即使控告错了您也是好样的，您也是不受谴责的。相反，只有包庇四不清干部的人才是应当责备的，是有罪的。"

……泰外库没有和他再谈下去。麦素木真是个机灵鬼，看来他已经觉察到了一点什么，他现在努力想把伸出的脖颈缩回到甲盖里去。

泰外库去找库图库扎尔。库图库扎尔说：

"您没看出来吗？现在伊力哈穆正在煽动人们找我的麻烦，他肯定不会饶过你的，你已经和他结下了冤仇。或者是我们胜利，我们把伊力哈穆告倒，或者是他胜利，我们完蛋。只要他还在七队当队长，您就不用想有好日子过，您甚至连讨老婆的想法也不必有……有他没您，有您没他，事实就是如此。"

"我为什么要和他势不两立呢？他其实又没有把我怎么样。"泰外库瓮声瓮气地说。

"唉，兄弟，您怎么说出这种话来！您是个真正的维吾尔男子，而伊力哈穆已经不是维吾尔之人！你知道人们怎么称呼伊力哈穆吗？人家说，他是王伊力哈穆，赵伊力哈穆！那年为了包廷贵的猪的事，他向公社党委讲了你多少坏话呀，如果不是我阻拦，说不定你要受到迫害呢。"

"……可为什么大家都说您当时是支持包廷贵的呢？"

"唉，唉，您什么都不懂。那不过是表面上应付罢了。我应付上级，是为了保护你。而伊力哈穆呢，他才是没安好心！"

"那我们怎么办呢？"

"您不是控告了吗？您不是已经发过言了吗？一口咬定，坚持到底，实在不行拼它个两败俱伤，也不赔本。反正包子款已经交

了,还能不等包子熟就走掉①吗?反正已经和伊力哈穆撕开了脸,
还能中途退兵吗?"

泰外库点点头。他想,麦素木和库图库扎尔都称颂我是什么
维吾尔男子,看来这一称号还真有点危险呢。

泰外库去找尼牙孜。尼牙孜说:

"去吧去吧,我再也不管这些狗扯羊肠子的事了,反正欺侮我
就不行!人们已经知道了我的厉害了!你大哥尼牙孜不是好惹
的!他伊力哈穆总算也尝到了一点辣味。至于麦素木和库图库扎
尔,我也无须乎事事都听这两个狗屎的。哪个人不是为了自己?
他们为什么要关心我呢?我是他俩的大大吗?不,我不是他俩的
大大。我是他们俩的巴郎子吗?不是的,我也不是他俩的儿子。
您以为如果别人当队长就会喜欢我这个尼牙孜吗?不,不会的,不
过是有的人抓得紧一些,有人松一点点就是了。抓得松的人更坏,
他们憋着劲,他们在等待时机,准备到时候切下我的肉片炒皮牙
孜。当官儿的人是不会喜欢我的。当官儿的人总愿意你少吃粮,
多出力。可我呢,我想着的是多吃粮,多吃肉,多花钱,可就是要少
出力。中国是这样,苏联是这样,美国也是这样。现在是这样,马
木提乡约时候是这样,一百年后还是这样……

"章洋章组长也是一样,这可是个大好人,这可是我的一个朋
友。他能同情我只因为他不在这里当队长。最多半年,他就走了,
从此一去不再回来。他不管我们的工分,不管我们的账目,不管缴
公粮,卖余粮,不管调拨化肥和发救济款;这样,他就抱打不平,同
情我而且喜爱我。一旦他管上这些,一旦他当上咱们的队长,他发

---

① 维吾尔谚语,犹言"一不做,二不休"。

起神经来一定会要我的命。兄弟,你太嫩啦,你需要教育,需要成长,你要敢于钻到各式各样的洞洞子里积累经验①。慢慢跟我学习吧,我的命根子兄弟! 喜欢尼牙孜的只有一个,那就是尼牙孜自己。喜欢泰外库的人也不会有第二个,除了你这个傻瓜泰外库以外。我现在关心的是别的事……兄弟,你的车明天去伊宁市?"

"从那里经过的。"

"你把我带上。我还要把那几捆玉米秸装上。你把我和玉米秸拉到牲畜市场,等我把玉米秸卖掉,你把玉米秸送到买主的家,你的任务就算完成了,你去拉黑的煤炭还是白的化肥一律由你。请不要说不行,对么!"

"那时间可就太晚了……"

"所谓时间又有什么呢? 最多一个小时,两个小时又怎么样? 上苍给我们的天饷,可不只是几个小时呀,慷慨的人才会得到保佑,讲友情的人才会得到护持……卖完麦秸,我请你去吃薄皮包子,我出钱。你不知道,现在正是青黄不接的时候,一捆玉米秸卖的价钱比一筐玉米棒子还多……等到钱凑齐了,等到工作干部走了,我要买奶牛呢。到那时候,你做奶茶的熟奶就由我供应,钱也不要你的。"

"为什么要等工作干部走了才买奶牛呢?"

"这……这……你以后慢慢就会明白了。有多少办法呢? 有人糊涂,有人不糊涂。怎么样,说定了吧,明天早晨你套上车先到我家来……"

泰外库点点头。第二天,他果然赶着车来了。偏偏尼牙孜并没有做好准备,因为他虽然向泰外库提出了请求、泰外库也答应了

---

① 这句话有猥亵含意。

他,但是他没有相信泰外库真的会给他帮忙。怎么可能仅仅是他口头上许诺了一次,而泰外库口头上答应了一次,就当真付诸实行呢?谁不是口头上满口答应而实际上丢诸脑后呢?他正在睡觉,泰外库竟叫他来了。他当然不能放弃这送到门上来的大车,一个大傻子和一个傻大车,只有马儿还算是聪明一点。

尼牙孜一边现搬现捆玉米秸,一边心想,泰外库是个容易摆弄的傻瓜,说了一声薄皮包子就把车赶了来,如果是抓饭和手抓肉呢?他还不给我扛一年活?如果是个精明的车夫,至少先借机勒索上两顿薄皮包子才能来真的啊,算了吧,这顿薄皮包子就算我已经请过了。

玉米秸装好了,车子已经移动,尼牙孜忽然又灵机一动,喝止了马匹,跳下车来,跑回院里,从房后扛来了一根圆木。解释说:

"这是我从伊犁河里捡回来的。"

伊犁河泛洪的季节,偶尔有从上游林场冲下木材的情形,有一些贪财的勇敢分子是能捡回这种"洋落"来的。但尼牙孜绝不可能。他又奸,又懒,又不会游水,别说这么大一根木头,哪怕岸边有个柴火棍,他一下水恐怕就要被急流卷个无影无踪。看来,更可能是偷来的。例如,附近兵团的一个子弟学校正在大兴土木,这不会不吸引尼牙孜这种雁过拔毛的人。

泰外库用怀疑的眼光打量了一下木头。"就是捡来的。就是捡来的。"尼牙孜连连声明,而且点头哈腰,向泰外库做出一种摇尾乞怜的下贱样子。

泰外库微笑了一下,示意尼牙孜上来。天已经发亮了。已经耽误了近一个小时,尼牙孜更感到泰外库是一个傻瓜。感到傻瓜不充分地利用,那就像吃饭不吃光,榨油不榨尽一样,简直是辜负了胡大的恩典;那是一种罪过。于是,在牲畜市场上,他拉着泰外库随着他卖玉米秸，和顾客反复地要价还价，又耽误了很长的时间，直到他确信再待下去不但不可能多卖一分钱而且说不定要削价的时候，他才做成了交易。泰外库赶着车把玉米秸送到了买主的家中，卸下去以后，尼牙孜转着眼珠，和泰外库商量：

"您说，这根木头在哪里卖好呢？"

"是啊，要挑一个好地方。"泰外库响应地说。

"可农贸市场是不准卖木材的。"尼牙孜有点发愁。

"我们慢慢地赶着车在街上走，会有人注意到我们这根木头的。一定能卖一个好价钱。"泰外库出主意说。他似乎完全忘记了自己赶车是干什么的，车，已经成了尼牙孜的专用马车，而泰外库，已经成了尼牙孜的专用车夫了。

尼牙孜很满意。看来从这个大个子身上能够榨取的油水还远远没有到头。他们缓缓地赶着车在街道上走着。尼牙孜感到有一点饿了。当当真经过一个包子铺而且发现已经开始营业（一上午已经过去了）的时候，他提议说：

"咱们去喂一下肚子吧！"

泰外库又同意了。他们停下车，拴好马，又使车里的木头对着饭铺的门，以便照管看护，两个人走进了包子铺。一进饭铺，尽管还没有几个顾客，尼牙孜先说：

"啊，我要去找一个好座位！"

他的眼珠子乱转起来，缩着脖子，脸上挂着一种窃笑的样子。这位自命精明非凡的算计家，就是这样浅薄，这样愚蠢，这样赤裸裸无耻地玩弄着一眼能看穿的手段。那个年代的用餐规则是先买票，后就座，他的所谓找座位，就是不去交钱买票，躲开紧紧靠门而设的出纳专柜。那么谁去付款呢，那还用说？其实他还不如直说："泰外库，我今天想叨扰你一顿薄皮包子呢！"如果他那样说，泰外

888

库倒完全可以愉快地接受一次"敲诈"。请人吃几个包子又有什么了不起呢？但是尼牙孜这种愚而诈的丑恶至极的样子，却使泰外库真想掐住他的后脖领子，像捏起一只臭虫一样把他从饭馆门口的高台上抛下去。但是，他忍住了，他的脸上又显出了笑容，自己走到开票的窗口，交了钱和粮票，端着两大盘葱头和羊肉丁馅的、滴着羊油的、皮薄如绸纱的包子来找尼牙孜。包子皮薄得达到了半透明的程度，隔着皮能看到个头大大小小的肉块与紫色与白色相间的葱头，而且包子皮上随着馅子显出了凸凸凹凹的不规则的花纹。

尼牙孜的样子，宛然是一个理所当然享受侍候和供奉的老爷。他们面对面坐着，吃了几个包子，尼牙孜眼睛又转了，他漫不经心地说：

"这样的天气！这样的包子！如果再喝一点啧唔啧唔①的水——天方的圣泉②，该有多好！"

泰外库没理他。

"要不，我去买上一瓶子吧。您喝吗？泰外库兄弟？"尼牙孜逗弄道，他知道，作为一个"维吾尔男子"，泰外库一定会抢先去买酒的。

"好的。您去吧。"没想到，泰外库是这样说。

"这……这……"尼牙孜尴尬起来，鼻尖和太阳穴上都沁出了汗珠，"要不，您买去吧！"尼牙孜硬着头皮说。

泰外库控制住自己的冷笑，他站了起来，买回来一瓶酒。

喝了一杯以后，尼牙孜就飘飘然了，原来泰外库就是这样一个

① 犹言"有滋有味"。
② "天方的圣泉"本指伊斯兰教圣地麦加的泽母泉，这里无耻的尼牙孜竟以之指酒。

不折不扣的白痴，和他在一起想怎么样就怎么样，他身上有榨不干的油水。幸亏今天是尼牙孜和他在一起，如果是别人，岂不要把他钱袋里的钱全部骗去？啊，如今的世界上，有多少奸、滑、损、坏的人啊！他张口道：

"唉，兄弟，您不懂呀！现在，坏人太多啊！伊力哈穆，那是个不讲情面的恶魔呀。你找他通融点事情，简直比给磨盘钻孔还难……热依穆，那是怕老婆的熊包……阿卜都热合曼，那是个假积极分子，我就不相信他那么热爱人民公社。还有……"

尼牙孜提到一个人骂一个人，不论是他的"朋友"库图库扎尔和麦素木，也不论是和他毫无关系的哪个小孩子。甚至当泰外库提到章洋的时候，尼牙孜也骂了起来：

"谁知道世上怎么会出来这么一个装腔作势的雄鸡，这么一个嘶喊吼叫的叫驴！"

"等一等，"泰外库打断了他的话，"昨晚上您还说过只有章组长是一个大好人，只有章组长一个人是真心同情您，因为他不管这里的缴售粮食和支付工分……"

"没有的话，"尼牙孜把泰外库推了一下，"我从来没有说过他的好话。姓章的是异教徒，我还能夸奖他？坏人，坏人，都是坏人……"

于是，泰外库明白了，尼牙孜是这样一种人：清醒的时候，他只仇视好人，清醒的时候他记得要拉拢坏人；喝一点酒以后，他开始仇视全人类，一喝酒就骂遍所有的人。这样的人泰外库过去也不是没有见过。他领教一次就再不搭理这样的人了，因为他懂得，他今天如何在你的面前拿着酒杯骂别人；昨天或者明天，他曾经或者将会同样地捏着酒杯在旁人面前骂你。

泰外库不想再听他的凭空谩骂了。他变了一个话题。

"您准备买奶牛吗？趁现在便宜赶快买吧。您又有草，再有一个多月青草就接上了。现在买一个孕母牛，一年就有奶喝了。等天一暖，小牛下来以后，买起来就贵了。"

"现在不买！"尼牙孜带一点酒意，他说每一句话的时候最后都拉长了声音、降低了音调，好像每吐出最后一个字的时候就想要呕吐似的。"我还要让伊力哈穆赔我的奶牛呢。"

"不一定能赔给您吧？"

"不赔也让他恶心恶心！谁让他老想管束我呢？"

"尼牙孜哥，"泰外库靠近了尼牙孜，放低了声音，"我一直想问问您呀，您原来的那头奶牛，好模好样的，为什么要宰了呢？"

"您不懂！你是小孩子！"尼牙孜干脆放肆地说起"你"来。看到泰外库并无愠色，他就更加高兴了。他说：

"你知道个啥！这几年饲草特别缺。我先从队上要上一个奶牛的饲草，再把牛宰掉，卖肉。实在需要喝奶茶了，我就从乡邻众人那边淘换一点牛奶。然后等到早春青黄不接的时候再一卖草，加到一起不但能再把一头年轻、奶多的牛买回来，而且还能赚几个钱呢！何况，这里头还有政治！"尼牙孜得意地用手点了点泰外库的肋骨，泰外库不由得躲避了一下。他的躲避使尼牙孜产生了一种强大感、胜利感，他仰头哈哈大笑。

"您真行。"

"没有疑问。我还能不行吗？我不行谁行？说起从前我们祖上也是些不简单的人物啊！"

"怎么不简单呢？"

"算了，算了，不说这些。"看来，在他自己的来历上，他倒真做到了守口如瓶。

"……看来，艾拜杜拉打您，也没有这回事喽！"

尼牙孜前仰后合地大笑起来，笑得口水鼻涕乱飞，还把盘子一推，把一个包子弄得落在了地上。

"你不懂。这都是政治斗争，其实，我倒挺适合政治的。那些搞政治的人有什么了不起？我不过是没有去罢了。只是，会上发言、检举、批判不给多记工分，这真不合理。弄得我只顾得倒腾玉米秸和木头了。"

"您的木头是这么……"泰外库把眼一闭，把右手的食指一挑一勾，做了一个心照不宣的姿势，"偷来的吧？"

"什么叫偷？到了谁的手里就是谁的。就和这瓶酒和这盘包子一样。哈哈……"尼牙孜笑得更厉害了。上身也坐不稳了。

泰外库却不想让他醉倒。他把剩下的酒全部倒出，自己一口喝光了。然后，他给尼牙孜端来一大碗酽酽的茯茶醒酒。他好像漫不经心似的问道：

"您挨打的那天夜间，曾经被救护到新生活大队的医疗站，是吧？"

"嘿嘿。"

"您没在医疗站看到一张信纸吗？"

"什么信纸？是那张浅绿色的信吗？库图库扎尔说那是什么来着？是你给那个一只手的丫头写的信？不，不，我没见过，哈哈哈……这里有这么几种可能。第一个可能是我见过，不但我见过而且这封信归了我，但是你傻小子不知道，你上哪里知晓去？哈哈哈，你是百分之百的苕料子。第二种可能是我没见过，如果我没有见过我怎么会知道这封信呢？那么，更大的可能是我梦见了一封信，是麦素木最后拿到了这封信，麦素木又从哪里得到了信呢？从你大哥我这儿呗！可我什么时候议论过传播过你的信呢？我拿到了信又怎么样呢？我不识字。我不识字就这样厉害，这样精明，我要是再识了字,胡大能允许吗?"

尼牙孜把包子盘子又一推,抟挲开两臂,趴到桌上想睡觉。泰外库一托他的下巴,把他的头托了起来。泰外库说:

"告诉你。我去煤矿了!"

"木头,木头……"尼牙孜结结巴巴,含糊不清地说。

"木头你自己扛着,谁知道你木头是怎么来的? 啐!"泰外库一边恨恨地说着,一边戴正帽子,紧一紧皮大衣,头也不回地走了出去。把木头从自己的车上往下一滚,咣当,圆木滚到了地上。

泰外库的表情、声调、动作都完全变了,特别是他的圆瞪的、充满了轻蔑与憎恶的目光使喝得迷迷糊糊的尼牙孜打了一个寒噤,似乎酒醒了一半。他呆呆地望着泰外库。叭,一个响鞭,马车跳跃着远去了。

小说人语:

马车夫的生活,马车夫的性格,永远闪烁在马车夫头上的寒星,马车夫对于不必星夜起床赶马车的人的生活的观感……你是新疆的最动人的民歌之一。

男人有自己的混账,自己的愚蠢。他的底线是因了慷慨、诚实与大度屡屡吃亏。懂得忍耐的男人终于对更加混账和愚蠢的坏人还以了颜色!

好人常常是上当再上当,倒霉再倒霉,终于再不上当。坏人常常是,得计再得计,盈利再盈利,终于,赔掉了裤子。

第五十五章　满面淌泪　泰外库痛心揭真相
六神无主　库扎尔突围扣大帽

　　章洋惨淡经营、苦心组织的对于伊力哈穆的"批斗"，其实是建立在沙上的楼房，在"二十三条"的冲击下，摇摇晃晃，垮局已成。

　　一切不符合客观实际，不得人心的东西都是这样的。尽管一时也咋咋呼呼，煞有介事，到时候，生活的浪涛翻卷，神气的庞然大物肢解破碎，化成一摊泡沫，涨潮落潮，风风雨雨，而后云开日出，金光万道，长河滚滚涌流，泡沫荡然无存。

　　"二十三条"的学习讨论一开始，对伊力哈穆的"批斗"就停顿下来了，并且从此一蹶不振。中国人民乃是富于政治经验的人群，新疆的少数民族也不例外。一九四九年以来，所有的人都学会了从中央文件中听出一个"严"与一个"宽"字的区别来。恰恰维吾尔语中的"宽"字，直接用的就是汉语借词"康"。如果大家从文件中嗅出了"严"的气息，这时候大多一声不吭，你揪谁斗谁都不足为奇，而一旦他们嗅到了"康"或者"宽"，好了，他们敢于白雪说白，黑炭说黑，据理力争，弘扬常识了。

　　似乎毛主席也知道这一点，要不就是由于路线斗争必须批"桃园经验"以打击特定人士的玄机，他下令要把"二十三条"贴到每一个生产队，要把政策直接交给人民，也就是自然而然地打击了前一段时间执行推广"经验"的各地的社教工作队。直接依靠，打击对手，这是一手很漂亮的活儿。如此这般，"二十三条"一出来，包括爱国大队其他生产队的社员群众，对章洋、七队工作组的工作提出越来越多的异议。许多人直截了当地提出,伊力哈穆没有四不清的问题,不是阶级敌人,他是无产阶级的好儿子,是社会主义的建设者。而恰恰是章洋的骨干库图库扎尔,倒很有一点挖社会主义墙脚的味儿。

这是中国政治生活上的一种命名法则,认祖归宗即上纲的法则。有时是确实如此,有时是碰巧撞上,有时是生裁硬扣。"名"即概念归属即帽子决定成败,帽子比头更清晰也更重要。天晓得个中奥妙,反正现在是"二十三条"对伊力哈穆有利,对章洋不利。同时在我们的政治生活中也常常碰到在某件事某个文件上的巧合:你的某一项言行,别提如何符合某个文件的需要了,于是你正确上加正确、让领导喜欢上加喜欢了一回。下一次,同样的事件类型,同样的反应机制,同样的性格逻辑,他或她的碰巧变成了完全的触霉头,人们称之为撞上了枪子儿,你的某一项完全类似的言行,赶巧碰到的是文件批判的对象,是领导提倡的东西的对立面,是领导最最愤慨的东西的样板,那么你碰到的命运是自取灭亡。

但是,章洋不退让,他已经弄假成真,他已经骑虎难下,他自以为是带着阶级感情嫌富爱贫,除强济弱,他白眼珠发红,黑眼珠冒火,一心认为自己是正确的正确的第三还是正确的。他每天每时每刻都在想,我是正确的,我就是正确的,我一直是正确的。在社教工作干部的会议上,他虽然抽象地承认了大多数干部和群众是好的,承认了调查研究和依靠群众的必要性,但是他并不承认他在七队搞颠倒了。这里,他还多了一个优势。这就是"先下手为强"。他已经下了手。伊力哈穆之被"批斗"与库图库扎尔之被信任,都已经是既成事实。既成事实具有一种类似物理学上的"势能"的不可低估的力量。推翻这个既成事实吗?否定前一段他的工作成绩吗?没有那么容易。

　　你说伊力哈穆没有唆使艾拜杜拉打人吗？你说伊力哈穆没有破坏泰外库的家庭和爱情吗？你说伊力哈穆要求自己很严格，从没有多吃多占吗？你说伊力哈穆在大队没有和里希提勾结在一起搞宗派，排挤大队长吗？你说在一九六二年的风浪中，伊力哈穆很坚定、很好，他对乌尔汗、廖尼卡……的关心和帮助是为了党的利益吗？拿证据来。有这个证据吗？这不一定，群众的反映吗？那很难说。这样，章洋反倒成了检察官，成了审判员，成了把关的监督哨。你很难说服他承认伊力哈穆是无辜的，是好的。他的逻辑是，先假定伊力哈穆是有罪的，然后搜集符合这个"有罪"的前提的材料，然后得出他"有罪"的结论，这就是定论，这不需要什么证据，不需要如何慎重，也不需要防止什么"副作用""不良影响"。但是，你现在说伊力哈穆无罪吗？那可不得了，说谁谁无罪，那似乎是鉴定一个奇特的新发明，设定一个危险的新规程；这里，每走一步，每写一笔一画，似乎都会给运动（其实是给他个人）带来灾难，他抵抗着，顽强而又苛刻。其次，他的逻辑的第二个方面是，根据现在的"二十三条"和实际情况，本来是可以不"批斗"伊力哈穆的，但是，既然前一段已经批斗了，就不能轻易取消这一"批斗"。

　　而对于库图库扎尔，他的态度正好反过来。

　　就在这种社员会议上，意见越来越一致，而社教工作组会议上，两种意见陷于僵持的情况下，泰外库在社员大会上发言了。他已经沉默了好几天。在这次发言以前，他专门理了发，刮了脸，换上了新帽子。他说：

　　"我要谈一谈事情的真相，我不希图原谅；家乡的老人和母亲，兄长和大姐，领导和邻舍，请你们判断，请你们惩罚！

　　"我对不起你们！我对不起用盐和茶哺育了我的故乡！对不起工作组！对不起伊力哈穆哥和米琪儿婉姐，也对不起章洋组长！

"请看,这有多么卑鄙,多么下流! 多么恶毒! 他们为了打击伊力哈穆哥,为了把咱们队、把大队、把四清运动搞乱,他们无中生有,制造无耻的谣言! 他们看中了我这个傻瓜,我这个废物。是尼牙孜拿走了我写的一封信。他们反而说一切是米琪儿婉姐说的和做的。他们挑拨我……

"但是,我不能把这一切都归结到他们的挑拨上。如果我脖子上还长着头,如果我胸腹里还有心肝,如果我还是个人,我本来不应当那样暴躁,那样疯狂,那样瞎了眼、昏了心,把匕首柄交给别有用心的恶人,而把刀尖捅向我的兄嫂、我的友人,捅向处处帮助我、照管我、怜惜我而且教育我的伊力哈穆哥和米琪儿婉姐!"

泰外库流出了眼泪。他任凭眼泪在面颊上流淌也不揩拭。伊力哈穆和米琪儿婉的眼睛也红了。还有许多妇女抹着眼泪,包括那些原来热心地传播流言的娘儿们。

"他们都称赞我是'真正的维吾尔男子',够了,这种狐狸的赞美! 够了,这种一文不值的假英雄称号! 啐!

"现在,我已经弄清了一切,全是阴谋,全是诡计,全是凭空捏造。

"说什么伊力哈穆哥害死了尼牙孜泡克的牛,不是的。牛是我宰的,一点没病,比尼牙孜本人还强壮。昨天他亲口告诉我,他宰牛的目的是为了高价卖饲草,加上牛肉钱可以有赚头,反过来还可以栽赃诬陷……

"说什么伊力哈穆哥唆使艾拜杜拉打了尼牙孜,尼牙孜亲口告诉我,这是一种政治手段,是百分之百的谎言。

"是谁给尼牙孜出了这些主意呢? 是谁充当尼牙孜的后台呢? 自己站出来!

"说什么积极参加运动,向'四不清干部'作斗争,昨天,库图库扎尔大队长亲口告诉我，一定要和伊力哈穆斗争到底，因为伊力哈穆已经姓了王姓了赵，因为伊力哈穆一心向着外人，他说只有他才是保护维吾尔人的利益的……

"章组长，咱们到底干了些什么？打击了谁，保护了谁？我还写了什么对伊力哈穆的控告信，这太可耻！当时我喝醉了，有一条毒蛇缠上了我，当然，我不想减轻我自己的罪过。我犯了诽谤罪，我变成了不分好歹、忘恩负义的诽谤者，我要求大队支部和工作组，要求乡亲父老制裁我，该割舌头就割下舌头，该割耳朵就割下耳朵！

"但是，那些个毒蛇，那些个别有用心的家伙，你们已经露出了尾巴，收也收不回去了，赖也赖不掉了。拿出点男子气概来。别那么鬼鬼祟祟，偷偷摸摸，自己说说，到底要干什么嘛……"

泰外库的发言像一枚炸弹一样地在会场上爆炸了。许多人听了觉得非常痛快，点头称是，而且不断地叹道："瞧这！瞧这！"有的越听越气，攥紧了拳头，在泰外库发言结束的时候应和着喊了起来："说得好！"有的目不转睛地盯望着泰外库，随着泰外库的悲、喜、怒、恨而悲、愧、怒、恨，同时从头至尾，又用目光鼓励着，支持着泰外库把话说完。这是绝大多数人的反应。

当然，也有人并非如此。章洋非常意外，十分迷惘。他悄悄地对尹中信说："这些个维族人让人摸不透，一会儿这样说，一会儿那样说，叫我们怎么办？"尹中信对他这种把自己工作上的迷误归之于兄弟民族的民族性的弱点的说法非常不满，严厉地瞥视了他一眼。精通汉语的别修尔和玛依娜尔也听见了他的话，交换了一个不满的目光，斜着瞅了章洋一眼。这三个人的眼光使章洋意识到自己的失言，悄悄低下了头。

麦素木的心怦怦地跳，他已经在考虑如何应付最不利的情况，并且庆幸自己并没有特别重大的、要害性的辫子落在别人手里。只要库图库扎尔不出卖他，他最多承认自己对伊力哈穆有些不满——对了，是由于盖房打院墙占地的事件——仅仅是个人的不满，因此说了一些"不利于团结"的话。对，防线就修筑在这里，个人不满与不利于团结，再不能后退一厘米。

……有两个"无罪"的人听了泰外库的话却特别紧张、激动，甚至可以说是恐惧。一个是阿西穆。前一段因为病他没怎么参加会，伊明江对泰外库给爱弥拉克孜写信的事情及由此而引起的风波有意识地瞒着他。但他多少也风闻了一些，心里结着一个疙瘩。没想到泰外库提起了这个事情，他感到自己竟成了会场上最不名誉、最抬不起头来的人。泰外库对库图库扎尔的揭露也使他大为震惊，倒不是因为库图库扎尔是他的弟弟，他们俩早已经是油与水的关系，互不相混了。使他害怕，使他战栗，使他两眼发黑的是另外的原因，是他千方百计想埋葬掉、想躲避开的一个镜头，一个记忆；谁想到，就像贮酒一样，时隔越久味道就越加浓烈，阿西穆在会场上像一片落叶一样地簌簌发抖……

另一个人是乌尔汗。心跳到了嗓子眼儿，难道还没有到时候吗？冲上去，揭露他，控诉他……

有几天了，库图库扎尔一直很不舒服。他眉头紧皱，心率过速，常有恶心和漾酸水的感觉。一连好几天了，里希提被公社公安特派员塔列甫叫去了。那天的电话是库图库扎尔接的，他听出了公安特派员的声音。塔列甫找里希提，里希提不在，库图库扎尔自报了名，塔列甫却没有向他吐露一个字，库图库扎尔又说："章副组长在呢。"塔列甫却说："噢，没事了。"挂上了电话。什么事瞒着他们？引起了库图库扎尔的狐疑。下午，他借故去到了公社，他看见塔列甫的房门紧闭，窗帘拉下，从缝隙里隐约看到了里希提、赵志

恒、尹中信的身影。第二天早晨,章洋忽然向他询问了有关伊萨木
冬偷麦子的情节,并且透露说,伊力哈穆曾经向县委书记反映库图
库扎尔有若干嫌疑,特别是,曾引用乌尔汗的话,说是丢小麦那天
夜里把伊萨木冬叫走的不是别人,正是他库图库扎尔。

　　库图库扎尔这才知道乌尔汗已经将他揭露了。他按照早已准
备好的反击办法,一口气叙述了各种情况,一口气列举了许多证
人,一口气"揭发"了乌尔汗的十恶不赦之罪和伊力哈穆与她的见
不得人的关系。看样子,章洋仍然是信任他的,章洋谈这个情况的
目的仍然是为了对付伊力哈穆的进攻。于是,他建议举行了对乌
尔汗的"审问"和逼供、诱供。意外的是,这个平素比石头还沉默,
比绵羊还驯顺,比泥团还便于捏过来揉过去的乌尔汗表现了惊人
的固执。任凭他和章组长一唱一和,一打一拉,讹诈威胁,怀柔劝
诱,她始终不肯对伊力哈穆进行哪怕是一点一滴"揭发",这使他十
分不快,甚至觉得是不祥了。

　　……谁知道天上又掉下了个"二十三条",共产党的这一套实
在厉害!他给共产党当干部已经十五年了,他不怕开会发言,不怕
做总结,不怕挑战应战,不怕任何漂亮的词句——不管听起来有多
么"左",怕只怕共产党讲实事求是,共产党只要一讲实事求是,他
那一套适应气候的伪装就要被剥落!

　　最近的事情,虽然看来一切顺遂,库图库扎尔仍然是六神无
主,心里乱糟糟的。情况之坏从他吃"那斯"上可以证明。过去,这
种口含的烟草丸子给他带来许多的乐趣;可最近呢,一放到嘴里便
只觉得又苦又臭,不等融化便又吐了出来。他这回是真的要垮了,
病了……

　　麦素木以真面目出现在他的面前,使他被完全捆绑在"那边"
的战车上;这太危险、太可怕了。他失去了若即若离,左右逢源,如

鸭出水,了无形迹的优越性。章洋的易于就范,以他的老谋深算看来,也并非全是吉兆。因为这说明,姓章的乳臭未干,幼稚可怜,说不定什么时候被别人用一口气吹倒或用一个指头打翻。

解放以来,他已经经历了不少风云变幻。他安然保存下来了,他庆幸自己的得计,却也感到自己生存的地盘是在日益缩小。土改当中镇压了马木提乡约和依卜拉欣恶霸,民主改革以后取消了妓院和赌场;社会主义改造的高潮中取消了土地的私有和工商业的资本主义的私有制,连他熟悉的那些卖酥糖和红鸡蛋的老同行,小摊贩也被纳入了社会主义商业的渠道,后来又取缔了冒名骗钱的野阿訇和私设的地下经文学校;整风中打击了农村的反社会主义势力,整党中清洗了蜕化变质的党员,反修教育中揪出了一小撮代理侵略和颠覆者的家伙;城市五反中惩戒了他的一些能干的朋友……当然,也有些运动中受打击的明明是一些好人,这使他十分开心。每一次运动,每一次斗争之后,他在庆幸自己的幸免之余,也感到他脚下的土地又缩小了一圈,浪花已经溅到了他的身上,下一个浪潮就该轮到把我淹没了吧?这个丧气的想法始终离不开他的脑际,像一条毒蛇一样地缠住了他的全身,无产阶级专政的铁钳已经张在他的两侧,再一夹,他就该变成肉泥了。

夜半,他常常惊醒。惨叫声使自己听了都毛发倒竖,倒不能不佩服帕夏汗,因为,睡在他的枕边的她,却从来听不见。

他就是怀着这样的末日将临的感觉迎接了"四清"的开始,然而,他必须挣扎,必须奋斗,必须绞尽脑汁,费尽心机。运动开始后章洋的一些假"左"极"左"的做法给他提供了浑水摸鱼的最好机会。这当中虽然也有挫折,譬如教给尼牙孜去陷害艾拜杜拉和伊力哈穆的事露了破绽,库图库扎尔本来紧张起来了,但是章洋却一心与伊力哈穆斗争到底,此外的事他视如不见,听如未闻。紧接着，泰外库上得多么精彩，真是一个胜利接着一个胜利。决不能让已经到了手的良机白白丢掉，他库图库扎尔也冲上了第一线……谁想得到……其实，以他的经验，他本来应该懂得物极必反的道理；本来应该有所收敛，然而，现在已经来不及了。没有退路了，他只能不顾一切地拼上去，能咬住谁就咬住谁，能捞点什么就捞什么。好在，至少是从一九六二年以来，他每天都在准备着，思考着，一旦发生被揭露、被揪出来的情况，应该如何为自己辩解并予以反击。

于是，在泰外库发言以后，他略一思忖，举手要求发言。

章洋立即压住了其他要求发言的人，宣布让库图库扎尔发言。

他说："……泰外库刚才是捏造，我根本没有和他说过那样的话，他说谎，他骗人……他说谎骗人。是由于伊力哈穆在牵线……"

许多人站了起来，泰外库更是气得手直哆嗦，他想象不到一个像库图库扎尔这样仪表堂堂的男人、大队领导干部居然能够矢口否认明明是刚说过不久的话，他眼泪都快流出来了，因为他找不着一个旁证可以证明他泰外库没有说谎。

伊力哈穆声音不大，却是清清楚楚地挥手说："坐下，让他说完！"

库图库扎尔继续说：

"泰外库根本不是好人，他是一个非常反动的地方民族主义分子！一九六二年，正是他给盗窃犯提供了车辆！正是他挑起了反汉的死猪事件；他政治上极为危险，他是修正主义的应声虫，那么他为什么能够不受惩罚呢？就因为伊力哈穆在政治上是和他一致、和他共鸣的；伊力哈穆千方百计地包庇他、保护他，泰外库这只小鸡躲到了伊力哈穆这只老鸡的翅膀底下。但是，他们俩之间又有矛盾。因为伊力哈穆挖掉了他的老婆！为了得到伊力哈穆的包庇维护,泰外库付出的代价太高了……哪一个人肯用老婆作代价换取什么东西呢！所以,泰外库在夺走了一个老婆又要破坏他的第二个老婆的时候,他不再忍耐了,他反抗了,我们同情了他。他也确实应该得到同情和支持……但是现在,他又变了。他为什么变了？新的'文件'下来了,中央文件将指导我们和阶级敌人进行你死我活的斗争……阶级敌人要进行垂死的挣扎,他泰外库重新投到了伊力哈穆的怀抱,他就是这样一个反复无常、前后矛盾的小人,一个醉鬼,一个二流子,一个修正主义分子和地方民族主义分子,我们要警惕呀,亲爱的同志们！"

会场哗然。"为什么乱扣帽子?""拿出事实来嘛,一件一件地谈嘛,不要用大帽子吓唬人!"人们七嘴八舌地说着。

…………

"瞧,简直乱成了一团!"散会以后,章洋噘起嘴来,嘟嘟囔囔。

"看来,库图库扎尔的戏快唱完了。"尹中信说。

"怎么?"章洋皱起了眉头。

"走吧,"尹中信说,"公社赵志恒同志和塔列甫正等着我们呢。把伊力哈穆也叫上。"

"干什么?"章洋有点发呆。

"快去叫上伊力哈穆啊。去了便知道了。"尹中信略带嘲笑地说。

库图库扎尔拖着疲乏的步子回到家,搞得自己身陷重围,左突右挡,最后变成一片混战,这是他的悲哀,又是他的胜利。下一步会怎么样呢?该死的木拉托夫啊,许下愿一两年、三四年就回来,可怎么连一点动静都没有呢?真像俗话说的,宁可要一元的现款,也不要一千元的许诺!

他回到家里。帕夏汗还在喝釅茶。他不理老婆，倒头便躺了下来，却又不想睡。

"现在就睡吗？来，让我铺上被。"帕夏汗说。库图库扎尔摇摇头，又坐了起来，靠在枕头上，闭上眼睛，听着风声、炉火声、狗叫声，惶惶不安。

帕夏汗独自喝着茶，一边喝着一边呻吟，她呻吟起来是颇有滋味的，高高低低，强强弱弱，虚虚实实，既不是唱歌，又不是祷告；既像唱歌，又像祷告。这个库图库扎尔已经听之多年的、十分熟悉的回旋曲突然使他心烦起来，他大喝道：

"别哼哼了！"

他转过头去，不看帕夏汗的惊愕的眼睛和抖动着的多肉的脸。他想起了自己的"心脏病"，好长时间了，他忙得连药也忘了吃了。他睁开眼，为了弥补刚才突然粗暴吼叫的过失，努力用温柔可亲的调子说："请把郝玉兰给我的药拿来！"

"什么药？"帕夏汗完全忘记了。

"你怎么忘了？一个黑瓶里的，治心脏病的。"

"我的天，一年多以前的药，现在又想起来吃了。"帕夏汗小声怨叨着，开始找药。翻箱倒柜，掀席卷毡。她放东西本来就没有一定的地方，何况又隔着一年！找得屋里尘土飞扬，库图库扎尔没法待下去，为了躲避她的搜索的锋芒，他推开了房门，他一出门，恰好听见后院咕咚一声，活像一个装满了土豆的口袋被人从空中抛到了地上。

"有人！"库图库扎尔大惊，本能地抄起了摆在门旁的一条扁担。

从海棠树后出现了一个黑影，远看像一个椭圆形的球。

"谁？"库图库扎尔低声地、十分紧张地问。

"别怕,是我。"一个嘶哑的女声。

库图库扎尔吓呆了。原来是地主婆子玛丽汗!

"是您。您怎么过来的?"

"跳墙。"

"跳墙?"库图库扎尔更惊骇了。

玛丽汗直了直腰。她说,"我其实并不怎么驼背,但是我每天弯着腰,免得忘了那压着我的共产党和人民公社。"说着,她自己拉开了门,走进去,四面瞭望了一下。

"您的日子不错啊,我的大队长,"玛丽汗说,声调里充满了无望的凄凉、恶毒的嘲讽和疯狂的仇恨,"您的鸟笼子怎么不挂了?"她问。

库图库扎尔无心和她多话,不满地问道:

"您怎么敢到这里来? 您要干什么? 到底出了什么事情?"

玛丽汗阴沉地说:"伊萨木冬回来了!"

"谎话!"库图库扎尔像第一次挨皮鞭的马驹,他跳了起来。

"我亲眼看见的。"

"让魔鬼挖去你的眼睛!"库图库扎尔向玛丽汗冲去,好像一个行将行凶的打手。

"请不要急躁,"玛丽汗恶毒地把目光斜着一瞥,谁也不看,念念有词地说了起来。而且,她习惯地又弯曲了腰背,使库图库扎尔一阵寒战,"在我的小院子的西北墙角,堆着一堆烂砖土坯和柴火,柴火堆得比院墙高出许多。我在柴火上头扒了一个洞洞,从那儿我可以向外看老远,外人却看不见我。这就是我的瞭望哨口。我没有事就要到那里去看一看。看看庄子上有什么动静,看看世道有什么变化,看看有没有骑兵突然出现在伊犁河沿……"

"别废话了!"库图库扎尔挥了挥手。

"不是废话。木拉托夫临走的时候亲口对我说的。正是为了他的这句话,我才留住了这一口气。今天夜晚,大约在一个半小时以前,我看见从土路上走来了一个穿着长棉祫祥,肩上扛着马褡子的男人,他走路的样子看着很眼熟,由于天黑,看不清他的面孔。他一面走一面停下看看,最后走到了乌尔汗的房门前,他又停下了。乌尔汗开会还没有回去。我很纳闷,怎么会有这样一个男人到她家去? 他在身上摸索了一回,最后掏出了钥匙,开开锁,进去了。这更奇特了,乌尔汗家的门锁还是解放前铁匠打的那种长铜锁,这种锁现在已经差不多绝迹了。谁能有这样的钥匙呢? 谁能这样在主人不在的情况下自行开门进去呢? 我突然明白了,他就是主人,他就是伊萨木冬!"

"不一定吧。"库图库扎尔这样说着,他脸上已经失去了血色。

"一定! 无可怀疑! 我再想想他的高矮,胖瘦,走路的模样,面部的轮廓,就完全清楚了。后来我悄悄走进了他们家,想隔着窗子再靠近看一看或者看能不能听见他一声咳嗽什么的……可惜,什么也没看见、没听见。再走近一点吧,又怕留下脚印,那太危险了,但我敢断定是他。他是从'那边'过来的嘛! 不可能照直回自己的家。是从哪个地缝子里钻出来的? 我的胡大! 我弄不清楚,但是我必须把情况告诉您,一分钟也不能再耽搁,谁知道? 我看他不像带着奇迹飞来的神鸟,倒像预告着灾难的凶乌鸦,我冒着千难万险来到了这里……您怎么了?"

库图库扎尔目瞪口呆,全身血液凝固在血管里了。这个消息像自天而降的一个磨盘,压得他动弹不得;像一阵飚风,吹得他跌倒在地,睁不开眼;像一池冰水,浇在他的脊梁骨上,把他冻成了冰坨子……他像死了一样。

"快想办法!"玛丽汗警告说,"您也精神一点嘛,别那副坐月子的产妇似的样子。您已经挺着肚子生活了好多年,不行,就像我一样地弯下腰来。弯下腰也一样过日子……到时候,仍然可以把肚子挺起来。有我们在,谁知道下一步的事情会是怎么个样子呢?我走了。"说着,她又打量了一下这还是第一次进来的、库图库扎尔的虽然凌乱、却比她的不知宽绰和富裕多少的家。她的眼睛里闪现了一种充满了羡慕、嫉恨、悲怜和幸灾乐祸的凶光,使已经失魂落魄的库图库扎尔蓦地一震。

"别走。"玛丽汗的神态激怒了库图库扎尔,他一把抓住了玛丽汗的枯瘦如柴的胳臂,玛丽汗疼得叫了起来,"我诅咒你和你的已死的丈夫,你们毁了我! 走,咱们一起找公安特派员去。"库图库扎尔的牙齿咬得咯咯地响。

帕夏汗昏昏然,她知道事情的大概,知道丈夫面临的危险,却不知道细节。丈夫的歇斯底里的发作使她十分害怕,她哭着扑到了库图库扎尔身上,"您这是怎么了? 您不要这样啊。"

库图库扎尔颓然松开了手。

"不要发疯,"玛丽汗抚摸着自己的胳臂,喘息着说,"每一个灾难都有一千零一种对付的办法,不然我陪您去找公安特派员也行。现在去吗?"

库图库扎尔用一只手捂住自己的半个脸,默无一言。

……玛丽汗悄悄地溜了出去,先绕了一圈,好离开库图库扎尔家远一些,然后,她打算穿过二队的果园走上条通向庄子的田间小路。她刚刚往果园边上一靠,一个黑影突然从墙角出现在她的面前,她一怔,回头一看,又有两个人持枪站着。

"走吧。我们已经跟随你很久了。"民兵连长艾拜杜拉说。

玛丽汗的腰弯得更低了。

小说人语：

　　在文件开始放"康（宽）"政策的同时，小说开始收网了。

　　长篇小说的收官很难做，尤其是例如侦探小说、推理小说、公案小说、战斗小说。

　　你依依不舍，你且战且退，你拨云见日，你且信且疑，你虎头蛇尾，这似乎是小说收官得不十分成功，然而这恰恰是人生的法则。有多少大事不是这样：政变、起义、抗敌、新思维、新发明、新理念、新宗教、新集团、新风格。也许并不是每只老虎或雄狮都长着逼真的纤细与柔弱的蛇尾巴，也许更重要的是，当一只伟岸的老虎吞噬掉了无数无聊的庞然大物从而不可一世的同时，新的挑战、新的麻烦已经开始或正在掩盖住了、弱化掉了它的本来是雄强的、斑纹迷人的虎尾。

　　怎么办呢？生活永不结束。小说却必须戛然而止。在小说学与生活学的碰撞、纠缠与牴牾中，让我们读完本书的最后几章。

第五十六章 去哪了你 乌尔汗厉声问丈夫
别赖了弟 阿西穆大义斥库图

　　会场上的激烈的场面使乌尔汗万分激动。看到库图库扎尔那种向泰外库狠狠反扑过去恨不得一口把泰外库吞掉的样子，她真想挺身而出，撕下库图库扎尔的假面。泰外库的悔恨和痛苦，也激起了她极大的同情和共鸣。尽管她的遭遇完全是别一回事。她也曾经对库图库扎尔充满了敬畏甚至是感激。然而，生活这个最严峻也是最热情的教师教育了她，使她越来越认清库图库扎尔的面目。她见过许多好人和恶人。有的恶人如虎狼、如蛇蝎、如狐狸，虽然可恶倒还算形象鲜明。但库图库扎尔呢，他一会儿表白是你的亲戚，是长辈和保护者，是唯一关心你的人；一会儿当众蒙头盖脸地揭你的疮疤，往你的伤口上撒盐，用实有的和杜撰的罪名压得你奄奄一息。有时候他像是祖国统一和民族团结，特别是对于汉族的情谊的最热烈的维护者；有时候他又是那种粗鄙的狭隘民族主义情绪的代言人……他是这样善变，这样不确定，出尔反尔，忽左忽右，翻手为云，覆手为雨，他是一个化装成美人的魔鬼，是一只五颜六色的毛毛虫，他不仅因为恶毒而可恨，而且以其超限度的伪善，虚伪而令人作呕，看啊，他现在又在扰乱会场，混淆视听了！厚颜无耻，说谎的时候眼睛眨也不眨，大棒讹诈，"永远有理"的论辩，再加上花言巧语、东拉西扯的哈哈一笑；这些，就是他的拿手武器。

　　乌尔汗身上像着了火，心怦怦地直跳，虽然她觉悟不高，很少学习，远远不是什么积极分子，但她总是一个社员，一个诚实的劳动者，一个正直的公民，当她看见一个窃贼在撬门锁的时候，当她看见一个歹徒在划火柴放火烧打谷场的时候，她总应冲上去，奋不顾身地扑上去，抓住，拉住，不行就咬住正在作案的罪犯；再退一步说，她要叫人，要呐喊，否则她就不能算一个人，而只能是罪犯的同伙。

她五次、十次、十五次地倾听着自己的良心的这种呼声，接受着这种督促，她终于举起手来要求发言……她得到的是章洋的微皱着眉的、极端怀疑和藐视的一瞥。章洋看她的时候连眼皮都不抬，只是把眼珠向上一翻。他的嘴角上更是那样一副轻蔑的样子，她感到了一种彻骨的凉意，她想起了库图库扎尔多次说的她的"身份"，她想起波拉提江的爸爸，想起一九六二年的那场噩梦……她放下了手，她落到了深渊里，万念俱灰。

散会了，她独自走回庄子去，廖尼卡和伊明江、阿西穆本来和她一道的，她故意躲开了他们。她恨自己。她恨库图库扎尔，库图库扎尔的又拉又打，又哄又压，确实是摧毁了她的意志和良心。她恨生活中那些腐烂的、灰色的、腐蚀人、消磨人、毒害人的东西——烟酒、送礼、虚荣、阿谀、大麻烟，以至女人们在餐桌边的无止无休的闲话。她恨那些毒蛇的芯子一样的恶毒的舌头。她尤其恨的是伊萨木冬，都说是你背叛了祖国，背叛了故乡，背叛了人民，也背叛了你的妻儿。一想起从前多少次在苍茫的暮色中等着丈夫回来、等着把面下锅里的她，如何走到门旁张望的情景，她就恨得咬牙，如果给她一把刀，她真想亲手剖开这个玷污了丈夫和父亲的称呼的败类的心！也许有一天祖国会宽恕你，人民会宽恕你，党和政府、公安局和法院会宽恕你，但是你的妻子，流干了眼泪、愁呆了头脑、三十岁就白了鬓发的乌尔汗，当年的活泼、美丽、嬉笑的业余舞蹈家乌尔汗对你不会饶恕；你的儿子，你的唯一的亲骨肉，你的几乎被抛弃、被丢失,而今后将永远承担着对于你的耻辱的记忆的重负悄悄地度过自己的一生的儿子,这个聪明的,现在就像大人一样地说话和行事的孩子将绝不饶恕,绝对而且永远!

在冬夜的寒气中,在酸苦的怨恨中,在这种由于长期积累而无法释放的怨恨所唤起的无限悲哀、无地自容的郁闷中,她深一脚浅一脚地走着。她终于下定了决心,下次开会,她要要求第一个发言,她要就她所能地揭穿事情的真相,要说出库图库扎尔的真实活动来。

她走近了自己的住房。她停下了脚步,呆住了。

她看见自己的住房的小小的窗口,透过窗帘的缝隙,似乎有一线灯光在闪烁。是她花了眼了吗?孩子托放在狄丽娜尔那里呀,说好了散会以后她去把孩子接回来。她的房子是关死了的……她加快了步子,她有点心跳。

门从里面关着,外面却不见了长铁锁。除了她,谁能有铜锁的钥匙,谁敢开这把铜锁呢?旧式的,长长的,长了绿锈又抹了油的铜锁,她推一推门,叫道:"谁?"

门开了,开门的是一个高个子的男人。穿着笨重的毡靴,戴着大皮帽子,背对着闪烁的灯光,而给她以全黑的黑影。

看不见他的面孔。看不见也罢,她一眼就认出来了,她的每一根头发和每一根汗毛都竖了起来。她相信真主,相信穆罕默德是唯一的使者,相信创世和造物。但是,她从来不相信死人可以复活,从不相信坟墓中可以走出活人来,那么,他——是从"那边"来的。

"你!"她喊了一声。

"他妈妈,"伊萨木冬的声音依旧,虽然听起来好像苍老了十年,"您不认识我了吗?"他哭了。

　　一阵电流通过了乌尔汗的全身，她扶住门框，免得倒下身子来。

　　"你从哪里来？你来干什么的？"她厉声问。

　　"您别着急，您放心，我根本没到那边去，我从来没有离开祖国。我永远也不去。即使我被判处死刑，即使把我枪决，我的灵魂依恋着的仍然是咱们这边！"

　　伊萨木冬没有说下去。乌尔汗啊的一声，昏倒在他的手臂上。

　　即使是死人复活也不会引起这么大的震动。伊萨木冬回来了，这个已经被亲人和邻人，好人和坏人从记忆中埋葬了的上中农的儿子、原保管员，这个盗窃小麦的罪犯安然回到了自己的家里。首先是狄丽娜尔向庄子上的人，包括向她的娘家，相邻的四队的胡杨树下的人们传播了这个消息。人们惊疑，人们诧异，人们甚至带几分恐惧地面面相觑……然而这不过是一个很短的过程，农民们是善良的，当他们亲眼看见这个已经显出了龙钟老态的、脸上充满了诚恳的忏悔表情的老住户，"塔兰奇"伊萨木冬的时候，农民们为自己的疑惧和躲闪而惭愧了，他们走上前去，走进伊萨木冬的家中去问好致意。虽然大家仍然小心翼翼地避免谈一九六二年的事情，伊萨木冬也不谈这些，但是，不管是谁，甚至问好时握着的手还没有松开，他就先声明一句："领导已经知道了，我没有到'那边'去……"

　　是的，他没有走得那么远。在最后一刻，或者更正确一点说，在最后一秒钟，他停下了步子。他收住了脚，他转过了身，他面向着祖国而背对着境外，他不走了。但是，他不敢说出自己的真实姓名和来历。他隐姓埋名，假报自己叫安尼瓦尔斯拉木，且末县人。他说了个且末县，不仅因为他年轻时接触过一个且末行商，知道了且末这个地名和一些有关的情况;更因为且末是新疆的最偏僻,最边远的一个地方。且末和它的姊妹县若羌,位于塔克拉玛干大沙漠的东缘,周围数百公里之内渺无人烟,西通库尔勒、南通民丰的公路常常被流沙阻住。再找不到比它更僻远的所在,连方言也与南疆和北疆的绝大多数地方有所不同。在边境有关部门的帮助下,他被遣送到了且末。到了且末,他向当地政府声明,他本来是伊犁人,全家已经外逃,他在最后一刻决定留在祖国,他再没有别的亲人,在政府的帮助下到且末来探访他的一个远亲,当然,远亲没有找到,他申请留在且末种地。人口稀少而冬小麦富裕的小小的且末县的一个公社顺利地(应该说是欢迎地)接纳了他。他定居下来了,他生活在著名的罗布泊边。且末和若羌,都因罗布泊这个湖泊而著称于世。罗布麻,罗布方言,这些名称都自那个湖泊而来。他耕作在罗布泊畔,他是一名模范社员,从天不亮到天黑,他像土拨鼠一样地穿行在田地和泥土之中,按天记分的时候,他经常早作晚收,中间不休息;按定额完成百分数记分的时候,他经常帮助体力弱的人,装车的时候他站在迎风吃土的地方,修渠的时候他站在低洼泥泞的地段,锄草的时候他专找地头地边,草多土硬的长垄下砍土馒,割麦的时候他利用休息时间割芨芨草供应大家要子。他的劳动无可指摘,只是他的话少,他的笑容更少。两次队里把他评为五好社员,可是他坚决不肯接受奖状,队长觉得他不可理解,一个自作聪明的年轻的会计说他是一个光知道劳动而毫无政治积极性的典型。为他说亲的使者越来越多,甚至于那个公社的一个小学教师,一个长着鹅蛋形的脸、细长的眉毛、戴着纯金耳环的大姑娘,一个本地著名的美人、被说成是因为过分挑剔而年龄偏大还没有嫁人的"公主",给他写了一封情意缠绵的信。这一切都被他拒绝了,这也引起了种种猜测和议论,只是由于他的劳动和品德白璧无瑕,深得人心,所以才没有产生什么恶意的流言。

　　一九六四年冬天,四清工作队到来了,他非常害怕,听了一个月的宣传讲解以后,他带上随身换洗的衣服,带上两个大馕来找工作组。他交代了自己的真实情况,他准备好了立即接受拘捕和制裁。他交出了连夜写的书面交代材料和绝命书。他严肃地考虑了由于自己罪大恶极而被判处死刑的可能性,他情愿接受祖国和人民的惩罚。他唯一的要求是在他饮弹伏法以后把他的绝命书交给他的妻子和儿子,如果妻儿还在中国的话。

　　他的绝命书是这样写的:

　　　　我的亲爱的过去的妻子乌尔汗和可爱的儿子波拉提江:不知道你们现在在哪里,我不知道你们是否还活着。也许你们被欺骗、被裹胁,真的到了那边,在饥寒中,在冷眼和轻视中流落异邦?也许你们还留在家乡,代我受辱,代我受罚,你们作为反革命外逃盗窃犯的亲属而受到应有的监督管制?也许乌尔汗妹妹已经再婚而留在我的名下的只有永久的诅咒!也许你们已经在耻辱和磨难中患病在身,或不久于人世?但是,我没有忘记你们,对于你们的思念,这是比我即将接受的处决更痛苦的报应,对于你们的思念,回忆,这却也是我的罪恶的生命的最后一刻的一片光辉。当然,这种思念只不过给你们带来耻辱而已。

　　　　……一九六二年四月三十日夜,大风呼啸,飞沙走石,天昏地暗。库图库扎尔,这个伪装的歹徒,这个不见血的杀人犯和两条腿的狼把我从家里叫了出来,我在迷茫之中被他引到了地主婆子玛丽汗的家门旁。不知从哪里出来了三个人把我拥到了玛丽汗家里。库图库扎尔不见了。这三个人当中有一个就是来过咱们家的赖提甫。另外两个人的凶恶的样子我就不细说给你们了。赖提甫说,目前侨民协会在伊宁市设立了几个转运站,各县准备去那边的人在那里食宿,办理手续和购买汽车票。为了帮助更多的人去阿拉木图,转运站需要很多的粮食。因此,他们要求我打开仓库。我说我不准备去苏联,即使我准备去苏联也无权打开仓库,因为仓库里的粮食属于七队的社员。那两个凶神一样的人掏出了刀子,说是没有时间和我进行争论,行,跟着他们一起干,不行,送我下地狱。赖提甫又告诉我,大队书记也是他们的人,全伊犁都是他们的人,侨民协会的命令就是最权威的命令,他们说什么都算数。而且,他们从库图库扎尔处知悉,公社党委已经上报准备逮捕我,一两天批下来我就得锒铛入狱。只剩下了一条路,跟他们一起干,他们将负责把我安全地送到侨民协会转运站,送到边界那面,保证我可以在塔什干或者阿拉木图,在伏龙芝或者杜尚别或者阿什哈巴德任意选择职业,并且由于我在后勤供应方面的贡献说不定还要获得一笔金卢布奖金。而且,赖提甫补充说,他将立即采取措施把你们二人也送到那边去,我们将会团聚在一起。在赖提甫说完这些以后,他们从我的腰身上搜去了随身携带的、我习惯地把它绑在腰带上的仓库钥匙。

错了!大错已经酿成了!我走过了这样一条黑色的路。这条路的起点上,我只是接受了一点小小的拉拢和贿赂,多吃了一点点肉和多喝了一点点酒。这条路的终点,是盗窃,是叛国,是背叛了祖宗,背叛了亲人,背叛了天山,背叛了伊犁河和塔里木河,成为祖国的罪人,民族的罪人!

……为什么没有走呢?是一九六二年五月六日早晨,天还没亮,赖提甫通知我去汽车站,并且说你们两个人在等着我,说是你们也已经变成了"侨民"。我没有看见你们,他们又说你们已乘坐第一辆车走了。大约十点钟,我们来到了边界。这是一片开阔地,中国这边种了一点春麦,由于浇不上水庄稼长得不好,然而总算有一点绿色的小麦。苏联那边是一片荒地，两边戒备森严的铁丝网都打开了口子，全副武装的外国士兵在"维持秩序"，稍远一点停着一排用帆布整个蒙起来的大卡车，卡车的发动机轰隆轰隆。咱们这边，缴验了真的和假的苏侨证的人们连喊带叫，连推带搡，连骂带跳。像一群在暴风中失去了头羊（山羊），东奔西突的羊只（绵羊），像一群从失了火的森林中跑出来的兔子。大多数人处在一种疯狂和兴奋之中，也有一些人在跨过边界的最后一刻丧魂失魄，面无人色。这一群羊和兔子，这一群兴奋若狂和面无人色的伙计，在跨过了边界的第一步以后，忽然一个个都垂下了手，垂下了头，规规矩矩地排成了队，一声大气也不敢出。他们小心翼翼，呆头呆脑地去接受检查、检疫和消毒。他们接受消毒的样子才可怕呢。几个保养得很好的，白皮细肉的，肥肥胖胖的那边的小伙子，他们抓着一把一把的药粉洒在这些假苏侨的身上，把药粉塞到这些假苏侨的前襟和后脖领子里了，然后还要经过药液的喷洒。浓厚刺鼻的药味一直传到了国境线这边。我站在边界上眼看着这一切，我听到外国士兵和检疫工作人员吆喝驱赶这些假侨民的粗暴的声音。这些像牲畜一样，甚至连牲畜都不如，可说是像虫子一样地被检疫和消毒，浑身都是药粉和药液的人们，最后被装到卡车的车厢里，帆布的下边，没有窗口也没有换气洞，他们就这样被运走。我的真主！这有多么可怕，多么冷酷。这里哪里有一丝一毫自由、幸福、享乐的影子！维吾尔人的乐园究竟在哪里？维吾尔人的幸福究竟在哪里？维吾尔人的未来究竟在哪里？是在那边吗？在铁丝网的那一面？在陌生而森严的异邦？在趾高气扬，养尊处优的外国官员的手心里？在不透气的卡车篷布下面？还是在令人窒息的化学药粉药液的喷洒之中？

　　我站在边界线上，我的后面是生我养我的故乡祖国。我的前面是陌生而森严的异邦。我如果抬起脚再走那么一小步，就将和自己的祖国，自己的家乡，自己的亲人和自己的过去、这四十年的春夏秋冬永别。风吹动了小小的麦苗。云铺展在灰蒙蒙的天空。我闻到了一点炒菜的气味，风和云哪里懂得这边境的严峻？小小的麦苗啊，我们中国人是多么勤劳，即使在这样瘠薄的土地上他们也辛勤地撒下了金黄的种子。我想起土改的时候学的一支歌：

我们的乐园是我们的土地，

我们的幸福是我们的劳动，

我们的母亲是我们的祖国，

我们的心灵是我们的歌声。

看那些哆哆嗦嗦地被吆赶着的可怜又可恨的人吧，因为他们离开了自己的土地，离开了自己的劳动创造的一切，离开了自己的祖国，唱不出自己的歌儿。他们在边界这边又骂又闹……但是一到那边呢，他们就断了脊梁骨，他们成了离了娘的孩子，离了秧的瓜，成了丧家之犬……

而我呢，我已经扼杀了我自己，堵住了自己重新做人的道路。我将成为这些浑蛋中的一个，我将即刻被装到黑色的帆布下面。永别了，我的祖国！我抛弃了你！抛弃了祖先的坟墓，亲人的祝祷，烧饭的灶灰和伊犁河上的晨雾。我抛弃了伊犁的苹果，巩留的枞树，昭苏的骏马，特克斯的奶牛，察布查尔的西瓜和新源的一望无际的绿油油那拉提草原。我抛弃了故乡春天的黄鹂和黑主人①，夏天的麦浪，秋天的豆叶上的朝露和冬天的雪橇。我抛弃了《东方红》的歌声，抛弃了鲜艳的五星红旗，抛弃了幼年时期的朋友和青年时期的爱情。抛弃了你，乌尔汗，我的最亲爱的女人，还有你，波拉提江，我的后代，我的维吾尔骑士！乌尔汗，你可为我

① 一种鸟名。

流干了眼泪，白掉了头发？波拉提江，你可为我失去了双颊上的笑靥和儿童的天真？我忽然明白了，我完全相信了，你们没有走！你们一定不会走！你们一定留在中国！即使你们走了，也会很快回来！你们就在我的背后，看着我！啊，无所不在的真主，你启示我认识了这一点。如果说我，一个贪污犯和盗窃犯，一个吸毒、浪荡的二流子，一个变成了外国颠覆势力的奴仆和工具的罪人伊萨木冬，都不能忘情于祖国，那么你们，你忠诚而正直的乌尔汗与纯真而良善的波拉提江，难道你们会背向自己的祖国，而面向这强横的、傲慢的、冰冷的异邦吗？

我跪下了一条腿，我又跪下了第二条腿。我哭着匍匐在祖国的最边缘的一寸土地上，真主！降死于祖国的逆子吧，让我罪恶的身躯卧倒在祖国的宽阔无边的胸怀里吧。

"请问，您怎么了？"

我听到了一声清亮的呼唤。我回过了头。我看到的是我们中国的边境工作人员，他年岁不算大。他是汉族，但会说维吾尔话。他镇静，精明，警惕而又略带忧郁。他说：

"如果您还没有拿定主意，如果您来到这里是被诱骗或者被胁迫，如果您留恋家乡，您就转回来吧！祖国就在这边！"

他用手一指，我看到了万道霞光，我听到了《东方红》的乐曲。我搂住了他的脖子，然后，我向他跪下了。

…………

乌尔汗，我的小妹妹，我的忠心耿耿的妻子，我的老实巴交的、可怜的女人！我的爱和我的心，如果我当初听你的话……完了，一切都来不及了，一时的错误要用一生来做代价。现在，四清运动已经开始了，这是一个庄严的、伟大的运动，我细细学习了文件，听了报告，我知道，我的时间到了。我理应受到祖国和人民严厉的惩罚,即使仅仅为了你的痛苦和羞辱,我也该!我希望你为波拉提江找一个真正的父亲,一个勤劳和廉洁的人。我希望你教育波拉提江永远不要走我的路。我希望他在祖国的大地上辛勤劳作,不吝惜每一滴汗水;我希望他严格律己,不接受一点一滴诱惑。四清四清,愿他永远清白,永远干净。对于我们穆斯林,没有比清洁和清真更重要的,为了清真,我们可以从容地就死。请不要为我难过,更不要怨天尤人,祖国是多么宽宏!我将死在自己祖国的土地上,我的灵魂将永远依恋着祖国的山水,祖国的大地!

工作组同志细细地听了他的话,认真地做了记录,又看了他写的"绝命书"和交代材料。伊萨木冬站了起来,提着准备好的小包袱。他说:

"您送我去公安局、去法院和监狱吧!我已经准备好了。"

工作组同志看了他一眼,严肃而平静地说:

"您先不要胡思乱想。您主动来谈这些情况,这很好。看来,您确实犯有严重的错误,您可能是有罪的。但是,您以有罪之身,却没有到'那边'去,您爱国,您仍然是祖国的儿子。在我们的社会主义祖国,改正错误的道路是畅通的。改正错误是被欢迎的。当然,我们要和伊犁方面联系,核对一下情况,同时,我们还可以打问一下您的家属的情况。有什么消息,我们会告诉您的。由于您谈的问题牵扯到其他的人,特别是那个人还是什么党员干部,所以,请您保密,暂时不和其他任何人谈,暂时,您还是安尼瓦尔斯拉木。好吧,就这样吧。"

伊萨木冬呆呆地站在那里,好像傻了一般。

"您回自己的家去吧,好好休息一下,做点好饭。刚才,您太激动了。"

"您,不把我送走?或者至少派民兵把我看押起来?"

　　"不。请不要胡思乱想。您回去吧。瞧，您还带了衣服，不要这样紧张嘛。"

　　"无论如何，您总应该派民兵把我监督起来啊！"伊萨木冬好像在哀求了。

　　"民兵的作用是巨大的，看押和监督，有时候也是有的。但这并不是全部，我们并不迷信专政手段。如果您那一年五月六日走了，我们把民兵派到哪里去呢？您没有走，您留下了，您现在来找我们。您爱自己的祖国，您信赖和依靠组织，我们为什么不信任您能够改正自己的错误呢？至于法律上的处分，行政上的处分，这要调查清楚以后，由司法机关作出决定，您为什么这样急呢？对于不制裁不足以巩固无产阶级专政，不足以平民愤的犯罪分子，国家会毫不手软地予以制裁的。而对于确实愿意悔改而且已经有改正的表现的犯有错误的人们，党和人民从来是欢迎的。这有什么不可理解的呢？您又有什么不放心的呢？"

　　"我、我不配……"

　　"不要那样说。您还不到四十岁，您在这里的劳动表现很好。您还有的是机会换一个活法，能选择自己的道路。您还有许多精力、体力和聪明可以献给祖国的大地……"

　　"谢谢毛主席！"伊萨木冬向毛主席像抚胸施礼，流着泪……

　　二十天后，工作组同志告诉他，已经与伊犁方面联系过了。他提供的情况很重要。同时，他可以放心的是，他的家属乌尔汗和波拉提江都好着呢，他们的生活正常，仍然住在原来的房子里。

　　"好着呢！正常！原来的房子里！"伊萨木冬喃喃地重复着。这过度的喜讯像超浓度的醇酒一样，使他迷醉、晕眩，喘不过气来。

　　"组织上的意见，请您回伊犁，和您的家属团聚，弄清你的事情，做出明确的结论，也有助于清理这件案子。为了避免惊动现在还在隐蔽着和活动着的敌对势力的代理人,我们准备派一个人先送您到县里,由县里安排您回公社,回家。"工作组同志说。

派一个同志送?啊,自己给组织找了多少麻烦!可也是,难道自己一个人就这样回去吗?

就这样,他离开了偏僻而富饶的半农半牧的小县且末,告别了阿尔金山、塔什萨依河与大片的庄严粗粝的原始胡杨林,回到了阔别将近三年的伊犁。亲爱的,别来无恙的伊犁!三年前,伊萨木冬在惊恐和混乱中,在失去了主心骨的情况下离开了你;如今,他又在忐忑和痛惜中,然而是在有了准主意的情况下归来了。等待着他的是什么呢?是和妻儿的团聚和诚实的、有指望的劳动吗?还是严厉的、应得的制裁呢?只要他一闭眼,一想起在边界线上所看到和所体验到的最可怕最可耻也是最可贵的一切,他就什么也不怕了。

他和从且末县陪送他来的工作干部同志告了别,情况还不允许他在家里像接待贵客一样地用心招待且末的来人,这使他十分难过。伊宁县公安局派车把他秘密送到了跃进公社。与县上一个同志,塔列甫特派员与里希提书记一起,他再次详详细细地回忆和叙述了一九六二年春天的所有有关情况,集中谈了有关库图库扎尔的问题。经公社领导与社教队研究确定了做法以后,塔列甫通知他:"您回家吧。"

库图库扎尔的好戏到了最后一幕。在玛丽汗给他报信以后,他和麦素木商量了一回,他们的结论是:绝处求生,硬顶下去;他们的逻辑是:在小麦窃案上,伊萨木冬不可能提出更多的旁证和证据,那么,仅凭一个人的口供,不可能定库图库扎尔的罪。只要问题定不下来,拖下去,就有希望在时机到来的时候彻底推翻。然而,他们的估计又失算了。在由别修尔主持尹中信和赛里木参加的大队范围的揭发批判会议上,当库图库扎尔要无赖的时候,谁能想得到,谁能梦得见他的亲哥哥,树叶落下来也怕砸破头的阿西穆颤抖着站了起来。老中农说:

"别赖了,我的兄弟!更不要反咬别人。这样下去,你的罪越加大了。大家都知道我胆小,我害怕,从一九六二年以来我更是吓破了胆,我怕什么呢?我怕哎鸠鸡哞鸠鸡。圣人说的,阿訇说过,世界到了末日,就会出现一批哎鸠鸡哞鸠鸡。你库图库扎尔老弟怎么成了个哎鸠鸡哞鸠鸡呀!四月三十日夜里,我听到了声音,推开门一看,是你正在破坏渠道呀!你破坏了渠道把艾拜杜拉骗离了仓库门口,才做了手脚,才偷成了粮食。然后,你栽赃给艾拜杜拉和泰外库……弟弟,哥哥不会害你,哥哥是救你。我们的父母并没有教给我们做这种伤天害理、冒险掉脑袋的事情,你怎么成了这样的人了啊……"阿西穆哭了起来。

人们纷纷起来检举,提供了有力的旁证。廖尼卡检举说,他亲耳听到木拉托夫说过,木拉托夫曾经到库图库扎尔家里劝说库图库扎尔暂先不要走。热依穆检举说,库图库扎尔对四月三十日夜班浇水的名单,作了仔细的研究,他是有意识地选择时机,和尼牙孜协同作案的。乌尔汗检举了她回来后库图库扎尔夫妇如何软硬兼施,压她、控制她、骗她,波拉提江是怎样找回来的,这也很可疑。四队队长乌甫尔揭发了他一九六二年如何进行挑拨和煽动,为敌方颠覆势力效劳。乌甫尔指出,有关他的妻子莱依曼的身世,极有可能是库图库扎尔提供给木拉托夫的。里希提和伊力哈穆,更联系他多年来思想、作风、工作全面的表现,以及在四清中的表现,作了全面的揭发和批判。玛丽汗也被带到了台上交代……在无数面照妖镜下面,在群众的怒火燃烧之中,这位聪明过度的鸭子低下了头。

但是，他仍然死守住一条，决不透露他和麦素木的新建立的关系，其他一概承认。本来，按照他的脾气，他真想把麦素木咬出来。好事最好是一个人出头，坏事则有份的人越多越好。这是他早已掌握了的生活智慧。

他咬出了尼牙孜，尼牙孜是以五十块钱现金的代价参加了作案的。尼牙孜则说，他完全不了解其中的政治背景，特别是国际背景，他只以为是普通的趁火打劫，捞点油水。他提出一个有力的论据："如果我知道背后有苏侨协会主使，我能只要五十元吗？至少我得要一百元！"

他咬出了玛丽汗，马木提乡约和玛丽汗如何拉拢他、操纵他，他一概承认。但和麦素木，他只承认思想感情上的共鸣，对伊力哈穆都有些不满，如此而已。他心里仍然进行着账目的算计，小贩的衡量得失的本领仍然在起着作用，他知道，他已经无路可走，他只能承认自己是被地主分子和颠覆分子拉下了水，他可能被认作蜕化变质分子，被视为贪污盗窃分子，被视为投机动摇分子，这当然是很可怕的，但还不是最可怕的。最可怕的是如果他咬出了麦素木，顺着这条线往上追下去……他的脑袋就要搬家了。

小说人语：

伊萨木冬的绝命书充满了激情。你聪明的会指出，不必那么夸张，那么严重，那么扣政治帽子，那么给自己施压。是的，一个屌丝对历史承担不了那么大的责任。

但是你不能忘记当时的中苏关系的尖锐状态。二十世纪五十年代斯大林在答西方记者问的时候说：社会主义与资本主义两个阵营的战争是有可能避免的，但是资本主义内部的战争反而是不可避免的。原因是，第一，资本主义阵营也知道社会主义阵营不想发动战争；第二，如果发生前一种战争，资本主义面临的是全部灭亡的危险。在斯大林此话后，不错，资本主义世界内不断地有战争，同时，社会主义阵营中，也出现了战争。

当人——小人物被历史与国际政治裹胁以后，他们的小小的身躯也要承受巨大的分量。

毕竟，走异国不是一件轻松的事情，三十余年前，小说人是这样写半个世纪前的事变的，二十一世纪，小说人仍然为一九六二年出走的新疆伊犁老乡而不无忧心。二〇〇四年小说人访问阿拉木图的时候听说过，当年所谓"外逃"到哈萨克斯坦的新疆维吾尔人，处境并不佳妙。小说人愿意祝福他们平安愉快。

第五十七章　老年章洋　炸敌堡声中含笑逝
　　　　　　这边风景　慨历史河畔带泪看

经过了许多忙碌的白天和激动的黑夜。尹中信在日记上写道：

一九六五年三月十一日　　晴

今天在爱国大队举行政策兑现大会。一是宣布对伊萨木冬免予一切刑事处分，组织专人清查他担任保管员期间的账目，这段期间贪污、受贿、非法占用的粮食原则上应予退赔，确有困难的话可以减、缓、免。二是宣布撤销库图库扎尔党内外一切职务，继续交群众揭发批判，并在运动后期做出组织和司法处理。

人们含着热泪高呼："毛主席万岁！"土改以来，我已经好久没有看到这样激动人心的场面了。有好几个老人握着我的手哭了起来，我真惭愧。我们的人民是多么好啊！最初一段，我没有能够使得七队的工作组正确地贯彻实事求是的思想路线，伤害了好人，包庇了坏人，人民并没有过多地责备我们，虽然我们的做法曾经是这样地叫人民摇头失望，叫人民伤心。如今，我们只不过开始按照事物的本来面目认识世界，还各种人以他们的本来面目，就受到了人民这样高的评价。作为一个老干部、一个老兵，我为兄弟的维吾尔族农民究竟做了点什么呢？我愧对毛主席的教导，愧对人民的期望啊！

好人还是坏人？小孩子们看戏时最爱提出这个问题，也是我们工作中每天每时要遇到的首要问题，特别是在社会主义社会，在人民的铁打江山里，敌人是隐蔽的，这个问题就更其重要。为什么这个运动叫"四清"呢？清来清去，首先要分清敌我，分清是非，用小孩子的话，就叫做分清好人和坏人。而坏人想在当前条件下生存下去，进行他们的破坏活动，就必须把自己打扮成好人，而把好人诬陷成坏人。伪装和撕破伪装的斗争，诽谤和反诽谤的斗争，诬陷和反诬陷的斗争，这同样叫人痛心疾首、肝胆俱裂啊。这就是斗争的严重、尖锐和激动人心之处。好人可能遭到诽谤，这是好人面临的巨大考验，坏人可能得逞于一时，最后必然暴露和灭亡。而我们的有些人，有些事，有些做法，恰恰是帮助了坏人，打击了好人啊！看看"亲者痛而仇者快"这七个字吧，我们要为这七个字流多少血、多少泪、多少冷汗！

库图库扎尔确实是个角色哩，而伊力哈穆经受住了这一切，我要老老实实地承认，同样的事发生在我身上，我比不上这个维吾尔族的农民，年轻的伊力哈穆。正因为他是一个普通的农民，他所以经得住摔打，经得住折腾！

可怜的章洋，过分的聪明竟使他能够理解和信奉一加二不等于三的公式。这样的事情今后也还可能发生的啊。

没有比颠倒更可恶的了。没有比颠倒的颠倒更感人的了。在这个边远的公社里，我想起了我参加革命的初衷来了，不正是为了不公平的旧社会的颠倒吗？外来的日寇强盗屠杀炎黄的子孙，国民党的贪官污吏作威作福，种地的人饿腹空空，织布的人赤身裸体，无耻凌辱着庄严，下流嘲弄着高尚，贪婪压迫着廉洁，诡诈玩弄着正直……为了使这被颠倒的社会重新颠倒过来，十几岁的，幼稚的，有很多幻想是荒谬的，然而却是非常真诚而勇敢的尹中信，离开了父母，抛下了学业，告别了城市，投身革命队伍，甘愿洒下一腔热血。革命胜利了，但是革命并没有完结。还会有新的颠倒,还要为把被颠倒了的再颠倒过来而献身,这就是我毕生的事业吧……

一九六五年六月二十二日　阴

一次又一次的后延,终于,今天在县里开了总结大会,从明天起,我们的这一期社教工作队宣告完成任务,工作队员分别回各单位汇报休整。我已经被告知,七月十日到伊犁区党委报到,开始今冬明春的下一期的社会主义教育运动的筹组工作。

我不能断定这是巧合还是事出有因。恰恰是从今天,伊犁地区宣布,在饭馆吃饭,在馕铺子买馕,在食品店买点心,不必交粮票了。据我所知,这在全国独一无二,几年的困难,各地都是谈粮色变,伊犁这里居然能放开粮票,这还了得!我想起了电影上常常看到的一个场面,遇到了本来想都不敢想的好事,女主人公说:"这不是做梦吧?"

我们工作队帮助公社各级领导制定了中长期发展规划。我们贯彻自治区领导提出的三多五好一强:粮多、棉多、油多,好条田、好道路、好林带、好渠道、好居民点,一强则是说人强。这样的说法令人多么满意,这样的梦令人悲从中来,这样的规划比好还好,这个也多,那个也多,这个不匮乏,那个也不匮乏,这个也好,那个也好,这个也不低劣,那个也不低劣,最后归结为人强,不是羸弱,不是劣根性,不是穷途末路,不是低声下气也不是大言不惭……

几千名干部、知识分子、大学毕业生、民主党派人士与各界人物,一个个上山下乡,奔波劳碌,夜以继日,加班加点,跑到百里千里之外,背井离家,夫妻亲子一分开就是大半年,节衣缩食,严格纪律,与贫下中农同吃同住同劳动,放下各自的业务工作,这样的气魄这样的规模这样的深入群众，这样的艰苦朴素，这样的拼命奋斗，这样的眼睛向下，真可以说是前无古人后无来者。从秦始皇到孙中山，没有一个政权使出了这样大的力气，付出了这样大的代价，把工作做到包括新疆边远地区的每一家农户里。

这确实是伟大的锻炼，伟大的革命化过程，伟大的创举，伟大的人民政府与人民领袖的壮举。

但是我仍然期待着，我仍然是望眼欲穿地期待着，运动、运动，革命化、革命化，斗争、斗争，整顿、整顿，给我们带来更多的粮食，更多的蔬菜，更多的肉蛋，更多更好的住房，更多的幸福好日子吧……啊，我这样想是不是符合中央的精神呢？是不是有什么问题呢？无论如何，我们拼死拼活使出了吃奶的气力，我们也确实受到了很大的教育和锻炼，但是，但是，我们究竟给农民们带去了什么呢？

章洋对于这些事情的发生，对于他所认定的七生产队阶级斗争形势的"逆转"始终感到无法理解：一会儿说东，一会儿说西的泰外库的话如何能够相信？明明是参与盗窃并且叛逃未遂的伊萨木冬，怎么可以不追究刑事责任？库图库扎尔遭遇了复杂的情况，正像阿卜都热合曼与热依穆、莱依拉夫妇遭遇了复杂情况一样，为什么受到了那么严重的处理？如果当时不发布"二十三条"文件，而是坚持原先的文件的话，这一切事件是不是会有不同的解释与结局？这太混乱也太偶然了。原来太阳可能是从东边、也可能是从西边升起的。原来，好人是可以被解释为坏人而坏人也是可能被解释为好人的。

章洋还认为，这次社教运动是他的政治运气的转折点，从一九六五年夏天，他的"仕途"可以说是一蹶不振了。他始终怀疑是尹中信给他点了眼药，但是他找不着证据。尤其在此后的"文革"、拨乱反正、平反冤假错案、改革开放、动乱、市场经济、唱红歌与薄谷开来杀人案审判之后,他干脆觉得自己的大脑崩溃了。

……二〇一二年,是年雨水频繁,八月三十一日,时年七十九岁的章洋雨后去超市购物归来时跌了一跤,此后昏迷不醒,医院诊断为脑血栓。九月二十二日,经过多次治疗,他恢复了神志,但又检查出了肝硬化与前列腺肿瘤等疾病。在他身体状况日差,神志似乎又出现了新麻烦之时,有一天他哼哼唧唧地对子女说:

……我终于想明白了。咱们党的威信太高了,你们不服不行。咱们的文件创造着历史,打造了生活,还有阶级斗争或者不斗争而且和谐。一切是非真伪功过长短,都要看文件。如果你的文件是前十条啊,后十条啦,还有"经验"哩,那个伊力什么来着,他的定性就是残害贫下中农、新生资产阶级分子。他的处理应该是剥夺政治权利,交群众管制。如果你的文件换了说法,他就时来运转喽。做工作的关键就是,认真学习一个比如说叫甲文件的吧,贯彻和落实这个甲文件大老爷吧,同时,我说呀,你不能不考虑比如说乙文件啥时候出现呢。具体的情况具体的事实,其重要性就看是符合哪个文件哟。符合文件的事实,是黄金,是宝贝疙瘩。违背文件的事实,是狗屎,是必须割去的脓包……敌人的堡垒,一定是要炸翻的呀……

他说了好几次这样的话,孩子们面面相觑,没有哪个知道他老人家在说什么。他的二孙子用最先进的 iPad3 为老人家录了音,又请老人家单位老干部科的科长整理出来。此后老人家又模模糊糊地说了几次,一次比一次更加听不清楚之后,含笑长逝。

二十世纪六十年代的前几年间,发生在遥远的新疆,发生在风景这边独好的伊犁河谷的这样一些事情,不过是历史的长河中的几朵小小浪花；生活的乐章中的几节小小的乐句。历史的河流啊，我多么想把你录制，多么想把你反复吟咏。河流知道一切，承载一切，包容着雨露、阳光、来自天山青松林间的清风和草原上的歌声，也消化着、淘汰着泥沙、泡沫、一切的污秽。乐章洗涤着心灵，燃烧着火把，你是那样丰富，那样雄浑，那样多情而又那样清新。河流永远奔流，乐章从无停歇，河流穿过峡谷绕过弯道，克服着暗礁的拦阻，奔流得更加酣畅；乐章战胜了噪音，度过了扭曲的变奏，打开了紧闭的窗扉，响起了光明正大的凯歌旋律。奔流着、震响着，震响着、奔流着。

　　然而你们不肯停留，也很难录制。你们并不吹嘘，表白和申辩。你们按照自己的规律在发展和变动。你们的痛苦，也可能被后人视为呆傻；你们的追求，也可能被后人视为乃是煽情的空洞；你们的认真，也可能被后人视为大可不必……然而，你们毕竟也留下了许多宝贵的记忆，动人的故事，和用金子也无法比拟，无法换得的生活的智慧、教训……你常常贴错了标签，你常常混响了滥呼了打倒与拥护，你有时候不免强词夺理，有时候你沉迷于伤人伤己伤气伤血的恶斗。据说，这是难以避免的弯路，学费，准备。它有一个很好的名字叫做摸索，它有一个很好的目的叫做社会主义。领导说，打了两仗，胜了一仗，那就是好指挥员。不要企图出现打两仗胜两仗的领导，当然最好不要是打两仗败两仗的司令。毛主席说了，捣乱失败再捣乱再失败，直至灭亡，这就是反动派的逻辑，他们是不会违背这个逻辑的。斗争失败再斗争再失败，直至胜利。这就是人民的逻辑。他们也是不会违背这个逻辑的。你注意到了吗？人民的逻辑同样也是一次又一次的失败。然而取得最后胜利的是人民，而最后陷于灭亡的不是人民，是反动派。常常不断失败，则是人民与反动派、即全人类的共同命运。

你气势伟大而效率可疑的二十世纪六十年代仍然充满了生活、激情、创意、信念、梦想和青春。热烈的,多情的,有时候是荒唐的与幻想的青春!最最美好的年华,最最崇高的献身,最最唐突的冒失,最最艰苦的探索;它们与你的、我的、共和国的青春同在,它们与这本真实得无法再真实,感动得不能再感动,过时得永无过时,细腻得胜过了实录的开端于一九七二年、初稿于一九七八年的长篇小说同在。

……就拿伊力哈穆来说吧,回家三年,他像放到炼铁炉里的一块矿石,还有他没受过的吗?当年小说作者来到伊犁农村,被命名的就是前往"劳动锻炼"啊。伊力哈穆锻炼得够大发的啦。他不但经历了国内的敌我矛盾和人民内部矛盾,而且经历了与国外侵略、颠覆势力(而过了许多年后又"一风吹"了的,即过了几十年后未必还算得上是颠覆与侵略了)的斗争。他不但被教导要和玛丽汗、依卜拉欣斗,而且经受了包廷贵、尼牙孜这些人的疯狂攻击,经受了库图库扎尔的花样翻新的妖法。而比这一切都困难、比一切都宝贵的是他获得了被章洋这样的人、被他衷心敬爱和信任的工作干部的以革命的名义对他进行诬陷和试炼的经验。王蒙写到这里想起的是苏联的布哈林,如果布哈林能够写一本小说,你能猜想得到他的想法和写法吗?

人,历史,战斗。我在这部书的最后几行,为你们默哀。

一九六五年夏天,伊力哈穆以新生活大队支部书记(为了培养接班人,里提希自己要求改作伊力哈穆的副手了)的身份主持了新线渠道的放水典礼,在社员们的欢呼中,他看到了可人意的渠水开始推动了沉重的磨盘,发出了威严的轰轰声。趁人不注意的时候,他用小臂匆匆擦了一下眼角,然后,和大家笑在一起。里希提发现了他的这个动作，默默地点了点头。也许，他擦眼睛是为了看清渠水奔腾在下游渠道的情景吧？也许，他慨叹胜利的来之不易？也许，他在这种场合总要想起巧帕汗外祖母，并为自己还没有实现老人的遗愿，没有以崭新的和巨大的成绩去北京向毛主席汇报而惭愧？也许他在慨叹，费尽了九牛二虎之力，采取了那么多气概非凡的举措，赌了那么多咒，发了那么多誓，加了那么多班，为什么为什么为什么生产力硬是得不到应有的解放，为什么社会财富潮涌、劳动成为乐生的第一要素的美好图景硬是不像党课上讲的那样越来越成为现实？他哪里知道啊，他哪里知道啊！

　　这些年的历程，对于泰外库也是终生难忘的。经过了爱和恨，冷和热，欺骗和真诚，疯狂和清醒，他总算学到了一点东西。现在，当他和妻子爱弥拉克孜说起这些事情的时候，他总是用"从前""在我年轻的时候""那些年"这些字眼儿，好像是在说遥远的往事，甚至好像是在说另一个泰外库。天性的善良并不能代替思想的武装，豪爽和慷慨也并不等于无产阶级的广阔胸怀。你强壮的、热情质朴的维吾尔男子，在今后的风浪中，你还有的是好戏呢。

　　有些人则还远远谈不上彻底的变化。穆萨现在又踏实了，得意的时候"烧包"，烧得要死，碰了钉子就舒服，这就是他的脾性。四清中，他也参加了对库图库扎尔的斗争，揭发了库图库扎尔吃串烤羊肉时的不怀好意的谈话。他本人担任队长时多吃多占等问题，也受到了应有的审查，并且责令他退赔。于是，他心安理得，吃得多，睡得香，对乡亲，对领导，对老婆，对亲戚，都显得听话、可爱。他按时上工，努力劳动，除了有时候吹吹牛，除了显摆自己的臂力和知识、技巧以外，他是个快乐的、模范的社员。他的胡作非为给生产队、给他个人、给他壮年才成的家带来的只有屈辱、破产、"经济危机"与"公信力危机"。马玉琴卖了一些自己的首饰，卖了偷偷藏起来的几件老阿訇马文平的遗物,帮助他迅速退赔了多吃多占的财物。为此,他还受到了表扬。他能不感恩戴德吗?人生,就是这么一回事,有行时的时候,有倒霉的时候,有时候老婆因为有你而威风荣耀,有时候你得沾老婆的光,人穷志短,马瘦毛长,也只好随它去……在他这些达观的解嘲后面,人们也不是没有理由为他担心:如果形势对他的冒险,对他的小小的野心提供了新的机会呢?

瞧那个深思熟虑而又随机应变的麦素木吧,他自以为是滑过去了。当然,他的活动市场小了,他自己也在收缩。他的大队加工厂出纳员的职务也被取掉了。库图库扎尔已被开除党籍,交由群众监督管制。尼牙孜也被批判,有关他的来历,公社发的几件外调函件得到的都是"查本地从无此人"的答复,还需要进一步弄清。包廷贵夫妇的非法活动和不利民族团结的言行在运动中受到了批评,老王揭露了他们。而麦素木呢,尽管群众呼声不低,却基本上安全地过来了。他谨慎之中暗自有些得意。何况他还有一个朋友,那个尊重文化和宗教的古板的木匠亚森,他仍然时或和亚森木匠谈历史,谈其实他也是一知半解的《古兰经》,谈阿拉伯文和波斯文。他甚至还建议亚森木匠的小儿子没事到他这里来学一点古典文献。他小时候上过一段经文学校嘛。伊力哈穆知道。社教工作队和公社党委的最后的意见是把麦素木挂起来,这也是放长线的意思。当然,这是不能透露出去的,让麦素木自鸣得意去吧,让他望眼欲穿地等候木拉托夫、赖提甫和还乡团去吧,让敌对势力急不可耐地也等着他里应外合去吧。人民的眼睛睁得大大的。

还是有更多更多的人在这些年里学到了东西。雪林姑丽的胆怯和悲愁已经一去不复返了,由于在试验站工作和学习成绩优秀,她被送到州农科所进修了半年。不久前,她去海南岛繁育良种,一去就走了八个月，这个未曾说话先低下头来或者捂上脸的女孩子，现在常常在社员或干部的集会上侃侃而谈了。她的身体也更丰满了。现在，看到这个又有经验又有理论的农村技术员的时候，谁还能想起那个泪眼汪汪的、怯懦得像一只小白兔似的、泰外库的不幸的小媳妇呢？

而艾拜杜拉，现在是七队的副队长了。热依穆是队长。六五年冬天，艾拜杜拉带队在哈什河上游龙口为大湟渠（现在改名叫人民渠了）修现代化的引水闸和泄洪闸。他们住在地窝子里，迎风冒雪，昼夜三班奋战了两个多月，艾拜杜拉所领导的七队被评为红旗单位，每人奖励了一条毛巾、一个背心和一双解放鞋，伊犁区党委领导同志田星五亲自为艾拜杜拉戴了大红花。中间，伊力哈穆亲自赶着马车，拉了一车食油、面粉、干肉、粉条……去慰问。看到了六三年他来堵水的那个地方人如海、旗如潮，推土机、起重机、马车，如水如龙，正在进行大规模的会战。从哈什河的治理和人民渠的龙口工程，他看到了伊犁在前进，生产在发展，他感到无比的快慰，他也看到前面的路途还很远，很不平坦。

吐尔逊贝薇到乌鲁木齐出席了一次团代会。此后，每隔十天半月模范邮递员阿里木江就要给她送一封信来。消息很快像春风一样传播了开去，在她幼年时代的好友狄丽娜尔和雪林姑丽面前，她承认有一个原籍同是伊犁的工人在追求她。"我对他的印象也不错。"她坦率地，也是有分寸地说。一个年岁不太大，思想却十分老朽的女人听到了这个消息，狗拿耗子似的去找再娜甫，思想老朽的女人说："天啊，这怎么得了！听说吐尔逊贝薇自己给自己挑选丈夫呢！"你猜再娜甫怎么回答？有这么个妈妈确实是吐尔逊贝薇的福气！她叉着腰哈哈大笑，她说："那可太好了！我相信她决不会找一个懒汉，找一个饭口袋的。"再娜甫的话有点"影射"的味儿。

934

果然,狗拿耗子的女人�‮起嘴来了,没趣!

也许,学得最多的,印象最深的人们当中,应该还是回到伊萨木冬夫妇身上吧?时间,你是如何地无情!才几年,这一对夫妇已经是"老两口"了。伊萨木冬秃顶,胡须渐白,腰也略略弯了下去。他有文化,他一直订着报,他还订了一份维吾尔文《新疆文学》月刊。正是他在且末写的绝命书,那东西的词藻与抒情,受到了所有知道此文的人们的称道。他发现了自己的文才,他开始给《伊犁日报》与《新疆日报》的副刊投稿了。突然,有一次看报的时候他感觉满眼是云雾,他恍然大悟,眼已经花了。他跑到伊宁市红旗大楼斜对过,花了六块多钱买了一副老花镜,看书看报再也离不开这两片玻璃。这也不奇怪,他已经是四十出头。可乌尔汗呢?她其实仅仅三十多岁,论出生年月,她比伊力哈穆还小几天呢,只是因了伊萨木冬的关系,伊力哈穆才称她为"姐"为"嫂"的。然而,她自己也不认识自己了,似乎,用奥斯玛草涂染墨绿色的长眉毛,用凤仙花涂染红指甲、红掌心和红脚心,挖出一种多奶汁的草根在嘴里咀嚼的时代瞬时远去,似乎是无忧无虑的童年还没有过完,似乎在县文化馆表演的宣传抗美援朝的节目还刚刚演了一半,现在正是幕间休息呢,似乎少女的欢笑与烦恼、新婚的羞涩与幸福她还都没有真正的体味到,倏地,她已经"老"了,她的皮肤已经开始松弛和粗糙,她的眼角的鱼尾纹甚至没有镜子用手也可以摸出来,她的鬓角已经灰白了,女人的鬓角啊,你总是最先传达了这不愉快的变化……有一次梳头,她发现有大撮的头发脱落了。青春啊,青春,你是怎样来的?又是怎样走的?你原来是这样不忠实而又不稳定吗?你匆匆打开了你的主人的眼睛,点燃了你的主人的心灵,而后不等有任何结果你又匆匆地逃走了,一去不复返了。在青春抛弃了我们的同时,谁又能不感到后悔,不认定是我们辜负了青春呢?

可谁又能说时间与青春是无情的呢？不仅公社在发展，生活在前进，而且波拉提江已经长成了一个秀美的少年，他爱他的爸爸，更爱他的妈妈，他还老是催促他的父母去看望伊力哈穆叔叔和米琪儿婉阿姨。孩子的心灵像赛里木湖的清澈的湖水，光洁、清晰、毫无保留地反映着蓝天与白云、树木与飞鹰。不但孩子在成长，他们夫妻俩难道白过了这些年吗？不，他们正是在一九六五年以后，在秃顶、花眼和白了鬓角以后才懂得了幸福、善恶、家庭和祖国。个人的青春是短暂的，祖国的青春是永恒的，个人的青春是渺小的，祖国的青春是伟大的。四清运动中各队订立的建设社会主义新农村的规划正在开花，到处是新渠道、新道路、新林带、新条田、新居民点。到处是新的烟囱、新的汽车、新的联合收割机和新的玫瑰园、葡萄园、苹果园。他们愿意告诉每一个在这新的时代，新的生活中尽情地享受着青春的美妙和幸福的年轻人：爱祖国吧，一分一秒地不能离开她。他们要用他们眼里和肚里的泪，用他们过早长出的白发，用他们的受了伤、又痊愈了的心告诉给青年们，他们要说：

"伊犁的天空又变得蔚蓝了，伊犁的清风又充满了花香，伊犁的土地上又长满了庄稼，伊犁的姑娘们又戴上了使蜂蝶断魂的彩色斑斓的头巾。伊犁的骏马在山野里奔驰，伊犁的人民在社会主义大路上行进。这所有的一切，所有的地上的、人间的快乐和光明，都来自我们亲爱的祖国。我们唯一的愿望，唯一的要求和最大的幸福就是要把自己献给祖国，把自己的劳动和爱情献给祖国，让祖国变得更加美丽。哪怕是一百年以后，我们也要变成祖国大地里的泥土的一粒小小分子，也要歌唱伊犁，歌唱天山，歌唱黄河与长江，歌唱我们经过了不少的试炼，才有了些许的安慰。我们与祖国同在。"

小说人语：

我们渴望光明，我们渴望善良，我们渴望爱情，我们渴望幸福与公正的生活。我们的奋斗并不一帆风顺，我们的代价并非十分俭省，我们的激情奉献也并非都获得了相应的报答，但是我们仍然希望能保持而不是全然丢弃我们当年的认真的梦。

与伊犁的邂逅是小说人生命中最重要的事件。二十世纪六七十年代是小说人个人生命史中的黄金年华。它们留下了雪泥鸿爪，它们留下了仍然热烈的欢笑与呼喊，眼泪与言辞，斗得不亦乐乎的千奇百怪的故事与戏剧。当历史的重温与人物的纪念已经渐行渐远，已经越来越不那么令人在意的时候，当当年书写的内容越来越像是"白头宫女在，闲坐说玄宗"的时候，这部尘封四十年的长篇小说还在，它仍然能拨动你的感情的琴弦，能激起你的滚滚的热泪。

只因为我们傻过，我们信过，我们真诚过，我们爱过。

我们当然不拒绝凝视与凝思那庄严的当真的往事，我们留住的当然不仅仅是叹息。

后　记

这是陈年旧事的打捞。

这是失忆后的蓦然回身——原来,原来是这样?

这是幽暗的时光隧道中的雷鸣电闪。

这是五十年前的大呼小叫的历史,四十年前的处心积虑、小心翼翼、仍然是生气贯注的书写。

这是偶然的发现与发掘。是偶然被文学与往事撞击的一记。

这是从坟墓中翻了一个身,走出来的一部书,从遗体到新生。

三十八岁时凡心忽动,在芳的一再鼓动下动笔开始了书稿,在写出来的当时就已经过时,已经宣布病危。作者也确认了它的先天的绝症,草草地将它埋藏。然后在房屋的顶柜里,像在棺木里,它的遗体安安静静地沉睡了四十年。

然后在我七十八岁时,它偶然地被我的孩子们所发现。

欢呼……

我说不,我说它已经逝世。

他们说:行。说:仍然活着,而且很青春。

虽然有过了时的标签,过了时的说法,过了时的文件,过了时的呐喊,过了时的紧张风险。

在过了时的框架中说的确实大致是当时想说的话。

重读? 忘得这样彻底。几乎像在读一个老友的新著。虽然你们都说他的记忆力超常。我同时看到了懂得了他的忘记力超常。

没有记忆的功夫,他还怎么爬格子? 如果没有忘却的功夫,他还怎么高高兴兴地尽管活下去?

　　仍然令作者自己拍案叫绝,令作者自己热泪横流,令作者惊奇的是:当真有那样一个一心写小说的王某,仍然亲切而且挚诚,细腻而且生动,天真而且轻信。哦,你好,我的三十岁与四十岁的那一个仍然的我! 他响应号召,努力做到了"脱胎换骨",他同时做到了别来无恙,依然永远是他自己。

　　许多许多都改变了,生活仍然依旧,青春仍然依旧,生命的躁动和夸张、伤感和眷恋依旧,人性依旧,爱依旧,火焰仍然温热,日子仍然鲜明,拉面条与奶茶仍然甘美,亭亭玉立的后人仍然亭亭玉立,苦恋的情歌仍然酸苦,大地、伊犁、雪山与大河仍然伟岸而又多情!

　　如果你非常爱这个世界包括你自己,这个世界与你自己硬是会变得更可爱一些。当你非常要求信这个世界与你自己的时候,这个世界与你自己,硬是更可信一些。生命是生动的,标签指向正确与拥戴的时候,它是生动的,指向有错与否定的时候,生命的温暖与力量丝毫没有减少,更没有不存在。世界与你自己本来就是拥有生命的可爱可亲可留恋的投射与记忆。

　　万岁的不是政治标签、权力符号、历史高潮、不得不的结构格局;是生活,是人,是爱与信任,是细节,是倾吐,是世界,是鲜活的生命。可能你信过了咬,然而信比不信好,信永存。可能你的过了时的文稿得益于这个后来越来越感到闹心的世界的一点光辉与真实与真情,得益于生命的根基,所以文学也万岁。

　　情况简介:
　　一九六五年,我去新疆伊犁哈萨克自治州伊宁县红旗公社二大队（位于巴彦岱）"劳动锻炼"，并一度兼任副大队长。我努力做到了与维吾尔农民同吃同住同劳动，学会了维吾尔语，成为当地种族农民的亲密朋友。

一九七一年，我离开巴彦岱进乌拉泊文教"五七"干校。

一九七二年，我三十八岁时在干校开始考虑书写在伊犁农村的珍稀生活经验，并试写了伊犁百姓粉刷房屋等章节。

一九七四年我满四十岁时，读了安徒生的一个描写一个一事无成的人的童话，深受刺激，同时我获得了我的芳的一再鼓励与催促。我决心不论写作环境如何不正常，努力写一部大长篇。为什么是大长篇？因为当时政治上的陷阱太多，越写得短越会顾此失彼。只有写大了，才好设防。

我得到了诗人铁依甫江与自治区文化局创作研究室主任阿布拉尤夫的支持，他们批准我不必坐班，可以在家专心写作。

一九七六年，后"文革"时代开始了，中国开始发生重大变化。

一九七八年六月，应中国青年出版社邀请，我在北戴河的黑石路中央招待所改稿两个多月。

一九七八年八月七日，乃成此书的初稿。

同年，由于此稿大情节是以批判"桃园经验"与制定"二十三条"为背景的，最初以此来做"政治正确"的保证，在形势大变以后，原来的政治正确的保证反而难以保证正确，恰恰显出了政治不正确的征兆。出版社觉得难以使用。

一九七九、一九八〇、一九八一年，我曾试图动一动，作一回起死回生的拯救。一九八一年我曾在浙江《东方》杂志上发表过其中片段。终于死了心，原作已经成形，体量太大，六十余万字，八十多个人物，推倒重来，已不可能。我本人承认无计可施：此稿因政治可疑而被打入另册。因汲取了教训而在政治上拼命求根据，因此根据不符合新时期的时宜而前功尽弃。同时我进入了新时期的创作喷涌状态。此稿连同那诡异的时代,再见了,永别了,呜呼哀哉尚飨!

二〇一二年三月二十一日,在妻子崔瑞芳去世前二日,旧稿被王山、刘颋发现,受到他们的极大欣赏。总算到了可以淡化背景的文学写作与阅读时代了。

重读旧稿,悲从中来,尘封四十载,终见天日。

林斤澜曾经打趣,我们这些人如吃鱼肴,只有头尾,却丢失了肉厚的中段。意指我们有二十世纪五十年代的初露头角,然后是八十年代后的归来。五十年代后期至七十年代后期的中段二十年呢?不知何往矣。

然而我是幸运的。我找到了我的三十八岁到四十七岁,找到了我们的二十世纪六十年代,即清蒸鱼的中段。

于是,四月以来,我投入了对此稿重新校订的工程。

二〇一二年七月至八月在中国作协北戴河创作之家开始校订此稿,基本维持原貌,在阶级斗争、反修斗争与崇拜个人的气氛方面,做了些简易的弱化。

二〇一二年七月二十三日,完成第一次校订。

二〇一二年八月二十八日,做了第二次校订,并编辑了目录,撰写了每章正文后的"小说人语"。

保持当年面貌,适度地拉到新世纪来。这是我的掌握。毕竟,写作那个时期初生的婴儿,现在已经壮年。而我写到的那个时期,即作品选材的那个时期的婴儿,例如睡在小摇床里的伊力哈穆与米琪儿婉的女儿,现在已经开始策划她小人家的退休生活了。